ein Ullstein Buch

W0027230

ein Ullstein Buch
Nr. 20411
im Verlag Ullstein GmbH,
Frankfurt/M – Berlin
Englische Originaltitel:
The Building of Jalna, Morning
at Jalna und Mary Wakefield
Übersetzt von Dagmar und
Maria von Schweinitz

Ungekürzte Sonderausgabe

Umschlagentwurf:
Hansbernd Lindemann

Printed in Germany 1986
Druck und Verarbeitung:
Ebner Ulm
ISBN 3 548 20411 2

Juni 1986
51.–60. Tsd.

Von derselben Autorin
in der Reihe der
Ullstein Bücher:

Die Jalna-Saga 2:
Der junge Renny
Der Witheoak-Erbe
Die Whiteoak-Brüder
(20517)

Die Jalna-Saga 3:
Die Brüder und ihre Frauen
Das unerwartete Erbe
Finch im Glück
(20524)

Die Jalna-Saga 4:
Der Herr auf Jalna
Ernte auf Jalna
(20596)

Die Jalna-Saga 5:
Licht und Wolkenschatten
Heimkehr nach Jalna
(20603)

Die Jalna-Saga 6:
Adeline
Wechselnde Winde über Jalna
Hundert Jahre Jalna
(20635)

CIP-Kurztitelaufnahme
der Deutschen Bibliothek

DeLaRoche, Mazo:
Die Jalna-Saga: 3 Romane in e. Bd. /
Mazo de la Roche. [Übers. von Dagmar
u. Maria von Schweinitz]. – Ungekürzte
Sonderausg. – Frankfurt/M; Berlin:
Ullstein, 1984.
(Ullstein-Buch; Nr. 20411)
Enth. u. a.: Jalna wird erbaut [Einheitssacht.: The building of Jalna ‹dt.›]. –
Frühling in Jalna [Einheitssacht.:
Morning at Jalna ‹dt.›]
ISBN 3-548-20411-2
NE: GT

Mazo
de la Roche

Die Jalna-Saga 1

Jalna wird erbaut
Frühling in Jalna
Mary Wakefield

Drei Romane in einem Band

ein Ullstein Buch

Jalna wird erbaut

INHALT

1	In England	7
2	In Irland	20
3	Die erste Fahrt	37
4	Reparaturen	48
5	Die zweite Fahrt	56
6	Das Haus in der Rue St. Louis	78
7	Vaughansland	93
8	Das Land	100
9	Die Gründung	110
10	Die Mauern	120
11	Das Dach	130
12	Henrietta	136
13	Herbstregen	147
14	Wintersport	158
15	In Wilmotts Haus	170
16	Der Winter vergeht ...	174
17	Frühling in Jalna	187
18	Besuch aus Irland	198
19	Das Bad	210
20	Ein Ritt durch den Wald	224
21	Die Belohnung	234
22	Die Kirche	241
23	Mancherlei	246

1

IN ENGLAND

Adeline dachte, sie habe niemals, niemals in ihrem Leben etwas so Schönes gesehen wie »Die Zigeunerin«. Die romantische Handlung verklärte ihre Gedanken, wie Mondlicht ein Fenster aus buntem Glas verklärt. Und die Musik! Die Worte und die Töne hatten sie ganz in Besitz genommen, sie kam sich vor wie eine Träumende. Als sie an Philips Arm das Drury-Lane-Theater verließ, schien ihr der Boden unter den Füßen unwirklich, und die vielen Menschen um sie her schwebten wie sie selbst.

Sie sah in Philips Gesicht; sie wollte wissen, was für ein Ausdruck darin stand. Sie hatte ihr eigenes Gesicht in einem der großen goldgerahmten Spiegel erblickt, und ihre entzückte Miene hatte ihr selbst gefallen. Sie erwartete eigentlich, in Philips Antlitz den gleichen Ausdruck zu finden. Tatsächlich aber sah er genauso aus wie vorher, als sie das Opernhaus betreten hatten: erfreut, hier zu sein, sehr zufrieden mit ihr und sich selbst, und froh, wieder in London zu sein. Sie drückte seinen Arm, und seine Lippen teilten sich zu einem Lächeln. Sicherlich hatte kein anderer Mann in dieser Menge ein so schönes, so männliches Profil wie Philip! So gut gebaute Schultern, einen so flachen, geraden Rücken! Er wendete den Kopf und sah sie an. Und bei diesem Blick weiteten sich seine hellen blauen Augen ein wenig vor Stolz. Er schaute sich um, ob auch andere ihre Schönheit sahen. Natürlich war es so. Zwei Herren an ihrer anderen Seite bemerkten sie deutlicher, als es sich mit dem guten Geschmack vertrug. Sie starrten sie ganz unverhohlen an. Adeline war sich dessen bewußt, das sah man an dem tieferen Rot ihrer Wangen und dem kecken halben Blick, den sie ihnen schenkte; aber sie fuhr fort, Philip zuzulächeln. Nun waren sie in der Nähe der Ausgangstür, und er mußte seine ganze Geschicklichkeit darauf verwenden, sie unbeschädigt hinauszubringen – es war gar nicht einfach mit ihrer falbelbesetzten Taftkrinoline. Kein Wunder, daß diese Burschen sie anstarrten, dachte Philip. Ein so fesselndes Gesicht, wie das Adelines, sah man selten. Gab es überhaupt irgendwo eins, das ihm gleichkam? Ihre Farben allein ließen die Leute die Köpfe wenden, um ihr nachzusehen. Das dichte lockige Haar vom tiefsten Rostrot, das in der Sonne brennend rot schimmern konnte; die Haut wie Marmor und Rosen, die ausdrucksvollen Augen mit den langen schwarzen Wimpern. Aber auch wenn ihre Farben nicht so schön gewesen wären, so hätten ihre schönen, kühnen Züge, die gewölbten Brauen, die Adlernase und der bewegliche, lachende Mund seinen Stolz gerechtfertigt.

Auf dem Pflaster draußen klapperten die Pferdehufe. Privatequipagen fuhren in eleganter Reihe vor. Adeline sah sehnsüchtig hin, aber sie mußte mit Philip auf ein Cab warten. Sie drängten sich vor zur Bordschwelle, Philip noch immer auf ihre Krinoline bedacht. Ein Straßenmusikant erhob sich, als stiege er aus der Gosse. Er war hager und trug Lumpen, aber er konnte spielen. Er stemmte die Schulter gegen seine Fiedel und der Arm, der den Bogen führte, bewegte sich heftig, fast wild, hin und her. Aber außer Adeline achtete niemand auf ihn, so verzweifelt er auch spielte.

»Sieh nur, Philip!« sagte sie mitleidig. »Der arme Mann!« Er sah hin, runzelte ein wenig die Stirn über den Zeitverlust und fuhr fort, scharf nach einem Cab auszuschauen. Nun versteifte sie sich darauf. »Gib ihm etwas!« verlangte sie.

Philip hatte eine vierrädrige Droschke gefunden. Er schob Adeline entschlossen vorwärts. Der Kutscher kletterte vom Bock und riß die Tür auf. Durch die nachdrängenden Menschen und den Druck von Philips Hand wurde Adeline gezwungen einzusteigen. Aber der Bettler hatte ihren mitleidigen Blick gesehen, und schon erschien seine dürre Gestalt an der Wagentür. Seine Augen beschworen sie. Philip steckte die Hand in die Tasche und zog einen Schilling heraus.

»Gott segne Sie, Sir! Gott segne Sie, meine Dame!« sagte der Bettler immer wieder. Sein Gesicht schien totenbleich im Licht der Gaslampen.

Die Pferdehufe klapperten auf dem nassen Pflaster. Philip und Adeline blickten einander triumphierend an. Jeder fand, daß er seinen Willen durchgesetzt habe...

Nach den Jahren in Indien fanden sie die belebten Straßen und die hellen Lichter geradezu berauschend. Adeline hatte London gar nicht gekannt, denn sie war in County Meath zu Hause, und die »Großstadt« ihrer Mädchenzeit war Dublin gewesen. Dort hatte sie mehrere Saisons hindurch getanzt, aber trotz ihrer Anmut und ihrer Schönheit hatte sie nicht die von ihren Eltern gewünschte gute Heirat gemacht. Ihre Verehrer waren aus guter Familie und nur zu attraktiv, aber ohne die genügenden Mittel, einen Hausstand zu gründen. Adeline hatte ihre kostbare Zeit durch die Flirts mit ihnen vergeudet. Dann wurde sie von ihrer Schwester, die in Jalna, einer Garnisonstadt in Indien, mit einem Offizier verheiratet war, zu einem Besuch eingeladen, und Adeline hatte mit Freuden zugegriffen. Sie fand Irland zu eng und hatte sich zudem mit ihrem Vater gestritten, der noch heftiger und herrschsüchtiger war als sie selbst. Ursache ihres Streits war eine kleine Erbschaft, die eine Großtante ihr hinterlassen hatte. Ihr Vater war immer der besondere Liebling der alten Dame gewesen, und er hatte zuversichtlich darauf gerechnet, sie zu beerben. Ihr Vermögen war nicht groß, aber in seiner Lage wäre es eine Wohltat gewesen... Nun bereute er bitter, daß er seine Tochter nach dieser Tante Adeline getauft hatte. Das war ein grober Fehler gewesen! Ein Mißgriff, den Adelines Schmeichelei bei der Tante noch vervollständigt hatte.

In Judiths Haus lernte sie Philip Whiteoak, einen Husarenoffizier, kennen. Er kam aus einer lange in Warwickshire ansässigen Familie. Die Whiteoaks

hatten tatsächlich mehrere Jahrhunderte lang auf ihrem Gut dort gelebt. Sie hatten zu keinem Menschen aufgesehen, überzeugt, daß sie mindestens so gut wie jeder andere und zudem aus älterer Familie seien als der meiste Landadel. Früher hatten sie ein beträchtliches Vermögen besessen, das sich lange Zeit hindurch ungeschmälert vom Vater auf den Sohn vererbt hatte. Sie waren nie eine kinderreiche Familie gewesen, aber ihre wenigen Kinder waren immer besonders stattlich und schön. Bis zur Zeit von Philips Großvater waren sie recht vermögend, dieser aber verfiel dem Spielteufel, wie das zu seiner Zeit häufig geschah. Er hatte den Grundbesitz der Familie schwer belastet und endlich verkaufen müssen. Philip verdankte es nur der gesunden Vernunft und dem sparsamen Leben, das sein Vater als anspruchsloser Landedelmann geführt hatte, daß er in die Armee eintreten und genügende Mittel aufbringen konnte, um sich dort standesgemäß zu behaupten.
Philip und Adeline waren voneinander begeistert. Nachdem sie sich ein paarmal gesehen hatten, liebten sie sich leidenschaftlich. Jedoch über das Feuer der Leidenschaft ihrer Liebe hinaus war eine gute und echte Bindung zwischen ihnen. In den nicht seltenen Zwisten ihres Ehelebens vergaßen sie nie, daß sie füreinander geschaffen waren und daß kein anderer Mensch den Platz des Partners hätte ausfüllen oder ihn auch nur notdürftig ersetzen können. Philip fand alle andern Frauen simpel und oberflächlich, sobald er sie mit Adeline verglich. Jede ihrer Gesten schien ihm bedeutend, und die Vertraulichkeit ihrer Gemeinschaft entzückte ihn immer aufs neue. Zudem war es ein herrlich erregendes Gefühl, daß er schließlich stets die Oberhand behielt, wie widerspenstig sie auch sein mochte. Adeline schwelgte in Philips männlicher Schönheit; sie war entzückt über die klare Frische seines Teints, dem auch die Jahre in Indien nichts hatten anhaben können, den kühnen Ausdruck seiner furchtlosen blauen Augen, die knabenhafte Kurve seiner Lippen. Und gab es überhaupt einen Menschen mit einer schöneren Figur, mit so breiten Schultern und so schmalen Hüften? Sie mochte keine Haare in einem Männergesicht und gestattete ihm nur ein fingerbreites Bärtchen an jedem Ohr. Wenn es länger wurde, ließ sie sich nicht von ihm küssen. Aber weit mehr als sein gutes Aussehen genoß sie die Macht, die er über sie besaß, seine englische Zuverlässigkeit, das Geheimnis seiner Schweigsamkeit, wenn sie in ihrem keltischen Überschwang sich mühen mußte, ihn wieder an sich zu ziehen.
Ihre Hochzeit übertraf jedes Fest, das bisher in der indischen Militärstation gefeiert worden war. Adeline war gerade zweiundzwanzig, er um zehn Jahre älter. Er kam gut mit seinen Leuten aus, die alles für ihn getan hätten, aber zwischen ihm und seinem Oberst herrschte manchmal eine gewisse Spannung. Philip war nicht der Mann, der gute Miene machte, wenn man ihn unterdrücken wollte. Er hatte das unzerstörbare Gefühl, immer im Recht zu sein, und die Tatsache, daß dieses Gefühl meist begründet war, machte die Sache nur noch schlimmer. Wenn er sich andern widersetzte, war Adeline stets auf

seiner Seite. Wenn er ihr widersprach, erkannte sie freilich, wie unlogisch und hartnäckig er sein konnte.
Ihre Schwester Judith, zwei Jahre älter als sie, hatte ihr geraten, sich einen so prächtigen Trousseau wie nur möglich in Dublin zu bestellen, weil sie meinte, es sei vermutlich ohnedies das letzte, was sie jemals von ihrem Vater bekommen würde. Die Schwestern verbrachten glückliche Stunden beim Entwerfen der Listen dessen, was ihre Mutter alles in Dublin einkaufen sollte. Die gutmütige Dame hatte ihren Kindern nie etwas abschlagen können, und nun verlebte sie auch ihrerseits glückliche Stunden, als sie die Dubliner Läden auf den Kopf stellen konnte. Wenn ihre Töchter noch irgend etwas vergessen hatten, so fiel es ihr sicherlich ein, und sie brauchte schließlich eine ansehnliche Reihe von Kisten, um alle Einkäufe zu verstauen. Für Jalna war der Trousseau eine regelrechte Sensation. Kleider mit weiten plissierten Röcken und Pagodenärmeln quollen aus den Behältern; ein grüner Samtumhang mit Schutenhut und Muff, alles mit üppigem cremefarbenem Spitzengeriesel; ein karierter schottischer Mantel, mit blauer Seide gefüttert; sehr ausgeschnittene Ballkleider mit Wespentaillen und Schleppen, die sich kräuselten und rauschten wie die Wellen hinter einem Schiff; Schals mit goldenen Fransen und dazu passende Spitzenhandschuhe. Zum Traualtar schwebte Adeline in ihrem Hochzeitskleid wie eine silberne Wolke. Die Schlafzimmer in Judiths Bungalow waren mit Seidenpapier bestreut, als die Kisten ausgepackt und die darin liegenden Schätze enthüllt wurden. In solchen Stunden war selbst Philip unwichtig.
Das junge Paar ließ sich nieder, um ein so glänzendes Leben zu führen, wie das in der indischen Garnison möglich war. Ohne sie war kein Fest vollkommen; sie waren so heiter; ihre Weine waren die besten, ihre Pferde und Kleider die hübschesten in der ganzen Stadt.
Sie waren beide erschrocken, als sich herausstellte, daß Adeline ein Kind erwartete. Sie wollten noch keine Kinder. Sie waren sich selbst genug – und außerdem waren die in Indien geborenen Kinder oft so zart, und man mußte sie immer zur Erziehung nach Hause schicken. Diese Trennung von den Kindern war die melancholische Kehrseite des Lebens in Indien. Adeline war entsetzt über die Aussicht auf das, was sie nun durchmachen sollte. Daß ihre Mutter elf Kinder gehabt hatte (vier davon waren gestorben), bedeutete ihr nichts – ihr war zumute, als sei sie die erste Frau der Welt, die einer solchen Prüfung entgegensah! Und dann wurde es tatsächlich eine schwere Prüfung – eine langsame, schwierige Geburt, der lange Wochen der Schwäche und Depression folgten. Das Kind gedieh nicht recht und erfüllte das Haus mit Weinen und Geschrei. Welche Veränderung nach ihren sorglosen, freien Ehejahren!
Auch ein Aufenthalt in den Bergen hatte Adeline wenig geholfen. Fast sah es so aus, als würde sie immer kränklich bleiben. Diese Sorgen beeinträchtigten

Philips Stimmung; er hatte einen heftigen Streit mit seinem Colonel. Er begann zu fühlen, daß die Hand des Schicksals jetzt gegen ihn war. Er sehnte sich nach einem weniger eingeengten, einem freieren Leben. Seine Gedanken wandten sich der Neuen Welt zu. Er fand die Förmlichkeit des Armeelebens beschwerlich und aufreizend. Wenn er in Indien bleiben wollte, mußte er sich zu einem andern Regiment versetzen lassen, denn der Streit mit seinem Vorgesetzten war nicht gutzumachen. Er hatte einen Onkel, einen in Quebec stationierten Offizier, dessen Briefe von Lobeshymnen auf das dortige Leben überflossen. Philip überlegte, ob das kanadische Klima nicht recht gut für Adeline wäre. Er fragte einen Arzt nach seiner Meinung und bekam die Antwort, daß sie nirgends auf der Welt eine gesündere Luft finden könne und ein Klima, das ihrer Konstitution zuträglicher wäre. Als Philip seiner Frau davon erzählte, erwartete er, daß sie von dem Gedanken an eine solche Veränderung entsetzt sein würde. Ein so buntes Leben gegen die Einfachheit der Neuen Welt einzutauschen, war sicher mehr, als er ihr zumuten durfte. Adeline aber überraschte ihn – sie war entzückt über die Aussicht auf das Abenteuer. Sie warf die nackten Arme über den Kopf (sie trug, wie um diese Zeit fast immer, eins ihrer seidenen Negligés) und erklärte, sie würde nichts auf dieser Welt lieber tun als nach Kanada gehen. Sie war aller Dinge müde, die mit Indien zusammenhingen – des Klatsches in der Garnisonstadt, der Hitze und des Staubs, des Gewimmels von Eingeborenen, vor allem aber ertrug sie es nicht, weniger kräftig und gesund zu sein als gewöhnlich.

Trotz Adelines begeisterter Zustimmung zögerte Philip, den Absprung zu wagen. Jedoch während er noch mit dem Entschluß kämpfte, starb sein Onkel in Quebec und hinterließ ihm ein beträchtliches Vermögen.

»Nun ist alles beschlossene Sache!« rief Adeline. »Nichts mehr kann uns hindern!«

Philip verkaufte seine Offiziersstelle, seine Pferde und Poloponys; Adeline verkaufte die Möbel ihres Bungalows und behielt sich nur einige besonders kostbare Stücke zur Erinnerung an Indien – die schön bemalten Ledermöbel ihres Schlafzimmers, ein Schränkchen und eine Kommode mit Bronzebeschlägen, ein paar Seidenstickereien, Jadeschnitzereien und Elfenbeinfiguren, mit denen sie in Quebec Staat machen wollte. Sie schifften sich in Bombay ein, mit ihrer kleinen Tochter Augusta und deren Ayah, die sie seit ihrer Geburt versorgt hatte. Die Ayah war außer sich vor Angst bei dem Gedanken, den Ozean überqueren zu müssen und ans andere Ende der Welt zu reisen, aber sie liebte die kleine Augusta und wollte mit ihr überallhin gehen. Das wichtigste Mitglied der kleinen Reisegesellschaft war, wenigstens seiner eigenen Meinung nach, Adelines Papagei, ein kluger, gesunder junger Vogel mit glänzendem Gefieder, der fließend sprechen konnte. Er war der lebende Gegenbeweis zu der verbreiteten Ansicht, die grauen Papageien könnten am besten reden, denn er hatte eine deutliche Aussprache und einen reichhaltigen, wenn auch manchmal sehr derben Wortschatz. Er liebte nur Adeline, und sie war die einzige, die ihn liebkosen durfte. Sie hatte ihn Bonaparte genannt – sie hegte nämlich eine versteckte Bewunderung für den »kleinen Korporal«. Sie bewunderte überhaupt alles Französische und war schon lange Jahre mit Philip verheiratet, ehe sie unter seinem Einfluß eine wirklich loyale Einstellung zur britischen Krone fand. Philip hatte für Napoleon nur Mißfallen und Verachtung übrig. Sein Vater war bei Waterloo gefallen, wenige Monate ehe er geboren wurde, und er hatte vor den Franzosen wenig Achtung – er mochte sie einfach nicht. Er nannte den Papagei kurzweg Boney, und zwar mit einem gewissen gutmütigen Spott.

Die Reise von Indien nach England kam ihnen endlos vor. Aber sie war eigentlich nicht unangenehm. Sie zogen ja aus, um ein neues Leben anzufangen. Es befand sich eine Anzahl gleichgesinnter Leute an Bord, und die Whiteoaks waren die beliebtesten unter ihnen. Das Wetter war schön und Adelines Gesundheitszustand besserte sich. Aber als sie in die Biscaya kamen, die grau und wild war, fingen sie an, sich ungeduldig nach den Ufern Englands zu sehnen. Eine Woche vor Weihnachten landeten sie in Liverpool. Mit ihrem Kind, der Ayah und einem Berg von Gepäck mußten sie in der Postkutsche die lange Fahrt von Liverpool nach der Kathedralenstadt Penchester antreten, wo Philips einzige Schwester Augusta sie ungeduldig erwartete. Nach ihr war die Kleine benannt; sie war mit dem Dekan der Kathedrale einer südwestlichen Grafschaft verheiratet, einem Mann, er erheblich älter war als sie, einem Bücherwurm, der Veränderungen und Trubel haßte. Sie lebten recht glücklich zusammen, denn Augusta verehrte ihn, und er ließ ihr jeden Willen. Sie sah Philip ähnlich, war aber sanfter und nicht so hübsch. Bei ihrer glücklichen Natur hatte sie nur einen Kummer: ihre Kinderlosigkeit. In ungeduldiger Freude sah sie der Ankunft ihrer kleinen Namensschwester entgegen, aber sie wurde enttäuscht. Die kleine Augusta war so scheu, daß sie kaum vom Arm ihrer Ayah hinunter wollte, und die Ayah war selbstsüchtig genug, sie darin noch zu bestärken. Ihr Pflegling sollte niemanden lieben als sie, und sie hing mit eifersüchtiger Liebe an dem Kind.

Das war für Philips Schwester eine bittere Enttäuschung. Jedoch hoffte sie, die Schüchternheit der Kleinen im Laufe der Zeit zu überwinden. Heimlich dachte sie daran, das Kind bei sich zu behalten, wenn die Eltern nach Quebec gingen. Sie wußte, daß ihr Mann ihr diese Bitte nicht abschlagen würde, zumal sie sich immer ein kleines Mädchen gewünscht hatte. Sie fand das schwarze Haar, die schwarzen Augen und den matten Teint der Kleinen romantisch und reizend.

»Wie mag sie dazu kommen?« fragte sie ihren Mann. »Philip mit seinen frischen Farben – und Adeline mit ihrem kastanienroten Haar und ihrem hellen Teint!«

»Frag lieber den Rajah, von dem sie immer so schwärmt«, bemerkte der Dekan. »Vielleicht kann er dir's sagen.«
Augusta sah ihn entsetzt an. Während ihrer ganzen Ehe hatte er noch nie eine so frivole Bemerkung gemacht. Und das noch dazu über die Frau ihres Bruders!
»Nun ja«, verteidigte sich der Dekan, »sieh dir doch nur den prachtvollen Rubinring an, den er ihr geschenkt hat!«
»Frederick!« rief sie noch entrüsteter. »Das ist doch nicht dein Ernst? Ich bitte dich!«
»Natürlich nicht«, antwortete er besänftigend. »Verstehst du denn keinen Spaß?« Aber dann fügte er hinzu: »Nun – warum hat ihr der Rajah diesen Ring gegeben? Ich sehe recht gut, daß Philip nicht entzückt darüber ist.«
»Aber, Frederick, du weißt doch, wie die Geschichte wirklich war: Der Rajah hat ihr den Ring gegeben, weil sie seinem Sohn das Leben gerettet hat. Sie waren zusammen ausgeritten, und sein Pferd ging durch – ein feuriger Araber, den er nicht halten konnte.«
Der Dekan lächelte ironisch. »Und Adeline, die schöne irische Maid, fing den Araber ein und rettete den Erben des Rajah!«
»Allerdings!« Augusta sah ihn kalt an.
»War Philip dabei? Hat er bei der Rettung assistiert?«
»Nein. Soviel ich weiß, war er nicht dabei. Warum?«
»Nun, einen hilfreichen britischen Offizier hätte der Rajah vielleicht nicht so reich belohnt.«
»Frederick, ich finde dich einfach abscheulich!« rief Augusta und überließ ihn seinen eigenen schlimmen Gedanken.

Es war Adelines Idee, die Porträts malen zu lassen, solange sie in England waren. Vielleicht würden sie nie wieder eine solche Gelegenheit haben. Keinesfalls würden sie jemals hübscher sein als jetzt! Vor allem *mußte* sie ein richtiges Porträt – nicht eine bloße Daguerreotypie – von Philip im ganzen Glanz sciner Uniform als Husarenoffizier besitzen! Die Familie Whiteoak hatte den Husaren manch einen schmucken Offizier geliefert, aber nach Adelines Ansicht niemals einen so kühn und so vornehm aussehenden wie Philip! Auch Philip fand die Idee sympathisch, obwohl die Summe, die er dem Künstler zahlen sollte, beinahe erschreckend war. Aber gerade seine Porträts waren besonders in Militärkreisen große Mode. Er konnte nicht nur eine Uniform so malen, daß man meinte, sie würde gleich aus dem Rahmen heraustreten, sondern er konnte auch dem unbedeutendsten und marodesten Offizier einen gebieterischen Blick verleihen. Wenn seine Modelle Damen waren, so waren zarte Fleischtöne, weiche Locken und schimmernde Seiden seine besondere Stärke. Wahrscheinlich bildeten die Porträts von Philip und Adeline die erfolgreichsten in seiner künstlerischen Laufbahn. Es brach ihm fast das Herz, daß sie aus England verschwinden sollten, ehe er sie in der Akademie ausstellen konnte. Er gab noch schnell eine große Gesellschaft, um sie in seinem Londoner Studio zu zeigen; das junge Paar war natürlich anwesend, und zwar an demselben Abend, ehe sie »Die Zigeunerin« besuchten.

»Ich bin so begeistert, so außer mir, daß ich sterben könnte!«

»Du hast zuviel Gefühl«, erwiderte Philip. »Es wäre besser, wenn du die Dinge kühler aufnähmst, so wie ich es tue.« Er sah sie ein wenig ängstlich an und fügte hinzu: »Du bist ganz blaß! Ich werde nach einem Glas Starkbier und ein paar Keksen für dich klingeln.«

»Nein, kein Starkbier! Champagner! Nichts so Prosaisches wie Starkbier nach dieser himmlischen Oper! Oh, ich werde diesen Abend niemals vergessen. Oh, die göttliche Stimme von Thaddeus! Und wie süß Arline war! Philip, kannst du dich nicht an eins der Lieder erinnern? Wir müssen die Noten kaufen! Versuch doch, ob du's nicht singen kannst: ›Ich träumt', ich wohnt' in diesen Marmorhallen ...‹«

»Ausgeschlossen, Kind!«

»Versuch's doch: ›Dann wirst du mein gedenken, teures Lieb ...‹«

»Ausgeschlossen!« wiederholte er störrisch.

»Nun dann: ›Oh, Licht des neuen Tags ...‹ Bitte, versuch's doch!«

»Ich kann es doch nicht! Nicht ums Sterben!«

Sie sprang auf, ließ ihren pelzbesetzten Umhang zu Boden fallen und fing an, im Zimmer hin und her zu gehen. Sie hatte eine leidenschaftliche, aber nicht sehr musikalische Stimme und nicht viel Sinn für die Melodie, aber sie brachte die ersten Zeilen ihres Lieblingsrefrains aus dieser Oper einigermaßen zusammen:

»Ich träumt', ich wohnt' in diesen Marmorhallen,
Rings um mich her die Sklaven und Vasallen ...«

Beim Singen hob sie das Kinn und zeigte die Schönheit ihres langen milchweißen Halses. Sie lächelte Philip triumphierend zu. Die weite lichtblaue Taftkrinoline umwogte sie mit den vielen Rüschen und Paspeln. Über der schmalen Taille erhoben sich ihre runden weißen Brüste, umrahmt von einer Menge von Spitzen, die durch Türkisnadeln und kleine Samtblumen zusammengehalten wurden. Ihre Schultern glänzten im Kerzenlicht in lieblicher Blässe. Aus dem schweren Chignon hingen ein paar rostrote Locken so herab, daß sie gerade den Hals berührten. Philip sah ihre Schönheit, aber er sah auch, wie dünn ihre Arme, wie allzu rot ihre Lippen und allzu glänzend ihre Augen waren. Er stand auf und zog an dem Klingelzug, und als der Zimmerkellner erschien, bestellte er ein Starkbier.

Sie hatte das Singen aufgegeben; die Melodie war ihr ganz entglitten, aber sie konnte sich noch immer nicht beruhigen. Sie schob die dunkelroten Vorhänge zurück und schaute hinunter auf die Straße, wo die Gaslampen Lichtpfützen auf das nasse Pflaster malten und die Pferde mit triefenden Mähnen

und durchweichtem Geschirr vorbeiklapperten. Das geheimnisvolle Leben jener Leute da unten in den Cabs erfüllte sie mit einer seltsamen Sehnsucht. Sie wendete sich zu Philip.
»Wir werden manchmal hierher zurückkommen, nicht wahr?«
»Natürlich werden wir das. Ich werde es so einrichten, daß ich dich jedes zweite oder dritte Jahr herbringen kann. Wir wollen uns doch nicht unter den Wilden begraben. Und vergiß New York nicht! Denn New York wollen wir auch besuchen.«
»Mein Engel!« sagte sie. »Wenn ich heute mit einem andern Mann zu Bett gehen müßte und nicht mit dir – ich glaube, ich würde mich aus dem Fenster stürzen.«
»Und das mit Recht!« bemerkte er lachend.
Sie warf die Arme um seinen Hals und küßte ihn.
Als sie den Kellner kommen hörten, ließen sie sich los und standen geziemend nebeneinander. Der Mann brachte den Imbiß, legte ein schneeweißes Tuch auf den Tisch mit der ovalen Marmorplatte und stellte Bier, Biskuits und Käse darauf, und für Adeline außerdem eine kalte Taubenpastete und eine kleine Tasse mit heißer Bouillon.
»Wie verlockend das aussieht!« rief Adeline, als sie wieder allein waren. »Weißt du, ich bekomme allmählich meinen gesunden Appetit zurück. Meinst du, ich darf es wagen, etwas von diesem Cheddarkäse zu essen? Ich *liebe* Käse!«
»Was für Ausdrücke du gebrauchst! Du liebst mich und du liebst Käse! Ich glaube, da ist nicht viel Unterschied in deinen Gefühlen.«
Sie lachte. »Du bist ein Schaf!« Dann drückte sie die Hände an die Seiten. »Aber weißt du, Philip, du mußt mich aufschnüren, ehe ich versuche, auch nur einen Bissen zu essen – sonst habe ich höchstens für ein Biskuit Platz!«
Während er ihr mit dem verzwickten Verschluß ihres Kleides half, sagte er ernst: »Ich kann mir nicht denken, daß diese Schnürerei nicht schädlich wäre! Und der Schiffsarzt hat mir gesagt, sie sei verantwortlich für die vielen schweren Geburten.«
»Einverstanden«, erklärte sie. »Wenn wir in Kanada sind, lasse ich mein Korsett im Schrank und laufe herum wie ein Sack, den man einfach in der Mitte zubindet. Male dir aus, ich – in der Wildnis! Ich bin gerade auf Jagd. Ich habe eben einen Rehbock oder einen Biber oder so etwas geschossen oder gefangen und bin auf dem Heimweg, meine Beute über der Schulter. Plötzlich verspüre ich ein leichtes Unbehagen. Ich erinnere mich, daß ich in anderen Umständen bin. Vielleicht ist es soweit? Ich suche mir ein bequemes Lager unter einem Ölbaum ...«
»Ölbäume gibt's dort nicht.«
»Gut. Jeder andere Baum tut's auch. Ich mache es mir gemütlich, gebäre, höchstens einmal ein bißchen seufzend, ein Kind, wickle es in meinen Unter-

rock, schwinge meine Beute wieder auf den Rücken und gehe heim. Dort werfe ich das Wild vor deine Füße und lege mein Kind auf deine Knie. ›Übrigens‹, bemerke ich gelassen, ›hier hast du deinen Sohn und Erben!‹«
»Weiß Gott – das wäre richtig!« Er kämpfte mit Haken und Ösen.
»So, mein Engel! Nun heraus mit dir!«
Der blaue Taft fiel in schimmernden Kaskaden auf den Boden, aber die Krinoline stand noch aufrecht um ihre untere Hälfte; darüber erschien die winzige Taille wie eine zerbrechliche Stütze für Büste und Schultern. Irgendwie stieg sie auch aus der Krinoline und dem Unterrock, aber das vielkeilige Korsett, dessen Schnur er selbst fest verknotet hatte, machte ihm die größten Schwierigkeiten; sein hübsches Gesicht war erhitzt, und er hatte sogar ein paarmal geflucht, ehe sie befreit und anmutig in ihrem Negligé vor ihm stand. Statt des Kusses, den sie erwartete, gab er ihr einen kleinen Knuff und sagte: »So, und jetzt zieh noch deinen Morgenrock an und laß uns endlich essen!«
Er betrachtete sie halb schmeichelnd, halb mit Besitzerstolz, während sie ein lila samtenes Hauskleid anzog und ihre Armbänder ablegte. Als sie sich zu Tisch setzten, lachte Adeline, restlos zufrieden. Ihre Augen verschlangen die Speisen.
»Hab' ich einen Hunger!« erklärte sie. »Und wie gut alles aussieht! Ich muß sofort etwas Käse haben – ich *schwärme* einfach dafür!«
»Da hast du's wieder!« sagte er und schnitt ihr ein Stück Käse ab. »Du schwärmst für Käse – und du schwärmst für mich! Wo ist da der Unterschied?«
»Ich habe nicht gesagt, daß ich für dich schwärme«, antwortete sie und grub ihre Zähne in den Käse. Sie lachte wie ein gefräßiger Backfisch. Es gehörte zu ihrem Charme, dachte er, sie konnte gierig und heißhungrig essen und dabei verführerisch aussehen! Sie schien oft so triebhaft, ihrer selbst nicht bewußt, außer in ihrer leidenschaftlichen Liebe zu ihm, ihrem Verlangen, sich unterzuordnen, selbst wenn sie in ihrer Weiblichkeit zuweilen über ihn triumphierte, daß selbst ihre kleinste Geste, ein halber Blick von ihr gewissermaßen symbolisch war. Er beobachtete sie und war sich irgendwie darüber klar, daß sie gierig schlang, daß ihre Arme zu dünn waren und ihr Korsett viel zu eng gewesen war – und daß dies alles sie nur noch begehrenswerter machte! Endlich erhob sie sich und kam zu ihm. Mein Gott, dachte er, kann sich eine andere Frau so bewegen wie sie! Sie wird niemals altern!
Sie sank in seine Arme. Sie lehnte sich an seinen Körper, als würde sie sich am liebsten ganz in ihm auflösen, als wolle sie nichts anderes sein als ein Geschöpf, das er durch seine Leidenschaft zum Leben erweckt habe. Sie versuchte, ihren Atem dem seinen anzupassen, damit ihre Herzen einen gemeinsamen Schlag hätten. Sie beugte sein Gesicht zu sich herab und ihre Lippen

trafen sich. Sie wendete ihr Gesicht schnell ab, um es ihm dann wieder zuzukehren und ihn leidenschaftlich zu küssen.
Am nächsten Morgen aber war sie traurig. Sie sollten London verlassen – wann würde sie es wiedersehen? Vielleicht nie, bei der langen gefährlichen Reise. Was würde ihnen in der Neuen Welt begegnen? Welch ferner, fremder Ort wartete ihrer?
Von London nach der Kathedralenstadt Penchester war ein weiter Weg. Als Adeline aus dem Zug stieg, war sie sehr abgespannt. Dunkle Schatten lagen um ihre Augen. Sie sah krank aus. Aber der Wagen des Dekans erwartete sie mit seinen bequem gepolsterten Sitzen und seinen Lampen, die hell durch die Dämmerung schienen. Die Straßen waren leer, so daß der Wagen gemächlich dahinrollte. Bald hob sich die Silhouette der Kathedrale vom helleren westlichen Himmel ab. In ihren Fenstern war noch ein Schimmer der Abendsonne. Sie sah ganz überirdisch aus und dennoch, als sei sie für die Ewigkeit gebaut. Adeline beugte sich heraus, um sie zu betrachten. Sie wollte sich ihr Bild einprägen, um es mitzunehmen nach Quebec. Sie dachte, nicht einmal der Dekan verstand und liebte die Kathedrale so sehr wie sie. Und die reizenden kleinen Straßen, die sie umgaben – so heimlich, so ordentlich, so ganz mit der Tradition der Vergangenheit verschmolzen!
Und das Haus des Dekans! Als Adeline ausstieg, wünschte sie nur, daß es ihr gehörte. Es sah so ruhig aus, so warm in der Farbe, so bewillkommend. Nun, nach dem Gepäck zu urteilen, das die Halle füllte, und nach der Stimme ihres Gatten, der Befehle erteilte, und dem wändeerschütternden Geschrei ihres Babys und den noch schrilleren Liebesbeteuerungen ihres Papageis, als er ihre Stimme vernahm, hätte sie freilich die Herrin des Hauses sein können. Augusta und der Dekan schrumpften in ihrem eigenen Haus zu einem wesenlosen Nichts zusammen. Adeline flog auf den Papagei zu, der im Salon an seiner Stange angekettet war.
»Boney, mein Süßer, da bin ich wieder!« rief sie und näherte ihr schönes Adlergesicht dem Schnabel des Vogels.
»Oh, Perle des Harems!« kreischte er in Hindusprache. »*Dilkhoosa! Nur Mahal! Mera lal!*« Er knabberte an ihrem Nasenflügel. Seine dunkle Zunge berührte ihre Lippen.
»Wo hat er das alles gelernt?« fragte der Dekan.
Adeline sah ihn keck an. »Von dem Rajah«, antwortete sie. »Von dem Rajah, der ihn mir geschenkt hat.«
»Eigentlich – nicht sehr nett . . .«, sagte Augusta.
»Nett nicht«, erwiderte Adeline. »Schön und böse und faszinierend!«
»Ich meine nicht den Vogel selbst, sondern wie er sich benimmt.«
»Natürlich. Das meine ich auch.«
Philip unterbrach sie. »Sag mal, Augusta, hat unsere Kleine immerfort geschrien, seit wir abreisten?«

Das Gesicht seiner Schwester bewölkte sich. Der Dekan antwortete für sie: »Allerdings! Ehrlich gesagt – ich habe keinen Platz mehr gehabt, wo ich in Ruhe meine Predigten schreiben konnte – zwischen dem Baby und dem Papagei!« Dann aber fügte er freundlich hinzu: »Es ist nicht so wichtig, wirklich nicht!«

Aber es war wichtig. Philip begriff recht gut, daß ein Prediger mehr Ruhe braucht als ein Husarenoffizier, und ärgerte sich über seine Tochter. Sie war jetzt fast ein Jahr alt und hätte doch schon ein bißchen Verstand haben können! Als er sie zum erstenmal für sich allein hatte, begann er mit der Erziehung. Er hielt sie so in seinen kräftigen Händen, daß das blasse kleine Gesicht in gleicher Höhe mit seinem rosigen war, und sagte: »Du kleine Hexe, weißt du denn gar nicht, wo dein Vorteil ist? Hier sind Onkel und Tante – kinderlos. Und hier bist du, ein kleines Mädchen – genau was sie sich wünschen. Du könntest bei ihnen bleiben – jedenfalls bis deine Mutter und ich uns in Kanada eingelebt haben. Wenn du nett wärst, würden sie dich zur Erbin einsetzen. Kurzum, ich rate dir, nicht jedesmal, wenn deine Tante dich ansieht, dein Geheul anzustimmen. *Du darfst nicht schreien!* Hast du mich verstanden?«

Was die kleine Gussie am deutlichsten verstand, war ihr eigenes Unbehagen. Sie litt an ständigen Koliken, weil sie unvernünftig ernährt wurde, und litt noch mehr durch die noch unverständigeren Medizinmengen, die sie bekam, wenn sie ihre Nahrung nicht verdaute. Dennoch meinte die Ayah, niemand könne das Kind besser versorgen als sie. Freilich – mit Liebe und selbstloser Aufopferung überschüttete sie das Baby in gleichem Maße.

Gussie war für ihr Alter schon recht gewitzt, teils durch ihre bemerkenswerte Intelligenz, teils durch den ständigen Szenenwechsel ihres kleinen Lebens. Sie begriff, daß dieses mächtige Wesen, das sie jetzt in seinen Händen hielt und mit so tönender Stimme auf sie einsprach, ihr befahl, nicht zu schreien, ihr Unbehagen und ihre Bauchschmerzen für sich zu behalten und ihre Scheu zu überwinden. Als die Tante sie das nächstemal in plötzlicher Aufwallung hochnahm und liebkoste, machte das winzige Ding die fast übermenschliche Anstrengung, nicht in Geschrei und Tränen auszubrechen. Sie richtete ihren kummervollen Blick auf Augustas Gesicht und zog die Mundwinkel herab; ihre Augen wurden riesengroß, aber sie hielt die darin aufsteigenden Tränen zurück.

Augusta war ehrlich erschrocken, als sie diesen Ausdruck in dem kleinen Kindergesicht sah.

»Oh!« rief sie entsetzt, »das Baby haßt meinen Anblick! Das sehe ich ganz deutlich!«

»Unsinn«, sagte Philip, »das ist nur Schüchternheit. Die wird sie überwinden!« Er schnippte mit den Fingern nach Gussie.

»Nein, das wird sie nicht. Ich habe immer wieder versucht, mich mit ihr

anzufreunden. Und nun guckt sie mich völlig verzweifelt an! Als beherrsche sie sich mit Gewalt, während sie in Wirklichkeit laut schreien möchte, wenn sie mich sieht! Da, Adeline, bitte – nimm sie!«
Adeline nahm ihr Kind und klopfte ihm nicht allzu sanft auf den Rücken. Das war mehr, als Gussie ertragen konnte. Sie machte sich steif und schrie aus Leibeskräften. Der Dekan kam in die Halle, um seinen Mantel anzuziehen.
»Ich glaube, ich gehe lieber in die Sakristei«, sagte er, »vielleicht herrscht dort etwas Ruhe.«
Nun erst bemerkten Philip und Adeline, daß auch der Papagei laut schrie. Ein Glück, daß der Dekan kein Hindu verstand, denn die Worte, die Boney jetzt schmetterte, waren die schlimmsten aus seinem ganzen Wortschatz – er hatte sie auf dem Schiff gelernt. Adeline und Philip begriffen allmählich, daß es an der Zeit sei, ihren Besuch zu beenden. Er war ungeduldig, sein neues Leben anzufangen, aber Adeline hätte sich gern noch länger in dem stillen Penchester aufgehalten, mit gelegentlichen erheiternden Abstechern nach London. Sie liebte den sonnigen ummauerten Garten hinter dem Haus des Dekans, wo die Krokusse blühten und die Narzissen große Knospen ansetzten, obwohl es erst Februar war.
Eines Morgens rief Augusta ihren Bruder in ihr kleines Wohnzimmer.
»Philip«, sagte sie, »ich glaube immer, du hast deinen Anteil am Eigentum unserer Eltern nicht bekommen.«
Philips blaue Augen wurden groß vor freudiger Erwartung. »Denkst du daran, mir etwas von ihren Sachen zu geben, Augusta?«
»Ja – wenn du meinst, daß du schöne Möbel ungefährdet mitnehmen kannst. Es wäre mir ein schrecklicher Gedanke, daß kostbare Dinge, die unsere Familie so lange gehütet hat, schlecht behandelt würden.«
»Das würden sie nicht«, versicherte er eifrig. »Sie können gut verschalt werden, und ich werde selbst dabeisein, wenn sie ein- und ausgeladen werden. Wir nehmen einen raschen Clipper, der, wie man mir sagte, fast so schnell und viel sauberer und behaglicher ist als ein Dampfschiff.«
Sie seufzte. »Oh, ich wünschte, ihr ginget nicht so weit weg! Ich finde es bitter – kaum bist du von Indien zurückgekehrt, verlieren wir dich wieder! Und ich fürchte die Reise für die kleine Gussie!«
»Augusta«, sagte er ernst, »wenn du das Kind gern für einige Zeit hierbehalten würdest ...«
»Nein, nein – das täte nicht gut. Gussie hat sich nicht an mich gewöhnt. Sie mag mich nicht, und sie schreit zuviel. Das regt Frederick auf. Sie soll mich besuchen, wenn sie älter ist ...«
»Sie ist ein verwöhntes kleines Ding«, sagte Philip. Er verzog die Stirn, aber seine Miene glättete sich rasch. »Das Haus, das mir Onkel Nicholas hinterlassen hat, ist, wie ich hörte, sehr geräumig, in französischem Stil gebaut. Ich möchte es gern schön einrichten. Ein paar Dinge haben wir aus

Indien mitgebracht, wie du weißt. Adeline hat ein wirklich bildschönes Bett und eingelegte Kommoden und Schränke. Und einige schöne Teppiche haben wir auch. Oh, wir werden schon weiterkommen! Mach dir keine Sorgen!«
»Doch, ich mache mir Sorgen. Ich möchte, daß ihr in Quebec gleich zur *Hautevolee* gehört – und das könnt ihr nicht mit einem dürftig eingerichteten Haus.«
»Oh, wir werden uns schon einleben. Ich glaube nicht, daß viele Husarenoffiziere in Quebec sind – und Adeline ist immerhin die Enkelin eines Marquis, wie du weißt.«
»Freilich. Und sie sieht auch vornehm aus. Hat sie dir übrigens die Perlenbrosche und das Armband gezeigt, die ich ihr geschenkt habe?«
»Selbstverständlich – und ich bin entzückt davon.«
»Nun möchte ich euch die Möbel geben, die ich von zu Hause habe. Echtes Chippendale – sie werden jedem Salon zur Zierde gereichen! Aber ich brauche sie nicht. Dieses Haus war voll möbliert, als Frederick mich herholte. Und Kinder, für die ich etwas aufheben möchte, habe ich nicht. Möchtest du das Zimmer gern haben, Lieber?«
»Ich würde mich schrecklich darüber freuen!« rief Philip aus. »Es ist wirklich reizend von dir, Augusta.«
Adeline war gerührt über Augustas Großmut. Sie äußerte sich sehr temperamentvoll. Ihre Reden, ihr Lachen, ihre eifrigen Schritte erfüllten das Haus. Auch Philip kannte keine Sehnsucht nach Stille und Frieden – aber wie sehr verlangte es den Dekan und Augusta nach Ruhe! Als die Gäste endlich abgereist waren (mit ihren Bergen von Gepäck, dem ewig schreienden Kind und der Ayah, die das Küchenpersonal verrückt machte mit ihrer Forderung nach exotischen Speisen, und ihrem lärmenden und oft gotteslästerlichen Papagei), war das gesetzte Ehepaar – den Dekan hatte das Möbelrücken fast wahnsinnig gemacht – mit seinen Nerven am Ende. Sie wünschten nichts inniger, als ihre Verwandten wegfahren zu sehen und sie niemals wieder auf längere Zeit zu Gast zu haben.
Philip und Adeline ihrerseits spürten, daß die Atmosphäre sich abgekühlt hatte, und waren darüber gekränkt. Sie beabsichtigten jetzt, Adelines Familie in Irland zu besuchen.
Adeline warf sich in die Rückenpolster des Wagens. »Dort wirst du irische Gastfreundschaft finden, Philip, großmütige Herzen und echte Zuneigung!«

2

In Irland

Während der ganzen weiten Reise von Indien hatte Adeline nicht so gelitten wie auf der Fahrt über die Irische See. Die Wellen waren kurz und ungestüm. Sie begnügten sich nicht damit, das Schiff von einer Seite anzugreifen. Sie stürzten sich wütend von Nordosten auf das Fahrzeug, schüttelten und rüttelten daran und warfen sich schließlich von Westen her brüllend darauf. Zuweilen meinte Adeline, das Schiff bewege sich überhaupt nicht mehr vorwärts und werde niemals ans Ziel kommen, sondern sich bis zum Jüngsten Tag im grauen Elend dieser zerrissenen Wassermassen wälzen. Die Ayah war so grün im Gesicht, daß einem schlecht werden mußte, wenn man sie nur ansah. Obwohl Gussie die erste Reise so gut überstanden hatte, war sie jetzt tödlich seekrank. Nur Philip genoß offensichtlich den Aufruhr des Meeres, das seine aufreizend rosigen, festen Wangen feucht besprühte. Doch es war immerhin ein Trost, daß er sich wenigstens um Adeline kümmern konnte. Tatsächlich fühlten sich alle in seiner Nähe geborgen.

Die irische Eisenbahn war schmutzig und rußig. Aber nach der Irischen See war ihr holpriges Schienenbett geradezu eine Himmelswiege. Die strapazierten Reisenden richteten sich allmählich wieder auf und blickten mit neu erwachendem Lebensmut um sich. Gussie nahm einen Keks in ihre winzige Hand und versuchte zaghaft, daran zu knabbern. Aber das meiste kam nicht in ihren Magen, sondern krümelte auf das Reisekleid der Ayah.

Am Bahnhof erwartete sie eine Kutsche, gezogen von zwei prächtigen Grauschimmeln und gelenkt von Patsy O'Flynn, einem besonders geschickten Kutscher, der schon seit vielen Jahren in den Diensten der Courts stand. Ein leichter Wind wehte über die Hügel. Sie leuchteten in zartem Grün, und an den Bäumen sprangen die ersten Knospen auf.

Der Nebel hing als zarter Schleier zwischen dem Land und der Sonne. Die Gänse schnatterten, ein Esel brüllte, und das Geschrei spielender Kinder trieb Adeline Tränen in die Augen.

»Ach«, rief sie, »es ist gut, wieder zu Haus zu sein!«

»Allerdings, und gut, Euer Gnaden wiederzusehen, Miß«, sagte Patsy. »Und es macht Ihnen rechte Schande, daß Sie uns so bald wieder verlassen wollen.«

»Oh, ich bleibe schon eine Weile. Ich muß meinem Mann so viel zeigen. Und die ganze Verwandtschaft besuchen. Ich dachte, Vater würde uns abholen, ist er krank?«

»Dem kann's nicht bessergehen; er ist nur weg, eine Beschwerde abliefern über Sir John Lafferty. Der hat Überschwemmung auf seinem Land und macht aus unserm einen Sumpf; und sein Viehzeug läuft wild herum wie ein Rudel Wölfe.«

»Und ist Mutter gesund?«

»Jawohl, gesund und fast verrückt vor Arbeit mit all den Vorbereitungen für Sie und das schwarze Dienstmensch und den Papagei und was weiß ich – die arme Frau!«

»Ist einer von meinen Brüdern zu Hause?«

»Die zwei jungen Bengel, die Ihre Mutter auf die englische Schule geschickt

hat. Statt dort eine anständige Sprache zu lernen, sind sie über ihren Lehrer hergefallen und haben ihn verprügelt. Jetzt sind sie rausgeschmissen und zu Haus, bis Ihr Vater entscheidet, was mit ihnen werden soll. Und Master Tim ist natürlich auch da. Ist 'n stattlicher Bursche geworden.«
Erstaunt und belustigt hörte Philip zu, wie Adeline mit Patsy plauderte. Vor dem näher gleitenden Szenenbild ihrer Jugend erschien sie ihm in einem ganz neuen Licht. Regen und Überschwemmung hatten die Straße so aufgeweicht, daß die Räder fast bis zu den Achsen einsanken, was Patsy offenbar nicht störte. Er ließ die Peitsche über den blankgestriegelten Pferdeflanken knallen und ermunterte die Tiere unablässig mit phantasievollen Flüchen.
Niedrige, strohgedeckte Hütten säumten die Straße. Die Frauen erschienen in den Türen und hielten strahlend ihre Babys hoch, als sie Adeline erkannten, während die Hühner um sie herum scharrten und pickten. Die Behausungen sprachen von sorglosem Wohlergehen. Die Kinder waren pausbäckig, wenn auch nicht eben sauber. Adeline war von Müttern und Kindern entzückt. Sie rief ihnen ein paar freundliche Worte zu und versprach, sie später zu besuchen. Offenbar billigte Patsy ihr Verhalten durchaus nicht; er schlug auf die Pferde ein und fuhr schnell vorbei.
Die Felder ringsum waren blaugrün wie das Meer, und das Gras wogte leise im sanften Wind. Adeline spähte über die Felder. Hinter den Bäumen eines Parks, i ı dem Rehe grasten, winkte das Dach ihres Elternhauses. Sie rief: »Das ist das Haus, Philip! Himmel, wenn ich denke, daß ich es fast fünf Jahre nicht gesehen habe! Es ist prächtiger als alles, was mir inzwischen unter die Augen gekommen ist! Schau nur! Ist es nicht herrlich, Philip?«
»Fällt in Stücke«, sagte Patsy über die Schulter. »Und keine Seele hat Geld dafür übrig.«
Es war wirklich ein prächtiges altes Haus, wenn auch nicht ganz so prunkvoll, wie Philip nach Adelines Erzählungen erwartet hatte. Obwohl er nichts von Architektur verstand, konnte sogar er erkennen, daß mehrere Geschlechter immer wieder in verschiedenen Stilen daran gebaut hatten. Jetzt war alles zu einem recht freundlichen Ganzen verschmolzen. Aber das Gebäude war nicht so herrschaftlich, wie Adeline es immer beschrieben hatte, und schon auf den ersten Blick entdeckte er Zeichen des Verfalls. Auch der üppige Efeumantel konnte nicht verbergen, daß die Mauern dahinter recht schadhaft waren.
Adeline reckte verzückt den Hals; sie wollte jede Einzelheit genau sehen.
»Oh, Philip«, rief sie, »ist es nicht ein wundervolles Haus?«
»Doch, doch, natürlich.«
»Das kleine Haus deiner Schwester ist nichts dagegen.«
»Immerhin stammt Augustas Haus aus der Zeit der Königin Anne.«
»Wen interessiert schon Königin Anne!« lachte Adeline. »Sie ist tot, genauso tot wie die ganze muffige Kathedralenstadt. Nein, gebt mir das freie Land!

Gebt mir Irland! Gebt mir unser altes Haus!« Tränen liefen ihr über die Wangen.
»Ich gebe dir gleich einen Klaps, wenn du dich nicht zusammennimmst«, sagte Philip. »Kein Wunder, daß du so dünn bist.«
»Ach, wie konnte ich nur so einen fischblütigen Engländer heiraten!« jammerte Adeline. »Ich dachte, du würdest hingerissen sein.«
»Dann hast du gedacht, ich würde mich betragen wie ein Narr, der ich nicht bin.«
Sie standen vor der Haustür. Ein halbes Dutzend zahmer Rehe war herangekommen und sah ihnen beim Aussteigen zu. Adeline behauptete, daß sie ein jedes wiedererkenne und daß auch die Tiere sich an sie erinnerten.
Ein Diener öffnete ihnen die Tür. Seine Livree war sauber und ordentlich, allerdings ziemlich eng. Er begrüßte Adeline begeistert.
»Ah, Gott schütze Sie, Miß Adeline! Wie gut, Sie wiederzusehen. Meine Güte, aber dünn sind Sie geworden! Was haben die Wilden mit Ihnen gemacht? Und der stattliche Herr ist wohl Ihr Gatte? Willkommen Sir, Euer Gnaden. Treten Sie nur ein. Und du, Patsy, kümmerst dich um das Gepäck, und ein bißchen dalli.« Er wandte sich um und rief drei bellende Hunde zur Ordnung.
Philip fühlte sich auf einmal sehr befangen. Er wußte noch nicht so recht, wie er der Familie seiner Frau begegnen sollte. Adeline hatte ihm so viel darüber erzählt, daß sie ihm bisher recht unwirklich und märchenhaft geblieben war. Er war darauf gefaßt, daß ihre Verwandten ihm nicht gefallen würden und daß man ihn mißfällig, zumindest sehr kritisch betrachten würde. Aber der hochgewachsene Herr, der jetzt sehr schnell die Treppe herunterkam, streckte ihm mit aufrichtigem Lächeln die Hand entgegen.
»Guten Tag, Captain Whiteoak«, sagte er und umfaßte Philips Finger mit kräftigem Druck. »Willkommen in Irland. Ich freue mich sehr, Sie kennenzulernen, Sir. Entschuldigen Sie, daß ich nicht selbst zum Bahnhof gekommen bin, aber ich hatte ein unliebsames Geschäft auf dem Gericht zu erledigen ... Und jetzt, mein Mädchen, laß dich anschauen!«
Er schloß Adeline in die Arme und küßte sie. Derweil unterzog Philip ihn einer genauen Musterung.
Adeline hatte ihren Vater Renny Court immer als das Idealbild eines Mannes beschrieben, aber Philip fand seinen Rücken zu schmal, die Schultern zu gebeugt und die Beine alles andere als gerade. Amüsiert verglich er Adelines hübsche Züge mit dem knochigen Adlergesicht, dem sie nachgebildet waren. Auch das Haar ihres Vaters mußte einst kastanienrot gewesen sein – über seinem grauen Kopf lag sogar jetzt noch ein rostroter Schimmer. Und die Augen hatte sie ganz bestimmt von ihm. Philip wurde sich bewußt, daß inzwischen noch andere in die Halle gekommen waren: eine Frau – etwas über die besten Jahre hinaus – und drei Jünglinge.

»Oh, Mutter, da bin ich!« Adeline stürzte von ihrem Vater fort und schlang die Arme um ihre Mutter.
Philip wurde in aller Form vorgestellt. Im Gesicht von Lady Honoria verrieten sich noch immer die typischen Züge einer spanischen Schönheit – ein Familienerbteil aus den Tagen der Armada, als ein spanischer Don eine Ahnfrau von ihr geheiratet hatte. Lady Honoria war die Tochter des alten Marquis von Killiekeggan, der zusammen mit dem berühmten Marquis von Waterford dem vernachlässigten Sport des Hindernisrennens zu seiner gegenwärtigen Bedeutung verholfen hatte.
Einer der Hunde, ein irischer Hirschhund, stellte sich vor der Ayah auf die Hinterbeine und wollte Gussie ins Gesicht schauen. Amme und Kind kreischten erschrocken. Renny Court lief durch die Halle, packte den Hund an seinem Stachelhalsband, knuffte ihn in die Seite und zog ihn fort.
»Hat man schon so einen Hund gesehen?« rief Lady Honoria. »Er liebt Kinder über alles! Was für ein süßes Baby! Hier in der Stadt ist ein Mann, der Daguerreotypien aufnimmt. Adeline, ihr müßt eine von ihr machen lassen, solange ihr hier seid.«
Lady Honoria lachte gern und viel. Unglücklicherweise fehlte ihr ein Schneidezahn, und jedesmal, wenn sie lachte, legte sie hastig einen Zeigefinger vor die Lippen, um die Lücke zu verbergen. Ihre Hände waren schön – Adeline hatte sie von ihr geerbt –, und in ihrem Lachen klang ansteckende Heiterkeit. Noch ehe er zwei Tage im Haus war, erkannte Philip, daß sie die Launen ihres Mannes fürchtete, ihn aber immer wieder überlistete und seine Pläne durchkreuzte. Wenn ihr das gelang, trug sie eine triumphierende Miene zur Schau, während er verbissen dreinsah, als warte er nur auf eine Gelegenheit, sich zu rächen. Oft sprachen sie tagelang nicht miteinander. Aber da beide einen ausgeprägten Sinn für Humor besaßen, fanden sie sich gegenseitig amüsant, und ihr mürrisches Schweigen wurde oft durch plötzliches Gelächter unterbrochen, über das sie sich nachher ärgerten. Lady Honoria hatte elf Kinder geboren, von denen vier im Säuglingsalter gestorben waren. Doch sie bewegte sich noch immer elastisch und anmutig und schien durchaus in der Lage, ihre Kinderzahl weiter zu vermehren.
Adeline umarmte nacheinander ihre drei jüngeren Brüder. Dann führte sie sie zu Philip. Ihr Gesicht glühte, und die Freude über die Heimkehr leuchtete ihr aus den Augen. Ihr Hut hatte sich verschoben, und die kastanienroten Locken fielen ihr in die Stirn. »Hier sind sie«, rief sie, »die drei Jüngsten! Conway, Sholto und Timothy – kommt und gebt eurem neuen Bruder die Hand!«
Die drei streckten Philip die Hände entgegen. Conway und Sholto kamen ihm einfältig vor, Timothy dagegen fast zu munter. Philip fragte sich, ob irgend etwas mit ihm nicht stimme. Die Brüder sahen sich verblüffend ähnlich: rötliches Haar, grünliche Augen, lange spitze Gesichter und besonders

gut geformte Nasen mit schmalen, hochmütig geschwungenen Nüstern. Der Älteste erinnerte Philip quälend an irgend jemand, den er kannte. Schließlich fiel es ihm ein: Conway war das lebende Abbild des Königs in einem bestimmten Kartenspiel.

»Seht sie euch an!« donnerte Renny Court und wies auf die beiden Älteren. »Ein Schandpaar sind sie, das kann ich euch sagen. Schämen muß man sich für sie! Aus der Schule geworfen, weil sie einen Lehrer attackiert haben. Natürlich haben sie ihre Strafe bekommen. Aber jetzt habe ich sie auf dem Hals, und der Himmel mag wissen, was ich mit ihnen anfangen soll. Arbeit in den Ställen oder auf den Feldern – zu etwas Besserem taugen sie nicht! Ich muß Ihnen sagen, daß ich noch zwei andere Söhne habe, prächtige Burschen, nach denen hätte meine Frau Schluß machen sollen.«

Conway und Sholto grinsten wie zwei Galgenvögel, während Timothy abermals seine Arme um Adeline schlang.

»Ach, es ist fein, daß du wieder da bist«, sagte er. »Ich hatte mir soviel aufgespart, was ich dir erzählen wollte, aber jetzt ist mir alles wie aus dem Kopf geblasen und ich kann mich nur noch freuen.«

»Du hast sowieso nur Unfug zu erzählen«, erklärte sein Vater, »Teufeleien und Verschlagenheit von früh bis spät. Sie haben ein Kind, Captain Whiteoak. Lassen Sie es dabei bewenden und bekommen sie keins mehr! Denn die Kinder sind es, die mich schon mit rotem Haar vor Kummer an den Rand des Grabes bringen.«

Lady Honoria unterbrach ihn und nahm sich der Reisenden an. Sie führte sie in die vorbereiteten Gästezimmer. Sie badeten, zogen sich um und gingen dann in das Wohnzimmer hinunter.

Rechtzeitig zum Essen erschien noch ein anderer, verheirateter Court-Sohn, der in der Nähe wohnte. Der schwarzhaarige, gut aussehende junge Mann ritt ein Pferd, das er eben erst gekauft hatte und zu den Dubliner Rennen anmelden wollte. Alle drängten sich, das neue Pferd zu sehen, und waren davon begeistert. Ganz offensichtlich war dieser Sohn im Augenblick der Liebling seines Vaters. Renny Court konnte ihn nicht genug loben und rühmte seine Reitkunst und seinen Scharfblick als Käufer.

Zwei livrierte Diener servierten das Dinner in dem stilvollen Eßzimmer. Essen und Wein waren gut, und Philip fühlte sich allmählich etwas behaglicher unter seinen neuen Verwandten. Sie redeten viel und lachten ausgiebig. Sogar die beiden Jungen vergaßen, daß sie in Ungnade waren, und erhoben ein paarmal aufgeregt ihre Stimmen. Dann aber warf ihr Vater ihnen einen schneidenden Blick zu, der sie verstummen und eine Weile schweigen ließ. Ein alter Herr, ein Mister O'Regan, war zu Tisch erschienen, sprach wenig und trank reichlich. Adeline berichtete Philip später, daß er ein alter Freund der Familie sei, der ihnen früher einmal eine große Summe geliehen hatte und zu ihnen gezogen war, als er erkannte, daß es unmöglich war, diese Schuld anders einzutreiben. Mr. O'Regans Züge waren düster und berechnend zugleich, als beobachte er mit morbidem Interesse, wie sein Guthaben bei Renny Court von Jahr zu Jahr dahinschmolz. Renny Court seinerseits behandelte den Gast mit Galgenhumor, nötigte ihn, mehr zu essen und zu trinken, und erkundigte sich besorgt nach seiner Gesundheit. Das schien nun wiederum Mr. O'Regan zu verdrießen und er antwortete nur vage: »Oh, es geht mir recht gut. Ich glaube, ich werde aushalten.« – Bis zu welchem Ziel er aushalten wollte, erklärte er allerdings nicht.

Renny Court gehörte nicht zu den Grundbesitzern, die ihr Land nachlässig Pächtern übergaben und in England von den Zinseinnahmen lebten. Er dachte nicht daran, einen dickfelligen Verwalter durchzufüttern, sondern kümmerte sich selbst um seinen Besitz und kannte darauf jeden Mann, jede Frau und jedes Kind.

Der Besuch der Whiteoaks verlief harmonisch, abgesehen von einigen hitzigen Auseinandersetzungen zwischen Adeline und ihrem Vater. Die beiden konnten nie länger zusammen sein, ohne aneinanderzugeraten. Adeline war das einzige unter seinen Kindern, das keine Angst vor ihm hatte. Aber sie liebte ihn auch nicht so wie die anderen. Sie hing viel mehr an ihrer Mutter und fürchtete sich vor der neuen Trennung. Auch Lady Honoria konnte nicht von dem Aufbruch nach Kanada sprechen, ohne zu weinen. Und was Renny Court betraf – er hatte nur Verachtung für diesen Plan.

»Was für ein Leben für einen Gentleman!« donnerte er. »Was werdet ihr dort schon finden? Nichts als Entbehrungen und Beschwerden. Ist das vielleicht ein Domizil für ein hübsches Mädchen wie Adeline?«

»Ich will aber dorthin«, unterbrach sie ihn, »ich glaube, es wird großartig werden.«

»Was weißt du denn davon?«

»Jedenfalls mehr als du«, gab sie zurück. »Philips Onkel hat uns in seinen Briefen das Leben in Quebec beschrieben. Außerdem kennt Philip einen Colonel Vaughan, der in Ontario lebt und davon ganz begeistert ist.«

»In Ontario lebt und davon begeistert ist!« wiederholte ihr Vater und faßte sie scharf ins Auge. »Und hat der Colonel Vaughan aus Ontario euch auch berichtet, wie die Straßen dort sind? Hat er von den Schlangen und Moskitos erzählt und von den wilden Tieren, die nach eurem Blut dürsten? Ich kenne jedenfalls einen Mann, der in einem der besten dortigen Hotels eingekehrt ist und in seinem Zimmer eine Schmutzlache fand und einen Frosch, der unter seinem Bett die ganze Nacht quakte. Und das hat die Frau dieses Mannes so erschreckt, daß ihr nächstes Kind mit einem Froschgesicht zur Welt kam. Nun, Adeline, wie findest du das?« Er grinste sie triumphierend an.

»Ich glaube, du sprichst von Mr. McCready«, erwiderte sie. »Seine Frau braucht nicht erst nach Ontario zu gehen, wenn sie ein Kind mit einem Froschgesicht haben will. Denn Mr. McCready selbst . . .«

»In der ganzen Grafschaft gibt es keinen besser aussehenden Mann!«
»Ich bleibe dabei, Vater, er hat ein Froschgesicht!«
Philip unterbrach: »Adeline und ich sind auf dem Weg in die Neue Welt, Sir, und niemand wird uns davon abbringen. Wie Sie wissen, hat mein Onkel uns in Quebec einen netten kleinen Besitz hinterlassen. Ich muß hinfahren und mich darum kümmern. Und wenn es so ist, wie mein Onkel geschrieben hat, gibt es in der Stadt eine angesehene Gesellschaft und ringsherum auf dem Land die besten Jagdgründe und Fischplätze, die Sie sich vorstellen können.«
»Ihr werdet zurückkommen, bevor das Jahr um ist«, verkündete Renny Court feierlich.
»Das werden wir sehen«, erwiderte Philip eigensinnig. Seine blauen Augen quollen ihm schier aus dem Kopf, so streitsüchtig blitzte er seinen Schwiegervater an.
Die beiden Brüder Conway und Sholto wünschten brennend, die Whiteoaks nach Kanada zu begleiten. Die Vorstellung von dem freien Leben in einem neuen Land, fern der väterlichen Autorität, versetzte sie in gehobene Stimmung. Sie konnten kaum mehr von etwas anderem sprechen. Sie klammerten sich an Adeline und flehten sie an, sie möge sie doch ihr Los teilen lassen. Dieser Gedanke gefiel Adeline. Kanada wäre weniger fremd, wenn sie ihre beiden Brüder um sich hätte. Überraschenderweise war auch ihre Mutter einverstanden. Die beiden hatten ihr soviel Kummer gemacht, daß sie nicht unglücklich sein würde, sich für eine Weile von ihnen zu trennen. Sie versprachen, innerhalb eines Jahres zurückzukommen. Renny Court war nur zu froh, die beiden Taugenichtse loszuwerden. Philip war von der neuen Verantwortung wenig entzückt, aber um Adeline einen Gefallen zu tun, willigte er ein. Er fühlte sich durchaus fähig, die Brüder besser im Zaum zu halten als es ihre Eltern konnten. Mit grimmigem Vergnügen plante er strenge Erziehungsmaßnahmen, um Männer aus ihnen zu machen.
Sogar der kleine Timothy hatte Auswanderungspläne, aber davon konnte natürlich keine Rede sein. Timothy sprach mit starkem irischem Akzent – er war zuviel mit der alten Nurse zusammen, die ihn seit seinen Kindertagen betreute. Er wirkte hübsch und doch irgendwie befremdend, und seine überschwengliche Zärtlichkeit war Philip unangenehm. Ein strenges Wort seines Vaters erschreckte ihn offensichtlich; aber in der nächsten Minute lachte er schon wieder. Er hatte rotblonde Haare, Sommersprossen und schöne Hände, deren Finger, wie Philip entdeckte, etwas zu lang geraten waren. Philip vermißte seine goldenen Manschettenknöpfe, seine besten Seidenkrawatten, seine Pistolen, sein goldenes Federmesser. Adeline holte diese Dinge aus Timothys Schlafzimmer zurück. Sie nahm es auf die leichte Schulter. Sie erklärte, daß Tim nichts dafür könne; trotzdem war Philip ärgerlich und fühlte sich unbehaglich.

Tatsächlich wurde ihm Adelines Familie mit jedem Tag unsympathischer – Lady Honoria ausgenommen. Er bemerkte, daß Renny Court bei aller Liebe sein Land und seine Pächter falsch behandelte. Er verschwendete zuviel Geld und zuviel Zeit an Pferderennen. Philip wagte schon nicht mehr, das Gespräch auf Politik zu bringen, da sie bei diesem Thema jedesmal heftig aneinandergerieten. Dennoch ermunterte Renny Court Mr. O'Regan immer wieder, sich über die britische Ungerechtigkeit gegen Irland auszulassen. Philip konnte sein Vaterland nicht verteidigen; denn der alte Herr war zu hochmütig und zu taub, um Gegenargumente anzuhören. Jeden Abend saß er vor dem Kamin und ergoß seinen Wortschwall, und sein gerötetes Gesicht stand über dem hohen schwarzen Stehkragen wie eine zornige Sonne über Gewitterwolken.
So kam eins zum anderen, bis die Atmosphäre unerträglich gespannt wurde. Philip und Adeline ließen sich von Corrigan Court, einem Vetter, der zehn Meilen entfernt wohnte, zu einem kurzen Besuch einladen. Sie ritten an einem schönen Frühlingsmorgen hinüber und ließen Augusta, die Ayah und Bonaparte unter der Obhut von Lady Honoria zurück. Renny Court begleitete sie auf einer mutwilligen grauen Stute, die über die schlammige Straße tänzelte und die anderen Pferde zum Ungehorsam verführte.
Eine lange Auffahrt, gesäumt von einer doppelten Reihe von Linden, führte zum Haus des Vetters, einem wuchtigen Bau mit zwei efeubewachsenen Türmen. Die vielen Fenster spiegelten in der Frühlingssonne. Corrigan Court und seine Frau erwarteten sie auf der Terrasse. Die beiden waren Cousins, sahen sich aber nicht ähnlich. Er war ein dunkler Typ mit buschigen Brauen und träger, anmaßender Miene; sie dagegen war rothaarig, hellhäutig und lebhaft. Sie waren schon einige Jahre verheiratet, aber noch immer kinderlos. Sie wünschten sich einen Sohn. Bridget Court umarmte Adeline herzlich, als sie von ihrem Pferd stieg.
»Willkommen, Adeline! Ich freue mich so, dich zu sehen«, rief sie. »Und deinen Mann! Was für ein hübsches Paar ihr seid. Willkommen, tausendmal willkommen!«
»Ah, Biddy Court, fein, dich wiederzusehen.« Adeline erwiderte die Umarmung strahlend. Dennoch hatte Philip das Gefühl, daß die beiden sich durchaus nicht so überschwenglich liebten.
Die Gäste mußten tausend Fragen über ihre Reise und ihre Pläne für Kanada beantworten. Renny Court ergriff die Gelegenheit, ihr Vorhaben zu tadeln.
Zum Dinner erschien noch ein anderer Gast, der alte Lord Killiekeggan, Adelines Großvater. Er war ein gutaussehender alter Herr, und als Adeline zwischen ihm und ihrem Vater stand, stellte Philip belustigt fest, wie ähnlich sie den beiden war. Von jedem hatte sie offenbar nur die Vorzüge geerbt. Wie bezaubernd sie aussah in ihrem Abendkleid aus gelbem Satin! Keine andere Frau konnte sich mit ihr vergleichen.
Die Unterhaltung drehte sich um Hindernisrennen, ein Thema, bei dem der

alte Marquis und sein Schwiegersohn vollkommen übereinstimmten. Die beiden interessierten sich ebensowenig für die Armee wie Corrigan Court, der sich der Unterhaltung fernhielt, als schwebe er in höheren geistigen Sphären. Die Herren blieben im Eßzimmer und tranken reichlich, denn der Portwein war ausgezeichnet. Als Adeline mit ihrer Gastgeberin ins Wohnzimmer hinüberging, blieb sie mitten auf dem Weg verblüfft vor einem Bild stehen, das in der dunkel getäfelten Diele hing. Die anderen Bilder zeigten Männer in Reitkleidern, samtenen Hoftrachten oder in Rüstung. Dies aber war das Porträt eines kleinen achtjährigen Mädchens, dessen unschuldiges Gesicht von einem Kranz roter Haare eingerahmt war. Laut rief Adeline: »Aber das bin ja ich! Und was tue ich hier, das möchte ich wissen, Biddy Court!«
Biddy Court zögerte und sah verlegen aus. Dann sagte sie: »Es gehört Corry. Dein Vater schuldete ihm Geld und gab ihm das Bild in Zahlung. Nicht daß es dem Geldwert entsprochen hätte – weit gefehlt! Nun komm schon, Adeline! Es zieht hier fürchterlich.«
Aber Adeline stand wie versteinert. Sie griff hastig nach einer brennenden Kerze, die auf einer der Truhen stand, und hielt sie so, daß das Licht auf das kleine Gesicht fiel.
»Wie hübsch ich war!« rief sie aus. »Oh, mein hübsches Gesicht! Oh, wie schändlich von meinem Vater, daß er einen solchen Schatz an Corry Court verschwendet! Ich könnte mir die Augen ausweinen!« Wütend wandte sie sich an ihre Cousine. »Wie hoch waren die Schulden?«
»Ich weiß nicht«, erwiderte Bridget, »jedenfalls war es doppelt soviel, wie dieses Bild wert ist.«
»Dann muß es wirklich ein Vermögen gewesen sein, denn das Bild hat einer der größten lebenden Künstler gemalt!«
»Ich gebe dir das Bild mit Handkuß, wenn du dafür die Schulden bezahlst.«
»Ich zahle keine Schulden außer meinen eigenen! Aber ich möchte das Bild für mein Leben gern haben! Wir könnten es nach Kanada mitnehmen und neben das neue Porträt hängen, von dem ich dir erzählt habe.«
»Ich nehme an, du wirst dich immer wieder malen lassen, und wenn du hundert bist! Ach, ich wünschte, ich könnte dein allerletztes Porträt sehen! Was wirst du erst dann für eine hinreißende Schönheit sein, liebe Adeline!«
»Immerhin werde ich dann noch *über* der Erde sein, im Gegensatz zu dir!«
Noch immer mit der Kerze in der Hand stürzte sie durch die Diele und riß die Tür zum Eßzimmer auf. Die vier Männer plauderten gedämpft im friedlichen Schein des Feuers. Die Kerzen waren heruntergebrannt. Die Portweinkaraffe zitterte ein wenig in der Hand von Lord Killiekeggan, als er sein Glas nachfüllte.
»Was bist du für ein Rabenvater«, fuhr Adeline ihren Vater an. »Wie konntest du das Bild deines eigenen Kindes fortgeben, für lächerliche Schulden, die nicht einmal den Goldrahmen wert sind. Ich gehe durch die Diele und

ahne nichts Böses, bis ich es plötzlich da an der Wand hängen sehe, wo es am liebsten vor Schande weinen möchte. Mir ist vor Scham fast die Kerze aus der Hand gefallen. Oh, wie gut ich mich daran erinnere, wie meine Mutter mich nach Dublin zu dem großen Maler brachte, der mir Blumen und Süßigkeiten gab, damit ich lachte; und Großmutter schenkte mir extra dafür eine süße kleine Korallenkette. Sag, Großpapa, hast du gewußt, daß mein Vater mir das angetan hat?«

»Ist das Mädchen verrückt?« fragte Killiekeggan.

»Nein, nein – nur wütend.« Streng sagte ihr Vater zu Adeline: »Genug jetzt! So ein Theater ist das Bild nicht wert.«

»Nicht wert«, schrie sie. »Was weißt du von seinem Wert? Erst neulich, als ich dem Maler in London den Namen des berühmten Mannes nannte, der mich als Kind gemalt hat, sagte er, daß er gern den weiten Weg zu uns für einen einzigen Blick auf dieses Porträt in Kauf nehmen würde!«

Corrigan Court fragte scharf: »Und wie hieß der berühmte Mann, Adeline?«

Verblüfft starrte sie ihn eine Weile an. Dann preßte sie die Finger gegen die Brauen und grübelte angestrengt, schließlich meinte sie bekümmert: »Jetzt hast du mich so erschreckt, daß ich es vergessen habe. Eben wußte ich es noch.« Ihre Züge erhellten sich, und sie wandte sich an Philip. »Ich habe dir seinen Namen oft genannt, nicht wahr, Philip?«

»Das hast du«, sagte Philip mannhaft, »sehr oft.«

»Und Sie haben ihn auch vergessen?« fragte Corrigan.

»Ja, er ist mir entfallen.« Er hatte ziemlich viel getrunken. Sein hübsches Gesicht war gerötet.

»Ein Blick auf das Bild«, sagte Adeline, »sogar von weitem – und der Name wird mir wieder einfallen.« Sie ging in die Diele zurück. Die vier Männer erhoben sich und folgten ihr, der alte Marquis behielt sein Glas in der Hand. Etwa zehn Schritte vor dem Bild blieb Adeline stehen und spähte angestrengt in die untere linke Ecke. Sie besaß wunderbar scharfe Augen. »Ich könnte den Namen unmöglich von hier aus lesen, was meint ihr?« fragte sie.

»Nein«, erwiderte Corrigan. »Und selbst wenn du dir die Nase an dem Bild reibst, wirst du keine Unterschrift entdecken. Es ist nämlich nicht gezeichnet. Entweder fand es der Künstler nicht der Mühe wert, oder er schämte sich seines Namens.«

Es fehlte nicht viel und Adeline hätte ihm den Leuchter an den Kopf geworfen. »Du hast die Signatur selbst übermalt, Corry Court«, fauchte sie, »du hast sie übermalt, weil du ihren großen Wert verbergen wolltest. Du mußt gewußt haben, daß jeder Kenner, der das Bild sieht, meinem Vater erzählen würde, wie du ihn übers Ohr gehauen hast!«

Renny Court warf seinem Vetter einen mißtrauischen Blick zu. Dann nahm er Adeline die Kerze aus der Hand, hielt sie nahe an das Bild und untersuchte

die beiden unteren Ecken. »Hier ist ein seltsamer kleiner Klecks«, verkündete er.
»Ja«, rief Adeline, »das ist die Stelle, wo die Signatur war. Es war mit einem süßen kleine Schnörkel gezeichnet. Gleich fällt mir der Name wieder ein!«
»Es war niemals gezeichnet«, sagte Corry Court. »Und du weißt, daß es nie gezeichnet war. Es ist ein nettes kleines Bild, und ich habe es immer gemocht, und als dein Vater es mir anbot, habe ich es eben genommen. Ich wußte recht gut, daß es alles war, was ich für mein Geld von ihm bekommen würde.«
»Oh, Vater, wie konntest du nur?« fragte Adeline mit Tränen in den Augen. »Ich wünsche mir nichts so sehr wie dieses Bild. Ich wollte es mir von dir als nachträgliches Hochzeitsgeschenk ausbitten; denn in einem Brief, den du mir nach Indien geschrieben hast, hast du selbst zugegeben, daß du mir nicht viel zur Hochzeit schenken konntest.«
»Nicht viel?« rief Renny Court. »Was? Und dabei zahle ich immer noch an den Schulden für deine Aussteuer. Wenn du dieses Bild unbedingt haben mußt – bitte –, du hast ja Geld von deiner Großtante geerbt – kauf es!«
»Ich gebe es nicht her«, sagte Corry.
Mit einem bezaubernden Lächeln wandte sich Adeline ihrem Vetter zu. »Du liebst mich doch noch immer, nicht wahr Corry, Lieber?« Sie tauschten einen Blick. Corrigan wurde glutrot. Adeline betrachtete ihn liebevoll und mitleidig.
»Du kannst das Bild behalten, lieber Corry«, flötete sie. »Ich werde immer gern daran denken, daß es hier hängt und dich und Biddy an mich erinnert.«
»Als ob man dich vergessen könnte«, sagte Bridget grimmig. »Wo immer du bist, gibt es Ärger.«
»Aber, aber, Mädchen«, unterbrach sie Lord Killiekeggan. »Nur kein Streit. Verderbt euch eure hübschen Gesichter nicht mit Stirnrunzeln.«
Bridget wußte, daß sie nicht hübsch war, aber seine Worte schmeichelten ihr. Sie warf Adeline einen herausfordernden Blick zu.
»Also«, fragte sie, »wollen wir ins Wohnzimmer gehen?«
Adeline faßte ihren Großvater am Arm.
»Laß mich nicht mit Bridget allein«, flehte sie, »ich habe Angst vor ihr.«
»Benimm dich«, sagte er, schlug sie leicht auf die Hand, ließ sich dann aber doch von ihr ins Wohnzimmer führen.
Corry war durchaus nicht abgeneigt, seinen alten Portwein zu sparen, von dem sie ohnehin schon mehr als genug getrunken hatten. Er war ein wenig niedergeschlagen, da er wußte, was für eine Szene seine Frau ihm später machen würde.
Philip befand sich in einem Stadium milder Heiterkeit. Er setzte sich in einen bequemen Sessel und nahm dankend eine Prise aus der juwelenbesetzten Schnupftabaksdose des alten Marquis. Adeline breitete die schimmernden

Volants ihrer Krinoline um sich her und beäugte ihren Großvater verführerisch.
»Was für eine reizende Dose!« sagte sie.
Nun ja, sie war seine hübscheste Enkelin, und sie würde bald weit fort sein. Er legte die Dose in ihre Hand.
»Nimm sie«, sagte er, »und wenn ein Indianerhäuptling dir die Friedenspfeife anbietet, kannst du dich mit einer Schnupfprise revanchieren.«
Niemand hätte liebenswürdiger und bescheidener sein können, als es Adeline nun bei ihren Verwandten war. Aber die Atmosphäre zwischen ihr und Bridget wurde immer gespannter. Als der letzte Morgen anbrach, waren sie nur zu bereit, sich zu trennen. Vor der Tür wartete der Wagen auf Adelines Truhen – sie reiste nie ohne eine Menge Gepäck. Sie stand in der Diele, groß und schlank im dunkelgrünen Reitkostüm, ihr Haar lag säuberlich geflochten unter einem kleinen Hut, von dem eine dunkle Feder wippte, die das milchige Weiß ihrer Wangen noch betonte. Ihre Lippen teilten sich zu einem sanften Lächeln.
»Es war so schön bei euch!« rief sie und umarmte Bridget. »Vielen, vielen Dank, liebe Cousine, für alles! Wenn Philip und ich in unserem neuen Heim eingerichtet sind, mußt du mit Corry kommen und ein Jahr bei uns bleiben; denn wir werden gewiß ein Jahr brauchen, um euch alles zu vergelten, was ihr für uns getan habt.«
Bridget war kleiner als Adeline. Während sie sich umarmten, konnte sie Adeline kaum über die Schulter blicken. Ihre Augen, die unter der stürmischen Umarmung ein wenig aus den Höhlen quollen, hingen an der getäfelten Wand, wo ein leerer Fleck allmählich ihre Aufmerksamkeit beanspruchte. Ihre Augen weiteten sich noch mehr, als sie begriff, daß Adelines Kinderbild dort an der Wand fehlte. Es schien zu arg, um wahr zu sein! Mit einem Schrei – es war eher ein Kreischen – wand sie sich in der kräftigen Umklammerung. Adeline drückte sie an sich. Als sie fühlte, was für ein Sturm in Bridget tobte, hielt sie sie noch fester.
»Laß mich los«, schrie Bridget wütend. »Laß mich los!« Die Männer beobachteten die beiden bestürzt. Eng umklammert, mit schwenkenden Krinolinen und aneinandergepreßten Busen boten sie einen betrüblichen Anblick.
»Was ist denn los, in Gottes Namen?« fragte Renny Court.
»Er hat ihr das Bild gegeben!« schrie Bridget.
»Was für ein Bild?«
»Das Porträt von Adeline! Corry hat es ihr gegeben, es ist fort!« Alle blickten zur Wand hin. Corrigan wurde blaß. »Ich habe nichts dergleichen getan«, erklärte er. »Wenn es fort ist, hat sie es selbst genommen.«
Adeline mußte Bridget loslassen, die sie nun wütend beschuldigte. »Du hast es genommen«, sagte sie. »Es ist in einer deiner Truhen. Peter!« Sie rief einen Diener herbei. »Lade das Gepäck vom Wagen ab.«

»Laß es in Frieden«, sagte Adeline. Sie wandte sich gelassen an ihre Cousins. »Gut, ich habe das Bild genommen«, sagte sie, »aber ich nahm nur, was mir gehört. Also streiten wir nicht mehr darüber.«
Peter stand da, mit einem Koffer in der Hand. Er wußte nicht, ob er ihn auf den Boden oder auf den Wagen stellen sollte. Sein roter Schnurrbart bebte vor Aufregung.
»Also hört«, sagte Philip, »ich möchte das Bild kaufen, wenn Adeline es sich so dringend wünscht.«
»Und ich möchte es verkaufen«, sagte Corrigan.
»Aber ich nicht!« keifte seine Frau. »Ich verlange, daß ihr Gepäck geöffnet und das Bild wieder an die Wand gehängt wird.«
Sie lief die Treppen hinunter, packte ein Ende des Koffers, den Peter noch immer hielt, und zerrte an dem Riemen.
Adeline rannte ihr nach. Sie rauften sich um den Koffer. Adeline war stärker, aber Bridget war außer sich vor Zorn. Sie streckte die Hand aus, bekam einen von Adelines glatten Zöpfen zu fassen und zerrte daran.
»Halt, halt, tu das nicht!« rief Philip und kam nun auch die Treppe heruntergelaufen. »Ich dulde das nicht.« Noch nie im Leben war er in eine solche Szene verwickelt worden. Er packte Bridget am Handgelenk und versuchte mit der anderen Hand, Adeline von dem Koffer fortzuziehen.
Renny Court schaute zu und lachte.
»Würden Sie freundlicherweise Ihre Frau zurückhalten?« sagte Philip zu Corrigan.
»Wage es, Hand an mich zu legen, Corry Court«, rief Bridget.
Philip redete streng auf Adeline ein: »Jetzt reicht es! Sag mir, in welcher Truhe das Bild ist.«
Mit zitterndem Finger wies sie auf den Koffer, den Peter hielt.
»Stellen Sie ihn ab«, sagte Philip zu dem Mann, und dieser gehorchte. Philip öffnete den Deckel, und obenauf lag das Bild. Er nahm es heraus und übergab es Corrigan. Das Kindergesicht blickte unschuldig aus dem Rahmen. Corrigan schaute von dem Bild zu Adeline und wieder auf das Bild. Sein Blick war düster.
Renny Court musterte den kunterbunten Inhalt des Koffers scharf.
»Hat man je solche Extravaganz gesehen!« rief er aus. »Kein Wunder, daß sie mich bankrott gemacht hat. Seht euch das an: eine goldene Puderdose, ein Zobelcape! Und da ist doch tatsächlich die Schnupfdose meines Schwiegervaters. Beim Himmel, die hat sie sich auch genommen!«
»Er hat sie ihr geschenkt«, antwortete Philip gepreßt. Mit starrer Miene schloß er den Koffer und schnürte den Riemen zu. Er wandte sich an Adeline, die wie eine Statue dastand und mit einer Hand die Reitgerte umklammerte.
»Komm«, sagte er, »verabschiede dich. Du hättest das Bild nicht nehmen dürfen, aber ich muß sagen, daß Mrs. Court sich schlecht benommen hat.«

»Leb wohl, Corry«, sagte Adeline unter Tränen, »und Gott tröste dich in deiner Ehe; denn deine Frau ist eine Hexe, wenn es je eine gegeben hat.« Elegant schritt sie zu ihrem Pferd hinüber. Philip half ihr in den Sattel. Auch Renny Court bestieg seine Stute. Man tauschte peinlich verwirrte Abschiedsworte. Dann drehte sich Adeline um und warf Bridget einen letzten Blick zu. »Leb wohl, Biddy Court!« rief sie. »Möge es dich reuen, daß du mich so behandelt hast! Ich wünsche dir Unglück, Biddy! Der Nordwind soll dich nach Süd und der Ostwind nach Westen blasen, bis du dahin kommst, wohin du gehörst.« Sie klatschte mit der Reitgerte und galoppierte davon. Ein langer kastanienroter Zopf wehte ihr über die Schulter.

Der alte Peter, der mit dem Gepäck hinterherkutschierte, entrüstete sich: »Einen verdammt üblen Streich haben sie ihr gespielt, jawohl, und sie ist dabei so unschuldig wie das Kind auf dem Bild!«

Dies war nicht ihr letzter Besuch. Sie fuhren zu Adelines verheiratetem Bruder. Sie verbrachten ein paar Tage im Hause des alten Marquis. Aber das alles verminderte nicht ihre Sehnsucht nach der Neuen Welt. Sie waren beide von abenteuerlustigem Pioniergeist beseelt, der sich nicht entmutigen läßt und ein freies Leben sucht.

Schließlich kam der Tag, an dem alle Vorbereitungen für die Schiffsreise in den Westen beendet waren.

Philip hatte die Passage auf einem Segler gebucht, da er meinte, er sei schneller und sauberer als ein Dampfschiff. Adelines Eltern und der kleine Timothy sollten ihnen das Geleit bis zum Hafen geben.

Patsy, der Kutscher, hatte sich entschlossen, Adeline nach Kanada zu begleiten. Er war unverheiratet und hatte sein ganzes bisheriges Leben an ein und demselben kleinen Ort verbracht. Jetzt gelüstete es ihn nach Abenteuern. Außerdem drängte ihn seine ritterliche Natur, Adelines Gefolge um einen Beschützer zu vermehren, denn die beiden jüngeren Brüder waren kaum als solche zu gebrauchen. Patsy war überzeugt, daß es in ein unzivilisiertes Land ging, wo wilde Tiere und Indianer die Siedlungen umlauerten.

Wie er so wartend am Dock stand, gab er eine ungewöhnliche Figur ab. Obwohl der Morgen mild und sonnig war, hatte er seinen schweren Kutschermantel an, da er fand, dies sei die einfachste Art, ihn zu tragen. Etliche Bündel – vom riesigen Leinensack bis zum geknoteten roten Schnupftuch – türmten sich auf seinen Schultern. Dazwischen spitzte sein kleines lustiges Gesicht heiter und verständig heraus. Offenbar glaubte er, der einzige Passagier zu sein, der die bevorstehenden Beschwerlichkeiten genau kannte und wußte, wie ihnen zu begegnen war.

In der einen Hand hielt er einen schweren, polierten, einschüchternden Knotenstock, an der anderen baumelte der Papageienkäfig. Der bunte Vogel hüpfte von Stange zu Stange oder hing kopfüber von der Decke und schlug aufgeregt mit den Flügeln. Boney hatte die Reise von Indien nicht vergessen.

Der Anblick der See und der Schiffe beglückte ihn über alle Maßen. Gelegentlich stieß er ein paar Hindusätze aus, dann wieder gab er durchdringende Schreie von sich. Still war er nie. Er lockte eine Schar zerlumpter, schmutziger Kinder herbei, die kreischten, wenn er kreischte, und aufgeregt um den Käfig hüpften. Wenn sie zu nahe herankamen, schwang Patsy seinen Knotenstock gegen sie, rief ihnen gaelische Schimpfworte zu und trieb sie fort. Die Ayah hatte eine Neigung zu Patsy gefaßt. Er schien ihr unheimlich, aber irgendwie gütig. Sie stand mit wehenden Gewändern dicht neben ihm und hielt ihr Pflegekind im Arm. Der Aufenthalt in Irland hatte der kleinen Augusta gutgetan. Ihre Wangen waren voller geworden, und sie war nicht mehr so blaß. Ihr Haar war jetzt schon so lang, daß es in einer seidigen schwarzen Locke unter der Krempe ihrer Spitzenhaube hervorquoll. Sie saß auf dem Arm der Ayah und blickte sich erstaunt um. Jedesmal wenn ihr Blick auf Patsy fiel, entblößte sie ihre weißen Zähne in einem entzückten Lächeln. Während ihres Aufenthalts in Irland hatte man sie mit Ziegenmilch gepäppelt, und damit ihre Verdauung nicht durch einen Milchwechsel gestört würde, hatte man ihr die Ziege geschenkt, um sie nach Kanada mitzunehmen. Die Geiß, die von einem struppigen Burschen an einem Strick gehalten wurde, betrachtete das lebhafte Treiben mit zynischem Gleichmut. Man hatte sie Maggie getauft. Lady Honoria hatte ihr eine kleine Glocke ans Halsband gebunden, deren Silberklang die Wechselfälle der Reise einläutete.
Augustas junge Onkel waren von ihrer Mutter sorgfältig für die Reise ausgerüstet worden. Aber für Philips Geschmack war ihre Kleidung zu ausgefallen, ihr Haar zu lang, und ihre Hände waren ihm zu weiß. Vor allem Conway – er erinnerte Philip immer wieder fatal an den Spielkartenkönig – wirkte zu stutzerhaft. Die Brüder waren überall und nirgends, sie kommandierten die Matrosen herum, die Käfige mit Hühnern, Gänsen und Enten an Bord trugen und Schweine, Schafe und Kühe über die Rampe trieben.
Eine Schar armer Auswanderer bewachte ängstlich ihr armseliges Gepäck und verabschiedete sich tränenreich von den Verwandten, die ihnen das Geleit gaben. Unter ihnen war ein Priester, der sich bemühte, sie aufzuheitern. Er richtete seine großen grauen Augen auf den Himmel und prophezeite gutes Reisewetter. Er brachte zwei junge Nichten an Bord – sie sollten zu ihrem Bruder in die Neue Welt reisen – und konnte sie nicht ansehen, ohne daß ihm die Augen überliefen.
Adeline trug einen langen grünen Reisemantel mit pelzgesäumten weiten Ärmeln. Vor ihr lag die glänzende See, und jenseits erwartete sie ein neues Land, in dem sie mit Philip ihren Hausstand gründen würde. Wie gern wäre sie mit Philip allein auf diesem Schiff gereist. Sie verließ den Kreis der weinenden Auswanderer, schob ihre Hand in die von Philip und drückte sie. Er blickte ihr in die Augen.
»Hast du auch wirklich nichts zurückgelassen?«

»Nein! Nicht einmal mein Herz!«
»Das ist gut und vernünftig. Sonst hätte ich umkehren müssen und es holen.«
Der Priester kam auf sie zu.
»Entschuldigen Sie, Mylady«, sagte er. Er hatte gehört, daß Adelines Mutter so angeredet wurde und meinte, es sei auch der angemessene Titel für Adeline selbst.
»Ja bitte?« antwortete sie geschmeichelt.
»Ich möchte Sie um einen Gefallen bitten«, sagte der Priester. »Ich habe eben meine beiden Nichten aufs Schiff gebracht, und es ist doch eine sehr lange und gefährliche Reise für sie. Wären Sie wohl so freundlich, sich ihrer ein wenig anzunehmen, wenn sie krank werden oder andere Schwierigkeiten haben? Es wäre ein solcher Trost für die unglückliche Mutter, wenn ich ihr das berichten könnte. Sie weint sich sonst die Augen aus. Könnten Sie das wohl tun?«
»Aber natürlich«, versicherte Adeline. »Und wenn Sie mir Ihre Adresse geben, werde ich Ihnen berichten, wie die Reise verlaufen ist und wie es Ihren Nichten geht.«
Der Priester schrieb seine Adresse auf ein zerknittertes Stück Papier, bedankte sich vielmals und ging zu den beiden pausbäckigen schwarzhaarigen Mädchen zurück.
Ringsum herrschte hoffnungsloses Durcheinander. Die Tiere brüllten; die Matrosen polterten mit Kisten und Truhen über die Rampe; die Schiffsoffiziere riefen Befehle, denen niemand zu gehorchen schien; die Möwen kreischten; Kinder schrien aufgeregt durcheinander; die großen Segel knatterten und knarrten im Wind – all das verwob sich zu einer phantastischen Abschiedssymphonie, die ihnen ihr Leben lang in den Ohren klingen würde.
Der Moment des Abschieds war gekommen. Adeline hatte ihn gefürchtet, aber als es jetzt soweit war, berührte es sie kaum mehr. Es wäre ihr lieber gewesen, wenn ihre Mutter nicht geweint hätte. Es war kummervoll, sie so tränenüberströmt in Erinnerung zu behalten. »Oh, Mutter, ich komme wieder! Wir kommen alle wieder! Ich passe gut auf die Jungen auf. Lebt wohl! Leb wohl, Vater! Vergiß nicht zu schreiben. Lebt wohl! Lebt wohl . . .« Die Arme der Eltern umfingen sie. Ihr Körper preßte sich gegen den Körper, der sie vor ihrer Geburt getragen hatte; gegen den Körper, dem sie ihr Leben verdankte. Es schmerzte, als werde sie in Stücke gerissen; schließlich legte Philip den Arm um sie und führte die Weinende auf das Schiff.

3

Die erste Fahrt

Die Bark *Alanna* hatte früher die Ost-Indien-Route befahren. Jetzt war Quebec ihr Bestimmungshafen. Der Kapitän namens Bradley war ein gedrungener Mann aus Yorkshire; der erste Offizier ein großer schlanker Schotte; er hieß Grigg. In der ersten Klasse reisten nur wenig Passagiere, denen sich die Whiteoaks fernhielten, so gut es ging. Die Reise würde lang werden und bot zuviel Möglichkeit für allzu intime Bekanntschaften und unerwünschte Gesellschaft. Außerdem waren Philip und Adeline seit ihrer Ankunft aus Indien so pausenlos von Verwandten umgeben gewesen, daß sie sich danach sehnten, miteinander allein zu sein. Sie richteten sich in der engen Kabine so bequem wie möglich ein. Philip ordnete ihre Besitztümer mit pedantischer Sorgfalt. Adeline saß warm verpackt in einer geschützten Ecke an Deck und las. Augusta und die Ayah hatte man in der Kabine nebenan untergebracht. Das kleine Mädchen spielte dort mit ihrer ersten Puppe, einer elegant gekleideten wächsernen Dame – sie war eng geschnürt und trug Kleid und Haube aus gefälteltem Taft. Conway und Sholto erforschten das Schiff, während Patsy und die Ziege sich's in ihrem unwirtlichen Quartier so gemütlich wie möglich machten. Irland lag als dunstiger blauer Streifen am farblosen Horizont. Sie hatten Gegenwind, und das Schiff machte nur wenig Fahrt, obwohl die großen Segel an den Masten zerrten, als wollten lebende Wesen ihren Willen gegen die Elemente behaupten. Die Möwen folgten dem Schiff weit hinaus auf die See. Sie konnten sich nicht zur Umkehr entschließen, als warteten sie darauf, daß man ihnen Botschaften in die Heimat mitgebe.

Außer den Whiteoaks gab es in der ersten Klasse nicht einmal ein Dutzend Passagiere. Mit fünf von ihnen freundeten sie sich näher an. Da waren Mr. D'Arcy und Mr. Brent, zwei Iren mit guten Umgangsformen und starkem Akzent, die zum Vergnügen reisten und sich die Vereinigten Staaten genauer ansehen wollten; ferner eine Mrs. Cameron aus Montreal mit ihrer fünfzehnjährigen Tochter. Die beiden waren bis nach China gereist, um sich mit Mr. Cameron zu treffen; er war ihnen in einer wichtigen Handelsmission dorthin vorausgefahren. Aber als sie in China ankamen, erfuhren sie, daß er das Opfer einer Choleraepidemie geworden war. Jetzt befanden sie sich auf dem langen traurigen Weg zurück nach Montreal. An Deck sah man Mrs. Cameron und die junge Mary nebeneinanderkauern, zusammen in einen Schal gewickelt; sie starrten in den leeren Horizont, als hätten sie keine Hoffnung mehr, je ans Ziel zu kommen, sondern müßten von Schiff zu Schiff, von Meer zu Meer reisen, bis zum Jüngsten Tag. Das junge Mädchen wirkte tatsächlich schon wie ein Stück See – so jedenfalls drückte es Adeline aus. Marys Hut und Mantel waren zu trübem Grau verblichen und erinnerten an das Meer im Winter; das Haar hing ihr wie gelblicher Tang um die Schultern; ihre großen hellen Augen blickten leer, während Gesicht und Hände von Seeluft und Sonne dunkel gebräunt waren. Das einzig Farbige an ihr war ihr Mund; zwischen den immer geöffneten Lippen schimmerten ihre Zähne wie weiße Perlen. Ihre Mutter war von Kummer und Erschöpfung gezeichnet. Sie war zu einem bloßen schützenden Element für ihre Tochter zusammengeschrumpft.

»Warum tut sie nicht irgend etwas, um das Kind glücklich zu machen, statt sie wie eine närrische Glucke zu bebrüten!« meinte Adeline aufgebracht am zweiten Tag ihrer Reise. »Wirklich, Philip, ich ärgere mich über diese Frau. Ich werde meinen Brüdern sagen, sie sollen sich um Mary kümmern. Es ist einfach unnatürlich, daß ein junges Mädchen so aussieht!«

Aber es dauerte doch noch zwei Tage, bis es den Brüdern gelang, Mary von der Seite ihrer Mutter loszueisen. Mrs. Cameron wollte ihre Tochter nicht aus den Augen lassen. Sie schien eher verdrossen als erfreut, als Mary schließlich zwischen Conway und Sholto über das Deck davonspazierte. Sie bildeten ein ungewöhnliches Trio – die Knaben in ihren eleganten neuen Anzügen, das Mädchen im zerknitterten, fleckigen Kleid; die Knaben helläugig und wach, das Mädchen wie eine Schlafwandlerin. Die Knaben konnten nicht aufhören sich zu necken, während sie ihnen abwechselnd das Gesicht zuwandte und offenbar gar nicht hörte, was sie sagten.

Der fünfte Passagier, den die Whiteoaks näher kennenlernten, war ein Engländer, ein Mr. Wilmott, der sich, wie sie, in Kanada niederlassen wollte. Er war groß und dünn, mit scharfen, aber gutgeschnittenen Zügen und einem kleinen braunen Schnurrbart. Er war sparsam mit Auskünften über seine Person, aber ein eifriger Redner, wenn es um Politik ging. Bald unterhielten er und die beiden Iren die ganze Gruppe. Sie diskutierten unaufhörlich, ohne sich in die Haare zu geraten. Mr. Wilmott war ironisch und geistreich, die Iren humorvoll und stets mit den haarsträubendsten Übertreibungen bei der Hand. Philip war so lange von England fern gewesen, daß er sich einer politischen Diskussion nicht gewachsen fühlte. Außerdem hätte er bei jeder Auseinandersetzung über ihre beiden Länder Adeline gegen sich gehabt, und diese Vorstellung war ihm zuwider.

Adeline war ganz erfüllt von dem Plan, Mr. Wilmott und Mrs. Cameron zusammenzubringen. Würden diese beiden einsamen Menschen – Mr. Wilmott sah manchmal richtig schwermütig aus – nicht gut daran tun, den weiteren Lebensweg gemeinsam zu gehen? Und was für einen Beschützer, was für einen Vater gäbe er für die kleine Mary ab! Adeline meinte, daß Mrs. Cameron eher an Melancholie als an gebrochenem Herzen litt. Sie lebte nur noch ihrem Kind. Adeline verstand nicht, wie eine Frau ihre Mutterpflichten der Gesellschaft eines Mannes vorziehen konnte. Sie würde das nie tun! Für sie würde immer der Mann zuerst kommen. Sie verachtete diese Glucke.

So schufen sie sich auf der *Alanna* einen neuen Lebenskreis, der ganz anders war als jener auf dem Schiff, mit dem sie aus Indien gekommen waren. Dies hier war eine kleinere, engere Welt, die nichts mehr mit ihrem alten Leben zu tun hatte. Ihre letzte Reise hatte sie heimgebracht; diese ging in unbekanntes Neuland. Die letzte war ein Bindeglied gewesen; diese war ein Abschnitt. Adeline fühlte sich seltsam losgelöst und heiter, als betrete sie auch geistig neues Land.

Eine Woche kämpfte sich das Schiff bei klarem Wetter vorwärts. Dann wurde der Gegenwind stärker. Riesige Wellen krachten gegen den Bug und übersprühten das Schiff. Man konnte nicht mehr auf Deck bleiben. Sie mußten die langen Tage in ihren Kabinen verbringen und litten unter der schalen Luft und den Gerüchen und Geräuschen, die vom Zwischendeck heraufwehten. Die Ayah wurde seekrank und Adeline mußte sich selbst um das Baby kümmern. Mrs. Cameron und Mary liebten die kleine Augusta und übernahmen einen großen Teil der Pflege. Aber nachts wurde das Kind unruhig, und Adeline und Philip bekamen nicht den nötigen Schlaf.

An einem stürmischen Abend wollten sie gerade zu Bett gehen, als sie ein Klopfen an der Tür und Conways Stimme hörten: »Philip! Wir haben ein Leck!«

»Was?« rief Philip und unterbrach seine Abendtoilette.

»Eine Planke ist eingedrückt. Wir haben ein Leck!«

Jetzt hörten sie über sich schwere Schritte und die Rufe der Offiziere.

Adeline wurde blaß. Sie hielt das leise wimmernde Baby im Arm.

»Wird das Schiff sinken?« fragte sie.

»Ganz bestimmt nicht! Reg dich nicht auf«, sagte Philip. Dann riß er die Tür auf.

Draußen stand Conway und hielt sich an dem Messinggeländer fest, das den Korridor entlangführte. Er trug einen bunten Morgenrock, und selbst in der augenblicklichen Aufregung bemerkte Philip, wie sehr diese Kleidung seine Ähnlichkeit mit dem Spielkartenkönig unterstrich. Durch die offene Tür drang der Lärm noch deutlicher herein: Getrampel, Geschrei, das Heulen des anschwellenden Sturms, Poltern und Knattern von Leinwand und Takelage. Man holte die Segel ein.

»Sie holen die Segel ein!« rief Conway, aber seine Stimme war kaum zu hören. »Wir haben schlimmen Sturm.«

Sein Bruder stand dicht hinter ihm und klammerte sich ans Geländer. Er war grün im Gesicht. Adeline sagte zu ihm: »Komm herein und leg dich in meine Koje, Sholto. Du mußt das Baby halten, während wir den Kapitän suchen.«

Der Junge stolperte gehorsam in die Kabine und warf sich auf das Bett.

»Oh, mir ist so schlecht!« jammerte er.

Adeline legte das Baby neben ihn.

»Du kommst nicht mit, Adeline«, rief Philip ihr zu.

Ihre Augen blitzten rebellisch. Sie packte ihn am Arm. »Und ob ich komme!« rief sie zurück.
Das Schiff wurde jäh emporgehoben, so daß sie alle in eine Ecke der Kabine geschleudert wurden. Jetzt erschien auch Mrs. Cameron in ihrer Tür. Sie hatte einen Schal um den Kopf gewickelt und drückte Mary eng an sich, als wolle sie gemeinsam mit ihr in den Untergang gehen. Aber ihre Stimme war ruhig. »Was ist los?« fragte sie.
»Nur ein kleines Leck, Madam. Wir wollen gerade den Kapitän aufsuchen.« Philips gelassener Ton war beruhigend.
»Wir gehen mit.« Sie sahen, wie ihre Lippen die Worte formten, hören konnten sie sie nicht.
Aneinander und an das Geländer geklammert erreichten Adeline und Philip die Kajütentreppe. Sie fanden den Kapitän und den ersten Offizier, die das Einholen der Segel überwachten. Die großen Leinwandstücke donnerten auf das Deck. Es wirkte wie eine Kapitulation. Danach sahen die starken Masten und das ganze Schiff auf einmal zerbrechlich und verwundbar aus. Der Wind blies mit fürchterlicher Gewalt. Grüne Wellenmauern schoben sich heran und krachten gegen die Flanke des schlingernden Schiffes. Die aufgetürmten Wassermassen wurden geisterhaft beleuchtet von einem wolkenverhangenen Mond, der nur dann und wann zu sehen war. Adeline hatte schon andere, tropische Stürme erlebt. Aber damals war das Schiff größer und die Besatzung zahlreicher gewesen. In diesem Sturm fühlte man sich entsetzlich einsam. Das kleine Häufchen Menschen schien hilflos in dem schneidend kalten Wind. Dennoch erklärte der Kapitän ruhig: »Es ist nur eine Bö. Ich bin schon oft ums Kap gesegelt und habe hier schon ganz andere Stürme erlebt. Glauben Sie mir, der Wind wird sich bald legen. Am besten, Sie gehen in Ihre Betten zurück, Ladys. Und machen Sie sich keine Sorgen.«
Durch den Sturm drang der wirre Lärm aus dem Zwischendeck. Einer hinter dem anderen strömten die Auswanderer die Treppe herauf auf das Deck. Sie blickten unruhig und erschrocken um sich.
Kapitän Bradley ging mit langen Schritten auf sie zu. »Was soll das?« fragte er.
Der zweite Maat rief ihm zu: »Ich konnte sie nicht zurückhalten, Sir! Unten strömt das Wasser herein.«
Der Kapitän machte ein finsteres Gesicht. Er zwängte sich durch die Leute und befahl ihnen, mit ihm hinunterzusteigen. Sie gehorchten verwirrt.
Adeline hörte ihn rufen: »Alle Mann an die Pumpen!«
Philip tätschelte ihr den Rücken. Er lächelte. Tapfer lächelte sie zurück. Dann sagte er so laut wie möglich: »Die Bö wird abebben. Es wird alles gutgehen.«
»Halte Mrs. Cameron fest«, rief Adeline, »sie sieht aus, als würde sie gleich in Ohnmacht fallen.«
Mary Cameron war nicht mehr neben ihrer Mutter. Conway Court hatte den

Arm um sie gelegt. Die beiden wirkten eher vergnügt als erschrocken. Philip führte Mrs. Cameron in ihre Kabine zurück. Der Sturm legte sich. Aber die See ging noch immer hoch mit großen donnernden Wogen, und der Wind war noch immer so heftig, daß er die Sturmsegel zum Zerreißen spannte. In dem Chaos der Elemente lag die *Alanna* fast auf der Seite. Eine Regenbö kam wie eine Mauer auf sie zu, als wolle sie dem Meer helfen, alle an Bord zu ersäufen. Aber Kapitän Bradley verlor den Mut nicht. Mit rotem Gesicht lief er umher und rief munter seine Befehle aus. Die schwankenden Laternen erhellten nur einen Ausschnitt der wilden Szenerie. Die Matrosen nähten Segel zusammen und zogen sie um den Bug des Schiffes – ein hoffnungsloser Versuch, das Leck abzudichten. Adeline wußte, daß sie vor Angst umkommen würde, wenn sie hinunter in ihre Kabine ginge. Hier, inmitten der Geschäftigkeit, konnte sie sich Philip an Mut ebenbürtig zeigen. Sie schloß sich Mary Cameron und Conway an, hängte sich bei ihnen ein, und gemeinsam erwarteten sie Philips Rückkehr.

»Ich habe Mrs. Cameron etwas Brandy gegeben«, sagte er, als er zurückkam. »Sie hatte ihn nötig, die Arme. Sie hat sich halb zu Tode gefroren.«

Er wandte sich an das Mädchen. »Soll ich Sie zu Ihrer Mutter hinunterbringen, Mary?«

»Hat sie nach mir gefragt?« Marys Stimme klang mißmutig.

»Nein. Ich glaube, sie wird bald einschlafen. Vielleicht sind Sie bei uns besser aufgehoben.«

Conway Court lachte trocken. Philip warf ihm einen ärgerlichen Blick zu. Aber auch Adeline lachte, und Mary verschlang die Gestalt in dem bunten Morgenrock, deren rötliches Haar im Wind wehte, mit bewundernden Blicken. Mr. Wilmott gesellte sich zu ihnen.

»Die Offiziere machen sich noch keine Sorgen«, erklärte er, »aber das Leck scheint ziemlich übel zu sein. Die vier Pumpen arbeiten, was das Zeug hält. Mr. D'Arcy und Mr. Brent legen mit Hand an, und ich werde auch helfen, wenn man mich braucht.«

Als der Morgen graute, stand das Wasser im Laderaum fünf Fuß hoch. Die Pumpen arbeiteten unablässig, und der Kapitän beteuerte, man werde mit der Situation fertig werden. Eine Stewardeß brachte Adeline das Frühstück in die Kabine. Sie hatte sich inzwischen trockene Sachen angezogen, aber nicht geschlafen. Der winzige Raum war eine einzige Unordnung. Adelines nasse Kleider lagen mit denen von Philip und dem Baby überall verstreut herum. Es war ein deprimierender Anblick. Sie selbst fühlte sich in einen Strudel der Verwirrung hinabgezogen. Aber der heiße Tee, Brot und Schinken belebten sie wieder. Sie saß auf der Bettkante und kämmte ihr Haar aus. Durch das Bullauge schimmerte blasses Sonnenlicht herein. Sie bemerkte die lebendige Schönheit ihres Haares. So wird es auch aussehen, wenn ich ertrinke, dachte sie bedauernd.

In dem silbernen Handspiegel sah sie, wie blaß ihr Gesicht war. Sie biß sich auf die Lippen, um ihnen etwas Farbe zu geben.
»Wann, glauben Sie, kommen wir nach Neufundland?« fragte sie die schottische Stewardeß.
»Oh, wir kommen schon rechtzeitig hin.«
»Wie weit ist es nach Irland?«
»Etwa sechshundert Meilen.«
»Wie geht es Mrs. Cameron heute?«
»Besser bei diesem Wetter.«
»Und ihrer Tochter?«
»Sie schläft fest. Wir Ihr eigenes Baby, das arme kleine Lamm.«
Sie warf Adeline einen vorwurfsvollen Blick zu.
»Mein Baby war heute nacht sehr gut bei meinem Bruder aufgehoben«, erwiderte Adeline hochfahrend. Sie hatte während der Nacht kein einziges Mal an die kleine Augusta gedacht. »Sie sagen, sie schläft? Ist sie bei ihrer Ayah?«
»Jawohl. Das heißt, sie ist bei dem, was von der Ayah noch übrig ist. Die arme Frau ist mehr tot als lebendig.« Zu diesen Worten balancierte die Stewardeß das Tablett gegen das Schlingern des Schiffes.
»Barmherziger Himmel«, rief Adeline aus, »was sind wir doch für ein jammervolles Häuflein!«
Sie ging zur Kabine der Ayah hinüber und sah hinein. Im fahlen Sonnenlicht sahen die Nurse und das Kind gleich schwach und durchscheinend aus. Aber sie schliefen friedlich. Adeline rief die Stewardeß.
»Entfernen Sie den Spuckeimer«, stieß sie mit gedämpfter, wütender Stimme hervor. »Schaffen Sie hier Ordnung und machen Sie so wenig Lärm wie möglich.«
Adeline ging zu Mrs. Camerons Kabine. Hier war alles sauber. Aber nach dem heftigen Anfall von Seekrankheit lag die arme Frau jetzt erschöpft in den Kissen. Es roch betäubend nach Eau de Cologne, als hätte jemand eine ganze Flasche davon verschüttet. Mary saß vor einem kleinen Frisiertisch und studierte eifrig ihr Gesicht im Spiegel. Sie merkte nicht, daß die Tür sich geöffnet hatte, und war ganz in ihr großäugiges Spiegelbild vertieft. Dabei schwankte das Schiff so, daß die Schranktüren wechselweise auf- und zuflogen. Adeline lachte. »Nun, wie finden Sie sich?« fragte sie.
»Oh, Mrs. Whiteoak«, strahlte Mary, »ich bin hübsch – hübsch! Ich mußte um die ganze Welt reisen, um das zu entdecken.«
»Hm –«, sagte Adeline, »es ist nicht gerade der passendste Augenblick für eine solche Entdeckung. Aber wenn es Sie tröstet, freut es mich, daß Sie sich hübsch finden.«
Ohne den Blick vom Spiegel zu wenden, fragte das Mädchen: »Oh, finden Sie mich denn nicht hübsch?«

Wieder lachte Adeline. »Ich bin nicht in der richtigen Verfassung, das zu beurteilen. Aber ich werde Sie mir später einmal genauer anschauen. Kann ich irgendwas für Ihre Mutter tun?«
»Sie sagt, es geht ihr etwas besser. Sie will nur Ruhe.«
»Haben Sie überhaupt geschlafen?«
»Ja, ein wenig, ich bin nicht müde.«
»Dann sind Sie ein besserer Seefahrer als ich. Haben Sie gefrühstückt?«
»Ja, danke. Die Stewardeß ist sehr nett. Ihr Bruder übrigens auch. Und so tapfer dazu!«
»Das freut mich. Ich werde jetzt nach den Jungen sehen.«
»Darf ich mitkommen?«
»Nein. Sie bleiben bei Ihrer Mutter.«
Sholto hatte sich schon ein wenig von seiner Seekrankheit erholt. Er trank Kaffee und aß einen Zwieback, war aber immer noch sehr blaß. Conway zog sich gerade trockene Kleider an. Adeline bemerkte, daß seine Haut weiß wie Milch war und Brustkasten und Nacken voller, als sein schmales Gesicht es erwarten ließ.
»Ach, Adeline«, seufzte Sholto, »ich wünschte, ich hätte diese Reise nie gemacht. Wir werden ganz bestimmt sinken. Ach, ich wünschte, ich wäre zurück in Irland, bei Mama, Papa und Timothy.«
»Unsinn«, sagte Adeline und setzte sich zu ihm aufs Bett. »In ein paar Tagen wirst du darüber lachen. Hier, iß deinen Zwieback.« Sie nahm ihm das Gebäck aus der Hand, brach ein Stück ab und steckte es ihm in den Mund. Er legte sich in die Kissen zurück, und sie fütterte ihn, als sei er ein Baby.
Dann wandte sie sich an Conway »Geh und such Philip, und schick ihn mir her. Sag ihm, ich muß ihn unbedingt sehen, es ist sehr wichtig.«
»Was willst du von ihm?«
Sie warf ihm einen herrischen Blick zu. »Tu, was ich dir sage, Con.«
»Schon gut. Aber wahrscheinlich wird er nicht kommen.« Er band seine Krawatte so sorgfältig, als müsse er einen Anstandsbesuch machen.
»Was bist du nur für ein Geck«, schalt sie. »Stehst hier und knotest an deiner Krawatte, wo wir ohnehin bald alle nur noch Wasserleichen sein werden.«
Sholto duckte sich in die Kissen.
»Du hast gesagt, es wird alles gut. Du hast gesagt, wir würden darüber lachen«, schluchzte er.
»Da hast du's!« triumphierte Conway. Er öffnete die Tür und trat auf den Korridor hinaus. Vergeblich versuchte er, die Tür hinter sich gegen das Rollen des Schiffes zu schließen. Adeline mußte aufstehen und sich dagegenstemmen.
Dann ging sie zu Sholto zurück. »Ich habe doch nur Spaß gemacht«, tröstete sie. »Meinst du, ich sähe so vergnügt aus, wenn ich dächte, wir sinken?«
»Du siehst nicht vergnügt aus! Du siehst verstört und seltsam aus.«

Sie legte ihren Kopf neben den seinen auf das Kissen.
»Ich bin verstört«, sagte sie, »weil ich den Verdacht habe, daß Conway mit der kleinen Cameron flirtet. Darum hab' ich ihn weggeschickt, damit ich dich fragen kann. Sholto, sag mir, hat er ihr erzählt, sie sei hübsch? Hat er ihr schöne Augen gemacht?«
Sholtos grüne Augen glänzten. »Das hat er, allerdings! Kaum sind wir mit ihr allein, fängt er mit seinen Tricks an. ›Du bist aber hübsch!‹ sagt er. ›Was für einen schönen Hals du hast‹ – sagt er. ›Ach, diese schönen, langen Wimpern! Komm näher und streichle mir die Wange damit!‹«
»Und hat sie's getan?«
»Natürlich. Und die Hand hat er ihr auf die Brust gelegt.«
»Und sie hat sich nicht gewehrt?«
»Sie, gewehrt? Sie hat geschnurrt wie eine Katze, die gestreichelt wird. Und sie hat mit den Augen gerollt wie eine Katze. Aber sie ist unschuldig und Conway nicht. Die Burschen in der englischen Schule konnten noch allerhand von ihm lernen.«
Adeline zog düster die Brauen zusammen. »Ich werde Marys Mutter sagen, sie soll ihre Tochter von dem Windhund fernhalten.«
»Na, wenn das Schiff sowieso sinkt, können sie genausogut vorher ihren Spaß haben.«
»Das Schiff sinkt aber nicht!«
Die Tür öffnete sich und Conway schaute herein. Er sagte: »Philip ist in eurer Kabine. Er ist naß wie eine Wasserratte.«
»Con, komm herein und mach die Tür zu!« Er gehorchte und stand blaß und lächelnd vor ihr.
»Hör zu«, sagte Adeline, »kein Techtelmechtel mit Mary Cameron! Wenn ich noch etwas höre, erzähle ich es Philip, und er wird dich beuteln, daß dir die Zähne klappern. Du solltest dich schämen – einem Kind Liebeserklärungen machen!«
»Was hat der kleine Halunke dir erzählt?« fragte er und musterte seinen Bruder kalt.
Sholto begann zu zittern, vor Angst wurde ihm wieder übel.
»Er brauchte mir nichts zu erzählen«, sagte Adeline, »sie selbst hat mir erzählt, daß sie gerade entdeckt hat, sie sei hübsch. Außerdem habe ich dich beobachtet. Kurzum: Schluß damit, sage ich!«
Er versuchte, die Tür zu öffnen und sie mit einer herablassenden Verbeugung hinauszudienern, aber ein plötzliches Rollen des Schiffes ließ sie einander in die Arme stolpern. Einen Augenblick verblieben sie so, dann preßte Adeline seinen Arm: »Mary ist noch viel zu jung für eine Poussage. Du wirst brav sein, nicht wahr, Con?«
»Aber ja, ich verspreche es dir.«
Er hielt ihr die Tür auf, dann ging er zu seinem Bruder zurück, beugte sich

über ihn und versetzte ihm ein paar kräftige Kopfnüsse. Erstaunlicherweise schienen sie seinem Bruder sogar gutzutun – eine halbe Stunde später sah man die beiden schon wieder an Deck. Jetzt, da die Sonne herausgekommen war, sah alles hoffnungsvoller aus; auch die schaumgekrönten Wogen setzten dem Schiff jetzt nicht mehr so grausam zu. Die Matrosen wagten sogar wieder, einige Längen Leinwand aufzuziehen. Die Brüder beobachteten das Treiben, und als sie Mary erblickten, schauten sie rasch in eine andere Richtung. Aber Mary war offenbar auch mit ihren eigenen Gedanken beschäftigt. Ihre Mutter ließ sie nicht aus den Augen. Mrs. Camerons Denken konzentrierte sich auf das Schiff – vielleicht wollte sie es auf telepathischem Weg veranlassen, Mary schnell und sicher an Land zu tragen.
Als Adeline zurückkam, stand Philip mitten in der Kabine und wartete auf sie. Sein Anzug war naß und zerdrückt, sein helles Haar klebte ihm auf der Stirn. Er sah so komisch aus, daß sie gelacht haben würde, hätte sie nicht noch im letzten Moment seine finstere Miene bemerkt.
»Warum hast du mich holen lassen?«
»Ich war in Sorge um dich.«
»Aber du hast mich hier warten lassen.«
»Nur ein paar Minuten. Ich war bei Sholto. Er ist krank.«
»Das sind wir alle. Selbst ich habe mich nach dem Frühstück übergeben. Was willst du von mir?«
»Ich will, daß du dir trockenes Zeug anziehst.«
Philip ging auf die Tür zu. »Wenn das alles ist . . .«
Sie hielt ihn fest. »Philip, so gehst du mir nicht! Du wirst dir den Tod holen.«
»Ich wäre ein armseliger Soldat, wenn mich so etwas umschmisse.«
»Aber was kannst du schon tun?«
»Ich kann wenigstens im Zwischendeck für Ruhe und Ordnung sorgen. Die Auswanderer sind am Rande einer Panik. Und du für dein Teil könntest diese Kabine hier aufräumen. Die Unordnung ist ekelhaft.«
»Was erwartest du denn?« gab sie erbittert zurück. »Ich habe ein krankes Baby! Ich habe eine halbtote Ayah! Ich muß nach Mrs. Cameron sehen! Ich muß mich um meinen Bruder kümmern! Ich ängstige mich krank um dich. Die Stewardeß kann nichts als tratschen. Das Schiff leckt! Und da regst du dich über eine unordentliche Kabine auf!«
Wütend raffte sie einige Kleidungsstücke zusammen und feuerte sie in eine offene Truhe.
»Ich habe dich nicht um einen Wutanfall gebeten.«
»Oh, nein! Ich soll nicht wütend werden! Ich soll ganz ruhig bleiben! Natürlich! Und so ordentlich wie eine – eine Ameise!«
»Also, warum tust du es nicht?«
Bevor sie antworten konnte, stieß der Papagei, der Adelines Gereiztheit be-

merkte, einen durchdringenden, aufgeregten Schrei aus. Er flatterte wild in der Kabine herum. Sein unruhiges Flügelschlagen war zuviel für ohnehin überreizte Nerven. Endlich hängte er sich kopfunter an eine Messingschiene und überschüttete die beiden mit einer Flut kräftiger Hindu-Flüche:
»*Haramzada!*« schrie er. »*Haramzada! Iflatoon! Iflatoon!*«
»Manchmal wünsche ich«, seufzte Philip, »wir hätten diesen Vogel nie mitgenommen.«
»Das glaube ich dir! Wahrscheinlich wünschst du auch, du hättest mich nie mitgenommen. Dann hättest du deinen verdammten Schiffbruch ordentlich wie einen Spindappell! Vielleicht ...«
Philips Züge entspannten sich. »Adeline«, sagte er, »du machst aus allem eine Komödie. Komm, laß uns nicht streiten, Liebling!« Er legte den Arm um sie und küßte ihr Haar. »Such mir ein paar Handschuhe, ich habe mir an der Pumpe Blasen gerieben.«
Augenblicklich war sie besänftigt und um ihn besorgt. Sie küßte seine blasigen Hände, badete sie, bestrich sie mit einer lindernden Salbe und verband sie Dann suchte sie ihm ein Paar Handschuhe heraus. Unter ihrer Fürsorge wurde er ganz nachgiebig, zog sich trockene Kleidung an und bürstete sein Haar. Boney, der noch immer kopfunter an der Stange hing, beobachtete ihn dabei neugierig.
»Philip«, erkundigte sich Adeline, »ist wirklich alles so einfach wie der Kapitän sagt? Sind wir in Gefahr? Wird das Schiff uns sicher nach Neufundland bringen? Er sagt doch, daß er dort einen Hafen zur Reparatur anlaufen will.«
»Das Leck ist nicht hoffnungslos«, erwiderte er ernst. »Wenn nur dieser verdammte Gegenwind nachließe! Bei günstigem Wind brauchten wir uns keine Sorgen zu machen.«
Sie hielten das Leck unter Kontrolle, die Sonne kam heraus, der Wind ließ nach, und allmählich herrschten wieder Ruhe und Ordnung auf dem Schiff. Man richtete Schichtdienst an den Pumpen ein, und wenn es Zeit zur Ablösung war, rief Griggs sein »Spell ho!« über das Deck. Der Kapitän zwang sich zu einer heiteren Miene. Die *Alanna* kämpfte sich vorwärts. Sie fuhr geradewegs in den blutroten Sonnenuntergang hinein. Ein Matrose kam auf den Kapitän zugerannt, der sich gerade mit Philip und Mr. Wilmott unterhielt. »Die Ladung hat sich verschoben«, keuchte er atemlos.
Philip ging zu Adeline hinüber, die mit ihren Brüdern in einer geschützten Ecke auf Deck saß. Die Burschen waren müde und hatten sich lässig neben ihr ausgestreckt. Conways Kopf ruhte auf ihrer Schulter, der Sholtos in ihrem Schoß. Wahrhaftig, dachte Philip, sie sehen nicht besser aus als die Auswanderer im Zwischendeck. Adeline sah zu Philip auf, und sein ernster Blick erschreckte sie.
Sie richtete sich kerzengrade auf. »Was ist nun schon wieder los?« fragte sie.

Conway erwachte und sprang auf. Er blickte sich verwirrt um. »Um Gottes willen, Philip – Adeline – das Deck!« stammelte er.
»Ja«, sagte Philip, »der Ballast hat sich verschoben. Wir haben Schlagseite. Der Kapitän meint, es bleibt uns nichts übrig als zur Reparatur nach Galway zurückzufahren.«
»Nach Galway, zur Reparatur!« wiederholten Adeline und Conway wie aus einem Mund. »Das ist ein Witz.«
Conway rüttelte seinen Bruder an der Schulter. »Wach auf, Sholto! Du darfst das liebe, alte Irland wiedersehen!«
»Wie lange wird es dauern?« fragte Adeline.
»Mit *dem* Wind im Rücken schaffen wir's in wenigen Tagen.«
»Meine Mutter darf nichts davon erfahren. Sie würde sich unnötig aufregen. Sie würde bestimmt nach Galway kommen, und das Abschiednehmen finge wieder von vorn an.«
»Du hast völlig recht«, sagte Philip. Er konnte eine neuerliche Begegnung mit seinen Schwiegereltern recht gut entbehren.
Sholto war erstaunlich froh über diese Wendung.
Am nächsten Morgen hatte der Wind sich soweit gelegt, daß der erste Offizier außen an der Bordwand hinabgelassen werden konnte, um das Leck zu untersuchen. Die See glänzte wie blauer Stahl, und die Wellen kräuselten sich unter dem Wind. Alle an Deck beobachteten das Manöver mit Spannung. Der Offizier rief den verschlüsselten Befund zum Kapitän hinauf, der sich über die Reling beugte. Grigg streckte die Hand aus und tastete die beschädigte Planke ab wie ein Arzt, der sich auf eine Operation vorbereitet. Dann zogen sie ihn wieder herauf. Alle drängten sich um ihn. Er war nicht in der Stimmung, ihre Ängste zu zerstreuen, und nur die zuversichtliche Miene des Kapitäns nötigte ihm eine kurze Erklärung ab: »Ich glaube, wir schaffen es schon. Das heißt, wenn wir nicht noch einmal Sturm bekommen. Wenn die See sich ruhig hält, ist das Leck vier Fuß über dem Wasser. Wir könnten es schaffen – aber wir müssen an den Pumpen bleiben.«
Der Wind donnerte gegen die Segel, als die *Alanna* abdrehte. Nun unterwarf sie sich dem Feind, gegen den sie tagelang gekämpft hatte, und bot ihm jede Elle Leinwand, damit er sie so schnell wie möglich nach Irland zurücktreibe. Aber das verschobene Gleichgewicht machte sie schwerfällig. Niemand konnte die Schlagseite übersehen. Alle an Bord schienen plötzlich an einem Bein zu lahmen und hingen nach einer Seite.
Die Pumpen mußten pausenlos in Betrieb gehalten werden. Die Männer hatten alle schmerzende Rücken, blasige und schwielige Hände, und die grauen Stunden, Tage und Nächte reihten sich zu einer trostlosen, eintönigen Kette. Die Eintönigkeit wandelte sich in Schrecken, sobald sich eine zerklüftete Wolke zeigte, die möglicherweise Sturm bringen konnte. Adeline war noch die Heiterste an Bord. In ihren eleganten Kleidern, die der Lage so wenig angemes-

sen waren, verbreitete sie Zuversicht und Frohsinn, wo immer sie auftauchte. Gegen Philips Protest half sie sogar an den Pumpen. Herzhaft und falsch stimmte sie in die Lieder der Matrosen ein.
Die Reisenden wurden seltsam vertraut miteinander. Es schien, als kennten sie sich schon seit Jahren. Jeder kannte das Gesicht, die Gesten und Eigenheiten des anderen. Dann, am achten Tag, erschien undeutlich am Horizont die Küste von Irland.

4

Reparaturen

Blau und ruhig lag die Bucht von Galway vor ihnen. Alle Glocken läuteten, als der Segler wie ein geschlagener Krieger in den Hafen einfuhr. Zum erstenmal seit zehn Tagen verstummte das Stampfen der Pumpen. Die Trommelfelle der Reisenden entspannten sich und wurden aufnahmefähig für Glokkenläuten und Vogelgezwitscher. Adeline stand am Bug und hielt ihr Gesicht der leichten Brise entgegen, die den warmen Geruch von Erde herübertrug. Ihre feinen Nasenflügel bebten, und sie lachte leise. Mr. Wilmott hörte es gerade noch, als er neben sie trat.
»Wie gut, daß Sie lachen können, Mrs. Whiteoak«, sagte er. »Für mich ist diese Rückkehr niederschmetternd.«
Sie warf ihm einen Blick über die Schulter zu.
»Aber wieso?« rief sie. »Sind Sie nicht froh, wieder Land zu riechen und die Vögel zu hören?«
»Nicht das Alte Land!« sagte er bitter. »Nicht diese Vögel. Ich wollte nie mehr hierher zurückkommen. Ich brauche die Neue Welt.«
»Nun, Sie werden sie bekommen, wenn Sie sich nur ein bißchen gedulden. Sie könnten jetzt auch auf dem Grund des Meeres liegen. Ich bin dankbar, daß ich lebe!«
»Bei Ihnen ist das anders. Sie sind jung und hoffnungsvoll.«
»Aber Sie sind doch nicht alt! Und Sie haben mir von Ihren interessanten Plänen erzählt. Dies ist sicher nur eine vorübergehende Stimmung.«
Er lächelte. »Natürlich wird sie vorübergehen. In Ihrer Nähe kann man nicht unglücklich sein.«
Die Ayah stand neben ihnen mit dem Baby auf dem Arm. Der Sari schlotterte um ihre ausgemergelte Gestalt. Sie war zum erstenmal seit ihrer Seekrankheit an Deck und schien kaum in der Lage, sich auf den Beinen zu halten, geschweige denn das Baby zu tragen. Aber beim Anblick des grünen Landes leuchteten ihre Augen, und die kleine Augusta streckte die Händchen nach den Möwen aus, die das Schiff umkreisten.

Philip kam über das Deck geschlendert.
»Ich habe unser Gepäck fertiggemacht«, verkündete er. »Wir lassen keinen Wertgegenstand an Bord.«
»Der Kapitän sagt, es wird nichts verschwinden.«
»Hm – wir werden unsere Sachen ohnehin brauchen. Dieses Leck ist nicht im Handumdrehen zu stopfen.«
»Hast du meine Brüder gesehen?« fragte Adeline. »Haben sie ihr Zeug beisammen?«
»Hier ist Sholto, frag ihn selbst.« Philip musterte den Knaben streng. Er war mit seinen Besitztümern beladen, die er wahllos zusammengerafft hatte. Er strahlte über sein ganzes blasses Gesicht. »Ich kann es kaum erwarten, meinen Fuß auf unsere gute alte Erde zu setzen«, rief er aufgeregt. »Gott sei Dank, daß ich heute nacht in einem anständigen Bett schlafen werde und bald wieder anständiges Essen zwischen die Zähne bekomme!«
Im Weitergehen verlor er Stück für Stück seiner Habe, aber er schien es nicht zu merken.
»Wo ist Conway?« erkundigte sich Adeline.
»Ich konnte ihn nicht bewegen. Er ist immer noch im Bett. Mary Cameron ist bei ihm.«
»Barmherziger Himmel!« schrie Adeline.
Philip warf ihnen einen warnenden Blick zu. Mr. Wilmott bewegte sich taktvoll außer Hörweite.
»Sie packt ihm seine Sachen«, fuhr Sholto fort. »Er sagt, er sei zu müde dazu. Und die dumme Gans glaubt es ihm! Sie glaubt alles, was er sagt, und tut alles, was er will.«
»Ich gehe nachsehen«, sagte Adeline.
Sie hastete die Treppe hinunter und durch den engen Korridor, wo die meisten Kabinen nur durch einen Vorhang der allgemeinen Neugier entzogen waren. Nie würde sie den Geruch in diesem Korridor vergessen! Alle Gerüche des Schiffs schienen sich hier zu mischen: es duftete nach verdorbenen Speisen, nach Stall, nach Toilette. Was hatten sie doch ausstehen müssen! Die saubere Landluft hatte die vergangenen Ängste und Beschwerden plötzlich fast greifbar gemacht. Lauschend stand sie vor Conways Kabinentür, konnte aber in dem Lärm und Geschrei ringsum nichts hören. Sie öffnete die Tür.
Conway lag lang hingestreckt auf dem Bett; er lächelte glücklich; die Haare hingen ihm ins Gesicht. Seine schmalen grünen Augen folgten jeder von Marys Bewegungen, die, über die Reisetasche gebeugt, seine Toilettengegenstände unter seiner Anleitung sorgfältig verpackte.
»Ich muß schon sagen, das ist ein schöner Anblick«, rief Adeline zornig. »Ach, du fauler Bursche, Conway! Sofort kommst du aus dem Bett und machst deine Arbeit selbst! Und du, Mary, solltest dich schämen! Warum hilfst du nicht deiner Mutter?«

Mary richtete sich errötend auf. Sie sagte fast trotzig: »Ich habe unsere Sachen schon fertig gepackt. Mutter will ruhen, bis wir ausgeschifft werden.«
»Dann geh und setz dich zu ihr. Weißt du etwa nicht, daß man mit einem jungen Mann nicht allein in seiner Kabine bleibt? Bist du um die halbe Welt gereist, ohne irgend etwas zu lernen?«
»Meine Mama hat mir beigebracht, mich vor Indianern, vor Chinesen und vor Franzosen in acht zu nehmen, von Iren hat sie nichts gesagt.«
Adeline zwang sich, nicht zu lachen, und sagte streng: »Das war ein Fehler! Die Iren sind die Schlimmsten! Lauf jetzt! Wenn Con Hilfe braucht, kann er zu mir kommen.« Sie schob Mary aus der Kabine.
Sie ging zu ihrem Bruder und zog ihn am Ohr. Sie beugte sich hinunter und sah ihm fest in die Augen.
»Con«, fragte sie, »hast du etwas mit dem Mädchen?«
Wehleidig wie ein Kind verzog er sein Gesicht und hielt sich das schmerzende Ohr.
»Laß mich in Ruhe. Ich werd's dir nicht sagen.«
»Du wirst – oder ich sage Philip, er soll dich in die Zange nehmen.«
Er drehte den Kopf so, daß er ihr die Hand küssen konnte.
»Süßes Schwesterchen«, sagte er.
»Antworte mir, Con!«
»Ich schwöre dir, ich habe nichts zu Mary gesagt, was du nicht hättest hören dürfen – oder ihre Mutter.«
Sie ließ ihn los. »Gott sei Dank! Jetzt steh auf und pack deine Koffer.«
Sie war aber doch weichherzig genug, ihm zu helfen. Der schöne Hafen breitete sich vor ihnen aus, dahinter die graue steinerne Stadt, und jenseits die dunklen Berge von Clare. Von einem der Hügel grüßte eine alte Ritterburg. Die Leute aus der Stadt strömten neugierig herbei, denn selten lief ein so großes Schiff ihren Hafen an.
In wüstem Durcheinander wurden die Reisenden ausgeschifft, die doch geglaubt hatten, sie würden das Schiff bis zur Landung in Quebec nicht mehr verlassen. Beladen mit ihren Habseligkeiten stolperten sie an Land. Sie waren alle blasser als bei der Abreise, manche waren aufgeregt, manche verstört und etliche weinten. Das unglückliche Vieh wurde über den Laufsteg geprügelt – einige Tiere waren so schwach auf den Beinen, daß sie kaum laufen konnten. Sie waren schmutzig und wie betäubt, nur das Geflügel hatte weniger unter dem Abenteuer gelitten. Maggie, die kleine Ziege, Augustas Milchquelle, bildete die einzige Ausnahme. Das Erlebnis hatte ihr keineswegs geschadet. Sie tänzelte auf ihren kleinen Hufen, ihr Glöckchen bimmelte. Ein Matrose hatte sein Herz an sie verloren und hatte ihr langes silbergraues Fell gebürstet. Als sie vom Pier geführt wurde, erspähte sie ein kleines Büschel Grün, riß sich eilig ein Maul voll aus und kaute genüßlich.
Auch Boney hatte die Reise gut überstanden. Das Rollen und Schlingern war

für ihn nur ein Vergnügen gewesen. Er verließ das Schiff auf Adelines Schulter sitzend. Er hatte den Schnabel geöffnet und schien triumphierend zu lächeln. Seine schwarze Zunge war ein Wunder für die Menge, die sich rasch um ihn versammelte.

»Du hättest ihn lieber in den Käfig setzen sollen«, sagte Philip.

»Ja, wirklich, das wäre besser gewesen«, stimmte sie zu. »Ich würde ihn jetzt noch hineinsetzen, aber der Käfig ist ganz hinten bei der Stewardeß und außerdem schwer zu tragen.«

Um die Wahrheit zu sagen: sie genoß das Aufsehen, das sie mit dem Vogel erregte. Sie lächelte und beglückte die Menge mit freundlichem Nicken.

»Och, seht nur die feine Dame mit dem Vogel«, rief jemand.

»Kommt schnell! So was seht ihr so bald nicht wieder!«

Immer mehr Leute kamen gerannt. »Daß dich die Pest...«, schrie einer und puffte seinen Vordermann. »Du verdirbst mir die ganze Aussicht. Ich kann sie überhaupt nicht sehen.«

Die Zuschauermenge wuchs. War der Anblick von Adeline mit dem Papagei schon fesselnd gewesen, so ließ der Auftritt der Ayah in ihrem fremdländischen Gewand, mit dem weißgekleideten Kind auf dem Arm und der kostbaren Wachspuppe in den Händen des Kindes die allgemeine Aufregung bis zur Hysterie anschwellen. Mr. D'Arcy und Mr. Brent schoben die Gaffer beiseite. Patsy hatte eine Mietkutsche ausfindig gemacht, die jetzt über das Kopfsteinpflaster heranholperte. Sie wurde von einer klapprigen grauen Mähre gezogen, die sich nichtsdestotrotz erstaunlich lebendig bewegte.

Adeline entdeckte die beiden jungen Nichten des Priesters und erkundigte sich, wo sie während des Aufenthalts bleiben würden. Die Mädchen waren mit Bündeln beladen und sahen nicht mehr so fröhlich aus wie bei der Abreise. Sie hatten Bekannte in der Stadt, bei denen sie ihr Gepäck unterstellen wollten. Dann würden sie die zehn Meilen zu ihrem Onkel wandern, die Nacht bei ihm verbringen und am nächsten Morgen zu ihren Eltern heimgehen. Diese Aussicht schien sie eher zu betrüben als zu beglücken.

»Ehrlich«, sagte das ältere Mädchen, »der letzte Abschied hat unsere Mutter fast umgebracht, und der nächste wird noch schlimmer werden. Aber sie fände es gewiß grausam, wenn wir sie nicht besuchten.«

»Ich kann es kaum erwarten, Ma und Pa und die Kleinen wiederzusehen«, sagte die andere. »Junge, wir können ihnen Sachen erzählen, daß ihnen die Gänsehaut über den Rücken läuft.«

»Untersteht euch!« sagte Adeline »Erzählt eurer Mutter, die See sei glatt gewesen wie ein Teller und der Wind kaum zu spüren. Sagt, daß an dem Schiff nur ein winziges Brett locker war und daß der Kapitän nur aus Vorsicht nach Galway zurückgekommen ist, damit es wieder festgemacht wird. Und richtet aus, daß ich auf euch aufpasse, bis wir in Kanada landen.«

»Jawohl, Mylady«, versicherten sie, »wir werden's ihr so erzählen, wie Sie sagen. Wir werden Ma mit keinem Wort erschrecken.«
Adeline sah ihnen nach, wie sie mit ihren Bündeln davontrotteten. Dann erinnerte sie sich an Mrs. Cameron und Mary. Sie seufzte. Plötzlich fühlte sie das Gewicht der Verantwortung für alle diese schwächlichen Wesen.
Sie sah, wie Philip Mutter und Tochter in die Kutsche half. Die Ayah und Gussie saßen schon darin. Er rief ihr zu: »Beeile dich, meine Liebe! Ich möchte von hier fortkommen.« Ungeduldig runzelte er seine hübsche Stirn.
Die Kutsche holperte die Straße entlang, gefolgt von einem Teil der schaulustigen Menge. Die meisten waren Kinder – sie sprangen herum und kreischten vor Aufregung. Philip und die jungen Courts gingen zu Fuß. Philip schämte sich, zu dieser Prozession zu gehören, aber seine Schwäger genossen ihre Rollen in dem Schauspiel.
Später sah Adeline von ihrem Schlafzimmerfenster aus, daß unten auf der Straße eine Balgerei ausgebrochen war. Laufburschen, Metzger, Bettler und Passanten schlugen mit Fäusten und Stöcken aufeinander ein. Hunde bellten und jaulten. Dann erschien ein Trupp Polizisten. Der Kampf brach ab. Gassen und Torwege verschluckten die Unruhestifter. Sonntagsfriede lag über der Straße.
Philip hatte dem Treiben belustigt zugesehen.
»Ein komischer Haufen, dein Volk«, sagte er, als es vorbei war.
»Sie sind, wie Gott sie geschaffen hat.«
»Bist du sicher, Liebling, daß es Gott war?«
»Nun, vielleicht hat ihm jemand anderer dabei geholfen.«
Er küßte sie. »Seit wir abgesegelt sind, habe ich dich kaum allein gesehen. Da war immer das Baby oder deine Brüder oder Mary. Wahrhaftig, ich werde froh sein, wenn das alles vorbei ist und wir in unserem Haus in Quebec sind.«
»Ich auch! Du würdest nie erraten, was Mr. Wilmott gesagt hat, als wir an Land gingen.«
»Was hat er denn gesagt?«
»Er sagte: ›Wissen Sie, daß ich gehofft hatte, nie mehr einen Fuß auf diese Insel zu setzen?‹ Und ich fragte, ob er denn nie wieder hierher zu Besuch kommen wollte. ›Nie!‹ sagte er und sah ganz düster aus – wie der Held in einem Roman. Ich habe mir solche Mühe gegeben, ihn mit Mrs. Cameron zusammenzubringen, aber es scheint hoffnungslos.«
»Eine seekranke Witwe ist nicht gerade verführerisch«, sagte Philip. »Und nach seinen Blicken zu urteilen, ließe er sich lieber mit dir zusammenbringen. Er soll sich nur in acht nehmen.«
Adeline lachte. »Er ist ganz und gar nicht mein Typ. Aber ich mag ihn als Freund, und ich hoffe, er wird in Quebec in unserer Nähe bleiben.«
Philip wechselte abrupt das Thema. »Ich glaube, wir sollten deine Eltern

wissen lassen, daß wir hier sind. Die Reparaturen werden mindestens eine Woche dauern, und wenn sie es aus anderer Quelle erfahren, sind sie uns bestimmt böse.«

»Nein, nein«, protestierte Adeline. »Einen zweiten solchen Abschied könnte ich nicht ertragen!«

»Wir könnten ihnen schreiben, daß sie nicht herkommen sollten.«

»Meine Mutter wäre nicht zu halten. Und Vater auch nicht – er würde kommen und Ärger stiften. Er würde dem Kapitän Vorwürfe machen, daß er kein besseres Schiff hat.«

»Sie könnten es in der Zeitung lesen.«

»Ich möchte es darauf ankommen lassen. Nächste Woche fahren sie zu meinem Großvater auf Besuch, dann haben sie keine Zeit zum Zeitunglesen.«

Adeline setzte ihren Kopf durch, und sie machten das Beste aus diesem überraschenden Zwischenspiel ihrer Reise. Sie durchforschten die Straßen der alten grauen Stadt. Philip unternahm Angelausflüge mit Mr. Wilmott. Adeline wanderte mit ihren Brüdern und Mary Cameron in die Berge von Clare oder den Strand entlang und füllte ihre Taschen mit Muscheln für die kleine Augusta. Jeden Tag besuchten sie ihr Schiff und sahen den Zimmerleuten bei der Arbeit zu. Jeden Tag strömte die Landbevölkerung herbei, um das Schiff zu bestaunen. Es war ein Vergnügen, die Leute an den Frühlingsabenden auf Deck tanzen zu sehen – ihre geschmeidigen Körper folgten hüpfend den gepfiffenen Melodien. Sie hatten ebenmäßige Glieder und spanische Köpfe, und noch nie war es auf dem Schiff so fröhlich zugegangen.

Eines Abends tanzten sie bei Mondlicht, als der Mond plötzlich hinter eine Wolke ging, so daß niemand mehr deutlich zu erkennen war. Aber ein gut aussehender Bursche hatte schon vorher ein Auge auf Adeline geworfen. Jetzt ließ er seine Partnerin stehen, tanzte an Adeline heran und berührte ihren Arm. Sie stand neben Mary zwischen ihren Brüdern und hatte sich wie gewöhnlich bei Conway eingehängt. Adeline lachte leise, als der Mann sie an der Schulter faßte. Er tanzte rund um das Deck und war gleich darauf wieder neben ihr. Er legte den Arm um sie. Adeline sprang in den Tanz. Sie wirbelten dahin und bewegten sich in vollkommener Harmonie – ein Jammer, daß nicht die ganze Welt sie so sehen konnte. Immerhin war es recht gut, daß Philip sie nicht sah. Adeline genoß jeden Schritt, beobachtete aber dennoch die Wolke, die den Mond verhüllte. Als sich deren Rand versilberte, schlug sie ihren Partner leicht gegen die Brust und wisperte: »Laß mich los, du Teufel!«

Gleich darauf lag das Deck im hellen Mondlicht, und sie stand stocksteif neben ihrem Bruder Sholto. Auch Conway und Mary hatten getanzt.

Conway grinste. »Schwesterchen, jetzt kann ich dich erpressen. Laß dir nicht einfallen, mich zu verklatschen.«

Eine Glocke schlug an und alle mußten das Schiff verlassen.

Am nächsten Tag setzte eine neblige Regenperiode ein. Mit dem Tanzen an Deck war es vorbei. Die Tage vergingen träge. Obwohl der Kapitän versprochen hatte, die Reparaturen würden in zehn Tagen beendet sein, dauerte es doch zwei Wochen, bis alles zur Abreise bereit war. Dieser zweite Aufbruch war nicht mehr so unbeschwert. Diesmal wußten die Passagiere zu gut, was ihnen schlimmstenfalls bevorstand. Ihr Vertrauen in das Schiff war erschüttert. Natürlich konnte jedes Schiff ein Leck bekommen, und der Kapitän versicherte, die *Alanna* sei jetzt so gesund wie eine frische Nuß.

Vor der Abfahrt besuchten sie alle den Sonntagsgottesdienst. Adeline, Philip, Mr. Wilmott und Mrs. Cameron gingen in die gotische Abteikirche. Nur wenige Gläubige hatten sich unter dem schönen Kreuzgewölbe versammelt. Dagegen berichteten Mr. D'Arcy und Mr. Brent später, die katholische Kirche sei so überfüllt gewesen, daß sie während der Messe inmitten einer unüberschaubaren Menge auf dem Kirchhof hatten knien müssen. Conway, Sholto und Mary unternahmen einen Spaziergang am Strand. Sie hatten gebeten, nicht in die Kirche gehen zu müssen, und Mrs. Cameron konnte ihrer Tochter nichts abschlagen. Außerdem hatte sie von einer Fieberepidemie in der Stadt gehört und glaubte ihre Tochter im Freien vor Ansteckung sicher.

Die Abschiedsstunde war gekommen. Die bunte Fracht, die aus dem Schiff vertrieben worden war, holperte wieder auf der Straße heran. Das Gepäck polterte über das Kopfsteinpflaster, das Vieh wurde in seine Unterstände zurückgeprügelt. Nur Maggie, die kleine Ziege, trottete freiwillig und freudig an Bord. Die Ayah hatte sich an Land sichtlich erholt, aber sie schien von düsteren Vorahnungen gequält, als sie mit Gussie das Schiff betrat. Das Kind preßte seine kostbare Wachspuppe an sich. Die Puppe war zu groß und zu schwer für ihre winzigen Arme, und als die Ayah mit ihr an den Bug trat und zusah, wie das Schiff vom Pier ablegte, beugte Gussie sich vor und ließ die Puppe über Bord fallen. »Weg«, sagte sie – es war das erste Wort, das sie je gesprochen hatte.

Einen Augenblick lächelte das rosa Gesicht aus der Brandung zu ihnen herauf, dann war nichts mehr zu sehen. Die Ayah überschüttete das Kind mit einer Flut von Hindu-Schimpfworten und beutelte es; aber Gussie wußte genau, daß die Ayah ihre Sklavin war.

Leuchtend kam die Sonne heraus und vergoldete diese letzten Abschiedsminuten. Hast und Unruhe waren vorüber. Alles war ordentlich und sauber. Die Decks waren frisch gescheuert. Das Messinggeländer und die Knöpfe der Offiziere funkelten. Die Segel fingen ein wenig von der Brise ein, als wollten sie sie erproben; dann füllten sie sich und standen weiß und gebläht vor den Masten. Ein glückliches Beben lief durch die *Alanna,* als sie sich mit den sanften Wellen hob und senkte.

Philip und Adeline standen Hand in Hand und schauten zum Land zurück. Wie ein Gemälde lagen die Stadt, die Berge von Clare und die Gestalten am

Hafen vor ihnen. Sie sahen, wie eine kräftige Frau ein Schwein ins Meer trieb. Sie hatte ihre Röcke geschürzt und watete hinterher. Kräftig schrubbte sie das Tier, das dabei herzzerreißend schrie. Dann sahen sie, wie sie es wieder an Land trieb – aller Schmutz war fortgeschwemmt, es war jetzt weiß wie eine Perle, ein Engel von einem Schwein.
»Schau nur, das schöne Schwein!« lachte Adeline entzückt. »Das hätten meine Brüder sehen müssen! Warum kommen sie nicht herauf? Übrigens, Philip, die kleine Mary hat sich sehr gebessert. Du hättest sehen sollen, wie sie ihrer Mutter geholfen hat – sie hat ihr sogar eine Tasse Tee gebracht. Nanu, schau, die Postkutsche! Barmherziger Himmel – Philip –, das ist mein Vater! Und Mutter und der kleine Timothy! Und die Pferde sind in Schweiß gebadet!« Ihre Stimme überschlug sich in einem Schrei. »Philip, halte das Schiff an!«
Einen Augenblick stand er wie gelähmt vor Verblüffung. Er sah, wie sein Schwiegervater vom Bock sprang, dem Kutscher die Zügel zuwarf und seine Frau aus der Kutsche hob. Er sah ihn den Hut abnehmen und gegen das Schiff schwenken. Auch er wollte es anhalten. Aber der Abstand zwischen ihnen wurde immer größer. Philip rannte ein paar Schritte über das Deck, dann blieb er stehen.
»Der Kapitän wird es nie tun«, sagte er.
»Er muß!« erklärte sie und hastete zum Steuerhaus, wo der erste Maat am Steuerrad stand.
»Oh, Mr. Grigg«, rief sie, »Sie müssen umkehren. Meine Eltern sind am Pier, sie wollten mich noch einmal sehen. Ich kann sie nicht so verlassen.«
»Ganz unmöglich«, erklärte er. »Nicht mal für die Königin würde ich wenden. Es ist gegen die Vorschrift.«
»Ich übernehme die Verantwortung.«
»Das kann ich nicht zulassen.«
»Ich nehme Ihnen das Rad aus der Hand!«
»Ich kann es nicht zulassen!«
Sie legte ihre Hände auf das Steuerrad und versuchte, es zu drehen. Sie war kräftig und gab dem Schiff tatsächlich einen anderen Kurs. Er rief in höchster Aufregung: »Mein Gott, Mylady! Was fällt Ihnen ein? Sie werden uns an die Felsen fahren. Lassen Sie sofort los!«
Die Passagiere liefen neugierig zusammen.
Philip kam und packte sie am Handgelenk.
»Komm weg hier«, befahl er. »Ich habe mit dem Kapitän gesprochen, er kann nicht wenden. Komm und wink deinen Eltern, sonst ist es zu spät.«
Sie brach in Tränen aus, riß sich von ihm los und lief schluchzend über das Deck. Die Tränen blendeten sie, so daß sie zunächst nur die verschwommenen Umrisse ihrer Eltern am Pier erkennen konnte. Als das Bild klarer wurde, sah sie entsetzt, wie klein sie jetzt schienen. Sie wirkten nur noch wie Puppen.

Ihr herrischer Vater war zu einer bloßen Puppe zusammengeschrumpft – eine Puppe, die dem entschwindenden Schiff mit der Faust drohte. Oder meinte er sie? Sie würde es wohl nie erfahren. Ihre letzte Erinnerung an ihn würde immer diese drohende Faust bleiben. Sie hob die Hände an ihre bebenden Lippen und warf den Gestalten, die immer kleiner wurden, Kußhände zu.

Sie bemerkte James Wilmott neben sich. Sein düsteres Gesicht war plötzlich verändert. Er sprach mit ungewohnter Stimme: »Liebling, kleines Mädchen, weine nicht. Ich kann es nicht ertragen. Bitte weine nicht.«

In diesem Augenblick gesellte sich Philip zu ihnen. Er wollte sie von der Enttäuschung ablenken und sagte: »Wo sind Conway und Sholto. Sie sollten heraufkommen und winken.«

»Es ist zu spät. Zu spät!«

»Soll ich sie holen?«

»Wenn du meinst.«

Er schlenderte davon.

Ein kräftiger Wind erfaßte das Schiff. Eine grüne Sturzwelle hob die *Alanna* empor. Die weißen Segel zerrten an den gestrafften Tauen. Das Schiff schwankte, kam wieder auf Kurs, und das Land lag jetzt schon so weit entfernt, daß es gar keine Beziehung mehr zu dem Schiff hatte.

Mr. Wilmott bot Adeline den Arm.

»Darf ich Sie zu Ihrer Kabine führen?«

»Vielen Dank!« Sie stützte sich erschöpft auf ihn.

»Ich hoffe, Sie vergeben und vergessen, was ich vorhin sagte«, bat er. »Ich bin ein einsamer Mann, und Ihre Freundschaft ist mir sehr teuer. Ihre Tränen hatten mich erschüttert. Aber – ich hatte kein Recht – so zu sprechen.«

»Sie sind gütig«, erwiderte sie. »Sie sind unser Freund. Nur darauf kommt es an.« Unter den feuchten Wimpern hervor blickten ihre Augen weich in die seinen.

Langsam gingen sie Arm in Arm über das Deck. Über ihnen zogen die Möwen ihre Kreise. Eine ließ sich auf einer Mastspitze nieder und saß dort ruhig wie eine Galionsfigur.

5

Die zweite Fahrt

Als Adeline ihre Kabine betrat und das Handgepäck dort aufgehäuft sah und sich vorstellte, daß eine zweite Reise in diesem Mauseloch vor ihr lag, meinte sie, verzweifeln zu müssen. Was würde ihnen diesmal bevorstehen? Alles, was sie kannten und liebten, hatten sie hinter sich gelassen, vor ihnen lag

die unbekannte Fremde. Adeline sah jetzt alles viel klarer als bei der ersten Abreise. Immer noch quälte sie die Erinnerung an ihre weinende Mutter. Sogar die Gestalt ihres Vaters hatte jetzt etwas Tragisches.
Sie konnte sich nicht entschließen auszupacken. Sie würde zuerst nach Gussie und der Ayah schauen. Sie ging zu ihnen hinüber. Die Ayah war auf dem Bett ausgestreckt. Sie hatte den Arm mit den vielen Silberreifen über die Stirn gelegt. Mit glanzlosen Augen blickte sie zu Adeline auf.
Adeline fragte sie in ihrem Dialekt: »Ist dir schon wieder übel?«
»Nein, Memsahib, aber ich ruhe mich aus. Unser Liebling ist munter und glücklich.«
»Das sehe ich. Aber du solltest lieber mit ihr an Deck gehen. Sie könnte oben mit ihren Muscheln spielen.«
Bei diesem Wort hielt Gussie mit jeder Hand eine Muschel hoch, lachte hell und drückte sie dann an ihre Ohren. Ihr Gesicht verklärte sich, als sie das Rauschen hörte.
»Ich gehe gleich mit ihr an Deck, Memsahib«, versprach die Ayah und richtete sich mit dem Blick geduldiger Resignation auf, um gleich wieder in die Kissen zurückzusinken.
»Der Geruch hier unten tut euch beiden nicht gut«, sagte Adeline fest. Sie blickte sich in der Kabine um.
»Wo ist die Puppe, ich sehe sie nirgends.«
Die Armreifen klirrten über die Stirn der Ayah.
»Ich habe die Puppe vorsichtshalber weggepackt.«
»Wohin?«
»In die Truhe mit Babys Windeln, Memsahib.«
»Das war eine gute Idee. Sie ist noch zu jung dafür. Wir werden sie ihr für später aufheben.«
»Weg!« sagte Gussie.
»Hat sie etwas gesagt?« fragte Adeline.
»Nein, Memsahib. Sie kann noch kein Wort sprechen.«
Adeline ging wieder hinaus und stieß im Korridor auf Mrs. Cameron. Sie trug noch Hut und Mantel und sah Adeline mit einer Miene an, in der sich Selbstmitleid und Vorwurf mischten.
»Ich nehme an, Mary treibt sich irgendwo mit Ihren Brüdern herum«, sagte sie. »Ich hätte nie gedacht, daß sich ein Mädchen so verändern kann. Bis jetzt wußte ich immer, wo sie war, wenn sie überhaupt von meiner Seite wich. Aber jetzt weiß ich fast nie, wo sie steckt.«
Adelines Mitleid, das bisher der Mutter gegolten hatte, wandte sich nun heftig dem Mädchen zu.
»Nun«, sagte sie, »Mary ist schließlich noch sehr jung. Sie muß sich ein bißchen amüsieren.«
»Amüsieren!« wiederholte Mrs. Cameron bitter. »Amüsieren! Schließlich hat

das Mädchen eben erst ihren Vater verloren! Wenn sie das Herz hat, sich zu amüsieren – nach allem, was wir mitgemacht haben . . .!«
»Sie können von einem Kind nicht erwarten, daß es ewig in Sack und Asche geht.« Ihre Stimme klang jetzt ziemlich barsch. Sie war müde, und Mrs. Cameron wirkte einfach zu deprimierend in ihrer schwarzen Trauerkleidung. Kein Wunder, daß das Mädchen lieber mit jungen Leuten zusammen war.
»Sie ist fast sechzehn. Schon beinah eine Frau. Aber sie scheint sich darüber nicht klar zu sein. Ich werde es ihr sagen müssen. Sie ist einfach zu leichtsinnig.«
»Ich sah, wie sie Ihnen vorhin sehr nett und fürsorglich eine Tasse Tee brachte.«
Mrs. Cameron brauste auf. »Ich hoffe, Sie wollen nicht andeuten, daß ich kein Verständnis für mein eigenes Kind habe, Mrs. Whiteoak! Sie ist alles, war mir geblieben ist! Ich beschäftige mich nur mit ihr. Ich würde lieber tausend Tode sterben als zugeben, daß man ihr ein Haar krümmt!«
»Sie täten gut daran, sich etwas weniger mit ihr zu beschäftigen«, gab Adeline zurück. Sie wurde allmählich dieser Frau müde. Das Schiff hob sich jäh. Es war offenbar ein Wellental hinuntergeglitten und arbeitete sich nun wieder in die Höhe. Adeline hatte plötzlich ein unbehagliches Gefühl im Magen. Sollte sie seekrank werden? Sie würde sich ein wenig hinlegen müssen. Mrs. Cameron war in Tränen ausgebrochen.
Adeline rief erschrocken: »Oh, so habe ich es nicht gemeint. Natürlich sind Sie eine wunderbare Mutter! Ich werde Mary augenblicklich suchen gehen. Ich werde meinen Brüdern sagen, sie sollen sie in Ruhe lassen. Bitte, legen Sie sich nieder, ich schicke sie Ihnen sofort.«
Mrs. Cameron stolperte in ihre Kabine zurück. Adeline lauschte vor der Tür von Conway und Sholto. Es war alles still. Sie ging hinein.
Zwei Handkoffer standen mitten in dem winzigen Raum. Allerlei Kram war auf dem unteren Bett ausgestreut. Was aber lag dort auf dem Kissen? Sie beugte sich herunter, um besser zu sehen. Das Herz schlug ihr bis zum Hals. Auf dem Kissen war ein Briefumschlag mit einer Nadel festgesteckt – er war in Conways bester Schuljungenschrift an sie adressiert. Sie riß den Brief auf und las:

Liebstes Schwesterchen,
ich schreibe dies in Conways Auftrag, weil er sagt, er sei ein Mann der Tat und ich ein Mann des Wortes. Wie dem auch sei – ich fühle mich ziemlich miserabel bei dem, was ich Dir eröffnen muß. Ich schreibe diese Zeilen im Hotel am letzten Abend vor der Abfahrt. Wir werden unser Gepäck an Bord bringen und dann im allgemeinen Durcheinander aufs Dock zurückgehen und uns in der Stadt verstecken, bis ihr fort seid. Liebe Adeline, verzeih, daß wir nicht mit Dir nach Quebec gehen. Wir haben uns auf dieser

Reise tausendmal nach Irland zurückgewünscht. Es war fast zu schön, um wahr zu sein, als das Schiff noch einmal heimwärts steuerte. Wir waren krank vor Heimweh.
Was jetzt kommt, hätte Conway selber schreiben müssen, aber Du weißt ja, was für ein fauler Hund er ist. Mary hat beschlossen, auch nicht nach Kanada zu gehen. Sie hat beschlossen, in Irland zu bleiben und Con zu heiraten. Ich möchte nicht in seiner Haut stecken, wenn er mit Mary an der Hand unserem Vater gegenübertreten muß. Mary wollte selber schreiben, aber sie heult und hat ihren Brief wütend zerrissen. Also mußt Du, liebste Schwester, Mrs. Cameron diese Nachricht taktvoll und tröstend überbringen. Mary sagt, daß es ein Schlag für ihre Mutter sein wird. Da ihr aber Marys Glück über alles geht, wird sie sich damit abfinden, wenn sie länger darüber nachdenkt. Würdest Du bitte alle unsere Sachen – auch die von Mary – mit dem nächsten Schiff zurückschicken, sobald Ihr in Quebec seid? Bitte schreibe die Adresse deutlich – wir möchten nicht, daß etwas verlorengeht, zumal Pa, nach den vielen Ausgaben für Con und mich, in den nächsten Jahren ein alter Knicker sein wird. Mary wird dem nächsten Schiff einen langen Brief an ihre Mutter mitgeben. Conway will auch schreiben.
Wir drei wünschen Dir *bon voyage* – keine Stürme – kein Leck – und eine herrliche Zeit in Quebec.

Dein Dich liebender Bruder Sholto

Adeline stand wie versteinert, als sie den Brief zu Ende gelesen hatte. Sie empfand Panik. Am liebsten wäre sie zu ihrem Bett gelaufen, hätte die Dekken über den Kopf gezogen und wäre bis zur Ankunft in Quebec so liegengeblieben. Dann durchzuckten sie Zweifel und Erleichterung. Es war alles nur ein Scherz! Ihre Brüder waren immer zu Streichen aufgelegt. Es konnte nicht wahr sein. Sie würde Patsy suchen, vielleicht wußte er, wo sich die drei versteckt hatten.
Sie rannte durch den Korridor und die steilen Stufen zum Zwischendeck hinunter. Die Auswanderer richteten sich gerade ihre Massenlager häuslich ein. Sie öffneten Leinwandbündel und Futterpakete und ließen sich von barfüßigen Schiffsjungen Tee einschenken. In einer Ecke entdeckte Adeline eine vertrauenerweckende Schottin. Sie hatte ihre Kinderschar um sich versammelt und drückte jedem eine riesige Semmel in die Hand. Gleichzeitig gab sie einem Säugling die Brust.
Adeline fragte sie: »Wißt Ihr, wo Patsy O'Flynn ist, der mit den vielen Kleidern am Leib und den buschigen Augenbrauen?«
Die Frau deutete mit der Semmel. »Jawohl, drüben bei den Hühnern. Soll ich ihn holen, Ma'am?«
»Nein, nein, danke. Ich gehe zu ihm.«
Sie fand Patsy bequem auf seinem Mantel ausgestreckt, den er über die

Geflügelkäfige gebreitet hatte. Er kaute an einem Kanten Brot und einem Stück Käse, und die Tiere untermalten sein Schmatzen mit Krähen und Gakkern. »Holla, he, es geht in See«, sang er wie ein alter Seebär zwischen den Bissen – er wollte sein Stück Brot möglichst lange strecken. Maggie, die kleine Ziege, hatte sich von der Leine losgemacht, stand ihm zu Füßen und kaute an seinen Schuhbändern. Die beiden waren ein Bild sorgloser Zufriedenheit.
»Oh, Patsy-Joe«, rief Adeline, »weißt du, wo meine Brüder sind? Ich kann sie nirgends auf dem Schiff finden.«
Er sprang auf die Füße und würgte hastig ein Stück Käse hinunter. »Keine Ahnung, Euer Ehren, Miß«, antwortete er mit vorgebeugtem Kopf, da ihm der Käse noch im Hals steckte. »Aber ich geh' sie suchen, sofort geh' ich.«
»Patsy-Joe, Master Sholto hat mir einen Brief geschrieben und sagt, daß sie in der Stadt geblieben sind und die kleine Miß Cameron mit ihnen. Ich will nicht glauben, daß das wahr ist. Es würde ihre arme Mutter umbringen, und meine Brüder wären schuld. Haben sie dir was gesagt, daß sie nach Hause ausrücken wollten?«
»Schon – jawohl! Sie haben oft gesagt, der Teufel soll das Schiff holen, und sie hoffen, es nie mehr zu sehen.«
»Aber das hättest du mir sagen müssen.«
»Hm, ich wünschte, ich hätt's getan. Ich dachte, es wär' nur so 'ne Redensart. Und das Mädel ist mit ihnen fort, sagen Sie?«
»Ja, leider.«
Seine kleinen Augen blitzten. »Hab' ich's mir doch gedacht! Ich hab' sie am Sonntag mit ihm am Strand gesehen. Da sagte ich zu mir, Patsy – habe ich gesagt –, sie ist zu keck mit Mr. Conway, und er nimmt sich zuviel raus. Und sie sind vom Schiff getürmt, sagen Sie?«
Dieses Gespräch mit Patsy war nur Zeitverschwendung. Sie eilte die Treppe wieder hinauf. Philip kam ihr oben entgegen. Jeder las die Sorge im Gesicht des anderen.
»Was hast du gehört«, wollte sie wissen.
»Ein Matrose hat deine Brüder und Mary einzeln in die Stadt zurückgehen sehen, kurz bevor wir abgesegelt sind.«
»Mein Gott, warum hat er uns nichts gesagt?«
»Er dachte, wir wüßten davon. Als er die Kutsche sah, meinte er, deine Eltern wollten sie abholen. Woher weißt du es überhaupt?«
»Hier dieser Brief.« Sie nahm ihn aus der Tasche und gab ihn Philip.
»Diese Burschen gehörten verprügelt«, sagte er, als er den Brief gelesen hatte.
»Wenn sie nur Mary nicht mitgenommen hätten. Wie bringen wir es ihrer Mutter bei?«
»Du hättest diese Freundschaft nicht einfädeln sollen, Adeline. Jetzt haben wir die Bescherung.«
Sie hielt sich am Geländer fest; zwei Tränen rollten ihr über die Wangen.

»Ich sehe es ein – jetzt, da es zu spät ist.« Ihre Stimme zitterte. Dann, nach einer kurzen Pause, kam ihr ein Gedanke. »Wir müssen zurückfahren. Ich zahle die Kosten aus meiner eigenen Tasche.«
»Wir können nicht zurück, es ist unmöglich.«
»Was zählen ein paar Stunden in einem solchen Fall?«
»Sei vernünftig, Adeline. Wenn diese drei Nichtsnutze am Dock nur darauf warten würden, daß wir sie holen, ließe es sich vielleicht machen – und würde dich eine Stange Geld kosten. Aber sie wollen ja nicht aufs Schiff zurück. Zweifellos sind sie jetzt schon in einer ganz anderen Richtung unterwegs.«
»Philip, was soll ich nur tun?« jammerte sie.
»Du wirst zu Mrs. Cameron gehen müssen und ihr erzählen, was ihre Tochter getan hat. Schließlich – es ist ihre Schuld. Wenn Mary ordentlich erzogen worden wäre, hätte sie nicht im Traum daran gedacht, so etwas zu tun.«
»Philip, Liebling, könntest du nicht zu ihrer Mutter gehen?« Der Gedanke entsetzte ihn.
»Ich kann wirklich nicht. Du wirst es tun müssen.«
»Aber wirst du wenigstens mit mir kommen, falls ...«, sie zögerte.
»Falls was?« fragte er kühl.
»Sie wird sich schrecklich aufregen. Vielleicht wird sie ohnmächtig.«
»Ich werde in der Nähe bleiben – in Reichweite, aber außer Sicht.«
»Das genügt ... Meinst du, ich könnte ihr einen Brief schreiben? So wie Sholto?«
»Himmel, wenn ich diese Burschen zu fassen kriegte! Ja, schreib ihr einen Brief, wenn dir das lieber ist.«
»Vielleicht könntest du den Brief schreiben. Ich glaube, von dir nähme sie es besser auf.«
»Ich bin kein Briefschreiber«, erwiderte er verdrießlich. »Das ist eine Spezialität deiner Familie.« Er faßte sie am Arm. »Komm in den Salon, ich hole dir ein Glas Sherry. Das wird dir Mut machen.«
Adeline stärkte sich mit dem Sherry und grübelte bekümmert über das, was ihr bevorstand. Abwechselnd schimpfte und jammerte sie: »Oh, diese Schurken! – Ach, die arme Mutter! – Wenn das Schiff doch mit uns allen untergegangen wäre!« Aber der Sherry tat ihr gut, so daß sie schließlich aufsprang und rief: »Ich sage es ihr jetzt sofort, dann ist es überstanden.«
»Braves Mädchen«, lobte Philip.
Sie blickte finster. »Ich bin nicht dein ›braves Mädchen‹! Schließlich wäre es *deine* Pflicht, ihr die Nachricht zu bringen. Du bist ein Mann, und es ist dein Schwager, der das Unheil angerichtet hat!«
»Adeline, ich kann einfach nicht.«
Er folgte ihr bis vor Mrs. Camerons Kabinentür. Sie klopfte, am ganzen Leib zitternd.

»Ja?« kam es von drinnen.
»Mrs. Cameron, ich muß Ihnen etwas sagen.«
»Kommen Sie bitte herein.«
Mrs. Cameron war mit Aufräumen beschäftigt und sah noch immer gekränkt aus. Doch sie wirkte irgendwie rührend. Sie war so klein und zierlich, und man sah ihr an, daß sie Schweres durchgemacht hatte. Adeline sprach sanft und vorsichtig.
»Vorhin meinten Sie, Mary sei irgendwo bei meinen Brüdern. Sie hatten recht.«
Marys Mutter starrte sie wortlos an.
»Sie ist mit ihnen durchgebrannt. Fort vom Schiff, fort nach Hause.«
»Sind Sie närrisch?« fragte Mrs. Cameron. »Was erzählen Sie mir da für einen Unsinn?«
»Es ist leider die Wahrheit. Sie haben das Schiff verlassen – Mary und meine beiden Brüder –, aber sie sind unterwegs zu meinen Eltern. Es wird Mary nichts passieren.«
Mrs. Cameron wurde totenbleich. Sie preßte eine Hand an ihre Kehle und fragte: »Wer hat Ihnen das gesagt?«
»Ich fand diesen Brief von Sholto. Und ein Matrose, der sie gesehen hat, hat es meinem Mann erzählt.«
Mrs. Cameron flüsterte heiser: »Zeigen Sie mir den Brief.«
Adeline gab ihn ihr. Sie starrte darauf, als wolle sie jeden Buchstaben aus dem Papier heraussaugen. Einen Augenblick taumelte sie, dann kam sie wieder zu sich. Ihre Hände ballten sich zu Fäusten, außer sich vor Zorn schrie sie Adeline an: »Es ist Ihre Schuld! Alles das ist Ihre Schuld! Sie haben ihnen Vorschub geleistet. Sie haben mir die Erlaubnis abgenötigt, Mary mit diesem verdorbenen Burschen herumziehen zu lassen. Oh ...« Erst jetzt wurde ihr klar, was in einer solchen Situation alles passieren konnte. Sie schrie noch lauter: »Oh, was hat er ihr angetan! Mein armes kleines Lamm! Sie war rein wie eine Schneeflocke, bis sie auf dieses verwünschte Schiff kam! Man muß etwas tun! Wo ist der Kapitän?«
Sie drängte sich an Adeline vorbei, schüttelte Philips Hand ab, die sie zurückhalten wollte, und stürzte die Kajütentreppe hinauf. Die Zwischenwände waren so hellhörig, daß ihr Gezeter allgemeine Bestürzung hervorrief. Von allen Seiten kamen Leute gerannt – einige glaubten, ein neues Unheil sei über das Schiff hereingebrochen –, während Adeline und Philip, die den wahren Sachverhalt kannten, der Zeternden mit Unglücksmiene folgten.
»Was ist los? Was hat das zu bedeuten, Madam?« erkundigte sich Kapitän Bradley und ging Mrs. Cameron entgegen.
Sie warf sich an seine Brust.
»Oh, retten Sie sie! Retten Sie mein kleines Mädchen!« schluchzte sie hysterisch.

»Wo ist sie?«
»Dort!« Sie deutete landwärts. »Sie hat das Schiff mit diesen abscheulichen irischen Burschen verlassen. Jeder kann bezeugen, daß sie rein war wie eine Schneeflocke. Oh, was soll ich nur tun?«
Der Kapitän wandte sich an Philip: »Was ist eigentlich los? Ich verstehe kein Wort.«
»Das Mädchen ist mit meinem jungen Schwager durchgebrannt – achtzehn Jahre ist der Bengel. Aber dem Brief zufolge sind sie direkt zu seinem Vater nach Haus gegangen.«
»Wenn Sie noch einmal umkehren könnten, lieber Kapitän«, schaltete sich Adeline ein, »ich würde für die Kosten aufkommen.«
Der Kapitän sah voll Mitgefühl auf Adeline, während ihm Mrs. Cameron nur als deprimierendes Klageweib erschien.
»Meinen Sie, der junge Mann wird sie heiraten?« fragte er Philip leise.
»Ich bin sicher, daß er das beabsichtigt«, antwortete Philip überzeugt, obwohl er dessen durchaus nicht so sicher war.
»Nun, nun«, tröstete der Kapitän Mrs. Cameron, »es ist vielleicht gar nicht so schlimm, wie Sie glauben.« Dann wandte er sich an Adeline. »Schauen Sie zurück, Mrs. Whiteoak! Das Schiff ist dahingeflogen wie ein Vogel. Sie müssen verstehen, daß wir wegen einem paar junger Ausreißer nicht umkehren können.«
»Es ist alles *ihre* Schuld«, kreischte Mrs. Cameron. »Sie ist genauso schlecht wie ihre Brüder. Wir wollen ihresgleichen nicht in unserem jungen schönen Land. Sie bringen Unheil!«
Mrs. Cameron wurde hysterisch, und der Kapitän hatte Mühe, sie mit einem Steward in ihre Kabine zurückzubringen. Sie verließ sie während der ganzen Reise nicht mehr. Glücklicherweise waren in Galway zwei neue Passagiere zugestiegen, mit denen sie sich anfreundete. Es war ein Ehepaar aus Neufundland. Der Mann war im Fischereigeschäft; seine tief religiöse Frau war ein großer Trost für Mrs. Cameron.
Die übrigen Passagiere – vor allem die im Zwischendeck – betrachteten das Ereignis als Jugendromanze und Mrs. Cameron als tyrannische Mutter. Conway Court war bei allen beliebt gewesen, und man war geschlossen der Meinung, das unscheinbare Mädchen habe einen guten Fang gemacht. Sie hätte es schlechter treffen können. Niemand bezweifelte, daß er sie heiraten würde.
Unter günstigem Wind kam das Schiff schnell voran. Der Viehbestand verringerte sich. Vor den Augen der Mitreisenden brachte im Zwischendeck eine arme Frau aus Liverpool ein Kind zur Welt. Jeden Abend saßen Captain Whiteoak und die Herren D'Arcy, Brent und Wilmott im Salon beim Kartenspiel. Dazu tranken sie französischen Brandy, den sie aus einer Korbflasche in kleine grüne Gläser füllten. Adeline saß dabei und sah ihnen zu. Sie hatte ihre weiten Röcke malerisch um sich drapiert, schmiegte ihr Kinn

in die Handfläche, und ihre Augen gingen nachdenklich von einem Gesicht zum andern.
Eines Abends geschah etwas Schreckliches. James Wilmott hatte Adeline, die etwas blaß und matt aussah, gerade ein Glas Brandy gebracht, als über die Kajütentreppe der Lärm schwerer Tritte und knurrender Stimmen heraufdrang. Adeline schreckte aus ihrem Stuhl hoch. Die Herren wandten ihre Köpfe der Tür zu und sahen, wie ein Haufen roher, wild aussehender Männer hereindrang. Sie trugen Knüppel, Stöcke und was sie sonst an Waffen hatten finden können. Das Weiße in ihren Augen leuchtete im Licht der schwankenden Hängelampe. Einer von ihnen hob seinen behaarten Arm und deutete auf Wilmott.
»Das ist er!« brüllte er.
Bedrohlich rückten sie geschlossen auf Wilmott zu, der sie kühl musterte.
»Ich weiß nicht, was ihr wollt«, sagte er.
»Sie sind Thomas D'Arcy, Esquire, geben Sie's zu?«
»Nein, mein Name ist Wilmott.«
D'Arcy erhob sich. Er lächelte bleiern. »Ich bin Thomas D'Arcy.«
»Ja – das ist er – der Lump. Der verdammte Schurke! Der hartherzige Hund!«
Sie rückten heran unter Flüchen, die meist im Dialekt und daher unverständlich waren.
»Was soll das alles?« rief Philip und baute seine kräftige Figur vor dem Mob auf.
Ihr Anführer brüllte: »Gehen Sie aus dem Weg, Euer Gnaden! Der Schuft D'Arcy ist es, den wir suchen. Wir werden ihm die Knochen zerschlagen, und was dann von ihm übrig ist, mag in der Hölle braten!«
Blaß, aber voll Verachtung sagte D'Arcy: »Ich habe keinem von euch etwas getan.«
»So, haben Sie nicht... Und haben Sie vielleicht auch nicht die alten Eltern von Tom Mulligan in die Winternacht hinausgetrieben, bloß weil sie die Miete für ihre schäbige Hütte drei Monate schuldig waren? Und ist sein armer alter Vater vielleicht nicht an der Kälte und dem Regen gestorben? Und ist seiner armen alten Mutter nicht das Herz gebrochen? Und hier ist Tom; der wird Euch als erster den Prügel schmecken lassen.«
Ein untersetzter Mann trat vor, schwenkte seine langen Arme und eine Keule und brüllte markerschütternd: »Nimm das, du gewissenloser Mörder!« Der Schlag hätte D'Arcy den Schädel gespalten, wenn er nicht einen Stuhl gepackt und sich damit verteidigt hätte.
Im nächsten Augenblick fand Adeline sich inmitten einer fürchterlichen Szene. Philip, Brent und Wilmott hatten sich ebenfalls mit Stühlen bewaffnet, und Schulter an Schulter mit D'Arcy erwarteten sie die Angreifer.
Philip rief ihr zu: »Lauf, Adeline! Durch die andere Tür!«

Statt dessen stürzte sie vor und hing sich an den Arm des Anführers, der einen Hammer schwang. Sie stieß einen durchdringenden Schrei aus, der den allgemeinen Aufruhr übertönte. Augenblicks erschienen Kapitän Bradley und der Maat, mit Pistolen bewaffnet. »Wollt ihr Kugeln durch eure Köpfe, Leute?« donnerte der Kapitän. »Herunter mit den Knüppeln!«
Der Zorn der Bauern verebbte wie eine Sturzwelle. Ruhig, erschlafft standen sie da, wie Segel in einer plötzlichen Windstille. Schweigend starrten sie den Kapitän an.
»Diese Männer«, erklärte D'Arcy, »behaupten, ich hätte die Eltern ihres Freundes aus ihrem Heim vertrieben und ihren Tod verursacht. Aber ich habe nichts dergleichen getan.«
»Euer Verwalter hat's getan!« gab der Anführer zurück. »Der Gauner McClarty war's – der Mörder –, und Ihr selber wart beim Rennen in Dublin oder Liverpool und hattet keine Ahnung, wie's Euren Bauern geht! Ihr habt Euch um nichts gekümmert; aber die Pacht war Euch recht!«
»Jawohl, das ist die Wahrheit«, brummte Mulligan, »und meine armen Eltern holten sich den Tod dabei.«
»Eine Schande, so etwas«, rief Adeline. »Wenn ich das gewußt hätte, Mulligan, dann hätte ich auf eurer Seite statt gegen euch gestanden!« Sie war außer sich vor Aufregung. Sie hörte den Wind pfeifen und das Klatschen der Wellen. Der Tumult hatte etwas Wildes in ihr geweckt. Die Bauern scharten sich um sie.
»Danke, Mylady! Gott schütze Sie!«
»Mögen die Heiligen euch beschützen! Mögen eure Kinder euch zum Trost heranwachsen!«
Ruhig sprach D'Arcy zu den Männern: »Warum seid ihr jetzt über mich hergefallen? Nach so vielen Wochen?«
»Wir haben erst jetzt herausgefunden, wer Ihr seid. Der Teufel soll Euch holen!«
Sie bewegten sich unruhig, und einen Augenblick sah es so aus, als würde Adeline beim Wort genommen. Aber der Kapitän befahl ihnen, wieder hinunterzugehen, und murrend zogen sie sich zurück.
Adelines Ausfall gegen D'Arcy war Philip äußerst unangenehm. Er fürchtete, daß ihre Beziehungen für den Rest der Reise getrübt wären. D'Arcy beobachtete Adeline ärgerlich, wie sie im Salon auf und ab ging und gegen die Herzlosigkeit pflichtvergessener Gutsbesitzer wetterte. Ihr Vater habe sich nie für längere Zeit von seinem Besitz entfernt und kenne jeden seiner Pächter – Mann, Weib und Kind – und ihre Lebensgeschichte.
»Ihr Vater ist zweifellos ein Vorbild, Mrs. Whiteoak«, erwiderte D'Arcy, »aber Sie können mir nicht alle Mißstände Irlands in die Schuhe schieben.«
»Sie lieben weder das Volk noch das Land«, eiferte sie. »Es liegt Ihnen nicht am Herzen! Leute wie Sie bringen unserem Land nur Unglück.«

»Ich für mein Teil«, warf Mr. Brent ein, »habe meinen Besitz in Irland verkauft und bin froh darüber.«
»Ich wünschte, ich hätte es auch getan«, erklärte D'Arcy.
Adeline blitzte die beiden zornig an. »Haben Sie denn überhaupt kein Erbarmen mit dem Leid dieser unglücklichen Menschen?«
»Komm, komm, Adeline«, beschwichtigte Philip. »Es ist spät. Du solltest zu Bett gehen.« Er wandte sich an D'Arcy. »Sie ist müde und überreizt.«
»Ich werde meinen Kopf heute nacht auf kein Kopfkissen legen. Ich habe zuviel gesehen. Ich bleibe hier und werde mich bis morgen früh mit diesen beiden Herren herumstreiten.«
»Tut mir leid«, sagte D'Arcy, »aber ich glaube, ich brauche ein wenig Ruhe.« Er preßte seine Hand gegen die Stirn, und sie bemerkte eine verfärbte Beule dicht an seiner Schläfe. Sie sah genauer hin. »Oh, haben Sie wirklich einen Schlag abbekommen? Das tut mir aber leid!«
Ihr Ärger war verflogen. Sie ließ eine Schüssel heißes Wasser bringen und badete ihm die Stirn. Ihre Freundschaft war wiederhergestellt.
Aber am nächsten Tag fühlte sie sich nicht wohl. Sie konnte ihre Kabine nicht verlassen. Das Wetter wurde stürmisch. Adeline war seekrank. Als Philip in die Kabine kam, saß sie sehr blaß und weinend auf ihrem Bett. Doch in ihrer Stimme schwangen nicht Tränen, sondern Zorn.
»Nun, mein Lieber«, fragte sie, »was meinst du wohl, was mir passiert ist?«
»Geht es dir schlechter?«
»Jawohl, es geht mir schlechter.« Sie starrte mißmutig auf den schwankenden Boden der Kabine und blickte dann anklagend zu ihm auf.
»Jawohl, es geht mir schlechter und wird mir noch viel schlechtergehen, bis ich es hinter mir habe. Ich bekomme nämlich ein Baby!«
»Mein Gott!« Das Glas Sherry, das er ihr hatte bringen wollen, fiel ihm aus der Hand.
»Du Tropf!« rief sie. »Ich hätte allen Grund, etwas kaputtzuschlagen, statt dessen wirfst du mit Gläsern um dich.«
»Ich habe nicht geworfen! Ich habe es fallen lassen.«
»Das kommt auf dasselbe heraus – ausgerechnet jetzt, wo ich den Sherry brauche!«
»Bist du ganz sicher?« fragte er.
»Daß ich den Sherry brauche?«
»Daß du ein Baby bekommst?«
»Ich wünschte, ich wäre ebenso sicher, daß dieses Schiff jemals im Hafen landet.«
Unüberlegt rief er: »Ich wünschte zu Gott, du hättest damit gewartet, bis wir in Quebec eingerichtet sind!«
Der Ärger trieb ihr das Blut in die Wangen zurück. »Und ich wünschte, *du*

hättest gewartet! Aber nein – auf den Gedanken kommst du gar nicht. Nein, der Herr muß sein Vergnügen haben, komme was mag! Und jetzt noch zu sagen, *ich* hätte warten sollen! Ein Glück, daß der Schöpfer die Frauen sanft und geduldig geschaffen hat – bei allem, was sie durch die Unvernunft und Selbstsucht der Männer erdulden müssen. Ja – ich wünschte, wir hätten beide gewartet, ehe wir jemals vor den Altar getreten wären.«

»Du hast dich wohlweislich gehütet, mir einen deiner Wutanfälle vorzuführen, ehe wir heirateten.«

Sie sah ihm in die Augen. »Hast du mir je so einen Anlaß für einen Wutanfall gegeben, bevor wir heirateten?«

Er mußte lachen. »Jetzt bist du wirklich unlogisch.«

Er holte ihr ein neues Glas Sherry.

Als er zurückkam, hatte sie sich in einen rotgestreiften Schal gewickelt, saß auf der Bettkante und spielte mit den Fransen. Bei ihrem Anblick durchzuckte ihn heftiges Mitleid. Sie sah aus wie ein verlassenes Kind. Er setzte sich neben sie und hielt ihr das Glas an die Lippen.

»Der einzige Grund, warum ich wünschte, dies hätte sich etwas später ereignet, sind die Unannehmlichkeiten der Reise für eine schwangere Frau.«

Sie umklammerte seine Finger und zwang sich zu einem Lächeln. »Oh, ich werde es schon schaffen.«

Er flößte ihr noch einen Schluck Sherry ein. Dann rief er aufgeregt: »Wenn es ein Junge wird, nennen wir ihn Nicholas nach meinem Onkel!«

»Ich dachte an Philip.«

»Nein, ich möchte nicht, daß es außer mir noch einen anderen Philip für dich gibt.«

»Also gut! Es wird Nicholas. Aber nie Nick oder Nicky.«

»Niemals!«

Jemand klopfte an der Tür. Es war die erschöpfte Stewardeß, die ihnen mitteilte, daß die Ayah wieder sehr seekrank sei und nicht nach dem Baby sehen könne. Das Schiff wälzte sich jetzt in einem Wellental. Es schien auch seekrank zu sein – seine Planken knarrten und ächzten melancholisch. Keiner der Reisenden hatte vergessen, daß das Fahrzeug sie schon einmal im Stich gelassen hatte – jeder war auf ein neues Leck gefaßt.

»Bringen Sie das Kind her«, sagte Philip.

Die Stewardeß brachte Augusta herein; sie strahlte und drückte an jedes Ohr eine Muschel.

»Könnten Sie das Baby betreuen?« erkundigte sich Philip. »Meine Frau fühlt sich nicht wohl. Es soll Ihr Schaden nicht sein.«

»Ich will tun, was ich kann, für das arme Wurm, aber ich bin selbst am Zusammenbrechen. Die Hälfte der Passagiere ist wieder krank.« Als sie fort war, rief Adeline: »Ich kann diese Frau nicht ausstehn. Immer nennt sie Gussie ›das arme Wurm‹ – als ob wir sie schlecht behandelten.«

Philip setzte Augusta auf sein Knie. »Wenn sie sich nur an meine Schwester gewöhnt hätte, dann wäre sie jetzt vergnügt in England, und wir hätten ein Problem weniger.«
Gussie ließ ihre Muscheln fallen und griff nach seiner Uhrkette. Er zog seine große goldene Uhr heraus und hielt sie ihr ans Ohr. Begeistert hüpfte sie auf seinem Knie.
Jetzt merkte jeder, daß das Wetter immer stürmischer wurde. Tag und Nacht kämpfte das Schiff dagegen an. Es goß in Strömen, Wind und Wellen schleuderten das Schiff herum. Die Matrosen kletterten auf die Mastspitzen, um den gefahrvollen Weg zu überblicken, der immerhin stündlich kürzer wurde. Wenn nur das Land schon in Sicht wäre! Adeline hatte sich im Leben nicht so elend gefühlt. Obwohl sie sich kaum auf den Beinen halten konnte, mußte sie sich zur Kabine der Ayah schleppen und für sie tun, was sie konnte – es war wenig genug. Sie mußte ihr weinendes Kind beruhigen, und wenn Gussie einmal still war, so daß Adeline hätte schlafen können, fiel es Boney ein, sein Vergnügen – es war durch nichts zu beeinträchtigen – laut in die Gegend zu kreischen.
Von einer Stunde zur andern wurde der Zustand der Ayah besorgniserregend. Ihr Körper schrumpfte zusammen, ihr Gesicht wurde grün. Nur ihre großen brennenden Augen mit den tiefen Schatten darunter wirkten noch lebendig. Ihr fiebriger Mund sprach von lange vergangenen Tagen in Indien. Ihr Anblick erschütterte Adeline. Sie widmete der Kranken ihre ganze Kraft. Sie hielt sie in den Armen und tupfte immer wieder den Schweiß von dem eingesunkenen Gesicht. Unablässig klirrten die silbernen Reifen um die magere braune Hand, die sich rastlos bewegte. Dann, plötzlich, öffneten sich ihre Augen weit. Traurig, wie fragend, sah sie Adeline an.
»Möchtest du etwas, Huneefa?« fragte Adeline.
Sie hörte sie offenbar nicht. Sie griff in ihr schweres schwarzes Haar über der Stirn, nahm Locke für Locke in ihre dünnen Finger und ordnete sie wie für ein Fest.
Adeline legte sie in die Kissen zurück. Mit schlotternden Knien erreichte sie den Korridor und rief heiser nach Philip.
»Komm schnell, Huneefa stirbt!«
Er kam in die dunkle, säuerlich riechende Kabine.
»Ich muß den Doktor holen«, sagte er und rannte sofort wieder zur Tür hinaus.
Als habe sich alles gegen sie verschworen, war der Doktor vor zwei Tagen auf dem Deck ausgeglitten und hatte sich die Hüfte verletzt. Er konnte sich vor Schmerzen kaum bewegen, kam aber doch mit, auf Wilmotts Schulter gestützt. Er war jung und hatte wenig Berufserfahrung, doch ein einziger Blick auf die Ayah sagte ihm, daß ihre Stunde gekommen war. Er wies

Wilmott an, Adeline in ihre Kabine zurückzubringen, aber sie weigerte sich zu gehen. Bald darauf tat Huneefa ihren letzten Atemzug.
Ihr Tod war ein Schock für Adeline und – etwas abgeschwächt – für Philip. Seit den ersten Tagen ihrer Ehe war die Ayah ein vertrauter Schatten gewesen – zuerst als Adelines Zofe, später als Gussies Ayah. Ihre Ergebenheit war ihnen selbstverständlich geworden. Da sie selten wirklich gesund war, hatte ihre Krankheit sie nicht weiter beunruhigt. Selbst die Gelbsucht, die die Seekrankheit komplizierte, hatte sie nicht weiter beängstigt. Und jetzt schien es, als sei sie vorsätzlich von ihnen gegangen – Huneefa, deren Treue über jedem Zweifel stand. Sie erkannten, was für ein starker Pfeiler dieser zerbrechliche Körper in dem Gebäude ihres gemeinsamen Lebens gewesen war.
Selbst der Tod der Ayah stimmte Mrs. Cameron nicht milder. Sie blieb eingeschlossen in ihrer Kabine, getröstet von ihren beiden neuen Freunden.
Adeline selbst machte Huneefa für das Begräbnis zurecht. Sie kleidete sie in ihren besten Sari und kreuzte ihr die Hände über der Brust. Zum letztenmal klingelten die Silberreifen an dem dünnen Handgelenk. Dann holte Adeline Augusta zu einem letzten Lebewohl. Augusta beugte sich erfreut mit einem kleinen Lachen von Adelines Arm herunter.
»Gib ihr einen Kuß«, sagte Adeline, »sag ihr auf Wiedersehen.«
Gussie drückte einen feuchten Kuß auf die braune Wange und hielt ihre Muschel an Huneefas Ohr.
»Oh, lieber Gott, warum hat sie gehen müssen?« jammerte Adeline. Sie hätte alles dafür gegeben, Huneefa wieder ins Leben zurückzuholen. Sie zog den Schleier über das stille Gesicht und wandte sich ab.
Gussie verschwendete keinen zweiten Blick an ihre einst so geliebte Sklavin. Sie hielt ihrer Mutter die Muschel ans Ohr, umklammerte ihren Hals und beugte sich vor, um ihr ins Gesicht zu schauen. Sie war überrascht, als Adeline nicht lachte, sondern Tränen in den Augen hatte.
An einem kalten grauen Tag versammelten sie sich an Deck, um den Körper der Ayah der See zu übergeben. Das Meer war jetzt nicht mehr so wild, aber immer noch brandeten die Wogen um das Schiff. Man hatte das Deck gesäubert; die Matrosen standen sauber und ordentlich in einer Reihe barfuß auf dem feuchten Deck. Auch die Passagiere aus dem Zwischendeck waren heraufgekommen und hatten ihre Kinder mitgebracht. Die Frauen trugen Schals um die Köpfe. Die Iren unter ihnen – und das war die Mehrzahl – schienen jeden Augenblick in Totenklagen ausbrechen zu wollen.
Auch Patsy O'Flynn war heraufgekommen; er trug seinen Kutschermantel und eine erstaunliche Wollmütze, die ihm bis über die buschigen Brauen rutschte. Neben ihm auf dem Deck lag ein Bündel – es enthielt seine sorgfältig gehüteten Besitztümer, von denen er sich niemals trennte. Er hatte darum gebeten, Augusta während der Zeremonie auf dem Arm halten zu dürfen. Sie hatte ihren weißen Mantel an und den kleinen, spitzenverzierten

Schutenhut. Patsy war so stolz auf sie und auf seine Beschützerrolle, daß er sich nicht auf die Feierlichkeit konzentrieren konnte – selbstbewußt beobachtete er, ob seine Mitreisenden ihn auch entsprechend beachteten.
Es war seltsam, D'Arcy mitten unter den Männern zu sehen, die ihm noch vor wenigen Tagen nach dem Leben getrachtet hatten. Offenbar wollten beide Parteien das unerfreuliche Ereignis vergessen.
Adeline stand zwischen Philip und Wilmott. Die nervöse Anspannung hielt sie aufrecht, aber ihre roten Wangen wirkten fiebrig, und Philip warf ihr immer wieder besorgte Blicke zu. Wilmott stand starr wie eine Statue.
Huneefas Körper lag in Leinwand eingenäht zu Füßen des Kapitäns. Mit klarer, tragender Stimme verlas er den Begräbnisgottesdienst. Er wirkte ganz ungewohnt ohne seine betreßte Dienstmütze. Er war schon ein wenig kahl; eine einsame hellbraune Locke wehte im böigen Wind. Adeline bemerkte, daß alle Männer außer Patsy ihre Mützen abgenommen hatten. Sie machte ihm Zeichen, aber es dauerte eine ganze Weile, bis er verstand, was sie meinte. Er unternahm etliche komische Versuche, dem Wink zu gehorchen, den er nicht recht begriff. Er setzte das Baby auf den anderen Arm, scharrte das Bündel hinter seine Füße und setzte eine feierlichere Miene auf. Dann wurde ihm plötzlich klar, was sie von ihm wollte, glücklich grinsend nahm er seine Mütze ab und entblößte seine ungekämmte, strohige Mähne.
Bedächtig verlas Kapitän Bradley die Totenmesse und endete mit den Worten: »So übergeben wir ihren Körper der Tiefe, auf daß er den Weg allen Fleisches gehe bis zur Auferstehung des Leibes, wenn das Meer seine Toten in das ewige Leben entläßt, durch die Gnade unseres Herrn Jesus Christus; seine Wiederkehr wird unsere schlechten Körper verwandeln und verklären, nach Seinem mächtigen Willen, der Ihn zum Herrscher über die Welt gesetzt hat.«
Nun kam Leben in die Matrosen. Die Taue, die den Körper hielten, strafften sich. Sie hoben ihn über die Reeling und versenkten ihn langsam, vorsichtig und würdevoll in die See. Adeline blickte hinunter und sah, wie die Wellen sich teilten, Huneefa aufnahmen und sich lautlos über ihr schlossen. Eine frische Bö erfaßte die Segel. Sie blähten sich knatternd, und das Schiff schoß vorwärts, als wolle es endlich ans Ziel kommen und die Verzögerung aufholen.
Gussie hatte von Patsys Arm aus interessiert zugesehen, wie Huneefas Körper versank. Dann schaute sie Patsy in die Augen.
»Weg«, sagte sie.
»Gott schütze das Kind!« rief er den Umstehenden zu, »sie versteht alles. Och, was für ein helles Köpfchen, und wie sie reden kann!«
Dann sang die Gemeinde ein Kirchenlied.
»Ewiger Vater, Retter und Herr, Herrscher über Land und Meer ...«, so sangen sie, und der Klang ihrer eigenen Stimmen, das Vergnügen des Singens und der Glaube an die vertrauten Worte beglückten sie. Der schmale Körper,

den man in die See gesenkt hatte, war jetzt nicht mehr der Mittelpunkt und war schon fast vergessen. Die Auswanderer kehrten in die gewohnten Dünste ihrer Quartiere zurück; Gussie war wieder in den Armen ihrer Mutter.

Adeline fühlte sich plötzlich sehr erschöpft und setzte das Kind mit seinen Muscheln und einigen Keksen in eine windgeschützte Ecke an Deck. Wilmott ließ sich mit seiner Pfeife und der *Quarterly Review* neben Augusta nieder. Sie waren ein seltsames Paar, aber sie verstanden sich recht gut. Adeline legte sich zu Bett.

Die nächsten Tage sollten Philip immer wie ein Alptraum im Gedächtnis bleiben. Adeline bekam Fieber und lag bald darauf im Delirium. Sie redete wirres, unzusammenhängendes Zeug. Bald glaubte sie sich in Indien, bald als junges Mädchen in County Meath, bald von Indianern verfolgt in Kanada. Dann brauchte Philip seine ganze Kraft, um sie auf dem Bett festzuhalten. Der junge Arzt – seine verletzte Hüfte schmerzte noch immer – wich kaum von ihrer Seite. Boney hockte auf ihrem Bettpfosten, und seine Schreie wirkten erstaunlich beruhigend auf ihre Fieberträume. Mit schiefgelegtem Kopf lauschte er ihrem Gemurmel, und wenn ihre Stimme immer lauter wurde, erhob er seine eigene zu schrillem Gekreisch, als wolle er ihr beweisen, daß er es noch besser konnte.

Philip litt sehr darunter, daß auf diesem Schiff alles so öffentlich vor sich ging. Die Wände waren so dünn, daß alle alles hören mußten. Mrs. Cameron war angeblich auch krank. Jedenfalls machte sie keinen Versuch zu helfen. Und die beiden Neufundländer hielten sich ebenso abseits wie sie. Die Stewardeß übernahm Augusta, wann immer sie konnte, aber die vielen Kranken an Bord ließen ihr wenig Zeit. Wilmott trug Gussie stundenlang auf dem Deck herum und sang ihr etwas vor. Meistens allerdings mußte Philip sich um sie kümmern, und ihre knifflige Diät und Toilette brachten ihn zur Verzweiflung. Oft saß die Kleine allein in der Kabine, in der die Ayah gestorben war. Die Stewardeß brachte ihr einen Blechteller und einen großen Löffel, trommelnd vertrieb sie sich damit die einsamen Stunden. Man hatte sie mit Sicherheitsnadeln am Bettzeug festgesteckt, damit das Rollen des Schiffes sie nicht auf den Boden schleuderte. Augusta begegnete ihrem Vater mit einer Mischung von Neugier und Argwohn. Wenn er sie betreute, beobachtete sie ihn gönnerhaft – sie dachte wohl im stillen darüber nach, wieviel besser die Ayah das doch verstanden hatte.

Nach drei Tagen erwachte Adeline aus dem Delirium. Sie lag ganz still, sah sich mit großen kummervollen Augen um und sagte dann mit ihrer normalen Stimme: »Der Vogel geht mir auf die Nerven.«

Philip beugte sich besorgt über sie.

»Soll ich ihn hinausbringen?«

»Nein, nein. Aber gib ihm eine Feige. Dann ist er still. Sie sind in der Blechbüchse im Schrank.«

Sie schaute ihm wortlos zu. Dann lachte sie zaghaft. »Du siehst komisch aus, als ob du dich tagelang nicht rasiert hättest.«
»Habe ich auch nicht.«
»War ich sehr krank?«
»Ziemlich.«
»Es geht mir schon besser.«
»Gott sei Dank!«
Der Papagei rutschte auf seiner Stange der hingehaltenen Feige entgegen. Er nahm sie mit komischer Miene, riß kleine Stücke davon ab und spuckte sie aus. Immerhin war er jetzt ruhig. Philip setzte sich auf die Bettkante, und Adeline faßte nach seiner kräftigen braunen Hand und streichelte sie mit dünnen weißen Fingern. Sie grub die Zähne in ihre bebende Unterlippe.
»Ich mußte gerade an Huneefa denken«, sagte sie.
Er küßte sie. »Du mußt jetzt nur daran denken, gesund zu werden.«
»Wir hätten sie in Indien lassen sollen.«
»Aber sie wollte doch mitkommen. Ihr wäre das Herz gebrochen, wenn wir sie dort gelassen hätten.«
»Ich weiß.«
Es ging ihr zweifellos besser. Sie trank etwas Brühe und wäre eingeschlafen, wenn nicht Augusta auf ihren Blechteller getrommelt hätte. Der Lärm regte Boney auf. Er kreischte. Adeline vergrub den Kopf im Kissen und raufte sich die Haare. »Hat man denn keine Ruhe auf diesem Schiff? Was ist das für ein Lärm?«
Philip ging zu Gussie hinüber, nahm ihr Teller und Löffel weg und gab ihr statt dessen die Muscheln. Aber sie warf sie auf den Boden und brach in Geschrei aus.
Philip beschloß, Wilmott zu bitten, Augusta eine Weile zu unterhalten. Als er zu ihr zurückkam, saß sie mit geöffnetem Mund und fest geschlossenen Augen; unter den Lidern quollen die Tränen heraus. Alle Gegenstände in Reichweite hatte sie, so weit sie konnte, in die Kabine geschleudert. Er nahm sie nicht gerade sanft hoch. Feuchtigkeit verriet ihm, daß die Windeln gewechselt werden mußten. Wütend läutete er nach der Stewardeß. Sie kam nicht. Aus dem unordentlichen Kleiderhaufen – er war jetzt ihr Kleiderschrank – angelte er zwei Stücke heraus. Er legte sie übers Knie und brachte es sogar fertig, ihr die Windel anzulegen, aber ihr weißer Flanellunterrock stellte ihn vor ein Rätsel – die Stewardeß hatte ihn gewaschen, und er war eingelaufen. Gussie war es müde, mit dem Kopf nach unten zu hängen und wand sich unter seinen Händen. Ihr Geschrei war verstummt, als er sie hochgenommen hatte, jetzt setzte es wieder ein. Er hätte sich lieber mit einem ganzen Indianerstamm herumgeschlagen als mit diesem brüllenden kleinen Wesen. Er sah, daß ihre Schenkel rot und entzündet waren und fluchte.

Dann stach er sie mit der Sicherheitsnadel – warum, zum Teufel, hießen diese Dinger *Sicherheits*nadeln? –, und als er das Blut aus der winzigen Wunde tropfen sah, brach er in Schweiß aus.
»Ich habe es nicht mit Absicht getan! Bei meiner Seele, nicht mit Absicht!« stammelte er, aber sie glaubte ihm nicht. Als er sie aufrecht auf sein Knie setzte, zog sie den Kopf ein und wartete verschreckt, was er ihr wohl als nächstes antun würde. Und er tat auch etwas: Er trug sie durch den Korridor, die Treppe hinunter zum Massenlager ins Zwischendeck. Hier legte er sie etwas unsanft der vertrauenerweckenden Schottin in den Schoß – sie hatte selbst fünf Kinder – und bat sie, so gut wie möglich für seine Tochter zu sorgen. Die Frau betreute Gussie rührend, wie sich später herausstellte – sie vernachlässigte über der Pflege sogar ihre eigenen Kinder –, und Philip dankte ihr die Mühe großzügig.
Als habe sie noch nicht genug Schwierigkeiten, lief die *Alanna* als nächstes beinahe auf einen Eisberg. Es war ein knappes Entrinnen. Die Jahreszeit war eigentlich noch zu früh für Eisberge, und der Ausguck war nicht so streng bewacht, wie es nötig gewesen wäre. Alle waren entsetzt, als im Morgengrauen die riesige weiße Kathedrale aus dem Nebel herauswuchs. Ungewöhnlich warmes Wetter mußte sie vorzeitig losgelöst haben. Drohend tauchte sie aus dem Golfstrom auf, wie das leibhaftige Unheil, in die Gestalt eines geheiligten Bauwerks gebannt.
Warnrufe erfüllten die Luft. Grigg stand am Ruder und setzte seine ganze Kraft ein, das Schiff vor der Katastrophe zu bewahren. Haarscharf kamen sie daran vorbei. Die Luft war eisig, als sei plötzlich der Winter hereingebrochen. Philip lief in die Kabine hinunter. Erschreckt von dem Lärm und den Rufen hatte Adeline begonnen, sich anzuziehen.
»Müssen wir in die Boote?« fragte sie aufgeregt.
»Nein. Kein Grund zur Aufregung. Aber du mußt hinaufkommen und dir den Eisberg ansehen. Er ist riesig, Adeline! Schuhe und Strümpfe hast du ja schon an. Zieh nur den Mantel über das Nachthemd. Dieses Schauspiel darfst du nicht versäumen.«
Er half ihr an Deck. Jetzt war der Eisberg nicht mehr so nah. Er hatte seinen Schrecken verloren und war nur noch schön; in einem schmalen Sonnenstreifen, der vom Horizont einfiel, blitzte das Feuer von tausend diamantenen Facetten. Unwirklich wie ein Traumgebilde thronte das majestätische Gebäude in den grünen Wogen. Und tief unten in der See lag unsichtbar das noch viel größere eisige Fundament.
Der Golfstrom war passiert; es wurde wieder kalt, und die Wellen gingen hoch. Die *Alanna* durchpflügte sie in einem heftigen Schneesturm, der die Sicht bis auf wenige Meter einengte. Falls noch mehr Eisberge in der Nähe sein sollten, waren sie ihnen auf Gedeih und Verderb ausgeliefert. Die Ausgucker hoch oben in den Wanten glichen Schneemännern. Sie sahen nur noch

Myriaden weißer Flocken, die sie umtanzten, ihre Haut peitschten und die Augen blendeten. Es wurde so kalt, daß die Gischt an der Reling zu langen scharfen Eiszapfen gefror.
Die Reisenden der ersten Klasse – ausgenommen natürlich Mrs. Cameron und ihre Freunde – versammelten sich im Salon. Sie waren ein wenig betrübt, daß ihre lange Reisefreundschaft sich dem Ende näherte. Aber sie würden sich schreiben. In Decken gehüllt saßen sie beieinander und versuchten, sich warm zu halten. Philip hatte einen großen Speckstein erhitzen lassen und ihn Adeline unter die Füße geschoben. Sie trank ein Glas Port, während die Männer sich lieber an Grog hielten. In ihrem Pelzmantel und dem Plaid fühlte sie sich ganz behaglich. Es war ihr, als habe sie ganz allein eine weite Reise gemacht, bei der ihr auch der Tod begegnet war. Und Huneefa schien sie schon vor langer, langer Zeit verloren zu haben.
Über Reiseführer und Landkarten gebeugt, planten D'Arcy und Brent eifrig ihre Reisen durch Kanada und die Staaten. Die Luken waren wie mit weißer Watte zugehängt, alle Geräusche an Bord waren gedämpft, nur die Takelung knarrte im einfallenden Wind.
Gegen Abend kamen sie aus dem Schneetreiben heraus in eine tiefblaue See und segelten mitten in einen blutroten Sonnenuntergang hinein. Schaum krönte die Wellen, die Eiszapfen glänzten wie Diamanten und schließlich – es war wie ein Wunder – hörten sie den Schrei einer Möwe und sahen ihren Schatten auf dem Deck.
Sie war nur ein Vorbote. Andere folgten. Sie umkreisten das Schiff und überbrachten kreischend die Grüße der Neuen Welt.

Kapitän Bradley strahlte vor Befriedigung. Seine braunen Hände ruhten auf der Reling, während er sagte: »In wenigen Tagen werden wir in Quebec landen. Jedesmal, wenn ich nach einer solchen Reise ankomme, danke ich Gott, daß seine Gnade uns sicher geführt hat. Bedenken Sie nur, was alles geschehen ist, seit wir Irland verlassen haben – und doch sind wir hier und das Land fast in Sicht!«
»Ich möchte hinzufügen, wieviel wir Ihrer eigenen großartigen Seemannskunst verdanken«, sagte Philip.
»Aber Gottes Gnade ist über allem.«
Am nächsten Morgen kam Land in Sicht. Die müden Reisenden aus dem Zwischendeck spähten zusammengedrängt danach aus. Die Luft war frisch, aber nicht unfreundlich. Die Oberfläche der langen Wellen war leicht gekräuselt. Die Eiszapfen tropften und fielen dann in den Golf von St. Lawrence. Die *Alanna* fuhr in den weiten Strom ein. Rechts und links erhoben sich grüne Ufer und dehnten sich zu dunklen Wäldern. Man erblickte winzige weiße Dörfer, behütet durch weiße Kirchen, von deren Türmen Kreuze herübergrüßten. Langgestreckte Bauerngehöfte schienen sich gegenseitig zu be-

schützen. Rinder weideten nahe am Flußufer; der süße Geruch des Landes wehte ihnen entgegen. Konnte es sein, daß sie noch vor wenigen Tagen mitten im Schneesturm waren, daß das Schiff mit Eiszapfen behängt war?
Es war Sonntagmorgen; der Kapitän las die Messe – Befriedigung und Dankbarkeit schwangen in seiner Stimme. Wilmott begleitete den Gesang auf der kleinen Orgel im Salon. Kräftig schallten die Stimmen, als sei niemals die Angst ihre Begleitung gewesen. Froh und dankbar klangen die Worte.

In dunkler Sturmesnacht
Brüllte die See;
Das Ruder knarrt und kracht,
Gischt schäumt wie Schnee.
Bang spricht der Steuermann:
»Tod ist uns nah!«
Doch Gottes Stimme kam:
»Still, ich bin da.«

Tobender Wellenbraus,
Gib dich zur Ruh!
Wütendes Sturmgeheul,
Leg dich auch du!
Sorge und Angst vergeht,
Rettung ist nah,
Wenn Gottes Stimme spricht:
»Still, ich bin da.«

Philip und Adeline packten ihre Sachen. Manches war auf der Reise verlorengegangen oder verschlissen; dennoch hatten sie die größten Schwierigkeiten, den Rest in ihre Koffer zu pressen. Immer wieder tauchte etwas Vergessenes auf. Philip litt darunter, daß Adeline noch immer schonend behandelt werden mußte. Zu gern hätte er ihren mangelnden Ordnungssinn gerügt. Zweifellos verdiente sie einen Vorwurf, wenn sie Reisedecken, Schuhe und Puderdosen auf seinen besten Anzug warf. Als alles mehr schlecht als recht verpackt war, fiel ihnen plötzlich die Kabine der Ayah ein und alles, was dort in Haufen und verstreut umherlag. Boney wehrte sich wütend, als sie ihn in den Käfig setzten. Er kreischte und tobte, schlug mit den Flügeln und spuckte Sand und Körner um sich. Die Aufregung gab Adeline ihre laute, kräftige Stimme zurück.
»Mehr kann ich nicht tun!« rief sie.
»Niemand verlangt das von dir«, fuhr Philip sie an, und als sie hinausging, setzte er hinzu: »Du hast ohnehin schon zuviel gemacht – nämlich Unordnung.«

»Was sagst du da?« rief sie zurück.
Er gab keine Antwort.
Sie war zwar noch schwach, aber sie hätte weder so matt in die Kabine der Ayah zu taumeln brauchen, noch dort keuchend auf der Bettkante zusammensinken müssen. Ihre Stimme war nur noch ein wütendes Flüstern.
»Was hast du da gesagt?«
»Ich sagte, Gott verdammt, daß ich noch nie eine solche Unordnung gesehen habe. Ich hätte einen Kammerdiener aus England mitbringen sollen.«
»In Wirklichkeit hast du gesagt, daß die ganze Unordnung meine Schuld ist.«
»Du redest Unsinn.« Er nahm eine Handvoll von Gussies winzigen Kleidchen auf. »Was soll damit? Wäre es nicht besser, wir ließen alles hier liegen und kauften ihr neue Sachen?«
»Die Kleider hierlassen!« sie kreischte beinah. »Sie sind aus bestem irischem Leinen und handgestickt. Kein einziges bleibt hier. Öffne den schwarzen Koffer, da werden sie Platz haben.« Er tat es mit zornrotem Gesicht. Sie schaute in den Koffer. »Wo ist die Puppe?« fragte sie.
»Was für eine Puppe?«
»Die schöne Wachspuppe – deine Schwester hat sie Gussie geschenkt. Huneefa hatte sie in diesen Koffer gelegt.«
»Sie ist nicht da.«
»Sie muß aber da sein. Du mußt sie finden.«
Er setzte sich auf die Hacken zurück und funkelte sie ärgerlich mit seinen blauen Augen an.
»Sind wir schon so weit«, rief er, »daß ich während der Landung eine *Puppe* suchen muß? Nicht genug, daß ich Windeln verpacke – soll ich auch noch auf allen vieren hier herumkriechen und eine *Puppe* suchen? Also wirklich, Adeline . . .«
»Schon gut«, sagte sie erschrocken, »such sie nicht. Sie ist sicher in unserer Kabine.«
Irgendwie bekamen sie ihre Siebensachen zusammen. Irgendwie brachten einige Stewards sie, begleitet von Boneys Kreischen, zur Gangway hinauf. Philip trug den Käfig und hatte den anderen Arm fest um Adeline gelegt.
»Manchmal wünsche ich, wir hätten diesen Vogel nie gesehen.«
»Dann laß ihn doch hier«, rief sie hitzig, »wenn er dir nur eine Last ist! Laß ihn hier und mich dazu! Such dir in Quebec eine andere Frau und einen anderen Vogel.«
Er kniff sie in den Arm. »Benimm dich! Die Leute können dich hören.«
»Das ist mir egal! Du hast mich gekränkt.«
»Nun, mir ist es nicht egal, und ich *habe* dich nicht gekränkt.«
Wilmott kam ihnen entgegen. »Schade, daß Sie nicht an Deck waren! Wir hatten einen großartigen Ausblick auf Quebec. Sie hätten früher packen sollen. Kann ich irgendwie helfen?«

Philip übergab ihm den Vogelkäfig.
Überall herrschte Verwirrung und Unruhe. Zurufe und Möwengekreisch erfüllten die Luft. Die großen weißen Segel hingen schlaff wie müde Flügel. Barfüßige Matrosen erkletterten die Wanten und beobachteten den belebten Pier. Adeline lächelte Wilmott zu. »Was hätten wir getan, ohne Sie?«
»Sie wissen, daß es mir ein Vergnügen ist, Ihnen zu helfen«, erwiderte er linkisch, obwohl er vor Freude errötet war. »Es geht Ihnen schon viel besser, nicht wahr?« setzte er hinzu.
»Sonst wäre ich schon tot.«
»Gut, daß Sie eine Pflegerin für Ihr Kind gefunden haben.«
»Barmherziger Himmel!« schrie Adeline. »Wo ist Gussie? Oh, Philip, wo ist Gussie? Diese fürchterliche Schottin ist sicher mit ihr an Land und auf und davon gegangen!«
»Das Schiff hat noch gar nicht angelegt«, gab Philip ruhig zurück. »Die Schottin ist eine großartige Frau und hat keinen Bedarf für anderer Leute Kinder. Ich habe alles mit ihr geregelt und sie gleich bezahlt. Hier kommt Patsy mit Augusta.«

Er blickte seiner Tochter einigermaßen grimmig entgegen. Sie hockte auf Patsys Schultern und hatte ihn um den Kopf gefaßt. Ihre Kleider waren zerknittert und fleckig, ihre Hände von etwas angegrauter Sauberkeit. Sie war offenbar mit einem betagten Lappen gewaschen worden. Immerhin kehrte sie gesünder aus dem Zwischendeck zurück, als sie dorthin gekommen war. Sie begrüßte ihre Mutter mit einem schwach erkennbaren Lächeln.
»Oh, mein Liebling!« rief Adeline und küßte sie. »Oh, Gussie, du riechst aber wirklich nicht gut«, fügte sie kaum hörbar hinzu.
Boney hatte beschlossen, das Schiff kopfunter zu verlassen, wie er an Bord gekommen war. Mit seinen dunklen Fängen am Käfigdach festgekrallt, beobachtete er baumelnd, wie sich vertraute Gestalten um ihn bewegten. Er spürte das frische Mailüftchen – der Duft war viel besser als jener, an den er sich unter Deck gewöhnt hatte. Er rollte ihn auf der Zunge, unentschlossen, ob er ihm schmecke oder nicht. Über die Schultern der Umstehenden hinweg – Wilmott war groß und hielt den Käfig hoch – erhaschte er den Ausblick auf grüne Wälder und weiße Wolken.
Adeline fühlte sich seltsam schwach, als sie auf die Gangway zuging. Plötzlich standen D'Arcy und Brent vor ihr, faßten sich gegenseitig am Handgelenk und bauten so einen Stuhl, den sie ihr eindringlich offerierten. Fragend sah sie Philip an. Würde er es erlauben?
»Eine gute Idee«, erklärte er. »Vielen Dank, Adeline wird entzückt sein.«
Boney sah, wie seine Herrin davongetragen wurde und kreischte Beifall. Er hörte die Rufe der französischen Träger und sah, wie sich Pferdekutschen am Pier aufreihten. Einige Passagiere wurden von Freunden oder Verwandten

abgeholt. Andere standen allein und verstört neben ihren kleinen Gepäckhügeln. Auch die beiden jungen irischen Mädchen fanden sich ein – sie sahen nicht mehr so blühend aus wie am Tag der Abreise. Adeline gab ihnen ihre Adresse und wies sie an, am nächsten Tag zu ihr zu kommen. Bevor D'Arcy und Brent sie absetzten, drückte sie jedem der Mädchen einen Kuß auf die Wange.

»Können wir Sie noch irgendwo hintragen?« fragte Brent.

»Mein Wort«, beteuerte D'Arcy, »es wäre uns ein Vergnügen, Sie bis zur Zitadelle hinaufzutragen.«

Die Schottin verließ ihre Brut und preßte einen letzten Kuß auf Gussies kleinen Mund.

»Ach, das arme kleine Wurm!« rief sie.

Ihre eigenen Kinder glaubten, sie wolle sie verlassen und kamen heulend hinterhergerannt. Sie ging zu ihnen und verschwand in der Menge.

Adeline staunte, wie viele Priester hier herumliefen und wie fremd alles aussah. Sie fühlte sich wieder besser und war auf ihr neues Heim gespannt. Philip hatte eine Kutsche besorgt. Ihre drei Freunde gingen in ein Hotel. Im Vorbeigehen sah sie, daß Mrs. Cameron von Verwandten abgeholt wurde. Sie sah die erstaunten Gesichter und Mrs. Camerons tragische Gesten. Dann deutete Mrs. Cameron auf Philip und sie. Adeline blieb stehen und lächelte zu der Gruppe hinüber. Sollen sie denken, daß ich mir nichts daraus mache, dachte sie, sie hassen mich und meine Brüder ohnedies, und das ist nicht zu ändern.

Philip hob sie in die Kutsche und nahm Gussie auf die Knie. Die Räder ratterten die steile, enge Straße hinauf.

Adeline lachte hysterisch. Philip sah sie fragend an.

»Ich mußte gerade daran denken, wie Mrs. Cameron mich angesehen hat«, sagte sie. »Man könnte meinen, es gäbe nichts Schlimmeres als diese Flucht und daß ich sie eingefädelt hätte. Ich für mein Teil glaube, die kleine Mary hätte nichts Besseres tun können.«

6

Das Haus in der Rue St. Louis

Das Haus stand vor ihnen, groß und ein wenig streng, und blickte sie mit vielen Fenstern an. Der Klopfer an der schweren Tür war ein übellauniger Drachenkopf. Philip klopfte kräftig, und ein Echo lief durch das Haus. Adeline bestaunte die kleinen Fensterscheiben, deren Rahmen schwarz gestrichen und mit schmalen Goldleisten verziert waren.

»Ich kann mir die alten Zeiten hier richtig vorstellen – seidene Beinkleider, gepuderte Perücken und was dazu gehört!«

»Nett zu denken, daß es uns gehört«, sagte Philip.

»Ja, nicht wahr?«

Gussie reckte sich auf dem Arm ihres Vaters und steckte ihren winzigen Finger in das Drachenmaul.

»Die Straße sieht komisch aus, ganz fremd«, meinte Patsy, der auf dem Gehsteig sein Bündel und den Käfig bewachte. »Haben wir überhaupt keine Felder?«

Philip war immer noch nicht daran gewöhnt, daß Patsy sich an jeder Unterhaltung beteiligte. Er runzelte die Stirn und klopfte abermals. Die Tür öffnete sich. Vor ihnen stand eine untersetzte, schwarzgekleidete Frau. Sie war offensichtlich Französin, sprach aber zum Glück Englisch. Sie erklärte, der Advokat, der den Nachlaß von Colonel Nicholas Whiteoak verwalte, habe sie als Köchin für die neuen Bewohner angestellt. Er habe Captain Whiteoak doch gewiß unterrichtet. Sie jedenfalls – ihr Name sei übrigens Marie – würde gern für sie arbeiten

Sie wirkte recht zuverlässig. Philip bat um Tee für Adeline. Dann sah er sich befriedigt in dem großen Wohnzimmer um. Mit einem entzückten Schrei stürzte sich Marie auf Gussie.

»Ah, la pauvre petite!« rief sie.

Patsy war in der schwach beleuchteten Diele zurückgeblieben; das kleine Mädchen hockte still auf seiner Schulter. Er entblößte sein Pferdegebiß zwischen dem wuchernden Bart zu einem freundlichen Grinsen für Marie, die ihm jetzt das Kind abnahm.

»Ah, Madame, darf ich sie füttern? Sie sieht so müde aus, so blaß.«

Adeline stimmte dankbar zu.

Als sie allein waren, sagte Philip nochmals:

»Nett zu denken, daß es uns gehört. Scheint ein gut gebautes Haus zu sein und hat genug Platz für alle unsere Sachen.«

Adeline schlug die dunkelroten Fensterläden zurück, und die Maisonne flutete in das Zimmer – es war offensichtlich nur sehr flüchtig für ihren Empfang gesäubert und abgestaubt. Adeline musterte alles mit wachem Blick. Sie sah die schwarz-goldenen Möbel, den überladenen Lüster, dessen vier zylindrische rote Glasschirme mit roten Samttroddeln behängt waren. Sie rief: »Wie scheußlich!«

»Findest du?«

»Du etwa nicht?«

»Nun ja, alles gefällt mir auch nicht. Aber man kann etwas daraus machen.«

»Hatte dein Onkel einen so schlechten Geschmack?«

»Er hat es möbliert gekauft – so wie es jetzt ist.«

Sie warf die Arme um ihn.

»Oh, Philip, ich werde alles ändern. Es wird mir Spaß machen! Noch nie habe ich mich so auf etwas gefreut. Komm, erforschen wir das Haus.«
»Nicht bevor du etwas gegessen hast. Bedenke deinen Zustand.«
»Barmherziger Himmel, mußt du mir den denn immer vorhalten? Ich brauche bloß mit der Wimper zu zucken, schon sagst du: ›Bedenke deinen Zustand.‹«
Marie brachte den Tee und kleine Kuchen. Sie strahlte.
»La pauvre petite hat einen guten Appetit«, rief sie. »Sie hat schon drei Kuchen gegessen und eine kleine Tasse Café au lait getrunken. Der ist viel besser für sie als Tee. Oh, ihre Intelligenz – ihr savoir faire –, ihre Schönheit! Der komische Mann hat mir erzählt, daß sie die Reise von Indien gemacht hat und daß die indische Nurse gestorben ist. Aber keine Angst, jetzt behüte ich sie – niemand kann das besser als ich!«
Maries Liebe zu der kleinen Augusta war kein Strohfeuer. Sie wuchs von Tag zu Tag. Sie ließ das Kind nicht aus den Augen. Der Vorschlag, eine Nurse einzustellen, entsetzte sie. Es gebe keine guten Nursen in Quebec, sie allein könne Gussie die richtige Pflege geben. Sie brauche lediglich einen Burschen für die grobe Arbeit – und sie hatte auch gleich einen bei der Hand; ihren Neffen nämlich – und ein flinkes Zimmermädchen – eine ihrer Nichten entsprach ganz den Voraussetzungen. Für Patsy blieb in einem so großen Haus noch genug zu tun. Die Ziege war zu versorgen, die Treppen zu fegen und der Garten mußte in Ordnung gehalten werden. Die Ziege durfte in einem kleinen Obstgarten nebenan grasen, der ebenfalls zu Philips Erbe gehörte.
Es waren glückliche Tage für Philip, als er sich allmählich mit den Einzelheiten dieser Erbschaft vertraut machte. Er hatte lange Unterredungen mit Mr. Prime, dem Advokaten seines Onkels. Alle Urkunden waren in Ordnung, es gab keinen Ärger damit. Gemeinsam mit D'Arcy, Brent und Wilmott erforschte er die alte Stadt. Sie stiegen zur Zitadelle hinauf und speisten mit den Offizieren auf dem Fort. An schönen Nachmittagen mietete Philip eine Kutsche und fuhr mit Adeline und einem der Herren aufs Land hinaus. Die Landschaft war bezaubernd, der späte kanadische Frühling hatte seine ganze Blütenpracht entfaltet. Sie blickten auf den breiten Fluß hinunter und sprachen von ihrer Reise, die ihnen allmählich nur noch wie ein schwerer Traum erschien. Die belebende Luft und Maries gute Küche brachten bald Farbe in Adelines Wangen, und ihre Schwäche wich neuer Kraft.
Ihre Möbel kamen unbeschädigt an. Die häßlichen Stücke von Onkel Nicholas wurden verbannt und durch elegantes Chippendale ersetzt. Die indischen Teppiche wirkten prächtig auf dem polierten Fußboden. Eine Kristallampe verdrängte den roten Plüschlüster. Onkel Nicholas hätte Mühe gehabt, sein Haus wiederzuerkennen.
Sie versuchten oft, sich den Onkel und sein Leben vorzustellen, aber er hatte kaum Spuren in dem Haus hinterlassen. Es gab kein einziges Bild von ihm;

statt dessen hing im Wohnzimmer ein Porträt des Herzogs von Kent, unter dessen Kommando er nach Quebec gekommen war. Mr. Prime beschrieb Colonel Whiteoak als gutaussehenden, temperamentvollen, gastlichen Mann und Weinkenner. Philip durchsuchte daraufhin jeden Kellerwinkel, ohne auch nur eine Flasche Wein zu finden. Dabei mußte sein Onkel einen reichlichen Vorrat zurückgelassen haben! Unter seinen Papieren war wenig Aufschlußreiches. Er hatte kein Tagebuch geführt. Immerhin fanden sich einige Briefe – Liebesbriefe – von einer französischen Dame aus Montreal. Sie waren zusammengebündelt, und auf dem letzten hatte Colonel Whiteoak in seiner kleinen Schrift vermerkt: »Marguerite starb am 39. Januar 1840.«

Philip und Adeline konnten wenig mit diesen Briefen anfangen, da sie die französische Handschrift nur mit Mühe entziffern konnten. Sie erfuhren nicht viel mehr, als daß Marguerite ihren Mann verabscheut und Nicholas Whiteoak angebetet hatte. Was für ein Glück, daß sie nicht frei gewesen war und ihn nicht heiraten konnte! Wie leicht hätte ihnen dieser angenehme Besitz entgehen können!

Es fanden sich auch Briefe von Philips Schwester und dem Dekan. Philip und Adeline lasen sie interessiert und ärgerten sich über einige spitze Bemerkungen, die ihr extravagantes Leben in Indien tadelten.

Schon nach zwei Monaten hatten sich Philip und Adeline in der französisch-kanadischen Stadt eingelebt und kannten alle kennenswerten Leute. Adelines Gesundheit war wiederhergestellt, und ihr Zustand behinderte sie kaum. Sie lud gern Gäste ein und liebte es, eingeladen zu werden. Sie fand hier mehr nette und interessante Menschen, als sie zu hoffen gewagt hatte. Sie schrieb lange Briefe nach Hause und schilderte die eleganten und unterhaltsamen Soireen der besseren Gesellschaft. Sie wollte ihrem Vater beweisen, daß sie nicht in jener barbarischen, primitiven Gemeinschaft lebte, die er ihr ausgemalt hatte. Sie hatte als Kind eine französische Gouvernante gehabt und konnte einigermaßen französisch sprechen – wenn auch kaum lesen – und bemühte sich jetzt, ihre Sprachkenntnisse zu verbessern. Durch ihre fröhliche, lebhafte Art zog sie sowohl die englische als auch die französische Gesellschaft in Quebec an. Schnell war sie auch mit ihren nächsten Nachbarn vertraut.

Die Balestriers zur Linken waren ein munteres Ehepaar mit einem halben Dutzend Kindern. Adeline und Madame Balestrier fanden sich auf Anhieb sympathisch; sie verbrachten viele Stunden zusammen, und Madame weihte Adeline in den intimen Klatsch der Stadt ein. Sie fuhren zusammen aus, gingen zusammen einkaufen, und beide Familien unternahmen gemeinsam Picknickausflüge zum sommerlich grünen Flußufer. Das einzig Störende an dieser Freundschaft mit den Balestriers war das Betragen ihrer Kinder. Adeline hatte sich oft genug über ihre verzogenen Brüder geärgert und hatte immer geschworen, daß sie ihre eigenen Kinder strenger erziehen würde. Nun lie-

ßen die Eltern den jungen Balestriers zwar durchaus nicht alles durchgehen, aber die Kinder waren ständig aufsässig. Das Familienleben war ein einziger Kampf zwischen ihnen und ihren Eltern. Sie gehorchten niemals ohne Protest. Den Whiteoaks gegenüber waren sie höflich und wohlerzogen, aber zu ihren Eltern sprachen sie nur in beleidigtem Ton. Sogar der Älteste – er war schon vierzehn – sprach zu Vater und Mutter nur mit hoher, weinerlicher Stimme.
Ihre Nachbarn auf der anderen Seite waren die de Granvilles, gebürtige Franzosen. Sie waren ein ältliches Geschwisterpaar; entfernte Verwandte hatten sie als Kinder nach Kanada gebracht, nachdem man ihre Eltern in der Revolution hingerichtet hatte. Mademoiselle de Granville war eine Mitt-Sechzigerin, voll Vitalität, Verstand und Gutherzigkeit. Sie lebte nur für ihren Bruder. Sie selbst war zur Zeit der Revolution fast noch ein Baby gewesen, aber in Monsieur de Granvilles Gedächtnis hatten sich die entsetzlichen Tage unauslöschlich eingegraben. Er litt an Anfällen von Melancholie, die ihn immer wieder ohne erkennbaren Anlaß überkamen. So konnte es geschehen, daß er mitten in einer Abendgesellschaft plötzlich wie betäubt vor sich hinstarrte, nichts sah, nichts hörte und seinen schrecklichen Kindheitserinnerungen nachsann. Dann griff seine Schwester geschickt in die Unterhaltung ein und lenkte die Gäste ab, bis Monsieur de Granville wieder ganz bei sich war und witzig, heiter und charmant weiterplauderte. Sein Gesicht war schön und vornehm, im Gegensatz zu den etwas derben Zügen seiner Schwester.
Adeline war recht erleichtert – was sie Philip natürlich nie zugegeben hätte –, daß ihre Brüder nach Irland zurückgekehrt waren. Hier in Quebec wären Conway und Sholto doch zu schwer zu bändigen gewesen. Sie hätten sich die Zeit gewiß nur mit dummen Streichen vertrieben. Und das wiederum hätte endlosen Ärger mit Philip bedeutet. In einem Brief beschrieb Lady Honoria die Heimkehr der Brüder mit Mary und die darauf folgende Szene. Sie brauchte ein Dutzend Seiten, um die ärgerliche und höhnische Rede wiederzugeben, mit der Renny Court die drei empfangen hatte. Sie schrieb, sie habe noch nie ein Mädchen so völlig in der Liebe aufgehen sehen, wie die fünfzehnjährige Mary. Ihre Liebe mache sie blind und taub für alles andere. Und das sei bei ihrem Alter ja doch recht peinlich, zumal auch Conway eben erst aus den Kinderschuhen heraus sei. Es bleibe nichts übrig, als die beiden streng zu bewachen, obwohl das nach all der Freiheit auf dem Schiff und in Galway im Grunde nur scheinheiliges Theater sei; das Ganze sei ein rechtes Unglück, zumal sie sich so sehr auf eine friedliche Zeit gefreut habe; und natürlich mache ihr Mann sie für alles verantwortlich. Mrs. Cameron habe ihr einen langen Brief geschrieben und behauptet, Adeline sei mit im Komplott gewesen; man solle Mary – in passender Begleitung selbstverständlich – mit dem nächsten Schiff nach Montreal schicken. Als ob das Mädchen jetzt noch »eine passende Begleitung« brauche!
Renny Court schrieb Adeline einen kurzen Brief, in dem er bedauerte, daß sie

extra aus Indien kommen mußte, um solchen Ärger über die Familie zu bringen. Sie täte gut daran, ihm statt des Gepäcks der beiden Jungen einen angemessenen Scheck zu schicken, da sie das Zeug in Irland nicht gebrauchen könnten, während es in der Wildnis doch sicher recht verwendbar sei.
»Oh, wie gemein er ist!« empörte sich Adeline. »Er würde einem toten Mann noch den letzten Pfennig aus der Tasche ziehen! Er würde einen Floh um Haut und Speck schlachten! Was soll ich oder irgend jemand hier mit den Sachen meiner Brüder anfangen? Ich werde ihm auch nicht einen Pfennig dafür schicken! Nie werde ich vergessen, wie ich meine Verlobung mit Edward O'Donnell löste! Edward wollte seinen Ring nicht zurücknehmen. Er sagte, ich könne damit tun, was ich wolle. Mein Vater meinte, es sei peinlich für mich, den Ring weiter zu tragen, und gab mir zwanzig Pfund dafür. Später erfuhr ich, daß er ihn um den vierfachen Preis verkauft hat. Als ich ihn deshalb zur Rede stellte, sagte er, er habe das Geld gebraucht, um die Schulden meines Bruders Esmond zu bezahlen. Esmond ist mein Lieblingsbruder, also was blieb mir übrig? Oh, was für ein dreistes, unverschämtes Gesicht mein Vater hat! Er kann dir offen in die Augen lügen.«
»Das stimmt«, gab Philip zu, »trotzdem werde ich ihm wohl einen Scheck für die Sachen deiner Brüder schicken. So gute Truhen und Koffer gibt es hier nicht zu kaufen. Die Flinten und Angelgeräte kann man immer gebrauchen. Und die Kleider – nun, wir werden schon jemand finden, der froh darüber ist.«
Im nächsten Brief berichtete Lady Honoria von der Trauung des jungen Paars in der Kapelle von Killiekeggan-Castle. Nach reiflichen Überlegungen, schrieb sie, hätten sie beschlossen, daß Conway die Ehre des Mädchens wiederherstellen müsse. Mary besitze im übrigen ein kleines eigenes Vermögen, und so sei die Ehre gerettet und der Vorsorge Genüge getan. Mary sei ein liebes, nettes Geschöpf, und die Familie habe sie schon richtig ins Herz geschlossen. Es wäre gut, wenn Philip und Adeline dem jungen Paar ein ansehnliches Hochzeitsgeschenk schickten.
So ging der Sommer allmählich dahin. Zuweilen wurde es recht heiß, aber das Haus in der Rue St. Louis war verhältnismäßig kühl. Wie bezaubernd ließ es sich abends auf der Terrasse mit Freunden plaudern, während von unten die Lichter der Stadt heraufwinkten und die Laternen der Schiffe wie Perlen auf dem dunklen Fluß glänzten. Manchmal dachte Adeline bedauernd an die Ayah, deren zarte Knochen jetzt schon ihres dunklen Fleisches entkleidet sein mußten. Das Rätsel um Gussies Puppe wurde nie gelöst. Gussie selbst hatte nie mehr das Wort »weg« wiederholt. Sie plapperte jetzt Französisch, und wenn man sie Englisch ansprach, wandte sie beleidigt den Kopf weg. Fest an Maries Hand geklammert, watschelte sie herum; es sah reizend aus, wenn sie ihre Füßchen hob, als müsse sie Treppen hinaufsteigen. Patsy O'Flynn war ihr Sklave. Sie liebte den kräftigen Duft seiner Pfeife und seine

ungepflegten, krausen Haare. Soviel sie auch daran zog, sie konnte ihm keines ausreißen.
James Wilmott kam jeden Tag zu Besuch. Philip versorgte ihn mit den Londoner Zeitungen, die er regelmäßig erhielt. Sie besprachen die politischen Ereignisse und vertraten immerhin so verschiedene Meinungen, daß die Diskussion anregend blieb. Sobald sie sich ein wenig erhitzten, verabschiedete sich Wilmott, als wolle er jedem Streit aus dem Weg gehen.
»Er ist ein trübsinniger Hund!« rief Philip dann, »und ich wundere mich manchmal, warum ich ihn mag; aber ich mag ihn.«
»Du magst ihn, weil er gescheit ist«, erklärte Adeline. »Er hat einen hellen Kopf. Erstaunlich, daß er nicht mehr aus seinem Leben gemacht hat.«
»Er hat mir erzählt, daß er knapp dran ist. Er kann hier nicht mehr lange bleiben. Er will sich Land kaufen und Bauer werden.«
»Der Himmel sei ihm gnädig!«
»Ich täte das auch gern.«
»Bist du hier nicht glücklich, Philip?«
»Ja, schon; aber es ist alles viel französischer, als ich erwartet hatte, und die Gesellschaften und der Klatsch sind unerträglich, fast hätten wir in Indien bleiben können. Ich fühle mich irgendwie unbefriedigt.« Er steckte die Hände in die Taschen und ging im Zimmer auf und ab.
»Und doch amüsierst du dich ganz gut mit den Offizieren auf dem Fort. Du gehst fischen, du gehst auf Entenjagd, und im Herbst wirst du Rehe schießen.«
Philip zog ein Gesicht.
»Rehe *schießen*!« rief er aus. »*Schießen*, Rehe! Und das einem Mann, der Hirsche zu Pferd gejagt hat! Es ist barbarisch!«
»Dann laß es doch.«
Er starrte sie an. »Nun, schließlich muß ich doch irgend etwas tun, oder? Ein richtiger Kerl kann nicht den ganzen Tag sitzen und Daumen drehen.«
Adeline ließ die Nadel sinken und starrte zurück. Sie nähte ein Röckchen für das kommende Baby. Es war aus feinem weißen Flanell, und über der Muschelkante waren Trauben und Blätter eingestickt. Adeline konnte wunderbar sticken, kein Muster war ihr zu mühsam. Ein schmuckloses Kleid schien ihr nicht das Nähen wert, und es war ein Glück, daß sie so gute Augen hatte, denn sie saß stundenlang bei Kerzenlicht über allerfeinste Stickereien gebeugt. Jetzt ließ sie die Nadel sinken und sagte: »Das Unglück ist, daß es dir zu gutgeht. Wenn du so elend und krank wärst wie ich, wärst du froh, stillsitzen zu können.«
»Du bist weder elend noch krank«, gab er zurück, »oder jedenfalls wärst du es nicht, wenn du dich nicht so schamlos schnüren würdest.«
»Wäre es dir lieber, wenn ich wie eine Kugel herumliefe?«
»Ich wette, deine Mutter hat sich nicht so geschnürt, wenn etwas unterwegs war.«

»Jawohl, sie hat! Niemals hat jemand gemerkt, daß sie ein Baby erwartete.«
»Kein Wunder, daß vier gestorben sind.«
Adeline schleuderte das Kinderkleid auf den Boden und sprang auf. Sie sah hinreißend aus in ihrem Zorn.
In diesem Augenblick meldete Marie Besuch – Wilmott trat ins Zimmer. Er warf Adeline einen bewundernden Blick zu, ergriff ihre Hand, beugte sich darüber und küßte sie.
»Wahrhaftig«, rief Philip, »Sie werden noch ein Franzose.«
»Die Sitte paßt zu diesem Zimmer und zu Mrs. Whiteoak«, erwiderte Wilmott gelassen.
»Es ist Firlefanz«, antwortete Philip.
»Firlefanz?« wiederholte Wilmott errötend.
»Jawohl«, sagte Philip grämlich.
Wilmott lachte kurz und sah Adeline fragend an.
»Mir gefällt es«, sagte sie, »Manieren können mir gar nicht elegant genug sein.«
»Jedes Land hat seine eigenen«, sagte Philip, »das genügt mir.«
»Es ist viel angenehmer, wenn jemand einem die Hand küßt, als wenn er sie einem so preßt wie Mr. Brent. Jedesmal schneiden mir die Ringe in die Finger, daß ich schreien könnte.«
Sie hob ihre Stickerei auf und setzte sich wieder. Wilmott suchte sich einen hochlehnigen Stuhl in der Ecke. Philip öffnete die roten Läden und schob das Fenster hoch. Er schaute auf die Straße hinunter. Der Milchkarren erschien, gezogen von einem Esel. Die Kannen blitzten in der grellen Sonne. Sechs Nonnen gingen dicht unter dem Fenster vorbei. Ihre schwarzen Gewänder bauschten sich, ihre ernsten Gesichter wirkten wie aus Wachs geschnitten.
Philip ging auf Entenjagd und kam bester Laune zurück. Die Jagd war gut gewesen, das Wetter vollkommen. Der St.-Lawrence-Strom floß jetzt hyazinthenblau zwischen seinen prächtigen Ufern, die ein scharfer Oktoberfrost mit einem Rauhreifteppich überzogen hatte. Verglichen mit der Zeit vor Augustas Geburt, fühlte Adeline sich außergewöhnlich gut. Sie ging spazieren, sie fuhr aus, sie ging zu Gesellschaften und gab Gesellschaften. Ihre Freundschaft mit Wilmott vertiefte sich. Er hatte einen guten Bariton und konnte sich selbst auf dem Klavier begleiten. Manchmal sangen sie zusammen, und mit seiner Unterstützung konnte Adeline sogar den Ton halten. Oft sangen sie die Arien aus der *Zigeunerin.* Dann lehnte sie am Flügel, blickte in sein Gesicht hinunter und dachte über seine Vergangenheit nach. Er schwieg sich immer darüber aus. Oft sprach er von der Notwendigkeit, eine angemessene Arbeit zu finden, unternahm aber keine Versuche in dieser Richtung. Er verließ sein bisheriges Quartier und zog in ein noch billigeres um. Philip und Adeline hatten den Verdacht, daß er kaum etwas aß; dennoch schien er ihre reichliche Tafel beinah zu verachten. Er sprach davon, daß er Land kaufen wolle.

Überraschend brachte der November scharfe Kälte und Schneestürme. Wenn der November schon so war, wie würde erst der Winter sein? Philip kaufte Adeline einen hübschen Sealmantel; er war ein besonders schönes Stück und schimmerte in allen braunen Schattierungen. Ein großer Muff gehörte dazu, und bei einer französischen Putzmacherin ließ sie sich eine kleine Kappe aus dem gleichen Fell anfertigen. Philip behauptete, sie habe nie hübscher ausgesehen. Der Pelz hob die Farben ihrer Augen und ihres Haars hervor und betonte das Rot ihrer Lippen.

Für sich selbst ließ Philip einen nerzgefütterten Wintermantel mit Nerzkragen anfertigen. Dazu trug er auf seinem hübschen Kopf eine keilförmige Nerzkappe mit einem kecken Knick. Jedesmal, wenn Adeline ihn in diesem Aufzug sah, lachte sie entzückt.

»Philip, du siehst wirklich süß aus!« rief sie dann und küßte ihn nach neuer, französischer Gewohnheit auf beide Wangen.

Sie waren beide stolz auf Gussies Ausrüstung. Ernst und fest stapfte sie daher in ihren pelzgefütterten, winzigen Stiefelchen, ihrem weißen Lammfellmantel mit Muff und einem königsblauen Schutenhut. Marie setzte sie täglich in einen schneeweißen Schlitten mit aufwärtsschwingenden Kufen und schob sie triumphierend über die steilen, eisigglatten Straßen. Wenn Marie eine Ruhepause einlegte, schwatzten die beiden französisch, das Gussie jetzt schon recht nett beherrschte.

Nur Wilmott hatte sich keine kältefeste Kleidung zugelegt. Er erklärte, er müsse mit seinem Geld sparen und spüre die Kälte nicht. Und doch sah er immer halberfroren aus, wenn er bei den Whiteoaks erschien, und sein erster Weg war dann zum Kamin. Manchmal brachte er eine Zeitung mit, die in Ontario erschien, und verlas die Immobilienanzeigen für diesen Distrikt oder Berichte über das soziale und politische Leben dort.

Philip hatte für Adelines Niederkunft den besten englischen Arzt in der Stadt bestellt, aber sie kam – absichtlich, wie er meinte – vierzehn Tage vor der erwarteten Zeit nieder. Als Adelines Wehen begannen, war der Doktor gerade mit dem Schlitten in ein zwanzig Meilen entferntes Dorf zu einer anderen Geburt gefahren. Sie saß mit Philip im Wohnzimmer und spielte Puff. Es war später Nachmittag, sie hatten die Vorhänge zugezogen, ein Feuer flackerte im Kamin. Boney saß auf seiner Stange und unterhielt sich leise mit sich selbst in Hindu. Er blähte seine Brust, zog den Hals zwischen die Flügel und bewegte seine Krallen wie nervöse Finger. Adeline schrie auf und preßte ihre Hände gegen den Leib.

»Es tut weh«, rief sie, »ich habe schreckliche Schmerzen!« Sie krümmte sich über dem Spieltisch, die Spielfiguren rollten durcheinander. Philip sprang auf.

»Ich hole dir einen Schluck Brandy«, sagte er.

Er ging ins Eßzimmer und kam mit einem kleinen Glas Brandy zurück. Sie drückte immer noch die Hände gegen ihren Leib, war aber wieder ruhig.
»Ist es besser?« fragte er.
»Ja. Aber gib mir den Brandy.« Sie nippte daran.
»Wahrscheinlich hast du etwas Falsches gegessen«, meinte er und musterte sie ängstlich.
»Ja – diese Nüsse – ich sollte keine Paranüsse essen.« Sie trank noch einen Schluck.
Er half ihr aufstehen. Sie versuchte einen Schritt und schrie wieder auf. Boney schrie mit und beäugte sie neugierig.
»Mein Gott!« sagte Philip.
»Schick nach dem Doktor! Schnell! Schnell! Schnell!« stöhnte sie. »Das Kind kommt!«
»Ich kann nicht! Der Doktor ist weggefahren.«
»Dann hol einen anderen!« Sie riß sich von ihm los, stürzte zum Sofa, warf sich darauf und hielt ihren Leib mit beiden Händen. »Hol den Doktor von Berthe Balestrier! Ruf Marie!«
Eine halbe Stunde später tauchte ein untersetzter französischer Arzt mit gezwirbeltem schwarzem Schnurrbart aus der Dezembernacht auf und betrat das hell erleuchtete Schlafzimmer, in das Marie Adeline gebracht hatte. Philip ging im unteren Stockwerk auf und ab, erfüllt von düsteren Vorahnungen und Mißtrauen. Nach einer Stunde war den Whiteoaks ein Sohn geboren.
Die Geburt ging so schnell, und Adeline erholte sich so rasch, daß es ihr wie ein Wunder erschien. Und zweifellos hatte sie dieses Wunder allein Dr. St. Charles zu verdanken. Auch die gesunde Munterkeit des Kindes war natürlich sein Verdienst. Also bekam der kleine Nicholas – ein Gedanke, der Philip gar nicht entzückte – noch einen zweiten Namen: St. Charles, und da Weihnachten vor der Tür stand, auch noch einen dritten: Noel. Adeline war restlos glücklich. Sie konnte Nicholas nähren, was ihr bei Gussie nicht möglich gewesen war. Sie fand eine englische Säuglingsschwester, ein anmaßendes Musterexemplar ihrer Gattung, die sogleich das Regiment im Kinderzimmer an sich riß Marie aber wollte Gussie nicht preisgeben. Die beiden Frauen teilten das Haus in zwei feindliche Lager. Die Nurse wußte nur zu gut, wie unentbehrlich sie für Adeline war. Dafür wußte Marie, wie sehr Philip in ihren Soufflés und Schaumbäckereien schwelgte. Wenn die beiden sich stritten, konnte Marie die Engländerin in einem französisch-englischen Wortschwall ersticken. Diese Spezialmischung wurde mit steigendem Ärger immer unverständlicher und war nur mit schneidenden Blicken und eindeutigen Gesten zu beantworten. Die Nurse pries die Schönheit ihres Pfleglings. War er nicht das hübscheste Kind in Quebec? Sah er nicht aus wie das leibhaftige Jesuskind? Marie konnte keine derartige Ähnlichkeit feststellen, und schließlich mußte sie als gute Katholikin doch wissen, wie das Heilige Kind ausgesehen

hatte. Sie ihrerseits konnte berichten, daß die Leute sie auf der Straße anhielten, um la petite Augusta in ihrem weißen Lammfellmäntelchen und dem blausamtenen Schutenhut zu bewundern.
Wenigstens waren die Eltern sich einig, was die Schönheit ihrer beiden Kinder betraf. Nicholas war wirklich ein hübsches Kind und wurde in den folgenden Monaten von Woche zu Woche anziehender. Seine Haut glich einem milchweißen Blumenblatt. In seinen goldgefleckten braunen Augen blitzten schon früh Übermut und Lebenslust. Er kam nicht kahlköpfig zur Welt, sondern mit einer hübschen braunen Haardecke, die so schnell wuchs, daß die Nurse sie – es war der stolzeste Tag ihres Lebens – schon nach fünf Monaten zu einer Tolle einlegen konnte. Adeline entdeckte an ihrem Sohn eine große Ähnlichkeit mit ihrer Mutter, sein kleiner Körper jedoch versprach, einmal ein kräftiger Whiteoak zu werden. Philip meinte, er sei Adeline aus dem Gesicht geschnitten – nur ohne ihr rotes Haar. Adeline dankte Gott, daß Nicholas es nicht geerbt hatte. Sie hatte sich ihrer roten Haare immer geschämt und wünschte sie keinem ihrer Kinder. Dieser Wunsch sollte in Erfüllung gehen. Keines ihrer vier Kinder hatte auch nur ein einziges rotes Haar auf dem Kopf. Es blieb ihrem ältesten Enkel vorbehalten, diese Farbe – sogar in verstärktem Grad – von ihr zu erben.
Die Taufe war ein großes Ereignis für Quebec. Aus Irland kam das Taufkleid, das schon Adeline und ihre Brüder getragen hatten – und das vom vielen Gebrauch nicht besser geworden war. Die Taufe selbst wurde in der Garnisonskirche vollzogen, dann bewirteten die Whiteoaks die Gäste in ihrem Haus. Man hielt einige kurze, herzliche Reden und trank viel Champagner auf das Wohl und die glückliche Zukunft von Nicholas Noel St. Charles.
Im Karneval gaben die Whiteoaks ein noch größeres Fest. Die Gäste waren gebeten worden, Kostüme aus der Zeit Ludwigs XVI. zu tragen. Wie sehr veränderten sich alle unter gepuderten Haaren, Schönheitspflästerchen und der Eleganz ihrer Kleider. Philip und Adeline waren bezaubernde Gastgeber. Sie waren in ihrem Element. Wie einst in den Tagen des Herzogs von Kent schallte Gelächter und Tanzmusik durch das Haus in der Rue St. Louis. Philip hatte Adeline zu Weihnachten einen Käfig mit mechanischen Vögeln geschenkt, deren Gezwitscher die Gäste beim Dinner entzückte. Monsieur Balestrier trank etwas zuviel Champagner, und Adeline tanzte etwas zuviel mit Wilmott. Doch das war nicht weiter erstaunlich; er war ein ausgezeichneter Tänzer, und die engen Atlashosen und Seidenstrümpfe brachten seine wohlgeformten Beine wirkungsvoll zur Geltung. Er hätte eigentlich nicht so viel Geld ausgeben dürfen für Kleidung, die nach dieser einen Nacht zu nichts mehr zu gebrauchen war, aber – und dabei lächelte er Adeline mit gespieltem Ärger in die Augen – das war eben ihr schlechter Einfluß auf ihn.
Die ältlichen Geschwister, Monsieur und Mademoiselle de Granville, trugen echte historische Kostüme, die sie vor langer Zeit aus Frankreich mitgebracht

hatten. Er trug sein Kostüm mit melancholischer Feierlichkeit, die im Lauf der Nacht einer seltsam hektischen Ausgelassenheit wich. Er war Adelines Partner bei einer Quadrille, als er plötzlich mitten im Tanz stehenblieb und sie mit schreckerfüllter Miene ansah.

»Was ist Ihnen?« fragte sie besorgt.

»*Maman!*« Ein Schluchzen erstickte seine Stimme. »*Maman!* Verlaß mich nicht!«

Er stand wie festgebannt, sein edles Gesicht war zu einer entsetzten Maske gefroren. Seine Schwester eilte herbei und führte ihn fort. Nur wenige hatten den Zwischenfall bemerkt und meinten, Monsieur de Granville habe eben wieder einmal einen seiner Nervenanfälle. Aber seine Schwester wußte, daß es diesmal ernster war, und ließ am nächsten Morgen Dr. St. Charles holen. Aber auch er konnte das heftige Fieber und das darauf folgende Delirium kaum eindämmen. Alle Schrecken der Vergangenheit, die das Leben von Monsieur de Granville überschattet hatten, erwachten zu neuem Leben; es war, als habe ein Blitz auch die dunkelsten Winkel der Erinnerung in grelles Licht getaucht. Alles war wieder gegenwärtig, als habe er das fast vergessene Grauen seiner Kindheit erst gestern durchlebt.

Dieser Zustand dauerte fast eine Woche, dann fiel das Fieber. Er wurde ruhig. Er erinnerte sich nicht an seine Fieberträume. Er bedauerte nur, daß er das reizende Fest bei den Whiteoaks hatte verlassen müssen, und bat seine Schwester, doch darauf zu achten, daß sein Kostüm sorgfältig weggepackt würde. Am nächsten Morgen wachte er nicht mehr auf.

Der Tod von Monsieur de Granville war ein Schock für Adeline. Zu schnell waren Geburt und Tod einander in den beiden Nachbarhäusern gefolgt! Wenn sie diesen Kostümball doch nie gegeben hätte – die unglückliche Mademoiselle de Granville müßte jetzt nicht in schwarzen Kleidern, mit dunklen Ringen unter den Augen zur Messe gehen! Adeline hatte einen Bronchialhusten und konnte das Haus nicht verlassen. Draußen war es bitter kalt. Nach diesem strengen Winter wurde es nun endlich Zeit für einen warmen Frühling. Statt dessen aber wurde es von Tag zu Tag kälter. Schneemassen blockierten die Straßen; sie lasteten schwer auf den Dächern und türmten sich so hoch, daß sie schließlich über die Dachschrägen auf die Straße hinunterpolterten. Vermummte Gestalten mit Schals und Ohrenschützern schaufelten Schnee von früh bis spät. Hohe Schneemauern säumten die Straßen und versperrten die Sicht. Die Milch wurde nur noch in gefrorenen Blöcken geliefert. Auch das Fleisch war gefroren. Eines Morgens fand Patsy O'Flynn einen steifgefrorenen Hund auf der Türschwelle. Philip kam von einem Dinner auf dem Fort mit erfrorenen Ohren nach Hause. Das Thermometer sank auf dreißig Grad unter Null. Abends blinkten die Lichter der unteren Stadt blaß wie kleine kalte Sterne herauf. Die Sonne blieb den ganzen Tag hinter den Wolken; abends ging sie als roter Feuerball hinter dem vereisten St.-Lawrence-Strom unter. Kalt und metallen hallte der Klang der Kirchenglocken am frühen Morgen durch die Stadt. Adeline hörte, wie die Haustür geschlossen wurde, wie der Schnee unter Maries Tritten knirschte, als sie zur Messe eilte. Gussie hatte sich in einer Küchenecke einen kleinen Altar gebaut; über eine Schachtel war eine weiße Serviette gebreitet, auf der ein Bild des Heiligen Herzens und eine Kerze im Blechleuchter standen. Jedesmal, wenn sie an ihrem Altar vorbeikam, knixte sie. Oft kniete sie auch davor, bekreuzte sich und bewegte die Lippen wie im Gebet. Und das mit knapp zwei Jahren! Marie sah ihr zu, Tränen in den Augen. War die Kleine am Ende zu gut für dieses Leben? Die englische Nurse beklagte sich bei Adeline: »Das Kind wird eine Papistin, Ma'am. Und das hier, unter Ihren Augen.«

»Sie könnte Schlimmeres tun, Matilda. Wenn der kleine Altar ihr Freude macht – mir soll es recht sein.«

Das Haus bekam noch einen neuen Bewohner, der sogar ziemlich viel Platz für sich in Anspruch nahm: einen riesigen schwarzen Neufundländer, Nero. Für seine Jugend war er schon recht massig und anspruchsvoll. Er fühlte sich als Herr im Haus, und sein Fell war so dick, daß er strafende Schläge kaum spürte und für eine Liebkosung halten mußte. Er kam nie ins Haus, ohne sich vorher noch schnell im Schnee zu rollen. Im Zimmer schüttelte er sich dann kräftig und entfesselte einen ausgiebigen Schneesturm. Anschließend legte er sich zu Philips Füßen auf den besten Teppich und leckte seine großen schneeverkrusteten Tatzen.

Natürlich war er der Mittelpunkt auf dem ersten »Whiteoak-Gruppenbild«. Der Fotograf hatte Adeline auf einem Louis-Quinze-Sessel placiert; sie hielt Nicholas auf dem Schoß, und der Sessel war unter ihren üppigen Röcken überhaupt nicht zu sehen. Sie trug ihren Sealmantel und die kleine Pelzkappe, unter der ihre dicken Locken hervorquollen. Das Kind in ihrem Schoß war ganz in weißen Kaninchenpelz gekleidet, nur die kleinen Füße baumelten nackt herunter. Gussie lehnte gegen die Knie ihrer Mutter – in ihrem weißen Lammfellmantel und dem blauen Schutenhut wirkte sie fast so breit wie hoch. Philip stand im neuen Pelzmantel stolz neben seiner Familie, und zu seinen Füßen lag Nero, ebenso pelzverbrämt und gegen zwanzig Grad Kälte unempfindlich wie die übrige Familie. Den Hintergrund bildete eine griechische Landschaft, die aber in dem eindrucksvollen Schneesturm glücklicherweise kaum zu erkennen war.

Die Whiteoaks und ihre Freunde betrachteten das Bild immer wieder. Philip kaufte ein Vergrößerungsglas, damit man auch jedes Detail genau erkennen konnte. Er ließ zwei Dutzend Abzüge machen, von denen er dreiundzwanzig sorgfältig verpackte und an Freunde in England, Irland und Indien schickte. Als Antwort kamen aus allen Ländern bewundernde und humorvolle Briefe und Beileidsschreiben zu dem Klima in Quebec. Das vierundzwanzigste Bild bekam einen braunen Samtrahmen und einen Ehrenplatz auf dem Marmor-

tisch im Wohnzimmer, neben einem Alabasterkästchen und Elfenbein- und Jadefiguren aus dem Osten.
Die Kälte wurde allmählich wirklich unangenehm. Auch der April brachte noch keinen Frühling. Wilmott hatte sich nun endgültig entschlossen, nach Ontario zu gehen. Er wollte auch die Whiteoaks dazu überreden. Auch ein anderer Freund von Philip, ein pensionierter anglo-indischer Colonel, hatte sich schon an dem fruchtbaren Ufer des Ontariosees niedergelassen. Colonel Vaughan war viel älter als Philip. Sie kannten sich von Indien her, und Vaughan war Philip ein väterlicher Berater in diesem neuen Land geworden. Er drängte ihn, doch nach Ontario zu kommen und sein Nachbar zu werden. »Hier«, schrieb er, »sind die Winter mild. Wir haben kaum Schnee, und in den langen fruchtbaren Sommern trägt das Land Obst und Getreide im Überfluß. Hier entsteht gerade eine freundliche kleine Gemeinde aus ordentlichen, achtbaren Familien. Man würde Ihnen, mein lieber Whiteoak, und Ihrer reizenden Gattin den Empfang bereiten, der Leuten Ihres Standes gebührt. Falls Sie kommen, wird unser Haus das Ihre sein, bis Sie eine brauchbare Heimstätte gebaut haben. Meine Frau schließt sich von ganzem Herzen meinen Wünschen und Vorschlägen an. Unser Haus ist verhältnismäßig groß; wir leben einfach, aber ich glaube, Sie würden sich trotzdem bei uns wohl fühlen.«
Die Übersiedlung nach Kanada hatte Adelines Abenteurernatur geweckt. Sie war bereit – falls es nötig sein sollte –, von Provinz zu Provinz weiterzuziehen, bis die ideale endgültige Niederlassung gefunden war. Sie würde zwar Freunde in Quebec zurücklassen, aber sie konnte sie ja jederzeit besuchen. Gesundheitlich war ihr Quebec nicht so gut bekommen, wie sie gehofft hatte. Ihr graute vor einem zweiten Winter in dem kalten, zugigen Haus. Der Tod von Monsieur de Granville war ihr sehr nahegegangen. Sie fühlte sich bis zu einem gewissen Grad verantwortlich dafür. Und die schwarzgekleidete Gestalt von Mademoiselle de Granville war ein wandelnder, zu Herzen gehender Vorwurf. Vor allem aber – und dieser Wunsch beeinflußte sie mehr als alles andere – wollte sie ihren Freund Wilmott nicht verlieren. Seine Nähe bedeutete ihr mehr als irgend jemand sonst in Quebec. Wenn er nach Ontario ging, war sie seiner Gesellschaft beraubt. Also stimmte sie für die Übersiedlung. Kaum hatten Philip und Wilmott sie für den Plan gewonnen, stürzten sie sich kopfüber in die Reisevorbereitungen. Das Anwesen in Quebec wurde verkauft – allerdings für weniger, als Philip gehofft hatte. Die Möbel mußten verpackt werden, unzählige Nebensächlichkeiten nahmen Zeit und Kraft in Anspruch. Erst vor einem Jahr hatten sie das Haus in der Rue St. Louis so eifrig und begeistert nach ihrem Geschmack eingerichtet – und jetzt wurde es schon wieder ausgeräumt. Es zeigte wieder sein altes melancholisches Gesicht. Sie hatten keinen neuen Zug darauf geprägt.
Die ganze Familie Balestrier weinte beim Abschied. Angefangen bei Monsieur Balestrier bis hinunter zum Jüngsten, schluchzten sie immer hemmungs-

loser, und der kleine Loulou klammerte sich schreiend und strampelnd an Adeline. Zum Trost schenkte sie ihm ein mechanisches Tanzäffchen, das er immer bewundert hatte. Sein Kummer wandelte sich in Freude. Sein Glück verbreitete sich nun in entgegengesetzter Reihenfolge wie vorher die Tränen, von Loulou angefangen aufwärts, bis schließlich Monsieur Balestrier wieder lächelte und Philip zum Abschied auf beide Wangen küßte. Er bat ihn, doch nach Quebec zurückzukehren, wenn es sich – und das würde zweifellos der Fall sein – in Ontario nicht leben ließe.
Die Möbel waren in Quebec auf Abruf eingelagert; nur ihr persönliches Gepäck und ihre Quadrupeden – nämlich Nero und die Ziege Maggie – reisten mit der Familie und den beiden Dienstboten. Der Abschied von Gussie brach Marie fast das Herz. Sie weinte sich schier die Augen aus dem Kopf; auch Gussie weinte, obwohl sie sich auf eine Reise mit Mama und Papa freute. Nur ihr Brüderchen hätte sie gern dagelassen; sie mochte ihn immer noch nicht. Ihr Herz gehörte Nero und Maggie.
Sie hatte ihre Seereise noch nicht ganz vergessen, und als ihr klar wurde, daß sie wieder auf ein Schiff sollte, senkten sich ihre Mundwinkel, und sie klammerte sich ängstlich an Maries Rock. Aber diesmal war es ein schöner bequemer Dampfer, und die Fahrt flußaufwärts war geradezu eine Vergnügungsreise. In Lachine verließen sie das Schiff und stiegen in prächtige »bateaux« um, die von lebhaften Ponys gezogen wurden. Gussie war begeistert. Sie jubelte entzückt, als Patsy sie hochhob und rief: »Schau, Euer Gnaden, Miß! Hier gibt's was zu sehen für dich!«
»Wer diese Männer sind?« fragte Gussie in ihrem unvollständigen Englisch.
»Ob du's glaubst oder nicht, das ist der Gouverneur von Nord-West-Kanada. Und der fährt heim auf seinen Sitz. Ah, so ein Leben würde mir gefallen. Schau nur, wie schön er angezogen ist und wieviel Indianer in Kriegsbemalung ihn begleiten.«
Sie blieben alle stehen und bestaunten den Gouverneur. Eine Menschenmenge war zusammengelaufen und brachte Hochrufe aus. Er war von Offizieren in Uniform umgeben und eskortiert von acht großen, mit Indianern bemannten Kanus. Die bronzenen Gesichter mit der wilden Kriegsbemalung, die bunten, perlenbestickten Mäntel und die Federn, die von lackschwarzem Haar auf muskulöse Schultern herabfielen, entzückten Adeline. Sie stand zwischen Philip und Wilmott und packte die beiden am Arm.
»Oh, was für einen Brief ich nach Hause schreiben werde!« rief sie. »Ich werde das alles meinem Vater berichten. Der soll Augen machen!«
Würdevoll zogen die stattlichen Boote vorbei. Drei Dutzend Paddel hoben und senkten sich, wie von einem Arm geführt. An jedem Heck leuchtete die britische Kreuzflagge in der Sonne. Die Indianer sangen beim Paddeln mit klangvollen, traurigen Stimmen:

»A la claire fontaine,
M'en allant promener,
J'ai trouvé l'eau si belle,
Que je m'y suis baigné.
Il y a longtemps que je t'aime,
Jamais je ne t'oublierai.«

Gussie erhob ihre Stimme und sang das Lied mit, das Marie so oft gesungen hatte. Und obwohl keiner der Umstehenden auch nur einen Ton hörte, war sie von ihrer Leistung befriedigt.
Gemächlich setzte die Gesellschaft ihre angenehme Reise fort. Sie fuhren auf Kanälen zwischen blühenden Obstgärten hindurch, an wilden Stromschnellen und friedlichen Hängen vorbei, und mußten immer wieder vom Boot in die Reisekutsche umsteigen. Der Himmel wölbte sich hoch und strahlend blau, die Erde lächelte ihnen vielversprechend entgegen. Dies schien wirklich das Land der unbegrenzten Möglichkeiten zu sein. Die Reisekutsche brachte sie zu Tavernen mit gemalten Fußböden und französischer Küche. Und sie reisten weiter zu Tavernen, wo die Böden nicht bemalt und die Bewohner nüchtern und geldgierig waren. Sie kamen immer weiter westwärts, der neuen Heimat entgegen. Wilmott studierte die Landkarten und beklagte die Art, wie Philip mit dem Geld um sich warf. Wilmott kam nicht mit nach Vaughansland, sondern blieb im nächsten Dorf, dort wollte er die Möglichkeiten für seinen bescheidenen Landerwerb erkunden.

7

VAUGHANSLAND

David Vaughan hatte von der Regierung einige hundert Morgen schön bewaldeten, fruchtbaren Boden zu einem sehr mäßigen Preis erworben. Er hatte ein bescheidenes, aber behagliches Haus gebaut; eine breite Veranda umschloß die Front, dort hielt sich die Familie bei schönem Wetter meistens auf. Sie lebten jetzt schon drei Jahre hier und betrachteten sie als die beste Zeit ihres Lebens. Vaughan gehörte zu den glücklichen Menschen, die mit ihrem Lebenswerk zufrieden sein können, die einer glücklichen Zukunft entgegensehen und wissen, daß sie genau da sind, wo sie sein wollen, und daß es für sie keine Veränderung mehr gibt. Er liebte und bewunderte seine Frau und war stolz auf seinen Sohn. Nun war sein Lieblingswunsch, gleichgesinnte Menschen in seine Nähe zu ziehen und mit ihrer Hilfe in dieser entlegenen Provinz die Sitten und Traditionen Englands zur Freude und Förderung der Nachkommen einzuführen und zu verankern. Er wollte englische Tradition mit dem freien Atem der neuen Welt verbinden. In dieser Kombination sah er die ideale Grundlage für ein angenehmes, zufriedenes Leben in gegenseitiger Duldung. Seiner Erinnerung nach war Philip Whiteoak ein Mann, der ausgezeichnet in diese Lebensvorstellung paßte. Zwar kannte er Philips Frau nicht, aber er hatte gehört, daß sie gut aussah und angenehm zu plaudern verstand. Keine Anstrengung schien ihm zuviel, so wünschenswerte Leute zu Nachbarn zu gewinnen. Mrs. Vaughan war nicht ganz so begeistert wie er, da ein längerer Aufenthalt der Whiteoaks in ihrem Haus hauptsächlich zu ihren Lasten gehen würde. Sie hoffte von Herzen, daß sie nicht ganz so lang bleiben würden, wie ihr Mann es ihnen angeboten hatte. Immerhin rüstete sie voll freudiger Erwartung zwei Schlafzimmer, eines für die Nurse und die beiden Kinder, das zweite für die Eltern – Philip hatte vergessen, Patsy O'Flynn, den Neufundländer und die Ziege Maggie zu erwähnen. Die Verpflegungsfrage war das kleinste Problem; es gab reichlich Wildbret und Fisch, wenige Schritte vor der Tür. Später würden Erdbeeren, Himbeeren und Blaubeeren den Obstvorrat liefern. Brot und Butter – sie konnten nirgends besser sein – stellte sie selbst im Haus her. Und gewiß konnte niemand so guten Käse machen wie sie. Nein, die Mahlzeiten waren kein Problem! Bedrückend war nur der Gedanke, daß nun immer Außenstehende ihr Privatleben teilen würden, und es kränkte sie, daß dies ihrem Mann offenbar gar nichts ausmachte. Was ihren Sohn Robert betraf: er war entzückt. Aber was konnte man schon von einem neunzehnjährigen Burschen erwarten? Das ruhige Landleben mußte ihm manchmal langweilig werden.

An einem schönen Abend in der ersten Juniwoche erblickten Philip und Adeline zum erstenmal die Gegend, wo sie den Rest ihres Lebens verbringen sollten. David Vaughan hatte der Reisekutsche sein eigenes Gefährt mit einem Paar kräftiger grauer Pferde entgegengeschickt. Und auch einen leichten Bauernwagen für das Gepäck. Die Pferde hatten die letzte Nacht in einem Wirtshausstall zugebracht, jetzt waren sie munter und ausgeruht für den Heimweg. Auch die Whiteoaks hatten in ihrer Herberge gut geschlafen und waren frisch für die Weiterreise. Aber die ungepflasterte Straße war eine Prüfung. Zum Glück war der Frühlingsregen schon vorbei, der jedes Jahr die Straße stückweise wegschwemmte. Jetzt war sie holprig, doch wenigstens passierbar. Die Luft war ausgezeichnet, die Landschaft bezaubernd. Ab und zu öffneten sich die Bäume zu Ausblicken auf den See, der ihnen wie ein Meer vorkam. Morgens kräuselte er sich glänzend zu unendlichen kleinen Wellen; nachmittags lag er still in dunstiger Bläue; abends beim Sonnenuntergang glühte er unter den feurigen Wolken. Rebhühner und Birkhennen riefen ihre Küken im dichten Unterholz, kleine Vögel schossen unter dem klaren Himmel dahin. Ihr Lied übertönte das Klappern der Hufe und das Klirren der Pferdegeschirre.

Die drei Vaughans waren zur Begrüßung auf der Veranda versammelt. David

Vaughan und Philip hatten sich seit Philips Hochzeit nicht mehr gesehen. Sie schüttelten sich herzlich die Hände, stellten dann ihre Frauen einander vor und machten die Damen miteinander bekannt. Mrs. Vaughan und Adeline beäugten sich neugierig. Mrs. Vaughan war entschlossen, Adeline gern zu haben; jetzt geriet dieser Entschluß ins Wanken, obwohl Adeline süß und einschmeichelnd lächelte. Ich glaube nicht, daß ich sie mögen werde, dachte Alice Vaughan, aber ihre Zähne und ihre Haut sind zweifellos schön. Adeline sah in Alice Vaughan eine Frau, deren Gedanken nicht über Mann und Kind hinausreichten. Sie war eine typische hübsche Ehefrau, etwa Anfang der Vierzig. Ihr vorzeitig ergrautes Haar umrahmte ein eckiges Gesicht mit ebenmäßigen Zügen und großen grauen Augen. Sie hatte einen guten Teint und gesunde rosige Wangen. Sie trug keine Krinoline unter dem schwarzen Seidenkleid. Ihr einziger Schmuck war eine große Kameebrosche. Auf dem glatt zurückgekämmten Haar saß ein kleines weißes Spitzenhäubchen. Nach einem kurzen prüfenden Blick reichte sie Adeline beide Hände und küßte sie.
»Willkommen in der neuen Heimat«, sagte sie.
»Wie reizend Sie das sagen!« rief Adeline, und ihr kräftiger Kuß brachte die kleine Dame etwas außer Fassung.
»Dies hier wird Ihre neue Heimat sein«, erklärte Colonel Vaughan, »bis Sie Ihr eigenes Haus gebaut haben.«
Eifrig und liebevoll wandte er sich jetzt den Kindern zu. Die Sonne hatte Gussies kleines Gesicht unnatürlich gerötet, trotzdem sah das Kind müde aus. Nicholas dagegen – er saß auf dem Arm seiner Nurse – machte einen prächtigen Eindruck. Unter dem weißen Sonnenhut hervor ringelte sich eine braune Locke über seinen hübschen braunen Augen. Seine Miene drückte vollkommenes Wohlbehagen aus.
»Was für liebe, liebe Kinder!« sagte Mrs. Vaughan. »Was für ein reizendes Baby! Ob ich ihn wohl einmal halten darf?«
»Er ist ein äußerst geselliger Bursche«, sagte Philip. »Er hat auf dem ganzen Weg von Quebec her Freundschaften geschlossen.«
Der junge Robert Vaughan hatte ruhig danebengestanden und die Begrüßungszeremonie beobachtet. Er ähnelte seinem Vater, der kaum wie ein Soldat, sondern eher wie ein Gelehrter aussah. Robert war schlank, hatte nachdenkliche blaue Augen und trug sein üppiges blondes Haar etwas zu lang. Er hatte seine ersten zehn Lebensjahre in Indien verbracht und war dann auf eine Schule nach England geschickt worden. Er war erst im letzten Sommer zu seinen Eltern nach Kanada gekommen. Im Herbst sollte er auf die Universität in Montreal gehen. Er hatte sich noch nicht an das Leben in Kanada gewöhnt. Er fühlte sich als Fremder zwischen seinen Eltern. Die beiden extremen Umstellungen in seinem kurzen Leben hatten ihn recht selbständig gemacht. Er wirkte abweisend, liebte niemanden, und der Ausdruck seiner Augen war

so unpersönlich, daß er jede Vertraulichkeit im Keim erstickte. Dennoch war er liebenswürdig und beeilte sich, seiner Mutter bei der Betreuung der Gäste zu helfen. Nachdem die Whiteoaks sich in ihrem Zimmer etwas aufgefrischt hatten, gesellten sie sich in dem kühlen, weinlaubbeschatteten Eßzimmer zu den Vaughans. Über dem Tisch hing ein Zedernzweig; man konnte sich hier der Fliegen kaum erwehren, und sein Geruch sollte sie abschrecken. Auf dem Tisch standen Taubenpastete, Schinken und eine große Schüssel Salat. Außerdem gab es Quark mit hausgemachter Marmelade aus Walderdbeeren und dazu Kümmelkuchen.
Es war kaum zu glauben, daß Philip und Adeline eine lange Reise hinter sich hatten. Er sah so gepflegt aus, als sei er nur eben über die Terrasse in Quebec spaziert. Adeline hatte ein langes kariertes Seidencape über ihr zerknittertes Kleid gezogen. Dazu trug sie ein Paar schwarzseidene Halbhandschuhe, die ihre weißen Finger hervorhoben. Sie trug keine Ringe, außer dem Ehering. Ihr Schmuck lag oben im Schlafzimmer sicher in einer Reiseschatulle. Das Haar hatte sie glatt auf ihrem gut geformten Kopf nach hinten gebürstet. Wie die schwarzen Handschuhe ihre weißen Finger betonten, so unterstrichen ihre schwarzen Brauen und Wimpern die Leuchtkraft ihrer Augen. Hungrig überblickte sie den Tisch.
»Wahrhaftig«, sagte sie, »seit Quebec habe ich keine anständige Mahlzeit mehr bekommen. Ich sterbe vor Hunger!«
»Sie sind in das Land des goldenen Überflusses gekommen«, verkündete David Vaughan. Er wandte sich an Philip. »Jagen Sie gern?«
»Nichts tue ich lieber.«
»Um so etwas zu erlegen«, Vaughan deutete auf die Taubenpastete, die er gerade anschnitt, »brauchen Sie kaum aus dem Haus zu gehen.«
»Und wie ist's mit Fischen?«
David Vaughan legte die Gabel weg und sah ihn an. »Ob Sie's glauben oder nicht, der Lachs kommt durch den See vom Meer bis in unseren Fluß. Erst vor einem Monat habe ich hier auf meinem Besitz ein Mordstier gefangen.«
»Herrlich, wunderbar, hast du das gehört, Adeline?«
»Jawohl. Jedenfalls werden wir nicht verhungern. Diese Pastete ist ausgezeichnet!«
»Möchten Sie etwas Salat?« erkundigte sich Mrs. Vaughan. »Er ist unser ganzer Stolz. Niemand pflanzt hier Salat außer uns. Wir versorgen die ganze Nachbarschaft.«
»Wie sind die Nachbarn übrigens?« fragte Philip. »Ziemlich angenehm, nach dem, was Sie schrieben, Vaughan.«
»Eine sehr ehrbare Gemeinde. Sie wird Ihnen gefallen, und Sie werden ihr gefallen. Ich kann Ihnen sagen, alle haben sich auf Ihr Kommen gefreut und werden sich noch mehr freuen, Sie kennenzulernen.«
Seine Augen ruhten bewundernd auf Adeline.

»Wir haben viele gute Freunde in Quebec zurückgelassen«, sagte sie.
»Zu verdammt französisch!« sagte Philip.
»Das ist genau mein Eindruck«, erklärte David Vaughan. »Mein Ziel ist, diese kleine Siedlung rein britisch zu erhalten. Tatsächlich, wenn es nach mir ginge, dürften sich in Kanada nur Engländer, Schotten und Waliser ansiedeln.«
»Keine Iren?« fragte Adeline.
Bevor er noch antworten konnte, schaltete sich Philip ein. »Ich warne Sie, meine Frau ist Irin bis auf die Knochen.«
»Ich würde es begrüßen«, sagte Vaughan, »wenn eine gewisse irische Dame als Königin über uns alle herrschte.«
Der alte Bursche ist doch noch ein Don Juan, dachte Robert. Ich hätte das nicht sagen können. Aber ihr hat es gefallen. Er heftete seinen scheuen unpersönlichen Blick auf Adeline, die seinen Vater anlächelte.
David Vaughan verbreitete sich über die Lebensgeschichten der wichtigeren Familien in der Nachbarschaft. Seine Frau mußte ihn immer wieder ermahnen, das Essen nicht zu vergessen. Später, als sie auf der Veranda saßen, brachte er eine Karte der Umgebung; er hatte sie selbst angefertigt und die kleinen Flüsse, die Häuser, Straßen und Wälder darauf eingezeichnet. Tausend Morgen Wald, die an sein Gebiet grenzten, standen zum Verkauf, und er empfahl Philip dringend, sie zu erwerben. Nirgends würde er besseres Land und bessere Jagdgründe finden, die so günstig zur Eisenbahn und zur nächsten Stadt lagen. Nirgends würde er gastlichere, freundlichere und kultiviertere Menschen finden. Nirgends würde er mit seiner Familie willkommener sein.
Ein roter Sonnenuntergang beleuchtete die beiden über die Landkarte geneigten Köpfe. Adeline saß in ihrem bunten Seidenmantel auf der anderen Seite neben Mrs. Vaughan. Robert hockte auf der Verandabrüstung und hörte kaum auf die Unterhaltung der Männer. Statt dessen strengte er seine Ohren an, um Adelines fremdartige Stimme zu hören. Adeline hatte einen Arm auf die Sessellehne gestützt; seine scheuen kühlen Augen studierten ihre Schulterlinie, ihren schönen, glatt frisierten Kopf. Ob sie sich wohl seiner Gegenwart bewußt war? Er hatte nicht den Eindruck. Und doch, als der seltsam melancholische Ruf eines Ziegenmelkers herüberklang, drehte sie sich rasch nach ihm um.
»Was ist das für ein Vogel?«
»Ein Ziegenmelker. Die gibt es hier zu Hunderten.«
»Ich habe noch nie einen gehört. Es klingt hübsch, aber traurig.«
»Dieser ist gerade weit genug weg. Sie werden manchmal zu laut.«
Wieder und immer wieder kam der Ruf des Vogels. Nach einer kurzen Pause flog er näher heran und wiederholte seine drei Töne wie eine Trauerbotschaft. Der Sonnenuntergang war verglüht, düstere Schatten krochen fast greifbar aus den massigen Bäumen. Das Haus stand einsam in einer grünen Schlucht.

In ihrem Zimmer sagte Philip später zu Adeline: »Ich werde nicht den Fehler machen, unser Haus in eine Mulde zu bauen. In fünfzig Jahren wird hier alles in einem grünen Dschungel ersticken. Wenn ich keine Anhöhe zum Bauen finde, nehme ich wenigstens eine Lichtung.«
»Gibt es hier überhaupt eine Lichtung?« meinte sie und schaute zum Fenster hinaus. »Bäume, Bäume, nichts als Bäume. Was sagte Colonel Vaughan, wie viele Arten es gibt?«
»Ich weiß nicht mehr. Aber was ich meine, ist folgendes: ich werde um unser Haus eine große Lichtung schlagen lassen, und es muß auf dem höchsten Punkt unseres Landes stehen.«
»Ich mag aber keine große Lichtung. Ich mag Bäume um mich. Ich möchte einen Park.«
»Du wirst deinen Park bekommen, mit Rehen darin.«
»Wie schön! Wo liegt unser Land eigentlich? Ist es da, wo ich hinschaue?«
»Ich glaube schon.«
Sie atmete tief. »Denk nur! Ich atme die Luft unseres Landes! Da drüben ist unser Grund und Boden! Die Erde, auf der unsere Mauern stehen werden! Wird das Haus aus Stein sein?«
»Das kommt darauf an, was für Baumaterial man hier bekommt. Ich persönlich hätte gern Ziegel oder Backstein. Das sieht warm aus zwischen den Bäumen. Es wirkt gemütlich und einladend.«
»Mir gefallen die weißen Holzhäuser besser, wie sie in den Dörfern um Quebec sind.«
»Zu dünn.«
»Angeblich nicht.«
»Sie gefallen mir nicht. Möchtest du nicht auch hübsche, warme Ziegel?«
»Wenn es nichts Besseres gibt.«
»Was könnte besser sein?« fragte er schulmeisterlich.
»Ich weiß nicht.«
»Warum widersprichst du mir dann?«
»Ich habe nicht widersprochen.«
»Du sagtest, du willst Holz.«
»Ich sagte, ich mag Holz.«
»Aber du hast nichts gegen Ziegel?«
»Nicht das mindeste – Philip«, sie setzte sich auf seine Knie. »Wir waren den ganzen Tag keine Minute allein. Ich kann's kaum glauben, daß wir wirklich hier sind.«
Er zog sie an seine breite Brust. »Es wird schön werden, mein Liebling! Wir werden so glücklich sein wie noch nie, und das will schon etwas heißen. Du siehst blaß aus, Adeline.«
Sie schmiegte sich an ihn. »Oh, wie müde ich bin! Aber ich kann bestimmt vor Aufregung nicht schlafen. Mein Hirn ist ganz verkrampft.«

Seine Lippen suchten ihre Lider. »Komm, schließ die Augen. Jetzt befehle ich. Und daß du sie nicht aufmachst, bevor ich jedes zehnmal geküßt habe.«
Aber während er noch sprach, hob er den Kopf und lauschte. Man hörte Rädergerumpel und Hundegebell.
»Sie kommen!« rief er aufgeregt.
Sie sprang auf. »Nero und Maggie!« rief sie. »Und ich habe den Vaughans noch nichts davon gesagt. Hast du sie vorbereitet?«
»Beim Zeus, nein! Immerhin, den Gepäckwagen erwarten sie ja. Dann muß ich ihnen eben morgen die Ziege und den Hund vorstellen. Ich wünschte, du hättest die verdammte Ziege in Quebec gelassen. Gussie braucht ihre Milch nicht mehr.«
»Die Ziege zurücklassen! Maggie, der meine eigene Mutter eigenhändig die süße kleine Glocke umgebunden hat! Nein, das würde Unglück bringen! Was bedeutet schon eine kleine Ziege? Bestimmt ist in diesem großen Haus Platz für eine kleine Ziege.«
Das Räderrollen verstummte, dafür hörte man das Knurren und Keifen raufender Hunde. Männer schrien aufgeregt dazwischen.
»Ihre Hunde bringen unsern Nero um! Lauf, Philip, schnell! Schnell! Rette Nero!«
»Der rettet sich selber!« Aber Philip rannte doch aus dem Zimmer. In der Diele brannte noch eine kleine Lampe. Am Fuß der Treppe erwartete ihn David Vaughan mit einer Laterne. Zusammen gingen sie zu den Ställen.
Adeline stand am Fenster und lauschte schaudernd. Plötzlich wurde es still. Sie zog sich langsam aus. Aber die Stille war unheimlich. Sie wünschte Philip herbei und fürchtete sich doch vor dem, was er zu berichten hätte.
Es dauerte lange, bis er endlich kam.
»Keine Sorge«, beruhigte er sie. »Es ist mehr Geifer als Blut geflossen. Aber die Bulldogge und der Collie haben unserm Nero ganz schön zugesetzt. Er hat ein gespaltenes Ohr und eine Bißwunde auf der Stirn.«
»Oh, diese Bestien! Und hat er ihnen gar nichts antun können?«
»Er hatte den Collie am Wickel, und die Bulldogge hatte Blut am Fell. Aber das stammte von unserm Nero, fürchte ich.«
»Ich hoffe wirklich, Mr. Vaughan wird seine Hunde an die Kette legen.«
»Das können wir kaum verlangen. Ich muß sagen, er hat sich sehr anständig benommen. Er hat mir vorläufig eine Box für Nero gegeben.«
»Und was ist mit Maggie?«
»Die ist munter wie ein Fisch im Wasser. Mitsamt ihrem Glöckchen.«
Adeline begann zu weinen. »Diese Rauferei hat mir gerade noch gefehlt. Ich werde kein Auge zutun können. Fühl nur, wie mein Herz schlägt.«
Er legte die Hand unter der rechten Brust auf ihr Hemd.
»Mein Gott«, rief sie, »da ist es doch nicht!« Wütend packte sie seine Hand und legte sie an die richtige Stelle.

»Es schlägt nicht schneller als sonst. Und mit dem Gekeuch wirst du es auch nicht beschleunigen. Es hilft nichts, Liebling, du bist kerngesund.«
»Ich *werde* nicht schlafen!«
Doch als die Standuhr in der Halle die halbe Stunde schlug, war sie schon in County Meath bei ihren Brüdern, während ihr Kopf auf Philips Schulter ruhte.

8

Das Land

Es war ein herrlicher Junimorgen. Nichts fehlte, um den Tag vollkommen zu machen. Ein wolkenloser, tiefblauer Himmel wölbte sich über den Wäldern. Die Bäume waren nicht im Existenzkampf zusammengedrängt; sie standen einzeln, groß und stark, jeder hatte Platz, Wurzeln und Äste auszubreiten. Sonnenlicht sickerte durch ihr üppiges Blattwerk und hatte dem dunklen Lehmboden einen grünen Teppich entlockt; Moos, Farn und wilde Blumen wucherten so dicht, daß man keinen Schritt tun konnte, ohne etwas Zerbrechliches, Lebendiges zu verletzen.
Eine leichte Brise bewegte die Äste; warme Sonnenstrahlen und sanfte Schatten strichen abwechselnd über das Pflanzengewirr. Wilder Wein umhüllte den Stamm einer Ulme, deren Äste so hoch ansetzten, daß sie nichts von der zärtlichen Umklammerung dort unten spürten. Auf einem Baumstumpf thronte eine blasse Winde; jede Stunde öffnete sie eine neue Blüte. In den zierlichen Moospolstern versank der Fuß wie in einem lebendigen Plüschteppich. Wintergrün dehnte sich zu einer glänzenden Matte. Schmetterlinge flogen in hellen Haufen; sie hingen wie Blüten an den Ästen, bis sie, einem unwiderstehlichen Drang gehorchend, eilig davonflogen. Sie flatterten um die Wipfel der Bäume, breiteten ihre winzigen Flügel gegen den azurblauen Himmel und sanken dann, derselben unsichtbaren Führung gehorchend, wieder herab, bis sie in den Ästen eines Ahorns landeten. Jetzt, zur Mittagszeit, war kaum ein Vogel zu sehen. Sie hielten sich – ihr Tagesablauf ist uralte, unabänderliche Gewohnheit – in dem reichen Blattwerk verborgen. Aber der Wald war erfüllt von ihren Liedern. Und während sie von Zweig zu Zweig flatterten, enthüllten die Blätter hier einen bunten Flügel, dort eine kleine, weiße Federbrust. Maulwurf, Igel, Fuchs und Hase saßen in ihrem Bau und fütterten ihre Jungen, für sie war das zweifellos das wichtigste Geschäft von der Welt.
Philip und Adeline standen auf ihrem eigenen Land. Philip trug einen kleinen Korb mit ihrem Mittagbrot an einem Riemen über der Schulter. Zwei Wochen waren seit ihrer Ankunft vergangen. Sie hatten inzwischen das Grundstück

besichtigt, die nötigen Besuche bei den Behörden gemacht, die geforderte Summe bezahlt und dafür einen Kontrakt mit eindrucksvollen roten Siegeln bekommen. Jetzt konnten sie sagen: »Das Land gehört uns.«

»Es ist ein Paradies!« rief Adeline und drehte den Kopf nach allen Richtungen. »Ein echtes, wirkliches Paradies! Und es gehört uns!«

Sie waren zum erstenmal allein auf ihrem Besitz. Sonst war immer jemand von den Vaughans oder jemand von der Behörde dabeigewesen. Immer waren irgendwelche Grenz- oder Eigentumsfragen zu regeln gewesen. Aber jetzt waren sie allein. Sie brauchten nicht mit den Vaughans zu sprechen – so nett sie auch waren. Sie konnten ganz still dastehen und jeden neuen Ausblick genießen. Wie Kinder konnten sie auf Entdeckungen gehen, überall herumlaufen und einander »Schau! Schau!« zurufen. Die langen Röcke waren Adeline sehr im Wege. Sie hätte sie am liebsten hochgesteckt und ihre wendigen Beine entblößt, wie sie es als Mädchen in Irland getan hatte. Einmal hatte ihr einer der Brüder den Rock bei einer Rauferei glatt heruntergerissen, und sie hatte in ihren Unterhosen dagestanden. Das war ein Vergnügen gewesen! Sie war gesprungen und gerannt, höher und schneller als die Buben. Man hatte sie schließlich erwischt und tüchtig durchgehauen, aber sie dachte noch heute mit Vergnügen an das Erlebnis zurück.

»Wir könnten Adam und Eva sein«, sagte Philip. »Man könnte meinen, wir beide wären die einzigen Menschen auf der Welt. Und das Land scheint zu wissen, daß wir die Herren sind – wirklich, es lächelt.«

»Philip, mein Engel, du bist ein Dichter!«

»Nein, aber ich fühle mich – so – ich kann es nicht erklären – ich weiß, es klingt verrückt.«

»Es ist nicht verrückt. Es ist wahr! Alles hat heute ein anderes Gesicht.«

»Jetzt wirst du mich auslachen.«

»Warum? Bestimmt nicht, weil du poetisch wirst. Ich verspreche es.«

»Was ich meine, ist – in unsere Hand ist ein Schlüssel gelegt – ein Schlüssel zu alledem hier – nicht nur für das Land, weißt du. Einfach für alles.«

»Ja, ich verstehe. Es ist, als würde man noch einmal geboren.«

»So ist es, Adeline. Schau! Jetzt sind wir von einer anderen Seite zur Schlucht gekommen.«

Sie standen Schulter an Schulter und blickten in die grüne Dämmerung hinab. Der Fluß verengte sich hier und war halb verdeckt von wildem Geißblatt und roter Iris. Zwei blaue Reiher standen steifbeinig mitten in einem Feld von Tigerlilien. Philip und Adeline konnten nicht in die Schlucht hinuntersteigen, das Unterholz war zu dicht. Sie konnten nur von oben auf den Fluß spähen, der weiß um große, moosige Steine schäumte.

»Unser Haus muß in der Nähe der Schlucht stehen«, schlug Adeline vor. »Ich möchte über einen weichen Rasen gehen, ein Tor aufmachen – es muß niedrig und breit sein – und ans Flußufer hinuntergehen können.«

»Wir werden eine feste Brücke über den Fluß bauen. Wenn man auf der anderen Seite einen Pfad anlegt, kommt man direkt nach Vaughansland.«
»Was für einen guten Orientierungssinn du hast! Ich dachte, Vaughansland sei auf der anderen Seite.«
Er befragte den Kompaß, der an seiner Uhrkette hing.
»Es stimmt!« rief er triumphierend. »Ich habe recht! Vaughansland ist genau dort drüben. Eine Brücke über den Fluß, und wir haben einen Abschneider.«
»Ob wir dieses ganze Unterholz jemals ausroden werden? Lieber Himmel, wenn die Kinder davonlaufen, finden wir sie nie!«
»Ein Glück, daß es gutes Hartholzgebüsch ist – ich glaube, das ist der Fachausdruck. Es ist allerlei Ahorn, Eiche, Esche und Hickory darunter. Warte nur, bis hier ein paar kräftige Äxte geschwungen werden. Dann ist dein Wald in wenigen Tagen ein Park.«
»Was du alles weißt!« rief sie bewundernd.
»Nun, Vaughan hat mir in den vergangenen vierzehn Tagen allerhand beigebracht.«
Sie zog ihn am Arm. »Komm, wir wollen einen Platz für das Haus suchen.«
»Ich habe schon eine Stelle im Kopf. Hoffentlich kann ich sie finden! Vaughan hält sie auch für gut. Es muß ganz in der Nähe sein. Eine Art natürlicher Lichtung mit einer Quelle.«
»Oh, wenn ich etwas liebe, dann ist's eine Quelle! Ich werde sie mit Wasserkresse bepflanzen und mit Minze und Geißblatt.«
»Es ist auch verhältnismäßig nah an der Straße. Wir müssen ganz in der Nähe der Straße sein... Hallo – da kommt der Teufel schon in unsern Garten Eden!«
Sie sahen eine große schlanke Männergestalt, aber erst als er näher heran war, erkannten sie Wilmott. Er war in einem Hotel in der Stadt zurückgeblieben und hatte sich dort nach einem Stück Land erkundigen wollen. Philip hatte ihn besucht, als sie beim Regierungsamt waren, und hatte ihm vom Erwerb der tausend Morgen erzählt. Wilmott hatte versprochen, zur Besichtigung herauszukommen. Er hatte seine Stadtkleidung gegen braune Breeches und Schaftstiefel vertauscht, sein Hemdkragen war offen, ein breitkrempiger Hut beschattete die Augen. Er gefiel sich offenbar und fragte nach einer kurzen Begrüßung:
»Nun, wie sehe ich aus?«
»Wie der Teufel«, sagte Philip.
Wilmott war fassungslos. »Nun, ich dachte, ich sollte mich entsprechend anziehen.«
»Sie wollen doch nicht unter die Holzfäller gehen, oder?«
»Nein. Aber ich werde grobe Arbeit tun müssen und muß die Sachen, die ich mitgebracht habe, schonen. Es wird eine Weile dauern, bis ich mir neue kaufen kann.«

»Ich finde, Sie sehen sehr nett aus«, sagte Adeline, »bis auf den Schnurrbart. Der paßt nicht zu Ihnen.«
Er sah sie eindringlich an. »Finden Sie ihn wirklich so scheußlich?« fragte er leise. Philip war schon vorausgegangen.
Sie blickte herausfordernd zurück. »Jawohl! Von ganzem Herzen!«
»Ich lasse ihn noch heute abnehmen.«
»Wie haben Sie uns gefunden?« erkundigte sich Philip über die Schulter.
»Ich habe mich von einem Mann herausfahren lassen. Auf der Straße fragten wir einen Mann mit Pferd und Wagen nach dem Weg. Es war Ihr Patsy O'Flynn. Ich weiß nicht, was eigentlich so komisch daran war, ich hatte ihn ja immerhin schon in Galway, auf dem Schiff und in Quebec gesehen – aber wie er da so im Bauernwagen neben einem Gatter an der Landstraße saß, das war einfach zuviel. Ich lachte und lachte. Wahrscheinlich hat er mich auch komisch gefunden, denn auch er lachte wie närrisch.«
Philip und Adeline hatten Wilmott noch nie so erlebt. Er wirkte ganz ausgelassen.
»Ich liebe die Freiheit dieses Landes!« rief er. »Mich werden Sie so bald nicht wieder los. Auf dem Weg hierher habe ich ein kleines Blockhaus entdeckt. Der Besitzer will weiter nach Norden ziehen. Er will vor der Zivilisation fliehen! Nun, kurz und gut – ich werde seinen Besitz kaufen. Ein großartiges Blockhaus und fünfzig Morgen – ein Teil davon ist Sumpf. Es liegt am Ufer eines Flusses; der Mann sagt, er sei breiter und besser als der Ihre.«
Philip betrachtete ihn zweifelnd. Er fürchtete, Wilmott habe einen schlechten Kauf gemacht. Er hatte ihn gern, war aber nicht so sicher, ob er ihn gern als Nachbar hätte. Irgend etwas an Wilmott stimmte nicht. Außerdem hatte er so eine Art, Adeline in geistige Vertraulichkeit zu verwickeln, als seien sie verwandte Seelen. Andererseits hatte Philip ihn wirklich gern – seine Züge erhellten sich wieder. Er schlug Wilmott auf die Schulter.
»Tüchtiger Mann!« sagte er. »Aber wir müssen Vaughan das Blockhaus zeigen, bevor Sie den Handel abschließen. Er wird wissen, ob es Ihr Geld wert ist.«
»Nichts wird mich umstimmen«, erwiderte Wilmott. »Es ist genau das, wovon ich ein Leben lang geträumt habe.«
»Und der Sumpf?«
»Man kann angeblich Zwiebeln darauf pflanzen.«
»Zwiebeln! Was wollen Sie denn mit Zwiebeln anfangen?«
»Verkaufen.«
»Mein Lieber, Sie sind auf dem Holzweg, wenn Sie meinen, daß man mit Zwiebeln Geld verdienen kann.«
»Der Sumpf ist ein Vogelparadies. Alle Arten nisten dort. Kommen Sie sich's nur ansehen.«

»Helfen Sie uns lieber einen Platz für unser Haus finden. Ich habe die Holzfäller schon engagiert, aber wir wissen noch nicht so recht, wo es stehen soll.«
»Sind Sie sicher, daß Sie sich nicht verirrt haben?«
»Ganz sicher.« Philip befragte wieder den Kompaß. Sie gingen weiter durch den Wald.
»Wenn uns D'Arcy und Brent nur so sehen könnten«, sagte Wilmott. »D'Arcy hat mir neulich geschrieben. Sie sind in New York. Es ist angeblich sehr amüsant. Komische Moden, überall Spucknäpfe, Neger in unvorstellbaren Kostümen. Sie haben im Theater Fanny Kemble gesehen und finden, sie überspielt.« Er fragte Adeline: »Haben Sie Fanny Kemble gesehen?«
»Nein. Mir hat in London die *Zigeunerin* am besten gefallen. Den Abend werde ich nie vergessen. Es war himmlisch.«
Philip rief: »Hier ist es!«
Er war vorausgegangen und erwartete sie jetzt auf einer Lichtung. Anscheinend hatte hier schon einmal ein Siedler gehaust; große Baumstümpfe verrieten, daß gefällt worden war. Jetzt wucherten wilder Wein und Moos darüber. Die Lichtung wirkte freundlich. Sie war von Sonnenlicht übergossen, und die vereinzelt stehengebliebenen Bäume waren außergewöhnlich schön und wuchtig. Eine schlanke junge Silberbirke raschelte mit ihren seidigen Blättern. Ihre Rinde war glatt und fleckenlos. Als sie näher herankamen, stob aus ihrem Wipfel eine Schar Blaukehlchen; ihr Aufbruch glich jedoch eher einem Spiel als einer Flucht. Sie stiegen hoch in die Luft, und bald waren ihre blauen Flügel eins mit dem Himmel.
Adeline wußte nicht, daß Blaukehlchen als Glücksboten gelten, aber die Vögel gefielen ihr, und sie rief: »Oh, die hübschen kleinen Dinger! Sie kennen sich aus! Hier werden wir bauen! Ich könnte sterben vor Glück.«
Jetzt war der richtige Augenblick für eine Ohnmacht. Sie bemühte sich nach Kräften, ihre Bewegung auf diese passende Weise zu demonstrieren. Aber es gelang nicht. Sie taumelte nur ein wenig.
»Was ist los?« fragte Philip.
»Kannst du nicht sehen, daß ich ohnmächtig werde?«
»Unsinn!« Aber er sah sie doch etwas besorgt an.
»Setzen Sie sich hier nieder«, bat Wilmott. Er führte sie zu einem niederen, moosbewachsenen Baumstumpf.
Sie setzte sich und schloß die Augen. Wilmott riß seinen Hut herunter und fächelte sie.
»Sie wird nicht ohnmächtig«, sagte Philip. »Sehen Sie nur die Farbe in ihren Lippen.«
Sie legte einen Finger über die Lippen und seufzte. Irgend etwas bewegte sich unter ihr. Sie sprang auf. Eine große Natter glitt um den Baumstumpf und in das Gras. Adeline schrie gellend – man mußte es bis Vaughansland hören. Die beiden Männer standen starr vor Entsetzen.

»Eine Schlange!« kreischte sie. »Eine Giftschlange! Da, im Gras!« Sie fanden einen Stock und rannten um sich schlagend hinter der Schlange her. Als sie zurückkamen, hatte Adeline sich beruhigt.
»Habt ihr sie getötet?«
»Ja«, antwortete Philip, »willst du sie sehen?«
»Lieber nicht.«
»Sie war einen Meter lang und so dick wie mein Arm.«
»Wie entsetzlich!«
»Mach dir nichts draus«, sagte Philip, »bald werden wir die Schlangen los sein. Vaughan meint, daß es nicht viele hier gibt. Wenn das Unterholz weg ist, werden sie sich verziehen.«
»Dies ist ein großartiger Platz für Ihr Haus«, versicherte Wilmott. »Die kleine Anhöhe ist genau richtig. Es sollte nach Süden stehen.« Anscheinend hatte er Adelines Angst vergessen; er ging auf und ab und bezeichnete mit dem Fuß die Maße des Fundaments.
Philip war zu der Quelle gegangen. Jetzt kam er mit einem Blechbecher voll Wasser zurück. Er gab ihn Adeline und sah sie prüfend an.
»Ich wundere mich, daß du plötzlich so einen Wirbel um eine Schlange machst. Nach den vielen Schlangen in Indien. Die Schlangen hier sind harmlos.«
Widerspruchslos trank sie das eisige Wasser.
»Ich habe noch nie auf einer gesessen.« Sie schauderte.
Wilmott rief: »Um das Ausschachten brauchen Sie sich keine Sorge zu machen. Der Boden ist genau richtig. Er ist ganz trocken. Ich würde Ihnen ein Souterrain empfehlen für die Küche und die Wirtschaftsräume. Das ist im Winter warm und im Sommer kühl. Sie müssen eine große Diele haben, rechts davon das Wohnzimmer, links Bibliothek und Eßzimmer. Eine tiefe Veranda würde sich gut machen.«
»Als nächstes schreibt er uns noch vor, wie wir das Haus nennen sollen«, murrte Philip.
Adeline stand auf.
»Wie fühlst du dich?« fragte er.
»Besser. Ich fürchtete doch gerade, ohnmächtig zu werden, als die Schlange kam. Warum eigentlich?«
»Ich weiß nicht.«
»Ach ja, wegen der Blaukehlchen. Ich war so glücklich darüber.«
»Du solltest lernen, deine Gefühle in Schach zu halten.«
»Aber sie sind alle so neu und stark.«
»Dann lege sie auf Eis.«
»Aber sie halten sich nicht.«
Wilmott rief zu ihnen herüber. »Hinter der Haupttreppe sollten Sie noch ein Empfangszimmer einplanen. Das Haus muß groß und einladend werden.«

»Ich werde schon darauf achten«, sagte Philip verdrossen.
»Ich empfehle ein drittes Stockwerk. Es macht ein Haus eindrucksvoll, und wenn Ihre Familie groß ist...«
»Sie wird nicht groß.«
»Immerhin, ich würde einen dritten Stock bauen.«
Er kam zu ihnen zurück Sein Gesicht leuchtete.
»Ich hab' solchen Hunger«, sagte Adeline. »Können wir nicht unsere Brote essen?«
»Gut«, sagte Philip. »Halten Sie mit, Wilmott?«
»Haben Sie denn genug für drei? Nun, meinetwegen brauchen Sie sich keine grauen Haare wachsen zu lassen. Ein Brot ist mehr als genug.«
Sie ließen sich in dem sonnendurchwärmten Gras nieder. Philip löste den Riemen seines Picknickkorbes und holte Sandwiches, kleine Kuchen, eine Flasche Wein und Picknicktassen hervor.
»Entsinnen Sie sich der Picknicks in Quebec?« fragte Wilmott.
»Ach, wie nett war das doch!« rief Adeline mit vollem Mund.
»Überall wimmelten diese Balestrier-Kinder herum«, brummte Philip. »Wenn meine Kinder sich einmal nicht besser benehmen, fresse ich einen Besen.«
»Wie geht es der reizenden kleinen Augusta?« fragte Wilmott.
»Mrs. Vaughan verwöhnt sie zu sehr. Immerhin, sie vergißt ihr Französisch und lernt endlich Englisch.«
»Erzählen sie ihr, daß sie ein Geschenk von mir bekommt. Eine Puppe — für die, die auf dem Schiff gestohlen wurde. Vermißt sie ihre Ayah noch sehr?«
»Nein, sie hat sie vergessen.«
Einen Augenblick war es still; ihre Gedanken waren bei dem Begräbnis auf See. Dann meinte Wilmott: »Die Moskitos hier sind die Pest. Ich stehe jede Nacht Qualen aus, wenn die alten Stiche jucken und dieses gräßliche Summen neue ankündigt.«
»Ich lasse mir von zu Hause Moskitonetze schicken«, sagte Philip. »Wir werden sie in unserem neuen Haus über die Betten hängen. Die Vaughans scheinen nichts dagegen zu haben, lebendig aufgefressen zu werden.«
»Tatsächlich übergehen die Moskitos die Vaughans, um sich an dem armen Philip zu delektieren«, sagte Adeline.
Philip holte den Wein hervor. »Wir haben nur einen Becher«, bemerkte er. »Ich wollte Adeline den Becher geben und selber aus der Flasche trinken. Aber wir können auch zusammen den Becher nehmen.«
»Geben Sie mir den Napf«, bat Wilmott.
»Wo hast du den bloß gefunden, Philip?«
»Bei der Quelle. Es waren auch Fußabdrücke dort. Vaughan hat mir erzählt, daß hier irgendwo eine Holzhütte ist und daß ein alter Schotte — genannt

Fiedel-Jock – darin seine Zelte aufgeschlagen hat. Vaughan meint, er sei harmlos.«

»Wie groß ist die Hütte?« wollte Wilmott wissen. »Vielleicht hätte ich drin wohnen können.«

Philip quollen die Augen aus dem Kopf. »Und wie ist es dann mit dem Landbesitz?«

»Stimmt«, sagte Wilmott, »ich brauche Grund und Boden.«

»Könnten wir ihm nicht fünfzig Morgen verkaufen?« wisperte Adeline.

»Mitten aus unserem Besitz? Niemals!«

»Oh, ich bin ganz zufrieden mit dem Platz, den ich mir ausgesucht habe. Ich werde von Beeren, Fischen und Wildtauben leben und werde endlich Zeit haben für die vielen Bücher, die ich schon lange lesen wollte.«

»Wo wollen Sie die herbekommen?«

»Ich bringe sie mit.«

Die Whiteoaks sahen ihn verblüfft an. »Ich wußte, daß Sie einige Bücher dabeihaben«, sagte Adeline, »Sie haben mir ja etliche geliehen, aber ich habe nicht gewußt, daß Sie Lektüre für viele Jahre haben.«

»Es gibt eine recht gute Bibliothek in der Stadt. Und D'Arcy besorgt mir noch einige in New York.«

Wieder einmal grübelten die Whiteoaks über Wilmotts finanzielle Lage. Manchmal tat er recht großspurig, dann wieder wie ein armer Schlucker. Jetzt fragte er: »Wie ist's mit den Nachbarn? Sind interessante oder intelligente Leute darunter?«

»Eine ganze Menge«, antwortete Philip. »Da ist zuerst einmal David Vaughan. Die Vaughans haben neulich eine Gesellschaft für uns gegeben, damit wir die Nachbarn kennenlernen. Es ist ein sehr achtbarer und gebildeter Kreis: Ein Mr. Lacey – sein Sohn ist bei der Marine; Mr. Pink, der Geistliche; Dr. Ramsay – ziemlich mürrischer Bursche, aber eine Persönlichkeit und offenbar zuverlässig; und ein halb Dutzend andere Familien. Wir haben die Zukunft unseres Bezirks beraten. Sie möchten keinesfalls Ausländer hereinlassen. Sie würden die Bevölkerung gern langsam, aber sicher mit einem soliden britischen Menschenschlag aufbauen. Sie möchten Freiheit und Rechtschaffenheit in ihrem Land. Und auch ich habe mich diesem Projekt verschrieben. Vaughan meint, die Vereinigten Staaten werden bitter dafür bezahlen müssen, daß sie ihre Grenzen für ganz Europa geöffnet haben. Denn dieses Gesindel aus Ost- und Westeuropa wartet nur auf eine Gelegenheit, uns ein Messer in den Rücken zu jagen. Ihre Religion ist der pure Aberglauben. Für ein paar Pfund bringen sie jeden um die Ecke. Folter und Grausamkeit liegen ihnen im Blut. Ich habe lange genug in Indien gelebt. Mein Bedarf an Verrätern ist gedeckt. Besser gehen wir langsam auf Nummer Sicher und bleiben hier britisch.«

»*Und* irisch«, ergänzte Adeline.

»Ich bin ganz Ihrer Meinung«, versicherte Wilmott. »Ich trinke auf Ihr Haus und auf dieses Land!« Damit hob er den Blechnapf. Nach dem Toast zauberte Philip ein ledernes Zigarrenetui hervor und bot Wilmott eine Zigarre an.
»Das wird die Moskitos verscheuchen.«
»Danke. Seitdem Sie mir die letzte angeboten haben, habe ich keine Zigarre mehr geraucht.«
Philip und Adeline wurden verlegen, wie jedesmal, wenn Wilmott den Hungerleiderton anschlug. Er bemerkte es offenbar und setzte hinzu: »Ich bin kein großer Raucher.«
»Nun, ich schon«, bekannte Philip, »und ich kann Ihnen gar nicht sagen, wie nervös es mich macht, daß ich im Haus nicht rauchen darf. Mrs. Vaughan erlaubt es nicht.«
»Raucht er denn nicht?«
»Morgens und abends eine Pfeife auf der Veranda.«
Wilmott blickte sich nachdenklich und verwundert um. »Ich glaube, diese Wälder nehmen kein Ende, bis hinauf in die Arktis.«
»Ja. Sie geben einem so ein Gefühl von ...«
»Von Größe, meinen Sie?«
»Ja. Und von Dauer. Hier dürfte es auch noch in tausend Jahren genug Holz geben.«
»Nicht, wenn die Leute weiter so damit aasen und ganze Bäume verbrennen, bloß um sie loszuwerden.«
Adeline erhob sich und schüttelte ihren Rock aus. »Ich möchte noch ein bißchen hier herumlaufen.«
»Ich bleibe hier«, sagte Wilmott. »Sie beide gehen allein. Ich werde inzwischen rauchen und über einen passenden Namen für Ihr Haus nachdenken.«
»Er ist verdammt aufdringlich«, sagte Philip, als sie allein waren. »Er hat unser Haus schon fix und fertig geplant. Jetzt will er es auch noch taufen. Egal, was er für einen Namen aussucht, ich werde ihn nicht nehmen!«
»Oh, Phil, sei nicht töricht!« Sie machte einen kleinen Freudensprung. Sie hob ihre schweren Röcke und tanzte über das blumige Gras.
»Hier wird unsere Küche sein«, sang sie, »mit einem großen, großen Kamin und rotem Ziegelboden. Und hier die Speisekammer! Hier die Zimmer für die Dienstboten! Ein nettes kleines Zimmer für Patsy O'Flynn!«
Philip lüpfte seine Rockschöße, stützte die Hände auf die Hüften und tanzte ihr entgegen.
»Hier, Madam, ist mein Weinkeller!« rief er. »Gut bestückt für viele Jahre!«
Sie lag in seinen Armen und schmiegte ihr Gesicht an seine Schulter.
»Wir wollen alt werden, ganz alt«, sagte sie ernst, »damit wir uns – zusammen – Jahre, Jahre und Jahre daran freuen.«
»Ich versprech's dir!«

»Und du mußt auch versprechen, daß ich zuerst sterben darf.«
»Jawohl. Ich verspreche und gelobe.«
»Wie werden wir es nennen? Wenn wir uns nicht bald entschließen, kommt es so, wie du sagst: Wilmott sucht uns einen Namen aus.«
»Ich hätte gern einen Namen«, sagte er, »der mich an zu Hause erinnert.«
»Aber ich will keinen englischen Namen.«
Er musterte sie streitsüchtig.
»Ich hätte gern einen Namen«, sagte sie, »der für *mich* Erinnerungen birgt. Wie wär's mit Bally ...«
Er unterbrach sie. »Einen irischen Namen – nur über meine Leiche.«
Sie funkelte ihn böse an.
Wilmott näherte sich. Er rannte beinah. »Ich hab's!« rief er aufgeregt.
»Was haben Sie?«
»Den Namen.«
Sie sahen ihn abwehrend an.
»Der Name Ihrer Militärstation in Indien«, fuhr er fort. »Dort haben Sie sich kennengelernt. Dort haben Sie geheiratet. Wahrscheinlich werden Sie nie mehr so glücklich sein wie damals. Es ist ein hübscher Name. Er ist wirkungsvoll. Man behält ihn leicht. Es ist ...«
»Jalna«, sagte Adeline nachdenklich.
»Nein«, sagte Philip und sah Wilmott feindselig an.
»Gefällt er Ihnen nicht?«
»Ich finde ihn ganz leidlich.«
»Gefällt er Ihnen, Mrs. Whiteoak?« Wilmott sah Adeline gespannt in die Augen. Der grüne Wald spiegelte sich in seinen Pupillen, er hatte den Blick eines Zauberers.
»Sie haben mir das Wort aus dem Mund genommen«, versicherte sie. »Ich dachte gerade – Jalna – Jalna – als Sie es auch schon aussprachen.«
Philips Züge erhellten sich. »Wirklich? Ich muß gestehen, jetzt, wo du ihn aussprichst, gefällt er mir. Jalna – ja, das ist tatsächlich gut. Es erinnert mich an mein Regiment. Es besiegelt die Vergangenheit.«
»Und ist ein gutes Omen für die Zukunft«, setzte sie hinzu. »Ich bin froh, daß er mir eingefallen ist.«
Wilmott war ein wenig aus dem Konzept gebracht.
»Es ist ein verdammt guter Name«, sagte Philip. »Erstaunlich, daß du noch vor Wilmott daran gedacht hast.«
»Es war ein Geistesblitz. *Jalna,* sagte etwas in mir. Und da kam Wilmott auch schon gelaufen und hatte es auf der Zunge. Aber ich hab's zuerst ausgesprochen.«

9

Die Gründung

Der Wald widerhallte von den Schlägen der Äxte. Mit Axt und Buschmesser hieben die Männer auf Schößlinge und Unterholz ein. Dann rückten sie den Bäumen zu Leibe. Die Äxte waren messerscharf geschliffen. Kräftig schlugen die Männer auf die stolzen Stämme ein: Zuerst schräg von oben, dann schräg von unten, bis ein sauberer Span heraussprang. So folgte ein Schlag dem anderen, bis die Kerbe tief genug war. Dann griffen sie den Stamm von der anderen Seite an. Weit hallten die Schläge; die Gesichter der Männer troffen vor Schweiß. Der Baum bebte. Das Zittern setzte sich bis in die kleinsten Äste fort. Beim nächsten Schlag lief ein Seufzen durch die Blätter. Wütend schlug der Fäller wieder zu. Der Baum neigte sich. Langsam, dann immer schneller flog sein Wipfel dem Boden entgegen. Seufzend, krachend schwenkte er seine Äste in einen grünen Blättersturm.
Die Waldleute arbeiteten sauber und schichteten Stämme und Äste aufeinander. Sie gruben die kräftigen Stümpfe und die weitläufigen Wurzeln heraus. Die Abfallhaufen wuchsen. Einige Bäume sollten zur Zierde stehenbleiben; in stolzer Sicherheit breiteten sie ihre Äste. Die blanken Äxte hatten sie verschont. Man hätte mit einer zweispännigen Kutsche zwischen ihnen durchfahren können. Der Wald wurde allmählich zum Park. Später würden sich um diesen Park Felder erstrecken, man würde säen, pflügen und Obstbäume pflanzen.
Adeline sah Philip in einem neuen Licht. Er war – schon fast ein Dandy – immer so pedantisch mit seiner Kleidung gewesen; jetzt kam er stets mit schlammigen Stiefeln, zerknittertem Anzug und dornenzerkratzten Händen nach Vaughansland zurück. Früher hatte er seine Hemden in England waschen lassen, weil man es ihm in Indien nicht recht machen konnte; jetzt lief er in zerdrückten Hemden herum, und es schien ihn sogar noch zu freuen. Er hatte sich mit der Axt versucht, aber als er mit den erfahrenen, tabakkauenden Fällern nicht Schritt halten konnte, gab er es verärgert auf. Doch er verbrachte den ganzen Tag mit ihnen, beaufsichtigte den Fortgang der Arbeit und legte überall mit Hand an. Er war schon ganz braungebrannt – und von Moskitos und schwarzen Fliegen zerstochen. Dieses Leben kräftigte ihn mehr als Sport und Polospiel in Indien. Doch abends verwandelte er sich wieder in den eleganten Husarenoffizier, plauderte mit den Nachbarn und sagte Mrs. Vaughan Artigkeiten. Vor dem Schlafengehen zog er sich auf die Veranda zurück und rauchte eine letzte Zigarre.
David Vaughan hatte ihnen einen fähigen Architekten empfohlen. Die Häuser der Nachbarn waren alle recht schlicht angelegt; die Whiteoaks planten ihr Haus so eindrucksvoll wie möglich. Sie wollten keinen Prunk, aber es sollte

ansehnlich werden, mit hübschen Giebeln und großen Kaminen. Der erste Spatenstich für das Fundament war eine aufregende Angelegenheit. Der Vorarbeiter drückte Adeline einen scharfen Spaten in die Hand. Er hatte den Boden vorher schon gelockert. Adeline rieb sich die Hände und legte sie dann fest um den Griff; sie setzte den Fuß auf das Blatt, lächelte den Arbeitern schelmisch zu und drückte es tief in den Lehmboden. Sie beugte sich über den Spaten, sie zog und zerrte – er war nicht wieder herauszubekommen.
»Ich fürchte, der Boden ist ziemlich zäh«, sagte der Vorarbeiter. »Ich werde ihn noch ein bißchen lockern.«
»Nein«, widersprach Adeline mich hochrotem Kopf.
»Du mußt mit den Rückenmuskeln arbeiten«, riet Philip.
Sie tat es. Der Boden gab nach, das Stück kam heraus. Triumphierend hielt sie es auf dem Spaten hoch und warf es dann zur Seite. Das Haus hatte den ersten Fuß auf das Land gesetzt.
Philip bewunderte die Arbeitsweise dieser Männer. In Hitze und Regen blieben sie immer vergnügt und mit ganzer Kraft bei der Sache. Nur bei Gewitter oder Sturzregen drängten sie sich in die selbstgebauten hölzernen Unterkünfte. Jeden Morgen begleitete Nero Philip zum Bauplatz. Er litt so unter der Hitze, daß Philip ihn eines Tages zwischen die Knie nahm und ihm das Fell stutzte – er sah aus wie ein riesiger Pudel.
Wilmott hatte sein Versprechen gehalten und den Schnurrbart abrasiert. Adeline erkannte ihn kaum wieder, als er zum erstenmal bartlos erschien. Vorher hatte er interessant und würdig ausgesehen; jetzt entdeckte Adeline einen hungrigen, gehetzten Ausdruck in seinem Gesicht, den sie recht romantisch fand. Er hatte zarte Backenknochen und tiefe Höhlen in den Wangen.
»Wie haben Sie sich verändert!« rief Adeline.
»Man kann ja nicht immer gleich aussehen«, erwiderte er lakonisch. »Ich glaube, ich bin jetzt noch weniger anziehend. Schönheit ist nicht meine starke Seite.«
»Wer will denn auch einen *schönen* Mann?«
»Sie doch offenbar.«
»Ich? Ich würde Philip nicht weniger lieben, wenn er eine Stupsnase und kein Kinn hätte.«
»Jetzt reden Sie Unsinn, Mrs. Whiteoak.«
»Warum sind Sie eigentlich so förmlich? Sie könnten mich ruhig Adeline nennen.«
»Das wäre durchaus nicht am Platze.«
»Nicht am Platz? In dieser Wildnis?«
»Diese Wildnis ist schon eine enge, konventionelle Gemeinde.«
»Auch Ihr Blockhaus und der Sumpf?«
»Das ist meine Privatecke... Dort habe ich Sie schon immer Adeline genannt.«

»Sie betonen es falsch. Ich bin an *Adeleen* gewöhnt.«
»Eben deshalb betone ich es anders.«
»Wie rechthaberisch Sie sind! Ein Glück, daß Sie nicht verheiratet sind.«
Er wurde rot.
»Aber vielleicht sind Sie verheiratet.« Sie lächelte.
»Ich bin es nicht«, erwiderte er steif. »Und danke Gott dafür.«
»Sie wären vielleicht liebenswürdiger, wenn Sie eine Frau hätten.«
»Meinen Sie? Das bezweifle ich.«
Sie lächelte ihr glückliches Lächeln. »Ich bin froh, daß Sie keine haben. Ihre Frau würde mir bestimmt nicht gefallen. Männer Ihres Typs wählen immer Frauen, die ich nicht leiden kann.«
»Ich hätte Sie gewählt – wenn ich die Möglichkeit gehabt hätte.«
Sie saßen mitten unter den Arbeitern auf einem Haufen frisch geschnittener grüner Holzblöcke. Seine Worte schufen einen abgeschlossenen Raum um sie, sonderten sie von der Umwelt ab, wie ein Paar im Bilderrahmen eines alten Porträts. Sie hörten zwar den Klang der Axt, den Lärm bei den Erdarbeiten; sie atmeten den würzigen Holzgeruch. Aber in Gedanken waren sie weit fort. Ihre Augen blickten geradeaus. Wären sie wirklich Figuren in einem Bild gewesen, so hätte man gesagt: Diese Augen verfolgen einen.
Nero lag zu Adelines Füßen. Sie legte eine Hand zwischen seine Ohren und zauste an seinen dicken Locken. Mit ungerührter Majestät ließ er diese unwürdige Liebkosung über sich ergehen.
»Sie sagen das«, murmelte sie, »weil einen diese Umgebung gefühlvoll stimmt.«
Er sah sie fest an, seine Lippen bebten. Er fragte: »Zweifeln Sie an meiner Aufrichtigkeit?«
»Sie können nicht leugnen, daß Sie manchmal die Dinge – nun – etwas seltsam ausdrücken.«
»Ich finde nichts Seltsames daran. Die meisten Männer würden das sagen.«
»Und dabei haben Sie mich schon in den übelsten Stimmungen erlebt.«
»Ich will nicht sagen, daß Sie vollkommen sind«, erwiderte er gekränkt. »Ich will nur sagen . . .« Er brach ab.
»Jedenfalls ist es sehr reizend von Ihnen, Mr. Wilmott – nachdem Sie mich seit einem Jahr von meiner schlechtesten Seite kennen.«
»Jetzt reden Sie Unsinn.«
»Es ist besser, wenn man Unsinn redet.«
»Sie meinen, um das, was ich gesagt habe, zu vertuschen? Keine Sorge. Ich will Sie nicht plagen. Ich hatte nur den närrischen Wunsch, daß Sie es einmal erfahren sollten.«
Adeline verzog die Lippen. Sie sah ihn fast zärtlich an.
»Sie lachen mich aus!« rief Wilmott hitzig. »Sie wollen, daß ich mein Geständnis bedauere.«

»Ich habe nur gelächelt, weil man sie gar nicht so – impulsiv – kennt. Ich mag Sie dafür nur noch lieber.«
»Wenn Philip nichts dagegen hat – es wäre mir ein großes Vergnügen, Sie beim Vornamen zu nennen.«
»Ich werde ihn fragen.«
»Nein! Tun Sie's lieber nicht.«
Philip kam in Reithosen auf sie zu. Mit langen Schritten überquerte er den umgebrochenen Boden – hier öffneten sich jeden Tag neue Blüten und neue Farnwedel, die der Vernichtung entgegenwuchsen. Im Näherkommen bemerkte Philip:
»Ich muß mit dem Architekten Ziegel ansehen. Ich weiß nicht, wie lange es dauern wird. Könnten Sie Mrs. Whiteoak heimbringen, Wilmott?«
»Meine Güte, warum nennen wir uns nicht beim Vornamen?«
»Mir soll's recht sein«, stimmte Philip zu. »Ich bin gern dazu bereit. James, können Sie Adeline nach Vaughansland zurückbegleiten?«
»Sie hat meinen Besitz noch nicht gesehen«, sagte Wilmott. »Er ist prunkvoll geworden. Ich würde ihn Adeline gern vorher zeigen.«
»Wunderbar. Du wirst sein Werk bestaunen, Adeline. Ich muß jetzt fort.«
Er ging zu dem wartenden Architekten zurück.
Adeline und Wilmott kletterten in den staubigen Buggy – er gehörte den Vaughans. Die graue Stute war an einen Pfosten gebunden, wo später der Haupteingang sein würde. Sie hatte sich schon so ans Warten gewöhnt, daß sie friedlich in einem Graben graste. Ein Wunder, daß der Buggy nicht umgestürzt war.
»Dieser Gaul ist sanft wie ein Lamm«, sagte Wilmott und ergriff die Zügel. »Ich wünschte, er gehörte mir.«
»Was für ein Geständnis!«
»Ich möchte den Rest meines Lebens am liebsten faul und nutzlos zubringen.«
»Sie können nicht unnütz sein, James – nicht, solange Philip und ich Ihre Freunde sind.«
»Nett, daß Sie das sagen«, und steif fügte er hinzu: »Adeline.«
Das Pferd trottete über die sonnige, weiß bestaubte Straße. Sie führte durch dichte Wälder, sie war nur ein weißes Band inmitten einer Wildnis. Sie begegneten schweren Wagen, beladen mit Baumaterial für Jalna; ein zerlumptes, barfüßiges Mädchen trieb eine Kuh vorbei; ein Maultier zog einen Karren vorüber, beladen mit einer Indianerfamilie und ihren Habseligkeiten. Himbeeren glühten rot durch das Pflanzendickicht am Straßenrand. Wilde Lupinen, Zichorie und Enzian bildeten himmelblaue Polster. Vögel flatterten zwischen den Bäumen, Eichhörnchen hüpften von Ast zu Ast. Zuweilen sah man Felder mit hohen, schweren Garben. Dies war wirklich ein Land, in dem alles drängte, die Verheißung zu erfüllen. Philip hatte zugeben müssen, daß Wilmott mit dem Blockhaus und den fünfzig Morgen einen Gelegenheits-

kauf gemacht hatte. Sie hatten den Platz gemeinsam gründlich besichtigt. Wilmott hatte den Preis bezahlt und war sofort eingezogen. Aber Adeline sollte es erst sehen, wenn es – nach seinen Begriffen – vorzeigbar war. Jetzt war es soweit. Stark und wetterfest stand das Haus in der kleinen Lichtung am Ufer des rauschenden Flusses. Wilmott war stolz darauf. Würdevoll – und ein bißchen prahlerisch – half er Adeline aus der Kutsche und führte sie über den Rasenweg zu seiner Haustür. Sie hörten die Stimme des Flusses und das Wispern des Schilfs am Ufer. Ein alter Flußkahn lag an einem moosigen Pfahl vertäut.

»Wie bezaubernd!« rief Adeline. »Ich hätte nie gedacht, daß es so schön ist. Warum haben Sie das nicht verraten?«

»Ich wollte Sie überraschen.« Er zweifelte keinen Augenblick an ihrer Begeisterung; denn in seinen Augen war dieser Besitz ein Paradies. Er schloß die Tür auf – sie öffnete sich nur widerwillig – und führte sie hinein. Das Haus bestand nur aus einem Zimmer – nach hinten hinaus war ein Anbau. Offensichtlich hatte er ihren Besuch heute erwartet; oder er war erstaunlich ordentlich. Philip hatte die Gewohnheit, seine Sachen überall zu verstreuen – hier lag nichts herum. Der Boden war nackt und noch feucht vom Schrubben. Vor dem kleinen Kanonenofen lag ein Häkelteppich. Die Möbel hatte der letzte Besitzer selbst angefertigt: einen Tisch, zwei Stühle, eine Truhe, über die eine Flickendecke gebreitet war. Es gab nur ein Fenster – rote Vorhänge hingen davor. In einem offenen Regal an der Wand stand ein neues blaues Teeservice und erzählte von England. An der anderen Wand hatte Wilmott sich selbst Bücherregale gebaut; sie waren mit alten und neuen Bänden gefüllt, ein Sonnenstrahl – ein gelungener Regieeinfall der Natur – ließ Leder- und Goldrücken aufleuchten. Das Ganze war irgendwie ergreifend, vor allem, wenn man bedachte, daß der arme Mann hier ganz allein hauste. Als habe sie nie etwas Derartiges gesehen, sagte Adeline mit bebender Stimme: »Und das haben Sie alles selbst gemacht!«

»Ja.«

»Wie haben Sie das bloß geschafft? Es ist bezaubernd.«

»Oh, es geht.«

»Und alles so sauber!«

»Nicht immer.«

»Und das reizende Teeservice. Wann haben Sie's gekauft?«

»Vor zwei Tagen.« Er ging zu dem Wandbord, nahm die Sahnekanne herunter und gab sie ihr. »Gefällt Ihnen das Muster?« Ein Schäferpaar ruhte unter einem Baum am Flußufer, im Hintergrund war ein Schloß. Sie strich mit der Wange über das Gefäß.

»Was für glattes Porzellan. Ob ich je daraus Tee trinken werde?«

»Ich werde sofort welchen machen. Das heißt, wenn Sie bleiben.«

»Ich wüßte nicht, was ich lieber täte. Darf ich helfen?«

Er zögerte. »Ob die Leute reden werden?«
»Weil ich mit Ihnen Tee getrunken habe? Sollen sie! Mein lieber James, ich will hier den Rest meiner Tage zubringen. Die Leute sollen sich mit dem Klatschen beeilen. Ich werde ihnen Stoff genug liefern!« Mit elastischen Schritten und schwingenden Röcken ging sie durchs Zimmer.
Er stellte das Kännchen wieder auf seinen Platz. Dann wandte er sich eifrig nach ihr um. »Ich werde also Feuer machen.«
Das Feuer war schon vorbereitet. Er hielt ein Streichholz daran, und schon flackerte es hell. Er nahm den Zinnkessel und ging zur Quelle Wasser holen. Durch das Fenster beobachtete sie seine hohe Gestalt und seine gemessenen Bewegungen. »Ich möchte wissen, was in deinem Kopf vorgeht«, murmelte sie. »Aber ich mag dich. Jawohl, ich mag dich ausgesprochen gern, James Wilmott.« Sie musterte seine Bücher. Philosophie, Essays, Geschichte – das meiste war trockenes Zeug; aber es waren auch ein paar Gedichtbände und einige Romane dabei. Sie zog die Gedichte von Tennyson heraus. Einige Absätze waren angestrichen. Sie las:
Gib lange Rast uns oder dunklen Tod –
Gib dunklen Tod uns oder leichte Träume . . .
Wilmott kam herein; helle Tropfen hingen am Kessel.
»Ich lese«, sagte sie.
»Was?« Er schaute ihr fragend über die Schulter. »Ach, das«, sagte er gleichgültig und setzte den Kessel aufs Feuer.
»Das sieht Ihnen so gar nicht ähnlich.«
»Warum?«
»Es klingt so – so träge.«
»Wirke ich denn so energisch?«
»Nein. Aber ich halte Sie für entschlossen. Das hier klingt schon eher nach Ihnen:
Ein herrlich Lusthaus baut' ich meiner Seele,
Darin sie immer friedvoll wohnen kann . . .
Das hätten Sie anstreichen sollen.«
»Mein Gott!« rief er, »das bin ich nicht! Ich wünschte, ich wär's. Meine Seele hat kein Haus.«
»Ich bin nicht scharfsinnig«, sagte sie und stellte das Buch zurück. »Ich werde meinen Hut abnehmen.« Sie nahm ihren komischen kleinen Hut ab – er hatte zwei kurze Bänder, die hinten herunterflatterten. Plötzlich war die Luft in dem Zimmer von Intimität erfüllt.
Wilmott sah sich verwirrt um, als habe er etwas vergessen.
»Lassen Sie mich den Tee machen«, bat Adeline.
»Nein. Ich könnte es nicht ertragen.«
Sie lachte. »Sie könnten es nicht ertragen zuzusehen, wie ich Tee mache?«
Er lächelte bitter. »Nein. Es wäre zu schön. Derlei ist nicht für mich.«

Er braute einen kräftigen Tee, stellte die Tassen und eine Honigwabe auf den Tisch und bat sie, Platz zu nehmen. Er redete ununterbrochen. Er erzählte ihr von der Bäuerin, die sein Brot buk und ihm Honig verkaufte. Er hatte eine Kuh, zwei Schweine und etliches Geflügel gekauft. Philip hatte versprochen, ihm ein paar gute Pferde zu besorgen. Sein Vorgänger hatte noch Hafer und Gerste gesät. Er würde lernen, ein Bauer zu sein. Damit und mit seinen übrigen Einkünften würde er gut zurechtkommen. »Kurzum«, sagte er und schnitt ein Stück von der Wabe für sie ab, »ich bin noch nie im Leben so bewußt glücklich gewesen.«

Adeline biß kräftig in die Honigscheibe. »Ich auch nicht!« Ihre Augen glühten.

Wilmott lächelte belustigt. »Ich wette, Sie sind noch keine Stunde wirklich unglücklich gewesen.«

»Was war ich denn, als ich meiner Mutter Lebwohl sagte? Als meine Eltern am Pier standen und ich nicht zu ihnen zurück konnte? Wie war das mit der Reise und Huneefa? Und all das in der kurzen Zeit, seit wir uns kennen!«

»Sie bestätigen nur meine Theorie?«

»Was für eine?«

»Daß Sie das glücklichste Wesen sind, das ich je sah.«

»Ich gehe bloß nicht herum und posaune meine Sorgen in die Welt«, sagte sie und versuchte, recht überlegen auszusehen.

»Ich etwa?« Er wurde rot.

Adeline betrachtete ihn nachdenklich. »Nun, eben sagten Sie, daß Sie bewußt glücklich sind. Vielleicht sind Sie manchmal bewußt – und absichtlich – unglücklich. Ich fürchte das Leben nicht. Ich erwarte nie das Schlimmste.«

»Ich werde Ihnen meine Geschichte erzählen«, sagte er. »Ich wollte es nie tun – aber Sie sollen sie nun doch hören.«

Begierig beugte sie sich vor. »Oh, ja, bitte!«

»Ich muß Sie bitten, mein Geheimnis zu bewahren.«

»Niemals werde ich ein Sterbenswörtchen verraten!«

»Gut.« Er erhob sich, trug die Teekanne zum Ofen und füllte aus dem Kessel Wasser nach. Er hatte die Kanne noch in der Hand, als er heftig sagte: »Ich bin verheiratet.«

Sie starrte ihn ungläubig an. »Das glaube ich nicht.«

Er lachte trocken. »Ich glaube kaum, daß ich mich irre. Ich bin nicht nur Ehemann, sondern auch Vater.«

Dann haben Sie mich belogen, als Sie erzählten, Sie seien Junggeselle.«

»Ja, ich habe gelogen.«

»Und doch wirken Sie wie der vollkommene Junggeselle.«

»Oft genug hat man mich einen vollkommenen Ehemann genannt.«

»Nun gut«, meinte sie – die Aufregung brachte ihren irischen Akzent deutlicher heraus –, »Sie sind gewiß in allen Sätteln gerecht. Als Liebhaber und ...«

»Und als Lügner!«
Sie sah ihm in die Augen. »Wollen Sie mir nicht erzählen, warum Sie gelogen haben?«
»Ja«, er setzte sich wieder neben sie.
»Ich meine, warum Sie verheimlichen, daß Sie verheiratet sind.«
»Ja, natürlich ... Ich bin davongelaufen.«
»Und haben Ihre Frau verlassen?«
»Ja.«
»Und das Kind auch?«
»Ja.«
»Junge oder Mädchen?«
»Mädchen, vierzehn Jahre.«
»Dann sind Sie schon lange verheiratet?«
»Fünfzehn Jahre. Ich war fünfundzwanzig.« Nachdrücklich ergänzte er: »Fünfzehn Jahre Unglück.«
»Doch gewiß nicht die ganzen fünfzehn Jahre?«
»Wir waren noch keine sechs Monate verheiratet, als ich merkte, daß ich einen Fehler gemacht hatte. Die restliche Zeit habe ich damit zugebracht, mir immer klarer darüber zu werden.«
»Konnten Sie nichts dagegen tun?«
»Nichts. Ich war festgenagelt. Sie können sich gar nicht vorstellen, wie fest – Sie haben so ein Leben nie kennengelernt.«
Seine Hand lag auf dem Tisch, einen Augenblick legte sie ihre darauf. »Bitte erzählen Sie mir alles«, bat sie.
Durch die offene Tür hörten sie, wie der Fluß mit dem Schilf plauderte. Die Kuh brüllte.
»Sie will gemolken werden«, sagte er.
»Können Sie das denn?«
»Ich habe einen jungen Indianer, der mir hilft.«
»Oh, ich liebe dieses kleine Paradies!« rief sie. »Ich mag nicht denken, daß Sie hier unglücklich sind.«
»Ich habe Ihnen gesagt, wie glücklich ich bin. Aber ich werde keine Ruhe haben, bis Sie die ganze Wahrheit kennen.«
»Sie wagen viel«, sagte Adeline.
»Sie meinen, es sei zu gefährlich, die Wahrheit zu sagen?«
»Ich kann sie für mich behalten, aber das können die wenigsten Frauen. Vielleicht konnte es Ihre Frau nicht.«
»Henrietta hat nie etwas über mich gewußt. Nichts Wesentliches. Sie wußte, daß ich eine verantwortungsvolle Stellung in einer großen Speditionsfirma hatte. Ich hatte zu jung geheiratet und mußte tüchtig schuften. Ich hatte einen guten Kopf für Zahlen. In der Firma hielten sie ziemlich viel von mir. Unsere Freunde – das heißt, die meiner Frau – lobten mich als guten Ehemann und

Vater. Kein Wunder. Ich hatte eine harte Schule durchgemacht. Sie ließ mich nie in Ruhe. Von früh bis abends hatte sie nichts im Kopf als Sauberkeit, Ordnung und Bürgerlichkeit. Außerdem war sie gierig nach Besitz. Kaum hatten wir etwas Neues, hing ihr Herz schon wieder an etwas anderem. Glas, Silber, Teppiche, Vorhänge, Kleider – und natürlich mußte man alles wie rohe Eier behandeln. Ich durfte mir keinen Hund halten. Unsere beiden Dienstmädchen – als ich ging, hatten wir es auf zwei gebracht – putzten und scheuerten von morgens bis abends. Wenn sie dabei wenigstens ruhig und friedlich gewesen wäre – aber nein! Sie schnatterte ununterbrochen. Stundenlang redete sie über irgendeinen belanglosen gesellschaftlichen Erfolg oder Mißerfolg und über die Fehler der Dienstmädchen. Still war sie nur in äußerster Wut, und das konnte ich dann auch wieder nicht ertragen. Ich fing dann entweder zu streiten an oder gab demütig nach. Sie war immer stärker als ich.«

»Und das kleine Mädchen?« Adeline versuchte, Wilmott in diesen neuen Rahmen einzupassen.

»Sie ist kein ›kleines Mädchen‹. Sie ist ein ungeschlachter Brocken, gefühllos und ziemlich dumm. Ihre Mutter ist überzeugt, daß Hettie mein musikalisches Talent geerbt hat. Sie hat Musikunterricht bekommen und hackte ewig auf demselben Stück herum und wiederholte stundenlang denselben Fehler. Meine Frau schnatterte pausenlos – Hettie sprach kaum ein Wort. Sie saß bloß da und stierte mich an.«

»Ich muß schon sagen, ein seltsames Familienleben!«

Er lächelte müde. »Sie können es sich wohl kaum vorstellen.«

»Und was geschah dann?«

»Ich vergrub mich immer mehr in meiner Arbeit. Ich wurde befördert. Ich verdiente jetzt mehr, sagte ihr aber nichts davon. Ich sprach immer häufiger davon, wie gern ich eine Asienreise machen würde. Wenn wir Gäste hatten, unterbrach ich ihr Geschwätz und erzählte von Bombay und Kaschmir. Dabei plante ich schon meine Flucht in den Westen. Sie verstand gar nicht, daß ich auf einmal so gesprächig war. Meine Erzählungen langweilten sie entsetzlich. Und Hettie saß immer nur da und starrte mich an. Dabei lutschte sie pausenlos Nelkenbonbons. Wann immer ich an sie denke, rieche ich Nelkengewürz.«

»Ach, Sie wären besser Junggeselle geblieben!«

»Hätte mich das immun gemacht gegen den Nelkengeruch?« fragte er bissig.

»Ich meine, Sie sind nicht geschaffen für ein intimes Familienleben. Jedenfalls nicht so wie mein Vater. Dem ist es egal, wonach jemand riecht und ob eine Frau redet oder schweigt. Er hat das richtige Geschick für die Ehe.«

»Wahrhaftig«, rief Wilmott, »man könnte meine, Sie sympathisierten mit meiner Frau!«

»Sie hätte wahrscheinlich nur eine ordentliche Tracht Prügel gebraucht. Das hätte ihr besseres Ich herausgekehrt. War sie hübsch oder häßlich?«
»Hübsch«, erwiderte er düster.
»Hat sie auf sich gehalten?«
»Allerdings.«
»Und Hettie? Ist sie hübsch?«
»So hübsch wie ein Talgpudding.«
»Wem sieht sie denn ähnlich?«
»Meinem Schwiegervater. Er nahm immer Schnupftabak. Immer war seine Weste damit bestreut.«
»Da sieht man wieder, wie Sie auf Kleinigkeiten achten. Vielleicht haben Sie Talent zum Schreiben.«
Wilmott wurde rot. »Ich hege gewisse schwache Hoffnungen in dieser Richtung.«
»Warum denn ›schwache Hoffnungen‹? Lassen Sie sie stark werden! Ich glaube nicht an schwache Hoffnungen. Mit schwachen Hoffnungen hätte ich Philip nie bekommen.«
Die Erwähnung von Philip setzte Wilmotts Vertrauensseligkeit einen Dämpfer auf. Er konnte Philips Anwesenheit im Zimmer förmlich spüren. Er sagte steif: »Ich hätte Ihnen das alles nicht erzählen sollen.«
»Und warum nicht? Wozu sind Freunde denn da?«
»Sie verachten mich.«
»Könnte ich je einen Freund verachten? In diesem großen Land sind Sie mein einziger Freund, James Wilmott.« Ihr herzlicher Ton galt ebensosehr seiner Freundschaft wie seinem Selbstbewußtsein. Dann fragte sie hastig: »Aber heißen Sie wirklich so?«
Er nickte.
»Wissen Sie sicher, daß Sie mich nicht wieder beschwindeln?«
Ihr süßes Lächeln wollte ihm die Wahrheit abschmeicheln.
»Ich verdiene es nicht besser«, gab er zu. »Aber diesmal sage ich die Wahrheit. Vielleicht hätte ich meinen Namen ändern sollen, als ich ihr davonlief.«
»Sie sind davongelaufen? Das war richtig! Ich bin froh, daß sie dieser keifenden Frau davongelaufen sind! Wie haben Sie es angestellt?«
Er blieb einen Augenblick stumm. Seine Gedanken wanderten zurück.
Dann sagte er ruhig: »Ich war schon seit fünf Jahren zur Flucht entschlossen. Aber ich wollte sie in gesicherten Verhältnissen zurücklassen. Glauben Sie mir, ich habe mich nicht geschont. Fünf Jahre lang war ich immer nur müde und abgespannt. Schließlich hatte ich erreicht, was ich wollte. Sie würde das Haus und ein ordentliches Einkommen besitzen. Ich ließ alles auf ihren Namen überschreiben. Dann schrieb ich ihr einen Brief, daß ich den Rest meiner Tage im Osten zubringen, daß sie nie mehr von mir hören würde. Ich nahm Urlaub in der Firma – ich sagte, ich wolle eine Woche nach Paris fahren. Ich

kaufte eine Fahrkarte nach Paris. Dann fuhr ich nach Liverpool, nahm ein Schiff nach Irland – den Rest kennen Sie... Sie glauben doch nicht, daß sie mich aufspüren kann, oder?«
»Ganz bestimmt nicht. Sie wird Ihnen nie auf die Spur kommen. Trotzdem – ich wünschte, Sie hätten Ihren Namen geändert.«
»Irgendwie kann ich mich mir selbst nur als James Wilmott vorstellen.« Er stand auf und ging durchs Zimmer. »Wenn Sie wüßten, wie sehr ich dieses neue Leben genieße! Frei zu sein und *allein*! Manchmal hinterlasse ich hier ganz absichtlich eine fürchterliche Unordnung, wenn ich weggehe, nur um mir zu beweisen, daß ich frei bin. Ich fühle mich wie ein entlassener Stäfling. Ich brauche mich nicht mehr ständig zu konzentrieren. Wenn ich am Fluß sitze und fische, vergnüge ich mich damit, stundenlang an gar nichts zu denken. Meine Vergangenheit erscheint mir allmählich wie ein böser Traum.«
»Wir werden hier alle sehr glücklich sein«, sagte Adeline. »Ich liebe dieses Land. Und jetzt müssen Sie mir Ihre Kuh zeigen. Und den jungen Indianer. Ich möchte ihn sehen – und die Schweine – und den großen Fisch, den Sie gefangen haben.«

10

Die Mauern

Im Laufe des Sommers erstanden die Mauern des Hauses solide und mächtig über dem Fundament. Auf den Rat von David Vaughan hatte Philip durch hohe Löhne gute Maurer und Zimmerleute bekommen. Er hatte die besten Ziegel gekauft – das Fundament war aus Stein. Das leuchtende Rot der Ziegel würde sich mit den Jahren zur Farbe dunkler Dahlien verwaschen. Das Souterrain bekam einen Ziegelboden. Es enthielt eine große Küche, zwei Dienstbotenzimmer, Speisekammer und Kohlen- und Weinkeller. Keins der Nachbarhäuser hatte einen Weinkeller, und Philip versicherte, daß er den seinen gut füllen würde. Er studierte die Kataloge der Weinhändler und schloß mit der angesehensten Firma einen umfangreichen Liefervertrag ab. Dabei war er durchaus kein Trinker. Er hatte sich nie unter den Tisch getrunken, wie manche seiner Vorfahren, die damit noch ihre Männlichkeit beweisen mußten. Tatsächlich war Philip sehr um seine Gesundheit besorgt; er wollte nicht so gichtig und jähzornig werden wie sein Großvater.
Während die Mauern über dem Fundament in die Höhe wuchsen, rodeten die Holzfäller das Land. Uralte Bäume mußten den zukünftigen Getreidefeldern weichen. Da man weder Lagerraum noch Verwendung für soviel Holz hatte, sollte das meiste verbrannt werden. Es lag überall herum und wartete darauf, im Herbst, wenn keine Waldbrände mehr zu befürchten waren, in Flam-

men aufzugehen. Die riesigen grünen Äste wurden von den Stämmen getrennt und zu großen Haufen geschichtet. Überall trat man auf Vogelnester und zerquetschte Blätter. Auch der wilde Wein, der die Stämme umwuchert hatte, wurde ausgerissen und ging im allgemeinen Verderben unter. Geißblatt und Weinranken welkten und verdorrten in der Hitze. Harz blutete aus den Wunden der Stämme und erfüllte die Luft mit beißendem Geruch. Die vielen tausend Insekten unter der Rinde waren ein Festessen für die Spechte. Hasen und Erdschweine verkrochen sich in ihren unterirdischen Bau; die Arbeiter vergnügten sich in der Mittagspause damit, sie aufzuspüren und zu erlegen. Einige bastelten sich Schleudern und schossen damit auf Vögel und Eichhörnchen – wenn Adeline sie dabei erwischte, bekamen sie ihren Zorn zu spüren. So gingen die Tage mit Bauen, Zerstören und sinnlosem Töten lustig dahin.

Der Boden wurde braun; er war jetzt mit Pilzen übersät: fleischiger Wiesenchampignon, Schirmpilze, Knollenblätterpilze, Täublinge – sie sahen aus wie bunte Blumen. Die Champignons ergaben viele gute Pilzgerichte für die Tafel in Vaughansland. Adeline hatte noch nie mit solchem Appetit gegessen.

Im Sommer hatte man einen Fußpfad von Vaughansland nach Jalna angelegt. Er lief über ein rotes Stoppelfeld – die reiche Gerstenernte war schon eingebracht –, durch einen Eichenwald, steil hinunter in die Schlucht an den Fluß, der jetzt diesen Namen beinah verdiente und munter über glänzenden Sand und flache Steine rauschte. An seiner engsten Stelle hatte man die beiden Ufer durch eine provisorische Brücke verbunden. Der scharfe Harzgeruch der Bohlen vermischte sich mit dem kühlen, feuchten Erdgeruch der Schlucht. Sooft Adeline diesen Pfad betrat, war es ihr wie ein neues Abenteuer. Dieser Weg – er war jetzt von Unterholz gesäubert – zeigte deutlich, daß viele Füße ihn viele Male betreten hatten, und Adeline war stolz darauf, daß es ihre und Philips Spuren waren. Gemeinsam hatten sie diesen unberührten, jungfräulichen Boden zu einem Band zwischen ihrem alten und ihrem neuen Leben gemacht. Noch nie war er ihr so einladend erschienen wie an diesem Septembertag, als sie mit Robert Vaughan nach Jalna hinüberging. Die Zeit der Moskitos war vorüber, die Luft war süß und erfüllt von den Liedern der jungen flüggen Vögel. Der Fluß murmelte seine eintönige Melodie.

Als sie über die Brücke gingen, legte der junge Vaughan seinen Arm schützend um sie. Adeline war schon oft allein und ohne Hilfe über die regenglatten Bohlen gelaufen. Jetzt lehnte sie sich ängstlich gegen Roberts Schulter und umklammerte seine Hand.

»Wir werden hier bald eine feste Brücke bauen«, sagte sie.

»Dann werden Sie meine Hilfe nicht mehr brauchen.«

»Jetzt bin ich sehr dankbar dafür.«

Er wurde rot. »Wenn Sie ahnten, was mir Ihre Gegenwart bedeutet hat. Bevor Sie kamen, wußte ich nie etwas mit mir anzufangen. Mit meinen Eltern

bin ich noch nicht so recht warm geworden. Mit Ihnen verstehe ich mich viel besser.«
»Nun, mit mir ist leicht auszukommen.«
»Das meine ich nicht. Aber ich fühle, daß Sie der einzige Mensch sind, der mich versteht.«
»Sie sind sehr lieb, Bobbie.«
Die Vaughans wurden jedesmal ärgerlich, wenn Adeline ihren Sohn »Bobbie« nannte. Sie bekundeten ihr Mißfallen damit, daß sie ihn sehr betont beim Taufnamen nannten. Aber entweder merkte Adeline nichts davon, oder – und das erschien den Vaughans wahrscheinlicher – es machte ihr Spaß, sie zu ärgern.
»Meine Mutter ist heute ziemlich außer sich«, sagte Robert.
»Hoffentlich bin ich nicht schuld – oder Philip – oder die Kinder – oder der Hund – oder die Ziege.«
»Nein, nichts dergleichen. Es ist wegen einer Cousine von mir, Daisy Vaughan. Sie will uns besuchen; und es wäre Mutter lieber, sie käme nicht – gerade jetzt.«
»Warum schreibt sie ihr dann nicht, daß es nicht geht?«
»Das kann sie nicht gut, weil Vater meint, wir müssen Daisy aufnehmen. Sie ist das Kind seines einzigen Bruders und Waise. Bis jetzt war sie bei Verwandten ihrer Mutter in Montreal. Sie hat sich mit ihnen gestritten und Vater einen Jammerbrief geschrieben; er hat sie für einige Monate zu uns eingeladen.«
»Was für ein Unfug!« sagte Adeline. »Das Haus ist schon voll genug mit mir und den Meinen. Kein Wunder, daß Ihre Mutter ärgerlich ist.«
»Oh, sie wird schon zurechtkommen. Mutter wird mit allem fertig.«
»Kennen Sie diese Daisy?«
»Ja, ich habe ihre Tante in Montreal besucht. Es sind dort mehrere Töchter im Haus. Daisy hat sich wohl nicht mit ihnen vertragen.«
»Ist sie naseweis oder schnippisch? Wenn sie's ist, werde ich ihr einen Dämpfer aufsetzen.«
»Sie ist fast so alt wie Sie. Etwa fünfundzwanzig. Sieht gut aus, aber – jedenfalls für mich – uninteressant. Wirklich, der Gedanke an ihren Besuch stört mich außerordentlich. Und ich darf gar nicht daran denken, daß ich schon bald aufs College fort muß.« Er blickte ihr in die Augen, sein weiches Knabengesicht wirkte bekümmert.
»Keine Sorge, Bobbie! Wir sind Freunde und werden's immer bleiben.«
»Ich denke nicht an die Zukunft«, sagte er. »Mich interessiert die Gegenwart. Sie machen sich nichts aus meinen Gefühlen. Sie geben keinen Pfifferling dafür.«
»Ich mache mir sehr viel daraus. Ich bin doch fremd hier, und Sie haben geholfen, mich glücklich zu machen.«

»Sie sind gut dran, daß Sie sich so schnell eingewöhnen können. Ich gehöre nirgends hin.«
Adeline sah ihn mit großen braunen Augen an. »Aber, Bobbie, so dürfen Sie nicht reden! Wenn Sie mehr Lebenserfahrung haben, werden Sie sich nicht mehr den Kopf über solche Fragen zerbrechen.«
Düster erwiderte er: »Das ist es ja gerade. Ich habe keine Erfahrung. Und Sie interessieren sich nur für erfahrene Männer. Zum Beispiel für Ihren steifen Freund Wilmott.«
»Was wissen Sie von ihm?« Ihr Ton wurde scharf.
»Oh, nichts – außer daß seine Blicke Bände sprechen. Ich kann ihn nicht ausstehen.«
Etwas atemlos vom Sprechen kamen sie oben an. Vor ihnen erhoben sich die Mauern des Hauses, dachlos, mit gähnenden Fensterhöhlen und offenen Fußböden. Ringsherum waren Ziegel und Balken neben Kieshaufen griffbereit aufgeschichtet. Aber die Arbeiter hielten Mittagspause. Sie hatten sich auf dem Boden und auf den Balken ausgestreckt. Nur zwei französische Kanadier hatten sich offenbar bei der Arbeit noch nicht genug bewegt – sie tanzten im Schweiße ihres Angesichts miteinander. Springend, stampfend, wirbelnd vollführten sie die schwierigsten Figuren. Der eine – er hatte ein rotes Taschentuch um den mageren Hals geknotet – war etwa fünfzig; der andere – er sah recht gut aus – war jung, aber kaum wendiger als der Alte. Die Tanzmusik lieferte ein alter Mann, der auf einem Baumstumpf saß. Es war der Fiedel-Jock. Er hatte mit einer Ausweisung gerechnet; aber den Whiteoaks gefiel der wunderliche Kauz, und sie erlaubten ihm zu bleiben. Philip hatte ihm Schindeln für sein leckes Hüttendach und Glas für die zerbrochenen Fenster gegeben. Niemand kannte die Geschichte dieser alten Hütte. Wahrscheinlich hatte sie irgendein Siedler gebaut, der schon lange gestorben oder weitergewandert war. Adeline hatte sie Fiedlerhütte getauft. Jetzt rief sie: »Großartig, Jock. Das ist eine schöne Melodie. Los, spiel auf! Laß sie tanzen!«
Der alte Bursche nickte eifrig. Er schwang den Fiedelbogen und beschleunigte das Tempo, bis die Füße der Tänzer vom Wahnsinn besessen schienen. Robert Vaughan fand ihre Vertrautheit mit den Männern lustig und ein bißchen peinlich. Ihm gefiel sie, so wie sie war, aber er wußte, daß ihre Ungezwungenheit die Kritik der Nachbarn herausforderte. Diese verdammten Spießer! dachte er. Sie ist bezaubernd. Und doch hatte er ein etwas ungutes Gefühl.
Die Franzosen setzten sich atemlos nieder. Der alte Schotte griff nach einem Blechnapf und trank einen Schluck Tee. Sein Mund war dabei nicht zu sehen – die untere Gesichtshälfte war von einem undurchdringlichen grauen Bartgestrüpp verdeckt. Er trug eine graue Jacke und einen Schottenkilt; das Muster war so verblichen, daß nicht mehr festzustellen war, welchem Clan er einmal angehört hatte. Seine nackten Knie waren dünn und behaart. Er wirkte

so dauerhaft und zäh wie ein Baum auf einem Felsen; doch seine großen blauen Augen sprachen von Unsicherheit und Einsamkeit.
Adeline klatschte in die Hände.
»Du solltest ihnen etwas Irisches spielen, Jock. Wenn du ihnen einen irischen Tanz auf einem irischen Dudelsack spielen würdest, dann würden sie nicht wie lahme Krähen herumhüpfen.«
»Nix geht über Schottenmusik«, erwiderte er standhaft. »Und tanzen kann kein Ire besser als die Franzmänner da.«
»Ah, du solltest sie mal in Galway tanzen sehen«, protestierte Adeline. »Und dazu pfeifen sie dann noch.«
»Wir ham zwei Iren hier«, sagte Jock, »tanzen wie die Holzklötze, die zwei.«
»Sie sind aus Belfast. Darum!« Adeline wandte sich jetzt an die beiden Kanadier: *»Bon! Vous êtes très agiles. Je vous admire beaucoup.«*
»Merci, Madame«, dankten sie einstimmig.
»Wer'n Sie 'ne Party geben, wenn's in das feine neue Haus geht?« erkundigte sich Jock.
»Ja, natürlich.«
»Würd' gern dabei fiedeln. Darf ich? Wer extra 'n irischen Tanz lernen, wenn ich darf.«
»Ich engagiere dich vom Fleck weg.«
»Soll auch nix kosten. Möcht' mich bloß fürs Dach und die Fenster revanchier'n.«
Als sie auf das Haus zugingen, rief Robert: »Sie können den Kerl nicht auf Ihrer Gesellschaft spielen lassen! Die Leute würden sich das Maul zerreißen.«
»Aber er spielt doch auf allen Hochzeiten und Taufen.«
»Nicht bei den bessern Leuten.«
»Wir sind auch nur Einwanderer«, erklärte sie. »Ich will nicht mehr und nicht weniger sein als andere Einwanderer.«
»Captain Whiteoak wird es nie erlauben.«
»Das werden wir sehen.«
Sie stiegen die Behelfstreppe hinauf und gingen durch einen leeren Türstock hinein.
Robert blickte immer noch düster. Er sagte: »Frauen haben zu viel Einfluß auf uns Männer.«
Ein Lächeln huschte über Adelines Züge.
»Wenn es die richtige Frau ist, dann haben sie's ganz gern, nicht wahr?«
»Die richtige Frau könnte mich zu allem beeinflussen.«
»Dann müssen wir nach ihr Ausschau halten. Aber daß Sie sich nicht beeinflussen lassen, bevor ich sie gesehen habe... Kommen Sie, Bobbie, wir wollen das Haus ansehen!« Sie faßte nach seiner Hand und führte ihn hinein. »Ist es nicht bezaubernd?«

Sie hatten es erst gestern besichtigt, aber die inzwischen eingezogenen Balken, die neuen Ziegelreihen und die noch weichen Mörtelschichten waren höchst interessant. Die Mauern hatten noch nichts zu tragen als den hohen blauen Himmelsbogen. Doch sie standen fest und solide, bereit, ihre zukünftige Bürde auf sich zu nehmen.

»Ist es nicht bezaubernd?« wiederholte sie. »Oh, was hier alles geschehen wird! Man sollte lieber nicht nachdenken, was einem bevorsteht; es ist erschreckend! Finden Sie nicht, Bobbie?«

Ihre Brauen verdichteten sich zu einem schwarzen Strich. »Was hätten wir wohl gesagt, wenn uns der Architekt mit den Plänen für das Haus auch die Pläne für unsere Zukunft gebracht hätte?«

»Vielleicht werden Sie gar nicht den Rest Ihrer Tage hier zubringen. Vielleicht wollen Sie gelegentlich in einen anderen Distrikt ziehen oder sogar zurück nach Irland. Das tun viele.«

»Niemals! Philip und ich nicht! Wir sind für immer hierhergekommen. Wir werden hier begraben werden. Jalna wird unsere Heimat werden.« Ihre Augen füllten sich mit Tränen. »Bobbie, jetzt habe ich diesen Ort zum erstenmal ganz natürlich und selbstverständlich *›Jalna‹* genannt. Jetzt gehört der Name dazu, genau wie ich und Philip.«

Der junge Vaughan beobachtete eine zusammengekauerte Figur hinter einer der entstehenden Zwischenwände. Er drückte ihren Arm und flüsterte: »Da drin ist dieser Mischling. Ich glaube, er stiehlt etwas. Wir wollen ihn beobachten.«

Sie schlichen vorwärts und kamen gerade noch rechtzeitig, um zu sehen, wie der Junge seine Taschen mit Nägeln und Schrauben aus dem Vorrat der Zimmerleute füllte. Als er sich ertappt sah, richtete er sich auf und musterte sie kühl. Er war sehr schlank, sehr dunkel; sein erstaunlich schönes Gesicht trug – in abgeschwächter Form – die typisch indianischen Adlerzüge; er hatte warme Farbe in den Wangen; sein Haar war nicht glatt und strähnig, sondern ringelte sich in feinen Locken um seinen schmalen Kopf. Er war etwa so alt wie Robert.

»Nun«, sagte Adeline, »das ist ja ein feiner Streich, was du da machst!«

»Ich arbeite für Mr. Wilmott«, erwiderte er sanft. »Ich baue ihm einen Hühnerstall, und mir sind die Nägel ausgegangen. Ich dachte, die Zimmerleute hätten nichts dagegen, wenn ich mir ein paar nehme.«

»Dein Glück, daß sie dich nicht dabei erwischt haben«, sagte Robert.

»Sie sind für Mr. Wilmott«, beharrte der Junge und ließ keinen Blick von Adelines Gesicht.

Sie kam eifrig auf ihn zu. »Nimm, soviel du willst!« rief sie. »Hier gibt's alle Arten und Größen. Komm, laß uns sehen, was du schon hast.«

Zögernd zog er einige Muster aus seiner Tasche.

»Das ist längst nicht genug. Komm, hier ist ein Sacktuch. Füll es. Möchtest

du ein paar von diesen Angeln und Haken? Und hier, dieses komische Ding ist vielleicht nützlich.«
Der junge Mischling kniete neben ihr und raffte alles zusammen, was ihm unter die Finger kam.
»Meine Güte«, rief Robert, »Sie dürfen das nicht tun. Die Zimmerer kennen ihre Vorräte genau und brauchen sie.«
»Wir können neue kaufen«, sagte Adeline. »Außerdem sind hier tonnenweise Nägel. Niemand wird die wenigen vermissen, die wir genommen haben.«
Der Junge knüpfte die vier Ecken des Tuchs zusammen und schlüpfte davon. Ehe er ging, lächelte er Adeline dankbar zu.
»Es soll mich wundern«, sagte Robert, »wenn hier in zwei Tagen noch etwas Niet- und Nagelfestes übrig ist. Die Diebe werden sich hier ein Stelldichein geben.«
»Aber die Indianer sind ehrlich. Das hat mir Ihr Vater gesagt.«
»Die Mischlinge nicht.«
»Erzählen Sie mir von dem Jungen.«
»Ich weiß auch nicht viel: er heißt Titus Sharrow. Sie nennen ihn Tite. Er taugt nichts. Ich verstehe nicht, wie Mr. Wilmott ihn anstellen konnte. Angeblich schläft er mit im Haus.«
»Wieso ist er ein Mischling? Leben seine Eltern?«
»Ich glaube nicht. Meiner Ansicht nach ist er nur Viertel-Franzose. Der Vater seiner Mutter war französischer Kanadier. Es ist eine Schande, wie sie sich mit den Indianerfrauen eingelassen haben.«
»Der Junge ist charmant.«
»Das dürfte wohl kaum das passende Adjektiv für einen diebischen Mischling sein.«
»Er hat nicht gestohlen.«
»Sie meinen also, Mr. Wilmott hat ihn nach den Nägeln geschickt?«
»Wahrscheinlich«, erwiderte sie ärgerlich, als habe er Wilmotts Ehrenhaftigkeit angezweifelt.
»Nun, hier kommt Captain Whiteoak. Wir werden ihn fragen.«
»Um Himmels willen, nein! Bitte, verraten Sie ihm kein Wort.«
Philip schlenderte heran. »Adeline«, rief er, »ich muß dich tausenderlei fragen.« Die beiden vertieften sich in ein langes, fesselndes Gespräch über Bauprobleme.

Zwei Wochen vergingen, und die Nichte, Daisy Vaughan, kam an. Sie war allen ein unerwünschter Gast. David Vaughan hatte seine Nichte zuletzt als Backfisch gesehen. Das wenige, was er von ihr wußte, machte sie nicht liebenswerter. Ihr Besuch würde den Haushalt seiner Frau noch mehr durcheinanderbringen, und die Whiteoaks waren weiß Gott schon Belastung ge-

nug. Aber er hatte nun einmal Familiensinn, und Daisy war das Kind seines einzigen Bruders. Sie hatte ihm einen kläglichen Brief geschrieben – was blieb ihm übrig, als ihr seine Gastfreundschaft anzubieten. Mrs. Vaughan hätte ihm zwar nie widersprochen, aber sie war gekränkt. Dieser wohlerzogen verhaltene Ärger umgab ihren grauen Scheitel mit einem düsteren Heiligenschein. Adeline war ganz auf ihrer Seite. »Liebe Mrs. Vaughan«, sagte sie, »ich weiß, das ist der Tropfen, der das Faß zum Überlaufen bringt. Wir waren schon mehr als genug für Sie; wenn jetzt auch noch die Verwandten Ihres Mannes anrücken – das muß Ihnen ja den Rest geben. Ich verspreche Ihnen, daß wir das Feld räumen, sobald ein Dach auf unserem Haus ist.«
»Ach, sprechen wir nicht davon«, sagte Mrs. Vaughan. »Ich komme schon zurecht.«
Robert war überzeugt, daß Daisy sich zwischen ihn und Adeline drängen würde. Sie würde auf allen Spaziergängen dabei sein. Sie war ein aufdringliches, nutzloses Geschöpf, und schon der Gedanke an sie war ihm verhaßt.
Abgesehen davon, daß das Haus mit ihr noch enger würde, hatte Philip nichts gegen ihren Besuch. Daisy war ein hübscher Name. Sie war sicher lebhaft und amüsant – tatsächlich war er so glücklich mit seinem Hausbau beschäftigt, daß alles andere ihn wenig berührte. Mit den Händen in den Taschen stand er ein paar Schritte hinter den andern, die sich bemühten, freundliche Begrüßungsmienen aufzusetzen. Robert hatte Daisy mit dem Wagen in der Stadt abgeholt.
Sie war durchaus nicht *petite* und auch nicht hübsch. Und ganz und gar nicht wie die Blume, deren Name sie trug. Aber, beim Zeus, Selbstvertrauen schien sie zu haben – und ihr Kleid verriet einigen Geschmack. Das konnte man sehen, obwohl es von der Reise mitgenommen war. Daisy küßte Onkel und Tante und wurde den Whiteoaks vorgestellt.
»Bist du sehr müde, meine Liebe?« fragte Mrs. Vaughan – sie selbst sah nicht gerade munter aus.
»Ganz und gar nicht«, tröstete sie Daisy, »obwohl die Reise abscheulich heiß und staubig war. Die Freunde, mit denen ich gereist bin, waren halb tot; aber ich bin wohl aus Gummi.«
Beim Sprechen löste sie ihre Hutbänder; die Augen unter der Krempe funkelten gierig – entschlossen, schon beim ersten Blick nichts zu übersehen.
Eine solche Vaughan hat es noch nie gegeben, dachte ihr Onkel.
Mein Gott, hoffentlich ist sie kein Flittchen, dachte Mrs. Vaughan.
Donnerwetter, was für eine Taille! war Philips innerer Kommentar.
Häßlich, aber gefährlich. Adeline musterte sie. Ein herausforderndes Früchtchen. Sie soll sich vor mir in acht nehmen! Laut sagte sie: »Sie sind aber wirklich kein Gänseblümchen. Ihre Eltern hätten Sie vor der Taufe genauer ansehen sollen.«
Daisy bedachte Adeline mit einem schiefen Blick. »Wissen Sie einen Blumen-

namen, der besser zu mir paßt? Meine Eltern wollten unbedingt einen Blumennamen.«
»In Irland gibt es eine wilde Blume, die Bauern nennen sie ›Streunendes Liebchen‹.«
Philip griff nach Adelines Hand und preßte sie schmerzhaft. »Benimm dich!« sagte er und sah Daisy verstört an.
Adeline schüttelte seinen Griff ab wie ein bockiges Kind.
»Sie können mich nicht beleidigen«, lachte Daisy. »Ich bin aus Gummi, ich sagte es schon.«
»Ich verstehe nicht ganz«, sagte Mr. Vaughan. »Was hat Adeline gesagt?«
»Sie meinte, ich hätte nach der rothaarigen Queen Elisabeth genannt werden sollen«, erwiderte Daisy. Sie nahm den Hut ab und zeigte ihr glänzendes, gut frisiertes schwarzes Haar.
Die spöttische Betonung auf dem Wort *rothaarig* trieb Adeline Zornröte ins Gesicht. Sie suchte nach einer bissigen Erwiderung, die ihre Gastgeber nicht beleidigen würde.
»Was meinen Kopf betrifft ...«, setzte sie an.
»Guter Gott!« schrie Philip, »Nicholas wird die Treppe herunterfallen!«
Er sprang die Stufen hinauf und packte das Baby. Nicholas war auf Händen und Knien zur Treppe gekrochen: er wollte sehen, was los war. Philip trug ihn auf dem Arm hinunter und hielt ihn der jungen Dame entgegen.
»Was sagt man dazu?« fragte er. »Mit neun Monaten!«
»Der Engel!« rief Daisy Vaughan entzückt.
Nicholas kannte keine Schüchternheit. Er saß auf dem Arm seines Vaters, schüttelte den Lockenkopf und strahlte Daisy an. Er fühlte sich offensichtlich wohl. Als sie die Arme nach ihm ausstreckte, ließ er sich gutmütig von ihr hochheben und studierte interessiert das neue Gesicht.
Es war breit, mit hohen Backenknochen, engstehenden Augen und kecker Nase. Sie hatte einen großen Mund und schöne Zähne. Wenn sie den Mund schloß – was selten genug vorkam –, bemerkte man, daß sie ein etwas fliehendes Kinn hatte. Sie war dünn, ohne knochig zu wirken. Ihre Taille war wirklich unglaublich schmal. Adeline bedachte diesen Pluspunkt mit einem erbitterten Blick; sie wußte seit kurzem, daß sie wieder ein Kind erwartete. Der Anblick dieser Taille und der Gedanke an alles, was ihr selbst bevorstand, genügten, um sie in Wut zu bringen.
»Ich verstehe nichts von Babys«, sagte Daisy, »aber dies ist wohl das hübscheste, das ich je gesehen habe. Ist er ihr einziges Kind?«
Sie sah Philip in die Augen.
»Wir haben noch eine kleine Tochter. Sie ist irgendwo bei ihrer Nurse.«
»Wie reizend! Wie alt ist sie?«
»Ich weiß nicht genau. Wie alt ist Gussie, Adeline?«
»Woher soll ich das wissen«, erwiderte Adeline bitter. Sie senkte die Stimme,

so daß Mrs. Vaughan sie nicht hören konnte. »Aber ich weiß verdammt genau, daß ich sie gekriegt habe.«
Jetzt schaltete sich Mrs. Vaughan ein. »Gussie ist das liebste Kind und so intelligent! Darf ich dir jetzt dein Zimmer zeigen, meine Liebe? Und dann mußt du etwas essen.«
David Vaughan holte eine Flasche Sherry aus dem Eßzimmer. Robert folgte den beiden Frauen mit Daisys Koffern die Treppe hinauf. Die Whiteoaks blieben allein in der Diele. Philip hatte Nicholas wieder auf den Arm genommen. Streng sagte er zu Adeline: »Anscheinend bist du entschlossen, uns alle zu blamieren. Du müßtest wissen, daß die Vaughans nicht an solchen Ton gewöhnt sind.«
Sie ringelte eine rote Locke um ihren Finger. »Sie werden sich schon noch daran gewöhnen, bis wir ausziehen.«
»Wenn du so weitermachst, wirst du vielleicht früher ausziehen müssen, als dir lieb ist.«
»Das wäre mir nur recht«, erwiderte sie hitzig
»Und wo willst du von hier aus hingehen?« erkundigte er sich. »Das Dach ist noch lange nicht auf unserm Haus.«
»Nun, zu Mr. Wilmott.« Sie sah ihn spitzbübisch an.
Er lachte. »Ich glaube, Wilmott würde mit dir fertig.«
»Was weißt du schon von Wilmott?«
»Das ist eine komische Frage.«
»Wieso?«
»Es klingt, als wüßtest du etwas Besonderes über ihn.«
»Ich bin eine bessere Menschenkennerin als du.«
»Du ziehst zu übereilte Schlüsse, Adeline. Was hast du gegen diese Daisy Vaughan? Ich finde sie ganz interessant.«
»Natürlich! Nur weil sie dir schöne Augen gemacht hat.«
Das schien ihm zu gefallen. »So, ich habe gar nichts davon bemerkt.«
»Philip Whiteoak, du bist ein Lügner!«
Nicholas beugte sich vor und wollte sie umarmen. David Vaughan kam mit dem Sherry zurück. »Ich hoffe, die Damen bleiben nicht zu lange oben«, meinte er. »Was für ein reizendes Familienbild! Ich glaube, Nicholas ist schon wieder gewachsen. Seine Bewegungen werden auch sicherer.«
»Er macht jedenfalls mehr Unfug«, sagte Philip.
Nicholas kaute auf dem Finger seiner Mutter herum. Obwohl es weh tat, ließ sie ihn gewähren, denn seine Zähne mußten durchbrechen.

11

Das Dach

Es war herrlich, das Dach über den Mauern wachsen zu sehen. Die Zimmerleute nagelten die Schindeln auf. Das Tack-Tack der Hämmer klang wie Musik. Die Schindeln waren hell und neu und dufteten nach Harz. Bald bedeckten sie das ganze Dach. Darüber erhoben sich fünf mächtige Kamine; sie waren noch nicht vom Rauch geschwärzt und warteten auf das erste Feuer. Jetzt hatte das Haus eine Bedeutung, es barg ein Versprechen. Neu und mächtig stand es mitten im bunten Herbstlaub und war schon nicht mehr aus der Landschaft wegzudenken. Es hatte noch keine Fenster, keine Türen und teilweise noch keine Fußböden – auch einige Trennwände fehlten noch; aber seit das Dach sich darüber neigte, hatte es eine eigene Stimme. Oft standen Adeline und Philip Hand in Hand und bewunderten ihr neues Heim. Seit Generationen hatten ihre Familien in alten Häusern gewohnt, auf denen die Traditionen ihrer Vorfahren lasteten. Jalna gehörte nur ihnen beiden.
Robert war zu seiner Universität abgereist. Seine Befürchtungen hatten sich bestätigt. Daisy hatte ihm die letzten Tage zu Hause gründlich verdorben. Ihre schlanke, geschmeidige Figur drängte sich zwischen ihn und Adeline. Zu jedem Thema hatte sie etwas zu sagen; sie bemühte sich zwar – etwas zu beflissen – um Schmeicheleien, verriet sich aber immer wieder durch einen zänkischen Ton und scharfe Worte. Adeline erklärte, sie sei ein durch und durch boshaftes Geschöpf. Philip fand sie immer noch interessant. Er überschlug sich geradezu in Liebenswürdigkeit, um, wie er sagte, Adelines Kühle auszugleichen; aber Adeline behauptete, er täte es nur, weil Daisy ihm schmeichelte. Einem zerbrechlichen, zarten Mädchen hätte Adeline das nicht weiter übelgenommen; doch Daisy war zäh und kräftig – und stets bemüht, Adeline zu imitieren. Wenn Adeline leichtfüßig über die Behelfsbrücke ging, so lief Daisy darüber. Sie kreischte ängstlich – aber sie lief. Wenn Adeline im Wald nach großen glänzenden Brombeeren suchte, lief Daisy voraus und schnappte ihr die besten vor der Nase weg. Adeline hatte Angst vor Schlangen – Daisv bekundete eine unnatürliche Vorliebe für diese Tiere. Zuweilen packte sie eine beim Schwanz und ließ sich dafür von den Arbeitern bewundern. Wenn sie den rotblättrigen Giftefeu nach Hause trugen, bekam Adeline eine Allergie – Daisy war immun.
Hinter dem Haus wurde eine große Scheune gebaut. Später würde Philip Ställe errichten lassen, bis dahin sollte die Scheune Pferde und Rinder beherbergen.
An einem sonnigen Herbstnachmittag besichtigten Adeline und Daisy die neue Scheune. Das Balkengerüst stand wie ein luftiges Skelett vor dem Hintergrund dunkelgrüner Tannen. Holzhaufen erfüllten die Luft mit Harzgeruch.

Große Holzsplitter lagen überall verstreut – sie schimmerten rosa wie die Innenseite einer Muschel. Dazwischen lagen Rinden- und Moosstücke und zertretene Farnblätter. Die Zugvögel hatten ihre Herbstreise angetreten; ein Zug Schwalben ruhte sich gerade auf dem Balkengerüst der Scheune aus. Da es Sonntag war, befand sich kein Arbeiter in der Nähe. Nur das Gezwitscher aus tausend Vogelkehlen unterbrach die feiertägliche Stille. Zu Tausenden hockten sie, eng aneinandergedrängt, oben auf den Balken. Von hinten wirkten ihre gegabelten Schwänze wie ein Fransenbesatz. Die Balken sahen aus wie schwarze Leisten. Ein paar Vögel – es waren wohl die Anführer und Wächter – umflatterten die dunkle Versammlung. Als sie die beiden jungen Frauen bemerkten, stießen sie Warnrufe aus; die Schwalben wurden etwas unruhig, blieben aber dennoch sitzen. Schließlich waren sie die Hüter dieses Landes; zum Wohl des Menschen schützten sie Früchte und Blumen vor Insektenplagen und wachten über das Gedeihen der Ernte. Sie lebten von Schädlingen. Tausend scharfe Schnäbel, blanke Augen und behende Flügel – alle diese Tiere lebten nur der Vernichtung von üblem Ungeziefer.
Adeline hob ein Stück Holz auf und schleuderte es zwischen die Vögel. Daisy lachte gellend und warf ebenfalls Holzabfälle hinauf. Überrascht sahen die Vögel zu ihnen herunter. Dann stiegen sie alle auf einmal als wirbelnde Wolke in die Höhe; ihr Flügelrauschen klang, als fahre der Wind durch die Bäume. Sie schossen nach allen Richtungen durcheinander, formierten sich dann und flogen nach Süden.
»Fliegt nicht weg, bleibt hier!« rief Adeline. Ärgerlich fuhr sie Daisy an. »Sie hätten sie nicht erschrecken dürfen! Es wird unserer Scheune Unglück bringen. Sie wollten hier rasten, und jetzt fliegen sie fort.«
»Sie haben zuerst geworfen, Mrs. Whiteoak.«
»Ich habe nur einen winzigen Stock geworfen.«
»Aber Sie haben weiter geworfen, Sie haben nicht aufgehört. Sie waren ganz hitzig.«
»Nur weil Sie mich angestiftet haben. Sie dürfen nicht vergessen, daß ich unter einer Horde von Brüdern aufgewachsen bin, denen der Stock immer locker saß. Aber Sie – Sie waren ein Einzelkind – ein einzelnes kleines Mädchen. Sie sollten sanft sein.«
»Ich bin sanft, Mrs. Whiteoak.«
»Aber vorhin waren Sie's nicht! Sie haben die Zähne gebleckt und gelacht, als Sie mit den Stöcken warfen.«
»Kein einziger Vogel wurde verletzt.«
»Aber sie fliegen fort. Sie werden nie zurückkommen! Sehen Sie nur.«
Die Schwalben flogen hoch oben. Sie sahen jetzt nur noch wie schwebende Rußflocken aus.
»Es ist nur natürlich, daß sie nach Süden fliegen«, sagte Daisy, »ich wünschte, ich wäre auch dort.«

Adeline runzelte die Stirn. »Dann gefällt es Ihnen hier also nicht?«
»Was habe ich hier schon?«
»Was suchen Sie denn?« fragte Adeline überrascht.
»Erlebnisse. Ich bin schließlich kein kleines Kind.«
»Aber Sie sind doch schon ziemlich viel herumgekommen?«
»Ich muß immer tanzen, wie andere Leute pfeifen. Mrs. Whiteoak, Sie wissen nicht, was es bedeutet, arm zu sein.«
Adeline lachte bitter. »Oh, nein – wie sollte ich auch! Ich will Ihnen etwas sagen: bevor meine Großtante mir ihr Geld hinterließ, hatte ich keine zwei Pfennige zum Aneinanderreiben.«
»Wie glücklich Sie sein müssen! Ein Vermögen erben! Und einen solchen Mann besitzen!«
»Hm, er ist ganz brauchbar«, sagte Adeline kurz.
Sie standen und bestaunten das hohe Scheunengerüst. Eine Knüppelleiter lehnte gegen einen Balken, und Daisy begann hinaufzuklettern. Trotz ihrer hinderlich weiten Röcke kletterte sie recht flink. Oben angekommen, spazierte sie einen Balken entlang und hielt sich an einem andern fest.
»Sie sind närrisch!« rief Adeline. Das Mädchen war wirklich zu jedem Unsinn bereit.
»Oh, ich liebe die Höhe«, rief Daisy zu Adeline herunter, »ich bin schwindelfrei. Es ist herrlich hier oben.«
»Sie hätten Seiltänzerin werden sollen.«
»Die Aussicht ist himmlisch!« Daisy hatte jetzt ihre Arme ausgebreitet und balancierte vorsichtig. »Von hier oben sehen Sie aus wie ein Zwerg. Kommen Sie doch herauf.«
»Lieber nicht.«
»Warum nicht?«
»Erstens habe ich keine Lust, und zweitens erwarte ich ein Kind.«
Diese Mitteilung überraschte Daisy mehr, als Adeline erwartet hatte. Sie wirkte wie ein Schock. Daisy verkrampfte sich und blieb stehen. Dann schrie sie auf, schwankte und sank entsetzt auf ihrem Schwebebalken zusammen. Ihre Röcke blähten sich um sie wie ein Fallschirm.
»Ich falle!« schrie sie. »Oh, Mrs. Whiteoak, retten Sie mich, ich falle!«
Adeline wurde blaß. Sie sagte streng: »Gehen Sie zurück, wie Sie hingekommen sind. Sie schaffen's schon! Nehmen Sie sich zusammen und gehen Sie vorsichtig. Es wird schon gutgehn.« Aber die Entfernung zwischen Daisy und dem Boden schien ihr doch sehr beträchtlich.
Daisy krümmte sich schaudernd über den Balken. »Ich trau' mich nicht mehr«, sagte sie gepreßt. »Holen Sie Hilfe, schnell! Ich falle!«
Adeline zögerte. Sollte sie Daisy in ihrer üblen Lage allein lassen? In diesem Augenblick tauchte Philip aus dem Wald auf und kam auf sie zu. Adeline lief ihm entgegen.

»Dein ›interessantes Geschöpf‹ ist auf den Scheunengiebel geklettert und hängt dort oben fest! Sie sagt, sie fällt herunter.«
Philip schaute zu Daisy hinauf. »Mein Gott!« rief er, »sie wird sich den Hals brechen!« Er rief ihr zu: »Keine Angst, ich komme Sie holen! Bleiben Sie nur ruhig und schauen Sie nicht nach unten!«
Er kletterte die Leiter hinauf; vorsichtig, aber sicher ging er über den Balken. Adeline wurde übel. Sie schloß eine Weile die Augen. Als sie sie wieder öffnete, war Philip bei Daisy und führte sie der Leiter entgegen. Als er beide Füße sicher auf der obersten Sprosse hatte, sank Daisy gegen seine Schulter.
»Ich kann nicht mehr«, schluchzte sie, »ich kann keinen Schritt weiter!«
»Es kann nichts mehr passieren«, beruhigte sie Philip. »Halten Sie sich nur an mir fest, ich trage Sie hinunter.«
Daisy umklammerte seinen Hals; als sie unten ankamen, lag ihre Wange an seinem Ohr. Sie schluchzte.
»Es tut mir so leid«, sagte sie, als er sie sanft auf die Füße setzte.
»Und das mit Recht«, sagte Adeline. »Sie haben mich zu Tode erschreckt und Philips Leben gefährdet. Sie sollten sich schämen!«
Philip stützte Daisy noch immer. »Schilt sie nicht«, bat er. »Jedes Mädchen tut manchmal haarsträubende Dinge. Zum Glück ist Miß Daisy leicht. An dir hätte ich ganz schön zu schleppen gehabt, Adeline.«
»Ich wäre bis zum Jüngsten Tag da oben geblieben, bevor ich dich gebeten hätte, mich herunterzutragen.« Sie wandte sich ab. Sie schaute hinauf nach den letzten Schwalben, die eilig über den Baumwipfeln davonflatterten.
»Ich war auf dem Weg zu Wilmott«, sagte Philip. »Wollt ihr mitkommen? Fühlen Sie sich kräftig genug für einen Spaziergang, Miß Daisy?« Er hatte ihr seinen Arm wieder entzogen.
»Ich tue, was Sie wollen«, versicherte sie mit neuer, sanfter Stimme.
»Ich glaube, ich gehe zurück«, sagte Adeline kalt.
»Dann gehen wir alle zurück«, sagte Philip.
»Ich kann ganz gut allein gehen.« Aber sie war schon bereit, sich überreden zu lassen.
»Nun komm schon«, sagte er grinsend.
Es waren zwei Meilen bis zu Wilmotts Haus. Sie schlugen den Pfad ein, der jetzt schon gut ausgetreten war. Philip ging voraus, hielt Zweige zurück und schlug Dornenranken ab, die ihre Röcke bedrohten. Hoch über ihren Köpfen flog ein Zug Schwalben und gab ihnen das Geleit.
Daisys unglückliches Abenteuer und Philips Rettungsaktion hatten eine seltsame Befangenheit hinterlassen. Sie sprachen wenig. Farnkraut und rote Brombeerblätter säumten den Weg. Stellenweise gingen sie über einen Teppich aus Tannennadeln und Ahornblättern – erste Zeichen des nahen Winters. Auf einem Buchenast saß eine Eule mit ihren fünf Jungen. Philip hob den Arm und deutete auf die Gruppe. Die Eulenmutter schoß knapp an ihm vor-

bei; ihr Flügel versetzte ihm einen Schlag, der ihn fast umwarf. Die Jungen blieben ungerührt sitzen.
Adeline schlang ihre Arme um Philip.
»Bist du verletzt?« rief sie. »Laß mich sehen!« Sie nahm seinen Kopf zwischen ihre Hände und untersuchte die brandrote Wange.
»Es blutet beinah«, sagte sie. Sie hielt seinen Kopf mit Besitzermiene fest.
»Das ist der Grund, warum ich dieses Land nicht mag«, erklärte Daisy. »Man weiß nie, was einem bevorsteht. Ich habe immer das bedrückende Gefühl, daß etwas Schreckliches passieren wird.«
»Ich dachte, Sie sehnten sich nach Erfahrungen«, sagte Adeline beim Weitergehen.
»Ich meinte innere Erfahrungen – nicht herumgestoßen zu werden.«
»Ich kann euch sagen, diese Eule hat mir eine ganz schöne Ohrfeige versetzt«, sagte Philip. »Es ist schon komisch, daß Frauen solche Bestien werden, sobald sie Junge haben.«
Adelines Blick brannte ihm im Rücken; er drehte sich um und blinzelte ihr zu. »Dich hab' ich nicht gemeint«, sagte er leise. Als Salut für sie pflückte er ein rotes Ahornblatt und steckte es an seinen Hut.
Als sie ankamen, saß Wilmott in seinem Kahn mitten auf dem Fluß und fischte. Der Fluß war vom Herbstregen angeschwollen, aber er floß ruhig dahin und reflektierte die bunten Farben der Bäume am Ufer. Wilmott beobachtete mit seliger Miene den kleinen roten Schwimmer, der sacht auf dem Wasser trieb.
»Heiligen Sie so den Sonntag?« rief Adeline.
Wilmott stand auf und zog die Angel ein. »Ich betrachte dies als erlaubte, notwendige Arbeit«, erklärte er. »Ich fange mein Mittagessen. Sie kommen sicher grade aus der Nachmittagsmesse.«
»Sie brauchen nicht sarkastisch zu werden«, sagte Philip. »Heute war kein Gottesdienst. Was haben Sie gefangen?« Wilmott zeigte ihm einen jungen Hecht.
»Fischen Sie nur weiter«, begütigte Adeline. »Wir schauen Ihnen zu. Das ist eine angenehme Rast, nach allem, was wir durchgemacht haben.«
»Ich muß gelegentlich herüberkommen und mit Ihnen fischen«, sagte Philip. »Aber der Hausbau läßt mir kaum Zeit für etwas anderes. Immerzu passiert irgendwas.«
»Ja, ich weiß«, sagte Wilmott. »Hier ist es nicht anders.« Er legte den Fisch unten ins Boot und griff nach den Rudern. Bedächtig tunkte er sie in das ruhige Wasser.
»Oh, Sie bauen ja einen schönen kleinen Kai«, rief Adeline vergnügt.
»Ja«, er ruderte langsam auf sie zu. »Tite und ich arbeiten in unserer Freizeit daran.«
»Das ist Mr. Wilmott, Daisy«, sagte Adeline. »Miß Vaughan, James.«

Wilmott pflockte das Boot mit den Rudern fest und verbeugte sich förmlich. Daisy erwiderte seinen Gruß, und alle betrachteten den kleinen Landeplatz, auf dem Werkzeug herumlag.

»Eine gute Säge«, sagte Philip und hob sie auf, »und ein neuer Hammer.«

»Sie gehören Tite«, erklärte Wilmott. »Er hat sehr gutes Werkzeug. Er hat für einen Mann gearbeitet, der ihn nicht bezahlen konnte; dafür hat er ihm das Werkzeug überlassen.«

»Und so viele Nägel«, sagte Daisy. »Hat er ihn auch mit Nägeln bezahlt?«

»Die Nägel hat er gefunden. Jemand muß sie auf der Straße verloren haben.«

»Ich habe einen Haufen gutes Werkzeug gekauft«, sagte Philip. »Es verschwindet immer wieder. Jetzt habe ich in jeden Griff meine Anfangsbuchstaben eingeritzt.« Er drehte den Hammer in seiner Hand.

»Nanu, hier auf der Säge steht klar und deutlich PW«, rief Daisy.

Wilmott stieg aus dem Boot und vertäute es am Landeplatz. Er beugte sich mit Philip über den Hammer.

»Mal sehen«, sagte er. »Ich fress' einen Besen, wenn das nicht Ihr Name ist auf dem Hammer!«

»So sind die Mischlinge«, sagte Philip freundlich. »Behalten Sie die Sachen. Ich brauche sie nicht mehr. Ich gebe Sie Ihnen gern!«

»Nein, nein«, widersprach Wilmott. »Ich gebe sie zurück, wenn wir hier mit der Arbeit fertig sind. Es fällt mir nicht ein, sie zu behalten.«

»Wie Sie wollen.«

»Ach, was für ein bezauberndes Haus!« rief Daisy. »Wollen Sie's mir nicht zeigen?«

Wilmott bat sie ins Haus. Als sie hereinkamen, sahen sie, wie Tite allerlei Dinge aufsammelte und eilig damit in der Küche verschwand. In der Tür lächelte er Adeline freundlich und ein bißchen traurig zu.

Daisy war von dem Zimmer begeistert; Wilmott hatte es auch wirklich auf eine etwas strenge Art gemütlich gemacht. Sie konnte sich nicht genug wundern, vor allem darüber, in einem einfachen Blockhaus so viele Bücher zu finden.

»Ich lese für mein Leben gern«, sagte sie. »Ob Sie mir wohl ein Buch leihen könnten? Haben Sie ein neues von Bulwer Lytton?«

»Ich fürchte nein. Aber wenn Ihnen etwas anderes gefällt, nehmen Sie es bitte.«

»Helfen Sie mir aussuchen?« fragte sie Philip. »Was können Sie mir empfehlen?«

»Ich bin kein großer Leser«, bekannte er, »aber ich werde tun, was ich kann.«

Sie gingen zusammen zum Bücherregal. Adeline wandte sich Wilmott zu.

»Sind Sie immer noch so glücklich hier?«

»Ich bin heiter und genieße jede Stunde des Tages – fast möchte ich sagen,

auch jede Nachtstunde. Dieses Leben behagt mir. Ich könnte hundert Jahre klaglos so verbringen. Mir fehlt nur eins.«
»Und das wäre?«
»Sie öfter zu sehen. Ich habe natürlich kein Recht, das zu sagen, aber erst Ihre Gegenwart gibt meinem Dasein die rechte Würze.«
Daisy hatte ein Schulheft gefunden und blätterte darin.
»Ich bringe Tite Lesen und Schreiben bei«, erläuterte Wilmott. »Er ist sehr intelligent.«
»Was für schöne Schnörkel!« rief Daisy. »Schauen Sie nur, Captain Whiteoak, diese schönen Schnörkel!«
»Sie müssen ihm beibringen, meine Buchstaben zu lesen, Wilmott«, sagte Philip.
»Wilmott!« wiederholte Daisy. »Ich dachte, Ihr Freund hieße Wilton!«
»Nein, Wilmott.«
»Was für ein Zufall«, rief sie. »Vor meiner Abreise lernte ich in Montreal eine Mrs. Wilmott kennen. Warten Sie – wo hab' ich sie bloß getroffen? Ach ja, auf einer Soiree bei der Frau eines Bankiers in Montreal. Diese Mrs. Wilmott – ich habe mir den Namen gemerkt, weil er nicht häufig ist –, diese Mrs. Wilmott fiel mir auf. Sie ist eine ungewöhnlich zielstrebige Frau. Sie kommt aus England – ich glaube, um ihren Mann zu treffen.«
Wilmott hatte das Schulheft von Tite in die Hand genommen. Er starrte geistesabwesend darauf. Adeline beugte sich über seine Schulter. Leise sagte sie: »Ich komme morgen früh – gleich nach dem Frühstück.«
»Namen sind ulkig«, sagte Philip. »Ich kannte in Indien einen anderen Vaughan. Er war nicht mit Ihrem Onkel verwandt, Miß Daisy, aber er hatte denselben Namen. Er sah ihm sogar ähnlich. Ist Ihnen schon aufgefallen, daß Leute, die sich ähnlich sehen, auch ähnliche Stimmen haben?«
»Morgen früh«, flüsterte Adeline über dem Schulheft. »Und – machen Sie sich keine Sorgen.«

12

Henrietta

Adeline hatte es zwar eilig, aber sie zog doch die Zügel an und ließ die freundliche Mähre langsamer gehen: sie wollte wenigstens einen Blick auf die Auffahrt nach Jalna werfen. Sie hatten noch kein Tor, und die Auffahrt war auch nur eine holprige Karrenspur. Holzhaufen, Ziegel und Sand verunzierten den Rasen, aber dahinter stand das Haus mit einem sicheren Dach, fünf mächtigen Kaminen und wartete auf sie und Philip! Es zeigte eine geradezu wissende Miene, als fühle es, daß es kein düsteres Schicksal, sondern

zwei Menschen beherbergen sollte, die einander und das Leben liebten. Der Baumeister hatte versprochen, daß sie Anfang des Frühjahres einziehen könnten.
Adeline konnte diesen Tag kaum erwarten. Sie wohnte jetzt schon fünf Monate auf Vaughansland. Niemand hätte sich netter und taktvoller verhalten können als die Vaughans. Und doch waren zwei Erwachsene, zwei Kinder und eine Nurse eine große Belastung für den Haushalt. Hausangestellte waren zwar billig, aber unerfahren und dumm. Ihr Leben lang hatte Adeline sich bedienen lassen. Die Arbeit wurde irgendwie getan – über das Wie hatte sie sich nie den Kopf zerbrochen. In den letzten Monaten hatte sie Mrs. Vaughan oft am Rand des Zusammenbruchs gesehen. Aber wenn sie versuchte, ihr zu helfen, machte sie alles falsch und langweilte sich entsetzlich dabei. Die Nurse war vollauf damit beschäftigt, für die Kinder zu sorgen und ihre kleine Garderobe in Ordnung zu halten. Schließlich bat Adeline Patsy O'Flynn dringend: »Um Gottes willen, Patsy-Joe, hilf bei der Hausarbeit! Wenn du dich nicht nützlich machen kannst, muß ich dich nach Irland zurückschicken.«
»Ich mich nützlich machen!« Er war beleidigt. »Was hab' ich denn anders bis jetzt gemacht? Wie wären Euer Gnaden denn hierhergekommen, mit den Babys und der Ziege und dem Hund und allem, wenn ich nicht gewesen wär'? Das ham Sie selber oft genug gesagt – und jetzt schmieren Sie mir zwischen die Zähne, daß ich unnütz bin und meinen, daß ich das schlucken soll!«
»Schon gut, Patsy-Joe«, sagte Adeline traurig, »wenn du meinst – dann muß ich eben selber Silber putzen, Gläser waschen und Betten machen.«
»Na, ich will's versuchen«, brummte er. »Aber so ein kleines, unpraktisches Haus hab' ich noch nie gesehn. Und erst die Dienstboten.«
Er kam tatsächlich ins Haus und half bei der Arbeit. Oft konnte man hören, wie er zu dem Hausmädchen sagte: »Benimm dich besser, du ungebildetes Balg. Knickse und sag ›Bitte, Euer Gnaden‹, wenn du mit unserer Mistreß redest, sonst dreh' ich dir den Hals um.« Das dralle Mädchen nahm es ihm nicht übel. Patsy-Joe war überall der bevorzugte Liebling.
Ruhig trottete das Pferd in dem tiefen Staub auf der Landstraße. Trotz des Herbstregens war das Land knochentrocken. Selbst der schwere Nachttau konnte die trockenen Lippen der Pflanzen kaum befeuchten. Aber alles glühte in Farben. Unbelasret von Geschmacksfragen hüllten sich die Bäume kühn in alle Farben der Palette. Goldene Bronze wechselte mit feuerroten Tönen. Auf den Feldern mischte sich blaue Zichorie mit gelben Stoppeln; an den Hecken leuchteten rote Beeren. Abertausend Grillen füllten die laue Luft mit ihrem metallischen Zirpen. Wieviel konnten sie doch mit diesen zwei armseligen Tönen ausdrücken! Der eine war ernst, der andere heiter, und beide zusammen ergaben fast eine Symphonie.

Adeline hatte letzte Nacht kaum geschlafen. Sie hatte sich beherrschen müssen, im Bett zu bleiben. Am liebsten wäre sie aufgesprungen und so lange im Zimmer auf und ab gegangen, bis sie eine Lösung für Wilmott gefunden hatte. Wie konnte man verhüten, daß seine Frau ihn entdeckte? Sein entsetzter Blick hatte sie erschreckt. Was sollte sie tun, wenn er nun davongelaufen wäre; wenn sie sein Haus leer fände? In dem Augenblick, als Daisy ihm von seiner Frau berichtete, schien er zu allem fähig. Zum Glück hatten Daisy und Philip offenbar nichts gemerkt. Wilmott war über jeden Verdacht erhaben. Man ahnte zwar ein Geheimnis, aber er trug es so tief im Herzen, daß ihm äußerlich nichts anzusehen war. Niemand wäre auf die Idee gekommen, daß dieser Mann vor seiner Frau davonlief. Aber er hatte es getan, und man mußte ihn beschützen. Natürlich liebte sie Philip unverändert, aber sie liebte auch Wilmott, mit einer starken, beschützenden Liebe.

Sein kleiner Fluß glich heute einer blanken blauen Glasscheibe; das Schilf am Ufer – es wäre trocken genug gewesen – flüsterte heute nicht. Der kleine Anlegeplatz strahlte weiß und sauber. Sein Angelgerät lag dort herum, und das Boot war daneben angebunden. Alles war so still, daß Adeline voll düsterer Ahnungen an die Tür pochte. Niemand kam, aber sie sah, daß der Fensterladen sich bewegte und Tite ihr mit seiner schmalen dunklen Hand zuwinkte.

»Ich bin's, Mrs. Whiteoak!« rief sie.

Die Tür wurde geöffnet. Barfuß stand Tite vor ihr. Er sagte mit seiner melodischen Stimme: »Kommen Sie rein, Missis, der Boß möchte Sie sehen. Warten Sie hier, ich hol' ihn. Gehen Sie rein, und machen Sie die Tür zu.«

Sie betrat das Haus. Tites Heft lag offen auf dem Tisch. Er hatte gerade geschrieben, die Tinte auf dem Papier war noch feucht. Adeline sah sich im Zimmer um und fühlte warmes Mitleid für Wilmott. Hier hatte er zum erstenmal Behagen und Ruhe gefunden. Man sah dem Raum an, wie ordentlich Wilmott war. Es würde ihm bei allem Bemühen niemals gelingen, die spießige Erziehung durch seine Frau abzuschütteln. Jetzt trat er rasch ins Zimmer und schloß die Tür hinter sich. Er sah blaß aus und hatte Ringe unter den Augen.

»Sie haben auch nicht geschlafen«, stellte Adeline fest.

»Ich bin gar nicht erst zu Bett gegangen. Aber es tut mir leid, daß Sie meinetwegen wach liegen müssen. Schließlich – vielleicht haben wir einen voreiligen Schluß gezogen. Es wäre doch denkbar, daß es noch eine andere Mrs. Wilmott gibt – eine, die von ihrem Mann freudig erwartet wird.« Er lächelte grimmig. »Ich muß versuchen, Einzelheiten von Miß Vaughan zu erfahren. Gestern konnte ich einfach nicht mehr denken. Noch nie war ich so nah am Rand einer Panik.«

»Und ich fürchte, Sie haben allen Grund«, sagte sie. »Als ich mit Daisy allein war, habe ich das Thema noch einmal angeschnitten: Mrs. Wilmott

kommt genau aus dem Teil Londons, in dem Sie gewohnt haben. Hübsch ist sie auch – sehr säuberlich, wie Daisy sagte –, sie hat eine hohe, harte Stimme und eine spitze Zunge.«
»Mein Gott!« rief er, »Sie werden das Mädchen mißtrauisch machen.«
»Das glaube ich nicht. Wie dem auch sei – wir mußten uns vergewissern. Ich glaube, es gibt keinen Zweifel mehr.«
»Meine Frau wird keine Ruhe geben, bis sie mich gefunden hat.«
Er sah sich unruhig im Zimmer um.
»Schauen Sie nicht so verzweifelt.«
»Aber ich *bin* verzweifelt. Ich versichere Sie, Adeline, ich werde nicht wieder mit dieser Frau zusammenleben. Eher hänge ich mich an einem Balken auf!«
»Sie braucht Sie ja nicht zu finden.«
»Sie wird mich finden. Sie kennen sie nicht. Ich sage Ihnen, sie gibt nicht auf.«
»Das müssen *Sie* mir sagen«, rief Adeline, »James Wilmott, der nicht einmal seinen Namen änderte, als er nach Kanada floh! Sie haben in Quebec unter Ihrem richtigen Namen gelebt! Was haben Sie denn erwartet?«
»Ich dachte, sie würde sich mit den Tatsachen abfinden.«
»Hat sie das je getan?«
»Sie brauchen nicht sarkastisch zu werden, Adeline. Ich habe sie wohlversorgt zurückgelassen. Sie hatte das Kind. Warum sollte sie mich verfolgen?«
»Hör sich einer diesen Mann an!« Adeline verschränkte die Arme und versuchte, ihre Ungeduld zu beherrschen. »Oh, diese kindliche Einfalt! Kein Wunder, daß sie ihren James sucht. Ihr Leben ist ja sinnlos geworden ohne ihn. Sie braucht jemanden, den sie plagen, tyrannisieren und quälen kann. Sie ist ein Wasserfall, unter dem man die Steine weggezogen hat.«
»Sei es drum – sie wird mich nicht bekommen! Ich werde verschwinden. Wenn ich mir vorstelle, daß sie jeden Moment hier zur Tür hereinkommen könnte! Hat Daisy das Kind erwähnt?«
»Ja, sie sagte etwas von einer Tochter, die auf der Reise den Mumps bekommen hat.«
Diese Neuigkeit schien Wilmotts Vaterherz nicht zu rühren.
»Ist das Mädchen so wie ihre Mutter?«
»Nein, aber sie steht ganz unter ihrem Einfluß.«
»Das läßt sich denken«, rief Adeline. »Wer könnte mit einer solchen Frau unter einem Dach leben, ohne von ihr beeinflußt zu werden? Sie jedenfalls nicht, James!«
»Ich habe meine heimlichen Fluchtgedanken all die Jahre vor ihr verborgen.«
»Sie haben gut daran getan. Was haben Sie Tite erzählt?«
»Daß ich vielleicht verreise.«
Sie nahm seinen Kopf zwischen ihre Hände. Beschwörend sah sie ihm in die Augen. »Sie dürfen nicht fortgehen!«

Heftig schüttelte er sie ab. »Fassen Sie mich nicht an! Sie dürfen mich nicht berühren – ich liebe Sie zu sehr! Ich muß mir ohnehin immer vorbeten, daß Philip mein Freund ist.«
»Wir müssen Philip ins Vertrauen ziehen.« Ihre Hände lagen wieder in ihrem Schoß, als habe sie ihn nie berührt. Sie blickte ihn ruhig an. »Wir müssen ihm alles erzählen. Ich werde mit ihm in die Stadt fahren, vielleicht können wir herausfinden, wo Ihre Frau jetzt ist. Sie haben schon recht, sie hat Zeit genug gehabt, Ihnen hierher zu folgen.«
»Was wird Philip von mir denken?«
»Er wird auf Ihrer Seite sein. Sie haben sich ihretwegen arm gemacht. Sie brauchen ihr nicht auch noch Ihr Selbst zu überlassen. Welcher Mann würde das von Ihnen verlangen. Philip gewiß nicht!«
»Ich wünschte, wir brauchten's ihm nicht zu sagen.«
»Sagen Sie's ihm selber. Von Mann zu Mann werdet ihr euch verstehen.«
»Wenn jemand es ihm verständlich machen kann, dann Sie, Adeline.«
Sie lächelte. »Ich fürchte, ich würde es zu gründlich besorgen.«
»Wie meinen Sie das?«
»Ich lasse mir zu leicht die Zügel schießen. Meine Geschichte würde zu melodramatisch werden. Dann will Philip nichts damit zu tun haben. Ich werde ihn herschicken. Sie werden es ihm selber in Ihrer ruhigen Art erzählen.«
»Ich meine immer noch, ich sollte lieber fliehen.«
»Das ist ganz unnötig. Ich werde Ihrer Frau sagen, daß Sie gestorben sind.«
Wilmott lachte bitter. »Das wird sie Ihnen nie glauben.«
Adelines Augen blitzten. »Ich will nicht Adeline Whiteoak heißen, wenn ich eine solche Schwatztüte nicht überzeugen kann!« Sie ergriff seine Hand, als wolle sie einen Pakt besiegeln. Dann ging sie zur Tür. »Wenn man sich vorstellt, daß Henrietta hier jeden Moment hereinspazieren kann!«
Dann zeigte sie ihre Zähne in einem schadenfrohen Lächeln und setzte hinzu: »Überlassen Sie Henrietta nur mir.«
Wilmott stand unter der Tür und betrachtete ihre roten Zöpfe unter dem kleinen Samthut und den graziösen Übergang zwischen Nacken und Schultern. Er konnte kaum glauben, daß Henrietta überhaupt existierte.
»Zuerst muß ich Philip finden und ihn hierherschicken«, sagte sie abschließend.
»Mein Gott, was für eine Unterredung!«
Er begleitete sie zu ihrem Pferd und half ihr in den Sattel. Im Fortreiten rief sie ihm über die Schulter zu: »Es wird schon alles gut werden!«
Sie hatte Jalna schon fast erreicht, als sie eine Kutsche näher kommen sah. Es war ein typischer Mietwagen, gezogen von zwei mageren Gäulen. Auf dem Sitz hinter dem Kutscher bemerkte sie eine Frau und ein junges Mädchen. Adelines Herz schlug schneller, sie trieb ihr Pferd an. Als sie an der staubbedeckten Kutsche vorbeiritt, betrachtete sie die Insassen genauer.

Der Kutscher trug eine schäbige Livree und einen verwaschenen Zylinder. Er wirkte bemitleidenswert abgehetzt. Zum Trost kaute er Tabak – ein braunes Rinnsal lief ihm übers Kinn. Hinter ihm saß – sehr aufrecht auf dem unbequemen Sitz – eine kleine rotwangige Frau. Sie sah hübsch und selbstbewußt aus und zu jung, um die Mutter des plumpen Mädchens zu sein, das neben ihr saß. Sie warf Adeline einen neugierigen Blick zu und beugte sich dann vor und knuffte den Kutscher in den Rücken.
»Anhalten!« befahl sie.
Entweder war er taub, oder er wollte nicht hören; er fuhr weiter, den Blick starr auf die Fliegen geheftet, die um die Köpfe der Pferde schwirrten.
Mrs. Wilmott pufftc ihn noch einmal, heftiger.
»Ich werde mich bei Ihrem Herrn beschweren«, erklärte sie. »Sie sind der sturste Mensch, den ich je gesehen habe. Halten Sie die Pferde an und versuchen Sie, diese Dame auf uns aufmerksam zu machen!«
Der Kutscher warf ihr einen geringschätzigen Blick über die Schulter zu. »Haben Sie *Herr* gesagt?« knurrte er. »In diesem Land gibt's keine Herren. Das hier ist ein freies Land. Aber wenn ich die Dame rufen soll, bitte.«
Laut brüllte er: »He, Ma'am! Sie werden verlangt!«
Die Pferde waren ganz von selbst stehengeblieben und versuchten, den Graben zu erreichen, wo sie kräftiges Gras sahen. Er zerrte an den Zügeln. »Holla«, bellte er. »Könnt ihr nicht auf der Straße bleiben? Schlimm genug, daß man herumziehen muß wie ein Zigeuner, da braucht ihr mir nicht noch die Arme ausreißen!« Mit hängenden Köpfen blieben die Pferde stehen und warteten.
Auch Adeline hatte ihr Pferd angehalten und kam langsam heran. Das Blut war ihr in den Kopf gestiegen. Sie wirkte gelassener, als sie sich fühlte. Sie brachte ihr Pferd neben dem Wagen zum Stehen und sah fragend auf Mrs. Wilmott hinunter.
Mrs. Wilmott sagte: »Können Sie mir vielleicht sagen, wo Mr. James Wilmott zu finden ist? Angeblich hat er sich in dieser Gegend angekauft.«
»Ja«, sagte Adeline mit tiefer, ruhiger Stimme, »das hat er. Er hatte ein kleines Blockhaus, weit oben am Fluß im Sumpf, und dazu ein oder zwei Morgen Land. Ein junger Indianer wohnte bei ihm.«
»Oh!« Mrs. Wilmott war schockiert. »Wirklich? Ein Sumpf, sagen Sie? Ein Indianer! Wie peinlich!«
»Es war nicht nur Sumpf. Er hielt auch eine Kuh, ein Schwein und etwas Geflügel. Er hätte es schlechter treffen können.«
»Er ist nicht mehr dort?«
»Nein, er ist weggezogen.«
Mrs. Wilmott holte tief Luft und fragte dann gepreßt, mit blassen Lippen: »Ich glaube, ich muß Sie vertraulich sprechen.« Sie musterte den zusammengesunkenen Kutscher und meinte: »Fahren Sie ein Stück weiter, ich muß

mit dieser Dame sprechen. Halten Sie die Pferde ruhig, während ich mit meiner Tochter aus dem Wagen steige. Vorsichtig! Beruhigen Sie die Pferde!«
»Vergessen Sie nicht, daß ich nach Stunden bezahlt werde«, brummte er. »Das gibt eine saftige Rechnung.« Er sah sie bösartig an.
»Ich werde mich bei Ihrem Herrn beschweren. Sie sind aufsässig und unverschämt.«
»Hier gibt's keine Herren!« Er grinste sie an. »Keine Herren, wie oft soll ich's noch sagen! Keine Herren!«
»Benehmen Sie sich, Mann!«
»*Mann* und *Benehmen* gibt's hier auch nicht. Das ist ein freies Land. Wollen Sie jetzt aussteigen oder sitzen bleiben und schimpfen?«
Vorsichtig stieg Mrs. Wilmott aus, gefolgt von ihrer Tochter. Der Kutscher fuhr ein Stück weiter die Straße hinauf. Adeline stieg vom Pferd und führte die beiden zu einem Grashügel. Ihr Pferd machte sich augenblicklich über die dürren Halme her. Adeline sagte: »Wir können hier ganz vertraulich reden. Wollen Sie sich nicht setzen?«
Sie forderte Mrs. Wilmott zum Sitzen auf, als sei man zu Hause in ihrem Wohnzimmer. Mrs. Wilmott beäugte sie neugierig. Sie kam zu dem Schluß, daß Adelines Blick Mitgefühl ausdrückte.
»Ich bin Mrs. Wilmott«, sagte sie. »Ich bin hier auf der Suche nach meinem Mann. Sie müssen das alles sehr erstaunlich finden. Und Sie haben recht. Mein Mann ist ein erstaunliches Geschöpf, schrullig möchte ich sagen. Ich mußte von London bis hierher reisen, um ihn zu suchen. Mein Vater, Mr. Peter Quinton – er ist ein Nachkomme von Sir Ralph Quinton, einem großen Erfinder und Wissenschaftler im sechzehnten Jahrhundert. Sie haben vielleicht von ihm gehört – ich meine natürlich von Sir Ralph, nicht von meinem Vater. Das soll nicht heißen, daß mein Vater ein unbedeutender Mann ist; er hat verschiedentlich als Stadtverordneter kandidiert und wurde nur knapp geschlagen. Aber natürlich ist er nicht so bekannt wie Sir Ralph. Er sagte zu mir – so ungern ich private Familiengespräche vor einer Fremden wiederhole, werde ich es in diesem Fall doch tun, Sie sehen so vernünftig und mitfühlend aus –, er sagte zu mir – mein Vater natürlich, nicht Sir Ralph –, sagte zu mir: ›Henrietta‹, sagte er, ›es lohnt nicht, einen Mann zu suchen, der so pflichtvergessen ist, daß er eine Vergnügungsreise in ein fremdes Land macht und anderthalb Jahre fortbleibt, ohne eine Zeile nach Haus zu schreiben.‹ Aber ich bin nicht seiner Meinung. Ich finde nach wie vor, daß der Platz für einen Ehemann bei seiner Frau ist. Meinen Sie nicht auch?«
Adeline hing mit mitfühlendem Blick an Mrs. Wilmotts Zügen. »Gewiß, wenn es möglich ist.«
»Das ist genau, was ich sage. Ich werde nicht eher ruhen, bis ich James aufgespürt habe. Sie sind ihm begegnet, nehme ich an?«

»Ja, ich bin ihm begegnet.«
»Und was hatten Sie für einen Eindruck? Bitte, schonen Sie meine Gefühle nicht. Wenn er hier – wie Sie sagen – in einem Sumpf mit einer Kuh und einem Schwein gelebt hat, muß er schon recht heruntergekommen sein.«
»Ja, das ist er.«
»Lieber Himmel! Ich mag mir die Situation gar nicht vorstellen. Und wo ist er hingegangen? Bitte, sagen Sie mir doch Ihren Namen. Wirklich, ich habe noch nie so wenig salonfähig gelebt wie jetzt. Wer mich hier in diesem staubigen Graben sitzen sieht, glaubt bestimmt nicht, was für eine gesellschaftliche Stellung ich in London habe. Mein Vater, Mr. Peter Quinton – ich erwähnte ihn wohl schon –, ist...«
Das junge Mädchen lenkte ihre Mutter von Mr. Quinton ab; mit Feuereifer kratzte sie ihre strammen, moskitozerstochenen Beine.
»Hettie!« rief Mrs. Wilmott. »Laß das!«
»Ich kann nicht«, wimmerte Hettie heiser. »Sie jucken.«
»Na, und wenn schon! Eine Dame kratzt sich unter keinen Umständen.«
»Kann ich hinter die Hecke gehen und mich dort kratzen?«
»Nein. Ich sage nein, Hettie!«
»Aber es juckt!«
»Ich habe nein gesagt. Endgültig!« Mrs. Wilmott wandte sich wieder an Adeline. »Ich wollte Sie nach Ihrem Namen fragen und wohin Mr. Wilmott gegangen ist. Dieses Mädchen bringt mich noch um den Verstand mit ihrem schlechten Benehmen. Seit wir England verlassen haben, war sie nacheinander zugkrank, seekrank, hatte Mumps, Verdauungsstörungen, Ausschlag, verwachsene Zehennägel und jetzt auch noch Stiche.«
»Sie jucken«, sagte Hettie.
»Natürlich jucken sie!« rief Mrs. Wilmott entnervt. »Was sollen sie sonst tun?«
»Ich hasse Mücken.«
»Meinetwegen, hasse sie oder nicht, aber hör auf zu kratzen.«
Wieder sah sie Adeline fragend an.
»Ich bin Mrs. White«, sagte Adeline. »Mein Mann und ich sind auf demselben Schiff mit Mr. Wilmott herübergekommen. Wir kennen ihn recht gut.«
»Was für ein glücklicher Zufall, daß ich Sie getroffen habe! Wie hat sich mein Mann auf der Reise betragen?«
»Ziemlich schlecht.«
»Hat er von seiner Familie gesprochen?«
»Mit keiner Silbe.«
»Ist das möglich? Wie gefühllos! Meine Güte! Was für ein Mann! Und er ist nicht mehr hier, sagen Sie?«
»Er zog vor einiger Zeit wieder weg.«
»Wohin ging er? Wohin es auch sei – ich werde ihm folgen.«

»Er ist mitten in der Nacht davon und hat keinem ein Wort gesagt. Angeblich ging er nach Mexiko und ist dort an einem Fieber gestorben. Ich werde Ihnen die New Yorker Adresse von zwei irischen Herren geben, sie wissen wahrscheinlich mehr über ihn als ich. Wenn Ihnen in diesem Land jemand helfen kann, den wahren Verbleib Ihres Mannes herauszufinden, dann sind es diese beiden Herren.«
»Er ist tot!« rief Mrs. Wilmott enttäuscht. »Sie sagen, er ist gestorben? Das glaube ich nicht. Er war sein Leben lang nicht einen Tag krank. Er kann nicht tot sein.«
»Man sagt, er sei in Mexiko gestorben«, sagte Adeline und pflückte eine Handvoll Gras.
»Wer sagt das?«
»Alle möglichen Leute. Ich weiß nicht mehr, wer es zuerst sagte!«
»Ich muß mit diesen Leuten reden. Wer sind sie?«
»Sie werden sich über Ihren Besuch freuen! Ihr Mann schuldete nämlich allen Nachbarn Geld, als er ging. Ich nehme an, Sie wollen seine Schulden bezahlen?«
»Niemals!« Der Blick von Mrs. Wilmott wurde hart. »Dazu bin ich nicht verpflichtet, und niemand wird mich dazu zwingen.«
»Wir leben in einem seltsamen Land«, sagte Adeline. »Hier wird man für alles mögliche belangt. Man ist nie vor Überraschungen sicher.«
»James sprach immer vom Osten, er war ganz besessen davon. Ich begreife nicht, wieso er hierher kam.«
»Soviel ich weiß, glaubte er auch, nach dem Osten zu reisen. Aber er hatte sich im Schiff geirrt.«
»Ach je, du meine Güte! Ich sollte froh sein, daß ich ihn los bin.«
»Das glaube ich auch. Solche Männer sind zu den ungeheuerlichsten Dingen fähig. Es braut sich jahrelang in ihnen zusammen und bricht eines Tages aus.«
»Ich danke Gott, daß mein Kind ihm nicht im geringsten ähnelt. Sie ist ganz mein Vater.«
»Ich kann Großvater nicht leiden«, sagte Hettie.
Mrs. Wilmott war entsetzt: »Hettie, wie kannst du so etwas sagen? Ausgerechnet von deinem lieben Großpapa, der ein so bedeutender Mann ist.«
»Ich kann ihn nicht leiden.«
Verzweifelt jammerte Mrs. Wilmott: »Ich weiß nicht, was in letzter Zeit mit dem Mädchen los ist. Zu Hause war sie die gehorsamste und respektvollste Tochter, die Sie sich vorstellen können. Jetzt sagt sie die unmöglichsten Dinge.«
»Das kommt vom Reisen«, erklärte Adeline. »Es verdirbt sie. Auf dem Schiff war ein junges Mädchen, etwa so alt wie Ihre Tochter – sie reiste mit ihrer Mutter. Nun, was glauben Sie, hat dieses Mädchen getan? Im ersten Hafen hat sie sich von meinem eigenen Bruder – er ist ein junger Lümmel, den ich

mit hierhernehmen wollte – entführen lassen. Sie ist einfach mit ihm davongelaufen und hat ihre verwitwete Mutter allein zurückgelassen. Die arme Dame mußte mehr tot als lebendig auf einer Bahre an Land getragen werden.«

Hettie fing an zu strahlen, ihr Blick wurde lebendig. Die Nachricht vom Tode ihres Mannes hatte Mrs. Wilmotts gesunde Gesichtsfarbe nicht vertrieben; jetzt aber erbleichte sie. Sie warf Hettie einen angstvollen Blick zu. Dann sagte sie zitternd zu Adeline: »Was raten Sie mir zu tun?«

»Ich rate Ihnen, so schnell wie möglich nach New York zu fahren; dort setzen Sie sich mit den beiden Herren in Verbindung – ich werde Ihnen die Adresse geben. Und wenn Sie über den Verbleib Ihres Mannes beziehungsweise seinen Tod Gewißheit haben, können Sie von dort aus nach Hause fahren. Die Clipper und die neuen Dampfer auf dieser Linie sollen besonders bequem sein.«

»Ja, genau das werde ich tun! Und wenn ich Mr. Wilmott finde, habe ich es allein Ihnen zu verdanken.«

»Ihn hab' ich auch nie leiden können«, sagte Hettie.

Mrs. Wilmott sah Adeline bedeutungsvoll an. Dann befahl sie:

»Hör auf, deine Beine zu kratzen, Hettie.«

»Sie jucken.«

»Du mußt dich beherrschen.«

»Ich hasse die Mücken.«

»Das hast du schon viel zu oft gesagt.«

»Nicht so oft, wie sie mich gestochen haben. Wann können wir fahren?«

»Gleich, Hettie.« Mrs. Wilmott öffnete ihre Handtasche und zog ein kleines Notizbuch heraus. Sie reichte es Adeline. »Wären Sie so freundlich, die Namen und Adressen der Herren in New York aufzuschreiben?« Ihre Hände berührten sich. Wohlwollen überkam Adeline. Sie würde Mrs. Wilmott den richtigen Weg weisen. Deutlich schrieb sie die Namen und Adressen von D'Arcy und Brent auf und gab Mrs. Wilmott das Notizbuch zurück.

»Iren, sagen Sie?« bemerkte Mrs. Wilmott.

»Ja.«

»Ich habe die Iren nie leiden können.«

»Da haben wir's«, sagte Hettie.

»Was meinst du, Kind?«

»Du sagst selber, was du mir verbietest.«

»Hettie, willst du bestraft werden?«

»Wie?«

»Mit einem tüchtigen Klaps.«

»Mit Vergnügen, wenn du mich auf die Mückenstiche schlägst.«

Mrs. Wilmott erhob sich. »Bitte, glauben Sie mir, Mrs. White, daß meine Tochter zu Hause nicht so war.«

»Das gewöhnen sie sich auf Reisen an. Meine eigene Tochter benimmt sich auch nicht mehr so gut wie früher.«
»Es ist wirklich bedauerlich.« Mrs. Wilmott streckte die Hand aus. »Nun, leben Sie wohl«, sagte sie. »Ich kann Ihnen gar nicht sagen, wie dankbar ich bin, daß wir uns getroffen haben.«
»Wirklich, ganz meinerseits!« Adeline drückte Mrs. Wilmott herzlich die kleine trockene Hand. »Ich würde Sie gern zu einer Tasse Tee einladen, aber meine kleine Tochter hat Keuchhusten« – das stimmte tatsächlich –, »und Ihre Tochter könnte sich anstecken.«
Schon der Gedanke an eine solche Ansteckung entsetzte Mrs. Wilmott. Nochmals und sehr ausführlich berichtete sie alles, was sie mit Hettie auf der Reise durchgemacht hatte. Hettie unterbrach sie und rief: »Der Wagen fährt weg!«
Tatsächlich trotteten die Pferde trübsinnig die Straße hinunter; der Kutscher war eingeschlafen und hatte die Zügel fallen lassen.
Mrs. Wilmott schrie auf und rannte dem Wagen nach.
»Ich werde ihn holen«, rief Adeline. Sie eilte zu ihrem Pferd und führte es auf die Straße zurück.
Aber der Kutscher war schon von Mrs. Wilmotts Schrei aufgewacht. Er schaute ärgerlich über die Schulter, nahm die Zügel wieder auf und hielt den Wagen an.
Mrs. Wilmotts Hut war in den Nacken gerutscht, was ihrer Würde jedoch kaum Abbruch tat. Am Wagen angekommen, holte sie ein Taschentuch aus ihrer Tasche und schwenkte es zum Abschied. Hettie starrte muffig vor sich hin. Sie sagte nur: »Ich hoffe, wir finden ihn nicht.«
»Wirklich?« rief Adeline.
»Ja ich habe ihn nie leiden können.«
Lachend bestieg Adeline ihr Pferd. Sie parierte es neben dem wartenden Wagen. Sie blickte wieder todernst. Herzlich sagte sie: »Ich wünsche Ihnen eine angenehme Reise, Mrs. Wilmott.«
»Danke, vielen Dank für Ihre Hilfe. O Gott, wenn ich denke, was mir noch alles bevorsteht! Wenn ich denke, was ich schon alles hinter mir habe! Mrs. White, ich hatte andere Chancen. Mr. Wilmott war nicht mein einziger Verehrer. Mehr will ich gar nicht sagen! Mein guter Vater war von Anfang an gegen diese Ehe. ›Du kannst einen Bessern bekommen, Henrietta‹, sagte er immer wieder. ›James Wilmott wird nie ein zuverlässiger Mann. Er ist ein Schwächling.‹ Aber ich hatte ihn mir in den Kopf gesetzt – und das habe ich davon. Beeile dich, Hettie! Hat man schon so ein träges Geschöpf gesehen! Wir werden in die Dunkelheit kommen. Ach, diese Beschwerlichkeiten, diese Ausgaben! Weiße Haare kann man bekommen!« Sie hob ihren Rock und stieg vorsichtig in die Kutsche. Der Kutscher griff nach seiner Peitsche.

Hettie schlurfte langsam heran. Ihre Mutter trieb sie zur Eile an. Schließlich saßen sie nebeneinander.
»Sag Mrs. White Lebewohl und danke ihr manierlich.«
»Auf Wiedersehn«, sagte Hettie mürrisch.
»Leb wohl, Hettie.«
Der Kutscher schnalzte den Pferden zu. Im Wegfahren sah er Adeline an. Er verzog eine Gesichtshälfte zu einem höhnischen Zwinkern, das seinen beiden Reisegästen galt. Eine Staubwolke stieg auf; mitten darin flatterte ein weißes Taschentuch.

13

Herbstregen

Adeline ritt nicht nach Jalna, sondern zu Wilmotts Blockhaus zurück. Seltsame Gefühle bewegten sie. So viel war inzwischen geschehen. Wieder klopfte sie an, und wieder sah sie, wie Tites dunkle Hand den Vorhang beiseite zog. Er öffnete sogleich.
»Wollen Sie den Boß sprechen?« fragte er.
Da erschien Wilmott schon.
»Ein schönes Leben führe ich«, rief er. »Wie ein Verbrecher! Und wahrscheinlich bin ich das auch bis zu einem gewissen Grad. Du kannst gehen, Tite.«
Als sie allein waren, sagte Adeline atemlos: »Ich habe sie gesehen!«
»Doch nicht Henrietta?«
»Jawohl.«
»Mein Gott!« Er starrte sie ungläubig an. »Sie ist also hier?«
»Sie war hier. Sie ist wieder fort. Ich kam gar nicht dazu, Philip zu suchen. Als ich die Straße erreichte, kam sie mir in einer Mietkutsche entgegen.«
»Ich sage Ihnen«, murmelte er, »ich werde nie zu dieser Frau zurückkehren. Aber hier bin ich jetzt auch erledigt. Wo ist sie?«
»Unterwegs, zurück zur Stadt. Morgen fährt sie nach New York, um Sie dort zu suchen. Ich habe ihr erzählt, Sie seien angeblich nach Mexiko gegangen und an einem Fieber gestorben. Ach, was ich für Sie zusammengelogen habe!«
»Und sie hat Ihnen geglaubt?« Die Lügen kümmerten ihn nicht. Voll ängstlicher Spannung sah er Adeline an.
»Bin ich tüchtig oder nicht? Natürlich hat sie mir geglaubt. Ich habe ihr erzählt, Sie hätten hier in der Nähe mit einer Kuh, einem Schwein und einem Indianer gelebt. Sie hätten in einem Sumpf gewohnt und seien bei der ganzen Nachbarschaft verschuldet gewesen.«

Er sah sie entgeistert an. »Guter Gott, das ist mein Nachruf in England! Henrietta wird es allen Leuten erzählen. Sie kann ihre Zunge nicht beherrschen.«
Adeline wurde wütend. »Dann folgen Sie ihr doch und stellen Sie es richtig. Sie ist leicht zu finden.«
Er ging aufgeregt durchs Zimmer. »Seien Sie mir nicht böse«, bat er. »Ich kann jetzt nicht die richtigen Worte finden. Natürlich bin ich Ihnen unendlich dankbar. Ich bin nur etwas verwirrt. Es ist alles so schnell gekommen.«
»Es tut Ihnen leid, daß ich Ihren Charakter angeschwärzt habe. Wer interessiert sich schon für Charakter! Sie sind schließlich nicht auf Stellungssuche! Oh, James Wilmott, es kam doch nur darauf an, diese Frau loszuwerden! Man sieht ihr die Bösartigkeit und Gemeinheit an der Nasenspitze an. Wie schwer müssen Sie's mit ihr gehabt haben!«
»Ich bin nie mit ihr ausgekommen – vielleicht im ersten Jahr. Und ich bedaure nichts, was immer Sie ihr gesagt haben. Ich bin Ihnen von ganzem Herzen dankbar. Ohne Sie wäre sie jetzt hier in meinem Haus.« Seine schlanke Hand streichelte Adelines Schulter. »Statt dessen stehen Sie hier – schön und stark, als meine Beschützerin – nicht nur vor Henrietta, sondern vor dem, was diese Frau aus meinem Leben gemacht hätte!«
»Sie brauchen mir nicht zu danken. Es war mir ein Vergnügen. Wirklich, wenn sie jemals zurückkommt, bin ich zu einem neuen Kampf bereit!«
»Wenn wir uns nur vergewissern könnten, ob sie tatsächlich nach New York geht und von dort nach Hause fährt!«
»Das können wir!« sagte Adeline triumphierend. »Thomas D'Arcy und Michael Brent können's uns sagen.«
»D'Arcy und Brent?« rief Wilmott starr vor Schreck. »Woher wissen die denn von der Geschichte?«
»Ich habe Ihrer Frau die Adresse von den beiden gegeben und ihr gesagt, sie wüßten die Wahrheit über Ihre Reise nach Mexiko.«
»Aber sind Sie denn wahnsinnig!« rief Wilmott. »Die beiden wissen doch gar nichts.«
»Nichts, stimmt. Aber ich werde sie in einem Eilbrief auf die Ankunft Ihrer Frau vorbereiten. Ich kenne doch diese Iren. D'Arcy ist ein Taugenichts, und Brent ist ein Luftikus. Nichts wird ihnen mehr Spaß machen, als Henrietta mir zuliebe einen Bären aufzubinden.«
»Damit bringen Sie sich doch aber in ein schiefes Licht. Was werden sie von Ihnen denken?«
»Fangen Sie schon wieder an! Was die Leute denken werden! Ich sage Ihnen, die Leute denken, was sie wollen, egal, was man tut. So ist der Mensch nun einmal.«
»Nicht für tausend Pfund hätte ich den beiden diese Angelegenheit erzählt.«
»Dann soll ich ihnen also nicht schreiben?«

»Haben Sie denn keine Vernunft?«
»Nein. Ich habe nur Instinkt. Warum?«
»Natürlich müssen sie jetzt alles erfahren. Jetzt, nachdem Sie Henrietta zu ihnen geschickt haben.«
»Es kann Ihnen doch gleich sein. Sie werden sie nie wiedersehen.«
»Wahrscheinlich nicht. Aber die Herren D'Arcy und Brent werden diese unterhaltsame Geschichte ihren Freunden erzählen.«
»Sie müssen mir schwören, daß sie schweigen.«
»Glauben Sie etwa, daß sie den Schwur halten, wenn sie genug getrunken haben? Nein! Alle ihre Freunde werden diese Geschichte zu hören bekommen.«
»Sie brauchen sich nicht drum zu kümmern. Sie sind tot.«
»Das wäre wahrhaftig besser«, erwiderte er bitter.
Adeline musterte ihn kalt. Dann rief sie ungeduldig: »Was, in Gottes Namen, haben Sie denn erwartet? Haben Sie gedacht, ich würde Henrietta mit einem fertigen Plan entgegentreten? Mit einem Plan ohne schwache Punkte? Ich finde, ich habe meine Sache gut gemacht – das hat man davon, wenn man zwischen Mann und Frau vermittelt.«
»Sie ist nicht meine Frau; sie ist es seit fünf Jahren nicht mehr gewesen.«
»Warum sollen wir uns dann ihretwegen graue Haare wachsen lassen; bald ist sie weit fort. Übrigens, Hettie will Sie nicht zurückhaben.«
Wilmott stutzte. »War Hettie dabei?« fragte er ungläubig.
»Jawohl. Und hatte durchaus keine Sehnsucht nach ihrem Papa.«
Wilmott brach in bitteres Lachen aus. »Was sind wir für eine Familie! Wie wenig verdienen wir Ihr Interesse.«
Sie sah ihn durchdringend an. »Wenn Sie noch einmal *wir* sagen, im Zusammenhang mit diesen beiden, dann sind wir geschiedene Leute.«
»Ich sage es nie wieder. Ich erkläre mich frei. Ich bin im ganzen Leben nicht so glücklich gewesen wie hier. Ich werde der gütigen Vorsehung vertrauen und weiter glücklich sein.«
»Sie brauchen nur mir zu vertrauen.«
Wilmott wandte sich ihr zu; sein Gesicht zuckte, seine Augen standen plötzlich voll Tränen. »Wenn ich hier glücklich bin«, sagte er, »dann bin ich es, weil Sie in meiner Nähe sind.«
Adeline lachte ein wenig verkrampft. »Kommen Sie mit nach Jalna. Ich lasse Sie heute nicht allein.«
Er blickte sich um. »Es ist doch wohl nicht zuviel verlangt, wenn ich dieses Blockhaus in Frieden bewohnen will; und dennoch bin ich nicht ganz überzeugt, daß es mir gelingen wird.«
»Jedenfalls werden Sie heute nicht allein hier bleiben«, erwiderte Adeline. »Gehen wir nach Jalna, das Treppenhaus besichtigen. Die Männer arbeiten gerade daran. Philip hat einen Holzschnitzer entdeckt, der uns einen schönen

Geländerpfosten schnitzt. Das Holz ist Nußbaum, die Schnitzereien sind Weintrauben und Blätter. Hätten Sie nicht Lust, sich das anzusehen?«
»Ich wüßte nicht, was ich lieber täte.«
Er holte seinen Hut. Er trug jetzt nicht mehr die Holzfällerkluft, die ihm so gut und den Whiteoaks so wenig gefallen hatte; er hatte auch Wort gehalten und sich keinen neuen Bart wachsen lassen. Wieder einmal fiel Adeline auf, wieviel besser er jetzt aussah.
»Wirklich«, sagte sie, »seit Sie Ihren Schnurrbart los sind, sehen Sie viel vornehmer aus.«
»Aber er war doch nur winzig.«
»Bart ist Bart, und alle Bärte sind zu lang Warum soll ich Ihnen nicht sagen, daß Sie so vornehmer aussehen?«
»Jedes Ihrer Worte bedeutet mir so viel, daß ich es diskutieren muß.«
»Sie sind wahrhaftig ein Charakter, James – wie wir in Irland sagen. Manchmal habe ich beinah Mitleid mit Henrietta.«
Sie gingen über die verschlungenen Pfade nach Jalna hinüber; Wilmott führte das Pferd, und Adeline hatte die Schleppe ihres Reitkostüms über den Arm geworfen. Bei Philip trafen sie auch Colonel Vaughan. Zusammen besichtigten sie das Treppenhaus, sprachen über die Stufenhöhe, den Schwung des Geländers und das Muster für den geplanten Pfosten. Adeline erklärte, daß die Stufen äußerst bequem seien. Sie könne den ganzen Tag hinauf- und herunterlaufen und dabei auf jedem Arm ein Baby tragen.
Colonel Vaughan lud Wilmott zu Tisch ein. Wilmott wurde nicht allzu häufig nach Vaughansland eingeladen – Mrs. Vaughan mochte ihn nicht besonders. Seine religiösen und politischen Ansichten waren ihr nicht geheuer. Sie hatte beobachtet, daß ihr Mann ihn bewunderte. Ihrer Ansicht nach war er ein gefährlicher Freund für Robert. Am meisten aber mißfiel ihr seine offensichtliche Verehrung für Adeline. Sie fand es leichtsinnig, daß Adeline ihn allein in seinem Haus besuchte und so das Geschwätz der Leute herausforderte. Und sie fand es unverantwortlich nachlässig, daß Philip ihr diese Besuche erlaubte. Das alles sagte sie Adeline, als man auf das Dinner wartete.
»Liebe Mrs. Vaughan«, Adeline lächelte herausfordernd, »bitte, stellen Sie mich doch nicht für etwas so Harmloses zur Rede.«
»Ich stelle Sie nicht zur Rede, Mrs. Whiteoak. Ich warne Sie nur.«
»Sie warnen mich – wovor?«
»Daß man über Sie reden wird.«
»Sie wollen sagen: es wird bereits geredet?«
»Sie müssen zugeben, daß Ihr Betragen ungewöhnlich ist.«
»Philip und ich sind unkonventionelle Menschen. Es ist uns restlos egal, was die Klatschmäuler sagen.«
»Aber diese Leute sind keine Klatschmäuler; es sind nette Leute und – nicht zu vergessen – Ihre zukünftigen Nachbarn.«

»Oh, Mrs. Vaughan, bitte sprechen Sie nicht in diesem Ton mit mir.«
Adelines Gesicht glühte; etwas ruhiger meinte sie dann: »Solange ich hier bei Ihnen wohne, werde ich nicht wieder allein zu Wilmott gehen. Ich hoffe, das wird Sie alle zufriedenstellen.«
Adeline ging hinaus, um sich zu Tisch umzukleiden; wieder einmal kam ihr zu Bewußtsein, wie sehr dieser Aufenthalt in dem fremden Haus ihre persönliche Freiheit einschränkte. Vor der Tür zum Kinderzimmer blieb sie stehen und öffnete sie. Nicholas saß frisch gebadet auf dem Schoß der Nurse; er glänzte feucht, wie eine eben aus dem Meer heraufgeholte Muschel. Sein Haar kräuselte sich in nassen Locken um die Stirn. Seine Augen blitzten fröhlich und übermütig. Er hatte den Schwamm auf den Boden geworfen und angelte nun nach seinen rosigen Zehen. Stolz und ein wenig einfältig – ein typischer Zug an jeder Kinderschwester – lächelte Matilda Adeline an. Ihr Blick sagte: Sie haben ihn zwar geboren; aber jetzt gehört er mir, mir ganz allein.
Nicholas war es herzlich gleichgültig, wem er gehörte. Sein Weltbild war weit und großzügig. Er war vollauf damit beschäftigt, alle Dinge in seiner Reichweite zu zerstören.
»Mein Engel!« rief Adeline. »Oh, Matilda, wie er wächst! Sind seine Grübchen nicht süß?«
»Ja, das sind sie, Ma'am, wirklich«, erwiderte die Nurse selbstgefällig, als hätte sie jedes einzelne eigenhändig modelliert. Gussie schleppte die Puppe heran, die ihr Wilmott geschenkt hatte. Sie hatte einen rosaweißen Porzellankopf mit schwarzen, aufgemalten Locken. Die Puppe war nur mit einem Hemdchen bekleidet.
»Schau«, sagte Gussie und hielt die Puppe hoch.
»Ei, wie hübsch!« sagte Adeline, deren Augen schon wieder auf Nicholas ruhten.
»Schau«, sagte Gussie, zog der Puppe das Hemd aus und deutete auf den blanken Körper.
»Wunderbar«, sagte Adeline, ohne hinzusehen.
Gussie legte die Puppe in die Badewanne und drückte sie kräftig unter Wasser. Als sie unterging, kam ein nachdenklicher Ausdruck in die Augen des Kindes. Sie wandte sich an ihre Mutter.
»Huneefa«, sagte sie.
Adeline fuhr erschrocken zusammen. Woran erinnerte sich das Kind? Warum hatte sie den Namen der Ayah genannt?
»So ein nichtsnutziges Ding!« rief die Nurse. »Den ganzen Tag hält sie mich in Atem. Immer fällt ihr ein neuer Unfug ein. Sie braucht eine gehörige Strafe, Ma'am.«
Gussie bekam einen Hustenanfall, der in einem keuchenden Krächzen endete. Der Husten schüttelte ihren kleinen Körper. Es war ein ergreifender Anblick,

wie sie sich an einer Stuhllehne angeklammert aufrecht hielt. Als der Krampf sich löste, standen ihr Schweißtropfen auf der rot angelaufenen Stirn. Adeline wischte sie ihr mit dem Taschentuch ab.
»Arme kleine Gussie«, murmelte sie, über das Kind gebeugt.
»Oh, wie schrecklich du hustest! Das kommt davon, Matilda, daß sie die kleinen Pinks besucht hat.«
»Aber Ma'am, das haben Sie doch selber vorgeschlagen. Ich war nicht dafür. Man kann nicht vorsichtig genug sein – wenn man ein Baby im Haus hat.«
»Meine Güte, woher sollte ich wissen, daß die kleinen Pinks Keuchhusten ausbrüten?«
»Man kann nie wissen, was Pfarrerskinder alles ausbrüten, Ma'am.«
Jemand kam die Treppe herauf und klopfte laut und eilig an die Tür.
»Das ist der Doktor«, sagte die Nurse und hüllte den nackten Nicholas in ein großes Badelaken.
Adeline öffnete und ließ Dr. Ramsay ein. Er war ein etwa dreißigjähriger knochiger Mann und wirkte außerordentlich gesund. Sein Gesicht mit den hohen Backenknochen und dem strengen Mund war energisch und ein wenig herausfordernd. Sein Benehmen war etwas ungehobelt. Er begrüßte Adeline und wandte sich dann seiner kleinen Patientin zu.
»Hallo«, sagte er. »Wieder mal ein Hustenkrampf, was?«
Gussie nickte ernst. Sie strich sich mit der Hand über die Stirn und schob die feuchten Locken zurück.
Dr. Ramsay setzte sich und nahm sie auf den Schoß. Er legte die Finger um ihr winziges Handgelenk und richtete den Blick auf Adeline.
»Wenn wir sie nur irgendwie isolieren könnten«, sagte er. »Es wäre sehr bedauerlich, wenn Sie Keuchhusten bekämen, Mrs. Whiteoak.«
»Das ist ziemlich unwahrscheinlich, nachdem ich ihn nicht bekommen habe, als meine fünf Brüder ihn gleichzeitig hatten.«
»Ich wünschte, Sie hätten ihn sich damals geholt«, erwiderte der Arzt.
»Nun, mir wäre es damals sehr arg gewesen. Dann hätte ich die Rennen in Dublin verpaßt. Mein Großvater nahm mich nämlich mit, während meine Brüder zu Hause saßen und vor sich hin husteten.«
»Lieber ein verpaßtes Rennen als eine Fehlgeburt«, entgegnete er.
Adeline schwankte wieder einmal, ob sie Dr. Ramsay vertrauen oder ob sie ihn ablehnen solle. Er war ihr nicht besonders sympathisch, und dieses Gefühl trübte ihr Zutrauen in seine ärztlichen Fähigkeiten. Sie sagte: »Ich mache mir nur Sorgen um mein Baby. Es war bisher noch nicht einen Tag krank.«
Dr. Ramsay betrachtete Nicholas, der bequem im Schoß seiner Pflegerin lag.
»Falls er sich ansteckt«, sagte der Arzt, »wird er ein bißchen von seinem hübschen Speck verlieren.«
»Wenn Miß Augusta sich nur von ihm fernhielte«, sagte die Nurse, »aber das tut sie nicht.«

»Wenn Mrs. Whiteoak sich nur von Augusta fernhielte«, sagte Dr. Ramsay.
Philip traf Adeline beim Umkleiden in ihrem Zimmer. Nach Mrs. Vaughans kritischen Worten und dem Tadel von Dr. Ramsay war sie jetzt nicht gerade in rosiger Stimmung. Sie steckte mit dem Kopf im Kleiderschrank und sagte unzufrieden zu Philip: »Ich kann dir nur sagen, ich habe es satt, ständig auf andere Leute Rücksicht nehmen zu müssen. Von morgens bis abends muß ich nur daran denken, niemandem auf die Zehen zu treten. Meine Kleider sind durcheinander, meine Kinder sind durcheinander, wir beide sind durcheinander.«
»Was gibt's?« fragte Philip gelassen und knöpfte seine Weste auf.
»Du hast es gut, du kannst dich nicht beklagen. Du kannst ungeniert leben. Du bist frei wie ein Vogel. Du bekommst keine Vorwürfe, wenn du deine Nachbarn besuchst. Du bekommst kein Baby. Du brauchst nicht sieben Krinolinen auf einen einzigen Haken zu hängen!«
»Ich muß den Kopf aus dem Fenster oder in den Kamin stecken, wenn ich eine Zigarre rauchen will«, gab Philip gelassen zurück. »Hat Mrs. Vaughan etwas über deine Besuche bei Wilmott gesagt?«
Sie zog ihren Kopf aus dem Schrank; die Locken hingen ihr um die zornroten Wangen. »Jawohl. Wer hat es dir erzählt?«
»Vaughan. Er findet, daß dein Benehmen etwas zu unkonventionell ist, und er hat vermutlich recht. Ich habe dir die Zügel lockergelassen, Adeline, weil ich glaube, daß das die beste Taktik bei dir ist, und weil ich Wilmott für einen anständigen Burschen halte. Ich habe Vaughan versprochen, mit dir zu reden.«
»Die Mühe hättest du dir sparen können. Ich habe Mrs. Vaughan gesagt, daß ich nicht mehr zu Wilmott gehen werde, solange wir hier wohnen. Übrigens meint Dr. Ramsay, daß es gefährlich wird, wenn ich mir den Keuchhusten hole.«
Der bloße Gedanke ließ Philip erbleichen. »Du mußt dich von den Kindern fernhalten. Ich befehle es.«
»Ich habe keine Angst. Mir ist dieser Dr. Ramsay unsympathisch. Wenn nur Dr. St. Charles hier wäre! Meinst du, er würde kommen und nach mir sehen, wenn wir ihn darum bitten?«
»Ich fürchte, es ist zu weit. Außerdem halte ich Dr. Ramsay für einen sehr zuverlässigen Arzt. Was willst du heute abend anziehen?«
Sie hatte ein grünes Taftkleid aus dem Schrank geholt. Es war sehr tief ausgeschnitten, und Philip fand es zu elegant für die Gelegenheit.
Als er dies sagte, schleuderte Adeline das Kleid auf den Boden. Dann solle er ihr eben ein Kleid aussuchen, das häßlich und unscheinbar genug sei, um dem Anlaß zu entsprechen. Philip sah auf die Uhr.
»Wir kommen zu spät zu Tisch«, sagte er. »Dein Kopf sieht aus wie ein Flederwisch. Wenn du mit einem Strubbelkopf und einem Galakleid auftreten

willst, bitte! Ich werde es dulden, aber verlaß dich darauf, daß ich mich schäme.«
Mißmutig setzte sie sich ans Fenster und sah hinaus. »Wie schön ist es um diese Jahreszeit in County Meath«, sagte sie.
»Ja«, erwiderte er, »und wie schön es erst in Warwickshire ist.«
»Ach, ihr Engländer habt kein Herz für euer Land. Euch ist die tiefe, dunkle, hungrige Vaterlandsliebe fremd, die wir Iren fühlen.«
»Und das ist nur gut. Sonst wären wir da, wo Irland heute ist.«
»Nur ihr Engländer seid schuld, daß es so ist.«
»Mit euch ist nichts anzufangen, das wißt ihr selbst am besten.«
Sie lachte, schon halb besänftigt. Ihre Finger trommelten eine Melodie auf dem Fensterbrett. »Ich bin ganz aus der Übung!« rief sie. »Meine Finger werden steif, und dabei konnte ich das ›Gebet einer Jungfrau‹ mit nur drei Fehlern spielen.«
Philip trat hinter ihren Stuhl, schob die Hände unter ihre Ellbogen und zog sie auf die Füße.
»So«, sagte er, »du ziehst dich jetzt an, oder ich komme mit dem Stock!«
Sie lehnte sich gegen seine Schulter und seufzte: »Ich bin müde. Wenn du ahntest, was für einen Tag ich hinter mir habe!«
Statt des grünen zog sie ein viel einfacheres Kleid aus maisgelbem indischem Musselin an und hatte gerade noch Zeit, ihr Haar zu einem glatten Knoten zu schlingen. Zum Ausgleich schmückte sie sich mit langen Brillantohrringen und einer gelben Rose im Haar. Wilmott war bei Tisch ungewöhnlich lebhaft. Es war typisch für ihn, daß er immer zurückhaltender oder munterer war als die anderen. Seine Stimmungen entsprachen nie ganz der Stimmung des Augenblicks. Er tauschte verständnisinnige Blicke mit Adeline, sooft sich ihre Augen begegneten. Sie dachten beide an Henrietta. Mrs. Vaughan fing einen dieser Blicke auf und hatte das beunruhigende Gefühl, von Intriganten umgeben zu sein. Auch das Betragen ihrer Nichte war einigermaßen beunruhigend. Daisy bemühte sich allzu offensichtlich um die Aufmerksamkeit von Dr. Ramsay. Um von ihrem einfachen Kleid abzulenken, hatte sie ihr Haar besonders kunstvoll frisiert – die Locken flossen wie ein glänzender dunkler Wasserfall auf ihre Schultern. Und Mrs. Vaughan hatte den schrecklichen Verdacht, daß Daisy Rouge aufgelegt habe. Sie lachte zu viel und mit zu weit geöffnetem Mund. Sie lehnte sich viel zu weit über den Tisch, um den Blick des jungen Arztes zu fesseln. Dr. Ramsay war eben erst von einem Jagdausflug zurückgekehrt, und Philip brannte darauf, Einzelheiten zu erfahren. Nächstes Jahr, wenn seine Familie in Jalna untergebracht war, würde er mit von der Partie sein. Der Bericht über die Gefahren und Erfolge der Jagd entlockte Daisy kleine Schreie des Entsetzens und des Beifalls. Die Jäger hatten Rehe, einen Elch und einen Bären erlegt. Wilmott war der Ansicht, daß kein Mensch das Recht habe, mehr zu töten, als er zur Nahrung brauche, und er

behauptete, daß es für jeden Mann vollauf genüge, wie er, in seinem eigenen Boot auf seinem eigenen Fluß zu fischen. Daisy ergriff heftig Partei für Dr. Ramsay. Wenn sie ein Mann wäre, erklärte sie, würde sie wie Captain Whiteoak nach Indien gehen und Tiger schießen. Sie würde gern einen Großwildjäger heiraten und ihn auf seinen Expeditionen begleiten.
»Sie würden sehr bald genug davon haben, Miß Daisy«, sagte Philip.
»Das käme ganz auf den Mann an. Mit dem richtigen Mann kann man jeder Gefahr ins Auge sehen.«
»Es wäre vielleicht gut, wenn Sie zur Übung erst einmal nächstes Jahr mit auf unseren Jagdausflug kämen«, schlug Dr. Ramsay vor.
»Jedenfalls könnte sich dann Dr. Ramsay deiner Verletzungen annehmen«, meinte ihr Onkel.
Damit brachte er das Gespräch auf die beschwerlichen Reisen, die der Doktor mitten im Winter zu seinen abgelegenen Patienten unternehmen mußte. Als die Damen sich zurückgezogen hatten, ermunterte man ihn, ausführlicher darüber zu berichten. Colonel Vaughan ließ seinen Portwein wieder die Runde machen.
»Sie würden kaum glauben, was ich im Notfall für Hilfsmittel gebrauche«, sagte Dr. Ramsay. »Vor einigen Wochen war ich gerade bei einem Patienten, als mich eine Nachbarin in höchster Aufregung in ihr Haus rief. Ihr Mann hatte sich in den Fuß gehackt. Als ich den kleinen Hof erreichte, war der Mann am Ende seiner Kräfte. Es war eine üble Wunde. Und ich hatte nichts zum Nähen bei mir. Im ganzen Haus war kein Stück Zwirn. Also ging ich in den Stall und zog einem ihrer Pferde ein paar feste weiße Haare aus dem Schwanz. Sie erfüllten ihren Zweck, wenn sie auch hygienisch nicht einwandfrei waren. Ich habe selten einen Schnitt so gut heilen sehen.«
Er erzählte noch von anderen Erlebnissen, die Wilmott nicht weniger entsetzten. Er stärkte sich mit Portwein. Niemand bemerkte, wie still er geworden war und wie unsicher er ging, als sich die Herren wieder zu den Damen gesellten. Er setzte sich neben Adeline. Draußen fing es an zu regnen; man hörte, wie die Tropfen gegen die Scheiben schlugen.
»Ich freue mich, den Regen zu hören«, sagte Colonel Vaughan, »er ist bitter nötig.«
»Wenn er nur gewartet hätte, bis ich zu Hause bin«, sagte Ramsay. »Es wird ein ungemütlicher Ritt werden. Mein Pferd stolpert in jedes Loch und jede Pfütze. Hören Sie nur, wie es gießt!« Er wandte sich an Wilmott. »Sind Sie auch zu Pferd gekommen?«
Wilmott sah ihn verwirrt an. »Ja – ja«, sagte er langsam, »ich hoffe, ein gutes Pferd zu bekommen. Ein Gespann – ja – und gelegentlich – ein Reitpferd.«
Ramsay war irritiert. »Ich fragte, ob Sie hierher geritten sind.«
»Nein – nein – ich reite nie.«

Philip saß am anderen Ende des Zimmers neben Daisy auf dem Sofa. Er wußte, wie gern sie sich zu einem Klaviervortrag drängen ließ. Also sagte er zu Mrs. Vaughan: »Könnten Sie nicht Ihre Nichte überreden, uns etwas vorzuspielen? Gegen meine Bitten ist sie taub.«
»Ja, das wäre nett«, stimmte Mrs. Vaughan zu. »Bitte, spiel etwas, Daisy.«
»Oh, Tante, ich spiele so miserabel! Bitte dränge mich nicht.«
»Ich möchte dich nicht drängen, Daisy, aber ich glaube, es wäre uns allen ein Vergnügen.«
»Ganz gewiß nicht für Dr. Ramsay. Sicher findet er Klaviermusik abscheulich.«
»Ich weiß nicht, wie Sie zu dieser Ansicht kommen«, verteidigte sich der Doktor. »Ich kann selber die ›Glocken von Schottland‹ mit einem Finger spielen und bin sehr stolz darauf.«
»Oh, dann tun Sie das doch, bitte! Ich würde es zu gern hören.«
»Erst müssen Sie spielen.«
»Nun kommen Sie schon, Miß Daisy«, schmeichelte Philip, »seien Sie nicht so widerspenstig. Das steht einer jungen Dame nicht.«
Mit wirkungsvollem Zögern erhob sie sich und ging zum Klavier. Der Klavierstuhl mußte erst in die Höhe geschraubt werden. Philip half ihr dabei und suchte ihr auch die Noten heraus.
Leise sagte Adeline zu Wilmott: »Wenn diese Person nicht so ein Theater machen würde, wäre sie leichter zu ertragen.«
»Ich kann außer Ihnen keine Frau ertragen.«
Sein Ton war so ungewohnt heftig, daß Adeline sich rasch zu ihm hinüberbeugte.
»Was ist los mit Ihnen, James?«
»Nichts. Ich habe nur etwas zuviel getrunken.«
Daisy glitt selig durch einen Straußwalzer; Philip blätterte die Seiten für sie um.
»Oh, ein Walzer!« seufzte Adeline. »Was gäbe ich jetzt darum zu tanzen!«
»Warum tanzen wir dann nicht? Es wäre mir ein Vergnügen.«
»In diesem Zimmer! Auf diesem Teppich! James, haben Sie den Verstand verloren? ... Ich meine, in einem richtigen Ballsaal, zu einem langsam und stimmungsvoll gespielten Walzer.«
Beifallsgemurmel belohnte Daisy am Ende ihres Vortrags. Sie weigerte sich, noch ein Stück zu spielen.
»Ich gebe nicht nach«, sagte sie, »bis Mrs. Whiteoak und Mr. Wilmott zusammen ein Stück aus der ›Zigeunerin‹ singen. Captain Whiteoak hat mir erzählt, wie meisterhaft sie das können. Befehlen Sie es ihnen doch, Captain Whiteoak!«
»Meine Frau kann nie den Ton halten«, sagte Philip, »aber wenn die Anwesenden darauf bestehen, werde ich sie veranlassen zu singen.«

»Ich bestehe darauf«, sagte Ramsay.
»Was meinen Sie, Wilmott?« erkundigte sich Philip, »können Sie Adelines Stimme stützen?«
Wilmott erhob sich unvermutet lebhaft.
»Kommen Sie«, sagte er zu Adeline, »wir werden ihnen zeigen, was ein wirklich gekonnter Vortrag ist.« Er reichte ihr seine Hand. Sie ließ sich von ihm zum Klavier führen, sah ihn dabei aber kritisch von der Seite an. Er gefiel ihr nicht so recht. Aber er ließ sich mit siegesgewisser Miene vor den Tasten nieder. Er kannte die Begleitung auswendig. Er spielte die Einleitung. Doch als er anfangen wollte zu singen, brachte er nur ein mißtönendes Krächzen heraus. Erstaunt sah er zu Adeline auf.
»Ist irgend etwas nicht in Ordnung?« fragte Colonel Vaughan.
»Nein, nein«, beruhigte ihn Adeline. Sie beugte sich über Wilmotts Schulter. »Wollen Sie uns beide blamieren«, flüsterte sie, »oder wollen Sie singen?«
»Singen«, murmelte er.
Philip trommelte ungeduldig mit den Absätzen. Er hätte gern ein bißchen Lärm gemacht, hatte aber Angst vor Mrs. Vaughan.
Wilmott schlug noch einmal die einleitenden Töne an. Dann nahm er plötzlich die Hände von den Tasten, schlang die Arme um den Notenständer und legte seinen Kopf darauf. Mrs. Vaughan sprang auf.
»Ist Mr. Wilmott krank?« fragte sie.
»Nein«, erwiderte Adeline. »Er ist nicht wirklich krank. Es ist nur eine kleine Ohnmacht.«
»Ich werde mein Riechsalz holen.« Mrs. Vaughan stürzte aus dem Zimmer. Philip kam herüber und spähte seinem Freund ins Gesicht. Auch Dr. Ramsay beugte sich über ihn.
»Merken Sie, was mit ihm los ist?« fragte der Arzt.
»Ja. Ich habe ihn schon seit dem Dinner im Verdacht gehabt. Wir sollten ihn an die Luft bringen, bevor Mrs. Vaughan zurückkommt.«
Philip wandte sich an Adeline. »Du mußt mit Daisy zu Mrs. Vaughan gehen und ihr sagen, daß wir Wilmott nach draußen gebracht haben. Hattest du denn keine Augen im Kopf, daß du nicht gesehen hast, wie beschwipst er ist? Du hättest nicht versuchen dürfen, mit ihm zu singen.«
Diesmal hatte es Adeline tatsächlich die Widerrede verschlagen. Schließlich murmelte sie: »Er hat einen schweren Tag hinter sich, der Arme!«
»Das kannst du mir später erzählen.«
Philip und Dr. Ramsay zogen Wilmott auf die Füße und steuerten ihn durch das Zimmer. Die beiden jungen Frauen gingen hinaus, um Mrs. Vaughan zu suchen. Colonel Vaughan folgte den Männern. Der Regen trommelte auf die Terrasse. Er sagte: »Sie können ihn nicht dort hinausbringen. Er wird bis auf die Haut durchweichen.«
»Das wird ihm guttun«, sagte der Doktor.

Sie setzten Wilmott in einen Schaukelstuhl. Sein Kopf sank ihm auf die Schulter. Philip zwinkerte dem Arzt zu.
»Er sieht ziemlich jämmerlich aus, finden Sie nicht?«
Dr. Ramsay nickte grimmig. »Er kann heute nicht mehr nach Hause gehen.«
Wilmott öffnete die Augen und sah sie an. »Ich fürchte, ich kann nicht singen«, sagte er.
»Wir werden Sie entschuldigen, alter Knabe«, sagte Philip. Er ging zu Colonel Vaughan. »Könnten Sie ihn wohl für die Nacht unterbringen?« fragte er kleinlaut.
Colonel Vaughan erwiderte kühl: »Natürlich. Er kann Roberts Zimmer haben. Aber meine Frau darf den wahren Sachverhalt nicht erfahren. Sie wäre entsetzt.«
Später, in ihrem Zimmer, sagte Philip zu Adeline: »Ich muß schon sagen, ich werde froh sein, wenn wir unter unserem eigenen Dach sind. Ich möchte einen Freund ohne soviel Heimlichtuerei bei mir ins Bett packen können, wenn es nötig ist. Vaughan hat seine Frau gründlich verzogen. Aber warum mußte Wilmott, dieser Narr, sich ausgerechnet in diesem Haus betrinken?«
»Er war so erschöpft, der Arme!«
Philip sah sie mit großen blauen Augen an. »Erschöpft, wovon? Vom Rudern und Fischen? Oder davon, daß er dem jungen Tite das Kritzeln beibringt?«
»Ach, er hat Kummer, von dem du nichts weißt.«
»Was für Kummer?«
»Ich darf es nicht sagen.«
»Hallo, Madam«, sagte Philip, »ich wünsche nicht, daß Wilmott dir die Geheimnisse seiner Vergangenheit anvertraut. Wenn er sich schon beim Gedanken an diese Vergangenheit betrinken muß, dann soll er sie für sich behalten oder einen Mann ins Vertrauen ziehen.«
»Du hast recht«, sagte Adeline sanft. »Natürlich.« Dann fügte sie seufzend hinzu: »Ich fühle mich gar nicht gut, meinst du, ich könnte eine Fehlgeburt haben?« Sie kroch unter das dicke Federbett.
Trotz seiner besorgten Miene erwiderte Philip gelassen: »Ich glaube, du bist nur müde und ein wenig unglücklich über Wilmott. Dir fehlt nichts als ein langer, gesunder Schlaf.« Er stopfte die Decken um sie fest. »So, ist das nicht ganz gemütlich? Ich bin gleich bei dir. Meine Güte, hör nur den Regen! Es gießt in Strömen.«

14

WINTERSPORT

Der November brachte Dauerregen und stürmische Nordostwinde. Sie zerrten die letzten Blätter von den Bäumen; in den Wäldern regierte jetzt das dunkle

Grün der Tannen. Die Straßen waren so aufgeweicht, daß die Zimmerleute oft lange auf die Wagen mit dem Baumaterial warten mußten. Dennoch ging Jalna stetig seiner Vollendung entgegen. Die Arbeiter bauten sich wetterfeste Unterkünfte und eine Art Kantine. Sie waren gesund und froh darüber, daß noch einige gutbezahlte Arbeitsmonate vor ihnen lagen. Unter ihnen waren ein paar Mundharmonikaspieler, und einer konnte sogar Flöte blasen. So verbrachten sie lustige Abende. Die beiden Französisch-Kanadier tanzten, etliche sangen und Fiedel-Jock begleitete sie – er hatte mehr Musik im Blut als mancher Konzertgeiger. Wenn sie genug getrunken hatten, ging es recht laut zu, und gelegentlich gab es sogar blutige Raufereien.

Bald darauf blies ein kräftiger Nordwind, das Regenwetter wurde von klarem Frost abgelöst. Der erste Schnee fiel. Nero, der Neufundländer, hatte jetzt wieder einen dicken Winterpelz und tollte munter und wachsam auf dem Grundstück umher. Er kannte jeden einzelnen Arbeiter und war gut Freund mit ihnen. Fremde aber, die kamen und um Arbeit fragten, bellte er wütend und drohend an. Er wurde ungewöhnlich fett, da ihn der Vorarbeiter, zusätzlich zu den Mahlzeiten in Vaughansland, mit Speckbratkartoffeln fütterte. Außerdem verschlang er die Geflügelknochen, die ihm die Männer zuwarfen. Gewiß hielt der Schutzengel für Hunde seine Hand über ihn – es wurde ihm nur gelegentlich für wenige Minuten schlecht. Keiner der scharfen Knochensplitter durchbohrte seine Eingeweide. Nero war widerstandsfähig und gutmütig und äußerst vergnügt. Er durfte herumrennen und bellen, soviel er wollte. Adeline hatte sich nun doch bei Augusta angesteckt. Sie hatte Keuchhusten und hustete sich in den Tagen vor Weihnachten beinah die Seele aus dem Leib. Sie wurde den Husten bis zum nächsten Frühjahr nicht mehr los. Dr. Ramsay verschrieb ihr Leinsamentee. Mrs. Vaughan verabreichte ihr viel Honig und Rum. Mr. Pink brachte ihr eine Flasche Radway's Hustensaft und Mrs Lacey eine Flasche Tannensirup. Jedesmal, wenn Philip in die Stadt fuhr, kam er mit Tabletten und Hustenpastillen für Adeline zurück. Aber die vielen Heilmittel hatten alle nur eine Wirkung: sie verdarben ihr den Appetit. Sie wurde immer dünner. Man hätte ihr jetzt die Schwangerschaft deutlich angesehen, wenn sie sich nicht so stark geschnürt hätte. Mit Hilfe eines langen Korsetts und einer weiten Krinoline gelang es ihr, auch jetzt noch graziös und elegant zu wirken. Natürlich riet Mrs. Vaughan ihr davon ab. Sie würde dem Kind damit schaden, meinte sie. Andererseits war es ihr ganz recht, daß Adeline ihren Zustand zu verbergen suchte. Mit Robert und Daisy im Haus wäre eine unförmige Adeline doch recht peinlich gewesen. Mrs. Vaughan war in diesen Tagen so reizend zu Adeline, daß diese es ihr nie vergaß.

Die vielen Hustenmedizinen, die Gussie zusammen mit Adeline schluckte, bekamen dem kleinen Mädchen noch schlechter als ihrer Mutter. Sie verlor jeden Appetit und konnte das wenige, das sie aß, nicht richtig verdauen. Tiefe Schatten lagen unter ihren krankhaft großen Augen, ihre Lippen waren blau.

Nur wenn sie hustete, liefen Lippen und Gesicht purpurrot an. Der kleine Nicholas dagegen gedieh wie ein Unkraut. Er wog mehr als Gussie und kroch – er hatte noch nicht angefangen zu laufen – mit überraschender Ausdauer und Geschwindigkeit überallhin. Sobald etwas nicht nach seinem Kopf ging, bekam er einen Wutanfall und erfüllte das Haus mit zornigem Gebrüll. Er schlief wie ein Murmeltier, wachte mit der Sonne auf und begrüßte jeden neuen Tag mit fröhlichem Kreischen. Er war überall der erklärte Liebling – er würde ein verzogener, eigensinniger Junge werden; niemand konnte seinem Charme und seinem Lächeln widerstehen.

Wie kalt es über Nacht geworden war! Dunkel und lauernd standen die Wälder im klirrenden, messerscharfen Frost. Land und Wasser lagen unter einer schweren Eisdecke. In der Nacht, als Robert von der Universität heimkam, schlug das Wetter um. Schwere graue Wolken hingen am Himmel. Es schneite die ganze Nacht. Das würde ein Weihnachtswetter geben!

Mrs. Vaughan war glücklich. Roberts Zimmer war wieder bewohnt. Jetzt würde sie endlich mit dem großen, hübschen, heiteren Sohn vertraut werden, den sie bisher so selten gesehen hatte. Aber Robert fand seinen Eltern gegenüber nie den ungezwungenen Ton, in dem er sich mit Adeline unterhalten konnte.

Er sprach sich mit Adeline darüber aus. »Vielleicht kommt es daher, daß sie so viel von mir erwarten«, meinte er. »Sie erwarten, daß ich ein überzeugter Kanadier bin, obwohl ich das Land doch kaum kenne. Sie wollen mich als großartigen Charakter sehen, und dabei bin ich doch voller Fehler. Ich soll ihnen meine Liebe offen zeigen und bin doch durch und durch schüchtern. Sie dagegen erwarten von mir nicht mehr, als ich zu bieten habe.« Sein Blick sprach Bände. »Wenn Sie wüßten, was mir alles durch den Kopf gegangen ist, während der Zug mich hierherbrachte! Sie würden sich wundern!«

Sie lächelte. »Wirklich?«

»Jawohl. Ich habe mir über vieles Gedanken gemacht. Zum Beispiel, warum ich mir auf der Universität den Kopf mit Bücherweisheiten vollstopfen muß. Welche Rolle Sie in meinem Leben spielen werden ... Wie mein Leben werden wird. Ob ich jemals irgendwo wirklich hingehöre. Wer und was ich überhaupt bin. Und wozu die vielen inneren Kämpfe wohl gut sind. Zum Beispiel dieses Haus, das Sie bauen – hängen Sie mit dem Herzen daran? Gibt es Ihnen ein Gefühl der Sicherheit? Ich habe lange über diese Frage nachgedacht.«

»Mir genügt es, von einer Jahreszeit zur nächsten zu leben«, sagte sie. »Wenn ich unter meinem eigenen Dach mit den Menschen leben kann, zu denen ich gehöre – das ist das einzige, was zählt.«

»Und meine Freundschaft zählt nicht?« rief er gekränkt.

»Dieser Ort wäre mir ohne Sie und Ihre Freundschaft weit weniger lieb.«

»Und mir wäre er verhaßt ohne Sie. Mir erscheint dieses Land wie eine riesige Wüste. Ich werde es niemals lieben! Vielleicht mein Sohn, falls ich einen Sohn haben werde. Sehen Sie nur den Schnee. Monatelang wird er alles begraben. In Montreal ist es noch schlimmer.«

Adeline tätschelte seine Wange.

»Oh, Bobbie«, sagte sie, »was sind Sie für ein großer Redner! Kommen Sie, machen wir draußen eine Schneeballschlacht. Das habe ich in Quebec mit den Balestrier-Kindern oft getan.«

»Bin ich denn ein Kind?« fragte er verdrossen.

»Sie sind sehr liebenswert«, erwiderte Adeline.

Mrs. Vaughan war entsetzt, als sie sah, wie sich die beiden mit Schneebällen bewarfen. Adelines Unvorsichtigkeit ängstigte sie. Wie konnte man nur mit einem solchen Husten im Schnee spielen! Dennoch holte sie die Kinder ans Fenster, um ihnen das wilde Spiel ihrer Mutter zu zeigen. Als Philip zwischen den Bäumen auftauchte, begrüßte ihn ein weißer Volltreffer. Jetzt wurde die Schlacht wirklich hitzig. Nero rannte hinter den Schneebällen her, sprang an den Kämpfern hoch und warf sie beinah um.

Der Himmel sei dem Ungeborenen gnädig, dachte Mrs. Vaughan. Sie strich Nicholas eine Locke aus der Stirn. »Sieh dir bloß deine Mutter an«, sagte sie.

Er lachte glucksend, befeuchtete seinen Finger mit Spucke und malte damit auf der Scheibe.

Mrs. Vaughan streichelte Gussie. »Deine Mutter hüpft herum wie eine wilde Geiß. Das ist nicht gut für den nächsten kleinen Bruder.«

»Bitte, bitte, keine kleinen Brüder mehr«, sagte Gussie. Sie fühlte, daß ein neuer Hustenanfall bevorstand.

»Wenn du ein bißchen älter bist, Gussie, vielleicht an deinem nächsten Geburtstag, werde ich eine Kindereinladung für dich geben. Wir werden sechs nette Kinder einladen. Die kleinen Pinks...« Sie merkte, wie Gussie mit dem aufsteigenden Husten kämpfte. Dann kam der Anfall.

Zu Weihnachten war das Land tief verschneit, aber es war nicht so bitter kalt wie in Quebec. Wilmotts kleiner Fluß war zugefroren. Er schaufelte mit Tite den Schnee fort und fegte das Eis blank. Die beiden waren vollkommen glücklich bei ihrer Arbeit. Seit jenem unangenehmen Abend war Wilmott den Vaughans aus dem Weg gegangen. Seitdem waren ihm Mrs. Vaughan und Dr. Ramsay unsympathisch. Mit den übrigen Nachbarn verkehrte er freundschaftlich. Er spielte Whist mit den Pinks und den Laceys und plauderte mit ihnen über Religion und Politik. Heber Pink, der Geistliche, war ein untersetzter, blühender Mann mittleren Alters; seine Frau war ihm äußerlich recht ähnlich, jedoch nicht so redselig und selbstbewußt wie er, sondern – vor allem in Gesellschaft – ängstlich und scheu. Mr. Pink war zäh und wetterfest. Er hatte drei Pfarreien zu betreuen. Die eine besaß in Stead, einem kleinen Dorf, eine solide Kirche – hier besuchten die Besitzer von Jalna und ihre

Nachbarn den Gottesdienst; die beiden anderen lagen weit auseinander und hatten nur kleine Holzkirchen, um deren Verbesserung Pfarrer Pink ständig kämpfte. Er war von seiner Meinung überzeugt, aber nicht intolerant, und genoß die Diskussionen mit Wilmott. Doch Philip war ihm noch lieber; er schlug ihm vor, ein Stück von seinem Land der Gemeinde zu schenken und damit den Bau einer neuen Kirche zu ermöglichen. Das würde Mr. Pink von seinen beiden kleinen Holzkirchen erlösen.

Auch der Sohn von Captain Lacey war über die Feiertage nach Hause gekommen. Der junge Mann war auf einem Schiff stationiert, das in Halifax vor Anker lag. Er war ein temperamentvoller Jüngling und freundete sich sogleich mit Robert Vaughan an, obwohl dieser ihm wesensmäßig sehr unähnlich war. Festtagsstimmung lag in der Luft. Alle Nachbarn nahmen an dem Bau von Jalna lebhaften Anteil. Ringsum sprach man meilenweit von dem Haus; die Leute kamen von weit her gefahren, um es zu besichtigen.

Wilmott hatte beschlossen, die Nachbarn zum Eislauf einzuladen. Das hatte bisher noch niemand getan, und für Wilmott selbst war es die erste derartige Einladung seines Lebens. Der Einfall erschien ihm von Tag zu Tag besser. Natürlich war sein Haus sehr klein, aber bei nicht zu kaltem Wetter konnte man einen Imbiß im Freien servieren. Er hatte für sich und Tite Schlittschuhe gekauft. Tagelang übten die beiden auf dem Fluß – es gab viel blaue Flecken und Muskelkater. Die Pinks und Laceys waren geübte Schlittschuhläufer. Auch die anderen Nachbarn verstanden sich auf diesen Sport, vor allem die Busbys, eine zahlreiche Familie, die schon seit Generationen in Kanada lebte. Adeline hatte noch nie Gelegenheit zum Eislauf gehabt. Sie war entschlossen, es jetzt zu lernen, obwohl Mrs. Vaughan ihr dringend davon abriet. Entgegen ihrer sonstigen Zurückhaltung sprach sie sogar mit Philip darüber. Zu ihrem Erstaunen meinte er jedoch, es würde Adeline nichts schaden. Auch er freute sich auf diesen Wintersport. Wenn dieses Kind ein Krüppel wird, dachte Mrs. Vaughan, dann ist es ihre eigene Schuld. Aber ich könnte weinen, wenn ich an das arme kleine Ding denke.

Philip war schon in Quebec Schlittschuh gelaufen und neckte Wilmott damit, daß er diese Gelegenheit hatte vorbeigehen lassen. Er kaufte für sich, für Adeline und für Daisy Schlittschuhe. Daisy war selig, daß sie Schlittschuh laufen konnte und sogar einige Figuren beherrschte. Sie versprach Philip, ihm einen Eiswalzer beizubringen.

Die Weihnachtstage vergingen heiter und harmonisch. Man hatte einen Baum aus dem Wald geholt und für die Kinder geschmückt. Philips Schwester in Devonshire schickte große Geschenkpakete, und von Adelines Familie kam ein gutes Dutzend Päckchen. Sie waren sehr schlecht verpackt, so daß der Inhalt zum Teil zerbrochen ankam. Adeline hatte für Philip eine Hausjacke und eine Kappe aus grünem Samt gekauft. Sie hatte die Stulpen und den Kragen bunt bestickt und auch die Kappe verziert, von der eine goldene Troddel baumelte.

Philip sah damit so hübsch aus, daß Adeline vor Glück beinah geweint hätte. Zu Philips Kummer mußte diese Hauskleidung jedoch beiseite gelegt werden, bis sie in Jalna unter ihrem eigenen Dach wären. Betrübt führte er Mrs. Vaughan das Geschenk vor. Seine kummervolle Miene rührte sie zwar, aber doch nicht so sehr, daß sie ihm erlaubt hätte, die Rauchjacke anzubehalten und sich die dazugehörige Zigarre anzuzünden

Am Weihnachtstag trug Gussie ihre ersten Pantalons. Sie war jetzt kein Baby mehr, sondern schon ein kleines Mädchen. Die schneeweißen Hosen kamen unter einem ausgeschnittenen, kurzärmeligen, blauen Seidenkleidchen hervor. Die Spitzen daran hatte Adeline selbst gestickt. Auch Gussie sah so bezaubernd aus, daß Adeline schier die Tränen kamen. Sie hob sie hoch und bedeckte ihr Gesicht mit Küssen – dann hielt sie sie Philip entgegen; zwei kleine blaue Schuhchen baumelten unter den Spitzenhosen.

»Hast du jemals etwas so Süßes und so Komisches gesehen?« rief sie.

Gussie war gekränkt. Sie meinte, sie werde ausgelacht. Nicholas war gewöhnt, der Mittelpunkt zu sein, er konnte seine Schwester nicht auf seinem Thron dulden. Er kroch an Adeline heran und versuchte, an den Volants ihres Rockes hinaufzuklettern. Philip hob ihn auf und setzte ihn auf seine Schultern.

»Sie sind ein hübsches Paar!« erklärte er. »Die kleinen Balestriers können ihnen nicht das Wasser reichen.«

»Die kleinen Pinks auch nicht.«

»Überhaupt keine anderen Kinder.«

»Wem unser neues Baby wohl ähnlich sehen wird?«

»Hoffentlich wird es wieder ein Junge. Aber ich wünschte, der kleine Racker wäre nicht unterwegs.«

»Hoffentlich wird er so hübsch wie du.«

»Ja. Es wird Zeit, daß mir endlich einer ähnlich sieht. Aber wahrscheinlich wird er ganz dein Vater, rothaarig und so weiter.«

»Gott behüte!«

»Ich würde ihn gern Charles nennen, nach meinem Vater. Er war ein prachtvoller Mann, und Charles paßt gut zu Whiteoak.«

»Wenn du ihn nach deinem Vater nennst, muß er auch nach meinem genannt werden.«

»Das sehe ich nicht ein.«

»Willst du denn meinen armen Vater ganz und gar aus der Partie stoßen?« grollte sie.

»Vor einer Minute hast du noch gesagt, du hofftest, daß das Kind ihm nicht ähnlich wird.«

»Das ist etwas anderes.«

»Willst du damit sagen, daß du deinen Sohn Renny nennen willst?«

»Mein Vater hat nicht bloß einen Namen. Er heißt Dennis Patrick Crawshay St. John Renny.«

»Hm. Ich kann nicht behaupten, daß mir einer davon gefällt.«
»Auch Dennis nicht?«
»Dennis ist nicht schlecht.«
Besänftigt sagte sie: »Mein lieber Vater wurde Dennis gerufen, bis er dreiundzwanzig war. Dann bot ihm ein Onkel Dennis, nach dem er genannt war, tausend Pfund unter der Bedingung, daß er sich eines seiner anderen Namen bediene. Also legte Vater – jeder Name wäre ihm recht, wenn es um Geld geht – den ›Dennis‹ ab und wurde Renny. Aber wir haben Verwandte, die ihn immer noch Dennis nennen. Sie hassen ihn so, daß sie ihn nicht beim Namen des gemeinsamen Großvaters rufen mögen. Der Großvater war zwar auch nicht gerade ein Ruhmesblatt an unserm Stammbaum; er war...«
Philip sah auf die Uhr. »Wir müssen uns umziehen«, unterbrach er sie. »Und wenn ich dir dein Korsett zuhaken soll, müssen wir anfangen.«
Am Tag von Wilmotts Eislaufgesellschaft herrschte kaltes kristallklares Wetter. Es war windstill, und die Kälte wirkte belebend. Zuweilen rieselte ein wenig glitzernder Schnee durch die Luft. Das Wild hatte der funkelnden Schneedecke überall seine Spuren eingedrückt. Der Tag war schön, als sei er auf Bestellung gemacht.
Den ganzen Morgen arbeiteten Wilmott und Tite auf dem Eis. Mit Reisigbesen fegten sie den Schnee fort. Am Ufer hatten sie Ruhebänke für die Damen errichtet und rote und graue Decken darüber gebreitet. Eine Bäuerin war aus der Nachbarschaft herübergekommen und half, den Imbiß vorzubereiten. Zur Feier des Tages hatte Wilmott einen roten Schal umgebunden, dessen langes fransenbesetztes Ende ihm über die Weste hing.
Wilmott war froh, als die Pinks vor den anderen Gästen eintrafen. Sie verbreiteten überall eine behagliche Atmosphäre. Scherzhaft entrüstete sich der Geistliche, daß Wilmott neue, frivole Sitten in der Gemeinde einführe. Mrs. Pink lachte zaghaft, wenn ihr Mann einen Scherz machte, und lächelte, wenn Wilmott etwas Lustiges sagte. Glücklich berichtete sie, daß ihre kleinen Söhne den Keuchhusten nun ganz überwunden hätten.
Dann kamen die Laceys. Sie brachten ihren Sohn mit; er war ein Einzelkind – seine beiden Geschwister waren gestorben –, und war der Augapfel seiner Eltern. Die Laceys waren die besten Freunde der Pfarrersleute. Die beiden Familien waren bald in so vertrautem Gespräch, daß Wilmott sich als Außenseiter fühlte. Als er Schlittenglocken hörte, sah er erwartungsvoll zur Straße hinüber. Durch das Gatter kam ein großer Schlitten mit zwei wilden, tänzelnden Pferden. Ein junger Bursche kutschierte und brachte die Tiere nur mit Mühe zum Stehen. Ein anderer junger Mann sprang aus dem Schlitten und packte die Pferde am Zügel. Drei pummelige Mädchen kletterten heraus. Der junge Lacey eilte zu ihrer Hilfe herbei, kam aber nur noch rechtzeitig, um der beleibten Mutter aus dem Schlitten zu helfen.
Zum Schluß kam der Vater der Familie. Elihu Busby hatte früher den größ-

ten Teil des umliegenden Landes besessen. Er war Anfang Sechzig, aber man hätte ihm nicht einmal fünfzig Jahre zugetraut. Er hielt sich so gerade, daß er beinah nach hinten überkippte. Im Krieg von 1812 hatte er unter General Sir Isaak Brock gekämpft, und in der Schlacht von Queenston Heights einen Arm verloren. Sein Blut war eine englisch-irisch-schottische Mischung, was ihn nicht hinderte, jedes dieser Völker gelinde zu verachten, und die Schotten waren ihm sogar ausgesprochen unsympathisch. Am wenigsten aber mochte er die Amerikaner. Seine Vorfahren waren Loyalisten des englischen Empire, die in den Tagen der amerikanischen Revolution nach Kanada geflohen waren. Sein Großvater hatte ihm einst die Verfolgungen und das Leid dieser Flucht so deutlich geschildert, daß sie noch heute in seinem Gedächtnis fortlebten. Busby war ein stolzer, egoistischer Mann, aber er hatte eine Schwäche für Wilmott, und nichts machte ihm mehr Vergnügen, als den Neuankömmling in alle Provinzangelegenheiten einzuweihen. Auch Kate, seine älteste Tochter, hatte eine Neigung zu Wilmott gefaßt; allerdings war diese anderer Natur, so daß Kate es kaum erwarten konnte, mit Wilmott zusammen über das Eis zu gleiten. Busby betrachtete diesen Eislauf wie ein Geschäft, das erledigt werden muß. Kaum hatte er seinen Gastgeber begrüßt, ließ er sich am Flußufer nieder und beorderte seinen ältesten Sohn Isaak, ihm die Schlittschuhe anzuschnallen.

Jetzt gesellten sich auch die Whiteoaks mit Robert und Daisy Vaughan zu den übrigen. Wenig später erschien Dr. Ramsay. Er band sein Pferd an einen Baum, legte ihm eine Decke über und ging auf Wilmott zu. Er machte ein Gesicht, als sei sein Gastgeber ein Patient, der vermutlich nie seine Rechnung bezahlen würde.

»Ich kann nicht lange bleiben«, erklärte er. »Ich muß nach Stead. Dort wartet ein Mann mit einem dreifach gebrochenen Arm.«

»Amputieren Sie ihn«, schlug Busby vor. »So wie man es mit mir gemacht hat. Geben Sie ihm eine Portion Whisky und amputieren Sie.«

Dr. Ramsay überhörte den guten Rat. Er verschränkte die Arme und musterte Adeline mißbilligend.

»Sie hat hier nichts zu suchen«, sagte er. »Kaum vom Keuchhusten genesen und mit einer Geburt im April! Und sehen Sie nur, wie sie geschnürt ist!«

Wilmott fand diese Bemerkung wenig geschmackvoll. Er fühlte sich unbehaglich. Er sagte zerstreut: »Oh, ich glaube, es wird alles gutgehen.«

Dr. Ramsay warf ihm einen scharfen, kühlen Blick zu.

»Warum?« fragte er.

»Ich weiß nicht.«

»Es geht selten etwas gut, glauben Sie mir.«

Elihu Busby war als erster auf dem Eis. Geschmeidig glitt er über den Fluß; das elegante Bild wurde nur dadurch gestört, daß er mit seinem einen Arm irgendwie eckig und unbeholfen wirkte. Nero — er war mit den Whiteoaks

angekommen – hatte noch nie im Leben einen Menschen auf Schlittschuhen gesehen. Der Anblick erfüllte ihn mit wilder Freude. Immer wieder ausrutschend, stürzte er hinter Mr. Busby her. Adeline rief ihn zurück, Philip rief »Nero! Nero!«, aber der Hund stürmte unerbittlich vorwärts. Er sprang Mr. Busby von hinten an, und in der nächsten Sekunde rollten beide über das Eis.
»Wahrscheinlich hat er jetzt noch seinen letzten Arm gebrochen«, sagte Dr. Ramsay grimmig. Er glitt eilig zu Mr. Busbys Hilfe davon.
Als Nero ihn herankommen sah, ging er in Habachtstellung und erwartete ihn sprungbereit.
»Bleib weg, du Bestie!« schrie der Arzt.
Aber schon schnellte Nero ihm glücklich bellend gegen die Brust. Einen Augenblick drehte der Doktor eine ungewöhnlich komische Pirouette – sie hätte ihm bei der Kür den ersten Preis eingebracht. Aber daran war er jetzt wenig interessiert. Er kniete auf dem Eis und wagte nicht, sich wieder auf die Füße zu stellen. In dieser unterwürfigen Pose fluchte er und schlug auf Nero ein, der ihn mit lautem Gebell umkreiste.
Mr. Busby – er war keineswegs verletzt – saß auf dem Eis und lachte.
Philip hatte erst einen Schlittschuh an und konnte den zweiten vor Aufregung nicht festschnallen. Immer wieder rief er »Nero!« und vermehrte damit noch Neros Vergnügen an den beiden gefallenen Männern.
»Fang den Hund!« befahl Wilmott seinem Famulus.
»Ich trau' mich nicht«, erwiderte Tite.
»Ich sage, fang ihn!«
Geschmeidig wie eine Schlange glitt der Knabe über das Eis auf den Hund zu. Für die Zuschauer am Ufer war es ein köstliches Schauspiel. Nachdem die Busbys wußten, daß ihr Gatte und Vater nicht verletzt war, konnten sie die Szene in vollen Zügen genießen. Nero bemerkte Tite erst, als dieser ihn schon am Halsband gepackt hatte. Er versuchte loszurennen und zog Tites leichten Körper hinter sich her. Mr. Busby saß noch immer lachend, und Dr. Ramsay noch immer fluchend auf dem Eis.
Plötzlich erschien Patsy O'Flynn – er hatte sich so gegen die Kälte vermummt, daß er fast so breit wie hoch wirkte – und ging Nero mit großen Schritten entgegen. Er packte ihn am Halsband und führte ihn triumphierend ans Ufer. Er erntete eine Runde Applaus.
Patsy rief: »Ist just wie ich, der Hund – lammfromm, wenn man ihn richtig anpackt!«
Jetzt liefen alle zu den beiden Opfern hinüber. Inzwischen hatte auch Dr. Ramsay seinen Humor wiedergefunden und lachte mit den anderen. Wilmott hatte Jock, den alten Schotten, als Tanzmusikanten engagiert. Jock stimmte seine Fiedel, und bald glitten die blanken Kufen in einem lustigen Tanz über das Eis. Kate Busbys Wunsch ging in Erfüllung: sie segelte mit Wilmott über den Fluß. Sie war eine sehr gute Läuferin und – um die Wahrheit zu sagen

– stützte ihn mehr, als er sie führte. Arm in Arm mit dem gutmütigen Mädchen überlegte Wilmott, wie es sich mit einer solchen Gefährtin leben ließe. Was wäre wohl aus ihm geworden, wenn er seinerzeit eine solche Frau gefunden hätte? Daisy und Robert Vaughan waren das eleganteste Paar auf dem Eis. Robert trug eine gegürtete Jacke mit Pelzkragen und sehr enge Hosen, dazu eine Kappe aus gelblichem Pelz, unter der sein Gesicht wie unter einem ausgefallenen, prähistorischen Kopfschmuck hervorsah. Daisy trug einen schwarzen Rock und eine rote goldbestickte Jacke. Die Busby-Mädchen fühlten sich neben ihr ungewandt und provinziell; und Mrs. Pink mißbilligte den Aufzug. Sie fand, daß Daisy sich zu hemmungslos bewege. Die ganze Zeit wartete Daisy nur darauf, endlich mit Doktor Ramsay zu laufen. Er hatte besorgt beobachtet, wie der junge Lacey Adeline über das Eis steuerte. Jetzt glitt er selbst auf sie zu.
»Wenn Sie sich schon so in Gefahr bringen, Mrs. Whiteoak, dann muß ich Sie bitten, mit mir zu laufen. Ich bin der beste Eisläufer hier und stehe am sichersten auf den Beinen.«
Adeline lachte und ließ sich von ihm führen. »Gut, daß Sie mir das sagen«, meinte sie. »Jedenfalls hoffe ich, daß Sie mit mir weniger Schwierigkeiten haben als mit Nero.«
»Sie brauchen es mir nicht so einzutränken«, erwiderte er.
Während sie gemächlich den Fluß hinaufglitten, belehrte er sie darüber, daß sie besser auf sich achtgeben müsse. Heftig entzog sie ihm ihren Arm und rief: »Also gut. Wenn Sie mich ärgern wollen, laufe ich eben allein!« Sie versuchte einen weit ausholenden Schritt, aber da sie noch recht ungeschickt war, wäre sie gestürzt, wenn Wilmott nicht schnell herangekommen wäre und sie aufgefangen hätte. Sie klammerte sich an ihn und lachte ihm ins Gesicht. »Um Himmels willen, helfen Sie mir, hier fortzukommen«, flehte sie. »Dr. Ramsay ist ein Tyrann! Mrs. Pink, könnten wir nicht die Partner tauschen? Dr. Ramsay und ich haben uns verzankt.«
»Mit dem größten Vergnügen«, versicherte Mrs. Pink. »Mr. Wilmott ist viel zu schnell für mich.«
»Geschwindigkeit ist die Kunst der Narren«, sagte Dr. Ramsay halblaut.
Die Pappeln am Ufer warfen jetzt lange blaue Schatten über die Eisbahn. Rot sank die Sonne über den Tannenwipfeln. Tite und die Bäuerin reichten heiße Brühe und Brötchen herum. Auf einem Tisch standen auf einem rotweiß-karierten Tischtuch eine große Kaffeekanne, Tassen und Untertassen bereit und vollgehäufte Teller mit Zimtbonbons und Plumcake. Drinnen im Haus wartete noch eine Terrine mit heißem Punsch.
Adeline hatte ein Auge auf die Erfrischungen. Sie wünschte Wilmott so sehr, daß alles gutginge. Und bis jetzt war auch alles glücklich verlaufen. Sein Einfall war ein voller Erfolg. Die Gäste waren ungekünstelt heiter. Sie waren jetzt fast alle um den Kaffeetisch versammelt; nur einige von den Jüngeren

waren noch auf dem Eis. Guy Lacey ließ sich von Daisy das Figurenlaufen beibringen. Mit sorgloser Seemannsmanier vertilgte er dabei ein Stück Kuchen. Daisy konnte ihm jetzt ihre ungeteilte Aufmerksamkeit schenken, nachdem Doktor Ramsay schon aufgebrochen war. Bald darauf erschien auch die Nurse mit den Kindern. Sie hatte Nicholas und Augusta den weiten Weg von Vaughansland in dem weißen Schlitten vor sich hergeschoben, den die Whiteoaks aus Quebec mitgebracht hatten. Sie wurden begeistert begrüßt und sofort mit Zimtbonbons gefüttert. Einer von den Busby-Jungen schob den Kinderschlitten jetzt mit leichtsinniger Geschwindigkeit übers Eis. Nero, der Patsy O'Flynn davongelaufen war, sprang lustig bellend neben dem Schlitten her.
Der Punsch wurde serviert und alle fanden ihn ausgezeichnet. Wilmott sagte zu Adeline: »Es ist recht gutgegangen, finden Sie nicht?«
»Alles war großartig«, bestätigte sie. »Ich wüßte nicht, wann ich mich besser amüsiert habe. Und sehen Sie nur, Philip strahlt wie ein Schuljunge.«
»Er wird sich den Tod holen. Er sollte seine Mütze bei dieser Kälte lieber aufbehalten.«
Philip schwenkte seine Nerzkappe in der Hand; sein Haar klebte ihm in feuchten Wellen an der Stirn. Er war offenbar mit sich und der Welt zufrieden und überzeugt davon, daß das Schicksal ihm und Adeline eine glückliche Zukunft ohne unüberwindliche Schwierigkeiten bereithalte.
»Setz deine Kappe auf!« rief Adeline.
Er stellte sich taub.
»Deine Mütze!« wiederholte sie. »Du wirst dich erkälten!«
»Schnickschnack! Ich erkälte mich nie!«
Lydia Busby entwand ihm seine Kappe und setzte sie ihm auf den Kopf. Sie mußte sich dazu auf die Zehen stellen und errötete über ihre eigene Kühnheit.
»Zu weit hinten!« rief Adeline. »Sieht aus wie eine Babyhaube.«
Philip machte ein unschuldiges Babygesicht. Lydia errötete noch tiefer und zog ihm die Kappe ins Gesicht.
»Grauslich!« rief Wilmott. »Jetzt sieht er aus wie ein tanzender Derwisch, dem eine Tolle in die Augen fällt.«
Philip schnitt eine teuflische wilde Grimasse.
»Oh, Captain Whiteoak, wie Sie einen erschrecken!« kreischte Lydia. Sie zog ihm die Mütze vom Kopf.
»Lydia«, rief ihre Mutter. »Jetzt ist es genug.«
»Versuchen Sie's doch noch einmal, Miß Lydia«, drängte Philip.
Diesmal setzte sie ihm die Kappe keck übers Ohr.
»Geht es so?« fragte sie.
Philip zwinkerte ihr zu.
»Wunderbar!« rief Mrs. Pink. »Großartig!«
»Lydia«, rief Mrs. Busby wieder. »Es ist genug.«
Adeline blickte inzwischen in eine ganz andere Richtung. Am Gatter stiegen

zwei Männer aus einem Schlitten und entlohnten den Kutscher. Ihr Blick wurde starr. Konnte sie ihren Augen trauen? Dann, als die Männer näher kamen, sagte sie zu Wilmott: »Das sind Thomas D'Arcy und Michael Brent. Wie um alles in der Welt kommen die hierher?«
Wilmott sah ihnen verschreckt entgegen. »Ich möchte sie nicht sehen! Ich kann nicht – nach allem, was vorgefallen ist. Oh, Adeline, warum mußten Sie ihnen mein Geheimnis verraten?«
Bevor Adeline antworten konnte, waren die beiden schon in Hörweite. Sie lief ihnen entgegen. »Kein Wort über Wilmotts Frau«, flüsterte sie und schüttelte ihnen die Hände. »Wie gut Sie beide aussehen! Und diese schönen neuen Hüte! Die haben Sie gewiß in New York gekauft.«
»Stimmt«, sagte D'Arcy. »Darf ich mir erlauben, Ihnen zu sagen, daß Sie prächtig aussehen.«
»Was für ein Glück«, sagte Brent, »daß wir gerade rechtzeitig zu einer Eispartie gekommen sind! Wir können auch laufen. Haben Sie Schlittschuhe für uns?«
»Wir kommen eben von den Niagarafällen«, unterbrach ihn D'Arcy. »Sind großartig im Winter. Wirklich einmalig! Als wir hier ankamen, hörten wir soviel vergnügten Lärm, daß wir uns sagten: das muß Jalna sein! Wie Sie sehen, haben wir den Namen nicht vergessen. Also ließen wir uns von dem Kutscher auf der Stelle absetzen.«
Sie schüttelten Wilmott die Hand.
»Sie auch hier?« sagte Brent mit Verschwörermiene. »Was für ein Glück!«
»Ich bin hier zu Hause«, erwiderte Wilmott steif. »Sie sind herzlich willkommen.«
»Dann ist dies gar nicht Jalna! Aber wir haben unser Gepäck am Gatter absetzen lassen. Nun, dann werden wir es eben nach Jalna tragen.«
Halblaut sagte D'Arcy zu Wilmott: »Wir sind sie losgeworden. Sie ist unterwegs nach Mexiko. Was für eine Nervensäge! Ich hätte an Ihrer Stelle dasselbe getan.«
Wilmott sah mit starrer Miene geradeaus.
Jetzt hatte auch Philip die Besucher entdeckt. Sie erhielten Kaffee und Kuchen und danach die Schlittschuhe von Mr. Pink und Wilmott. Wilmott und Tite holten das Gepäck und trugen es ins Haus. Philip ging mit hinein, und gemeinsam beschlossen sie, daß Wilmott ihnen sein Zimmer überlassen und selbst in Tites Bett schlafen würde. Tite konnte auf dem Boden nächtigen.
Captain Lacey gesellte sich zu ihnen und erbot sich, die beiden Iren am nächsten Tag in seinem Haus aufzunehmen, wenn sein Sohn wieder aufs Schiff zurück mußte. Er meinte, ein wenig Geselligkeit könnte ihm und seiner Frau dann nur guttun.

15

In Wilmotts Haus

Die Gäste waren gegangen, die Bäuerin hatte recht und schlecht hinter ihnen aufgeräumt. Fiedel-Jock hatte den Punsch bis auf einen Rest ausgetrunken und war laut singend in seine Waldhütte heimgegangen. Der Fluß lag im hellen Mondschein. Das Wild kam aus seinen Schlupfwinkeln hervor – die Starken jagten die Schwachen, Angstschreie drangen aus dem Wald herüber. Drinnen im Haus war es heiß, Wilmott hatte ein mächtiges Feuer angeschürt. Philip, Adeline und Daisy saßen um den Ofen, während die weitgereisten Iren von ihren Erlebnissen in den Staaten erzählten. Vergeblich hatte Adeline versucht, Daisy mit den andern nach Hause zu schicken. Das Mädchen war überglücklich, an einem so ungezwungenen Beisammensein teilnehmen zu dürfen. D'Arcy und Brent redeten ununterbrochen. Man mußte den Eindruck bekommen, sie hätten ganz New York und Chikago auf den Kopf gestellt. Sie waren von der amerikanischen Lebensart begeistert. Schließlich kam man auf die Reise mit der *Alanna* und die Zeit in Quebec zu sprechen. So ergiebig dieses Thema war, mußten Wilmott und Adeline doch die ganze Zeit an Henrietta denken. Plötzlich rief Daisy unvermittelt: »Ach, jetzt müßte man im Mondschein Schlittschuh laufen! Das habe ich mir schon immer gewünscht. Darf ich allein auf den Fluß hinaus, Mr. Wilmott? Es wäre so märchenhaft, so romantisch!«
»Wir langweilen Miß Daisy, D'Arcy«, sagte Mr. Brent. »Wir schwatzen zuviel über uns selbst.«
»Ganz im Gegenteil«, erwiderte sein Freund. »Sie möchte sich draußen in aller Stille überlegen, wer von uns beiden ihr lieber ist.«
Philip trocknete sich die Stirn mit einem großen weißen Taschentuch. »Sie haben eine ganz schöne Hitze hier, Wilmott. Ich glaube, ich sollte mit Miß Daisy hinausgehen und ihr bei der Wahl helfen, falls es ihr recht ist.«
»Oh, himmlisch!« rief Daisy. »Das wäre herrlich.«
Brent fragte: »Fühlen Sie sich märchenhaft und romantisch, wenn Sie mit Captain Whiteoak über das Eis gleiten?«
»Wir werden wie körperlose Geister darüber hinschweben«, erwiderte sie.
Wilmott sah Philip besorgt an. »Ich fürchte, Sie werden sich erkälten«, sagte er und fühlte Philip den Puls.
Philip betrachtete ihre beiden Hände und sah Wilmott dann verwirrt in die Augen. Für Wilmott – er grollte den drei Mitwissern seines Geheimnisses – war Philip die einzige aufrechte und ehrenhafte Seele im Raum.
Als sich die Tür hinter Philip und Daisy geschlossen hatte, herrschte einen Augenblick Schweigen. Die eine der beiden Kerzen auf dem Tisch blakte. Sie leuchtete kaum noch. Aber der Mond schien hell durchs Fenster. Wilmott er-

hob sich und schnuppte die Kerze. Sie brannte jetzt wieder gleichmäßig, allerdings nicht sehr hell.
Wilmott fühlte sich fremd in der irischen Atmosphäre, die seine drei Gäste ausstrahlten. Sie warteten offenbar darauf, daß er etwas sagte.
»Sie haben mich in eine schöne Lage gebracht«, sagte er.
»Ich verstehe nicht ganz. Was meinen Sie?« fragte Brent verblüfft.
»Ich bin nicht nur ein Mann, der Frau und Tochter davongelaufen ist — ich lasse auch noch zu, daß man sie zum Narren hält.«
»Meine Güte ...«, sagte Brent. »Ich dachte, Sie wären froh.«
»Nach allem, was uns Mrs. Whiteoak geschrieben hat ...«, D'Arcy hielt inne und sah ihn ebenfalls überrascht an.
»Es geht nicht darum, *was* wir getan haben«, sagte Adeline, »sondern *wie* wir es getan haben.«
»Ich muß jedem Menschen als ausgemachter Lump erscheinen«, sagte Wilmott bitter.
D'Arcy fuhr sich mit den Fingern durch die Haare. »Also hören Sie«, erklärte er. »Ich bin selbst kein Junggeselle. Ich lebe seit Jahren von meiner Frau getrennt. Ich kenne diese Gefühle. Manchmal glaubt man, ganz allein an allem schuld zu sein.«
»Ein Blick auf Mrs. Wilmott genügt, um jedem klarzumachen, auf wessen Seite die Schuld hier liegt«, sagte Brent. »Ich würde vor dieser Frau rund um den Erdball fliehen.«
»Sie ist ein Graus!« bestätigte D'Arcy. »Das ist offensichtlich. Bei ihr gilt nur Ich — Ich und noch einmal Ich, und dazu redet sie ohne Punkt und Komma.«
»Das kann kein Mann aushalten.« Brent versuchte, Wilmott zu beschwichtigen.
»Meine Frau war jähzornig«, erzählte D'Arcy. »Wegen nichts und wieder nichts geriet sie außer sich und warf mir vor den Dienstboten Gegenstände an den Kopf.«
Wilmott war in sich zusammengesunken. Er klopfte mit den Fingernägeln gegen seine Zähne.
»Es wäre Ihnen doch nicht recht gewesen, wenn ich Henrietta hierhergeführt hätte, nicht wahr, James?« fragte Adeline.
»Nein.«
»Bedauern Sie, daß ich sie abgeschüttelt habe?«
»Wie könnte ich?«
»Was also bedrückt Sie?«
»Alles.«
»Sie müssen nicht glauben, daß wir sie unmanierlich behandelt haben«, sagte Brent. »Wir waren sehr höflich.«
»Es muß Ihnen einen Heidenspaß gemacht haben«, rief Wilmott.

»Durchaus nicht«, erwiderte Brent. »Wir haben die Sache sehr ernstgenommen. Wir waren höflich, aber entschieden.«
»Sie haben sie zum Narren gehalten und in ein halbwildes Land geschickt.«
»Mexiko wurde lange vor diesem Land zivilisiert«, sagte D'Arcy. »Und ich hatte den Eindruck, daß die Dame es wirklich gern kennenlernen wollte.«
»Sie haben ein zu zartes Gewissen, Wilmott«, meinte Brent.
»Nein, das ist es nicht«, sagte Wilmott, »aber ich habe etwas getan, was ein Mann geheim und für sich behalten sollte. Ans Licht gezerrt, wirkt es noch schlimmer. Es wird zu einem Verbrechen – und wahrscheinlich ist es das auch.«
»Soviel ich weiß«, sagte D'Arcy, »haben Sie doch Ihrer Frau praktisch Ihr ganzes Vermögen überlassen. Sie leben hier jedenfalls nicht in Luxus. Das einzige, was Sie ihr entzogen haben, ist Ihre Gegenwart.«
Dazu meinte Brent: »Und nach allem, was sie gesagt hat, war ihr diese Gegenwart kein besonderes Vergnügen.«
»Nein – ganz gewiß nicht.«
Weich und mit großen Augen betrachtete Adeline ihren Freund Wilmott; ihre Worte galten den beiden Iren.
»Der arme Mann braucht etwas zu trinken. Dieser Tag hat ihn ermüdet. Ist denn außer dem kleinen Schluck Punsch nichts zu trinken im Haus?«
Die drei betrachteten Wilmott wie einen Invaliden. Er hielt still, wie hypnotisiert. D'Arcy ging auf Zehenspitzen zum Wandschrank. Er warf einen riesigen Schatten gegen die Wand. Er fand eine halbvolle Rumflasche und hielt sie gegen das Licht. Sie konnten hören, wie Daisy draußen auf dem Fluß lachte.
»Gläser sind auf dem Bord«, sagte Wilmott, als sei er wirklich krank und schwach.
»Möchten Sie auch einen Schluck Rum, Mrs. Whiteoak?« erkundigte sich D'Arcy.
»Nein, nein, danke, ich werde den Punschrest trinken.«
Wilmott leerte sein Glas und fing dann an zu lachen. »Es ist eigentlich recht komisch«, sagte er. »Als ob wir wieder auf der *Alanna* wären.«
»Gott sei Dank, daß wir hier sind und nicht dort!« sagte Adeline. Sie schwiegen, nur das leise Knistern der Flammen unterbrach die Stille. Dann sagte Brent: »Ich finde das Leben überall und immer amüsant. Ich kann nie lange traurig sein.«
»Mir geht es ebenso«, sagte Wilmott.
D'Arcy goß sich ein zweites Glas ein. »Ich bin selten sehr vergnügt und selten sehr traurig. Ich bin kritisch, analytisch und philosophisch.«
»Ich auch«, sagte Wilmott.
Als Philip und Daisy wieder hereinkamen, brachten sie Nero mit. Er blieb mitten im Zimmer stehen und schüttelte sich, daß der Schnee durch den

Raum stob. Dann legte er sich auf die Seite und scheuerte sein Ohr am Teppich.
»Er ist wie ein Elefant im Porzellanladen«, sagte Wilmott. »Wenn ich mir einen Hund anschaffe, muß er so klein sein, daß ich ihn unter den Arm nehmen kann. Habe ich Ihnen schon erzählt, daß Tite einen zahmen Waschbären hat?«
Philip und Daisy hatten aus der kalten Luft blühende Rosenwangen mitgebracht. Ihre Augen glänzten, und sie schmunzelten über irgendeinen Scherz, den die anderen nicht kannten. Beide wollten nichts trinken.
»Ich sterbe vor Hunger«, verkündete Daisy und wickelte sich aus einem ellenlangen blauen Schal. »Ich habe nachmittags nur ein Stück Plumcake und eine Tasse Kaffee bekommen.«
»Ich habe auch Hunger«, sagte Philip. »Haben Sie eine kalte Wildpastete in der Speisekammer, Wilmott?«
Nero lag vor Adelines Füßen und leckte sich den Schnee von seinen Tatzen. Wilmott sprang auf und zog ihn vor das Feuer. Nero sah ihn erstaunt und betrübt an und leckte dann weiter seine Pfoten.
Wilmott beugte sich zu Philip hinunter. »Ich habe kaum etwas im Haus«, bekannte er. »Nur einen Schinken, ein paar Eier, kalte Pellkartoffeln und einen Napf Butterschmalz.«
»Das gibt ein fürstliches Mahl«, sagte Philip. »Daisy und ich werden kochen.«
Als sie hinausgingen, war sie noch »Miß Daisy«, dachte Adeline. Ich wünschte, sie würde ihre Männerjagd auf ein Opfer beschränken.
Daisy ordnete ihre Locken. »Heute ist der glücklichste Tag meines Lebens«, sagte sie. »Sie würden das verstehen, wenn Sie wüßten, wie konventionell ich bis jetzt gelebt habe. Aber nun habe ich alle Brücken hinter mir abgebrochen. Ich bin ein Pionier. Wenn draußen ein Wolf heulen würde – ich würde mich nicht fürchten. Ich würde eine Flinte nehmen, hinausgehen und ihn erschießen.«
Ein langgezogenes Heulen klang schaurig durch die Dunkelheit. Daisy schrie auf und warf sich Philip an die Brust. Nero erhob sich zitternd.
Die Männer sahen sich stumm an und lauschten. Wieder heulte es draußen – diesmal näher und lauter. Wilmott riß die Küchentür auf. In der Küche stand Tite und hatte den Mund schon zum nächsten Heulen geöffnet.
»Du junger Taugenichts!« sagte Adeline. »Man sollte dich verhauen.« Aber sie lachte dabei.
Die Iren waren enttäuscht, als sie den wahren Sachverhalt erkannten. Sie wollten nicht glauben, daß Tite dieses schreckliche Geheul ausgestoßen hatte. »Noch mal!« riefen sie, wie Kinder, die nicht genug bekommen können. Wilmott warf Tite einen strengen Blick zu. »Nein, nein!« rief Daisy. »Ich kann es nicht ertragen!«

Brent nahm die Flinte von der Wand. »Hier, Miß Daisy. Wir wollen sehen, wie Sie ihn erschießen. Das wollten Sie doch, nicht wahr?« Er gab ihr das Gewehr in die Hand.
Entschlossen riß sie die Waffe hoch. Es krachte. Knapp über Tites Kopf schlug die Kugel in die Wand. Philip sah Daisy erstaunt und mißbilligend an und nahm ihr das Gewehr ab. »Das reicht, junge Dame«, sagte er. »Benehmen Sie sich.«
Keuchend, mit aufsässigem Blick erwiderte sie: »Man hat mich herausgefordert; ich lasse mich nicht lächerlich machen.«
»Wollte die Dame mich wirklich töten?« erkundigte sich Tite.
Wilmott ging in die Küche und schloß die Tür hinter sich. Er sagte ernst: »Tu das nie wieder! Du hast die beiden Damen furchtbar erschreckt.«
»Aber die eine, die Miß Daisy, wollte doch einen Wolf heulen hören, und das kann ich so gut.«
»Du hast an der Tür gelauscht, Tite.«
»Ja, ich wollte wissen, ob Sie noch etwas brauchen. Wollte die Miß Daisy mich wirklich erschießen?«
»Nein, nein. Sie hat nur die Nerven verloren.«
»Boß«, fragte Tite leise, »glauben Sie, daß sie eine – eine Dirne ist? Sie hat mir gesagt, ich hätte lange Wimpern und einen Mund wie eine Granatapfelblüte. Ich habe es meiner Großmutter erzählt, und sie sagt, Miß Daisy ist ein Flittchen. Aber inzwischen wollte sie mich umbringen. Vielleicht hat sie sich bekehrt.«
»Hol den Schinken, die Eier und die Kartoffeln«, sagte Wilmott. »Der Himmel mag wissen, was wir morgen essen sollen.«
Aber Tite war nicht von seinem Thema abzubringen. »Außerdem hat sie gesagt, ich hätte einen Nacken wie eine Bronzestatue. Ich hab's meiner Großmutter erzählt, und meine Großmutter sagt, sie ist eine Dirne.«

16

Der Winter vergeht . . .

Die Laceys waren von allen Nachbarn die gastfreundlichsten. So eng ihr Haus war, so weit waren ihre Herzen. Sie hatten gern fröhliches Leben um sich her, und die beiden Iren entsprachen ganz ihren Wünschen. Sie waren immer fröhlich und schwiegen selten. Sie waren so lange herumgereist, daß sie jetzt gern in diesem stillen Altwasser vor Anker gingen. Nach den vielen Ausgaben waren sie froh, einmal mit ihrer bloßen Gegenwart bezahlen zu dürfen. Natürlich versuchten sie, sich nützlich zu machen. Als die schweren Schneefälle einsetzten, bewaffneten sie sich mit Schaufeln und gruben das Haus der

Laceys aus dem Schnee. Über eisige Straßen fuhren sie in die Stadt, kauften für Mrs. Lacey ein und brachten ihr schottische Marmelade, deutschen Käse und französischen Wein mit. D'Arcy spielte mit Captain Lacey Schach, und Brent las aus den Werken von Thackeray und Sir Walter Scott vor.
Wilmotts Schlittschuheinladung hatte eine Lawine ins Rollen gebracht. Noch nie hatten sich die Nachbarn so oft beim Tanz, zum Eislauf und zum Laienspiel getroffen wie in diesem Winter. Wenn nicht gerade ein Blizzard wütete, fanden sich alle sonntags zum Gottesdienst in der acht Meilen entfernten Dorfkirche ein. Das war bei schlechtem Wetter wirklich eine Leistung. Man kam mit tauben Füßen und halberfrorenen Nasen in der Kirche an. Nur die Whiteoaks fanden das Klima mild – verglichen mit dem Winter in Quebec. Dort hatte man zwanzig Grad unter Null als die normale Wintertemperatur betrachtet, hier galten null Grad schon als strenge Kälte. Bald war es für alle ein offenes Geheimnis, daß Kate Busby ihr Herz an Michael Brent verloren hatte. Und angeblich hatte es auch Brent gepackt. Im Februar machte er keinen Hehl mehr aus seiner Neigung. Die Pinks gaben eine Valentinsgesellschaft, und Brent machte Kate einen Heiratsantrag. Noch nie hatte jemand in der Gemeinde auf diese Art um ein Mädchen angehalten. Es war eine Sensation; die achtbare Gemeinde war verblüfft. Die Gesellschaften bei Mrs. Pink verliefen immer überraschend und ungewöhnlich. Sie war eine begabte Gastgeberin. Diesmal fand jeder Gast auf seinem Teller ein kleines Geschenk. Mrs. Pink hatte aus rotem und weißem Flanell Herzen geschnitten und sie mit roten und weißen Rosetten aus Wolle aufeinandergeheftet. Für die Damen hatte sie Nähnadeln in die weißen Herzen gesteckt und ihnen damit ein Nadelbuch verehrt. Die Herzen der Herren waren Tintenwischer – in jeder Rosette steckte eine neue Gänsefeder, die zum Schreiben nur noch gespitzt werden mußte.
Auf der Stelle zog Brent sein Taschenmesser heraus und beschnitt den Federkiel. Dann holte er sich Kates Nadelbuch. Nach dem Essen verschwand er im Nebenzimmer. Nach einer Weile kam er wieder zum Vorschein und gab Kate ihr Nadelbuch zurück. Aber es war nicht mehr dasselbe! Zwischen den weißen Flanellherzen war ein Herz aus Papier eingeheftet. Darauf stand:

Für meine Herzliebste
Liebste Kate,
Dir gesteht
Dieses Herzchen aus Papier
Meinen Wunsch, daß für und für
Man Dich bald die meine nennt.
Willst Du mich?
Michael Brent

Er meinte es wirklich ernst. Falls Kate nicht mit ihm nach Irland gehen wollte, würde er sich hier in Ontario niederlassen. Das einzige Ehehindernis war ihre Religion. Elihu Busby würde niemals einwilligen, seine Tochter einem Katholiken zu vermählen. Die Freunde – sie hatten Brent alle gern – versuchten, ihn umzustimmen, aber es war vergeblich.

Im Februar wurde es so kalt, daß die Arbeiten an Jalna fast völlig zum Erliegen kamen; nur ab und zu hörte man einen einsamen Hammer klopfen. Aber die Holzfäller arbeiteten unbeirrt weiter. Was in fünfzig Jahren herangewachsen war, wurde jetzt in ebenso vielen Minuten gefällt, zerschnitten und zu sauberen Haufen geschichtet. Die Männer entzündeten riesige Feuer – teils, um sich zu wärmen, teils, um das viele Holz loszuwerden. Gleichgültig und verschwenderisch warfen sie bestes Eichenholz, Ahorn und Fichte auf die Scheiterhaufen. Adelines Kind sollte im April zur Welt kommen. Sie hoffte sehnlichst, noch vor der Geburt im eigenen Haus eingerichtet zu sein. Als die Arbeiten im Februar abgebrochen werden mußten, sah sie diese Hoffnung schwinden. Der Architekt, der Baumeister und der Vorarbeiter hatten ihr seinerzeit versprochen, daß das Haus am ersten April fertig sein würde. Sie hatte nie daran gezweifelt. Ihre Enttäuschung wuchs von Tag zu Tag – sie war niedergeschlagen und unglücklich. Man hätte meinen können, ihr Leben und das des Kindes hinge von diesem Einzug ab. Als Philip sie deswegen tadelte, vergrub sie den Kopf im Kissen und jammerte, daß das Kind nur unter dem eigenen Dach geboren werden könne. Philip erwiderte, daß er viel mehr Grund zur Sorge habe. Sie setzte sich auf, funkelte ihn wütend an und wollte wissen, um was er sich wohl sorgen müsse. Seine Antwort war nicht gerade zärtlich. Sie vergaßen, daß sie zu Gast in einem fremden Haus waren, und stritten ausgiebig. Sie überschrien sich gegenseitig. Im Zimmer unter ihnen konnte Mrs. Vaughan jedes Wort hören und schämte sich für sie. Daisy, die an der Tür lauschte, war ganz auf Philips Seite. Zu gern wäre sie hineingelaufen und hätte sich eingemischt.

Ohne viel darüber zu sagen, war Mrs. Vaughan über die Verzögerung fast so unglücklich wie Adeline. Sie fürchtete sich vor einer Geburt in ihrem Haus. Ihre eigene Niederkunft lag schon so weit zurück, daß sie in dem Ereignis nur noch eine schreckliche Unannehmlichkeit sah. Was sollte sie beispielsweise mit Robert tun, der dann gerade von der Universität heimkommen würde? Natürlich mußte man ihn aus dem Haus schicken und sich damit der Freude seines Besuches berauben. Und was sollte mit Daisy werden? Noch war kein Ende ihres Besuchs abzusehen. Im stillen war Mrs. Vaughan überzeugt, daß Daisy nur durch eine Heirat aus dem Familienkreis zu lösen war. Sie hatte sich hier zu häuslich niedergelassen. Ihr Benehmen ließ, nach Mrs. Vaughans Meinung, sehr zu wünschen übrig. Tatsächlich hatte sie Daisy mehrmals ins Gebet nehmen müssen, weil sie Dr. Ramsay allzu taktlos umgarnte. Sooft er bei Adeline Visite machte, lauerte Daisy ihm auf. Er mußte einen ellenlangen

Schal anprobieren, den sie für ihn strickte. Ziemlich ungnädig ließ der Doktor diese Anprobe über sich ergehen. Aber er duldete sie immerhin, und Mrs. Vaughan hatte den Verdacht, daß er es heimlich sogar genoß, obwohl es doch nichts Unsinnigeres gab als die Anprobe eines Schals.

Was Mrs. Vaughan so sehr bekümmerte, war die Entdeckung, daß Daisy anscheinend nicht nur hinter Dr. Ramsay her war. Wenn der Arzt bei Adeline war, blieb Daisy ganz gewiß bei Philip. Adeline fühlte sich in den letzten Tagen recht matt und ging früh zu Bett. Daisy wußte es immer so einzurichten, daß sie dann mit Philip aufblieb, dem es ganz egal war, wann er zu Bett kam. Oft begleitete sie ihn auf Schneeschuhen – sie waren ihr Weihnachtsgeschenk gewesen – nach Jalna hinüber. In Adelines Gegenwart war Daisy die Rücksichtnahme in Person; wenn aber Adeline nicht dabei war, unterhielt sich Daisy fast ausschließlich mit Philip und lachte viel. Mrs. Vaughan hatte versucht, Daisy zu lieben, aber es war ihr nicht gelungen. Sie hatte ihre Bedenken gegen Adeline, aber sie konnte nicht umhin, sie zu lieben.

Und mehr noch als die Mutter liebte Mrs. Vaughan die beiden Kinder. Obwohl sie das Haus mit Lärm und Unordnung erfüllten, schienen sie ihr von Tag zu Tag bezaubernder. Nicholas wurde ein recht eigensinniges Kind, und wenn etwas nicht nach seinem Kopf ging, stieß er ein solches Wutgebrüll aus, daß die Mauern bebten. Als die allgemeine Stimmung ihren Tiefpunkt erreichte, brach der März an. Überall gurgelte das Schmelzwasser. Es wurde sommerlich warm. In Jalna schwirrte die Luft vor Geschäftigkeit. Die Arbeiter standen früh auf und arbeiteten bis in die Nacht hinein. Was vor wenigen Wochen noch hoffnungslos undurchführbar schien, wurde jetzt in Augenblicken vollendet. Die Mauern wurden verputzt, die Fenster eingeglast. Die Türen bekamen Klinken und Schlösser. Wie von Geisterhand erstanden das Treppengeländer und der geschnitzte Pfosten – die Trauben und Weinblätter fühlten sich seidenglatt an. Die Männer sangen bei der Arbeit. Die Sonne brannte auf das Dach und strahlte blendend durch die blanken Fenster herein. Hoch oben flogen die Zugvögel wie dunkle Wolken. Die Erde war erfüllt von neuem Leben. Die rasche Schneeschmelze hatte den Fluß gefährlich anschwellen lassen. Er toste durch die Schlucht und riß die Bohlenbrücke fort. Auch Wilmotts Fluß trat über die Ufer. Eines Nachts leckte das Wasser an seiner Schwelle, und Wilmott begann, seine Bücher zu packen. Er wagte nicht, schlafen zu gehen und hielt Wache. Immer wieder öffnete er die Tür, schwenkte eine Laterne über seinem Kopf und sah prüfend auf die drohenden Fluten hinaus. Doch als die Sonne herauskam, waren sie schon ein wenig zurückgegangen, und mittags standen seine Bücher wieder am alten Platz.

Es war ein großer Tag für Philip und Adeline, als ein vierspänniger Möbelwagen vor den Toren von Jalna hielt. Jetzt konnte das Haus endlich eingerichtet werden! Da war das lederbezogene, bemalte Bett aus Indien, da war die Kommode mit den getriebenen Bronzebeschlägen, da waren der Schrank

und die mit Jade, Silber und Elfenbein eingelegte Truhe und Teppiche, an denen Generationen gewebt hatten – mit den Möbeln zogen die Düfte und Farben Indiens ins Haus. Da waren die zierlichen Chippendalestühle, die Philip von seiner Schwester bekommen hatte, das Empiresofa aus Quebec und der wuchtige Kleiderschrank aus London. Und mit dem irischen Silber und Leinen von Lady Honoria hielt die alte Heimat in der neuen Einzug.
Es war nun schon fast April, und das Wetter war immer noch gleichmäßig freundlich. Jetzt ging es zunächst darum, Adelines Zimmer – die übrigen Räume konnten warten – so schnell wie möglich einzurichten. Ihr Kind sollte unter dem Frieden des eigenen Daches geboren werden! Adeline arbeitete Tag und Nacht. Sie war so überanstrengt und aufgeregt, daß sie kaum noch schlafen konnte. Jeder Tag wurde ihr im Wettlauf mit der Zeit zu einem leibhaftigen Gegner. In ihren Träumen sah sie das ungeborene Kind als Punktrichter bei diesem Rennen: ein winziger Zwerg saß da mit gekreuzten Beinen und hielt eine goldene Uhr in der Hand. Das Bild war so grotesk, daß sie lachen mußte und aufwachte.
»Was ist los?« fragte Philip und fuhr in die Höhe.
»Ich lache, damit ich nicht weine.«
»Unsinn. Warum solltest du weinen?«
»Wenn ich denke, was ich noch durchzustehen habe – lieber wäre ich tot.«
»Aber, Adeline, nimm dich zusammen. Du hast soviel, wofür du dankbar sein solltest«, sagte er, nur um etwas zu sagen.
»Zählst du dich selbst auch zu diesen Glücksgütern?«
»Selbstverständlich.«
»Dann hast du genau eines zuviel gezählt.«
Auf den Ellbogen gestützt sah er auf sie hinunter. Mondschein fiel durch das Fenster auf sein Gesicht. Seine gestickte Schlafmütze – ein Geschenk seiner Schwester Augusta – war ihm übers Ohr gerutscht.
»Oh, Philip, du siehst hinreißend aus!« rief Adeline. Sie zog seinen Kopf zu sich herunter und küßte ihn.
»Du mußt dich jetzt beruhigen und versuchen zu schlafen.« Er tätschelte ihre Schulter.
Sie seufzte. »Wenn das Fenster offen wäre, könnte ich vielleicht schlafen.«
»Du weißt genau, daß der Doktor dir seit dem Keuchhusten Nachtluft strengstens verboten hat.«
»Ach, bitte, mach es einen Spalt auf, bloß einen Spalt.«
Brummend stand er auf und öffnete das Fenster ein wenig. Dann schob er einen Stuhl zwischen Fenster und Bett und breitete ihren rüschenbesetzten Unterrock darüber.
»So«, meinte er befriedigt, »damit du keinen Zug bekommst.«
»Oh, danke, Phil«, sagte Adeline und atmete tief. »Wie gut die Nachtluft riecht! Schade, daß sie so gefährlich ist!«

Der Unterrock schützte Philip nicht vor der Nachtluft. Ärgerlich spürte er, wie sie über seine Wange strich. Er fühlte sich unbehaglich, wagte aber nicht, seine Lage zu ändern, um Adeline nicht zu stören. Er hatte keine Angst, sich zu erkälten, es war ihm nur einfach unangenehm.
Schließlich löste er das Problem damit, daß er sich die Nachtmütze so tief ins Gesicht zog, daß er gerade noch atmen konnte.
Es wurde ein windiger, wilder April. Der Wind hatte die fünf neuen mächtigen Schornsteine entdeckt. Heulend und brüllend fuhr er in sie hinein – offenbar wollte er seine ganze Kraft an ihnen austoben. Die neuen Türen schlugen; Hobelspäne wehten in alle Himmelsrichtungen; die Arbeiter konnten den Sturm kaum überschreien. Einen fegte der Wind von der Leiter; er hätte eigentlich tot sein müssen, blieb aber unverletzt. Die Möbel wurden von ihren Verschlägen und Schutzhüllen befreit. In den Ecken häuften sich die Teppiche. Das große bemalte Bett – es war mit bunten Blumen, Früchten, Vögeln und Affen verziert – wurde im Schlafzimmer aufgestellt. Fünfzigmal am Tag lief Nero die Treppe hinauf und hinunter; er überwachte jeden Handgriff.
Unter den Erbstücken von Onkel Nicholas aus dem Haus in Quebec befand sich der Flügel. Er wurde mit einem Sonderwagen zugestellt. Da im Augenblick soviel anderes zu tun war, beschloß man, ihn nur abzuladen und in seinem Verschlag – er war mit Teerpappe abgedichtet – draußen stehenzulassen, bis die Männer Zeit hätten, ihn ins Haus zu bringen. Der Wagen wurde rückwärts an einen freien Platz nahe der Schlucht gefahren. Hier im Schatten war der Boden noch vereist. Der Wagen rutschte. Die schwere Last glitt rückwärts dem Abhang zu und zog die Pferde hinter sich her. Mißbilligend und entsetzt beobachteten Philip und Adeline das Manöver. Gleich würden Wagen und Pferde in die Tiefe stürzen.
»Ausschirren!« rief Philip.
»Ausspannen!« kreischte Adeline.
Zwei Männer liefen herbei. Im letzten Augenblick sprang der Kutscher von seinem Sitz. Von ihrer Last befreit, brachten sich die schweren Zugpferde in Sicherheit. Die Wagenladung polterte in die Schlucht hinunter. Im Fallen knickte sie Zweige und junge Bäume und kam schließlich wenige Meter über dem Wasser an zwei Felsblöcken zum Halten.
»Beim Zeus«, sagte Philip, »das war knapp.«
»Wetten, daß der Dudelkasten Kleinholz ist«, sagte ein Mann. Er hatte ein rotes Tuch um den Hals geknotet. »Auf dem kann keiner mehr spielen.«
Alle bis auf den Kutscher liefen an den Rand der Schlucht und sahen auf den Flügel hinunter. Er war einst in Frankreich gebaut worden, hatte den Ozean überquert und viele Jahre im Wohnzimmer des Hauses in der Rue St. Louis gestanden. Dann war er mit Schiff und Wagen hierhergebracht worden, um nun stumm auf dem Grund der Schlucht zu liegen.

»Ob wir ihn wohl wieder heraufbekommen?« fragte Adeline. Der Schreck saß ihr noch in den Gliedern.
»Dazu brauchen Sie mindestens vier Pferde; und er wird dabei in Stücke fallen«, sagte der Mann mit dem roten Halstuch. »Natürlich werden wir ihn heraufholen«, versicherte Philip, um Adeline zu beruhigen. »Du wirst wieder darauf spielen können.« Er wandte sich an den Arbeiter. »Sie haben den Kutscher dirigiert. Sie sind schuld an dem Malheur. Und jetzt behaupten Sie noch, daß man den Flügel nicht mehr heraufbekommt. Ich schätze es nicht, daß Leute wie Sie hier arbeiten. Holen Sie sich Ihren Lohn beim Vorarbeiter. Sie sind entlassen.«
Der Mann starrte ihm frech ins Gesicht. »Ich bin vom Vorarbeiter eingestellt. Sie haben kein Recht, mich zu entlassen.« Philip packte ihn beim Halstuch. »Ich hätte gute Lust, Sie zu dem Flügel hinunterzuwerfen.« Er versetzte ihm einen Stoß. »Fort mit Ihnen, und zwar schnell.« Der Mann trollte sich. Der Schreck hatte Adeline zugesetzt. Mit zitternden Knien lief sie hin und her, während sie das Schlafzimmer einrichtete. Sie hatten für sich das Zimmer am Ende der Halle, hinter dem Wohnzimmer, gewählt — hier würde es im Sommer kühl, im Winter warm sein, und man war sicher vor den Kindern. Adeline hatte als Dienstmädchen eine Bauerntochter angestellt, die weder lesen noch schreiben konnte und vorläufig eher hinderlich als nützlich war. Adeline staunte immer von neuem über ihre Begriffsstutzigkeit, aber sie war dafür gutmütig und stark wie ein Ochse.
Philips Schwester hatte in Devon ein Hausmeisterehepaar für Jalna engagiert. Der Mann war gelernter Gärtner, die Frau eine gute Köchin. Sie waren schon nach Kanada unterwegs, und Adeline hoffte, daß sie noch vor ihrer Niederkunft — sie war in etwa vierzehn Tagen zu erwarten — eintreffen würden. Im Souterrain wartete ein gemütlich eingerichtetes Zimmer auf sie. Die beiden würden ihre eigenen Küchen- und Gartengeräte mitbringen. Adeline wünschte sie von ganzem Herzen herbei, während sie versuchte, etwas Ordnung in das Chaos ringsum zu bringen. Das Dienstmädchen Lizzie folgte ihr auf Schritt und Tritt. Sie stolperte über das Papier, das auf dem Boden herumlag, ließ fallen, was sie gerade in der Hand hatte, und bestaunte die wunderlichen Dinge aus Indien.
»Meine Güte!« sagte sie und deutete auf das bemalte Bett, »ist das zum Schlafen?«
»Natürlich. Zieh die Matratze zurecht, sie liegt nicht richtig.«
»Alle Heiligen! Ich hätte schlechte Träume, wenn ich drin schlafen täte.«
»Und das mit Recht. Hilf mir jetzt die Kiste aufmachen.«
»Was soll'n denn die bunten Sachen sein?«
»Drachen.«
»Die sehen aber heidnisch aus.«
»Sind sie auch.«

»Ihre Möbel sehen überhaupt nicht wie christliche Möbel aus.«
»Sind sie auch nicht. Was hast du diesmal fallen lassen?«
»Sieht aus wie eine Puppe.«
Das Mädchen hatte aus der Truhe eine kleine Porzellanfigur geholt, die in ein Stück indischer Seide gewickelt war. Adeline hob sie hastig vom Boden auf und untersuchte sie ängstlich. »Danke Gott«, rief sie, »daß sie nicht zerbrochen ist! Wenn du die zerbrochen hättest, hätte ich dir den Garaus gemacht.« Sie hielt die kleine Figur zärtlich in der Hand. Es war ein Bild der Göttin Kuan Yin.
»Ist das eine Puppe?« fragte Lizzie.
»Das ist eine chinesische Göttin. Oh, wie schön und weise sie ist! Ich bin so froh, daß sie nicht zerbrochen ist! Schau nur, die süßen kleinen Hände und die Füße wie Blumen!«
»Sie sieht komisch aus«, sagte Lizzie.
»Dich müßte man fünf Jahre nach China schicken, Lizzie. Was dann wohl aus dir würde?«
Lizzie kicherte. »Vielleicht würde ich dann aussehen wie die da, wenn ich zurückkäme.«
Adeline stellte die Göttin auf den Kaminsims. »Da wird sie für alle Zeiten stehen und diesen Raum beschützen«, sagte sie.
»Es ist eine Sünde, Götzen zu lieben«, sagte Lizzie. »Mein Pa würde mich nicht für Leute arbeiten lassen, die Götzen verehren.«
»Also gut. Dann sag ihm, wenn du ihn wiedersiehst, daß ich vor dieser hier meine Gebete spreche. Ich bin neugierig, was er sagt.«
»Das werde ich nicht tun, Ma'am. Ich möchte hierbleiben.«
»Nett von dir, Lizzie! Und jetzt such Papier und Hobelspäne zusammen und mach hier Feuer. Es ist kalt.«
»Sie sehen aber nicht aus, als ob Sie frieren«, bemerkte Lizzie. »Ihre Backen sind so rot, als ob Sie Fieber hätten.« Sie stopfte den Kamin mit Papier und Spänen voll.
»Nein, nein, Lizzie. Nicht so!« Die Dummheit dieses Geschöpfs war eine Geduldsprobe; aber Adeline mochte sie. Sie fragte sich, was das erfahrene Dienerehepaar mit ihr anfangen würde. Am Nachmittag kam Mrs. Pink und bot ihre Hilfe an. Doch ihre Kräfte erschöpften sich in der Bewunderung der bereits ausgepackten Dinge und im Lamentieren über den verunglückten Flügel. Mr. Pink, der sie später abholen kam, schloß sich ihren Bewunderungs- und Beileidsbeteuerungen an. Später erschienen dann Philip, Captain Lacey, Thomas D'Arcy und Michael Brent. Es wurde geradezu ein geselliges Ereignis. Philip holte eine Flasche Madeira aus dem Weinkeller. Irgendwo fanden sich Weingläser. Auch Wilmott erschien. Er hatte sich schon überlegt, wie der Flügel aus der Schlucht zu retten sei, und erklärte, daß dies in seiner Anwesenheit niemals passiert wäre. Adeline wurde wieder fröhlich und zu-

versichtlich. Als sie mit Philip nach Vaughansland zurückfuhr, fühlte sie sich stark und hoffnungsvoll. Alles würde an seinem Platz sein, wenn das Kind kam.
Wieder einmal dachte Mrs. Vaughan, wie unrecht es doch sei, daß Adeline sich so stark schnürte. Aber da sie ständig fremden Blicken ausgesetzt war, konnte man es ihr kaum verdenken. Ihre Taille war so eng, die Röcke waren so weit, daß niemand ihr ihren Zustand ansah.
Am nächsten Morgen wachte Adeline in der Dämmerung auf. Milder Frühlingsregen trommelte auf das Dach, draußen im Ahornbaum zwitscherte ein Vogel. Doch Adeline hatte das Gefühl, eine schwere Hand habe sich auf ihren Leib gelegt und sie rauh geschüttelt. Sie blieb ganz still liegen, ihr Puls jagte. Sie heftete den Blick auf das Fenster und das graue Morgenlicht und wartete.
Dann kam es wieder: Ein schneidender Schmerz durchzuckte sie. Sie erschrak. Sollte ihre Niederkunft schon so nahe sein? Sollte sie hier, gegen ihren Willen, ihr Kind bekommen? Schweiß stand ihr auf der Stirn. Sie stieß einen leisen Schrei aus.
Dann wurde ihr wieder besser. Es war gewiß ein falscher Alarm. Das hatte sie schon früher erlebt. Aber sie würde kein Risiko eingehen. Mochte Philip widersprechen, soviel er wollte, sie würde die nächste Nacht im eigenen Haus zubringen! Sie machte einen Plan für den Tag. Nach einer Weile schlief sie wieder ein.
Als sie erwachte, regnete es noch immer. Frühling lag in der Luft. Philip war bereits angezogen. Im Haus war es still. Sie hatte lange geschlafen. Beim Frühstück war sie mit Daisy allein. Die Männer waren ausgegangen, und Mrs. Vaughan fühlte sich nicht wohl. Sie war zu einer Tasse Tee heruntergekommen und hatte sich dann wieder ins Bett gelegt. Sie litt an einer heftigen Migräne.
Daisy schwatzte. Die Liebesgeschichte von Kate Busby und Michael Brent beschäftigte sie sehr. Ihrer Ansicht nach sollte Kate ihrem Vater trotzen und mit Brent durchbrennen. Das habe sie Kate auch geraten. Adeline müsse ihr doch recht geben. Nichts sei wichtiger als wahre Liebe.
Adeline war recht schweigsam. Sie vertilgte eilig ihren Porridge, den kalt gewordenen Speck und einige Würstchen. Dann ging sie zum Schlafzimmer von Mrs. Vaughan und klopfte.
»Herein.« Mrs. Vaughans Ton verriet, daß der Besuch ihr wenig willkommen war. Adeline trat an ihr Bett. »Es tut mir leid, daß es Ihnen so schlechtgeht«, sagte sie.
»Oh, es wird sich schon bessern. Sie wissen ja, daß ich diese Anfälle öfter habe.«
»Ja. Es tut mir so leid. Mir geht es auch nicht besonders. Ich hatte heute früh heftige Schmerzen.«

Mrs. Vaughan schrak hoch. »Soll das heißen – das sind wohl hoffentlich noch keine Wehen! Sie sagten doch, es wäre erst in der dritten Aprilwoche soweit!«
»Ja. Dann wäre es soweit. Aber ich glaube, ich muß mich beeilen, um heute noch unter mein eigenes Dach zu kommen.«
»Nein, nein. Sie müssen natürlich hierbleiben. Sie dürfen sich nicht aufregen. Wir werden schon zurechtkommen.«
Impulsiv kniete Adeline am Bett nieder, nahm Mrs. Vaughan in ihre kräftigen Arme und küßte sie.
»Sie sind so gut«, sagte sie. »Wie kann ich Ihnen jemals vergelten, was Sie für uns tun?«
»Sie bleiben also?« fragte Mrs. Vaughan schwach.
»Nein. Ich habe es mir in den Kopf gesetzt, mein Kind in Jalna zu bekommen.«
»Aber diese Schmerzen?«
»Oh, ich werde schon bis zur dritten Aprilwoche durchhalten.« Mrs. Vaughan begann zu weinen. In ihren Tränen mischten sich Erleichterung und ehrliche Zuneigung.
»Ich mag Sie so gern«, bekannte sie. »Viel lieber als Daisy.«
Adeline lachte. »Dazu gehört nicht viel.«
Sie ging am Zimmer der Kinder vorbei und hörte sie beim Spielen plappern. Sie waren hier gut aufgehoben. Man brauchte sich nicht um sie zu sorgen. Sie ging in ihr eigenes Zimmer, holte eine Reisetasche und packte ihre persönlichen Dinge ein. Sie nahm zwei reich bestickte Nachthemden mit und einen roten Samtmorgenrock. Ihr schwindelte. Sie setzte sich auf die Hacken zurück, und es dauerte eine Weile, bis sie wieder im Gleichgewicht war.
Würde sie noch etwas brauchen? Ach ja, die Silberflasche mit Brandy, die sie auf dem Schiff gehabt hatten. Sie fand sich in Philips Kommodenschublade. Adeline schüttelte sie. Sie war noch halbvoll. Ein neuer Schmerz durchzuckte sie und riß an ihr wie ein wildes Tier. Sie schrie auf und preßte dann die Hand auf den Mund. Sie biß die Zähne zusammen. Sie würde nicht aufgeben. Sie würde ihr Baby in ihrem eigenen Bett bekommen.
Der Schmerz verebbte. Sie holte Hut und Mantel aus dem Schrank. Beim Anziehen fiel ihr ein, daß sie den Wagen noch nicht vor die Tür bestellt hatte. Sie sah Patsy O'Flynn über den Rasen gehen, öffnete das Fenster und rief ihm drängend zu: »Patsy-Joe bring den Grauschimmel und den Wagen. Und sei so flink, wie du kannst. Wirf ihm nur den Zaum über und komm im Galopp zum Haus zurück.«
»Was ist los, Euer Gnaden, Miß!«
»Ich sag' dir's später. Lauf jetzt, lauf! Beeil dich!«
Patsy rannte zum Stall und schleuderte seine Arme wie Windmühlenflügel. Gleich darauf war er wieder da. Es war offensichtlich, daß er dem Pferd den

Zaum nur übergeworfen hatte. Wildentschlossen blickte er Adeline entgegen. Sein gelblicher Schnurrbart war gesträubt. Er packte die Tasche und schleuderte sie in den Wagen. »Lauf in die Küche«, sagte Adeline, »und hol Boney! Er muß mitkommen.«
Wie ein Pfeil schoß Patsy ins Haus und kam wieder; der Vogelkäfig baumelte an seiner Hand. Boney war von der unerwarteten Unterbrechung des täglichen Einerleis begeistert. Er hing kopfunter an der Käfigdecke und schrie entzückt. Auf seinen Reisen hatte er das Wort »Lebwohl« gelernt; jetzt kreischte er es ununterbrochen. Seinem Ton war weder Zuneigung noch Dankbarkeit anzuhören.
»Lebwohl – lebwohl – lebwohl!« kreischte er mit weitgeöffnetem Schnabel Mit zitternden Knien kletterte Adeline in den Wagen. Das Geschrei des Papageis hatte das alte Pferd beunruhigt. Es rollte die Augen und tänzelte. Adeline ergriff die Zügel. »Mein Baby wird bald kommen«, sagte sie.
»Ruhig, verstanden!« herrschte Patsy das Pferd an und stellte den Vogelkäfig neben die Tasche. »Willst du meine Lady in den Graben ziehen, du Ungeheuer?« Er erklomm den Sitz neben Adeline. »Och, Miß Adeline, Euer Gnaden, ich seh's Ihnen an den Augen an, daß Sie schlimme Schmerzen haben. Ist ja auch kein Wunder, wo Sie soviel rauf und runter gerannt sind und Wäsche rumgeschleppt haben! Ihr Mann wird schön böse sein, daß Sie Mistreß Vaughan wegrennen, wenn nichts in Jalna fertig ist.« Er sah sie besorgt an. »Aber keine Aufregung! Ich bring' Sie schon rechtzeitig hin.«
»Du darfst keinem ein Sterbenswörtchen verraten, bis ich es dir erlaube. Es geht mir schon wieder besser. Fahr schnell, aber sei vorsichtig mit den Schlaglöchern.« Sie nahm den Vogelkäfig auf den Schoß. Patsy hatte das Verdeck hochgezogen, so war sie vor dem Regen geschützt, der wie ein silberner Schleier vom grauen Himmel herunterhing.
Patsy stellte die Tasche und den Käfig auf das Bett in Adelines Zimmer. »Soll ich Ihnen die Tasche auspacken, Miß?« fragte er, beugte sich über sie und sah ihr ins Gesicht. Adeline war keuchend in einen Stuhl gesunken. Lautes Gehämmer hallte durch das Haus. Er zerrte an Adelines Nerven. Sie sagte: »Sie sollen aufhören mit dem Gehämmer, Patsy-Joe. Sag ihnen, ich hätte Kopfschmerzen. Aber nichts sonst, verstanden! Dann such Lizzie und schick sie mir. Sag ihr, sie soll sofort kommen. Und dann fahr zum Pfarrhaus und bitte Mrs. Pink, mit dir hierherzukommen. Sie wird schon verstehen.«
»Mach ich. Bin wie der Wind zurück, Sie werden's sehen, Miß. Soll ich nicht lieber den Doktor holen – oder die Hebamme, wenn er nicht da ist? Sie werden Hilfe brauchen.«
»Noch nicht. Ich muß noch allerlei erledigen.«
»Aber können Sie denn warten?«
»Ja. Lauf schon, Patsy.«
»Und soll ich nicht lieber den Herrn holen?«

»Nein, nein. Tu nur, was ich dir aufgetragen habe.«
Um sie von seiner Zuverlässigkeit zu überzeugen, sah er sie so starr mit aufgerissenen Augen an, daß es komisch wirkte. Dann verließ er auf Zehenspitzen das Zimmer und eilte mit schweren Tritten durch die Halle. Gleich darauf schwiegen die Hämmer. Sie hörte Hufgeklapper und das Rattern des Wagens. Es wurde still; nur der Regen tropfte eintönig vom Dach herunter. Adeline atmete erleichtert auf. Sie legte die Arme in den Schoß; allmählich beruhigten sich ihre Nerven. Dann hörte sie Lizzie auf der Treppe.
»Ich war grade auf dem Weg hierher, als ich Mr. O'Flynn traf«, sagte sie. »Er meinte, Ihnen wäre schlecht. Soll ich eine Tasse Tee machen, Ma'am?«
»Ja. Ich hätte gern ein bißchen Tee. Mach schnell Feuer und setz den großen Wasserkessel auf.«
»Soll ich jetzt den Boden scheuern und die Fenster putzen?«
»Nein. Das heißt – ja, du könntest die Fenster putzen. Ich werde Vorhänge suchen und sie aufhängen. Das Baby wird bald kommen, Lizzie.« Sie lächelte ein wenig schadenfroh.
»Ach du liebe Güte, alle Heiligen!« Lizzie kreischte beinah. »Ich hab' doch keine Erfahrung mit so was. Ich bin noch nicht zwanzig. Das können Sie nicht von mir verlangen. Ich würde mich zu Tode fürchten.«
»Ich verlange nichts weiter, als daß du tust, was ich dir sage. Der Doktor wird rechtzeitig kommen. Es ist noch viel Zeit. Mach jetzt den Tee und setz das Wasser auf.«
Fast besinnungslos vor Aufregung polterte Lizzie die Stiegen ins Souterrain hinunter. Adeline fühlte sich stark genug, allen Schwierigkeiten zu trotzen. Sie öffnete die Wäschetruhe und holte Laken und Decken heraus. Als Lizzie zurückkam, machten sie gemeinsam das Bett. Adeline suchte aus dem Haufen in der Halle zwei kleine Teppiche heraus und breitete sie im Schlafzimmer auf den Boden. Lizzie putzte die Fenster. Da sie keine Vorhangstange und keine Ringe hatten, befestigten sie einen indischen Seidenschal vor dem Fenster. Adeline munterte sich mit starkem Tee auf. Sie plauderte heiter mit Lizzie, die ihr immer wieder ängstliche Seitenblicke zuwarf. Das Zimmer sah schon recht wohnlich aus. Adeline hätte vor Freude singen mögen: Jetzt war sie sicher unter dem eigenen Dach. Schließlich erschien auch Mrs. Pink.
Sie blieb auf der Schwelle stehen. »Oh, wie reizend – wie gemütlich!« rief sie. Dann setzte sie hinzu: »Wenn ich Ihren Kutscher recht verstanden habe, fühlen Sie sich gar nicht wohl. Wirklich, ich finde, Sie wagen zuviel, wenn Sie bis zur letzten Minute arbeiten.«
»Würden Sie Ihr Baby gern in einem fremden Haus bekommen, in dem ein junger Mann auf Ferienbesuch ist?«
»Nein, allerdings nicht. Ich kann Sie nicht tadeln. Aber hatten Sie es nicht viel später erwartet?«
»Ja. Ich fürchte, ich habe mich übernommen. Und dazu noch die Sache mit

dem Flügel – ich dachte, er würde die Pferde mit hinunterreißen – das hat mir einen gewaltigen Schock versetzt.«
»Dr. Ramsay war nicht zu Hause. Aber seine Haushälterin wird ihn herschicken, sobald er kommt.«
Lizzie brühte neuen Tee auf. Mrs. Pink packte die Reisetasche aus und verteilte den Inhalt auf Bett und Frisiertisch. Sie entdeckte die Göttin auf dem Kaminsims. »Wie hübsch«, meinte sie. »Chinesisch, nicht wahr?«
»Ja. Die Göttin Kuan Yin. Sie hat versprochen, über mich zu wachen.« Adeline sagte das so ernst, daß Mrs. Pink erschrak.
»Oh, Mrs. Whiteoak, Sie scherzen?«
»Nicht ganz. Ich glaube, es ist viel Wahres an den östlichen Religionen.«
»Das schon, aber ich glaube, Christen sollten sie nicht dulden.«
»Gott duldet sie seit vielen hundert Jahren, nicht wahr?«
»Seine Wege sind nicht unsere Wege, wie mein Mann sagt.«
Adeline ging ruhelos durchs Zimmer. Plötzlich blieb sie vor Mrs. Pink stehen. »Ich glaube, man sollte Philip doch lieber holen. Sicher ist sicher.«
Mrs. Pink eilte davon. Sie schickte einen der Männer nach Philip aus und ging dann in die Küche, um Lizzie bei den Vorbereitungen zu überwachen.
Als Philip kam, war Adeline allein. Er sah sich erstaunt im Zimmer um und bemerkte das frisch gemachte Bett, auf dem ihr Nachthemd und der Morgenrock bereitlagen.
»Was soll das?« fragte er.
»Ich bin eingezogen.« Sie lächelte ihn an.
»Das Haus ist nicht fertig und wird frühestens in zehn Tagen beziehbar sein. Das kannst du nicht tun.«
»Ich habe es schon getan. Es ist bereits alles fertig.« Zufrieden betrachtete sie ihr Werk. »Oh, Philip, Lieber, du willst doch auch nicht, daß mein Baby in Vaughansland geboren wird.«
»Es kommt doch erst Ende des Monats.«
Sie gestand etwas verzagt: »Ich glaube, es kommt heute. Ich habe Patsy nach dem Doktor geschickt.«
»Guter Gott!« rief er und riß seine blauen Augen auf.
»Du willst doch auch, daß ich in meinem eigenen Bett liege, nicht wahr, Liebster? Ich kann dir sagen, es ist mir nicht leicht geworden, alles fertigzubekommen. Aber sieht es nicht hübsch aus?«
»Sehr hübsch«, erwiderte er grimmig.
Mrs. Pink kam zurück und erkundigte sich nach Adelines Befinden.
»Es geht mir besser, danke. Es wird noch ein paar Stunden dauern. Wollen Sie lieber heimgehen und nach Ihrem kleinen Sohn sehen?«
»Wenn Sie glauben, daß Sie mich entbehren können?« Sie wandte sich an Philip. »Mein Jüngster hat ein Geschwür im Ohr. Ich lege ihm heiße Zwiebeln auf. Ich kann mich damit nicht auf das Dienstmädchen verlassen. Der

Arzt muß jeden Augenblick kommen, und ich werde auch bald zurück sein.«
Philip fuhr sie ins Pfarrhaus. Adeline blieb allein, aber es machte ihr nichts aus. Sie war vollkommen glücklich. Hier, unter ihrem eigenen Dach, von dem der Regen leise heruntertropfte, konnte sie ihre Stunde stolz und ohne Furcht erwarten. Sie war in ihrem eigenen Haus. Wie sehr sie dieses Haus liebte! Es sprach zu ihr mit tiefer, beruhigender Stimme. Es war jetzt nicht mehr ein Chaos von Holz und Steinen, es war ihr Heim! Es hallte wider von den Tritten großer und kleiner Füße, die einst hier herumlaufen würden. Adeline vernahm Stimmen, die sie riefen. Sie hörte nicht nur die Stimme des Kindes, das sie nun bald gebären würde; sie hörte die Stimmen der Kinder ihrer Kinder. Hier würde sie alle ihre Tage verbringen. Sie würde viele Geheimnisse mit diesem Haus teilen. Es würde von Leben und Liebe erfüllt sein. Diese Mauern würden eine ganze Welt umschließen, und die Zeit würde sie mit Weinlaub umspinnen.

17

Frühling in Jalna

Philip sagte – und der Wunsch kam ihm wirklich von Herzen –, er hoffe und bete, daß Adeline kein Kind mehr bekomme. Es war zu arg für ihn – ganz zu schweigen von ihren Leiden und dem Einsatz ihres Lebens. Nach dieser letzten Geburt war er jedenfalls ein nervöses Wrack. Der Doktor war so lange ausgeblieben, daß das Kind beinah ohne seine Hilfe zur Welt gekommen wäre. Die Hebamme – sie wurde bei einer anderen Geburt gebraucht – war überhaupt nicht erschienen. Es war fast, als sollten Philip und Mrs. Pink Adelines einzige Helfer bleiben. Die bloße Vorstellung einer solchen Möglichkeit brachte Philip in kalten Schweiß. Adeline verlor die Beherrschung und schrie bei jeder Wehe auf. Sie behauptete zu sterben. Als Dr. Ramsay endlich kam, sah sie ihm trotzig entgegen. Sie wurde für eine Weile ruhig. Bevor er etwas zu ihrer Erleichterung unternahm, sagte ihr der Arzt ärgerlich, was er von ihrer Eigenmächtigkeit halte. Nach einer halben Stunde war das Kind geboren.
Adeline erholte sich rasch. Das war vor allem ihrer tiefen Befriedigung zu verdanken. Auch das Wetter wurde jetzt sonnig und warm. Um sie her, im Haus und draußen, schritt die Arbeit fort. Die Arbeiter jubelten, als sie von der Geburt im neuen Haus hörten. Sie versuchten, so leise wie möglich zu arbeiten. Als der Kleine zehn Tage alt war, trug Philip ihn hinaus und zeigte ihn den Männern. Das Kind war kleiner und schwächer als Nicholas seinerzeit, hatte aber hübsche Züge, eine zarte Haut und vergißmeinnichtblaue Augen. Die ungekämmten, ungeschlachten Holzfäller scharten sich um ihn.

Sein feines weißes Kleidchen und das kleine Spitzenhäubchen entzückten sie. Er sah sie nachdenklich an und verschränkte seine winzigen Hände.
Philip freute sich, an diesem Sohn endlich Ähnlichkeit mit seiner eigenen Familie zu finden. Wenn er neben ihr auf dem Kissen lag, studierte Adeline das kleine Gesicht und erklärte, daß er zwar Philips Farben, aber keineswegs seine Züge geerbt habe. Sein Name bereitete ihnen einiges Kopfzerbrechen. Philip war für Charles, den Namen seines eigenen Vaters. Adeline wählte Dennis, den am wenigsten kompromittierenden Namen ihres Vaters. Jedenfalls war sie entschlossen, ihn nicht nach ihrem Arzt zu nennen, wie sie das bei Nicholas und ihrem geliebten Dr. St. Charles getan hatte. Sie konnten sich auf keinen der beiden Namen einigen. Die gegenseitigen Vorschläge mißfielen ihnen. »Charles ist ein strenger Name«, behauptete Adeline.
»Unsinn«, sagte Philip. »Es ist ein ebenso angenehmer Name wie jeder andere. Dennis klingt wie eine irische Komödie.«
»Damit beweist du nur deinen schlechten Geschmack«, widersprach sie. »Es ist ein sehr schöner Name!«
Das Problem wurde schließlich durch ein Buch gelöst, das Wilmott ihr geschickt hatte. Es war *Ernest Maltravers* von Lord Lytton. Adeline hatte es noch nicht einmal zur Hälfte gelesen, als sie rief: »Er soll Ernest heißen!«
Philip mußte zugeben, daß der Name gut klang, und als Wilmott zu Besuch kam, versicherte er, daß er ausgezeichnet zu dem Kind passe. So wurde der Sohn Ernest Charles Dennis genannt – was niemand hinderte, ihn noch lange Baby zu rufen.
Philip glühte vor Stolz, wenn er bei Adeline am Bett saß und sie das Baby im Arm und die beiden älteren Kinder neben sich hatte. Adelines Blässe betonte den feinen Schnitt ihres Gesichts. Diese Züge würden selbst im Alter noch fesselnd sein. Ihr Haar, das offen auf dem Kissen lag, gab einen besonders günstigen Rahmen ab. Ihre weißen Arme umschlossen ihre Kinder mit mütterlichem Stolz.
Die Kinder waren zum erstenmal von Vaughansland herübergebracht worden, um den kleinen Bruder zu besichtigen. Augusta – sie war jetzt drei Jahre alt – saß dekorativ zu Füßen des Säuglings; sie hatte die Hände im Schoß gefaltet und musterte erstaunt sein rosiges Gesicht. Nicholas dagegen interessierte sich viel mehr für die Malereien auf dem Bett. Die leuchtend bunten Blumen und Früchte entzückten ihn. Er hüpfte auf seinem fülligen kleinen Hinterteil und schlug die Hände begeistert unter dem Kinn zusammen, um sie gleich darauf wieder begehrlich nach den Früchten auszustrecken. Er lachte und krähte.
»Dr. Ramsay sagt«, bemerkte Adeline, »ich könnte jedes Jahr gefahrlos ein Kind haben, wenn ich mich nur schone.«
»Kein einziges mehr«, sagte Philip, »es sei denn, Ramsay verspricht, den letzten Monat auf unserer Schwelle zu verbringen. Ich finde, drei sind genug.

Wir haben eine Tochter, die uns im Alter pflegen kann, wir haben zwei Söhne und damit Erben. Du willst doch hoffentlich nicht noch mehr?«

»Nein. Drei sind genug.«

Er verschränkte die Arme über seiner breiten Brust. »Ich habe einen Entschluß gefaßt, Adeline. Dieser Sohn, Ernest, soll in unserer eigenen Kirche getauft werden. Du weißt ja, wie oft Pink und ich darüber gesprochen haben, daß eine Kirche in der Nähe sehr wünschenswert wäre. Du weißt, wie mühselig letzten Winter die langen Fahrten zur Kirche waren. Ich bin also bereit, den Grund und Boden für die Kirche zu stiften. Wenn wir sammeln, bekommen wir mit Müh und Not die Mittel für ein ärmliches Gebäude zusammen. Aber ich will am Sonntag in einer ordentlichen Kirche sitzen. Da ich also ohnehin die größte Subskription leisten müßte, habe ich mir gesagt, daß ich die Kirche ebensogut allein finanzieren kann. Dann habe ich sie so, wie ich möchte, und brauche nicht zu betteln.«

»Auch die kleinste Kirche kostet eine Menge Geld.«

»Adeline, diese Kirche wird bis ans Ende deiner Tage für dein Seelenheil sorgen und nach dir für das deiner Kinder. Das ist doch keine Kleinigkeit.«

»Du hast die Kirche im Blut«, erwiderte sie, »ich nicht.«

»Aber du würdest doch gern eine Kirche *besitzen*, oder?«

»Das wäre himmlisch; wenn mir der Pfarrer nicht gefällt, kann ich ihn hinauswerfen.«

»Nein, das könntest du nicht! Jedoch – du hättest natürlich viel Einfluß.«

»Aber wenn es *meine* Kirche ist, darf ich ihn hinauswerfen«, sagte sie bockig.

»Sobald eine Kirche geweiht ist, untersteht sie dem Diözesanbischof.«

In ihren Wangen bildeten sich Grübchen. »Mit dem Bischof werde ich schon fertig.«

Nicholas hatte ihr Gespräch mit kleinen Schreien untermalt. Jetzt war er nicht mehr zu überhören. Er kroch an das Kopfende des Bettes und wollte einen grinsenden Affen küssen, der hinter den bunten Blumen hervorlugte. Er kniete auf dem Haar seiner Mutter.

»Du Schlingel!« rief Philip, hob ihn hoch und setzte ihn auf seine Knie. Er zog seine große goldene Uhr heraus und hielt sie Nicholas ans Ohr.

»Ga – ga – ga – ga!« rief Nicholas. Seine Augen funkelten wie Sterne.

»Und weißt du«, sagte Philip, »jetzt ist die günstigste Zeit für den Kirchenbau. Ich habe die Männer an der Hand. Ich habe Geld, und vom Haus und von der Scheune ist genügend Baumaterial übrig. Mr. Pink hat ein ausgezeichnetes Buch mit Bauplänen für Kolonialkirchen in ärmeren Gemeinden. Es wird ein bescheidener Bau werden, aber wenn die Gemeinde wächst, kann man ihn vergrößern. Mr. Pink ist ganz begeistert; dann hätten die ärmeren Leute hierherum auch eine Möglichkeit, den Gottesdienst zu besuchen. Du kannst dir vorstellen, wie willkommen ihnen eine Kirche und ein Versammlungsraum wären.«

»Ga – ga – ga!« rief Nicholas. »Ga – ga!«
»Meine Schwester wäre sehr angetan. Sie würde uns bestimmt eine ansehnliche Spende schicken. Und aus dem Dekan könnte ich auch etwas herauslocken.«
»Wenn du denkst, daß meine Leute etwas geben, irrst du dich«, sagte Adeline.
»Daran habe ich nie gedacht«, erwiderte er.
»Aber meine Mutter würde ein schönes Altartuch sticken.«
»Das wäre nett.«
»Mein Großvater opfert vielleicht ein paar silberne Leuchter.«
»Ich bezweifle, daß Kerzen auf dem Altar angebracht wären. Mister Pink ist gegen den englischen Katholizismus.«
»Ga – ga – ga – ga!« sagte Nicholas, schüttelte die Uhr und biß darauf.
Philip steckte sie wieder in die Tasche. Er stand auf, griff seinem älteren Sohn unter die Achseln und warf ihn in die Höhe. Nicholas strahlte vor hysterischer Begeisterung. Er hätte sich gern bis hinauf in den Himmel schleudern lassen.
Adeline lächelte träge. Ihre Hand streichelte automatisch den Rücken ihres Jüngsten. Gussie war hingerissen. Sie sprang vom Bett, lief zu ihrem Vater und umklammerte seine Beine. Wenn die beiden sich je gram gewesen waren, so war es jetzt vergessen.
»Mich auch!« piepste sie. »Gussie auch!«
Philip setzte Nicholas auf den Boden und hob Gussie hoch. Er warf sie in die Luft und fing sie wieder auf. Sie flog immer höher, bis sie fast die Decke streifte. In ihrem Jauchzen mischte sich Angst mit Vergnügen. Ihre dunklen Locken standen zu Berge. Ihr hellblaues Merinokleid blähte sich um sie wie ein Ballon. Ihre winzigen Füßchen pendelten hilflos unter ihren weißen Pantalons.
Adeline sah ihnen lachend zu. Nicholas schmollte ein wenig. Nur der Blick des kleinen Ernest war in unergründliche Weiten gerichtet.
»Genug«, sagte Adeline schließlich. »Sonst wird ihr schlecht.«
Philip gehorchte und gab seiner kleinen Tochter einen herzhaften Kuß, bevor er sie absetzte.
»Kleine Tochter!« sagte er. »Kleine Tochter!«
Als er die Kinder zur Nurse zurückbrachte, blieb Adeline ganz still liegen und genoß ihr Glück. Ruhig, aber nicht schläfrig lag sie in den gestickten Kissen. Jetzt, nachdem die Schwierigkeiten der Geburt hinter ihr lagen, konnte sie an die tausend angenehmen Dinge denken, die sie erwarteten, sobald sie wieder bei Kräften war. Sie überdachte ihre Vergangenheit, und es schien ihr kaum glaublich, daß sie in so wenigen Jahren so vieles erlebt hatte. Da waren die ungebundenen, wilden Kindertage in Irland – erfüllt von Knabenstimmen, Jagdhörnern und dem leisen Rauschen der Blätter im irischen Regen. Da waren ihre Ehejahre in Indien – erfüllt von Farbe, von ihrer leiden-

schaftlichen Liebe zu Philip, von der Freundschaft mit indischen Prinzen. Diese Zeit wurde jetzt seltsam unwirklich. Sie dachte an die Reise von Indien nach England und erinnerte sich an einen heißen Morgen, an dem sie beobachtet hatte, wie Philip nackt an Deck stand und sich von zwei Matrosen mit kaltem Wasser überschütten ließ.

Sie beschloß, vor dem Schlafzimmerfenster einen Fliederbusch pflanzen zu lassen. Flieder roch im Frühling so gut. Mrs. Pink hatte ihr einen Ableger versprochen. Sie würde überall Blumen haben und einen üppigen Obstgarten. Sie würde einen Pfirsichbaum setzen und Weinreben und sich von Captain Lacey zeigen lassen, wie Pfirsichbrandy und Wein gemacht wurde.

Oh, wenn sie nur schon weiter auspacken könnte! Sie fühlte sich kräftig genug – aber Dr. Ramsay erlaubte es nicht. Plötzlich hatte sie ihre Ruhe verloren. Sie warf sich auf dem Kissen herum. Sollte sie denn ewig hier liegen und nichts tun? Der Säugling war in tiefen Schlaf gefallen.

In einer halben Stunde war sie angezogen. Nur das Korsett hatte sie fortgelassen. Als sie fertig war, fühlte sie sich doch recht schwach und versuchte gar nicht erst, ihr Haar zu ordnen. Die üppige rostrote Mähne hing ihr fast bis zur Taille. Sie öffnete die Tür und lugte in die Halle hinaus. Dann warf sie einen Blick auf Ernest. In ihren Augen war jetzt kein Funken Zärtlichkeit. Sie hatte ihn zuviel um sich gehabt. Sie wollte ihn eine Weile los sein. Obwohl ihr etwas schwindelte, genoß sie die neugeschenkte Leichtigkeit ihres Körpers. Sie ging ins Eßzimmer. Dort warteten die wuchtigen Simse über den Fenstern auf die Vorhänge. Sie betrachtete das massive Büfett, den Tisch und die Stühle aus dem Haus in der Rue St. Louis. Alles stand noch so, wie es aus den Verschlägen gekommen war. Sie würde für dieses Zimmer gelbe Samtvorhänge wählen, mit dicken Seidenschnüren und Quasten. Französische Tapeten waren schon in Quebec bestellt. Sie blieb einen Augenblick stehen und streichelte den seidigen Geländerpfosten in der Halle. Inzwischen wanderten ihre Augen nachdenklich von der Bibliothek zur Linken in das Wohnzimmer zur Rechten. Sie lächelte, als ihr einfiel, wie energisch Philip auf einer Bibliothek bestanden hatte, weil es in seinem Elternhaus in England eine gab. Sie hatten nur wenige Bücher mitgebracht, aber sie las gern. Sie würden nach und nach eine stattliche Sammlung kaufen. Das Licht, das durch die bunten Scheiben neben der Haustür fiel, warf farbige Schatten auf den Boden. Wie hübsch diese Fenster waren! Und sie waren ganz allein ihre Idee! Sie sah, daß es draußen aufgeklart hatte. Die Sonne schien. Sie öffnete die Tür und ging auf die Veranda hinaus. Dort stand sie unvermutet Dr. Ramsay gegenüber.

Er wurde rot vor Ärger. »Mrs. Whiteoak, was fällt Ihnen ein?« rief er, nahm den Hut ab und schleuderte ihn auf den Boden.

Sie wußte, daß er jähzornig war, aber bis jetzt hatte er noch keine solche Probe davon geliefert. Sie hielt sich an der Klinke fest und lachte belustigt.

»Was fällt Ihnen ein!« wiederholte er. »Ich habe Ihnen erlaubt, in Ihrem eigenen Zimmer herumzugehen – und finde Sie hier auf der Veranda! Und allein! Ich sage Ihnen, so werden Sie sich etwas holen, das Sie wochenlang ans Bett fesselt.«
»Ich bin pudelmunter«, erwiderte sie. Dieser Ausdruck war augenblicklich große Mode.
Er sah auf seinen Hut hinunter, als wolle er mit dem Fuß danach stoßen. Dann sagte er, mit noch immer abgewandtem Blick: »Wenn Sie selbst Ihr bester Arzt sind, dann können Sie sich bei Ihrer nächsten Geburt allein verarzten.«
»Ich werde keine mehr haben.«
Er lächelte ironisch. »Das können Sie mir doch nicht erzählen – eine temperamentvolle Frau wie Sie!« Jetzt sah er sie voll an.
»Ich habe einen Mann, der an meine Gesundheit denkt.«
»Hat er Ihnen erlaubt, meine Vorschriften zu ignorieren?«
»Ich tu, was ich mag!«
»Nun, jetzt werden Sie zu Bett gehen.«
»Das werde ich nicht.«
»Sie werden!«
»Ich weigere mich!«
Er faßte sie bei den Armen und drehte sie herum. Sein Griff war eisenhart. Einen Atemzug lang fühlte sie sich hilflos, dann warf sie sich mit ihrem ganzen Gewicht gegen seine Schulter, streckte die Hand aus und packte ein Büschel seines drahtigen Haars.
»Werden Sie mich loslassen«, keuchte sie.
Er lachte. Er holte tief Luft, beugte sich über sie und küßte sie. Dann standen sie beide regungslos. Auf dem frisch aufgeschütteten Kies der Auffahrt knirschten leichte Tritte. Doktor Ramsay hob seinen Hut auf, errötete dabei noch tiefer. Im nächsten Augenblick stand Daisy Vaughan vor ihnen. Sie war überrascht, Adeline hier zu sehen. »Nanu, Mrs. Whiteoak – Sie und auf?« rief sie. »Wie nett!«
»Ja, nicht wahr?«
»Und wie gut Sie aussehen! Sie haben eine bezaubernde Farbe. Nicht wahr, Dr. Ramsay?« Sie sah ihn eindringlich an.
»Doch, doch«, erwiderte er steif.
Es folgte ein etwas beklommenes Schweigen, das jedoch gleich wieder von Daisy gebrochen wurde. Sie rief: »Stellen Sie sich vor, was geschehen ist: Kate Busby ist mit Michael Brent durchgebrannt! Ihr Vater birst vor Zorn und hat geschworen, ihr nie zu vergeben. Ob er den Schwur wohl hält, Dr. Ramsay?«
»Ich habe keine Ahnung.«
»Ich finde so eine Entführung romantisch. Nichts könnte mich hindern, den

Mann, den ich liebe, auch zu heiraten. Ich würde mit ihm bis ans Ende der Welt fliehen. Alle halten Mr. Brent für eine gute Partie, obwohl niemand seine finanzielle Lage kennt. Was denken Sie über solche Vernarrtheit, Dr. Ramsay? Sicher mißbilligen Sie so etwas.«

»Ich maße mir nicht an, irgend jemandes Verhalten zu beurteilen.«

Adelines Augen lachten ihn aus. Sie lehnte mit verschränkten Armen gegen die steinerne Brüstung. »Beide Teile haben Glück«, sagte sie. »Sie werden ein nettes Paar abgeben.«

»Ich bin so froh, daß Sie das auch meinen«, sagte Daisy. »Aber ich wünschte, es hätte eine richtige Hochzeit gegeben. Wenn ich auch nie Braut werde – Brautjungfer wäre ich gern geworden.

»Sie werden zweifellos noch Braut werden«, sagte Adeline.

Aus dem Schlafzimmer kam ein leises Wimmern. Adeline wandte den Kopf und lauschte. Sie glich in diesem Augenblick einer schönen Perserkatze.

»Ach, das süße Baby!« rief Daisy, rannte durch die Halle und warf sich neben dem Bett auf die Knie. »Ach, du lieber kleiner Engel!« Sie zog ihn an ihre Brust. Doch das, was er brauchte, konnte sie ihm nicht bieten. Er schrie weiter.

Das Kind gedieh prächtig. Noch nach Wochen stand es im Mittelpunkt des allgemeinen Interesses: es hatte dem neuen Haus das Siegel der Geburt aufgedrückt. Nicholas war nicht mehr die Hauptperson.

Gussie mußte häufig auf ihn aufpassen und mit ihm spielen, während der kleine Bruder schlief. Sie war trotz ihrer Jugend recht anstellig; Nicholas gehorchte ihr meistens. Aber wenn er seinen Kopf durchsetzen wollte, kam sie nicht gegen ihn auf. Er brüllte und zog sie an den Locken. Er wog schon mehr als sie und schob sie einfach beiseite, wenn er ein Spielzeug oder das Knie seiner Mutter erreichen wollte. Gussie liebte den kleinen Ernest. Er war ihr lieber als ihre schönste Puppe. Für Nicholas dagegen empfand sie nicht einmal Sympathie. Manchmal hatte sie ihn ganz gern; meistens aber wünschte sie ihn über alle Berge.

An einem warmen Maimorgen hatte die Nurse Nicholas in seinem Kinderwagen auf dem Rasen in der Nähe der Schlucht abgestellt. Hier konnte er den Arbeitern und den Vögeln zuschauen. Die Zugvögel kamen jetzt in dichten Scharen heim – die Luft war erfüllt von ihren Liedern. In Jalna gab es immer etwas Lebendiges zu beobachten.

Ein Knecht führte ein Paar prächtige Percherons vorüber, die Philip gerade gekauft hatte. Nicholas legte sein Wollschaf beiseite, beugte sich vor und betrachtete die Tiere kritisch. Die kräftigen Pferdeflanken glänzten, das blanke Zaumzeug blitzte in der Sonne. Nicholas sah, daß die hellen Pferdeschwänze mit einem roten Band zusammengebunden waren. Er untersuchte sein Schaf, ob es auch solch einen Schwanz hätte. Als er sah, daß hinten nur ein kleiner Wollstummel schwänzelte, zog er eine gekränkte Schnute. Gussie – sie saß

auf einem Stühlchen neben ihm – dachte, er würde gleich weinen. Mit geübter Hand schaukelte sie den Wagen.
Er sah sie beleidigt an. Er wollte nicht geschaukelt werden. Er wollte aussteigen und laufen. Er versuchte, sein Geschirr aufzuschnallen.
»Nein, nein«, sagte Gussie. »Unartig!«
Sie stand auf und hielt ihm die Hände fest. Das versetzte ihn in Wut. Er funkelte sie böse an und wehrte sich. Um ihn zu beruhigen, wollte sie ihn ein bißchen herumfahren. Das war hier nicht schwer; denn der Boden war eben und glatt. Es machte Gussie Spaß, den Wagen zu schieben, obwohl die Nurse es streng verboten hatte.
Aber Nicholas war gründlich verstimmt. Er hatte noch nicht vergessen, daß sie ihm die Hände festgehalten hatte. Er schleuderte sein Schaf aus dem Wagen. Dann legte er sich auf den Rücken und strampelte. Mit gewaltiger Anstrengung schob Gussie den Wagen an den Rand der Schlucht. Hier stand der wiederauferstandene Flügel in seinem Verschlag.
»Schöner Flügel«, sagte sie. »Gussie wird drauf spielen.« Und nach einer Pause: »Aber Nicholas nicht.«
Nicholas begriff natürlich nicht, was in der großen Kiste war, aber er begriff, daß Gussie etwas bekommen würde, was er nicht haben durfte. Er rollte sich herum und kniete sich in den Wagen. Weiter kam er nicht, denn das Geschirr hielt ihn zurück. Gussie konnte nicht sehen, was er tat. Der Boden war jetzt nicht mehr so eben, sie mußte sich gewaltig anstrengen und hielt den Kopf geneigt.
Nicholas beugte sich aus dem Wagen und griff nach Gussies Hut. Er zog ihn ihr über die Augen und riß dabei an ihren Haaren, die sich in dem Gummiband verfangen hatten. Sie stieß einen Wut- und Schmerzensschrei aus, ließ aber nicht ab, den Wagen mit aller Kraft weiterzuschieben.
Erst gestern war der Flügel mit viel Geschrei und Peitschenknallen aus der Schlucht heraufgeholt worden. Alle Zimmerleute, Pflasterer, Holzfäller und Knechte hatten ihre Arbeit im Stich gelassen und sich an der aufregenden Rettungsaktion beteiligt. Alle Nachbarn waren zusammengeströmt und hatten zugesehen, wie vier Pferde mit äußerster Anstrengung die riesige Kiste aus der Schlucht hochhievten. Beim ersten Versuch hatten sich die Stricke gelöst, und sie wäre beinah in den Fluß zurückgepoltert. Aber schließlich stand sie doch sicher oben am Rand. Heute sollte der Flügel ins Wohnzimmer gebracht werden.
Alles, was Nicholas ihr jemals angetan hatte, fiel Gussie jetzt ein. Immer wollte er gerade das, was sie hatte; immer tat er gerade das, was sie hatte tun wollen. Alles drehte sich um ihn. Alle verhätschelten ihn – Mama, Papa, die Nurse und Lizzie. Sogar Patsy O'Flynn hatte sie heute früh von seiner Schulter abgesetzt, als Nicholas diesen Platz begehrte. Der kleine Ernest war lieb. Mit dem konnte sie sich abfinden; aber Nicholas konnte sie nicht länger

ertragen. Vor ihr lag der lange steile Abhang, über den man gestern die Musikkiste heraufgezogen hatte. Das Gewicht des Flügels hatte ihn zu einer glatten Rutschbahn gemacht. Gussie nahm alle Kraft zusammen und versetzte dem Kinderwagen einen letzten Stoß. Sie ließ ihn los.

Er sauste den Abhang hinunter. Nicholas hockte noch immer auf den Knien. Er war zunächst überrascht, dann begeistert. Ein heftiger Stoß – ein Rad war auf einen Stein geprallt – schleuderte ihn in die Höhe. Er drehte sich einmal um sich selbst und landete wieder im Wagen. Gussie konnte sein Gesicht nicht mehr sehen.

Jetzt kam der Wagen unten am Fluß an. Er überschlug sich und begrub Nicholas unter sich. Er bewegte sich nicht mehr. Die Vorderräder waren knapp über dem Wasser. Plötzlich bekam Gussie Angst. Sie fühlte sich von aller Welt verlassen. Sie schaute in die Tiefe hinunter. Die Musikkiste war unten gewesen. Jetzt war sie oben. Der Wagen war oben gewesen. Jetzt war er unten. Nicholas hatte geschrien. Jetzt war er still. Das waren zu viele Veränderungen. Gussie fürchtete sich.

Sie trottete davon, dem Klang der Äxte und dem Gesang der beiden Französisch-Kanadier entgegen. Ihr Lied erinnerte sie an lang Vergangenes, an etwas Schönes und Tröstliches. Halb versteckt blieb sie stehen und sah zu, wie die muskulösen braunen Arme die Äxte schwangen.

Dann hüpfte sie vergnügt in die Höhe. Einen Atemzug lang war der dunkle Wald ausgelöscht, sie sah die Küche in dem Haus in der Rue St. Louis und fühlte Maries Arme um sich. Marie schaukelte sie sanft und sang ihr ins Ohr:

»*Alouette, gentille Alouette,*
Alouette, je te plumerai ...«

Sie entdeckte, daß das Gras zu ihren Füßen mit winzigen rosa Blüten übersät war, beugte sich nieder und neigte ihr Gesicht den Blumengesichtern entgegen. Sie hörte die Nurse rufen.

»Augusta! Augusta!« Die Stimme klang sehr böse.

Dann hatte die Nurse sie entdeckt und kam herbeigelaufen.

»Wo ist Nicholas?« keuchte sie.

»Da unten«, sagte Gussie und deutete in die Schlucht.

»Barmherziger Himmel!« Sie stürzte an den Rand und spähte hinunter. Gussie folgte ihr und sah zu, wie sie verzweifelt den Abhang hinunterlief. Sie steckte den Finger in den Mund und beobachtete, wie die Nurse den Wagen aufrichtete, Nicholas in die Arme nahm, ihn besorgt untersuchte und dann mit dem Kind den steilen Pfad wieder heraufkeuchte.

Nicholas hatte genausowenig Schaden genommen wie der Flügel. Er war still und etwas verdutzt. Sein Schutenhut war ihm übers Auge gerutscht. Die Nurse setzte ihn auf den Boden, stieg nochmals in die Schlucht hinunter und holte den Wagen. Sie war ganz außer Atem. Sie schüttelte die Erde vom Kissen und aus den Decken. Dann legte sie alles wieder ordentlich in den

Wagen. Dabei warf sie immer wieder ängstliche Blicke zum Haus hinüber. Als sie Nicholas nochmals umarmt und zärtlich geküßt hatte, beugte sich die Nurse zu Gussie hinunter.
»Wie ist das passiert?« fragte sie wütend. »Was hast du gemacht, du böses Mädchen?«
»Ich habe den Wagen gestoßen«, antwortete Gussie, »und da ist er runtergefahren. Ich wollte Nicholas spazierenfahren.«
»Ein Wunder, daß du ihn nicht umgebracht hast.« Sie packte Gussie bei den Schultern, beutelte sie heftig und ohrfeigte sie. »Das hast du dafür! Und wehe, du erzählst Mama oder Papa davon. Hör auf zu heulen. Du hättest viel mehr Schläge verdient.«
Am Nachmittag wurde der Flügel aus dem Verschlag geholt. Er stand draußen in der Sonne, und seine Abenteuer hatten ihm offensichtlich nicht geschadet. Ob sein Klang gelitten hatte, mußte sich erst herausstellen. Auf einem Rollwagen – einer Sonderkonstruktion – wurde er zum Haus gezogen, dort trugen ihn sechs Männer hinein. Als er sicher im Wohnzimmer war, standen die Männer noch lange herum und bestaunten den Rosenholzrahmen, die geschnitzten Füße und die silbernen Kerzenhalter. Ihre Bewunderung grenzte fast an Besitzerstolz.
Endlich gingen sie und ließen Adeline und Philip mit Wilmott und Daisy allein.
»So«, rief Daisy, »jetzt sieht es gleich viel wohnlicher aus. Ich sage immer, ein Flügel ist die Seele des Hauses. Ich hoffe nur, er ist nicht zu arg verstimmt.«
»Ach, bitte, setzen Sie sich doch, und spielen Sie uns etwas«, bat Philip. »Dann wissen wir wenigstens Bescheid.«
Daisy schraubte eine Weile an dem Klavierstuhl herum, bis er die gewünschte Höhe hatte. Dann setzte sie sich in malerische Pose und schlug einen Strauß-Walzer an.
»Nicht schlecht«, sagte sie, »gar nicht schlecht. Er klingt gut.«
Philip war begeistert. Ohne zu überlegen, ob sie schon tanzen durfte, legte er Adeline den Arm um die Taille und wirbelte sie durchs Zimmer. »Hoppla!« rief er. »Himmel, wir haben eine Ewigkeit nicht mehr miteinander getanzt.«
Geschmeidig glitt Adeline mit ihm über den Boden. Wilmott sah den beiden betrübt zu. Er hätte auch gern getanzt. Er sah Gussie zur Tür hereinlugen. Er ging zu ihr, verbeugte sich tief – er pflegte noch immer die französischen Manieren, die er sich in Quebec angewöhnt hatte – und sagte:
»Wollen Sie mir die Ehre geben, Miß Whiteoak?«
Sie nickte huldvoll, reichte ihm beide Hände und ließ sich von ihm herumschwenken.
»Wir werden oft Feste geben«, sagte Adeline über Philips Schulter. »Ach, wir sind doch bestimmt die glücklichsten Menschen auf der Welt!« Sie sank

auf ein Sofa. Der Walzer hatte sie ermüdet. Daisy drehte sich auf ihrem Stuhl herum.
»Ich würde gern tanzen«, sagte sie, »wenn jemand mit mir tanzen wollte.«
»Wilmott«, rief Philip, »spielen Sie für uns!« Er zog Daisy auf die Füße. Daisy hatte leicht und heiter – allerdings nicht ganz sauber – gespielt. Wilmott spielte langsam und gefühlvoll. Daisys schlanker Körper verriet fast zu unverfroren ihr Vergnügen an der rhythmischen Bewegung. Sie hatte im vergangenen Winter häufig mit Philip getanzt.
»Ach, wie gern ich mit Ihnen tanze, Captain Whiteoak!« hauchte sie. »Nichts auf der Welt bedeutet mir mehr!«
Philip lachte, zog sie etwas fester an sich und schwenkte sie ans andere Ende des Zimmers. Augusta stand neben Wilmott. Ihre kleinen Fäuste schlugen auf die Baßtasten ein. Er schüttelte den Kopf, aber sie ließ sich nicht beirren.
»Gussie verdirbt alles«, rief Daisy. »Verbieten Sie es ihr, Mrs. Whiteoak!«
Adeline packte Gussie und setzte sie auf das Sofa. Gussies kleine Beine in den weißen Pantalons pendelten hilflos.
»Werden wir jemals miteinander tanzen?« fragte Wilmott.
»Wenn ich etwas ausgeruht habe«, antwortete Adeline.
Wilmott spielte eine Polka, die Philip und Daisy mit viel Temperament tanzten. Dann setzte Wilmott sich zu Adeline. Er sagte: »Ich möchte lieber nicht tanzen, wenn dieses Mädchen spielt. Sie spielt gräßlich.«
Adeline ergriff seine Hand. »Sind Sie schlechter Laune, James?« fragte sie. »Ich finde, Daisy spielt sehr schön. Und wie sie tanzt!«
»Ich würde lieber sterben, als mit ihr tanzen«, sagte er.
Philip kam zu ihnen. »Wenn erst die Tapeten an den Wänden sind und die Vorhänge an den Fenstern – sie sind wirklich eine Pracht – und der Teppich auf dem Boden – dann werden Sie einen wahrhaft eleganten Raum sehen.«
»Er ist wirklich sehr groß«, erklärte Wilmott. »Mein ganzes Haus ginge zweimal in dieses Zimmer.«
»Es ist ein himmlischer Raum!« rief Daisy. »Wenn man sich vorstellt, wie hier Kerzen in Kandelabern funkeln, Tänzer über den Boden schweben, tausend Blumen in großen Vasen duften, ein Orchester betörende Weisen spielt – und draußen die unendlichen Wälder! Oh, ich beneide Sie um diesen Raum. Was meinen Sie, Captain Whiteoak, wie man sich als arme Kirchenmaus fühlt?«
»Nach Ihrem Aussehen zu urteilen, ganz vergnüglich«, erwiderte Philip.
»Oh, Sie sind grausam! Nur weil ich mein Unglück hinter einem Lächeln verberge, meinen Sie, es mache mir nichts aus! Hier stehe ich – zur ewigen Jungfernschaft verdammt! Welcher Mann heiratet schon ein Mädchen, das keinen Penny besitzt?«
»Bei den primitiven Völkern braucht eine Frau als Mitgift nur kräftige Muskeln«, sagte Philip.

Daisy lief mit ausgebreiteten Armen auf ihn zu. »Was das betrifft, bin ich noch übler dran. Schauen Sie mich an. Haut und Knochen. Nichts sonst.«
»Hoppla!« rief Philip und tanzte ihr entgegen. »Spielen Sie auf, Wilmott.« Er pfiff einen Walzer und segelte mit Daisy durch das Zimmer.
»Ich möchte Ihnen etwas erzählen«, sagte Wilmott zu Adeline. Er hielt einen von Gussies kleinen Füßen in der Hand. »Aber wir haben ja nie mehr Gelegenheit zu einem Gespräch.«
»Wenn wir erst eingerichtet sind, werde ich eine Ewigkeit Zeit für Sie haben. Was wollten Sie mir sagen?«
»Ich habe begonnen, ein Buch zu schreiben.«
Sie strahlte. »Wie schön! Wird es ein Roman? Komme ich darin vor?«
»Es wird ein Roman, und ich fürchte, Sie kommen viel zuviel darin vor. Ich habe vergeblich versucht, Sie herauszuhalten.«
»Das hätte ich Ihnen sehr übelgenommen. Wann werden Sie ihn mir vorlesen?«
»Ich weiß noch nicht. Vielleicht niemals. Ich bin meiner Sache nicht sicher.«
Philip sagte zu Daisy: »Die beiden scheinen ja kein Ende zu finden.«
»Sie sind so intellektuell. Ich denke immer nur an zwei Dinge.«
»Und die wären?«
»Lieben – und geliebt werden!«
Wilmott stand auf und ging zum Flügel. Gussie glitt vom Sofa und folgte ihm. Sie hämmerte auf die Bässe.

18

Besuch aus Irland

Philip blickte sich um. Wieder einmal wunderte er sich, wieviel in dem einen Jahr, seit er mit Adeline hierhergekommen, geschehen war. Er hatte sich schon oft darüber gefreut – heute bewegte ihn beinahe ehrfürchtiges Staunen. Vor kaum einem Jahr hatte er tausend Hektar Land gekauft, Wald mit einer kleinen Lichtung darin. Jetzt stand ein festgefügtes Haus mitten auf seinem Besitz. Ringsumher erstreckte sich ein Park mit ausgesucht schönen Bäumen. Und jenseits des Parks lagen sauber gerodete Felder, die Hafer und Gerste trugen. Sie hatten sogar Gemüse, und nächstes Jahr würde Adeline ihre Blumenbeete bekommen. Die Scheune war fertig. In den Ställen standen vier kräftige Zugpferde, zwei Reitpferde und ein Arbeitspferd. Den Kauf einer Kutsche und der nötigen Pferde hatte er bis jetzt verschoben, da er noch nicht das Richtige gefunden hatte.
Er stand neben der Scheune. Durch die Bäume konnte er sein Haus sehen – das warme Rot der Mauern vertiefte sich im Schein der sinkenden Sonne. Aus

zwei Kaminen stieg graublauer Rauch in den blauen Abendhimmel. Dieses Bild bewegte ihn tiefer, als der Anblick seiner Jerseykühe, die neben ihm so friedlich grasten, als hätten sie seit Generationen keinen anderen Weideplatz gekannt. Es war Philip, als schriebe der Rauch aus seinen eigenen Kaminen das Wort *Heimat* in den blauen Äther. Er hatte sein Herz an dieses Land verloren. Er begehrte keinen anderen Besitz.

Wenn er jetzt darüber nachdachte, wunderte er sich, daß er den Dienst in der Armee und die sichere Beförderung so bereitwillig für ein so einfaches Leben aufgegeben hatte. Als Knabe hatte er unbedingt Soldat werden wollen. Der Waffendienst war Familientradition. Und er hatte das bunte Soldatenleben genossen. Was war nur in ihn gefahren? War diese seltsame Unrast mit seiner Heirat in sein Leben gekommen? Aber Adeline hatte das Leben in der Garnison doch auch gefallen; sie war auch keine einfältige Landpomeranze, die ihm den Geschmack an dem alten Leben verdorben hätte. Nein, die Ursachen mußten tiefer liegen. Wahrscheinlich darin, daß Adeline immer das Wahre suchte und daß sie sich seit ihrer Heirat gemeinsam auf die Suche begeben hatten. Sie strebten nach Wahrheit, nach Freiheit von alten überholten Gesetzen; sie suchten eine Möglichkeit, ihr Leben nach ihrer eigenen Fasson zu leben. Und hier in Kanada hatten sie diese Möglichkeit gefunden. Er hatte dem alten Leben noch keine Träne nachgeweint; im Gegenteil: er genoß das, was er dafür eingetauscht hatte! Er sah auf seine schweren Stiefel und die Ledergamaschen hinunter; er betrachtete seine Breeches aus Kord, die derbe Jacke, und freute sich, daß er aussah wie ein Landmann und sich als solcher fühlte. Er ging zu seiner jüngsten Kuh – sie hatte kürzlich ihr erstes Kalb geworfen, das noch bei ihr trank – und legte seine Hand auf ihre helle seidenweiche Kruppe. Freundlich, ohne Scheu sah sie ihn an und kaute weiter an einem Büschel zarten Grases. Ihr kleines Kalb – es war für seine schwachen Beine fast zu lebhaft – hüpfte in staksigen Sprüngen um sie herum. Er hätte die beiden nicht gegen ein ganzes Kavallerieregiment tauschen mögen. Tiefer, heiterer Friede erfüllte ihn. Von früh bis spät war er mit Verrichtungen beschäftigt, die ihn freuten. Manchmal hatte er sogar zuviel zu tun. Aber er hatte ja noch so viel Zeit vor sich. Nach und nach würde er gemeinsam mit Adeline Jalna zu dem machen, was es einmal sein sollte. Es bestand keine Eile. Er hatte genug Geld. Er hatte Vertrauen in die Zukunft. Er hatte sich seinen eigenen Glauben zurechtgelegt. Für ihn war Gott – kein allzu persönlicher Gott – nicht der Rächer, der nur der Menschen Missetat im Auge hat. Sein Gott war ein freundlicher Helfer in Zeiten der Not. Sein Gott wartete am Ende aller Tage mit großmütiger Vergebung auf alle Sünder.

»Kamerad«, sagte er zu der jungen Kuh, »lieber kleiner Kamerad.« Das Kalb stubste ihn in die Kniekehlen und leckte an seiner Hose.

Über das Feld kam Colonel Vaughan auf ihn zu. Er trug einen Korb. Sie begrüßten sich, und Vaughan öffnete den Korb.

»Ich bringe ein kleines Geschenk für Ihre Frau«, sagte er. »Etwas Salat – er ist uns in diesem Jahr besonders gut geraten –, einige Kirschen und ein Dutzend Kirschenräuber.«
Das Innere des Korbes war ein prächtiges Stilleben. Die beiden großen Salatköpfe waren grün wie frisches Gras. Neben dem Grün leuchtete das Rot der Kirschen. In der anderen Korbhälfte lagen zwanzig kleine bunte Vögel. Ihre Kehlen waren so rot wie die Kirschen, ihr Gefieder seidenweich und glatt.
»Die Gauner kamen in einer Wolke«, sagte Vaughan, »und ließen sich auf dem Baum nieder. Es war ein hübsches Bild, aber ich konnte keine Zeit mit Bewunderung verschwenden. Ich holte meine Büchse und feuerte in den Baum. Für die Nachzügler hab' ich nochmals geladen. Sie fielen vom Baum wie reife Früchte.«
»Beim Zeus, sie sind hübsch! Aber was soll Adeline damit?«
»Sie ausstopfen lassen. In der Stadt ist ein guter Präparator. Wenn man sie in einem Glaskasten hübsch auf kleinen Ästen arrangiert, ergibt das den schönsten Zimmerschmuck, den Sie sich denken können. Wenn Sie noch mehr wollen – ich kann Ihnen zweimal soviel bringen. Ich werde mir auch ein Dutzend ausstopfen lassen.«
»Vielen Dank. Adeline wird entzückt sein.«
Aber als Philip gleich darauf das Wohnzimmer betrat, war er dessen nicht so sicher. Adeline saß mit ihrem Stickrahmen am Fenster. In dem weißen, spitzenbesetzten Kleid aus Kaschmir sah sie bezaubernd aus. Er holte Zwillingskirschen aus dem Korb und hing sie ihr ans Ohr.
»Da hast du neue Ohrringe.«
Sie griff danach. »Kirschen! Oh, gib mir eine Handvoll! Sind sie aus Vaughansland?«
»Ja. Und das auch, schau.«
Sie sah neugierig in den Korb. Sie wurde blaß.
»Oh, wie grausam! Wer hat sie umgebracht?«
»Vaughan. Sie sind in seine Kirschen eingefallen. Und sie hätten sie bestimmt bald aufgefressen.«
»Es war grausam – grausam!« wiederholte sie. »Und wozu schickt er sie her?«
»Er hat sie selber gebracht – für dich –, wir sollen sie ausstopfen lassen. Sie werden dir gefallen, wenn sie erst hübsch in einem Glaskasten arrangiert sind.«
»Niemals! Bring sie mir aus den Augen! Oh, die armen Lieblinge. Nein – laß sie mich noch mal sehen!« Sie holte ein Vögelchen aus dem Korb und drückte es an ihre Wange. Sie hatte Tränen in den Augen.
»Aber, Adeline, sei doch vernünftig. Du machst wieder einmal viel Lärm um nichts – oder fast nichts. Denk doch an die Rebhühner und Fasanen, die auch geschossen werden.«

»Das ist Sport. Das hier ist Mord. Rebhühner braucht man zum Essen. Aber diese...« Sie drückte den toten Vogel an die Lippen und sah dann wütend zu Philip auf. »Diese kleinen Vögel sind zur Schönheit und zum Singen bestimmt! Was macht's, wenn sie die Kirschen fressen?«
»Wenn aber keine mehr übrigbleiben?«
»Wem würde das etwas ausmachen?« Sie küßte die kleine Vogelbrust. »Wem macht das etwas aus?«
»Adeline, du hast Blut an den Lippen!« Er zog sein großes Taschentuch heraus und wischte ihr die Lippen ab. »Und jetzt genug davon. Gib mir die Vögel. Ich werde schon jemanden finden, der sich darüber freut.«
Adeline rief: »Sie sollen nicht in einen Glaskasten kommen! Ich werde sie beerdigen.« Wieder flossen ihre Tränen.
Mrs. Coveyduck kam ins Zimmer. Sie war vor wenigen Wochen mit ihrem Mann in Jalna eingetroffen. Philips Schwester hatte die beiden als Köchin und Gärtner engagiert. Sie hätte keine bessere Wahl treffen können. Sam Coveyduck war klein, gedrungen und kräftig. Seine Gedanken waren von früh bis spät bei der Gärtnerei; es mußte schon eine tote Pflanze sein, die unter seiner Hand nicht gedieh. Er hatte eine tiefe, volle Stimme mit starkem Devon-Akzent. Seine Frau war auch klein, aber schlanker. Sie hatte glattes braunes Haar, das Gesicht einer Nonne und einen Willen von Eisen. Sie war eine gute Köchin und verstand es, Ordnung zu halten. Sie unterwarf das junge Paar in Jalna einem gütigen, aber strengen Regiment.
»Schaun Sie nur, Mrs. Coveyduck«, rief Adeline, »sehen Sie sich die armen kleinen Vögel an. Was halten Sie von einem Mann, der solche süßen kleinen Vögel tötet – bloß zum Spaß?«
»Es war nicht zum Spaß«, sagte Philip.
»Es war zum Spaß! Warum wäre er sonst hier herübergaloppiert, um sein Vernichtungswerk zu zeigen?«
»Er ist nicht galoppiert«, sagte Philip, »er kam zu Fuß. Er wollte dir eine Freude machen.«
»Es ist mir egal, *wie* er kam!« Adeline kreischte beinah. »Jedenfalls ist er gekommen und hat seine armen kleinen Opfer hergebracht. Das genügt! Ich habe schon immer einen tückischen Zug in ihm vermutet. Und jetzt fällt mir ein, daß er in Indien Eingeborene erschossen haben soll, wegen eines kleinen, winzigen Aufstandes.«
»Diese Eingeborenen hatten englische Bürger getötet, darunter eine Frau. Außerdem war es nicht dieser Vaughan, sondern der andere.«
»Ah, du mußt natürlich deinen Freund und seine Missetat decken!«
»Und du mußt natürlich gleich allen Leuten das Schlimmste zutrauen.«
»Ich kann genauso gut bis drei zählen wie andere Leute. Ich weiß, wann Sport Sport und wann Grausamkeit Grausamkeit ist. Und das hier ist Grausamkeit.«

»Nun, nun«, sagte Mrs. Coveyduck beschwichtigend, »ich werde Ihnen beiden eine Tasse Tee bringen. Und für die Vögelchen werden wir ein schönes Begräbnis veranstalten. Ich werde eine hübsche Schachtel mit Blättern auslegen, Coveyduck soll ein Grab ausheben, und die Kinderchen werden Blumen streuen. Möchten Sie die Kirschen geschmort oder als Obsttorte?«

Philip gab keine Antwort; auch Adeline schwieg. Sie hätten beide Obsttorte vorgezogen, aber in der augenblicklichen Spannung mochten sie es nicht zugeben. »Geschmort oder Torte?« wiederholte Mrs. Coveyduck und fixierte sie mit ihren himmelblauen Augen.

»Es ist mir gleich«, sagte Philip steif.

»Mir auch«, sagte Adeline.

»Dann also geschmort, mit Sahne«, sagte Mrs. Coveyduck, die genau wußte, was den beiden lieber war. Sie nahm den Korb und ging auf die Tür zu.

Aufregung machte Adeline immer hungrig. Sie sah Philip haßerfüllt an, weil er sich nicht Kirschtorte gewünscht hatte.

Er schob die Hände tief in die Taschen und pfiff vor sich hin.

»Hier ist kein Stall«, verwies ihn Adeline, »und du bist kein Roßknecht.«

»Ich möchte Kirschtorte«, erwiderte er.

Adeline schenkte Mrs. Coveyduck ein breites Lächeln. »Der Herr wünscht Kirschtorte«, sagte sie.

An dem Tag, als die kleinen Vögel beerdigt wurden, erhielt Adeline einen Brief von ihrem Bruder Conway. Er schrieb, daß er mit Mary in Montreal sei und daß sie demnächst nach Jalna zu Besuch kämen. Sie hatten in der Stadt allerlei zu ordnen, Mrs. Cameron war kürzlich gestorben und hatte Mary ein kleines, aber nicht unbeträchtliches Vermögen hinterlassen. Es ging ihnen beiden gut; sie freuten sich darauf, Adeline, Philip und die lieben Kinder wiederzusehen. Sholto war auch mit von der Partie.

Adeline schwankte zwischen Freude und Ärger. Wenn sie nur etwas später gekommen wären, hätte sie sich uneingeschränkt freuen können. Aber das Haus war noch nicht in Ordnung. Zwar waren Wohnzimmer und Bibliothek tapeziert und hatten neue Vorhänge. Aber sie waren noch nicht fertig. Es hingen noch keine Bilder an den Wänden, und auch sonst fehlte es an Zimmerschmuck. Und das Eßzimmer war noch immer ein Chaos. Die Möbel waren abgedeckt, die Trittleitern für die Tapezierer standen herum. Man aß in der Bibliothek. In den Gästezimmern standen noch keine Möbel.

Glücklicherweise fand in der Nähe eine private Hausratsauktion statt. Philip machte sich auf den Weg. Er war recht ärgerlich darüber, da er zu Hause alle Hände voll zu tun hatte. Doch es machte ihm immer Spaß, Geld auszugeben, und so kam er in bester Laune zurück. Er hatte zwei komplette Schlafzimmer gekauft – das eine war Walnuß und reich geschnitzt, das andere Mahagoni. Er hatte auch zwei komplette Toilettensätze gekauft: riesige Waschkrüge,

Schüsseln, Seifennäpfe, Spüleimer, Nachtgeschirre und Zahnbürstenhalter, die groß genug waren für die Zahnbürste eines vorsintflutlichen Elefanten. Außerdem eine große, grün gestrichene Zinkwanne, einen Blumenständer, eine Kuckucksuhr, einen ausgestopften Rehkopf, einen dicken Wälzer »Englische Dichter« und eine Hundehütte. Adeline mußte ihre Arbeit im Stich lassen und die Beute besichtigen. Sie fand alles wunderschön, drückte die Anthologie britischer Dichter an ihr Herz und eilte damit in die Bibliothek. Dort stellte sie den Band an einer ins Auge fallenden Stelle auf das Bücherregal. Hand in Hand mit Philip stand sie davor und bewunderte die Wirkung.
Mrs. Coveyduck war in den nächsten Tagen von unschätzbarem Wert. Sie war nicht aus der Ruhe zu bringen. Sooft sie auch die Treppen hinauf- und hinunterlief, sie wurde nicht müde. Ruhig ordnete sie alles nach ihrem Kopf. Unter ihrer Leitung entwickelte sich Lizzie schnell zu einem tüchtigen Hausmädchen. In ihren Augen war Mrs. Coveyduck unfehlbar, und sie eiferte ihrem Beispiel nach.
Wie froh waren Philip und Adeline, daß sie im eigenen Haus waren. Philip brauchte nicht mehr den Kopf aus dem Fenster zu halten, wenn er rauchen wollte. Jetzt konnte er sich die Rauchkappe aufsetzen und rauchen, wann und wo er Lust hatte. Adeline lief singend aus und ein. Sie brauchte nicht mehr aufzuräumen, Mrs. Coveyduck oder Lizzie taten es für sie. Und die Kinder konnten schreien, soviel sie wollten. Auch Nero war jetzt nicht mehr ausgestoßen. Die sommerliche Hitze setzte ihm so zu, daß Patsy O'Flynn ihm das Fell bis an die Schultern abgeschoren hatte. Er sah aus wie ein junger Löwe. Er war überall und nirgends. Die neue Haustür war schon ganz verkratzt.
An einem heißen, windigen Tag trafen die Reisenden aus Montreal ein. »Wie schön, euch wiederzusehen«, rief Adeline und umarmte ihre beiden Brüder.
»Schwesterchen«, sagte Conway und ließ sich ihre Liebkosung träge gefallen, »diese Reise war eine Tortur. Ein Glück, daß wir endlich da sind. Du siehst gut aus!«
Er hatte sich nicht im geringsten verändert, ebensowenig wie Sholto. Wie sie so gertenschlank dastanden, das rötliche Haar etwas zu lang, mit den schmalen blassen Gesichtern und den hochmütig geschwungenen Nasenflügeln, erinnerten sie Philip mehr denn je an Spielkartenfiguren. Aber aus der farblosen kleinen Mary war eine elegante junge Frau geworden. Sie trug Pariser Kleider – die allerdings beim näheren Hinsehen etwas zu prunkvoll für sie wirkten. Obwohl sie beide von ihrem Geld lebten, ließ Conway sie immer wieder fühlen, daß er ihr mit dieser Heirat eine Gnade erwiesen hatte. Ihr bewundernder Blick folgte ihm auf Schritt und Tritt. Wenn er sie allein ließ, wartete sie verzweifelt auf seine Rückkehr. Sie langweilte ihn oft; er zog die Gesellschaft seines Bruders der ihren vor.
»Was für ein nettes kleines Haus!« rief er. »Und alles so frisch und sauber! Und was für eine Wildnis ringsum!«

»Himmel! Seht euch den Hund an!« Sholto heuchelte Angst. »Oder ist es ein Löwe? Was für ein Vieh!«
»Er kommt aus Neufundland und ist mehr Lamm als Löwe«, erwiderte Adeline und streichelte Nero.
»Was für süße Babys!« Mary lief auf die Kinder zu. »Ich wünsche mir so sehnlich ein Kind, aber anscheinend kann ich keines bekommen.«
Conway zwinkerte Adeline zu. »Ich wünsche mir sehnlichst keine Kinder«, sagte er und ordnete seine Seidenkrawatte.
»Wie gut hier alles instand gehalten ist!« bemerkte Sholto und sah sich um.
»Kindskopf«, sagte Adeline, »das Haus ist eben erst gebaut. Es ist so neu wie ein ausgeschlüpftes Küken.«
Er sah sie verständnislos an. Ein neues Haus – das überstieg sein Vorstellungsvermögen.
»Wie geht es der lieben Mama?« fragte Adeline.
»Sie sieht großartig aus«, erwiderte Conway. »Du erinnerst dich doch, daß ihr ein Schneidezahn fehlte? Nun, sie hat jetzt einen besonders schönen neuen eingesetzt bekommen. Es ist ein Wunder. Eine neue Entdeckung. Du solltest ihn sehen.«
»Sie sagt, sie wird herüberkommen, nur um ihn dir zu zeigen«, sagte Sholto. »Sie kommen beide, Dada auch.«
»Tatsächlich!« Philip konnte seinen Schrecken kaum verbergen. »Du sagst, sie kommen nach Jalna?«
»Ja. Dada glaubt nicht die Hälfte von dem, was Adeline geschrieben hat. Er will es mit eigenen Augen sehen.«
»Wie geht es Dada?« fragte Adeline nachdenklich.
»Er ist grob wie eh und je«, erwiderte Sholto mit Nachdruck. »Zwei Tage vor unserer Abfahrt hat er mich so braun und blau geschlagen, daß ich schon dachte, ich könnte nicht fahren.«
»Du hattest es verdient«, sagte sein Bruder.
Mary fragte: »Wo sind die beiden Herren aus Irland?«
»Mr. D'Arcy ist vor einigen Monaten heimgefahren. Mr. Brent ist mit einem kanadischen Mädchen durchgebrannt. Sie sind kürzlich zurückgekommen und der Vater des Mädchens hat ihnen vergeben.«
»Hatte sie Geld?« wollte Mary wissen.
»Ihr Vater ist recht wohlhabend – nach hiesigen Maßstäben.«
»Wie wohlhabend ist er nach irischem Maßstab?« fragte Conway.
»Reich wie ein Krösus. Aber jetzt kommt, ich zeige euch eure Zimmer. Dann essen wir.«
Sie führte sie in den ersten Stock. Dort liefen sie von Zimmer zu Zimmer und besahen alles wie neugierige Kinder. Adeline fühlte sich selbst wie ein Kind. Es war eine Freude, sie alle wiederzuhaben.

Für die Nachbarn war der Besuch eine Sensation. Ihr seltsames Aussehen, ihre Garderobe – letzter europäischer Schick – und ihr freies, sorgloses Betragen erregten Aufsehen. Die Laceys gaben ein Gartenfest für sie, aber es stellte sich bald heraus, daß nicht sie im Mittelpunkt des Interesses standen, sondern Michael Brent und seine Braut, deren Rückkehr in den Freundeskreis herzlich begrüßt wurde.
Sobald es ging, trennte sich Brent von den anderen und zog Adeline beiseite. Er sagte: »Ich habe gute Nachrichten für Ihren trübsinnigen Freund.«
»Ich habe keine trübsinnigen Freunde«, erwiderte sie. »Ich verlange Heiterkeit von meinen Freunden. Falls Sie aber James Wilmott meinen, irren Sie sich. Er wäre der glücklichste Mensch hier, wenn . . .«
Brent unterbrach sie. »Von jetzt an braucht es kein Wenn mehr zu geben. Suchen Sie ihn bitte, damit ich sein Gewissen erleichtern kann.«
Adeline fand Wilmott bei den Bogenschützen. Er hatte den Bogen eben in Schulterhöhe gehoben und fixierte gespannt die Zielscheibe. Sie wartete, bis sein Pfeil ins Schwarze getroffen und er seinen Applaus bekommen hatte und einem anderen Schützen Platz machte. Dann sagte sie: »Oh, James, können Sie das Spiel für eine Weile sein lassen und mit mir kommen? Michael Brent sagte mir eben, er habe gute Nachrichten für Sie. Er wartet neben der Laube. Entschuldigen Sie sich und kommen Sie mit.«
»Ich habe schon gewonnen«, sagte Wilmott. »Ich kann sofort mitkommen.«
Adeline blieb noch einen Augenblick stehen und sah Daisy Vaughan zu. Sie hatte gerade den Bogen angesetzt. Die Umstehenden neckten sie, da man ihr nicht begreiflich machen konnte, wie der Bogen anzulegen war.
Philip stellte sich hinter sie, legte die Arme um sie und zeigte ihr, wie sie den Bogen halten mußte. Hilflos lächelte sie ihn an.
Im Weggehen fragte Adeline: »Was halten Sie von Daisy, James?«
»Sie ist ein Flittchen«, erwiderte er kurz.
»Das habe ich anfangs auch geglaubt. Dann dachte ich, sie sei bloß ein törichtes Mädchen. Und jetzt weiß ich nicht mehr, was ich von ihr halten soll. Sie nennt sich meine Freundin.«
»Sie ist nicht Ihre Freundin. Sie wird nie die Freundin einer Frau sein! Adeline, sie ist *mannstoll*. Die beiden Junggesellen sind ihr nicht ins Garn gegangen. Ihre Hoffnungen auf Doktor Ramsay hat sie begraben. Jetzt ist sie hinter Philip her.«
»Sie hat immer versucht, ihn einzufangen. Aber ich habe nur über ihre Tricks gelacht.«
»Philip ist weit und breit der attraktivste Mann.«
»Aber er gehört mir!«
»Das ist ihr doch egal. Adeline, dieses Mädchen hat meinem Tite erzählt, er habe bezaubernde Wimpern und einen Mund wie eine Granatapfelblüte.«
Adeline lachte. »Oh, James, wie Sie das sagen!«

Hitzig entgegnete er: »Poetische Phrasen gehen mir gar nicht so schlecht von den Lippen, wie Sie vielleicht glauben.«
Sie sah ihn beinah zärtlich an. »Ich hätte nicht gelacht, wenn es Ihre eigenen Worte gewesen wären. Aber wenn ich höre, wie Sie wiederholen, was Daisy zu Tite gesagt hat, muß ich lachen. Wie hat er es aufgenommen?«
»Es hat dem jungen Teufel gefallen. Seitdem beäugt er sich ständig in meinem Spiegel und betrachtet seine Wimpern und seinen Mund.«
»Philip sagt, daß er weit mehr französisches als indianisches Blut hat.«
Sie fanden Brent in der Laube versteckt. Er rief sie leise an: »Ich bin hier. Kommen Sie, Wilmott, ich habe eine Neuigkeit für Sie.«
Sie gingen hinein. Adeline setzte sich neben Brent. Wilmott blieb in Abwehrstellung unter der Tür stehen. Brents rotes Gesicht strahlte in einem kameradschaftlichen Lächeln.
»Ich habe Ihre Frau gesehen«, verkündete er.
»Ja?« fragte Wilmott ruhig.
»Sie wissen, daß ich mit Kate nach New York gefahren bin. Wir waren kaum dort, als Mrs. Wilmott mich entdeckte, durch das Schaufenster in einem Buchladen. Es war bald ein Jahr her, seit ich sie zum letztenmal gesehen hatte, und mein erster Gedanke war, daß sie erstaunlich gut aussah. Tatsächlich, das war nicht mehr dieselbe Frau.«
Wilmott starrte ihn wortlos an.
»Sie sucht nicht mehr nach Ihnen. Sie steckt bis über die Ohren in den Aktionen des Feldzugs gegen die Sklaverei.«
Wilmott blieb vor Staunen der Mund offen. Er stieß einen unartikulierten Ton aus.
»Sehen Sie«, sagte Brent, »sie ist ihrer ganzen Natur nach eine Frau, die eine Misssion braucht. Diese nimmt sie ganz gefangen. Sie ist nie nach Mexiko gelangt. Sie hat sich vorher mit Leuten angefreundet, die sie vor einer so gefährlichen und aussichtslosen Reise gewarnt haben. Diese Freunde sind begeisterte Feinde der Sklaverei, und ihre Frau ist es jetzt auch. Sie hat mit ihnen den Süden bereist. Jetzt ist sie auf einer Vortragstour durch den Norden, um dort Stimmung für die heilige Sache zu machen. Später wird sie nach England zurückkehren und dort Vorträge halten.«
»*Vorträge!*« kam das Echo von Wilmott.
»Jawohl. Vorträge. Sie zeigte mir ein Plakat in dem Schaufenster der Buchhandlung, auf dem einer ihrer Vorträge für jenen Abend angekündigt wurde. Sie bat mich zu kommen. Glücklicherweise war Kate etwas indisponiert, und ich konnte allein gehen.«
»Und Mrs. Wilmott bestieg ein Podium und hielt einen Vortrag.«
Adeline kicherte vor Vergnügen. »Ach, wenn ich sie doch hätte hören können! Waren viele Leute da.«
»Der Saal war nicht sehr gut gefüllt, aber die Anwesenden waren dafür dop-

pelt enthusiastisch. Sie brachte sie ordentlich in Kreuzzugsstimmung. Sie wären am liebsten losgezogen und hätten Feuer an das Haus des nächsten Sklavenhalters gelegt – wenn einer zu finden gewesen wäre.«

»Ich frage mich«, sagte Wilmott, »wie sie überhaupt beim Thema bleiben konnte. Früher ging ihre spitze Zunge immer mit ihr durch.«

»Sie ist auch mit ihr durchgegangen!« rief Brent. »Das ist es ja gerade. Die Worte flossen ihr nur so von der Zunge. Sie ertränkte die Zuhörer in Worten. Sie berichtete im selben Atemzug von Statistiken und Martern. Sogar ich wäre beinah der Liga beigetreten, wenn mich nicht der Gedanke an Kate zurückgehalten hätte. Mit ihrer klaren, durchdringenden Stimme...«

»Ach«, sagte Wilmott düster, »ich kenne diese Stimme. Stundenlang hat sie mir damit die Nerven zerrüttet. Meistens nach dem Schlafengehen, wenn irgend etwas die Dozentin in ihr herausgefordert hatte.«

»Die Dozentin – das ist es! Sie ist die geborene Schulmeisterin. Damals hatte sie nur einen Zuhörer. Jetzt hat sie hunderte; und es soll mich nicht wundern, wenn sie bald tausende hat. Nach dem Vortrag war sie von Interessenten umlagert. Dann brachte ich sie in ihr Hotel, und wir unterhielten uns lange. Das heißt, sie redete, und ich hörte zu.«

»Hat sie von mir gesprochen?« fragte Wilmott.

»Sie hat. Sie sagte, Ihre Flucht sei das Beste, was ihr habe passieren können. Sie sagte, dies sei, abgesehen davon, daß Sie ihr Hettie geschenkt hätten, die einzige gute Tat in Ihrem Leben gewesen.«

»Und sie hat kein Wort darüber verloren, daß ich mich finanziell ausgeblutet habe, um sie in gesicherten Verhältnissen zurückzulassen?«

»Kein Wort. Sie erwähnte sogar Ihre Gleichgültigkeit und Ihren mangelnden Ehrgeiz. Sie sagte, daß sie jetzt, nachdem sie ihre wahre Mission entdeckt habe, niemals wieder von Ihnen hören wolle und daß sie Sie verstoßen würde, falls Sie eines Tages ihre Vergebung erflehen sollten.«

»Hat sie das gesagt, wirklich?« fragte Wilmott und grinste.

Adeline sprang auf und umarmte Wilmott.

»Oh, James«, rief sie, »was für herrliche Nachrichten!«

Dann wandte sie sich Brent zu und umarmte ihn ebenfalls.

»Sie haben Ihre Rolle herrlich gespielt. Haben Sie Kate etwas verraten?«

»Nicht ein Sterbenswörtchen. Das werde ich auch nie tun. Um die Wahrheit zu sagen, Mrs. Whiteoak: in meiner eigenen Vergangenheit gibt es so viele nette Kleinigkeiten, die Kate nie erfahren darf, daß Wilmotts Geheimnis den Kohl nicht mehr fett macht.«

»Oh, Sie Schuft!« sagte Adeline und küßte ihn.

Niemals würde jemand Wilmott einen Schuft nennen. Er sah sie düster an.

»Freuen Sie sich nicht?« fragte Adeline.

»Doch, doch, ich freue mich. Hat Mrs. Wilmott von meiner Tochter gesprochen?«

»Hettie! Ach ja, Hettie! Ihre Frau ist sehr zufrieden mit Hettie. Das Mädchen ist ganz verändert. Sie hat sich auch in die Aufgabe gestürzt. Sie ist sehr gewachsen, sehr kräftig und sehr ernst. Sie saß hinter einem kleinen Tisch neben der Tür zum Vortragsraum und verteilte Flugblätter gegen die Sklaverei. Außerdem verkaufte sie ein Büchlein für fünfzig Cents, das ihre Mutter geschrieben hatte. Ich habe eins für Sie gekauft. Hier ist es.«
Er knöpfte seinen Rock auf und zog das Büchlein aus der Brusttasche.
»Vielen Dank«, sagte Wilmott, »vielen Dank.«
»Wissen Sie«, sagte Brent, »wenn jemals etwas von dieser Geschichte durchsickert – was, bei Gott, nie durch mich geschehen wird –, können Sie einfach sagen, daß Sie sich von Ihrer Frau getrennt haben, weil Sie sich in der Sklavenfrage nicht einigen konnten. Sie können mit dem Süden sympathisieren.«
»Nichts würde ihn hier unbeliebter machen«, sagte Adeline. »Wir sind alle gegen die Sklaverei.«
Brent war nicht in Verlegenheit zu bringen »Dann sagen Sie eben, daß Ihre Frau die häuslichen Pflichten vernachlässigt hat und immer auf Vortragsreisen unterwegs war. Sagen Sie, Sie hätten sich im gegenseitigen Einvernehmen getrennt. Das kann ich bezeugen.«
»Vielen Dank«, sagte Wilmott und blätterte in der Flugschrift.
»Das ist genau das richtige«, stimmte Adeline zu.
Kate Brent kam heran.
»Es gibt Erdbeeren mit Sahne!« rief sie. »Kommen Sie! Die Beeren sind riesengroß, und die Sahne ist so dick wie Michaels Akzent.«
»Mein Schatz«, sagte Brent, »ich folge dir bis ans Ende der Welt – wenn es dort Erdbeeren gibt.«
»Würden Sie mich bitte bei Mrs. Lacey entschuldigen«, bat Wilmott. »Ich muß nach Hause gehen.«
Sie konnten ihn nicht umstimmen. Adeline blieb noch einen Augenblick bei ihm. »Es endet besser, als wir hoffen durften, nicht wahr? Und es war doch gut, daß ich Michael Brent ins Vertrauen gezogen habe.«
»Natürlich war es gut. Aber trotzdem – trotz meiner Erleichterung –, ich habe das Gefühl, daß ich eine komische Figur in diesem Stück abgegeben habe.«
»Es ist ein Kreuz mit Ihnen!« rief sie. »Immer überlegen Sie, was die Leute wohl denken. Ich kümmere mich nie darum.«
»Das ist ja gerade Ihr Charme. Aber ich habe keinen Charme.«
»James, Sie sind einer der charmantesten Männer, die ich kenne. Und Sie sollten einer der glücklichsten sein.«
»Das werde ich auch sein. Ich verspreche es.«
Sie trennten sich. Wilmott ging durch das üppige Grün zu seinem Haus zurück.
Jedesmal, wenn er fort gewesen, war sein erster Gedanke bei der Heimkehr,

was Tite wohl machte. Diesmal fand er ihn am Flußufer. Er bemalte einen Leiterwagen mit blauer Farbe.
»Nun, Tite«, fragte er, »was hast du damit vor?«
Tite beschrieb mit dem Pinsel eine graziöse Linie.
»Boß, mein Großvater hat mir diesen Leiterwagen geschenkt, weil er alt ist und ihn nicht mehr gebrauchen kann. Aber ich mag keinen roten Wagen. Ich male ihn blau!«
»Das ist ein guter Leiterwagen. Hat dein Großvater ihn dir wirklich geschenkt? Du sagtest doch, er sei arm.«
»Ist er auch, Boß, deshalb kann er mir auch bloß einen Leiterwagen hinterlassen. Er meint, daß er bald sterben wird.«
»Und woher hast du die Farbe?«
»Boß, die hat der Fluß angespült.«
Wilmott seufzte und ging ins Haus. Hier fühlte er sich geborgen. Er setzte sich an den Tisch und nahm Henriettas Büchlein zur Hand. Er las es durch. Dann legte er es in den Ofen und hielt ein brennendes Streichholz daran. Es flammte hell auf. Ein Wort blieb auch in der Asche noch leserlich: *Sklaverei.* Wilmott lächelte still.
»Nun«, sagte er laut, »sie hat mich freigegeben, Gott sei Dank. Ich kann in Frieden neu anfangen.«
Tite steckte seinen Kopf zur Tür herein. »Boß«, sagte er, »ich möchte etwas sagen.«
Wilmott blickte auf. »Ja, Tite?«
»Boß, die Leute, bei denen das Gartenfest ist, haben mir einen Korb Erdbeeren geschenkt. Ich habe eine Schale voll für Sie zum Tee bereitgestellt. Ich habe auch Sahne von Ihrer eigenen Kuh.«
»Das klingt gut, Tite. Ich bin hungrig. Bring mir die Erdbeeren.«
Tite lehnte sich anmutig gegen den Türpfosten.
»Boß, das Mädchen in Jalna hat mir auch ein Stück Pflaumenkuchen geschenkt.«
»Tatsächlich? Das ist aber nett von ihr. Also komm, trinken wir Tee!«
Tite schnellte nach vorn wie ein junges Tier. Er zog das rote Tuch vom Tisch und legte statt dessen ein weißes Leinentuch auf. Er stellte die Teller ordentlich hin. Wilmott setzte den Kessel aufs Feuer. Anfänglich hatte er seine Mahlzeiten allein eingenommen, aber er hatte Tite so sehr in sein Herz geschlossen, daß er sich freute, mit ihm zusammen zu essen. Der Junge war schlank und sauber und hatte gute Manieren. Er war schön gewachsen. Wilmott hatte Pläne für ihn. Als sie ihre Erdbeeren mit der steifen Sahne aßen, sagte Wilmott: »Ich werde dir vieles beibringen, Tite. Geschichte, Geographie, Mathematik, englische Literatur und sogar Latein.«
»Das ist gut, Boß«, antwortete Tite und schnitt den Pflaumenkuchen sorgsam in zwei gleiche Teile, »ich bin immer bereit zu lernen.«

19

DAS BAD

»Krocket und Bogenschießen ist ja ganz schön«, sagte Conway, »aber ich finde, du solltest uns etwas Unterhaltsameres bieten. In Südfrankreich haben Mary und ich zum Beispiel großartige Strandfeste erlebt; man trank Champagner und badete.« Er saß auf dem Boden und hatte seinen Kopf an ihre Knie gelehnt. Seine grünen Augen sahen sie beschwörend an. Mary saß ihm gegenüber auf einem geradlehnigen Stuhl und arbeitete an einer Spitze. Sie sagte: »Ja wirklich, liebe Adeline, du kannst dir nicht vorstellen, wie himmlisch wir uns amüsiert haben. Einige von den Badekostümen waren einfach traumhaft; als wir müde waren vom Schwimmen, legten wir uns in den Sand und sangen zusammen.«
»Hier kann ich mir so etwas nicht vorstellen«, sagte Adeline.
»Es läßt sich ganz leicht arrangieren«, sagte Conway. »Überlaß das nur mir. Natürlich müssen wir die alten Herrschaften fernhalten; sie würden uns den Spaß verderben. Du brauchst nur ein paar nette Leute einzuladen und für Erfrischungen sorgen. Den Rest übernehme ich.«
»Wir sind hier nicht am Mittelmeer«, sagte Adeline. »Es wäre wahrscheinlich viel zu kalt.«
»In dieser Gluthitze? Nein – es wird höchstens angenehm kühl sein. Nun komm schon, sag ja, Schwesterchen.«
»Sag ja!« wiederholte Sholto und drehte an Adelines Ringen.
»Wir haben keine Badekostüme.«
»Conway und ich haben welche«, sagte Mary. »Und ihr anderen könnt euch leicht welche kaufen oder selbst nähen. Lydia Busby hat mir erzählt, daß sie einen Schnitt hat. Nun sag schon ja!«
»Hier ist sonst wirklich nichts los«, sagte Sholto, »wir könnten ebensogut in Irland sein.«
»Es ist Vollmond«, sagte Conway, »wir hätten also Beleuchtung genug.«
»Wollt ihr denn bis in die Nacht draußen bleiben?« erkundigte sich Adeline.
»Natürlich. Wir können doch erst am Spätnachmittag hinaus, wenn wir nicht vor Hitze umkommen wollen. Ach, wenn du wüßtest, was für ein Spaß so ein Fest ist! Man ist die langen Röcke los und die engen Schuhe – und die Konventionen.«
»Ich wüßte nicht, daß ihr drei euch bisher um Konventionen gekümmert hättet«, erwiderte Adeline.
»Aber hier fühlen wir sie«, sagte Sholto. »Wir lassen uns nicht gern gängeln.«
»Dann fahrt doch nach Hause.« Seine Schwester war ärgerlich.
»Wie giftig du sein kannst, Schwesterchen.« Er küßte ihr die Hand.
Sie zog die beiden leicht am Ohr. »Also, ihr sollt euren Willen haben. Aber

Champagner gibt es nicht. Ein guter Rotwein muß genügen. Stell eine Liste auf, Conway. Und du, Mary, besorgst das Schnittmuster für das Badekostüm. Wenn wir den Vollmond ausnützen wollen, müssen wir uns beeilen.«
Sie beeilten sich wirklich. Zuerst mußten Hüllen für ihre Körper beschafft werden. Zu dem Fest wurden Robert und Daisy Vaughan eingeladen, die Brents, die vier Busbys, Dr. Ramsay und Wilmott. Mit den fünf jungen Bewohnern von Jalna waren es also fünfzehn Badegäste. In Jalna tagte ein Nähzirkel. Eilig und ohne Rücksicht auf individuelle Körpermaße wurden die Kostüme geschneidert. Sie glichen sich wie ein Ei dem anderen. Man hatte eine Rolle dunkelblauen Flanell gekauft und etliche Meter weiße Tresse für die Kostüme der Damen. Die Männer würden obenherum ihre eigenen Hemden tragen. Kniehosen aus weißem Flanell würden die unteren Partien verhüllen. Während die Hosen zugeschnitten und an die Hemden genäht wurden, war das Haus von hysterischem Gelächter erfüllt. Mary lachte Tränen. Sie mußte mit einem Guß Wasser beruhigt werden.
Als das erste Kostüm fertiggestellt war, zogen sie es Sholto – er war der jüngste und unschuldigste unter den Männern – zur Probe über. Das Hemd paßte ihm natürlich wie angegossen, aber die Hosen schlotterten so erbarmungswürdig zwischen Knie und Knöchel, daß die Näherinnen beinahe vor Lachen erstickten. Sholto tanzte schamlos im Zimmer umher, sein rötliches Haar stand zu Berge, seine dünnen Beine glänzten käsig. Nun diskutierte man eifrig, ob die Hosen verlängert oder gekürzt, ob sie mit Tresse besetzt werden sollten oder nicht. Es war ein Segen, daß weder Mrs. Vaughan noch Mrs. Lacey anwesend waren. Als Philip sein Kostüm im Schlafzimmer anprobierte, stellte sich heraus, daß er nicht darin sitzen konnte.
»Adeline«, rief er, »komm sofort her!« Sie kam neugierig gelaufen. »Ihr könnt das verdammte Fest ohne mich feiern. Ich kann in dem Zeug nicht sitzen.«
»Du brauchst dich ja nicht zu setzen.« Sie ging begutachtend um ihn herum. »Sie sind zum Schwimmen, nicht zum Sitzen. Kannst du schwimmen, oder nicht?«
»Natürlich kann ich. Aber soll ich vielleicht pausenlos herumschwimmen, während ihr am Ufer sitzt und Wein trinkt? Außerdem möchte ich sehr bezweifeln, daß ich in dem Zeug schwimmen kann. Die Hosen sind verteufelt eng und einfach verschnitten.«
»Bei Gott, das sind sie. Ich werde sie Wilmott geben und dir neue machen. Er hat viel schmalere Hüften.«
Aus dem letzten Flanell schneiderte Adeline neue Hosen. Da sie wenig Stoff hatte, wurden sie viel kürzer als die ersten. Aber Philip hatte nichts gegen sie einzuwenden; er konnte darin schwimmen und sitzen. Es war ungewöhnlich heiß. Man hatte in diesem Sommer noch keine solche Hitze erlebt. Und es wurde täglich heißer. Der Anmarsch zum Bad schien fast zu anstrengend. Um

vier Uhr lag der Weg zum See endlich im Schatten der Bäume. In der neuen Kutsche rollten die Whiteoaks die Auffahrt hinunter und durch das Tor. Philip kutschierte. Er war darin recht geschickt; die temperamentvollen Pferde liefen prachtvoll.
Die beiden Vaughans und Wilmott saßen mit ihnen in der Kutsche. Unter den Sitzen waren die Eßkörbe und die Schachteln mit den Badekostümen verstaut. Unterwegs begegneten sie den Brents und den Busbys. Der junge Isaak Busby war offenbar trotz der Hitze entschlossen, mit seinen knochigen Mähren ein Rennen gegen Philips Pferde zu laufen. Das Wetter hatte die Busbys noch nie gekümmert.
»Los, los!« rief er und knallte mit der Peitsche. Aber Philip hielt sein Gespann in einem sanften Trott.
Sie konnten den See riechen, lange bevor er in Sicht kam. Über der leicht gekräuselten Wasserfläche wehte eine kühle Brise. Der See lag mitten im Wald. Am Strand hüpfte eine Schar Sandpfeifer herum. Fischreiher stiegen wie eine Wolke aus dem Wasser; ihre Flügel warfen Schatten auf den blauen See. Der Weg endete auf einer holprigen Wiese. Die Pferde wurden ausgeschirrt und angebunden. Dr. Ramsay erschien als letzter. Er warf ein Bündel auf den Boden und erklärte, daß niemand ins Wasser dürfe, bis sie alle abgekühlt seien.
»Dann komme ich nie ins Wasser«, rief Mary. »Ich glaube nicht, daß ich jemals wieder abkühlen werde.«
»Sie sollten sich sehr schonen, Mrs. Court«, sagte der Arzt. »Sie sind recht dünn.«
»Im Mittelmeer habe ich zweimal täglich gebadet.«
»Das war sehr unvorsichtig.« Er trat neben sie und musterte sie mit Berufsmiene. »Darf ich Ihren Puls fühlen?« fragte er.
Wie ein Kind legte sie ihr zartes Handgelenk in seine Hand.
»Genau wie ich dachte. Sie haben einen sehr schnellen Puls. Sie sollten nicht übertreiben.«
»Ach, fühlen Sie doch meinen auch«, sagte Adeline. »Ich glaube, er ist gänzlich stehengeblieben.«
Streng erwiderte Ramsay: »Es ist sinnlos, Ihnen zu raten, daß Sie sich vorsehen sollen.«
Sie schnitt eine Grimasse, und er mußte gegen seinen Willen lächeln.
Er wurde rot. Seit jenem zärtlichen Zwischenfall hatte er sich ihr gegenüber von seiner unzugänglichsten Seite gezeigt. Er hoffte, sie würde seinen Ausbruch vergessen.
Ein Dickicht zwischen Wiese und See diente als Kabine. Hier zog sich Adeline, Mary, Daisy und Kate aus und schlüpften in ihre Badekostüme. Bis auf das von Mary glichen sie sich aufs Haar. Die weiten Flanellröcke gingen bis zum Knie, die Blusen hatten Dreiviertelärmel, die Matrosenkragen waren mit

weißer Tresse besetzt. Sie trugen alle lange weiße Baumwollstrümpfe. Mary hatte ihr Kostüm niemandem gezeigt. Es sollte eine Überraschung werden. Jetzt tauchte sie stolz aus dem Dickicht auf: sie trug ein himmelblaues Badekleid mit leuchtendroter Schärpe, einen geknoteten Schlips aus roter Seide und eine kleine Kappe aus demselben Material. Alle waren hingerissen, obwohl der Rock so kurz war, daß Kate und ihren Schwestern vor Schreck die Luft wegblieb und Daisy vor Neid erblaßte.

»Ob Sie mir meinen Rock wohl ein bißchen hochstecken können?« fragte sie Adeline. »Hat jemand Sicherheitsnadeln?«

»Niemand«, sagte Adeline eisern, »außerdem zeigen Sie schon genug von Ihren Beinen.«

»Es ist ungerecht, daß Mrs. Court ihre spindeldürren Waden zeigen darf, während ich meine verstecken muß. Dabei sind sie weder Besenstiele noch Krautstampfer wie die von den Busby-Mädchen.«

»Junge Mädchen haben schamhaft zu sein!«

»Nun, jedenfalls werde ich mein Haar offen tragen.«

Sie zog die Haarnadeln heraus, und die Locken fielen ihr glänzend auf die Schultern. Sie legte die Hände auf die Hüften, und als sie mit den anderen aus der »Damenkabine« heraustrat, zog sie den Rock mit den Fingerspitzen hoch, so daß sie ebensoviel Bein zeigte wie Mary. Die Gruppe sah so hinreißend aus, daß die Männer ihnen in stummer Bewunderung entgegenstarrten.

Conway hatte wie seine Frau ein anderes Kostüm. Es war rot und weiß geringelt und zeigte so viel von seinem dünnen weißen Körper, daß es unzüchtig gewirkt hätte, wenn er nicht so jung und knabenhaft gewesen wäre. Er lief Mary entgegen, die schon auf ihn zugeflogen kam. »Mein Schatz«, rief er, »komm, wir wollen die ersten sein in der salzigen Flut.«

»Sie ist nicht salzig, Idiot«, sagte Isaak Busby.

»Dann werde ich eben ein paar Tränen vergießen, damit sie salzig wird.« Hand in Hand lief das junge Paar ins Wasser.

Als das kalte Wasser ihren Körper benetzte, schrie Mary auf. »Oh, wie kalt!«

»Sie könnte nichts Schlimmeres tun«, sagte Dr. Ramsay. Er stakste ans Seeufer und maß die Temperatur vorsichtig mit den Zehen. Er hatte sich selbst ein Badekostüm besorgt: ein graues Flanellhemd und alte Breeches.

»Hoppla!« rief Philip. »Wagen wir's.«

Er ergriff Daisys Hand, und lachend liefen sie Mary und Conway nach. Gleich darauf stürzten sich alle in die wohltuende Kühle des Sees. Es war herrlich.

Nero war den ganzen Weg von Jalna hinter der Kutsche hergelaufen und halbtot angekommen; jetzt bemerkte er, was um ihn vorging. Er hatte bis jetzt hechelnd unter einer Weide gelegen, nun lief er an das Ufer. Vor sich sah er eine Menge Leute, die offenbar am Ertrinken waren.

Das war gegen seine Grundsätze. Er bellte laut, als wolle er rufen: »Haltet aus! Ich komme!« und sprang ins Wasser.

Er war kein Kavalier. Das Leben eines Mannes galt ihm ebensoviel wie das einer Dame. Dr. Ramsay war ihm am nächsten; er schwamm mit aller Kraft zu seiner Rettung herbei.
»Rufen Sie Ihren Hund, Whiteoak!« schrie der Doktor und wehrte Nero undankbar ab.
Nero nahm diese Bewegung für ein letztes verzweifeltes Lebenszeichen und nahm eilfertig des Doktors graues Hemd zwischen seine kräftigen Zähne. Er ruderte mit ihm dem Ufer zu.
Wütend schlug ihn Dr. Ramsay auf den Kopf, aber Neros Locken waren ein so guter Panzer, daß er den Schlag kaum spürte. Und selbst wenn er ihn gespürt hätte, wäre das Ergebnis dasselbe gewesen. Er hätte sich nur noch mehr angestrengt, den Doktor zu retten.
»Nero!« rief Philip mit unterdrücktem Lachen. »Hierher, Sir! Nero!« Er schwamm auf Nero zu.
Dr. Ramsay schlug noch immer verzweifelt auf den Hund ein. Als Nero ihn glücklich an Land brachte, hatte er ihm das Hemd fast über die Ohren gezogen. Jetzt schwamm Nero auf Daisy zu.
»Hilfe!« schrie sie. »Oh, Captain Whiteoak, retten Sie mich!«
Philip packte den mächtigen Burschen am Halsband. Er zerrte ihn ans Ufer. Dort suchte er einen Stock und warf ihn weit hinaus, damit Nero ihn apportierte. Nero verschwendete keinen Blick mehr an die ertrinkenden Menschen; sein ganzer Lebensretterinstinkt konzentrierte sich auf den Stock. Immer wieder brachte er ihn sicher ans Ufer, bis er sich schließlich ermüdet in den Schatten der Bäume zurückzog.
Es wurde allmählich angenehm kühl. Kleine Wellen erhoben sich und brachen sich in einer weißen Schaumlinie am Strand. Die Schwimmer kamen aus dem Wasser und legten sich in den warmen Sand. Sie sahen einander plötzlich in einem ganz anderen Licht. Die alten Konventionen schienen ausgelöscht, wie Kinder ruhten sie nebeneinander. Brent legte seinen Kopf auf Kates Arm, sie wickelte seine Kräusellocken um ihren Finger. Wenn sie jemals eine Schwäche für Wilmott gehabt hatte – jetzt war sie vergessen. Sie war mit ihrem Mann restlos glücklich.
Der junge Vaughan hatte Adeline etwas beiseite gezogen.
»Ich wünschte, wir beide wären hier allein«, sagte er und verschlang sie mit seinen blauen Augen.
»Wir werden gelegentlich noch einmal zusammen herkommen müssen.«
»Würden Sie das wirklich tun? Aber es ist nicht Ihr Ernst. Ihre Augen lachen.«
»Was wäre schon dabei?«
»Nichts. Aber die Leute sind so widerlich.« Er ließ eine Hand voll Sand durch seine Finger rieseln. »Darf ich Sie Adeline nennen? Habe ich nicht ebensoviel Recht dazu wie Wilmott?«
»Er ist ein alter Freund. Ich kenne ihn seit Jahren.«

»Sie haben ihn erst auf dem Schiff kennengelernt.«
»Das scheint mir Jahre her. Aber nennen Sie mich nur Adeline, wenn Sie das glücklich macht.« Sie hörte kaum, was Robert sagte. Sie blickte zu Daisy und Philip hinüber. Sie konnte nicht sagen, was ihr Mißtrauen erregt hatte, aber die Blicke der beiden gefielen ihr nicht.
Daisy war irgendwie verändert. Sie war jetzt nicht mehr das unvernünftige, extravagante, posierende junge Mädchen. Sie war eine zielbewußte Frau, besessen von der Begierde nach einem gewissen Mann. Sie verschlang Philip mit den Augen. Sie war eine Jägerin, die nach allerlei Versuchen endlich die begehrte Beute erspäht hat und den tödlichen Pfeil anlegt. Was kümmerte es sie, daß Philip verheiratet war? Ihre Gefühle drängten nicht nach einer dauernden Bindung, sondern lediglich nach einem Erlebnis, nach Erfahrung. Adeline sah, daß Philip sehr wohl bemerkte, daß etwas Wildes in Daisy entfesselt war. Sie bebte vor Zorn. Sie wandte sich lächelnd an Robert.
»Ich hätte es sehr gern, wenn Sie mich Adeline nennen.«
»Vielen Dank – Adeline. Natürlich habe ich Sie bei mir schon tausendmal so genannt. Ich kann nur noch an Sie denken.«
»Sie sind ein lieber Junge, Bobby.« Ihr Blick wanderte wieder zu Philip und Daisy hinüber. Sie bewegten sich nicht und starrten auf das rot überhauchte Blau des Sees. Eine einzelne Wolke hing wie eine rote Fahne am Himmel. Ihre Farbe spiegelte sich auf den beiden Gesichtern – allerdings hätten ihnen ihre ungezügelten Gedanken auch das Blut in die Wangen treiben können. Adeline bebte vor Wut und Ärger darüber, daß sie so blind gewesen war. Ihr erster Eindruck von Daisy war der richtige gewesen. Sie war gefährlich. Wie hatte sie nur so töricht sein können, über dieses Mädchen zu lachen?
Kate Brent faßte Adelines Gedanken in Worte.
»Ist Daisy nicht schön?« rief sie.
Alle sahen zu Daisy hinüber, die mit dem Lächeln einer Sphinx weiter auf das Wasser hinausblickte.
»Du bist ein Glückspilz, Philip!« sagte Conway. »Ich armer Hund stehe unter dem Pantoffel. Ich darf nicht wagen, eine andere Frau anzusehen.«
»Ihr müßt lernen, euch gegenseitig Freiheit zu lassen; so wie Adeline und ich«, antwortete Philip.
»Bitte, glaube kein Wort von dem, was Conway sagt«, bat Mary. »Es ist genau anders herum.«
»Mary hat recht«, bestätigte Sholto. »Erst gestern hat er sie geohrfeigt und an den Haaren gezogen. Ich kann es beschwören, ich war dabei.«
Conway sprang auf. »Das sollst du mir büßen«, drohte er.
Mit einem Schreckensschrei floh Sholto den Strand entlang, Conway hinter ihm her. Ihr rötliches Haar flog im Wind.
»Wird er ihm weh tun?« fragte Kate ängstlich.
»Er wird ihn nicht umbringen«, beruhigte sie Adeline. »Wir sind eine un-

berechenbare Familie. Wenn man uns herausfordert, wissen wir oft nicht mehr, was wir tun.«
»Conway meint es nicht ernst«, sagte Mary.
Die beiden Brüder waren schon außer Sicht. Mary stand auf und folgte ihnen – alles, was Conway tat, erweckte ihre unwiderstehliche Neugierde.
Die drei kamen erst wieder zurück, als das Picknick serviert wurde. Der warme Sand und die Sonne hatten die Kleider der Schwimmer getrocknet. Mit der Abendkühle war bei allen der Appetit erwacht. Der junge Busby hatte Treibholz gesammelt und zu einem Scheiterhaufen geschichtet, der lustig brannte und knisterte. Die Sonne war schon untergegangen, die Schatten wurden dunkler. Sie setzten einen Kessel auf das Feuer und kochten Tee. Die verführerischen kalten Platten von Mrs. Coveyduck wurden auf einem Tischtuch ausgebreitet. Das geheimnisvolle Zwielicht, Philips guter Wein und die Erleichterung nach der ausgestandenen Hitze schufen eine heitere, lebhafte, beinah französische Atmosphäre. Dazu trugen nicht zuletzt Mary und Conway bei, die von dem Leben in Südfrankreich erzählten. Sie flochten französische Redewendungen in ihren Bericht – was Sholto ihnen sofort nachmachte – und wirkten dadurch recht ausländisch und welterfahren. Ihre ungezwungene Art hatte einen erstaunlichen Einfluß auf die Älteren und Gesetzteren. Niemand hatte Dr. Ramsay je so munter erlebt. Er legte seinen Arm um die mollige Taille von Lydia Busby, schwenkte sein Weinglas und rezitierte ein Liebesgedicht von Robert Burns. Wilmott hatte offensichtlich zuviel getrunken. Zusammen mit Adeline schmetterte er die »Marmorhallen«. Mit tränenfeuchten Augen erinnerten sie sich an den Abend in Quebec, an dem sie dieses Lied von Jenny Lind gehört hatten. Wie wunderbar, wie schön und gefährlich war doch das Leben! Über dem See ging der Mond auf.
Plötzlich rief Conway: »Ich möchte noch mal ins Wasser!«
»Im Dunkeln?« fragte Lydia Busby. »Um Himmels willen.«
»Das haben wir in Frankreich auch gemacht«, sagte Mary. »Es war himmlisch. Viel schöner als bei Tag.«
»Eine großartige Idee«, sagte Isaak Busby. »Ich will als erster hinein.« Er lief ins Wasser.
»Es ist großartig«, rief er. »Sie müssen alle nachkommen!«
Begeistert wie Kinder stürzten sie sich abermals in das feuchte Vergnügen. Adeline trennte sich von Robert Vaughan, nahm Wilmott bei der Hand und führte ihn über den Sandboden, bis ihnen das Wasser an die Brust reichte. Sie lächelte ihm in die Augen.
»Ist Ihnen jetzt besser, James?« fragte sie.
»Besser? Wieso? Mir war doch nicht schlecht.«
»Tauchen Sie unter, James. Ordentlich tief, daß Ihr Kopf unter Wasser kommt.«
»Adeline, Sie verstehen mich überhaupt nicht. Wenn ich einfach glücklich bin,

glauben Sie, ich sei besäuselt oder krank. Aber mir ist tatsächlich ein bißchen schwindlig, vielleicht täte mir das Tauchen gut.« Er sah sie mit treuem Hundeblick an. »Jetzt gleich?«

»Ja, gleich. Sie müssen erst tief Luft holen und dann den Atem anhalten.«

Sie verschwanden unter Wasser. Für einen kurzen Augenblick weilten sie in einer anderen Welt. In einer fremden, wunderbaren Welt, deren Abenteuer sie Hand in Hand bestanden. Dann tauchten sie auf und gehörten wieder zu dem See unter dem Mond und zu ihren Freunden.

»Ich bin unsagbar glücklich«, erklärte Wilmott. »Seit ich weiß, daß Henrietta zufrieden ist und mich nicht mehr sucht, bin ich so sorglos und unbeschwert wie ein Vogel in der Luft. Es stimmt natürlich nicht, daß Sie mich nicht verstehen. Sie sind die einzige Seele, die mich versteht. Ich erzählte Ihnen doch, daß ich ein Buch schreibe. Ich möchte Ihnen die ersten Kapitel gern vorlesen. Ich möchte Ihr Urteil hören.«

»Das ist wunderbar! Wollen Sie mir das Manuskript morgen früh bringen?«

»Ja, gern. Ich glaube, Sie werden sehr angetan sein. Wollen wir noch einmal tauchen?«

»Ja, tauchen wir.«

Sie tauchten unter und wieder auf. Wie aus weiter Ferne hörten sie die Stimmen und das Gelächter der anderen.

In dem schmeichelnden Mondschein sah Lydia Busby in ihrem Badekostüm ganz verändert und erstaunlich hübsch aus. Sie hatte einen verführerischen Nacken und bezaubernd gerundete Arme. Bisher hatte sie nur wie ein Wildfang gewirkt; jetzt lag eine süße Reife in ihrem Lächeln, ein erstes Bewußtwerden des eigenen Charmes.

Das Feuer war niedergebrannt. Jemand schwamm ans Ufer und warf neues Holz hinein, so daß es bald wieder hell brannte. Wie auf Kommando scharten sich alle posierend und gestikulierend um die Feuerstelle. Dr. Ramsay ergriff eine leere Flasche und schlug damit den Takt zu einem Gedicht von Burns. Währenddessen tauchte Elihu Busby zwischen den Weiden auf und pirschte sich leise heran. Er bebte in heiligem Zorn. Bevor er noch ein Wort gesagt hatte, war ihnen allen klar, daß sie ihn in seinen moralischen Grundfesten erschüttert hatten. Er drohte mit seinem Armstummel. »Ich hätte nie gedacht«, sagte er, »daß ich den Tag erleben würde, an dem ich meine Kinder in solcher Gesellschaft finden muß.«

»Mein Herz ist im Hochland«, sang der Doktor, »mein Herz ist nicht hier ...«

»Sie sollten sich schämen, Dr. Ramsay – gerade Sie, der den andern ein Vorbild sein müßte.«

»Ich brauche mich durchaus nicht zu schämen. Man hat mich zu einem Fest eingeladen, und ich bin gekommen. Ich spiele hier lediglich den guten Gesellschafter.«

»Wenn es Fremden beliebt, hierherzukommen und die ausländischen Sitten der Alten Welt bei uns einzuführen – nun gut, wir können sie nicht hindern, aber wir können uns weigern, daran teilzunehmen.«

Als Antwort zitierte der Doktor wiederum Burns. »Was hat der alte Bobbie gesagt?« deklamierte er. »Er sagte:

Preis sei dem braven Biedermann,
Was immer er auch wär' –
In Gottes heitern Schöpfungsplan
Paßt keiner so wie er.«

Elihu Busby drehte ihm den Rücken und sagte zu seinem ältesten Sohn: »Du enttäuscht mich tief, Isaak. Wie konntest du deine Schwestern in so loser Gesellschaft, halbnackt und tropfnaß wie die Heuschrecken, herumhüpfen lassen?«

Lydia und ihre Schwester begannen zu weinen.

»Wir haben es nicht bös gemeint, Vater«, erwiderte Isaak. »Außerdem habt ihr beide, du und Mutter, gewußt, daß wir zu einem Picknick gingen.«

»Hättet ihr euch so schamlos aufgeführt, wenn Mutter und ich dabeigewesen wären? Wenn jemand von diesem sogenannten Picknick erfährt, wird der ganze Landkreis darüber klatschen. Bis jetzt waren wir eine ehrbare, moralische Gemeinde.«

Dr. Ramsay legte die Flasche hin und verschränkte seine Arme. Wieder zitierte er Burns:

»Oh, Bürgertugend, dein tödlich Gift
Vernichtet und tötet, wen es trifft . . .«

Elihu Busby ignorierte ihn. Er sagte zu seinen Töchtern: »Zieht euch an, Mädchen. Und nun zu dir, Kate: du bist jetzt eine verheiratete Frau, und falls dein Mann nichts dabei findet, daß du hierbleibst, kann ich dich nicht zwingen, mit mir nach Hause zu kommen. Allerdings hätte ich dir diese Heirat nicht so bald verziehen, wenn ich seinen schlechten Geschmack gekannt hätte.«

Jetzt begann auch Kate zu weinen.

»Glauben Sie mir, Sir«, sagte Brent mit einem entwaffnenden Lächeln, »es war wirklich ein sehr unschuldiges Vergnügen. Ich wünschte nur, Sie wären von Anfang an dabeigewesen und hätten sich selbst davon überzeugen können. Aber wenn Kates Schwestern gehen, kommen wir beide natürlich mit. Komm, Kate, such deine Sachen zusammen.«

Weinend flüchteten Kate und ihre Schwestern unter den Schutz der Bäume.

Betont würdevoll und ein wenig herausfordernd trat Philip dem zornigen Elihu Busby gegenüber.

»Es kränkt mich«, sagte er, »daß Sie hierherkommen und bekritteln, wie ich mich und meine Gäste unterhalte.«

Busby hatte Philip sehr gern und bewunderte ihn. Halb besänftigt sagte er: »Ich behaupte nicht, Captain Whiteoak, daß bei diesem Picknick etwas geschehen ist, dessen man sich schämen müßte. Ich meine vielmehr, daß zuviel

Freizügigkeit von Übel ist. Sie muß nach und nach zur Schande führen. Wenn Sie heute Wein trinken und wie Heiden um ein Feuer tanzen, womit werden sich dann erst Ihre Enkel vergnügen? Wahrscheinlich werden sie sich an Gin betrinken und Nackttänze aufführen. Sitten und Moral sind immer im Fluß. Sie können sich heben, sie können aber ebensogut absinken.«

Philip lächelte. »Sie möchten wohl, daß Ihre Enkel sich bei einem Picknick etwa so vergnügen: Die jungen Damen tauchen eine lilienweiße Zehe in den See und sitzen dann strickend im Kreis, während der tollkühnste Casanova unter den jungen Männern ihnen aus den Werken von Mr. Longfellow vorliest.«

Dr. Ramsay hatte Philips Beschreibung gehört. Er sprang auf. »Ja«, sagte er und deklamierte in steifer Haltung:

»Es mahnt uns das Leben der Großen
Zu eigner Erhabenheit,
Daß scheidend wir hinterlassen
Fußspuren im Sand der Zeit.«

Dabei drückte er seinen nackten Fuß tief in den feuchten Sand. Er zog ihn heraus und betrachtete den Abdruck aufmerksam: »Wie wird sich der Wanderer freuen, der in neunzig Jahren die Spur meines Fußes hier im Sande findet! Er wird sich augenblicklich entschließen, seinem Leben eine erhabene Wendung zu geben.«

Ramsay verwischte den Fußabdruck. »Bah«, rief er, »ich gäbe nicht eine Zeile des alten Burns für alles, was Mr. Longfellow jemals geschrieben hat oder schreiben wird!«

Elihu Busby sah Philip fragend an.

»Ist Dr. Ramsay betrunken?«

»Nein, nein, durchaus nicht.«

»Aber er hat die Flasche wie ein Betrunkener geschwenkt.«

»Diese Flasche, Mr. Busby, enthielt lediglich Mineralwasser.«

»Mir fehlt überhaupt nichts«, sagte der Doktor, »als daß ich mich einmal entspanne. Ich arbeite zu angestrengt. Man bräuchte hier drei Ärzte statt einem. Und doch können Sie nicht behaupten, Elihu Busby, daß ich je einen Patienten vernachlässigt hätte.«

»Nein«, sagte Busby herzlich, »das kann ich wirklich nicht. Ohne Ihre Aufopferung hätte mancher von uns schon ins Gras beißen müssen.«

»Vielen Dank«, sagte der Arzt, nur schwach besänftigt.

Die drei Schwestern tauchten aus dem Gebüsch auf; sie waren vollständig angekleidet und hatten ihre Badekostüme in einen Korb gepackt. Kate hatte ihre Munterkeit wiedererlangt. Selbstbewußt – jeder Zoll verheiratete Frau – gesellte sie sich zu ihrem Mann. Er zwinkerte ihr listig zu. Auch Lydia hatte sich inzwischen gefaßt; aber sie war noch immer schamrot und hielt den Blick gesenkt, bis sie an Dr. Ramsay vorbeiging. Sie sah ihn an, und die beiden tauschten einen Blick so voll Wärme und Zärtlichkeit, daß es sie selbst überraschte und verwirrte. Abigail, die jüngste der Schwestern, weinte noch immer. Sie war erst sechzehn. Auch die Brüder Busby waren nun fertig. Eine befehlende Geste des Vaters setzte die junge Schar in Bewegung. Man hörte, wie sie im Dunkeln unter den Weiden die Pferde antrieben, wie die Wagenräder davonrollten. Sechs Gäste waren nun gegangen. Nero hatte das Seeufer weiter unten erkundet und Elihu Busby erst beim Weggehen bemerkt. Um diese Nachlässigkeit wiedergutzumachen, lief er ein ganzes Stück hinter dem Wagen her und bellte laut und drohend. Nachdem er so seine Wachsamkeit bewiesen hatte, trollte er sich über den Sand zu Adeline und verlangte sein Futter. Sie ging zum Picknickkorb und häufte ihm einen Teller voll.

Sholto erhob seine Knabenstimme. Er fragte laut: »Wer war denn der Alte?«

»Der Vater von den Busby-Mädchen, du Esel«, erwiderte sein Bruder.

»Wir hätten den Spielverderber in den See tunken sollen.«

»Halt den Mund«, sagte Philip, »oder ich werde dich eintunken.«

»Könntest du das nicht mit mir machen, Philip?« rief Mary. »Ich möchte so gern noch mal tauchen.«

Sie hatte kaum ausgesprochen, als Conway und Sholto sie ergriffen und in den See trugen. Im fahlen Mondlicht sah es aus, als schleppten zwei Wassermänner eine gefangene Nixe in ihre Höhle unter dem Meer. Jedenfalls hatte Wilmott diesen Eindruck und sprach mit Dr. Ramsay darüber. Sie hatten sich von den anderen getrennt und schlenderten in ungewohnter Eintracht den Strand entlang.

»Von allen Damen hat mir Lydia Busby am besten gefallen«, sagte der Doktor. »Mich hat's ganz schön gepackt, um die Wahrheit zu sagen. Und dabei kenne ich das Mädchen seit Jahren und habe sie kaum bemerkt. Es ist ganz erstaunlich, was man in einer Mondnacht alles entdecken kann.«

»Ja, ja.« Wilmott betrachtete geistesabwesend ihre beiden Schatten auf dem Sand. »Miß Lydia ist ein reizendes Mädchen.«

»Ich bewundere sie mehr als Mrs. Whiteoak«, fuhr Dr. Ramsay fort. »Gewiß, Mrs. Whiteoak hat ein sehr anziehendes Gesicht« – er schwieg nachdenklich, atmete schwer und fuhr dann fort –, »aber sie ist nicht der Typ Frau, die ich gern heiraten würde – selbst wenn ich die Chance hätte.« Er lachte.

»Natürlich nicht. Sie brauchen eine ganz andere Gefährtin... Ich war übrigens recht erstaunt, als ich Sie heute abend Gedichte rezitieren hörte. Ich habe gar nicht gewußt, daß Sie sich für Literatur interessieren.«

Der Doktor lachte. »Oh, ich gehe mit meinem wahren Wesen eben nicht hausieren. Ich bin ziemlich reserviert. Aber ich lese viel, wenn ich Zeit dazu finde.«

»Sie haben ein hervorragendes Gedächtnis.«

»Das ist ein Danaergeschenk. Ich vergesse niemals etwas.«

»Ich dagegen genieße es geradezu, zu vergessen. Ich sammle neue Erfahrun-

gen. Und gleichzeitig« – er blickte über den stillen See und sprach leise –, »gleichzeitig schreibe ich ein Buch.«
Doktor Ramsay war beeindruckt. »Sehen Sie, genau das habe ich immer vermutet!«
»Tatsächlich?« fragte Wilmott geschmeichelt.
»Ja. Und ich wette, es ist ein Roman.«
»Sie haben recht.«
»Kommen Sie gut vorwärts damit?«
»Ich habe bis jetzt fünf Kapitel geschrieben.«
»Wollen Sie mir etwas über den Inhalt erzählen?«
Wilmott hatte nur auf dieses Stichwort gewartet. Er erzählte. Vom See wehte es angenehm kühl herüber. Feuchter Abendtau legte sich auf den Sand. In den nahen Wäldern riefen die Vögel einander zu. Irgendwo lachte ein Haubentaucher.
Robert Vaughan fühlte sich zwischen Daisy und Philip, die sich leise unterhielten, als unerwünschter Außenseiter. Er ärgerte sich über Daisy und fand, daß sie Philip schamlose Avancen machte, während sie ihn geflissentlich übersah. Er hätte sie gern nach Hause geschickt; statt dessen stand er auf und ließ die beiden allein. Adeline war mit Nero unter den Weiden geblieben. Robert fühlte sich einsam und unerwünscht. Niemand legte Wert auf seine Gesellschaft: weder die drei Courts im Wasser noch die poetischen Wanderer, noch Philip und Daisy in ihrer feuerbeschienenen Vertraulichkeit; nicht einmal Adeline, die unter den Weiden ihren Hund fütterte.
Der Mond schien gerade hell genug, daß Adeline den Inhalt des Picknickkorbes erkennen konnte. Sie hatte Schinkenbrote auf einen Teller gehäuft und fütterte Nero mit der Hand, was diesem sehr behagte, da er eigentlich schon satt war, und das Futter besser schmeckte, wenn die Hand seiner Herrin es ihm reichte. Nero liebte Adeline voll tiefer, warmer, animalischer Ergebenheit. Aber Adeline spürte kaum, daß das weiche Hundemaul zärtlich ihre Finger berührte. Sie beobachtete Daisy mit kaltem, hartem und starrem Blick. Es war kaum zu glauben, daß es dieselben Augen waren, die sonst so leuchtend und munter in die Welt sahen.
Philip saß bewegungslos im Schein des Feuers; ein rätselhaftes Lächeln umspielte seine Lippen. Sein offenes Hemd enthüllte seine weiße Brust, die aufgerollten Ärmel seine vollen, muskulösen Arme. Daisy saß dicht neben ihm. Sie vermutete Adeline bei Wilmott und Dr. Ramsay, weit unten am Ufer. Mit ihren schmalen Augen, dem eckigen Gesicht und der Stumpfnase glich sie einer schönen Wildkatze. Sie hielt Philip den leicht geöffneten Mund entgegen, als warte sie auf seinen Kuß. »Ist das Mädchen tollkühn oder einfach närrisch?« fragte sich Adeline. »Sie müßte doch darauf gefaßt sein, daß jemand sie sieht. Warum stößt Philip, dieser Wüstling, sie nicht fort? Bei Gott, ich bringe ihn um, wenn er sie küßt!«

Plötzlich warf sich Daisy in einem leidenschaftlichen Ausbruch über Philip, umschlang seinen Hals und zog seinen Kopf zu sich herab. Adeline konnte ihre Stimme hören, aber nicht verstehen, was sie sagte.
Philip umfaßte Daisys Schultern und richtete sie auf; doch er ließ seine Hände auf ihrem Körper liegen. Er sprach auf sie ein. Adeline hörte, wie die Schwimmer ans Ufer planschten und sich balgten. Daisy vereiste und warf ihnen einen haßerfüllten Blick zu. Sie kamen zum Feuer gelaufen. Mary kauerte sich neben die Glut.
»Oh, wie kalt es geworden ist!« rief sie.
»Kalt!« lachte Conway. »Es ist nur herrlich kühl.«
»Nun, ich friere.«
Sholto sah Daisy neugierig ins Gesicht.
»Sie sehen komisch aus, Miß Vaughan. Als ob Sie sich geärgert hätten.«
»Geärgert?« Sie kreischte beinah. »Ich war in meinem ganzen Leben noch nicht so glücklich. Ich bin im siebten Himmel. Bitte, hören Sie auf, mich anzustarren.«
»Ach, wie kalt es ist!« rief Mary und rieb ihre Hände vor dem Feuer.
»Trink eine Limonade«, riet Conway ungerührt.
»Worüber haben Sie mit meinem Schwager gesprochen, Miß Daisy?« erkundigte sich Sholto, der ihr noch immer unverfroren ins Gesicht starrte.
Sie schlug nach ihm. »Sie sind ein widerlicher Bengel.«
Jetzt kehrten auch Dr. Ramsay und Wilmott von ihrer Uferwanderung zurück. Sie hatten sich gut miteinander unterhalten. Aber als der Arzt sah, wie Mary neben dem Feuer vor Kälte zitterte, kam er stirnrunzelnd auf sie zu.
»Ich habe Sie gewarnt, Miß Court«, sagte er streng. »Und doch haben Sie dreimal gebadet. Ich fürchte, jetzt haben Sie sich wirklich erkältet.« Er fühlte ihr den Puls.
Mary sah aus, als würde sie im nächsten Augenblick zusammenbrechen. »Sie kann sich gar nicht erkältet haben«, rief Conway. »Sie will sich nur wichtig machen.«
»Schauen Sie sich diese nasse Mähne an, die ihr über den Rücken hängt«, sagte der Doktor und faßte die Haare wie Tang mit einer Hand zusammen.
Conway holte einen Mantel und warf ihn ihr achtlos über die Schultern.
»Wo ist Adeline?« fragte er.
Gefolgt von Nero, tauchte Adeline aus dem Schatten der Weiden auf. Sie schien gelassen und guter Laune. Lächelnd kam sie auf die Gruppe um das Feuer zu, ihre weißen Zähne blitzten.
»Wo warst du?« fragte Philip argwöhnisch.
»Unter den Weiden«, erwiderte sie heiter. »Ich habe Nero gefüttert. Ach, das war wirklich ein herrlicher Tag. Und ein voller Erfolg! Findet ihr nicht? Aber der Mond sinkt schon. Ich glaube, wir sollten unsere Sachen zusammensuchen und nach Hause gehen. Sonst verirren wir uns unterwegs.«

Alle stimmten ihr zu. Hastig, wenn auch bedauernd, sammelten sie ihre Habseligkeiten und löschten das Feuer. Damit war das Strandfest beendet. Es war nicht ganz leicht, die Pferde wieder einzufangen; sie hatten sich losgerissen und grasten in den umliegenden Wiesen. Tite tauchte aus der Dunkelheit auf. Er hatte schon eine ganze Weile neben Wilmotts Pferd auf seinen Herrn gewartet. Wilmott hatte das Tier erst kürzlich gekauft; er war stolz darauf und glaubte doch, sich für diesen Luxus entschuldigen zu müssen.

»Was halten Sie von meinem Pferd?« fragte er Dr. Ramsay. Dr. Ramsay strengte seine Augen an und betrachtete kritisch den dunklen Pferdekörper. Er lachte.

»Was für ein Senkrücken!« rief er. »Aus diesem Loch können Sie bestimmt nicht herausfallen!«

Wilmott war gekränkt. »Für meine Bedürfnisse genügt die Stute vollkommen.«

»Das glaube ich. Ich kenne sie seit Jahren. Sie ist ein zuverlässiges Tier. Sie haben einen guten Kauf gemacht.«

Aber Wilmott war beleidigt. Er schwang sich in den Sattel. Sein Besitzerstolz war verletzt. Er hatte geglaubt, eine gute Figur auf seiner Stute abzugeben.

»Gute Nacht!« rief er den anderen zu und ritt davon, ohne auf ihre Begleitung zu warten.

Tite trottete auf dem weichen Sandboden neben ihm her.

»Du hättest die Stute nicht zu bringen brauchen, Tite«, sagte Wilmott. »Ich hätte ebenso mit nach Jalna zurückfahren und von dort zu Fuß nach Hause gehen können.«

»Aber ich wollte herkommen, Boß«, sagte Tite. »Ich wollte so gern sehen, wie so eine Badeparty ist.«

»Und was hältst du davon, Tite?«

»Wenn Sie mich fragen, Boß: ich wasche mich bloß, damit ich sauber bin; und wenn ich sehe, daß Leute sich immerzu waschen, muß ich mich wundern. Und ich muß mich auch wundern, wenn ich sehe, daß Weiße ums Feuer springen wie die Indianer früher bei ihren Kriegstänzen. Am liebsten hätte ich unseren Kriegsruf ausgestoßen.«

»Ein Glück, daß du dich beherrscht hast, Tite.«

»Boß«, fuhr Tite fort, »ich habe mich auch gewundert, wie ich den Damen beim Ausziehen im Gebüsch zugeschaut habe.«

»Guter Gott!« rief Wilmott. »Du bist ja reichlich früh gekommen.«

»Ich mußte lachen«, plapperte Tite glücklich weiter, »als ich gesehen habe, wie die eine – wissen Sie, die, von der meine Großmutter sagt, daß sie ein Flittchen ist – sich über die Knie von Captain Whiteoak gelegt und ihn zu sich heruntergezogen hat. Es war richtig schade, daß Sie das nicht gesehen haben, Boß.«

»Es sollte mich wundern«, sagte Wilmott grimmig, »wenn es mit dir nicht noch einmal ein schlimmes Ende nimmt. Merk dir eins: was du da gesehen hast, darfst du niemandem erzählen – auch deiner Großmutter nicht!«
»Schon gut, Boß. Aber es ist ein Jammer, daß ich es meiner Großmutter nicht erzählen darf. Sie freut sich immer, wenn es etwas zu lachen gibt.«

20

Ein Ritt durch den Wald

Mary war sehr blaß, als sie Jalna erreichten. Sie hatte blaue Lippen. Adeline schickte sie zu Bett und ging in die Küche hinunter, um ihr etwas Heißes zu trinken zu holen. Ihre beiden Brüder folgten ihr. Neugierig wie Affen liefen sie überall herum und leuchteten mit ihren Kerzen in jede Ecke und jeden Schrank. Sie schlichen über den geziegelten Korridor an den Türen vorbei, hinter denen die Coveyducks und Lizzie schliefen, bis zu der Tür, hinter der Philips Weinkeller lag. Sie wußten, daß er gut gefüllt war; denn Philip war ein stolzer Weinkenner und kredenzte seinen Freunden gern vom Besten. Adeline hörte ihre Brüder vor der Tür flüstern. Sie setzte einen Topf Milch auf den Herd. Dann pirschte sie auf Zehenspitzen in den Korridor und lauschte. Sholto sagte gerade: »Ich habe in der Speisekammer Werkzeug gesehen. Mit einem Schraubenzieher könnte ich das Schloß leicht aufbekommen. Es wäre ein Gaudium, zu sehen, was Philip alles hier drinnen hat.«
»Warte, bis sie im Bett sind. Dann können wir den Keller in aller Ruhe erforschen.«
»Das werdet ihr nicht, ihr Räuber!« sagte Adeline. »Kommt her und weg von der Tür. Wenn ich mich bei Philip beschweren muß, wird es euch leid tun.«
Ohne eine Spur von Reue kamen sie mit ihren Kerzen durch den düsteren Korridor zurück. Im flackernden Licht wirkten ihre Gesichter seltsam fremd und schön. Im Vorbeigehen klopfte Conway mit dem Leuchter an die Tür der Coveyducks. Ein brummiges Stöhnen war die Antwort.
»Aufstehen!« rief Conway. »Das Haus brennt.«
»Was fällt dir ein!« sagte Adeline. »Du hast doch nur Unfug im Kopf! Es ist nichts, Coveyduck! Schlafen Sie weiter. Ich hole nur Milch aus der Küche.«
»Die Milch kocht über«, verkündete Sholto.
»Dann zieh sie weg, du Tropf!« sagte seine Schwester.
Coveyducks versanken wieder in Schlummer.
Adeline gab eine Messerspitze Zimt in die Milch und trug sie, gefolgt von den Brüdern, die Treppe hinauf. Mary trank sie dankbar. Sie vermißte zuweilen die mütterliche Zärtlichkeit. Jetzt schlang sie ihre dünnen Arme um

Adeline und küßte sie. »Gute Nacht«, sagte Adeline und erwiderte ihren Kuß. »Schlaf gut.«
»Es war ein himmlisches Strandfest!«
»Ja, wirklich.«
»Wann geben wir das nächste?«
»Wenn ich den üblen Geschmack des heutigen nicht mehr im Mund habe.« Sie wandte sich heftig ab und eilte aus dem Zimmer, die Treppe hinunter.
Sie stellte den Leuchter auf den Frisiertisch und sah zum Bett hinüber. Philip war nicht da. Er hatte den Wagen in die Remise gebracht und plauderte wahrscheinlich noch mit dem Stallburschen. Sie traute ihrer Selbstbeherrschung nicht so weit, daß sie sich heute abend noch in ein Gespräch mit Philip einlassen konnte. Sie entkleidete sich hastig und zog ihr langes, reichbesticktes Nachthemd an. Ihre dicken Flechten waren noch immer feucht, und als sie im Bett lag, breitete sie ihre Locken auf dem Kopfkissen zum Trocknen aus. Sie ließ die Kerze für Philip brennen. Sie beleuchtete das Zimmer nur schwach, und doch wirkten die Farben des Bettes und der Vorhänge seltsamerweise jetzt intensiver als im hellen Tageslicht. Boney – er hockte auf einem Bein auf seiner Stange – leuchtete wie eine grüne giftige Blume. Adeline blinzelte ins Kerzenlicht, ihre Züge entspannten sich. Ihr Herz aber brannte in wildem, primitivem Zorn über Daisy Vaughan.
Als Philip endlich kam, war die Kerze tief heruntergebrannt. Adeline beobachtete ihn verstohlen und sah, wie er die Flamme mißtrauisch beäugte, als zweifle er, ob sie ihm noch genügend Licht zum Auskleiden liefern würde. Er hatte die Haustür der Ventilation wegen offen gelassen, die kühle Nachtluft wehte durch die Halle ins Schlafzimmer und vermischte sich mit dem Luftzug, der zum Fenster hereinkam. Philip zog sich rasch aus. Bevor er die Kerze ausblies, warf er einen langen Blick auf Adeline, als mißtraue er ihrem friedlichen Schlummer. Dann legte er sich neben sie, schob eine Hand zu ihr herüber und drückte den Kopf in sein Kissen.
Wie von einer Tarantel gestochen schnellte Adeline auf.
»Faß mich nicht an!« rief sie.
»Wieso, was ist los?«
Sie warf sich auf die andere Seite, umflossen von ihrem langen feuchten Haar.
»Na schön«, sagte er, »wenn du so bist.«
Er rollte sich herum und drehte ihr den Rücken zu.
»Wenn ich wie bin?« fragte sie gepreßt.
»Schlechter Laune.« Er kuschelte sich in sein Kissen und atmete tief. Offenbar war er mit sich und der Welt restlos zufrieden. Fühlte er sich wirklich so unschuldig, wie er sich gab? Nein, tausendmal nein! Wie gern hätte sie sich ihm zugedreht, ihn bei den Schultern gepackt und ihm alle aufgestaute Wut ins Gesicht geschleudert. Er konnte froh sein, daß er Daisy von sich geschoben hatte! Und er konnte froh sein, daß Adeline eine Frau von Charakter war!

Doch der Zorn in ihrem Herzen galt viel weniger Philip als Daisy. Dieses Mädchen war nicht nur ränkevoll; sie war skrupellos. Sie war schlecht. Sie scheute kein Mittel, einer anderen Frau den Mann wegzunehmen, wenn er ihr gefiel. Als Adeline daran dachte, mit welch gierigem Gesicht Daisy den Kopf von Philip zu sich heruntergezogen hatte, bekam sie entsetzliche Angst vor der Rivalin. Konnte man es einem Mann übelnehmen, wenn er einer solchen Frau erlag? Schließlich war er auch nur ein Wesen aus Fleisch und Blut.

Stunde um Stunde lag Adeline wach. Sie dachte weniger darüber nach, was Daisy noch anrichten würde, als darüber, wie man sie strafen könne für das, was sie bereits angerichtet hatte. Die Standuhr in der Halle schlug eins, sie schlug zwei, sie schlug drei. Und Adeline hatte noch kein Auge zugetan. Sie hatte sich schon damit abgefunden, eine schlaflose Nacht zu verbringen. Sie entspannte sich und atmete den süßen Nachtgeruch in vollen Zügen ein. Glücklicherweise hatte Dr. Ramsay die sommerliche Nachtluft für harmlos erklärt. Aber Adeline bezweifelte, daß er die Zugluft, die jetzt durchs Zimmer wehte, gutgeheißen hätte.

Auch das Haus schien in dieser Nacht nicht zu schlafen. Es war, als kauere es sich in der Dunkelheit zusammen, als fühle jeder einzelne Stein den Schmerz des ersten Kummers, den es umschloß. Wie glücklich waren sie bisher gewesen! Der natürliche Stolz dieser jungfräulichen Erde hatte sich ihnen mitgeteilt; sie hatten ihn stets gefühlt – selbst wenn sie sich umarmten. Die Tage waren zu kurz, um das Glück voll auszuschöpfen und einander immer wieder ihre Zufriedenheit zu beteuern. »Denk nur, wenn erst unser eigenes Korn geschnitten wird«, hatten sie gesagt. »Was für ein Weihnachten das werden wird! Wir werden das Haus mit Tannenzweigen schmükken... Wie wird erst unser erster Frühling in Jalna werden?«

Es kam Adeline vor, als sei eine Katastrophe über das Haus hereingebrochen. Sie sah ihr Haus vor sich – alt, zerfallen, zu Boden gedrückt von dem Herzeleid, das es beherbergte, zusammengesunken unter einem Trauermantel von grünen Blättern.

Sie öffnete die Augen, um die Vision zu verscheuchen. Sie schlug die Augen auf, um ganz wach zu werden, und sah einen blassen Schimmer dort, wo das Fenster war. Der Morgen kam. Sie mußte daran denken, den kleinen wilden Wein zu gießen, den ihr Mrs. Vaughan geschenkt hatte. Sie hatte ihn neben die Veranda gepflanzt, und er war wunderschön angewachsen, ehe die heißen, trockenen Tage kamen. Plötzlich streckte sie die Hand nach Philip aus. Sie berührte seinen Rücken zwischen den Schultern. Er atmete tief; die Schläfrigkeit überkam sie. Als sie wieder aufwachte, war es halb neun vorbei. Frau Coveyduck stand neben ihr mit Adelines Morgentee auf dem Tablett. Sie hatte ihr gegenüber bereits eine gemächlich mütterliche Haltung angenommen.

»Ach du meine Güte«, sagte sie, »wie behandeln Sie Ihr schönes Haar, Madam! Es sieht ja aus, als wenn Sie damit durch 'ne Hecke gekrochen wären! Sie müssen sich's gleich mal gut von mir durchbürsten lassen. Kommen Sie, trinken Sie Ihren Tee und sagen Sie mir, was ich Ihnen zum Frühstück bringen soll.«

»Eier mit Schinken«, sagte Adeline prompt. »Ist der Morgen schön? Ich möchte ausreiten.«

»Aber ja – der schönste Sommertag, den Sie sich denken können. Aber sicher wollen Sie sich ausruhen, wo's doch gestern bei dem Fest am Strand so spät geworden ist.«

»Nein, nein, ich bin nicht müde.«

Sie setzte sich auf, während Frau Coveyduck das Teebrett mit dem Tee und zwei dünnen Scheiben Butterbrot handlich vor sie hinstellte.

»Coveyduck hat mir gesagt, Madam, daß Sie, als Sie heimkamen, sich unten in der Küche selbst Milch heiß gemacht haben. Sie hätten mich doch rufen sollen, ich hätt's gern gemacht! Er durfte mich nicht einfach schlafen lassen wie 'nen Klotz, wenn Sie sich selbst bedienen mußten. Aber er hat für nichts anderes Sinn als für seinen Gartenkram!«

»Ich hab' ihm extra gesagt, er soll Sie nicht wecken.«

»Ja, ja – aber es gibt eben Befehle, die man ausführt, und Befehle, die man nicht ausführt! Und Sie trinken jetzt Ihren Tee – ich geb' derweilen dem Vogel sein Futter.«

Sie füllte in Boneys Futternäpfchen Körner aus der Büchse mit Papageienfutter, die auf dem Kamin stand. Boney sah interessiert zu, und als sie fertig war, flog er auf das Dach seines Käfigs, lief hastig darüber hinweg und schlüpfte zur Tür hinein. Der schwarze Schnabel verschwand im Futternapf. Während Mrs. Coveyduck Adelines Haar bürstete, sprach er mit schmeichelnder Stimme auf seine Herrin ein.

»*Dilkhoosa – Dilkhoosa – Mera lal*«, sagte er und wand seinen Körper hin und her.

»Was hat er gesagt, Madam?« fragte Frau Coveyduck.

»Er nennt mich ›Perle des Harems‹.«

»Ach, wirklich? Ja, ja – ein kluger Vogel, daran ist nicht zu tippen.«

»Frau Coveyduck, ich möchte, daß Sie Patsy O'Flynn zu den Vaughans hinüberschicken – meine Komplimente an Miß Vaughan und ob sie Captain und Mrs. Whiteoak die Ehre geben würden, heute morgen mit ihnen auszureiten.«

»Jawohl, Madam, ich werde ihn gleich rüberschicken.«

Adeline trug zum Frühstück schon ihr Reitkleid und ihren Hut. Sie war allein, denn Philip war immer beizeiten auf dem Gutshof, und die andern schliefen noch. Sie hörte Gussie und Nicholas beim Spielen draußen unter der jungen Silberbirke fröhlich plappern. Gott sei Dank, daß sie dieses Baby

nicht mehr stillen mußte! Wieder einmal war Maggie, die kleine Ziege, die Nahrungsquelle eines Whiteoak-Kindes. Sie hörte die Nurse ins Souterrain gehen, um Ernests Flasche zu holen. Adeline aß mit herzhaftem Appetit.
Kaum erschien Patsy mit der Nachricht, daß Miß Vaughan entzückt wäre, mit Captain Whiteoak und Mrs. Whiteoak auszureiten, als auch schon Daisy selbst auftauchte.
Bei Gott, dachte Adeline, eine schamlose Person! Aber sie betrachtete sie bewundernd, wie sie auf Roberts eigenem Reitpferd draußen vor der Tür saß; es war eine junge Stute namens Pixie. Daisy war sorgsamst angezogen. Ihr Haar, im Nacken zusammengenommen, hing in drei langen Locken bis zum Sattel herab. Und, mein Gott, diese kleinen Löckchen über den Ohren! Adeline hätte sie ihr mit Vergnügen ausgerissen. Und die Stiefelchen mit den kleinen Quasten und diese Stulpenhandschuhe! Und das falsche Lächeln auf ihrem Gesicht! Wie gern, oh, wie gern hätte Adeline sie umgebracht.
Aber sie sagte ihr heiter guten Morgen und stieg mit Patsys Hilfe auf ihr eigenes Pferd, einen Hellbraunen, anmutig und vollkommen in jeder Bewegung, den ihr Philip zum Geburtstag geschenkt hatte.
»Wie reizend Sie aussehen, liebste Mrs. Whiteoak!« rief Daisy. »Nie habe ich Sie reizender gesehen! Und was für ein herrliches Pferd! Ich bewundere Ihre Reitkunst! Wirklich, Sie beschämen mich immer. Ach, und da sind die süßen Kleinen!« Sie warf ihnen Kußhändchen zu. »Guten Morgen, Nicholas! Guten Morgen, Gussie! Mein lieber Himmel – diese Augen! Und wo ist Captain Whiteoak?«
»Drüben beim Kirchenbau. Vielleicht schließt er sich uns dort an – aber ich hoffe, Sie werden nicht zu enttäuscht sein, wenn wir beide allein reiten müssen.«
»Nicht im mindesten – nichts könnte ich netter finden als ein kleines Tête-à-tête mit Ihnen.«
Irgendwo mußte ein Gewitter niedergegangen sein. Es hatte die Luft klar gemacht, und nun herrschte eine angenehme Frische. Die Holzfäller waren noch an der Arbeit, sie rodeten die Stubben, planierten den Boden, und die Zimmerleute legten die letzte Hand an Haus und Ställe. Immerhin war jetzt ein Ende abzusehen. Es war ganz erstaunlich, was alles Coveyduck schon mit dem Rasen und den einfassenden Blumenrabatten geschafft hatte. Jeden Tag sang er Loblieder auf die Kraft dieses jungfräulichen Bodens.
Seite an Seite trabten die beiden Reiterinnen, vorbei an der neuen schönen Jersey-Herde, an den Schweinen und dem Geflügel des Gutes. Sie folgten der Wagenspur zu dem Platz, wo die Kirche gebaut wurde. Philip hatte den Weg zum öffentlichen Verkehr freigegeben, und inzwischen war schon manches Fahrzeug entlanggefahren, aber er war noch immer rauh und uneben, und der Wald zu beiden Seiten war nahe und dicht. Jetzt sahen sie die Mauern der Kirche, die fest aus einem baumbekrönten Hügel aufstiegen.

Lautes Gehämmer erfüllte die Luft. Die Waldvögel mochten offenbar den Lärm der Hämmer gern und sangen zu dieser Begleitung aus voller Kehle. Der Fluß wand sich um den Kirchhof, auf dem noch kein Grab war. Sie sahen Mrs. Pink in Hemdsärmeln zwischen den Männern arbeiten. Aber von Philip war keine Spur. Daisy konnte ihre Enttäuschung nicht ganz verbergen, als sie ihn nirgends erspähte. Sie warf einen mißtrauischen Blick auf Adeline.

»Hat er tatsächlich gesagt, daß er mit uns reiten würde?« fragte sie.

»Nun, soweit ich mich erinnere – ja!« Adeline lachte ein wenig. »Aber wir haben's doch auch herrlich ohne ihn! Nicht wahr? Kommen Sie, jetzt machen wir einen Galopp!«

Die Pferde galoppierten munter, ihre Hufe stampften den Sandboden. Über ihnen wölbten sich die Bäume, deren untere Äste sie fast berührten. Der morgendliche Sonnenschein sickerte golden durch das Grün. Als sie endlich die Zügel anzogen, war das Hämmern der Äxte weit hinter ihnen. Daisys Wangen waren hochrot.

»Bitte, lassen Sie uns nicht wieder galoppieren«, sagte sie. »Der Boden ist zu rauh. Es macht mich nervös.«

»Gut, gut«, antwortete Adeline freundlich, »also galoppieren wir nicht. Fallen wir in einen gemütlichen Schritt. Kommen Sie, wir reiten hier entlang, wo der Weg abbiegt. Hier bin ich noch nie gewesen.«

Sie bogen in den kleinen Fußpfad ein, der so eng war, daß sie nicht nebeneinander reiten konnten. Adeline führte, kochend vor Zorn. Endlich kam eine grasbewachsene Lichtung. Sie zog die Zügel an, wendete scharf und hielt vor Daisy.

»Und jetzt«, sagte sie, »werden Sie sich verantworten für Ihren Versuch, gestern abend meinen Mann zu verführen!«

Einen Augenblick war Daisy völlig entgeistert. Sie begriff die Worte nicht gleich. Dann erfaßte sie sie und verstand den Blick in Adelines Augen. Sie machte scharf kehrt und setzte dazu an zurückzugaloppieren.

»Halt!« rief Adeline und ließ ihre Reitpeitsche mit voller Gewalt auf Daisys Rücken sausen.

Daisy wendete ihr Pferd und sah Adeline ins Gesicht.

»Verdammte Teufelin!« sagte sie.

»Wenn ich eine Teufelin bin«, sagte Adeline, »so sind Sie es, die mich dazu gemacht hat. Die Männer meiner Familie würden mit ihrer Reitpeitsche jeden Mann züchtigen, der ihren Frauen schöne Augen macht. Und was haben Sie getan? Sie haben sich gestern abend am See auf seine Knie geworfen. Für was halten Sie mich? Für blind? Oder temperamentlos? Oder dumm? Lassen Sie sich sagen, ich habe Sie beobachtet. Oh, ich habe ein Auge auf Sie gehabt! Und so – da haben Sie Ihren Lohn!« rief sie und ließ ihre Reitpeitsche sausen.

Wenn Adeline erwartet hatte, Daisy würde die Flucht ergreifen, so erkannte sie jetzt ihren Irrtum. Daisy war tatsächlich zu Tode erschrocken, aber sie war auch wütend. Ihr sehniger Körper war geschmeidig wie der einer Schlange, als sie sich im Sattel duckte, die schrägen Augen funkelten in dem kurzen Gesicht, und die Zähne blitzten unter den zurückgezogenen Lippen.
Sie hob drohend ihre Reitpeitsche, während sie Adelines Schläge abwehrte.
»Wagen Sie nicht, noch einmal zuzuschlagen!« schrie sie.
»Ich schlage Sie, solange Sie's verdienen!« rief Adeline, aber ihr Pferd war nervös. Es biß ins Geschirr und tänzelte auf und ab. Sie konnte nicht dicht an Daisy heran.
»Was wissen Sie denn von Liebe?« rief Daisy. »Sie sind ja nur in sich selbst verliebt. Sie sind viel zu stolz, um Philip so zu lieben, wie er's verdient. Ich bin nicht stolz. Ich habe ihn immer haben wollen! Und ich werde ihn bekommen! Er liebt mich. Was Sie letzten Abend sahen, das war nur die Hälfte. Wir sind Liebesleute, das sage ich Ihnen.«
»Lügen! Lauter Lügen! Nicht ein Wort ist wahr. Aber bei Gott, jetzt sollen Sie Ihre Lehre haben!«
Sie drängte ihr Pferd dicht an Daisy, und wieder und wieder sauste ihre Peitsche auf das Mädchen herab. Bei jedem Schlag schrie Daisy vor Wut auf, denn den Schmerz spürte sie vor Erregung kaum. Sie wollte Adeline schlagen, traf aber nur das Pferd, das sich wild erschrocken steil aufbäumte. Als müsse es ebenfalls kämpfen, stieg auch Daisys Pferd – und einen kurzen Augenblick starrten die beiden Frauen sich unbeweglich wie zwei bronzene Reiter ins Gesicht, während sich der leuchtend blaue Himmel über ihnen wölbte und der dichte grüne Wald sie umschloß. Es war ein Jammer, daß diese Szene keine Zuschauer hatte und daß keiner der vier Mitspielenden sich ihrer herrlichen Schönheit bewußt war.
Dann plötzlich ging Adelines Pferd herunter, wirbelte herum und galoppierte wild in der Richtung zurück, aus der sie gekommen waren; als sei alles genauso geplant, flog es den Waldweg entlang. Bald lag ein weiter Raum zwischen den beiden Frauen.
Adeline ließ den Hellbraunen galoppieren, sprach aber beruhigend auf ihn ein und beugte sich vor, um ihn liebevoll zu klopfen.
»Prinz, ich war's doch nicht, die dich geschlagen hat! Ich war's doch gar nicht, mein Alter! Es war diese gemeine Daisy. Wir beide haben im Herzen gewußt, wie gemein sie ist. Aber ich hab' sie geschlagen! Herrgott, wie ich sie durchgepeitscht hab'!«
Mit glühenden Wangen und leuchtenden Augen galoppierte sie heimwärts.
Jetzt war es heller Mittag und sehr warm. Sie ging in ihr Zimmer und zog sich um – sie wählte ein kühles fließendes Kleid. Dann beschäftigte sie sich im Speisezimmer und ordnete die fein geschliffenen Gläser in der Vitrine. Das Zimmer war schon tapeziert, auf dem Fußboden lagen Teppiche, vor

den Fenstern hingen lange goldgelbe Vorhänge mit dicken Seidenschnüren und Quasten. Ihre beiden Porträts hingen nebeneinander über dem Büfett. Wie hübsch das Zimmer geworden war! Hier konnte man Gäste empfangen! Sie summte vor sich hin. Sie wollte jetzt nicht mehr an Daisy denken.
Die Laceys kamen zu Tisch. Als sie gerade gehen wollten – die junge Birke warf schon einen langen Schatten auf den Rasen –, fuhr Robert Vaughan draußen vor. Er war blaß.
»Was ist geschehen?« fragte er, offenbar erstaunt, alle in so guter Stimmung vorzufinden.
»Geschehen?« fragte Philip. »Was soll geschehen sein? Was meinen Sie?«
»Ist Mrs. Whiteoak in Sicherheit?«
»Aber natürlich.«
»Nun, meine Kusine ist es nicht. Pixie ist ohne sie nach Hause gekommen!«
Philip sah Adeline erstaunt an.
»Du bist doch mit Daisy ausgeritten?«
»Ja... Wir hatten eine kleine Auseinandersetzung – einen Streit – und haben uns daraufhin getrennt; ich bin allein nach Hause gekommen.«
»Oh«, rief Mrs. Lacey. »Ich fürchte, das arme Mädchen hat einen Unfall gehabt! Ach du lieber Himmel – o Gott!«
»Wir müssen sofort eine Suchaktion starten«, sagte Captain Lacey.
Fast vorwurfsvoll wandte er sich an Adeline. »Wo haben Sie sich von Miß Vaughan getrennt, Mrs. Whiteoak?«
Adeline dachte angestrengt nach. »Ich weiß nicht. Es war ziemlich weit von hier. Auf dem Karrenweg, der zur Kirche führt. Dann ritten wir einen schmalen Pfad entlang zu einer Lichtung. Dort haben wir uns getrennt.«
»Du mußt uns hinführen«, sagte Philip.
Mary erkundigte sich ängstlich: »Meinen Sie, daß es hier Wölfe gibt?«
»Keinen einzigen«, erwiderte Captain Lacey mit etwas unsicherer Stimme.
»Ich hole Nero«, rief Sholto. »Wir werden einen Suchhund brauchen.«
»Ich fürchte, daß sie gestürzt ist und sich verletzt hat. Wie hat sich ihr Pferd denn betragen, Mrs. Whiteoak, als Sie sich trennten?«
»Es war ein wenig unruhig.«
Robert sagte heimlich zu Adeline: »Ich habe mich auch mit Daisy gezankt. Ich fand ihr Betragen gestern abend unmöglich. Aber jetzt habe ich Angst um sie.«
»Es ist ihr nichts geschehen.«
»Woher wollen Sie das wissen?«
»Eine innere Stimme sagt es mir.«
Während sie ihr Reitzeug anzogen, sagte Philip ärgerlich zu Adeline: »Das ist eine schöne Bescherung! Wenn dem Mädchen etwas zugestoßen ist, wird man dir die Schuld geben. Du hättest nicht sagen sollen, daß ihr euch gezankt habt.«

»Ich bin nun einmal eine aufrichtige Natur.«
»Allzu große Offenheit ist unnötig und unklug.«
»Ich habe niemandem gesagt, worüber wir stritten.«
Sie verstummten beide. Dann sagte Philip: »Ich will es auch gar nicht wissen.«
»So, du willst nicht? Weil du es ohnedies weißt.«
Er starrte sie mit großen Augen an. »Weil ich es weiß?«
»Natürlich weißt du es. Wir haben uns um dich gestritten.«
»Hm – dazu kann ich nur sagen, daß ihr beide verdammt törichte Frauenzimmer seid.«
»Das stimmt. Das ist nun einmal unsere Natur und unser Unglück. Sie hat noch Glück gehabt, daß ich ihr nur meine Reitpeitsche übergezogen habe.«
Philip versteinerte. »Guter Gott!« rief er.
Adeline lachte. »Oh, sie hat zurückgeschlagen! Sie war durchaus nicht zerknirscht. Sie tobte ganz schön, als ich wegritt. Wahrscheinlich will sie mich jetzt erschrecken und tut so, als hätte sie sich im Wald verirrt.«
»Ein gewagtes Spiel, Adeline, es könnte dich teuer zu stehen kommen. Du wirst es bereuen.«
»Bereuen!« zischte sie. »Ich soll bereuen, daß ich ein gemeines Frauenzimmer bestrafe, das mir meinen Mann wegnehmen will! Nein! Es wird mir nicht leid tun – auch wenn sie von tausend Wölfen oder Wildkatzen in Stücke gerissen wird! Außerdem habe ich sie nicht in die Irre geführt. Sie hat sich selbst verirrt. Und man wird sie finden, dessen bin ich sicher.«
Die anderen saßen schon auf ihren Pferden, als sie sich zu dem Suchtrupp gesellten. In der Dämmerung waren alle Arbeiter von Jalna, alle Knechte von den benachbarten Höfen und alle Männer und Burschen aus dem Dorf zusammengeströmt. Sie trugen Flinten und Laternen, ritten oder gingen zu Fuß und wollten sich alle an der Suche nach Daisy beteiligen.
Adeline führte sie zu der Stelle, wo die beiden Pferde einander auf den Hinterbeinen wie zwei symbolische Wappentiere gegenübergestanden hatten. Die vielen tiefen Hufspuren waren den Leuten ein Rätsel. Was hatte sich hier zwischen den beiden Damen abgespielt? Selbst Adeline betrachtete die Spuren überrascht. Die Auseinandersetzung schien ihr jetzt unwirklich wie ein Traum. Pixies Hufspuren waren leicht zu verfolgen. Sie führten etwa drei Meilen den Pfad entlang und beschrieben dann plötzlich einen Kreis. Der Boden war ein wenig zertrampelt – das Tier hatte hier offenbar eine Weile gegrast. Aber nirgends war ein Zeichen von Daisy. Begleitet von ihren Brüdern ritt Adeline nach Jalna zurück. Die Suche ging die ganze Nacht weiter. Man feuerte Schüsse ab; die Männer riefen; der Strahl der Laternen durchdrang das dunkelste Dickicht, das noch nie eines Menschen Fuß betreten hatte. Tausend Vögel wurden aus dem Schlaf aufgescheucht. Abertausend Tiere zitterten ängstlich in ihrem Bau. Doch Daisy war nirgends zu finden.

Am Morgen kehrten die Männer erschöpft zurück, und man schickte einen neuen Suchtrupp aus, angeführt von Colonel Vaughan. Obwohl Philip die ganze Nacht draußen gewesen war, rückte er wieder mit aus. Von weit her kamen die Männer. Die ganze Gegend war auf den Beinen. Daisys tragischer Unfall warf einen Schatten in jedes Heim.

Am Ende des vierten Tages kam Philip in die Bibliothek, wo Adeline an einer Altardecke für die neue Kirche stickte. Er sah ganz erschöpft aus, warf sich in einen Sessel ihr gegenüber und bemerkte: »Wie frisch und kühl du wirkst!«

»Bin ich auch«, erwiderte sie und stach mit der Nadel ins Herz einer Lilie. Aber ihre Hand zitterte.

»Wie gut«, sagte er schneidend, »daß du dich so vollkommen von dem distanzieren kannst, was um dich vorgeht.«

»Wenn du meinst, ich solle meine Kleider zerreißen vor Kummer um Daisy, so sehe ich nicht viel Sinn darin. Sie wird gefunden werden!«

»Wenn du so verdammt sicher bist, wünschte ich bloß, du gingest selbst mit hinaus und fändest sie! Herr des Himmels, ich bin ziemlich fertig!«

»Sie wird zurückkommen«, sagte Adeline verstockt.

»Woher willst du das wissen?«

»Ich fühle es!« Dieses Gefühl durfte sie keinen Augenblick aufgeben.

»Bisher hast du dich noch niemals so okkulter Kräfte gerühmt.«

»Es ist nicht okkult. Es ist ein ganz simples Gefühl.«

»Ach, ich wünschte nur, wir würden es *alle* fühlen. Wir werden allmählich mutlos. Die Farmer vernachlässigen ihre Ernte. David Vaughan hat hundert Pfund Belohnung ausgesetzt für den, der sie findet.«

»Das müßte eigentlich helfen.«

»Deine Einstellung«, sagte er aufstehend, »ist widerlich.«

»Daisy auch!« antwortete sie hitzig.

Am nächsten Tag kam Wilmott, um Adeline zu besuchen. Er sah blaß und nervös aus. Adeline fuhr den Kinderwagen mit ihren beiden Söhnen vor dem Haus auf und ab. Als er sie begrüßt und die Babys gebührend bewundert hatte, ging er neben ihr her und sagte: »Ich bin vor Sorge ganz außer mir!«

Erschrocken sah sie ihn an. »Haben Sie von Henrietta gehört?«

»Nein, nein, das nicht. Aber es ist schlimm genug.«

»Was denn, um Gottes willen, James?«

»Ach – es ist wegen Tite. Er ist verschwunden.«

»Seit wann?«

»Seit dem Morgen, an dem Miß Vaughan verlorenging. Er war ganz früh aufgebrochen, um zwei Tage zu seinen Leuten zu gehen. Er ist nicht zurückgekommen. Ich habe mich gestern so gesorgt, daß ich in die Gegend geritten bin, in der die Indianer wohnen. Ich fand auch seine Großmutter, und sie erzählte mir – ganz sicher schien sie nicht zu sein –, daß er in ein indianisches Reservat gegangen sei, wo zwei Vettern von ihm leben. Er hat keinerlei Nachricht hinterlassen. Und das sieht Tite gar nicht ähnlich. Jetzt ist er schon fünf Tage fort. Mein Gott, ich fürchte, ihm ist etwas Schreckliches zugestoßen.«

»Aber die Indianer haben sehr unklare Zeitbegriffe, nicht wahr?«

»Tite nicht. Er hat einen klaren, kühlen Kopf. Was mich quält, ist der Gedanke – der Verdacht – nun, ich kann's Ihnen schließlich auch sagen –, daß Daisy Vaughan eine Schwäche für ihn hatte. Und sie ließ es ihn merken. Er wiederholte mir die Dinge, die sie zu ihm gesagt hatte. Natürlich ist er ein halbes Kind. Aber er ist ein Mischblut – und von *wildem* Blut. Was, wenn er sie an jenem Morgen im Wald gefunden hat?«

Wie tödliche Blitze schossen die Gedanken an Notzucht und Mord durch Adelines Hirn. Ihr Herz bebte, aber sie sagte trotzig wie zuvor: »Man wird Daisy lebendig finden. Das weiß ich *bestimmt!*«

Sie hatte recht. Zwei Tage später kam Philip zu ihr – er rannte beinahe in seiner Aufregung.

»Sie ist gefunden!« rief er, und seine blauen Augen blitzten vor Erleichterung. »Daisy Vaughan ist in Sicherheit bei ihrem Onkel.«

»Ich hab' dir's doch gesagt!« Adelines Stimme klang sehr jung und klar. »Ich hab' dir's doch gesagt! Wer hat sie gefunden?« – »Dieser Halbblutjunge von Wilmott. Der junge Tite. Er hatte seine Leute besucht und war auf dem Heimweg. Er fand sie in einer Hütte, die ein paar auf der Jagd durchziehende Indianer aus Zweigen gebaut hatten. Sie hat die ganze Zeit von Beeren gelebt.«

»Hast du sie gesehen?«

»Nein. Robert Vaughan kam im gestreckten Galopp herüber, um's uns zu sagen. Allgemeine große Freude! Komm, er wird uns alles genau berichten.«

»Wie geht es ihr?«

»Sie ist völlig unverletzt, aber schrecklich schmutzig, das arme Ding! Adeline, wenn ich an deine Rolle dabei denke, bin ich dankbar, daß man sie gefunden hat, das schwöre ich dir.«

»Ehrlich – ich auch!« rief sie. In Tränen ausbrechend, warf sie sich in seine Arme. »Oh, Philip, laß es dir zur Lehre gereichen!«

21

Die Belohnung

Adeline und Philip fanden Robert Vaughan auf ihrer Veranda sitzend. Er sah nicht so heiter aus, wie sie erwartet hatten. Aber er lächelte, als er aufstand und ihnen die Hand gab.

»Ich konnte nicht hereinkommen«, sagte er, »meine Schuhe waren zu schmutzig. Nun, was sagen Sie zu der Neuigkeit? Wir sind natürlich sehr dankbar – besonders meine Mutter. Sie hat sich halbtot gesorgt.«

»Ich weiß«, sagte Adeline. »Und ich nicht weniger. Obwohl ich vom ersten Tag an gewußt habe, daß man Daisy finden würde.«

»Ein Wunder, daß sie's überlebt hat«, sagte Philip. »Und nun setzen Sie sich, und berichten Sie uns alles. Sie ist sicher recht schwach?«

»Nein, besonders schwach ist sie nicht«, antwortete Robert ein wenig reserviert. »Aber sie sieht recht dünn aus. Und ihr Reitkleid haben die Brombeerranken praktisch in Fetzen gerissen.« Sie setzten sich auf die Eichenbank, und Adeline blickte forschend in Roberts Gesicht. Sie wünschte, sie hätte ihn allein sprechen können. Sie sagte: »Nun fangen Sie ganz beim Anfang an und erzählen Sie uns alles – wann bekamen Sie die erste Nachricht von ihr?«

»Mein Vater duselte ein bißchen in seinem Armstuhl auf der Veranda – er war ganz erledigt, denn er war die beiden letzten Tage von zu Hause weg und hatte fast gar nicht geschlafen. Schließlich ist er ja kein Jüngling mehr, nicht wahr? Nun ja, und dann hörte er einen Schritt und fuhr hoch, denn er hatte immer gehofft, Daisy würde gerade so, als sei nichts geschehen, hereinkommen – aber es war Mr. Wilmotts Halbblutfamulus, Tite, und er ging direkt auf Vater zu und sagte: ›Boß, ich hab' das verlorene Mädchen gefunden.‹«

»Welch ein Augenblick!« rief Adeline aus. »Ach, ich wünschte, ich wäre dabeigewesen!«

»Mein Vater wollte es Tite zuerst gar nicht glauben, aber er überzeugte sich bald. Tite hatte im Reservat einen Besuch gemacht, und auf dem Heimweg hörte er eine Stimme – sie kam aus einer Art Wigwam aus Ästen und Zweigen, den sich einmal vor langer Zeit die Indianer gebaut hatten. Er ging hinein, und da lag Daisy weinend auf dem Boden. Sie hatte schon jede Hoffnung aufgegeben.«

»Das arme Mädchen!« sagte Philip, aber nicht allzu gefühlvoll, denn er spürte Adelines festen Blick auf sich. »Das arme Ding!«

»Ja, das arme Ding«, stimmte Adeline zu. »Wirklich!« Robert fuhr mit derselben etwas vorsichtigen Stimme fort: »Nun, nach Tites Erzählung ging er, da er sein Gewehr mit hatte, zuerst gleich etwas Eßbares für sie schießen. Er erwischte ein Birkhuhn, machte Feuer und briet es für sie. Daisy war ganz ausgehungert. Als sie gegessen und etwas geschlafen hatte, führte er sie – er mußte sie wohl halb tragen – auf eine Lichtung, die er kannte, und ließ sie dort, während er herkam, um Hilfe zu holen.«

»Und sie hatte weder unser Rufen noch unsere Schüsse gehört?« rief Philip aus.

»Sie sagt, sie hätte gar nichts gehört.«

»Sie muß ziemlich weit in die Irre gegangen sein.«

»Ja, sie war weit gegangen.«

»Und dieser Tite muß den Wald gut kennen.«
»Wie seinen Handteller! Nun, um die Sache kurz zu machen – ich ging mit Tite zurück, während mein Vater herumlief und alle Leute benachrichtigte, daß Daisy gefunden war. Als wir zur Lichtung kamen, saß Daisy wie ein Lumpenbündel da und wartete auf uns, das Haar hing ihr über den Rücken herunter, und ihr Gesicht war schmutzig. Wir setzten sie hinter mich aufs Pferd und brachten sie heim. Meine Mutter fiel fast in Ohnmacht bei Daisys Anblick. Sie hat schon die große Zinkbadewanne mit heißem Wasser füllen lassen und frische Kleider für sie herausgelegt. Ich bin direkt zu Ihnen gekommen.«
Adeline legte die Hand freundlich auf Roberts Arm. »Sie müssen müde und hungrig sein«, sagte sie. »Philip, Liebling, würdest du wohl Frau Coveyduck sagen, sie möchte uns ein paar von den schönen Butterbrötchen bringen, die sie gerade gebacken hat, und eine Kanne Schokolade. Mir zittern alle Glieder so von der Aufregung – ich trau mich nicht, selbst zu gehen, sonst würde ich dich nicht bitten, meine Pflichten zu erledigen – du weißt doch, daß ich nicht zu dieser Sorte von Ehefrauen gehöre!«
»Hören Sie sich das an!« sagte Philip und zwinkerte Robert zu. Dann ging er auf die Suche nach Frau Coveyduck.
»Und jetzt«, sagte Adeline dicht an Roberts Ohr, »erzählen Sie mir, was Sie tatsächlich von alledem denken.«
Er wendete das Gesicht ab.
»Denn die Geschichte glauben Sie doch nicht, Robert – oder?«
»Kein einziges Wort!« bestätigte er mit düsterer Miene.
»Aber daß Tite sie gefunden hat – das glauben Sie?«
»Ja, das glaube ich.«
»Aber nicht erst heute?«
»Ich kann Ihnen bloß sagen«, rief er heftig, »es war mir widerlich, sie hinter mir im Sattel zu haben. Es war mir widerlich, daß sie die Arme um mich legen mußte.«
»Denn es ist doch ausgeschlossen, daß sie weder Rufe noch Schüsse gehört hat – was meinen Sie?«
»Fragen Sie mich nicht!«
»Und warum glauben Sie Tites Geschichte nicht, Robert?«
»Weil sie falsch ist. Und auch alles, was sie mir vorgekohlt hat, als ich hinkam, war falsch. Jeder Baum im Wald schrie mir's zu, daß das alles falsch war, falsch wie die Hölle!« Er zerrte an seinen Fingern. »Und als ich sah, wie meine Mutter sie umarmte, wie sie ihretwegen weinte – und mein Vater ist ganz fertig und durch diese Woche voll Kummer sichtlich gealtert –, oh, da hätte ich sie umbringen können!«
»Sie kann ihre Natur nicht ändern«, sagte Adeline und nahm Roberts Hand.
»Ich bin jetzt nicht mehr wütend auf sie. Wenn's nicht der eine Mann ist,

so ist's eben der andere – so ist sie. Wie hat sie denn Ihre Mutter begrüßt?«
»Oh – ich weiß nicht. Ich bin weggegangen.«
Philip kam durch die Halle zurück. Er sagte: »Frau Coveyduck ist entzückt. Die Schokolade brodelt schon. Die Butterbrötchen schmecken köstlich. Was ist mit der Belohnung von hundert Pfund, die Ihr Vater für Daisys Entdeckung ausgesetzt hat?«
»Oh, das wußte Tite natürlich, er hat sie sofort reklamiert.«
»Was für ein Riesendusel für Tite!« rief Philip lachend. »Er wird wahrscheinlich von Wilmott weggehen und sich selbst als Häuptling einsetzen.«
Gerade als sie von ihm sprachen, sahen sie Wilmott hastig die Auffahrt entlangkommen. Sein Gesicht strahlte. »Habt ihr's schon gehört?« rief er. Dann, als er Robert erblickte, fügte er hinzu: »Aber natürlich! Was für eine Erleichterung! Ich war selbst beim Suchtrupp, als Colonel Vaughan kam. Wir hatten die Hoffnung, Miß Vaughan lebendig zu finden, schon aufgegeben.«
Er setzte sich zu den andern und fächelte sich mit seinem Hut, dann wandte er sich an Robert: »Sicher herrscht große Freude in Vaughansland!«
»Ja«, sagte Robert; aber sein Lächeln war eher schmerzlich als froh. »Leider fühlt sich meine Mutter ganz krank.«
»Oh, das tut mir leid«, sagte Wilmott mit teilnehmender Miene.
»Ich kann mir's vorstellen!« rief Adeline, »wir waren ja alle wie unter einer Wolke. Aber nun ist sie verschwunden.« Ihre Augen lächelten Robert zu. »Jetzt dürfen wir an keine betrüblichen Dinge mehr denken. Wir haben alle Ursache, dankbar zu sein.«
»Hört euch das an – spricht sie nicht wie ein Prediger? So teuflisch sie ist, sie hat ihre frommen Augenblicke! Ich habe immer Angst, was sie bei solchen Gelegenheiten sagen wird«, rief Philip.
»Sie wissen doch alle«, sagte Adeline, noch lächelnd, »daß Daisy und ich uns gestritten haben. Soll ich euch sagen, was ich mit ihr gemacht habe?«
»Nein!« sagte Philip schnell, »das will niemand wissen! Hier kommt die Schokolade. Während wir trinken, muß uns Robert mehr von heute morgen erzählen.« Er brachte einen kleinen Tisch heran, auf den eine strahlende Frau Coveyduck die Schokolade stellte.
Eine Stunde später kehrte Robert nach Vaughansland zurück. Philip ging erleichtert zu seinen Arbeitern. Adeline und Wilmott blieben allein. Er sagte mit einem sehnsüchtig-resignierten Ausdruck in dem schmalen Gesicht: »Da diese Aufregung nun vorüber ist, werden Sie vielleicht ein wenig Interesse für mein Manuskript aufbringen, Adeline!« Sie zog die Brauen hoch. »Ist es möglich, James, daß Sie vergangene Woche tatsächlich noch imstande waren zu schreiben?« – »Ich hatte um die Zeit unseres Strandfestes schon eine ganze Menge fertig; ich hatte die Absicht gehabt, Ihnen am nächsten Tag alles vorzulesen, und dann passierte diese – diese phantastische Angelegenheit. Vielleicht haben Sie kein Interesse mehr dafür.«

»Und *ob* ich Interesse dafür habe! Bitte, bringen Sie mir das Manuskript morgen vormittag. Ich verspreche Ihnen, daß wir ungestört bleiben. Ich brenne darauf, daß Sie mir's vorlesen!«
»Wenn es Sie langweilt, sagen Sie einfach ›halt‹!«
»Nichts, was Sie schreiben, könnte mich langweilen ... James, was meinen Sie: wird Tite die Belohnung bekommen?«
Er wurde ein wenig rot. »Ich glaube ja.«
»Meinen Sie, er hat sie verdient?«
»Nun, sicher ist, daß er Miß Vaughan gefunden hat.«
»Bemerkten Sie etwas Sonderbares an diesem – Finden?«
»Ja.«
»Was hat Tite gesagt, als er zurückkam?«
»Nur daß er sie gefunden habe und die Belohnung bekommen müsse.«
»Jedenfalls eine höchst merkwürdige Sache!« sagte Adeline.
»Höchst merkwürdig.«
»Ich hatte fürchterliche Angst, James.«
»Ich weiß.«
Nach kurzem Schweigen sprach Adeline.
»James, es ist schön, so rings von Wald umschlossen zu leben wie Sie – ein interessantes Buch zu schreiben und gelegentlich in Ihrem Fluß zu fischen. Oder wie Philip, der seine Kirche baut und seine Äcker bestellt. Und ich selbst« – sie legte die Hand aufs Herz, »ich sitze hier als Mittelpunkt – glücklich wie eine Königin, mit meinem eigenen Dach über dem Kopf und meinen drei Kindern – es ist herrlich!«
Wilmotts Lächeln war eine sonderbare Mischung von Zärtlichkeit und Grimm. »Sie verdienen es!« sagte er.
Am nächsten Tag brachte er das Manuskript und las es ihr im kühlen Schatten des Salons vor. Während er las, ruhte ihr Blick fest auf seinem Gesicht, in dem sich so viele Empfindungen spiegelten, am stärksten eine ruhige Nachdenklichkeit und eine unverletzliche Würde. Im Ruhezustand sah Wilmott erstaunlich sicher und sogar kalt aus. Als Adeline zuhörte, wie sich die Handlung entwickelte, erkannte sie sehr bald sich selbst als die Heldin und trotz aller Verschleierungsversuche Wilmott als den Helden. Aber das erhöhte sogar ihren Genuß daran. Den Ellbogen auf eine Armlehne gestützt, das Kinn im Handteller ruhend, trank sie jedes Wort und nannte den Versuch ein Meisterstück. Sie konnte das Ende kaum erwarten. Sie bat ihn, nur keine Zeit zu verlieren – er müsse sich mit aller Kraft darauf konzentrieren, diesen Roman zu beenden! Er würde ein ganz großer Erfolg werden und vielleicht *Udolphos Geheimnisse* in den Schatten stellen.
Als Wilmott heimkam, fand er Tite bei der Zubereitung eines schönen Lachses zum Abendessen. Die blanken Schuppen flogen unter der scharfen Schneide seines Messers wie die Funken vom Amboß. Tites schlanker brauner Torso

war nackt, aber er trug einen alten Strohhut. Lächelnd sah er auf, und alle seine weißen Zähne zeigend, hielt er Wilmott den Fisch entgegen.
»Boß«, sagte er, »das ist ein Prachtfisch.«
»Ja, Tite – ein besonders guter, zumal die Fischerei in der letzten Woche ziemlich armselig war. Und was für ein gutes Messer du da hast.«
Tite drehte das Messer in der Hand um und betrachtete es nachdenklich. »Boß, es ist ein Geschenk von meinem einen Cousin drüben im Reservat.«
»Deine Verwandten sind sehr nett zu dir.«
»Das sind sie. Und mein Cousin stammt von einem großen Häuptling. Er ist Vollindianer – aber ich bin halb französisch.«
»Ich weiß. Tite, kommst du dir anders vor als die Vollblutindianer?«
»Boß, wenn Vollblut soviel heißt wie gut, so bin ich ebenso wie sie.« Er setzte sich zurück auf seine Hacken und schaute zu Wilmott hinauf. »Aber Miß Daisy sagt, ich hätte 'n indianischen Mund und französische Augen. Was meinen Sie?« In plötzlicher Gereiztheit rief Wilmott: »Wenn du dich unterstehst, vor mir noch einmal Miß Daisys Namen zu nennen, so fliegst du hier heraus, Hals über Kopf – verstanden?«
»Schon gut, Boß, Aber hier hab' ich was, was ich Ihnen zeigen möchte.« Er nahm den Strohhut ab und holte aus dem Innern ein Paket, wickelte es auf und zeigte es Wilmott. Es bestand aus lauter neuen, sauberen Banknoten.
»Die Belohnung!« rief Wilmott. »Ist es das ganze Geld?«
»Ja, Boß. Aber es wäre besser, wenn wir's mit ins Haus nehmen und zählen.« Er hob die Scheine an die Nase und schnupperte daran. »Ich mag den Geruch von Geld gern, Boß, aber es riecht besser, wenn's schon durch viele Hände gegangen ist.«
»Mr. Vaughan hätte einem Jungen wie dir nicht so viel Geld aushändigen sollen; er hätte es einem verläßlichen Menschen übergeben sollen, der es für dich aufhebt. Nun, jedenfalls werde ich das jetzt tun.«
»Mr. Vaughan sagte, er würde's für mich aufheben, aber ich sagte, ich will alles haben – gleich auf den Tisch. Ich glaube, er wollt's selbst gern schnell los sein.«
»Wasch dir die Hände – dann gehen wir hinein und zählen es nach.«
Gehorsam legte der Bursche den Lachs in einen Korb und wusch sich am Flußrand die Hände. Im Haus setzte sich Wilmott an den Tisch und zählte. »Einhundert Pfund«, erklärte er. »Eine Menge Geld für dich, Tite, und sehr leicht verdient!«
»So leicht war's auch nicht, Boß. Ich hab' den Busch lange abgesucht, bis ich sie gefunden hatte. Sie sehen, ich nenne den Namen nicht, Boß, weil Sie mir's verboten haben. Aber ich möcht' wissen, ob meine Großmutter sie nun auch noch 'ne Hure nennt, wenn sie hört, was für ein Glück sie mir gebracht hat.«
»Darüber wollen wir nicht reden.«
Wilmott sah nachdenklich auf Tite. Wie hatte sich der Junge in dem kurzen

Jahr ihres Zusammenlebens verändert. Er schrieb eine gute Handschrift. Er konnte jedes Buch lesen, das Wilmott ihm gab – und vertiefte sich völlig in seinen Stoff. Sein Wortschatz wuchs von Tag zu Tag. Er lernte Geschichte, Geographie, Mathematik und Latein. Er verdient eine gute Erziehung, dachte Wilmott. Er sagte: »Deine Zukunft ist jetzt gesichert, Tite. Diese Belohnung und dazu das, was ich für dich tun kann, reichen für das College aus. Du könntest einen guten Beruf erlernen, wenn du fleißig arbeitest. Was möchtest du wohl gern werden? Hast du darüber schon einmal nachgedacht?«
Tite zog sich einen Stuhl heran und betrachtete Wilmott prüfend über den Tisch hin. »Ich möchte genau das werden, was Sie sind, Boß!« sagte er dann. Wilmott lachte laut auf. »Nun, dann hast du nicht viel Ehrgeiz, Tite!« sagte er.
»Mir würde es genügen, Boß«, sagte der Junge. »Genau das – ich möchte hier allein mit Ihnen wohnen und im Fluß fischen und draußen etwas – nicht viel – anbauen und abends in den Büchern lesen – mehr möchte ich gar nicht.«
Wilmott war gerührt. »Mir würde es auch gefallen«, sagte er, »es ist besser als jede andere Art zu leben, die ich mir vorstellen kann. Du bist ein guter Junge, Tite, und ich habe dich gern.«
»Ich habe Sie auch gern, Boß. Ihre Augenwimpern sind so lang wie meine, und Ihr Hals ist wie 'ne Bronzesäule. Aber ich kann nicht behaupten, daß Ihr Mund ...«
»Was hab' ich dir gesagt, Tite?« fragte Wilmott scharf. »Wenn du denkst, du kannst mir schmeicheln, indem du mir das dumme Zeug anhängst, was dieses Mädchen zu dir gesagt hat, dann irrst du dich gewaltig.«
»Natürlich irr' ich mich, Boß. Ich bin ganz sicher, sie ist 'ne Hure.«
Wilmott überhörte die letzte Bemerkung. »Ich werde dieses Geld für dich auf der Bank einzahlen, da kannst du es bekommen, wenn du's brauchst. Einverstanden?«
»O ja, Boß. Wissen Sie, der Lohn, den Sie mir zahlen, ist nicht sehr hoch. Könnten wir nicht ein oder zwei Pfund behalten, um uns ein paar Leckereien zu kaufen? Kandierte Früchte oder Schokoladenplätzchen?«
»Ich werd' dir welche schenken, Tite.«
»Nein, ich möchte sie gern von meinem eignen Geld kaufen, Boß. Ich möchte auch gern meiner Großmutter etwas geben. Wenn ich mir's recht bedenke, gebe ich ja meinen ganzen Lohn meiner Familie.«
»Du Schwindler!« sagte Wilmott, schob ihm aber eine Einpfundnote hin. »Nimm sie«, sagte er ein wenig brummig, »und mach damit, was du willst.«
»*Mille remerciments!*« antwortete Tite lächelnd. »Sie sehen, ich kann auch etwas Französisch, Boß – bei Gelegenheit.«

Die Kirche

Eine Woche später verließ Daisy Vaughan das Haus ihres Onkels und kehrte nach Montreal zurück. Man hatte sich darauf geeinigt, daß die nervlichen und körperlichen Strapazen, die sie durchgemacht hatte, einen völligen Wechsel der Umgebung erforderten. Die Whiteoaks sahen sie vor ihrer Abreise nicht mehr, aber die anderen berichteten ihnen, sie habe nicht im geringsten niedergeschlagen oder leidend gewirkt. Kate Brent meinte sogar, sie habe sie nie besser aussehend oder gesprächiger gefunden. Ihre Schilderung der Tage, die sie im Wald verbracht hatte, sei bühnenreif gewesen. Sie hatte wilde Tiere getroffen, die man seit Generationen weit und breit nicht mehr kannte. Aber sie hatte nichts dagegen, nach Montreal zurückzukehren. Sie könne es nicht länger aushalten, hatte sie gesagt, so im Hinterwald zu leben!
Colonel Vaughan begleitete seine Nichte auf der Reise. Ihr Besuch war für ihn recht kostspielig gewesen. Er hatte sie nicht nur ein Jahr lang versorgt – wozu die Anschaffung einiger sehr teurer Kleider gehörte –, sondern hatte viel für die verschiedenen Suchtrupps bezahlen müssen, ganz zu schweigen von der großen Belohnung für Tite; und nun kamen noch die Kosten der Reise dazu.
Eine Zeit nach ihrer Rückkehr korrespondierte Daisy noch regelmäßig mit Lydia Busby. Sie schrieb von dem heiteren Stadtleben, von den Bällen und Soireen. In Lydia erwachte ein geradezu wildes Verlangen, es Daisy gleichzutun. Und schließlich kam auch noch die Nachricht von Daisys Verlobung mit einem südamerikanischen Künstler, der im Gebiet des St. Lawrencestroms gemalt hatte, und bald darauf sogar Hochzeitseinladungen! Daisy und ihr Mann wollten sogleich nach der Hochzeit nach Paris gehen, um einige Jahre dort zu verbringen.
In den Herzen der jungen Busbys verursachten diese Briefe große Unruhe, und ihr Vater hatte allerlei zu tun, um sie fest in der Hand zu behalten; in Jalna jedoch machten sie wenig Eindruck. Dort hatte man kaum Interesse für die Vorgänge der äußeren Welt, denn es galt nacheinander die Ernte einzubringen, die Winterställe für die wachsenden Herden fertigzustellen, das Haus für den bevorstehenden Besuch von Adelines Eltern vorzubereiten, die Kirche bis zur Weihe zu vollenden und schließlich alles für die Taufe von Ernest schön und feierlich zu machen. Darüber geriet Daisy Vaughan zu den erledigten Zwischenfällen der bewegten Vergangenheit.
Tatsächlich hätte Philip auf den Besuch seiner Schwiegereltern recht gut verzichten können. Er hatte genug mit den drei Courts zu tun, die bereits in Jalna waren. Jedoch man hatte abgemacht, daß die drei jungen Leute mit den älteren Familienmitgliedern nach Irland zurückkehren sollten. Andernfalls be-

fürchtete Philip, daß sie über den Winter bleiben könnten, denn sie sprachen bereits voll Interesse vom Schneeschuh- und Eislaufen.
Philips Gesicht strahlte in jener Zeit eine heitere Gelassenheit aus, die gewiß den Neid späterer Generationen geweckt hätte. Seine gesunde Müdigkeit am Abend hinderte ihn nicht, so erfüllt von seinen erledigten und künftigen Aufgaben zu sein, daß er am liebsten gar nicht zu Bett gegangen wäre. Wenn er seine schweren Erntewagen, von den prächtigen Farmpferden gezogen, mit ihrer Last von Gerste, Weizen und Hafer in die Scheune rollen sah, dann schwoll sein Herz vor Stolz. Noch hatte er nicht viel Land unter dem Pflug, aber alles, was er angebaut hatte, hatte herrlich Frucht getragen. Seine Rinder, Schweine und Schafe gediehen und mehrten sich und standen in guten Ställen, reichlich mit Futter für den kommenden Winter versehen. Vor allem aber Adeline! Sie war ein Bild blühender Gesundheit und dazu so glücklich in ihrer neuen Welt. Die Kinder nahmen jeden Tag an Kraft und Verstand zu. Gussie lernte schon lesen und schreiben, sie konnte nähen und sogar ein paar für ihr Alter passende Gedichte ohne steckenzubleiben aufsagen. Nicholas, noch nicht zwei Jahre, sah aus wie drei, mit geradem Rücken und breiter Brust, und war geweckt und munter. Seine Lockenmähne reichte ihm bis zur Schulter, und das Auskämmen ließ ihn täglich das Haus mit Wut- und Schmerzgeschrei erfüllen. Ernest dagegen war ein Engel mit seinem flaumweichen hellen Haar, seinen vergißmeinnichtblauen Augen und seinem Lächeln, das um so rührender war, weil er noch keine Zähne hatte.
Nero liebte alle drei Kinder mit dunkler, eigensinniger, herrischer Liebe. Sie durften sich alle drei zugleich auf seinem Rücken herumkugeln, wenn aber Nicholas zu dicht an den Rand der Schlucht ging, zog er ihn an seinem Kleidchen zurück, denn irgendwo in seinem Hundehirn war noch immer das Bild des Kinderwagens, der mit Nicholas zum Bach hinunterschoß.
An einem Septembermorgen, als die Goldrauten und Herbstmargeriten rings um die neue Kirche in voller Blüte waren, standen Philip und Adeline im Eingang und bewunderten die Wirkung des langen roten Teppichstreifens, der von dort, wo sie standen, bis zu den Kanzelstufen am Altar lief. Sie kamen jeden Tag in die Kirche, sie hatten jeden Schritt ihrer Vollendung verfolgt. Ihr Gefühl für diese Kirche als ihre eigene Errungenschaft war ganz anders als ihr Gefühl für Jalna. Jalna war schön und sogar ein wenig elegant. Aber dieses Gebäude war ganz schlicht, mit glänzenden, gebeizten Kirchenstühlen, grauen Stuckwänden und ohne bunte Fenster, die das Licht gebrochen hätten. Dennoch sollte es ihre seelische Heimat werden. Hier war das Band zwischen ihnen und den unbekannten Kräften der Schöpfung. Hier sollten ihre Kinder getauft und einst getraut werden. Hier würde, wenn ihre Stunde kam, ihr eigener Begräbnisgottesdienst stattfinden. Das aber war noch so fern, so nebelhaft in der geheimnisvollen Zukunft, daß der Gedanke daran sie nicht schmerzte.

Der rote Teppich hatte dem Raum die letzte Note des Kirchlichen gegeben. Er war von bester Qualität und hatte viel gekostet. Jedoch beide fühlten, daß er sein Geld wert war. Tatsächlich machte er die Kirche zu einem heiligen Raum. Ein leuchtender Pfad vom Eingang bis zum Altar. Wenn der Fuß ihn berührte, stiegen Ruhe und Frieden förmlich durch die Sohle hinauf bis ins Herz. Das Geld dafür hatte Philips Schwester Augusta geschickt. Noch an diesem Abend wollte sich Adeline hinsetzen und ihr schreiben, wie imposant er sich machte. Auch der Dekan hatte tief in die Tasche gegriffen und die Orgel bezahlt. Es war keine Pfeifenorgel – das hätte auch niemand erwartet, aber sie war solide gebaut und hatte wirklich einen sehr süßen Ton. Sie stand an einer Seite des Altars, über ihr ragte die Kanzel. Wilmott hatte sich bereit erklärt, Organist zu sein, und wurde noch am selben Morgen erwartet, um das Instrument auszuprobieren. Die Kanzel war von Adeline gestiftet worden – sie hatte von Anfang an für eine stattliche Kanzel plädiert. »Ich mag's nicht, wenn der Prediger wie ein Kastenmännchen in einer zu kleinen Kanzel hochspringt«, hatte sie erklärt. »Seine Worte werden besser ankommen, wenn er ein paar Stufen hinaufsteigt, um sie auszusprechen, und wenn er dann von schönen Schnitzereien umgeben ist. Der Mann, der unsern Treppenpfosten geschnitzt hat, kann die Arbeit übernehmen, und ich werde ihn bezahlen.«
Natürlich fand dieser und jener die Kanzel ein wenig zu prunkvoll für die Kirche – aber im allgemeinen wurde sie sehr bewundert.
Adeline nahm Philip bei der Hand. »Laß uns hingehen und uns in unsern eigenen Kirchenstuhl setzen – ich muß ausprobieren, was für ein Gefühl das ist!«
Sie führte ihn zu dem Kirchenstuhl, den sie ausgesucht hatten, direkt vor der Kanzel, und setzten sich dekorativ, aber lächelnd nieder. Vor ihnen stieg imposant die Kanzel auf, als ströme sie bereits über von sabbatlicher Weisheit.
»Gesteh's nur ein«, sagte Adeline, »ich hätte mir keine schönere Kanzel ausdenken können.«
»Mein einziger Einwand ist die Befürchtung: Pink wird sich darin so großartig fühlen, daß er zu lange predigen wird! Er hat eine gewisse Neigung dazu – schon jetzt!«
»Dann fang ich an zu schlafen und zu schnarchen!«
Sie hörten hinter sich Schritte, wandten sich um und sahen Wilmott das Kirchenschiff entlangkommen. Er trug ein großes Notenheft.
»Da bin ich«, sagte er. »Haben Sie lange gewartet?«
Sie hatten ganz vergessen, daß er kommen würde, gaben aber zu, daß sie allerdings bereits eine Zeitlang warteten. »Ich war drüben im Pfarrhaus«, sagte Wilmott, »und Mrs. Pink hat mir ein Gesangbuch gegeben. Es hat mir schon leid getan, daß ich mich bereit erklärt habe, die Orgel zu spielen. Ich fühle mich dem nicht gewachsen – ob ich Kirchenmusik überhaupt richtig

spielen kann? Aber anscheinend war ich der einzige, der's wenigstens versuchen wollte.«

»Kate Brent könnt's auch«, sagte Adeline, »aber sie ist ja katholisch geworden. Und überhaupt – ich sehe lieber einen Mann an der Orgel.«

»Spielen Sie den Hochzeitsmarsch«, sagte Philip. »Wir hören gern etwas Lebhaftes.«

»Dazu hab' ich keine Noten.« Wilmott setzte sich an die Orgel, öffnete sie und stellte die Noten auf. Er bemerkte: »Wie schön die rote Seide hinter dem Stabwerk aussieht. Die Orgel ist wirklich hübsch.«

»Ja«, sagte Philip. »Mein Schwager hat sie gestiftet, und meine Schwester hat den Teppich geschenkt.«

»Ich weiß«, sagte Wilmott. »Sie sind eine großzügige Familie. Selbst wenn ich das Geld hätte – ich fürchte, die Gemeinde müßte sich ziemlich lange ohne Kirche behelfen, ehe ich eine bauen würde.«

»Nicht weil Sie geizig sind, James«, sagte Adeline, »sondern weil Sie Vorurteile haben!«

»Ja. Ich weiß nicht, ob die Religion den Leuten guttut.«

»Was könnte ihren Platz einnehmen?« sagte Philip. »Ich wette, Sie hätten nichts anderes zu bieten.«

»Sie könnten zu den Sternen aufblicken.«

»Die Sterne sind nicht tröstlich in einer Gewitternacht. Die Religion ist es.«

»Lassen Sie unsern Mr. Pink lieber nichts von solchen Ansichten hören«, warf Adeline ein, »sonst verbietet er Ihnen überhaupt, die Orgel zu spielen.«

»Oh, er hat diese Ansichten schon oft gehört.«

»Und nicht übelgenommen?«

»Keine Spur. Er ist ein schlichter, waschechter Christ und überzeugt, daß letzten Endes jeder Mensch zu demselben Glauben kommen wird wie er.«

»Und das werden Sie, James«, sagte Philip. »Verlassen Sie sich darauf.«

»Vielleicht.« Wilmott drückte die Pedale herab und berührte die Tasten. Er begann mit einer neuen Hymne, die erst kürzlich aus dem Lateinischen übersetzt worden war. Aber Philip und Adeline kannten die erste Strophe und sangen sie mit.

»Oh komm, oh komm, Immanuel,
Befrei das arme Israel,
Das traurig liegt in Feindes Ketten –
Bis Gottes Sohn es wird erretten.
Oh freue dich! Immanuel
Kommt dich zu retten, Israel!«

Weder Philip noch Adeline merkten, wie seltsam es war, daß diese Worte aus dem Herzen der kanadischen Wälder aufstiegen. Sie sangen sie mit Begeisterung, und zuletzt rief Philip aus: »Die Orgel ist einfach großartig!«

»Unbegreiflich, wie Sie das hören können«, sagte Wilmott trocken, »wenn Sie mit dieser Lautstärke aus vollem Halse singen!«
»O James, Sie sind ein alter Nörgler!« rief Adeline und trat an seine Seite.
»Wie ich sehe, ist hier bereits ein Gottesdienst in vollem Gang«, sagte jemand an der Tür.
Es war Dr. Ramsay. Er trat ein und sagte, nachdem er die neuen Errungenschaften begutachtet hatte: »Sie dürfen mir gratulieren – Lydia Busby und ich werden bald heiraten.« Adeline klatschte in die Hände. »Herrlich! Ich hab's doch kommen sehen! Oh, wie froh bin ich!«
»Ein ganz reizendes Mädchen«, sagte Philip. »Ich kann Ihnen aufrichtig gratulieren!«
Wilmott trat hinzu und sprach seine etwas reservierteren Glückwünsche aus.
»Es wird die erste Feier in der Kirche sein«, sagte der Doktor, »denn wir wollen unverzüglich heiraten.«
»Nein«, erwiderte Philip, »zuerst kommt die Taufe meines Sohnes.«
»Und wir können ihn nicht taufen lassen«, fügte Adeline hinzu, »bis meine Eltern aus Irland angekommen sind.«
Dr. Ramsay betrachtete die Whiteoaks mit finsterem Blick. »Wollen Sie etwa sagen, daß meine Heirat verschoben werden muß, damit die Taufe Ihres Kindes zuerst kommt?«
»Es tut mir leid«, sagte Philip, »aber das ist leider nicht zu ändern.«
»Dann betrachten Sie diese Kirche also als Ihr Eigentum?« rief Dr. Ramsay mit rotem Kopf.
»Hm – nicht absolut«, sagte Philip.
»Ich nehme an«, sagte der Doktor, »daß Lydia und ich auch anderswo heiraten können. In Stead ist auch eine Kirche.«
»Kein Grund, beleidigt zu sein«, sagte Philip.
»Ich bin nicht beleidigt«, erwiderte Dr. Ramsay. »Ich bin nur erstaunt, daß man von mir verlangt, meine Trauung aufzuschieben wegen einer Babytaufe!«
Adeline kreuzte die Arme über der Brust und sah den Doktor an.
»Ich sollte meinen, nachdem Sie selbst das Kind mit zur Welt gebracht haben, dürften Sie ein bißchen Rücksicht darauf nehmen.«
Es war ein Argument, auf das der Doktor nichts zu erwidern hatte.
Adeline fuhr fort: »Und wenn ich Lydia Busby richtig kenne, wird sie lieber etwas Zeit für ihre Hochzeitsvorbereitungen haben und sich nicht Hals über Kopf zum Altar drängen lassen, als ob sie solche Eile nötig hätte!«
Wieder fand der Doktor keine Antwort.
Als sie so voreinander standen und sich musterten, da ahnten sie freilich nicht, daß ihr ungeborener Sohn eines Tages seine ungeborene Tochter heiraten würde und daß diese beiden wiederum die Eltern des künftigen Herrn auf Jalna werden sollten.

Die peinliche Situation wurde beendet durch den Eintritt von Conway, Sholto und Mary, die aus der Sakristei kamen. Sholto stieg sofort auf die Kanzel und intonierte mit scheinheiliger Miene: »Im Anfang schuf Gott die Courts...«
»Wirst du wohl runterkommen, du Taugenichts!« rief Philip.
Aber Sholto fuhr fort: »Und Gott sah, daß die Courts gut waren. Später schuf Gott die Whiteoaks. Und der Sohn der Whiteoaks sah die Tochter der Courts und bemerkte, daß sie, obzwar arm, so doch lieblich und stark war, und nahm sie zur Ehe.«
Jetzt kam auch Mr. Pink aus der Sakristei. Er trat hinter Sholto, hob ihn kurzerhand hoch und beförderte ihn von der Kanzel auf den Fußboden.
»Ihr Glück, mein Junge, daß die Kirche noch nicht geweiht ist – aber auch so wie sie ist, muß ich Sie ernstlich rügen, weil Sie die Heilige Schrift mißbrauchen.«
»Ich hatte ihm gerade befohlen, aufzuhören«, sagte Philip.
Adeline rief, um die Missetat ihres Bruders vergessen zu machen: »Oh, Mr. Pink, wären Sie nur früher gekommen, da hätten Sie gehört, wie Philip und ich eine Hymne sangen!«
Wilmott trat neben sie und fügte hinzu: »Die Orgel hat einen ausgezeichneten Ton, Sir. Würden Sie gern zuhören, wenn ich darauf spiele?«
In der Sakristei begann ein Zimmermann laut zu sägen, ein anderer hämmerte in der Vorhalle. Der Friede war wiederhergestellt.

23

MANCHERLEI

Adelines Eltern kamen drei Wochen später an, gerade rechtzeitig, um an der Einweihung der neuen Kirche teilzunehmen. Nach der Feier verbrachte der Bischof den Abend in Jalna. Es hatte ein großes Galaessen gegeben, die ganze Nachbarschaft war heiter und angeregt. Man war sich darüber einig, daß die Kirche schön, daß der Bischof recht leutselig war und daß Mr. Court und Lady Honoria zu den gebildetsten, liebenswürdigsten und gutmütigsten Menschen gehörten, die man kannte.
In dieses Loblied war auch Esmond Court, Adelines Bruder, eingeschlossen, der ohne vorherige Mitteilung seine Eltern begleitet hatte. Anscheinend hatten sie keine Zeit mehr gehabt, Adeline etwas davon zu schreiben, da sich Lady Honoria erst im letzten Augenblick entschlossen hatte, ihn mitzunehmen. Nachdem Conway, der nicht annähernd so attraktiv war, ein recht wohlhabendes kanadisches Mädchen erwischt hatte, sah Lady Honoria keinen Grund, warum Esmond nicht vielleicht noch besser abschneiden sollte. Er war das gerade Gegenteil der beiden Brüder, die bereits in Jalna waren, dunkel

und hübsch und Adeline ausgesprochen ähnlich. Er machte sich bei Philip beliebt, wo er konnte, aber Philip wurde das Gefühl nicht los, daß sechs Angehörige seiner Frau gleichzeitig in seinem Haus doch ziemlich viel waren.
Ein paar Tage nach seiner Ankunft mußte sich Renny Court mit einem Rheumaanfall zu Bett legen. Er hätte der erste Mensch auf der Welt sein können, der an dieser Krankheit litt, so laut jammerte und so fest behauptete er, daß sie sein Tod sein würde. Er verlangte dauernd Packungen von außen und Medizin für den inneren Menschen, so daß das ganze Haus fieberhaft beschäftigt war, ihn zu pflegen und zu bedienen. Als er jedoch sein Übel abgeschüttelt hatte, war seine Genesung vollkommen. Er wurde zwar zunächst zu beiden Seiten von Lady Honoria und Adeline gestützt, und als sie mit ihm durch die Halle gingen, lehnte er sich schwer auf sie, ab und zu einen Schmerzensschrei ausstoßend, während die übrige Familie mit Kundgebungen ihres Mitgefühls folgte; als er sich aber zu Tisch gesetzt hatte und sein Teller mit einer gebratenen Wachtel auf Toast vor ihm stand, neben ihm ein Glas vom allerbesten Claret, war er völlig der alte. Alles entzückte ihn. Wenn er je etwas Herabsetzendes über Kanada gesagt hatte, so nahm er es jetzt zurück. Jalna war ein Wunder an Vollkommenheit. Und als er so weit genesen war, daß er mit Philip das Gut besichtigen konnte, fand er nicht genug Worte dafür, wie vortrefflich alles gehalten sei. Es gab nichts auf der Welt, was ihm so gut gefallen konnte wie ein Anwesen, das so ordentlich angelegt war, und Philip mußte zugeben, daß jeder Vorschlag, den sein Schwiegervater gelegentlich machte, ganz ausgezeichnet war.
Für Lady Honoria war der Besuch ein langes, ungetrübtes Glück. Es war schon eine Freude, ihre Tochter so wohlversorgt zu sehen – hatte sie doch immer gefürchtet, sie in einer Wildnis zu finden. Auch das Wiedervereinigtsein mit ihren jüngeren Söhnen war eine Befriedigung, obwohl sie ihr Sorgen machten. Aber das Schönste für sie waren ihre Enkelkinder. Gussie war so klug, schon so ausgesprochen weiblich, daß ihre Gesellschaft eine wahre Freude war. Natürlich hatte sie viel Temperament – aber welcher Court hatte das nicht? Es gab viel Zank und Haarezerren zwischen ihr und Nicholas – aber was für ein herziger Liebling war er! Und Ernest war das bezauberndste Baby. Er schien zu wissen, daß er den Mittelpunkt bei der nächsten Gesellschaft bilden würde.
Lady Honoria selbst war erstaunlich verjüngt durch die Errungenschaft des neuen Zahns, eines Wunders der Dentistenkunst. Man hätte sie eher für Adelines Schwester als für ihre Mutter halten können.
In dem heiteren Oktoberwetter, während das ganze Land in Gold und Scharlach blühte und glühte, prüfte sie die Blumenrabatten und den Küchengarten, der gerade angelegt wurde. Die kleine Ziege, der sie einst das Glöckchen um den Hals gebunden hatte, folgte ihr auf Schritt und Tritt. Lady Honoria sammelte die buntesten Herbstblätter, um sie mit heim nach Irland zu nehmen,

denn sie wollte selbst einen großen Wandbehang mit solchen Blättern für Adeline entwerfen und sticken. Nie wurde sie es müde, sich neue Verschönerungen für die Kirche auszudenken. Ehe sie abreiste, hatte sie eine österliche Altardecke mit Lilien darauf und eine wunderschöne Stola für Mr. Pink gestickt. Dann bestellte sie aus ihrer eigenen schmalen Börse ein rotes Polster und vier rote Betkissen für den Chorstuhl der Whiteoaks. Manchmal ging sie mit der kleinen Augusta in die Kirche und wanderte voll Freude darin umher. Gussie war so brav – man konnte sie überallhin mitnehmen. Später, als die Kleine aufwuchs und sogar als sie selbst eine alte Frau geworden war, erinnerte sie sich der Kameradschaft die zwischen ihr und ihrer Großmutter bestanden hatte, und konnte sich Lady Honorias liebes Lächeln deutlich vor Augen rufen.
Jalna schäumte über vor Lebensfreude, und Esmond Court hatte ein gut Teil dazu beigetragen. Er hatte ein Talent, die Lebensgeister der andern herauszulocken. Er war von früh bis spät voll Freude über sich und die ganze Welt, sofern ihm nichts in die Quere kam; dann allerdings wurde er rasch und maßlos heftig. Aber es ging ebenso schnell vorbei. Das konnte Philip einmal erleben, als Esmond und Mr. Court in der Bibliothek eine Vorstellung im Fechten gaben. Sie waren beide erstklassige Fechter. Plötzlich ging etwas verkehrt. Es war nur eine Frage der Fechtregeln. Ein Streit brach aus. Die Gesichter der Fechter wurden Masken verzerrter Wut. Jeder wollte seine Behauptung mit dem Florett demonstrieren. Die Klingen blitzten. Einen Augenblick schien es, als wollten sie einander die Eingeweide durchbohren. Lady Honoria und Adeline schrien auf. Mary war einer Ohnmacht nahe. Furchtlos warfen sich Conway und Sholto zwischen die Kämpfer – und zu Philips Erstaunen verebbte der Sturm genau so schnell, wie er entstanden war. Während Sholto ihn noch festhielt, entschuldigte sich Esmond bei seinem Vater und erhielt dessen Verzeihung, aber er zitterte noch vor Zorn, während Renny Court triumphierend grinste.
»Oh, Dada!« rief Adeline, »du hast viel mehr Schuld als er! Du hättest ihn um ein Haar durchbohrt!«
Er zog eine ärgerliche Grimasse. »Immer gegen mich, nicht wahr, Adeline? Wenn mein Sohn Hackfleisch aus mir machte, würdest du auch noch erklären, es sei meine eigene Schuld!«
»Schon gut, schon gut«, besänftigte Lady Honoria. »Nun ist es vorbei – und ihr legt beide eure häßlichen Floretts weg!«
Inzwischen gehörte Adelines meiste Zeit den Vorbereitungen zur Taufe. Es stellte sich heraus, daß Lydia Busby bereit war, mit ihrer Heirat bis nach Ernests Taufe zu warten. Dr. Ramsay freilich hätte die Trauung gern beschleunigt, um die große Jagdpartie mitmachen zu können, die Philip für seinen Schwiegervater arrangierte. Renny Court brannte auf diese Jagd, er wollte gern das nördliche Wild und alles, was dort noch kreuchte und fleuchte, sehen

– Wapitihirsche, Elche und Elentiere, Bären, Wildkatzen und verschiedene Affenarten. Während sich sein Besuch in die Länge zog, wurden seine Loblieder auf das Land matter.

Lady Honoria war seit vielen Jahren mit Lord Elgin befreundet, der jetzt Generalgouverneur von Kanada war. Seine Pflichten hatten ihn nach Kingston geführt, und als er einen Brief von Lady Honoria bekam, entschloß er sich, seine Reise westwärts auszudehnen, um die alte Freundschaft zu erneuern und zugleich bei ihrem Enkel Pate zu stehen. Von Lady Elgin begleitet, kam er am Tag vor der Taufe in Jalna an, ein hübscher, vornehm aussehender Mann von starkem Willen und mit einem liberalen und intensiven Interesse für das Land. Vor ein paar Jahren war er der Kernpunkt eines Sturms gewesen, als er nach der Meinung der Englisch-Kanadier die Franzosen begünstigt hatte. Man griff ihn in Montreal mit Steinen an, und seine Equipage wurde arg zugerichtet – aber er war aus den Ungelegenheiten siegreich hervorgegangen und war jetzt der beliebteste Mann im ganzen Land. Anscheinend hatte ihn seine Reise gar nicht ermüdet, und bald waren er und seine Frau in lebhafter Unterhaltung mit Lady Honoria; sie sprachen von gemeinsamen Freunden. Alles war herzlich und natürlich. Selbst das Wetter war am Morgen der Taufe vollkommen, eine sommerliche Wärme verklärte noch die Pracht der herbstlichen Wälder. Mehrere Kutschen trugen die Teilnehmer vom Haus zur Kirche, wo Tür und Fenster offenstanden und Wilmott in seinem besten Staatsanzug bereits an der Orgel saß.

Die Kirche war zur Hälfte schon durch die geladenen Gäste besetzt, denn die Whiteoaks hatten bereits einen großen Bekanntenkreis. Allerdings war die Kirche klein, und es gehörten keine Menschenmengen dazu, sie zu füllen. Die noch leeren Bänke strömten bald über von Landvolk, das von weit und breit gekommen war, um Lord Elgin zu sehen. Noch nie hatte in dieser Gegend eine solche Taufe stattgefunden. Der Mittelpunkt des Ganzen lag friedlich schlafend im Arm seiner Mutter. sein langes, gerafftes, reichbesticktes, spitzenbesetztes Taufkleidchen berührte fast den Boden; sein Mäntelchen und Häubchen waren Wunder von Eleganz und Kunst. Seine beiden rosigen Händchen – er hatte die Finger sternförmig abgespreizt – lagen hilflos auf der seidenen Taufdecke. Außer Lord Elgin waren noch Colonel Vaughan und Captain Lacey seine Taufpaten, Mrs. Vaughan die Patin. Bestimmt hatte noch keine Taufpatin so gütig strahlend ausgesehen wie sie in ihrem lavendelfarbenen Seidenkleid, mit ihrem vorzeitig ergrauten Haar, das in vollen Locken unter dem blumengeschmückten Schutenhut hervorquoll. Adeline legte ihr das Kind in die Arme; von den drei Paten rechts und links flankiert, stand sie am Taufbecken vor Mr. Pink. Dieses Taufbecken – sie hatte es gestiftet – war besonders hübsch, und Ernest war das erste Kind, das aus seinem Wasser mit dem Signum des Kreuzes gezeichnet werden sollte. Adeline und Philip bildeten mit ihren Eltern und Brüdern eine Gruppe. Lady Honoria hielt Gussie bei der Hand, und Gussies freie Hand hielt wiederum das Händchen von Nicholas. Die Kinder waren gleich gekleidet, mit kurzärmeligen, halsfreien Kleidchen, auf der Schulter mit blauem Seidenband gebunden, und langfransigen blauen Seidenschärpen. Und wirklich sahen sie so reizend aus, daß sogar Lord Elgins Anwesenheit durch sie überschattet wurde.

Und dann erklang Mr. Pinks sonore Stimme: »Im Herrn Geliebte, alldieweil alle Menschen in Sünden empfangen und geboren sind, und unser Heiland Jesus Christus sagt, keiner kann ins Himmelreich eingehen, er sei denn durch das Wasser und den Heiligen Geist neugeschaffen und wiedergeboren...«

Der Gottesdienst ging weiter, die Gemeinde sprach ihre Antworten, wie es die alten Formen verlangten. Endlich stellte Mr. Pink, sich an die Paten wendend, die vorgeschriebenen, prüfenden Fragen, die geistigen Überzeugungen des kleinen Ernest Whiteoak betreffend:

»Entsagst du im Namen dieses Kindes dem Teufel und allen seinen Werken, dem eitlen Pomp und Ruhm dieser Welt mit allen lüsternen Begierden und den Sünden des Fleisches, auf daß du ihnen nicht folgest noch dich von ihnen leiten lässest?«

Die Paten antworteten: »Ich entsage ihnen allen.«

Ernest schlief.

Aber in dem Augenblick, als Mr. Pink ihn selbst in die Arme nahm, laut beim Namen nannte und ihn freigebig mit Wasser aus dem Taufbecken besprenkelte, schlug er die vergißmeinnichtblauen Augen groß auf und stieß einen lauten Alarm- und Protestschrei aus. Als Nicholas sah, was seinem kleinen Bruder angetan wurde, schob er die Unterlippe vor, Tränen rollten ihm die Wangen hinunter, und er schluchzte jämmerlich. Das war zuviel für Gussie – auch sie brach in Tränen aus.

Nero hatte geduldig im Vorraum gewartet, aber das Weinen der Kinder konnte er nicht mitanhören. Er stieß mit seiner breiten Hundenase die Tür auf und steckte den Kopf in die Kirche. Zuerst sah er sich noch demütig um, bis er die weißgekleidete Gestalt mit dem Kind im Arm am Taufbecken erblickte, dann aber ging er mit festem Blick und gefletschten Zähnen Schritt für Schritt auf Mr. Pink zu.

»Um Himmels willen, bring das Vieh hinaus«, flüsterte Philip seinem Schwager Sholto zu; dieser sprang vor, nahm Nero beim Halsband und zerrte ihn zurück in die Vorhalle. Die Gemeinde kicherte. Lady Honoria tröstete die Kinder.

Nachdem Ernest Whiteoak dem Teufel und allen seinen Werken entsagt und sich von den Schrecken der Taufe erholt hatte, sah er sich um und lächelte. Er legte die winzigen Fingerspitzen der einen Hand an die Fingerspitzen der andern und betrachtete sie wohlwollend. Wilmott zog die lautesten Register, und alle Stimmen vereinigten sich mit dem Klang der Orgel.

Sie sangen:

»Es ist vollbracht! Befreit von Adams Sünd'
Ist durch die Taufe dieses Erdenkind.
Gereinigt und dem Himmel angeworben
Ist eine Seel', für welche Christ gestorben ...«

Die Hymne schwoll an und stieg gen Himmel zur Lobpreisung Gottes.

Der Altar war mit weißen Blumen geschmückt und trug die silbernen Leuchter, die Lady Honoria gestiftet hatte. Die roten und grünen und goldenen Blätter, durch die der leuchtendblaue Himmel schimmerte, ließen die klaren Fenster reicher und bunter erscheinen als die schönsten farbigen Glasbilder. Die Gemeinde flutete heiter das Kirchenschiff hinunter, und die kleinen Söhne von Mr. Pink in ihren schottischen Kleidchen wurden bei ihren lustigen Sprüngen kaum durch die Hand der Mutter behindert. Aus der Kirche strömten die Menschen auf den Kirchhof, wo sich bis jetzt erst ein einziges kleines Grab befand, das eines jungen Vogels, den Lady Honoria und Gussie gefunden und dort in einem Eckchen begraben hatten. Die von Elihu Busby gestiftete Glocke frohlockte weiter.

In Jalna standen die Türen zwischen Speisezimmer und Bibliothek weit offen; die langen Tafeln waren mit Erfrischungen beladen. Man trank Punsch auf das Wohl des Täuflings – Lady Honoria hatte ihn nach ihrem eigenen Rezept gebraut.

Eine andere und substantiellere Mahlzeit war für den engeren Kreis bestimmt, ehe Lord und Lady Elgin abreisten. Außer der Familie waren die Pinks, die Kirchenvorsteher und ihre Frauen zugegen. Elihu Busby konnte sich nicht einer Kritik über die Regierungspolitik den Franzosen gegenüber enthalten.

»Kein Wunder«, sagte er, »daß die Englisch-Kanadier verärgert waren und Steine nach Eurer Lordschaft Equipage geworfen haben.«

Lord Elgin lachte gutmütig. »Nun, ich habe mich an ihnen gerächt«, sagte er. »Ich habe das arg beschädigte Vehikel nämlich nicht reparieren lassen, sondern fahre damit überall herum, damit die Leute sehen, wie schlecht sie sich benommen haben.«

»Ich kann mich aber nicht damit anfreunden, daß Sie die Franzosen so verhätscheln«, sagte Busby beharrlich. »Warum machen Sie sie nicht einfach mit Gewalt englisch?«

»Aber nein!« erwiderte Lord Elgin. »Ich ermutige sie im Gegenteil, ihre heimatlichen Kenntnisse und Errungenschaften für das Empire einzusetzen, wofür ich ihnen jeden Schutz angedeihen lasse. Wer kann behaupten, daß die letzte Hand, die auf amerikanischem Boden die britische Flagge schwingt, nicht vielleicht die eines Französisch-Kanadiers sein wird?«

Mit Adeline und Philip sprach er über deren Erlebnisse in Indien und gestand, daß er schon immer sein Ehrgeiz gewesen sei, dort eines Tages Generalgouverneur zu werden. Renny Court, der zugehört hatte, rief: »Da könnten Sie sich freilich gratulieren, Sir! Wer würde nicht Indien dieser Wildnis hier vor-

ziehen? Und doch sind meine Tochter und mein Schwiegersohn freiwillig hergekommen – und ich sehe schon, wie sie Moos ansetzen! Philips Schwert ist zur Pflugschar geworden, und Adeline – ach, das Mädchen war einmal eine Schönheit, und jetzt? Sehen Sie sie an! Eine Bauersfrau mit rauhen Händen und rotem Gesicht!«
»Wenn ich in Indien jemals eine so bezaubernde Dame treffe, werde ich ganz zufrieden sein!« sagte Lord Elgin lachend.

Die Gäste waren abgereist. Es war am folgenden Nachmittag. Philip und Adeline streiften im ruhigen Sonnenlicht des schwindenden Nachsommers Hand in Hand über den Rasen. Sie hatten über die Erlebnisse des Tauftages gesprochen und waren sich darüber einig, daß alles gut abgelaufen war und daß Lord Elgin ein höchst verdienstvoller Mann sei. Jetzt wollten sie einfach unter vier Augen glücklich sein und zufrieden das Haus betrachten, das sie sich gebaut hatten. Es stand stattlich und festgefügt zwischen den Bäumen und sah aus, als sei es bereit für alles, was die Zukunft hineintragen würde.
»Und sieh nur«, rief Adeline, »sieh nur, unser Steckling vom wilden Wein! Er ist dunkelrot geworden, als wäre er ein richtiger, herbstlicher, erwachsener Wein!«
Und wirklich! Die zarten Ranken klammerten sich beinahe inbrünstig an die Backsteine, als trügen auch sie eine Verantwortung für die Dauerhaftigkeit des Hauses, und jedes einzelne Blättchen war glühend rot.
Philip rief: »Sieh doch die Tauben, Adeline! Sie ziehen südwärts. Lieber Himmel, welche Taubenschwärme!«
Eine ganze Anzahl flog direkt über das Haus hin, und andere stießen zu ihnen, bis sie wie eine rasch segelnde Wolke darüber hingen. Die Wolke war graublau, aber die Flügel darin schossen feurige Blitze. Der Schwarm reichte vom Haus bis zur Kirche, und es wurde vier Uhr und fast dunkel, bis alle vorüber waren. Dann schloß sich der Abend und endlich die Nacht um das Haus. Lichter wurden angezündet und wieder ausgelöscht; den Kopf an Philips Schulter gebettet, schlief Adeline ein.

Frühling in Jalna

Inhalt

Das Heim im neuen Land 7
Die Gäste 10
Der Lehrer 18
Nachts 29
Ein Besuch bei Wilmott 33
Die Betstunde 39
Die nächtlichen Besucher 44
Stromaufwärts 51
Was die Gegner planen 61
Viele Ereignisse 71
Nachrichten aus dem Süden 81
Die Belohnung 91
Die Abreise 102
Der Besuch ist vorbei 113
Der goldene Federhalter 124
Herbstliche Ereignisse 138
Der Federhalter aus Elfenbein 147
Ein nächtlicher Gast 157
Was die Kinder unternahmen 163
Die Strafe 170
Der Plan 174
Beginn des Abenteuers 183
Die Suche 186
Die Flüchtlinge 190
Die Rettung 201
Tite und Belle 207
Eine andere Reise 210

Das Heim im neuen Land

Als der amerikanische Bürgerkrieg ausbrach, war das Haus Jalna in Ontario erst seit wenigen Jahren vollendet. Der Besitzer, Kapitän Whiteoak, hatte es mit seiner Familie nach der Geburt seines zweiten Sohnes bezogen. Er war mit seiner irischen Frau Adeline Court aus Indien gekommen und hatte das neue Haus romantisch nach der Militärstation benannt, in der sein Regiment lag. Der Zwang des soldatischen Lebens hatte Kapitän Whiteoak nicht mehr zugesagt. Er hatte sich nach Freiheit und der räumlichen Weite der Neuen Welt gesehnt. Adeline Whiteoak war immer zu Abenteuern bereit. Jetzt fühlten sie sich – wenn auch nicht ganz als Pioniere, so doch durchdrungen vom Geist der alten Pioniere, obwohl sie sich mit vielen Annehmlichkeiten der alten Heimat umgeben hatten.

Das Haus, ein sehr gediegener Bau aus besonders hübsch getönten Ziegeln, mit grünen Fensterläden und fünf hohen Schornsteinen, stand nur ein paar Meilen vom Ontariosee entfernt in einem den Whiteoaks gehörenden Gebiet von etwa tausend Morgen Land; die Seeufer waren reich bewaldet und von vielen tausend Vögeln bewohnt. Der jungfräuliche Boden war fruchtbar und schenkte üppigstes Wachstum.

Die Kinder der Whiteoaks kannten kein anderes Leben als diesen frohen und gesunden Kreislauf der Jahre in Kanada. Sie waren zu viert – Augusta, Nicholas, Ernest und das Nesthäkchen Philip. Die Eltern behandelten sie nachsichtig, wenn sie auch gelegentlich auf strikten Gehorsam hielten. Der Vater gab ihnen, wenn ihm etwas an ihnen mißfiel, mit strenger Kommandostimme entsprechend strenge Befehle. Die Mutter verabfolgte ihnen des öfteren, wenn sie es ihr gar zu bunt trieben, eigenhändig ein paar tüchtige Klapse, denn sie war temperamentvoll und leicht erregbar. Die Tochter, Augusta, ertrug solche Strafen mit würdevoller Fügsamkeit, Nicholas mit einem gewissen Hochmut, Ernest mit Tränen und Besserungsgelübden. Philip, das Nesthäkchen, erlebte selten, daß ihm etwas verboten wurde, und wenn es doch einmal geschah, warf er sich auf den Fußboden, schlug um sich und brüllte aus Leibeskräften. Zur Zeit sah das Ehepaar Whiteoak mit recht gemischten Gefühlen dem Besuch eines Ehepaares aus Süd-Carolina entgegen.

»Ich begreife nicht«, sagte Philip, »warum du dir über diesen Besuch soviel Sorgen machst. Die Sinclairs müssen uns nehmen, wie wir sind. Wir brauchen uns unserer Lebenshaltung wahrhaftig nicht zu schämen! Es gibt in der ganzen Provinz kein schöneres Haus und keine besser geführte Landwirtschaft, das garantier' ich dir!«

»Aber bedenke doch, an was sie gewöhnt sind!« rief Adeline. »Eine Riesenplantage, Hunderte von Sklaven, die sie bedienen – wir kennen ja nicht einmal die Grundregeln echter Vornehmheit! Wir müßten ihnen eine Zimmerflucht bieten, nicht einfach ein armseliges Schlafzimmer und eine kleine Kammer für Mrs. Sinclairs Zofe.«

»Unser Gastzimmer ist durchaus nicht armselig. Es ist räumlich hübsch und nett eingerichtet. Wenn sie's nicht mögen, können sie's bleiben lassen.«

»Und was kannst du Mr. Sinclair an Unterhaltung bieten?« fragte Adeline. »Einen Ausflug zum Rüben- und Kartoffelacker? Die Besichtigung unserer Zwillingskälber?«

Das Gespräch wurde unterbrochen; die beiden Söhne rannten durch den Gang und polterten in ihren derben Schuhen die Treppe hinunter. Als Nicholas den kleineren Ernest überholte, stieß Ernest zum Spaß einen Schreckensschrei aus. Solche Kundgebungen ihrer Lebensgeister wären sonst von ihren Eltern kaum beachtet worden, jetzt aber sagte Philip: »So dürft ihr euch nicht aufführen, wenn unsere Gäste da sind.«

»Keine Angst«, sagte Adeline. »Ich schick' unsere drei Großen erst einmal auf ein paar Tage zu den Busbys. Ich hab's gestern mit Mrs. Busby ausgemacht.«

»Oh, Gussie kann sich immerhin benehmen«, bemerkte Philip.

»Aber sie würde ihre Brüder vermissen. Ich möchte eine absolut harmonische Atmosphäre, wenn die Sinclairs ankommen. Lucy schrieb in ihrem letzten Brief, ihre Nerven seien in trauriger Verfassung!«

»Bist du dir darüber klar«, fragte Philip, »daß die Busbys ganz und gar auf seiten der Yankees stehen?«

»Ich hab' ihnen gar nicht erzählt, wer unsere Gäste sind. Nur daß wir uns bei unserer letzten Reise nach England mit ihnen angefreundet hatten.«

Philip fühlte sich beunruhigt. »Elihu Busby würde dagegen sein – davon bin ich überzeugt.«

»Nun, *ihn* besuchen ja die Sinclairs nicht.« Adeline sprach heftig. »Er soll sich um seine eigenen Angelegenheiten kümmern.«

»Aber die Kinder werden's ihm erzählen.«

»Sie sollen sich hüten!« Adeline rief ihre drei älteren Kinder. »Ihr dürft drei Tage zu den Busbys.«

»Hurra!« rief Nicholas. »Ich wollte schon lange gern mal nach ihrer Farm. Dort arbeiten alle, aber sie haben immer Zeit, Spaß zu machen.«

»Hört mal zu, Kinder.« Adeline gab ihren Worten großen Nachdruck. »Ihr dürft dort auf keinen Fall erwähnen, daß unsere Gäste aus dem Süden kommen und vielleicht ein paar . . . Dienstboten mitbringen.«

»Sklaven!« rief Nicholas. »Schwarze, richtige Mohren! Ich habe noch nie welche gesehen und bin ganz wild drauf.«

»Sind sie gefährlich?« fragte Ernest.

»Aber nein, du kleiner Dummkopf«, sagte die Mutter. »Vergeßt nicht, zu erzählen, daß unsere Gäste Freunde sind, die wir in England getroffen haben. Ich verlasse mich auf dich, Augusta.«

»Ich vergesse es nicht«, versprach Augusta mit ihrer tiefen Stimme, die sicher einmal ein klangvoller Alt werden würde. »Aber früher oder später werden's die Busbys rauskriegen.«
»Natürlich – aber wenn sie's gleich hören, wären sie sicher so entrüstet, daß sie euch sofort nach Hause schicken würden. Patsy kann euch zu ihnen hinüberfahren. Also macht euch fertig – und benehmt euch manierlich!«
Die Kinder liefen hinaus.
»Manierlich – au Backe!« sagte Ernest.
Augusta war entsetzt. »Ernest, wo hast du diesen scheußlichen Ausdruck her?«
»Weiß ich nicht.«
»Gewöhn ihn dir lieber wieder ab. Und nun komm – wasch dir die Hände und bürste dir das Haar.« Sie nahm ihn bei der Hand. Patsy O'Flynn, der irische Diener aus Adelines Elternhaus, der die Familie nach Kanada begleitet hatte, wartete an der Auffahrt mit dem Break und einem stämmigen gescheckten Halbblut davor. Über seinem scharfen Gesicht hing eine Mähne, so sandfarben wie seine ungekämmte Bartkrause. »Kommt, kommt«, drängte er die Kinder, »ich hab keine Zeit, in der Landschaft rumzukutschieren, wenn ich immer die Arbeit für zwei tun muß!«
Philip und Adeline waren auf die Veranda gekommen, um die Kinder wegfahren zu sehen. Es war eher, als gingen sie auf eine Reise, nicht für ein paar Tage auf ein Nachbargut. Sie waren ziemlich verwöhnt; Kapitän Whiteoak trug ihr Gepäck, obwohl Nicholas ein recht stämmiger Bursche war; Adeline nahm ihr Taschentuch und putzte und putzte Ernests kecke kleine Nase, obwohl Ernest selbst ein sauberes Tüchlein mit dem Buchstaben E eingestickt in seiner Brusttasche hatte.
»Gib acht, daß ihm nicht die Nase läuft«, ermahnte sie Augusta. Kapitän Whiteoak hob Ernest in den Wagen. Die Mutter hob ihr hübsches Gesicht und gab jedem von ihnen einen herzhaften Kuß. »Was ihr auch erlebt«, sagte sie, »nehmt es mit der vornehmen Gelassenheit hin, die ihr an mir kennt.« Zum Kutscher sagte sie: »Patsy-Joe, wenn du den Schecken wieder in den Graben wandern und den Wagen umkippen läßt, wie du's schon einmal getan hast, dann erlebst du etwas Entsetzliches – von mir!«
Der Break rollte rasch fort. Nero, der große schwarze Neufundländer, sprang nebenher. Der sommerliche Sonnenschein fand seinen Weg durch die dichten Bäume und glänzte auf dem Rücken des lustigen Schecken, dessen Hufe im lehmigen Sandboden kaum ein Geräusch machten.
Als die Umrisse des planlos angelegten Farmhauses der Busbys erschienen, sagte Augusta zu Ernest: »Kein Wort über die Mohren! Merk dir das!«
»Mohren! Au Backe!« sagte Ernest. Augusta hatte keine Zeit mehr, ihn zu rügen, sie fuhren vor und kletterten aus dem Wagen.

Lucy Sinclair bemerkte zu ihrem Gatten: »Dieser kleine Bursche wäre wirklich die Pest, wenn er nicht ziemlich süß wäre.«
»Hübsch ist er, das muß man zugeben«, antwortete Curtis Sinclair.
Beide lenkten ihre müden Blicke auf den kleinen Philip Whiteoak, der sich bemühte, in ihrer Nähe auf dem Rasen ein Haus aus Steinklötzchen aufzubauen. Er verstand noch nicht mehr davon, als einen Stein auf den andern zu türmen, aber er tat es mit herrischer Konzentration, die Babylippen energisch zusammengekniffen.
»Er gleicht seinem Vater«, sagte Lucy Sinclair.
»Ein typischer Engländer.« Mr. Sinclair sprach halb bewundernd, halb grollend. »Ein eigensinniger, von sich eingenommener Typ.«
»Diese Leute sind unsere Freunde«, ermahnte sie. »Es ist ein Geschenk des Himmels, daß wir hier sind.«
»Sie sind die Großmut selbst«, gab er zu. »Whiteoak sagte heute früh zu mir: ›Sie müssen Jalna als Ihr Heim betrachten – Sie und Mrs. Sinclair, und auch Ihre Dienerschaft – bis der Krieg vorbei ist.‹«
Sie zog ihr Taschentuch und trocknete sich die Augen. »Was würde uns anderes übrig bleiben?« fragte sie weinend.
Der kleine Junge ließ seine Bauklötzchen liegen und kam zu ihr. Er streichelte ihr Knie. »Arme Dame«, sagte er, »nicht weinen.«
Sie fuhr ihm über die blonden Locken. »Du kleiner Schatz!« sagte sie. »Nein, ich will nicht weinen. Ich werde tapfer sein, schon dir zu Gefallen.«
Mr. Sinclair legte seine Hand auf ihr anderes Knie. Es war eine bemerkenswert schöne Hand. Immer hatte sie besonders den Daumen bewundert. Er war fast so lang wie ein Finger, mit vollkommener Rundung und halbmondförmigem Nagel. Ihr Blick wanderte von seiner Hand zu seinem blassen vornehmen Profil, und von diesem Profil zu dem starken, untersetzten Körper mit dem ausgesprochenen Buckel. Er war bucklig, und dieses Leidens wegen hatte er nicht im Süden bleiben und für sein Land kämpfen können, sondern war mit seiner zarten schönen Frau nach Kanada gekommen; er hoffte, daß er hier etwas zugunsten des Südens ausrichten könnte. Er war jetzt verarmt, hielt sich aber noch immer für einen unabhängigen Plantagenbesitzer.
Kurz vor dem Bürgerkrieg hatten die Sinclairs die Whiteoaks in England kennengelernt, wo sich Philip und Adeline besuchsweise aufhielten. Ihre Begegnung hatte sich bald zur Freundschaft entwickelt. Die beiden Paare waren begeistert über ihre Verschiedenheit voneinander – die Sinclairs waren typische Südstaatler, die Whiteoaks englisch und irisch. Sie hatten die Sinclairs schon damals zu einem Besuch in Kanada eingeladen, aber erst jetzt und unter so tragischen Umständen war es wirklich dazu gekommen.

Sie waren jetzt drei Tage in Jalna. Alles empfanden sie als so fremdartig, so ›nördlich‹ und dennoch so freundlich; die Familie Whiteoak war kerngesund und sehr liebenswürdig. Die Tage waren warm, die Nächte aber kühl. Sie schliefen in einem großen Himmelbett auf einer Daunenunterlage. Sie fühlten sich ihrem zerstörten Heim weit entrückt, allem weit entrückt, was ihnen vertrauter Alltag war. Sie hatten sich drei Sklaven mitgebracht, die ihnen, wie sie meinten, unentbehrlich waren. Lucy Sinclairs persönliche Zofe, eine sehr hübsche Mulattin, eine Köchin, die bereits mit der Köchin der Whiteoaks in Fehde lag, und einen Diener, einen stämmigen jungen Neger.
Lucy Sinclair bemerkte zu ihrem Gatten: »Gleich werden sie uns zum Tee rufen – eine Mahlzeit, ohne die ich recht gut auskommen könnte. Ach, dieses ewige Teetrinken!«
Mr. Sinclair brummte verständnisvoll, sagte aber: »Leise, Lucy, leise! Sogar das Kind scheint dir zuzuhören.«
Der kleine Philip hatte seine Blicke mißbilligend auf sie gerichtet. Offenbar würde er gleich weinen. Lucy beugte sich zu ihm herunter, als wolle sie das Haus bewundern, das er sich baute.
Sie klatschte in die Hände und rief: »Oh, wie hübsch! Wie hübsch!«
»Danke Gott, daß wir hier sein können, Lucy. Zeige den Whiteoaks, daß du ihre Gastfreundschaft zu schätzen weißt. Da kommt Philip schon ... sicher voll Heißhunger auf drei Tassen Tee, frische Brötchen und Blaubeerjam. Bitte lächle, Lucy!«
Das hätte er ihr nicht erst zu sagen brauchen. Der Anblick des hübschen blonden Philip Whiteoak genügte, um ein Lächeln auf das Gesicht jeder Frau zu zaubern. Er sagte: »Ich hoffe, es geht Ihnen besser, Mrs. Sinclair, und Sie haben Appetit auf eine Tasse Tee. Er wartet schon im Eßzimmer.«
Er sah sie bewundernd an, als sie sich erhob und die Falten aus ihrem Rock schüttelte. Er vermied es, Curtis Sinclairs mißgestalteten Rücken anzusehen. Im selben Augenblick kam ein Kindermädchen aus dem Haus gelaufen, hob den kleinen Jungen auf und trug ihn trotz seinem Protestgeschrei hinein.
Adeline Whiteoak und ihre drei älteren Kinder standen schon um den Teetisch: Augusta mit langen schwarzen Locken und einer schweren Ponyfranse über der hohen Stirn – ein zurückhaltendes Kind, noch nicht einmal ein Backfisch; Nicholas, der nächste, ein lebhafter Junge mit schönen schwarzen Augen und lockigem Haar; er sah furchtlos und stolz aus, beinahe kühn, aber sehr wohlerzogen; der blauäugige, blonde Ernest war zwei Jahre jünger. Es sah beinahe aus, als stelle Adeline absichtlich eine malerische Gruppe mit ihren hübschen Kindern.
»Meine Brut!« sagte sie; »bloß das Baby fehlt. Sie waren ein paar Tage bei unsern Nachbarn. Ich hielt das für richtiger, bis Sie sich ein bißchen eingelebt hatten – ich wußte doch, daß Sie sehr müde sein würden.«

Die Sinclairs begrüßten die drei Kinder mit förmlicher Höflichkeit, was ihnen ungeheuer schmeichelte. Nicholas richtete sich stolz auf und sah ganz männlich aus. Ernest lächelte liebenswürdig. Nur Augusta schlug die Augen nieder und schien etwas unsicher zu sein. Sie hatte sich noch nicht entschieden, ob sie diese Sklavenhalter mochte oder nicht. Freilich waren sie die Gäste ihres Vaters, aber im Haus ihrer kürzlichen Gastgeber Busby hatte sie viele Argumente gegen sie gehört. Aber wie schön die Dame war – und wie elegant, wie elegant! Auch mit niedergeschlagenen Augen entging Augusta nichts davon.

»Ich danke Gott«, rief Lucy Sinclair, »daß ich keine Kinder habe, die die Tragödie unseres Lebens erben würden! Das wäre einfach unerträglich.«

Mr. Sinclair versuchte über die Verlegenheit hinwegzuhelfen, die durch ihre Worte entstanden war, und bemerkte: »Vermutlich sind alle Ihre Kinder hier in Jalna geboren?«

»Oh, nein«, antwortete Philip. »Unsere Tochter kam in Indien zur Welt, wo mein Regiment stationiert war. Ich habe meine Kommission verkauft. Wir schifften uns nach England und Irland ein, wo wir unsere Familien besuchten, und kamen erst von dort nach Kanada.«

Adeline Whiteoak war es nicht gegeben, sich durch fremde Gefühlsausbrüche übertrumpfen zu lassen. Das Bild einer tragischen Königin, berichtete sie von dieser Reise.

»Es war alles so herzzerreißend! Zuerst der Abschied von meiner Familie in Irland. Wir wußten, es war durchaus möglich, daß wir sie nie wiedersehen würden. Mein Vater und meine Mutter trauerten förmlich – und all meine lieben Brüder! Und dann diese entsetzliche Überfahrt! Meine indische Ayah starb und wurde auf hoher See begraben.«

Philip unterbrach sie: »Und ich mußte das Baby versorgen! Das da!« Er deutete auf Augusta, die beschämt den Kopf senkte. Er fuhr fort: »Und Nicholas wurde in Quebec geboren. Ernest war der erste Whiteoak, der hier in Jalna zur Welt kam.« Er legte den Arm um die Schulter des kleinen Jungen, und Ernest blickte mit Stolz rings um den Tisch, an dem jetzt alle Platz nahmen.

Adeline goß Tee ein, und Lucy Sinclair bemerkte: »Ich habe die schönen Porträts von Ihnen und Kapitän Whiteoak bewundert.«

»In seiner Husaren-Uniform«, sagte Adeline. »Wir ließen sie malen, ehe wir uns nach Kanada einschifften.«

»In Irland?« fragte Lucy Sinclair.

Adeline nickte, Philips Blick vermeidend, aber Philip sagte energisch: »Nein. Sie wurden in London gemalt – von einem sehr berühmten modernen Maler. Finden Sie sie ähnlich?«

Die Sinclairs fanden die Ähnlichkeit geradezu unübertrefflich. Sie bewunderten die Bilder, bis Lucy Sinclair sagte: »Es bricht mir das Herz, wenn ich mir

vorstelle, was vielleicht mit unsern alten Familienbildern (sie gehen vier Generationen zurück) daheim in unserm Haus geschehen ist!«
»Sie dürfen nicht den Mut verlieren«, sagte Philip mit einem festen, tröstenden Blick. »Es kann alles eine Wendung zum Guten nehmen!«
Nun saßen alle um den Tisch. Plötzlich sagte Nicholas zu den Sinclairs: »In dem Haus, wo ich jetzt mit meinen Geschwistern zu Besuch war, hielten alle Mr. Lincoln für einen Prachtmenschen!«
»So, wirklich?« sagte Curtis Sinclair ruhig.
»Einer ihrer Söhne kämpft für die Yankees«, fuhr Nicholas fort. »Sie beten für ihn und Mr. Lincoln. Halten Sie das für unrecht?«
»Niemand will dich schwatzen hören«, sagte Philip streng. »Iß lieber dein Butterbrot.«
Jetzt wagte es auch der kleine Ernest. »Unser Freund Busby hält Lincoln für 'nen Helden!«
»Noch ein Wort« – Philips Stimme war sehr scharf – »und du verschwindest!«
Die kleinen Jungen fügten sich – anscheinend waren sie aber weniger bedrückt durch den Verweis als ihre Schwester.
»Ich habe immer gehört, daß die Lincolns keine Ahnung von wirklich guter Lebensart haben«, sagte Adeline.
»Und ihre Söhne erst recht nicht«, ergänzte Lucy Sinclair. »Es sind vier ungeschlachte Burschen.«
»Gute Lebensart formt den Menschen«, platzte der kleine Ernest wieder heraus, »das steht in meinem Lesebuch.«
»So, Kinder«, sagte Adeline, »ihr dürft aufstehen.«
Sie erhoben sich, machten jedes seine Abschiedsreverenz vor den Erwachsenen und gingen still hinaus.
Kaum waren sie draußen, fingen sie an, vor lauter Aufregung auf dem Rasen herumzutanzen. Es war etwas so Ungewohntes, Gäste zu haben – noch dazu Gäste aus Amerika!
»Die haben nämlich Bürgerkrieg«, sagte Nicholas.
»Heißt das, daß sie drum kämpfen, Bürger zu werden?« fragte Ernest.
Augusta legte den Arm um ihn. »Nein, du Dummerchen«, sagte sie. »Sie sind schon längst Bürger – und sehr elegante und feine, wie Mr. und Mrs. Sinclair. Aber die Yankees wollen nicht dulden, daß sie ihre Sklaven haben. Deshalb haben sie den Krieg.«
»Da geht grade der Sklavenmann«, sagte Nicholas. »Ich werde mit ihm sprechen.«
»Nein, nein«, bat Augusta. »Vielleicht mag er's nicht.«
Er schob ihre Hand, die ihn aufhalten wollte, beiseite. Gussie und Ernest blieben zurück, aber Nicholas ging stracks auf den jungen Neger zu.

»Bist du gern in Kanada?« fragte er.
»Ja, Sir, hier ist's fein«, sagte der Mann. Seine undurchdringlichen Augen blickten in die Baumkronen hinauf.
»Bist du gern weggegangen vom Krieg?«
»Ja, Sir, vom Krieg wegkommen ist immer gut.«
Nun war Ernest doch seinem Bruder gefolgt. Aber er klammerte sich an Nicholas' Arm, als er schüchtern fragte: »Bist du gern Sklave gewesen?«
»Ja, Sir, das war fein!«
»Aber jetzt bist du doch frei, wo du in Kanada bist, oder –?« forschte Nicholas beharrlich.
»Hab noch nicht drüber nachgedacht«, sagte der Neger.
»Wie heißt du denn?«
»Jerry Cram.«
Augusta rief streng zu ihren Brüdern hinüber: »Nicholas! Ernest! Ihr dürft niemanden ausfragen! Kommt her – wir wollen spazierengehen.«
Zögernd gehorchten die beiden Jungen. Sie sahen das hübsche junge Mulattenmädchen aus der Seitentür kommen und langsam zu dem Neger hinschlendern.
»Sie soll nicht mit ihm sprechen«, sagte Augusta.
»Wie soll sie das anfangen, wenn sie im selben Haus wohnt wie er?« Nicholas beäugte das Paar mit neugierigen Blicken.
»Ist das flirten?« fragte Ernest.
»Woher hast du bloß solche Redensarten!« Augusta nahm den Kleinen energisch bei der Hand und führte ihn weg.
Nicholas bemerkte: »Ich habe Mrs. Sinclairs Zofe gefragt.«
»Was ist 'ne Zofe?« unterbrach Ernest.
»Dummerchen! Eine Zofe ist ein Dienstmädchen, das eine Dame ankleidet, ihr das Haar bürstet und die Knöpfe annäht. Diese Annabelle bürstet Mrs. Sinclairs Haar – hundert Striche jeden Abend! Habt ihr bemerkt, wie ihr Haar glänzt? Das kommt vom Bürsten.«
»Unserer Mammi ihr Haar ist rot«, sagte Ernest, »und sie ist nur froh, daß keiner von uns es von ihr geerbt hat. Warum eigentlich?«
»Weil man es für einen Schönheitsfehler hält«, erwiderte Augusta.
»Warum?«
»Ich weiß nicht – aber ich finde schwarzes oder braunes oder blondes Haar besser.«
»Gussie, ich hab aber gehört, daß jemand zu Mammi gesagt hat: ›Ihr schönes Haar, Mrs. Whiteoak!‹«
»Wer hat das gesagt?«
»Ich glaube, Mr. Wilmott.«
»Und was hat Mammi gesagt?« wollte Nicholas wissen.
»Sie sagte bloß: ›Seien Sie nicht so töricht.‹«

»Na ja, das sagt sie«, bemerkte Nicholas, »aber sie meint's nicht.«
»Denkst du, sie hat's *gern* gehört?« Augusta war entsetzt.
»Klar! Frauen lieben Schmeicheleien. Wenn du mal groß bist, werden sie dir auch gefallen.«
»Nie im Leben!« Sie machte ein gekränktes Gesicht.
Jetzt tauchten zwei männliche Gestalten aus dem Wald auf, der bis an die Grenzwege des Gutes ging und allem eine gewisse urwaldhafte Abgeschlossenheit und Großartigkeit lieh. Die eine war Elihu Busby, der Nachbar, in dessen Haus die Kinder zu Gaste gewesen waren. In Kanada geboren, war er überaus patriotisch und stolz auf sein Geburtsland. Mit ihm verglichen waren seine Nachbarn Neuankömmlinge, und er erwartete von ihnen, daß sie ihn als führend in allen Angelegenheiten des Landes betrachteten. Einer seiner Söhne kämpfte im Bürgerkrieg in der Nordarmee, worauf er sehr stolz war. Er hielt die Sklaverei für einen schändlichen Greuel.
Der andere Mann war David Vaughan, ein zweiter Nachbar.
»Ich höre, ihr habt Gäste«, sagte Elihu Busby.
»Ja«, sagte Augusta. »Sie sind hergekommen, weil wir hier in Frieden leben.«
»Du mußt mitkommen und sie kennenlernen, Onkel David!« Ernest zupfte an David Vaughans Ärmel. Er war zwar nicht verwandt mit den Whiteoaks, aber die Kinder nannten ihn Onkel. »Sie sind nett, Onkel David.«
Aber David Vaughan und Elihu Busby zeigten keinerlei Neigung, die Südstaatler kennenzulernen.
»Wir werden uns nicht oft sehen lassen, während sie bei euch zu Gaste sind«, sagte Busby. »Ihr kennt ja unsere Ansicht über die Sklaverei.«
Nicholas' Augen funkelten, er hatte Unfug im Sinn. »Ich glaube, sie werden recht lange hierbleiben, denn sie haben drei ihrer Sklaven mitgebracht«, sagte er.
Bei dem Wort ›Sklaven‹ zogen sich die Männer bestürzt zurück. »Sklaven?« wiederholte Busby. »*Hier in Jalna*?«
»Ja. Und da ist eine von ihnen. Die dicke Frau, die gerade die Wäsche an die Leine hängt.«
Die Frau – sie war mittleren Alters und sehr schwarz – stand etwas entfernt von ihnen und schien es nicht zu bemerken, daß sie beobachtet wurde.
»Das arme Geschöpf!« rief Busby mit tiefer Stimme. »Welch ein Schicksal!«
»Die Sklaven dürften weggehen, wenn sie wollten«, erklärte Augusta. »Aber anscheinend dienen sie gern.«
Im selben Augenblick lachte die Negerin herzlich auf und rief jemandem im Küchengeschoß etwas zu.
»Das ist Cindy«, sagte der kleine Ernest. »Sie kann herrlich Kuchen backen – besonders einen, der heißt ›Engelsspeise‹. Ich werde sie bitten, daß sie uns morgen einen macht.« Er schoß wie ein Pfeil davon.

Auch Augusta und Nicholas gingen weiter. Als sie außer Hörweite waren, fragte Elihu Busby: »Ist diese Negerin verheiratet?«
»Woher soll ich das wissen?« sagte David Vaughan.
»Nun, wenn sie's nicht ist, so sollte sie's sein! Es ist eine Schande, daß sie mit den Kindern unter einem Dach ist, die so scharf beobachten. Sie sehen *alles*. Besonders dieser Knabe Nicholas!«
»Er wäre nicht seiner Mutter Sohn, wenn er nicht die Augen offen hielte«, sagte David Vaughan.
Elihu Busby sah ihn scharf an. »Nun, ich begreife nicht, wie Mrs. Whiteoak es ertragen kann, sich mit diesen Sklavenhaltern zu befreunden, sie nach Jalna einzuladen und sie auch noch ihre Sklaven mitbringen zu lassen – in einer Zeit, wo das Land im Bürgerkrieg steht! Ich bin entsetzt, daß Kapitän Whiteoak es duldet!«
»Sie werden unsere Meinung über das alles sehr bald kennenlernen«, sagte Vaughan. »Ich werde jedenfalls ihr Haus nicht betreten, solange diese Leute unter ihrem Dache wohnen.« Seine feinen Lippen zuckten vor Erregung.
Die Haustür ging auf und eine weibliche Gestalt erschien auf der Veranda, an deren weißen Pfeilern der wilde Wein schon seine jungen grünen Ranken ausbreitete. Adeline Whiteoak kam herunter und ging leichten Schritts auf die beiden Männer zu.
»Sie hat einen herrlichen Gang«, sagte Busby leise aus dem Mundwinkel. »Sie ist anmutig wie eine Hindin.«
Vaughan gab keine Antwort. Seine tiefliegenden Augen begegneten Adelines Blick in stummem Vorwurf. Sie sah es, wollte es aber nicht beachten. Sie sagte: »Wie froh bin ich, daß Sie beide gekommen sind! Gerade danach habe ich mich förmlich gesehnt. Sie müssen gleich mit hineinkommen und unsere Gäste aus Süd-Carolina kennenlernen. Sie werden entzückt von ihnen sein!«
»Ich lehne es ab, Sklavenhalter kennenzulernen«, sagte Busby heftig. »Sie wissen ja, daß ich mit Leib und Seele zu den Nordstaatlern stehe!«
»Ich auch«, sagte Vaughan mit gepreßter Stimme.
»Ach – Sie werden Ihre Ansichten von Grund auf ändern, wenn Sie sie sehen. Sie haben Charme, wirklich! Und ihre Stimmen – so weich und wohlklingend!«
»Ich würde lieber eine Klapperschlange anfassen als einem Sklavenhalter die Hand schütteln«, sagte Elihu Busby.
»Wie? Sie wollen also nicht hineinkommen?« Adeline stellte sich überrascht.
»Sie wissen doch, daß mein Sohn Wellington auf seiten des Nordens kämpft. Diese Leute sind Feinde. Wir können jede Minute die Nachricht bekommen, daß Wellington gefallen ist.«
David Vaughan fragte: »Mrs. Whiteoak – haben Sie ›Onkel Toms Hütte‹ gelesen?«

»Ich hab's gelesen, und ich bin empört über Mrs. Stowe. Sie hat Einzelfälle herausgegriffen und sie so geschildert, als seien sie allgemeingültig. Mrs. Sinclair hat nie etwas von einem Plantagenbesitzer gehört, der ein so brutaler Herr ist wie dieser Legree.«
»Nun, ich möchte nur fragen: warum haben diese Sinclairs ihre Sklaven mitgebracht?« Busbys Stimme klang höhnisch.
»Weil die Sklaven gebettelt haben, mitgehen zu dürfen. Ihnen ist der Boden heilig, auf dem ihr Herr und ihre Herrin gehen. Es ist rührend, sie zu sehen. Diese Südstaatler sind echte Aristokraten. Sie lassen sich auf Schritt und Tritt bedienen. Wenn ich an die dürftige Bedienung denke, die mir zuteil wird, tue ich mir wahrhaftig selbst leid.«
»Mrs. Whiteoak«, sagte Elihu Busby, »würden Sie sich gern von Sklaven bedienen lassen?«
»Für mein Leben gern!«
»Dann kann ich mich nur für Sie schämen«, mischte sich David Vaughan in tiefer Erregung ein.
Elihu Busby fing an zu lachen. »Glaub ihr nicht, David, sie meint nicht ein Wort von dem, was sie sagt.«
»Sie zeigt mir eine Seite ihres Ich, die ich lieber nicht gesehen hätte.« Vaughan winkte pathetisch mit dem Arm und deutete hinüber zu den drei Sklaven, die sich bewundernd um das Baby versammelt hatten. »Ist diesen Sklavenhaltern nicht klar, daß sie jetzt in einem freien Land leben? Daß diese elenden schwarzen Geschöpfe jeden Augenblick weggehen und es ihnen überlassen können, sich künftig selbst zu bedienen?«
Jetzt traten die Sinclairs, von ihrem Gastgeber begleitet, auf die Veranda. Mit triumphierendem Lächeln ging ihnen Adeline über den wohlgepflegten Rasen entgegen. Sie warf ihren beiden Nachbarn über die Schulter einen Abschiedsblick zu.
»Was für einen herrlichen Gang diese Frau hat!« sagte Busby. Adeline wußte, daß sie ihr nachsahen. Sie war bis in die Knochen von Stolz erfüllt. Der lange gefältelte Rock ihres hellbraunen Kleides fegte über das Gras. Sie beugte sich nieder, um an einer Teerose zu riechen, ehe sie die Stufen hinaufschritt.
Curtis Sinclair hielt ein Exemplar der letzten New Yorker ›Tribune‹ in der Hand. Die Nachrichten, die darin standen, lieferten das Thema für eine lange militärische Diskussion zwischen ihm und Philip Whiteoak.
Der Südstaatler hatte gerade den Weg beschrieben, auf dem die Reisegesellschaft nach Kanada gekommen war. Zuerst mit dem Schiff nach Charleston; dann hatten sie in einer stürmischen Nacht die Blockade passiert und waren schließlich in Bermuda angelangt. »Dort konnten wir nämlich«, sagte er, »unsere konföderierten Dollars in Pfunde eintauschen.«
»Aber mit welch einem Verlust für uns!« fiel seine Frau ein.

Curtis Sinclair fuhr fort: »Dadurch waren wir in der Lage, ein englisches Passagierschiff zu benutzen, das uns heil und sicher nach Montreal brachte.«
»Herrgott, das sind Abenteuer!« Adeline tanzte förmlich auf den Stufen der Veranda. »Und Abenteuer sind doch das Beste im Leben!«
Die Busbys und die Whiteoaks waren natürlich wie alle Leute in ihrer Provinz, die so nahe an die Staaten grenzte, sehr an den Ereignissen interessiert. Aber diese beiden Familien wußten mehr als die meisten von einer Untergrundgruppe von Agenten der Konföderierten, die nach Kanada geschickt worden war, um Grenzüberfälle zu machen und die Yankeeschiffahrt auf den Großen Seen zu stören und wenn möglich zu vernichten.
Während Elihu Busby leidenschaftlich auf seiten der Nordstaatler stand, hatte Philip Whiteoak mehr Sympathien für den Süden, zum Teil durch seine Bekanntschaft mit den Sinclairs, obwohl er, als die Ereignisse ihren Lauf nahmen, bald einsah, wie hoffnungslos die Sache der Südstaatler war. Als Soldat begriff er den vollen Sinn dieser Vorgänge, und was sie für Kanada bedeuteten, viel klarer als Elihu Busby.

Der Lehrer

Lucius Madigan war Ire und war nach Kanada gekommen, um sich zu verbessern, aber er sagte gern, daß es ihm in diesem neuen Land schlechter ergehe als in der alten Heimat. Er war vor sechs Monaten als Hauslehrer zu den jungen Whiteoaks gekommen. Zweimal in dieser Zeit war er fortgewesen – auf dem großen Alkoholbummel –, aber wenn er zurückkam, war er so kleinlaut und sah so elend aus, daß ihm alles verziehen wurde. Er hatte an der Universität Dublin graduiert und dann Europa bereist. Philip und Adeline hatten großen Respekt vor seinem Wissen. Aber er würde nicht lange in Jalna bleiben, denn die Kinder sollten in englische Internate kommen.
Madigan war von Natur ein Widerspruchsgeist. Es tat ihm fast körperlich weh, mit jemand über einen Gegenstand gleicher Meinung zu sein; mit den Kindern aber war er immer nett und freundlich. Er wußte sie durch seine entgegengesetzten Ansichten zu fesseln. Er bat sie, ihm seine Fehler zu verzeihen, da sie die einzigen drei Menschen waren, deren Meinung er schätzte. Als Nicholas einmal ein revolutionäres Urteil, das er von Madigan gehört hatte, als sein eigenes wiederholte, bekam er von seinem Vater ein derbes Kopfstück.
Madigan fühlte sich ungeheuer angezogen von Lucy Sinclair; sie war ein exotischer, ihm ganz neuer Typ. Die langsamen, eleganten Bewegungen ihrer Hände faszinierten ihn. Er war ein Mann, der ein weibliches Wesen brauchte, um es auf ein Piedestal zu stellen und anzubeten – wenn dieses Wesen ihn

aber enttäuschte, so schlug seine Verehrung in Hohn und Verachtung um. Vor einiger Zeit war es Amelia Busby (sie zog ihren zweiten Namen Amelia, dem ersten, Abigail, bei weitem vor), die er verehrt hatte, aber dann hatte sie ihn offenbar irgendwie gekränkt. Jetzt fand er ihre stämmige Gestalt und ihre allzulaut ausgesprochenen Meinungen einfach abstoßend. Sie hatte ihn wegen seiner Gewohnheit, zuviel zu trinken, nicht sehr geschätzt, aber er war viel klüger als ihre Brüder, und sie war beschämt und betrübt, ihn verloren zu haben.

In Lucy Sinclair hatte er ein vollkommenes Ideal gefunden. Wenn Curtis Sinclair es überhaupt sah, so ließ er sich's nicht anmerken. Äußerlich war er ruhig und liebenswürdig, wie es einem Herren aus den Südstaaten zukam.

»Ah, was für wunderbare Manieren dieser Mann hat!« sagte Adeline seufzend zu Philip.

»Hast du an meinen Manieren etwas auszusetzen?« fragte er.

»Du hast die Manieren eines Kavallerie-Offiziers«, antwortete sie etwas undurchsichtig.

Zu Beginn des Bürgerkrieges sympathisierte Lucius Madigan mit dem Norden, soweit das bei seinem Widerspruchsgeist möglich war. Als er hörte, daß Iren in der Nordarmee seien, sagte er inbrünstig: »Oh, diese Männer wollen für die Freiheit kämpfen!« Als er jedoch Elihu Busbys Abscheu vor den Südstaaten sah, schlug seine Meinung um. Elihu Busby war ihm in tiefster Seele zuwider. Dagegen fand er alles verehrungswürdig, was mit Lucy Sinclair zusammenhing, oder er verteidigte es wenigstens. Busby hegte eine fast schwärmerische Verehrung für Lincoln. Lucius Madigan fand Lincoln einfach lächerlich. »Er ist der Typ«, sagte er, »der mit seinen Busenfreunden in dem kleinen Hinterzimmer des Dorfladens hockt, sich langsam vollaufen läßt und schmutzige Witze erzählt.«

Das sagte er zu den drei jungen Whiteoaks, als er sie an jenem Nachmittag im Walde traf. Bei seinen letzten Worten blickte Augusta schamvoll beiseite, und er sah, wie sich die Farbe ihrer Wangen vertiefte.

»Verzeihe mir das häßliche Wort, liebes Kind. Ich hätte so etwas nicht vor dir sagen sollen.«

Nicholas blinzelte seiner Schwester zu, was sie noch verlegener machte.

»Würden Sie das bitte wiederholen, Mr. Madigan?« sagte der kleine Ernest. »Ich hab's nicht deutlich gehört.«

Der Lehrer beachtete diese Bemerkung nicht und begann poetisch über die Schönheit der Bäume zu sprechen. Zwischen ihren Zweigen schossen gelbe Finken, anmutige kleine Blaukehlchen und schwarzgoldene Oriolen hin und her. Sie kamen zu einer Lichtung, deren Boden ganz mit Blumen bedeckt war. Augusta und Ernest fingen sogleich an, welche zu pflücken.

Nicholas sagte zu Lucius Madigan: »Wenn ich groß wäre, hätt' ich gar nichts

dagegen, diesen Krieg mitzumachen; das Schlimme ist bloß, daß ich nicht wüßte, auf wessen Seite ich kämpfen sollte. Unsere Freunde sind alle für den Norden, aber Mutter und Vater und Sie sind für den Süden.«
»Ich bin gegen alle Kriege«, sagte Madigan. »Das Leben in Irland war schlimm genug. Ich bin nicht in dieses Land gekommen, um mich für eine Sache einzusetzen, die mir völlig gleichgültig ist.«
»Aber Sie haben doch Grundsätze – oder?«
»Hol's der Teufel – ich hatte welche«, sagte Madigan. »Aber sie flogen weg wie Spreu im Wind, als ich die Bauern in Irland hungern sah.«
Ernest kam auf sie zugelaufen, beide Hände voll Blumen. »Mr. Madigan«, sagte er, »würden Sie nicht gern die Sklaven befreien?«
»Sie sind eine verdorbene Bande«, sagte Madigan. »Wenn sie in Kanada ihr tägliches Brot verdienen müßten, würden sie erst lernen, was arbeiten heißt!«
»Aber sie sind immer noch Sklaven«, sagte Nicholas.
»Seit Lincolns Proklamation nicht mehr. Sie können geschlossen abziehen – aber sie wissen, auf welcher Seite ihr Butterbrot geschmiert ist.«
Die Südstaatler und ihre Sklaven waren für die Kinder ungeheuer interessant. Sie konnten von fast nichts anderem sprechen. Die Jungen versuchten die Neger auszuhorchen, aber sie bekamen keine rechte Antwort. Die schwarzen Gesichter waren Masken. Augusta war viel zu zurückhaltend, um den Versuch zu machen, anderer Leute Gefühle zu ergründen.
Ehe sie das Haus erreichten, trafen sie ihren Vater mit Mr. Sinclair. Philip zeigte sehr stolz den Obstgarten, den er angepflanzt hatte, als sie nach Jalna gekommen waren. »Ich habe mir Stecklinge von England kommen lassen – und für so junge Bäume haben sie schon gute Ernten gebracht. Diese Cox Pippins! Nie habe ich welche gegessen, die so köstlich schmeckten.«
»Pippins?« sagte Sinclair. »Ich würde gern einen Pippin kosten.«
»Ich habe auch ein paar gute kanadische Apfelsorten. Die kleinen Schneebälle sind wirklich ein Leckerbissen. Rote Schale, weißes Fleisch, zart wie eine Birne, mit ganz feinen roten Adern. Sie werden erst im Spätherbst reif – aber einen Frühsommerapfel können Sie bald haben. Als Apfelsauce zu gebratener Ente – glatt wie lauter Öl! Brand und Mehltau kennen wir hier nicht – und die Insekten werden von den vielen Vögeln dezimiert.« Philip Whiteoak sprach noch lange und mit wärmstem Interesse über die verschiedenen Apfelsorten.
»Wieviele Arbeiter halten Sie für Ihr Land?« fragte Curtis Sinclair.
»Sechs. Lauter gute Arbeiter.«
»Ich habe mehr als hundert auf den Baumwollfeldern, aber die sind auch nötig, um die Arbeit zu tun, die fünfzig Weiße leicht bewältigen würden. Und ich habe ihre großen Familien zu ernähren und zu kleiden.«
»Herr des Himmels! Das könnte ich nie aufbringen!«
»Oh, wenn man die Baumwolle verkauft, ist es ganz gut so – aber die

Yankees verderben uns den Markt mit der Blockade. Sie sind die Großverdiener – waren es immer und werden es bleiben. Sie waren es, die uns zuerst Sklaven verkauft haben.« Er hielt nur mühsam seine Bitterkeit zurück.
»Ja, ich weiß«, sagte Philip, obwohl er herzlich wenig davon wußte.
Schweigend gingen sie weiter, dann sagte Curtis Sinclair: »Kapitän Whiteoak, ich vermute, Ihre Sympathien sind auf seiten der Konföderierten.«
»Allerdings, das ist richtig.«
»Die Yankees haben mein Land vernichtet. Mein Vater hatte große Besitzungen. Und über siebenhundert Neger. Ein paar von ihnen sind weggegangen – aber die meisten sind geblieben. Weil sie ernährt und gekleidet sein wollen. Menschen in jedem Alter – alte Leute, kleine Kinder.« Er zögerte, dann richtete er seine schönen Augen fest auf das frische Gesicht seines Gastgebers. »Kapitän Whiteoak, ich trage mich mit verschiedenen Plänen. Ich habe mich einem Unternehmen verpflichtet, das, wie ich hoffe, der Betätigung der Yankees auf den Großen Seen ein Ende setzen wird.«
Philip machte erstaunte Augen. »Davon habe ich noch nie etwas gehört.«
»Aber es ist wahr – und ich werde Ihnen später mehr davon erzählen. Jetzt möchte ich eins von Ihnen wissen: haben Sie etwas dagegen, daß einige ... Teilnehmer an diesem Vorhaben herkommen, um Verschiedenes mit mir zu besprechen? Es wäre viel weniger verdächtig, als wenn wir uns in einem Hotel treffen. Aber wenn Sie nicht einverstanden sind, daß ich Ihre Gastfreundschaft soweit ausnütze, dann sagen Sie nur ein Wort – und meine Frau und ich werden abreisen.«
»Es wird mich freuen, wenn Sie Ihre Freunde hier sehen können«, sagte Philip vorsichtig; er begriff noch nicht ganz, welche möglichen Verwicklungen dieser Plan nach sich ziehen konnte.
»Nun, ich kann sie nicht gerade ›Freunde‹ nennen«, sagte Sinclair. »Aber sie wollen nicht, daß sich die Yankees unseres Landes bemächtigen.«
Was soll das alles? fragte sich Philip. Aber bei seiner sanguinischen Natur und weil er selbst sich so sicher fühlte, hätte er es gern gesehen, wenn auch seine Freunde in Sicherheit waren. Inzwischen wurden die schlendernden Männer von den Kindern und ihrem Lehrer überholt. Ernest kaute mit seinen weißen Zähnen an einem harten grünen Apfel. Philip riß ihm diesen sofort aus der Hand und gab ihm einen kräftigen Klaps auf die Kehrseite.
»Du weißt recht gut, daß du von unreifen Äpfeln immer Bauchschmerzen bekommst. Willst du unsere Gäste mit deinem nächtlichen Wehgeheul wachhalten?«
Ernest senkte den Kopf. »Ich hatte's vergessen.«
Aber er wollte sich wieder beliebt machen. Er drängte sich zwischen die beiden Männer und legte die eine Hand in Philips Linke und die andere nach kurzem Zögern in Sinclairs Rechte.

Nicholas sagte: »Gussie hat ihm verboten, den Apfel zu essen.«
»Ich glaube, er hat's nicht gehört«, sagte Gussie.
»Ich tue fortgesetzt, was ich nicht tun sollte«, bemerkte Madigan, »und ich erwarte nichts Besseres von meinen Zöglingen.«
»Man sollte vor ihnen nicht solche Reden führen«, tadelte Philip.
»Es tut mir leid, Sir, aber wenn ich mich auf ein Piedestal stellte – würden sie an mich glauben?«
Philip wandte sich an seine Tochter. »Gussie – glaubst du an Mr. Madigan?«
»Wie sollte ich nicht an ihn glauben, wenn ich ihn den ganzen Tag vor meiner Nase habe?«
»Wie derb du sprichst!« sagte Philip. »Entschuldige dich!«
»Ich verbitte mir«, mischte sich Madigan hitzig ein, »daß sich jemand bei mir entschuldigt. Derbheit kenne ich nicht. Genauer – ich weiß sie zu schätzen.«
»Wenn ich Sie nun einen Lügner nennen würde«, fragte Nicholas, »was würden Sie dann sagen?«
»Daß du ein gescheiter Junge bist und mich durchschaut hast.«
Zum Glück kam eine Ablenkung in Gestalt von Nero, der sie suchte. Er war ein Riesentier mit schwarzem lockigem Haar und wohlwollendem Gesichtsausdruck. Dieser Nachfolger Neros des Ersten wurde auch schon alt und schwer, war aber noch sehr aktiv und sprang jetzt fröhlich um die Kinder. Sie spielten mit ihm und blieben hinter den Männern zurück, nur Madigan blieb bei ihnen.
»Diese Kinder lernen keine Disziplin«, seufzte Philip. »Gott sei Dank, bald kommen sie weg – ins Internat.«
»Schicken Sie sie doch nach Frankreich«, sagte Curtis Sinclair. »Ich bin auch in Frankreich erzogen worden!«
»Ach – da sprechen Sie französisch?«
»Freilich.«
»Ich habe einen Französisch-Kanadier, der für mich arbeitet. Er wäre überglücklich, wenn Sie mit ihm in seiner Heimatsprache redeten! Er ist übrigens ein recht guter Holzschnitzer.«
Die Kinder und Nero stießen wieder zu ihnen, und nun gingen alle ins Haus, das ganz von Sonnenschein erfüllt war. Philip trat in das große Schlafzimmer, das in die Halle hinauslief und das er mit Adeline teilte. Sie war gerade dabei, ihr langes Haar zu bürsten. Schon immer hatte er ihr Haar bewundert, das mehr rot als kastanienbraun war. Er sagte es ihr zwar nicht, denn sie war ohnedies eitel genug, aber er fragte: »Was ziehst du zum Dinner an?«
»Das Grünbrokatene hier.«
»Zum Dinner umkleiden!« sagte er, während er die Hände auf das Fußende des gemalten Lederbetts legte, das ein Gemengsel von vielen Blumen und

Früchten zeigte, zwischen denen boshafte Affengesichter hervorlugten. Sie hatten das Bett aus Indien mitgebracht, ebenso den bunten Papagei, der am Kopfende hockte. »Dieses Umkleiden zu Tisch«, wiederholte er, denn er war überzeugt, daß sie ihn mit dem vielen Haar über den Ohren nicht gehört hatte, »ist ein verdammter Unfug! Warum muß sich ›der Gentleman‹ eigentlich zu Tisch umziehen?«

Sie hörte ihn recht gut und spottete: »Wär's nicht nett, wenn du in einer Wolke von Stallgeruch zu Tisch kämst? Nein, wir tun gut daran, uns von unserer besten Seite zu zeigen. Die Sinclairs legen Wert darauf. Das bezaubernde Kleid, das sie gestern trug, hatte sie gerade vor dem Krieg in Paris gekauft. Ihre andern Kleider, sagte sie mir, sind praktisch in Fetzen gegangen – und ihre Schuhe haben Löcher!«

»Warum gibst du ihr nicht ein Paar von deinen?«

»Himmel! Hast du nie bemerkt, was für winzige Füße sie hat?«

Nein, er hatte es nicht bemerkt.

Adeline war entzückt. Sie legte die Arme um seinen Hals und küßte ihn. »Du bist ein Goldschatz!« rief sie.

Er wußte nicht, warum sie so entzückt war, und versuchte gar nicht, es zu erraten. Sie fuhr fort: »Es ist so schrecklich traurig, daß Lucy keine Kinder hat. Sie hat gerade heute darüber Tränen vergossen, auch wenn sie, wie sie sagt, ruiniert sind – ihre Plantage haben ihnen die Yankees weggenommen, so daß sie nichts hätten, was sie ihren Kindern hinterlassen könnten.«

»Recht gut, daß sie keine haben«, bemerkte Philip.

»Du meinst wegen seiner ... Mißbildung. Aber hast du gesehen, was für schöne kleine Hände er hat?«

»Verlieb dich nicht in ihn, Adeline! Das mag ich nicht.«

Philip zog seinen Anzug aus und pflanzte sich im Unterzeug vor den marmornen Waschtisch. Der Marmor war schwarz und glänzend, aber der große Krug, das Becken und die kleinen Gefäße waren elfenbeinfarben und reich mit Rosen bemalt. Philip goß sich Wasser in das Becken, rieb sich die Hände ausgiebig mit Adelines Kaschmirduftseife ein und wusch sich das Gesicht. Hübsch und rosig tauchte er wieder auf und war bald fertig angezogen und bereit, ins Speisezimmer zu gehen.

Ihre Gäste, die Sinclairs, kamen die Treppe herunter, sie hatte ihre Schleppe etwas angehoben. Im Speisezimmer standen die Fenster offen, um den warmen Wind hereinzulassen. Auf dem Tisch stand zwar nicht die reiche Auswahl an Speisen, die die Südstaatler gewohnt waren, aber die Schottische Bouillon, die gebratene Ente mit Apfelsauce, die neuen Kartoffeln und die frischen jungen Erbsen aus dem Garten waren ausgezeichnet, und die Himbeertorte mit der Sahne der Jerseykühe war eine ausgesprochene Delikatesse. Den Kaffee fanden die Sinclairs abscheulich, tranken ihn aber mit höflichem Lächeln.

Heute waren die Laceys zu Tisch geladen; er war ein pensionierter britischer Konteradmiral, wurde aber immer Admiral genannt. Obwohl sie nur beschränkte Mittel und ein kleines Haus besaßen, benahmen sie sich ganz seinem Rang entsprechend. Beide waren höflich, aber ein wenig hochmütig. Beide waren blond, rundlich und hatten sogenannte ›hübsche‹ Gesichter. Sie sahen sich verblüffend ähnlich, obwohl sie keine Blutsverwandten waren. Zuerst hatte gerade diese Ähnlichkeit sie zueinander hingezogen, und als die Kinder ihnen wie aus dem Gesicht geschnitten ähnlich wurden, freuten sie sich darüber.
Philip Whiteoak hatte sich, ehe er sie einlud, vergewissert, mit wem die Laceys sympathisierten. Nach dem ersten Glas Wein sagte Admiral Lacey mit warmem Unterton zu Lucy Sinclair: »So wahr ich lebe, Madam, ich habe die Yankees immer gehaßt!« Sie antwortete in ihrem weichen südlichen Akzent: »Oh, Admiral – dafür könnte ich Sie umarmen!«
Mrs. Lacey hatte es gehört. Die tiefere Röte ihrer Wangen sprach von ihrem Schock, und ihr Mund nahm die Form eines O an. Der Admiral strahlte, ohne die Gefühle seiner Frau zu beachten. Er wiederholte: »Immer habe ich sie verabscheut!«
»Sie werden an diesem Krieg reich, während wir alles verlieren«, sagte Lucy Sinclair.
Curtis Sinclair hielt es für richtig, auf ein leichteres Thema abzuschwenken, denn er fürchtete, seine Frau würde in Tränen ausbrechen. Er lobte den Entenbraten. »Denken Sie nur«, sagte er, »kurz ehe wir Richmond verließen, mußte Mrs. Sinclair fünfundsiebzig Dollar für einen Truthahn zahlen!«
Zwischen vielen Ausrufen der Verwunderung rief Adeline: »Wie gern würde ich einmal Richmond sehen! Schon der Name fasziniert mich – es ist sicher so romantisch, so kultiviert . . . während wir hier in der Wildnis hausen!«
»Aber Sie haben doch alles«, sagte Lucy Sinclair. »Schöne Möbel, erlesen gutes Leinen, wunderschönes Silber! Ich kann Ihnen gar nicht sagen, wie überrascht wir waren, hier alles so zu finden – denn wir hatten uns Blockhäuser vorgestellt, um welche die Indianer und Wölfe herumstrichen.«
Die Whiteoaks wußten nicht, ob sie gekränkt oder erfreut sein sollten. Philip meinte: »Um solche Lebensbedingungen zu finden, müßten Sie sehr weit nach Norden oder Westen gehen.«
Vom andern Ende der Tafel mischte sich Lucius Madigan ein, der dort mit seinen Zöglingen saß: »Um solche Lebensbedingungen zu finden, müßten Sie nach Irland gehen, Mrs. Sinclair.«
»Wir haben viele Soldaten irischer Abstammung in der Armee von Carolina«, sagte sie, »und sie sind die besten Kämpfer!«
»Mein Großvater, der Marquis von Killiekeggan, war auch ein großer Kämpfer«, sagte Adeline. »Er schlug sich in sieben Duellen.«

»Ein Marquis?« sagte Lucy atemlos mit großen Augen. »Sagten Sie, Ihr Großvater war *ein Marquis*?«

»Freilich war er ein Marquis«, erwiderte Adeline. »Und ein großer Trinker vor dem Herrn!«

Nicholas mischte sich ein. »Ein Wunder, daß Ihnen Mammi nicht längst von ihrem Großvater erzählt hat. Gewöhnlich spricht sie gleich zuerst von ihm.«

Natürlich hätte sich Adeline ärgern können – aber sie tat das Gegenteil: sie machte ein vergnügtes Gesicht und stimmte in das allgemeine Gelächter ein.

Der kleine Ernest hatte das Gefühl, lange genug im Schatten gesessen zu haben und bemerkte jetzt mit seiner schrillen Kinderstimme: »Ehe unsere Gäste kamen, haben wir mittags unser Dinner gegessen und abends unser Abendessen. Warum?«

»Na, weil's doch so viel schicker ist, du Dummerchen!« sagte Nicholas. Adeline warf ihren Sprößlingen einen unheilverkündenden Blick zu. »Wenn ich noch ein naseweises Wort von euch beiden höre, verschwindet ihr hier vom Tisch!« sagte sie.

Philip bemerkte gelassen: »Wir leben in Jalna eben ein ländliches Leben. Das ist tatsächlich nötig in diesem jungen Land.«

Madigan schien sich insgeheim über etwas zu belustigen. Er bebte förmlich vor unterdrücktem Lachen, aber niemand beobachtete ihn. Admiral Lacey erzählte Geschichten aus der Zeit, als er sich in Kanada niedergelassen hatte. Er wurde dieser Erinnerungen nie müde, ebensowenig wie des Klangs seiner eigenen Stimme. Obwohl er entschieden auf seiten der Südstaaten stand, war er der Meinung, daß sie ihren Feldzug ungeschickt führten – und Curtis Sinclair mußte ihm recht geben.

Nach dem Dessert begaben sich die drei Damen und Augusta in den Salon. Der Erzieher verschwand mit den Jungen auf den mondbeschienenen Rasen. Die Männer verließen den Tisch und füllten ihre Gläser mit Portwein. Philip Whiteoak sagte: »Ich bewundere Ihre Selbstbeherrschung, Mr. Sinclair. Ich bezweifle stark, ob ich mich so zurückhalten könnte, wie Sie es tun.«

»Mir wär's unmöglich!« sagte Admiral Lacey. »Ich würde verzweifelt versuchen, irgendwie mitzutun.«

»Sie meinen, Sie würden Ihr Land nicht seinem Schicksal überlassen und in die Fremde fliehen«, entgegnete Sinclair.

Der Admiral wurde verlegen. »Sie kennen die Grenzen Ihrer Möglichkeiten besser als ich«, sagte er mit einem Blick auf Sinclairs Buckel.

Die schöne Hand des Südstaatlers spielte mit dem kristallenen Stiel seines Glases. »Wir aus dem Süden haben viel zu rächen. Es genügt nicht, das eigene Haus anzustecken und die Plantage als versengte Wüste zurückzulassen, wie es manche tun. Es gibt auch solche unter uns, die etwas Wirksameres tun

wollen, als den eigenen Besitz zu zerstören.« Er hielt inne und sah fragend in die Gesichter der beiden anderen.
»Was Sie auch tun – Sie dürfen unserer Sympathie sicher sein«, sagte Philip Whiteoak.
»Mit Ausnahme meines Eintritts in die konföderierte Armee« – der Admiral sprach leidenschaftlich und leerte sein Glas –, »will ich alles Menschenmögliche tun, um mitzuhelfen. Aber ich bin ein armer Mann. Geld kann ich nicht geben.«
»Oh, wir haben unsere Fonds«, sagte der Südstaatler hochmütig. Dann fuhr er fort: »Im letzten Frühjahr wurde ein Offizier der Unionsarmee in der Schlacht getötet, ein Colonel Dahlgren. An seiner Leiche fanden unsere Leute einen Befehl des Hauptquartiers, Richmond zu plündern und zu zerstören. Das haben wir nicht vergeben – und das werden wir nicht vergeben.«
»Verabscheuenswürdig!« erklärte Admiral Lacey. »So schlimm wie Cromwells ›Ironsides‹.«
»Wenn nicht schlimmer«, sagte Philip. »Nun, und was planen Sie?«
Jedoch Curtis Sinclair wich aus. Er trommelte nervös mit den Fingern auf dem Tisch. Dann sagte er mit leiser Stimme: »Ich würde zuviel Zeit brauchen, um Ihnen das zu erklären ... und ich glaube, Mrs. Whiteoak erwartet uns im Salon.« Man merkte ihm an, daß er im Augenblick nichts weiter zu sagen wünschte. Kurz darauf begaben sich die drei Herren zu den Damen.
Philip Whiteoak bemerkte sofort, daß die Atmosphäre hier nicht gerade die glücklichste war. Lucy Sinclair saß auf einer blauseidenen Polsterbank, die Falbeln ihres Pariser Kleides anmutig um sich gebreitet, so daß gerade die Spitze ihres kleinen Brokatschuhs zu sehen war. Sie bewunderte wortreich die Schönheit einiger Elfenbein-Elefanten aus Indien, die Adeline aus einer Vitrine genommen hatte, um sie ihr zu zeigen. Aber Mrs. Lacey saß allein und sah mit scheelem Blick auf die Szene. Ohne sie anzusehen, begab sich Admiral Lacey schnurstracks an die Seite Lucy Sinclairs. Curtis trat zu Adeline an die Vitrine. Philip setzte sich neben Mrs. Lacey.
»Ist es möglich«, sagte sie mit hörbarem Flüstern, »daß sich alle Frauen aus dem Süden so kokett benehmen?«
»Psst!« flüsterte er zurück, »sie kann Sie hören!«
»Was flüstern Sie da?« rief Lucy Sinclair. »Doch nichts Schlechtes über mich und den lieben Admiral, hoffe ich?!«
»Ich dachte gerade«, sagte Mrs. Lacey, »daß Sie nach allem, was Sie durchgemacht haben, niedergeschlagener sein müßten.«
»Ach, wenn Sie mich früher gekannt hätten, dann würden Sie den Unterschied merken«, entgegnete Lucy Sinclair. »Aber ich bin von Natur aus heiter, und wenn ich in so guter Gesellschaft bin –« Es war eine willkommene Unterbrechung, daß der Lehrer mit seinen drei Zöglingen durch die Balkontür, die

in den Garten führte, ins Zimmer kam. Der sanfte Sommerwind bewegte die Vorhänge, und die Menschen spürten die tannenduftende Dunkelheit der Nacht draußen, die kaum erhellt war von einigen Sternen und der schmalen Mondsichel, die über die Schlucht stieg. Ein Ziegenmelker wiederholte mit trauervoller Beharrlichkeit seine drei durchdringenden Töne.
»Aber, Ernest«, rief Adeline, »du solltest längst im Bett sein!«
»Ich will nur gute Nacht sagen.« Der Kleine sprach höflich und bescheiden und ging auf die Mutter zu.
Sie breitete die Arme aus und rief: »Also komm – gib mir rasch einen Kuß – und dann fort mit dir, mein Schatz!« Sie sprach bewußt mit irischem Akzent und bot ein absichtlich rührendes Bild mit dem kleinen Jungen, als wolle sie ihn vor allen Gefahren der Welt beschützen.
»Was für entzückende Kinder!« sagte Lucy Sinclair zu dem Admiral. »Wie ich alle Eltern beneide! Es ist unser ganzer Kummer, daß wir keine Kinder haben, mein Mann und ich. Ich hätte für mein Leben gern eine kleine Tochter gehabt.«
»Ich habe zwei Töchter«, sagte der Admiral stolz, »und einen Sohn – er ist bei der Königlichen Marine.«
Adeline gab Ernest einen schallenden Kuß. »Und jetzt sage allen gute Nacht«, sagte sie.
Ohne zu zögern umarmte und küßte Ernest alle, der Reihe nach. Gar zu gern wäre er länger bei dem schönen Kerzenlicht im Salon geblieben. Als er die Arme um Lucy legte, sagte er: »Ich kann das ganze Gedicht ›Bingen am Rhein‹ aufsagen!«
Wie reizend sauber der Kleine roch! Sie drückte ihn an sich und fragte: »Willst du es für mich aufsagen? Ich höre schrecklich gern, wenn jemand ein Gedicht aufsagt.«
Mrs. Lacey beobachtete die Szene und dachte: »Sie verfolgt sogar solche kleine Knaben!«
Ernest fragte: »Darf ich's aufsagen, Mammi?«
»Du darfst«, antwortete sie großmütig, »wenn du uns keine Schande machst und nicht die Hälfte der Worte vergißt!«
»Ich vergesse kein Wort!« versprach er zuversichtlich. Er stellte sich so hin, daß ihn alle sehen konnten, und begann mit seiner schrillen Stimme: »Es lag in Algier sterbend ein junger Legionär . . .«
Und wirklich, er sagte das lange Gedicht fehlerfrei auf. Als alle in die Hände klatschten, wurde er rot und lief zu seiner Mutter.
»Wer hat ihn in Ihrem entlegenen Weltteil gelehrt, mit soviel Gefühl und soviel Unterscheidungsvermögen zu rezitieren?« fragte Lucy Sinclair.
»Die Frau unseres Pfarrers ist hoch gebildet«, antwortete Adeline. »Sie bringt den Kindern das Rezitieren und das Klavierspielen bei.«

»Klavierspielen?« rief Lucy überrascht. »Welches von den Kindern kann denn klavierspielen?«
Man sah sofort, daß Nicholas, ›derjenige‹ war. Seine vorgeschobenen Lippen, seine niedergeschlagenen Augen zeigten seine Verlegenheit.
»Komm, Nicholas«, drängte seine Mutter, »spiele uns das hübsche Stück von Schubert vor.«
»Nein, Mama«, – er schüttelte den Kopf – »ich kann nicht!«
»Aber du hast's doch erst gestern für meine Mädchen und mich gespielt«, rief Mrs. Lacey.
»Das war anders.«
»Du gehst sofort zum Klavier, mein Junge«, befahl der Vater.
Nicholas erhob sich und setzte sich dann wie ein geprügelter Hund an das Instrument. Ohne zu viele Fehler spielte er das ganze Stück.
»Wie beseelt! Wie vollendet!« rief Lucy Sinclair.
»Das kann meine Frau beurteilen«, sagte Curtis Sinclair, »denn sie hat in Europa Musik studiert.«
»Oh, dann muß sie für uns spielen«, rief Adeline.
»Wenn's etwas gibt, das mir mehr Freude macht als alles andere, dann ist es ein musikalischer Abend«, erklärte der Admiral, der kaum zwei Töne voneinander unterscheiden konnte.
»Und ich liebe Rezitationen!« warf Mrs. Lacey schnell ein.
»Oh, dann sollten Sie meine Tochter rezitieren hören«, sagte Adeline.
Nicholas hatte für sein Klavierspiel viel Applaus bekommen und kehrte jetzt zu seinem Lehrer zurück, wo er schweigend auf einem Sofa dicht neben der Tür sitzen blieb.
»Gussie«, sagte Kapitän Whiteoak, »steh auf und rezitiere den ›Einsatz der Leichten Brigade‹.«
Mit mädchenhafter Würde und ohne zu lächeln stand Augusta auf und wählte einen geeigneten Platz, nicht zu nahe bei ihren Zuhörern, denn sie mußte stellenweise die Stimme erheben. Trotz ihrer Jugend war sie sehr wirkungsvoll mit dem konzentrierten Ausdruck in ihrem blassen Gesicht und dem schwarzen Haar, das in anmutigen Locken bis zu ihrer Taille herabhing. Als sie die Worte sprach: »Eine halbe Meile, eine halbe Meile, eine halbe Meile voran«, bewegte sie ganz leicht ihre rechte Hand und blickte ins Leere; »So ritten Sechshundert dem Tod in den Rachen . . .«
Das war mehr, als Lucy Sinclair ertragen konnte – sie brach in Tränen aus. Als der Admiral das sah, kamen auch ihm die Tränen in die Augen. Adeline legte den Arm um Lucy und streichelte ihren Rücken. Lucy schluchzte: »Das war schön – das war heroisch. Du hast es herrlich rezitiert, Gussie.«
»Ich möchte auch immer weinen, wenn ich das Stück höre«, sagte Adeline, »aber ich weine nicht so leicht.«

Von Lucius Madigans Platz kam seine Stimme, als spräche er mit sich selbst: »Ich kann's nicht begreifen«, sagte er, »warum ein so verhängnisvoller Fehler auch noch verherrlicht wird! Man täte besser daran, ihn zu vergessen.«
»Was hätten Sie getan, wenn Sie diesen Befehl bekommen hätten?« fragte Nicholas seinen Lehrer.
»Ich wäre weggelaufen, so schnell ich konnte«, antwortete er ohne Zögern.
Da er ein Ire war, hielt man das für einen Scherz. Alle lachten, bis auf Lucy. Sie trocknete ihre Augen. Mrs. Lacey betrachtete sie ohne jedes Mitgefühl. Was für ein Recht hatte diese Frau als Amerikanerin, sich über das Schicksal der Leichten Brigade aufzuregen!
»Ich wünschte«, sagte der kleine Ernest, »daß uns Mr. Madigan eins seiner irischen Lieder vorsingt.«
»O ja, tun Sie das!« Adeline sprach mit echter Bewegung. »Obwohl es mir das Herz bricht, diese Lieder zu hören.« Sie sprach immer, als weilte ihr armes gebrochenes Herz in Irland, während sie in Wirklichkeit recht froh gewesen war, aus jenem Land herauszukommen. Zwar liebte sie ihre Familie, aber mit ihrem Vater hatte sie sich nicht vertragen. »Sicher wird Mrs. Sinclair Sie begleiten. Sie spielt so wundervoll. Ihre Finger gleiten über die Tasten wie ein Bach über seine Kiesel.«
Bald nahm Mr. Madigans kühler irischer Tenor alle gefangen, als er ihnen ›Des Sommers letzte Rose‹ vorsang.

Nachts

Als die Gäste gegangen waren, begaben sich Philip Whiteoak und Curtis Sinclair in die samtene Dunkelheit der Sommernacht – jetzt schien der Mond nicht mehr. Sie gingen vor dem Haus auf und ab und redeten und redeten. Die Tür stand offen, und das Lampenlicht aus der Halle fiel auf die beiden Gestalten, wenn sie vorüberkamen. Sie waren verblüffend gegensätzlich. Beide gingen barhäuptig, Philip Whiteoak war einen Kopf größer als der andere. Seine frische Hautfarbe, die breiten Schultern und der flache Rücken, sein befehlsgewohnter Blick – das alles ließ sicher viele andere Männer wünschen, sie stünden in Philips Schuhen. Er verhielt den Schritt, um sich dem schwerfälligen Gang des Südstaatlers anzupassen. Dennoch ging von Curtis Sinclair trotz seines Buckels eine gewisse Würde aus. Er war eine interessante Erscheinung. Sein Gesicht war fein und empfindsam. Als sie endlich ins Haus gingen, streckte der Mann aus dem Süden die Hand aus. »Gute Nacht, Kapitän Whiteoak«, sagte er, »ich danke Ihnen. Ich hoffe, daß ich nichts tun werde, was Sie Ihre Güte bereuen läßt.« Sie schüttelten sich warm die Hände, und Philip ging geradenwegs in sein Zimmer.

Er hatte erwartet, Adeline schlafend zu finden. Aber als er auf Zehenspitzen eintrat, setzte sie sich im Bett auf. Das kleine Nachtlicht auf einem Tisch am Kopfende des Bettes enthüllte nur eben den Umriß seiner stattlichen Gestalt.
»Warum bist du so lange aufgeblieben?« fragte sie. »Worüber habt ihr noch gesprochen, ihr zwei Männer?«
»Schlaf nur wieder ein«, sagte er energisch.
»Ich will nicht einschlafen. Ich muß wissen, worüber ihr soviel gesprochen habt.«
»Warum?« Er kam ans Bett.
»Weil ich eine Frau bin«, rief sie, »und nicht einschlafen kann, bis ich's weiß.«
»Nun sei vernünftig und schlafe!« sagte er.
Sie fing seine Hand und drückte sie an ihr Gesicht. »Ich brenne vor Neugier!« erklärte sie.
Er kniff sie scherzhaft in die Wange.
»Guter Gott«, rief sie, »kannst du nicht begreifen, daß ich eine Frau von Charakter bin, die fähig ist, an allem teilzunehmen, was geplant wird?«
Der Papagei, gereizt durch ihre laute Stimme, erhob auf Hindustani lauten Protest, wobei er den Schnabel weit öffnete und seine schwarze Zunge zeigte.
»Welcher Teufel hat mich geritten, eine irische Frau zu heiraten – ich werd' es nie ergründen«, seufzte Philip und setzte sich neben sie aufs Bett.
Er war jedoch so erfüllt von Curtis Sinclairs Plan, daß er sich nicht enthalten konnte, ihr wenigstens einiges davon mitzuteilen. Tatsächlich mußte sie sogar darum wissen. Sie war keine gewöhnliche Frau, die man mit ein paar Halbwahrheiten abspeisen konnte. Sie war eine Person, mit der man rechnen mußte. Manchmal wünschte er freilich, sie wäre aus zarterem Holz geschnitzt, aber wenn er dann in ihre leuchtenden Augen sah, die nichts von Sentimentalität kannten, und ihr kühnes Profil betrachtete, dann wünschte er nicht mehr, daß sie anders wäre. Die schneeweiße Krause ihres Nachthemds reichte ihr bis ans Kinn. Er legte den Finger unter ihr Kinn und bemerkte: »Na also ... wenn's sein *muß* ...«
»Ja?« Sie war ganz atemlos.
»Curtis Sinclair ist einer dieser Organisatoren einer Untergrundgruppe – Agenten der Südstaaten-Konföderation nennen sie sich. Präsident Jefferson Davis hat sie nach Kanada geschickt.«
Philip zögerte und befingerte seine Krawatte. »Ich weiß nicht, ob ich dir das erzählen darf, Adeline.«
»Nun, ich hätt's auf jeden Fall aus Lucy herausgefragt.«
Mit plötzlich sehr ernster Miene fuhr er fort: »Diese Männer sollen Ausfälle über die Grenze machen – mit dem Ziel, die Schiffahrt der Nordstaaten auf den Großen Seen zu vernichten.«

Adeline ließ sich rückwärts auf ihr Kissen fallen, ihr ganzer Körper zitterte vor Erregung.
»Was für eine glorreiche Rache!« rief sie.
»Beim Jupiter«, sagte er, »du machst ein schadenfrohes Gesicht!«
»Ich bin auch schadenfroh, wenn ich an diese erbärmlichen Yankees denke!« Dann aber wurde auch sie ernst. »Was für eine Rolle sollen wir dabei spielen?« fragte sie. »Denn die Sinclairs erwarten von uns, daß wir irgendwie mitspielen, sonst hätte er sich dir nicht anvertraut.«
»Unsere Rolle ist passiv«, sagte Philip. »Sie besteht nur darin, daß wir Curtis Sinclair erlauben, gewisse Mitglieder der Untergrundgruppe unter unserm Dach zu empfangen und ihnen seine Befehle zu geben.«
»*Ich* werde sie empfangen!« Adeline richtete sich auf. »Niemand soll mir nachsagen, ich hätte meine Rolle nicht spielen können!«
»Du hast dabei keine Rolle!« rief er entschlossen. »Du hast nur das eine zu tun: nichts, aber auch gar nichts zu sehen und nichts zu sagen.«
»Wenn all diese tapferen Männer herkommen? Niemals!«
Als sie wieder die Stimme erhob, flatterte der Papagei vom Kopfende des Bettes herunter und protestierte lärmend. Er landete am Fußende, ging dann auf Adelines Körper entlang und drückte, als er bei ihrem Kopf ankam, seine gefiederte Wange an die ihre.
»Lieber Boney!« murmelte sie.
Auf Hindustani – es war die einzige Sprache, die er konnte – stieß er Zärtlichkeitsbeteuerungen aus.
Philip begann sich auszukleiden.
»Bitte setze diesen Vogel wieder auf seine Stange. Ich lehne es ab, mit ihm ins Bett zu gehen.«
Adeline stand auf und trug den Papagei zu seinem Käfig. Jetzt schimpfte er durch die Stäbe fürchterlich auf Philip. *»Haramdazu – Iflatoon!«*
Adeline – sie sah imposant aus in ihrem langen Nachtkleid – ging zum Fenster, um es zu öffnen. »Der Flieder wird bald abgeblüht haben – ach, wie köstlich riecht er! Komm her, Philip.«
Zusammen atmeten sie den Duft des Flieders und die süße Luft der jungfräulichen Landschaft ein. Kein Laut war zu hören als das leise Rascheln der Blätter und das Geplätscher des Bachs in der grünen Tiefe der Schlucht.
Oben im Zimmer der Sinclairs hatte das Ehepaar noch lange geplaudert – zuerst über den Abend, der hinter ihnen lag, dann über die vor ihnen liegenden Probleme.
Lucy Sinclair rief: »Ich hab' mich förmlich verliebt in diese Whiteoaks. Sie sind so natürlich, so spontan und so hübsch. Hat sie nicht wunderbare Farben? Das rote Haar – die cremeweiße Haut und diese Augen! Gott sei Dank bin ich eine Frau, die andere Frauen bewundern kann.«

»Whiteoak ist ein wirklich netter Mensch«, sagte Curtis Sinclair. »Er ist ganz einverstanden damit, daß ich sein Haus als Hauptquartier benütze. Natürlich muß alles heimlich vor sich gehen. Die Männer werden nur nach Einbruch der Dunkelheit herkommen. Sie werden so leise weggehen, wie sie kommen. Ich glaube, die Nachbarn werden keinen Verdacht schöpfen.«
In diesem Augenblick kam Lucy Sinclairs Mulattin ins Zimmer.
»Ich bin gekommen, um Ihr Haar zu bürsten, Missus. Mein Gott, es braucht seine Pflege.« Sie schwang beim Sprechen die Bürste wie eine Waffe. Ihr Gesicht strahlte beim Gedanken an den guten Zweck. Als ihre Herrin, in einen seidenen Frisiermantel gehüllt, in einen Sessel sank, fing sie sofort an, die langen blonden Locken mit glättenden Bürstenstrichen zu bearbeiten.
»Kommst du mit den andern Dienstboten besser aus, Annabelle?« fragte Lucy Sinclair. »Ich hoffe, du bist immer höflich.«
»Himmel, Missus, ich lächle mich halb tot, wenn ich mit ihnen spreche. Mit allen – bloß mit dem Iren nicht. Ich kann nicht verstehen, was er sagt.« Annabelle bog sich vor Lachen bei dem bloßen Gedanken an Patsy.
Nun trat die Negerin Cindy ein, die Arme voll frischgewaschener Kleidungsstücke, die sie begann, in den Schränken und Schubläden zu ordnen, wobei sie sich laut beklagte, daß sie vor dem Abendessen kein Bügeleisen bekommen hätte. »Wir alle gehen in Lumpen, Missus«, sagte sie mit kummervoller Stimme, »wenn wir nicht bald viel neue Kleider bekommen. Sehen Sie bloß – diesen Schuh!« Sie hob den Fuß, um den Schuh zu zeigen. Die Sohle war kaum mehr als ein großes Loch.
»Du mußt Geduld haben«, beschwichtigte sie Lucy Sinclair. »Wir werden neue Kleider haben, wenn der schreckliche Krieg vorbei ist. Dann gehen wir hoffentlich wieder nach Hause.«
Die Negerin hob die Hände zum Himmel. »Ich bete zu Gott, Missus, daß es vorbei ist, wenn der Winter kommt; alle sagen, es ist hier bitter kalt und Schnee bis zur Taille. Wir Neger werden sicher vor Kälte sterben.« Curtis Sinclair hatte mit dem Rücken zum Zimmer am Fenster gestanden. Als die Sklavinnen gegangen waren, drehte er sich um und fragte seine Frau: »Wo schlafen die beiden denn?«
»In dem kleinen Schlafzimmer nebenan«, sagte sie. »Und Jerry ist irgendwo im Souterrain untergebracht.«
»Wir hätten diese drei Sklaven nicht mitbringen dürfen«, sagte er. »Wir bürden den Whiteoaks damit zuviel auf.«
»Nun, du möchtest doch wohl nicht, daß ich mich selbst bediene?«
In ihrer Stimme war eine hysterische Note. Sie wiederholte es nochmals mit zitternder Stimme.
»Natürlich nicht«, antwortete er.
»Und du mußt wissen, daß die beiden Frauen neue Kleider brauchen. Auch

Jerry braucht einen neuen Anzug und Schuhe. Sie sind alle drei so schlecht dran, daß es dringend nötig ist!«
»Sie sollen zum Teufel gehen«, sagte er gelassen. »Ich habe kein Geld, das ich für sie verschwenden kann.« Er nahm seine Uhr aus der Tasche und fing an, sie aufzuziehen. Die Frau sagte nichts mehr.

Ein Besuch bei Wilmott

Am folgenden Morgen machte sich Adeline zu Fuß auf den Weg zu einem Besuch bei James Wilmott, einem Engländer, der auf demselben Schiff wie die Whiteoaks nach Kanada gekommen war. Er hatte ein Stück Land mit einem Blockhaus an dem Bogen des Flusses gekauft. Er hatte es sich auf primitive Art sehr gemütlich gemacht. Am Ufer hatte er ein flachbodiges Boot vertäut. Auf dem kleinen Landungssteg lagen seine Fischereigeräte. Das Wasser flüsterte und plätscherte in den Binsen.
Gewöhnlich ritt Adeline, wenn sie ihre Nachbarn besuchte, ihr Lieblingspferd – aber dies war ein heimlicher Besuch. Sie folgte dem Grasweg zur Haustür und klopfte an. Als sie wartete, war ihr ebenso geheimnisvoll zumute wie bei allem, was mit Wilmott in Verbindung stand. Zuerst war er so zurückhaltend in bezug auf sein bisheriges Leben gewesen. Sie hatte ihn noch für einen Junggesellen gehalten, als er sich schon in seinem neuen Haus niedergelassen hatte; dann hatte sie entdeckt – und er gestand es ihr ein –, daß er England heimlich verlassen hatte, um einer verhaßten Ehefrau zu entfliehen. Sein Vermögen hatte er hergegeben, um sie und ihr Kind gut versorgt zurückzulassen.
Als die Frau seinen Aufenthalt herausfand und ihm nach Kanada folgte, hatte ihm Adeline Whiteoak geholfen, indem sie sie auf eine falsche Spur setzte.
An dieses Intermezzo – es lag fast zwölf Jahre zurück – konnte Adeline nicht denken, ohne mutwillig zu kichern. Als sie die frühere Mrs. Wilmott kennengelernt hatte, begriff sie ohne weiteres, warum ihr Ehemann vor ihr geflohen war.
Seit damals hatte Wilmott bewußt glücklich in seinem kleinen Haus gelebt, allein mit einem Diener, Gefährten, Protégé und Schüler, einem jungen halbfranzösischen Indianer namens Tite. Er war es auch, der Adeline jetzt die Tür öffnete. In den Jahren, die er bei Wilmott verbracht hatte, war er aus einem bronzefarbenen Bürschchen zu einem muskulösen, aber schlanken jungen Mann herangewachsen. Er hatte in diesem Jahr sein erstes Examen im Studium der Rechte abgelegt. Wilmott war stolz auf ihn und betrachtete ihn fast als einen Sohn.
»Guten Morgen, Tite«, sagte Adeline. »Ist Mr. Wilmott zu Haus?«
»Er ist beinahe immer zu Haus«, erwiderte Tite, würdevoll den Kopf neigend.

»Ich werde ihm sagen, daß Sie hier sind. Er näht augenblicklich gerade Knöpfe an seine besten Hosen.« Tite glitt von der Tür weg, und kurz darauf trat Wilmott ein. Tite kam nicht zurück.
»Es tut mir leid, daß ich Sie warten ließ, Adeline.« Wilmott sprach förmlich, wie es seine Gewohnheit war, aber seine tiefliegenden grauen Augen blickten so intensiv in die ihren, daß sie ein wenig errötete. »Eine Seltenheit, daß Sie mich besuchen kommen«, fügte er hinzu und schob ihr einen Sessel hin.
Sie setzte sich nicht, sie blieb vor ihm stehen und sah ihn an. »Ich komme in einer wichtigen Mission«, sagte sie.
Er war an ihre Übertreibungen gewöhnt und wartete gelassen auf ihre weiteren Worte. »Ja?« fragte er vorsichtig.
»Keine Sorge!« platzte sie heraus. »Ich will Sie nicht bitten, etwas zu *tun*. Ich will mich nur Ihrer Sympathie versichern bei etwas, das Philip und ich vorhaben.«
»Philip und Sie?« wiederholte er überrascht.
»Wir sind ein gutes Gespann, Philip und ich, wenn wir einer Meinung sind«, erklärte sie. »Aber zunächst sagen Sie mir, welche Partei Sie in diesem amerikanischen Bürgerkrieg nehmen.«
»Sie wissen, daß ich die Sklaverei hasse.«
»Das tun unsere Gäste aus dem Süden auch. Aber sie haben große Plantagen geerbt und Hunderte von Sklaven. Diese Schwarzen waren von ihnen abhängig. Sie waren bei ihren Herren zufrieden und glücklich – aber jetzt sind die Yankee-Soldaten in den Süden eingedrungen, plündernd, sengend ... Oh, es würde Ihnen das Herz brechen, wenn Sie von dem Elend hörten, das die Schurken über dieses glückliche Land gebracht haben. Natürlich erinnern Sie sich, wie Ihre Frau durch Neu-England reiste, um Haß auf den Süden zu predigen und zu schüren! Und dabei ging es sie doch gar nichts an, nicht wahr?«
Wilmott wünschte nicht, an diese Frau erinnert zu werden. Er erwiderte: »Freilich ging es uns gar nichts an.«
Als Adeline aber von den Plänen der Sinclairs berichtete, bewegte sie ihn tief; sie wußte, wie gut sie das konnte. Die Tatsache, daß seine ehemalige Frau herumgereist war, um den Haß gegen den Süden zu schüren, genügte ihm, um seine ganze Sympathie dem hartgeprüften Lande zuzuwenden.
Da er zögerte, ergriff sie seine Hand: »Ah, James, Sie sind ein Prachtmensch!«
»Ich habe nichts versprochen«, sagte er vorsichtig. »Und ich hoffe, Sie lassen sich nicht zu irgendwelchen Unbesonnenheiten aufwiegeln.«
»Philip und ich haben bei alledem nichts weiter zu tun, als nichts zu sehen und nichts zu hören. Nichts weiter, als sie bei ihren Zusammenkünften zu beherbergen.«
»Bei ihren Zusammenkünften?« Er entzog ihr seine Hand und sah ihr ernst in die Augen.

»Jetzt, da ich Sie für unsere Sache gewonnen habe«, sagte sie, »müssen Sie heute abend nach Jalna herüberkommen und die Einzelheiten hören. Es wird Sie sehr befriedigen, James.«
Seine Stimme schwankte ein wenig, als er antwortete: »Sie wissen, Adeline, daß ich alles für Sie tue.« Sein Blick war noch immer ernst, denn er lebte ein ziemlich einsames Leben, und wenn seine herben Züge einmal seine Stimmung widerspiegelten, veränderten sie sich nur zögernd.
Als Adeline gegangen war, trat das Halbblut ein. Er hatte gelauscht und jedes Wort gehört, aber seinem Gesicht war nichts davon anzusehen. Er sagte: »Ich hoffte, Sie würden mich Tee für die Dame kochen lassen, Chef.«
»Du weißt recht gut, Tite«, antwortete Wilmott, »daß wir hier keine Damengesellschaften geben.«
»Aber Mrs. Whiteoak ist eine große Teeliebhaberin, Chef.«
»Das geht uns nichts an«, sagte Wilmott kurz.
»Das weiß ich natürlich, Chef. Aber ich dachte, ihr wäre eine Tasse Tee angenehm – wegen ihrer Nerven. Es muß doch merkwürdig für sie sein, Sklaven in ihrem Haus zu haben.«
»Das geht uns nichts an«, wiederholte Wilmott.
Ein Schweigen folgte, bis Tite mit einem Seitenblick fragte: »Haben Sie die Sklaven gesehen, Chef?«
»Nein. Wie viele sind es denn?«
»Drei, Chef.«
»Oh!« rief Wilmott, »das ist allerdings reichlich ... sind es Männer oder Frauen?«
»Ein Mann und zwei Frauen, Chef.«
»Hast du mit ihnen gesprochen?«
»Ich bin immer freundlich zu Fremden, Chef. Ich habe mit ihnen gesprochen. Die ältere Frau ist dick. Außerdem ist sie schwanger.«
»Auch das noch!« rief Wilmott.
»Ja, wirklich, Chef!«
»Ist sie mit dem Mann verheiratet?«
»Nein, Chef. Sie hat ihren Mann und drei Kinder im Süden verlassen, weil sie ihrer Herrin so ergeben ist. Genau wie ich meine Frau und meine Kinder verlassen würde, wenn ich welche hätte, um bei Ihnen zu bleiben.«
»Ich würde dir raten, Tite, diese Neger nicht auszuhorchen. Halte dich ihnen lieber fern.«
»Ich bin ein freundlicher Mensch, Chef.« Tite zeigte beim Lächeln seine weißen Zähne. »Und ich habe auch kein Klassenbewußtsein. Ich bin ja selbst ein Mischblut. Ich bin kaum weiß. Dennoch hat mir eine junge weiße Dame einmal gesagt, mein Mund sei wie eine Granatapfelblüte. Sollte das eine Schmeichelei sein, Chef?«

»Erinnere mich nicht an diese Geschichte!« sagte Wilmott streng.
»Nun, das war vor Jahren – und seitdem bin ich ein besserer Mensch geworden, Chef. Sie kennen doch sicher die Erzählung von dem edlen roten Mann?«
»Es freut mich, zu hören, daß du dich gebessert hast.« Wilmott fragte sich ernstlich, ob seine Erziehung für Tite gut gewesen sei.
»Die junge Sklavin« – Tite sprach sehr sachlich – »ist eine Mulattin – dieselbe Farbe wie *café au lait*. Sie sehen, ich kann ein wenig französisch. Sie ist ein sehr hübsches Mädchen, Chef.«
»Ich wünsche, daß du dich dieser jungen Frau fern hältst!«
»Natürlich. Sicher.« Tite sprach sehr würdevoll. »Immerhin... sie ist sehr hübsch, und ihr Name ist Annabelle. Sie hat ein empfindsames Gesicht – etwas, was man bei Frauen selten findet, Chef.«
»Du hältst dich ihr fern«, wiederholte Wilmott, »du kannst sonst schwere Unannehmlichkeiten bekommen.«
»Unannehmlichkeiten – mit wem, Chef?«
»Wahrscheinlich mit dem zu ihr gehörenden Neger.«
»Aber nein, Chef! Annabelle steht himmelhoch über ihm! Er ist ein unwissender Bursche, der nicht einmal lesen und schreiben kann. Rechnen allerdings kann er im Kopf.«
»Woher weißt du das alles, Tite?«
»Ich halte Augen und Ohren offen, Chef – dadurch wird das Leben erst interessant.«
Tite schlenderte fort. Er fischte in einem schattigen Tümpel, der voller Fische war, dann reinigte und kochte er einen der gefangenen Fische, spülte das Geschirr, und als es dunkelte, schlug er den schmalen Pfad nach Jalna ein, auf dem am Morgen Adeline gekommen war. Schon stahlen sich die Gerüche der Nacht hervor, zuerst nur schüchtern, dann von der Dunkelheit Besitz ergreifend; die Luft wurde schwer und süß vom Duft der jungfräulichen Erde, der Tannen und Zedern und des Balsambaums. Kleine Vögel zwitscherten, die Frösche quakten, der jüngst erwachte Chor der Grillen setzte ein, und alles floß zusammen, um dem Tag den Abschied zu geben und die Nacht zu begrüßen.
Der Halbblutindianer genoß es nicht bewußt, er sog es einfach in seine Poren – in die Sohlen seiner Füße, die Haut seines dunklen Gesichts. Eins war klar – er machte keinen ziellosen Spaziergang. Er bog scharf in den schmalen Pfad ein, der nach Jalna führte; dann folgte er bergab in die Schlucht hinunter einem andern, den nur jemand finden konnte, der Tites feinfühlige Fußsohlen und sein Unterscheidungsvermögen für die leichte Veränderung der Luft besaß. Unten floß der rasche Bach, man sah ihn nicht, man vernahm nur sein Singen. Über ihn spannte sich eine primitive Brücke, auf der eine große weiße Eule hockte; ihr Gehör, noch schärfer als Tites, entdeckte das Nahen des jungen Mannes. Sie stieg mit schweren Flügelschlägen auf und verschwand.

Tite lachte leise, hob einen imaginären Bogen und schoß einen imaginären Pfeil in die Brust der weißen Eule. Wie durch ein Wunder schrie sie im selben Augenblick »Huu-huu«. Tite ging weiter und blieb dann auf der Brücke lauschend stehen. Er brauchte nicht lange zu warten – eine dunkle Gestalt stahl sich aus dem Unterholz. Schweigend trat die junge Mulattin zu Tite auf die Brücke. Er nahm ihre Hand und hielt sie einen Augenblick fest. Dann sagte er: »Du tatest recht daran, Annabelle, mich nicht warten zu lassen – ich bin ein ungeduldiger Bursche und hätte dich gesucht, bis ich dich gefunden hätte – und dann –«
»Dann? Was?« fragte sie leise.
»Das kann ich dir nicht sagen. Ich handle immer nach plötzlichen Eingebungen. Manchmal gut, manchmal schlecht.«
Annabelles weiche Stimme antwortete: »Ich glaube, du bist gut.«
»Warum?« Er lachte.
»Du bist so gebildet.«
»Darauf kommt's nicht an. Wir sind glücklich zusammen. Und meine Bildung – was für Aussichten hat ein Indianer? Kein bißchen mehr als ein Neger.«
»Ich bin ein Viertel weiß. Mein Großvater war ein weißer Mann. Meine Großmutter war bloß seine Sklavin. Aber sie war hübsch.«
»Und das bist du auch, Annabelle. So hübsch wie ein Bild.«
Sie kam etwas näher an ihn heran. Er roch ihr warmes dunkles Fleisch und ihr billiges Parfüm. »Tite«, flüsterte sie, »liebst du unsern Herrn Jesus?«
Er war verblüfft, aber er fragte: »Möchtest du, daß ich ihn liebe, Belle?«
»Aber natürlich! Ich bin sehr fromm. Wir alle drei – Jerry, Cindy und ich – gehen gern zu einem Andachtsabend. Der ist beinah so schön wie 'ne Hochzeit oder ein Begräbnis.«
Tite zögerte einen Augenblick, dann sagte er mit einer Stimme, die das gefühlvolle Mädchen rührte: »Ich bin auch fromm.«
»Du bist kein Katholik, nicht wahr?«
»Warum denkst du, ich wär's?«
»Nun, weil du sagtest, du wärst zum Teil französisch.«
»Zu welcher Sekte gehörst du, Belle?«
»Ich bin halb und halb Baptistin. Aber mir gefällt auch der Gottesdienst der Erweckungsprediger.«
»Mir auch!« sagte Tite eifrig. »Mir auch!«
Annabelle fuhr mit ihrer weichen, schweren Aussprache fort: »Wir sind über dreißig Farbige in diesem Landesteil. Und unter uns ist auch ein Prediger. Kapitän Whiteoak hat uns eine nette, saubere Scheune für unsere Zusammenkünfte gegeben. Sonntag ist wieder eine. Wir werden singen und für den Süden beten, denn wir wollen gern wieder heim. Kommst du mit mir zur Andacht, Tite?«

»Mit dem größten Vergnügen.« Tite ahmte genau Wilmotts Formen nach. Dann legte er den Arm um das Mädchen. Die dunklen Wangen aneinandergelehnt, lauschten sie dem Gesang des Wassers.
»Bedeutet die Religion dir mehr als die Liebe?« fragte er, während seine Hand durch ihre Locken strich; sie hatte kein krauses Haar.
»Viel mehr«, murmelte sie.
Er fühlte sich ein wenig abgewiesen. »Warum?« fragte er. »Ein hübsches Mädchen verlangt doch nach Liebe!«
»Ich mag die Liebe eines Mannes gern«, kam die Antwort, »aber ich klammere mich an die Liebe Gottes.«
»Ich auch«, versicherte Tite eifrig. »Ich auch.«
Am folgenden Morgen hob er den Blick von dem Fisch, den er gerade schuppte, zu Wilmott und erklärte: »Ich bin fromm geworden, Chef.« Sein ernster Ton paßte schlecht zum Ausdruck seiner Augen, denn zwei Fischschuppen hingen an seinen langen Wimpern.
Wilmott sah zweifelnd zu ihm herunter. »Aus welchem Anlaß?« fragte er.
Tite blinzelte, um die Fischschuppen wegzubekommen. »Ich habe schon sehr lange das Bedürfnis danach empfunden, Chef«, sagte er. »Und als ich allein in der Dunkelheit wanderte, ging mir plötzlich ein blendendes Licht auf.«
»Ich hoffe, es wird dir gut tun«, sagte Wilmott ohne Überzeugung.
»Sicherlich, Chef! Der Mensch lebt nicht von Fisch allein.«
»Du tätest gut daran, zu unserm Pfarrer Mr. Pink zu gehen.«
»Könnten Sie mich nicht selbst beraten, Chef?«
»Ich halte mich nicht für zuständig. Geh lieber zum Pfarrer.«
»Aber, Chef – ich bin weder getauft noch konfirmiert. Er wird wahrscheinlich beides vornehmen wollen!«
»Tu was du willst«, sagte Wilmott und ging hinaus.
Trotz Wilmotts Aufsicht war Tite daran gewöhnt, genau das zu tun, was er wollte. Nun beliebte es ihm gerade, den Pfarrer Mr. Pink aufzusuchen, der in der kleinen Kirche amtierte, welche die Whiteoaks gebaut hatten. Im ganzen unterstanden zwei Kirchen seiner seelischen Fürsorge. Hier war das Pfarrhaus beinahe so groß wie die Kirche. Mr. Pink saß auf der Veranda und rauchte mit Genuß seine Vormittagspfeife. Als der Halbindianer herankam, nickte er ihm freundlich zu und sagte: »Du bist Titus Sharrow, nicht wahr?«
»Ja, Sir«, erwiderte Tite mit leiser, höflicher Stimme. »Ich komme zu Ihnen, weil ich eine religiöse Frage beantwortet haben möchte.«
Der Pfarrer sah ihn scharf an. »So? Nun, dann frage nur.«
»Bitte sagen Sie mir, ob Unglauben eine Sünde ist.«
»Eine Sünde, deren wir alle schuldig sind«, erwiderte der Pfarrer, »denn keiner von uns glaubt so absolut, wie er es müßte.«
»Wieviel glauben Sie, Herr Pfarrer?«

»Das habe ich noch keinem Menschen gesagt.«
»Ich bin Anfänger«, sagte Tite. »Sie haben mir alles gesagt, was ich wissen muß.«
»Setz dich her«, sagte Mr. Pink. »Ich werde dir's näher erklären.«
Aber Tite war bereits verschwunden.

Die Betstunde

Bald würde sich die Scheune mit dem diesjährigen Heu füllen, das jetzt golden im Vormittagssonnenschein stand. Der Fußboden war reingefegt und mit Wasser aus einer Gießkanne besprengt, um den Staub zu löschen. Aus frischen Brettern war eine kleine Kanzel gezimmert, auf der eine Bibel lag. Das Fenster war gewaschen und mit rosa Kaliko verhängt. Das hatte Annabelle, das Mulattenmädchen, veranlaßt. Sie war im Süden einmal zum Gottesdienst in einer Kirche mit bunten Glasfenstern gewesen – und sie meinte, diese bunten Fenster hätten allen, die in die Kirche traten, sogleich Andacht eingeflößt. Nun, hier in der Scheune sollte der rosa Kalikovorhang eine Atmosphäre der Frömmigkeit schaffen. Annabelle betete darum. Als nun die Sonne durch die Gardine schien, lag die Scheune tatsächlich in rosigem Licht. Vierzig Küchenstühle waren aus der Nachbarschaft herbeigeholt worden, und wenn die Gemeinde diese Zahl überstieg, so mußten die Überzähligen auf einem Heuhaufen an der Rückwand der Scheune sitzen. Von unten her kam das dumpfe Muhen einer Kuh, der man ihr Kalb genommen hatte.
Dreißig Neger warteten mit freudigen Gesichtern auf den Beginn der Betstunde. Zwanzig von ihnen saßen auf Stühlen, die übrigen hockten auf dem Heu, denn sie hatten die vorderste Reihe für die weißen Gäste freigelassen. Man erwartete Adeline und Philip, die beiden Sinclairs, Wilmott, David Vaughan und seine Frau und Elihu Busby, ebenfalls mit seiner Frau. Diese beiden Paare waren gekommen, um die Schwarzen zu ermutigen, um ihnen ihre Sympathie für die Sache des Fortschritts zu zeigen. Es fiel ihnen nicht leicht, so dicht bei den Sinclairs zu sitzen, deren elegante Erscheinung besonders Elihu Busby widerlich war. Er staunte nur über ihre Dreistigkeit, hier ihre Gesichter – die Gesichter von Sklavenhaltern! – zu zeigen. Dennoch hatten ihre drei Sklaven sie eingeladen und hatten ihnen die Schuhe geputzt und ihnen beim Ankleiden für diese den Negern so wichtige Gelegenheit geholfen.
Die Neger, aus denen die Gemeinde hauptsächlich bestand, waren auf verschiedenen Wegen in diesen geschützten Teil der Provinz Ontario gekommen, wo einige von ihnen schon Arbeit gefunden hatten und gern bleiben wollten, während andere sehnsüchtig dem Tag entgegensahen, an dem sie in ihre Heimat zurückkehren konnten. Unter denen, die sich in Ontario niederlassen

wollten, war ein Paar, das die zerstörte Plantage seines Herrn verlassen und dabei mitgenommen hatte, was ihm gutdünkte. Der Mann trug eine schwere goldene Uhr mit Kette, die Frau namens Oleander hatte ein rotes Samtkleid mit Samtfalbeln an und trug auf ihrem wolligen Kopf einen rosa Seidenhut mit einer großen Schleife unter dem Kinn. Cindy konnte ihre Verachtung für dieses Paar kaum verhehlen, aber Annabelle schien seine Anwesenheit kaum zu bemerken. Sie saß, die Hände auf der Brust gefaltet, und wartete mit glücklicher Vorfreude auf den Beginn der Andacht. Titus Sharrow beobachtete sie aus dem Hintergrund der Scheune.

Unter den Negern, die in dieser Gegend Zuflucht gefunden hatten, befand sich ein Mann, der in seinem Heimatdorf Prediger gewesen war. Er war etwa Vierzig und hatte eine tiefe und zu Herzen gehende Stimme, eine breite flache Nase und feuchte rotgeäderte Augen. Sein dicklippiger Mund war beweglich, seine Zähne waren schön.

Er stieg auf die schlichte Kanzel und neigte einen Augenblick betend den Kopf. Titus Sharrow betrachtete das Bild mit zynischem Interesse. Der Prediger nannte einen Choral. Es waren keine Gesangbücher da, aber die Neger konnten ihn auswendig. Die Inbrunst ihrer kräftigen Stimmen brachte die Spinnweben an der Decke des Heubodens zum Zittern. Es waren Monate, in manchen Fällen Jahre vergangen, seitdem die Neger zum letztenmal bei einer Betstunde gewesen waren. Jetzt ließen sie ihren Gefühlen überschwenglich freien Lauf.

Nach dem Choral las der Prediger mit ruhiger Stimme die Prüfungen Hiobs vor. Dann hielt er eine kurze Ansprache, begrüßte alle und dankte denen, die diese Zusammenkunft ermöglicht hatten. Er machte keine Anspielung auf den Krieg zwischen Norden und Süden.

Adeline war enttäuscht, sie hatte etwas viel Rührenderes erwartet. Die Busbys und die Vaughans waren enttäuscht, denn sie hatten einen leidenschaftlichen Ausbruch gegen die Sklaverei erhofft. Die Neger warteten gelassen auf das Gebet.

Nach dem Gesang einer zweiten Auferstehungshymne verließ der Prediger die Kanzel und fiel auf dem Boden der Scheune auf die Knie. Mit seiner sonoren Stimme begann er zu beten, zuerst ruhig, dann inbrünstiger, und je weiter er fortfuhr, um so weniger zusammenhängend waren seine Worte. Ein Schauder der Entzückung durchlief die Negergemeinde. Wie elektrisiert klatschten sie beschwörend in die Hände und hoben die Augen zum Dach der Scheune.

Jetzt stieß der Prediger nur noch gebrochene Worte aus: »Oh, Herr... oh, Herr... Rette uns... führe uns heraus aus der Nacht... rette uns!« Die knienden Neger schaukelten hin und her, ihre Gesichter waren naß von Tränen. Annabelle schluchzte hemmungslos. Plötzlich kam die Scheune den Weißen unerträglich heiß vor.

Es war mehr, als Adeline aushalten konnte. Zu Philips Entsetzen brach auch sie in Tränen aus. Sie beugte sich vor und begrub das Gesicht in den Händen. Die Seidenschleife an ihrem Hut hatte sich gelockert, der Hut fiel beinahe herunter und zeigte ihr leuchtend rotes Haar. Lucy Sinclair legte tröstend den Arm um sie. An ihrer anderen Seite flüsterte Philip: »Hör auf! Beherrsche dich! Adeline, hörst du mich?« Sein Gesicht war dunkelrot. Er kniff sie heimlich.

»Au!« sagte sie laut, richtete sich auf und brachte ihren Hut in Ordnung.

Wilmott bedeckte die Lippen mit der Hand, um sein Lächeln zu verbergen.

Der Priester erhob sich und rief einen neuen Choral auf. Der Refrain war ein jubelndes »Hallelujah – wir sind gerettet!« Wieder und wieder kamen diese Worte. In ihrer Verzückung sprangen die Neger auf und ab und klatschten in die Hände. Sie riefen: »Hallelujah – der Herr hat uns gerettet!«

Der heu- und schweißgeschwängerten Luft der Scheune zu entfliehen war eine Erlösung, besonders für Philip. Dennoch sagte er nichts über die Szene, die Adeline dort gemacht hatte, bis sie sicher in ihrem Schlafzimmer waren. Dann bemerkte er: »Adeline, ich habe mich deiner noch nie so geschämt!«

»Warum?« fragte sie sanft. Sie überprüfte gerade im Spiegel ihr Gesicht.

»Dich so bloßzustellen – und nur weil ein Negerprediger ein hysterisches Gebet sagt!«

»Nun, ich fand es sehr rührend.«

»Ich fand es lächerlich! Und du ... all unsere Freunde haben dich bestürzt angesehen!«

»So? Wirklich?« Sie hörte es nicht ungern. Sie nahm den Hut ab und legte eine verirrte Locke wieder an ihren Platz.

Er erinnerte sie an seine Schwester und ihren Gatten, den Dekan der Kathedrale von Penchester in Devon. »Was hätten sie zu einer solchen Zurschaustellung gesagt?« fragte er.

Adeline erwiderte: »Denen hätte das nur gut getan! Es hätte ihnen gezeigt, daß man das Beten auch ernst nehmen kann.«

Sie warf ihren Hut auf den Boden. »Du kritisierst meine tiefsten Empfindungen – du machst sie lächerlich! Warum hast du eine Irin geheiratet? Eine phlegmatische Schottin wäre das Richtige für dich gewesen! Eine, die dich aus Schellfischaugen anstarren und sagen würde: ›O mein Freund – du mein wackerer Krieger!‹«

Philip nahm den Hut vom Boden hoch und setzte ihn auf. Er band die Seidenschleife unter seinem Kinn und sah Adeline kokett an. Adeline wollte nicht lachen. Sie war viel zu ärgerlich, aber sie konnte es nicht unterdrücken, es sprengte einfach ihre Lippen, und sie lachte hell heraus. Philip sah zu komisch aus mit diesem Hut – sie *mußte* eben lachen.

Ihr Gelächter hatte das höfliche Klopfen an ihrer Tür übertönt. Nun wurde

sie vorsichtig aufgemacht, und auf der Schwelle standen die drei Kinder. Sie waren zur Kirche geschickt worden, und nun kamen sie, noch in ihrem Sonntagsstaat, um zu hören, wie die Negerbetstunde gewesen war.
Natürlich wären sie viel lieber auch dorthin gegangen, denn die Kirche war ihnen langweilig. Sie waren durchaus nicht areligiös; besonders Augusta und Ernest hatten diesbezüglich sehr strenge Ansichten und waren der modernen Frivolität durchaus abgeneigt. Als sie nun aber ihren Vater mit dem Hut ihrer Mutter und Adelines rotgeränderte Augen sahen – anscheinend hatte sie Tränen gelacht – waren die Jungen entzückt, Augusta aber verlegen.
»Ihr sollt Vater und mich nicht so überfallen«, sagte Adeline.
»Warum habt ihr nicht geklopft?«
»Wir haben geklopft, Mammi!« sagten sie wie aus einem Munde.
Philip wandte sich mit strenger Miene zu ihnen, aber er sah mit seinem Hut so urkomisch aus, daß die Jungen in Gelächter ausbrachen und Augusta noch verlegener wurde.
»Über was lacht ihr?« fragte Philip seine Söhne. Er hatte Adelines Hut ganz vergessen.
»Über dich, Pappi!« sagte Ernest.
Philip nahm ihn bei der Schulter. »Was – ihr macht euch über mich lustig? Untersteht euch –«
Ohne Wimperzucken antwortete der kleine Ernest: »Du siehst so süß aus in Mammis Hut, Pappi!«
Jetzt sah Philip sein Bild im Spiegel. Auch er mußte lachen. Er nahm den Hut ab und setzte ihn Augusta auf den Kopf. »Wollen 'mal sehen, wie unsere Gussie sich als Dame machen wird«, sagte er.
»Nicht übel!« bemerkte Nicholas.
Augusta sah nur die Belustigung in den Augen ihrer Eltern. Sie ließ den Kopf hängen und nahm, sobald sie es wagte, den Hut ab und legte ihn aufs Bett. Der Papagei flog von seiner Stange herunter und begann an dem Hut zu picken, als wolle er ihn zerstören.
Als die Kinder gegangen waren, sagte Adeline ganz erstaunt: »Wie bin ich nur jemals zu einer so häßlichen Tochter gekommen?«
»In Ehren, hoffe ich!«
»Was meinst du damit?« fragte sie mit blitzenden Augen.
»Nun, da war doch dieser Bursche, dieser Rajah, in Indien . . .«
Sie war durchaus nicht ärgerlich. »Welcher Rajah?« fragte sie mit Unschuldsmiene.
»Nun, der, der dir den Rubinring geschenkt hat.«
»Ach, das waren noch Zeiten!« rief sie. »Wie farbig, wie romantisch!« Sinnend betrachtete sie im Spiegel ihr Bild, während Philip seinen Kragen abnahm – er war noch feucht von der Hitze in der Scheune – und einen neuen umlegte.

Sie bemerkte: »Nicholas ist das einzige Kind, das mir ähnlich sieht. Gott sei Dank hat er mein Haar nicht geerbt. Ich hasse rothaarige Männer.«
»Dein eigener Vater ist rothaarig.«
»Und meistens kann ich ihn auch nicht ausstehen.«
Die Kinder waren durch die offene Tür in den Garten gegangen. Sie sahen sehr artig aus in ihren Sonntagskleidern, aber unter diesem Äußeren flackerte die Unzufriedenheit.
»Ich sehe nicht ein«, beklagte sich Nicholas mit tiefer Stimme, »warum wir nicht zur Betstunde in die Scheune mitdurften. Es wäre bestimmt viel lustiger gewesen.«
»Lustiger! Au Backe!« sagte Ernest.
Augusta sagte ziemlich streng: »Jungens, überlegt doch, was ihr redet! Wir gehen nicht zur Kirche, um Spaß zu haben.«
»Mr. Madigan doch!« sagte Nicholas.
»Um so schlimmer für ihn«, antwortete Augusta. »Aber für so schlecht kann ich ihn gar nicht halten. Er geht zur Kirche, weil es seine Pflicht ist, mit uns, seinen Schülern, dort hinzugehen.«
»Warum lächelt er dann, wenn wir uns alle selbst elende Sünder nennen?« fragte Nicholas.
»Vielleicht hat er sich seiner Sünden in Irland erinnert und denkt, wieviel besser daran er hier in Kanada ist.«
Nicholas schob die Hände in die Taschen und verzog die Stirn. »Ich gehe zur nächsten Negerandacht«, sagte er, »und wenn nicht, dann will ich den Grund wissen.«
»Ich auch«, bekräftigte Ernest, »oder ich will den Grund wissen!«
»Der Grund, warum nicht, dürfte Pappis Rasierriemen sein«, bemerkte Augusta.
Das dämpfte die Entschlossenheit ihrer Brüder. Aber ihre Gesichter wurden wieder hell, als sie sahen, daß Cindy – ihr Liebling unter den Sklaven – herankam. Sie trug das Baby Philip, das sie zärtlich liebte. Und dem Kleinen war Cindy ein Quell der Freuden. Er umklammerte ihren dicken Hals, und drückte sein blumenhaftes Gesichtchen an ihre Wange. »Schüsche Schindy!« lispelte er.
»Süße Cindy nennt er mich!« rief sie strahlend. »Der kleine Engel!«
Die älteren Kinder betrachteten den Kleinen ohne Begeisterung. Man machte zuviel vor ihm her, fanden sie.
Augusta sagte gelassen: »Ich hörte, Ihre Andacht war sehr gelungen, Cindy.«
»Gelungen, Miss? Nun, Dank sei dem Herrn, der Prediger hat gesprochen, daß wir uns alle die Augen aus dem Kopf geweint haben!«
»Hat meine Mammi geweint?« fragte Ernest.
»Das hat sie, Liebchen – Gott segne sie!«

Die Kinder waren verwirrt.
»Ich glaube, sie hat Tränen gelacht«, sagte Nicholas. »Das tut sie nämlich manchmal.«
»Wenn sie gelacht hat«, sagte Cindy, »dann bloß über Oleander, die sich zur Andacht mit den besten Kleidern ihrer alten Herrin herausgeputzt hatte. Sie müßte ausgepeitscht werden, diese Niggerin! Sie ist ein Skandal, wirklich und wahrhaftig.«
»Skandal! Au Backe!« sagte Ernest.

Die nächtlichen Besucher

Die Dämmerung kam und ging bald in Dunkelheit über, denn der Mond war noch nicht aufgegangen. Es war ein Wunder, daß die drei Männer ihren Weg zum Haus gefunden hatten. Aber sie kannten ihre Richtung, und einer von ihnen trug eine Laterne. Knapp innerhalb der Einfahrt hatten sie Pferd und Wagen stehenlassen, mit denen sie gekommen waren; sie gingen leise und sprachen mit gedämpfter Stimme. Man hörte ihnen den südlichen Akzent an.
Nero, der Neufundländer, hatte scharfe Ohren. Als die Männer sich näherten, knurrte er und erhob sich majestätisch von der Veranda, wo er an warmen Abenden gerne lag. Das Licht aus den schmalen bunten Glasfenstern zu beiden Seiten der Haustür fiel auf ihn.
Die Tür ging auf und seine Herrin erschien. Schnell nahm sie ihn beim Halsband und zog ihn in die Halle – er trottete ohne Protest neben ihr her, knurrte aber die näherkommenden Männer an und bellte kurz und scharf.
Als sie sahen, daß sich die Tür hinter ihm schloß, kamen sie auf die Veranda, nicht verstohlen, sondern mit der Miene von Freunden, die einen Abendbesuch machen. Obwohl sie nicht klopften, wurde die Tür wieder von Adeline geöffnet, die freundlich: »Guten Abend, meine Herren«, sagte und ihnen zulächelte. Dabei zeigte sie ihre weißen Zähne; an einem von ihnen war eine kleine Ecke abgebrochen.
Die Männer verneigten sich ernst, maßen mit reisemüden Augen ihre Schönheit und warfen einen Blick in die lampenhelle Diele mit der schönen Treppe. Nero war in eine Kammer hinter der Diele gesperrt – man vernahm sein tiefes, gurgelndes Knurren.
»Kommen Sie nur herein«, forderte Adeline sie auf, und sie traten in den Salon an der rechten Seite der Haustür.
Er war durch eine Lampe mit porzellanenem Schirm erleuchtet, der mit roten Rosen bemalt war. Die Lampe stand auf einem Mahagonitisch neben einem gerahmten Bild der Whiteoaks, das in Quebec aufgenommen war, kurz nach-

dem sie nach Kanada kamen. Es zeigte sie in einem künstlich vom Fotografen gestellten Schneesturm. Die schweren Vorhänge waren zugezogen, und im Zimmer regte sich kein Lüftchen.
»Vielen Dank, Madam!« sagte einer der Männer.
»Bitte setzen Sie sich«, sagte Adeline. »Ich werde Mr. Sinclair mitteilen, daß Sie hier sind.« Sie sah die Männer wohlwollend aus ihren dunklen Augen an.
Wieder dankte der eine. Als sie fortging, seufzten alle drei erleichtert auf und streckten die müden Beine. Sie waren weit und beschwerlich gereist. Nun waren sie an ihrem Ziel angelangt. Trotz ihrer Müdigkeit warteten sie gespannt. Sie wechselten kein Wort.
Adeline flog förmlich die Treppe hinauf. Nicholas hing über dem Geländer.
»Hast du gelauscht, du Tunichtgut?« zischte sie. »Geh sofort in dein Zimmer.«
»Wer sind diese drei Männer, Mammi?« Er war schon viel zu selbstsicher, zu keck, dachte sie. Aber sie wollte keine Zeit mit ihm verlieren. Sie eilte die Treppe hinauf, die bauschigen Röcke mit der Hand zusammenraffend. Sie klopfte an die Tür der Sinclairs.
Ihr Sohn Ernest öffnete sie.
Als er ihre Miene sah, sagte er entschuldigend: »Ich mache nur einen kleinen Besuch, Mammi.« Er sah so süß aus, wie er dastand in seinem grünen Samtjackett mit dem Spitzenkragen, daß sie nicht umhin konnte, ihn in die Arme zu nehmen und einen mütterlichen Kuß auf seine Wange zu drücken.
»Herein – kommen Sie nur!« rief Lucy Sinclair.
»Wo ist Mr. Sinclair?« fragte Adeline. »Es sind Gäste für ihn da.«
»Mit Ihrem Gatten im Rauchzimmer.« Lucy Sinclair versuchte ihrer Erregung Herr zu werden.
»Ich laufe hinüber und sage es ihm«, rief Ernest. Er flog den Gang zu dem schmalen Zimmer hin und zurück. »Mr. Sinclair wird sogleich hinuntergehen, Mammi. Soll ich unten Bescheid sagen?«
»Nein, nein – höchste Zeit, daß du ins Bett kommst!«
Adeline fegte die Treppe hinunter und trat wie eine Mitverschworene in den Salon. Zu ihrem Erstaunen fand sie Augusta und Nicholas in liebenswürdiger Unterhaltung mit den drei Gästen. Sie hörte Curtis Sinclair die Treppe herunterkommen. Sie wartete, bis er erschien, dann beförderte sie die Kinder hinaus. Sie schob sie vor sich her durch die offene Haustür auf die Veranda. Augusta ließ sich etwas widerspenstig und mit gekränkter Miene schieben. Nicholas riskierte einen kleinen Seitensprung und warf dabei über die Schulter Adeline einen trotzigen Blick zu.
»Wie, du siehst mich auch noch so unverschämt an?« rief sie und zog ihn am Ohr.
Augusta wurde langsam rot. »Du hast uns immer gesagt, Mama, daß wir Gästen zeigen müssen, daß sie willkommen sind.«

»Werde du nicht auch noch frech, sonst muß ich dich strafen wie Nick!«
»Wer sind diese Männer?« fragte Nicholas, nicht im geringsten verlegen. »Sie sehen ziemlich derb aus. Gar nicht so wie Mr. Sinclair.«
»Es geht euch nichts an, wer sie sind.«
»Weißt du es denn?« fragte er mit einem mutwilligen Lächeln.
»Natürlich weiß ich es. Aber sie sind geschäftlich hier, in einer Angelegenheit, die mit Mr. Sinclairs Plantage zusammenhängt. Und jetzt im Krieg ist es nötig, daß sie ihre Unternehmungen geheimhalten. Deshalb müßt ihr vorsichtig sein und keinem Menschen etwas von ihrem Besuch sagen.«
Gehorsam versprachen sie es, und Adeline glitt hinaus, nun absichtlich eine geheimnisvolle Miene aufsetzend.
»Sie ist in ihrem Element«, sagte Augusta kritisch, als sie ihrer Mutter nachsah.
»Du versuchst, wie Mr. Madigan zu sprechen«, sagte Nicholas. Er legte den Arm um ihre Taille, die noch kein Korsett kannte, und drängte sie die Stufen hinab auf den Fahrweg. »Komm, wir tanzen«, sagte er. »Eins – zwei – drei und ein Hupfer links. Eins – zwei – drei – und ein Hupfer rechts.«
Willig – denn das glimmernde Sternenlicht und die Nachtluft machten sie leichtsinnig – tanzte Augusta mit. Ihre Körper schmiegten sich aneinander, und sie tanzten wie ein paar reizende Marionetten die Einfahrt entlang bis zum Tor, Gussies langes schwarzes Haar flatterte hinter ihnen her. Dann hörten sie den Hufschlag eines Pferdes und die ratternden Räder eines Einspänners. Als sie sich dem Tor näherten, wurde das Pferd zum Stehen gebracht. Die Kinder sahen Titus Sharrow und das Mulattenmädchen Annabelle aussteigen. Sie sahen auch, wie er sie an sich drückte und leidenschaftlich küßte.
Überrascht und erschrocken wollte Augusta fliehen, aber Nicholas hielt ihren Arm fest. »Wir müssen wissen, was da vorgeht«, flüsterte er.
Auch das leiseste Flüstern entging den Ohren des Halbindianers nicht. Mit einem Satz stand er, halb drohend, halb wie um sich zu rechtfertigen, neben den Geschwistern.
»Bespitzelt ihr mich?« fragte er.
Annabelle verbarg sich rasch im Gebüsch.
»Ja«, sagte Nicholas keck, »wir wollten herausbekommen, auf was du aus bist!«
Tite sprach sanft: »Ich habe dem armen Pferd ein bißchen Bewegung verschafft. Jemand hatte es an den Pfosten neben dem Tor angebunden und es war ganz wild, weil die Fliegen es plagten. Deshalb bin ich ein kleines Stück mit ihm gefahren. Ihr tätet aber besser, nicht darüber zu sprechen. Hier gehen nämlich seltsame Dinge vor, müßt ihr wissen.« In Tites verschleierter Stimme war unverkennbar eine Drohung.
Die Geschwister kehrten zum Haus zurück. Neugierig beäugten sie die zu-

gezogenen Vorhänge des Salons. »Gussie«, sagte Nicholas, »was tun sie wohl da drinnen? Was meinst du?«

»Tite hat kein Recht, zu sagen, daß hier seltsame Dinge vorgehen«, rief sie.

»Aber wer können sie sein, diese merkwürdigen Männer?«

»Sie sind weggelaufen vom Krieg, das steht fest, und nun suchen sie bei uns Obdach.«

»Eins ist sicher«, sagte Nicholas. »Wir müssen Augen und Ohren offenhalten und dürfen nichts von dem, was wir heute abend gesehen haben, Ernest erzählen. Du weißt ja, er kann kein Geheimnis für sich behalten.«

»Mir liegt's ganz schwer auf dem Herzen«, seufzte Gussie und legte die Hand auf die Brust.

Als sie leise in die Diele traten, kamen sie gerade rechtzeitig, um zu sehen, wie ihre Mutter ein Tablett mit Gläsern und einer Karaffe mit Wein heraufbrachte. Sie waren sehr erstaunt, daß sie es selbst in den Salon bringen wollte, denn es war nicht Adelines Gewohnheit, Tabletts eigenhändig durch das Haus zu tragen.

»Was lungert ihr beiden hier herum?« fragte sie. »Nicholas, geh zum Büfett und hole die Keksbüchse – aber beeile dich!«

Mit dem Tablett in der Hand wartete sie auf ihn, während Gussie mißbilligend die Situation beobachtete.

»Mama«, sagte Nicholas, »laß mich doch das Tablett für dich tragen.«

Sie wollte es nicht zulassen, aber er drängte sich hinter ihr durch die Tür und reichte die porzellanene Keksdose herum. Die Männer aus dem Süden betrachteten ihn mißtrauisch.

»Dieser Junge ist verschwiegen wie das Grab«, sagte Adeline großartig, »er würde eher sterben, als Ihr Hiersein erwähnen.« Dabei warf sie Nicholas einen drohenden Blick zu.

Als er wenige Minuten später wieder bei Augusta war, barst er förmlich vor wichtiger Verantwortlichkeit.

»Hurra!« rief er, »jetzt bin ich bis über die Ohren hinein verwickelt!«

»Nicholas«, tadelte Augusta, »ich wünschte, du könntest dich beherrschen! Du weißt, was Mr. Pink über die Selbstbeherrschung gesagt hat – sie war das Thema seiner ganzen letzten Predigt.«

»Dann soll er sich selbst beherrschen, und nicht so schrecklich langatmig predigen«, sagte Nicholas hochmütig.

Oben an der Treppe erschien Ernest in seinem Nachthemd, das bis zum Fußboden reichte und eine kleine gestärkte Krause um den Hals hatte.

»Ich glaube, ihr solltet heraufkommen«, sagte er. »Mr. Madigan liegt auf seinem Bett und singt und hat eine Flasche neben sich.«

Nicholas und Gussie liefen schnell die Treppe hinauf.

Eine Atmosphäre des Geheimnisvollen verbreitete sich. So sehr Philip sich bemühte, ein normales Leben zu führen, so unmöglich wurde es mit dem vielen heimlichen Kommen und Gehen um ihn her. Manchmal wünschte er, er hätte sich nicht auf diese Verschwörung eingelassen. Sie konnte ihm, fürchtete er, die Freundschaft wenigstens zweier seiner Nachbarn kosten, wenn etwas davon durchsickerte. Adeline war in gehobener Stimmung. Sie wünschte nur, ihre Rolle wäre nicht so passiv gewesen. Sie wagte es nicht, an dem Schlüsselloch des Salons zu lauschen, um nach Möglichkeit zu entdecken, worauf diese Männer tatsächlich aus waren. Sie konnte nicht glauben, daß Philip nicht alles wußte.
»Warum bestehst du nicht darauf«, fragte sie, »daß Curtis endlich frei mit allem herausrückt? Du hast ein Recht, es zu wissen.«
»Ich weiß nur eins«, sagte Philip, »daß ich nämlich nicht mehr darüber wissen möchte, als ich weiß!«
»Und wieviel weißt du?« versuchte sie ihn zu überrumpeln.
Er war auf seiner Hut. »Daß ich ihnen mein Haus als Treffpunkt zur Verfügung gestellt habe. Nicht mehr und nicht weniger.«
»Du kannst einen verrückt machen!« rief sie. »Ich will nicht so behandelt werden! Bin ich dazu da, diesen ungewöhnlichen Männern Erfrischungen herbeizuschleppen und nie zu erfahren, weshalb sie hier sind?«
»Frage doch Lucy Sinclair«, antwortete Philip. »Sie muß es wissen.«
»Ich habe sie gefragt. Sie sagt mir, sie habe bei allem, was ihr heilig ist, geschworen, nichts zu enthüllen!«
»Das klingt ziemlich theatralisch«, bemerkte Philip.

Ohne Hut ging sie den schmalen Weg zu Wilmotts Blockhaus entlang. Es war August geworden, die Sonne brannte nicht mehr ganz so heiß. Dicke weiße Wolken tauchten aus dem Nichts und warfen ihre Schatten über das grüne Land. Manchmal verdunkelten sie sich und schickten einen Regenguß herunter. So war es auch heute früh gewesen, und der Weg unter Adelines Füßen war durchweicht. Kletten blieben an ihrem langen Rock hängen und fielen nicht wieder ab.
Eine kurze Strecke lief der schmale Pfad dicht am Fluß entlang, ehe er zu Wilmotts Haus kam. Der Fluß war grau wie eine Taubenbrust, nur dann und wann, wenn die Sonne die Wolken beiseiteschob, wurde aus dem sanften Grau plötzlich ein leuchtendes Enzianblau. In einem solchen Augenblick stand Adeline gerade am Ufer und bewunderte ganz verloren das tiefe Blau, aber während sie noch entzückt hinsah, kam unbarmherzig eine Wolkenwand heraufgezogen – sie verdüsterte die Szene nicht, aber sie war wie eine gemächliche Mahnung an den Herbst. Am Rand des Flusses wuchs ein großer Klumpen von Binsen, eine Art Bambuskeulen. Adeline nahm sich vor, Tite zu bitten,

ihr einige abzuschneiden. Zuhaus in ihrem Salon war eine hohe chinesische Vase, in der sie bildschön aussehen würden.
Jetzt entdeckte sie auf dem Fluß Wilmotts Boot mit dem flachen Boden; die Ruder bewegten sich sacht in dem stillen Wasser. Im Boot befanden sich Tite und Annabelle, das Mulattenmädchen. Sie lag hinten im Heck und ließ spielerisch eine Hand ins Wasser hängen. »Wie eine Lady in ihren Mußestunden«, dachte Adeline. Sie rief: »Ich sehe euch beide! Und ich warne dich, Tite Sharrow – nimm dich in acht!«
Tite hob die Ruder, von denen ein zarter Tropfenregen ins Wasser zurückfiel. Er rief mit seiner weichen Stimme: »Ich nehme Annabelle nur zu einer kleinen Kahnpartie mit – sie ist noch nie in einem Boot gefahren.«
»Weiß deine Herrin, was du hier tust, Annabelle?« rief Adeline. Das Mädchen fing an zu lachen. »Ich erzähl's ihr, Missus Whiteoak – Sie brauchen sich nicht zu sorgen, ich erzähl's ihr.«
Als Adeline so dastand, spürte sie, wie die Feuchtigkeit der nassen Erde ihr zwischen die Zehen kroch. Ihre Schuhe waren durchweicht. Sie machte sich nichts daraus, ihre Augen folgten neugierig dem Boot, das sich geheimnisvoll zwischen den dunstigen grauen Ufern den Fluß hinauf bewegte. So, so. Das Indianerhalbblut und das Mulattenmädchen. Was war zwischen ihnen? Sie mußte Lucy Sinclair und James Wilmott warnen vor der Gefahr, in der Annabelle war. Aber wie keck sie gesprochen hatte – und beim Lachen hatte sie alle ihre weißen Zähne gezeigt. Sie war ein liederliches Ding, darüber gab es keinen Zweifel. Adeline lachte selbst, als sie dem Pfad bis zu Wilmotts offener Tür folgte. Er saß schreibend am Tisch. Er sah ganz feierlich aus, in seine Beschäftigung vertieft. Dennoch hörte er ihr Lachen, hob den Kopf, und ihr Anblick wie der Klang ihres Lachens ließen seine Pulse höher schlagen.
»Guten Morgen!« sagte sie.
Er sprang auf. »Mrs. Whiteoak!« rief er.
»Heiße ich nicht Adeline . . . James?«
»Ich gebe mir alle Mühe, Sie nicht so zu nennen, und nicht so an Sie zu denken.«
»Dennoch fühle ich mich keineswegs schuldbewußt, wenn ich an Sie als an James denke oder Sie James nenne.«
»Das ist etwas anderes.«
»Warum etwas anderes?«
»Ich gehöre keiner anderen.«
Sie überlegte, dann sagte sie: »Ich lehne es ab, einem Menschen so zu gehören, daß ich nicht einen Freund beim Vornamen nennen dürfte – besonders wenn es ein so feierlicher, lieber Name wie ›James‹ ist.« Sie kam ins Zimmer.
»Lieber James«, sagte sie, »verzeihen Sie mir, daß ich Ihr Studium unterbrochen habe. Was ist das für ein Buch?«

»Ich habe die Gewohnheit«, antwortete er, »Auszüge aus Büchern, die ich gelesen habe, in diesem Buch einzutragen – einzelne Stücke, die mir besonderen Eindruck gemacht hatten.«
»Wie interessant!« rief sie. »Darf ich sehen?« Sie beugte sich über die Seite.
Wilmott versuchte, nicht auf ihren milchweißen Nacken zu blicken. Man konnte von keinem Mann verlangen, daß er diesen Nacken ansah, ohne in Versuchung zu kommen, ihn zu berühren. Adeline las: »Der zutageliegende Teil von eines Menschen Leben, das müssen wir uns immer wiederholen, hat zu dem unbekannten, unbewußten Teil eine kleine unbekannte Proportion. Er kennt sie selbst nicht, viel weniger kennen sie die andern.«
»Thomas Carlyle«, sagte Wilmott.
Adeline hob den Kopf und sah ihn bewundernd an. »Wie klug Sie sind!«
»Sind Sie der gleichen Meinung wie Carlyle?« fragte Wilmott.
»Das ist mir viel zu hoch«, sagte sie demütig. »Aber wenn Sie seiner Meinung sind, James, dann bin ich's auch.«
Er kicherte ironisch. »Das ist mir neu«, sagte er.
Sie verschlang die Arme über der Brust und sagte mit Verschwörerstimme: »Die Dinge kommen zum kritischen Punkt, James. Wir haben die Pläne für einen glänzenden Coup festgelegt.«
Wilmott schloß die Tür, die zur Küche führte.
»Keine Bange um Tite«, lachte sie. »Er ist mit Annabelle auf dem Fluß.«
»Dieses junge Ding hat einen wohltätigen Einfluß auf Tite«, sagte Wilmott. »Er war ziemlich zynisch in seiner oberflächlichen Art. Aber jetzt studiert er die Bibel. Wenn sie zusammen sind, sprechen sie nur über Religion, erzählte er mir. Kurzum, ich glaube, er ist ein wenig in sich gegangen.«
»Mein lieber James . . . Sie sind überaus leichtgläubig.«
»Leichtgläubig?!« Er war gekränkt.
»Nun, ich meine, es ist gut für Sie, daß Sie mich haben und daß ich Sie beschützen kann!« Sie ging ein paarmal im Zimmer auf und ab, ihr Herz floß fast über von den kommenden Dingen. Sie war absolut sicher, daß die Sinclairs ihr alles anvertraut hatten.
»Hmmm . . . beschützen . . .«, sagte Wilmott, »ich glaube, Sie sind es, die eines Schutzes bedürfen.«
»Oh, ich fühle mich in meinem Element. Ich bin obenauf, wenn alles recht aufregend ist. James, lassen Sie sich nie von ihren Gefühlen hinreißen?«
»Ich fürchte, ich tue es zuweilen.«
»Oh . . . das würde ich gern erleben!«
»Adeline«, sagte er fast schroff, »führen Sie mich nicht in Versuchung.«
Er ging zum offenen Fenster und sah hinaus in die sanfte, verschwommene Landschaft. Zwei Männer kamen von der Straße her den Weg entlang. Sie waren groß, steif, zielbewußt und fragten: »Sagen Sie, Mister, wo sind wir?

Wir haben uns verlaufen.« Wilmott sagte ihnen, wie sie zum nächsten Dorf gelangen würden, aber sie zögerten, als seien sie neugierig.
»Wieder welche von Ihren Freunden aus dem Süden«, sagte Wilmott zu Adeline.
»Keine von ›meinen Freunden aus dem Süden‹ – sie sind ihrer Aussprache nach Yankees, und sind hier, um uns auszuspionieren. Ich muß Mr. Sinclair vor ihnen warnen. Ich werde sie selbst ausfragen.« Aber als sie hinauskam, waren die Männer verschwunden. Der Wald, die einsame Straße hatten sie verschluckt. Unwillkürlich war Wilmott beunruhigt, er begleitete Adeline ein Stück Weges nach Hause. Nero, der am Ufer des Flusses angebunden war, hatte die Männer nicht beachtet.
»Du bist ein netter Wachhund!« sagte Adeline ärgerlich zu ihm.

Stromaufwärts

Es war ein flachbödiges Boot, alt und gern ein wenig leck, aber Annabelle, die im Heck saß, während sie ihre kaffeebraune Hand mit der rosigen Handfläche ins Wasser hängen ließ, fand, daß es ein herrliches Erlebnis sei, mit Titus Sharrow so sanft durchs Wasser dahinzugleiten. Die Ruderklampen waren rostig und knarrten, wenn sich die Ruder in ihnen bewegten, aber das vertiefte die Stille eher, als daß es sie unterbrach. Für Annabelle war Tite ein geheimnisvolles, fast übernatürliches Wesen. Seine indianischen Vorfahren – das hatte er ihr erzählt – waren die Herren dieses weiten Landes gewesen, ehe die Franzosen kamen und es eroberten. Jedoch auch das Blut der Eroberer floß in seinen Adern. Er war frei wie ein Vogel, während sie eine Sklavin war und ihre Vorfahren Sklaven gewesen waren, die man gewaltsam aus Afrika herübergeschafft hatte.
Sie hatte nie darunter gelitten, Sklavin zu sein. Sie hatte sich in ihrer Sicherheit glücklich gefühlt und sich nach dem Tag gesehnt, an dem die Sinclairs nach dem Süden zurückkehren und sie und Cindy und Jerry mitnehmen würden. In ihrer Phantasie stand die Plantage da, wie sie vorher gewesen war, denn sie konnte sich kein Bild ihrer Zerstörung machen. Sie wußte auch, daß Jerry wieder zum alten Leben zurückkehren und sie heiraten wollte, wenn der Zeitpunkt gekommen war. Aber all diese freundlichen Zukunftsbilder waren durch ihre wachsende Liebe zu Tite erschüttert.
Cindy hatte sie gewarnt. »Nimm dich in acht, Belle. Und trau dem Indianer nicht. Er hat einen sündigen Blick in seinen Augen und ein ungutes Lächeln. Und seine Lippen sind zu schmal. Er sieht aus, als könne er besser beißen als küssen.«
Nun hatte Cindy freilich niemals die sanfte Kurve seiner Lippen gesehen, die

sie jetzt zeigten, als er die Ruder ruhen ließ und in Annabelles hübsches Gesicht und auf die verführerischen Rundungen ihres Körpers blickte. Aber Belles Herz war bei geistigen, seelischen Dingen.
»Liebst du unsern Heiland, Tite?« fragte sie.
»Ja, ehrlich und aufrichtig – aber nicht so sehr wie dich.«
Das war eine schreckliche Antwort, und sie wußte, sie hätte im tiefsten Herzen erschrocken sein müssen. Aber sie war es nicht. Im Gegenteil, ein Schauer des Entzückens ließ ihre Nerven erbeben. Sie konnte ein glückliches Lachen nicht unterdrücken.
»Du bist wirklich ein schlechter Mensch, Tite!« sagte sie.
»Dann mußt du mich lehren, gut zu sein, Belle.«
Sie sah im Geist Tite und sich als Mann und Frau in einer Hütte, vielleicht am Ufer dieses selben kleinen Flusses. Sie würde ihn lehren, gut zu sein, und er würde sie lehren, zu lieben, aber niemals, niemals darüber ihren Heiland zu vergessen . . .
Sie kamen zu einer kleinen Lichtung, wo offenbar jemand einmal versucht hatte, sich ein Haus zu bauen. Es lagen glattgeschnittene Balken da, halb von Brombeerranken überwuchert. Das Paar im Boot war sehr erstaunt, auf einem dieser Balken zwei sitzende Männer zu sehen, die etwas studierten, was wie eine Landkarte aussah, die sie auf ihren Knien ausgebreitet hatten.
»Diese Männer habe ich schon einmal gesehen«, sagte Tite. »Sie haben sich im Dorf herumgefragt.«
»Wohin wollten sie gehen, Tite?«
»Ich weiß es nicht – aber ich glaube, es sind Freunde von eurem Mr. Sinclair.«
»Die sehen gar nicht aus wie Massas Freunde!«
»Du hast jetzt keinen ›Massa‹, Belle«. Er zog die Ruder ein und legte seine Hand auf ihr Knie. »Du bist eine freie Frau.«
»Nicht, wenn ich farbig bin, Tite!«
»Du bist ebenso weiß – oder eigentlich weißer als ich, Belle. Leg deine Hand neben meine, dann siehst du es.«
Die Berührung seiner Hand durchzuckte sie wie eine Flamme. Sie legte schmachtend ihre Hand neben die seine.
»He, ihr da im Boot!« rief einer der Männer am Ufer sie an.
Tite wandte sich mit würdevoller Miene um. »Sprachen Sie zu mir, Mister?«
»Jawohl!« Der Mann stand vom Balken auf und kam ans Ufer. Er fragte: »Können Sie mir sagen, ob hier in der Gegend ein Mann namens Sinclair lebt?«
»Er hat hier Freunde besucht«, sagte Tite. »Soviel ich weiß, dürfte er wieder abgereist sein.«
»Er ist ein Sklavenhalter«, sagte der Mann verächtlich. »Er hat ein paar Sklaven mitgebracht. Gehört ihr beiden zufällig zu ihnen?«

»Wer weiß – vielleicht«, sagte Tite.
»Nun, jetzt seid ihr frei. Wißt ihr das?«
»Besten Dank für die Mitteilung«, erwiderte Tite.
Annabelle schüttelte sich vor unterdrücktem Lachen.
»Was gibt's da zu lachen?« fragte der Mann.
»Dieser junge Mann ist doch kein Sklave – er ist ein Indianer«, sagte Belle.
Der Mann grinste. »Ich habe noch keinen Indianer mit einer Mulattin als gutes Gespann gesehen.«
»Sie haben eben noch 'ne Masse zu lernen«, antwortete Tite.
Annabelle ergriff keck das Wort. »Sind Sie nicht 'n Yankee?«
»Das walte Gott«, sagte der Mann, »und mein Freund hier ebenfalls. Wir sind Flüchtlinge aus dem Norden. Wir wollen nicht kämpfen. Wir wollen nicht zur Armee eingezogen werden. Viele wie wir kommen nach Kanada. Wir dachten, Mr. Sinclair könnte uns helfen, Arbeit zu finden.«
»Dann sind Sie nicht gegen den Süden?« Annabelle sah dem Mann forschend ins Gesicht.
»Habe ich Lust, gegen meine Brüder zu kämpfen?« fragte er zurück. »Nein, ich bin für Frieden und Wohlstand.«
Jetzt kam der andere Mann dazu. »Könnt ihr uns sagen, wo Mr. Sinclair wohnt? Wir sind nicht gekommen, um ihn zu belästigen. Wir wollen ihn bloß um Rat fragen.«
»Er wohnt auf einem Gut – Jalna heißt es.« Annabelle sagte es voll Stolz. »Es ist das schönste in der ganzen Gegend – aber natürlich lange nicht so schön wie unsere Plantage daheim.«
»In welcher Richtung?« fragte der Mann. Es sollte gleichgültig klingen.
Sie zeigte ihm die Richtung und die beiden Männer gingen mit einem brummigen ›Dankeschön‹ weiter.
»Du hättest es ihnen nicht sagen sollen, Belle. Mir haben die beiden nicht gefallen!«
»Aber sie sind doch keine Kämpfer«, rief sie, »bloß arme Flüchtlinge, die vor dem Krieg geflohen sind.«
»Sie sehen wie Mörder aus«, sagte Tite.
Er brachte das Boot ans Ufer, befestigte es an einem umgefallenen Baum und stieg heraus. »Ich muß sehen, wohin sie gehen. Du wartest hier auf mich, Belle.«
»Sei vorsichtig!« rief sie ihm nach. Ein stolzes Besitzgefühl erfüllte sie, so daß sie seiner biegsamen Gestalt wohlwollend wie ein schwarzer Schutzengel nachsah, während er im Gebüsch verschwand. Das Wassergeflügel, das hier keine Furcht kannte, kam dicht an sie herangeschwommen. Ein blauer Reiher flog über ihren Kopf hinweg. Sie konnte seine Beine sehen, die er so eingezogen hatte, als wolle er sie nie wieder gebrauchen und weiterfliegen bis ans Ende

der Welt. Oh, daß sie und Tite ihr Leben lang an diesem Ufer leben könnten, voll Liebe zueinander, voll Liebe zu ihrem Heiland! Ein kleines Haus – und wenn's nur ein Zimmer hatte – aus Balken gebaut, würde genügen. Der Gedanke an den kommenden Winter, die Schneestürme schreckte sie nicht mehr. Sie würde sich sicher fühlen, wenn sie Tite nur immer neben sich hatte. Er hatte noch nicht von Heirat gesprochen, aber er würde es bald tun, davon war sie überzeugt. Sie wollte nicht auf die Zeit seines letzten Examens warten, nicht warten, bis er Rechtsanwalt sein würde. Sie konnte an solche Möglichkeiten einfach nicht glauben. Sie waren ihr zu hoch. Sie sah ihn nur immer als das bewegliche Halbblut mit dem französischen Einschlag. Nie hätte ein Neger so klug, so redegewandt sein können.
Nun kam er mit langen Schritten zurück zu ihr. »Sie sind weg«, sagte er, »aber nicht in Richtung Jalna. Beim Jingo – ich glaube, sie sind Yankeespitzel!«
»Ich hätte Angst, wenn du nicht hier wärst«, sagte Annabelle.
»Und wie steht's mit Gott? Würde er dich beschützen?«
»Er muß sich um diesen Krieg kümmern. Für ein armes Mädchen wie mich wird er jetzt keine Zeit haben.«
Tite sah sie zärtlich an. »Du sollst keine Angst haben, Belle – ich passe schon auf dich auf.«
»Wie lange?« fragte sie schmachtend.
»So lange, wie du's haben möchtest.«
Sie atmete tief und freudig auf. »Ich liebe dich, Tite«, sagte sie, und als das Boot wieder langsam stromaufwärts fuhr, ließ sie wie vorher ihre Hand lässig ins Wasser hängen.
Das Ufer war blau von Enzian und kleinen Herbstastern. Die Goldraute wuchs so hoch, daß sie einen kleinen Platz dicht abschirmte. Tite brauchte sie nicht lange zu überreden, mit ihm in die blühende Wildnis zu gehen. Sie sanken ins Gras, und er legte schmeichelnd den Arm um ihre Taille. Sie lehnte den Kopf an seine Schulter, stolz befriedigt, daß sie kein wolliges Haar hatte. Ihre sehnsüchtigen Augen hafteten an seinem braunen gerundeten Hals.
»Hab' keine Angst«, flüsterte er. Seine sehnige Hand preßte sich an ihre Brust.
Eine Kinderstimme unterbrach sie. »Ich kann euch sehen!« rief der kleine Ernest. Er brach mit seinen beiden älteren Geschwistern durch das Unterholz.
»Macht ihr ein Picknick?« fragte Nicholas.
»Jetzt noch nicht«, antwortete Tite.
Nicholas sah Annabelle vorwurfsvoll an. »Du wirst zu Hause gebraucht«, sagte er, »Cindy hat gerade ein Baby bekommen.«
Annabelle sprang auf. »Ach, du meine Güte! Zeigt mir den Weg, Kinder! Ich muß den ganzen Weg rennen. War ein Doktor da? Oder eine Hebamme?«
»Nein, nur meine Mutter war da«, sagte Nicholas. »Unsere Dienstboten haben sich alle gefürchtet.« Sein hübsches Knabengesicht war rot vor Aufregung.

»Hat man euch hergeschickt, um mich zu holen?«
»Nein – ich sollte bloß Ernest aus dem Weg bringen. Er versteht doch solche Dinge noch nicht.«
»Nicht verstehen... au Backe!« sagte Ernest. Er lief vor lauter Erregung immer im Kreis herum.
»Weißt du, wo man hier nach Jalna abschneidet?« wendete sich Tite an Nicholas.
»Natürlich. Komm nur mit, Annabelle. Zeig mal, wie schnell du rennen kannst!« Er lief voraus, die Mulattin leichtfüßig hinter ihm her.
»Dieses Baby ist in einem freien Lande geboren«, rief Tite ihnen nach. »Welche Farbe hat's denn?«
»Schwarz wie 'n Pik-As!« rief Nicholas zurück.
»Ich werde mit Ernest hinterhergehen«, sagte Gussie. Ihr blasses Gesicht war noch blasser als sonst, obwohl sie schnell gelaufen war. Sie nahm Ernest fest bei der Hand. Die nasse Erde unter ihren Füßen war weich. Schlanke Lärchenzweige und belaubtes Unterholz drängten sich auf den schmalen Weg, über den gerade eine gescheckte Schlange glitt. Sie hielt einen Augenblick inne, um ihren gelben Geifer nach den Kindern zu speien.
»Wenn Nicholas hier wäre«, sagte Ernest, »würde er sie töten.«
»Gott will, daß wir alle seine Geschöpfe lieben«, sagte Augusta.
»Gussie, liebst du Cindys Baby?«
»Nun, ich werde es lieben.«
»Woher weiß Nicholas, daß es schwarz ist?«
»Vielleicht hat es Mammi ihm gesagt.«
»Sag mir doch, Gussie, wie werden die Babys geboren? Dauert es lange, oder geht es ganz schnell... so einfach ›Wuuutsch‹?« Er machte eine heftige Bewegung mit seinem rechten Arm.
Augusta hielt seine Linke eisern fest. »Du solltest versuchen, an solche Dinge überhaupt nicht zu denken, bis du älter bist.«
»So alt wie du?«
»Viel älter. Du mußt dir wirklich Mühe geben.«
»Ich gebe mir immer Mühe, artig zu sein. Und tapfer.« Ernest sah ängstlich in das feuchte Unterholz.
»Nun, wenn's dir auch nicht immer gelingt, tapfer zu sein, so ist das kein Grund, nicht artig zu sein.«
»Werden wir belohnt, wenn wir artig sind?«
»Das ist uns versprochen worden.«
»Ist Cindy artig oder böse?«
»Das weiß ich nicht.«
»Dann weißt du also nicht, ob das Baby 'ne Belohnung oder 'ne Strafe ist?«
»Wie kann ich wissen, was für ein Leben sie geführt hat?« Jetzt kamen sie

in das offene Parkland, das Jalna umgab. Augusta löste Ernests Hand aus der ihren und schoß voran. Annabelle war nirgends zu sehen, aber Nicholas und Mr. Madigan kamen ihnen entgegen.
Der Lehrer sagte: »Sicher habt ihr schon von dem Neuankömmling gehört?«
»Wie schwarz ist ein Pik-As?« fragte Ernest.
»Ich bin farbenblind«, sagte Mr. Madigan.
»Und darum tragen Sie so 'ne grelle grüne Krawatte?« forschte Ernest weiter.
Madigan befingerte die Krawatte liebevoll. »Nein, die trage ich zur Erinnerung an mein geliebtes altes Irland. Gott sei Dank ist es nur eine Erinnerung.«
»Mr. Madigan«, fragte Ernest, »können Sie mir sagen, wie lange es dauert, wenn man geboren wird?«
Augusta ergriff die Flucht.
»Meine Eltern«, sagte Mr. Madigan, »waren zehn Jahre verheiratet, als ich auf der Bildfläche erschien. Also kannst du sagen, ich brauchte zehn Jahre dazu, geboren zu werden. Aber heutzutage geht ja alles schneller.«
Nicholas beobachtete voll Spannung die drei Männer, die gerade die Einfahrt entlangkamen, an der Kapitän Whiteoak junge Tannen und Fichten angepflanzt hatte, die gut angewachsen waren und gediehen.
Einer der Männer rief: »Bitte – wohnt hier ein Herr – namens Elihu Busby?«
»Nein«, antwortete Nicholas, »aber ich kann Ihnen den Weg zeigen.«
»Warum wollen Sie ihn sprechen?« fragte der allezeit wißbegierige Ernest.
»Wir möchten Land kaufen und uns hier ansiedeln«, sagte der Mann.
Nicholas ging mit ihnen zum Tor und zeigte ihnen die Richtung.
»Lügner«, sagte Madigan, der ihnen nachsah. »Das sind Spione.«
Ernest brach in Jubel aus. »Genau wie die Geschichten in den Büchern!« Er lief den Torweg hinunter den drei Männern nach.
Lucius Madigan sah Mrs. Sinclair die Stufen der Veranda herabkommen. Ihre langsamen, graziösen Bewegungen erfüllten ihn mit dem Bedürfnis, ihr dienstlich zu sein. Sie aber wendete das Gesicht von ihm fort. Sie fürchtete, er könnte das peinliche Ereignis dieser Geburt erwähnen. Es war besonders demütigend für sie gewesen, weil sie davor in Panik zu dem Sommerhäuschen geflohen war, das in den Büschen versteckt lag. Man hatte es erst im Frühjahr gebaut, und jetzt war es die Zuflucht der Blaumeisen, die dort ihre Nester gebaut und ihre Jungen ausgebrütet hatten.
Es war die resolute Adeline gewesen, die dem Baby in die Welt geholfen, es an den Füßen hochgehalten und so lange auf das winzige Hinterteil geklatscht hatte, bis es einen Schrei ausstieß. Als der junge Doktor Ramsey ankam – natürlich zu spät –, hatte sie ihn mit einem spöttischen Lachen empfangen. »Ich werde mich künftig als Hebamme verdingen«, hatte sie erklärt. »Ich kann so einem Baby rascher zur Welt kommen helfen als Sie! Dies hier hat nur zehn Minuten gedauert.«

Der Arzt untersuchte das Baby. »Ich bin froh, daß es schwarz ist«, erklärte er. »Weiß Cindy, wer der Vater ist?«
»Mein lieber Puritaner!« rief Adeline. »Cindy ist eine ehrbare Frau. Sie hat einen Mann und drei Kinder zu Hause im Süden. Sie wohnen alle bei ihrer Mutter.«
»Dann sollte sie sich schämen, sie verlassen zu haben«, sagte der Arzt.
»Ach, sie ist ihrer Herrin so ergeben! Es ist doch etwas Herrliches, wenn einem Menschen so ergeben sind.«
»Was tut sie, um solche Ergebenheit zu verdienen?«
»Wenn wir immer nur bekämen, was wir verdient haben, möge uns der Himmel helfen«, sagte Adeline.

Lucy Sinclair warf einen sanften, halb bittenden Blick auf den Hauslehrer. »Mein Mann und ich, wir haben den Becher der Demütigungen bis zur Neige geleert. Was heute passiert ist, dürfte wohl der letzte bittere Tropfen sein, sagt mein Gatte.«
Ein puritanisches Gefühl in Mr. Madigan fühlte sich durch soviel Offenheit abgestoßen. Er sagte schnell: »Aber es war doch nicht seine Schuld, Verehrteste, es war nicht seine Schuld.«
»Bei Gott, das war es nicht«, stimmte sie zu.
Madigan begann kleine rosa Blüten von einem spärlichen Rosenstrauch zu pflücken, der neben der Veranda wuchs.
»Die letzte Rose des Sommers«, sagte sie poetisch, aber er mußte gerade seinen Daumen in den Mund stecken, weil ihn ein Dorn gestochen hatte.
Sie roch an der kleinen Blüte. »Die letzte Rose«, wiederholte sie. »Oh, wenn Sie wüßten, wie ich den Winter in diesem Klima fürchte. Ist er sehr schrecklich?« Sie hob die großen blauen Augen zu seinem Gesicht.
»Hmmm«, sagte er sachlich, »ich habe erst einen Winter hier verbracht, und ehrlich gesagt, fand ich ihn weniger unangenehm als die kalten Nebel in Irland. Vor allem sorgt Kapitän Whiteoak dafür, daß das Haus warm ist. In all den Haupträumen brennt ständig der Kamin.«
»Wenn unsere Pläne erfolgreich sind«, sagte sie in einem Ausbruch von Ehrlichkeit, »können wir vielleicht eher heimkehren, als wir es erwartet hatten.«
»Es wird ein glücklicher Tag für Sie sein, wenn Sie abreisen, Madam«, sagte er, »aber ein sehr, sehr trauriger für mich.«
»Wie lieb von Ihnen, das zu sagen, Mr. Madigan. Aber ich fürchte, unsere Heimkehr wird uns nichts als Kummer bringen – wenn es überhaupt dazu kommt.«
»Nun, Ihre Pläne . . .«, sagte er, brennend vor Neugier und dem Wunsch, ihr zu dienen, »für Ihre Pläne zittere ich, wenn ich ständig fremde Männer sehe, die hier im Gelände umherschleichen.«

Ihre Kühnheit siegte über ihre Verschwiegenheit. Sie sprach leise. »Sie brauchen sich keine Sorgen wegen diesen Männern zu machen. Es sind Südländer, die herkommen, um meinen Mann und mich in ... in wichtigen Angelegenheiten zu sprechen. Oh, Sie müssen das verstehen. Sie sind hier, um sich von meinem Mann wegen unseren großen Projekten beraten zu lassen. Sie, Mr. Madigan, sind doch auf unserer Seite, das weiß ich.«
»Mit Herz und Seele, Mrs. Sinclair. Aber ich muß Ihnen sagen, daß sich ... auch andere Männer hier herumtreiben. Yankeespione. Sie waren heute hier, um sich nach Mr. Busbys Domizil zu erkundigen.«
Sie erschrak und ließ die Rose aus ihren zitternden Fingern fallen. Madigan hob sie auf und atmete ihre letzten Sommerdüfte ein.
»Wenn ich ein wenig mehr von Ihren Plänen wüßte, könnte ich sie vielleicht besser von Ihrer Spur ablenken«, sagte er.
»Was würde mein Mann sagen?«
»Er müßte wissen, daß ich ein Freund bin, dem man trauen kann.«
Lucy Sinclairs Wangen brannten. Sie konnte ihren Stolz auf diese kühnen Abenteurer aus dem Süden nicht mehr zurückhalten. In einem Wortschwall berichtete sie ihm, daß mehr als hundert von ihnen in Zivilkleidung in diesem Teil der Provinz waren, unter dem Befehl des Präsidenten der Konföderation, um den Yankees jenseits der Grenze jeden denkbaren Schaden zuzufügen.
»Sie werden Überfälle machen«, sagte sie, »und Gebäude in Brand stecken. Sie als Ire werden sicher wünschen, daran teilzunehmen, besonders da Sie doch sagten, daß Sie uns gern helfen würden.«
»Liebe Mrs. Sinclair«, begann Mr. Madigan, sah sich aber außerstande, ihr die Gefühle zu schildern, die sie in ihm geweckt hatte. Er streckte seine zitternde Hand aus und legte sie auf ihre Schulter. »Ich werde alles tun, was ich tun kann – aber das ist nur wenig, aber ich kann Sie wenigstens im Falle der Gefahr warnen.« Der Duft, der aus ihrem eleganten Kleid stieg und dem Landleben im Norden so wenig entsprach, berauschte ihn. Sie fühlte ihre Macht und schenkte ihm absichtlich ihr süßestes Lächeln. »Von dem Augenblick an, da ich Sie singen hörte«, sagte sie, »begriff ich, wie anders Sie sind als die Leute hier. Irland muß ein wunderbar romantisches Land sein.«
»Das ist es«, sagte er inbrünstig und vergaß dabei ganz, wie froh er gewesen war, aus diesem Land wegzukommen.
Jetzt trat eine zweite Gestalt aus dem Haus und kam entschlossen auf sie zu, der Buckel auf ihrem Rücken war unverkennbar. »Guten Morgen«, sagte Sinclair kalt zu dem Hauslehrer, und dann zu seiner Frau: »Ich würde gern ein Wort allein mit dir sprechen, meine Liebe.«
Mit finsterem Gesicht entfernte sich Madigan. Er fühlte sich beschimpft, aber wehrlos. Er sehnte sich nach etwas Trinkbarem, um sein Minderwertigkeitsgefühl zu vergessen, das ihn vor diesem stolzen, mißgestalteten Mann ergriff.

Curtis Sinclair sagte zornig zu seiner Frau: »Ich will nicht, daß du mit Madigan flirtest. Ich dachte, du hättest ein bißchen mehr Verstand! Aber du bist anscheinend trotz all unserm Unglück so leichtsinnig wie eh und je!«
»Wie wenig du mich verstehst, Curtis«, rief sie. »Komm mit mir an eine ungestörte Stelle, dann werde ich dir sagen, über was ich mit Mr. Madigan gesprochen habe.«
Er folgte ihr um die Rückwand des Hauses über einen grasbewachsenen Platz mit Wäscheleinen, an denen weiße Leinentücher und große Tischtücher naß im Augustwind flatterten. Im Gemüsegarten war der Spargel zu einem Wald von strotzendem, gefiedertem Grün aufgeschossen; unten am Boden zirpten die Grillen. Große Kürbisse lagen wohlgeformt und reif auf der Erde. Die Tomaten reiften, und da sie allzu üppig Frucht trugen, fielen manche überreif von den Stengeln und die Hühner pickten daran herum.
Jenseits des Gemüsegartens war ein Stück offenes Land vor dem Obstgarten; die Äste der Apfelbäume waren abgestützt, besonders bei den Frühäpfeln, damit sie bei einer schweren Ernte nicht abbrechen konnten. Auf dem offenen Platz standen nur ein paar Birnen- und Pflaumenbäume, deren Früchte golden und rötlich zwischen den Blättern schimmerten.
»Nun? Ist dir das hier ungestört genug?« fragte Curtis Sinclair. Er sah seine Frau mit einem kalten Blick an, der zu keinem Vertrauen einlud.
»Wie reizend ist es hier!« rief sie. »Man kann kaum glauben, daß es nur ein paar Monate dauert, bis es Winter ist!«
»Im Winter wirst du nicht hier sein«, sagte er kurz. »Was wolltest du mir über diesen Iren sagen?«
»Schätze ihn nicht zu gering ein«, antwortete sie. »Er weiß mehr, als du denkst. Er ist ein ungewöhnlicher Mensch und zudem ein Gelehrter.«
»Ich hoffe nur, du hast dich nicht so zur Närrin gemacht, ihm etwas anzuvertrauen! Das könnte gefährlich werden.«
»Aber nein«, erwiderte sie sanft. »Im Gegenteil – *er* hat *mir* etwas sehr Beunruhigendes gesagt – nämlich, daß sich hier Spione herumtreiben.«
»Woher, zum Teufel, will er das wissen? Man hat ihm gesagt, daß die Männer, die herkommen, um mich zu sprechen, Flüchtlinge sind, die nicht eingezogen werden wollen ... Ich glaube, du flirtest mit ihm!«
Sie fing an zu weinen. »Nein, nein! Ich habe gar nichts Besonderes für ihn übrig. Und wenn wir uns sehen, sind immer die Kinder dabei.«
»Nun, jetzt waren keine Kinder dabei!«
»Oh, warum bist du so unfreundlich! Es geht doch alles gut – oder?«
Nun sprach er ruhiger und legte seine kleine, edelgeformte Hand auf ihren Arm. »Ja, es geht alles einigermaßen gut – aber es gibt einfach zu vieles, was mich nervös macht. Zum Beispiel dieser Streich, den uns Cindy da spielte!«

Nun versiegten ihre Tränen, und sie fing an zu lachen. »Ein Baby bekommen nennst du einen Streich? Ach, mein Lieber, du bist doch ein wunderlicher Kauz.« Sie klopfte ihn freundlich auf den Arm. Ihre Brillantringe blitzten im Sonnenlicht.
Er war besänftigt. »Warum meinte dieser Madigan, er habe Spione gesehen?« fragte er ruhig.
»Fremde Männer sind hergekommen, um allerlei zu erfragen. Er wußte mit Sicherheit, daß es Yankees waren.«
»Was haben sie gefragt?«
»Zum Beispiel: wie sie von hier zu den Busbys kämen. Nicholas ist mit ihnen gegangen, um ihnen den Weg zu zeigen.«
»Sie kommen zu spät.« Er lachte kurz auf. »Alles ist in Ordnung. Laß dich von nichts überraschen, was auch vorfällt... Nicht einmal davon, daß ich vielleicht plötzlich fort muß.«
Das machte ihr wirklich Angst. »Oh, das kannst du nicht«, rief sie, »das kannst du nicht! Es wäre mir zu schrecklich, dich in Gefahr zu wissen.«
»Ich habe genausoviel Recht wie jeder andere Mann, mich in Gefahr zu begeben«, antwortete er.
»Das weiß ich.« Sie beeilte sich, ihm zuzustimmen, denn sie fürchtete, er würde sie im Verdacht haben, an seinen Buckel zu denken. »Aber die Gefahr, in die sich andere Männer begeben, bedeutet mir nichts.«
Sie wendeten sich zurück zum Haus. Das Schreien eines neugeborenen Kindes drang zu ihnen und das aufgeregte Geschwätz der Negerfrauen.
»Diese verdammte Cindy!« sagte er. »Warum hat sie ihr Baby nicht in einer der Arbeiterwohnungen bekommen, statt hier im Haus? Es ist beschämend für mich, daß Mrs. Whiteoak bei unserer Negersklavin Hebamme spielen mußte.«
»Sie ist prachtvoll«, sagte Lucy. »Sie hat vor nichts Angst! Sie ist so stolz auf das kleine Niggerlein, als wenn sie's selbst geschaffen hätte.«
»Wahrscheinlich ist der Vater irgendein Yankeesoldat.«
»Wie kannst du so etwas von Cindy sagen! Sie liebt doch ihren schwarzen Ehemann.«
»Nun, viele Frauen hatten keinerlei Skrupel.« Er seufzte tief. »Jedoch so oder so... das einzig Wichtige ist unser Vorhaben. Lucy, vielleicht wird es nötig, daß ich für kurze Zeit weggehe.«
Sie legte die Hand auf ihr Herz. »Aber du kommst nicht in Gefahr, hoffe ich!« flüsterte sie.
»Ich glaube nicht. Ich habe hundertfünfzig kräftige Männer hier an der Grenze zusammengezogen. Wir werden Überfälle auf die Yankees machen – Besitze jenseits der Grenze niederbrennen. In Chicago haben wir viele, die mit unserer Sache sympathisieren. Sie werden sich nach Camp Douglas begeben. Dort sind

fünftausend Südsoldaten gefangen. Sobald sie befreit sind, marschiert die ganze Truppe nach Springfield/Illinois und befreit dort weitere siebentausend Südstaatler. Guter Gott, Lucy, es ist ein erstaunliches Unternehmen! Wenn es gelingt, können wir vielleicht unser Land noch retten.«
Lucy zitterte. Sie stützte sich mit der Hand an einem Birkenstamm. Ein leichter Regen setzte ein, ein grauer Schleier senkte sich auf die Spätsommerlandschaft. Die Tauben auf dem Dach wurden im Nebel unsichtbar, aber man hörte ihr Gurren, als habe der graue Dunst eine Stimme bekommen.
»Gib acht, daß du kein Wort davon sagst, Lucy«, ermahnte er sie. »Mein Leben kann von deiner Verschwiegenheit abhängen.«
»Ich würde eher sterben, als ein Wort verlauten lassen, aber ... diese Spione! Sie machen mir Angst.«
»Sie kommen zu spät, um uns zu hindern. Unsere Pläne sind zu gut vorbereitet.«
Sie gingen lächelnd zurück, Adeline Whiteoak entgegen, die mit dem Neufundländer Nero aus dem Haus kam. Er trottete neben ihr, ihre Hand lag an seinem Halsband. Das große Hundegesicht trug einen Ausdruck von strahlendem Selbstvertrauen und allgemeinem Wohlwollen, wie man das in einem menschlichen Antlitz nur selten sieht.

Was die Gegner planen

Nicholas ging mit den drei fremden Yankees zum Besitz der Busbys. Während die Whiteoaks, die Vaughans und die Laceys aus England gekommen waren, um sich in Ontario niederzulassen, hatte der Großvater der Busbys ein Stück Land von der Regierung erhalten, als er, ein Royalist reinsten Wassers, nach der amerikanischen Revolution seinen Besitz in Pennsylvanien verlassen hatte und mit seiner jungen Familie auf dem Ochsenkarren in die Wildnis dieser kanadischen Provinz gekommen war. Das Leben hatte sich in den seither verflossenen achtzig Jahren gründlich verändert. Es wurden Straßen gebaut, die ein Dorf mit dem anderen verbanden, eine Eisenbahn brachte die Dörfer an die Städte heran. Man führte nicht mehr das Leben jener Pioniere. Die Felder waren angebaut und die Farmer recht wohlhabend geworden.
Elihu Busby hatte eine große Familie, die ihn mit Scheu und Ehrfurcht behandelte, aber niemanden auf der Welt als über ihr stehend betrachtete. Sie waren zwar der Königin aufrichtig ergeben, blickten aber scheel auf die englische Lebensform. Sie mochten die Whiteoaks gut leiden, fühlten sich aber häufig beleidigt durch ihre Art, die ihnen hochmütig vorkam. Sie hegten einen unsterblichen Haß auf die Amerikaner und übertrieben die Bedeutung des Besitzes, den sie vor zwei Generationen in Pennsylvanien zurückgelassen hat-

ten. Ihrem freiheitsliebenden Sinn war der bloße Gedanke an Sklaverei verhaßt, und sie waren mit Leib und Seele für die Nordamerikaner und gegen die Sklavenhalter des Südens.
Ihr stattliches Farmhaus lag etwa vier Meilen von Jalna entfernt. Nicholas führte die Männer hin, er ging voran und gab nur vorsichtige Antworten auf die Fragen, mit denen ihm die Spione hart zusetzten. Er war überzeugt, daß sie Spitzel waren, und hatte das Gefühl, sich im Zentrum wichtiger Begebenheiten zu bewegen.
Sie fanden die Familie Busby gerade bei Tisch, mit Appetit ihre Mahlzeit verzehrend. Mit altmodischer Gastlichkeit wurden die Fremden eingeladen, daran teilzunehmen. Sie nahmen es an, jedoch Nicholas, der hier immer gern gesehen war, dankte – er würde zu Hause erwartet, sagte er. Draußen aber zögerte er – er hoffte auf irgend etwas ganz Unbestimmtes. Seine knabenhafte Phantasie war durch den Konflikt an der Grenze befeuert, und er hätte für sein Leben gern eine Rolle in einem großen Unternehmen gespielt. Leider fand er keine andere Beschäftigung, als ein paar grüne Äpfel aufzusammeln, die von einem Baum auf den Rasen gefallen waren, und mit ihnen nach dem spitzen Giebel des Farmhauses zu werfen.
Nach einer Weile kam Amelia Busby zu ihm. »Das darfst du nicht tun«, sagte sie, »wie leicht kannst du eine Scheibe zerbrechen. Dann würde dir mein Vater vielleicht etwas erzählen!« Dabei sah sie Nicholas aber freundlich an und fügte einen Augenblick später hinzu: »Ich nehme an, Mr. Madigan ist nicht mehr bei euch?«
»Wieso? Wie kommen Sie darauf?«
»Oh . . . ich weiß nicht.«
»Er ist immer unzufrieden, wenn Sie das meinen«, sagte Nicholas. »Aber deshalb geht er nicht fort. Er hat sich verpflichtet, in Jalna zu bleiben, bis wir Jungens in die Oberschule kommen.«
Amelia konnte sich nicht enthalten, zu fragen: »Spricht er eigentlich manchmal von mir?«
Nicholas wich aus. Er murmelte: »Ich hätte sagen sollen: *wir Knaben. Jungens* ist nicht grammatikalisch.«
»Nimmt er's sehr genau mit eurer Grammatik?«
»Peinlich genau!« sagte Nicholas.
Amelia fand den Jungen unerträglich eingebildet, aber sie wollte ihn bei guter Laune halten, um etwas über Mr. Madigan zu erfahren. Also wiederholte sie: »Spricht er manchmal von mir?«
»Nein. Nie«, erwiderte Nicholas fest. Er warf wieder einen grünen Apfel nach dem Giebel.
»Hör mal«, sagte Amelia, »würdest du ihm bitte etwas von mir ausrichten?«
»Freilich. Aber machen Sie's kurz – ich habe ein schlechtes Gedächtnis.«

»Bestelle ihm –« das lebhafte Rot ihrer Wangen vertiefte sich noch – »sag ihm, es täte mir leid, daß ich ihn gekränkt hätte.«
Nicholas sah sie groß an. Wider Willen siegte seine Neugier.
»Ich möchte gern wissen, wer diese Fremden sind, die sich da in eurer Küche breitmachen.«
»Ich weiß es auch nicht recht«, sagte sie wahrheitsgemäß, »ich weiß nur, daß sie Yankees sind.«
»Das bloße Wort Yankees bringt mein Blut zum Kochen!« sagte er.
»Aber du bist doch sicher auch nicht für die Sklaverei?«
»Diese Schwarzen sind *gerne* Sklaven. Mr. Madigan sagt, wir sind alle Sklaven – Sklaven der einen oder andern Gewohnheit.«
»Du bist ein kluger Junge, Nicholas!«
Diesmal mußte er ihr recht geben. Als er nach Hause lief, überdachte er das Gespräch und fand, er habe sich recht gut aus der Affäre gezogen.
Er traf Lucius Madigan, der Ernest im Gartenhaus mit Hilfe eines Globus eine Geographiestunde gab. »Diese kleine Insel ist Irland«, sagte er und deutete mit seinem knochigen Zeigefinger auf die Stelle.
Ernest beugte sich vor, bis seine kleine Nase fast an den Globus stieß. »Warum ist Irland so klein?« fragte er.
»Durch die Unterdrückung der Engländer«, erwiderte Mr. Madigan.
»Unser Land ist aber sehr groß«, sagte Ernest stolz.
»Seine Größe ist sein Verderb«, gab Mr. Madigan zurück. »Es ist ein großer gefrorener hohler Raum.«
»Augenblicklich«, mischte sich Nicholas ein, »schwitze ich wie'n Roß!«
»In einigen Jahren«, sagte Mr. Madigan düster, »wird dieses Land von den Amerikanern eingesteckt werden.«
»Wir haben den Nordpol«, sagte Ernest, »und den können uns die Amerikaner nicht wegnehmen.«
»Abwarten und Tee trinken!« sagte Mr. Madigan.
Nicholas unterbrach sie. »Sie können sicher nicht raten, Sir, mit wem ich eben gesprochen habe – und auch über Sie!«
»Amelia Busby?« riet Madigan.
»Stimmt. Und was hat sie gesagt? Was meinen Sie?«
»Daß sie mich liebt?« sagte der Lehrer mit gespielter Ziererei.
»Nicht direkt. Aber daß es ihr leid tut, daß sie Sie gekränkt hat.«
»Mich gekränkt? Das kann keine Frau!«
»Auch Mrs. Sinclair nicht?« Nicholas bemühte sich, nicht zu grinsen.
»Für diese Unverschämtheit darfst du fünfzig Zeilen Schönschrift machen. Fange dort an, wo du das letztemal aufgehört hast.«
»Darf ich erst Gussi ihr Geschenk geben?«
»Ihr Geschenk?«

»Sie wissen doch sicher, daß sie Geburtstag hat! Ich habe eine Turteltaube für sie. Strafarbeiten an einem Familienfest sind hart!«
»Nun, diesmal werd' ich sie dir erlassen«, sagte Madigan, »aber beherrsche in Zukunft deinen Drang, vorlaut zu sein!«
»Was ist vorlaut?« fragte Ernest.
»Frech«, sagte Madigan. »Hüte dich davor.«
»Frech . . . au Backe!« rief Ernest und schlenderte seinem Bruder nach.
Sie fanden Augusta im Schatten eines kleinen Birkenhains. Sie hatte ihrem Geburtstag zu Ehren ein weißes Kleid an und spielte beglückt mit dem Goldmedaillon, das an einem Kettchen von ihrem schlanken Hals hing. Sie hatte nie gehofft, etwas so Schönes zu besitzen, wenigstens nicht vor vielen Jahren. Aber ihre Mutter hatte es ihr an diesem Morgen umgehängt, und ihr Vater hatte ihr dichtes schwarzes Haar im Nacken hochgehoben und hatte das Schloß zugemacht. An einer Seite des Medaillons waren unter dem Glas zwei zusammengeflochtene Haarsträhnchen – von Philips blondem und Adelines rotem Haar.
Die Jungen sahen es ehrfürchtig an, während Augusta das Medaillon öffnete und ihnen diese Andenken zeigte. Sie sagte: »Ihr seht doch, daß nur auf der einen Seite etwas drin ist. Auf die andere kommen Haare von euch beiden und unserm Baby Philip, schön zusammengeflochten. Dann ist die ganze Familie vertreten.«
Ernest klatschte vor Entzücken in die Hände. Er legte sich neben sie, daß auch er das Medaillon anfassen konnte. Als er so neben ihr lag, sah er so klein aus, daß Gussies Herz, plötzlich zu bisher unbekannten Gefühlen fähig, ihm entgegenflog. Sie streichelte seine Wange, wandte ihm ihren Kopf zu und küßte ihn.
Nicholas sah eifersüchtig zu. Er sagte: »Ich fürchte, du hast im Augenblick kein Interesse an meinem Geschenk.«
Erst jetzt bemerkte sie, daß er unter seinem Arm eine schöne glatte Taube hielt, die den Kopf über der aufgeplusterten Brust hin und her drehte.
»Für mich?« rief Gussie entzückt.
Nicholas setzte den Vogel auf ihre Brust. Er hatte gar keine Angst und fing sofort an, nach dem blanken Medaillon zu picken. »Sie gehört dir«, sagte Nicholas, »und ich habe einen kleinen Taubenschlag für sie gemacht.«
Ernest hatte sich aufgesetzt; er streckte die Hand aus, um das glänzende Gefieder der Taube zu streicheln.
»Sie fliegt nicht weg«, erklärte Nicholas, »denn sie hat einen Ring an dem Bein, durch den ich ein Band gezogen habe.« Er gab Gussie das Ende des Bandes in die Hand.
Die drei Kinder waren glückselig an diesem heißen Augustnachmittag. Als sie sich ins warme Gras zurücklegten, zog Augusta den Kopf des kleinen Ernest

an sich und streichelte ihn. Ihr Herz war übervoll. Nicholas lehnte den Kopf an ihre andere Schulter. »Mich kannst du aber auch streicheln!« sagte er.
Gegen Abend erschien Lucius Madigan in dem Raum, der den Kindern als Schulzimmer diente. Augusta lernte ein Gedicht auswendig, indem sie die Verse immer wieder monoton vor sich hin sang. Nicholas machte sich einen Drachen, und Ernest schnitt Papierstreifen für den Schwanz.
Der Lehrer machte eine halb zerknirschte, halb erfreute Miene, als er sagte: »Nun, mein Geburtstag ist's zwar nicht – aber ich habe auch ein Geschenk bekommen. Da – seht's euch einmal an.«
Die Aufforderung war überflüssig, denn es war ein großes, dickes Sofakissen aus roter und goldgelber Seide mit einer Quaste an jeder Ecke. Die Kinder hätten es nicht übersehen können.
»Ehrlich gesagt«, berichtete er vertraulich, »mir ist vom Tragen so heiß geworden, daß ich schon größte Lust hatte, es am Straßenrand zu verlieren.«
Die Kinder beäugten es neugierig und genau, während die Taube zierlich hin und her schritt, soweit es die Länge des Bandes erlaubte. »Wie schön!« sagte Augusta.
»Ich wette, ich weiß, wer's Ihnen geschenkt hat«, bemerkte Nicholas. »Es war Amelia Busby.«
Ernest sprang auf. »Lassen Sie mich's mal halten«, bat er, »ich möchte wissen, wie schwer es ist.«
Mit dem Kissen im Arm rief er: »Es ist ganz leicht! Das könnt' ich den ganzen Weg tragen, ohne müde zu werden.« Dabei ließ er es prompt auf den Fußboden fallen.
Madigan ließ sich, als sei er erschöpft, niedersinken und legte den Kopf auf das Kissen. »Nun, dann können wir ja alle zusammen in Frieden schlafen.«
»Eigentlich sind Sie ein komischer Lehrer«, sagte Augusta.
»Ich unterrichte euch durch Beispiele«, belehrte Madigan sie. »Wenn ihr mich genau beobachtet, werdet ihr mühelos herausfinden, was ihr nicht tun und wie ihr nicht sein sollt.«
»Wir waren recht glücklich hier, bis Sie kamen«, stellte Augusta fest – eher erstaunt als vorwurfsvoll.
»Es ist mein Schicksal, Unglück zu bringen«, antwortete Madigan.
»Warum will Amelia Busby Sie dann heiraten?« fragte Nicholas.
Madigan raufte sich das Haar, als sei er verzweifelt. »Erzählt mir bloß nicht, daß sie mich heiraten will!« rief er.
Nicholas sagte belehrend: »Meine Mammi behauptet, wenn eine Frau anfängt, einem Mann um den Bart zu gehen, dann will sie ihn heiraten. Und da gibt es kein Entrinnen, sagt Mammi.«
»Du bist weiser als deine Jahre«, erwiderte Mr. Madigan, »bald wirst *du mich* unterrichten und nicht *ich dich.*«

Lachend ging er hinaus und trug das Kissen in sein Zimmer im Dachgeschoß. Tatsächlich wußte er nicht, was er damit anfangen sollte, und sein Gesicht wurde nüchtern und besorgt. In seinem Zimmer war kein Sofa, und so legte er es auf einen nicht eben vielverheißenden Stuhl mit Rohrsitz. Aber nun wurde der Stuhl nutzlos für ihn, denn auf dieses elegante Kissen konnte er sich doch nicht *setzen*! Er hatte beinahe Lust, es Amelia zurückzubringen und ihr zu sagen, daß in seinem Leben kein Raum für solche Artikel sei. Er wünschte, er hätte es den Kindern nicht gezeigt. Sie würden es bestimmt ihrer Mutter erzählen. Oh, wenn er in dieser Nacht verschwinden und das Kissen einfach zurücklassen könnte . . .

Natürlich berichteten die Kinder von dem Geschenk, das ihm Amelia gemacht hatte. Sie erzählten es eher aus Übermut, aber Adeline nahm die Sache ernst. Sie hätte Madigan gern bürgerlich und seßhaft gesehen, denn wenn er aus Jalna wegging, trieb er sicherlich ziellos von einer unbedeutenden Stellung zur andern. Sie bewunderte sein Wissen. Wenn sie zu Außenstehenden von ihm sprach, übertrieb sie seine Gelehrtheit und machte eine erhabene intellektuelle Errungenschaft daraus, den Sinclairs gegenüber aber nannte sie ihn: »Dieser Taugenichts, dieser Ire . . . Gott helfe ihm!« Seine Bewunderung für Lucy Sinclair war zu offenkundig.

Beim Tee sagte sie: »Ich höre, Sie haben ein hübsches Geschenk von einer jungen Dame bekommen, Mr. Madigan.«

»Ach, für mich hat es keinen Zweck«, sagte er.

»Aber, aber, sagen Sie das nicht. Es gibt doch nichts Angenehmeres als das weiche Plätzchen, auf das man seinen Kopf legen kann. Stimmt's nicht, Mr. Sinclair?«

»Ich habe vergessen, wie man sich entspannt«, antwortete er. Nicholas warf ein: »Das Kissen ist von roter und goldener Seide, und an jeder Ecke ist 'ne große Quaste.« (Nicholas sagte Qu*o*ste.)

»Lieber Mr. Madigan«, rief Adeline, »sobald Sie Ihren Tee getrunken haben, müssen Sie's herunterbringen und uns zeigen! Ich brenne darauf, es zu sehen. Du nicht, Lucy?«

»Es gibt kaum etwas, das mich mehr interessiert, als eine schöne Handarbeit«, erwiderte sie.

»Und für mich gibt's nichts, das mich weniger interessiert«, sagte Madigan.

»Oh, welch eine herzlose Bemerkung«, rief Adeline, während sie ihm noch eine Tasse Tee einschenkte. »Wirklich, dieser Ire ist hoffnungslos. Er gibt sich ganz anders, als er wirklich ist. Tatsächlich hat er ein weiches Herz und das Zartgefühl eines –«

». . . irischen Wolfshundes«, unterbrach Philip. »Noch eine Tasse, bitte!«

Lucius Madigan gab sich stiller Heiterkeit hin. Er war plötzlich überaus guter Laune. Morgens hatte er sein vierteljährliches Gehalt bekommen. Gewöhnlich verschwand er bei dieser Gelegenheit einige Tage aus Jalna und kehrte bleich, zerknirscht und mit erheblich leichteren Taschen zurück. Aber diesmal war seine Börse noch unberührt, und zudem bildete er den Mittelpunkt romantischer Betrachtungen. Nach dem Tee erklärte er sich bereit, das Kissen zur allgemeinen Besichtigung herunterzubringen. Alle waren sich darüber einig, daß es hübsch sei. Philip plazierte es auf das Sofa des Salons und legte seinen blonden Kopf darauf, was Gussie sehr verlegen machte, denn sie war immer darauf bedacht, daß sich ihre Eltern nichts von ihrer Würde vergaben. Das Baby Philip wurde zum Gutenachtsagen hereingebracht, und sein Vater trieb allerlei Possen mit ihm, bis es vor Wonne schrie und seine Höschen naß machte.

Adeline zog Madigan in die Diele; in wirkungsvoller Pose stand sie da, die Hand auf den Spindelpfosten gelegt, dessen Kopf mit wirklich herrlich geschnitzten Trauben verziert war, und sagte: »Lucius, ich muß ein ernstes Wort mit Ihnen sprechen, und ich hoffe, Sie werden es sich zu Herzen nehmen.«

Es war das erstemal, daß sie ihn mit Vornamen angesprochen hatte – das trieb ihm die Tränen in die Augen. Er dachte an sich selbst als an einen armen einsamen Iren, der in diesem herben Pionierland eine traurige Figur machte. Er dachte an seine arme Mutter im Country Cork, und daß er ihr in den letzten zehn Monaten nicht eine Zeile geschrieben hatte. »Ich nehme mir alles zu Herzen, was Sie sagen, Mrs. Whiteoak«, antwortete er mit Tränen in der Stimme.

»Nun, dann lassen Sie sich sagen: Sie können nichts Besseres tun, als Amelia Busby heiraten!«

»Aber . . .«, rief er ehrlich entsetzt.

»Warten Sie. Hören Sie zu. Jeder Blinde sieht, daß sie bis über die Ohren in Sie verliebt ist. Sie ist eine junge gesunde Person, die Sie bestens versorgen wird. Sie ist gutmütig. Sie brennt darauf, sich zu verheiraten, was ihre Schwestern schon vor Jahren getan haben.«

»Aber ich habe keinerlei Mittel. Nichts, was eine Grundlage zum Heiraten wäre.«

Adelines überzeugende Stimme sank zum Flüstern herab. »Darüber brauchen Sie gar nicht nachzudenken. Amelia ist ein vermögendes Mädchen. Ihr Onkel, ein Junggeselle, hat ihr eine schöne Farm hinterlassen, die sie verpachtet hat. Dazu ein kleines Stadthaus. Sie brauchen nur einzuziehen. Amelia geht auf die Dreißig zu und lechzt danach, sich mit einem Gatten niederzulassen. Sie betet Sie förmlich an. Das ist ganz klar.«

»Aber warum, warum?« stammelte Madigan. »An mir ist doch weiß Gott nichts Anbetungswürdiges.«

»Sie kennen Ihren eigenen Wert nicht«, sagte Adeline. »Das ist das Unglück der Iren! Wir sind zu bescheiden. Die Engländer sind gelassen und selbst-

sicher. Die Schotten sind eingebildet. Folgen Sie meinem Rat, Lucius, bitten Sie Amelia um ihre Hand. Sie wird freudig Ja sagen, dafür bürge ich Ihnen.«
Madigan faltete die Hände vor der Brust, versuchte zu sprechen, die Stimme versagte ihm, er versuchte es nochmals und brachte schließlich heraus: »Ein ... ein großes Hindernis steht meiner Heirat mit einem Mädchen wie Miss Busby entgegen.«
»Sagen Sie nicht, daß Sie schon verheiratet sind!«
»Gott sei Dank nein – aber ich bin katholisch.«
Adeline war erstaunt, aber nicht entsetzt. »Sonderbar, daß Sie mir das nicht von Anfang an gesagt haben, aber ich nehme an, Sie befürchteten, ich würde Sie nicht engagieren, wenn ich's wüßte.«
»Das war mein Grund.« Der Lehrer sah ihr trotzig in die Augen. »Nicht, daß ich mich geschämt hätte, katholisch erzogen zu sein, aber ich brauchte verzweifelt nötig einen Posten, und ich wußte, daß dies hier eine streng protestantische Gemeinde ist.«
»Dann ist es, fürchte ich, Essig mit dieser Heirat«, sagte sie bekümmert.
Madigans Widerspruchsgeist regte sich. »Das sehe ich nicht ein. Religion, gleichviel welcher Konfession, bedeutet mir nichts. Ich bin seit fünf Jahren nicht zur Beichte gegangen.«
»Weiß Ihre Mutter das?« fragte Adeline.
»Nein, sie weiß es nicht.«
»Die arme Frau –, sie hat einen nicht sehr charakterfesten Sohn.«
»Ich liebe sie aufrichtig.«
»Hoffentlich schreiben Sie ihr oft.«
Madigan zupfte an seinen Fingern. »Sehr selten«, gestand er. Dankbar sah er den kleinen Ernest kommen, der sie unterbrach. »Bitte kommen Sie ganz schnell, Nero ansehen!« sagte er. »Pappi und er schütteln sich die Hände ... oder die Pfoten ...«
Sie kehrten in den Salon zurück. Nero saß auf den Hinterbeinen, während sich Philip mit ausgestreckter Hand zu ihm beugte. »Los!« sagte er. Nero betrachtete die Hand zögernd, aber als der Befehl wiederholt wurde, diesmal schmeichelnd, legte er seine wollige Pfote in die einladende Hand.
»Welch ein reizendes Bild!« rief Lucy. »Welch Vertrauen – welche Zuneigung zwischen Herr und Hund!«
Philip ging lächelnd zum Teetisch und kam mit einem glasierten Keks aus der Dose wieder. Er bot ihn Nero dar, der ihn im Nu mit einem Hinunterschlucken vertilgte.
Das Sofakissen war von allen vergessen, außer von Adeline und Madigan. Hin und wieder lächelte sie dem Lehrer ermutigend zu. Als er hinauf in sein Schlafzimmer ging, nahm er das Kissen mit, und hier begann es ihn zu verfolgen. Wenn er mitten in der Nacht aufwachte, konnte er sicher sein, daß

das Mondlicht voll darauf fiel. Auf seinem Stuhl konnte er es nicht brauchen, denn er mochte sich nicht darauf setzen, aus Angst, es zu zerknittern. Und das war nicht alles. Am nächsten Tag traf er Amelia Busby in der Schlucht, wo er Zuflucht gesucht hatte. Sie schenkte ihm eine Platte Windbeutel mit Creme, die sie selbst gebacken hatte. Zwei Tage später gab sie ihm ein Leinentaschentuch mit seinen Initialen L. M. in einer Ecke eingestickt. Fast ehe er sich's versah, hatte er sich mit ihr zu einem Spaziergang am See verabredet.

Das Wetter war heiß und feucht, die Straße rauh und steinig, aber Amelia fragte offenbar nicht danach, was aus ihren Füßen oder Schuhen wurde. Nach kurzer Zeit hatte sie eine große Blase an der Ferse, aber sie zuckte nicht mit der Wimper. Ihr liebender Blick wich nicht von Madigans Gesicht, und sie lächelte mit allen ihren weißen Zähnen ein besitzergreifendes Lächeln.

Am Strand bewies sie, daß sie die flachen Steine öfter springen lassen konnte als er. Für ihr Leben gern hätte sie Schuhe und Strümpfe ausgezogen und ihre Füße im kühlen grünen Wasser gebadet, aber ihre Sittsamkeit verbot es ihr. Die ungestümen Wellen überschlugen sich am Strand und wühlten ihre Gefühle auf. Die schwarzen Locken wehten über ihre blauen Augen. Nie zuvor hatte Madigan gemerkt, wie attraktiv sie war.

Adeline lud sie zu Tisch in Jalna ein und setzte sie neben Madigan. Amelia war durch die Anwesenheit der Sinclairs so verlegen, daß sie den Mund nur auftun konnte, um das Essen hineinzuschieben. Nach Tisch verschwand sie mit Madigan auf der Veranda und setzte sich dicht neben ihn auf eine der beiden eichenen Bänke.

Heimlich bemerkte Philip zu Adeline: »Dieses Mädchen macht mit Zähnen und Klauen Jagd auf Madigan! Er hat keinerlei Aussicht, ihr zu entkommen. Und du hilfst ihr noch und leistest ihr Vorschub! Leugne es nicht.«

»Ich möchte doch, daß der arme Bursche in geordnete Verhältnisse kommt, wenn wir ihm die Kinder aus der Hand nehmen. Denn einen andern Posten als Hauslehrer findet er nie.«

»Ich finde ihn auch nicht sehr großartig als Hauslehrer«, sagte Philip. »Erstens einmal trinkt er zuviel. Zweitens hat er keine Disziplin. Du hast ihn engagiert. Ich habe mich lediglich mit ihm abgefunden.«

»Aber der Heirat steht ein Hindernis entgegen«, sagte Adeline. »Lucius ist nämlich Katholik.«

Philip riß die Augen auf. »Diese Heirat wird Elihu Busby niemals dulden!«

»Man braucht ihn nicht zu fragen«, erklärte Adeline. »Lucius übt seinen Katholizismus nicht praktisch aus. Er war seit Jahren in keiner anderen Kirche als in der unseren.«

»Was meine Meinung über ihn keineswegs hebt«, sagte Philip. »Ich würde am liebsten der Sache Halt gebieten – aber was hätte das für einen Sinn? Das Mädchen ist auf Beute aus – und sie wird ihn fangen.«

Philip hatte recht. Während alle um sie her Komplotte und Gegenkomplotte brauten, verlobten sich Amelia Busby und Lucius Madigan. Er wußte kaum, wie ihm geschah, aber er empfand einen großen Frieden, der fast dem Glück ähnelte, als der Kampf vorbei und er eingefangen war. Amelias Familie war im großen ganzen froh über ihre bevorstehende Abreise. Sie war eine energische Person, immer überzeugt, im Recht zu sein . . .
Ihr Hochzeitskleid nähte sie selbst; sie wurden im Heim der Busbys von einem presbyterianischen Pastor getraut.
Amelia versuchte nicht, ihren Triumph zu verbergen. Sie hatte sich den Mann ihrer Wahl erobert. Keiner in diesem Landstrich, nicht einmal Mr. Pink, der Geistliche von Jalna, konnte sich mit ihm messen. Freilich hatte er einen Hang zur Melancholie, aber sie war munter genug für zwei. Sie hoffte, er würde unter ihrem Einfluß (denn was konnte stärker sein als sie?) eine Professur an einer kanadischen Universität erlangen.
Sie gingen zu ihren Flitterwochen nach Niagara Falls. Dort wanderten sie beim Brausen der ungeheuren Wasserfälle Hand in Hand umher. Nachts löste sich seine Zunge in der Vertraulichkeit ihres Schlafzimmers, und er strömte die poetischen Sehnsüchte seiner keltischen Seele aus. Sie verstand nicht die Hälfte von dem, was er sagte, aber sie war ein prachtvoller Zuhörer, wenn sie still im Dunkeln lag, die runden hellen Augen weit offen, seine unsichtbaren Gesichtszüge in der Vorstellung eintrinkend, wie ihr hübsches rosa Ohr seine Worte eintrank.
In ihrer dritten Nacht in Niagara drängte es Madigan, ihr alles anzuvertrauen, was er von Curtis Sinclairs Plänen wußte. Durch Fetzen von Gesprächen, durch Lucy Sinclairs impulsives Vertrauen hatte er mehr erfahren, als jeder andere in Jalna auch nur vermutete. Jetzt schüttete er sein Herz aus; berauscht durch seine Enthaltsamkeit vom Alkohol und in animalischer Befriedigung schwelgend, erzählte er ihr alles, was er wußte. Amelia hörte mit Entsetzen von den geplanten Grenzüberfällen, von den beabsichtigten Brandstiftungen, von den Schiffen, die man zerstören wollte. Sie war gefühlsmäßig und in der Stärke ihres Charakters die Tochter ihres Vaters. Sie verbarg ihr Empfinden und hielt Madigan fest umschlungen, bis er eingeschlafen war.
Sie verbrachte die erste schlaflose Nacht ihres Lebens.
Als der Morgen kam, wußte sie, was sie zu tun hatte. Sie schlüpfte aus dem Bett, kleidete sich an, ohne Madigan zu stören, und ging in die kleine Stadt. Sie kannte das Hauptquartier der Yankeespione, denn sie hatte strickend im Zimmer gesessen, als sie es ihrem Vater verrieten; er wußte, daß man ihr trauen konnte.
Sie blieb einige Zeit in dem betreffenden Haus und erzählte den Männern von ihrer Entdeckung, enthüllte ihnen aber nicht, wie sie dazu gekommen war. Sie konnte kaum atmen vor Aufregung, aber die Männer waren ziemlich ver-

zweifelt und griffen nach jeder Spur. Zudem trug Amelia wie ein Kleid den Stempel absoluter Zuverlässigkeit.
In ihrer Erregung verfehlte sie den Weg zurück zum Hotel, und so brauchte sie länger, als sie vorgesehen hatte. Ihre amourösen Triebe waren durchaus nicht vermindert durch die Enthüllungen, die Madigan ihr gemacht hatte. Sie rannte beinahe in ihrem Drang, zu ihm zurückzukommen. Sie wollte ihm nur sagen, daß sie einen zeitigen Morgenspaziergang unternommen habe. Niemals hätte sie ihm gesagt, welchen Gebrauch sie von seinem nächtlichen Vertrauen gemacht hatte. Sie war durchdrungen von einem Machtgefühl und sogar von der Rechtlichkeit ihres Tuns, denn es war ihr gar nicht klar, wie tief die Eifersucht auf Lucy Sinclair in ihr Herz gedrungen war. Sie fand das Schlafzimmer im Hotel in geradezu chaotischem Zustand. Lucius Madigan war gegangen und hatte alle seine Habseligkeiten mitgenommen, ohne ihr auch nur ein Abschiedswort zu hinterlassen.

Viele Ereignisse

Während Amelia und Lucius Madigan auf ihrer kurzen Hochzeitsreise waren, bewegte sich die Liebesaffäre zwischen dem Halbindianer Titus Sharrow und der Mulattin Belle zu ihrer beider Befriedigung ihrem vorbestimmten Abschluß zu. Belle war glücklich in der Hoffnung auf ihre baldige Heirat mit diesem geschmeidigen Lothario, und er war glücklich in der Überzeugung, daß sie nun seinen Verführungskünsten erliegen würde.
Eines Morgens sprach er mit Wilmott über den Stand der Dinge, während er ihm Bratkartoffeln und gerösteten Schinken servierte. Wilmott hob den Blick von der letztwöchigen Zeitung und sah in das würdevolle, aber liebenswürdige Gesicht seines Protégés.
»Du siehst ja heute sehr vergnügt und zufrieden aus, Tite«, bemerkte er.
»Ich bin glücklich, Chef«, sagte Tite. »Noch glücklicher als gewöhnlich. Ich kann nicht erklären warum – aber es ist so. Der Sonnenschein ist so gelb! Der Fluß ist so glatt! Gestern hab ich die alte graue Stute der Whiteoaks zum See hinuntergeritten – und der See war glatt wie der Fluß. Ich ritt ins Wasser, bis es ihren Bauch berührte. Sie trank gewaltig viel, dann wendete sie den Kopf und sah mich dankbar an. Sie war so dankbar wie eine Frau. Das Leben ist interessant, Chef – finden Sie nicht auch?«
»Ich meine, das Leben ist so interessant, wie wir es machen.«
»Ich bin sehr wißbegierig, Chef«, sagte Tite. »Wenn die Feiertage vorbei sind, gehe ich zum Studium der Rechte zurück und werde noch mehr über das Recht oder Unrecht der Dinge lernen ... Sie selbst haben mich sehr viel gelehrt, Chef.«

»Du wirst in deinen Büchern mehr finden, als ich dich lehren kann.«
»Haben Sie bemerkt, Chef, daß ich religiös geworden bin?«
»Nein, das habe ich nicht bemerkt.«
Tite setzte eine betrübte Miene auf, aber nur für einen Augenblick, dann sagte er: »Ich hatte gehofft, Sie merken, daß ich demütiger geworden bin, als ich war.«
»Auch das habe ich nicht bemerkt.«
Tite fuhr fort: »Es ist nicht leicht für mich, demütig zu sein, Chef, denn ich bin stolz von Natur, aber ich lerne, das zu unterdrücken. Ich habe ein gutes Beispiel an meiner kleinen Freundin Annabelle. Sie lehrt mich, demütig zu sein, und ich lehre sie, sich selbst höher zu schätzen.«
»Tite« – Wilmott sprach ernst – »ich habe dich bereits gewarnt, und ich warne dich nochmals: vermeide jede Vertraulichkeit mit diesem Mädchen. Sie kann nur in ernsten Ungelegenheiten für euch beide enden!«
»Aber wir sind glücklich miteinander, Chef. Wir haben soviel voneinander zu lernen.«
»Ich wünschte, du lerntest, daß ich gern in Frieden mein Frühstück esse – allein mit meiner Zeitung.«
»Es gibt nichts Friedlicheres als eine Zeitung, die eine Woche alt ist, Chef. Man weiß, daß alles vorbei und erledigt ist, was man liest. Ich halte es für eine gute Idee, die Zeitungen erst auszuliefern, wenn sie mindestens eine Woche alt sind.«
Wilmott, den Mund voll Toast und Schinken, äußerte nur ein Wort: »Hinaus!«
Tite, in schönster Harmonie mit aller Welt, suchte das Plätzchen auf, das er als Liebesnest für sich und Annabelle gewählt hatte. Es war eine schmale offene Stelle im Herzen eines kleinen, grünen Dickichts. Sie hatten sich beide verschlungene, kaum sichtbare Wege dorthin getreten, er von Wilmotts Haus, sie von Jalna. Sie kam mit singendem Herzen, erfüllt von der Liebe zu Gott, dorthin, um den armen irrenden Tite in ihre fromme Gemeinschaft zu ziehen. Er hörte kaum, was sie sagte. Aus seinen schmalen indianischen Augen betrachtete er die einladenden Rundungen ihres jungen, verführerischen Körpers. Dies war der Platz, dies war der Tag! Sie würde die Liebe zu Gott vergessen vor Verlangen nach ihm. Eine Million Blätter trennte sie von der Welt. In dieser Wildnis flatterten furchtlos Oriolen und Prachtmeisen umher, Blaukehlchen und Goldfinken. Die Blätter waren üppig und glänzend wie im Frühling, obwohl sie in wenigen Wochen die bunten Farben des Herbstes zeigen würden. Und wieder nach ein paar Wochen würde der launische Wind sie wegtragen und die Äste und Zweige kahl machen. Jetzt aber – welch Überfluß, welch verrückt-verschwenderisches Wachstum! Und nicht nur bei den Bäumen. Wilder Wein und Rankrosen benutzten die Bäume als Halt für ihre Abenteuer. Ein wilder Weinstock hatte seine Ranken zu einer jungen Erle hin-

übergestreckt und versuchte von dort aus, einen jungen Ahornbaum zu umschlingen. An seinen Ranken hingen kleine grüne Trauben. Der Wein war gewissenlos, er erstickte, was immer ihm Halt gab.
Wie heimlich war es hier! Der Halbindianer und die Mulattin saßen in enger Umarmung. Ferne Kontinente lagen hinter ihnen.
»Tite, Liebling«, seufzte Annabelle, »ist es nicht wunderbar, wie der Herr uns zusammengeführt hat? Mein Leben lang will ich ihn dafür loben und preisen!«
»Ich auch!« Tite streichelte ihre Hüfte. »Ich auch! Ich werde ihn preisen.«
Annabelle wollte ihn zu einem Heiratsantrag bringen. »Jetzt bald – eines Tages wird mein Massa sagen, wir können zurück nach Süden. Was wird dann aus mir?« Ihre feuchten Augen versuchten, seine geheimnisvolle Seele zu ergründen.
Tite antwortete: »Nach den Lehren meiner Philosophie sage ich mir: Genieße, was dir beschieden ist, und lege alles andere in die Hände der Götter.«
»Aber Tite – es gibt nur *einen* Gott.«
»Sei dessen nicht zu sicher«, sagte Tite. »Mr. Wilmott spricht von *den Göttern*, und er muß es wissen.«
Annabelle rückte ein wenig von ihm ab, erschrocken über diese seltsame Bemerkung. Aber er war es müde, länger auf ihre Hingabe zu warten. Stürmisch riß er sie an sich.
»Nein – nein!« schrie sie plötzlich voll Angst, aber sie hatte keine Gewalt über ihn.
Seine weißen Zähne erschienen zwischen seinen schmalen Lippen. Er richtete sich auf wie eine Kobra, die zuschlagen will. Aber ihr Schrei war an andere Ohren gedrungen. Tite und Belle waren nicht die einzigen gewesen, die diese dicht zugewachsene Stelle kannten. Curtis Sinclair hatte sie mit Hilfe des verschlungenen Pfades von Jalna aus ebenfalls gefunden. Nun war er hier, um sich heimlich mit seinen Agenten zu beraten. Kein Zuschauer hätte entscheiden können, welcher der beiden Männer wütender über diese Begegnung war. Sie waren beide aufs höchste gereizt, Sinclair durch die Verhinderung seiner planmäßigen, Tite durch das Scheitern seiner sinnlichen Absichten.
Er war der erste, der das Wort ergriff. Er rief: »Lassen Sie uns in Ruhe, Mister! Wir brauchen Ihre Einmischung nicht!« Er war so wild, daß er kaum wußte, was er sagte. Ein Ausbruch dieser Art war seiner Natur sonst fremd.
Curtis Sinclair aber war nicht daran gewöhnt, seine Gefühle zu zügeln, obwohl er in den letzten Monaten beträchtliche Übung in eiserner Selbstbeherrschung bekommen hatte. Jetzt ließ er seiner Empörung als Besitzer und Beschützer des Mulattenmädchens freien Lauf. Auf seinen Stock gestützt, hinkte er in das belaubte Versteck und stand mit zorngerötetem Gesicht vor dem Liebespaar. Das Mädchen war fast gelähmt vor Schrecken.

»Wie kannst du wagen –« Er hob seinen Stock und schlug Tite. Er traf ihn voll auf die schmale Adlernase. Das Blut quoll heraus. Annabelle erhob die Stimme in schrillem Gezeter. »Du gehst sofort in dein Quartier!« rief Curtis Sinclair. »Du verdienst, geschlagen zu werden! Laß dich sobald nicht vor mir sehen!«
Das Mädchen machte sich eiligst davon und verschwand im Dickicht, während ihr Herr stehenblieb und das ›Liebesnestchen‹ in Besitz nahm. Tite pflückte sich ein großes Blatt von dem wilden Wein und wischte sich das Blut von Mund und Kinn. »Das werden Sie bereuen, Mister«, sagte er ruhig. »Ich würde zurückschlagen, wenn Sie nicht ein Krüppel wären.«
»Mach daß du wegkommst«, rief Sinclair wütend. »Ich werde deinem Herrn alles erzählen, darauf kannst du dich verlassen.«
Tite sprach würdevoll. »Niemand ist mein Herr. Meine Vorväter waren die Herren dieses Landes. Wir Indianer erkennen niemanden als uns überlegen an.«
»Jämmerlicher Strolch«, sagte Curtis Sinclair. »Geh mir aus den Augen, ehe ich dich noch einmal schlage.«
»Ich fürchte mich nicht vor Ihnen, und auch Belle hat keinen Grund, vor Ihnen Angst zu haben. Sie ist keine Sklavin, sondern eine freie Frau. Eines Tages werden die Indianer von Kanada und die Neger des Südens von Ihrem Land Besitz ergreifen, und dann werden die Weißen Sklaven sein.«
»Ich will dieses Mädchen nicht als Sklavin!« Sinclair sprach mit Leidenschaft. »Sie mag hingehen, wohin sie will. Sich herumtreiben, wo sie will.« Er wandte sich von Tite ab und ging den zwei Männern entgegen, die langsam den schmalen Pfad heraufkamen. Tite verchwand, bald verbarg ihn der dichte Wald, sonst hätte man ihn mit seinem geschmeidigen Gang den Weg zum Haus Elihu Busbys einschlagen sehen.
Die Heiterkeit des goldenen Augusttages war erschüttert durch Amelias Heimkehr ins Vaterhaus. Elihu war fast überwältigt durch die aufregenden, ungeheuren Geschehnisse, die über ihn hereinbrachen. Noch war keine Stunde vergangen, seit seine Tochter an seiner Tür erschienen war, als Tite kam – mit noch blutender Nase, um ihm von den Fremden im Wald zu berichten.
Elihu Busby war hin und her gerissen zwischen seiner Wut über die Behandlung seiner Tochter durch diesen Madigan und empörtem Zorn auf Philip Whiteoak, der den Südstaatlern Gastfreunschaft gewährte. Er sprach eingehend mit Titus Sharrow, den er nie gemocht hatte und dem er nie vertraut haben würde. Aber diese Geschichte glaubte er ihm willig, da sie sich um Mr. Sinclair drehte. Jedoch alles andere verblaßte vor der bitteren Tatsache, daß Madigan nun Amelia verlassen hatte. Er band sein Pferd an die lange Querstange vor Jalna, die in einen eisernen Pferdekopf auslief, und entdeckte Philip bald im Obstgarten.

Nachdem Philip ihn freundlich begrüßt hatte, sagte er: »Diesmal wird's eine herrliche Apfelernte. Ich hoffe, die Ihre wird ebenso gut.«
»Ich ernte nur Getreide«, sagt Busby. »Obst lohnt sich nicht.«
Dann wetterte er los: »In meinem Haus ist eine schöne Bescherung – wenn ich bloß Hand an Ihren sogenannten Hauslehrer legen könnte, würde ich ihn auspeitschen!«
»Madigan?« Philip riß die blauen Augen weit auf.
»Wen sonst? Er hat meine Tochter geheiratet und nach drei Tagen verlassen – dieser Lump!«
»Wo ist er?«
»Ich wünschte, ich wüßte es. Amelia ist nach Hause gekommen – als sitzengelassene Frau!«
»Nun«, sagte Philip, »für besonders vertrauenswürdig habe ich ihn nie gehalten.«
Elihu warf ihm einen wütenden Blick zu. »Er ist ein Schuft. Und es war ein Unglück für meine Familie, daß Sie ihn hergebracht haben.«
»Was wünschen Sie, daß ich tun soll?« fragte Philip.
»Sie sollen herauskriegen, wo er steckt. Wenn Sie können. Und noch etwas – hüten Sie sich vor diesem Sinclair. Er hat nichts Gutes im Sinn. Mir scheint, Kapitän Whiteoak, daß Sie in Jalna eine ziemlich sonderbare Gesellschaft beherbergen. Es erhöht die Achtung Ihrer Nachbarn vor Ihnen nicht.«
»Was das betrifft, brauche ich keinen Rat, Mr. Busby.«
Nicht lange danach suchte er Adeline auf, die gerade ihr Silber nachzählte. Sie begrüßte ihn mit den Worten: »Es sind drei von den Apostel-Teelöffeln verschwunden!«
»Es ist noch mehr verschwunden als ein paar Teelöffel«, sagte er.
»Was denn?«
»Madigan.«
»Wie meinst du das, um Himmels willen?«
»Er hat seine Frau verlassen. Ihr Vater war eben bei mir, um es mir zu sagen.«
»Und wo ist Amelia?«
»Mit ihrem Gepäck zu Hause. Du kannst dir vorstellen, in was für einer Verfassung Elihu Busby ist.«
»Oh Gott, der arme Mann!« rief Adeline.
»Wer? Busby.«
»Nein, natürlich nicht. Lucius. Er hat nie heiraten wollen. Ach, wäre er doch lieber bei uns geblieben.«
»Aber du hast ihn doch zu dieser Heirat mit Amelia gedrängt«, sagte Philip vorwurfsvoll. »Das kannst du nicht leugnen.«
Adeline gab ganz ehrlich zu, daß sie sich geirrt hatte. »Aber ich dachte, es sei zu seinem Besten. Ich ahnte doch nicht, wie es ausgehen würde.«

»Und du hast dabei auch nicht bedacht, daß die Kinder nun keinen Lehrer haben, der sie unterrichtet.«
»Ich werde es selbst tun«, sagte Adeline. »Und du kannst mir helfen.«
Philip seufzte. »Ich hatte nicht viel Meinung von Madigan als Lehrer«, sagte er, »aber immerhin war er besser, als ich es sein würde.«
In diesem Augenblick kam Nicholas hereingelaufen. Er hielt einen Brief in der Hand. »Er ist für dich, Mama«, sagte er schnell atmend. »Er ist von Mr. Madigan. Ich glaube, er erzählt dir alle Neuigkeiten von seiner Hochzeitsreise. Soll ich dir ein Papiermesser bringen!«
»Ja«, sagte Adeline, »und dann mach dich unsichtbar! Ich brauche Ruhe, um diesen Brief gründlich zu lesen.«
»Soll ich ihn dir vielleicht vorlesen?« Nicholas' Gesicht glänzte förmlich vor Neugier. »Mr. Madigan hat 'ne komische Handschrift – aber ich kann sie recht gut lesen.«
»Ich kann sie auch recht gut lesen«, piepste Ernest, der seinem Bruder ins Zimmer gefolgt war.
Adeline öffnete den Brief, hatte aber tatsächlich Mühe, diese sprunghafte Schrift zu entziffern. Ehe sie es merkte, sah ihr Nicholas über die Schultern und las laut: »Liebe Mrs. Whiteoak, bitte denken Sie nicht zu schlecht von mir, aber ich glaube, ich kann das Leben, das jetzt vor mir liegt, nicht ertragen. Ich bin auf dem Weg zurück nach Irland – wahrscheinlich auf einem Viehtransporter. Ich werde Ihnen für Ihre Freundlichkeit zu mir immer dankbar sein. Bitte sagen Sie meinen lieben Zöglingen meine besten Grüße. Ich lasse ihnen meine Bücher da. Ihr hochachtungsvoller Madigan.«
Als Nicholas fertig vorgelesen hatte, gab ihm Adeline einen kräftigen Klaps. »Unverschämter Junge!« sagte sie. »Wie kannst du dich unterstehen, meine Privatbriefe zu lesen?«
»So sehr privat ist er doch nicht«, sagte er. »Jeder Mensch hier weiß, daß Mr. Madigan verschwunden ist, und daß er die einzige Nachricht an uns Kinder geschickt hat.«
»Philip«, rief Adeline, »stehst du daneben und siehst zu, ohne die Unverschämtheit dieses kleinen Frechlings zu bestrafen?!«
Philip trat einen Schritt auf Nicholas zu, der aber schoß wie ein Pfeil hinaus. »Komm mit!« rief er Ernest zu, »wir teilen uns die Bücher!«
»Bücher . . .« sagte Ernest. »Ich will seinen Kompaß und seinen Tintenstift.«
Als sie aber in Madigans Zimmer kamen, war Augusta bereits dort; in der Hand hielt sie ein Buch über die Geschichte des Hahnenkampfes. »Das habe ich früher nie gesehen«, sagte sie befremdet. »Meinst du, daß es ungeeignet für uns ist?«
»Das kann ich vielleicht besser beurteilen.« Nicholas nahm ihr das Buch aus der Hand. »Aber wie hast du denn die Neuigkeit erfahren?«

»Jeder Mensch weiß sie!« sagte Augusta. »Sogar die Schwarzen. Außerdem stand ich zufällig im Gang, als du den Brief vorgelesen hast. Da bin ich lieber direkt heraufgegangen.«
»Hier ist der Kompaß«, sagte Ernest triumphierend. »Nun werde ich wissen, ob ich nach Norden oder nach Süden gehe. Gussie, willst du dir das Kissen nehmen?«
Die Nachricht, daß Madigan seine Frau verlassen hatte, verbreitete sich wie Wildfeuer. Jedoch fünf Menschen waren in Jalna, die sich nicht dafür interessierten. Es waren die Sinclairs und ihre Sklaven. Ihre Gedanken konzentrierten sich auf ein Ereignis, das für sie viel wichtiger war. Es war Curtis Sinclairs Abreise, die am nächsten Tag stattfinden sollte.
Das Ehepaar war zusammen im Schlafzimmer; Lucy befand sich in einem Zustand zitternder Erregung, die sie erfolglos zu verbergen suchte. Ihre Hände waren unsicher, ihre zarten Lippen bebten.
»Um Gottes willen, nimm dich zusammen, ich bitte dich! Es ist nicht angenehm für mich, dich in dieser Verfassung zurückzulassen.«
»Aber ich habe solche Angst um dich. Du begibst dich in Gefahr.«
»Ich begebe mich in ein Leben der Tat«, sagte er, »wie lange habe ich schon darauf gewartet.« Sein plötzliches charmantes Lächeln verklärte sein Gesicht. »Sei glücklich mit mir, meine Liebe. Denke an unsere fünftausend Soldaten, die wir in Camp Douglas befreien werden. Andere stoßen zu uns. Die verdammten Yankees ernten endlich von uns, was sie verdienen! Sie können uns nicht in der Union festhalten.«
»Wenn wir nur heraus könnten – unser Land retten könnten!«
»Wir werden es können. Jetzt ist das Glück mit uns.« Dann fuhr er nervös fort: »Wenn du mich nur in Frieden meine Vorbereitungen machen ließest. Es verwirrt mich, wenn du überall herumschwirrst – immer bereit, in Tränen auszubrechen.«
»Ich werde es versuchen«, sagte sie demütig.
Der Sklave Jerry kam mit ein paar frisch gebügelten Hemden herein. »Ich hab ein Paar Extrastiefel für Sie mitgebracht, Massa, mit den Hemden.« Er zeigte stolz die auf Hochglanz polierten Stiefel.
»Ich glaube, es ist unpraktisch, soviel Gepäck mitzunehmen. Ein Paar müßte genügen.«
»Die hier sind Ihre bequemsten, Massa. Darf ich sie Ihnen nicht anprobieren?«
Curtis Sinclair setzte sich und der Neger kniete zu seinen Füßen, um zu versuchen, wie ihm die Stiefel paßten. »Ich wünschte, ich könnte mit Ihnen gehen, Massa. Sie sind's nicht gewöhnt, sich allein anzukleiden. Sie brauchen mich, damit ich Sie bedienen kann.«
»Du wirst hier etwas Wichtigeres zu tun haben«, erwiderte Curtis Sinclair. »Ich hoffe, binnen kurzem wird deine Herrin zu mir kommen können. Dann

bist du nötig – du mußt mit ihr reisen. Falls du nicht hier im Lande bleiben willst.«
»Da sei Gott vor.« Der knieende Jerry rollte die Augen zur Decke. »Ich möchte zurück zu unserer Plantage. Cindy auch. Sie möchte das neue Baby seinem Vater zeigen. Sie hat nie Nachricht von ihm bekommen. Mag sein, er lebt, mag sein, er ist tot.«
»Nun, das alles werden wir bald erfahren«, sagte sein Herr. »In der Zwischenzeit mußt du dich bereithalten, meinen Auftrag zu übernehmen, sobald ich dich's wissen lasse.«
Als der Neger gegangen war, lief Curtis Sinclair ziemlich aufgeregt im Zimmer auf und ab; bekümmert ruhte Lucys Blick auf ihm; sie hätte gern ergründet, was in seiner rätselhaften Seele vorging. Tatsächlich war er so beschäftigt mit seinen Plänen für den bevorstehenden Feldzug, daß er wenig Sinn für häusliche Probleme hatte. Endlich ging er zu einer Kommode, zog ein Schubfach auf, nahm einen Umschlag mit Banknoten heraus und gab ihr einige davon in die Hand. Er sagte:
»Dieses Geld ist für deine Unkosten, wenn ich nach dir schicke. Wollte Gott, es wäre mehr.«
Lucy musterte das Geld fast mit Bestürzung. Sie war an keinerlei Verantwortlichkeit gewöhnt. »Was soll ich . . . soll ich jetzt damit tun?« stammelte sie.
Ein wenig gereizt nahm er es ihr aus der Hand, legte es in eine Brieftasche und diese wieder in das Schubfach. »Laß es dort«, sagte er, »bis der Tag kommt, und übergib es dann Jerry. Ihm kann man trauen. Und was diese beiden Frauen betrifft – ich schere mich keinen Pfifferling darum, ob sie mit uns zurückgehen oder hier in Kanada bleiben. Cindy hat das Reisen schwierig gemacht mit ihrem neugeborenen Baby. Ich bezweifle sehr, daß ihr Ehemann es gezeugt hat. Und Annabelle ist wahrscheinlich schwanger von diesem erbärmlichen Halbindianer.«
»Nein, nein, das kann ich nicht glauben«, rief sie. »Belle ist viel zu fromm. Sie hat sich die Augen ausgeweint, weil du so zornig auf sie warst. Ich meine, als du sie bei ihrem Stelldichein am Fluß ertappt hattest.«
»Immerhin habe ich ihm die Nase blutig geschlagen«, sagte Curtis befriedigt.
»Diese Indianer sind so rachsüchtig. Ich habe wirklich Angst . . . er könnte etwas unternehmen . . .«
»Er kann mir in keiner Weise schaden.«
Der Schatten der Ungewißheit hing den ganzen Tag über dem Haus. Am nächsten Morgen brachen Sinclair und sein Gastgeber auf zwei feurigen Pferden auf, die es offenbar ebenso eilig hatten wegzukommen wie Curtis. »Ich kann Ihnen und Kapitän Whiteoak gar nicht mit Worten für das danken, was Sie für mich und die Meinen getan haben«, sagte er zu Adeline. »Ich werde es Ihnen nie vergelten können, aber ich hoffe, daß Sie uns in glück-

licheren Zeiten im Süden besuchen werden. Wir haben den Ruf, gastfreundliche Leute zu sein – aber es gibt nichts, was die Gastfreundschaft von Jalna übertreffen könnte.«
»Ihr Besuch war eine große Freude für uns«, erklärte Adeline.
Die beiden Frauen standen zusammen auf der Veranda und sahen der Abreise zu. Sie hatten die Arme umeinander geschlungen und lächelten, als sie den Reitern ›Lebewohl‹ zuwinkten; aber sie waren von einer dunklen Vorahnung erfüllt. Es war fast, als sei etwas aus der Erde gestiegen, das plötzlich an die Resignation des Herbstes erinnerte. Das Gras und die Bäume sahen nicht mehr so grün aus. Ein paar Blätter fielen zu Boden und ein böiger Wind schüttelte die Äste, als wolle er ihnen ihr vergängliches Sommerkleid abreißen und ihre Zweige den Angriffen der Winterstürme preisgeben.
Als die Reiter in die Nähe des Tors kamen, schoß eine in blaue Baumwolle gekleidete Gestalt zwischen den Bäumen hervor bis in die Mitte des Fahrwegs. Es war Annabelle. Sie hängte sich förmlich an die Steigbügel ihres Herrn, umklammerte seinen gespornten Stiefel mit den Händen und hob ihr tränenüberströmtes Gesicht zu ihm auf.
»Vergeben Sie mir – oh, vergeben Sie mir, Massa!« rief sie. »Ich hatte nichts Böses im Sinn. Ich möchte nicht zurückbleiben, wenn Ihr alle heimgeht!«
Philip Whiteoak legte seine Hand beruhigend auf den Hals des störrischen Pferdes, das Sinclair ritt, und sah mit Abscheu in das vom Weinen entstellte Mädchengesicht.
»Ich will keine Halbblutkinder um mich haben«, erklärte Curtis Sinclair lakonisch.
»Nein – nein – die wird es nicht geben«, schluchzte Annabelle, immer noch verzweifelt seinen Stiefel umklammernd. Er fragte: »Wo steckt dieser Bursche?«
»Ich weiß es nicht. Er ist weggegangen.«
»Wenn du dich noch einmal mit ihm triffst, werden wir dich hierlassen.«
»Werden Sie mich verkaufen, Massa?« jammerte sie.
»In Kanada kann ich dich nicht verkaufen, und als Geschenk würde dich keiner nehmen.« Curtis trieb sein Pferd an. Das Paar trabte zum Tor, das Jerry offenhielt.
»Viel Glück, Massa!« rief er. Er sah ihnen nach, als sie auf der Straße verschwanden.
Es war gegen Abend, als Philip zurückkehrte. Adeline zog ihn in ihr Schlafzimmer und schloß die Tür.
»Etwas Neues?« fragte sie.
Während sie aufgeregt schien, antwortete ihr Philip gleichmütig: »Sinclair ist von einigen Konföderierten erwartet worden. Er ist voller Hoffnung – mir aber scheint die ganze Sache, wenn ich es recht bedenke, doch sehr gefährlich.

Er will heute über die Grenze nach den Staaten. Dann beginnt seine Campagne. Wie geht's Lucy?«

»Nun, sie hält sich gut«, sagte Adeline, »aber sie ist innerlich schrecklich aufgeregt. Auf mein Wort – ich werde froh sein, wenn wir wieder richtig unser eigenes Leben führen können.«

Er war erstaunt. »Ich dachte, du seiest so entzückt über den Besuch der Sinclairs?!«

»Ich war es, aber allmählich wird mir Lucys ewige Melancholie lästig. Sie ist nicht immer sympathisch. Und ich bin dieser Schwarzen müde, die fortwährend da sind – hier und dort und überall!«

Philip berichtete ihr von der Szene mit Annabelle im Torweg. »Warum sind die Frauen so beharrlich unglücklich?« rief er. »Da ist diese Negerin. Da ist Lucy Sinclair. Da ist Amelia Busby. Alle sind sie unglücklich. Es ist erstaunlich.«

»Nicht im mindesten«, widersprach Adeline. »In jedem deiner Beispiele sind es die Männer, die sie unglücklich machen. Was mich angeht, ich bin einfach am Ende, weil Mr. Madigan fort ist. Gott weiß, er war kein besonders guter Lehrer – aber immer noch besser als gar keiner!«

»Nun, die Schuld an Madigans Heirat kannst du dir selbst zuschreiben.«

»Ich dachte doch, es würde ganz leicht sein, einen andern Hauslehrer zu bekommen – aber es scheint unmöglich zu sein. Bitte, sieh dir unser Trio an – sie sind alle drei außer Rand und Band.« Sie schaute durch das vom Weinlaub halb verborgene Fenster hinaus. Augusta lustwandelte im weißen Kleid auf dem Rasen, eins von Madigans Büchern in der Hand. Sie deklamierte laut:

»Oh Liebe – ein Tag nur,
Und die Welt scheint verdorrt,
Bleich liegt die Flur,
Der Vogel flog fort.
Der Wind ging zur Ruh,
Der Himmel ist trübe ...
Liebe, wo bist du?
Wo bliebst du, oh Liebe?«

Nicholas verkörperte knabenhafte Vitalität und geistlosen Eifer, er versuchte sich auf einem Paar Stelzen, die ihm Jerry gezimmert hatte. Sein dunkles Haar hing in wirren Locken fast bis in seine Augen.

Ernest hatte für nichts anderes Auge und Ohr – er hielt den Kompaß des Lehrers mit beiden Händen vor sich hin und sang: »Immer hab ich wissen wollen, ob ich nach Norden oder Süden oder Osten oder Westen geh. Jetzt weiß ich's: ich geh immer im Kreis!«

Ein Mädchen ging vorbei, das Baby Philip auf dem Arm tragend, das aus vollem Hals schrie.

»Wenn das nicht ein Mutterherz brechen soll«, jammerte Adeline; »die Kinder sind einfach verrückt geworden!«
»Halb so schlimm«, sagte Philip. »Schließlich sind sie zur Hälfte irisch!«

Nachrichten aus dem Süden

Das ganze Leben in Jalna war ein Warten auf Nachrichten von Curtis Sinclair. Das Wetter war trübe, die Morgen nebelig. Erst am späten Nachmittag vergoldete ein rauchiges Sonnenlicht die Kiefernstämme. Die Ernten der Felder und des Obstgartens waren eingebracht. Die Kinder, von niemand gehemmt, streiften wie kleine Vagabunden durch das Gelände, nahmen sich Picknicks mit in den Wald, ritten auf den Arbeitspferden und wurden – als großes Abenteuer – ans Seeufer zum Baden mitgenommen. Von Bäumen begrenzt, zog sich dieses Ufer geborgen und schön bis nach Niagara. Das Leben in Jalna war ein Wartezustand, als müßte unmittelbar ein Wandel kommen, nur wußte niemand ein Was oder Wie. Die beiden Sklavinnen Cindy und Annabelle taten nichts, um ihre Herrin auch nur einigermaßen ihre Ruhe wiederfinden zu lassen. Sie machten unaufhörlich viel zu viel Wesens um sie – sie bereiteten südländische Speisen und brachten ihr Eierpunsch mit Sherry. Sie waren der Mittelpunkt eines unaufhörlichen Küchengezänks, denn sie dachten, nichts sei annähernd so wichtig als die Sorge um Lucys Wohl. Sie stellten ihr endlos Fragen nach ihrem Herrn, die sie nicht beantworten konnte und doch nur zu gern beantwortet hätte. Wie lange würde es noch dauern, bis der Massa sie holen ließ? Wie würden sie zurückreisen in die Heimat? Würde er bald das Geld schicken, das sie brauchten, um sich neue Kleider für die Reise zu kaufen? Oh, und wie notwendig brauchten sie neue Schuhe? Cindys Baby wuchs schnell. Man hatte ihm aus den ausgewachsenen Kleidern der Whiteoakkinder Babykleidung gemacht. Der kleine Philip versuchte, mit ihm zu spielen wie mit einem Spielzeug. Als er gerade einmal sah, wie Cindy das Kleine an ihrer berstend vollen Brust säugte, wollte er es wegzerren und selbst einen Anteil haben. Lachend zog Cindy dem Baby die Brust weg und bot sie dem kleinen Philip. Der Blondkopf nahm den Platz des schwarzen Wollköpfchens ein. Das Negerbaby war so verblüfft, daß es nicht einmal protestierte. Die beiden Frauen schrien vor Lachen. Annabelle war fast ganz über ihre Liebe zu Titus Sharrow hinweggekommen. Er war nach der Begegnung mit Curtis Sinclair verschwunden. Man vermutete ihn auf einem Besuch bei seinen Verwandten, die in einem indianischen Reservat lebten, dann aber hörte man, er sei in der Gesellschaft von Yankeespionen gesehen worden. Sicher war, daß Wilmott seinen Aufenthalt nicht kannte; er neigte zu der Ansicht, daß er es keineswegs bedauern würde, wenn ihm Tite nie wieder unter die Augen käme, so verärgert war er durch Tites Benehmen zu Annabelle. Annabelle selbst war mit schmerzendem, aber nicht gebrochenem Herzen zurückgekehrt und fand Trost in ihrer Liebe zu Gott. Ihren Bedarf an irdischer Liebe fand sie jetzt in Jerrys Ergebenheit; in seiner Gesellschaft fühlte sie eine Geborgenheit, die sie bei Tite nie empfunden hatte. In diesen Tagen lagen Lachen und Weinen dicht nebeneinander, so daß sie manchmal mitten im Lachen zu weinen anfing oder daß sie lachte, während ihr die Tränen noch über die Wangen strömten.

Die drei Neger und das schwarze Baby hatten das Souterrain von Jalna so mit Beschlag belegt, daß die ständigen Streitigkeiten ihren Höhepunkt erreichten: ohne Kündigung ging die Köchin fort, nachdem sie ihr Monatsgehalt empfangen hatte. Sie war eine energische, eigenwillige Person, auf die sich Adeline aber absolut verlassen konnte. Wie sollte sie diesen komplizierten Haushalt ohne Köchin aufrechterhalten? Das Leben sei einfach zu schwierig, sagte sie zu Philip.

»Das Haus gehört uns nicht mehr«, klagte sie. »Überall sind diese Schwarzen! Sie sind schmutzig in ihren Gewohnheiten. Übrigens, was Ordnung betrifft: ich habe nie im Leben eine so unordentliche Frau gesehen wie Lucy Sinclair! Sie läuft ständig in ihrem rosa Frisiermantel herum, mit offenen Haaren, und sieht wie eine aufgelöste tragische Königin aus.«

»Aber wie eine ungemein hübsche«, sagte Philip.

Eine unglücklichere Bemerkung hätte er kaum machen können. Adelines Augen funkelten. Sie erwiderte:

»Das ist kein Kunststück – denn sie tut nichts anderes, als sich putzen! Wohingegen ich einfach total überlastet bin! Den ganzen Tag nur treppauf, treppab, immer abgehetzt, um alles in Ordnung zu halten, während jeder andere Mensch im Haus nur Unordnung macht!«

»Komm, Adeline – setz dich auf meine Knie«, sagte Philip.

Adeline sah ihn wütend an.

»Dir ist alles gleichgültig, was im Haus vorgeht«, sagte sie zornig. »Mag die Köchin weggehen! Mögen die Schwarzen die Küche übernehmen! Mögen die Kinder kleine Wilde werden – dir ist es gleichgültig, solange auf der Farm und in den Ställen alles in Ordnung ist.«

»Was erwartest du eigentlich von mir? Soll ich mir die Jungen einmal mit dem Rasierriemen vornehmen?«

»Gussie ist ebenso außer Rand und Band wie sie. Heute teilte sie mir mit, daß sie die verfilzten Stellen in ihrem Haar einfach herausschneidet, weil es ihr zu viel Mühe macht, sie auszukämmen. Nicholas verbringt Stunden und Stunden mit den Schwarzen. Und von dem, was Ernest sagt, kann ich kein Wort mehr glauben. Sogar Philip, dieses Baby, wirft seinen Brei auf den Fußboden, wenn ihm nicht genug Zucker darin ist.«

Philip schnaubte, wie es sich, wie er meinte, für einen verzweifelten Vater geziemte. »Ich werde ihnen allen den Kopf zurechtsetzen«, sagte er mit schwerer Stimme.
Schweigen senkte sich über die beiden, während sie darüber nachgrübelten, daß ihr Heim nicht mehr war, was es gewesen war. So gern sie die Sinclairs hatten – sie konnten nicht leugnen, daß sie wünschten, dieser verlängerte Besuch würde einmal zu Ende gehen.
Philip sagte leise: »Manchmal frage ich mich, ob dieses Abenteuer der Südländer Erfolg haben kann. Sie haben zu starke Kräfte gegen sich.«
»Aber sie hatten alles so gut geplant«, rief Adeline. »Sie *müssen* einfach Erfolg haben!«
Sie hörten leichte Schritte den Fahrweg heraufkommen. Dann rief Nicholas' Stimme: »Papa, bist du da?«
Philip ging ihm entgegen.
»Mr. Busby ist hier«, sagte der Junge atemlos. »Er möchte dich sprechen. Er hat Nachrichten für Mrs. Sinclair.«
Elihu Busby erschien. Es war sein erster Besuch in Jalna, seit die Gäste aus dem Süden hergekommen waren. Er sagte ohne den Versuch, seinen Triumph zu verbergen: »Nun, ich glaube, Ihr Freund, der Sklavenhalter, ist am Ende seiner Karriere angekommen, Kapitän Whiteoak. Er hat sein Waterloo gehabt.«
»Wieso? Was gibt es?«
Nicholas war jetzt, mit seinem Vater neben sich, unverschämt. Er wiederholte genau in Philips Ton: »Ja – wieso? Was gibt es?«
Elihu Busby antwortete: »Einfach das: dieser Sinclair wurde von den Unionssoldaten aufgegriffen, sobald er die Grenze überquerte. Er wurde in Eisen gelegt, glaube ich, und mich sollt's nicht wundern, wenn sie ihn aufhängen.«
»Mein Gott!« sagte Philip, »das ist entsetzlich. Ein Schuft muß ihn verraten haben.«
»Er ist ein gefährlicher Mensch.« Man sah Elihu Busby die Befriedigung an, mit der er weitersprach: »Die Yankees haben recht daran getan, ihn aufzugreifen. Ich habe immer wiederholt, daß er hier nichts Gutes im Sinn hatte. Ich habe auch oft genug gesagt, daß Sie und Ihre Frau sich verdächtig gemacht haben, als Sie ihn mit seinen Leuten hier aufnahmen.«
»Was heißt hier Verdacht?« schrie Philip zornig. »Es geht Lincoln und seine Partei nichts an, was wir hier in diesem Lande tun! Wir sind britische Untertanen und haben von ihnen nichts zu fürchten.«
»Nun ja. Ich dachte nur, ich muß Sie wissen lassen, was Ihrem vornehmen Herrn aus dem Süden passiert ist.«
»Sie sagen das richtige Wort«, erwiderte Philip. »Die Südländer *sind* vornehme Herren.«
»Sie sind besiegt«, sagte Busby, als spräche er das Amen in der Kirche. »Die

Treibhäuser der Grausamkeit, ihre Plantagen, sind verwüstet. Ihre elenden Sklaven sind frei.«
»Ich wette«, sagte Philip, »daß diese Sklaven glücklicher und zudem besser versorgt sind, als die Landarbeiter, die bei Ihnen arbeiten.«
»Gott sei Dank«, bemerkte Busby, »hat mich noch keiner von ihnen ›Massa‹ genannt!«
»Nein, sie geben Ihnen sicher schlimmere Namen«, antwortete Philip ruhig.
Er sah zu, wie der ärgerliche Busby auf sein Pferd stieg und fortritt. Dann drehte er sich um, weil er etwas zu Nicholas sagen wollte, aber sein Sohn war leise weggeschlüpft, voll Eifer, Curtis Sinclairs Mißgeschick zu verbreiten. Philip rief ihn dreimal, ehe er erschien.
»Hast du erzählt, was geschehen ist?« fragte Philip.
Nicholas ließ den Kopf hängen.
»Ja oder nein?«
»Ja, Sir . . .«
»Du jämmerlicher Tunichtgut! Komm mit mir hinein.«
Nicholas gehorchte mit wildklopfendem Herzen. Es war eine strenge Strafe, die er bekam. Er konnte ein paar Schmerzensschreie nicht unterdrücken; Boney, der Papagei, hörte sie und erhob sogleich seine nasale Stimme zu einem Strom von Hinduflüchen. Er hing mit dem Kopf nach unten an seiner Stange, schlug mit den Flügeln und zeigte wütend seine schwarze Zunge. »*Haramdaza! Haramdaza! Haramdaza! Iflatoon!*« kreischte er. Dann fügte er vier neugelernte Worte auf englisch hinzu – niemand hatte feststellen können, wer sie ihm beigebracht hatte.
»Ich hasse Kapitän Whiteoak!« schrie er.
Von der Küche im Souterrain drang ein noch gellenderer Schrei herauf, dem verzweifeltes Jammern folgte. Cindy und Annabelle vereinten ihre Stimmen zu einem Klagechor.
Adeline kam schnell wie ein Pfeil vom Dachgeschoß heruntergeflogen, ihr Gesicht war totenblaß.
»Was um Gottes Willen ist passiert?« rief sie. Sie sah bedenklich nach einer Ohnmacht aus, und Philip legte schnell den Arm um sie, führte sie in den Salon und schloß die Tür.
»Ich habe schlechte Nachrichten bekommen«, sagte er.
»Aus Irland?« Irgendwie brachte sie schlechte Nachrichten immer mit diesem Land in Verbindung.
»Nein. Aus den Staaten. Die Yankees haben Sinclair gefangen. Busby kam voller Schadenfreude her. Er sagt, Sinclair würde wahrscheinlich gehenkt werden.«
»Barmherziger Himmel!« rief Adeline. »Oh, der Arme! Und deshalb ist dieser Lärm? Wir dürfen es Lucy nicht wissen lassen. Es würde ihr Tod sein.«

»Ich habe Nicholas gerade eine Tracht Prügel verpaßt«, sagte Philip. »Er hat zugehört und dann keine Minute verloren, um hineinzulaufen und es den Schwarzen zu erzählen.«
»Dieser nichtsnutzigen Bengel – wenn ich ihn erwische, kann er sich auf eine zweite Tracht gefaßt machen.« In diesem Augenblick sah sie ihn an der offenen Balkontür vorbeigehen, mit heißem, tränenbeschmiertem Gesicht.
Philip hielt sie zurück. »Er hat genug – es reicht«, sagte er. »Aber du mußt sofort zu Lucy gehen. Sag ihr, Curtis hat Glück gehabt, daß er noch am Leben ist. Sie darf das Wort ›Hängen‹ nicht hören. Oh, da kommt sie schon die Treppe herunter.« Lucy Sinclairs aufgeregte Stimme übertönte das Gejammer aus dem Souterrain. »Kapitän Whiteoak! Adeline! Es ist etwas Schreckliches passiert. Oh, was soll ich tun?«
»Geh zu ihr, Adeline – es ist deine Aufgabe, dich ihrer anzunehmen.«
»Ich kann nicht! Ich kann nicht! Du mußt zu ihr gehen.«
Als Antwort nahm er sie an der Schulter und schob sie in die Halle. Die Frauen trafen sich am Fuß der Treppe. Adeline öffnete beide Arme und zog Lucy an ihre Brust. »Mein armes geschorenes Lamm«, sagte sie weinend. »Mein armes entfedertes Entlein! O diese gemeinen Yankees! Noch ein paar Monate, dann werden sie auch in dieses Land eindringen und alle Frauen rauben und alle Männer ans Schwert liefern!«
Bei diesen Worten brach Lucy Sinclair ohmächtig in Adelines Armen zusammen. Adeline trug sie halb in die Bibliothek und legte sie dort auf den Diwan. Zur gleichen Zeit tauchten Cindy und Annabelle aus dem Souterrain auf. Hinter ihnen kam Jerry. Alle drei warfen sich Philip zu Füßen und jammerten gemeinsam: »Rettet unsern Massa, Kapitän Whiteoak! Er wird sicher gehenkt!«
Nun übernahm Philip das Kommando. Zu den Negern sagte er: »Wenn ihr eine Spur von Liebe zu eurer Herrin habt, hört mit diesem Gewinsel auf!«
Zu Adeline: »Bring Brandy für Mrs. Sinclair, während ich einen Boten nach dem Arzt schicke.« Seine befehlsgewohnte Stimme brachte etwas Ruhe in die Szene. Nach einem kleinen Glas Brandy erlangte Lucy wieder das Bewußtsein. Adeline hielt ihr ein Fläschchen mit Riechsalz unter die Nase und redete ihr gut zu wie einem Kind.
Aber mit dem wiedererlangten Bewußtsein kam die Hysterie. Nichts konnte die Neger zurückhalten, ihre Stimmen mit der ihrer Herrin zu vermischen. Philip war fast am Ende seines Lateins. Er lief vor dem Haus auf und ab und wartete auf den Arzt. Als dieser erschien, verordnete er zuerst ein Schlafmittel. Lucy Sinclair sank alsbald in wohltätiges Nichtswissen.
Doktor Ramsey und Philip blieben allein. Philip sagte: »Das ist eine tragische Geschichte, Doktor. Ich fürchte sehr, daß die Yankees unsern Freund Sinclair aufhängen und sein Land konfiszieren. Seine arme Frau bleibt unversorgt zurück.«

»Meiner Ansicht nach ist das Beste, was sie tun können, Kapitän Whiteoak, sich ihrer und ihrer Dienstboten sobald wie möglich zu entledigen. Die ganze Gegend sieht in Jalna bereits den Mittelpunkt einer konföderierten Verschwörung. Die Yankees werden das Rennen machen, und wir leben Tür an Tür mit ihnen. Ich meinerseits bin gegen die Sklaverei, das wissen Sie ja.«
»Ich bin es auch«, sagte Philip, »aber ich hoffe doch, daß es schließlich mir überlassen bleibt, meine Freunde auszuwählen!«
Die beiden Männer waren auf der Veranda, sie saßen auf den beiden massiven Eichenbänken. Jetzt erschien Adeline in der offenen Tür. Ihr kupferrotes Haar hatte sich gelöst und fiel ihr über die eine Schulter. Ihre leuchtenden Augen sahen noch größer aus als sonst in ihrem bleichen Gesicht. Doktor Ramsey verbarg seine Verlegenheit hinter einem Stirnrunzeln.
»Es ist lächerlich von Ihnen, Mrs. Whiteoak«, sagte er, »wegen des Mißgeschicks dieser Leute ein so tragisches Gesicht zu machen. Es wird immer so sein. Was sagt unser größter Dichter?

›Die Unbarmherzigkeit von Mensch zu Mensch
Wirft in des Grauens Abgrund viele Tausend.‹

Ich rate Ihnen: schicken Sie diese Südländer zurück in ihr eigenes Land, wo man sich ihrer annehmen wird. Sonst ruinieren Sie noch Ihre eigene Gesundheit.«
»Haben Sie diese Schwarzen heulen gehört?« fragte Philip. »Sonderbar – jetzt sind sie ganz still.«
»Natürlich«, sagte Adeline seelenruhig, »natürlich sind sie still – ich habe ihnen nämlich etwas zu schlucken gegeben.«
»Zu schlucken? Was???« rief der Arzt.
»Laudanum.«
»Großer Gott!« Dr. Ramsay war entsetzt. »Wo sind sie?«
»In dem kleinen Zimmer am Ende der Halle. Auf dem Boden ausgestreckt.«
Wirklich, dort fanden sie sie, sie röchelten im tiefsten Schlaf. Dr. Ramsey kniete sich zu jedem von ihnen, fühlte den Puls, hob ein Augenlid, und stand endlich mit einem Seufzer der Erleichterung auf. »Sie können Gott danken, Mrs. Whiteoak, daß Sie sie nicht umgebracht haben, denn Sie haben ihnen eine furchtbare Dosis gegeben. Wie sind Sie zu dem Laudanum gekommen?«
»Ich habe es von einem Drogisten gegen Patsy O'Flynns Zahnschmerzen gekauft«, antwortete sie gelassen. »Es war beruhigend für den Zahn – und ist jetzt beruhigend für diese armen Schwarzen.«
Befriedigt sah sie auf die hingestreckten Gestalten. Tatsächlich war die Stille im Haus spürbar nach den vorhergegangenen wilden Ausbrüchen. Dr. Ramsey versprach, in einigen Stunden wiederzukommen. Philip und Adeline standen auf der Veranda und sahen ihm nach, als er wegritt. »Wir haben Glück«, sagte Philip, »daß wir an diesem entlegenen Ort einen so guten Arzt haben«.

»Wenn die Ärzte nur nicht diesen überlegenen, hochmütigen, allwissenden Ton anschlagen würden«, sagte Adeline. »*Ich* fühle mich niemandem überlegen, aber während er nur eine einzige zarte Frau beruhigt hat, habe ich diese drei lärmenden Schwarzen eingeschläfert – und rühme mich gar nicht.«
»Ich werde mich dünn machen, wenn sie alle aufwachen«, sagte Philip.
In diesem Augenblick kam auf unsicheren Beinchen das Baby Philip durch die Halle. Philip der Ältere setzte sich und nahm das Kind auf sein Knie und ließ es das Ticktack seiner massiv goldenen Uhr hören, deren Kette über seine geblümte Weste hing.
»Ticktack, ticktack«, sagte das Baby.
»Mein Lieblingskind«, erklärte der Vater. »Ich sehe ihn schon als zukünftigen Herrn von Jalna.«
»Hoffentlich noch viele, viele Jahre nicht!« Adeline sah ihren Gatten mit spontaner Zärtlichkeit an.
»Komm, setz dich auf mein anderes Knie«, sagte er.
Sie tat es.
Während sich dies alles im Haus abspielte, hatten die drei Kinder sich im Wald versteckt. Das Band zwischen ihnen war so stark – wahrscheinlich weil ihnen Freunde ihres eigenen Alters fehlten –, daß sie sich alle bestraft fühlten, wenn eines von ihnen in Ungnade gefallen war. Sie teilten diese Last redlich, wenn auch nur eins die Striemen aufzuweisen hatte.
Nicholas lag auf dem Bauch unter den weitausgebreiteten unteren Ästen einer herrlichen Buche. Ernest hatte sich seiner geringen Länge nach in derselben Stellung neben ihm ausgestreckt. Augusta saß, die Hände im Schoß gefaltet, in düsteren Gedanken bei den Brüdern. Ernest sagte:
»Meint ihr, daß wir jemals wieder glücklich sein werden?«
»Ich bezweifle es«, antwortete Augusta. »Vielleicht nicht so unglücklich wie jetzt – aber das ist noch ganz etwas anderes als glücklich.
»Ich mußte einfach erzählen, was Mr. Sinclair passiert war«, sagte Nicholas. »Elihu Busby brachte die Nachricht her. Die Schwarzen mußten sie erfahren. Ich dachte, ich sei es, der sie ihnen übermitteln müsse.«
»Ich denke, vielleicht wollte Papa es selbst tun«, meinte Augusta.
»Jedenfalls war er in fürchterlicher Wut. Soll ich euch meine Striemen zeigen?« sagte Nicholas.
»Nein.« Augusta wandte den Kopf ab. »Dir würde es nicht helfen, und mir würde sich einfach der Magen umdrehen.«
»Mir nicht«, piepste Ernest. »Ich würde sie gern sehen. Ich glaube, sie sind auch nicht schlimmer als die, die ich schon manchmal abgekriegt habe.«
»Nein, deine waren nichts gegen meine heutigen.« Nicholas setzte sich ächzend auf.
Ernest folgte seinem Beispiel und rückte dichter an ihn heran. Nicholas zog

das feine weiße Hemd mit dem gefälteten Kragen aus und streifte die Unterhosen von seinem Hinterteil. »Au wei!« rief Ernest. Er war so beeindruckt, ja beinahe entzückt von dem, was er sah, daß er sich zweimal herumrollte und wieder »Au wei!« rief.
»Oh, Gussie!« Er konnte vor Aufregung kaum sprechen. »Das müßtest du sehen – wirklich, das müßtest du!«
Augusta warf aus den Augenwinkeln einen Blick darauf. Sie sagte: »Wenn Papa jetzt herkäme und ich so halbnackt sehen würde, dann bekämst du eine zweite Tracht.«
»Aber irgendwie fühl ich mich jetzt weniger unglücklich«, erklärte Ernest.
Augusta betrachtete ihn kritisch. »Es ist ziemlich herzlos, daß du weniger unglücklich bist, wenn du Nicholas' Striemen siehst.«
»Nun, ich hab sie ihm gezeigt«, sagte Nicholas.
»Es ist genauso verkehrt, sich seiner Striemen zu rühmen, als wenn jemand sich rühmt, wenn er einen Preis gewinnt«, sagte Augusta.
»Ich hab letzten Herbst bei der Ausstellung einen Preis für mein Pferd bekommen.« Nicholas sprach durch das Hemd, das er gerade über den Kopf zog.
»Und ich hab einen bekommen, weil ich eine große Portion Castor-Öl geschluckt habe«, bemerkte Ernest stolz.
»Und was hättest du bekommen, wenn du dich geweigert hättest?« fragte Augusta.
Ernest war beleidigt über diese Frage. Er stand auf und ging ein kurzes Stück weg. Als er wiederkam, aß er Bucheckern. Augusta nahm sie ihm energisch aus der Hand. »Du bist ein ungezogener Junge – diese Bucheckern darf man doch erst essen, wenn sie Frost bekommen haben.«
»Und auch dann kriegt er Bauchschmerzen davon und hält mich mit seinem Gewinsel die halbe Nacht wach«, warf Nicholas ein.
Ernest wandte ihnen den Rücken. »Ich gehe nach Hause – ich möchte mein Dinner essen.«
Die beiden andern sahen seine kleine Gestalt auf dem schmalen Weg zwischen den weißen Birken verschwinden. Er sah zweimal zu ihnen zurück, beim zweitenmal winkte er ihnen zu.
»Er war nicht lange unglücklich«, bemerkte Nicholas.
»Er hat Hunger«, sagte Augusta, »und da sieht alles anders aus.«
»Ich glaube, Mr. Sinclair wird niemals mehr hungrig sein – wenn er weiß, daß er gehenkt wird«, sagte Nicholas.
»Ich wünschte« – Augustas Stimme schwankte – »daß Mr. Madigan hier wäre.«
»Warum?«
»Oh, ich weiß nicht ... außer daß er die schwierigen Dinge leicht nimmt. Er nimmt ihnen damit das Gewicht.« Sie strich sich das schwere Haar aus der

Stirn und seufzte tief. »Gut, wenn man noch so jung ist wie Ernest«, fügte sie hinzu, »er kann sehr kurz nacheinander unglücklich und glücklich sein.«
»Na, wenn er die Tracht bezogen hätte, die ich bezogen hab, dann hätte er den ganzen Tag laut geheult.«
»Aber er ist doch zart!« Augusta faltete sanft die Hände. »Das dürfen wir nicht vergessen.«
»Nun, er hat eine recht gute Meinung von sich selbst«, antwortete Nicholas, »und er kann sehr spöttisch sein. Denk mal dran, wie er ›Au Backe!‹ sagt – mit was für einem höhnischen Blick.«
»Das muß aufhören.« Augusta sah mißbilligend dorthin, wo der Kleine zwischen den Birken verschwunden war. Aber nach ein paar Minuten kam er zurückgelaufen. »Ich fürchte mich, allein zu gehen«, schluchzte er, »ich muß immerfort an Mr. Sinclair denken. Meint ihr, sie haben ihn schon gehängt?«
»›Gehenkt‹, heißt es richtig«, verbesserte Augusta.
»Ich weiß«, gab er zu. »Meint ihr, sie haben ihn schon gehangen?«
»Du bist unverbesserlich.« Augusta erhob sich und nahm ihn bei der Hand. »Ich gehe mit dir – aber was ißt du schon wieder?«
»Moosbeeren. Weiter dort unten stehen sie so dicht wie Blaubeeren.«
Schnell nahm sie ihm Augusta weg. Sie sah sich nach Nicholas um. »Mach deinen Kragen zu«, sagte sie, »da kommt jemand.«
»Das ist Guy Lacey«, sagte Nicholas. »Er ist auf Urlaub von der Marine zu Hause. Sieht er nicht schick aus in seiner Uniform?«
Der hübsche junge Offizier rief ihnen jetzt zu: »Hallo, ihr da! Kennt ihr mich noch?«
Sie murmelten alle drei, daß sie ihn noch kannten. Sie waren ein wenig scheu, aber er war sicher, ein weitgereister Mann von Welt. »Wie ihr gewachsen seid!« rief er, »ich hätte euch beinahe nicht wiedererkannt.«
Er legte die Hand auf Ernests Kopf. »Dieser Junge war damals ein winziges Bürschchen.«
»Jetzt sind wir vier«, erklärte Nicholas. »Wir haben ein Baby – Philip.«
»Ein Baby, so?«
»Nein, es kann schon laufen.«
»Ihr habt Gäste aus Carolina, hörte ich. Die würde ich gern kennenlernen. Wir von der Marine haben nämlich viel übrig für die Südstaatler. Ich hörte, Frankreich hat seine Finger in den Brei gesteckt. Bestimmt hätte Washington nicht tun können, was er getan hat, wenn ihm die Franzosen nicht geholfen hätten. Aber ich glaube, für euch junges Gemüse ist das alles Griechisch.«
»Oh . . . wir haben recht viel darüber gehört«, antwortete Nicholas stolz.
»Ihr seid glücklich«, sagte Guy Lacey, »daß ihr in dieser herrlichen Gegend leben dürft.« Seine Augen wanderten vom matten Blau des Himmels zu den zartbewegten, blätterschweren Zweigen der Waldbäume, wo die kleinen Vögel

herumflatterten und einander mit süßen Stimmen riefen, und lebhafte rote Eichhörnchen und gestreifte Backenhörnchen furchtlos und neugierig zu ihnen herunterlugten.

»Ja, ihr habt Glück«, fuhr Guy Lacey fort, »hier zu wohnen! Es ist wie ein Garten Eden, und du, Gussie, bist eine romantisch aussehende Eva. Ich hoffe, du hast nichts dagegen, daß ich dich noch Gussie nenne wie früher?«

»Aber nein!« murmelte sie. Ihre blassen Wangen brannten vor Verlegenheit.

»Wir Jungens sind Kain und Abel«, sagte Nicholas. »Ich bin Kain, und jetzt werde ich diesen jungen Burschen umbringen!« Er legte die Arme um Ernest und zog ihn zu Boden, wo sie lachend liegenblieben.

Guy Lacey sagte: »In deinem Haar ist eine Klette, Gussie. Wußtest du das? Hast du etwas dagegen, daß ich sie herausnehme?«

Mit seemännischer Sicherheit nahm er eine der langen schwarzen Locken in die Hand und zog sanft die Klette heraus. »Was für seidiges Haar du hast«, rief er und sah ihr lächelnd in die Augen. Augusta war so verlegen, daß sie sich zu den beiden Jungen wandte, die jetzt aufgestanden waren. Nicholas' verweintes Gesicht sprach noch von der empfangenen Strafe. »Ihr beiden Jungen solltet in die Marine eintreten«, sagte Guy Lacey. »Da hat man ein gutes Leben.« Mit einer kleinen Verbeugung vor Augusta ging er weiter.

»Marine – au Backe!« sagte Ernest.

Langsam folgte Augusta den Brüdern heimwärts. Die lange Locke, aus der Guy die Klette genommen hatte, hing ihr über die Schulter. Scheu preßte sie die Lippen darauf und küßte sie.

Langsam betraten die Kinder das stille Haus. Sobald sie drinnen waren, flog Augusta die Treppe hinauf, um nach ihrer Taube zu sehen. Sie hatte sie geliebt, von der ersten Sekunde an, als Nicholas sie ihr schenkte, aber jetzt liebte sie sie noch mehr – einen Grund dafür hätte sie nicht sagen können.

Nicholas blieb zögernd in der Halle, er erwartete sehr demütig die Begegnung mit seinem Vater. Ernest bemerkte, daß die Tür zu dem kleinen Hinterzimmer geschlossen war. Das war etwas Ungewöhnliches, und er lief rasch hin, um nachzusehen. Er öffnete die Tür und lugte hinein. Das war ein Anblick! Cindy, Annabelle und Jerry lagen regungslos auf dem Fußboden hingestreckt. Er warf die Tür zu und lief laut kreischend durch die Halle.

»Die Schwarzen sind tot!« rief er. »Alle sind sie tot! An gebrochenem Herzen gestorben!«

Der Lärm rief Adeline aus ihrem Zimmer. Als er sie sah, warf er sich wild in ihre Arme. Sie hob ihn auf, und er klammerte sich, noch schreiend, an sie. Er wickelte sich förmlich um sie und genoß die tröstliche Wärme ihres Körpers.

In den Tagen, die der Nachricht von Curtis Sinclairs Gefangennahme folgten, wurde die Spannung in Jalna fast unerträglich. Niemand unter diesem Dach blieb davon verschont. Zum erstenmal, seit dieses Haus gebaut worden war, scheute sich Philip davor, in seine Räume zurückzukehren – er verbrachte seine Tage jetzt lieber in den Ställen und auf den Feldern. Er besuchte eifrig die im Herbst überall stattfindenden Jahrmärkte und nahm Nicholas und Ernest mit. Adeline war froh, wenn sie aus dem Weg waren, denn sie hatte nicht viel Geduld, und empfand es bereits als eine fast unerfüllbare Zumutung, ihren Haushalt zu führen und Lucy Sinclair zu trösten. In Wirklichkeit wollte Lucy sich absolut nicht trösten lassen, hatte Hysterie-Anfälle und nachts schreckliche Träume, in denen sie mit entsetzlicher Genauigkeit der Hinrichtung ihres Gatten beiwohnte. Die Neger erregten Dr. Ramseys Zorn, denn sobald Lucy ihre Selbstbeherrschung verlor, war es um das bißchen Haltung, das sie aufbrachten, geschehen, und sie klagten und jammerten in voller Lautstärke mit ihr. Oft genug fand Adeline alle drei in Lucys Schlafzimmer, wo sie gemeinsam mit ihr das Unglück beweinten. Zu allen Stunden beteten die Schwarzen laut: »Oh Herr, rette unsern Massa!« – obwohl sie überzeugt waren, daß er längst ein toter Mann sei. Sie vergaßen seine gelegentliche Strenge und schwelgten in seiner Güte, bis er in ihren Augen ein Heiliger und Märtyrer geworden war.

Drei Mitglieder des Haushalts waren weniger als die übrigen von Curtis Sinclairs tragischem Geschick beeindruckt: zunächst das schwarze Baby, das Cindy nach dem Prinzgemahl Albert genannt hatte, – sie hatte von der Existenz des Prinzgemahls erst in Jalna etwas gehört. Dieses Kind wuchs und gedieh geradezu erstaunlich, es teilte seine Zeit in das Saugen an der Brust seiner Mutter, und dunklen, primitiven Schlummer; der zweite war der blonde jüngste Whiteoak, der mit aller Macht danach strebte, seinem Kleinkindzustand zu entfliehen. Er versuchte, zu rennen, fiel hin, raffte sich wieder auf und vergoß dabei keine Träne. Dagegen weinte er, wenn ihn jemand aufnahm und trug, während er zu gehen wünschte, oder, was noch schlimmer war, wenn man ihn auf sein Töpfchen setzte. Sein Wortschatz war sehr klein, aber er schien überzeugt, daß er genügte, um ihn durch die Welt zu bringen, denn er gab sich keinerlei Mühe, ihn zu erweitern.

Die dritte im Haus, die sich den melancholischen Mutmaßungen und Vermutungen über Sinclairs Schicksal ziemlich fernhielt, war Augusta. Es war etwas Träumerisches über sie gekommen. Oft war sie sichtlich ganz in Gedanken verloren, aber sie hätte unmöglich sagen können, um was sich ihre Betrachtungen drehten. Sie dachte oft an ihre Begegnung im Wald mit Guy Lacey, der für sie alles Wunderbare und Aufregende frischer junger Männlichkeit

verkörperte. Sie wanderte allein im Waldgelände umher, in der Hoffnung, ihm zu begegnen. Aber als sie ihn einmal wirklich kommen sah, versteckte sie sich hinter einem Erlengebüsch, bis er vorbeigegangen war. Einmal kam sie in den Salon, wo er mit Adeline plauderte. Seine Mutter hatte ihn herübergesandt, um sich nach Lucy Sinclairs Befinden zu erkundigen. Mrs. Lacey, die Lucys kokette Art so übelgenommen hatte, war jetzt voll echten Mitleids mit ihr. Sie hatte einen Pudding und ein Glas Weingelee mitgeschickt, um ihr ein wenig Appetit zu machen. Als Augusta den jungen Mann – den Überbringer dieser Delikatessen – sah, starrte sie ihn an wie eine Erscheinung und floh in wilder Panik aus dem Zimmer.
Später sagte Adeline zu ihr: »Ich habe mich geschämt, Gussie, daß du deine guten Manieren Guy Lacey gegenüber ganz vergessen hast. Du bist davongesaust wie ein angeschossener Hase!«
Gussie sah sie stumm an.
»Warum denn nur?« fragte Adeline.
»Ich . . . ich weiß nicht, Mammi«, stammelte Gussie.
»Nun, als ich in deinem Alter war, haben sich die Jungen um mich geschlagen.«
»Duelliert? Mit Pistolen?«
»Barmherzigkeit, nein. Mit Fäusten; und in die Haare sind sie sich gefahren.«
Gussie musterte sie erstaunt, dann wich sie zurück. Über die Schulter sagte sie: »Das würde mir nicht gefallen.«
Später bemerkte Adeline zu Philip: »Ich weiß nicht, wie wir zu so einer Tochter gekommen sind!«
»Wahrscheinlich wird sie der Trost unserer alten Tage sein«, antwortete Philip gelassen.
»Gut – soll sie der Trost deiner alten Tage sein – ich will die Blüte meiner Jahre nicht überleben.«
»Rothaarige Menschen werden bekanntlich uralt.«
Adeline warf einen raschen Blick in den Spiegel, dann sagte sie: »Gott sei Dank hat keins meiner Kinder mein Haar geerbt.«
»Dies eine Mal muß ich dir hundertprozentig recht geben.«
»Du widerlicher Engländer!« rief sie. »Warum hast du mir so nachgestellt?«
»Ich hatte den Eindruck, daß du mich zur Strecke gebracht hast.«
Beinahe hätten sie ernstlich angefangen zu streiten, aber in diesem Augenblick sahen sie Titus Sharrows geschmeidige Gestalt durch die Diele gleiten.
»Er kann nicht einmal geklopft haben«, sagte Philip. »Oh, dem werde ich etwas erzählen!«
»Vielleicht weiß er etwas Neues über Curtis Sinclair.« Adeline drängte sich an Philip vorbei und ging Tite entgegen.
»Ich bedaure sehr, Sie zu stören, Madam«, sagte er. »Aber man gab mir in

der Küche Bescheid, daß ich Mrs. Sinclair hier treffen würde.« Er sprach mit indianischem Stolz und so, wie er sich die französische galante Höflichkeit vorstellte.
»Warum willst du sie sprechen?« fragte Adeline.
»Ich habe eine Botschaft für sie«, antwortete Tite würdevoll.
»Ist ihr Gatte tot?« Adelines Stimme war heiser vor Angst.
»Vielleicht«, erwiderte Tite, »aber ich glaube es nicht. Ich habe hier einen Brief für sie, in seiner eigenen Handschrift. Er kam durch eine Geheimagentur, mit der ich in Verbindung stehe.«
»Ich glaube dir kein Wort von deiner Geschichte«, sagte Philip. »Gib mir den Brief.«
Tite schüttelte den Kopf. »Nein, Sir. Ich versprach bei der Ehre meiner Ahnen, den Brief niemand anderem zu geben als Madam Sinclair – aber ich werde ihn Ihnen zeigen.« Er trat einen Schritt zurück, nahm einen Brief aus seiner Brusttasche und hielt ihn Philip vorsichtig so weit hin, daß er ihn deutlich sehen konnte.
»Tatsächlich – es ist Sinclairs Handschrift«, rief Philip. »Beim Zeus – seine Handschrift!«
Tite steckte den Brief wieder ein. »Sie sehen, Sir, ich spreche die Wahrheit und nichts als die reine Wahrheit.«
»Ich habe in ständiger Verbindung mit der Regierung von Nord-Kanada gestanden«, erklärte Philip beeindruckt. »Ich habe jede Zeitung gelesen, die ich bekommen konnte – aber ich habe nicht einmal einen Hinweis auf Sinclair gefunden.«
Tite gestattete sich ein hämisches Lächeln. »Vielleicht ist der Herr nicht ganz so wichtig, wie wir glauben, Sir.«
Eine seltsame Prozession kam die Treppe herunter. Sie war angeführt von Lucy Sinclair in einem Schleppkleid aus schwarzem Kaschmir, das zu schwer für das milde Herbstwetter schien. Aber sie fror in dieser Zeit immer, und Cindy, die ihr folgte, trug einen großen Schal mit langen Fransen. Dicht hinter Cindy kam Annabelle, in den Armen eine große Tonflasche mit heißem Wasser. Jerry folgte ihr auf den Fersen, er trug ein Tablett mit einer Kaffeekanne, einer kleinen Karaffe mit Brandy, einem geschliffenen Fläschchen mit Riechsalz und einem Semmelkörbchen.
Ahnungsvoll schauten die Whiteoaks der herabsteigenden Prozession entgegen. Tites Blicke hafteten an Belle. Jerry rollte die feuchten schwarzen Augenbälle vor Eifersucht.
»Ach, lieber Kapitän Whiteoak, liebste Adeline«, sagte Lucy Sinclair mit matter Stimme, »ich schäme mich wirklich, soviel Verwirrung in ihr Haus zu tragen . . . aber ich bin so krank, so unglücklich!«
Philip streckte die Hand aus, um ihr die letzten Stufen herabzuhelfen. Tite

trat dreist vorwärts und hielt den Brief so, daß sie ihn sehen konnte. Anscheinend einer Ohnmacht nahe, hauchte sie: »Seine Schrift! Oh Gott, seine eigene Schrift!«
Sie riß dem Halbindianer den Brief aus der Hand und drückte ihn an ihr Herz. Dann sagte sie, zu Philip gewendet: »Ich kann ihn nicht lesen, Mr. Whiteoak. Ich wage es nicht. Bitte sagen Sie mir, was drin steht.« Sie gab ihm den Brief in die Hand, dann stützte sie sich auf den geschnitzten Treppenpfosten, während Philip den Umschlag öffnete. Er enthielt nur wenige Zeilen. Philip las vor: »Ich bin zugleich mit Vallandigham gefangen worden. Soviel ich weiß, wird Lincoln uns durch die Linien der Nordarmee nach Richmond schicken. Mach dir keine Sorgen um mich. Eines Tages bin ich wieder da. Meine Grüße an alle. Wie immer Dein Curtis.«
Mit bemerkenswerter Elastizität raffte sie sich auf; sie stieg, von Philip gestützt, die letzten Stufen herunter und ging, von den Schwarzen gefolgt, in den Salon.
»Nun dürfte Ihnen eine schwere Last vom Herzen gefallen sein, Mrs. Sinclair«, sagte Philip.
Sie drückte den Brief wieder an ihr Herz und sagte mit beherrschter Stimme: »Freilich! Aber wenn ich denke, daß mein Mann sich in den Händen dieses bestialischen Lincoln befindet – oh, dieser Pavian! – dann könnte ich vor Wut sterben.«
»Denken Sie nicht an solche Dinge.« Philips tiefe Stimme beruhigte sie. »Denken Sie nur daran, daß er am Leben ist.«
Sie hob die großen blauen Augen zu seinem Gesicht. »Werde ich ihn wohl jemals wiedersehen?«
»Natürlich!« sagte er herzlich, obwohl er keineswegs davon überzeugt war. Er klopfte ihr freundlich den Rücken.
Die drei Schwarzen waren ihr auf dem Fuß gefolgt und umstanden sie jetzt wie drei sehr dekorative Ebenholzschnitzereien. Man konnte sie atmen hören – aber sonst schienen sie kaum lebendig, so stark war ihre Fähigkeit, sich förmlich auszulöschen. Durch das Fenster sah man Titus Sharrow, der sich schmal und dunkel wie ein Waldestier durch die Bäume bewegte. Bei jedem Windstoß fielen buntfarbige Blätter auf den Boden, doch das Laub war so dicht, daß die Äste nicht kahler erschienen.
Nachdem Adeline über die gute Nachricht in Tränen ausgebrochen war und Lucy Sinclair umarmt hatte, eilte sie in die Küche, um frischen Tee für alle zu bestellen. Dreimal hatte sie bereits an dem Klingelzug im Eßzimmer gezogen, aber es war keine Antwort gekommen. Der Haushalt war ein Chaos. Der Teekessel, der immer auf dem Herd stand, schickte dichte Dampfwolken zur Decke hinauf, der Deckel hüpfte buchstäblich vom Druck des Dampfes. Adeline schüttete sechs gehäufte Löffel mit indischem Tee in die silberne Teekanne.

Sie ging zur Speisekammer, um Milch zu holen. Zwei große Schalen mit Jerseymilch standen auf einem Regal und warteten darauf, entrahmt zu werden. Sie schöpfte eine Tasse voll heraus und füllte ein Milchkännchen. Die Milch sah so appetitlich aus, daß sie erst einen großen Schluck trank; auf ihrer beweglichen Oberlippe blieb als Schmuck ein sahniger kleiner Bart zurück. Sie bemerkte es nicht und trug das Teebrett hinauf in den Salon, sie war recht zufrieden mit sich selbst. Philip sah sie mißbilligend an. »Wisch dir die Lippe ab«, sagte er, »du hast aus der Milchkanne getrunken.«
»Ich habe sie nicht angerührt«, leugnete sie wie ein bockiges Kind. Adelines Anblick lockerte Lucys gespannte Nerven. Sie lachte, zum erstenmal seit der Abreise ihres Gatten. Als die drei Sklaven sahen, wie sich ihr vergrämtes Gesicht plötzlich veränderte und hell wurde, ging mit ihnen eine Verwandlung vor. Jerry schlug sich auf die Schenkel und rief: »Massa lebt! Massa ist sicher im Süden!«
Die Frauen, Cindy und Belle, stimmten in seinen Jubel ein. Draußen schlich die dunkle Gestalt Tite Sharrows verstohlen zwischen den Bäumen dahin. Erst als er gesehen hatte, daß Philip das Haus verließ, daß die drei Schwarzen sich zu einem gemütlichen Geplauder in den Gemüsegarten zurückgezogen hatten und Adeline in ihrem Schlafzimmer (wie immer etwas falsch) ›Ich träumt' von jenen Marmorhallen‹ sang, wagte er, zurückzukehren und sich nochmals zu Lucy Sinclair zu begeben.
Er stand da und sah auf sie herab, die mit geschlossenen Augen auf dem Sofa lag; die Gardinen waren wegen des gelben Septembersonnenscheins fest zugezogen. Er war so leise eingetreten, daß sie ihn nicht gehört hatte. Sie ahnte nichts von den Gedanken, die ihr Anblick, als sie so vor ihm lag, in ihm erweckte – unklare Erinnerungen an alte Geschichten, die er gehört hatte, von hilflosen weißen Frauen, die seine indianischen Vorfahren gefangen und genommen hatten ...
Nun legte er wie einen Mantel seine besten französischen Manieren an.
»Madame«, sagte er.
Die blauen Augen öffneten sich erschrocken.
»Madame«, wiederholte er.
»Wer sind Sie?« Sie sprach, als wolle sie im nächsten Augenblick um Hilfe rufen.
»Ich bin derjenige, der Ihnen die gute Botschaft gebracht hat«, sagte er höflich.
»Ja, ich erinnere mich.« Sie setzte sich auf, ihre Augen sahen ihn mit beschwörendem Ernst an. »Wie kamen Sie in Besitz dieses Briefes? Kann ich den Mann sehen, der ihn Ihnen gegeben hat?«
»Madame, ich bekam ihn von vielen Männern. Ich habe mein Leben aufs Spiel gesetzt, um ihn in die Hand zu bekommen. Ich tat es um Ihretwillen,

weil mein Herz vor Mitleid mit Ihnen überfließt. Ich bin nur ein armer Student, ich arbeite, um studieren zu können, aber ich bin von edlem Blut, von französischen und indianischen Vorfahren. Es gibt ein gewisses ›Noblesse oblige.‹ Ich versuche immer, danach zu handeln.«
Lucy Sinclair sagte vorwurfsvoll: »Sie haben meine kleine Annabelle in sich verliebt gemacht. Sie ist sehr unglücklich gewesen.«
»Annabelle hat mich gelehrt, unsern Herrn Heiland zu lieben«, antwortete er. »Sie liebte mich, wie ein Hirte ein armes verlorenes Schaf liebt, das er wieder in die Herde bringt. Ich bin sehr arm.«
»Was wünschen Sie von mir? Was soll ich tun?« fragte Lucy, plötzlich recht entschlossen.
»Ich dachte«, sagte Tite sehr bescheiden, »Sie würden mir gern eine kleine Belohnung geben. Etwas – nicht allzuwenig – das mir hilft, meinen Weg durch das College zu machen.«
Mit der Ankunft des Briefes war neue Kraft in Lucy Sinclairs Adern geflossen. Sie erhob sich. »Wo ist Jerry?« fragte sie. »Er weiß, wo mein Geld aufbewahrt ist.«
Tites sonst so undurchdringliches Gesicht sah plötzlich ganz niedergeschlagen aus. »Es wäre besser« – er sprach noch demütiger als vorher – »nicht nach Jerry zu schicken. Aber machen Sie sich keine Mühe, Madame, ich tue es auch ohne Belohnung. Es genügt mir, daß Ihr Herz nun nicht mehr so schwer ist.«
»Sie sollen Ihre Belohnung haben.« Sie sprach sehr nachdrücklich. »Ich werde sie Ihnen selbst bringen, warten Sie hier.«
Das Haus war jetzt still. Die Kinder waren mit Adeline im Phaëton weggefahren, um Kürbisse, Kornähren und Maiskolben, dunkelrote Trauben, weiße Astern und blaßblaue Herbstastern zum Erntefest in die Kirche zu bringen. Augustas Taube, die sich offenbar einbildete, der Frühling sei nahe, fing an, verliebt zu gurren. Das regte die Papageienseele Boneys so an, daß er sich zu seiner doppelten Größe aufplusterte, sich wie ein Kreisel auf seiner Stange drehte und seine Augen wollüstig rollte. Die Haustür stand offen. Die bunten Blätter waren hereingeflattert und lagen nun auf dem Teppich.
Die neue Hoffnung gab Lucy Sinclair Kraft. Sie stieg die Treppen müheloser hinauf als seit vielen Wochen. In ihrem Schlafzimmer fand sie bald die Brieftasche mit den Banknoten, die ihr Mann ihr als Reisegeld zurückgelassen hatte. Sie hatte das Geld mehrmals gezählt, aber das Resultat war nie dasselbe gewesen. Sie sah in den Spiegel, es schaute ihr ein Gesicht entgegen, das nicht mehr hager und müde vor Gram, sondern von neuer Hoffnung belebt war. Sie eilte die Treppe hinunter. Im Salon erwartete sie Tite Sharrow. Er stand sehr gerade da, reserviert, aber aufmerksam.
Er verneigte sich ein wenig. »Madame«, sagte er.
Ihre Hand zitterte so, daß sie die Scheine kaum halten konnte. Einer flatterte

auf den Boden. Tite hob ihn auf und betrachtete ihn skeptisch. »Das ist konföderiertes Geld«, sagte er.
»Aber es ist absolut sicher«, antwortete sie. »Wieviel möchten Sie haben? Natürlich könnte ich Ihnen den Trost, den Sie mir gebracht haben, nicht bezahlen, auch wenn ich Ihnen alles geben würde, was ich habe.«
»Ich würde nicht gern mehr annehmen, als Sie entbehren können, Madame«, sagte er. Seine gierigen Augen hingen an der Brieftasche, die in Gold geprägt die Initialen C. S. trug.
Sie legte sie in seine Hand »Zählen Sie's«, sagte sie. »Ich kann nicht.«
Seine flinken, begehrlichen Finger zählten das Geld. »Anscheinend sind es mehr als sechshundert Dollar«, sagte er.
»Nehmen Sie sich zweihundert«, erwiderte Lucy. »Ich wünschte, ich könnte Ihnen mehr geben.«
Er gab ihr die etwas dünner gewordene Brieftasche zurück. Mit einer für ihn ungewöhnlich tiefen Verbeugung, die schrägen Augen niedergeschlagen, sagte er: »Mille remerciments, Madame!« In Lucys Gegenwart war seine französische Hälfte ausschlaggebend.
»Wenn es Ihnen gelingt, mir weitere Nachrichten von Mr. Sinclair zu bringen, werde ich Ihnen sehr dankbar sein.« Sie lächelte ein wenig und sah plötzlich wieder hübsch aus – hübsch wie ein ansprechendes junges Mädchen.
Tite Sharrow, der mehr wegschwebte als wegging, stieß unerwartet auf Jerry – oder vielmehr, Jerry stieß sehr absichtsvoll auf ihn. Würdevoll suchte Tite ihm auszuweichen. Dieser schwergebaute Schwarze war nicht von dem Typ, mit dem sich Tite gern auf einen Streit einlassen wollte. Er war zwar nicht feige, aber er zog es vor, sich auf friedlichem Wege mit seinem Rivalen zu einigen.
Jedoch Jerry hatte schon mit einer unglaublich schnellen Bewegung ein Messer hervorgezogen.
»Sieh dir's an«, grollte er mit seiner dicken Negerstimme, »das kriegst du direkt in den Bauch, wenn du nicht deine Dreckpfoten von meinem Mädchen Belle läßt!«
»Nigger!« sagte Tite nur.
»Nimm dich lieber in acht, wenn du deine Gedärme im Bauch behalten willst«, schrie Jerry, die Nähe des Hauses vergessend.
Als tauchte er aus dem Nichts auf, stand Philip Whiteoak da und schob seinen stämmigen Körper zwischen die beiden. Wie Gestalten der Nacht, die der Sonnengott verschwinden läßt, wichen die Männer zurück.
»Dergleichen wünsche ich nicht«, sagte er, »sonst schlage ich eure Köpfe aneinander! Ich habe Scherereien genug, auch ohne daß ihr mit euren Kämpfer anfangt.«
»Sir, ich bin ein friedliebender Mensch«, sagte Tite Sharrow. »Ich mag nicht

einmal mit einem Mann meiner eigenen Rasse kämpfen. Ich stehe weit darüber, mich mit einem Nigger einzulassen.«
»Das wird kein ›Einlassen‹ sein«, knurrte Jerry, »das wird dein letztes Stündlein werden. Unser Herr Heiland ist auf meiner Seite.«
»Unser Herr Heiland hat keine besondere Meinung von euch«, sagte Tite, »denn wenn er sie hätte, wäret ihr keine Sklaven.«
Philip Whiteoak sagte: »Trolle dich, Tite! Und du gibst mir sofort dein Messer, Jerry.«
Mürrisch trennte sich Jerry von seinem Messer. »Was für eine häßliche Waffe!« Philip befühlte mißfällig die Schneide. »Hier in diesem Land gebraucht man keine Messer. Wenn ihr kämpfen wollt – gebraucht gefälligst eure Fäuste!«
Philip sah die beiden jungen Männer verschwinden, Jerry bedächtig, Tite gleitend, Jerry mit Ebenholzgesicht, Tite trübbräunlich wie das Zwielicht, Jerry plump, Tite geschmeidig. Philip kannte die Inder des Ostens und meinte, das hülfe ihm, Tite zu verstehen. Ein kluger kleiner Schurke. An Negern gab es wenig zu verstehen. Vielleicht ganz nützlich auf einer Plantage, aber nicht die Wesen, die ein Engländer gern in sein Haus lassen würde.
Er sah ein paar roten Eichhörnchen zu, die in den Zweigen einer alten Eiche herumsprangen von dem dicken Stamm aus, dem die großen Äste entsproßten. Der Baum war hoch und dicht belaubt, und die Blätter waren noch glänzend und grün. Die Eichhörnchen sammelten sich Eicheln für ihren Wintervorrat, machten aber immer wieder Pausen, um einander zu jagen. »Hohlköpfige kleine Racker«, sagte Philip laut.
Er sah Elihu Busby nicht, bis er neben ihm stand.
»Schöne alte Eiche«, bemerkte Busby.
»Ja, sie steht seit Jahrhunderten hier, glaube ich, ich habe sie sehr gern. Sie senkt die unteren Äste so tief, daß meine Kinder bequem darauf herumklettern können . . .«
»Nun, Gussie steigt doch sicher auf keinen Baum.«
»Nein, sicher nicht. Warum eigentlich?«
»Nun, ich hielt Sie immer für einen konventionellen britischen Vater, der darauf aus ist, daß sich seine Töchter als kleine Damen aufführen.«
»So? Wirklich?«
Ein Schweigen entstand, das Philip anscheinend lange aushalten konnte. Immerhin – Elihu Busby hatte ihn nicht ohne Zweck aufgesucht.
»Ich wollte sagen«, brachte er verbissen heraus, »daß es mir leid tut . . . ich meine meine Schroffheit gegen diese Südländer. Sie muß ziemlich unfreundlich Ihnen gegenüber ausgesehen haben. Aber ich habe eine starke Antipathie gegen jede Art der Sklaverei, und ich war verbittert über die Art, wie Ihr Hauslehrer meine arme Tochter behandelt hat.«
»Haben Sie Ihre Meinung denn geändert?« fragte Philip.

»Nicht im geringsten. Aber ich habe mit euch Leuten immer auf gutem Fuß gestanden. Offenbar gibt mir meine Frau Schuld daran, daß die Dinge nun anders geworden sind. Ich weiß, daß ich sehr hart über die Südstaatler gesprochen habe. Meine Sympathien sind stark bei den Yankees.«
»Sie schienen immer so stolz zu sein«, sagte Philip, »daß Ihre Vorfahren Royalisten des United Empire waren und daß sie nach der Revolution nach Kanada kamen. Wenn Sie die Yankees so lieben, müßte es Ihnen eigentlich leid tun, daß Ihre Familie jemals die Staaten verlassen hat.«
Elihu Busby wurde dunkelrot. Es fiel ihm schwer, ruhig zu bleiben. »Nun, leben möchte ich in jenem Land nicht«, sagte er, »und wenn sie mir all die Besitzungen zurückgeben würden, die meine Leute dort verlassen haben.«
Philip sah ihn freundlich, aber undurchdringlich an.
»Es war ein harter Brocken für mich«, fuhr Elihu fort, »daß Jalna der Mittelpunkt der Komplotte dieser Sklavenhalter sein sollte. Ich war froh, als ich hörte, daß Sinclair aufgegriffen wurde, ehe er Zeit hatte, seine verdammten Pläne auszuführen. Und ich hätte mit Freuden gehört, daß Lincoln ihn hängen ließ!«
»Ich weiß nicht, warum Sie mir lauter Dinge erzählen, die ich ohnedies weiß«, sagte Philip.
»Weil ich möchte, daß Sie mich verstehen: es tut mir leid um die arme kleine Frau. Ich höre, sie hat ein zartes Gemüt. Sie ist in einer schrecklichen Lage – hier mit ihren elenden Sklaven gestrandet! Ich sage Ihnen ehrlich, ich habe nachts wach gelegen und mich um sie gesorgt und bedauert, daß ich die Dinge gesagt habe, die ich tatsächlich aussprach.«
»Beim Zeus!« rief Philip Whiteoak.
Elihu Busby holte weiter aus: »Ich möchte etwas tun, um ihr zu beweisen, daß ich nur freundliche Gefühle für sie hege. Und heute morgen kam meine günstige Gelegenheit. Ein Brief von ihrem Gatten wurde aufgefangen und mir zum Lesen gebracht.«
»Nettes Hand-in-Hand-arbeiten!« sagte Philip.
»Ich vermutete, es sei ein Abschiedsbrief, den er schrieb, als er verurteilt wurde, aber als ich die guten Nachrichten las, dachte ich, ich würde ihn gern gleich selbst herbringen.«
Philips blaue Augen ruhten ohne jeden Ausdruck auf Elihu Busby.
Die vorsichtige Stimme fuhr fort: »Jedoch als ich herkam, verspürte ich eine gewisse Scheu . . . Mrs. Whiteoak hatte mich seit Monaten gemieden.«
»Das habe ich gar nicht bemerkt.«
»Das Schwierigste an Ihnen ist«, sagte Busby, »daß Sie an den Angelegenheiten dieses jungen Landes nicht den gebührenden Anteil nehmen. Ein Mann wie Sie könnte eine wirklich nützliche Macht sein – aber Sie konzentrieren sich ganz auf Ihre eigenen Belange. Sie haben mehr Interesse für Ihre Jerseykühe als für das Schicksal dieser armen hilflosen Sklaven!«

»Ihr Schicksal geht mich nichts an.«
»Halten Sie Lincoln für einen großen Mann oder nicht?«
»Ich habe niemals über ihn nachgedacht.«
»Denken Sie überhaupt jemals nach, Kapitän Whiteoak?«
»Wenn ich's vermeiden kann, nicht. Ich überlasse es meiner Frau.«
»Es wäre naheliegend, mit Ihnen zu streiten ... aber ich bin nicht hergekommen um zu streiten, Sir. Ich kam, um Mrs. Sinclair einen Brief zu bringen. Unterwegs traf ich Tite Sharrow und übergab ihm das Schreiben mit dem ausdrücklichen Auftrag, ihn der Dame selbst in die Hand zu geben. Nun wollte ich bloß hören, ob er es getan hat.«
»Freilich hat er's getan.«
»Das ist gut. Ich gab ihm einen Yorker Shilling dafür. Ich finde, damit ist er gut bezahlt, also lassen Sie sich nicht von ihm eine ›Belohnung‹ herausleiern.«
»Nein, keinesfalls«, sagte Philip.
»Ich nehme an, Mrs. Sinclair ist überglücklich durch diese Nachricht.«
»Das ist sie – und auch die Sklaven sind außer sich vor Freude.«
»Vielleicht sagen Sie ihr, daß sie den Brief durch mich erhielt.«
»Dafür werde ich sorgen«, erwiderte Philip lakonisch.
Sie trennten sich. Zur gleichen Zeit kehrte der Halbindianer zu Wilmotts Haus zurück; er hatte den gewundenen feuchten Pfad gewählt.
Tite war recht fröhlich und bemerkte beim Eintreten: »Ich hoffe, Chef, Sie sind so froh darüber, daß ich heimkomme, wie ich darüber, daß ich wieder da bin.«
»Das bin ich allerdings«, sagte Wilmott, »denn du hast eine heillose Wirtschaft zurückgelassen. Nichts ist in Ordnung – jeder Topf, jede Pfanne ist schmutzig, kein Kleinholz zum Feuermachen ist da. Wo bist du gewesen?«
»Ich habe meine Großmutter besucht, Chef. Ich wäre schon eher zurückgekommen, aber sie war sehr krank, als ich kam – und hatte niemanden, der sich um sie kümmerte. Auf dem Heimweg traf ich Mr. Busby, der mir anvertraute, daß er einen Brief für Mrs. Sinclair habe, mit dem Inhalt, daß ihr Mann noch am Leben sei. Mr. Busby scheute sich, ihr den Brief selbst zu bringen ...«
»Warum?« unterbrach ihn Wilmott.
»Ich weiß es nicht, Chef – aber er scheute sich davor. Er gab mir einen Yorker Shilling, damit ich ihn nach Jalna brächte.« Tite zog die Münze aus seiner Tasche und betrachtete sie nachdenklich. »Es ist nicht viel – aber genug, um ein gutes Collegeheft zu kaufen, wenn mein Studium wieder beginnt. Ich glaube, es ist besser, wenn ich das Geld hier auf den Uhrenständer lege, sicherheitshalber. Dann werde ich Ihr Lunch bereiten. Ich fürchte, Sie essen nicht genug, wenn ich nicht hier bin.«

Wilmotts Stimme krächzte vor Mitleid mit sich selbst. »Ich habe keine einzige anständige Mahlzeit gehabt!« sagte er.
Sehr bald hörte er aus der Küche das Geräusch einer großen Geschirrwäsche, und dann drang der Geruch gebratener Würste und das Aroma von frischem Kaffee herein. Tite breitete ein reines Tischtuch aus und deckte für zwei. Wilmott zog sich einen Stuhl heran, sein bewegliches Gesicht sprach sowohl von Ärger wie von Hunger. »Das ist ja eine tolle Mahlzeit, die du mir da bereitet hast«, sagte er und betrachtete die sechs Würste und den Berg knuspriger Bratkartoffeln.
»Die Würste sind aus reinem Schweinefleisch – das sind die einzigen wirklich guten«, sagte Tite, »und die Bratkartoffeln sind schon von der diesjährigen Ernte; darf ich Ihnen dazu ein paar reife Tomaten anbieten, die ich in Jalna beim Vorbeigehen von einem Tomatenbeet mitgenommen habe. Und eine Tasse Kaffee – der Rahm ist dick wie Pudding, Chef!«
Wilmotts Wohlbehagen war bald wieder hergestellt. Kein Zweifel, Tite verwöhnte ihn – wie er, trotz all seiner Bedenken, Tite duldete ... Nun bemerkte das Halbblut: »Ich habe ein sehr interessantes Leben, Chef. Jeden Tag widerfährt mir etwas Merkwürdiges. Ich langweile mich nie. Ich finde immer etwas zu tun. Gleich nach dem Lunch werde ich die fette Gans rupfen, die in der Küche hängt.«
Ein wenig später kam er zu Wilmott und hielt ihm die Gans unter die Nase. »Würden Sie sagen, Chef, daß diese Gans stark riecht?«
Wilmott schnupperte und rief entsetzt: »Bring sie weg! Sie stinkt ja fürchterlich!«
Tite roch an dem Leichnam – anscheinend mit Hochgenuß.
»Sie riecht ziemlich stark«, bestätigte er.
»Bring sie hinaus und grabe sie ein«, befahl Wilmott.
Als er jedoch später in die Küche kam, saß Tite auf einem Schemel und rupfte die Gans. »Es wäre ein Jammer, die schönen Federn zu verschwenden, Chef«, erklärte er. »Und der Gestank – es ist erstaunlich, wie schnell man sich daran gewöhnt.«
»Ich nicht!« sagte Wilmott und warf die Tür zu.
Kurz darauf saßen sie beide behaglich in dem Flachboot, das immer an der kleinen Werft angebunden auf sie wartete. Tite ruderte gemächlich, während Wilmott auf einem alten ausgebleichten Kissen hinten im Boot ruhte. Er warf Stücke von der Gans als Köder aus. Der Fluß war glatt wie Glas. In der Spur des Bootes schaukelten die bunten Weidenblätter, die auf dem Wasser trieben. Geheimnisvoller Vogelgesang erfüllte die Luft, ohne daß die kleinen Sänger zu sehen waren. Sie hatten sich im Herbstlaub versammelt und verkündeten ihre baldige, gefährliche Reise nach dem Süden. Aber die Eichelhäher und andere Vögel, die hierbleiben wollten, breiteten die Flügel aus und flogen

unbekümmert zum Fluß; ihr Bild spiegelte sich im glasklaren Wasser, das nun bald zu Eis werden würde.
»Ich denke noch immer darüber nach, wie interessant mein Leben ist, Chef. Fast jeden Tag erlebe ich etwas ganz Unerwartetes. Und wenn ich wirklich einmal Probleme habe, so werden sie immer irgendwie für mich gelöst. Finden Sie nicht auch, Chef?«
»Dann kannst du von Glück sagen«, antwortete Wilmott.

Die Abreise

Von der Stunde an, da sie den Brief von Curtis Sinclair empfangen hatte, zitterte Lucy förmlich sichtbar vor ständiger gespannter Erwartung. Sie brachte es nicht fertig, sich ruhig hinzusetzen und etwas zu tun – sie machte nicht einmal Vorbereitungen für die ersehnte Reise nach dem Süden, die, wie sie dachte, unmittelbar bevorstand. Sie befahl Cindy und Annabelle, all ihre Kleider auszulegen, die plissierten Unterröcke, die spitzenbesetzten Hemden und Nachtkleider, damit alles in Ordnung gebracht werde – aber wenn sie dann den ganzen Putz betrachtete, wurde sie völlig verwirrt und hieß die Frauen alles wieder wegräumen. Sie machte sich ständig Geldsorgen und überzählte immer wieder, was ihr geblieben war, weil sie die Summe vergaß, die sie Tite Sharrow gegeben hatte. Sie schlief schlecht und erwachte schluchzend aus Angstträumen, in denen sie ihren Gatten mit der Schlinge um den Hals gesehen hatte. Cindy schlief jetzt auf einer Matratze auf dem Boden von Lucys Zimmer. Wenn das Weinen ihrer Herrin sie weckte, stimmte die Negerin in ihren Jammer ein. Dann wurde auch Belle im Nebenzimmer wach, und das laute Gespräch und die Klagen der Sklavinnen weckten die Kinder. Adeline und Philip, die im Erdgeschoß schliefen, hörten es nicht, wohl aber Nero, der außen vor ihrer Tür schlief; er stapfte die Treppen hinauf, sah mit sichtlicher Mißbilligung in die Zimmer der Gäste, protestierte mit einem tiefen, kehligen ›Wuff, wuff!‹ und kehrte nach unten zurück.
Das Leben der drei älteren Kinder war seltsam bunt geworden durch den unregelmäßigen Zustand des Haushaltes. Sie waren kaum ›unter Aufsicht‹ und taten, was ihre ziellosen Regungen ihnen gerade eingaben. Sie zogen an, was sie wollten, und aßen, was und wann es ihnen beliebte. Sie (genauer: Augusta und Nicholas) hatten ein Spiel erfunden – eine Art Serienspiel –, in welchem sie die Rollen Elisabethanischer Abenteurer, Entdecker oder auch Seeräuber spielten. Nicholas spielte meistens Sir Francis Drake, gelegentlich auch Walter Raleigh, Augusta aber blieb getreulich bei der einmal erwählten Rolle des Sir Richard Grenville. Da es für Ernest keine besondere Rolle gab, mußte er alle Farbigen der neuentdeckten fremden Länder darstellen, dazu noch die Spanier

der Armada. Er stürzte sich mit größter Begeisterung in diese verschiedenen Aufgaben, führte Kriegstänze auf und verschacherte sein Land für ein paar Glasperlen oder ließ sich zum Christentum bekehren, je nachdem das Spiel des Tages es verlangte. Soeben war Sir Richard Grenville von den Spaniern gefangen worden. Er (verkörpert durch Augusta) stand auf dem Deck seines Flaggschiffes. »Endlich ist der alte Sir Richard gefangen!« Nicholas zitierte in seinem schönsten Pathos:

»Sie priesen seine Tapferkeit
mit ihrer fremden Höflichkeit ...«

fiel aber dann in Prosa zurück und befahl Ernest: »Du bist die Spanier. Los, jetzt mußt du ihn preisen!«
Prompt deklamierte Ernest: »Ihr getan sehr gut, Muscha!«
»Man höre sich das an!« rief Nicholas. »›Ihr getan sehr gut!‹ – würde jemals ein vornehmer Spanier so sprechen?!«
»Er muß doch gebrochen sprechen, nicht wahr?« verteidigte sich Ernest.
»Ja, das ist aber nicht gebrochen, das ist einfach schlechte Grammatik. Außerdem würde kein Spanier Muscha sagen. Muscha ist doch französisch. Ein Spanier würde Señor sagen.«
»Señor ... au Backe!« wiederholte Ernest verdrießlich. Er hatte das Gefühl, zu viel kritisiert zu werden.
Während dieses Wortwechsels hatte Sir Richard edel und hochmütig auf dem Deck der spanischen Galleone gestanden.
Jetzt brachte Ernest – er wußte, wenn er die beiden nicht befriedigte, würden sie ihm seine Rolle wegnehmen – mit großer Deutlichkeit hervor: »Wohl habt ihr getan, edler Señor!«

»Ich focht für Land und Königin – ein echter Rittersmann,
Ich hab nur meine Ehrenpflicht, wie mir's geziemt, getan.
Ich, Richard Grenville, frohen Herzens endlich sterben kann ...«

Mit diesen Worten fiel Augusta der Länge nach zu Boden. Ihr schwarzes Haar lag auf dem Axminsterteppich ausgebreitet. Ernest betrachtete ihre hingestreckte Gestalt mit einiger Besorgnis.
»Sie ist tot«, verkündete er.
»Du kleiner Idiot!« Nicholas betrachtete den Jüngeren verachtungsvoll. »Sie spielt den Sir Richard eben so, wie er gespielt werden muß. Und nun bist du dran – du mußt die Leiche aufheben und ›mit Ehren in des Meeres Tiefen‹ versenken.«
Ernest legte energisch Hand an Augusta. Ächzend fragte er: »Wo sind ›des Meeres Tiefen‹?«

»Am Rand des Teppichs. Los, hieven! Hola . . . hopp!«
Augusta lag mit über der Brust gefalteten Händen still. Aber so sehr sich Ernest plagte – er konnte sie nicht in die Tiefen versenken. Sein Gesicht war dunkelrot vor Anstrengung. Sein Mund zitterte. In einem plötzlichen Wutanfall schrie er: »Verdammt – ich kann's nicht, ich kann's nicht, und der Teufel soll mich holen, wenn ich mich weiter abplage!«
Augusta stieg aus den Tiefen empor. Sie nahm ihn fest bei der Hand und führte ihn in ihr eigenes Zimmer.
»Schmier' ihm eine!« rief ihr Nicholas nach.
Augusta schloß die Tür hinter sich. »Warum mußt du beharrlich so ordinäre Ausdrücke gebrauchen?« fragte sie.
»Ich weiß nicht . . .«
»Vielleicht weil du eine so ordinäre Sprache liebst?«
»Nein.«
»Von wem hast du solche Worte überhaupt gehört?«
»Von Mama.«
Augusta machte ein nachdenkliches Gesicht. »Erwachsene Damen gebrauchen manchmal, wenn sie sehr aufgeregt sind, eine nicht ganz passende Sprache . . . aber das ist kein Grund für einen kleinen Jungen, dasselbe zu tun.«
»Ich war kein kleiner Junge, als ich's gesagt hab. Ich war ein Spanier.«
Gussies Gesicht blieb streng. »Aber du kannst nicht leugnen, daß du einen Hang dazu hast, ordinäre Ausdrücke zu gebrauchen?«
»Mr. Madigan sagt, es ist besser, alles zu leugnen.«
»Ernest?«
»Ja, Gussie?«
»Hältst du Mr. Madigan für besser als unsern Prediger Mr. Pink?«
»Jedenfalls hör' ich Mr. Madigan viel lieber sprechen.«
»Sprechen ist nicht predigen. Eine Predigt ist kein Gespräch. Predigten sind dazu da, daß man ihnen ernsthaft zuhört.«
Nicholas kam hereingestapft, er rief: »Es hat aufgehört zu regnen – ich geh jetzt spazieren. Kommt ihr mit?« Sie hörten ihn die Treppe hinunterpoltern.
»Ernest«, sagte Gussie, »kannst du mir versprechen, daß du dir Mühe geben wirst, nicht so ordinäre Worte zu gebrauchen?«
»Das versprech' ich dir!« sagte er inbrünstig.
Sie flogen förmlich die Treppe hinunter, um Nicholas einzuholen. Ehe Ernest ihr folgte, ging er zunächst in das Zimmer, das Lucius Madigan bewohnt hatte. Er zog die kleinste Schublade der Kommode auf und blickte hinein auf das Bündel schöner Leinentaschentücher. Jedes hatte in einer Ecke ein M eingestickt. Man hatte ihm verboten, sie anzurühren, aber jetzt hatte er sich entschlossen, sich eins davon zu nehmen, weil ihm die Nase ein wenig lief, was sie gewöhnlich tat. Er betrachtete prüfend den Buchstaben in der Ecke.

Wenn er das Ding einfach umdrehte, wurde das M zu einem W – das war sein eigener Anfangsbuchstabe. Er trug das Taschentuch erst in Augustas Zimmer und beträufelte es dort reichlich mit Wohlgeruch aus einer Flasche, die Mrs. Lacey ihr zum Geburtstag geschenkt hatte. Dann hörte er, wie Nicholas nach ihm rief. Leichtfüßig lief er die Treppe hinunter. Der kleine Philip trippelte durch die Diele, er zog ein Holzpferdchen auf Rädern hinter sich her. Er kam sofort auf Ernest zu. »Mich auch gehen«, bettelte er.
»Nein. Du bist zu klein. Ich will spazierengehen.«
»Mich auch gehen. Mich großes Junge.«
»Großes Junge – au Backe!« sagte Ernest.
Aber der Kleine klammerte sich beharrlich an Ernest. »Baby mitnehmen!« bettelte er wieder, und seine rosa Händchen waren überraschend stark.
»Hol mich der Teufel, wenn ich dich mitnehme!«
Als er merkte, daß er wieder die ›ordinären Worte‹ gebraucht hatte, schlug Ernest die Hände vor den Mund und lief aus dem Haus.
Einen Augenblick sah ihm der kleine Philip nach, dann hob er die kindliche Stimme, schrie: »Luciii! Luciii!« und begann, die Stufen hinaufzukrabbeln.
Lucy kam herbeigelaufen, um ihn in die Arme zu nehmen und in ihr Zimmer zu tragen. Tatsächlich betete sie den Kleinen an und tat alles, was in ihrer Macht stand, um ihn gründlich zu verwöhnen. Aber er war von Natur aus so gutartig, daß er trotzdem sein herzgewinnendes Wesen behielt. Am meisten von allen Bewohnern des Hauses liebte er das Negerbaby Albert. Er brauchte Albert nur zu sehen, um in lautes, glückliches Gelächter auszubrechen. Er liebkoste ihn leidenschaftlich und preßte sein rosiges Gesichtchen gegen das ebenholzschwarze Köpfchen. Wenn Albert weinte, erhob Philip ein mörderisches Geschrei.
Er liebte die unbeschreibliche Unordnung in Lucy Sinclairs Zimmer, wo er alles anfassen durfte, was er wollte, wo er sich unter dem Bett versteckte, wenn das Kindermädchen ihn holen kam. Dieses Kindermädchen war ein dralles Landkind, das ständig in Fehde mit den Negern lag. Sie hatte noch andere Pflichten als die Beaufsichtigung des kleinen Philip, den sie darüber oft vernachlässigte. Dennoch ärgerte es sie zu sehen, daß er die Schwarzen lieber mochte, und manchmal gab sie ihm einen kräftigen Klaps, wenn er seine Vorliebe allzudeutlich zeigte. Das tat sie ungeniert vor den Negern, die dann anfingen, sie zu beschimpfen und sogar versuchten, ihr den Kleinen mit Gewalt fortzunehmen.
Eben jetzt war dieses Mädchen, Bessie, auf der Suche nach ihm. Als Philip im Gang seinen Namen rufen hörte, kroch er ohne Zögern unter Lucys Bett. Inzwischen erschien Bessie in der offenen Tür.
Sie hatte keine geschliffenen Manieren, sondern blökte ziemlich derb: »Haben Sie was von Philip gesehen?«

»Nein, ich habe ihn nicht gesehen«, antwortete Lucy freundlich. »Ich wette, er ist den andern nach draußen nachgelaufen. Er hat noch keinen Verstand, und sie haben auch keinen Verstand. Sie werden alle naß werden wie die Wasserratten.«
Als sie gegangen war, kroch Philip unter dem Bett hervor, lief zu Lucy und umarmte sie. Er begriff schon recht gut, daß sie gelogen hatte, um ihn zu beschützen. »Luciii – Luciii«, wiederholte er und streichelte sie, »gib Baby Toffee.« Sie schob ihm ein Toffeebonbon in den Mund, und er lief zum Fenster, um zu sehen, wie Bessie ihn suchen ging.
Nun kam Jerry ins Zimmer. »Ich habe über all das Geld nachgedacht, das Massa dagelassen hat«, sagte er. »Soll ich's nicht mal nachzählen, Missus, und sehen, ob alles da ist?«
Er ging direkt auf die Schublade zu, in der die Brieftasche lag. Lucy rief schnell: »Es ist alles da, Jerry. Ich habe es gestern erst nachgezählt.«
Aber er ließ sich nicht zurückhalten. Er nahm die Brieftasche heraus.
»Missus«, rief er starr vor Schrecken, »da sind zweihundert Dollar weg! Oh, mein Gott . . . es ist gestohlen!«
»Mach nicht solchen Lärm«, bat sie, und fügte gelassen hinzu: »Ich habe das Geld Tite Sharrow gegeben, der mir den Brief gebracht hat.«
Jerry brach in lautes Geheul aus. »Lieber Gott, lieber Gott! Was soll jetzt aus uns werden! Wir werden niemals heimkommen!«
»Wir werden Geld genug haben«, sagte Lucy.
»Ach, dieser Indianer!« schrie Jerry. »Warum hab ich ihn nicht mit meinem Messer aufgeschlitzt! Aber jetzt tu ich's! Warten Sie nur!«
Der kleine Philip trudelte auf Jerry zu. »Nicht schreien, Mann! Nimm Baby spazieren!« Er klatschte erwartungsvoll in die Hände.
»Eine gute Idee«, sagte Lucy. »Das Kindermädchen sucht ihn, und er will sich nicht finden lassen. Nicht wahr, Herzchen?« Sie liebkoste ihn zärtlich.
»Oh, wie ich diese Bessie hasse. Sie ist gemein zu dem kleinen Jungen. Wir lassen uns nicht einfangen, was, Baby?«
Jerry nahm ihn auf den Arm, und bald konnte man ihn in Richtung der Ställe abmarschieren sehen, das Kind auf der Schulter. Philip hielt sich in Jerrys Wollhaar fest.
Lucy Sinclair versuchte vergeblich, etwas Ordnung in ihre Besitztümer zu bringen. Sie hatte das Gefühl, ihr Mann könne sie jeden Augenblick rufen lassen. Aber je mehr Energie sie in die Vorbereitungen zur Abreise steckte, um so größer wurde die Verwirrung. Cindy und Belle wuschen, bügelten, nähten und flickten unaufhörlich, trugen Bündel treppab und treppauf, packten Portmanteaux ein und wieder aus und machten das Chaos von Tag zu Tag chaotischer. Die Streitereien in der Küche wurden so häufig und lärmend, daß man nicht darüber hinweggehen konnte. Cindy war das Opfer häufiger

Weinkrämpfe, denn sie war immer mehr überzeugt, daß ihre Familie im Süden von den Yankees ermordet worden war oder daß sich ihr Ehemann eine neue Frau genommen hatte. Jerry drängte Annabelle hartnäckig, ihn zu heiraten, und sie verschob ihre Antwort ebenso hartnäckig von einem Tag zum andern. Um es milde auszudrücken: Jalna stand auf dem Kopf.
Wie ein Blitz kam plötzlich von Curtis Sinclair die Nachricht, seine Frau möge sich unverzüglich zu ihm begeben. Er schrieb ihr aus der Plantage seines Vaters. Eine verläßliche Eskorte würde sie und ihre Diener an der Grenze in Empfang nehmen und Reisegeld mitbringen. Auf den ausbrechenden Jubel folgte ein unbeschreibliches Tohuwabohu, bis Adeline die Angelegenheit in die Hand nahm. Mit Genauigkeit und Ordnungssinn überwachte sie das Pakken und ließ Cindy und Annabelle die durchbrochene, reichbestickte Wäsche Lucys waschen und bügeln. Das Souterrain roch nach dampfenden Waschlaugen, das Waschbrett rumpelte unaufhörlich. Die Rücken über die Waschfässer gebeugt, die Knöchel fast durchgerieben von dem gewellten Waschbrett erhoben sie ihre Stimmen zu Freudengesängen. Lucy Sinclair machte trotz Philips Protest der ganzen Familie übertrieben kostbare Geschenke. Adeline bekam eine Perlenkette, Augusta einen Mondsteinring, den das junge Mädchen – Lucy bewirkte die Erlaubnis der Eltern – gleich tragen sollte, Nicholas schenkte sie eine goldene Uhr mit Kette, Ernest einen goldenen Federhalter, und dem Baby Philip eine türkisbesetzte Nadel, um sein Lätzchen damit festzustecken. Lucy lag stundenlang wach, um sich für ein Geschenk für Kapitän Whiteoak zu entscheiden. Schließlich bot sie ihm einen Curtis Sinclair gehörenden Ring mit einem prachtvollen Rubin als Geschenk.
»Nein, nein meine liebe Mrs. Sinclair! Das kann ich nicht annehmen! Zunächst ist er viel zu großartig für mich. Ich trage, wie Sie sehen, nur einen Siegelring mit dem Wappen meiner Familie. Er hat meinem Vater gehört. Und zweitens wird Ihr Mann Sie sehr bald, wenn Sie wieder bei ihm sind, nach dem Ring fragen.«
»Er würde begeistert sein, wenn er wüßte, daß ich ihn Ihnen gebe.«
»Das bezweifle ich.«
»Dann werde ich ihm sagen, daß ich ihn verloren habe.«
Aber Philip wollte kein Geschenk annehmen. Zu Adeline sagte er: »Lucy ist eine kleine Lügnerin ... aber ich glaube, alle Frauen belügen ihren Ehemann.«
Als die Erregung des Abschiednehmens ihren Höhepunkt erreicht hatte, beschloß Annabelle plötzlich, daß sie Jerry heiraten und mit ihm als seine Frau nach dem Süden gehen wolle; sie würde sich sicherer fühlen, wenn sie als verheiratete Frau reiste, denn sie hatte schreckliche Geschichten über die Attakken der Yankees auf junge Mädchen gehört. Sie wünschte, daß der Negerprediger die Trauung vornehme, der noch immer regelmäßig seine Betstunden und Andachten abhielt. Es verging kaum eine Woche, ohne daß sich einige

Neger mehr zu seiner Gruppe gesellten, Nachzügler, die irgendwie aus dem Nichts auftauchten, aber immer willkommen geheißen wurden. Elihu Busby tat viel, um für sie Obdach und Arbeit zu finden. Er war sogar großzügig mit seinem Geld.

Die Trauung sollte nach der mittwöchigen Andacht stattfinden; alles war entsprechend angeordnet. Adeline Whiteoak gab der Braut ein weißes Musselinkleid mit einer breiten, gefältelten Schärpe. Sie trug einen Strohhut mit roten und gelben Blumen garniert. Jerry hatte zum erstenmal in seinem Leben einen gestärkten Kragen um, so hoch, daß er ernstlich darunter litt. Dennoch trug er ihn als stolzer Mann. Die anwesenden Negerfrauen trugen grellbunte Schals, und wenn sie nichts dergleichen besaßen, hatten sie rote Decken um die Schultern gelegt. Es war die erste Hochzeit, die in ihrer neuen Gemeinde stattfand. Sie zeigten ihre Freude durch schallendes Singen der Choräle, Fußstampfen und Händeklatschen. Später gaben ihnen die Whiteoaks ein kleines Festessen.

Für Philip und Adeline Whiteoak waren diese letzten Tage des langen Besuchs ihrer Gäste aus dem Süden eine harte Prüfung. Es war, als würde der Tag ihrer Abreise niemals kommen. Aber endlich dämmerte der ersehnte Morgen, klar und mit frischem Wind. Philip würde Mrs. Sinclair, ihre Bedienten und ihr Gepäck zur Bahnstation fahren, wo Mr. Tilford – ein Mann aus den Staaten, der seit Jahren in Neu-England lebte – sie in Empfang nehmen sollte. Mr. Tilford war ein einflußreicher Mann, ein zuverlässiger Begleiter für Lucy Sinclair bis zu dem Ort, wo sie ihre Verwandten treffen würde.

Als der große Wagen auf dem Kiesweg vor der Haustür stand, winkte ihr Adeline, von ihren Kindern umgeben, von der Veranda aus Lebewohl zu. Sie hatte die Perlenkette umgelegt, die Lucy ihr geschenkt hatte, obwohl sie nicht zu ihrem einfachen Alltagskleid paßte – sie wollte damit zeigen, wie hoch sie die Gabe schätzte. Gussie hielt die Hand hoch, an der der Ring mit dem Mondstein schimmerte. Nicholas stand kerzengerade, die goldene Uhr in der Tasche seines Jacketts, die Kette quer über der Brust. Ernest tat, als schreibe er mit seinem goldenen Federhalter eine Botschaft in die Luft. Baby Philip warf Kußhändchen, die Lucy Sinclair Tränen entlockten.

»Lebt wohl!«

»Lebt alle wohl!«

Die liebevollen Worte hallten zwischen den fallenden Blättern wider.

Als die Whiteoaks sich seinerzeit in Jalna niedergelassen hatten, schickte ihnen Philips Schwester ein Ehepaar als Gärtner und Köchin, die Coveyducks. Dieses freundliche Paar war jahrelang der Hauptpfeiler des Whiteoak'schen Haushalts gewesen, ließ sich aber überreden, nach Manitoba zu gehen, wo es Verwandte hatte, die, wie sie schrieben, viel mehr Geld verdienten, als dies je in Ontario möglich sei, und dadurch in jeder Beziehung besser lebten. Nun plötzlich,

genau am Tage von Lucy Sinclairs Abreise, tauchten die Coveyducks wieder in Jalna auf und fragten, ob sie ihre alten Posten wiederhaben könnten. Das war eine so glückliche Überraschung, daß Adeline Mrs. Coveyduck entzückt umarmte und Mr. Coveyduck auf den Rücken klopfte. Es war ein sommerlicher Tag. Adeline küßte jedes ihrer Kinder und trug den kleinen Philip in die Küche im Souterrain. Mrs. Coveyduck hatte ihn noch gar nicht gesehen. »Oh, was für ein kleiner Schatz!« rief sie und streckte ihm die Arme entgegen. »Willst du zu mir kommen, Liebchen?«
Philip wollte zu jedem, ohne Ansehen der Farbe, Fremdheit oder Vertrautheit. Er nahm Mrs. Coveyduck sofort in Besitz. Das Ehepaar war glücklich, wieder in Jalna zu sein. Es hatte genug von den Härten des westlichen Lebens. Beide waren dünner und älter geworden und hatten ihre frischen Farben verloren. Aber sie waren voll Energie, und kaum hatten sie ihre Koffer ausgepackt, als sie sich schon ans Werk machten, die alte Ordnung wiederherzustellen. Von Zeit zu Zeit rief Mrs. Coveyduck aus, niemals, niemals in ihrem Leben habe sie eine so schmutzige Küche und Speisekammer gesehen. Und sie würde nicht ruhen, bis sie nicht mit Bessies Hilfe das Haus vom Giebel bis zum Keller gründlich saubergemacht habe. Adeline konnte Philips Rückkehr kaum erwarten – sie mußte, mußte ihm sofort das krönende Ereignis dieses wundervollen Tages erzählen und ihm wie ein Zauberkünstler die wiedererschienenen Coveyducks vorführen! Den ganzen Tag lief sie singend durchs Haus, manchmal sang sie sogar richtig, meist aber ein bißchen falsch.
Gegen Abend wurde sie ängstlich – ob Philip einen Unfall gehabt hatte? Warum kam er so spät? Die Kinder warteten am Tor, um ihn zu begrüßen. Die Tage wurden kürzer – bald würde es dunkel sein. Ein Käuzchen fing an zu rufen. Kalter Wind raschelte in dem sterbenden Laub.
Adeline wollte gerade zum Tor gehen, um nachzusehen, warum die Kinder so lange blieben – wirklich, sie hätte sie strafen müssen! Natürlich würde der kleine Ernest sich wieder einmal einen Schnupfen holen.
Plötzlich hörte sie sie laufen, und gleich darauf auch den Hufschlag der Pferde. Nicholas erschien als erster. Er war außer sich vor heller Aufregung.
»Sie kommen!« rief er.
»Dein Vater?«
»Nein . . . sie alle! Sie sind wieder zurück!«
Jetzt tauchten aus dem Zwielicht der große Wagen und die Pferde. Der Wagen war genauso voll, wie er morgens weggefahren war. Jerry sprang heraus und nahm die Pferde beim Zaum. Sie waren unruhig, hungrig auf ihr abendliches Futter.
»Was ist passiert?« rief Adeline.
»Nichts.«
»Nichts? Warum kommt ihr dann zurück?«

»Weil wir nicht erwartet wurden. Niemand war da. Der Stationsvorsteher ließ den Zug halten, bis ich alle Abteile durchsucht hatte. Sechs Stunden später kam der nächste Zug. Wir hatten inzwischen im Wartesaal gut gegessen. Du kannst dir Mrs. Sinclairs Enttäuschung vorstellen. Der zweite Zug kam. Dasselbe Malheur. Also mußte ich sie wieder mit zurückbringen. Ich weiß wahrhaftig nicht, was, zum Teufel, ich denken soll!«
Während dieses Berichtes stand Jerry wie eine Ebenholzstatue am Kopf der Pferde. Cindy und Belle, erschöpft von der Aufregung, hatten sich in ihren Schals fast verkrochen. Das schwarze Baby schlief. Lucy Sinclair aber fesselte Adelines faszinierten Blick. Lucy, die sich immer wohlig und träge in den Polstern räkelte, saß bolzengerade. Polster gab es genug – aber sie saß wie aus Stein geschnitten, eine starre, tragische Gestalt. Als Philip ihr aus dem Wagen half, ging sie steif an ihm vorbei, stieg die Treppe zur Veranda hinauf und sagte aus bleichen, zusammengepreßten Lippen zu Adeline: »Ich werde meinen Gatten nie wiedersehen. Jetzt weiß ich, daß er tot ist. Ich bin fest davon überzeugt.«
Adeline versuchte sie zu umarmen, aber die Arme hingen ihr matt herunter. Ihr Gesicht war ein Bild äußerster Bestürzung. Ihre Phantasie war erfüllt von der Vorstellung, wie die Coveyducks und die Schwarzen sich um die Vorherrschaft im Souterrain stritten. Die Zunge klebte ihr am Gaumen. Als Cindy und Annabelle sich aus dem Wagen herausarbeiteten, konnte sie nur zu ihnen sagen: »Helft eurer Herrin zu Bett. Bringt ihr etwas zu essen.« Lucy Sinclair und ihre Sklavinnen verschwanden im Haus. Die Statue – alias Jerry – sprach jetzt. »Die Annabelle ist meine Frau«, sagte er, »und ich war noch nicht mit ihr zu Bett.«
Mit einer Handbewegung befahl ihm Philip: »Setz dich in den Wagen und fahre zu den Ställen. Sag dem Pferdeknecht, daß er die Pferde füttert und sie frisch bettet.«
Mit offenem Munde tranken die Kinder jedes Wort. Jetzt sprach Ernest: »Betten – au Backe!« Aber ob er Jerry oder die Pferde meinte, wußte niemand. Und so ging die Bemerkung ziemlich unbeachtet vorbei.
Nicht aber das, was Nicholas sagte.
Mit einem Blick tiefster Besorgnis fragte er seine Mutter: »Müssen wir jetzt, wo sie wieder da ist, unsere Geschenke zurückgeben?«
Die ungekünstelte Frage löste den Bann, der auf Adeline gelegen hatte. »Jämmerlicher Bursche!« rief sie. »Unwürdiger, undankbarer kleiner Schuft! Denkst du an niemand anderen als an dich selbst?!«
»Ich denke an uns alle, die wir die Geschenke bekommen haben«, erwiderte Nicholas unerschrocken.
Sie lief die Stufen herunter, aber er entwischte ihr. »Philip!« rief sie, »halt ihn fest. Gib ihm seine Tracht Hiebe!«

»Nein – es war nur eine recht natürliche Frage«, antwortete Philip. »Aber bei der Wendung, die die Dinge genommen haben, müssen wir ihr anbieten, ihr die Geschenke zurückzugeben, meine ich. Mrs. Sinclair wird all ihre Mittel brauchen.«
Adeline riß sich vorsichtig die Perlenkette vom Hals und warf sie ihm zu. »Nimm sie – nimm sie nur! Dir ist's ja recht, wenn ich keinen Lohn habe für diese langen Monate geduldiger Selbstaufopferung – nichts als Rückenschmerzen und Magenkrämpfe!« Wie immer in Augenblicken hochgespannter Gefühle verfiel sie in ihren irischen Akzent.
Philip fing die Perlen geschickt auf.
»Ist es zu glauben!« rief sie. »Wenn jemand durch diese Heimsuchung gelitten hat, dann bin ich es!«
»Um Gottes willen, benimm dich wie eine Dame – wenn du kannst«, sagte Philip beschwörend.
»So ist's recht!« Adeline zischte förmlich. »Beschimpfe mich nur vor meinen armen unschuldigen Kindern!« Jetzt tropften ihr die Tränen über die blassen Wangen.
Nicholas fragte frei von der Leber weg: »Papa, muß ich die Uhr zurückgeben?«
»Es wäre das einzig Anständige, mein Junge.«
Nicholas' Augen füllten sich mit Tränen, aber er nahm die Uhr aus der Tasche und gab sie seinem Vater. Augusta zog den Mondsteinring von ihrem weißen Finger und legte ihn mit würdevoller Fügsamkeit in Philips Handteller. Ernest war im Gebüsch verschwunden, tauchte aber jetzt wieder auf.
»Nun – was ist mit dem goldenen Federhalter?« fragte Philip mit strengem Blick.
»Es tut mir leid, Papa«, sagte Ernest, »aber ich habe ihn verloren.«
»Was? Jetzt schon?«
»Ja, Papa.«
»Komm her!« sagte die Mutter.
Adeline öffnete die Arme weit für ihr Kind, und Ernest warf sich hinein.
Nie wird man erfahren, was für eine Familienszene daraus geworden wäre, denn Mrs. Coveyduck erschien auf der Bildfläche, sehr rot und sehr aufgeregt. Ohne lange Vorreden verkündete sie: »Coveyduck und ich ... wir gehen jetzt lieber.«
»Das ist der Tropfen, der das Faß zum Überlaufen bringt«, erklärte Adeline.
»Es tut mir leid um sie, Madam«, sagte die Köchin, »aber Coveyduck und ich, wir sind nicht gewohnt, mit Schwarzen zu arbeiten. Sie machen schon wieder eine Heidenwirtschaft in der Küche, die ich gerade geputzt hatte. Das neuvermählte Paar beansprucht das Schlafzimmer im Souterrain, das ich für meinen Mann und mich hergerichtet habe. Das ist mehr, als ein Mensch von

Fleisch und Blut ertragen kann. Diese Schwarzen sind eine mörderische Pest, wenn Sie mich fragen ...«

Der kleine Philip trudelte auf die Veranda und rief: »Köbbidöck! Köbbidöck!« warf sich auf sie und umklammerte ihre Knie.

Adeline sprach mit Würde: »Das Baby bewillkommnet Sie! Wir alle heißen Sie willkommen. Die Schwarzen werden nur noch eine kurze Zeit hier sein, während –«

Mrs. Coveyduck sagte bekümmert: »Sie sagten mir, ihr Massa sei tot.«

»Nein, nein. Er ist nur aufgehalten durch die Leute von Lincoln. Inzwischen benutzen Sie und Ihr Mann das hübsche Schlafzimmer im Giebel. Es ist freilich ein weiter Weg von dort zum Souterrain, aber es wird wirklich, wie ich schon sagte, nur für eine kurze Zeit sein. Versuchen Sie, die Schwarzen solange zu ertragen. Wenn Sie wüßten, wie müde und abgespannt ich bin, würden Sie mich nicht im Stich lassen!«

Die Coveyducks ließen sich überreden, zu bleiben. Die Neger ergriffen wieder Besitz vom Souterrain. Lucy Sinclair ging herum wie in einem melancholischen Trance. Als Philip ihr die Perlenkette, die goldene Uhr mit der Kette und den Mondsteinring zurückgeben wollte, weigerte sie sich zuerst – aber dann ließ sie sich überzeugen. Mit dem ersten Aufflackern ihrer eigentlichen Natur sagte sie nachdrücklich, wenn Sinclair jemals nach ihr schicken würde, müßten Adeline und die Kinder die Schmucksachen wieder von ihr annehmen.

Einige Tage später, als sie sich von der Anstrengung der vergeblichen Reise erholt hatte, teilte sie Philip mit, daß sie sich entschlossen habe, Jerry und Belle zu verkaufen. Sie waren ein gesundes, fleißiges junges Paar und würden einen guten Preis bringen. Kannte Philip jemanden hier in Kanada, der ihr die entsprechend hohe Summe bieten würde? Sie hatte die Tatsache, daß die Sklaverei abgeschafft war, noch nicht erfaßt.

Zehn Tage vergingen. Das Herbstwetter bedrohte die letzten spärlichen Blüten. Eine Schar Blaukehlchen sammelte sich im Garten, um nach dem Süden zu fliegen. Noch sangen sie ihre hübschen Lieder und zeigten stolz wie die Pfauen ihre schönen Farben.

Philip Whiteoak versuchte auf jede menschenmögliche Weise Nachrichten über Curtis Sinclair zu bekommen. Er erwog die Möglichkeit, für Lucy und ihr Gefolge ein kleines Haus zu kaufen. Auf keinen Fall durften die Dinge so weitergehen ... es gab Grenzen für das, was ein Mann ertragen konnte. Er pflegte dazusitzen, vor sich hinzubrüten und sich zu fragen, was der nächste Tag wieder bringen würde ...

Und dann geschah das Unerwartete. Von der Eisenbahnstation erschien in einem Mietwagen Mr. Tilford. Er war eine einflußreiche Persönlichkeit. Er kam mit Pässen und reichlichen Geldmitteln versehen, um Lucy nach Charleston zu bringen. Er war ein alter Freund der Sinclairs, ein angeheirateter

Verwandter von Lucys Familie. Seine Zeit war sehr knapp bemessen, und so mußte die Reisegesellschaft, die nach dem Süden wollte, schon am nächsten Tag Jalna verlassen.

Der Besuch ist vorbei

Mit der Ankunft von Mr. Tilford lief eine fast fieberhafte Aufregung wie ein Waldbrand durch Jalna. Sie verbreitete sich vom Keller bis zu dem Boden, von den Ställen und Scheunen bis zu beiden Häusern, in denen die Farmarbeiter wohnten. Jeder Mensch wußte, daß Mr. Tilford gekommen war, und daß die schöne Dame frühzeitig am nächsten Morgen zu der gefährlichen Reise aufbrechen würde, um ihren sonderbaren Gatten zu treffen. Die ganze Nachbarschaft wußte von der bevorstehenden Abreise. Alle waren sich darüber einig, daß der Ehemann, zu dem die Dame wollte, etwas Sonderbares an sich hatte. Mr. Tilford aber meisterte die Lage mit fatalistischer Ruhe. Er hatte wenig zu sagen zu Mrs. Sinclairs schrecklicher Enttäuschung, warum er sie bei ihrem ersten Versuch, nach dem Süden zurückzukehren, nicht abgeholt hatte. Er machte wenig Worte über die Zerstörung der Plantagen. Offensichtlich war er selbst nicht finanziell ruiniert. Er war ein gewiegter Geschäftsmann – noch ziemlich jung und keineswegs mit einer dunklen Zukunft vor sich. Seine Mutter stammte aus dem Norden, und durch sie und ihre Verwandten war er rechtzeitig in den Baumwollhandel mit England gekommen. Er zeigte in seinen Gesprächen mit den Whiteoaks keinen heftigen Parteigeist. Er wußte so viel, und die Whiteoaks und Lucy so herzlich wenig von der Lage in den Staaten, daß er es vorzog, die Ecken elegant zu umschiffen, statt in die Tiefen zu tauchen. Lucy Sinclair war zu den letzten Vorbereitungen in ihr Zimmer gegangen – sie bestanden darin, daß sie ihr Haar in Locken legte, kleine Dinge in einen kleinen Handkoffer packte und wieder herausnahm, ihren Dienerinnen gewisse Dienste befahl und dann höchst verwundert war, wenn sie sie ausführten. Ob die beiden in dieser Nacht ein Auge zutun würden, schien sehr fraglich. Auch die Whiteoaks hätten am liebsten die halbe Nacht geplaudert, aber Mr. Tilford brauchte notwendig etwas Ruhe. So führte man ihn um Mitternacht in sein Zimmer – er ging festen Schrittes und mit klarem Kopf, trotz dem vielen Scotch Whisky, den er verkonsumiert hatte. Die Whiteoaks hatten das Gefühl, einen ganz neuen Begriff von der Lage in den Vereinigten Staaten bekommen zu haben und die möglichen Resultate des Bürgerkriegs in jenem Land (und dementsprechend seine Zukunft) mit andern Augen zu sehen als bisher. Sie lagen noch lange wach und sprachen. Zuerst war es Philip, der auf eine Frage schwieg, die Adeline außerordentlich bedeutungsvoll fand. Sie wiederholte sie mit herrischer Stimme. Aber die Ant-

wort war nur ein gurgelndes Schnarchen. »Gefühlloser Klotz!« versuchte sie zu zischen, aber es kam nur ein leises Winseln aus ihrer Kehle, und als sie die Faust ballen und ihn schlagen wollte, war sie so müde, daß der Schlag als kleiner freundlicher Klaps landete.
Erst ein Klopfen an der Tür weckte sie wieder. Es war Mrs. Coveyduck mit dem ersten Morgentee. Die Uhr schlug gerade sieben. Vor dem Fenster kollerte ein Truthahn vor Freude über den indianischen Sommermorgen und breitete seinen prächtigen Schweif aus, damit ihn seine verschiedenen Frauen bewundern sollten, die auf ihren langen Beinen durch den betauten Rasen stelzten. Philip und Adeline setzten sich im Bett auf und fielen über den Tee und das dünngeschnittene, hausgebackene Brot her, das dick mit frischgemachter ungesalzener Butter geschmiert war. Gott sei Dank, die Coveyducks waren wieder im Dienst.
Dann klopfte es zum zweitenmal. Diesmal sehr leise und schüchtern. Immerhin machte die Not den Klopfenden tapfer, und er kam geradenwegs herein. Es war Ernest in seinem weißen Nachthemd mit der Halskrause.
»Hallo, junger Mann – warum überfällst du uns hier in aller Morgenfrühe?« fragte Philip.
»Ich habe einen Splitter in der Ferse«, sagte Ernest und begann sofort, zu seinen Eltern ins Bett zu steigen.
»Der Tee!« rief Adeline. »Vorsicht! Die Teekanne!«
»Komm auf der anderen Seite herauf, leg dich neben deine Mutter«, befahl Philip.
Ernest kroch auf Adelines Seite ins Bett. »Ich habe gleich eine Nadel mitgebracht. Gussie kann den Splitter nicht herauskriegen. Sie hat gesagt, ich soll zu euch gehen. Sie ist beinahe ohnmächtig geworden. Kann ich auch Tee haben?«
Adeline hielt ihm ihre Tasse an die Lippen. »Ach!« gurgelte er entzückt und bediente sich rasch mit einem Butterbrot.
»Ach, das ist herrlich!« seufzte er.
»Was? Einen Splitter im Fuß zu haben?«
»Nein – morgens den ersten Tee bei euch zu trinken.«
Philip fiel ein: »Beeil dich damit. Dann zieh ich dir den Splitter heraus.«
Allzuschnell war der Tee getrunken und das Butterbrot gegessen. Philip faßte Ernests rosigen Fuß und machte sich mit der Nadel an den Splitter. Ernest schrie.
»Aber, aber! Sei ein Soldat!« mahnte Philip.
»Es tut zuuu weh – ich halt's nicht aus!«
Philip sagte: »Du wirst es im Leben lernen: je mehr du zappelst, um so weher tut es! Halt still! Ah – da ist der Splitter schon!« Er hielt ihn auf der Nadelspitze hoch. »Bei so einem winzigen Ding so zu heulen!«

Ernest war begeistert. Er lief schnell nach oben, um Gussie den Splitter zu zeigen. Und von nun an ging der Morgen mit unglaublicher Geschwindigkeit vorüber. Im Eßzimmer wurde ein herzhaftes Frühstück aufgetragen, aber Lucy Sinclair war vor Aufregung außerstande, etwas zu essen. Dennoch hatte sie in dieser Nacht zum erstenmal seit der Nachricht von der Gefangennahme Curtis Sinclairs ruhig geschlafen. Zum Glück hatte Adeline ein ergiebiges Eßkörbchen für die Reisenden gepackt Lucy war sorgsam angekleidet und sah wirklich elegant aus, was eigentlich für die bevorstehende Reise gar nicht am Platze war. Wie im Traum sagte sie allen Lebewohl.

Mr. Tilford küßte Adeline die Hand. »Leben Sie wohl, verehrte Dame«, sagte er. »Mögen wir uns unter glücklicheren Umständen wiedersehen!« Mit leiserer Stimme fügte er hinzu: »Sie brauchen sich keine Sekunde um Mrs. Sinclair zu sorgen. Ich werde sie und ihre Dienerschaft sicher an den Ort ihrer Bestimmung bringen. Bedenken Sie auch, daß ich reichliche Mittel für jeden Notfall bei mir habe.«

»Reichliche Mittel!« Die Kinder schnappten diese Worte auf, und als Pferde und Wagen verschwunden waren, scharten sie sich um Adeline.

»Mama«, fragte Nicholas schmeichelnd, »hat Mrs. Sinclair uns die Geschenke wiedergegeben?«

»Gieriger, raffsüchtiger Bursche!« rief Adeline. »Wie kannst du in einem solchen Augenblick an Geschenke denken!? Natürlich hat sie sie nicht zurückgegeben.«

»Dann haben wir nichts für all unsere Mühe«, sagte Nicholas. »Sogar Ernest hat seinen goldenen Federhalter verloren.«

»Vielleicht finde ich ihn wieder«, bemerkte Ernest.

Augusta warf ihm aus ihren großen ernsten Augen einen langen Blick zu.

Philip hatte die Reisenden bis zur Bahnstation begleitet. Wie anders war diese Abreise verglichen mit der kürzlichen! Damals hatten Adeline und die Kinder Lucy tiefbewegt und seelisch gehoben von der Veranda aus Lebewohl zugewinkt und Kußhände zugeworfen. Sie hatten die schönen Gaben hochgehalten, um ihr zu zeigen, wie sehr sie sich darüber freuten. Dann hatten sie voll Vertrauen, daß alles gutgehen würde, Philips Rückkehr erwartet. Nun aber hatte Mr. Tilford alles in seine Hand genommen. Philip würde nur ein Zuschauer sein. Und doch wäre Adeline nicht im mindesten überrascht gewesen, wenn die ganze Gesellschaft mit ihm zurückkehrte.

Obwohl sie Mrs. Coveyduck vor dieser Möglichkeit gewarnt hatte, war diese mit leidenschaftlichem Eifer darangegangen, alle Spuren dieser Fremden, wie sie sie nannte, auszulöschen. Sie und Bessie scheuerten, polierten, fegten, entstaubten, rissen alle Fenster auf, um »den Geruch dieser Schwarzen« von dem böigen Wind wegblasen zu lassen – sie behaupteten, er lauere noch in jedem Winkel.

Philip fuhr den Torweg herauf und zügelte die Pferde vor der Veranda, noch ehe Adeline dies für möglich gehalten hatte. Coveyduck, stämmig und fröhlich, erwartete ihn dort. Philip sprang aus dem Wagen und die drei Kinder drängten sich hinein, um die kurze Fahrt zum Stall mitzumachen.
»Bleibt nicht lange!« rief ihnen Adeline nach. »Die Köchin macht euch einen Pudding mit Eierrahmsoße!«
»Hurra!« riefen die Jungen.
Philip lief die Stufen herauf und trat an Adelines Seite. Er umarmte sie herzhaft. »Sie sind weg!« sagte er. »Und, o Wunder, sogar der Zug kam rechtzeitig! Alles verlief ordnungsmäßig.«
»Sind wir tatsächlich wieder allein?« fragte sie und sah ihn an wie jemand, der von einer langen gefährlichen Reise zurückkommt. »Und gehört dieses Haus tatsächlich uns?«
»Wir sind allein – und es gehört uns«, sagte er und fügte hinzu. »Gott sei Dank!«
Er nahm seinen Jüngsten hoch und setzte ihn auf seine Schulter. »Auf geht's!« sagte er und trabte mit ihm durch die Halle.
Es war ein unglaublich feiertägliches Gefühl. Frischgewaschene Bettwäsche hing naß an den Wäscheleinen. Der Pudding blubberte vergnüglich im Wasserbad. Ein Paar Zwillingskälber wurden im Stall geboren. Die Maulbeeren lagen dunkel auf dem Rasen. Und obwohl dies alles mit Mühe und Arbeit verbunden war – die Laken hatten gewaschen, der Pudding gerührt werden müssen, die Kuh hatte die Kälber höchst mühselig in die Welt gesetzt, sogar der Maulbeerbaum hatte oft gegen Sturm und Trockenheit gekämpft, um die Beeren hervorzubringen; für Philip und Adeline war der lange Besuch der Sinclairs eine harte Prüfung gewesen – und dennoch schien an diesem Tag des indianischen Sommers alles spontan und mühelos, so glücklich waren alle lebenden Geschöpfe in Jalna.
Augusta sagte: »Ich finde, dies wäre ein guter Tag für ein Picknick.«
Ernest piepste: »Gerade wollte ich bemerken, daß dies der richtige Tag für ein Picknick wäre!«
»Ein reizender Gedanke«, sagte Adeline. »Wir werden alle zusammen am See picknicken und dann ins Wasser gehen und baden. Ich packe einen Futterkorb mit lauter guten Dingen. Und wir werden James Wilmott und die Laceys einladen. Wäre es dir recht, Philip?«
»Es ist genau das, wonach ich lechze!« sagte Philip. »O ja – ein Picknick am See!«
»Ich wollte gerade bemerken«, versicherte Ernest, »wonach ich lechze, das wäre ein Picknick am See.«
Philip musterte ihn mit einem kalten blauen Blick. »Wir können deine Bemerkungen entbehren!« sagte er.

»In alles steckt er seine Nase«, sagte Nicholas, »als wäre er die Hauptperson vom ganzen Haus.«
Ernest ließ den Kopf hängen. Aber er war nicht lange bekümmert, und bald beteiligte er sich so gut er konnte an den Vorbereitungen für das Picknick. Es gab viel Gelaufe treppauf und treppab, bis alle Badeanzüge da waren; viele Male Herauf- und Herunter-Ächzen vom und zum Souterrain von Mrs. Coveyduck und Bessie, bis alle Vorräte eingepackt waren. Philip schickte Boten mit Einladungen an die Laceys und Wilmott.
Zuerst erschien Wilmott, er trug ein helles Jackett, enge Hosen, eine große dunkle Krawatte und einen breitrandigen Strohhut. Er brachte einen Korb mit Lachsfilets mit, die er in seinem Eiskeller gehortet hatte – das Eis war ›aus seinem eigenen Fluß‹ geschnitten, wie er sagte. Diese Lachse kamen den weiten Weg vom Meer herauf, um zu laichen, berichtete er. Er beklagte die Tatsache, daß es jedes Jahr weniger wurden.
Auch die Laceys kamen fröhlich herbeigeeilt, die Eltern, die beiden kleinen Töchter, die im selben Alter waren wie Nicholas und Ernest, und ihr Sohn Guy, der noch auf Urlaub von der Königlichen Marine zu Hause war. Sein Anblick war für Augusta so aufregend wie der Anblick des azurblauen Sees, der seine zahllosen blitzenden kleinen Wellen an den Rand des sandigen Ufers klatschen ließ, auf dem eine Schar von Strandläufern sich ohne Furcht vor den Menschen tummelte, bis Nero sie mit prahlerischem Bellen verscheuchte. Mit seinem lockigen Fell und den wolligen großen Pfoten tollte er am Strand entlang – es gab nichts, was ihn glücklicher machte als ein Picknick am See.
Auch das Baby Philip war mitgenommen worden. Es sah den See zum erstenmal und stand ganz verdonnert vor seiner gewaltigen Ausdehnung. Es hatte nicht gewußt, daß eine Wasserfläche so groß sein könne. Es wurde jeden Abend in seine Zinnbadewanne gesetzt, die so blau wie der See gestrichen war und nach seinem Begriff für jeden Zweck groß genug schien.
Jetzt hob ihn Philip hoch und tat, als wolle er ihn ins Wasser werfen. Der Kleine klammerte sich ängstlich an Philips Rockaufschlag und wimmerte: »Nein . . . nein!« Nicholas und Ernest kamen, um sich den Spaß anzusehen.
»Papa – würdest du ihn wirklich hineinwerfen« fragte Ernest.
»Natürlich«, rief Philip. »Hoppla, mein Baby – ins Wasser mit dir!«
Augusta war solcher Scherze müde. »Papa«, sagte sie energisch, »bitte gib mir das Baby. Wenn es sich ängstigt, macht es sich ganz bestimmt naß!«
Eiligst warf ihr Philip den Kleinen in die Arme. »Das ist eine schlechte Angewohnheit«, sagte er, »damit müßte doch endlich Schluß sein!«
»Männliche Wesen neigen mehr dazu als weibliche«, sagte Augusta gelassen.
Darauf hatte Philip keine Antwort. Er sah seine Tochter drohend aus seinen etwas vorstehenden blauen Augen an und trollte sich dann, um Stöcke in den See zu werfen, die Nero wiederbringen sollte.

Man beschloß, rasch zu baden, ehe man an die eigentliche Mahlzeit ging. Mr. und Mrs. Lacey wollten sich nicht am Bad beteiligen, sie zogen sich mit ihren kleinen Töchtern ins Gebüsch zurück, und die Mutter zog ihnen flanellne Nachthemden und Hosen an, die ihnen als Badeanzüge dienen mußten. Philip und Adeline trugen marineblaue Badekostüme – das seine war etwas eng, denn es war vor mehreren Jahren gemacht worden; das ihre hatte einen Matrosenkragen und einen weiten, bis zu den Knien fallenden Rock, und Kragen und Rock waren am Rand mit weißen Borten besetzt. Nicholas und Ernest hatten richtige Badeanzüge aus grauem Flanell mit roten Gürteln, auf die sie sehr stolz waren, obwohl sie nicht gerade bequem saßen. Augusta hatte sich mit Lucy Sinclairs Hilfe selbst einen Badeanzug aus hellblauem Serge gemacht, mit ziemlich kurzem Röckchen und nur halb bis zum Ellbogen reichenden Ärmeln. Dazu trug sie lange weiße Strümpfe und Schuhe mit Gummizug an den Seiten. Sie hatte das Kostüm heute zum erstenmal an.
Sie tauchte sehr verlegen aus dem Gebüsch auf, denn sie fragte sich, ob sie auch schicklich angezogen sei. Sie beneidete Adeline um ihre Selbstsicherheit, obwohl sie es mißbilligte, daß sich die Mutter so ungeniert und sichtlich stolz vor Admiral Lacey und seinem Sohn in diesem Aufzug zeigte.
Nun drehten sich alle nach Augusta um. Philip hatte seine beiden Söhne gerade untergetaucht, und sie kamen triefend aus dem See gelaufen.
»Seht doch bloß Gussie an!«
»Hallo, Gussie!«
»Bildest du dir ein, du wärst 'ne Seejungfrau, Gussie?«
Sie lachten und riefen und tanzten auf und ab, außer sich vor Vergnügen.
Admiral Lacey sagte väterlich: »Du siehst reizend aus, meine Liebe – und absolut *comme il faut*, nicht wahr, Guy?«
Guy hatte sich mit Baby Philip angefreundet und hielt es auf dem Arm. Aber der kleine Bursche wollte zu Augusta. »Gussie«, stammelte er, voll Bewunderung für die Eigenart ihrer Erscheinung. Hier war alles eine neue Welt für ihn.
Augusta nahm ihn in die Arme. Sie hatte irgendwie das Gefühl, daß sein vertrauter kleiner Körper ein Schild gegen das Unzulängliche ihrer Bekleidung sei. Er klammerte sich fest an sie. Aber Guy Laceys Kostüm machte Augusta noch verwirrter als ihr eigenes. Es war gut und schön für ihren Vater und ihre Brüder, so halbnackt am Strand herumzutoben, aber dieser junge Mann, den sie gewohnt war, in Uniform zu sehen . . .
»Kommen Sie ins Wasser!« rief Guy.
»Ja«, rief auch Adeline, »geh nur, Gussie!«
Adeline ergriff Besitz von ihrem Jüngsten. Guy faßte Gussie fest bei der Hand. Sie gingen gelassen, als sei es eine Zeremonie, in das helle Wasser des Sees. Gussie hatte das Gefühl, sie müsse Konversation machen. Aber o weh – es

fiel ihr nichts anderes ein als »Der See ist sehr groß!« Als diese Worte ihren Lippen entflohen waren, sah sie sie im Geiste als Überschrift einer Seite ihres Aufsatzheftes. »Der See ist sehr groß.« Schreibt sorgfältig, Kinder. Keine Kleckse bitte! Dann sah sie eine Fibel, und darin eine Lektion, die mit den Worten anfing: »Der See ist sehr groß. Ich sehe den See. Er ist so groß wie das Meer.« Und sie konnte sich nicht enthalten, mit ihrer klaren Stimme (die einmal ein prachtvoller Kontra-Alt werden würde) laut zu sagen: »Er ist so groß wie das Meer.«
Guy Lacey lachte leicht und fröhlich. »Haben Sie denn das Meer jemals gesehen, Gussie?«
»Nicht so, daß ich mich erinnern könnte. Als ich ein Baby war, kamen wir zu Schiff von Indien nach England – und dann weiter nach Kanada.«
Sie war stolz, so weit gereist zu sein, aber Guy Lacey sagte nur: »Mit dem Meer verglichen ist dieser See recht zahm.«
»Wirklich?« flüsterte sie. Ihre Augen ruhten auf dem blauen Horizont. »Ist das Meer noch kälter als das Wasser hier?«
»Finden Sie das Wasser kalt?« fragte er besorgt. »Dann gibt es nur ein Gegenmittel: schnell hineintauchen!«
»Bis zum Hals?« fragte sie.
»Ja. Ich zähle bis drei. Dann tauchen wir beide.«
»Ach ja!« kicherte sie – und es war für Gussie so ungewöhnlich, zu kichern, daß sie sofort beschämt wieder ernst wurde.
Aber Guy zählte: »Eins – zwei – drei – hinunter!«
Nun faßte er ihre beiden Hände, und sie tauchten bis zum Hals ein. Sie waren umschlossen, halb ertränkt, wie es ihr schien, in der großen Wasserfläche. Sie hielt den Atem an.
Aber dann ging es: »Auf! Ab! Auf! Ab!« Bald waren sie im Wasser, bald in der linden Luft, und ihre langen Locken flossen ihr über die Schultern.
»Oh, Gussie!« Er lachte. »Jetzt sehen Sie genau wie eine Seejungfer aus – mit Ihrem schönen schwarzen Haar – und Ihren verführerischen Augen!«
Die weißen Zähne blitzten in seinem nassen Gesicht. Auf seiner Stirn klebte eine kurze Locke seines blonden Haars.
Sie tanzten im Wasser herum, Hand in Hand. Gussie fand es nicht mehr kalt. Das Blut schoß ihr durch die Adern. Sie fühlte sich frei und wild, unbekümmert wie nie zuvor.
»Hoppla!« rief Philip und schoß auf sie zu.
Die beiden Jungen folgten ihm, dann kamen Guys kleine Schwestern und Adeline. Es entspann sich eine lustige Wasserschlacht. Die Jungen versuchten, Guy unterzutauchen, aber er war der Sieger und tauchte sie. Adeline war begeistert von solchen wilden Spielen. Das ganze junge Volk machte nicht soviel Lärm wie Philip und sie. Die am Ufer Gebliebenen waren voll beschäf-

tigt. Admiral Lacey hütete das Baby Philip, das in der sicheren Geborgenheit der Männerarme zusah, wie seine Familie sich anscheinend fast ertränkte – da es selbst aber sicher war, diesen Anblick offenbar sehr genoß. Es legte die Hände über seinem kleinen Bauch zusammen und lachte ausgelassen. Admiral Lacey rief seinen Töchtern jeden Augenblick zu: »Seid vorsichtig, Kinder! Gebt acht!«
Oder seinem Sohn: »Paß auf deine Schwestern auf, Guy!«
Natürlich beachtete ihn niemand – tatsächlich hörten sie ihn gar nicht.
Mrs. Lacey war damit beschäftigt, den Picknickkorb auszupacken und einen ›Teetisch‹ zu decken. Sie breitete das Tischtuch auf den feinen weißen Sand und stellte die Speisen darauf; in Anbetracht der Eile, in der Adeline alles arrangiert hatte, waren die Vorräte äußerst üppig: viele Sandwiches mit Schinken, harte Eier, Salzgurken und Obstkuchen.
James Wilmott hatte kein Badezeug mitgebracht. Er war damit beschäftigt, ein Feuer zu bauen, um kochendes Wasser für den Tee und zum Abkochen der Maiskolben zu haben. Darin war er Fachmann, er wählte Steine in der passenden Größe und richtigen Form, um den großen schwarzen Topf zu tragen. Aber seine Hauptsorge war der Lachs, den er gespendet hatte. Als die Sonne sich zum Horizont neigte, legte sich der leichte Wind und die Luft wurde köstlich warm. Die Badenden wären am liebsten die ganze Nacht im Wasser geblieben. Aber Wilmott hatte Befürchtungen wegen der Lachsfilets. Er hatte sich einen winzigen Keller im Gebüsch gegraben, um sie kühl zu halten. Jeden Augenblick lief er hin und beschnupperte sie. Gott sei Dank rochen sie frisch und gut. Immerhin, man konnte nie wissen – bei der Wärme . . .
Er ging zu Mrs. Lacey und sagte: »Ich bin der Meinung, der Lachs sollte jetzt gegessen werden. Er kann die Wärme nicht ertragen, ohne zu verderben.«
Mrs. Lacey fragte mit rotem Gesicht: »Hat das Wasser schon gekocht?«
»Ja, es hat gekocht.«
»Dann werde ich schnell den Mais hineinwerfen.« Einen nach dem andern ließ sie die symmetrischen Kolben ins kochende Wasser fallen. Sie rief ihrem Mann zu:
»Sag den Kindern, sie sollen sofort kommen. Sie sind überhaupt schon zu lange im Wasser gewesen.« Zu Wilmott sagte sie: »Ich wundere mich, daß Mrs. Whiteoak dem kleinen Ernest erlaubt, so lange im See zu bleiben. Er ist ein zartes Kind, er kann sich wirklich den Tod holen!«
Wilmott antwortete brummig: »Mrs. Whiteoak ist nicht viel verständiger als ein Kind.«
Mrs. Lacey war entzückt, ihn etwas Abfälliges über Adeline sagen zu hören, denn sie hatte immer den Eindruck gehabt, er bewundere sie etwas zu warm.

Jetzt fand sie, Mr. Wilmott sei ihr geistesverwandter, als sie es je für möglich gehalten hatte. Wieder rief sie dem Admiral zu: »Sage Guy, er soll seine Schwestern sofort herbringen!«
Admiral Lacey setzte den kleinen Philip auf den Sand, wölbte die Hände zum Sprechrohr und rief: »Ethel! Violet! Kommt heraus! Eure Mutter will es!«
»Zu Tisch! Zu Tisch!« rief Wilmott mit einem zornigen Blick auf Adeline.
Triefend kamen die Badenden aus dem Wasser. Sie suchten sich gut verdeckte Stellen, wo sie sich abtrocknen und ankleiden konnten. Philip und Guy zusammen, die drei Mädchen, jede verschämt und mit eigenem Handtuch; Nicholas trocknete sich nur halb ab, ehe er seine engen knöchellangen Hosen, sein Unterzeug, sein Batisthemd und sein mit Seidenborte eingefaßtes Jackett wieder anzog. Sein Haar legte sich, noch feucht, in reizenden Wellen um seine Ohren und seinen Nacken. »Wirklich, solches Haar ist bei einem Jungen doch die reinste Verschwendung!« bemerkte Mrs. Lacey zu Adeline, die gerade in einem Flanellüberwurf mit Ernest an der Hand erschien. Das Kind war tatsächlich zart, und aus Angst, daß es sich erkälten könne, hatte sie es tüchtig frottiert und jetzt in einen wollenen Schal gehüllt. Ernest war übermütig und tanzte herum, die Fransen des Schals hinter sich herschleifend.
Nun setzten sich alle um das Tischtuch in den Sand. Sie waren hungrig und konnten den ›ersten Gang‹ kaum erwarten. Er bestand aus den dampfend heißen Maiskolben, die mit Salz, Pfeffer und sehr viel Butter gegessen wurden. Wilmott ging mit dem Kessel um die festliche Tafel und legte jedem einen glänzenden Kolben mit perlengleichen Körnern auf den Teller. Nur Baby und Nero bekamen keinen. Adeline hatte den Kleinen auf dem Schoß und fütterte ihn mit Riesenlöffeln voll Weißbrot mit Milch und Zucker.
»Das Kind war geradezu engelhaft!« sagte Mrs. Lacey. »Es hat kein einziges Mal geweint.«
»Ich bin halb verhungert!« erklärte Ernest, und nun erspähte Adeline den Maiskolben auf seinem Teller. Sie nahm ihn schnell weg und gab ihn Nicholas. »Ernest darf keinen Mais essen«, erklärte sie, »er bekommt schreckliche Bauchschmerzen davon.«
»Aber ich bin so hungrig, Mammi!«
Mrs. Lacey war sichtlich schockiert über das Wort *Bauchschmerzen.*
»Was darf ich essen?« Ernests Lippen zitterten, obwohl er wußte, wie recht Adeline daran tat, ihm den Maiskolben wegzunehmen. Wilmott sprang behende auf. »Du bekommst die erste Portion Lachs«, sagte er und lief mit langen Schritten zu der Stelle, wo er den Steinguttopf mit dem Lachs eingegraben hatte. Der Topf fühlte sich köstlich kalt an, und der Lachs sah verlockend aus, als er den Deckel abhob. Ernests Augen glänzten, als die große rosa Scheibe Lachs auf seinem Teller landete.

»Willst du dich nicht bedanken?« fragte Adeline.
»Oh – vielen Dank, Sir!« sagte Ernest. Sein Appetit wuchs. Er gierte nach dem ersten Bissen – aber kaum verschwand dieser in seinem Mund, als er ihn auch schon auf den Teller zurückspuckte.
Aller Augen hingen an ihm.
»Was ist denn damit?« fragte Wilmott.
Er nahm den Teller und roch an dem Fisch.
»Er stinkt!« erklärte Ernest.
Philip und Adeline musterten ihren Sprößling mit finsterem Blick.
»Wie darfst du ein freundliches Geschenk einfach ausspucken?« fragte Adeline streng. An ihrer roten Unterlippe hing ein Maiskorn.
»Wie darfst du sagen, er stinkt?!« fragte Philip.
Ernest begann zu weinen. »Geh weg vom Tisch!« befahl Philip.
»Oh – meine Güte!« rief Guy Lacey. »Der arme kleine Kerl.«
»Das geht dich nichts an!« sagte sein Vater.
Mrs. Lacey ermahnte ihre Töchter: »Ethel – Violet – glotzt nicht so!«
Wilmott erhob sich würdevoll. Er leerte Ernests Teller, indem er den Lachs wieder in den Steintopf schüttete, erhob sich und stelzte damit fort über den Sand ...
Nero hatte die ganze Zeit hungrig auf die Gesellschaft um das Tischtuch gestarrt und gierig den Geruch des Fisches eingeschnuppert; nun schlich er Wilmott nach, und in seiner Miene standen seine verbrecherischen Absichten so deutlich, daß nur die ausschließliche Beschäftigung mit eigenen Angelegenheiten die Tischgesellschaft daran hinderte, ihn zu durchschauen.
Als Wilmott den Lachs tief vergraben hatte, wusch er den Steintopf gründlich im reinigenden Wasser des Sees aus und kehrte dann zu der Tischgesellschaft zurück. Philip bot ihm sofort einen Teller mit angehäuften Sandwiches an.
»Nehmen Sie, mein Alter«, sagte er, »sie sind erstklassig. Und eine Gurke! Zu dumm, das mit dem Lachs. Aber so etwas kann vorkommen. Ich erinnere mich an ein Picknick in Indien –.«
Adeline unterbrach ihn. »Halt, Philip! *Bitte* erzähle nichts von jenem Picknick! Du bist noch schlimmer als Ernest, diese kleine Viper!«
Wilmott fragte: »Soll Ernest denn nichts zu essen bekommen?«
»Ohne Abendessen zu Bett. Die beste Medizin«, sagte Philip.
Guy Lacey ließ stillschweigend ein Sandwich in seiner Tasche verschwinden.
Inzwischen wanderte der Verfemte einsam den Strand entlang. Er fühlte sich mißhandelt, beschimpft. Er war so wütend, wie das bei seiner sanften Natur überhaupt möglich war. Mit grollender Stimme hielt er Selbstgespräche. »Ich sollte wohl diesen stinkenden Fisch runterschlucken, ja? Ich wünschte bloß, jeder von ihnen hätte ein großes Stück davon essen müssen. Besonders Mama und Papa. Niemand fragt danach, ob ich krank geworden wäre. Niemand fragt

danach, daß ich hungrig bin. Sollen sie ihr widerliches altes Picknick nur allein essen! Ich *will* gar nichts davon. Ich werde eine ganze Woche überhaupt nichts essen – hol mich der Teufel, wenn ich einen Bissen anrühre!«

Jetzt war die Sonne eine rotglühende Kugel, die ihre feurige Bahn auf den stillen See warf. Eine Schar Möwen segelte vorbei, dicht am Ufer. Der einzige Laut, der die Stille noch vertiefte, war das Plätschern der kleinen Wellen am Strand. Ernest hielt in seinem verbissenen Monolog inne und schaute verwundert auf die rosa und amethystfarbenen Wolken, die über der untergehenden Sonne dahintrieben.

Ihm wurde friedlicher zumute. Etwas wie Freude – vielleicht über die einsame Schönheit des Abendhimmels – rann durch seine Nerven. Nun hörte er Gussies Stimme, die nach ihm rief: »Ernest! Wir gehen jetzt!«

Er hatte die Absicht gehabt, sich unter den buschigen Bäumen zu verstecken, die dicht und geheimnisvoll am Ufer wuchsen. Aber nein – sie waren *zu* dicht, *zu* geheimnisvoll. Aus dem Augenwinkel sah er, wie Gussie eilig auf ihn zugelaufen kam. »Ernest, Schatz – hör doch – wir wollen gehen!«

»Schatz« hatte sie ihn genannt! Er würde ihnen zeigen, was sie ihm angetan hatten. Er legte sich flach in den Sand und fing an zu weinen.

Nun beugte sie sich über ihn. »Du kannst doch nicht hierbleiben, das weißt du doch. Patsy O'Flynn hat die Pferde schon eingespannt. Du hast doch keine Lust, allein hier zu bleiben – oder?«

Sie half ihm aufstehen. Plötzlich fühlte er sich schwach und elend. Er hatte vor Aufregung fast kein Lunch gegessen. Eines Tages – erst kürzlich – hatte er seine Mutter über jemand sagen hören: »Der Arme – er ist vor seiner Zeit alt.« Nun fiel diese Bemerkung ihm wieder ein und er dachte: »Alt vor meiner Zeit . . . ja, genauso ist's mit mir!«

Die andern nahmen keine Notiz von ihm, als er mit Augusta zurückkam. Sie waren damit beschäftigt, ihre Siebensachen zusammenzutragen und in den Kremser und in das Phaeton der Laceys zu klettern, die nun am Ende der Straße auf sie warteten. Wilmott war auf seiner alten schwarzen Stute gekommen, die immer ein wenig an Begräbnisse gemahnte. Er hatte sich noch nicht erholt von dem Pech, das er mit seiner edlen Gabe gehabt hatte. Aber alle andern waren vergnügt und guter Laune.

»Wo ist Nero?« rief Philip. »Nicholas, geh und suche Nero – aber beeile dich.«

Nicholas lief am Strand entlang und rief Nero. Ziemlich bald kehrte er zurück, den Hund am Halsband mit sich ziehend. »Nero hat den Lachs ausgegraben und aufgefressen«, verkündete er.

Nero warf ihnen aus seinem schwarzen Fell einen spitzbübischen Blick zu.

»Barmherziger Himmel!« rief Adeline. »Das wird sein Tod sein!«

»Nichts kann diesen Hund umbringen«, erklärte Philip.

»Ich fürchte, ich habe den Lachs nicht tief genug eingegraben«, sagte Wilmott zerknirscht.
Philip gab Nero einen tüchtigen Klaps, dann schob er ihn in den Kremser zwischen Nicholas und Ernest.
»Er sollte lieber neben den Pferden herlaufen«, sagte Adeline.
»Zu anstrengend nach einer solchen Mahlzeit. *Das* wäre sein Tod!« Philip wurde ungeduldig. »Kommt, kommt, Leute – auf deinen Platz, Adeline. Schläft das Baby? Adieu, Wilmott – für nächstes Mal mehr Glück!«
Wilmott auf seinem Pferd war der erste, der verschwand. Er rief noch zurück: »Ich warne euch – ladet mich lieber zum nächsten Picknick nicht ein – ich bin ein todsicherer Spielverderber. Angenehme Träume, Nero!«
Guy Lacey trat an die Seite des Kremsers. Er erinnerte sich des Schinkensandwiches, das er für Ernest in die Tasche gesteckt hatte. Verstohlen zog er es heraus und bot es heimlich dem kleinen Jungen an. Aber ehe Ernest es ergreifen konnte, mischte sich Nero ein und hatte es mit einem Happen verspeist.
Nicholas lachte. »Hoffentlich wird sein Atem davon besser«, sagte er, »denn der ist ziemlich scheußlich.«
»Pech gehabt, alter Freund«, sagte Guy und klopfte Ernests Knie. »Ich wette, du bist halb verhungert.«
Mrs. Lacey war besorgt um ihre Töchter.
»Beeile dich, Guy!« rief sie. »Ich ängstige mich wegen des Sonnenbrands, den sich deine Schwestern geholt haben können. Aber es geschieht mir ganz recht – warum habe ich ihnen erlaubt, so lange ohne Hut in der Sonne zu sein! Solch ein zarter Teint, wie sie ihn haben, bedarf fortwährender Aufmerksamkeit.«
»Gott sei Dank«, sagte Adeline, »daß ich mich nicht um Gussies Teint zu sorgen brauche. Sie ist bleich wie ein edler Spanier.«
Mrs. Lacey warf einen mitleidigen Blick auf Gussie.
Die Wagen fuhren auf die Straße und entfernten sich vom Plätschern der kleinen Wellen. Auf dem Fahrweg lag dichter Dunst, der Abend brach sehr plötzlich herein. Noch schien der Mond nicht. Von der Erde stieg die Dunkelheit auf, um sich mit der Dunkelheit des Himmels zu vermischen.

Der goldene Federhalter

Das Haus war ungewöhnlich dunkel und still, als die Familie vom Picknick heimkehrte. Bisher war es um diese Stunde der Schauplatz einer geradezu verwirrenden Aktivität gewesen – Lucy Sinclair, die sich zum Abendessen umkleidete, ihr ›Gefolge‹ in bitterem Streit über die Vorbereitungen ihrer

Spezialgerichte; Jerry auf dem Küchentisch sitzend und alles in sich hineinstopfend, was seinem Gaumen zusagte; die beiden Jungen, treppauf und treppab laufend, um das Zubettgehen hinauszuzögern; das Baby Philip schreiend, weil es im Dunkeln allein geblieben war; Adeline und Philip ungeduldig versuchend, Ordnung aus dem Chaos zu schaffen; Nero und der Papagei Boney, ihre Stimmen zum Duett vereinigend, um den Lärm zu steigern; Leute, die nach warmem Wasser riefen; Leute, die Öllampen haben wollten; Fenster und Türen, die knallend zugemacht wurden, um die Nachtluft auszuschließen.
Und jetzt . . . wie anders!
Die Ankommenden wurden an der Tür von Bessie empfangen – von einer adretten Bessie mit frischer weißer Schürze und mit lächelndem Gesicht statt ihrer mürrischen Miene, die den Kleinen liebevoll in ihre Arme schloß.
»Für sein Bad ist es ein bißchen spät, Madam«, sagte sie zu Adeline. »Meinen Sie nicht auch, ich sollte ihm Gesicht und Hände und Knie nur mit dem Schwamm abwaschen und ihn gleich zu Bett legen?«
»Ja, das kannst du«, stimmte Adeline zu. »Wir sind alle müde. Was für ein herrlicher langer Tag! Welch ein Frieden im Haus!« Bessie strahlte. »Diese Mrs. Coveyduck ist ein Wunder. Alles geht glatt wie Seide, seit sie zurück ist und die Neger weg sind. Sie hat eine leckere warme Mahlzeit für Sie bereit.«
»Meine Güte – ich bin nicht hungrig.«
Jedoch als Adeline ins Eßzimmer kam und den Tisch im Licht des Kronleuchters einladend gedeckt fand, änderte sie ihre Meinung und stellte fest, daß sie sehr hungrig sei. Die Gemüsesuppe in der Terrine sandte einladende Düfte aus. Nach der Suppe kam ein Omelette, leicht wie eine Flaumfeder, und danach eine Apfeltorte, in Devonshirecreme geschmort, den Mrs. Coveyduck besonders gut zuzubereiten wußte.
Philip und Adeline, Augusta und Nicholas saßen angenehm entspannt um den Tisch. So liebenswürdig und sympathisch Lucie Sinclair sein mochte – es ließ sich nicht leugnen, daß ihre Anwesenheit bedrückend gewesen war. Mit Curtis Sinclair hatte Philip nie viel anfangen können. Jetzt sah er voll Befriedigung seine um den Tisch versammelte Familie an. Aber da fehlt ja noch jemand!
»Wo ist Ernest?« fragte er.
Augusta antwortete mit einem vorwurfsvollen Blick:
»Papa, du hast doch gesagt, Ernest müsse ohne Abendessen zu Bett!«
»Ach ja, das stimmt. Aber jetzt hab ich vergessen, warum.« Er nahm einen kräftigen Bissen von dem hausgebackenen knusprigen Brot.
»Nun, weil er Mr. Wilmotts Fisch ausgespuckt und gesagt hat, daß er stinkt.«
Nicholas fand diese Antwort über alle Maßen komisch. Er krümmte sich vor Lachen.
»Willst du deinem Bruder zu Bett folgen?« fragte Philip.

Nicholas war ernüchtert. Die Mahlzeit verlief in heiterer Stimmung und bei gutem Appetit. Philip und Adeline unterhielten sich über Guy Laceys Charme und seine vernünftigen Ansichten. Ein Jammer, sagten sie, daß sein Urlaub schon so bald zu Ende sein würde. Augusta sagte nichts, aber sobald sie konnte, stahl sie sich hinauf in ihr Zimmer. Es war dunkel, und die taugetränkte Nachtluft trug den Geruch des Herbstes herein. Sie zündete mit einem Streichholz eine Kerze auf dem Frisiertisch an, der mit einer Krause von gestärktem Chintz verziert war. Ihr Bild erschien im Spiegel, so seltsam vertraut, daß ihr war, als sei ein anderes Mädchen mit ihr im Zimmer – ein Mädchen, von dem Guy Lacey gesagt hatte, es sei wie eine Meerjungfrau mit langem schwarzem Haar und verführerischen Augen. Waren das genau seine Worte? Sie konnte sich kaum erinnern – sie war so verwirrt gewesen. Und das Herumtoben im See mit ihm hatte die verlegene Verwirrung in helles Entzücken gesteigert. Nun sah sie dem Mädchen im Spiegel tief in die großen dunklen Augen und versuchte, ihr Geheimnis zu enträtseln. Sie hatte oft gehört, daß man die Augen ihrer Mutter als leuchtend und heiter pries. Sie hatte die goldenen Reflexe in deren Braun gesehen, hatte beobachtet, wie sie mit ihrer Stimmung wechselten. Aber ihre, Augustas, eigene Augen waren immer dieselben – düster wie die Augen eines melancholischen Spaniers, wie Adeline einmal gesagt hatte.

Ihre Aufmerksamkeit wanderte von ihrem Spiegelbild zu der rundlichen Gestalt ihrer Taube, die den ganzen Tag allein und unversorgt in ihrem Käfig verbracht hatte. Reuig öffnete sie das Türchen und sprach zärtlich auf sie ein.

»Ach, meine liebste Taube! Mein Schätzchen, mein armes Täubchen!« Noch nie hatte sie solche Koseworte zu ihr gesprochen. Heute flossen sie ihr von selbst von den Lippen. Alles war heute abend anders. Immer wieder überschüttete sie die Taube mit Schmeichelnamen – aber der kleine Vogel hatte gefühlt, daß er vernachlässigt war. Er zog den Kopf zwar unter den Flügeln hervor, aber es dauerte eine Weile, bis er sich schüttelte und von seiner Stange und endlich auf Augustas Schulter hüpfte. Dort schüttelte er sich nochmals, und dann fing er zärtlich zu gurren an. Die glänzende Kehle vibrierte, und zarte Bewegungen zitterten durch den kleinen Vogelkörper.

»Mein kleines Liebchen – mein Täubchen!« murmelte Augusta.

»Mein Liebchen hat Taubenaugen ...« Sie war müde von dem langen Tag, ließ sich auf den Boden sinken und blieb dort sitzen. Drei Blätter des wilden Weins waren ins Zimmer geflogen und lagen nun, noch ein wenig zitternd, auf dem Teppich. Augusta war von einem seltsamen Glück erfüllt. Aber plötzlich wurde ihr Frieden von einem schluchzenden Laut aus dem Nebenzimmer gebrochen. Sie war überzeugt, daß es Ernest war und daß er weinte.

Im Zimmer des Jungen war dunstiges Mondlicht. Es fiel auf das Bett, und dort lag Ernest, zu einem kleinen Bündel Elend zusammengerollt.

Sie ging zu ihm und setzte sich auf den Bettrand. Seine Hand suchte tastend die ihre. »Bist du's, Gussie?« flüsterte er.
»Ja«, erwiderte sie ruhig. »Ich hab dich weinen hören. Bist du hungrig?«
»Hungrig? Nein.« Seine Stimme war dick von Tränen. »Ich bin kein bißchen hungrig, aber ... oh, Gussie, ich hab was schrecklich Schlechtes getan!«
Sie zog die Decke beiseite und sah in sein tränenverschmiertes kleines Gesicht.
»So, Ernest? Was war's denn? Komm, erzähl's deiner Gussie.«
»Ist das die Taube?« fragte er. »Ja«, sagte sie, »sie ist viele Stunden allein gewesen. Nun ist sie glücklich, daß ich wieder da bin.«
Ernest war leicht abzulenken, sogar von echtem Unglück. Jetzt setzte er sich im Bett auf, um die Taube zu streicheln. »Wie hübsch sie ist. Ich weiß bestimmt, sie kennt mich und mag mich viel lieber als Nicholas. Meinst du auch, daß sie mich mag, Gussie?«
»Sag mir, was du Schlechtes getan hast«, ermahnte sie ihn.
»Wirst du's nicht Papa erzählen?«
»Hab ich jemals Geschichten weitergetragen?«
»Nein ... aber es war auch noch keine so schlimm wie diese.«
»Meinst du vielleicht ... den goldenen Federhalter?«
Er warf sich zurück ins Bett und zog die Decke über sein Gesicht.
»Wieso hast du's erraten?« Seine Stimme klang halb erstickt.
»Ich hab dich doch ins Gebüsch gehen sehen. Und ich sah dich auch zurückkommen.«
»Ich ... ich konnte nicht anders, Gussie!«
»Wo hast du den Federhalter versteckt?«
»Oh, der ist gut aufgehoben.«
Im matten Mondlicht sah sie sein Gesicht – noch war es ein Mädchengesicht, rosig und zart, mit vergißmeinnichtblauen Augen und wirrem blonden Haar – aber der Mund war ein Knabenmund, empfindsam und ein wenig frech.
Sie sagte: »Weißt du, Ernest, daß das ein Diebstahl war?«
Er wand sich unter seinen Decken. »Aber er hat doch wirklich mir gehört, Gussie!« sagte er.
»Also – warum weinst du dann?«
Er wußte keine Antwort.
Sie fuhr fort: »Mama und Nicholas und ich, wir hatten unsere Geschenke zurückgegeben – die Perlenkette, die Uhr und den Ring, denn sie haben uns nicht mehr gehört. Und ebensowenig hat der Federhalter dir gehört. Es war Diebstahl, daß du ihn genommen hast.«
»Ich weiß, ich weiß«, schluchzte er.
»Vor noch gar nicht so vielen Jahren gab es in England mehr als hundert Verbrechen, für die man einen Menschen henkte –«
»Einen kleinen Jungen auch?« fragte Ernest mit zitternder Stimme.

»Ja, sogar einen kleinen Jungen. Er konnte gehenkt werden für den Diebstahl eines Schafes, und ein goldener Federhalter ist mehr wert als ein Schaf.«
»Hast du gesagt: hundert Verbrechen?«
»Mehr als hundert. Mr. Madigan hat mir's erzählt.«
Nun versuchte Ernest, völlig in der Bettdecke zu verschwinden. Gussie konnte kaum verstehen, was er sagte. »Dann hätte man mich sicher jeden Tag in der Woche henken können. Oh, Gussie, sag mir, was ich tun soll!«
Sie klopfte ihm auf den Rücken. »Wir müssen einen Weg finden.«
Nun erschien das erhitzte kleine Gesicht am Rand der Bettdecke. »Bitte, sag's nicht Papa«, bettelte Ernest, »ich will nicht durchgehauen werden.«
»Warum fängst du gerade heute abend damit an?«
»Ich war so einsam – und jetzt bin ich hungrig.«
»Dann roll dich auf den Bauch und drücke die Fäuste in den Magen, das hilft.«
Er tat es. Dann sagte er: »Ach nein, ich glaube, es macht mich bloß noch hungriger.«
»Nun hör zu«, sagte Augusta. »Du mußt ganz still hierbleiben, und ich geh runter in die Küche und hol dir was zu essen.«
»Laß mich nicht allein!« Es war nur ein leises Wimmern. Ernest versuchte sich noch jünger zu machen als er ohnedies war.
»Also komm mit«, sagte Gussie resigniert.
Mit erstaunlicher Behendigkeit kletterte Ernest aus dem Bett.
»Ich glaube, du weißt, daß ich das nicht tun dürfte«, sagte Gussie. »Es ist uns streng verboten.«
»Wie wär dir zumute gewesen, wenn du mich morgen früh hier tot aufgefunden hättest – verhungert?!«
»Man verhungert nicht wegen einer fehlenden Mahlzeit. Es ist dir übrigens nicht zum erstenmal passiert.«
»Aber es ist das erstemal, daß ich so eine Last auf dem Gewissen habe. Sitzt dein Gewissen auch im Magen, Gussie?«
»Ach, schwatzen kannst du immer«, antwortete sie müde. »Ich möchte es jetzt aber hinter mir haben – also komm – und sei mäuschenstill!« Sie trug die Taube zurück in ihren Käfig.
Der plötzliche Wandel von Furcht und Einsamkeit zu Sicherheit und Gussies tröstlicher Gegenwart erfüllte Ernest nicht nur mit Freude, sondern machte ihn abenteuerlustig. Es war das erste Mal, daß er um diese Zeit in das Souterrain ging. Er klammerte sich fest an Gussies Hand und sie hielten förmlich den Atem an. Philip saß noch im Salon und las Zeitung. Sie konnten hören, wie es raschelte, wenn er die Seiten umwendete. Nero war bei ihm, kam zur Tür, sah heraus und winselte. »Komm hierher, Nero. Still.« Philip sprach mit der Pfeife zwischen den Zähnen.

Die Kinder stahlen sich durch die Diele, vorbei an der Schlafzimmertür, hinter der sie ihre Mutter leise und nicht sehr musikalisch singen hörten. Bestimmt würde sie sie nicht vorbeischleichen hören. Sie stiegen die Treppen zum Keller hinunter – hier war es angenehm warm. Das Mondlicht lag in hellen Rechtecken auf dem frischgescheuerten Ziegelboden und ließ das Kupfergeschirr, das an den Wänden hing, golden glänzen. Die Coveyducks und Bessie waren schon längst im Bett, müde von ihren Bemühungen, alle Spuren der Schwarzen auszulöschen.
Als die Kinder hinunterschlichen, flüsterte Ernest: »Genau wie Diebe in der Nacht – findest du nicht auch?«
Kaum war die Frage seinen Lippen entflohen, als er auch schon merkte, wie peinlich genau sie auf ihn selbst paßten. Zum Glück war er bereits auf der untersten Stufe, sonst hätte er vor lauter Schreck das Gleichgewicht verloren. So aber schlug er sich schnell mit der Hand auf den Mund und rollte die Augen nach oben zu Augusta, um zu sehen, ob sie etwas gemerkt hatte.
Wenn das der Fall war, so sagte sie nichts, sondern führte ihn in die Speisekammer. Das Mondlicht ermöglichte ihnen, alles zu sehen – die großen Schüsseln mit Jerseymilch, die vielen Brotlaibe, all die verlockenden Eßwaren, verlockend besonders für jemand, der so hungrig war. Augusta entdeckte Zündhölzer und eine Kerze. Sie zündete sie an und hielt sie so hoch, daß sie die Regale beleuchtete. »Brot und Milch?« fragte sie.
Aber er hatte bereits die Apfeltorte erspäht und daneben das Kännchen mit der Devonshirecremesauce. »Oh, bitte, Gussie, ein bißchen *davon*«, flehte er.
Ohne zu antworten, schnitt sie ihm ein ordentliches Stück ab, legte es auf einen etwas angeschlagenen Porzellanteller und goß etwas von der Sauce darüber. Wie eine Priesterin in einer heidnischen Zeremonie ging sie ihm voran zurück in die Küche und stellte den Teller und die Kerze auf den frischgescheuerten Tisch. Er rutschte in einen Stuhl und sie gab ihm einen Löffel in die Hand. »Wenn deine Füße so kalt sind wie meine«, sagte sie, »hättest du sicher gern was Warmes zu trinken.«
Sein Mund war so voll, daß er kein Wort herausbringen konnte, aber er warf ihr einen dankbaren Blick zu und deutete mit dem Löffel auf den Teekessel. In dieser Küche war der Teekessel immer auf dem Siedepunkt. Gussie stocherte die Kohlen darunter auf, und als er gleich darauf zu kochen anfing, hatte sie die Kanne mit viel Tee darin bereit.
Sie setzte sich neben Ernest und goß jedem von ihnen eine Tasse starken indischen Tee ein. Der erste Schluck trieb Ernest die Tränen in die Augen, so heiß war er. Aber er war glücklich – ganz allein mit ihr und nicht als überzähliger Dritter, wie so oft!
Er sagte: »Nicholas wird sich wundern, wo ich bin. Er würde sicher wünschen, an meiner Stelle zu sein, nicht wahr?«

»Ich weiß nicht, wer sich wünschen würde, an deiner Stelle zu sein!« erwiderte Augusta.

Die Antwort dämpfte seine Freude ein wenig – aber nicht für lange. Das Fest der nächtlichen Mahlzeit, die beiden Tassen mit starkem Tee wirkten sehr aufmunternd. Aber er war noch hungrig. Ernsthaft erwog sie seine Bitte um ein zweites Stück Torte. Ernest war zart – es könnte ihm zu schwer im Magen liegen. Immerhin – er hatte seit dem Frühstück fast nichts gegessen. Sie erhob sich. »Ich werd's riskieren.«

Ernest dachte an ein Sprichwort, das er einmal von Lucius Madigan gehört hatte. Jetzt konnte er es anbringen. »Wenn man schon hängen muß, dann lieber für ein Schaf als für ein Lamm!«

Augusta sah ihn ganz verzagt an. »Kannst du dich nie enthalten, an schlechte Dinge zu denken?«

Er ließ den Kopf hängen. Einen Moment war er sprachlos, dann sagte er: »Ich glaube, die schlechten Dinge fallen mir ganz von selbst ein.«

»Du siehst so unschuldig aus, und das ist gerade das Gefährliche«, sagte Augusta. »Immerhin – ich riskier's und bring dir noch ein Stück Apfeltorte.«

Sie taten es – und beide tranken noch mehr Tee. Voll Liebe und Dankbarkeit sah er sie an. Auf ihrem Weg zurück durch die Diele hüpfte Ernest beinahe vor Übermut.

»Das war ein herrlicher Abend, was, Gussie? Ich glaube, es ist schon ein oder zwei Verbrechen wert, soviel Spaß zu haben.«

Würde er nie vernünftig werden? Verzweifelt nahm ihn Augusta beim Ohr und zog ihn zur Treppe. Er protestierte mit einem lauten »Au!« Die Tür des Salons, die halb offen gewesen war, wurde jetzt ganz aufgemacht, und Philip und Nero standen auf der Schwelle. »Nanu ... was ist das?!« rief Philip.

»Ich habe Ernest ein wenig Tee gemacht«, sagte Augusta.

»Warum hältst du ihn beim Ohr?«

»Damit er leise ist, wenn wir an deiner Tür vorbei müssen, Papa.«

»Auf mein Wort – eine sonderbare Methode für diesen Zweck – was, Ernest?«

Mit zwei großen Schritten war Philip neben ihnen. Er faßte Ernest unter den Armen und hob ihn hoch, bis ihre Gesichter sich genau gegenüber waren – und gab ihm dann einen Kuß.

»Gute Nacht«, sagte er, »und nun ab mit euch!« Er beugte sich über Gussie und berührte ihre Stirn mit seinem kleinen blonden Schnurrbart, der in steifgedrehten Spitzen endete. »Bist ein gutes Mädel, Gussie«, sagte er. Er blieb stehen, den einen Arm zur hängenden Öllampe erhoben, und wartete, bis sie die oberste Stufe erreicht hatten – dann erst machte er sie aus. Das Licht fiel sanft auf sein hübsches sonnengebräuntes Gesicht, er hatte die blauen

Augen zu seinen Kindern erhoben, sein Haar war ziemlich lang und sah jetzt von der Sonne beim Picknick noch strohblonder aus als sonst. Gussie zögerte einen Augenblick und betrachtete ihn. Sie fühlte sich nicht gerade häufig in Liebe zu ihrem Erzeuger hingezogen. Viel öfter musterte sie ihn kritisch und mit einer gewissen Voreingenommenheit. Aber jetzt sah sie, wie jung er war – jung und hübsch, und freundlich zu seinen Kindern.

Als die Halle unten dunkel war, traten Augusta und Ernest ins Schlafzimmer der Brüder. Nicholas lag im Bett und schlief fest. Er hatte versucht, wach zu bleiben, bis sie kämen, hatte es aber nicht fertiggebracht.

»Wenn er bloß wüßte, was wir alles gemacht haben – würde er nicht platzen vor Neid, Gussie?« kicherte Ernest.

»Du hast eine merkwürdige Art, die Dinge anzusehen«, sagte Augusta. »Hast du schon gebetet?«

Er nickte bestätigend und kroch rasch ins Bett. Nun, es war nicht direkt gelogen gewesen . . . sie hatte ihn ja nicht gefragt, ob er *heute abend* gebetet habe. Und er konnte es ja immer noch tun, wenn er mollig neben Nicholas im Bett lag, das heißt, wenn er nicht gleich einschlief. Nero hatte sich entschlossen, bei den Jungen zu übernachten. Er kroch auf ihr Fußende; die Matratze ächzte unter seinem Gewicht.

»Gute Nacht«, sagte Augusta und blies die Kerze aus.

Leise ging sie aus dem Zimmer.

Wie ruhig – wie erschreckend still war es, als sie gegangen war. Ernest kuschelte sich an Nicholas' Rücken und schob seine eiskalten Füße unter Nero. Nero knurrte ablehnend, und Nicholas wurde im Schlaf unruhig. Ernest versuchte, sich seines Gebets zu erinnern, aber er kam ums Sterben nicht auf den Anfang. Ach was, er konnte ziemlich am Schluß anfangen, dann war er auch eher fertig. Er murmelte:

»Sollt sterben ich, ehe ich erwache,
Nimm meine Seele, Herr, die schwache,
In meinem Bette lieg' ich wach,
Denk über meine Sünden nach,
Gott, schütze mich in dieser Nacht,
Bis morgen froh ich dann erwacht. Amen.«

Er war nicht sicher, daß er es richtig gesagt hatte. Immerhin, es genügte. Die Apfeltorte, die Sauce, der starke Tee ruhten behaglich in seinem Magen. Sein Herz war voll Frieden, denn nun wußte er, was er zu tun hatte.

Ein Pfiff tönte aus der Diele herauf. Nero wußte, wem er galt. Brummend stieg er aus dem Bett und trollte sich die Treppe hinunter. Zur gleichen Zeit schlief Ernest fest ein.

Augusta saß in ihrem Zimmer am offenen Fenster. Ihr Ellbogen lag auf dem Sims, ihr Kopf ruhte auf ihrer Hand. Die Taube saß schläfrig auf ihrer Schulter. Sie konnte seelenruhig die Läden offenlassen, denn wenn sie hier war, flog die Taube nicht fort, oder kehrte, wenn sie es doch tat, schnell zurück, wie sie es schon wiederholt getan hatte.

Sie strich sich das Haar aus der Stirn, damit die Nachtluft sie kühlte. Seit sie klein war, hatte sie immer gehört, daß die Nachtluft schädlich sei. Sie sei schlecht für jede Krankheit und würde sogar die Gesunden krank machen. Aber die Nacht trug etwas in sich, was mit Augustas Seele mehr im Einklang war als der Tag. Die Tannen und Fichten längs der Einfahrt sahen dicht und geheimnisvoll aus. Sie stellte sich einen Reiter vor, im samtenen Mantel mit federgeschmücktem Helm, der den Weg entlanggaloppierte. Er hob die Arme, und sie sah das Aufblitzen des Brustschildes unter dem Mantel. Er zog das Visier auf, und sie erkannte die Züge Guy Laceys. Sie senkte den Kopf und schloß die Augen.

»Meine Taube, meine liebe Taube«, murmelte sie ganz leise, und die Taube antwortete mit zartem Gurren.

»Du hast Taubenaugen«, flüsterte sie, und die Taube drückte ihre Brust, froh über soviel Gemeinsamkeit, an Gussies Wange.

Als sie die Augen wieder aufmachte, war der Reiter verschwunden. War das nicht ein Hufschlag, den sie in der Ferne hörte? Nein, es war das Plätschern des Baches in der Schlucht, der in kühler Dunkelheit unter der Brücke dahinfloß. Auf dem Rasenplatz stand die junge weiße Birke ganz nackt, die schmalen goldenen Blätter, die sie abgeworfen hatte, lagen auf dem Gras wie ein weggelegtes Kleid.

Augustas Kopf sank auf das Fensterbrett. Die Taube fand es unbequem, sich auf ihrer Schulter festzuhalten, sie setzte sich auf Augustas Hals. Der Wind fuhr durch ihr Haar. Sie merkte, wie müde sie war, und schlief eine Weile.

Als sie aufwachte, war die Kerze fast heruntergebrannt. Sie dachte an die beiden Brüder, die mollig in ihrem Bett lagen. Schnell zog sie sich aus und nahm ihr Nachthemd, das gefaltet unter ihrem Kopfkissen lag. Aber ehe sie es anzog, ging sie mit ihrer Kerze vor den Spiegel und sah nachdenklich auf ihr nacktes Bild im Spiegelglas. Warum interessierte es sie auf einmal, fragte sie sich. Wuuu-huuu! rief die Eule aus der Schlucht. Die Taube war wieder in ihrem Käfig, aber bei dem Eulenschrei hob sie den Kopf aus den Flügeln und warf einen fragenden Blick nach der Schlucht.

Es schien fast keine Zeit vergangen zu sein, bis sich die Sonne durch die duftenden Tannenzweige in das Zimmer stahl. Die Tage wurden kürzer. Es fiel Augusta ein, daß es Sonntagmorgen war. Da gab es vielleicht schon reife Birnen auf dem Frühstückstisch – und sie durfte ihr Sonntagskleid anziehen – und dann gingen sie alle in die Kirche.

Augusta goß sich aus dem Wasserkrug Wasser in ihr Waschbecken – es plätscherte kühl. Sie hörte die Brüder in ihrem Zimmer streiten, ob Ernest seine Ohren waschen müsse oder nicht.
»Du hast ja noch Sand in den Ohren – ich seh's genau«, sagte Nicholas' Stimme.
»Meine Ohren sind sauberer als deine«, antwortete Ernest. »Ich hab die saubersten Ohren in der ganzen Familie.«
»Na, das solltest du mal unserer Mammi erzählen!«
»Gut – warum nicht?«
»Was du für'n kleiner Lügner bist!«
Gussie lief rasch die Treppe hinunter. Aus irgendeinem Grund fühlte sie sich leicht und fröhlich.
Philip und Adeline saßen schon am Tisch und aßen ihren Porridge. Mrs. Coveyduck ließ ihn volle zwei Stunden kochen, bis er wie schaumige Sahne war. Vor Philip stand eine große Schale voll, und er hatte sich gerade das zweite Mal genommen, als Augusta eintrat. Pflichtgemäß küßte sie beide Eltern, sah dann den Porridge ein wenig schief an und sagte: »Mir nur ein kleines bißchen, Papa, bitte!«
»Warum denn? Was hast du?« fragte der Vater.
»Nichts – aber ich esse Porridge nicht sehr gern.«
»Du hättest bessere Farben, wenn du mehr Porridge essen würdest. Sieh dir einmal die schönen Farben deiner Mutter an«, sagte Philip.
»Das ist das irische Klima«, antwortete Augusta. »Aber die Luft hier macht die Haut trocken. Das hat mir Mrs. Coveyduck gesagt.« Sie schauderte zurück vor dem Teller voll Porridge, den Philip ihr zugeschoben hatte. »Oh, Papa!« protestierte sie.
»Iß ihn auf!« befahl er.
Die beiden Jungen kamen ins Zimmer gestürmt.
»Jungens!« rief Adeline. »Ist das eine Art, Sonntag morgens zum Frühstück zu kommen?«
»Hinaus mit euch!« schalt Philip. »Kommt noch einmal herein, wie sich's gehört – sonst kriegt ihr kein Frühstück.«
Gedeppt schlichen die beiden hinaus und traten würdevoll und anständig wieder ein.
Adeline sagte: »Wenn meine Brüder zu Hause in Irland wie die Wilden zu Tisch gekommen wären, hätte mein Vater sie kopfüber hinausgeworfen, und sie hätten keinen Bissen gekriegt.« Sie seufzte tief, dann fuhr sie fort: »Ach, was für vollkommene Manieren hatte mein Vater – diese Höflichkeit, diese Liebenswürdigkeit des echten irischen Edelmanns! Mein ganzer Kummer ist, daß er nicht hier in der Nähe wohnt, als ständiges Beispiel für euch!«
Aus irgendwelchen Gründen schien Philip diese Betrachtung sehr erheiternd

zu finden. Er lachte stillschweigend vor sich hin. Es war ein Glück, daß Mrs. Coveyduck in diesem kritischen Augenblick einen Teller mit Spiegeleiern auf Toast vor ihn hinstellte. »Ich wette«, sagte er zu Ernest, »daß du einen gesunden Frühstückshunger hast. Iß deinen Porridge – dann bekommst du auch ein Spiegelei mit Toast.«

»Ich bin nicht hungrig«, erwiderte der Kleine. »Ich würde lieber zur Kirche gehen als essen.«

»Allmächtiger!« Philip legte Messer und Gabel hin und musterte seinen Sohn mit großem Mißfallen. »Demnächst wird er ins Kloster gehen wollen!«

Nicholas mischte sich ein. »Schon seit wir aufgestanden sind, hält er solche fromme Reden.«

»Bis auf die zehn Minuten, in denen du von meinen Ohren gesprochen hast«, erwiderte Ernest.

»Er hatte Sand drin«, erklärte Nicholas.

Nach dem Frühstück warf Adeline einen prüfenden Blick auf ihre beiden Söhne. Sie befahl Ernest, sich die Ohren zu waschen, und nahm selbst die verfilzten Locken von Nicholas' Haar in Angriff, die er einfach mit der Haarbürste oberflächlich geglättet hatte.

Endlich war die Familie zum Kirchgang bereit; alle sahen sehr elegant aus – Adeline trug einen ungeheuer weiten Reifrock, für den sie im Wagen den doppelten Raum brauchte. Philipp lenkte selbst die beiden prachtvollen Rotbraunen. Die beiden Jungen in Samtjacketts und Hüten mit einer Quaste saßen bei ihm auf dem Fahrersitz. Nero lief nebenher, Augusta mit offenem, schöngekämmtem Haar saß neben ihrer Mutter.

Die Kirche stand auf einer kleinen, aber sehr hübschen Anhöhe und war von Bäumen umgeben, die in den letzten Tagen beinahe kahl geworden waren. Darüber wölbte sich ein erstaunlich blauer Himmel, azurn wie die Südsee. Eine große Schar Wandertauben flog darüber hin wie über einen See. Nicholas hob seine imaginäre Flinte und gab ein paar imaginäre Schüsse ab.

»Drei hab ich runtergeholt!« verkündete er.

Gewöhnlich imitierte Ernest seinen Bruder, aber heute ging er gelassen den Kirchweg hinan. Seine Sonntagsschuhe quietschten ein bißchen, und das gefiel ihm sehr.

Ein schlanker junger Mann in Marineuniform kam hinzu und schloß sich Gussie an. Adeline begrüßte ihn fröhlich. Sie wartete auf Philip, der die Pferde und Nero in den Schuppen hinter der Kirche brachte. Adeline stand auf dem Kirchhof auf dem Platz, den Philip für die Familie Whiteoak ausgesucht hatte. Noch war kein Grab darauf. Wie etwas Unbegreifliches flog ihr der Gedanke durch den Sinn, daß sich eines Tages, in fernen, fernen Jahren, hier ein Grabhügel wölben würde . . .

Die Kirchenglocke läutete.

Augusta ging neben Guy Lacey her. Das Läuten verstummte, und als nun James Wilmott den Einleitungschoral auf der Orgel spielte, paßten sie ihre Schritte dem Takt an. Er trug seine Marinemütze unter dem Arm und hatte den Kopf ein wenig zu Augusta hinübergeneigt. Ihr war fast schwindelig vor soviel Glück des Augenblicks.

Nun waren die Eltern und die beiden Brüder dicht hinter ihnen. Guy verschwand im Kirchstuhl der Laceys. Augusta kniete; der breite Rand ihres Hutes, die seidigen schwarzen Locken waren wie eine Schutzwand für sie. Jetzt war sie weder glücklich noch unglücklich, sondern wie ein Träumer, der weitab von der Wirklichkeit ist und nichts weiter wünscht, als im magischen Kristall seiner Träume zu bleiben.

Dann sprach die klangvolle Stimme des Predigers Mr. Pink. Ernest hob sein kleines Gesicht mit dem Sonnenbrand auf der Nase zu ihm empor. Er trank die Worte förmlich ein.

»Ich erkenne meine Sünden. Meine Missetat ist immer vor mir . . .«

»Verbirg Dein Angesicht nicht vor meinen Sünden und richte mich nicht nach meiner Missetat . . .«

»Das Opfer, das Dir, o Herr, wohlgefällt, ist ein reuig Herz. Ein reuiges und zerknirschtes Herz wirst Du, o Herr, nicht verachten . . .«

Adeline schaute zufrieden auf die gebeugten Schultern ihres kleinen Sohnes. Sie flüsterte: »Nimm die Hand aus der Tasche!« Dann nahm sie die Kinderhand tröstend in die ihre. Der Gottesdienst ging weiter.

Als die Zeit der Opfergabe gekommen war, ging Philip leise aus dem Kirchenstuhl und gesellte sich zu Thomas Brawn, dem Müller. Sie gingen die Reihen auf und ab und hielten den Gemeindemitgliedern den Opferteller hin. Philip beobachtete seine eigene Familie, wie jeder sein Scherflein auf den Teller legte. Als er zu Ernest kam, legte der Kleine mit feierlicher Geste einen goldenen Federhalter darauf. Dann kreuzte er mit napoleonischer Geste die Arme und sah seinem Erzeuger frank und frei in die Augen. Philip und Mr. Brawn stiegen zur Kanzel hinauf und boten Mr. Pink die Opfer dar.

Mr. Pink wurde rosiger, als er ohnedies war, als er, seinen Augen kaum trauend, einen goldenen Federhalter auf dem Opferteller gewahrte. Philip Whiteoak machte ein undurchdringliches Gesicht. Er sah aus, als könne ihn nichts überraschen, was auf einem Opferteller lag. Als er zu seinem Platz zurückkehrte, befahl er Nicholas durch einen strengen Blick Zurückhaltung, denn der Junge bebte vor unterdrücktem Lachen. Auf ihrer Seite des Kirchenschiffs entstand eine gewisse neugierige Unruhe. Auf der anderen Seite machten die Leute lange Hälse, um zu sehen, was es dort Erstaunliches gab. Die Laceys saßen auf der anderen Seite, und Augusta dankte dem Himmel, daß Guy nicht sehen konnte, was Ernest getan hatte. Sie war vor Verlegenheit einer Ohnmacht nahe.

Jedoch sie konnte Guy nicht entkommen. Beim Hinausgehen spürte sie im Gedränge der kleinen Vorhalle seinen Atem an ihrem Ohr.
»Was gab's denn vorhin?« fragte er.
»Es lag etwas ... Sonderbares auf dem Opferteller«, mußte sie wahrheitsgemäß antworten.
»Hatten Sie's hingelegt?«
Jetzt waren sie im Freien. Die Luft war herrlich klar und funkelte förmlich wie blaue Seide.
Sie schrak zurück. »Ich? Nein!«
»Dann hat der kleine Ernest sich einen Spaß gemacht.« Er nahm den Jungen beim Arm und flüsterte: »Ernest, hast du einen Hosenknopf auf den Opferteller gelegt?«
Ernest hüpfte vor Vergnügen und vor Erleichterung, daß er die Last los war, die ihn so bedrückt hatte. »Hosenknopf! Au Backe – haben *Sie* 'ne Ahnung!« sagte er.
Als die Whiteoaks heimkamen, nahm Philip seinen Sohn Ernest bei der Hand und ging mit ihm in die Bibliothek.
»Das hat er davon!« bemerkte Nicholas.
»Gussie – sag mir, was das alles bedeutet!« befahl Adeline. »Ich will doch wissen, was gespielt wird.«
»Papa wird dir's sagen«, antwortete Gussie und schoß die Treppe hinauf.
Nicholas legte sein Ohr an das Schlüsselloch der Tür zur Bibliothek. »Ich hör nichts klatschen!« verkündete er.
»Hörst du auch nicht, was sie sprechen?« fragte Adeline.
Nicholas sprang beiseite, als die Tür sich öffnete. Im selben Augenblick schlug Bessie, um die Familie zum Sonntagsessen zu rufen, auf den Gong, den Adeline aus Indien mitgebracht hatte. Philip und Ernest erschienen Hand in Hand.
Nur ein oder zwei Tage später kam Guy Lacey nach Jalna, um sich zu verabschieden, denn sein Schiff sollte bald nach Halifax segeln. Adeline rief ihre Tochter. »Augusta, Gussie, komm herunter und sag Guy Lacey Adieu. Er kommt gerade die Einfahrt herauf.«
»Bitte, Mama ... ich möchte lieber nicht«, rief Augusta zurück.
»Warum nicht – um alles in der Welt? Er wird's erwarten. Er bewundert dich doch – hast du das nicht bemerkt?«
»Ich möchte lieber nicht. Sag ihm, daß ich krank bin.«
»Unsinn – komm sofort herunter.«
Langsam stieg Augusta die Treppe herab. Adeline musterte sie. »Was fehlt dir denn?« fragte sie. »Du bist bleich wie eine Hexe. Beiß dich auf die Lippen.«
Gehorsam biß sich Augusta auf die Lippen, damit sie ein wenig Farbe bekämen. Guy Lacey stand schon vor der Tür. Er klopfte, und Adeline öffnete.

»Guten Tag!« sagte sie, ihn herzlich begrüßend. »Kommen Sie herein! Ach, wie traurig – ich höre, daß Sie schon wieder fort müssen. Und wohin geht diesmal die Reise?«
»Nach Irland, Mrs. Whiteoak.«
»Irland! Ist es möglich! Das wäre mein Traum! Gussie, Herzchen – denk nur, Guy erzählt mir, daß sie nach Irland segeln. Beneidest du ihn nicht?« Sie sah hinüber zur Treppe, wo Gussie gestanden hatte – aber das junge Mädchen war verschwunden.
»Sie müssen sie entschuldigen«, sagte Adeline resigniert. »Sie fühlt sich heute gar nicht wohl. Oder – ganz ehrlich – sie hat eben erst gehört, daß Sie weg müssen, und das hat sie aufgeregt.«
»Dann sagen Sir ihr bitte meine herzlichsten Grüße – und daß es mir sehr leid tut, daß ich sie nicht mehr sehen konnte.«
»Und wann können wir Sie zum nächsten Urlaub erwarten?«
»In etwa zwei Jahren.«
Kurz darauf ging er zu den Ställen, um Philip aufzusuchen; er pfiff unterwegs fröhlich vor sich hin. Adeline flog die Treppe hinauf zu Gussies Zimmer. Sie fand sie ausgestreckt auf ihrem Bett, das Gesicht in die Kissen gedrückt. Adeline nahm sie bei den Schultern und drehte sie um.
»Schämst du dich nicht, Mädchen?« Adelines Stimme war scharf vor Ärger. »Wegzulaufen und dich zu verstecken, wenn ein hübscher junger Mann zu Besuch kommt?! Hab ich dir denn niemals gute Manieren beigebracht? Hat dich dein Vater dazu erzogen, daß so etwas aus dir wird? Aber du bist nichts als eine alberne ungeschickte Landpomeranze! Das findet Guy Lacey auch, er hat's mir selbst gesagt.«
Das war zuviel für Gussie. Sie schrie vor Kummer auf, drehte sich wieder um und verbarg ihr Gesicht. Nun tat sie Adeline leid. Sie sagte: »Nun, vielleicht habe ich mich geirrt. Vielleicht hat Guy nicht so derb gesprochen. Vielleicht hat er nur gesagt, du wärst schüchtern. Auf mein Wort – ich habe soviel um die Ohren gehabt, daß es mir auf's Gedächtnis geschlagen ist. Ja, wenn ich drüber nachdenke ... er hat gesagt, du wärst ein schüchternes, sehr süßes Mädchen vom Land.«
Tränen der Dankbarkeit strömten aus Gussies großen Augen auf ihre gefalteten Hände. »Oh ... da bin ich aber froh!« flüsterte sie.
»Dein Fehler ist, daß du zu empfindlich bist, Gussie«, sagte Adeline. »Ich weiß ja, wie das ist, denn ich bin selbst übersensitiv. Und nun steh auf und mach dich wieder ordentlich, dann rufen wir die Jungen und gehen alle Nüsse sammeln.«
Die Jungen lauschten natürlich vor der Tür. Als Ernest die letzten Worte hörte, konnte er ein lautes »Hurra« nicht unterdrücken. Nüsse sammeln war fast ebenso schön wie ein Picknick am See. Es gab Haselnüsse, Bucheckern,

Walnüsse – ganz zu schweigen von den letzten wilden Blaubeeren. Kein Wunder, daß Ernest »Hurra!« rief.
Adeline riß die Tür auf. »Wer hat da Hurra gerufen?« fragte sie. Ernest ließ den Kopf hängen.
Nicholas sagte: »Ich war's.«
»Was habe ich getan«, rief Adeline, »daß ich solche jungen Vipern in die Welt setzen mußte? Dort auf dem Bett liegt meine Tochter – noch ein rechtes Kind – und hat eine heimliche Liebesgeschichte mit einem Marineoffizier! Hier steht mein einer Sohn und horcht am Schlüsselloch, und der andere sieht mir ins Gesicht und lügt mich an!«
»Es tut mir leid, Mammi!« sagte Ernest.
»Mir tut's auch leid«, sagte Nicholas.
Augusta murmelte, auch ihr täte es leid. Aber die Idee mit einer heimlichen Liebesgeschichte gefiel ihr. Sie erhob sich von ihrem Bett, bürstete ihr Haar glatt und gesellte sich zu Adeline und den Jungen. Sie hörte das Baby Philip, das sich bemühte, die Treppe heraufzusteigen – es stöhnte und ächzte und gab kindlich triumphierende Laute von sich.
»Und der da ist der Schlimmste von euch allen!« sagte Adeline. »Ich komm schon, mein Liebling!«
In Wahrheit war sie so glücklich, daß sie nicht wußte, was sie tun sollte, um ihrer Freude am Leben Ausdruck zu verleihen.

Herbstliche Ereignisse

Wilmott wußte nicht, was ihm stärkeren Eindruck machte – der wetterdrohende Novemberhimmel oder der ruhige kleine Fluß, der wie ein Mondstein schimmerte. Die niedrigen Büsche am Ufer waren noch grün wie Zedern und rot wie Hagebutten. Ein blauer Reiher flog tief über das Wasser, in dem sich sein Blau spiegelte.
Wilmott sagte laut: »Wenn so tief der Reiher fliegt – Sturm und Wetter vor ihm liegt ...«
Aus dem Moosbeerengebüsch kam Tites Stimme: »Das klingt beinahe dichterisch, Chef – ich bin selbst dichterisch veranlagt – also kann ich's beurteilen.«
Wilmott hatte ein paar kindliche Verse gelesen, die Tite in ein Collegeheft geschrieben hatte. »Du hast einige recht hübsche Reime aufgeschrieben, Tite«, sagte er freundlich. »Wirklich nette.«
Tite kam zu ihm und zog einen Zeitungsausschnitt aus der Tasche. In seiner Stimme lag höflicher Vorwurf. »Dem Zeitungsredakteur gefielen sie so gut, daß er sie gedruckt hat, Chef«, sagte er. »Möchten Sie sie lesen?«

Erstaunt las Wilmott die Verse. Sie waren schamlos sentimental, und wirklich mit ›Titus Sharrow‹ unterzeichnet.
»Gratuliere«, sagte Wilmott. »Ich bin überzeugt, daß wir einen Dichter in unserer Mitte haben!«
In Wilmotts Stimme klang etwas gönnerhaft Belustigtes. Tite antwortete: »Ich habe mich gegen das Studium der Rechte entschieden – ich bin überzeugt, in diesem Beruf werde ich niemals Erfolg haben. Ich habe beschlossen, lieber ein Dichter zu werden. Später, im Winter, werde ich ein Buch schreiben.«
Wilmott hatte selbst ein Buch geschrieben, das niemals das Licht einer Druckerpresse gesehen hatte. Er empfand eine Art grimmigen Mitleids mit diesem siegessicheren Halbblut.
»Sei vorsichtig, Tite«, sagte er. »Du nimmst dir etwas vor, woran viele klügere Leute als du gescheitert sind. Ein paar Verse, die ein Lokalblättchen abdruckt, sind etwas ganz anderes als ein Buch, das du geschrieben hast, und das gedruckt und gebunden vor dir auf dem Tisch liegt.«
»Chef?«
»Ja?«
»Ich bin zum Erfolg geboren.«
»Warum denkst du das?«
»Nun, bereits als ich Schüler in der indianischen Reservatsschule war, sah ich nicht nur am besten aus, sondern ich war auch der hellste. Die Lehrerin war nicht jung, aber ich kriegte bald heraus, daß sie in mich verliebt war. Sie gab mir bessere Noten, als ich verdient hatte – sie konnte einfach nicht dagegen an.«
»Alles hat sich verschworen, dich so eingebildet wie möglich zu machen, Tite. Aber du bist nicht so bemerkenswert, wie du dir einbildest.«
»Nun, ich denke, daß Sie bemerkenswert sind, Chef – und all die Jahre, die wir zusammen sind, habe ich mich bemüht, so zu werden wie Sie.«
Wilmott sah ihn verwundert an.
»Meinen Sie, daß es mir gelungen ist, Chef?«
»Nun, du sagst doch, du wärst zum Erfolg geboren.«
»Meinen Sie, wir sind gleich, Chef?«
»Die Sache ist die«, sagte Wilmott, »daß ich der geborene Versager bin.«
»Da muß ich bloß lachen, Chef – und ich hoffe, Sie werden mir verzeihen, daß ich lache.«
»Was ist so komisch an einem Versager?«
»Chef – Ihnen gehört dies hübsche kleine Haus, ein Boot, vier Anzüge, fünf Paar Schuhe, ein Gewehr und eine Menge anderer Dinge. Sie arbeiten nicht. Ich forme mich genau nach Ihnen.«
»Ich habe in England hart gearbeitet. Ich habe erübrigt, was ich konnte.«

»Was schätzen Sie im Leben am meisten, Chef?«
»Das ist leicht zu beantworten – das Alleinsein!«
»Warum haben Sie mich dann bei sich behalten, Chef?«
»Die Frage hab ich mir schon selbst gestellt.«
»Ich kann sie Ihnen beantworten, Chef. Weil Sie ein einsamer Mensch sind. Ich bin auch ein einsamer Mensch, die Großen sind immer einsam. Lord Byron war einsam. Sie haben ein Buch mit seinen Gedichten, und ein Buch über sein Leben. Ich habe beide Bücher gelesen, und ich finde, er war ein großer Dichter – und die Frauen haben ihn geliebt. Ich bin genau so. Die Frauen sind wild darauf, mich als Liebhaber zu haben. Erinnern Sie sich an Miss Daisy Vaughan, die in Jalna zu Besuch war?«
»Ich habe keine Sehnsucht danach, die Geschichte zu hören.«
Tite fuhr fort, als habe es keine Unterbrechung gegeben: »Die junge Dame hatte sich im Wald verirrt. Ich war es, der sie fand, und ich beanspruchte die Belohnung. Aber vorher verbrachte ich ein paar Tage im Wald mit ihr. Sie war sehr nett – und sie liebte mich heiß. Sie konnte nicht dagegen an. So geht es mir immer. Die letzte war Annabelle. Sie glaubte, Gott zu lieben – aber in Wirklichkeit liebte sie mich. Sie konnte mich nicht heiraten, deshalb nahm sie diesen Neger Jerry. Ich sollte nicht heiraten. Ich bin ein Dichter, ich sehne mich nach Einsamkeit – genau wie Sie, Chef!«
»Ich verstehe nicht, was du mir eigentlich erzählen willst«, sagte Wilmott, schon ein wenig verstimmt.
Geduldig antwortete Tite: »Ich sprach von Lord Byron, von Ihnen und von mir, Chef.«
Wilmott wandte sich zum Gehen, aber Tite stellte sich ihm in den Weg.
»Chef!« sagte er.
»Was denn?«
»Sie haben mir einmal gesagt, ich sei Ihnen so wie ein Sohn.«
»Auch Söhne schwatzen oft wie Narren.«
»Es tut mir leid, wenn ich Sie gereizt habe, Chef, denn ich liebe Sie mehr als sonst jemanden auf der Welt, sogar mehr als meine Großmutter, die die Tochter eines indianischen Häuptlings ist. Auch von meiner französischen Seite her bin ich von edlem Blut.«
»Das hast du mir schon hundertmal erzählt«, erwiderte Wilmott trocken. »Du bist von edlem Blut und du bist ein Dichter!«
»Wenn der Winter kommt, Chef, brauchen wir beide eine Frau, die uns versorgt – eine gutartige, hübsche und unermüdlich fleißige Frau wie Annabelle. Dann haben wir Muße, Gedichte zu schreiben. Sie könnte das Holz heranschleppen, die Fische reinigen und kochen. Es würde uns sehr wenig kosten.«
»Wie meinst du das?« fragte Wilmott.
»Ich habe hier in der Tasche einen Brief von Annabelle, Chef. Sie war kaum

nach Hause gekommen, als sie erfuhr, daß Jerry bereits vor dem Krieg verheiratet war und eine Frau und zwei Kinder hat. Also verließ sie ihn und kam wieder nach Kanada – sie bedient die Kinder eines Ehepaares, das aus dem Süden hergezogen ist. Sie sorgt sich noch immer um mein Seelenheil, Chef, und möchte gern herkommen und für uns arbeiten. Ein großer Schriftsteller wie Sie, Chef –«

»Mein Gott!« unterbrach ihn Wilmott, »laß mich aus dem Spiel, Tite. Vielleicht bist du ein Dichter – aber ich lege keinen Wert darauf, ein Schriftsteller irgendwelcher Art zu sein.«

»Ich kann Sie nicht aus dem Spiel lassen, Chef«, sagte Tite, »denn Sie sind ein großer Mann. Sie müssen Ihre Bedienung haben.« Seine schmalen, dunklen Augen blickten Wilmott eindringlich an. »Erinnern Sie sich, wie krank ich letzten Winter war, und wie Sie mich bedienen mußten? Und dabei waren Sie selbst nicht wohl. Wie prächtig wäre es, wenn Sie und ich eine junge gesunde Frau hier hätten, die uns bedient! Belle ist gesund. Sie ist kräftig. Sie liebt mich. Sie bewundert Sie. Und außerdem ist sie auch noch fromm.«

»Und wo sollte sie wohnen?«

»Nun hier, Chef, bei uns.«

»Wir wären der Skandal der ganzen Nachbarschaft. So etwas kann ich nicht dulden.«

»Die Leute gewöhnen sich an alles, finde ich. Sie sind hochangesehen.«

»Hmmmmph!«

»Denken Sie nur, wie glücklich wir sein könnten. Wir haben unser Häuschen, wir haben unsern Fluß – und wir würden unsere Haushälterin haben! Chef, sie ist daran gewöhnt, Sklavin zu sein. Sie wünscht sich nichts anderes. Bitte, Chef – lassen Sie sie herkommen.«

»Nein. Niemals.« Wilmott wandte sich ab.

»Sind Sie nicht einverstanden?«

»Nein. Niemals.«

Tite wurde tiefnachdenklich. Das einzige Geräusch, das zu ihnen drang, war das resignierte Gemurmel des Wassers, mit dem sich der Fluß der wartenden Umarmung des Sees und der eisigen Drohung des Winters hingab.

Dann sprach Tite in besonders verführerischem Ton: »Chef«, sagte er, »um Ihretwillen bin ich bereit, das Mädchen zu heiraten.«

»Das ist der lächerlichste Vorschlag, den ich je gehört habe«, erwiderte Wilmott. »Du hast dir schon allerlei ausgefallene Bemerkungen erlaubt – aber das ist der Gipfel! Würdest du eine Sklavin heiraten?«

»Belle ist keine Sklavin mehr. Und ich habe Sie selbst sagen hören, Chef, daß keiner von uns frei ist.«

Wilmott sagte: »Du hast doch soeben mit deinem edlen Blut geprahlt. Und doch kommst du jetzt und schlägst mir vor, eine Mulattin zu heiraten.«

»Belle ist nicht schwarz oder braun, nicht einmal gelb«, antwortete Tite stolz. »Sie hat die Augen einer weißen Frau.«
»Das habe ich nicht bemerkt.«
»Ihr Vater«, fuhr Tite fort, »war ein Weißer – ein Edelmann aus Virginia.«
»Das ist doch alles phantastisch«, sagte Wilmott. »Ich habe keine Geduld mehr, mir so etwas länger anzuhören.«
»Aber es wäre keine Phantasterei, wenn Sie im Winter morgens aufwachen und das Prasseln eines munteren Feuers hörten und den Geruch von frischen Maisbrötchen verspürten. Erinnern Sie sich nicht, daß Sie mich heute früh dreimal rufen mußten, Chef, und sich zuletzt gezwungen sahen, den Stiefel gegen die Tür zu werfen? Und als ich endlich aufstand, ließ ich den Toast verbrennen und kochte die Eier zu lange, bis sie steinhart waren. Es wäre alles ganz anders, wenn wir Annabelle hier hätten!«
Wilmott dachte an den nahenden Winter. Er wurde langsam schwach. Dennoch sagte er: »Nein. Ich kann es nicht zulassen.«
»Aber warum nicht, Chef? Nennen Sie mir einen vernünftigen Grund!«
»Weil ihr in Sünde leben würdet, wie der Pfarrer es ausdrückt.«
»Belle und ich, wir sind sehr religiöse junge Leute. Wir würden schnurstracks zu meiner Großmutter im indianischen Reservat gehen. Der Prediger an der kleinen Kirche dort würde die Trauung vollziehen. Sie wäre einfach – aber legal. Freilich sehr verschieden von ihrer Trauung mit Jerry, denn er war bereits verheiratet – verheiratet und schwarz wie die Sünde.«
»Tite«, sagte Wilmott, »ich werde dir meine Zustimmung zu dieser sonderbaren Verbindung nicht geben, ehe ich mit meinen Nachbarn, den Whiteoaks, darüber gesprochen habe.«
»Das halte ich für eine weise Entscheidung«, sagte Tite.
Während dieses Gesprächs war Tite zusehends würdevoller und sogar kritisch geworden. Er schaute auf den schimmernden Fluß, auf den Himmel, der weder silbern noch golden, sondern eine Mischung von beidem war, und auf den blauen Reiher, der sein Spiegelbild auf das Wasser warf.
Seltsamerweise war Adeline Whiteoak der Meinung, daß es viel zu Wilmotts Behagen beitragen könne, wenn er Tites Frau bei sich im Haus hätte. Sie hatte sich oft Sorgen gemacht, erklärte sie, daß Wilmott im Winter doch sehr vernachlässigt wäre. »Es ist wirklich helle Verrücktheit«, sagte sie, »daß sich dieser Bursche einbildet, er könne je ein Rechtsanwalt werden! Sie haben falsch gehandelt, James, als Sie ihm dazu rieten.«
»Er ist recht gescheit, müssen Sie bedenken«, entgegnete Wilmott. »Ich wundere mich oft über sein Verständnis. Er ist auf seine eigene, etwas wunderliche Art sogar loyal. Ich habe Tite in den vielen Jahren, die ich mit ihm gelebt habe, doch schätzen gelernt. Ich hatte eine bessere Zukunft für ihn im Sinn als diese Heirat mit einer Halbblutmulattin.«

Nun wurde Adeline energisch. »Meines Erachtens ist Belle viel zu gut für ihn! Sie hat einen guten Charakter. Sie ist fromm. Sie betet Tite an. Als sie mir sagte, ihre Leidenschaft für ihn sei vorbei, hab ich ihr keine Sekunde geglaubt! Sie könnte höchstens einen guten Einfluß auf ihn haben.«
»Er will nicht mehr Rechtsanwalt werden«, berichtete Wilmott. »Er beabsichtigt, ein Dichter zu werden wie Byron – sagt er. Ein paar Verse von ihm sind in unserm Lokalblättchen abgedruckt.«
Adeline war beeindruckt. »Tatsächlich? Oh, ich möchte sie gern lesen.«
»Sie sind ziemlich miserabel.« Aber Wilmott sah, daß Tite bei Adeline erheblich an Ansehen gewonnen hatte.
Es war Nachmittag. Adeline trug einen Teagown aus grünem Samt, der den matten Perlenglanz ihrer Haut und den Kastanienschimmer ihres Haars noch mehr zur Geltung brachte (Philip nannte es einfach rot!). Das Licht des Kaminfeuers aus Birkenholz spielte auf ihren Ringen – den Diamanten, Smaragden und besonders auf einem herrlichen Rubin. Wilmott dachte, eigentlich war es für eine Frau in diesem rauhen Land ziemlich geschmacklos, soviele Ringe zu tragen. Nun ja . . . aber Adeline gehörte in kein besonderes Land. Sie trug ihre Herkunft wie einen übergeworfenen Mantel. Den Rubinring hatte ihr ein Rajah geschenkt – und an Adelinens Finger sah er auch hier ganz natürlich aus. Jetzt schaute sie auf die ersten Schneeflocken, die wie ein dichter Bienenschwarm am Fenster vorbeiflogen. Manche blieben an der Scheibe hängen, als begehrten sie Einlaß. Andere wirbelten wieder aufwärts zum grauen Himmel. Sie tanzten in der Luft ein heiteres Allegro, anmutig und trügerisch, und schmeichelten dem Glauben, daß kein Trauerlied darauf folgen würde.
»James«, sagte Adeline, »sind Sie glücklich bei Ihrer Lebensform?«
»So glücklich, wie es meiner Natur gegeben ist«, erwiderte er.
»Werden Sie niemals aufsässig? Widerspenstig?«
»Ich – aufsässig? Ach, das habe ich alles in England durchgemacht. Hier bin ich zufrieden wie ein Rind auf der Weide.«
»Ein Rind?« rief Adeline. »Sie, James? Was für ein Vergleich!«
Er lächelte halb wider Willen. »Ich kaue – und käue wieder. Ich denke ein wenig nach über den Sinn der Dinge und sage mir, wie glücklich ich bin, hier zu sein. Sie sind doch gewiß nicht aufsässig, Adeline?«
»Würden Sie mich verachten, wenn ich antwortete: Ja, doch!«
»Sie wissen recht gut, daß ich nie imstande wäre, Sie zu verachten, aber . . . manchmal wundere ich mich über Sie.«
»Warum?«
»Nun, weil Sie alles haben – Schönheit und –«
Sie lachte höhnisch. »Schönheit? Ja, früher einmal, jetzt nicht mehr.«
Er wollte aufstehen. »Wenn Sie solche Dinge sagen, ist's für mich höchste Zeit, wegzugehen.«

Sie hielt ihn zurück, indem sie die Hand auf seinen Arm legte. »Ich habe einen Brief von Lucy Sinclair bekommen«, sagte sie. »Sagen Sie mir nicht, daß Sie sie beneiden.«

»Wie Sie meine Gedanken lesen können! Gott sei Dank ist Philip nicht wie Sie. Wir wären ewig auf Knopf und Spitze!«

»Ich betrachte Mrs. Sinclair«, sagte Wilmott, »als eine oberflächliche, törichte Frau.«

»Da irren Sie sich sehr, James.«

»Ich irre mich immer – wenn es um Frauen geht.«

»Lucy hat Mut!« Adelines Stimme bebte vor Inbrunst, so sehr bewunderte sie Lucy. »Sie hat Schreckliches erduldet und niemals geklagt. Nun endlich hat sie mir geschrieben.«

»Das sagten Sie bereits.«

»In dem engen, beschränkten Dasein, das ich führe, muß ich mich notwendigerweise wiederholen – sonst hätte ich nichts zu sagen.«

»Verzeihen Sie mir, Mrs. Whiteoak.«

»Mrs. Whiteoak!« rief sie, »das hat gerade noch gefehlt! Daß ich nach all den Jahren unserer Freundschaft für Sie nichts anderes bin als ›Mrs. Whiteoak‹ ...«

Wilmott biß sich vor Verlegenheit auf die Nägel.

»Daß ich nach all den schlimmen Wechselfällen meines Lebens –« Nun mußte Wilmott lächeln. »Ihre schlimmen Wechselfälle, meine Liebe?! Nun, haben Sie soviel Mitleid mit sich selbst, wie Sie mögen – aber jeder andere Mensch beneidet Sie. Sie führen ein wunderbares, beneidenswertes Leben.«

»Aber es ist eintönig. Sie können nicht leugnen, daß es eintönig ist.«

»Besser eintönig als die Veränderungen, die die Sinclairs ertragen mußten. Hat Ihnen Mrs. Sinclair mitgeteilt, in welchem Zustand ihre Plantage ist?«

»Sie ist zerstört, James, zerstört! Aber Curtis Sinclair hat ein schönes Haus in Charleston gekauft – das heißt in dem, was von Charleston übrig geblieben ist. Sie bitten uns, sie zu besuchen, sobald die Bedingungen günstiger geworden sind.« Adeline zuckte zusammen, als plötzlich von oben schreckliches Getrampel und grelle Schreie der Kinder ertönten.

»Nun hören Sie sich das an!« sagte sie. »Es ist ein abscheuliches Spiel, das sie sich ausgedacht haben. Sie nennen es ›Die alte Hexe‹.«

»Wer spielt die Rolle der alten Hexe?«

»Gussie – und sie ist noch schlimmer als die Jungen.«

»Meine Güte!« sagte Wilmott. »Ich dachte, Gussie sei viel zu würdevoll für solche Spiele.«

»Sie ist in einem lächerlichen Stadium – manchmal wild wie ein Kind, manchmal eine spröde Jungfrau, manchmal scheu, manchmal dreist ... nun bitte, hören Sie! Sogar unser Jüngster ist dabei!«

Das stimmte. Baby Philip machte mehr Lärm als alle andern.
Adeline sprang auf. Vom Fuß der Treppe rief sie: »Kinder! Kommt sofort hier herunter!«
Zögernd kamen sie die Treppe heruntergeschlichen, Augusta hatte das Baby an der Hand.
»Ihr verursacht mir nervöse Zustände!« sagte Adeline. »Oh, wie ich unsern netten Mr. Madigan vermisse! Als er hier war, hatten wir Ruhe und Frieden im Haus.«
»Das hör ich dich zum erstenmal sagen, Mammi«, bemerkte Nicholas. »Sonst hast du immer gesagt, er kenne überhaupt keine Disziplin.«
»Danke deinem guten Stern, du Bürschchen, daß Mr. Wilmott hier ist!« sagte Adeline feierlich, »sonst würde ich dir zeigen, wie Disziplin aussehen kann!«
»Disziplin . . . au Backe!« sagte Ernest.
Adeline ließ sich so weit gehen, daß sie ziemlich laut aufschrie. »Barmherziger Himmel!« rief sie, »daß ich den Tag erleben mußte, an dem ich so einen Ausbund von Unverschämtheit in die Welt gesetzt habe!«
»Bitte Mammi schnell um Verzeihung, Ernest!« ermahnte Gussie.
»Verzeihung«, sagte der kleine Bursche. »Ich hab mir nichts nich dabei gedacht.«
Hätte Adeline nicht ihre prachtvollen Farben gehabt, so hätte ein Zuschauer meinen können, sie sei einer Ohnmacht nahe. Jetzt sagte sie im Ton tiefsten Kummers: »Ordinäre Sprache und schlechte Grammatik. Was soll ich bloß mit ihm anfangen?!«
»Es ist nicht so wichtig«, tröstete Wilmott. »Der lange Umgang mit den Negern . . . er wird's bald vergessen haben.«
Baby Philip merkte, daß Ernest in Ungnade war. Es ballte seine kleine Faust und schlug auf ihn ein, aber Ernest fühlte den Schlag nicht einmal.
»Es ist mir ein Rätsel«, sagte Adeline, »wie diese unglücklichen Kinder in diesem wilden Lande eine gute Erziehung genießen sollen!«
»Ist Kanada wilder als Irland, Mammi?« fragte Nicholas.
»Irland ist das älteste christliche Land in Europa«, erwiderte Adeline. »Von Irland aus ging Joseph von Arimathia als Missionar nach England zu den Wilden dieses Landes.«
Als die Kinder sich getrollt hatten, sagte Adeline: »Ich habe Mr. Busbys Tochter Amelia – diejenige, die von ihrem Gatten Lucius Madigan verlassen wurde – verpflichtet, als Erzieherin zu den Kindern zu kommen – wenigstens bis zum nächsten Frühjahr. Dann schicken wir die beiden Ältesten zur Schule nach England.«
»Warum schicken Sie Nicholas nicht auf das Upper Canada College?« fragte Wilmott. »Es hat einen recht guten Ruf.«

Adeline kicherte. »Weil ich nach einer Abwechslung dürste!«
»Erstaunlich!« sagte Wilmott. »Ich dachte, Sie sind glücklich und zufrieden in Jalna, seit Ihre Gästeschar Sie verlassen hat.«
»Nun jeder Mensch freut sich über eine Veränderung.«
»Jeder Mensch – außer mir«, entgegnete Wilmott.
»Sie Glückspilz!«
»Ich Pechvogel! Wenn Sie fort sind, meine ich.«
Er sah sie halb spöttisch, halb zärtlich an. Es war selten, daß er eine Bemerkung machte, aus der seine Zuneigung sprach, und Adeline sonnte sich darin.
»Ich bin eben eine arme Pionierfrau!« rief sie.
Und dann fügte sie hinzu: »Das ist das Nette an Ihnen, James. Sie verstehen, was ich meine, obwohl ich's nicht einmal halb ausspreche.«
»Nun, da bin ich froh, daß doch wenigstens *etwas* Nettes an mir ist!« Er fiel wieder in seinen distanzierten Ton.
Adeline erhob sich plötzlich und nahm eine herausfordernde Pose ein.
»Sehen Sie etwas Bemerkenswertes an mir?« fragte sie.
»An Ihnen ist nichts, das *nicht* bemerkenswert wäre – aber was mir eben jetzt ins Auge fällt, ist, daß Sie eine von diesen neumodischen Turnüren tragen.«
Sie lachte und fragte: »Gefällt sie Ihnen, James?«
Er antwortete mit einer Gegenfrage.
»Gefällt sie Philip?«
»Nein.«
»Dann gefällt sie mir auch nicht.«
Adeline schob schmollend die Unterlippe vor, was für Wilmott reizender war als das schönste Lächeln anderer Frauen, aber die Turnüre fand er entstellend.
Schritte kamen die Treppe herunter. Die vier Kinder erschienen, Gussie führte wieder den kleinen Philip.
»Was? Seid ihr schon wieder da?« rief Adeline.
»Ein entzückendes Geschenk für dich, Mammi«, sagte Nicholas. »Wir haben Mrs. Sinclairs Schlafzimmer inspiziert, und da fanden wir dies hier in einem Halstuch mit einem Zettel: ›An meine lieben Freunde zurückgeben!‹ – aber siehst du, sie hat's vergessen.«
»Meine Perlenkette!« rief Adeline und griff schnell zu.
»Meine Uhr mit Kette«, sagte Nicholas und nahm sie wieder in Besitz.
»Mein Ring mit dem Mondstein!« sagte Gussie, steckte ihn auf ihren schmalen, weißen Finger und hielt ihn so, daß das Licht darauf spielte.
»Mein seine Nadel!« piepste das Baby und befühlte sie – sie steckte wieder oben in seinem Lätzchen.
»Und was ist mit mir?« jammerte Ernest. »Mit mir – und meinem goldenen Federhalter?«

»Schadet nichts, mein Engel, gräm dich nicht!« Adeline drückte ihn an sich. »Ich schenke dir Papas allerbesten Federhalter!«

Der Federhalter aus Elfenbein

»Wo ist mein Elfenbeinfederhalter?« schrie Philip ärgerlich aus der Bibliothek. »Hat jemand meinen Federhalter gesehen?«
Ernest war oben – er kicherte und hielt sich rasch die Hand vor den Mund. Er wartete auf die Antwort seiner Mutter, die denn auch prompt erfolgte. »Dein weißer Federhalter, Philip?« rief sie zurück. »Dein bester, elfenbeinerner?«
»Du weißt recht gut, daß ich nur einen elfenbeinernen hatte! Ich will wissen, wer ihn genommen hat!«
»Hast du ihn zufällig jemandem gegeben?« fragte sie, den Kindern zublinzelnd.
»Ich wünsche zu wissen, wo er ist«, schrie er. Jetzt stand er am Fuß der Treppe. »Ich bin doch kein Narr, daß ich ihn einfach irgend jemandem gebe!«
»Vielleicht hat ihn Mrs. Sinclair mitgenommen?«
»Gestern hatte ich ihn noch. Jemand in diesem Haus hat ihn genommen... und der kann mir jetzt schon leid tun!« Seine Augen glitten über die kleine Gruppe, die oben stand, und blieben an Ernest hängen.
»Ich werd' dir was sagen«, flötete Adeline mit süßer Stimme. »Wir kommen alle herunter und helfen dir suchen. Kommt, Kinder.«
Sie kamen geschlossen die Treppe herunter. Unten angelangt, sagte Adeline zu Philip: »Hast du an die Möglichkeit gedacht, daß Nero ihn genommen haben kann? Er hat ihn vielleicht für ein gewöhnliches Stück Knochen gehalten und ihn einfach aufgefressen.«
»Nero würde sich nie etwas von meinem Schreibtisch nehmen.«
Nero, der auf seinem Stammplatz auf dem Bärenfell lag, rollte unschuldsvoll die Augen zu Philip hinauf. Er gähnte, wie um zu zeigen, daß kein Splitterchen von Elfenbein an seinen Zähnen hing. Niemals, deutete er damit an, würde er die Familie kritisieren – aber auch ein Hund hätte das Recht auf Selbstverteidigung. Ernest kauerte sich hin und schaute in Neros Maul, der zum zweiten Male gähnte. »Ich sehe keine Spur von dem Federhalter«, sagte er.
Auch Nicholas hockte sich vor den Hund. »Nein – denn seine Zunge würde bestimmt blutig sein.«
Jetzt rollte sich Nero auf den Rücken, als biete er seinen Bauch zur genauen Inspektion.
»Er ist in seinen Gefühlen gekränkt«, sagte Adeline.

»Er ist unschuldig«, entschied Philip. »Aber jemand hat in meinen Sachen gekramt – und ich werde herausfinden, wer es war.«
»Das beste wäre«, schlug seine Frau vor, »wenn wir alle gemeinsam suchten. Kommt, Kinder.« Sie fingen an, das ganze Zimmer zu durchstöbern. Augusta war in dem Alter, da die Kritik an den Eltern beginnt. Sie fragte sich: »Warum benehmen sie sich so albern?« Unmutig, denn sie wußte, die Suche mußte hoffnungslos bleiben, zumal sie den Federhalter in Ernests Zimmer gesehen hatte, guckte sie in die Ecken. Nicholas fand den Spaß großartig. Er zog die Schubladen des Bücherschranks auf und überprüfte ihren Inhalt.
»Ich habe eine Idee!« platzte Philip plötzlich heraus.
»Ach nein – wirklich?« antwortete Gussie. Sie hatte höflich zu Philip sein wollen, aber diesem gefiel diese Bemerkung nicht. Seine Augen traten ein wenig mehr heraus als sonst. »Ist das vielleicht etwas Besonderes, daß ich eine Idee habe?« fragte er.
»Das kommt ganz auf die Idee an«, sagte sie – aber sie zitterte ein wenig vor seiner Miene.
»Die meisten Ideen habe immer *ich*«, sagte Ernest.
»Wenn ich noch ein Wort von dir höre, leg ich dich übers Knie!« verhieß ihm der Vater.
Zu Adeline gewandt, fuhr er fort: »Ich glaube nämlich, Boney hat den Federhalter gestohlen.«
Übermütig führte Adeline alle in das Schlafzimmer, das sie mit Philip teilte. Boney war in seinem Käfig – er hing mit dem Kopf nach unten in seinem Ring. Er warf Philip einen boshaften Blick zu. »Ich hasse Kapitän Whiteoak«, erklärte er laut und deutlich. »Sehr natürlich«, bemerkte Philip, »du alter Teufelsbraten – und deshalb hast du mir meinen Federhalter gestohlen.«
Nun suchten alle das Schlafzimmer ab, während Boney, noch immer kopfunten, höhnisch plapperte. Auf Adelines Toilettentisch fand Ernest ein in Papier gewickeltes Stück Toffee. Rasch schob er es in seine Tasche.
Schließlich sagte Philip: »Ich kann meine Zeit nicht länger verschwenden. Ich werde mit meinem alten Federhalter schreiben. Eins ist sicher: ich mag keine Vögel in meinem Hause haben!« Er stelzte hinaus. In der Tür drehte er sich um. »Wenn eins von euch Kindern das Ding findet, bekommt es eine Belohnung.«
»Das ist deine Chance«, sagte Adeline zu Ernest, »dir eine schöne Belohnung zu verdienen.«
»Nein ... der Federhalter ist mir lieber.«
Jedoch je mehr er über seine moralische Verantwortung nachdachte, um so weniger glücklich war er. Mit dem Klümpchen Toffee in der Backe lag er im Schulzimmer auf dem Sofa und überdachte seine Situation. Er hatte den elfenbeinernen Federhalter nicht gestohlen. Seine Mammi hatte ihn gestohlen –

und hatte ihn dann ihm gegeben. Aber sie hatte ihm auch einmal erzählt, daß alles was dem Mann gehört, auch seiner Frau gehöre. Kinder zum Beispiel. Wenn Mammi also den Federhalter nicht gestohlen hatte – wer war es dann gewesen? Und außerdem hatte er von Gussie gehört, daß der Hehler nicht besser sei als der Stehler . . .
Gussie kam gerade herein. Er fragte sie: »Gussie – was soll ich jetzt mit dem Federhalter machen?«
Sie antwortete energisch: »Gib ihn zurück.«
»Wem? Papa?«
»Natürlich.«
»Aber dann ist er böse auf mich. Oh, Gussie, ich mag keine Prügel dafür beziehen.« Die Tränen kamen ihm in die Augen.
»Dann gib ihn Mama.«
»Aber ich halt's nicht aus, ihn wieder herzugeben.«
Gussie trat zu ihm und sah ihn an. Ihre Wimpern waren wie eine schwarze Franse an ihren langen blassen Augenlidern. Sie hatte hinten unter ihrem Rock ein kleines Sofakissen befestigt, das eine Turnüre darstellen sollte. »Gefällt dir das?« fragte sie.
»Es sieht reizend aus.«
Sie drehte sich so, daß er die ›Turnüre‹ im Profil sehen konnte.
»Es ist vielleicht ein bißchen zu groß«, meinte sie.
»Je größer, je besser.«
Gussie sah ihn mißbilligend an. »Woher kannst du das wissen? Du hast nie im Leben eine Turnüre gesehen, bis Mammi sich ihre anschaffte.«
»Ich mag's, wenn sie groß sind«, sagte er beharrlich. »Und ich mag große Reifröcke und schmale Taillen.«
»Oh, Ernest«, sprudelte sie plötzlich hervor, »ich wünschte, ich wäre hübsch!«
Ernest war verblüfft. »Ich dachte, du bist hübsch. Ich dachte, alle Mädchen sind hübsch.«
»Nein, wirklich nicht!« sagte sie. »Aber sieh mal, du bist hübsch. Ich habe gehört, wie Mrs. Sinclair zu Mammi sagte, du hättest ein Mädchen sein sollen, denn du wärst zu hübsch für 'nen Jungen.«
Gerade war Nicholas hereingekommen. Er hörte, was Gussie sagte, und tanzte im Zimmer herum und sang: »Oh, was für'n hübscher kleiner Junge! Oh, was für 'ne gesalzene Tracht, wenn Pappi erfährt, was mit dem Federhalter ist.«
Ernest zog den Federhalter unter seinem Sitz hervor und besah ihn stolz. »Ich gebe ihn nicht wieder her.«
Augusta kam quer durch das Zimmer zu ihm, die Turnüre trat deutlich hervor. »Du wirst keine glückliche Minute haben«, sagte sie, »solange du das Ding in deinem Besitz hast.«

»Warum?« fragte Ernest mit zitternder Stimme.
»Weil du ein Gewissen hast. Nicholas hat kein Gewissen. Er ist fähig, sich an unrechtem Gut zu freuen, ohne jemals zu denken: tu ich recht oder unrecht? Aber du mußt dir dein gutes Gewissen bewahren.«
Ernest fand es sehr schmeichelhaft, so analysiert zu werden. Er konnte Gussie nicht immer verstehen, aber er fand, sie sprach beinahe so gut wie Mr. Pink.
»Deshalb ist es so merkwürdig«, fuhr Gussie fort, »daß du so oft schlimme Dinge tust.«
»Ich versuch immer, sie *nicht* zu tun«, sagte er.
»Du mußt dir noch viel mehr Mühe geben, wenn jetzt Mrs. Madigan herkommt und hier wohnen und uns unterrichten wird.«
»Wie kann sie Mrs. Madigan sein?« rief Nicholas.
»Weil sie mit ihm verheiratet ist.«
»Warum ist sie dann nicht mit ihm nach Irland gegangen?«
Einen Augenblick schüttelte sich Gussie förmlich vor ersticktem Lachen. Dann flüsterte sie: »Weil er weggelaufen ist und sie verlassen hat.«
»Aber warum?«
»Weil er sie nicht ausstehen konnte.«
»Aber verheiratete Leute dürfen sich nicht so betragen. Sie müssen zusammenbleiben und Kinder haben«, sagte Nicholas.
»Ach, die Iren doch nicht!«
»Aber Mammi ist auch irisch«, sagte Nicholas. »Und wird sie etwa weglaufen?«
»Nun . . . mich würde es nicht wundern«, erwiderte Augusta.
Am selben Nachmittag kam Mrs. Madigan nach Jalna – sie brachte zwei Portemanteaux und eine Hutschachtel mit. Sie trug keine Turnüre und musterte Adelines Rückseite mit schiefem Blick. Da sie vor ihrer Heirat Lehrerin gewesen war, fühlte sie sich absolut imstande, die jungen Whiteoaks zu unterrichten und in Zucht zu halten. Ihre kurze Ehe mit Lucius Madigan hatte sie tief beeindruckt. Sie hoffte und betete sogar in ihrer kühlen presbyterianischen Art, daß er zu ihr zurückkehren würde.
»Was meinst du – findest du es schicklich, wenn wir ihr das Zimmer geben, das Lucius gehabt hat?« sagte Adeline zu Philip.
»Nun, das wäre fast so gut für sie, wie ihn selbst zu haben«; Philip grinste ein wenig.
Also blieb es dabei – aber die Kinder wollten sie nicht auf derselben Etage mit ihren Zimmern haben. Als sie dort erschien – sie sah sehr gesund und geradezu abnorm sauber aus –, standen die drei vor ihrer Tür, aber nicht bewillkommnend, sondern jeder Zoll Ablehnung.
»Dieses Zimmer wird gewöhnlich von meiner Taube bewohnt«, sagte Augusta.
»Eine Taube und ein Papagei in einem Haus!« rief Mrs. Madigan. »Hat man

je so etwas gehört? Und frei herumfliegend! Findet ihr nicht auch, daß sie ziemlich schmutzig sind?«
»Oh – wir haben nichts gegen Schmutz«, erklärte Nicholas.
»Wir mögen Schmutz gern«, ergänzte Ernest und wischte sich mit dem Ärmel die Nase.
Mrs. Madigan gab ihm einen scharfen Klaps aufs Handgelenk. »Du abscheulicher Junge!« sagte sie streng, »ich kann mich nur über dich wundern!«
»Ach, wir haben es ihm hundertmal gesagt«, bemerkte Augusta, »aber er vergißt es immer wieder.«
»Nun, wenn ich einige Zeit hier bin, wird er's nicht mehr vergessen!« Amelias Gesicht war gerötet und sah bedrohlich aus.
Erst nach einer kleinen Weile sprach sie wieder. »Lasse den Vogel in Zukunft nicht in mein Zimmer«, sagte sie zu Augusta. »Er riecht schlecht.«
»Mr. Madigan roch auch schlecht«, sagte Ernest, beeilte sich aber hinzuzufügen: »Das hat meine Mama gesagt.«
»Er hat nicht schlecht gerochen!« Amelia kreischte beinahe. »Das ist ganz unmöglich.«
»Er hat sich fast nie gewaschen«, sagte Nicholas.
»Und sein Bett ist ganz klumpig. Hat er selbst gesagt«, warf Ernest ein.
»Ich kann mir nicht denken«, sagte Gussie, »daß Mr. Madigan gewünscht hätte, daß Sie hier schlafen.«
»Ich bin seine Frau«, erklärte Mrs. Madigan energisch.
»Sind Sie sicher?« fragte Ernest.
Dem Kleinen fehlten die Kenntnisse, die ihm vielleicht die Legalität dieser Verbindung fragwürdig gemacht hätten. Er fand den Stand der Dinge nur eben sonderbar. Aber Mrs. Madigan wurde wütend. »Verlaßt sofort dieses Zimmer – ihr alle, und laßt euch nicht wieder hier blicken, bis ich euch dazu auffordere.«
Am folgenden Morgen begann der Unterricht, und Mrs. Madigan erklärte, ihr sei nie im Leben soviel Unwissenheit begegnet. »Mr. Madigan hat uns lediglich in Latein und Dichtung unterrichtet«, bestätigte Augusta.
»Nur was man eben so ›humanistische Bildung‹ nennt«, ergänzte Nicholas.
»Und was könnt ihr mit solchen Kenntnissen in diesem Lande anfangen? Das möchte ich wirklich wissen.« Amelias Augen durchbohrten Nicholas wie Dolche. »Was ihr wissen müßt, ist, wieviel Klafter in einem Holzhaufen sind, wieviel Lohn ihr einem Tagelöhner zahlen müßt, wenn er drei Schilling pro Tag bekommt. Und außerdem viele wichtige Geschichtszahlen.«
»Ich weiß die Jahreszahl, wann Columbus Amerika entdeckte«, sagte Ernest. »Sechzehnhundertundsechs.«
»Verkehrt.«
»Das hat Mr. Madigan aber gesagt.«

»Ernest irrt sich«, fiel Nicholas schnell ein, »Sechzehnhundertsechs war das erste große Pferderennen.«
»Unsinn«, sagte Amelia.
»Miss Busby?« begann Augusta.
»Mrs. Madigan«, verbesserte Amelia stolz.
Augusta machte einen kleinen höflichen Knicks. »Mrs. Madigan«, sagte sie, »halten Sie Shakespeare für den Verfasser seiner Dramen?«
»Nun, wenn nicht, möchte ich wissen, wer sie sonst verfaßt hätte.«
»Das kann ich Ihnen verraten«, sagte Ernest. »Es war der große irische Dichter Charles Lever.«
Diese Antwort reizte Mrs. Madigan so, daß sie ihm eine Ohrfeige gab. Das war ein Schock für alle drei Kinder. Eine so unwürdige Behandlung hatten sie von dieser Frau nicht erwartet. Obwohl sie Nachbarn waren, kannten sie sie nur wenig. Sie hatten sie für ein gutartiges, ziemlich dummes Geschöpf gehalten. Nun wohnte sie bei ihnen im Haus und sollte eine Autorität für sie sein ... »Das wird euch lehren«, sagte sie, »mir Respekt entgegenzubringen!«
Ernests geschlagene Wange wurde dunkelrot. Nach dem ersten Schreck saß er sehr gerade da und musterte sie würdevoll. Mrs. Madigan behandelte die andern beiden fast zu freundlich, als wolle sie zeigen, wie es sei, wenn man bei ihr gut angeschrieben war. Aber sie gingen nicht darauf ein. Sie waren eingebildete, widerspenstige Kinder, berichtete Amelia zu Hause.
Das Bett, in dem sie schlafen sollte, hatte frische Bezüge und Decken bekommen. Der Fußboden war mit dem Teppichreiniger gesäubert worden. Als Bessie die wenigen Sachen, die Mr. Madigan zurückgelassen hatte, entfernen wollte, hatte die Gouvernante kurz angebunden gesagt: »Die Sachen meines Mannes bleiben hier. Ich werde sie in Verwahrung nehmen.«
Als Bessie diese Bemerkung Mrs. Coveyduck wiedererzählte, verbarg sie kaum ihre Heiterkeit – sie versuchte es nicht einmal. »Mir kommt das nicht sehr anständig vor«, sagte sie. »Wo sie nicht mal 'ne Woche verheiratet war.«
Die Kinder standen in der Tür dieses Schlafzimmers, als Mrs. Madigan in Richtung der Busbys fortging. Offenbar konnte sie gar nicht erwarten, bei einem kurzen Besuch zu Hause von dem Verlauf des Tages zu berichten und sich zu rühmen, wie sie den kleinen Ernest in seine Schranken verwiesen hatte.
»Was meint ihr«, fragte Gussie die Brüder, »wünscht sie sich Mr. Madigan zurück?«
»Na klar!« sagte Nicholas. »Sie täte wer weiß was, um ihn zurückzukriegen.«
»Ich wünschte, er käme plötzlich zurück«, sagte Ernest, »direkt hierher in dieses Bett, und gäbe ihr ein paar kräftige Ohrfeigen!«
»Wirst du den Eltern erzählen, was sie dir angetan hat?« fragte Nicholas.

»Nein«, sagte Ernest. »Ich werd's ihr auf meine Art heimzahlen.«
Erstaunt sahen ihn die beiden andern an; er zog das dickgefüllte Kopfkissen vom Bett, schlug die Decken zurück und schob das Kissen darunter, dann knuffte er es ein wenig ein und deckte es gut zu.
»Oh, Ernest!« rief Gussie, »das sieht fast zu natürlich aus! Die Arme wird sich zu Tode erschrecken, fürchte ich.«
»Noch lange nicht natürlich genug«, sagte Nicholas. »Wißt ihr noch, wie er einmal betrunken zu Bett gegangen war, angezogen und mit seiner Pfeife? Das Bett fing an zu brennen, und da wachte er auf. Er löschte das Feuer und bat uns, ihn nicht zu verklatschen – und das taten wir auch nicht, und er hat uns ebenfalls nie verklatscht.«
»Er war ein guter, edler Mensch«, sagte Ernest.
»Jetzt, da er weg ist, wissen wir ihn erst richtig zu schätzen«, sagte Gussie. Sie öffnete den Kleiderschrank und entdeckte eine alte Tweedjacke von Madigan, einen abgetragenen Filzhut und eine starkriechende Pfeife.
Die Kinder drapierten die Jacke um das obere Ende des Kopfpolsters und stopften die Decken dicht herum. Sie krönten ihr Werk mit dem alten Hut und legten die Pfeife daneben aufs Kissen. Eine Weile blieben sie, in Bewunderung versunken, stehen, dann liefen sie, als sie Schritte hörten, in Gussies Zimmer. Die Taube flog schnell zu ihr und setzte sich auf ihren Kopf. Sie fand keinen Sitzplatz der Welt so angenehm wie Gussies seidiges schwarzes Haar.
Mit klopfendem Herzen warteten die drei.
Sie waren bestimmt auf allerhand gefaßt – nicht aber auf den Entsetzensschrei, den Mrs. Madigan ausstieß. Er kam aus einer sehr kräftigen Lunge. Sie hätte ohne weiteres Wagnersängerin werden können. Sie hörten, wie Amelia weiterschreiend die Treppe hinunterlief. Sie lief mit solcher Geschwindigkeit, daß es die Kinder nicht gewundert hätte, wenn sie mit einem einzigen Satz unten in der Halle gelandet wäre.
Nun starrten sie einander bestürzt an.
»Wir haben's besser gemacht, als wir dachten«, bemerkte Gussie.
»Sie scheint sehr erschrocken zu sein«, sagte Ernest. Sie sahen durch das Fenster, daß Amelia wieder die Richtung zum Gut ihrer Familie einschlug. Er fügte hinzu: »Sie ist verdammt im Druck!«
»Wenn du denkst, jemand bewundert dich wegen deiner ordinären Ausdrücke, so irrst du dich.«
»Gussie und ich könnten viel ordinärer reden, wenn wir wollten«, sagte Nicholas. »Aber dazu sind wir zu vernünftig.«
»Na, dann legt doch mal 'ne Probe ab«, entgegnete Ernest. »Du kannst ja anfangen, Gussie.«
Aber alle drei hatten denselben Impuls – Lucius Madigans Bett zu untersuchen. Es war noch genauso, wie sie es verlassen hatten. Mrs. Madigan hatte

nicht entdeckt, daß sie ihr einen Streich gespielt hatten. Sorgfältig brachten sie alles wieder in Ordnung.
Eine Stunde später schickten die Eltern nach ihnen – sie sollten herunterkommen in den Salon. Adeline und Philip saßen da wie zwei Richter. Nero lag auf dem Bärenfell. Das Feuer im Kamin brannte so hell, daß er vor Hitze schnaufte. Ab und zu erhob er sich und suchte sich einen kühleren Platz, aber sobald er aufhörte zu schnaufen, kehrte er auf seinen Teppich zurück. Adeline stickte Kreuzchen auf einen Teewärmer. Philip hatte seinen Jüngsten auf den Knien und spielte ein Fingerspiel mit ihm. Als die drei älteren eintraten, sagte er in seinem schärfsten Militärton zu ihnen:
»Was muß ich durch eure Erzieherin von euch hören?!«
»Ehrlich: wir wissen nicht, was du hören mußtest«, entgegnete Gussie.
»Was soll das heißen, Fräulein?« fragte er grimmig.
»Wenn wir's wüßten, könnten wir besser antworten«, sagte sie.
»Du meinst, dann könnt ihr euch Lügen ausdenken, die gut zu dieser Gelegenheit passen«, warf Adeline ein.
»Ich will die nackte Wahrheit hören«, sagte Philip. »Was habt ihr mit ihr gemacht?«
»Ich glaube, es hat sie aufgeregt, daß sie dachte, ihr Mann sei zurückgekommen.«
»Nachdem ich soviel Mühe hatte, sie zu engagieren«, klagte Adeline, »ist sie nun wieder weg – ohne Kündigung, und hat einen Mann nach ihrem Gepäck geschickt.«
»Was meinst du – ob sie deinen elfenbeinernen Federhalter genommen hat?« fragte Ernest.
»Sei nicht unverschämt, junger Mann!« schalt der Vater.
»Ernest – komm her und halt' mir meine Wolle«, sagte Adeline. Strahlend lief er zu ihr, er spürte, daß sie Verbündete waren. Wenn es einen Zeitvertreib zu Hause gab, der ihm Spaß machte, war es Wolle halten oder Perlen auffädeln, und beides machte er ausgezeichnet.
»Ich auch!« sagte der kleine Philip. »Ich auch Wolle halten!« Er versuchte, vom Knie seines Vaters herunterzukommen.
»Ich kann ihm nichts Gescheites beibringen«, klagte Philip senior. »Als ich in seinem Alter war, konnte ich erstklassig Domino spielen.« Er setzte den Kleinen herunter.
»Du spielst immer noch recht gut«, sagte Nicholas gönnerhaft.
Philip streckte den Arm aus, als wolle er ihn auf der Stelle zu Boden schlagen, besann sich aber, kreuzte die Arme über der Brust und starrte düster ins Feuer. Er sagte zu Adeline: »Ich war, wie du weißt, dagegen, Amelia Busby zu engagieren –«
»Amelia Madigan«, verbesserte Adeline.

»Das war doch keine Heirat!« fuhr er fort. »Die Frau kommt mir einfach unwissend vor! Madigan hätte es nie bei ihr ausgehalten.«
»Oh, sie kann lesen und schreiben«, erklärte Augusta.
»Und sie war Lehrerin, ehe sie heiratete«, ergänzte Adeline.
Philip seufzte. »Ich hätt's jedenfalls mit der Person im Haus nicht ausgehalten. Ich hab' genug um die Ohren!« sagte er.
»Du bist aber doch selten im Haus, Papa«, bemerkte Nicholas.
»Ich bin ein arbeitender Mensch mit Pflichten«, erklärte Philip. »Ich beaufsichtige das Säen und Pflanzen und das Heranreifen der Ernten, das Pflanzen und Pflegen der Obstbäume. Die Pferde-, Rinder- und Schafzucht. Ich bin morgens der Erste aus dem Bett und abends der Letzte, der schlafengeht. Wenn der Winter kommt, werde ich mehr Muße haben.«
»So hat jede Jahreszeit ihre Nachteile«, sagte Augusta.
»Es ist ein großer Irrtum, wenn eins von euch Kindern denkt, weil ich gutmütig und freundlich aussehe, würde ich irgendwelche Frechheiten dulden.« Er warf einen langen Ast so kräftig ins Feuer, daß die Funken nach allen Seiten stoben und Nero schutzsuchend aufs Sofa sprang.
Draußen legte sich die Dunkelheit wie eine dichte Decke ans Fenster, aber drinnen wurde sie durch das Licht des Feuers und die lebhaften Farben der Familie unwirksam. Aber um sie vollends auszuschließen, erschien jetzt Bessie, die die Vorhänge zuzog. Bei ihrem Anblick wußte das Baby Philip sofort, daß seine Zubettgehzeit gekommen war, und kroch schnell unter das Sofa, auf dem Nero lag, um sich zu verstecken. Unter gewöhnlichen Umständen würde der Vater ihn beschützt haben, heute aber sagte er stirnrunzelnd: »Trag ihn hinauf, Bessie. Es ist ohnedies schon zu spät für ihn.«
Aus seiner Zufluchtsstätte herausgezogen, hob das Baby bittend die Arme. »Will alle Dutenacht tüssen!« sagte es und streckte bereitwillig das rosa Mäulchen vor.
»Er sagt, er will alle zur Gutennacht küssen«, übersetzte Ernest; er versuchte, sich beliebt zu machen.
»Wenn ich wünsche, daß du mir übersetzt, was Philip sagt, werde ich dich darum bitten«, sagte der Vater.
»Aber er spricht so undeutlich«, stammelte Ernest.
»Er spricht so deutlich wie du – und er weiß wenigstens, wann er den Mund halten soll!«
Mit einem schweren Seufzer erhob sich Philip der Ältere, als leide er an Rheuma, und ging zu seinem Schreibtisch, auf dem eine Schachtel Zigaretten lag, und nahm sich eine heraus. Seit kurzem hatte er angefangen, diese Spezies der Zigarre oder Pfeife vorzuziehen – aber Adeline fand sie unmännlich.
Sie flüsterte Ernest zu: »Es war verkehrt, Liebling, daß du den Federhalter nicht zurückgegeben hast.«

»Ist es das, worüber er sich ärgert?« flüsterte Ernest mit einem Seitenblick auf den Vater.
»Ja. Er wird sich nicht zufriedengeben, bis er ihn wieder hat.« Sie sah ihren Mann liebevoll an, als wolle sie ihm ihr Verständnis beweisen.
»Siehst du, daß er den Rauch aus den Nasenlöchern bläst?« fragte sie leise an Ernests rosigem Ohr.
»Ja, Mammi.«
»Das ist Wut. Unterdrückte Wut, die jeden Augenblick ausbrechen kann. Wir werden in Jalna nicht Ruhe und Frieden haben, ehe du den Federhalter zurückgegeben hast.«
»Nun gut – dann werd' ich's tun«, sagte er zustimmend – und damit nahm er die Last der Tat auf seine Schulter, als habe Adeline nichts damit zu schaffen – und dieser Absicht hatte ihr Manöver auch gedient.
Eine Weile grübelte Ernest über die beste Möglichkeit, den Federhalter zurückzugeben, und kam dann zu dem Entschluß, es gäbe keine bessere Art als die, mit der er den goldenen zurückgegeben hatte. Was mochte wohl aus ihm geworden sein? Sicher war er zugunsten der Mission verkauft worden, für die sie an jenem Sonntag gesammelt hatten.
Morgen war wieder Sonntag, der erste Sonntag im Dezember.
Der Wind, der den ganzen November geweht hatte, hörte auf, und die plötzliche Stille, das rasche Sinken der Temperatur verkündeten den Anbruch des Winters. Vor allem schneite es schwer – bisher hatte es ab und zu ein leichtes Schneegestöber gegeben, aber nichts derartiges. Die ganze Nacht hindurch fielen die großen Flocken, langsam, leise, unaufhörlich, als wüßten sie, daß sie viel Zeit hatten, um ihr Vorhaben auszuführen. Sie wollten alle Erkennungszeichen der Landschaft unsichtbar machen, Hecken, Gitter und Zäune zudecken, die Spur der Wege verwischen, die stärksten Bäume zum bloßen Nistplatz für sie selbst, die Schneeflocken, machen. Die Zweige beugten sich unter ihrem Gewicht. Jeder Zaunpfahl bekam sein majestätisches Krönlein.
Die Stille war merkwürdig. Der Himmel hing tief. Die Erde schien ihren Geist aufgegeben zu haben.
Philip hatte seine Vorbereitungen getroffen. Genau um zehn Uhr dreißig brachte ein Stallknecht den großen Familienschlitten vor die Haustür. Er glänzte wie ein Klavier. Bärenfelle hingen hinten herab und lagen sauber zusammengefaltet auf den Sitzen, bereit, die Knie der Insassen zu bedecken. Die beiden Braunen schnaubten und scharrten mit den Hufen den Schnee, vor lauter Eifer, wegzukommen, aufgeregt über das Geklingel der Glöckchen an den Riemen ihres Geschirrs. Über ihren Schultern hing eine silberne Glocke, deren melodiöse Noten ein klangvoller Kontrast zu dem wilden Geklingel der kleinen Schellen waren.
Die Pferde waren kaum zu halten, während die Familie die Plätze im Schlitten

einnahm. Baby Philip sah von Bessies Arm an einem Fenster zu und warf ihnen Kußhändchen nach. Der Vater salutierte mit der Peitsche, an der eine rote Schleife war. Er trug eine keilförmige Bibermütze, Adeline eine Sealskinjacke und eine kleine Sealskintocque in ihrem glänzenden Haar, das mit dem rötlichen Ton des Sealskins wetteiferte. Augusta sah wie eine junge Dame aus in ihrem roten, ebenfalls mit Sealskin besetzten Jackett. Beim Eintreten in die Kirche zogen die Jungen ihre Wollmützen herunter, und ihr Haar stand wirr in die Höhe. Augusta sah erst den einen, dann den anderen mahnend an.

Ernest saß zwischen seinen Eltern. Er hatte die eine Hand in seiner Jackentasche, seine Augen hingen an seinem Gebetbuch, auf das er sehr stolz war – seine Tante hatte es ihm einmal zu Weihnachten direkt aus England geschickt. Er konnte es kaum erwarten, daß die Opferkollekte herumging. Das Leben streckte sich vor ihm als eine Reihe glücklicher Sonntage aus, zwischen denen dann und wann ein Geburtstag oder ein Weihnachtsfest eingestreut war.

Der Federhalter, den er jetzt in seiner Tasche befühlte, war nicht nur aus feinem Elfenbein, sondern herrlich geschnitzt – er zeigte ein Lilienmuster mit anmutigen Blüten und Blättern. Es war geradezu ein Wunder, wie die reiche Schnitzerei auf dem winzigen Raum Platz gefunden hatte.

Ernest war ganz in Gedanken versunken, als Philip den Kirchenstuhl verließ und sich zu Brawn, dem Müller, begab. Dann erschien er mit dem Almosenteller, um die Beiträge seiner Familie in Empfang zu nehmen. Adeline, Gussie und Nicholas legten ihre Spenden auf den Teller und sahen Ernest erwartungsvoll an.

Ernest zog den elfenbeinernen Federhalter aus der Tasche und legte ihn mit schwungvoller Geste mitten auf den Teller. Dann hob er die Augen zum Gesicht seines Vaters, halb schüchtern, aber überzeugt, daß dies ein Akt edler Verzichtleistung war.

Philips Augenbrauen schossen hoch, aber er zögerte keine Sekunde. Er nahm den Federhalter frischweg von dem Opferteller und steckte ihn hinter sein Ohr. Wie ein Schnittwarenkommis schritt er den Mittelgang entlang, während die Orgel sich in einer brausenden Phantasie erging. Selbstbewußt und stark stand er an den Stufen der Kanzel, den Elfenbeinfederhalter hinter dem Ohr. Als er in seinen Kirchstuhl zurückkehrte, blinzelte er Ernest spitzbübisch zu.

Ein nächtlicher Gast

Sonderbar – irgendwie erschienen dieser Herbst, diese Weihnachtszeit, dieser Winter Augusta wie ein ganz neues Erlebnis. Es war fast, als sei sie neu geboren worden. Sie fühlte sich nicht mehr wie vorher als Kind. Sie dachte nicht bewußt an Guy Lacey, aber er blitzte in ihren Gedanken hin und wieder auf wie ein blanker heller Faden in einem Stickmuster. Zum erstenmal in ihrem jungen Leben sann sie darüber nach, was dieses Leben wohl sei... Die Bekannten fragten sie nie, wie sie Nicholas fragten, was sie einmal werden wollte. »Armee selbstverständlich«, pflegte er zu erwidern, »und wenn ich den Abschied genommen habe, eine Farm in Kanada.« Wenn jemand Ernest dieselbe Frage stellte, antwortete er: »Ich bleibe zu Hause bei den Eltern.« Aber jedermann schien es als sicher anzunehmen, daß sie, Gussie, als ein Mädchen, heiraten und ein Haus mit ihrem Mann beziehen würde. Wie mochte es wohl sein, fragte sie sich, die Frau eines Marineoffiziers zu sein und gar kein richtiges Heim zu haben?

Man hatte seit Monaten beschlossen, daß die beiden älteren Kinder im Herbst nach England kommen sollten, um dort eine Schule zu besuchen, während die beiden jüngsten unter verläßlicher Obhut in Kanada bleiben würden. Das war jedoch nicht durchführbar, weil keine verläßliche Person zu beschaffen war. Mrs. Coveyduck kam nicht in Frage, denn sie wurde schon jetzt nicht einmal mit dem kleinen Philip fertig. Und Ernest war so frühreif, daß er einen besonders fähigen Lehrer und Erzieher brauchte. »Ein Jammer«, sagte Philip der Ältere, »daß dieser Ire und die Busbytochter nicht miteinander auskommen konnten.«

Ernest erklärte, sehr steif und gerade stehend, daß er, wenn Gussie und Nicholas nach England zur Schule kämen, auch gern mitgehen würde. Man sagte ihm, es sei zu teuer, drei Kinder auf einmal fortzuschicken, und daß er deshalb warten müsse, bis er an die Reihe käme.

»Und wann wird das sein?«

»In ein paar Jahren.«

»Aber ich werde einsam sein ohne Gussie und Nicholas. Ich habe dann niemanden zum Spielen.«

»Doch, du hast deinen kleinen Bruder.« Adeline sah ihn geistesabwesend an, denn ihre Gedanken weilten bei ihren Reisevorbereitungen.

»Ich wünschte, Mr. Madigan käme nach Hause«, seufzte Ernest.

»*Nach Hause*?« wiederholte Adeline fragend.

»Er hat unser Haus oft ›sein Zuhause‹ genannt.«

»Ich nehme an, er ist jetzt in *seinem* Zuhause bei seiner Mutter in Irland.«

»Der arme Mann!« Plötzlich sah Ernest sehr welterfahren aus, wie ein kleiner Greis.

Seltsamerweise schienen Augusta und Nicholas ganz zufrieden, ihn in Jalna zu lassen. Gussie gab ihm sorgsame Anweisungen, wie er ihre Taube pflegen sollte. Nicholas unterrichtete ihn im Füttern seiner Lieblingskaninchen. Er hörte mit scheinbarer Fügsamkeit zu, aber er fragte sich, wie ihnen wohl zumute wäre, wenn man sie zu Hause ließe, während er eine Reise nach Eng-

land machen würde. Innerlich war er aufgewühlt von ohnmächtigen Gefühlen.
Mrs. Lacey, die ihre Töchter selbst unterrichtete, gab auch den Whiteoakkindern ein paar Stunden. Diese waren weiß Gott kein Erfolg. Einerseits war Mrs. Lacey entsetzt über die Unwissenheit der drei, andererseits vielleicht noch entsetzter über vieles, das sie wußten. Das war das Ergebnis von Madigans Unterrichtssystem. Dennoch blickten sie zu ihm empor und fanden ihn allen denen weit überlegen, die seit seinem Weggang versucht hatten, ihren Köpfen einige Buchgelehrsamkeiten einzuflößen.
Mrs. Madigan war für sie die komische Figur, und sie schrien vor Lachen, wenn sie nur an sie dachten.
Zeitweise war Augusta nichts anderes als ein Kind, wie ihre Brüder. Aber manchmal hielt sie sich ihnen fern und versuchte auf ihre eigene verworrene Art, einen Weg zur ›Weiblichkeit‹ zu finden. Sie war ein solcher Gegensatz zu ihrer Mutter, daß sie nichts Gemeinsames miteinander hatten. Was Adeline einfach lächerlich fand, das erregte wahrscheinlich Augustas Mitgefühl. Dinge, über die Adeline in Wut geriet, gingen an Augusta vorbei, ohne daß sie von ihnen Notiz nahm. Was der Tochter erhaben schien, das fand die Mutter platt. Augusta hatte einen Hang zur Einsamkeit, Adeline liebte Geselligkeit.
Das Bild Guy Laceys schwebte Augusta oft des Nachts vor und störte ihren Schlaf. Es schien ihr, als tauche er plötzlich aus dem Dunkel empor, hell und lächelnd, in seiner schmucken Marine-Uniform. Dann lag sie wie verzaubert und wartete nur darauf, daß er sprechen würde – aber er verschwand schweigend, wie er gekommen war.
Aber sie bekam einen andern Gast, der sehr wirklich war – Lucius Madigan, der eines Abends im Winter die Treppe heraufkam und ins Schulzimmer trat, wo die drei jungen Whiteoaks angeblich mit Schulaufgaben beschäftigt waren. Adeline und Philip waren zu einem Besuch nach Quebec gefahren.
Madigan erschien in der Tür und lächelte ihnen zu.
Es war so natürlich, ihn dort zu sehen, daß sie sich einen Augenblick gar nicht darüber wunderten. Er war aus der jüngsten Vergangenheit aufgetaucht, um sie zu überraschen.
»Was für ein hübscher Anblick!« rief er, »euch so fleißig bei euren Aufgaben zu sehen! Ach, meine Lieben, ich könnte euch alle umarmen!«
Ernest war der erste, der sich faßte. Er stand auf und lief zu Madigan. »Zu Weihnachten haben wir Schneeschuhe bekommen!« sagte er.
»Wollen Sie sie sehen?«
»Nichts lieber als das«, antwortete Madigan.
Der Kleine lief weg, um die Schneeschuhe zu holen.
Nicholas sagte: »Es war besser, als Sie hier waren, Lucius.«
Augusta korrigierte ihn. »Du darfst doch Mr. Madigan nicht einfach beim Vornamen nennen!«

»Doch, das hab ich auch früher manchmal getan, nicht wahr, Lucius?«
»Ja, und ich freue mich darüber«, sagte Madigan.
Er kam ins Zimmer und setzte sich zu ihnen an den Tisch. Er sah so aus wie immer, wenn er eine Bummeltour gemacht hatte. Sein Blick blieb an Augusta hängen. »Irgendwie hast du dich verändert, Gussie«, sagte er. »Bist du auch innerlich anders?«
»Ach wo«, erwiderte Nicholas statt ihrer. »Sie kommandiert uns herum wie immer.«
Augustas Augen mit den langen Lidern ruhten auf Madigans Gesicht. »Ich sehe die Dinge in der Erinnerung anders«, erwiderte sie.
»Du fängst an, dich zu erinnern, daß du eine Vergangenheit hast«, erklärte Madigan. »Das ist ein trauriger Augenblick, Gussie. Aber laß dich nie von deiner Vergangenheit verfolgen – denn das ist etwas Schreckliches.« Er fuhr sich mit der Hand durchs Haar, so daß es aufrecht stand, als fürchte er sich.
»Werden Sie hinübergehen und Mrs. Madigan besuchen?« fragte Nicholas keck.
»Ja, natürlich werde ich meine Mutter besuchen, sobald ich Geld genug habe, um meine Überfahrt zu bezahlen«, antwortete er.
»Ich meinte doch Ihre Frau.«
»Mein Gott – nennt sich dieses Busbymädchen meine Frau?« rief der Ire mit verstörter Miene.
Darüber mußten die Whiteoakkinder hellauf lachen. Ernest kam mit den Schneeschuhen zurück. Dann machte jedes eine charakteristische Bemerkung.
Nicholas sagte: »Sie kam her, um uns zu unterrichten, aber wir sind sie schnell wieder losgeworden.«
»Aber erst, nachdem sie Ernest geohrfeigt hatte«, fügte Augusta hinzu.
»Wenn es Ihnen Spaß macht, zeige ich Ihnen, wie ich ihr Bett hergerichtet hatte, mit Ihrer Jacke und Ihrem Hut und Ihrer Pfeife. Das hat sie so erschreckt, daß sie weggelaufen ist.«
»Gerade wegen dieser Jacke bin ich hergekommen«, sagte Madigan. »Ich hatte all meine Ersparnisse im Futter eingenäht, und, bei Gott, ich brauche Geld.« Er sah den Kindern fragend ins Gesicht. »Hoffentlich hat sich niemand an dem Futter zu schaffen gemacht.«
»Ehrlich sind wir wenigstens«, sagte Augusta.
Ernest ließ die Schneeschuhe auf den Tisch fallen, mitten auf die Bücher. Madigan betrachtete sie mit echtem Interesse. »Oh, wie gerne sähe ich euch Schneeschuh laufen«, sagte er, und seine müden Augen leuchteten auf. Die Kinder hatten sich früher nie klargemacht, daß seine Anwesenheit ihnen soviel bedeutete.
»Woher wußten Sie, daß unsere Eltern weg sind?« fragte Augusta.
»Ich hab mich im Dorf erkundigt«, erwiderte Madigan. »Aber ich kann nicht

hierbleiben. Sobald ich mein bißchen Geld abgeholt habe, muß ich wieder gehen.«
»Ich wünschte, wir könnten mit Ihnen fortgehen«, sagte Nicholas.
»Und dieses Paradies verlassen?!« rief Madigan. »Wenn ihr meinen Rat annehmt: wachst hier auf und begebt euch niemals, niemals auf Reisen! Wäre ich in Irland geblieben, so wäre ich weniger unglücklich, als ich's heute bin.«
»Gussie und ich sollen im Frühjahr nach England in die Schule kommen«, sagte Nicholas. »Aber dieser junge Mann –« er klopfte Ernest gönnerhaft auf den Kopf – »der muß mit seinem kleinen Bruder in Jalna bleiben.«
»Ich will aber nicht! Ich will nicht!« Ernest warf den Kopf zurück, um sich der gönnerhaften Liebkosung zu entziehen, und sprach sehr laut. »Lieber laufe ich vorher weg!«
Madigan sah tieftraurig aus. »Ich kann mir nichts Schlimmeres vorstellen als die Schulen in England – höchstens die in Irland. Ich habe eine besucht.«
»Unser Vater sagt, wir werden dort vielerlei Dinge lernen.«
»Du wirst lernen, es mit Stoizismus zu ertragen, daß du täglich geprügelt wirst – das heißt, nach dem ersten Semester – bis dahin wirst du dich jeden Abend in den Schlaf weinen.«
»Warum wird man geschlagen?« fragte Nicholas, ohne mit der Wimper zu zucken.
»Weil es den andern Spaß macht«, sagte Madigan. »Die großen Jungen schlagen die kleinen, weil's ihnen Spaß macht, sie leiden zu sehen.«
»Aber ein Mädchen wird doch nicht geschlagen«, meinte Gussie. »Es gibt schlimmere Dinge als körperlichen Schmerz«, erwiderte Madigan. »Ich meinerseits litt weniger unter den Schlägen als unter der moralischen Demütigung.«
»Bitte erzählen Sie uns davon«, sagte Ernest, »ich hör' so schrecklich gern recht traurige Dinge.«
Madigan sagte: »Ich bin nicht hungrig – aber ich habe fürchterlichen Durst. Meint ihr, euer Vater hat noch einen Tropfen Whisky in der Karaffe auf dem Büffet? Aber laßt um Gotteswillen die Dienerschaft nichts hören, denn wenn diese Busbykreatur erfährt, daß ich da bin, wird sie versuchen, mich zu sehen.«
»Jedenfalls würden ihr Vater und ihre Brüder Sie gern sehen«, sagte Augusta.
Einen Augenblick schien Madigan kleinlaut, dann fragte er: »Hast du deine Taube noch, Gussie?«
»Sie ist die Freude meines Lebens«, sagte Gussie geziert.
Nicholas lief die beiden Treppen hinunter – die obere war zweckmäßig mit Linoleum, die untere mit roten Velourteppichen ausgelegt. Gleich darauf erschien er mit einer halbvollen Whiskykaraffe und einem Becher. Madigan schenkte sich ein. »Ungemischt bekommt er mir besser«, sagte er und trank den Becher aus.

»Du hast das Wort ›Freude‹ gebraucht, Gussie – nun, was mich betrifft, so kenne ich dieses Gefühl nicht mehr – aber es ist schön, zu hören, daß eine Taube dir Freude schenkt. Und was ist mit dir, Nicholas? Kann dich etwas erfreuen?«

»Ja – das Schneeschuhlaufen«, antwortete Nicholas. »Wenn ich auf meinen Schneeschuhen im Walde bin, dann ist mein Herz voll Freude.«

»Und du, Ernest?«

»Ich bin voll Freude darüber, daß Sie wieder hier sind!« sagte Ernest.

Madigans Augen füllten sich mit Tränen. Seine Hand, die den Becher hielt, zitterte. Das Haus lag still, tief eingehüllt in Schnee. Augustas Hände, vornehm geformt und von reiner Blässe, lagen gefaltet vor ihr auf dem Tisch.

Madigan fuhr fort: »Laßt euch nicht von euren Eltern wegschicken in irgendeine Schule! Ihr werdet halbtot vor Heimweh sein. Ihr werdet schlecht behandelt werden und unglücklich sein.«

»Was können wir dagegen tun?« fragte Augusta.

Madigan hatte seinen zweiten Becher geleert. Er sah in die bernsteinfarbene Flüssigkeit in der Karaffe und sagte: »Nun ... wenn ich an eurer Stelle wäre, würde ich weglaufen.«

Augustas Blick lag auf der beschneiten Fensterscheibe. »Wie sollen wir das anfangen?«

»Ich rate euch, legt eure herrlichen Schneeschuhe an und verschwindet im Walde. Und kommt nie mehr zurück.« Sein Ellbogen lag auf dem Tisch, sein Kopf auf seiner Hand. Er sah verzweifelt müde aus.

»Trinken Sie noch etwas«, sagte Nicholas.

Würdevoll lehnte Madigan ab. »Ich muß einen klaren Kopf behalten – ich muß meine Ersparnisse finden. Morgen früh, wenn es hell wird, muß ich fort sein.« Etwas unsicher stand er auf und ging zur Tür seines früheren Zimmers. Die Kinder folgten ihm. Augusta ging langsam, mit gesenktem Kopf, die Haare fielen ihr über die blassen Wangen, als sinne sie über ferne Dinge nach. Nicholas ging festen Schritts, als sei er bereit, es mit allem, was kommen könnte, aufzunehmen. Ernest, klein und zart, aber hartnäckig, folgte als letzter.

»Es tut mir leid«, sagte Augusta zu Madigan, »aber meine Taube schläft hier. Ich kann sie nicht in meinem Zimmer haben, weil sie dann immer auf meinem Kopfkissen sitzt.«

»Das macht mir nichts aus«, sagte Madigan. »Du mußt mir bloß sagen, wie sie heißt, damit ich mit ihr reden kann.«

»Ich geb ihr in jeder Jahreszeit einen neuen Namen – aber diese Namen sind ein Geheimnis, um das nur sie und ich wissen.«

»Ich hab mal gehört, daß du sie Mortimer nanntest«, plapperte Ernest.

»Mortimer ist Guy Laceys zweiter Vorname.« Nicholas lachte spitzbübisch.

»Was für ein Name für'ne Taube!«
Die Taube setzte sich auf ihrer Stange zurecht. Augusta ging zu ihr und streichelte ihren seidigen Rücken.
Die Jungen drängten sich dicht an Madigans Rücken, als er zum Schrank ging und seine Jacke vom Haken nahm. Als er sie von innen nach außen kehrte, sahen sie, daß das Futter aufgeschnitten war. Madigan steckte den Finger hinein – aber es war nichts drin. Er sah sie kläglich an. »Bei Jingo, jetzt erinnere ich mich«, sagte er, »ich habe das Geld selbst herausgenommen – für die Hochzeitsreise mit dem Busbymädchen.«
Ernest verbesserte ihn. »Mit Mrs. Lucius Madigan.«
Madigan ballte die Faust. »Möchtest du durchaus einen ordentlichen Knuff von mir haben?« fragte er.
»Sie hat mich ins Gesicht geschlagen«, sagte Ernest.
»Und das ist verboten«, sagte Augusta. »Wenn eine Züchtigung notwendig ist, nehmen sie meine Eltern selbst vor.«
»Das tun sie nämlich gerne«, ergänzte Ernest.
Madigan setzte sich auf die Bettkante. »Ich muß mich ausruhen«, sagte er. »Morgen muß ich bei Sonnenaufgang fort – die Dienstboten dürfen mich nicht hier sehen.« Er blickte der Reihe nach jedem der Kinder ins Gesicht. »Euch werde ich niemals vergessen.« Wieder standen ihm die Tränen in den Augen und seine Stimme bebte. Er sank auf das Federbett und war im nächsten Augenblick eingeschlafen.
Augusta trug ein dickes Daunenplumeau herbei und deckte ihn damit zu. Dann standen die drei neben dem Bett und betrachteten Madigan besorgt. Draußen schlug der Wind die Flocken gegen die Fensterscheiben und hüllte das Haus in tiefes, schläfriges Schweigen, das nur vom Falsettschnarchen Lucius Madigans unterbrochen war
Augusta ging in ihr Zimmer und nahm vom Fensterbrett vier rötlichbraune, apfelähnliche Früchte, die ziemlich verschrumpelt aussahen. Sie gab jedem ihrer Brüder eine, und eine legte sie dann mit liebreicher Gebärde dem Schlafenden in die halbgeschlossene Hand.

Was die Kinder unternahmen

Am Morgen war er gegangen und niemand im Haus außer den Kindern wußte etwas von seinem Besuch. Er hatte nicht einmal eine Fußspur im Schnee hinterlassen, denn der Wind hatte sie schon verweht.
Jedoch auf irgendwelche Weise erfuhr seine verlassene Ehefrau, daß er in der Nachbarschaft gesehen worden war, und arbeitete sich durch die Schneewehen ihren Weg nach Jalna, um ihm nachzuforschen. Ihre langen weiten

Röcke waren bis zu den Knien mit Schnee verkrustet. Sie ging direkt in das Zimmer, in dem die Kinder Landkarten zeichneten, und fragte:
»Hat jemand hier meinen Gatten gesehen?«
»Er hat alle seine Ersparnisse für seine Hochzeitsreise verbraucht«, sagte Ernest und leckte an seinem Kreidestift, um Irland grün zu färben.
Sie kam mit großen Schritten ins Zimmer und beugte sich über ihn. »Wie kannst du dich unterstehen, mich zu beschimpfen?!« Man sah von ihr nichts als blitzende Zähne, gerötete Wangen und runde, zornige Augen.
»Ernest hatte nicht die Absicht, Sie zu beschimpfen«, sagte Augusta. Sie neigte den Kopf wieder über ihre Landkarte und ihr seidiges schwarzes Haar fiel über ihr Gesicht.
»Gussie hat ihm nichts gegeben als einen verschrumpelten Apfel«, sagte Nicholas, »und wir sind nicht einmal sicher, daß er ihn gegessen hat.«
»Doch, gegessen hat er ihn«, sagte Ernest, »denn ich habe die Kerne in seinem Bett gefunden.«
»Dann hat er also die Nacht hier verbracht! Wann ist er gegangen?« Die enttäuschte Frau lief in ihrer Wut auf und ab und die Schneeklumpen prasselten förmlich von ihren Röcken.
»Miss Busby –«, begann Nicholas.
»Mrs. Madigan«, korrigierte sie. Sie spie die Worte förmlich heraus, während sie, soweit das möglich war, noch röter wurde.
Nicholas fuhr fort: »Es sah wie ein kleiner rotbrauner Apfel aus, tatsächlich war es eine Mispelfrucht. Wir essen sie immer erst, wenn sie mulmig sind.«
»Das ist sehr verwirrend für Mrs. Madigan«, sagte Augusta höflich und würdevoll. »Wir haben nämlich nur einen Mispelbaum im Garten, und er hat dieses Jahr zum erstenmal getragen.« Ernest sprach weiter, als gebe er eine Lektion: »Jede Mispel hat fünf harte Kerne. Ich fand sie in Mr. Madigans Bett. Wollen Sie sie sehen?«
Sie antwortete damit, daß sie auf den Hacken kehrtmachte und die Treppe hinunterstürmte. Nero, der sie nie gemocht hatte, erschien jetzt, nahm ihren Kleidersaum zwischen die Zähne und eskortierte sie zur Haustür. Zwei Stockwerke höher eilten die Kinder zum Fenster, um sie weggehen zu sehen.
Kaum war sie im Schneegestöber verschwunden, als auch schon liebliches Schlittengeläut ertönte und Philip und Adeline zurückkamen, einen Tag früher als man sie erwartet hatte. Die Kinder jagten die Treppe hinunter, um sie zu begrüßen. Adeline, wunderhübsch und frisch mit ihrer Sealskinjacke und Mütze, nahm alle drei in ihre Arme, aber als Bessie ihr schnell den Jüngsten brachte, schob sie die andern beiseite und umarmte ihn.
In den folgenden Tagen waren sie eine glückliche Familie in winterlicher abgeschlossener Enge. Aber solche Ruhe konnte nicht von Dauer sein – nicht mit unbändigen Kindern, die einfach zuviel Zeit hatten.

»Ihr seid ein fürchterliches Trio«, erklärte Adeline, ihr Baby festhaltend, als sei es ihr einziger Schatz, mit einem Blick auf die andern drei. »Wenn ich in meinen jungen Jahren so wenig Verstand bewiesen hätte wie ihr, so hätte mich mein Vater hinausgeworfen und mich den Zigeunern überlassen.«
»Wie herrlich!« sagte Nicholas.
»Warum sagst du immer ›mein Vater‹ und nie ›meine Mutter‹?« erkundigte sich Augusta.
»Weil ich meinem Vater so ähnlich bin«, antwortete Adeline. Die Kinder überlegten, welchen Sinn diese Worte hatten, fanden aber keinen.
Die Rettung vor völliger Unwissenheit und Verwilderung kam von Wilmott. »Wenn die Kinder nach England kommen, werden sie als kleine Ignoranten von allen verspottet werden, Adeline«, sagte er.
»Aber warum denn?« Adeline war ehrlich gekränkt. »Nicholas kann wirklich nett Klavier spielen, und Gussie und Ernest rezitieren so reizend Gedichte.«
»Und Mathematik?«
»Ich bin auch ohne Mathematik ausgekommen«, sagte sie stolz. »Sie wären ausgekommen, und wenn Sie Analphabetin gewesen wären.« Selten sprach Wilmott so unverhohlen. Um seinen Schnitzer gutzumachen, fügte er schnell hinzu: »Ich wollte Ihnen nämlich anbieten, die Kinder den Rest des Winters hindurch zu unterrichten, wenn Ihnen mein Vorschlag angenehm ist.«
»Oh, James – das wäre himmlisch!« Ehe er sich's versah, hatte sie beide Arme um seinen Hals gelegt.
Er zog sich zurück – aber nicht ehe er einen Augenblick mit Entzücken ihren süßen Duft eingesogen hatte. »Ich würde es nicht gerade himmlisch nennen«, sagte er steif, »und die Kinder sicher erst recht nicht – aber ich werde versuchen, es ihnen interessant zu machen, wenn Sie sie zu mir herunterschicken. Fünfmal wöchentlich von neun bis zwölf.«
Und so wurde es arrangiert.
Jetzt kamen die Schneeschuhe, die die Kinder zu Weihnachten bekommen hatten, voll in Gebrauch.
Es war ein Winter mit großen, lockeren Schneewehen, die im Schatten etwas vom Bläulichen des Himmels annahmen. Nachts dämpfte der Mond mit seinem Glanz alle irdischen Dinge. Die Kinder mußten frühzeitig aufbrechen, um – wenn sie noch einen kleinen Spielraum zum Trödeln haben wollten – gegen neun in Wilmotts Blockhaus zu sein. Wenn sie aufstanden, zogen sie gleich ihre Mokkassins an, und zwar über zwei Paar dicke wollene Strümpfe. Draußen befestigten sie dann ihre Schneeschuhe.
Sie hatten sich in den Wochen seit Weihnachten schon an sie gewöhnt. Sie empfanden sie nicht mehr als schwere Klötze, und sie rutschten ihnen nicht mehr ineinander, sondern sie flogen auf ihnen leicht über den Schnee und hinterließ Spuren wie Vogelschatten. Oft war es morgens bitter kalt, aber

das machte den Kindern nichts aus. In ihren Mägen lag der warme Porridge, der zwei Stunden lang gekocht hatte. Auf den Köpfen trugen die Jungen rote wollene Mützen mit tanzenden Quasten, Augusta aber eine Haube von gleicher Farbe mit einer großen seidenen Schleife unter dem spitzen Kinn. Die Ranzen mit den Schulbüchern hatten sie über den Rücken geschnallt.

Lange ehe es Zeit war, zu Wilmotts Blockhaus aufzubrechen, setzte sich Nero bereits auf die Veranda, die Augen voll Eifer an die Haustür geheftet. Auch er hatte seine Schüssel mit Porridge bekommen – ganz zu schweigen von allerlei Speckschwarten, Toastresten, Marmelade und einer Schale voll Tee. Er war sehr satt, aber dennoch auf einen Spaziergang erpicht – nichts hätte ihn zurückhalten können. Schon ehe die Kinder sich Wilmotts Tür näherten, war Nero dort und begehrte kratzend Einlaß.

Immer war es Tite Sharrow, der die Haustür öffnete. Wilmott saß dann bereits an einem kleinen Tisch und sagte den Kindern freundlich guten Morgen. Sie holperten auf ihren Schneeschuhen geradenwegs durch die Küche, und Nero hielt unterwegs inne, um sich gewaltig zu schütteln. Dann setzte er sich vor den Ofen und leckte sich bedächtig die Schneeklumpen aus dem lockigen schwarzen Pelz.

Wilmott nahm diese Lektionen ernst. Er fand die Charaktere seiner Schüler in ihren Kontrasten interessant. Er merkte, daß sie mehr wußten, als er erwartet hatte. Dieser Ire hatte ihnen doch in seiner sprunghaften Art eine Menge Dinge beigebracht. Aber trotz ihren Vorteilen waren sie längst nicht so gute Schüler wie das Halbblut Tite Sharrow. Er besaß eine Konzentrationsfähigkeit, die ihnen fehlte.

Tite war sehr stolz auf alles, was er gelernt hatte, dennoch fragte sich Wilmott oft, ob er nicht noch genau der junge Barbar sei, als den er ihn aufgenommen hatte. Während der Unterrichtsstunden stand Tite gewöhnlich in der Küchentür, die Arme untergeschlagen, die Augen bald auf dem einen, bald auf dem andern Gesicht ruhend. Gewöhnlich wahrte er würdevolles Schweigen, aber wenn Wilmotts Begeisterung oder sein Witz plötzlich durch die Lehrhaftigkeit durchbrach, krümmte sich Tite vor Lachen und klopfte sich auf die Schenkel.

Nero wurde es meistens allmählich zu warm; dann raffte er sich schnaufend auf, schlenderte zu einem kühleren Platz und warf sich, abermals tief aufschnaufend, dort nieder. Bald aber kehrte er zu der Wärme des Ofens zurück.

Anfang des Jahres hatte die junge Mulattin Annabelle ihren Weg zurück nach Jalna gefunden, und Adeline und die Köchin Mrs. Coveyduck hatten sie willkommen geheißen. Sie hatte soviel zu berichten von den Zerstörungen, die im Süden stattgefunden hatten, daß den beiden schier das Herz brach. Verschieden waren ihre Gefühle nur in der Einstellung zu der geplanten Heirat von Tite und Annabelle. Adeline fand sie uneingeschränkt segensreich – ein gutartiges gesundes junges Mädchen, das Wilmott bedienen, das Blockhaus

sauberhalten und Tite zufriedenstellen würde. Denn was sollte aus Wilmott werden, wenn Tite nach dem Westen ging, womit er manchmal drohte? »Er würde nie dort bleiben«, pflegte Philip zu sagen, »so ein fauler Hund wie Tite. Im Westen wird gearbeitet!«
Mrs. Coveyduck traute Tite nicht über den Weg und fand, Annabelle sei viel zu gut für ihn. Sein Vornehmtun machte sie wütend. Als sie aber merkte, daß Annabelle den Halbindianer tatsächlich liebte und sich nicht davon abbringen lassen wollte, strickte sie ihr ein ›Wölkchen‹, wie sie es nannte, aus leichter, blauer Wolle, um sie in ihren Flitterwochen warmzuhalten, und dazu noch Handschuhe aus dem gleichen Material.
Sie hatten aber keine eigentlichen Flitterwochen. Adeline sagte zu Wilmott: »James, ich finde, Sie sind der Mann, der den Brautführer für Annabelle machen sollte. Ich werde die Feier arrangieren; es wird eine lustige Abwechslung sein, um uns die lange Winterzeit aufzuhellen.«
»Lustige Abwechslung!« wiederholte Wilmott. »Nun, so würde ich eine Eheschließung nicht nennen. Und wenn ich für jemand Zeuge sein muß, dann höchstens für Tite.«
Darüber mußte Adeline lachen. Sie war sehr erleichtert bei dem Gedanken, daß Wilmott eine fleißige, fügsame Haushälterin bekäme, ohne Lohn außer ihrem Lebensunterhalt. Sie brachte zwei Kissen mit Gänsefedern in das kleine Zimmer hinter Wilmotts Küche, das Belle und Tite bewohnen sollten. Auf die Kissen legte sie zwei Kissenschoner, auf denen mit rotem Kreuzstich gestickt stand:

»Ich schlief und träumte, das Leben sei Freud und Licht –
Als ich erwachte, sah ich: Das Leben ist Pflicht.«

Tite las es und war so tief beeindruckt, wie sich's selbst Adeline kaum erhofft hatte.
»Chef«, sagte er, »ich habe mir immer etwas wirklich Vornehmes gewünscht. Nun habe ich es. Annabelle und ich werden schlafen und von ›Freud und Licht‹ träumen. Sie, Chef, werden vom Geruch gebratenen Schinkens und Toast erwachen, der Ihnen angenehm in die Nase steigt ...« Dann dachte er eine Weile nach, während Wilmott sich ostentativ in ein Buch versenkte.
»Darf ich fragen, was Sie lesen, Chef?« fragte Tite.
»Die Heiratszeremonie«, antwortete Wilmott. »Ich möchte wissen, was du dabei alles geloben wirst.«
Tite stellte sich erschrocken und fragte: »Haben Sie denn die Heiratszeremonie vergessen, Chef?«
»Jawohl!« erwiderte Wilmott schroff.
»Ich glaube, für mich und Belle wird es am besten sein, wenn wir in das

indianische Reservat gehen und vom Pfarrer dort getraut werden. Meine Großmutter wäre glücklich, meine Braut kennenzulernen, und wir könnten einige Tage dort bleiben und andere Mitglieder ihres Stammes kennenlernen. Für Belle wird es sehr bildend sein – und für meine Großmutter ein schönes Fest.«

Wilmott war über diesen Vorschlag sehr erleichtert. Je weniger er von den Neuvermählten sah, um so lieber war es ihm. Manchmal bedauerte er, dem Paar die Erlaubnis gegeben zu haben, in sein Blockhaus zu ziehen. Er hatte es so gemütlich – aber an den langen Winterabenden war er einsam. Er vermißte Tites sehr lebendige Gegenwart, das war sicher.

Als daher das junge Paar eines Tages gegen Abend mit Schlittengeläut und in einem leichten Schneesturm erschien, hieß er es willkommen. Er hatte vorher nie bemerkt – oder hatte er's vergessen? – wie hübsch Annabelle war. Die beiden waren wirklich ein schönes junges Paar. Ohne viele Umstände quartierten sie sich in dem kleinen Zimmer hinter der Küche ein – und wie Tite es gesagt hatte: Wilmott erwachte morgens mit köstlichen Küchendüften in der Nase. Nie hatte er so guten Kaffee getrunken, wie ihn Belle zu bereiten verstand. Nie hatte er erlebt, daß Hühnchen so zart und doch so knusprig gebraten sein konnten. Belle trug Schuhe mit Stoffsohlen. Nie erhob sie die Stimme. Auch Tite war stiller, mehr auf Wilmotts Behagen bedacht. Wilmott ahnte freilich nichts von dem Übermut, der die Mulattin und den Halbindianer ergriff, sobald er nicht anwesend war. Wenn er in der Nachbarschaft zu einem Dinner eingeladen war oder sonst einen Abend außerhalb verbrachte, dann lachten, tanzten, sangen und sprangen Tite und Belle, dann jagten sie sich hemmungslos durch das ganze kleine Haus. Am liebsten hätten sie das Dach abgehoben.

Wilmott gestattete Tite im Verlauf des Winters, an den Lektionen der Whiteoakkinder teilzunehmen. Er entdeckte, daß Tite eine erstaunliche Gabe besaß, den andern ihre Studien interessant zu machen. Er spürte: hier war ein geborener Lehrer. Zugleich aber bedauerte er es nicht, daß die Kinder bald nach England in die Schule kommen sollten. Er hatte sie gern als Schüler, aber sie nahmen ihm allzuviel Zeit weg. Das Trio selbst war selten so glücklich gewesen. Sie alle liebten Wilmott. Sie fanden in Tite einen aufregenden Lehrer. Und wenn Annabelle am halben Vormittag mit einem Tablett erschien, auf dem eine Kanne mit Kakao und eine Schüssel mit heißem, in Butter geschwenktem Maisbrot standen, dann strahlten sie vor Glück. Die Jungen dachten nicht an die Zukunft. Aber Augusta erwartete den Frühling als eine Zeit wunderbarer Begebenheiten.

Die Fastenzeit brachte noch schwerere Schneefälle. Das Schneeschuhlaufen war eitel Wonne, besonders wenn die Sonne schien, die beim Nahen des Frühlings schon wärmer wurde, und zuerst die Oberfläche des Schnees weich machte,

worauf ihm dann aber die eisige Nachtkälte, die das Land einhüllte, eine glatte, feste glitzernde Decke gab. Wie herrlich war es, auf den Schneeschuhen hockend, ihren wohlbekannten Lieblingshügel hinunterzusausen! Am Karfreitag überließ Wilmott es Tite, die Kinder zu unterrichten. Er selbst mußte dem Prediger bei der Musik der Osterandacht helfen und verbrachte den Tag zwischen der Kirche und dem Pfarrhaus. Die Kinder waren mit seiner Zustimmung eingeladen worden, den Tag im Blockhaus zu verbringen. Belle hatte zu Mittag ein Festmahl bereitet. Tite und sie bedienten bei Tisch mit karikierter Formalität, aber bald schmolz diese weg, und die fünf saßen zusammen und aßen Zitronencreme, Nüsse und Rosinen und tranken Schwarzbeeren-Cordial. Tite rauchte eine von Wilmotts Zigarren. Er streckte sich auf dem Sofa aus und schrie ab und zu ein echt indianisches »Whuuup!«
Bald aber wurde Annabelle ernst. »Dies ist ein sehr feierlicher Tag«, sagte sie, »der Tag der Kreuzigung unseres Heilands. Daran müßten wir denken, statt immer nur herumzuspielen.«
»Was können wir tun, um so recht ernst zu sein?« fragte Ernest.
»An Mrs. Madigan denken«, schlug Nicholas vor.
»Nein, dabei wird mir bloß übel«, antwortete Ernest.
Annabelle rollte die Augen gen Himmel und sagte nach kurzem Schweigen: »Ich weiß, was wir tun könnten. Ein religiöses Theaterstück spielen. Ich hab mal zu Hause eins gesehen – das ist lange her –, vor dem Kriege. Wir könnten spielen, wie die Menge haben will, daß der Heiland gekreuzigt wird. Wir könnten sogar die Kreuzigung zeigen – nicht richtig, nur so spielen. Ich meine –«, sie klopfte Ernest beruhigend auf die Schulter, »damit wir die Glorie der Auferstehung erleben.«
»Erklär's mal näher«, sagte Augusta. »Es müßte eigentlich herrlich sein!«
Belle entwickelte den Plan, wie sie die Karwoche spielen könnten; dabei wurden die fünf Insassen des Zimmers alle gleich – die drei jungen Whiteoaks, der Halbindianer, die befreite Sklavin. Sie war der Regisseur. Die andern hingen stumm an ihren Lippen, bis Tite ausrief: »Ich spiele den Soldaten!«
»Meinst du, daß du ihn richtig spielen kannst?« fragte Augusta.
»Das wirst du schon sehen!« sagte er eifrig.
Leidenschaftlich begeistert starrte Annabelle bewundernd auf Augusta. »Kleine Missus«, sagte sie, »Sie müßten natürlich die Madonna sein, denn Sie haben das richtige Gesicht und das schöne Haar.«
Alle sahen Gussie an, als hätten sie sie bisher nie richtig gesehen.
»Was soll ich sein?« fragte Ernest.
»Du sollst den Heiland spielen«, antwortete Belle.
»Und ich?« fragte Nicholas. »Bitte etwas Schreckliches, Grausames.«
»Pilatus«, antwortete Annabelle rasch. »Ich glaube, Tite und ich, wir machen die Volksmenge.«

»Gut«, sagte Nicholas, »aber dann wollen wir uns beeilen, solange es Zeit ist.«
Sie räumten das Zimmer leer für das Spiel – Tite ging in den Schuppen und kam mit zwei Stücken Holz wieder, die er kreuzförmig zusammengenagelt hatte. Er legte sie auf den Boden.
»Du wirst mich doch nicht richtig kreuzigen?« Ernest fing an, sich ein wenig zu fürchten, obwohl er stolz war, daß sie ihn für die Rolle des Heilands ausgesucht hatten.
»Wir krümmen dir kein Haar auf deinem lieben kleinen Kopf«, versprach Annabelle und legte den Arm um ihn. Dann holte sie ein weißes Laken und hüllte ihn darin ein.
»Er müßte nackt sein«, sagte Tite.
Das ging gegen Ernests Schamgefühl. Annabelle rief: »Nein, nein! Er sieht genau richtig aus, so wie er ist.« Sie legte ihren blauen Schal (das ›Wölkchen‹) um Augustas Schultern und bürstete ihr das lange Haar. Belle war in ihrem Element. Sie wies jedem Kind den wirkungsvollsten Platz an. Nicholas wusch seine Hände in einem Waschbecken und sagte laut: »Ich finde keine Schuld an diesem Mann.« Tite schrie: »Kreuziget ihn!« und führte eine Art indianischen Kriegstanz um Ernest auf. Dann hob er ihn hoch und legte ihn auf das Kreuz. Augusta kniete zu seinen Füßen und vergoß echte Tränen. Nicholas vergaß, daß er Pilatus war und gesellte sich als ›Volk‹ zu Tite mit seinem Kriegstanz und seinen wilden Schreien. Belle vergaß, daß sie ›zivilisiert‹ war und hüpfte hin und her, daß sie mit dem Kopf fast an die Decke stieß, und schrie dabei laut: »Rette uns, Herr!« Ernest lag auf dem Kreuz und ballte und lockerte seine kleinen rosigen Hände in imaginären Qualen. Nero bellte aus voller Lunge. Alles war so übersteigert, daß es kein Halten mehr gab.
Das Zimmer war erstickend heiß. Keiner von ihnen bemerkte die Gesichter am Fenster. Erst als es donnernd an die Tür schlug (Tite hatte sie zugeriegelt), und sie aufflog, bemerkten sie Wilmott, Adeline und Philip, die auf der Schwelle standen. Nach dem Höllenlärm, der bis jetzt geherrscht hatte, war das Schweigen, das sich auf das Zimmer senkte, fürchterlich.

Die Strafe

Wilmott war es, der das Schweigen mit den Worten brach: »Ich schäme mich über euch. Über jeden einzelnen von euch.« Er sprach mit einer Stimme, die keiner der Anwesenden bis jetzt gehört hatte.
Philip schrie dumpf: »Es ist eine Orgie. Eine Orgie, nichts anderes!«
»Wie es geendet hätte, wenn wir nicht dazugekommen wären«, sagte Adeline, »das mag ich mir gar nicht ausdenken!« Aber dann fügte sie mit vor Neugier

zitternder Stimme hinzu: »Aber wissen möchte ich's doch. Ich wünschte, ich wüßte es.«
Tite verlor nicht den Kopf. Er stand auf, sehr würdevoll und gerade, und sagte: »Wir sind ein bißchen lebhaft geworden, aber«, er machte eine einladende Handbewegung, »wenn Sie, meine Damen und meine Herren, Platz nehmen würden, werden wir das Passionsspiel zu Ende spielen, und Sie werden daraus sehen, daß wir nichts Unrechtes beabsichtigten.«
Annabelle weinte hemmungslos.
Als die Tür aufgestoßen wurde, war Nero in den Schnee hinausgeschossen. Nun kratzte er an der Tür und wollte wieder herein. Wilmott sagte: »Das erste, was ihr junges Volk zu tun habt, ist, das Zimmer wieder in Ordnung zu bringen.«
»Ernest«, sagte Philip, »nimm das weiße Ding da ab. Gussie und Nicholas – macht euch fertig für den Heimweg.«
»Sollen wir unsere Schneeschuhe anschnallen?« fragten sie.
»Lassen Sie mich erklären –.« Titus kam aber nicht zu Worte.
»Ich wünsche keine Erklärung von dir.« Philips finstere Miene hätte den meisten jungen Männern Angst eingejagt, aber Tites Gesicht blieb gleichmütig. Er sagte, zu Wilmott gewendet: »Sie kennen mich, Chef, und Sie wissen, ich würde nichts tun, was Ihnen Schande macht. Wir haben ein Passionsspiel aufgeführt. Unsere Gefühle haben uns mitgerissen. Es ist etwas Schönes, Chef, von religiöser Begeisterung mitgerissen zu sein.«
»Bringe Annabelle in ihr Zimmer«, sagte Wilmott schroff. Er stand mit untergeschlagenen Armen da, während Tite die weinende Mulattin hinausführte. »Es tut mir schrecklich leid, daß dies passiert ist«, fügte er, zu Adeline gewandt, hinzu.
»Es geht daraus hervor, wie wenig sich die dunklen Rassen beherrschen können. Wäre ich hier gewesen, ich hätte sie fest in der Hand gehabt und ein richtiges Passionsspiel daraus gemacht.« Ihre Augen leuchteten. Sie sah herunter auf das Kreuz, auf dem ihr kleiner Sohn gelegen hatte.
»Du hättest wahrscheinlich mit ihnen geschrien und wärst noch höher gehüpft als sie«, sagte Philip mit einem Unterton.
Es kam selten vor, daß die Kinder eine Abendfahrt in dem großen roten Schlitten mit den Büffelfellen mitmachen durften. Jetzt wurden sie mollig auf den Rücksitz gepackt, die Pelzdecke ging ihnen bis zum Kinn, ihre erhitzten Wangen brannten in der Eisluft, in ihren Ohren klang die helle Musik der Schlittenglocken. Die Nacht war so klar, daß jeder Ton, jedes Bild glänzender und eindringlicher wurde. Der Mond stieg auf in der tiefen Bläue des Himmels, warf die Schatten der Bäume scharf auf den Schnee und wandelte die Mähnen der Pferde in fliegendes Metall.
Adeline genoß das Dahinsausen über die glatte Straße, die grenzenlose, schim-

mernde Einsamkeit. »Können wir nicht auf dem längeren Weg über die Kirche nach Hause fahren. Es ist so herrlich, in einer solchen Nacht Schlitten zu fahren. Es ist, als gehörte uns die ganze Erde.«

Also schlugen sie den weiteren Weg ein, aber Nero nahm den kürzeren und wartete schon an der Haustür, als sie mit klingelnden Schellen zwischen den Reihen schneebeladener Tannen und Fichten die Einfahrt heraufkamen. Adeline und die Kinder gingen hinein (Ernest fiel vor Müdigkeit fast um), aber Philip brachte Pferde und Schlitten erst zu den Ställen hinüber.

Als er zu Fuß zurückkehrte, knirschten seine langen Schritte im Schnee; das Mondlicht überflutete noch das Land, der Mond in seiner Majestät machte die Erde zu seinem bloßen Fußschemel. In der Halle blieb Philip stehen und horchte. Er vernahm, wie seine Familie im Wohnzimmer umherging. »Mammi, ich bin hungrig«, sagte Ernest weinerlich, und sie antwortete: »Ich auch. Nach so einer Schlittenfahrt bekommt man Appetit.«

Sie hatte die Fahrt so genossen, daß sie darüber die peinliche Szene in Wilmotts Blockhaus ganz vergaß und ihre Kinder anstrahlte. Alle entledigten sich ihrer warmen Hüllen, und als sie in einen Sessel sank und Nicholas zu ihren Füßen kniete, um ihr die Pelzstiefel auszuziehen, kletterte Ernest auf ihren Schoß und wiederholte: »Mammi, ich bin hungrig!« Nero griff sich einen Pelzschuh, schüttelte ihn gründlich und trug ihn unter das Sofa.

Mit sonorer Stimme sagte Philip schon unter der Tür: »So, so – das ist also die Strafe für euch Sünder. Nun, ihr werdet nicht mehr so munter sein, wenn ich mit euch abgerechnet habe!«

Adeline fiel ein: »Und noch weniger, wenn ich euch drannehme!« Sie stieß Ernest von ihrem Schoß und holte aus, um Nicholas einen tüchtigen Klaps zu geben.

Er wich aus und sagte: »Wirklich, es war nicht unsere Schuld. Es kam durch Tite und Belle. Sie hatte so etwas Ähnliches im Süden gesehen.«

»Ihr hättet euch an so einem Theater gar nicht beteiligen dürfen«, antwortete Philip. »Dieses Paar ist ein schlechtes Beispiel für euch. Nun ja, ihr kommt weg – alle drei – im Frühjahr geht es nach England, und die Schule dort wird euch in Zucht nehmen, wie ihr noch nie in Zucht genommen worden seid.«

Der Gedanke, zu Hause zu bleiben, während Gussie und Nicholas nach England gingen, war für Ernest fast unerträglich gewesen. Nun aber war die Mitteilung, daß er sie in so eine entsetzliche englische Schule begleiten sollte, sogar noch schlimmer. Wie immer, wenn Ernest sich aufregte, verlangte sein Magen gebieterisch Nahrung. Er wimmerte: »Ich bin hungrig.«

»Zu Bett! Alle miteinander!« befahl Philip.

»Und danke auch für die schöne Schlittenfahrt«, sagte Ernest.

»Diese Schlittenfahrt sollte eurer Mutter Freude machen. Ihr seid nur zufällig

dabeigewesen.« Philip lächelte in seinen blonden Bart. »Ihr könnt überhaupt von Glück sagen, daß ich euch nicht die ganze Nacht bis zum Morgen gezüchtigt habe!«
Drei bekümmerte Augenpaare schauten in das seine.
»Wir sollen also am Morgen ...« Nicholas Stimme zitterte.
»Vor oder nach dem Frühstück?« fragte Ernest.
Philip überlegte. »Vor dem Frühstück«, sagte er. »Rasierriemen.«
»Und Gussie?« fragte Nicholas
»Mit ihr wird ihre Mutter abrechnen.«
»Mir wär's lieber, du tätest es«, sagte Augusta gefaßt.
»*Was*? Dir wär's lieber, wenn ich ...?«
»Ja, Papa.«
»Da hörst du es, Adeline.«
Adeline sah geschmeichelt aus. »Du siehst, daß sie vor mir wirklich Respekt haben.«
»Darf ich vielleicht 'ne ganz kleine trockene Brotkruste haben?« fragte Ernest.
Philip sprang auf, ging durch die breite Tür ins Eßzimmer und kam mit der Keksdose wieder, die wie ein hölzernes Faß mit silbernen Reifen geformt war. »Da, nehmt sie mit und eßt die Kekse in euren Zimmern. Und dann schnurstracks zu Bett!«
Er zog Nero unter dem Sofa hervor und rettete Adelines Pelzstiefel vor ihm. »Eine Schnalle fehlt«, sagte er streng zu Nero, der sie sofort gehorsam ausspuckte.
Augusta brachte sie ihrer Mutter und fragte gleich: »Würdest du so freundlich sein, Mama, mir zu sagen, wie du mich bestrafen wirst?«
»Mit einer Dosis Rhabarberpulver.« Adeline lächelte schadenfroh. »Das ist beides zugleich, Strafe und Kur, denn es schmeckt abscheulich und wird dich vor einer Gallenattacke bewahren.«
»Aber warum sollte ich eine Gallenattacke bekommen?«
»Du weißt so gut wie ich, daß Aufregungen die Leber angreifen.«
Die beiden Jungen waren schon mit der Keksdose unterwegs nach oben, und Augusta folgte ihnen. Sie wollte nichts essen, die schreckliche Vorstellung von der Dosis Rhabarberpulver schwebte ihr zu deutlich vor. Sie fühlte sich elend.
Ihr Zimmer war in Mondlicht getaucht. Sie schloß die Tür hinter sich und gab sich ganz dem Schweigen und dem Mondschein hin. Sie durchlebte wieder einmal eine ihrer einsamen Stimmungen. Sie schien zu niemand und nirgendshin zu gehören. Nicht einmal nach Jalna. Dennoch erschreckte sie der Gedanke, wegzugehen. Wenn sie doch einfach mit ihrer Taube wegfliegen und fortbleiben könnte – nur sie beide allein – nach irgendeinem altertümlichen, schönen Land! Jedoch so leicht sie sich geistig fühlte, war sie sich doch ihres

Körpers stärker als je zuvor bewußt. Ihre Arme und Beine waren wie schwere Gewichte, ihr Kopf aber merkwürdig leicht. Sie empfand einen unklaren, sonderbaren Haß gegen die Art, wie ihre Eltern sie behandelten. Ihre halb scherzhafte Strenge – und daß sie sich einfach weigerten, sie als beinahe erwachsen zu betrachten! Wenn Guy Lacey hier wäre, dachte sie, dann würde er mich beschützen!

Der Plan

In dieser Nacht schlug das Wetter um. Ein stürmischer Wind, der schon die Verheißung des Frühlings in sich trug, brauste über das Land. Die drei jungen Whiteoaks hatten keine Schneeschuhe für ihren morgendlichen Weg zu Wilmott, waren also gezwungen, sich mit Galoschen durch den tiefen Schnee zu arbeiten. Alles war gegen sie, dachten sie. Sie waren ein klägliches Trio. Dazu war Wilmott mürrisch und Tite düster und tragisch. Keine Annabelle erschien mit dem Frühstückskakao. Wilmott schickte die Kinder zeitig fort, denn es war Ostersamstag.
Auf dem Heimweg hörten sie das Krächzen der Krähen. Die schwarzgeflügelten Vögel fegten über den Windhimmel wie Piraten über ein sturmaufgewühltes Meer. »Kroa – kroa«, schrien sie, wie um die schlafende Erde herauszufordern, und ihre Flügel peitschten den Himmel mit schweren Schlägen.
»So ein Matsch!« sagte Nicholas. »Wir hätten unsere Schneeschuhe nicht benutzen können, auch wenn wir sie hätten.«
»Ja, in diesem Jahr ist es aus mit dem Schneeschuhlaufen«, sagte Gussie.
Ernest fragte: »Meint ihr, Mr. Wilmott wird unsere Schneeschuhe für sich und Tite und Belle behalten?«
»Sehr gut möglich«, antwortete Augusta. Sie schleppte sich mühsam, aber verbissen durch den feuchten Schnee. Sie verschlang ihre von der Kälte roten Hände wie im Gebet. »Das Leben ist sehr trübe geworden«, sagte sie.
»Was meinst du ... wird es besser oder schlechter werden?« fragte Nicholas.
»Schlechter«, erwiderte sie.
»Was? Noch trauriger?« fragte Nicholas.
»Noch viel trauriger.«
»Noch trauriger – au Backe!« rief Ernest.
Jetzt setzte ein eiskalter Regen ein.
»Papa hat nicht Hand an mich gelegt«, berichtete Ernest. »Ich hab ihm gesagt, daß eine Erkältung in mir steckt.« Dann fragte er mit einem schlauen Blick auf Nicholas: »Hat der Rasierriemen sehr weh getan?«
»Halt den Mund!« rief Nicholas und gab Ernest einen Schubs, daß dieser flach auf dem Allerwertesten in einer eisigen Pfütze landete.

Er blieb ruhig sitzen und warf einen herausfordernden Blick auf seine Schwester. »Wie hat dir das Rhabarberpulver geschmeckt, Gussie? War's sehr mühsam, es runterzuschlucken?« Ernest hätte nie so zu Gussie gesprochen, wenn er nicht in der eisigen Pfütze gesessen und sich so elend gefühlt hätte.
Augusta wendete den Kopf weg. »Ich bin grade dabei, es wieder von mir zu geben«, stöhnte sie und schlug sich in ein dichtes Zederngebüsch.
»So, das ist deine Schuld«, sagte Nicholas und versetzte Ernest eine kräftige Kopfnuß.
Es tat nicht weh, denn Ernest trug eine dicke, wollene Mütze, aber es verletzte seine Gefühle tief, und so blieb er in der kalten Pfütze sitzen, wo er saß, während die andern schon zwischen den Bäumen verschwunden waren. Wieder flogen die Krähen über ihn hin und krächzten, als wollten sie ihn verhöhnen. Ein neuer eisiger Regenschauer kam, es war fast, als schleuderten ihn die Krähen mit ihren Flügeln herab.
Endlich raffte sich Ernest auf und schleppte sich heimwärts, aber er glaubte schier, er würde niemals bis dorthin gelangen. Freilich wäre ihm das jetzt ziemlich gleichgültig gewesen. Er hatte nicht wenig Lust, sich in den Schnee zu legen und zu erfrieren. Oh, wie leid würde es dann seiner Familie tun! Sie würden alle weinen – sogar sein Vater. Voll Befriedigung malte Ernest sich die Szene aus. Gussies und Nicholas' Leiden waren nichts im Vergleich zu den seinen. Ein paar Streiche mit dem Rasierriemen und eine Dosis Rhabarberpulver – was war das schon im Vergleich zu dem, was er durchmachte?
Es war Gesetz im Haus, daß die Galoschen draußen auf der Veranda blieben, wenn man nicht den Seiteneingang benutzte. Aber Ernest ging jetzt geradenwegs hinein. Die Schneebrocken blieben auf dem Teppich liegen. Der kleine Philip lief ihm entgegen. Es war erstaunlich, wie sich das Kind in den letzten Monaten aus einem Baby in einen kleinen Jungen verwandelt hatte. Trotz seinem hellblauen Kleidchen, das mit Borten besetzt war, trotz seinem langen Haar, das in goldenen Locken auf seinen Schultern lag, sah er aus wie ein Junge und bewegte sich dementsprechend.
»Mich tommt mit!« erklärte er und schickte sich an, Ernest die Treppe hinauf zu folgen.
»Nein«, sagte Ernest, »du kannst nicht mitkommen.«
»Warum nich?«
»Weil ich krank bin.«
»Trank?« wiederholte der Kleine. »Warum?«
»Warum ist jemand krank! Ich werde wahrscheinlich sterben, und du fragst nicht danach. Niemand fragt nach mir.«
Der Kleine dachte, das sei ein wunderbarer Spaß. Er kicherte zuerst und lachte dann aus vollem Halse.
»Ich nich tank!« sagte er lachend.

»Wie albern du sprichst!« rief Ernest. »›Ich nich tank‹ – ich nehme an, du meinst, daß du nicht krank bist. Nun, warum sagst du dann nicht, was du meinst? Das möchte ich wissen.« Er hing am Treppengeländer und sah verächtlich auf den kleinen Bruder hinab.
Adeline rief aus ihrem Zimmer. »Was muß ich hören? Jemand ist unfreundlich zu seinem armen kleinen Bruder?! Hinauf in dein Zimmer, Sir, und zieh dir trockene Sachen an!«
Ernest schleppte sich die Treppe hinauf, zog sein nasses Zeug aber nicht aus. Er warf sich aufs Bett und schlief ein.
Er mußte die nächsten drei Wochen im Bett bleiben, weil er an einer heftigen Mandelentzündung erkrankt war. In diesen Wochen verschwand der Winter mit Schneestürmen und Tauwassergetöse. Der Frühling wurde gleich unzeitgemäß warm. Als Ernest Rekonvaleszent war, hatten sich die Bäume schon in ein Kleid von rosigen jungen Knospen gehüllt, auf dem Rasen sproßte der Löwenzahn, in den Ställen und im Geflügelhaus blökten, grunzten und zirpten lauter junge Geschöpfe. Ernest hörte das Gurgeln des Bachs, der die Eisfesseln des Winters abwarf. Wenn Nicholas nach dem Tee heraufkam, um Schularbeiten zu machen, dann sprach er nur noch vom Angeln – welche Art Köder er für welche Art von Fischen benutzte und wo man die besten Fische fand. Nicholas sollte ins Kinderzimmer hinaufgehen, um Ernest Gesellschaft zu leisten, aber er dachte gar nicht an die Schulaufgaben. Er sprach nur vom Fischfang und einem Segelboot.
Eines Samstag nachmittags im Mai lud Tite Sharrow Augusta und Nicholas zum Segeln ein. Er hatte ein kleines Segelboot erstanden oder irgendwie erhandelt. Ohne jemand um Erlaubnis zu fragen, nahm er die beiden zum Segeln auf die blitzende Fläche des Sees mit. Sie ruderten von Wilmotts Haus den Fluß entlang – Tite an den Rudern – bis sie den See erreichten. Dort fanden sie am einsamen bewaldeten Ufer das kleine Bootshaus, in dem das Segelboot lag. Tite zog es mit Hilfe der Whiteoakkinder über den Strand und ließ es auf den kleinen Wellen tanzen. Er hißte das Segel, mit dem der Maiwind spielte.
»Habt ihr schon einmal eine Segelpartie gemacht?« fragte Tite.
»Du weißt recht gut, daß wir noch keine gemacht haben«, antwortete Augusta. »Aber wir möchten schrecklich gern!«
»Nimmst du uns mit zum Segeln, Tite?« fragte Nicholas.
»Würde es dein Vater erlauben?«
»Wir brauchen's ihm doch nicht zu sagen. Und unserer Mama auch nicht«, antwortete Nicholas. »Sie sind so streng zu uns, seit damals am Karfreitag. Wir haben keine Ursache, brav und gehorsam zu sein.«
Tite hielt das Boot, während die Geschwister hineinstiegen. Er sagte: »Freiheit ist das beste, was es gibt. Ich weiß, wie man sie genießen kann.«

Augusta hob das Gesicht in den Wind und fragte: »Warum hast du dann geheiratet, Tite? Nun mußt du doch immer an Belle denken.«
»Meinst du, daß Belle meine Freiheit behindert?«
»Nun . . . frei bist du jedenfalls nicht mehr.«
Tite zeigte, geheimnisvoll lächelnd, seine weißen Zähne. »Seit ich Belle geheiratet habe, bin ich freier als vorher. Wenn ich weggehe, sorgt sie für meinen Chef. Wenn ich zu Hause bin, sorgt sie für uns alle. Sie tut die ganze Arbeit – sie ist gewohnt, Sklavin zu sein. Für sie hat die Freiheit keinen Wert. Bei mir ist es anders. Ich stamme von indianischen Helden und einem adligen französischen Forscher. Ich muß frei sein oder sterben.«
»Wir auch!« erklärte Nicholas. Er sog den Frühlingswind tief ein. »Nicht wahr, Gussie?«
Wie ein lebendiges Geschöpf eilte das kleine Boot über die Wellen, die immer größer wurden, je weiter sie auf den See hinauskamen. Das Grün des Ufers verschmolz mit dem bläulichgrünen Wasser. Landvögel versuchten begeisterte kleine Flüge am Rand des Sees.
Alles war Bewegung. Alles war im Fluß, überall mischten sich die Elemente. Augusta fühlte, daß sie nie im Leben vorher gewußt hatte, was echtes Glück war. Sie dachte, es sei die Freiheit, zu gehen wohin man wollte und wann man wollte. Ihre Augen suchten die ihrer beiden Gefährten. Das seltsame, unergründliche Lächeln wich nicht mehr von Tites Lippen. Auf Nicholas' Zügen lag gespannte Aufmerksamkeit, als er, ganz darauf eingestellt, Tite am Segel beobachtete. Sein Gesicht war tiefernst. Augusta sagte zu ihm: »Wie wär's, wenn wir nie zurückkehrten? Denkst du noch daran, daß uns Mr. Madigan riet, einfach wegzulaufen?«
»Eine gute Idee«, sagte Nicholas. Nach einem Weilchen bemerkte er zu Tite: »Ich wünschte, wir hätten ein leichtes Segelboot wie dieses hier – es ist genau, was wir brauchen.«
»Warum bittet ihr eure Mutter nicht, euch eins zu kaufen?«
»Warum sagst du ›eure Mutter‹?« fragte Nicholas. »Wenn etwas zu kaufen ist, kauft es unser Vater.«
»Aber es ist immer die Frau, die es veranlaßt.«
»Hat Belle dich dazu veranlaßt?«
»Wir haben kein Geld«, erwiderte Tite.
»Aber wie konntest du es ohne Geld kaufen?«
»Es gibt auch andere Wege.« Und befriedigt fügte er hinzu: »Ich kenne sie alle.«
Augusta warf den Kopf zurück, atmete die wilde Süße des Frühlingstags ein und bemerkte: »Wir dachten daran – mein Bruder und ich – von zu Hause wegzugehen.«
Es war unmöglich, Tite zu überraschen. Jetzt sah er aus, als habe er diese

Mitteilung erwartet. Aber er fragte: »Und wovon wollt ihr leben, liebe junge Dame? Und wo wollt ihr leben?«

Ohne Zögern erwiderte Augusta: »Wir haben Freunde. Mr. und Mrs. Sinclair. Sie haben uns eingeladen, sie jederzeit zu besuchen, und so lange wir wollen in Charleston zu bleiben. Weißt du, Tite, unsere Eltern wollen uns nämlich nach England ins Internat schicken.«

»Und wir wollen nicht hin«, ergänzte Nicholas.

»Junger Mann, ihr würdet in England eine wunderbare Erziehung bekommen – besser als in jedem andern Ort der Welt. In England ist nämlich mein Chef erzogen worden – und niemand in Kanada hat eine Bildung, die an seine heranreicht. Ich wünschte, ich hätte eure Möglichkeiten!«

»Wir wollen nicht erzogen werden«, sagte Nicholas beharrlich. »Wir wollen frei sein!«

»Und wir wollen gern Abenteuer erleben!« fügte Augusta hinzu. »In den englischen Schulen würden wir als Barbaren angesehen werden«, sagte Nicholas. »Sie würden uns unterjochen. Sogar unsern kleinen Bruder würden sie einschüchtern.«

»Hört einmal auf meinen Rat« – Tites schmale Augen ruhten nachdenklich auf den beiden ihm begierig zugewendeten Gesichtern – »lernt und lernt soviel wie möglich. Da habt ihr etwas, woran ihr euch halten könnt. Ihr könnt euch die Gespräche anderer Leute anhören – besser: das Geschwätz – und dabei feststellen, wieviel mehr ihr wißt, als sie wissen. Solche Überlegungen sind ein hübscher Zeitvertreib, Miss« – jetzt sprach er besonders zu Augusta – »es gibt nichts Angenehmeres. Dein Gesicht, kleine Dame, zeigt, daß du zum Nachdenken geschaffen bist.«

»*Und* zum Abenteuer«, sagte Augusta.

»*Und* zum Abenteuer«, fügte Tite hinzu. »Aber seht nur, der Wind hat sich gedreht. Wir müssen wenden.«

Eine Zeitlang waren sie mit dem Segel beschäftigt. Nicholas stellte sich dabei besonders geschickt an. Nach einer Weile waren sie in einer Windstille, und als sie in dem kleinen Boot ruhten, konnte Augusta nicht widerstehen – sie mußte Tite ihren Plan verraten ... Es war das erstemal, daß Nicholas etwas davon hörte. Dennoch lauschte er, ohne mit einer Wimper zu zucken. Tatsächlich hätte ein unbefangener Zuschauer denken mögen, daß er den ganzen Entwurf zusammengebraut hatte, so gefaßt saß er da.

Als Augusta und Nicholas nach Hause kamen, gingen sie zur Seitentür hinein, wie sie es meistens taten, und schlichen auf Zehenspitzen am Zimmer ihrer Mutter vorbei. Sie hörten ihre Stimme, die dem kleinen Philip eine Geschichte erzählte, um ihn zu beschäftigen, während sie ihm die wirren blonden Locken glattkämmte. Sie unterbrach ihre Geschichte und sagte: »Dein Haar ist wie pures Gold, mein Schätzchen.«

Philip hatte das Stadium erreicht, in welchem er sich selbst als Individuum fühlte – und zwar eins, das ganz anders empfand als seine Familie oder irgend jemand auf der Welt. Nun sagte er: »Nein.«
»Du dummer, kleiner Wurm«, rief Adeline. »Wie kannst du wissen, was für eine Farbe dein Haar hat? Ich sage dir, es ist pures Gold, und du bist das Abbild deines Papas, der der einzige Mann hier in der Gegend ist, der es wert ist, daß man ihn ansieht!«
»Nein!« sagte Philip.
»Sitz still, oder du kriegst einen Klaps!« rief Adeline.
»Nein!« sagte Philip.
Und nun kam das Geräusch eines scharfen Schlags. Philip wurde auf seine Füße gestellt und lief sofort laut schreiend in die Halle. Als er Nicholas und Augusta sah, die treppauf flüchten wollten, schlug sein Geschrei in Lachen um, und er gesellte sich ihnen keck zu, jeden an einer Hand fassend.
»Gussie! Nicky!« sagte er schmeichelnd.
»Wollen wir ihn mitnehmen?« fragte Nicholas.
Augusta nickte, und er klomm an ihren Händen die Treppe hinauf. Sie hörten Adeline rufen: »Philip! Philip! Komm her – Mammi zieht dir ein frisches Kleidchen an!«
»Nein!« sagte Philip.
Sie fanden Ernest auf der zweiten Treppe. Er spielte sein Geheimspiel. Er benutzte dazu ein paar weggeworfene Schachfiguren, die er von einer Stufe zur andern wandern ließ, ein paar Stücke Papier und farbige Steine. Er schrieb die Anweisungen für seine Schachfiguren auf und bewegte sie stufenweise und machte dabei sonderbare Bemerkungen wie: »Lebe lang, o König« oder »Das ist mein einsam Geschick« oder »Ruf nun die Wölfe zu ihrem Tee«. Augusta und Nicholas respektierten sein Spiel. Sie hatten nie versucht, es zu verstehen, aber sie begriffen, wie tröstlich es für Ernest war, als er krank war. Er sah sie warnend an und sie führten den kleinen Philip vorsichtig an ihm vorbei. Es dauerte nicht lange, da kam er zu ihnen in Augustas Zimmer. Sogar sie bemerkten, wie blaß sein Gesicht war und daß er einen roten Flanellwickel um den Hals hatte, dem ein angenehmer Geruch von Eukalyptusöl entstieg.
Ernest sagte: »Ich hörte euch reden, als ich auf der Treppe war.«
»Nun, und?« fragte Nicholas.
»Du hättest dich weiter mit deinem Spiel beschäftigen sollen«, sagte Augusta.
»Ich kann spielen und doch dabei hören.«
»Was hast du gehört, bitte?« fragte Nicholas barsch.
Ernest machte ein weises Gesicht. »Etwas von Weglaufen«, sagte er, auf seinen Zehen wippend.
Auch der kleine Philip machte eine altkluge Miene. »Mich lauft mit!« erklärte er.

»So – jetzt wissen es alle!« knurrte Nicholas.
Ernest sagte: »Wenn ihr weglauft, gehe ich mit.« Er warf sich in eine heroische Pose. »Ich laufe mit euch bis zum Ende der Welt.« Nicholas sagte: »Was weißt du schon von Weglaufen!«
»Ich weiß, daß Mr. Madigan uns dazu geraten hat«, erwiderte Ernest.
Augusta war sehr nachdenklich geworden. Sie sagte: »Ich glaube, wir tun gut daran, es Ernest zu sagen. Er kann ein Geheimnis für sich behalten – das sehen wir ja an seinem Geheimspiel. Und er könnte sich nützlich machen – Vorräte an Bord bringen und das Boot zurechtmachen.«
Nicholas war noch nicht überzeugt. »Ernest ist zu klein!«
Baby Philip warf sich in die Brust: »Mich schon droß!«
Von unten rief Adelines Stimme nach Philip.
Augusta war müde, sie wußte nicht warum. Sie hatte ihr blasses Gesicht auf den Tisch gelegt und die Augen geschlossen. Jetzt riß sie sie auf und nahm Philip hoch. »Du mußt zu Mammi gehen«, sagte sie und trug ihn hinunter. Er liebte es, wenn Augusta ihn so in die Arme nahm. Das Gesicht, das sie über ihn neigte, erschien ihm zum erstenmal tröstlich. Er hörte auf, ein Junge zu sein und versank für den Augenblick in seinen Kleinkindzustand. Eine Welle von Zärtlichkeit ging von ihm aus und ergoß sich durch ihre Arme in all ihre Adern. Ihr Herz schlug schwer, und sie blieb auf der halben Treppe stehen, unschlüssig, ob sie weitergehen sollte.
Wieder rief Adeline: »Philip!«
»Ich bringe ihn schon, Mama«, rief Augusta zurück. Als sie ihn der Mutter übergab, sagte Adeline: »Er ist das ungehorsamste Kind, das ich je gehabt habe. Wenn er erst einmal sieben ist, wird ein Mann nötig sein, um ihn zu bändigen.« Philip legte beide Arme um ihren Hals und pflanzte einen sehr feuchten Kuß auf ihren Mund.
Langsam stieg Augusta wieder die Treppe hinauf.
Sie fand Ernest vor einer Liste der Dinge, die sie mit auf ihre Reise nehmen mußten. »Sieh ihn dir nur an!« rief Nicholas. »Kaum haben wir ihm erlaubt, mitzukommen, da nimmt er auch schon die ganze Geschichte in seine Hand!«
»Ich machte nur eine Liste«, erklärte Ernest. »Sieh mal her.« Er zeigte ihr einen Bogen Papier, auf dem zwei Worte deutlich geschrieben standen. Augusta las: »Eukalyptus, Rhabarberpulver.«
Sie fragte: »Wozu brauchen wir das?«
Ernest antwortete: »Du weißt, ich gehe nie vom Haus weg ohne Eukalyptus ...« Er zögerte, dann fuhr er fort: »Das Rhabarberpulver ist für dich – falls du ... einen Gallenanfall kriegst.«
Augusta kreuzte das Rhabarberpulver mit fester Hand aus. Sie sagte: »Wir werden eine Decke brauchen und eine wasserdichte Plane –.«
Ernest warf ein: »Meinen Kompaß und ein Heft als Logbuch –.«

»Eine Laterne«, sagte Nicholas, »und eine Unmenge zu essen!« Ernest schrieb, dann klatschte er in die Hände. »Ist das nicht lustig?« rief er.
»Nein, es ist eine ernste Angelegenheit«, sagte Augusta. Sie bestand darauf, daß sie ihre Hausaufgaben machten, aber jede freie Minute gehörten der Liste und den Reiseplänen. Augustas Plan war, den See zu überqueren und auf der amerikanischen Seite einen Zug zu nehmen. Sie würden das Boot an die Amerikaner verkaufen und dafür das Geld für die Eisenbahnfahrkarten bekommen.
»Und woher kriegen wir das Geld, um Tite sein Boot zu bezahlen?« fragte Nicholas. Augusta war die Führerin, daran gab es nichts zu rütteln. »Und wir sind ja gar nicht sicher, ob er's überhaupt verkaufen will.«
»Tite würde *alles* verkaufen«, antwortete sie. »Wir bezahlen das Boot mit den Geschenken, die uns die Sinclairs gemacht haben – mit meinem Ring und deiner Uhr, Nicholas.«
Während sie die Frage eines so großen Opfers erwogen, war Ernest damit beschäftigt, sich den Hals mit Öl einzureiben. Er hatte zu den Kosten der langen Reise nichts anderes beizutragen als Phantasie und Mut. Man überlegte auch, ob Augustas Taube mitkommen sollte. Ernest sagte: »Wir könnten sie fliegen lassen, wie Noah die Taube fliegen ließ – und sie könnte nach Hause fliegen und die Nachricht überbringen, daß wir weggelaufen und wohlauf und glücklich sind.«
Nicholas fand die Idee gut, aber Augusta ließ sich nicht ohne weiteres dazu überreden. Insgeheim hoffte sie, daß sie, wenn die Taube die Reise gut vertrug, das Tierchen den ganzen Weg mitnehmen könnte. Dennoch, wenn sie sie fliegen lassen mußte, würde sie den Weg zurückfinden, und Mrs. Coveyduck würde sie sogleich in ihre Obhut nehmen. Die Taube war schon zweimal weggeflogen, und war beide Male wohlbehalten nach Jalna zurückgekehrt.
In dieser Nacht konnte Augusta nicht schlafen, die Phantasiebilder jagten sich in ihrem Hirn. Am nächsten Morgen rüttelte der süßeste Frühlingswind, den sie je erlebt hatte, an ihren Fensterläden, zupfte an allen Zweigen, fuhr ihr durchs Haar und trug eine wilde Taube an ihr Fenster, die ihrer Taube eine gurrende Liebeserklärung machte.
Nun stieg ein Verdacht in ihr auf ... wie, wenn ihre Taube ein Weibchen war? Der Gedanke war ihr noch niemals gekommen. Halbangezogen lief sie hinunter zum Schlafzimmer ihrer Eltern. Sie klopfte an die Tür, die von Adeline in ihrem neuen weiß- und rosafarbenen Morgenrock geöffnet wurde. Philip seifte sich gerade ein, um sich zu rasieren.
»Mama«, begann Gussie, »meinst du –.«
»Gussie«, begann Adeline gleichzeitig, »meinst du ...« Aber sie hatte die stärkere Stimme und fuhr fort: »Meinst du, daß ich Rosa tragen kann? Sag's ehrlich!«

»Nein«, antwortete Gussie ehrlich.
Adeline fing sofort an, den Morgenrock auszuziehen. »Ich wußte es doch!« rief sie. »Aber ich hab mich von dem Mann im Laden überreden lassen. Er sagte, mit meinem Haar würde es höchst apart aussehen!«
»Das tut es auch«, sagte Philip. »Gussie ist nur neidisch. Stimmt das nicht, Gussie?«
»Ja, Papa.« Dann fuhr sie fort: »Eigentlich bin ich heruntergekommen, um etwas sehr Wichtiges zu fragen.«
»Heraus damit«, sagte Philip und führte das Messer an sein Kinn.
»Haltet ihr es für möglich«, fuhr Gussie fort, »daß meine Taube ein Weibchen ist?« Sie schluckte, dann sagte sie mit Überwindung: »Sie hat nämlich einen Besucher. Einen sehr beharrlichen.«
»Wahrscheinlich ist sie ein Weibchen«, sagte Philip. »Laß den Freier ja nicht herein.«
»Meinst du, er ist das, was Mrs. Coveyduck ›einen Verehrer‹ nennt?« fragte Gussie.
»Allerdings.«
»Du bist das dümmste Mädchen, das ich je gesehen habe«, sagte Adeline. »Und das einzig Vernünftige, was du tun kannst, ist, deine Taube herauszulassen, damit sie sich zu den wilden Vögeln gesellt, denn das möchte sie gern!«
Langsam ging Augusta durch die Halle. Ehe sie die Treppe hinaufstieg, rief Adeline: »Komm zurück, Gussie! Komm her!« Und als Gussie ins Schlafzimmer ihrer Mutter trat, rief Adeline: »Küß mich, Kind – schnell, küsse mich.«
Die Umarmung dauerte nur einen Augenblick. In Augusta schwang die Berührung des warmen, vibrierenden Körpers nach. Es war nicht viel Zärtlichkeit in dem Kuß gewesen. Er war vielleicht eher der Ausdruck eines physischen Bedürfnisses, zu herrschen, oder möglicherweise, wenn Augusta ihre Mutter verstanden hätte, eines Verlangens, von den Armen ihrer Kinder vor der Welt geschützt zu sein.
An diesem Tag schlossen sie ihren Handel mit Tite ab. Er sollte für alle Zeiten ein Geheimnis bleiben. Augustas Ring und Nicholas' Uhr und Kette wurden Tite ausgehändigt. Jetzt waren die Kinder Besitzer eines guten kleinen Segelbootes. In der nächsten Woche gab ihnen Tite Unterricht, wie sie es handhaben mußten. Jeden Tag kamen sie zu spät zum Tee. Wilmott hatte einen Ischias-Anfall und war froh, als Tite sich erbot, mit den Kindern nach Jalna ins Sommerhaus zu gehen und ihnen dort Mathematikstunde zu geben. Aber sie verbrachten die Zeit natürlich im Segelboot. Im einsamen Bootshaus hatten sie ihre Reiseausrüstung aufgestapelt. Heimlich hatten sie alles hingetragen und versteckt. Das Unterholz dieses Waldstreifens war so dicht, die Pfade, die sich Tite und die Kinder getreten hatten, so verborgen, daß sie ihre Pläne ausführen konnten, ohne gehindert oder entdeckt zu werden. Wie Mitglieder

eines vergessenen Stammes stahlen sie sich durch die Waldwege und brachten ihre Beute in Sicherheit.
»Werden wir unsere Heimat jemals wiedersehen?« fragte Ernest eines Abends, als sie ihre Vorbereitungen beendet hatten.
»Wenn wir unser Glück gemacht haben«, sagte Nicholas pathetisch. »Dann kommen wir heim und bringen für alle Geschenke mit.«

Beginn des Abenteuers

»Wir sollten ein herzhaftes Frühstück zu uns nehmen«, sagte Augusta, »damit wir gut auf den Weg kommen.«
Die Brüder stimmten zu, aber als sie sich an den Tisch setzten, hatten sie wenig Appetit. Philip war gerade dabei, seine Eier mit Schinken aufzuessen. Er hielt ihnen seine sonnengebräunte Wange zum Kuß hin. Es war erstaunlich, daß er gar nichts Besonderes an den Kindern bemerkte. Adeline war noch nicht aufgestanden. »Nun«, sagte Philip heiter, »seid ihr froh, wieder richtig zum Unterricht zu kommen, wie sonst?«
»Eigentlich froher als sonst«, sagte Augusta vieldeutig.
Philip machte sich selten die Mühe oder die geistige Anstrengung, die Bemerkungen seiner Sprößlinge zu analysieren, aber diese Antwort kam ihm seltsam vor, einer genauen Frage wert. »Warum denn?« fragte er.
Ernest nahm es auf sich, zu antworten. »Weil wir das Studium des Euklid beginnen«, sagte er.
Philip sah ihn verwundert an. »Ihr kleinen Untiere!« sagte er. Darüber mußte Nicholas lachen. Philip war in bester Laune und lachte mit. Dann sagte er zu Ernest: »Ich sehe, daß deine Erkältung besser geworden ist.«
»Ja«, antwortete Ernest stolz. »Aber ich nehme den roten Flanellhalswickel und die Flasche mit dem Eukalyptusöl mit, für den Fall, daß sie wiederkommt.«
Nicholas gab ihm unter dem Tisch einen kräftigen Stoß.
»Autsch!« rief Ernest.
Philip sagte zu Nicholas: »Du kannst den Tisch verlassen.«
Nicholas tat es und lief die Kellertreppe hinab zur Küche, wo das kleinste Mitglied der Familie in seinem hohen Stühlchen saß und seinen Porridge verspeiste. Nicholas klopfte ihm auf den Rücken. »Leb wohl, Kleiner«, sagte er. »Vielleicht seh ich dich nicht wieder, ehe du groß geworden bist.«
»Tschüs!« Klein-Philip winkte mit dem Löffel, dann warf er ihn auf den Fußboden.
Mrs. Coveyduck schickte Nicholas aus der Küche. »Laß deinen kleinen Bruder in Ruh«, sagte sie. »Er war brav wie ein Lamm, bis du reinkamst. Du bringst immer Unruhe mit.«

Die drei Abenteurer trafen sich in der Halle. Sie hörten das emsige Summen der Nähmaschine im Wohnzimmer, wo bereits die Näherin arbeitete. Das Geräusch ausnützend, schlüpften sie durch die Seitentür hinaus und liefen zuerst den Weg entlang, der zu Wilmotts Haus führte, bogen aber bald ab auf ihren Geheimpfad zum Bootshaus. Der Wald hallte wider von Vogelgesang.

Als sie durch das moosige Grün liefen, sah Ernest, daß Tränen auf Augustas Wangen waren.

»Warum weinst du denn, Gussie?«

»Weil das Leben so traurig ist.« Ihre Augen waren groß und kummervoll.

Der kleine Junge war betroffen. »Wie meinst du das, Gussie . . . daß das Leben so traurig ist? Du machst mich auch traurig.«

Sie konnte nicht antworten.

»Vielleicht wären wir besser ein bißchen länger zu Hause geblieben«, sagte Ernest.

»Wenn du anfängst zu winseln, Ernest, kannst du lieber umkehren«, sagte Nicholas, der voranging.

Das hatte die gewünschte Wirkung. Mannhaft schritt Ernest vorwärts, und als er einen Seitenblick auf Gussie warf, sah er, daß sie nicht mehr weinte. Er ließ seine Hand in die ihre schlüpfen.

Tite wartete schon.

»Alles ist fertig«, sagte Tite. »Und es ist höchste Zeit, daß ihr verschwindet, weil der Chef wieder der Alte ist. Er will euch heute unterrichten und hat sich schon die Bücher zurechtgelegt. Als nächstes wird er mich hinausschicken, um zu sehen, wo ihr bleibt. Ah, da ist Annabelle. Besser, ihr seid schon weg, ehe sie eine Suchexpedition nach euch ausschicken.«

»Wirst du mit bei der Suchexpedition sein, Tite?« fragte Augusta.

»Ich werde der Führer sein«, sagte Tite. Ein Lächeln spielte um seine Lippen.

»Und wohin wirst du sie führen?« fragte Nicholas.

»Hin und her«, erwiderte Tite.

»Wie lustig!« rief Ernest.

»Es ist böse«, sagte Belle plötzlich. »Möge der Heiland uns vergeben, was wir tun. Denn es ist böse.«

»Böse! – au Backe!« sagte Ernest und hüpfte aufgeregt auf und nieder.

Die Kinder waren es gewohnt, bedient zu werden. Sie standen untätig dabei, während Tite ihre Vorräte in das Segelboot schaffte, das munter auf den sonnenhellen kleinen Wellen tanzte, als könne es nicht erwarten, wegzukommen. Jede kleine Welle eilte zum Ufer, begierig, dort etwas zum Spielen zu finden, sei es auch nur eine kleine Muschel oder ein Grashalm. Eine Schar silbriger Elritzen, die an diesem Morgen gelaicht hatten, schoß mit neugeborener Sicherheit auf einen sonnigen Spielplatz.

Jetzt reichte Tite Augusta ehrerbietig die Hand und half ihr ins Boot. Auf dem Handgelenk trug sie die Taube, der sie ein langes Band am Fuß befestigt hatte. Belle sah die Taube zum erstenmal. Sie schrie vor Mitleid laut auf. »Oh, Missy, nehmen Sie den armen kleinen Vogel nicht mit! Er wird nicht gern auf einem Boot fahren. Er wird sicher dran sterben.«
»Er soll nicht um mich trauern«, sagte Augusta.
»Lassen Sie ihn mir. Ich verspreche Ihnen, ich werde ihn verwöhnen!« Annabelle brach in Tränen aus.
»Damit würdest du verraten, daß du etwas von der Reise weißt«, sagte Tite. »Sei keine Närrin.« Er gab dem Boot einen Stoß. Er sagte zu Annabelle: »Komm, mach dich nützlich und wisch dir die Tränen weg!«
Seite an Seite schoben die beiden das Boot vorwärts. Sie liefen, aus Leibeskräften schiebend, in den See. Die Taube saß ruhig auf Augustas Handgelenk und sah sich mit ihren runden Edelsteinaugen um. Ernest saß am Steuer. Nicholas bediente das Segel. Ernests Hand ergriff die Ruderpinne. Gussie und die Taube saßen regungslos, als träumten sie.
Plötzlich lief ein Zittern durch das Boot. Das Segel gab einen leisen Laut von sich, als spreche es. Und dann war alles lebendig. Das Boot begann auf den Wellen zu tanzen. Das Segel zog an Nicholas' Hand.
»Sie sind losgekommen! Sie sind losgekommen«, rief Annabelle jubelnd, aber bald schwamm sie wieder in Tränen, rang die Hände und jammerte: »Was wird aus ihnen werden!«
Aber sie war nicht die einzige, die sehr beunruhigt der Abreise zusah. Denn jetzt erschien Nero. Er brach durch das Unterholz, rollte die Augen, und Blasen aus seinen glänzend schwarzen Nasenlöchern zeigten, wie heftig er atmete. Er kam mit seinen großen Pfoten an die Seite des Bootes.
»Er wird das Boot umwerfen!« schrie Gussie.
Aber Tite war hinter ihm. Bis zu den Achselhöhlen im Wasser, verfolgte er Nero und ergriff ihn am Halsband. Es sah aus, als müsse Nero ersticken, als Tite ihn zurückzerren wollte. Da fiel plötzlich aus dem Windhimmel eine Brise ins Segel, schwellte es und verwandelte das träge Dahingleiten in eine schnelle, zielsichere Bewegung. Es benahm den Kindern fast den Atem, Tite und Nero zurückbleiben zu sehen – zwei kleine Gestalten, die im Wasser kämpften – und ganz weit hinten Belle, die ihre Hände rang ...
»Jetzt geht's hinaus in die weite Welt!« rief Nicholas.
»Lebt wohl, lebt alle wohl!« sang Augusta.
»Ich bin am Steuer! Ich hab meinen Kompaß!« schrie Ernest.
Sogar die Taube schlug mit den Flügeln und stieß erregte Töne aus.
Das kleine Boot tanzte auf den graublauen Wellen, die unter ihm schwatzten und gurgelten. Dann kam das klatschende Geräusch des Segels, das sich straffte, als wolle es sich vom Mast befreien. Eine Möwenschar begleitete sie eine kurze

Weile, gierig schreiend, als Augusta ihnen ein Stück Brot hinwarf. Aber die Kinder hatten den See nicht für sich allein. In der Ferne war ein großer Schoner. Augusta richtete das Fernglas auf ihn, das sie zum Geburtstag von Mrs. Lacey bekommen hatte. Einst hatte es Guy Lacey gehört, und Augusta betrachtete es außer der Taube als ihren größten Schatz. Tatsächlich nahm es in ihrer Zuneigung einen noch größeren Platz ein als der kleine Vogel. Jetzt hielt sie es an die Augen, während der Wind ihr langes schwarzes Haar zurückblies.

Nach einer Weile waren das Bootshaus und die Gestalten davor nicht mehr zu sehen. Auch der Schoner nicht mehr, und die Möwen waren hinter ihnen geblieben. Ernest schaute hinaus auf die weite Fläche des Sees. »Fahren wir direkt hinüber?« fragte er ein wenig ängstlich.

»Direkt hinüber zum amerikanischen Ufer«, antwortete Augusta.

Schneller und schneller bewegte sich das Boot. Der Wind war günstig, die Sonne warm, der Wind kühl und frisch. Augusta hatte sich plötzlich als Befehlshaber erwiesen. Neues Leben war in ihr, eine neue Autorität ging von ihr aus. Sie hatte den Proviant für ihre Mannschaft. Sie wußte, wohin sie segelten. Sie war frei. Die beiden Jungen hingen völlig von ihr ab. Nicholas spürte irgendwie, daß alle Abenteuergeschichten, die er gelesen hatte, ihn zu diesem größten aller Abenteuer geführt hatten. Ernest war mit Herz und Seele freudig bei der Sache der Freiheit – keine Schulstunden mehr – keine Ermahnungen, keine Verbote mehr.

»Gussie«, sagte er, während sein Blick auf dem Eßkorb ruhte, »ich bin hungrig!«

Nicholas lachte vor Freude bei dem Gedanken an den Eßkorb, der prall mit guten Dingen gefüllt war. »Ich bin am Verhungern!« sagte er.

Gussie hob die reine weiße Serviette von dem Haufen Sandwiches und reichte jedem Jungen eins davon, dazu einen Becher Kaffee.

»Das ist doch herrlich!« rief Ernest. »Warum hat Belle nur geweint?«

Die Suche

Der Morgen war so frisch, so voller Maienkraft, so erfüllt vom Sang aus tausend Vogelkehlen, daß Adeline nicht widerstehen konnte und ihr Lieblingslied trällerte: »Ich träumt, ich stand in jenen Marmorhallen«, sang sie in ihrem klaren, obwohl nicht sehr melodiösen Sopran, »die Ritter und die Pagen mir zur Seite ...«

Sie staubte gerade den Inhalt der Vitrine mit den indischen Kuriositäten ab und hatte dabei das Gefühl, daß sie es zarter und sorgsamer tat, als es irgendein Dienstmädchen tun konnte. Als jedoch die dunkle Gestalt Titus Sharrows an der offenen Verandatür erschien, erschrak sie so, daß sie einen erlesen geschnitzten Elfenbeinaffen zu Boden fallen ließ. War Tite zunächst als statueske Figur dunkler Vorahnung erschienen, so wandelte er sich sofort in die Verkörperung geschmeidiger Beweglichkeit. Er hob den Affen auf und sah ihn bewundernd an, ehe er ihn in Adelines ausgestreckte Hand legte, wobei er eine tiefe Verbeugung machte. Dann sagte er in seinem besten Französisch: »Ihr Gesang war sehr schön, Madame. Ich freue mich, ein wenig davon gehört zu haben!«

»Du bist ein närrischer Junge«, sagte Adeline. Sie stellte den Affen wieder in die Vitrine, freute sich aber doch über das Kompliment dieses intelligenten Halbbluts. Es gab nicht viele Leute in dieser abgelegenen Gegend, die ihr Komplimente machten.

Sie sah ihn fragend an, und er erwiderte höflich auf die stumme Frage: »Mein Chef schickt mich her und läßt fragen, was mit den Kindern ist.«

»Mit meinen Kindern?« Sie sah ihn verwundert an.

»Sie sind heute morgen nicht wie sonst zur Schule gekommen. Mein Chef hat seinen Ischiasanfall überstanden und ist sehr darauf bedacht, den Unterricht fortzusetzen. Und auch ich würde gern ...« Tite sprach so bedächtig, daß Adeline ungeduldig wurde.

»Die kleinen Taugenichtse«, sagte sie, »sie müssen sich unterwegs aufgehalten haben. Du wirst sie finden, wenn du sie suchst.«

»Ich habe sie gesucht, Madame. Es ist elf Uhr. Sogar der Hund Nero ist besorgt. Er winselt und rollt die Augen, als möchte er etwas erzählen.«

»Sie spielen sicher wieder Schule schwänzen«, sagte Adeline. Aber sie machte sich selbst auf den Weg zu Wilmott, und Nero schloß sich ihr an. Mit methodischer Sicherheit führte er sie den Weg entlang. Sie merkte, daß sein schwarzer Pelz feucht war. Was war er doch für ein Hund! Um diese Stunde schon im Wasser – und dabei war er nicht mehr jung! Aber sie genoß den Spaziergang und erhob nur dann und wann ihre Stimme, um die Namen ihrer Kinder zu rufen: »Gussie! Nicky! Ernest!«

Sie fand Wilmott vor seiner Tür auf einer Bank in der Sonne.

»Nein, stehen Sie nicht auf!« Sie begrüßte ihn fröhlich. »Oh, James, wie schön, Sie wieder gesund und munter zu finden! Aber ein bißchen spitz sehen Sie noch aus.« Tatsächlich war er ein scharfer Kontrast zu Adeline, deren Gesundheit und Vitalität dem Frühlingsmorgen entsprach. »Die kanadischen Winter nehmen einen zu sehr mit!« sagte sie.

»Um ganz ehrlich zu sein: ich bin einfach überfüttert. Seit Annabelle da ist, ächzt mein Tisch förmlich unter der Fülle von Fleischpasten und frischem, warmem Brot. Ich habe ihr schon gesagt, dem armen Ding, daß sie mich damit noch umbringt.«

»Aber Sie haben sie doch gerne hier, James – oder?«

»Ich hoffe, ich bin wenigstens dankbar.«
»Aber warum sagen Sie: das arme Ding?«
Adeline hatte sich neben ihn auf die Bank gesetzt. Sie sprach leise.
Er erwiderte, ebenfalls flüsternd: »Manchmal fürchte ich, Tite ist nicht gut zu ihr . . . ich habe sie weinen gehört.«
»Ich werde ein ernstes Wort mit ihm sprechen«, sagte Adeline. »Aber zunächst suche ich meine Kinder. Sie schwänzen offenbar wieder einmal!«
»Wer kann's ihnen verdenken? An solch einem Tag?« Wilmott seufzte.
»Und wovor möchten Sie gern ausreißen?« lachte Adeline.
»Vor mir selbst.«
»Ach, so fühlen sich alle Menschen nach einem Ischiasanfall. Sie werden nach ein paar Tagen ein anderer Mensch sein.« Sie sprang auf und ging bis zum Rand des Flusses, legte die Hände an den Mund und rief: »Gussie! Nicholas! Ernest! Wo seid ihr? Ihr werdet was erleben von eurem Vater, wenn ihr nach Hause kommt!« Zu Wilmott zurückkehrend, sagte sie: »In Wirklichkeit weiß er gar nicht, daß sie schwänzen.«
So kräftig und klar Adelines Stimme war – ihre Rufe erreichten die Ohren der drei Ausreißer nicht. Als es Nachmittag wurde und Philip von den Feldern nach Hause kam, war Adeline sehr ärgerlich und dabei nicht wenig besorgt. Philip redete ihr zu, sie solle sich nicht ängstigen. Die Kinder seien sicher auf eine Forschungsexpedition gegangen, sagte er. Wahrscheinlich sitze ihnen der Frühling im Blut. Sie würden vor der Dunkelheit nach Hause kommen, und beim Jupiter, er würde den Jungens entsprechend einheizen! Die Erkundigungen ergaben, daß ihnen Mrs. Coveyduck nichts für ein Picknick mitgegeben hatte. Nun, dann war bestimmt etwas Unangenehmes geschehen . . .
Als der Abend kam, befahl Philip dem Halbindianer, eine Suchaktion zusammenzustellen. Tite kannte jeden Zoll dieses Waldlandes längs dem Fluß und einen großen Teil der dahinterliegenden Wälder. Es war Vollmond, der die ganze geheimnisvolle Verzauberung der Mainacht zur Wirkung brachte. Jeder Baum trug ein seltsam fremdes Gewand. Das Mondlicht verriet die Vogelnester in seinen Zweigen nicht.
Philip ging mit den Suchenden. Es war ein merkwürdiger Anblick, die dunklen Gestalten der Männer in scheinbar grotesker Haltung, durch das Licht der Laternen, die sie trugen, lebendig geworden. Ihre Gespräche waren voll schlimmer Vorahnungen – sie sprachen von Bären, die man in der Nachbarschaft gesichtet, vom Wolfsgeheul, das man im vergangenen Winter gehört hatte. Philips größte Angst war der Fluß, der von den fernen Bergen kam, an Wilmotts Haus vorbeifloß, um sich endlich in den See zu ergießen. Zu Wilmott sprach er von seiner Befürchtung, aber nicht zu Adeline. Sie bewies ihre Haltung und ihren Mut, indem sie sich der Suchaktion der Männer anschloß. Man hatte ihr zugeredet, zu Hause bei den andern Frauen zu bleiben, deren

Männer mitgingen, aber sie lehnte es verächtlich ab. »Ich soll zu Hause bleiben, während meine drei Kinder in Gefahr sind?! Nicht, solange ich zwei Beine habe!« Und sie gebrauchte weiß Gott ihre kräftigen, geschmeidigen Beine, um mit den Männern zu gehen – und dann und wann hob sie die Stimme, um die Namen ihrer Kinder zu rufen. Zweimal im Lauf der Nacht bekamen die Suchenden auf einer der Farmen Erfrischungen. Und als der Mond unterging, bewegten sich im dunklen Wald noch immer die Lichter, riefen die Stimmen immer noch.

Die Nächte waren kurz. Bei Tagesanbruch waren drei Männer im Wohnraum von Wilmotts Blockhaus versammelt, um Pläne für die weitere Suche zu machen. Es waren Philip, Wilmott und Tite Sharrow. Annabelle hatte ihnen ein schwerbeladenes Tablett mit Sandwiches, frischgebackenen heißen Brötchen und eine große Kanne Kaffee gebracht. Aber die heißen Brötchen waren verbrannt und der Kaffee so schlecht, daß Wilmott sich dafür entschuldigte. »Das arme Mädchen«, sagte er, »sie ist ganz außer sich. Sie ist richtig krank vor lauter Sorge.«

»Sie machen mir mehr Sorge«, sagte Philip. »Hier sitzen Sie nun und sind die ganze Nacht aufgewesen, und das nach einem solchen Ischiasanfall. Und was den Kaffee anbetrifft – nun, ich habe schon schlechteren getrunken.«

»Nicht am Tisch meines Chefs«, sagte Tite, aufstehend. »Ich werde ihn sofort wieder hinaustragen zu Annabelle, sie soll frischen kochen.« Er trug die Kanne hinaus in die Küche.

Eine Minute später hörte man Belle weinen, dann Tites leise Stimme. Wilmott sagte: »Das arme Ding scheint sich irgendwie einzubilden, daß sie schuld am Verschwinden der Kinder ist.«

Philip sprang auf und ging in die Küche.

»Annabelle«, sagte er, »es ist Unsinn, daß du dir an dem, was geschehen ist, Schuld gibst, es sei denn, du . . . du weißt etwas, was du uns nicht gesagt hast?«

Sie sank schluchzend auf die Knie. »Oh, lieber Heiland, vergib mir! Oh, Massa Whiteoak, vergeben Sie mir!«

Philip wandte sich an Tite. »Was meint sie?«

Tite hob die junge Frau freundlich auf und stellte sie auf die Füße. »Belle ist so religiös, Sir, daß sie sich Schuld gibt an allem, was seit Anbeginn der Welt geschehen ist.«

»Hast du mir etwas zu sagen, Belle?« fragte Philip.

Tite stützte sie in seinen Armen. »Sprich, Belle«, sagte er sanft. »Erzähle dem Herrn alles, was du weißt.«

»Ich weiß nichts«, sagte sie mit leidenschaftlicher Dringlichkeit, »ich weiß nichts, so wahr mir Gott helfe.«

Als wieder heißer Kaffee auf dem Tisch stand, sagte Philip zu Wilmott: »Ein

sonderbares Paar, das Sie da haben! Man fragt sich, wie ihre Kinder sein werden.«
Wilmott nahm einen Schluck glühendheißen Kaffee und sagte: »Gott verhüte, daß sie welche bekommen!«
Philip seufzte. »Und meine armen Kinder ... sobald es hell genug ist, müssen wir den Fluß nach ihnen abfischen.«
»Ich bin überzeugt«, sagte Wilmott, »daß sie nicht ertrunken sind. Wir werden sie im Walde finden.«
Dennoch fischten sie den Fluß ab, der Frühlingshochwasser führte. Sie durchsuchten sogar den Bach, der sich durch Jalna schlängelte, fanden aber keine Spur von ihnen. Die Farmarbeit war wegen der Suche zurückgestellt. Alle Nachbarn beteiligten sich.
Es wurde bekannt, daß Philip Whiteoak eine Belohnung von tausend Dollar ausgesetzt hatte für eine Nachricht, die zu einer Entdeckung führte, was aus den Kindern geworden war.
Niemand suchte so unermüdlich wie Tite Sharrow. Er führte die Suchenden in den tiefsten Wald. Der Straße vom Dorf folgend, kamen sie bis an den See, von dem ein leichter Wind wehte, aber das Ufer war dort so rauh und so dicht bewaldet, daß es ihnen keine Hoffnung bot. Wilmotts kleines Ruderboot lag sicher an der kleinen Werft vertäut.
Ein höchst interessierter Zuschauer bei alledem war Nero. Mit weiser Miene schaute er in jedes Dickicht, scharrte eine Versuchsgrube in jede Senke, bellte jeden Fremden laut an. Er kam mit einem Streifen roten Flanell von Ernests Hals und legte ihn Adeline vor die Füße. Als sie erkannte, was es war, sank sie mit einem Tränenstrom zu Boden.
Der Tag verging ohne ein Wort von den Verschwundenen. Die Nacht kam, dunkel und voller Wind. Der Morgen kam, grau und voller Wind. Die Polizei und die Miliz der Provinz waren benachrichtigt worden. Um die Mittagszeit herrschte Zwielicht. Und aus diesem Zwielicht erschien plötzlich Augustas Taube. Sie flog weiß und geisterhaft zum Dach direkt über Augustas Zimmerfenster und blieb dort kummervoll gurrend sitzen. Adeline war die erste, die sie sah, und ihr schien sie zu sagen: »Gussie ist fort – Gussie ist fort.«

Die Flüchtlinge

Obwohl die Kinder ihr ganzes Leben nur ein paar Meilen entfernt vom See verbracht hatten, wußten sie nur wenig von seinen Launen. Zweimal während des Sommers gab es ein Familienpicknick an seinem Ufer, dessen Vergnügen noch durch ein ausgiebiges Bad, und wenn es dunkelte, durch ein großes Lagerfeuer erhöht wurde; und einmal im Lauf des Winters fuhren sie im Schlitten, gut eingemummt gegen die Kälte, um sich die großen Eisberge anzusehen, die sich durch den Wellenschlag gebildet hatten. Wenn ein Sturm oder ein Unwetter die Wut des Sees wachrüttelte, hörte man das zornige Aufprallen der Wogen am Strand bis Jalna. Die Kinder waren immer begeistert von dem dröhnenden Widerhall. Die Jungen spielten dann manchmal, Jalna sei eine belagerte Festung, auf welche Indianerhorden zumarschierten, mit Trommelwirbeln und drohendem Kriegsgeschrei. Aber Augusta zog sich zu solchen Zeiten ins Sommerhaus zurück und hing ihren eigenen unklaren Vorstellungen nach. Manchmal machten sie alle drei gemeinsam einen langen Spaziergang in den Wald, wo das Brüllen des Sees mit dem Ächzen der Bäume eins wurde.

Jetzt aber waren sie auf dem sonnigen Teil des Binnensees, den Kurs pfeilgerade auf das amerikanische Ufer gerichtet. Der Wind war so günstig, daß das einzige Segel des Bootes keinerlei Bedienung erforderte. Das kleine Fahrzeug und seine Insassen wurden einfach zu den winkenden Staaten hingetrieben. Augusta hatte eine Karte mitgebracht, auf der der Hafen, dem sie zustrebten, eingezeichnet war. Sie hatte sie auf den Knien ausgebreitet, beugte den Kopf darüber, studierte die Entfernung, die sie durchmessen mußten und versuchte auszurechnen, wieviel Zeit sie dazu brauchen würden. Das Boot zu verkaufen würde keine Schwierigkeiten machen, dachte sie, denn es war frisch gestrichen und das Segel war blütenweiß. Die Taube schien glücklich in ihrer neuen Umgebung. Ihre geliebte Gussie war ständig bei ihr, fütterte sie mit Leckerbissen und sprach freundlich mit ihr. Mit dem Band an ihrem Fuß stolzierte sie über den Boden des Bootes und trank aus der kleinen Blechschale, die dort stand. Oh, dachte Gussie – war sie nun ein Er oder eine Sie? Sie konnte den Besucher nicht vergessen, der ungerufen an ihrem Fenster erschienen war und sich offenkundig wie ein Freier benahm!

Während Augusta ihre Karte und ihr Tagebuch mit hatte (sie wollte ein Logbuch führen, mit allen Ereignissen ihrer Reise zu Wasser und zu Lande), trug Ernest ihr Fernglas und seinen Kompaß bei sich. Er handhabte das Fernglas bereits mit Besitzerallüren, und sie bedauerte fast, daß sie es ihm zum Tragen gegeben hatte. Aber er ging sehr sorgsam damit um. Und er war ein zarter kleiner Junge, und außerdem war er krank gewesen. Durch das Fernglas spähte er zurück nach dem kanadischen Ufer, das so schwer bewaldet war, daß es wie ein Riesenwald aussah, außer an den Stellen, wo eine Gruppe von Häusern oder ein Kirchturm verrieten, daß ein Dorf dahinterlag. Jedoch es sah alles fremd und unbekannt aus. Die drei waren Forscher in einem neuen Weltall.

Jedesmal, wenn Ernest sich durch das Fernglas orientierte, zog er seinen Kompaß zu Rate und bewegte dann und wann ein wenig das Steuer. Weder Augusta noch Nicholas durften an dieser Tätigkeit teilnehmen. Sie waren sein Bereich und liehen ihm ein gewisses Prestige. Wie immer, wenn er aufgeregt war, wurde er hungrig. Schon ehe es Zeit zu einer regulären Mahlzeit war,

bat er um ein Sandwich, dann um noch eins und noch eins. Und nun wurden sie alle hungrig. Augusta legte das weiße Tuch auf, das Belle ihnen mitgegeben hatte, und breitete die appetitlichen Dinge darauf aus. Die Zeit konnten sie nur erraten, denn sie hatten keine Uhr.
Nicholas war glücklich und voll Zuversicht. Die Unendlichkeit des Sees schien ihm eine fröhliche Herausforderung. Er meinte genug von Navigation zu wissen, um nötigenfalls eine Reise um die Welt zu machen. Mit einer Tasse kaltem Tee und einer großen Scheibe Rosinenkuchen beendeten die Kinder ihr Mahl. Sie waren sehr satt und auf einmal sehr müde. Ernest schlief beinahe im Sitzen ein, eine Hand noch am Steuer. Nicholas war der nächste, der schläfrig wurde. Er betrachtete die herrlichen Farben des Sonnenuntergangs, die sein Gesicht mit ihrem Licht überströmten, bis er die großen dunklen Augen nicht mehr offen halten konnte. Aber er kämpfte noch immer gegen den Schlaf.
Augusta sagte: »Ich werde bis Tagesanbruch wachen, Nick. Dann werde ich dich wecken. Wir müssen immer eine Wache vom Dienst haben.« Sie half Ernest von seinem Platz zum Heck, wo er sich auf dem Boden des Bootes ausstrecken konnte, und band das Steuer mit einem Seil fest. Dann nahm sie Nicholas' Platz ein, während er sich neben Ernest zusammenrollte. Sie deckte beide mit einem Plaid zu, beruhigte die Taube durch sanftes Streicheln des hellen Gefieders und machte sich bereit, die Nacht hindurch zu wachen.
Nun war sie allein mit ihren vielen Verantwortungen, die sie nicht hinderten, sich köstlich frei zu fühlen. Schnurgerade schien das Boot dem amerikanischen Ufer entgegenzueilen. Es waren keine Küstenlichter in Sicht, aber der Mond stieg groß und rund herauf und übergoß den See mit seinem Glanz. Die kleinen Wellen trugen silberne Kappen. Das Segel war aus Silber und die Taube ein silberner unbeweglicher Vogel, dessen silberner Schnabel auf seine silberne Brust gesunken war.
Augusta erlaubte sich nicht, den Blick lange auf den Gestalten der beiden jungen Brüder ruhen zu lassen, die völlig dem Schlaf hingegeben auf dem Boden des Bootes ruhten. Sie sahen so hilflos aus und waren – das spürte sie – so abhängig von ihr. Dennoch fürchtete sie sich nicht. Sie saß und zählte die Sterne, die, als der Mond zu sinken begann, stärker hervortraten.
Nach einer Weile sah sie auf dem See Lichter, die sich bewegten. Es waren die Lichter eines Dampfbootes, das gerade auf sie zuzukommen schien. Es kam so nahe, daß Augusta die Maschinen und das Schaufeln des großen Rades hören konnte. Das Dampfschiff kam überwältigend nahe – und dann fuhr es wie durch ein Wunder vorbei. Aber hinter ihm stiegen die Wellen auf, die es aufgeworfen hatte, und schaukelten das kleine Boot so stark, daß es umzuschlagen drohte. Noch schliefen die beiden Jungen friedlich; nach und nach hörte die heftige Bewegung auf. Frieden und Sternenlicht beherrschten wieder den See. Augustas Kopf sank auf ihre Knie. Sie schlief.

Die Taube und die drei Kinder schliefen so friedlich, so still, das weiße Segel fing die leichte Brise so stetig auf, und mit festgelegtem Steuer bewegte sich das Boot, als werde es durch eine übernatürliche Macht gelenkt. Es schien, als stünden die vier Insassen unter einem Zauber, aus dem nur das Licht des Tages sie wecken konnte.
Die Sonne war noch nicht aufgegangen, aber schon schwamm vom Horizont eine Gruppe aprikosenfarbener und goldener Wölkchen heran, die die ersten Strahlen der steigenden Sonne auffingen. Die Farben fielen auf das Segel des kleinen Boots und die Gesichter der beiden Jungen und zogen sie aus ihrer Traumwelt. Die Taube erwachte und breitete die Flügel aus, als wolle sie wegfliegen. Sie stieß gurrende Töne aus.
Gussie hatte so lange mit dem Kopf auf den Knien geschlafen, daß sie, als das Gurren der Taube sie weckte, unfähig war, sich zu rühren. Langsam hob sie den Kopf und erblickte, nach Osten schauend, den ersten roten Strahl der aufgehenden Sonne. Sie hörte Ernests Stimme: »Gussie!«
»Ja, Ernest?«
»Hast du geschlafen?«
»Bloß so . . . gedöst . . .« Nicholas fuhr in die Höhe.
»Du hattest gesagt, du würdest wachen!«
»Nun, es ist nichts passiert.«
»Ich bin hungrig«, sagte Ernest.
Sie waren alle hungrig.
Das Boot eilte im rosigen Morgenlicht vorwärts. Die Wellen – denn jetzt waren es keine spielerischen Wellchen mehr – sahen aus wie in Flammen getaucht. Das Segel straffte sich, das Boot gewann Geschwindigkeit im frischen Morgenwind. Die Wolken wurden weiß, sie zogen wie weißgekleidete Engel vom Osten fort und warfen ihre Schatten auf den See. Und nun sah der See seltsam aus und irgendwie bedrohlich.
»Ich bin hungrig«, wiederholte Ernest und warf den Wolken einen mißtrauischen Blick zu.
»Du darfst nicht essen, ehe du dich gewaschen hast«, sagte Augusta, »und du mußt dich auch waschen, Nicholas.«
Ernest breitete seine beiden kleinen schmutzigen Hände aus und kicherte. »Ich bin gar nicht schmutzig.«
»Ich auch nicht«, sagte Nicholas und hob seine Hände, die noch schmutziger waren. Am ärgsten sah sein Gesicht aus.
»Jetzt wascht euch!« befahl Augusta und warf ihnen Seife, einen Waschlappen und ein Handtuch zu.
Sie gehorchten, lehnten sich aber so weit über den Bootsrand, daß sie sie warnte: »Seid vorsichtig, sonst fallt ihr über Bord!« Sie kicherten ein wenig aufsässig. Sie verloren die Seife und balgten sich um das Handtuch.

Aber das Lachen verschwand von ihren Gesichtern, als ein Windstoß ins Segel fuhr und das Boot sich erschreckend auf die Seite legte. Nicholas nahm völlig ernüchtert das Segel in Besitz. Augusta hielt die Ruderpinne.
»Wo ist dein Kompaß?« fragte sie Ernest.
Die nassen Haarbüschel standen aufrecht auf seinem Kopf. »Ich bin hungrig«, wimmerte er. »Ich werde meinen Kompaß suchen, wenn ich gefrühstückt habe.
»Du darfst dir etwas aus dem Eßkorb nehmen«, sagte sie. »Aber ich konnte euch Jungen doch nicht mit schmutzigen Gesichtern essen lassen.«
»Dein eigenes Gesicht ist schmutzig«, erwiderte Nicholas spöttisch lachend, und Ernest stimmte ein.
Plötzlich waren die Jungen nicht mehr die ›getreue Mannschaft‹. Augusta spürte, daß sie gegen sie waren. Sie hörte Ernest sagen: »Kompaß – au Backe!« Diese Crew war reif zum Meutern.
Sie kroch zum Dollbord und wusch sich Gesicht und Hände. Jetzt sah sie, daß die Jungen Obsttorte aßen. Sie aßen gierig zwischen großen Schlucken kalten Tees.
»Willst du auch?« fragte Nicholas und bot ihr ein Stück Obsttorte mit Nüssen und Rosinen darin an.
Die Brüder grinsten sich an wie zwei Meuterer.
»Danke«, antwortete sie kalt; sie nahm sich ein Hühnersandwich. Jetzt ging die Sonne glorreich auf. Aus der lebhaften Brise wurde ein mäßiger Wind. Plötzlich waren die Jungen wieder eine anständige Mannschaft, durch Befehle lenkbar. »Was soll ich tun?« fragte Nicholas, als der Wind, wie um sie zu verspotten, seinen Kurs wechselte.
»Weißt du es nicht?« fragte Augusta.
»Nein.«
»Aber ich dachte, du wüßtest, wie man mit dem Segel umgeht.«
Ernest spähte durch das Fernglas und fragte: »Wann erreichen wir Charleston, Gussie?«
Vorsichtig kroch Gussie zu ihm hinüber und legte die Karte vor ihn hin. »Kannst du nicht verstehen, daß wir erst das amerikanische Ufer erreichen, dann das Boot verkaufen, dann Eisenbahnfahrkarten lösen und dann den Zug nach Charleston nehmen müssen?!«
»Wir werden schon hinkommen.«
»Mir tut der Hals weh«, klagte Ernest.
Nicholas bemerkte zu Augusta: »Wir hätten diesen Burschen nicht mitnehmen sollen. Immerzu wimmert und klagt er.«
»Halt du doch den Mund«, sagte Ernest.
Nicholas rief zurück: »Wenn ich mich nicht um das Segel kümmern müßte, könntest du was erleben!«
Ernest begann ein bißchen zu weinen. »Gussie«, stammelte er. »Gussie . . .«

Augusta ermahnte Nicholas: »Du darfst nicht so hart zu ihm sein, Nicky... er ist unser Kleiner.«
Wieder wendeten sich die Jungen an sie wie an den Kapitän. Aber der See war nicht länger freundlich zu ihnen. Seine Unendlichkeit schüchterte sie ein. Auf den lebhaften Wellen erschienen weiße Schaumkronen. Der Wind war jetzt kalt. Gussie wickelte das Plaid um Ernests Schultern. Sie beruhigte die Taube, die anfing, unruhig zu werden; sie pickte an dem Band, mit dem ihr Fuß gefesselt war.
»Ich möchte wissen, wie spät es ist. Ich wünschte, ich hätte meine Uhr bei mir«, seufzte Nicholas.
»Ich wünschte, ich hätte eine Haarbürste und einen Kamm.« Gussie versuchte ihr Haar mit den Fingern zu glätten.
»Meines Erachtens« – Nicholas hatte das Fernglas vor den Augen – »ist es schon gegen Mittag.«
Ernest riß ihm das Glas weg. »Wer hat dir erlaubt, das zu nehmen?« fragte er gereizt.
»Wir dürfen uns nicht streiten, ihr Jungen!« sagte Augusta. »Wir haben noch eine lange Reise vor uns. Sie kann sogar gefährlich werden.« Mit abschätzendem Blick sah sie auf den weiten Bezirk der sich überstürzenden Wellen.
»Gefährlich?« wiederholte Ernest. »Denkst du, wir werden überhaupt jemals nach Charleston kommen?«
»Wenn wir uns vernünftig benehmen und nicht streiten – ja!«
»Ich werde mich vernünftig benehmen«, sagte Ernest. »Ich werde Nicholas sogar durch mein Fernglas sehen lassen.« Er hatte wirklich die Stirn, von *seinem* Fernglas zu reden! Er streckte Nicholas die Hand hin, die es hielt. Nicholas wollte es ergreifen. Zwischen ihnen ließen sie es fallen. Es streifte das Dollbord und fiel ins Wasser. Keiner wußte recht, wie es geschehen war. Beim Versuch, es zu retten, fiel Ernest beinahe selbst über Bord. Gussie rettete ihn, indem sie ihn beim Haar ergriff. Er brach in Tränen aus, als sei ein entsetzliches Unglück geschehen. Dann wurde ihm schlecht, und er spie die Obsttorte wieder aus. Er beugte sich über den Bootsrand, während Gussie ihn in ihren Armen hielt. Eine Welle traf das kleine Boot und brach über den Rand. Sie waren bis zu den Knien im Wasser.
»Es tut mir so leid«, sagte Nicholas. »Oh, Gussie, es tut mir so leid!«
Ernest spähte in das wirbelnde Grün. »Habt ihr gesehen, wohin es gefallen ist?« jammerte er.
»Es fiel einfach über Bord und sank«, sagte Nicholas. »Oh, es tut mir so leid!«
»Macht nichts«, sagte Ernest. »Ich habe immer noch meinen Kompaß!« Er fühlte in seinen Taschen nach dem Kompaß. Er durchsuchte alle seine Taschen. Er hob die tränennassen Augen zu Gussies Gesicht und wimmerte: »Weißt du nicht, wo mein Kompaß ist, Gussie?«

»Ich werde ihn schon finden«, tröstete ihn Nicholas und fing an, alle ihre Habseligkeiten zu durchsuchen.
»Kümmere dich um das Segel!« schrie Augusta ihm zu.
Der Baum begann verdächtig zu schwanken, das Segel schlug, als wolle es sich vom Mast losreißen. »Ich dachte, du weißt«, fuhr Augusta fort, »wie man mit dem Segel umgeht.« Der Wind und der Lärm des klatschenden Segels fegten ihr förmlich die Worte vom Mund und ertränkten beinahe den Klang ihrer Stimme. Sie wiederholte: »Ich dachte, du verstehst dich darauf.«
»Nein. Tu ich nicht«, antwortete er.
»Um Gottes Willen – weißt du nicht, was du jetzt tun mußt?«
»Nein«, schrie er zurück und fing an zu weinen.
»Das Segel muß heruntergefiert werden«, rief sie und begann auf Knien und Händen durch das Wasser zu kriechen, das im Boot schwappte.
Das herrenlose Segel ließ die Ruderpinne wild herumschwingen, und plötzlich war es, als habe das Steuer die Alleinherrschaft über das Boot. Es drehte sich herum, es wälzte sich in den grünen Wellen. Irgendwie brachten es Augusta und Nicholas fertig, das Segel etwas herunterzulassen. Dann band sie das Steuer fest, so daß es stabil wurde. Und nun schwang sich das kleine Fahrzeug von dem Kamm der einen Welle zum Kamm der anderen.
Als Ernest seinen Bruder in Tränen sah, trocknete er seine eigenen. Er hörte auf, nach seinem Kompaß zu suchen. Er ließ den Blick über die rollenden Wogen schweifen und fragte: »Warum ist das Wasser jetzt grün, Gussie – es war doch blau?«
»Das kommt durch die Wolken«, erwiderte sie.
»Wann, meinst du, werden wir Land sichten?«
»Ziemlich bald, denke ich.«
»Da werde ich aber froh sein – du nicht?«
»Ich habe keine Angst«, erwiderte sie beherzt.
Das gab den beiden Jungen wieder Mut. Nicholas sagte: »Ich bin hungrig.« Sie gab jedem ein paar trockene Kekse und eine Feige. »Lunch«, sagte sie und gähnte unverhohlen.
»Warum gähnst du denn?« fragte Ernest.
»Weil ich die ganze Nacht gewacht habe.«
»Hast du nicht geschlafen? Nicht mal ein bißchen gedöst?«
»Weiß ich nicht mehr«, sagte sie mürrisch.
»Noch etwas Tee«, baten beide.
Sie füllte die leere Flasche mit Wasser aus dem See. Die grünen Wellen versuchten, Flasche und Boot zu verschlingen. Durch die Wolken, die jetzt den Himmel bedeckten, kam ein matter Schimmer der Sonne. Ihre bleichen Strahlen berührten das Wasser, bald nahe, bald fern. Der See sah aus wie ein seltsamer, auf keiner Karte verzeichneter Ozean.

Endlich fand Ernest seinen Kompaß. Nun studierten ihn alle drei. Augusta rief so laut sie konnte, um sich verständlich zu machen: »Wir fahren jetzt nach Osten. Nicholas, geh zum Ruder! Versuche, unsern Kurs zu ändern.«
Aber Nicholas war nicht imstande, den verrückten Kurs des kleinen Bootes zu ändern, das bald eine Welle hinabglitt, sich im Wellental wälzte und dann die nächste Welle erklomm und jeden Augenblick umzuschlagen drohte.
Ernest kroch dicht an seine Schwester heran. »Hast du Angst, Gussie?«
Sie schüttelte den Kopf. »Nein, Angst eigentlich nicht – aber ich muß den richtigen Kurs finden. Der Wind hat uns davon abgebracht.« Sie hielt Ernest fest bei der Hand.
Er sagte: »Aber ich hab mich gar nicht so schrecklich angestellt, als ich das Fernglas verloren hab – oder –?« Seine vergißmeinnichtblauen Augen, noch naß von Tränen, suchten in ihrem Gesicht Trost. Sie dachte kummervoll an ihr geliebtes Besitztum.
Die Wolken teilten sich und erlaubten der Sonne, sich einen Weg zwischen ihnen hindurch zu bahnen. Es war, als freue sich der See an seinem derben Tanz in dem hellen, kalten Sonnenlicht. Der Wind pfiff seine schrille Begleitung zu dem wilden Wellenballett, und der ferne Donner klang wie gedämpfter Trommelschlag. Die Kinder konnten nichts weiter tun, als das Wetter beobachten, das entschlossen schien, ihnen eine Überraschung nach der andern zu bereiten.
Nach den vielen Wolken, die sich seit Tagesanbruch am trüben Himmel gesammelt und wieder zerstreut hatten, tauchte eine auf, die deutlicher und drohender erschien als jede frühere. Jetzt zogen sich die andern von ihr zurück nach dem Horizont und hinterließen ihr einen freien Raum von seltsam grünlicher Färbung als Hintergrund. Diese eine Wolke nahm die Gestalt eines Mannes im langen Mantel an, der den einen Arm in drohender Geste erhob – aber nicht nur der Arm war erhoben, sondern an dem hageren Handgelenk hing eine Hand, deren Zeigefinger direkt hinunterwies auf das kleine Boot.
»Fürchtest du dich, Gussie?« fragte Ernest mit zitternder Stimme.
»Zeigt der Finger auf uns?«
»Es ist nur eine Frühlingswolke«, antwortete sie. »Ich sorge mich viel mehr darum, daß wir von unserm Kurs abgekommen sind.«
»Wenn der See sich beruhigt hat«, sagte Nicholas, »ziehen wir das Segel wieder richtig auf und ich nehme dann das Ruder.«
Ernests schrille Kinderstimme rief: »Hast du Angst, Nicholas?«
»Nein!« erwiderte Nicholas kühn.
»Da schwimmt was Totes im See!« schrie Ernest entsetzt. »Ein ertrunkenes Baby!«
Es war nur ein großer toter Fisch, bleich und leichenhaft, den die Wellen herumrollten.

Jetzt fing es an zu regnen – die drohende Wolke ließ einen wahren Vorhang von Wasser herunterprasseln. Der Regen war so heftig, daß er die Kämme der tobenden Wellen flach machte und den Himmel hinter sich verbarg. Das Boot mit seinen Insassen schien der Gegenstand seiner rachsüchtigen Wut zu werden. Ernest kroch mit dem Kopf in Gussies nassen Rock. Nicholas stellte sich nicht länger tapfer. Er kroch durch das Wasser am Boden des Bootes und hockte sich an Gussies Seite. Von dem Regenguß blind gemacht, bis auf die Haut durchnäßt, klammerten sie sich aneinander. Sie versuchten nicht zu sprechen, aber Gussies schlanke Hände klopften kalt und doch tröstlich hin und wieder den Brüdern ermutigend den Rücken. Die Taube hockte auf ihrer Schulter, der Schnabel war auf die Brust gesunken, ihre nassen Flügel hingen schlaff herab. So jung sie war, jetzt sah sie aus wie eine sehr alte Taube.
Diese Regensintflut schien eine Ewigkeit zu dauern – tatsächlich war es nur eine halbe Stunde. Die Tageszeit ließ sich unmöglich erraten. Ein seltsames gelbliches Zwielicht hüllte Himmel und See ein. Der Wind hatte nachgelassen, aber die unbändigen Wellen trugen weiße Kappen und bildeten am Horizont einen breiten weißen Schaumstreifen.
Nicholas schämte sich der vergossenen Tränen und lächelte Gussie zu. »Ich habe Hunger.«
Er hatte sich wirklich soweit überwunden, zu lächeln! Nun lächelte auch Gussie ihn an und sagte: »Nun, dann wollen wir mal sehen, was wir noch in unserm Eßkorb finden.«
Aber der restliche Inhalt des Korbs schwamm im Wasser. Nicholas nahm sich ein Stück Pastete heraus, das in seiner Hand zerfiel. Er warf es über Bord. Beim Angriff der nächsten Welle schwankte das Boot gefährlich, der Korb wurde umgeworfen und der Inhalt völlig überflutet, soweit er sich nicht ganz auflöste. Nicholas rettete sich ein Maismehlbrötchen.
»Schmeckt gar nicht schlecht«, sagte er, als er hineinbiß. »Willst du auch eins, Ernest?«
Aber der Kleine schüttelte den Kopf und preßte sein Gesicht in Gussies Seite. »Ich werde nie wieder hungrig sein«, murmelte er. Der Zug der Wolken ließ erraten, daß ein neuer Regenguß unmittelbar bevorstehe.
»Vielleicht hilft es uns, wenn wir einen Choral singen«, sagte Gussie. Ernest hob den Kopf.
Ihre jungen Stimmen waren kaum hörbar im Aufruhr der Elemente. Die Brüder hoben ihre Augen dorthin, wo sie meinten, Gott liehe ihnen vielleicht ihr Ohr, während sie sangen:

»Ewiger Vater, mächtiger Retter,
Dess' Arm regieret Wind und Wetter,
Der dieses Meeres tiefe Welt

In seinen festen Grenzen hält,
Hör unsre Bitte in der Not,
Errett' uns vor Gefahr und Tod!«

Die Jungen schauten nach oben, aber Gussie hielt die Augen mit den schweren Lidern gesenkt; bleich schimmerte ihr Gesicht in der Masse ihres nassen Haars, das ihr tropfend an beiden Seiten auf die Schultern fiel. Sie hätte ein junges Geschöpf des Sturmes sein können, ein Wesen, das die zornigen Elemente selbst erschaffen hatten.
Kaum hatten sie den Choral zu Ende gesungen, als auch schon eine zweite Regenflut niederprasselte. Sie ließen sie über sich ergehen, schweigend aneinandergeklammert, Ernests Gesicht fest in Gussies nasse Kleider gedrückt. Dieser Guß war kürzer als der erste, aber noch durchdringender. Wo noch ein trockenes Fädchen war, die Regentropfen fanden und durchtränkten es.
Als der Regen aufhörte – langsam und in sachtes Tröpfeln übergehend – bewegten sich die Wolken westwärts, und der wilde grüne See wurde wieder sichtbar. Das Wasser im Boot klatschte hin und her, auf seiner Oberfläche schwammen Brocken der Speisen und die Schätze, die die Kinder mit an Bord gebracht hatten. Jetzt schien die Sonne hell und sogar warm. Ernest hob das Gesicht, das seltsam rot und weiß gefleckt schien. Er schaute zum Himmel – seine Augen waren verschwollen vom Weinen – und dann mißtrauisch auf den See.
Im Wasser rollte noch immer die bleiche Gestalt des toten Fisches. »Der Fisch!« schrie Ernest, »der Fisch!« und warf sich in Gussies Arme.
»Es ist nicht derselbe Fisch«, sagte Nicholas, und seine Stimme klang heiser und sonderbar. »Es ist ein größerer.«
Im nächsten Augenblick tauchten sie in ein Wellental, der tote Fisch stieg mit der Welle auf und wurde im Bogen ins Boot geschleudert.
»Nicholas – wirf ihn hinaus!« befahl Gussie mit erschreckender Heftigkeit. Der Junge patschte im Wasser herum, fing den Fisch mit beiden Händen, ließ ihn aber erschrocken fallen, weil er ihm schleimig und schlüpfrig durch die Finger glitt.
»Er ist nicht tot!« schrie er. »Er lebt ja noch. Wenn du ihn weghaben willst – wirf ihn selbst raus.«
Verzweifelt löste sich Gussie aus Ernests umklammernden Armen. Sie nahm den toten Fisch und warf ihn über Bord. Er verschwand in der nächsten Welle.
Als sie den feuchten Inhalt des Eßkorbes untersuchte, fand sie noch ein paar Feigen und bot sie den Jungen an. Nicholas verschlang sie gierig, aber Ernest drehte sein Gesicht weg. »Ich werde niemals mehr etwas essen«, wiederholte er. Er klammerte sich an Gussie an. Sie hielt ihn fest, aber noch nie in ihrem

Leben war sie so müde gewesen. Schmerzen zerrissen ihren Körper. Erschöpfung lastete auf ihren Augenlidern. Sie wollte die Augen nur für ein paar Minuten schließen, aber als sie sie wieder aufmachte, hatte der Wind nachgelassen und die Wellen hatten sich geglättet. Sie sah die gestreckte Gestalt von Nicholas, der sich bemühte, das Segel hochzuziehen. Aber es widerstand, weil es so naß war, und als er ein kleines Stück geschafft hatte, fing es den Wind, der Baum schwang wild nach außen und das Boot krängte gefährlich. Sie trieben, von den stoßweisen Wellen getragen.

»Ich verhungere«, sagte Nicholas mit sonderbar rauher Stimme. »Ich bin naß bis auf die Haut. Du siehst fürchterlich aus, Gussie. Meinst du, daß Ernest stirbt?«

»Wenn ich nur etwas hätte, um ihn trocken zu reiben und einzuwickeln!« seufzte sie.

Nicholas sagte: »Sieh dir die Taube an – sie stirbt bestimmt!«

Die Taube hatte sich mit ihrem gefesselten Fuß abgefunden. Die Zehen ihrer kleinen roten Füße waren nach innen gekehrt und ihre nasse, zerzauste Brust ruhte darauf. Sie hatte die Augen geschlossen. Sie beachtete den Mais gar nicht, den Gussie ihr anbot.

Gussie sammelte all ihren Mut in dem verzweifelten Bemühen, das Ende der Reise zu erreichen, das lockende amerikanische Ufer. Ihre Finger waren steif und kalt, so daß sie das Band, das die Taube fesselte, nicht ohne weiteres lösen konnte. Aber auch als der Vogel frei war, saß er traurig mit hängendem Gefieder da.

»Oh, Gussie – was tust du?« rief Nicholas.

»Ich schicke sie heim. Sie wird den Weg wissen. Die Richtung, die sie einschlägt, wird uns zeigen, welchen Kurs wir nehmen müssen.«

Nun brach die Sonne durch die Wolken. Die Taube saß bekümmert still, bis die ersten Strahlen sie erreichten. Dann, als hätten sie ihr neues Leben eingehaucht, hob sie die Flügel, zwei scharf zugespitzte Fittiche, himmelwärts. Mit zusammengeraffter Kraft flatterte sie hinauf bis zur Mastspitze. Diese war kein ruhiges Plätzchen, sondern schwankte wie ein schlanker Baum im Sturm. Aber die Taube blieb oben sitzen und starrte in die Sonne, regungslos, als sei sie aus Alabaster geschnitzt.

Die nassen, zitternden Kinder blickten hinauf wie gebannt. Und plötzlich, ohne vorheriges Anzeichen, breitete sie die Flügel und schwebte aufwärts. Sie war nicht mehr Gussies Taube, sondern ein fliegender Vogel, der dem Himmel und dem See gehörte. Er zögerte nicht, welche Richtung er einschlagen sollte, sondern flog immer schneller, wurde kleiner und kleiner, bis er nicht größer war als ein Distelsamen.

Gussie sagte: »Es ist genau, wie ich dachte. Wir treiben dorthin zurück, von wo wir hergekommen sind.«

»Vielleicht«, sagte Nicholas mit seiner neuen rauhen Stimme, »vielleicht werden wir Jalna wiedersehen ...«
Augusta stand mit einer Hand am Mast und schützte mit der andern die Augen gegen den harten Glanz der Sonne.

Die Rettung

Seit Sonnenaufgang hatte Adeline Whiteoak nach einer unruhigen Nacht wachgelegen. Die Sonne ging in ganzer Pracht auf. Nach ein paar Stunden schweren Schlafs durch ein Schlafmittel schien ihr jetzt das feurige Licht der Sonne voll ins Gesicht. Sie riß die Augen auf und entdeckte Philip, der sich über sie beugte. Ihr erster, nur halb bewußter Gedanke war: »Wie komisch er aussieht!« Denn sein Gesicht war mit gelben Stoppeln bedeckt und seine Augen blutdurchschossen. Dann fiel ihr alles wieder ein – die Alpträume der kurzen Stunden halbbetäubten Schlafes.
»Mach kein so entsetztes Gesicht«, sagte er. »Wenigstens haben wir jetzt eine Spur.«
»Eine Spur?« wiederholte sie. Sie bemühte sich, sich aufzusetzen. »Was denn? Um Gottes Willen – was für eine Spur?«
Er half ihr. »Nun, keine, die du sehr gern hören wirst.«
Sie flüsterte. »Hat man sie ... tot gefunden?«
»Nein. Ich glaube, sie leben noch. Ein junger Mann ist hier, dessen Boot sie genommen haben. Tite Sharrow hat es herausgebracht. Es wäre gut, wenn du mitkommst und ihn selbst sprichst. Versuch, dich zusammenzunehmen, Liebling.«
Sie preßte die Hände gegen die Brust, um ihr Herz zu beruhigen. »Wer ist er?«
»Ein junger Bankangestellter aus der Stadt. Er besitzt ein kleines Segelboot und lernt zur Zeit, es zu segeln. Er hatte es in einem Bootshaus, das er sich selbst gebaut hat, und –«
»Also sind sie ertrunken?« flüsterte Adeline mit bebenden Lippen.
»Wir wissen es nicht – komm und sprich selbst mit ihm.«
Er führte sie durch die Halle, die ihr irgendwie fremd vorkam. Der junge Mann war auf der Veranda, und Tite Sharrow war bei ihm.
Der junge Mann, schlank und blond, trat rasch einen Schritt auf sie zu. »Mein Name ist Blanchflower«, sagte er. »Ich fürchte, es ist mein Boot, das die Kinder genommen haben.«
»Blanchflower«, wiederholte Adeline, als könne sie durch Wiederholung des Namens die furchtbare Nachricht aufschieben, die er ihr brachte. »In Irland kannte ich einen Mann, der ebenso hieß.«

»Ich bin von der Königlichen Bank in der Stadt. Ich habe jahrelang auf das Boot gespart – es ist entsetzlich, zu denken, daß es gerade das Werkzeug sein könnte, das . . .«
»Meinen Sie, die Kinder sind damit auf dem See?«
»Es ist nicht im Bootshaus, Mrs. Whiteoak.« Er sah sie mitleidig an.
Tite Sharrow mischte sich ein. »Ich habe entdeckt, daß das Boot dieses Herrn nicht in seinem Bootshaus ist, also ging ich zur Stadt, um Erkundigungen darüber einzuziehen.«
Der junge Bankangestellte unterbrach ihn. »Dieser junge Mann« – er deutete mit einer Kopfbewegung auf Tite – »ist den langen Weg zur Stadt zu Fuß gegangen, um mich zu finden – er muß die ganze Nacht unterwegs gewesen sein. Aber zurück hierher bekamen wir eine Fahrgelegenheit. Ich sah, daß mein Boot wirklich fort war. Und es waren die Spuren kleiner Füße um das Bootshaus. Ich fürchte . . .«
»Haben Sie keine Spur von dem Boot gesehen? Auf dem See, meine ich.«
»Nein, Mrs. Whiteoak. Und ich fürchte auch, der See ist ziemlich wild in diesen Tagen.« Der junge Mann sah ernstlich bekümmert aus.
Philip sagte: »Das Schlimmste ist, daß die Kinder ja nicht einmal die Anfangsgründe kennen, wie man mit einem Boot umgeht.«
Tite hob die müden Augen zu Philips Gesicht. »Sir«, sagte er mit seiner leisen ernsten Stimme, »ich kenne in Stead einen Mann, der ein kleines Dampfboot besitzt. Er fährt damit Picknickgesellschaften auf den See hinaus. Wenn ich ihm Geld anbieten würde –.«
Ungeduldig und eifrig rief Philip: »Bring mich zu diesem Mann, Tite – und so schnell wie möglich. Kannst du ein schnelles Pferd reiten?«
»Ich kann alles, Sir, wenn's für eine gute Sache ist.«
»Ich komme mit!« rief Adeline.
Sie war nicht davon abzubringen; sie mußte sich nur umziehen.
Tite, sehr ernst unter der Last seiner Verantwortung, brach als erster auf, um mit dem Besitzer des Dampfbootes zu sprechen. Während er über die Landstraße galoppierte, manchmal durch tiefe Pfützen, dachte er weder an sich noch an sein Pferd. Sein ganzes Denken war nur auf die Rettung der Kinder gerichtet. Dunkle Wolken waren am Himmel aufgezogen. Schwerer Regen drohte. Über den See kam das Rollen fernen Donners.
Auch der junge Isaac Busby kam nach Jalna. Philip hatte eine dringende Botschaft hinübergesandt. Kaum war er da, als auch schon die Sintflut losbrach. Adeline war verzweifelt – sie rauschte in ihrem langen Schleppkleid von einem Zimmer ins andere und rang die Hände, nachdem sie versucht hatte, durch die Regenwand aus dem Fenster zu sehen. Um die Mittagszeit herrschte Zwielicht. Und plötzlich erschien in der Ferne die kleine weiße Gestalt von Augustas Taube. Der Regen hörte auf.

Der junge Bankangestellte, dem das Boot gehörte, war bei Adeline geblieben. Er lief hinaus auf den durchweichten Rasen, um zu fragen, was es gebe, denn Bessie hatte laut aufgeschrien in ihrer Erregung, als sie die geisterhafte Gestalt der Taube erblickte. Adeline folgte ihm.

»Ist es Gussies Taube?« fragte sie, die Hand an der Kehle.

»Das Mädchen ist hinaufgegangen, um das Fenster aufzumachen. Das Mädchen meint, wenn es tatsächlich der zahme Vogel ist, wird er ins Zimmer Ihrer Tochter fliegen«, sagte der junge Blanchflower.

Die beiden standen und sahen zum Giebel hinaus, wo die Taube sich niedergelassen hatte. Nun sahen sie, wie sie langsam, als sei sie müde, in Gussies Zimmer flatterte. Das war der erste Schlag für Adeline. Sie wäre zu Boden gesunken, hätte Blanchflower sie nicht gehalten. So fand sie Philip, als er mit der Nachricht kam, man habe Abmachungen getroffen, das Dampfboot zu mieten.

»Die Kinder sind verloren – ertrunken.« Das war alles, was Adeline hervorbringen konnte. »Die Taube ist zurückgekommen, um es uns zu melden.«

»Wir dürfen die Hoffnung nicht verlieren.« Philip flog die zwei Treppen zu Gussies Zimmer hinauf. Als er zurückkam, ging er langsam.

»Nun?« fragte Adeline.

»Es ist Gussies Taube – sehr naß und durchweicht. Aber ich glaube, sie bringt gute Nachrichten... Willst du mit zum Dampfboot kommen? Der Besitzer macht es fertig. Isaac Busby ist hier, auf einem schnellen Pferd.«

Der junge Blanchflower sagte leise zu Philip: »Meinen Sie, Mrs. Whiteoak soll uns begleiten? Wenn wir nun aber das Boot treibend finden – und keinen Menschen an Bord?«

»Meine Frau«, sagte Philipp stolz, »gehört nicht zu den Frauen, die man zu Hause läßt.«

Zwei Stunden später bewegte sich das Dampfboot – es war frisch gemalt und für den Sommerdienst hergerichtet – kreuz und quer über den See auf der Suche nach dem Segelboot und den verlorenen Kindern. An Bord waren der Kapitän und zwei seiner Leute, Philip und Adeline, Wilmott und Isaac Busby, der junge Blanchflower und Tite Sharrow.

Tite hatte die schärfsten Augen. Er stand am Bug, und er war es, der nach stundenlangem Suchen das Segelboot sichtete. »Ich hab's gefunden!« rief er, »ich hab's gefunden! Seht ihr's denn nicht?«

Aber noch konnte keiner der andern das kleine Boot sehen. Sie drängten sich in den Bug des Fahrzeugs. Adeline stand auf einem Sitz, Philip hielt sie fest. Jetzt entdeckte auch sie das Boot und bald auch die drei kleinen, ausgestreckten Gestalten darin.

»Sie sind tot!« schrie sie, während Philip sie fest an sich drückte. »Sieh nicht hin«, bat er, »sieh nicht hin!«

Die Maschine des Dampfers verlangsamte die Fahrt. Als die beiden Fahrzeuge sich einander näherten, sprang Tite über Bord. Nach dem Aufklatschen sah mahn ihn mit langen Stößen auf das Segelboot zuschwimmen. Der Dampfer stoppte.
»Kinder! Kinder!« rief Adeline. »Ich bin hier! Schaut her!«
Drei kleine weiße Gesichter hoben sich aufwärts. Adeline und die andern sahen Tite über die Seitenwand des Bootes klettern ... Er war es, der die Kinder, eins nach dem andern, heraushob und in die ausgestreckten Arme legte.
Der junge Blanchflower bemerkte zu Philip: »Dies Halbblut ist ein Prachtbursche! Ich hab nie etwas so Geschicktes gesehen!«
»Er wird gut belohnt werden«, sagte Philip.
»Es war erstaunlich«, fuhr Blanchflower fort, »daß er mein Bootshaus entdeckte und auf die Idee kam, die Kinder könnten mit meinem Boot ausgerissen sein.«
»Es ist wirklich ein bemerkenswerter junger Mann«, sagte Philip. »Mr. Wilmott kann Ihnen von ihm erzählen.« Aber Philip wußte kaum, was er sprach. Seine Augen hingen an den drei schlaffen Gestalten, die so tropfnaß und kaum bei Bewußtsein waren. Er nahm sie Tite ab und in seine Arme und trug sie zur Kabine.
»Gussie ... Nick ... Ernie ...«, sagte er immer wieder. »Pappi ist bei euch – ihr seid in Sicherheit. Mammi ist auch da – sagt ein Wort zu ihr!« Aber es kamen nur leise Seufzer von den blauen Lippen. Nick war der erste, der etwas Interesse an der Rettung zeigte. »Tite«, murmelte er mühsam, konnte dann aber nicht weitersprechen. »Ja, ja«, sagte Philip, »Tite hat euch gefunden. Er war der erste, der euer Boot gesehen hat.«
Nicholas lächelte. »Gut, daß ihr uns gefunden habt.«
»Wie heiser seine Stimme ist«, rief Adeline. »Ach, und wie elend sieht er aus!«
»Er hat gelächelt!« sagte Philip.
Der junge Blanchflower trug Gussie. Ihm erschien sie schön und romantisch. Er dachte, als er über die Schwelle der kleinen Kabine trat, die nach Farbe und Kitt roch: »Oh, ich könnte ein altmodischer Bräutigam sein, der seine geraubte Braut über die Türschwelle seines Schlosses trägt!«
Nach dieser ersten Ausfahrt der Saison kehrte der kleine Dampfer um und fuhr zurück. In der Kabine waren zwei glatte Roßhaarsofas, und man legte die in Decken gewickelten Kinder darauf. Ernest machte seinen Eltern die größte Sorge. Obwohl man ihm mehrmals einen Schluck Brandy eingeflößt hatte, hörte er nicht auf zu zittern. Auch schien er nur halb bei Bewußtsein. Adeline hielt ihn in ihren Armen. Philip teilte seine Zeit zwischen den beiden Älteren. Er rieb ihre Hände und Füße und klopfte sie beruhigend auf den

Rücken. Oben auf dem Deck hockte Titus Sharrow im Sonnenschein, der jetzt angenehm fühlbar wurde. Ein Ausdruck absoluter Seelenruhe lag wie ein Schleier auf seinem Gesicht. Aber aus irgendwelchen Gründen mied ihn Wilmott.

Der Besitzer des Segelbootes, Peter Blanchflower, wechselte vom Dampfer hinüber in sein Boot. Er war dankbar, es wiederzuhaben – nicht beschädigt, nur sehr schmutzig. Er stapfte durch das Wasser, in dem die Überreste des Abenteuers schwammen. Er fand eine leere Blechbüchse und fing an, das Wasser herauszuschöpfen. Wilmott lehnte sich über die Reeling des Dampfers und fragte: »Wäre es Ihnen recht, wenn ich Ihnen helfe?«

»Nur, wenn es Ihnen keine Umstände macht«, erwiderte Blanchflower.

»Segeln Sie zurück zu Ihrem Bootshaus?«

»Ja. Der Wind ist gerade sehr günstig. Wir würden einige Zeit vor den andern ankommen, denn sie müssen mit dem Wagen von der Pier kommen. Ich würde mich freuen, wenn Sie mir Gesellschaft leisten würden, Sir.«

Geschickt über die Reeling kletternd, begab sich Wilmott ebenfalls in das kleine Fahrzeug. Gemeinsam brachten sie das Segel in Ordnung. Isaac Busby kam und sah ihnen zu. Er sagte zu dem jungen Blanchflower: »Meines Erachtens müßten Sie sich die Belohnung mit Tite Sharrow teilen.«

Blanchflower sah zu ihm hinauf. Das Frühlingssonnenlicht zeigte, wie besonders ehrlich, bescheiden und hübsch seine Züge waren. Das Segeltau zwischen den Zähnen haltend, sagte er: »Aber nein – ich habe doch gar nichts getan.«

Wilmott stimmte Isaac Busby zu. »Die Belohnung müßte geteilt werden.« Er hatte das Gefühl, es wäre seinem Seelenfrieden zuträglicher, wenn Tite nicht die volle Belohnung bekäme. Für ihn war etwas Fragwürdiges an dieser Rettung, obwohl er nicht sagen konnte, was es sein mochte.

Jedoch Blanchflower war beharrlich, er lehnte jeden Anteil an der Belohnung ab. Tite stand in einiger Entfernung, eine geschmeidige, dunkle Gestalt; sein schöner Oberkörper glänzte in der Sonne, und er hörte zu, als stünde er haushoch über solchen Fragen.

Ungefähr gleichzeitig starteten die beiden Fahrzeuge nach verschiedenen Richtungen über den heiteren, frühlingshaften See. Der Dampfer kehrte nach Stead zurück, das Segelboot, vom Wind getrieben, zum Bootshaus. Philip rief Wilmott und Blanchflower eine Einladung zu – man erwarte sie in Jalna zu Tisch. Deshalb machten sie sich auf den Weg dorthin, nachdem sie das Boot an seinen Platz gebracht und Annabelle die gute Neuigkeit mitgeteilt hatten. Unterwegs rief Blanchflower, zu Wilmott gewandt, aus: »Ich kann mir kein besseres Leben vorstellen als das Ihre und das der Whiteoaks. Wenn ich meinen Urlaub nehme, täte ich nichts lieber, als ein Camp an Ihrem Fluß aufschlagen, wenn ich dürfte.«

»Sie sind hochwillkommen«, sagte Wilmott, der die Gesellschaft des jungen

Mannes äußerst anregend fand. Er vertraute ihm sogar an, daß er vor einigen Jahren einen Roman geschrieben, aber nie den Mut aufgebracht habe, das Manuskript an einen Verleger zu schicken. Blanchflower, ein eifriger Verehrer der schönen Literatur, sagte feuereifrig, daß er diesen Roman brennend gern lesen würde.

Als sie in Jalna eintrafen, fanden sie die Familie schon dort vor. Der Wagen des Arztes stand vor der Tür, die Kinder lagen warm eingepackt im Bett. Sie hatten etwas Weißbrot und heiße Milch bekommen, aber Nicholas hatte wegen seiner entzündeten Mandeln heftige Schluckbeschwerden. Der kleine Ernest lag in himmlischer Glückseligkeit in seinen Kissen, einfach weil er die Hand seiner Mutter halten und aus seinen verschwollenen Augen in ihr liebevoll besorgtes Gesicht blicken konnte. Er bemerkte gar nicht, wie bleich sie war und was für blaue Schatten sie unter den Augen hatte. Sein Sinn war ausgefüllt und benommen durch die Freude, sicher in ihrem Bett zu liegen, während sie neben ihm saß. Nicholas lag auf dem Sofa der Bibliothek, Nero auf dem Fell neben ihm, und Philip war immer in der Nähe. Ab und zu sagte Philip: »Na, alles in Butter, mein Alter?« und dann nickte der Junge und bekam Tränen in die Augen, während er Philips Hand festhielt.

Augusta hatte heiß gebadet und eine Tasse Bouillon getrunken, und nun lag sie wohlgeborgen im Bett. Sie konnte die Taube oben im Giebel gurren hören. Sie war zufrieden, daß sie still liegen durfte, denn sie war unaussprechlich müde und genoß einfach die Tatsache, daß sie und die Brüder aus den Gefahren des Sees gerettet waren.

Sie fiel in Halbschlummer, wurde aber wach, als sie spürte, daß jemand neben ihrem Bett stand und auf sie niederschaute. Es war der junge Blanchflower, der mit einer Tasse dampfendem Kaffee in der Hand an ihr Bett gekommen war.

»Ihre Mutter wollte Ihnen den Kaffee bringen«, sagte er, »aber sie sieht so müde aus, daß ich sie fragte, ob ich das nicht tun dürfte.« Und er fügte hinzu: »Ich habe eine junge Schwester, ungefähr in Ihrem Alter.«

Sie versuchte gar nicht, ihre Schwäche vor ihm zu verbergen. Er legte seine Hand hinter ihre Schulter, hob sie ein wenig an und hielt ihr die Tasse an die Lippen. Sie trank.

Niemals in ihrem ganzen Leben hatte ihr etwas so köstlich geschmeckt. Niemals wieder erschien ein junger Mann ihr so schön. Sie hätte ihm am liebsten die Hände geküßt. Stattdessen flüsterte sie nur: »Ich war durchgebrannt.«

»Das hab' ich auch einmal getan – früher«, sagte er, und stopfte ihr die Decke wieder fest. »Ich bin nach Kanada durchgebrannt.«

»Da bin ich aber froh«, flüsterte Gussie. Als sie das nächste Mal die Augen aufschlug, war er fortgegangen, aber in ihrer Phantasie hatte sein Bild tatsächlich das Bild Guy Laceys verdrängt.

Eine Woche später saß Wilmott in seinem kleinen Wohnzimmer am Schreibtisch – er schrieb nicht, sondern hatte den Kopf in die Hand gestützt und dachte nach. Er dachte an den jungen Blanchflower, der das Manuskript seines Romans gelesen hatte – er war vor zehn Jahren geschrieben – und ganz begeistert davon war. Wilmott schätzte Blanchflowers Urteil. Jetzt hatte Adeline Whiteoak mit ihrem angeborenen Enthusiasmus versprochen, das Manuskript mitzunehmen und direkt in die Löwenhöhle eines Londoner Verlegers zu bringen. Sie war froh, etwas für ihren Freund tun zu können, und war fest dazu entschlossen.

Wilmott versuchte, das offenkundige Unglück des Mulattenmädchens Belle zu vergessen. Sie hatte früher immer strahlend gelächelt, fast überschwenglich strahlend. Jetzt drückte ihr bewegliches Gesicht nichts anderes aus als Zukunftsangst und Schwermut. Ihre Augen waren rot wie von durchwachten und durchweinten Nächten. Und dennoch hätte sie glücklicher sein müssen als je in ihrem Leben. Schließlich war sie mit dem Mann verheiratet, den sie sichtlich sehr, ja sklavisch liebte. Aber das war es – *sklavisch* – sie, die nun eine freie Frau war, so frei wie eben eine Frau, die Tite liebte, frei sein konnte. Zu den vielen andern glücklichen Umständen kam die Tatsache, daß Tite die von Philip Whiteoak ausgesetzte Belohnung voll ausgezahlt bekommen hatte. Der Halbindianer wollte durchaus das Geld im Haus behalten, unter der Matratze seines Bettes, und hatte es auch die ersten beiden Tage nach Erhalt der Belohnung getan. In der dritten Nacht war Wilmott jedoch von einem Ausbruch krampfhaften Schluchzens aufgewacht – es war Annabelle. Und zwar war es kein Ausbruch eines halbwilden, unbeherrschten Geschöpfes, sondern das herzzerbrechende Weinen einer Frau, die tief unglücklich war.

Wilmott war aufgesprungen und ohne anzuklopfen in das Zimmer des jungen Paares geeilt. Es war dunkel, bis auf das Mondlicht. Er sah Tite, der Belle an seine Brust drückte, während sie sich, obwohl ihre Arme ihn umschlangen, krampfhaft von ihm loszureißen versuchte.

»Was ist geschehen? Was soll diese Szene?« hatte Wilmott kurzangebunden gefragt.

Belle war völlig unter den Decken verschwunden, weinte aber noch so heftig, daß ihr Schluchzen das ganze Bett erschütterte. Tite hatte sich erhoben und stand nun, eine Bronze im Nachthemd, vor Wilmott und sah ihn an. Er ging mit ihm in das andere Zimmer.

»Ich habe genug von diesen Dingen«, sagte Wilmott. »Schluß damit!«

»Belle hat Schmerzen, Chef.«

»Erwartet sie ein Baby?«

Tite erwiderte vorwurfsvoll: »Aber, Chef – Sie meinen doch nicht ernstlich,

daß wir Ihnen solche Ungelegenheiten machen würden ... Nein, Belle hat Schmerzen, weil sie zu religiös ist. Sie klagt sich immer wieder ihrer Sündhaftigkeit an. Sie quält sich unablässig wegen eingebildeter Sünden.«
»Hast du eine Ahnung, was für Sünden sie sich einbildet?«
»Nein, Chef – ich weiß es nicht.«
»Ich werde zu ihr gehen«, sagte Wilmott. »Vielleicht würde sie zu mir Vertrauen haben.«
»Ich bitte Sie, Chef, tun Sie das nicht! Es würde sie nur aufregen ... Ich glaube, sie braucht eine Abwechslung. Meine Großmutter versteht es sehr gut, kranke Leute zu behandeln – mit Kräutern und mit guten Ratschlägen. Wenn Sie meinen, Sie könnten ohne uns auskommen, würde ich Belle zu einem Besuch bei meiner Großmutter ins indianische Reservat bringen.«
Tatsächlich fand Wilmott die Aussicht, das unerfreuliche Paar eine Weile nicht zu sehen, äußerst angenehm. Er hatte sich der Anwesenheit der hübschen Mulattin im Haus gefreut. Sie war so gut zu leiten, so heiter, und immer sehr auf sein Wohl bedacht. Wie niederdrückend war ihre Veränderung! Sie hatte viel von ihrem hübschen Äußeren verloren, und noch mehr von ihrem erfreulichen Temperament. Als die beiden nun in einem schmutzverkrusteten Wagen, der aus dem Nichts aufgetaucht war, abfuhren, hatte Wilmott ihnen mit einem Seufzer der Erleichterung nachgesehen.
Und dennoch – wie leer, ja sogar wie trostlos schien ihm jetzt sein kleines Haus! Das Rauschen des Wassers, das durch Ried und Binsen plätscherte, klang einsam. Wilmotts Gedanken flogen zu den Tagen zurück, als ihm und Tite ihr Leben zu zweit völlig genügt hatte. Natürlich wurde er oft zu Tisch eingeladen, nach Jalna, ins Pfarrhaus, zu den Laceys und den Busbys – aber er vermißte Tite ständig. Er war so gewöhnt an seine physische Anwesenheit, an seine geschmeidigen und doch männlichen Bewegungen, an seine leise, ernste Stimme. Er hatte Tite unter sein Dach genommen, als dieser ein Bürschchen war, das kaum lesen und schreiben konnte. Er hatte einen aufnahmefähigen Schüler in ihm gefunden, der gut lernte und so offenkundig ehrgeizig war, daß die beiden besprochen hatten, Tite solle Jura studieren, um ein berühmter Rechtsanwalt zu werden. Aber das war doch nur Geschwätz gewesen. Welche Chancen hatte ein Halbblutanwalt schon in diesem Land? Und Tite war nicht *ernstlich* ehrgeizig, so wenig wie Wilmott selbst es je gewesen war. Das Leben, das sie führten, genügte ihnen durchaus. Und in Wirklichkeit war Wilmott eifersüchtig auf die Rolle, die Annabelle in Tites Leben spielte. Auch ihr gutes Kochen war kein Äquivalent für den Verlust der alten Kameradschaft. Tite hatte nicht gesagt, wann er mit Belle zurückkehren würde. In der langen regnerischen Woche nach ihrer Abreise fragte sich Wilmott öfters, ob sie wohl überhaupt wiederkommen würden. Es war etwas so Endgültiges, so Abschließendes in ihrem Abschied gewesen.

Eines Abends, als es aufgehört hatte zu regnen und Wilmott in seinem kleinen Punt gerade von der Werft abstoßen wollte, erklang plötzlich dicht hinter ihm Tites ernste, freundliche Stimme. »Ich bin zurück, Chef.«
Wilmott war wie vom Donner gerührt. Einen Augenblick war er sprachlos, dann fragte er: »Wo ist Belle?«
»Noch im Reservat, Chef.«
»Bei deiner Großmutter?«
»Nein, Chef – bei meinem Vetter. Ich habe sie ihm verkauft.«
»Du kannst doch nicht . . . das ist gegen das Gesetz!«
»Nicht gegen das indianische Gesetz, Chef.«
»Belle wird das Herz brechen. Es ist schändlich, daß du sie auf diese Art mißbrauchst!«
Tite ließ sich geschmeidig von der Werft in den Punt gleiten.
»Chef«, sagte er, »Belle ist eine Sklavin. Sie ist es gewöhnt, gekauft und verkauft zu werden.«
»Du denkst nie an ihre Gefühle. Wie wird dieser Vetter von dir sie behandeln?«
»Sehr gut, Chef, sehr gut! Er ist ein freundlicher Mann – ein Witwer mit drei kleinen Kindern. Er braucht eine Frau, Chef. Wir brauchen keine.«
»Diese ganze Geschichte ist unmöglich! Geh heraus aus dem Boot!« Wilmott sprach heftig. Er merkte, daß er dieses grausame Halbblut haßte, als Tite jetzt sagte: »Belle ist eine fromme, junge Person. Mein Vetter ist ebenfalls ein frommer Mann. Ich habe mir vergeblich solche Mühe gegeben, fromm zu sein, Chef!«
»Du bist ein Heuchler, Tite.«
»Im Gegenteil, Chef, ich bin sehr ehrlich. Ich *tue* Dinge und *denke* Dinge, die andere Leute gern tun und denken *möchten*. Und am liebsten ist es mir, Ihnen zu dienen – zu tun, was Sie mir sagen.«
»Steig aus dem Boot!« wiederholte Wilmott.
Als Antwort griff Tite nach einer Angelrute, die in Reichweite auf der Werft lag. Auch eine Blechbüchse mit Köder war da. Tite wählte einen Wurm aus und steckte ihn sorgsam auf den Haken. Der kleine Prahm trieb flußabwärts. Tite ließ die Angelschnur über den Bootsrand fallen, und es dauerte nicht lange, bis ein prächtiger Lachs daran hing.
»Wie alt ist dein Vetter?« fragte Wilmott.
»Er ist sechzig, Chef.«
»Was hat er dir gezahlt?« Es fiel Wilmott schwer, die Worte auszusprechen.
Tite sah nachdenklich auf den Lachs. Er sagte: »Mein Vetter hat mir vierzig Dollar in bar gezahlt, Chef. Dazu zwei Morgen Land mit einer Kiesgrube. Er ist ein sehr wohlhabender Indianer, Chef. Belle wird bei ihm gut versorgt sein. Sie kann von Glück sagen, daß sie so einen Ehemann bekommen hat.«

Die zarten Düfte des nahen Sommers stiegen aus den Flußufern. Die gelben Ringelblumen blühten üppig. Wilmotts Zorn auf Tite verflog. Der Versuch, ihn zu ändern, wäre zwecklos gewesen. Er war so flüssig und so fest wie dieses Wasser . . .
Wie ein liebreicher Schatten glitt er durch das kleine Haus und stellte die Ordnung wieder her, die Wilmott zerstört hatte. Gemeinsam setzten sie sich zum Abendessen. Ein schmaler junger Mond stieg aus dem Wasser und warf sein silbernes Licht auf sie.
Tite bemerkte: »Chef, ich glaube, Sie und ich, wir sind nicht zur Ehe geschaffen. Wir sind so glücklich miteinander. Eine Frau ist einfach *de trop.*«

Eine andere Reise

Die drei Ausreißer waren so erschöpft, als man sie nach Hause brachte, und so dankbar, wieder dort zu sein, daß sie gar nicht überlegten, was für ein Strafgericht wohl über sie hereinbrechen würde. Als sie sich aber erholten, waren sie auf eine harte Strafe gefaßt. Sie irrten sich aber völlig. Philip hatte zu Adeline gesagt: »Die Kinder haben genug gelitten, finde ich«, und sie hatte ihm recht gegeben. Sie selbst war so dankbar, sie wieder zu Hause und in Sicherheit zu haben, daß sie vor allem zurückschreckte, was diesen Seelenfrieden gestört hätte.
Es war ein freudiges Ereignis, als die Kinder zum erstenmal wieder mit den Erwachsenen am Teetisch sitzen durften. Wilmott und Blanchflower waren auch da – der junge Mann war in den Kreis der Familie aufgenommen worden.
»Ich finde die Kinder recht verändert«, sagte Wilmott. »Ich glaube, sie sind gewachsen.« Er schenkte ihnen sein seltenes Lächeln, das einen besonderen Reiz hatte.
Philip musterte sie gemächlich. »Jedenfalls haben sie einen erschreckenden Appetit«, sagte er. »Dennoch haben sie alle abgenommen. Ernest ist direkt Haut und Knochen.«
»Die Seereise wird ihnen guttun. Sie werden mit Rosen auf den Wangen zurückkommen«, sagte Wilmott.
»Seht doch Gussie an!« Philip heftete seinen glänzenden blauen Blick auf seine Tochter. »Sie ist gelb wie eine Zitrone.«
Der junge Blanchflower sah Gussie bewundernd an. »Ich finde, daß Miss Gussies Haut einen zarten Elfenbeinton hat.«
Über diese Bemerkung bekamen die beiden Jungen beinahe einen Lachkrampf. Augustas lange Wimpern waren gesenkt.
»Ich weiß nicht mehr, wo mir der Kopf steht«, warf Adeline ein. »Wie soll

ich mit allem fertig werden, ehe wir reisen! Wenn man sich's nur vorstellt – sechs Menschen, die ausgerüstet werden müssen!«
»Wieso? Ich zähle nur fünf«, sagte Wilmott.
»Und mein Baby?« rief Adeline. »Nie wieder werde ich eins meiner Kinder aus den Augen lassen.«
»Aber der Kleine wird Ihnen viel Arbeit machen«, gab Wilmott zu bedenken.
Philip blinzelte ihm zu. »Aber erinnern Sie sich nicht, wie ich damals auf See die ganze Arbeit mit Gussie hatte? Stimmt's nicht, Gussie? Ich habe alles – buchstäblich alles – für dieses Kind getan!«
Wieder brachen die Jungen in unterdrücktes Gelächter aus. Philip, der sah, daß sie mit ihrem Tee fertig waren, befahl ihnen, den Tisch zu verlassen.
Adeline rief ihnen nach: »Und untersteht euch nicht, aus dem Haus zu gehen!« Zu Blanchflower gewendet, fügte sie hinzu: »Ich habe alle Ursache, die paar Kinder zu lieben, die mir geblieben sind.«
Sein Gesicht war voll Mitgefühl. »Ich wußte nicht ... es tut mir so leid ...«, stammelte er.
Ihre Augen füllten sich mit Tränen. »Ach, meine armen Nerven«, antwortete sie. »Ich kann mich nicht erinnern, wie viele ich haben müßte!«
»Sie sind alle vier in Sicherheit«, lachte Philip, »und wir danken Gott, daß es nicht mehr sind!«
»Unser Kleinster ist ein reizendes Kind« – ihre Augen leuchteten vor Stolz – »er ist blond wie sein Vater. Wir haben keine Rotköpfe – was beweist, daß ich eine sehr bescheidene Frau bin. Ach, aber meine armen Nerven sind zerrüttet! Sie würden nicht glauben, wie verändert ich bin! Bin ich nicht sehr verändert, Gussie?« Das war zuviel für Gussie. Sie kam an die Seite ihrer Mutter und sah voll Zerknirschung und Mitleid an ihr hinunter. So groß sie war, zog Adeline Gussie auf ihren Schoß und strahlte die Tafelrunde an. Wilmott streckte den Arm aus und zog seinen Liebling Nicholas auf sein Knie. Als Ernest das sah, kletterte er flugs auf Philips Schoß und langte sich noch einen Butterkuchen. Der junge Blanchflower meinte, noch nie eine so liebevolle Familie gesehen zu haben.
»Ich habe gehört, daß Tite Sharrow ohne Belle zurückgekommen ist«, sagte Adeline, »und daß sie sich getrennt haben. Ist das wahr, James?«
»Das werde ich Ihnen genau erzählen, wenn die Kinder verschwunden sind«, sagte Wilmott.
»Bitte erzählen Sie's jetzt«, bettelte Ernest, »wir *lieben* jeden Klatsch!«
Philip lachte laut. »Ihr wißt ja noch nicht einmal, was Klatsch ist!«
»Ach, wir hören 'ne ganze Menge Klatsch«, sagte Nicholas, »aber wir hörten nichts Lustiges, als wir auf dem See waren. Also erzählen Sie, Onkel James!«
»Nein, nein.« Wilmott schob ihn von seinem Knie. Philip sah auf seine Uhr. »Höchste Zeit, daß ihr drei ins Bett kommt! Dr. Ramsey hat gesagt, daß ihr

die nächsten vierzehn Tage bei Sonnenuntergang in den Federn liegen sollt! Also gebt ringsum euer Küßchen, und dann ab mit euch!«
Augusta stand sofort auf und küßte ihre Mutter, dann Philip und dann Wilmott. Als sie zu Blanchflower kam, zögerte sie.
»Los, los, Gussie – gib ihm einen schönen Kuß!« sagte Adelines lachende Stimme.
Augustas seidene Mähne fiel über Blanchflower. Sie berührte mit den Lippen ganz leise seine Stirn. Ihre Lippen waren noch blaß von den Leiden, die sie hinter sich hatte.
Als sie in ihrem Zimmer war, dachte sie: »Warum, oh, warum hab ich ihm nicht einen richtigen Kuß gegeben?! Aber wenn ich's getan hätte... dann hätten mich alle ausgelacht.«
Es war himmlisch, wieder sicher zu Hause zu sein. Es war ein Gottesgeschenk, nachts aufzuwachen und ein festes Bett unter sich zu fühlen. Es war eine wahre Wonne, zu hören, wie der Regen aufs Dach schlug, und zu wissen, daß er einem nichts anhaben konnte.
Die folgenden Wochen waren ausgefüllt mit den Vorbereitungen zur See- und Landreise. Die drei Jungen waren in Kanada geboren – Augusta in Indien, aber sie erinnerte sich nicht an ihre erste Reise.
Man fand, daß die Kinder noch nicht kräftig genug zum Unterricht waren. Wilmott seinerseits entspannte sich mit fast bewußtem Entzücken in dem warmen Wetter, dem üppigen Wachstum in der Natur, dem Überfluß der Fische im Wasser und dem Vogelgesang, der die Wälder lebendig machte, und nicht zuletzt in dem Behagen, daß Tite wieder bei ihm war, und als Junggeselle bei ihm war. Kurzentschlossen schlug er sich jeden Gedanken, wie dies zustande gekommen war, aus dem Sinn.
Von allen, die etwas mit der bevorstehenden Reise zu tun hatten, verstand Nero am wenigsten, fühlte aber am meisten. Man hatte ihm nichts gesagt, aber er wußte alles. Er wußte zum Beispiel, daß er zu groß war, um sich in einem Gepäckstück zu verbergen. Seine ganze Hoffnung war, daß er es vielleicht fertigbringen würde, sich so eng an irgend etwas, das die Reisenden mitnahmen, anzuschmiegen, daß sie auch ihn nichtsahnend mitnehmen würden. Als der erste Koffer die Treppe hinuntergetragen und in der Halle abgestellt wurde, legte er sich daneben und drückte den wolligen Körper dicht an die Kofferwand. Als dann andere Koffer und Gepäckstücke erschienen, musterte er jedes aufmerksam und nahm es mit unter seine Obhut. Als aber die Mitglieder der Familie in Reisekleidern in die Halle kamen, erhob Nero die Augen so bittend zu ihnen, daß es einen Stein hätte erweichen können. Jedoch die Whiteoaks waren so mit ihren eigenen Angelegenheiten beschäftigt, daß sie es kaum bemerkten. Dann und wann stieß er einen schweren Seufzer aus. Am letzten Tag vor der Abreise brachte Tite Sharrow einen dicken Leder-

riemen und befestigte ihn an Neros Halsband. Tite war kräftig, aber er war völlig erschöpft, nachdem er Nero den Waldweg entlang zu Wilmotts Haus gezerrt hatte. Es würde Monate dauern, bis der treue Neufundländer wieder nach Jalna zurückkäme, außer seiner täglichen Visite dort, um sich zu versichern, daß alles in Ordnung sei, und um möglicherweise von Mrs. Coveyduck ein zweites Dinner zu erhaschen.

Was Augustas Taube betraf (es war endgültig eine Sie), so hatte sie sich mit den andern Tauben angefreundet und baute sich ein Nest mit tatkräftiger Hilfe des Täuberichs, der ihr schon vorher soviel Aufmerksamkeit geschenkt hatte. Zwei Tage vor der Abreise der Familie legte die Taube ein Ei, das nun ihre Gedanken voll in Anspruch nahm. Es bedeutete ihr mehr als all die Liebe, mit der Gussie sie monatelang überschüttet hatte.

Die Kinder hatten sich inzwischen fast völlig von den ausgestandenen Leiden erholt, aber sie waren bis zu einem gewissen Grad verändert – am meisten Augusta. Sie war gewachsen, und ihr Kinderkörper entwickelte neue und nicht mehr so kindliche Rundungen. Der Ausdruck ihrer großen Augen, schon immer nachdenklich, war jetzt oft ganz geistesabwesend, ja melancholisch. Sie schien manchmal ganz in Gedanken versunken, aber sie hätte um die Welt nicht sagen können, was sie dachte. Manchmal teilten sich ihre Lippen in einem heimlichen Lächeln. Sie breitete ihre Hände vor sich aus und betrachtete sie mit Interesse, dann wieder ballte sie sie und schritt dahin wie eine tragische Heldin auf der Bühne. Die Neckereien ihres Vaters und die persönlichen Bemerkungen ihrer Mutter wurden ihr fast unerträglich. Sie wäre am liebsten in Tränen darüber ausgebrochen. Gleichzeitig aber war sie voll Dankbarkeit für die Großmut, die sie ihren Ausreißern gezeigt hatten. Sie fürchtete sich davor, auf das Schiff zu gehen, und schon der Gedanke an die Bewegungen eines Wasserfahrzeuges machte sie seekrank.

Auch Nicholas hatte sich merklich verändert. Er war noch abenteuersüchtiger als vorher und hatte offenbar vergessen, wie unglücklich ihre Flucht ausgegangen war. Er brüstete sich mit den Gefahren, die er bestanden hatte, und prahlte gern ein wenig. Als sie alle auf dem Schiff waren, gab es bald keinen Winkel, den er nicht durchforscht hatte. Obwohl er gar nicht daran dachte, seinen Eltern für ihre Langmut dankbar zu sein, bewies er diese Dankbarkeit doch durch seine Bereitwilligkeit, den kleinen Philip in seine Obhut zu nehmen – er lehrte ihn, auf dem Deck zu gehen, und trug ihn auf dem Arm, um ihm alles zu zeigen. Die beiden waren die Lieblinge des ganzen Schiffes. Wenn sie in England ankämen, wollte Adeline, wie sie sagte, für den kleinen Philip eine richtige Nurse nehmen.

Zwischen den beiden Jungen bestand keinerlei äußere Ähnlichkeit, dennoch hätte sie jeder, der ihre Bewegungen sah und ihr Lachen hörte, für Brüder gehalten. Der kleine Philip wollte für sein Leben gern alles tun, was Nicholas tat, während Nicholas seinen Vater imitierte, seinen Gang, seine Sprache und sein soldatisches Auftreten.

Ernest führte inmitten all dieses Treibens auf dem Schiff ein ziemlich einsames Leben. Am zweiten Morgen auf See wanderte er das Promenadendeck entlang, wo die Damen in ihren Deckstühlen lagen und sich von einem Anfall von Seekrankheit erholten oder einfach die frische gute Salzluft genossen. Ernest stutzte und sah sich eine dieser Damen genauer an. Sie erinnerte ihn an jemand, den er vor langer Zeit, als er ein ganz kleiner Junge war, gern gehabt hatte. Jetzt kam er sich wie ein welterfahrener Reisender vor in seinem gegürteten Kittel, der fast bis zu den Knien reichte, seinen gestreiften Strümpfen und seinen geknöpften Stiefeln.

Er trottete zu Augusta, die an der Reeling stand. »Gussie«, sagte er, »nun rate mal, wer an Bord ist!«

Sie sah ihn verträumt an. »Ich kann nicht besonders gut raten. Sag's mir lieber gleich.«

»Mrs. Sinclair!«

»Hat sie dich gesehen?«

»Nein. Ich bin weggelaufen. Sollen wir ihr sagen, daß wir unterwegs waren, um sie zu besuchen?«

»Um Gottes willen – nein!«

»Wir könnten ja sagen, wir wären wieder davon abgekommen.« Augusta lehnte die Stirn an die Reeling. »Ich könnte vor Scham sterben. Mama wird ihr sagen, daß wir weggelaufen sind und mit Heulen und Zähneklappern zurückkamen. Ich meinerseits will die Sinclairs nicht sehen. Ich werde mich in meine Kabine einschließen und sagen, daß ich krank bin.«

»Und was soll ich tun?«

»Tu was du magst.«

Ernest spürte, daß Gussie ihn nicht haben wollte; er erinnerte sich, daß er viele Male sehr freundlich zu ihr gewesen war. Er machte bekümmert kehrt und trabte davon. Lucy Sinclair lag noch dort, wo er sie verlassen hatte.

Er trat dicht zu ihr und fragte: »Erinnern Sie sich noch an mich. Mrs. Sinclair?«

Sie sah ihn verwundert an, dann rief sie: »Mein Gott, das ist ja der kleine Whiteoak! Ist es möglich, daß ich dich hier treffe! Sind deine Eltern auch hier?«

»Wir sind alle hier. Alle bis auf Gussie.«

»Gussie nicht? Ja, wo ist sie denn?«

»Ich . . . ich weiß es wirklich nicht.«

Es fiel Ernest absolut keine Ausrede ein, aber er starrte bewundernd auf Mrs. Sinclairs beigefarbenen Foulardmantel, der mit Samt besetzt war, und auf ihr schön zu einem Chignon frisiertes Haar.

In diesem Augenblick erschien Curtis Sinclair, lächelnd und irgendwie ganz anders aussehend als der Mann, den Ernest in Erinnerung hatte.
»Oh, Curtis«, rief seine Frau, »du hast diesen kleinen Whiteoak ganz verwirrt gemacht mit deinem Dundreary-Bart!«
»Whiteoak?« wiederholte Curtis verblüfft. »Lieber Gott, ja! Das ist ja Ernest! Ist deine Familie an Bord, mein Junge?«
»Alle außer Gussie«, sagte Ernest; seine klaren blauen Augen konnten sich nicht von dem Bart trennen. Er veränderte das Aussehen des Amerikaners außerordentlich – in Lucys Augen verschönte er ihn sehr. Fraglos war sein mißgestalteter Rücken weniger auffallend durch den schönen gepflegten Bart, der geteilt auf beide Schultern floß. Auch das bewegliche Gesicht war voller und der Ausdruck selbstsicherer. Seine ganze Erscheinung war die eines Gentleman nach der neuesten Mode.
Jetzt erschienen Philip und Adeline, die einen Deckspaziergang machten; sie hatte sich in ihn eingehängt. Sie stieß einen Freudenschrei aus, als sie die Sinclairs entdeckte.
»Was für ein verheißungsvoller Zufall«, sagte Philip, »und was für eine Überraschung! Auf mein Wort, Sinclair – Sie sehen famos aus! Hat es lange gedauert, ihn wachsen zu lassen?«
Sinclair strich sich wohlgefällig über seinen Bart. »Nicht so lange, wie man meinen würde«, sagte er.
»Ich hörte, dieser geteilte Bart ist in London der *dernier cri*«, sagte Adeline. »Ich möchte schrecklich gern probieren, ob er echt ist.«
»Versagen Sie sich kein Vergnügen, das ich Ihnen bereiten kann – bitte«, sagte Curtis Sinclair lächelnd.
Lucy unterbrach ihn und sagte: »Sie sollten sich selbst einen Backenbart wachsen lassen, Kapitän Whiteoak. Sie würden blendend damit aussehen.«
»Mit einem gelben Bart!« rief Adeline. »Ich kann mir nichts weniger Attraktives vorstellen.«
»Mein Schnurrbart genügt mir«, schloß Philip das Thema ab. Nicholas kam das Deck entlang, er hielt das rundliche Händchen des jüngsten Whiteoak. Die Sinclairs begrüßten ihn zärtlich und stellten fest, daß beide gewachsen und noch hübscher geworden seien. Dann sagte Lucy: »Ich wünschte, Sie hätten auch Gussie mitgebracht. Sie ist ein so reizendes Kind.«
»Wir haben sie doch mit«, sagte Philip, »sie muß hier irgendwo stecken.«
»Aber Ernest erzählte doch, sie sei nicht mit an Bord?«
Philip streckte seinen langen Arm aus und nahm Ernest beim Kragen. »Was ist das für ein Unsinn?« Seine Stimme drohte.
»Wo ist deine Schwester?« fragte Adeline.
Ernest zitterte. »Sie ist weg. Ich glaube, sie ist über Bord gefallen.«
»Über Bord?!« Adeline schrie auf. Die Umstehenden wandten sich um.

»Lassen Sie sofort ein Rettungsboot aussetzen!« rief Lucy.
»Vielleicht ist sie auch in ihrer Kabine«, sagte Ernest. »Ich laufe schnell hin und sehe nach.« Er eilte weg, Adeline ihm nach. Sie fand die Tür von Augustas Kabine verschlossen und schlug, Gussies Namen rufend, heftig dagegen.
Die Tür wurde aufgemacht, Augusta stand vor ihr. »Mama«, sagte sie mit zitternder Stimme, »ich möchte den Sinclairs nicht begegnen – nach dem, was ich getan habe – bitte – bitte, laß mich hierbleiben.«
»Oh, was für einen Schrecken hat mir dies kleine Scheusal eingejagt!« Adeline schüttelte Ernest, aber Gussie bat sie, aufzuhören. »Es war meine Schuld, Mammi. Bitte strafe ihn nicht. Ernest hat's nur gesagt, um mich zu beschützen.«
»Ich sollte meinen, ihr wäret stolz auf euer Abenteuer«, sagte Adeline. »Und den Sinclairs wird es schmeicheln, wenn sie hören, daß ihr euch aufgemacht hattet, um sie zu besuchen.«
»Nein – nein – es war zu töricht«, sagte Gussie. »Bitte erzähl ihnen nichts davon.«
Ernest fragte mit zarter Stimme: »Soll ich hinauflaufen zum Deck und sagen, daß Gussie in Sicherheit ist?«
Als er zur Tür hinaus wollte, trat Philip ein. Adeline begann eifrig, wenn auch etwas zusammenhanglos zu reden. Ihre Stimme folgte Ernest, als er leichtfüßig den Gang entlanglief. Das Leben war ihm auf einmal wieder brennend interessant geworden. Als er die Sinclairs noch in ihren Deckstühlen fand, ohne Nicholas und den jüngsten Whiteoak, hockte er sich auf das Fußende von Lucys Stuhl und sagte: »Gussie hätte nämlich über Bord fallen können – aber ich habe sie gerettet. Sie wollte Sie in Charleston besuchen, aber der See war zu stürmisch. Und dabei rettete ich sie und Nicholas. Bitte sagen Sie es niemandem. Ich will keine Belohnung. Gussie hat geweint, weil sie Angst hatte, daß ich's erzähle. Wirklich, ich möchte kein ›Held‹ sein. Es macht mir bloß Spaß, meine Familie zu retten.«
»Wie hast du Gussie denn gerettet?« fragte Lucy Sinclair.
»Oh, ich sprang über Bord«, sagte er selbstzufrieden. »Es ist ein Glück, daß ich so gut schwimmen kann. Zweimal habe ich sie gerettet. Aber bitte sagen Sie's nicht weiter.«
Belustigt und verwundert versprachen sie es.
Dann kehrten Philip und Adeline zurück. Sie rief: »Oh, mein Fräulein Tochter hat Launen! Sie ist wirklich völlig durchgedreht! Ich komm mit ihren ›Stimmungen‹ einfach nicht mit.« Sie sank auf ihren Sessel.
Lucy Sinclair sagte: »Ich finde, Sie haben eine überaus interessante Familie, Mrs. Whiteoak. Ernest und das Baby sind Whiteoaks. Aber Gussie, die schlägt nach niemandem. Sie ist nur ihr eigenes höchst apartes Ich.«
In diesem Augenblick versperrte Gussie, alleingeblieben, wieder ihre Tür,

öffnete ihre Reisetasche und nahm ein Fernglas heraus. Es war ein Geschenk des jungen Blanchflower, er hatte es ihr direkt vor ihrer Abreise gegeben Sie hatte ihm von dem Verlust ihres eigenen ohne Scheu, aber ohne jede Nebenabsicht erzählt, und er hatte ihr gesagt, sein Onkel habe ihm, als er England verließ, dieses Fernglas geschenkt, das nun unbenutzt, vernachlässigt und beinahe vergessen auf einem Brett in seinem Kleiderschrank lag. Er fragte sie, ob sie es als Abschiedsgeschenk annehmen würde, als kleines Zeichen seiner Verehrung für sie. Bescheiden nahm sie es entgegen, aber sie verbarg es absichtlich vor ihrer Familie. Jetzt war es ihr köstlichster Schatz... Sie holte es aus der Reisetasche, staubte es mit einem riesigen seidenen Taschentuch ab, das rechtens ihrem Vater gehörte und nach seinen Zigarren roch, und ging dann zum Bullauge, um hinauszuspähen.

Man klopfte laut an die Tür. Es war Nicholas, der ausrief: »Gussie, komm! Wirf einen letzten Blick auf Kanada! Mrs. Sinclair läßt dich bitten, zu kommen.«

»Ich glaube, ich habe keine Lust.«

»Nun, Papa läßt es dir befehlen. Und weißt du, den Sinclairs haben wir nichts erzählt. Also komm schon mit!«

Ohne weiteres Zaudern und plötzlich ganz wagemutig, folgte sie Nicholas die Treppe hinauf zum Deck; sie trug das Fernglas in der Hand. Die See war ein wenig rauh, die Küste erhob sich felsig und düster aus dem Wasser. Wild und düster wirkten auch die Möwen, die zwischen Küste und See hin und her flogen.

»Es wird schlechtes Wetter«, sagte Curtis Sinclair und trat an Gussies Seite.

»Ich beneide Sie«, fügte er nach einer kleinen Pause in seinem südlichen Tonfall hinzu.

Sie traute ihren Ohren kaum.

»Aber warum denn?« fragte sie; ihre leise weiche Stimme war fast unhörbar.

Er lächelte. »Weil Sie zum erstenmal unterwegs nach England sind – und weil Sie ein Fernglas besitzen!«

Sie bot es ihm an, aber er lehnte es ab. »Nein, Miss Gussie, lieber sehe ich Ihnen zu, wenn Sie durchschauen. Darf ich Ihnen sagen, daß Sie ein bewundernswert hübsches Bild bieten?« Er ging ein paar Schritte weiter und blieb dann stehen und blickte zurück.

Der starke frische Wind blies Gussie das Haar aus dem Gesicht. Sie hielt das Fernglas an ihre Augen und es sah aus, als blickte sie in ihre Zukunft und nicht auf eine entweichende Küste. Sie blieb die ganze Reise hindurch träumerisch und immer ein wenig abseits.

Adeline und Philip waren glücklich, wieder in der Gesellschaft der Sinclairs zu sein. Sie entdeckten, daß sie in London im gleichen Hotel wohnen würden. Die Sinclairs waren lebhaft und anregend und schienen in überaus günstigen

Verhältnissen zu sein. »Auf mein Wort«, bemerkte Adeline zu Philip, »ich werde tanzen vor Freude, wenn wir in London ankommen und ich eine richtige Nurse für das Baby engagieren kann – es strengt mich schrecklich an!«
»Philip ist ein kleiner Junge geworden«, antwortete Philip der Ältere, »er ist kein Baby mehr. Die Sinclairs bewundern ihn übrigens.«
»Philip« – Adeline sprach ernst – »was meinst du, woher sie das viele Geld haben? Ich dachte, sie wären ruiniert, als der Süden besiegt war.«
»Von der Baumwolle!« Philips Augen glänzten. »Sinclairs Vater hat Baumwolle nach Manchester verschifft. Nun fährt Sinclair hinüber, um weitere Vereinbarungen zu treffen. Er gibt mir den Rat, Geld in Baumwolle zu investieren.«
»Ich würde zu gern mit ihnen nach Frankreich fahren«, sagte sie, »jedoch die Kinder nehmen mir ja alle Bewegungsfreiheit! Ich hatte gedacht, Gussie würde sich unseres Babys annehmen – aber nein – sie verliert sich in Träumereien und spielt mit ihrem albernen Fernglas.«
»Ich werde es irgendwie einrichten, wie du es gern haben möchtest«, sagte Philip, »das verspreche ich dir.«
Sie warf die Arme um seinen Hals und gab ihm drei Küsse. Nach dem dritten sagte sie: »Die Kinder würden bei meinen Eltern in Irland recht glücklich sein. Habe ich dir gesagt, daß sie uns abholen kommen? Meine Mutter hat's mir geschrieben.«
»Davon hast du mir nichts gesagt!« rief er.
»Ich hab's vergessen.«
Er gab sich damit zufrieden. »Das wird nett sein.« Er überlegte, daß es noch immer besser wäre, als wenn sie nach Jalna auf Besuch kämen. Aber er fügte energisch hinzu: »Bitte erzähl deinem Vater nicht, daß ich vermutlich ein hübsches Stück Geld mit Baumwolle verdienen werde.«
»Ich sage ihm kein Wort davon, verlaß dich drauf, denn er würde dich dann bestimmt anpumpen.«
Es war eine glatte und angenehme Reise. Als das Schiff in Liverpool dockte, wurden sie von Adelines Eltern erwartet. Sie wollten am nächsten Tag mit ihnen und den Sinclairs nach London fahren.
Adeline war stolz auf ihre Eltern, stolz auf den Eindruck, den sie auf die Sinclairs machten. Sie hatten sich auch wirklich kaum verändert, seit sie sie zum letztenmal gesehen hatte. Die sechs Erwachsenen und die vier Kinder nahmen Besitz von einem großen Wohnzimmer im Hotel Adelphi. Lucy Sinclair bemerkte zu Renny Court, Adelines Vater: »Man erkennt unschwer, wie die liebe Mrs. Whiteoak zu ihren schönen Augen und ... ihrem Haar gekommen ist.«
»Die Augen sind nicht schlecht«, sagte Renny Court, »aber das Haar ... nun ja, ich glaube, es ist eine Katastrophe für eine Frau!«

»Ich bewundere es, ich bewundere es sogar sehr«, gab sie zurück. »Ihre Tochter ist geradezu verblüffend hübsch – die hübscheste Frau, die ich kenne. Und die Kinder sind entzückend. Ich beneide Adeline um sie.«
»Meine Frau und ich, wir werden die Kinder mit nach Irland nehmen«, sagte Renny Court, »sie sollen lange bei uns bleiben!« Lucy Sinclair lachte und sagte: »Viel Vergnügen!«

Mary Wakefield

INHALT

1	Die Erzieherin	7
2	Die Kinder	17
3	Philip	23
4	Das Haus am See	35
5	Im Hause Lacey	44
6	Man lernt sich näher kennen	51
7	Die Familie ist vollzählig	60
8	Das Gewitter	70
9	Am nächsten Morgen	76
10	Begegnung mit Miss Craig	85
11	Die Gesellschaft	94
12	Begegnungen auf der Landstraße	116
13	Rückschläge	126
14	Gratulationen	141
15	Enthüllungen	148
16	Das Unwetter	164
17	Die Flucht	178
18	Mary wird gesucht	187
19	Bei den Craigs	193
20	Am See	202
21	Die Kraftprobe	209
22	Ein kleiner Junge	226
23	Hochzeit, Abreise und Morgenritt	243

1 Die Erzieherin

So ein Erwachen hatte sie noch nie erlebt. Sie war in einem fremden Haus, unter fremden Leuten, in einem fremden Land. Ihre paar Habseligkeiten, die sie ausgepackt hatte, lagen im Zimmer verstreut und ließen es noch fremder erscheinen. Und doch – einmal würde der Tag kommen, an dem ihr dies alles vertraut war, an dem das, was ihr gehörte, nicht mehr so fremdartig, so aus dem Rahmen fallend wirken würde; denn das Zimmer war gar nichts Großartiges, es war nur ein behaglich eingerichteter Raum, mittelgroß, mit einem Toilettentisch aus Mahagoniholz und einem Waschtisch, auf dem eine mit roten Rosen bemalte Waschgarnitur stand, einem Bett mit schwerer weißer Steppdecke, einer Radierung von der Seufzerbrücke und einem Bild der Königin Victoria und des Prinzen Albert, umringt von ihrer Kinderschar. Der wilde Wein, der, wie sie gestern schon gesehen hatte, üppig über die Vorderseite des Hauses wucherte und die ganze Veranda einhüllte, hatte sich sogar nach dieser Seite hin ausgebreitet und streckte ein paar kräftige Ranken über das Fenster. Sie gaben dem frühen Sonnenlicht, das hereinfiel, einen grünlichen Schimmer.

Mary war froh, daß sie so bald aufgewacht war. Sie brauchte Zeit, um ruhig dazuliegen und ihre Gedanken zu sammeln. Ihre innere Welt kam ihr vor wie ein Kaleidoskop, das man so heftig geschüttelt hatte, daß es nicht mehr in sein eigentliches Muster zurückfallen konnte. Das Hauptthema dieses Musters war ihr Leben in London gewesen mit ihrem geistsprühenden, aber ruhelosen Vater, einem Journalisten, der die Redaktionen immer von neuem durch seine guten oder seine schlechten Artikel überraschte. Er war offenbar nicht imstande, etwas Mittelgutes zu produzieren. Auch Mary versetzte er in ewige Unruhe durch seinen Übermut oder seine tiefe Melancholie. Ihre Mutter war gestorben, als sie noch ein Kind war, und so gab es in ihrem Leben keinen Ausgleich, der diesem jähen Wechsel entgegenwirkte. Daher kam es wohl, daß ihre Augen, wenn sie nicht träumte, immer ein wenig erschrocken dreinblickten. Sie waren grau, diese Augen, und ihr blondes Haar war so fein, daß es dem Zwang der Haarnadeln ständig entglitt, was ihr sehr peinlich war – aber zum Glück war es von Natur aus wellig und locker. Ihr Vater war auf ihre Schönheit stolz, so stolz, daß ihn bei dem Gedanken, sie müsse etwas tun, um sich ihr Brot zu verdienen, einfach schauderte. Vielleicht war sein Stolz auf sich selbst dabei nicht ganz unbeteiligt. Und weder er noch Mary waren sich wirklich klar darüber gewesen, wie schnell es physisch mit ihm bergab ging, bis es zu spät war, um ihn zu retten. Und dann war er von ihr gegangen.

Nun lag Mary in dem fremden Bett zwischen den weichen Leinentüchern und drückte den Kopf in das Kissen bei der schmerzlichen Erinnerung an diese schrecklichen Monate des Vorfrühlings. Das Bankkonto ihres Vaters hatte zwar für die Zeit seiner Krankheit gereicht, aber nicht viel weiter. Mary dachte daran, wie er das Geld mit vollen Händen ausgegeben hatte. Zuletzt allerdings war alles nur noch für sein Trinken draufgegangen. Ereignisse, die mit Gewalt lebendig werden wollten, hämmerten gegen die Schwelle ihres Bewußtseins, aber sie durfte sie nicht einlassen. Jetzt, heute, an diesem Junimorgen, mußte sie selbstbewußt und fest sein – es war der Anfang eines neuen Lebens, das sich vor ihr ausbreitete wie ein unbekanntes Meer, auf dem sie sich ohne Karte, ohne hilfreiche Erfahrungen eingeschifft hatte.

Sie hatte sich's nicht gewünscht, Erzieherin zu sein. Wäre ihr eine andere Möglichkeit eingefallen, ihren Lebensunterhalt zu verdienen, so hätte sie freudig danach gegriffen, aber in den neunziger Jahren standen einer Frau nur wenige Berufe offen. Das einzige, was sie sich bei ihrer Unwissenheit und mangelnden Erfahrung zu versuchen getraute, war eine Lehrtätigkeit bei Kindern. Daß sie bisher wenig mit Kindern zu tun gehabt hatte, störte sie nicht. Sie stellte sich unter ›Kindern‹ unschuldige kleine Wesen vor – Becher, die sie mit dem Wissen füllen konnte, das sie Schulbüchern und bunten Landkarten entnahm. Sie würde sie Gedichte lernen und Verzeichnisse fremder Länder, ihrer Hauptstädte, Flüsse, Gebirge und Erzeugnisse anfertigen zu lassen. Wichtig war ihr nur gewesen, eine Stellung zu bekommen. Sobald sie eine solche erobert hatte, würde sie sie ausfüllen können, das fühlte sie. Die nackte Tatsache war, daß sie arbeiten oder verhungern mußte.

Sie hatte viele Inserate beantwortet und auch Rücksprachen mit den betreffenden Inserenten gehabt, aber es war aus keiner Vorstellung etwas geworden. Sie hatte weder das Aussehen, noch die Stimme, noch das Benehmen, das einem Elternpaar den Wunsch einflößte, seine Kinder von ihr erziehen zu lassen. Nun, sie wußte selbst, daß sie reizend aussah – sie war sehr groß und schlank und hellblond, mit einer zarten Haut, die so aussah, als habe nie ein rauher Wind sie gestreift und als wäre ihre erste Schönheit nie einer zu heißen Sonne ausgesetzt gewesen. Aber den größten Schaden richtete ihr Lächeln an. Es ließ ihr Gesicht so unglaublich aufleuchten und machte ihren Mund, der wehmütig und fast melancholisch war, plötzlich verlockend, heiter und beinahe herausfordernd. Es ließ sie aussehen wie ein gefährliches Geschöpf, das man besser nicht in ein Haus nahm, in dem es einen erwachsenen Sohn oder gar einen Ehemann gab, der ...

Wenn sie das nur gewußt hätte! Sie hätte das Lächeln unterdrückt und statt dessen eine gezierte Miene aufgesetzt, aber sie hatte niemanden, der sie gewarnt hätte, und so hatte sie sich bei jedem Interview, noch ehe es beendet war, verraten und ihre Chancen verspielt. Sie hatte eben nicht das Gesicht, das den Damen im letzten Jahrzehnt des neunzehnten Jahrhunderts als das Idealgesicht einer Gouvernante vorschwebte.

Ein fast ebenso großes Hindernis wie ihr reizendes Aussehen war der Mangel an geeigneten Empfehlungen. Ihre einzige Referenz stammte von einem Zeitungsverleger, für den ihr Vater manchmal etwas geschrieben hatte. Sie basierte auf der Tatsache, daß Mary einmal einen Monat lang in seinem Haus gewohnt hatte, als Gefährtin seiner überaus sanften kleinen Tochter, während die Mutter krank war. Der Verleger war sehr freundlich zu Mary gewesen, und als sie ihn um eine Empfehlung bat, hatte er von diesem kurzen Aufenthalt so viel wie möglich hergemacht und ihre Tüchtigkeit und ihr Verständnis für Kinder stark betont.

Als Mary diese Referenz durchlas, kam sie ihr keineswegs übertrieben vor. In ihrer Natur war eine Spannweite, die ihr das Gefühl gab, zu allem fähig zu sein, was da geschrieben stand. Sie empfand es als die reine Wahrheit. Erst nach vielen Rückschlägen verlor sie den Mut und schlug ihre Zeitung mit den einschlägigen Annoncen mit immer weniger Hoffnung auf.

Jetzt lag sie im Bett, die Decke bis zum Kinn hochgezogen, betrachtete die Fliederzweige auf der Tapete, die mit rosa Schleifen zusammengebunden waren, und erinnerte sich jenes Morgens in London – mein Gott, es war kaum einen Monat her! – an dem sie sich verpflichtet hatte, in dieses Haus nach Kanada zu kommen. Auch damals war die Luft voll Sonnenschein gewesen. Der Klang der Pferdehufe, der den Rhythmus des Londoner Lebens kennzeichnete, schien lebendiger und lebhafter als sonst. Rollwagen, von schweren Pferden gezogen, ratterten über das Kopfsteinpflaster, zwei- und vierrädrige Equipagen und Droschken mit gutgenährten, gutgepflegten Pferden belebten die Straßen und schufen eine Atmosphäre von maßvoller Rührigkeit und behaglichem Wohlstand. Sogar der Wind, der zum offenen Fenster hereinkam, war frisch und aufmunternd, und während Mary die Annoncen las, lief ein Zittern neuer Hoffnung durch ihre Nerven.

Fast sofort blieb ihr Auge an einem der Inserate hängen. Sie las:

> *Gesucht wird* eine tüchtige Gouvernante, die in Kanada die gesamte Erziehung von zwei Kindern übernimmt. Passage und alle Unkosten werden bezahlt. Es wollen sich bitte nur Frauen mit energischem Charakter melden. Vorstellung erwünscht im Hotel Brown bei Mr. Ernest Whiteoak.

Marys Herz fing heftig an zu klopfen. Sie ließ die Zeitung zu Boden gleiten und stand auf. Die Sehnsucht nach dem Abenteuerlichen erfüllte plötzlich ihr Herz zum Überquellen. Noch nie hatte sich ihr ein Abenteuer geboten. Sie hatte kaum gewußt, daß die Möglichkeit einer solchen Sehnsucht in ihr lag. Sie hatte in einer Traumwelt gelebt, der Traumwelt eines phantasievollen Kindes, als ihre Kindheit schon längst vorbei war. Nun hatte der Tod ihres Vaters den Schleier weggeweht und die eiskalte Notwendigkeit eines eigenen Broterwerbs enthüllt, und sie war zum erstenmal frei genug, sich mit ihrem wirklichen Ich bekanntzumachen.

»Über den Ozean fahren«, sagte sie laut. »In ein neues Land reisen! Lieber Gott im Himmel . . . was für ein Abenteuer!«
Sie hob rasch die Zeitung auf und las das Inserat noch einmal. In ihrer Phantasie spürte sie schon den Pulsschlag der großen Maschine unter dem Deck, sah sich in eine Reisedecke gehüllt in einem Deckstuhl, während der Steward ihr auf einem großen Tablett Erfrischungen anbot. Sie hatte in letzter Zeit so sparsam sein müssen, daß ihr der Gedanke an appetitliche Speisen immer öfter in den Sinn kam. Sie war noch jung, zwar nicht gerade robust, aber recht gesund.
Die zweite Lektüre des Inserats kräftigte ihren Wunsch, diesen Posten wenn irgend möglich zu bekommen! Tatsächlich schien es ihr geradezu die Erhörung eines stummen Gebets. Wenn sie diesen Mr. Whiteoak nicht dazu bringen konnte, sie zu engagieren, dann war es wohl aus mit ihren Hoffnungen, Erzieherin zu werden. Dann mußte sie so gut wie sicher jede Arbeit annehmen, die sich ihr bot, gleichviel wie widerlich sie sein mochte.
Sie hatte wenig Ahnung von dem, was sich Eltern unter einer Gouvernante vorstellten, daß sie sofort anfing, sich für die Vorstellung im Hotel so hübsch wie möglich zu machen. Sie holte ihre besten Schuhe aus dem Schrank, die hübschen mit den ganz hohen Absätzen und scharfen Spitzen, und polierte sie auf Hochglanz. Sie zog einen Unterrock mit gestickten Volants an und ein zartgrünes Kleid mit halben Ärmeln. Ihr Vater hatte ihr verboten, Trauer um ihn zu tragen. Ihr breitrandiger Hut war mit rosa Rosen und grünen Blättern garniert, die langen Handschuhe waren aus weißer Seide und sie trug ein silbernes Armband darüber. Da sie sich zu blaß fand, legte sie noch eine Spur Rouge auf Wangen und Lippen. Die Wirkung war gut, das sah sie selbst, und als sie die Treppe hinabging, war ihr Schritt leichter als seit Monaten.
Sie hatte mit ihrem Vater in einem altmodischen, halb freistehenden Haus am Vincent Square gewohnt, und sie hatten es dort sehr behaglich gehabt. Mary besaß die Gabe, ein Heim wohnlich zu machen, und es war hell und freundlich. Als sie auf die Straße kam, sah sie noch einmal zurück zu dem Balkon vor ihrem Fenster; sie dachte an die Nacht, als ihr Vater gestorben war und sie allein dort oben gestanden und in den Nachthimmel geschaut hatte – mit welchen Gefühlen würde sie wohl das nächste Mal dort stehen? Wieder begann ihr Herz zu klopfen. Sie fürchtete, sie würde nicht ruhig und sachlich sprechen können, wenn sie vor Mr. Ernest Whiteoak stand, der in ihrer Vorstellung einen langen, spitzen, gewachsten Bart hatte.
Sie stieg auf einen Omnibus, der mit zwei schlanken Braunen bespannt war. Überall sah man auf der Straße frische Farben und blankes Messing, und an den Ecken standen Blumenfrauen. Wenn es in der Menge ein paar armselige, zerlumpte Menschen gab, so sah Mary sie nicht. Ihre Augen verweilten auf elegant gekleideten Frauen mit Volants und Spitzen, deren Rocksäume das

Pflaster streiften und deren Köpfe sorgfältig frisiert waren, auf Herren in Gehrock und Zylinder, auf Kindern mit buntbemalten Reifen, die von ihren Kindermädchen in den Park geführt wurden. Aber alles, was sie sah, glitt wie ein beweglicher Schleier vorbei, denn sie dachte nur voll Spannung an die bevorstehende Unterredung, die entweder soviel für sie bringen würde oder aber das Ende des Traums von einem selbstgewählten Beruf war.

In Browns Hotel sagte man ihr, daß Mr. Whiteoak ausgegangen sei, aber gleich zurückkommen werde und sie dann in dem kleinen Salon sprechen würde. Mary ging nervös im Zimmer hin und her, sie hatte wieder einmal das Gefühl, zu groß zu sein, wie immer, wenn sie nervös war und Fremde kennenlernen sollte. Vielleicht war es besser, wenn sie sich setzte und sich erhob, sobald Mr. Whiteoak eintrat, und auch dann noch nicht zu ihrer ganzen Höhe? Sie zwang sich zur Ruhe, setzte sich, legte ihre Röcke in vorteilhafte Bahnen und faltete die Hände im Schoß. Sie betrachtete die Bilder an den Wänden, horchte auf die Alltagsgeräusche des Hotels und versuchte, sich eines Gedichts zu erinnern, um ihre Nerven zu beruhigen – aber sie hatte jede Zeile vergessen! Nun überkamen sie Angst und Mutlosigkeit. Sie fing an so zu zittern, daß sie sah, wie sich die Blumen auf ihrem Kleid bewegten. Das kam vom Warten. Wenn er doch endlich käme und das Ganze aus und erledigt wäre! Sie sah ihn schon im Geist – ein kleiner dicker Mann mit einschüchternd strengem Blick. Als sie endlich seinen Schritt hörte – sie wußte instinktiv, daß es Mr. Ernest Whiteoak war –, wäre sie vor Angst am liebsten in die Erde gesunken.

Aber wie anders war er als der Mann, den sie sich vorgestellt hatte! Er war hochgewachsen und schlank, mit sehr heller Haut, blauen Augen und glattrasiert. Den hohen Hut hielt er in der Hand, und seinen Gehrock trug er mit einer Eleganz, die noch durch die Blume im Knopfloch betont wurde. Sein Lächeln war tröstlich und beruhigend. Er mußte wohl annähernd vierzig sein.

»Ich hoffe, Sie haben nicht zu lange gewartet«, sagte er. »Ich hatte unaufschiebbar etwas Geschäftliches zu erledigen. Ich nehme an, Sie sind die Dame –«

Er zögerte, Marys reizende Erscheinung ließ ihn abbrechen. Denn sicherlich war diese charmante junge Dame keine Bewerberin um einen Posten als Gouvernante.

»Ja«, antwortete sie mit zitternder Stimme. »Ich möchte ... ich würde sehr gern ... mein Name ist Mary Wakefield.«

»Ach ja, Miss Wakefield. Bitte, wollen Sie nicht Platz nehmen?« Er zögerte wieder, dann setzte er sich in einen kleinen roten Plüschsessel ganz in ihrer Nähe. Seine Gegenwart war beruhigend. ›Er ist die Güte in Person!‹, dachte sie.

»Ich nehme an, Sie wissen, daß Sie nach Kanada müßten, falls wir zu einem Einverständnis kommen?« fuhr er fort.

»O ja. Ich – ich möchte sehr gern nach Kanada.«
»Darf ich fragen, warum?«
»Ich möchte fort von England. Mein Vater ist vor einigen Monaten gestorben. Ich bin allein. Ich würde gern in ein neues Land gehen.«
»Und fühlen Sie sich imstande, zwei sehr lebhafte Kinder von sieben und neun zu unterrichten und zu erziehen?«
»O ja. Ich bin überzeugt, daß ich's könnte. Ich liebe Kinder.«
»Gut. Es sind zwei sehr liebenswerte Kinder. Sohn und Tochter meines Bruders. Die Mutter ist gestorben, als der Junge erst zwei Jahre alt war. Aber er ist ein springlebendiger kleiner Bursche, das muß ich Ihnen sagen.«
»O – das freut mich.«
Ernest Whiteoak betrachtete sie scharf. »Sind Sie sicher, daß Sie dem Posten gewachsen sind? Welche Erfahrungen haben Sie?«
Mary holte ihr Zeugnis heraus und er las es zweimal durch. »Allerdings«, sagte er dann, als er es ihr zurückgab, und seine helle Stirn kräuselte sich nachdenklich, »allerdings haben Sie noch nicht viel Erfahrung ...« Dann rief er, plötzlich in einen vertraulichen Ton fallend: »Um die Wahrheit zu sagen, Miss Wakefield, wir sind in einem Dilemma. Meine Mutter – die Großmutter der Kinder – hatte eine sehr tüchtige Gouvernante in den ... den mittleren Jahren für sie engagiert, die in jeder Weise wünschenswert schien. Ihre Passage war schon gebucht, und sie sollte mit ein paar Freunden und Nachbarn von uns hinüberfahren, die sie dann zum Haus meines Bruders bringen wollten. Nun reiste meine Mutter, völlig beruhigt, nach Denver, um meine Schwester zu besuchen. Ich selbst und mein älterer Bruder, wir müssen in drei Tagen nach Paris – und da können Sie sich denken, in welcher Verlegenheit wir sind.«
Mary war einigermaßen verwirrt, zwang sich aber zu einer höchst interesssanten Miene. »Und wo ist die andere Gouvernante?«
»Sie hat einen Wadenbruch.«
Mary sah so erschrocken aus, daß er sich fragte, ob er lieber ›Beinbruch‹ hätte sagen sollen. Daher verbesserte er sich. »Ja, beide Beine waren gebrochen. Durch einen Omnibus.«
»Dann nehme ich an«, sagte Mary mit bebender Stimme, »wird sie, sobald sie geheilt sind, nach Kanada kommen? Das heißt, ich wäre nur zur Aushilfe dort.«
»Durchaus nicht!« versicherte er. »Sehen Sie, die Ärzte bezweifeln sehr, daß sie ihre Gliedmaßen jemals wieder ganz unbehindert gebrauchen kann, und wir finden alle, sie hätte für diesen Posten zwei völlig gesunde Beine nötig.«
»Meine sind völlig gesund!«, beeilte sich Mary zu sagen. Wenn ihre Referenzen auch dürftig waren, ihre Beine waren bewunderungswürdig. Er sah sie eine Sekunde halberschrocken an, dann rief er:
»Großartig!«

Aus irgendeinem Grund hatte sie dieses Gespräch über Beine auf besseren Boden gebracht. Die Spannung war weg. Marys Nerven beruhigten sich, sie lächelte ihm zu und zeigte dabei ihre weißen, ebenmäßigen Zähne.
Beim Zeus, sie ist schön! dachte Ernest Whiteoak. Er sagte in vertraulichem Ton: »Die Sache ist die: Sie müßten in ein paar Tagen reisefertig sein.«
»Nun, was mich betrifft«, antwortete sie, »meinetwegen morgen!«
»Ich wünschte, meine Mutter wäre hier und könnte die Entscheidung treffen. Für mich ist es wirklich sehr schwer.« Aber schon während er das sagte, wußte er, daß er recht froh war, seine Mutter nicht dabeizuhaben. Er war überzeugt, sie würde dieses reizende Geschöpf nicht für geeignet halten, bei ihren Enkelkindern Gouvernante zu spielen. Aber die Kinder selbst – oh, die würden entzückt von ihr sein. Auch Philip würden ihre Anmut und Vornehmheit gefallen. Und plötzlich, in diesem Moment, entschloß er sich, sie zu engagieren. Er war von Natur lässig und der Gedanke an die weitere Zukunft schien ihm immer bedrückend. Er fing an, mit ihr über das Gehalt und die Veranlagung der beiden Kinder zu sprechen, die er liebenswert nannte, obwohl sie übermütig und zur Zeit ein wenig außer Rand und Band geraten waren. Ohne daß er es ausdrücklich sagte, wußte Mary, daß die Angelegenheit abgemacht war. Ernest Whiteoaks Gesicht war ganz hell, weil er nun diese Last von der Seele hatte. Er sagte: »Ich bin überzeugt, Jalna wird Ihnen gefallen. So heißt unser Haus nämlich. Mein Vater war Offizier in Indien und ging vor ungefähr vierzig Jahren nach Kanada, er nahm meine Mutter mit und meine Schwester, die damals ein Baby war. Mein älterer Bruder ist in Quebec geboren. Dann kaufte mein Vater tausend Morgen Land in Ontario – meist jungfräulicher Boden – und baute ein Haus. Ich war das erste Kind, das dort geboren wurde.« Er sagte es voll Stolz, und Mary war entsprechend beeindruckt.
»Mein jüngerer Bruder kam ganze acht Jahre später. Er ist der Vater Ihrer künftigen Zöglinge, und er ist sehr umgänglich, das darf ich ruhig sagen.«
Es war Balsam für Marys Herz, daß er so freundlich mit ihr sprach, und sie war gar nicht mehr schüchtern, ehe die Unterredung noch beendet war. Das also war die Atmosphäre der Neuen Welt, nach der sie sich schon sehnte. Was sagte er eben zu ihr?
»Wir haben versucht, die Sitten der Alten Welt in Jalna zu bewahren, Miss Wakefield. Versucht, uns frei zu halten von der Engherzigkeit, der Überheblichkeit der Neuen Welt. Wir haben angenehme Nachbarn. Oh, ich spreche so, als wenn ich selbst in Jalna lebte, tatsächlich aber leben wir drei älteren Geschwister, mein Bruder, meine Schwester und ich, in England. Aber wir machen immer lange Ferien in Jalna, und ich hoffe, ich werde Sie bei meinem nächsten Besuch dort in bestem Einvernehmen mit den Kindern vorfinden.«
Kein Interview ähnlicher Art hätte angenehmer vonstatten gehen können. Wenn der Mr. Whiteoak in Kanada nur halb so nett wäre wie dieser Mr.

Whiteoak hier, dann hätte sie mehr Glück gehabt, als sie je gehofft hatte! Als sie oben auf dem Omnibus saß und nach dem Vincent Square zurückfuhr, war die Luft erfüllt von fröhlichen Geräuschen, die Pferdehufe klapperten in lustigem Rhythmus. Irgendwo spielte eine muntere Militärkapelle, und in der Nähe klang das heitere Glöckchen eines Scherenschleifers. Für Mary sahen die Leute auf der Straße glücklicher aus und gingen mit leichterem Schritt als vorhin. Sie war im Augenblick zu glücklich, um ganz klar zu denken. Sie durchlebte noch einmal ganz genau die Unterredung mit Mr. Whiteoak, sah sein helles, vornehm geschnittenes Gesicht, sein beruhigendes Lächeln, hörte seine angenehme Stimme. Dann flogen ihre Gedanken zu dem fernen Haus, in dem sie leben sollte, und sie sah eine andere, etwas jüngere Ausgabe dieses Ernest Whiteoak, der zwei engelhafte Kinder an der Hand führte, und rings um das Haus war ein großer Wald, in dem sich Elche und Bären und Wölfe tummelten, doch nie so dicht am Haus, daß es beängstigend wäre.
Endlich stand sie vor dem Haus am Vincent Square und sah mit einem merkwürdig fremden Gefühl hinauf. Es wich vor ihr zurück. Sie war wie ein Schwan, der einen ruhigen Strom hinunterschwamm, fort von Gefahren und Ängsten.
Ja, und nun war es drei Wochen später, und sie lag in diesem fremden Bett, in diesem Zimmer mit der Fliedertapete. Wie hübsch ist die Tapete, dachte sie, und wie gut hebt sich das Bild der Seufzerbrücke davon ab! Sobald sie ausgepackt hatte, würde sie die gerahmten Fotografien ihres Vaters und ihrer Mutter auf den Kaminsims stellen. In der Mitte stand bereits ein ovaler Glassturz über einer Wachsgruppe von Blumen und Früchten – drei roten Rosen, einer Weintraube, drei bläulichen Pflaumen, drei Holzäpfeln und, über den Sandboden gestreut, ein paar füllhornförmigen Muscheln. Dieses Zierstück war Mary sofort ins Auge gefallen, als sie gestern abend ins Zimmer trat. Obwohl sie so müde und aufgeregt war und die kalten, blassen Augen der Haushälterin sie musterten, hatte es ihren Blick gefangen, und als sie ihren langen Reisemantel und den schweren Hut abgelegt hatte, ging sie hinüber zu dem Glassturz und betrachtete es eingehend. Sie hatte nicht erwartet, etwas so Ästhetisches, Entzückendes hier im Herzen Kanadas zu finden.
Mrs. Nettleship, die Haushälterin, war die einzige Person, die sie gestern spät abends gesehen hatte. Sie war erleichtert gewesen, denn sie wußte, wie müde sie nach der langen Reise aussah. Sie bekam immer, wenn sie überanstrengt war, diese tiefen Ringe unter den Augen, die sie überzart aussehen ließen. Und doch war sie ein wenig gekränkt über diesen Empfang. Sie hatte sich das Bild so deutlich ausgemalt, den nicht ganz jungen Witwer, der groß, schlank und vornehm in der Haustür stand, an jeder Hand ein schüchternes Kind, und mit Ernest Whiteoaks Stimme sagte: »Hier sind meine mutterlosen Kleinen, Miss Wakefield – ich gebe sie in Ihre Obhut.« Aber als der Wagen vor der

Tür hielt und sie geöffnet wurde – nicht bewillkommend weit aufgeworfen, sondern unwillig und zögernd –, stand darin nur die stämmige Gestalt von Mrs. Nettleship. Sie ließ Mary ein und schloß die Tür hinter ihr zu, als sei das Haus eine Festung. In der Diele war eine Öllampe in schwerer Metallfassung, die ein ruhiges Licht auf die reichen Farben der Teppiche, die gradlehnigen Mahagonistühle und eine sehr schöne Treppe warf. An einem Kleiderständer hingen ein paar Hüte, eine Hundeleine und ein Regenmantel, und der Ständer schloß oben mit einem geschnitzten Fuchskopf ab. Mrs. Nettleship trug ein hellblaues Baumwollkleid und eine schneeweiße Schürze. Sie hatte krauses, farblos blondes Haar und ein Lächeln, das säuerlicher war als ein Stirnrunzeln.
Sie sagte: »Mr. Whiteoak ist noch nicht zu Hause, und ich glaube, wenn er zu Hause wäre, würde er nicht wünschen, Sie noch heute abend zu sprechen.« Sie sprach so, als habe Mary schuld an der einstündigen Verspätung ihres Zuges. Sie wandte sich an den Mann, der anfing, Marys Koffer in die Diele zu schaffen.
»Martin«, sagte sie, »bring das zurück zum Hintereingang.« Ihr Ton deutete an, daß Martin gut daran getan hätte, Mary ebenfalls zum Hintereingang zu bringen. Der Mann sah sie mürrisch an und zog sich zurück.
»Sind Sie hungrig?« fragte Mrs. Nettleship, als wäre Hunger gerade noch das Letzte, was Mary ihr antun könne.
»O nein, wirklich nicht – danke«, antwortete Mary, obwohl sie allerlei für einen Teller Suppe gegeben hätte.
»Das ist gut, denn das Feuer ist schon aus«, sagte die Haushälterin. »Ich nehme an, Sie gehen am liebsten gleich hinauf in Ihr Zimmer.«
»Ja. Ich – ich bin ziemlich müde.«
»Sie sehen aus wie zwei Laken und 'n Schatten«, sagte Mrs. Nettleship etwas dunkel. »Sind Sie immer so?«
»Himmel, nein!«, sagte Mary ärgerlich werdend. »Sie dürfen nicht vergessen, daß ich eine lange und anstrengende Reise hatte. Die ganze Überfahrt hindurch war ich seekrank.«
Mrs. Nettleship sah unbewegt auf ihre Füße hinunter. »Ich habe nie den Ozean überquert«, sagte sie. »Ich halte es mit ›Bleibe zu Hause und nähre dich redlich‹.«
»Aber wie wäre dieses Land jemals bevölkert worden, wenn alle Menschen zu Hause bleiben wollten?«
»Es sind genug mit dem ersten Schub gekommen. Zeit, daß mal damit Schluß wird.«
»Nun, ich bin jetzt jedenfalls hier«, sagte Mary lachend. Welche Stellung mochte Mrs. Nettleship wohl in diesem Haushalt einnehmen?
Mrs. Nettleship klärte sie selbst darüber auf, als sie Mary in ihr Zimmer

geführt hatte. Sie faltete ihre kleinen spitzen Hände über dem Magen. »Ich habe für Mr. Whiteoak den Haushalt geführt, seit seine Frau gestorben ist – vor fünf Jahren – und diejenige, die's hätte besser machen können ... na, die möchte ich erst sehen. Sie werden alle Hände voll zu tun haben.«
»Ach ja, ich glaube, zwei Kinder machen einem immer allerhand zu schaffen.«
Mrs. Nettleship lächelte und zwinkerte. »Nun, für *mich* würden beide durchs Feuer gehen.«
Aha, du bist eifersüchtig, dachte Mary, und ärgerst dich über mein Kommen. Nun, so ist das wohl immer. Ich glaube nicht, daß jemals eine Gouvernante in ein Haus ohne Herrin gekommen ist, ohne daß die Haushälterin eifersüchtig war.
Mrs. Nettleship schien ihre Gedanken zu lesen. Ihr Lächeln wuchs sich zu einem veritabeln Grinsen aus. »Was mich betrifft«, sagte sie, »ich bin nur froh, daß Sie gekommen sind. Ich kann's nicht aushalten mit zwei Kindern, die ewig in meiner Küche raus und rein laufen. Natürlich ist es ganz anders, wenn die alte Dame nach Hause kommt. Die ist mächtig energisch und duldet keinen Unsinn – aber von niemandem!«
Mary merkte, daß die Haushälterin gern noch geblieben wäre und weiter geredet hätte. Ihr Lächeln wurde immer breiter und ihre Lippen, je mehr sie sie dehnte, immer blasser. Zweimal gähnte Mary und wiederholte, wie müde sie sei. Endlich ging Mrs. Nettleship. An der Tür blieb sie stehen. »Hier oben sind bloß Sie und die Kinder. Machen Sie lieber keinen Lärm – stören Sie sie nicht. Sie stehen zeitig auf. Eliza und ich schlafen im Souterrain. Da ist's im Sommer hübsch kühl und im Winter hübsch warm. Sie müssen runterkommen und uns besuchen.« Als sie gegangen war, schien ihr Lächeln noch immer in der Luft zu hängen wie das Grinsen eines Pavians.
Mary hatte gar nicht erwartet, daß sie schlafen würde. Alles war zu neu, zu fremd. Das schwarze, alles einhüllende Schweigen der mondlosen Nacht drang durch das offene Fenster. Jeder Raum in dem unbekannten Haus schien sich zusammenzuziehen, in sie hineinzustehlen, wie um zuerst da zu sein und sich ihr einzuprägen, damit sie ihn nie vergessen könne. Und wenn sie nur einen Monat hierbliebe – sie würde nie wieder die alte sein. Dieses Haus, diese Familie, von der sie bisher nur einen Menschen kannte, würden ihr ihren Stempel aufdrücken. Sie zog die Decke über den Kopf und versuchte, sich gegen alles abzuschließen, sich vor der Eindringlichkeit dieses Hauses zu schützen. Da war das Zimmer, in dem die Kinder schliefen ... sie wünschte, sie hätte schnell hineinschauen dürfen, ohne daß sie sie bemerkten, um ihre Züge zu studieren, sie ganz leise anzurühren, ehe sie sie anrühren konnten. Das Vertrauen, das sie während ihrer Reisevorbereitungen in London und der ganzen Reise aufrecht erhalten hatte, verließ sie plötzlich. Sie fühlte sich einsam. Was ihr hier auch geschehen mochte – sie hatte keinen Menschen hier, der sie

getröstet hätte, der sie gern hatte. Wie eine eiskalte Welle, in der sie fast ertrank, überkam sie das Bewußtsein ihrer Einsamkeit. Sie versank darin, und in ihrer Erschöpfung schlief sie plötzlich ein und wurde erst wieder wach, als die große alte Uhr am Fuß der Treppe sechs schlug.
Sie sah den Geist des Schiffes, das sie von England hierhergetragen hatte, im Nebel des Ozeans verschwinden; sie sah dieses Haus, das sie Jalna nannten, riesengroß wie eine Festung in dem neuen Land aufragen, sah seine Felder und Wälder und alles ringsum; sie hörte einen Vogel seinen wilden, seligen Morgenruf pfeifen, als müsse er jeden Augenblick dieses seines Lebens aufs äußerste auskosten; sie hörte das Blöken der Schafe und dann plötzlich das Lachen eines jungen Knaben – des Siebenjährigen im andern Zimmer – nicht laut, aber klar und erschreckend in seiner Vitalität. Dann kamen leichte, schnelle Schritte über den Gang und jemand warf etwas kräftig gegen ihre Tür.
Sie sprang aus dem Bett und machte die Tür auf – aber es stand niemand draußen.

2 Die Kinder

Renny Whiteoak fühlte sich diesen Morgen besonders lebendig. Er tauchte aus einem tiefen See von Schlaf empor wie ein buntfarbiger Fisch. Sein Nachthemd war hellblau, seine Haut wie Milch und Rosen, sein Haar leuchtend kastanienbraun und in dem Sonnenstrahl, der über das Bett fiel, rot schimmernd. Von seinem Alkoven aus, wo er schlief, überschaute er das große Zimmer, das er mit seiner Schwester Meg bewohnte. Es barg fast alle seine Besitztümer – das Regal mit Büchern, das Schränkchen voll Spielsachen, denen er entwachsen war, seine Angel, sein aufziehbarer Zug, der nicht mehr lief, weil etwas in seinem Mechanismus entzwei war, seine Sparkasse, in die er, wenn es befohlen wurde, zögernd kleine Silbermünzen fallen ließ und zu der sein Vater den Schlüssel aufbewahrte. Ein großes Stück blauer Himmel mit einer segelnden Wolke, die wie eine Galleone aussah, füllte die Fensterscheibe bis auf die eine Stelle, wo die Spitze einer Silberbirke sich im Morgenwind bewegte. Die Luft war warm. Plötzlich stieß Renny die Decke weg und seine Füße schossen mit der raschen Behendigkeit eines Fischschwanzes in die Luft, so hoch, daß nur sein Nacken und seine Schultern das Bett berührten. Er wiederholte die Übung ein paarmal und vertiefte damit die Mulde, die er bereits in die Matratze gedrückt hatte. Dann lag er still und dachte an Megs neue Gouvernante, die am Abend zuvor angekommen war und nun im nächsten Zimmer schlief. Er dachte immer ›Megs Gouvernante‹ – denn in einem Jahr würde er ins Internat kommen wie sein Freund Maurice Vaughan, der zwei Jahre älter war als er. Es gab in gut erreichbarer Nähe keine Oberschule.

Seine Gedanken kreisten um die Gouvernante; er rollte sich behende aus seinem Bett und ging leichtfüßig hinüber zu dem seiner Schwester. Meg lag zu einem Ball zusammengekringelt, ihre hellbraunen Zöpfe auf dem Kopfkissen, in warmer Abgeschlossenheit. Renny setzte sich auf den Bettrand, legte sein Gesicht dicht neben das ihre und atmete geräuschvoll; der Atem der beiden Kinder war warm und gesund wie der Geruch eines Kleefelds im Sommer.
Ärgerlich darüber, daß sie geweckt wurde, rollte sich Meg noch fester zusammen. Sie zog die Knie bis zum Kinn, die weiße seidige Haut ihrer Stirn krauste sich zu einem protestierenden Stirnrunzeln.
»Geh weg!« Sie stieß nach ihm, ihr Körper unter der Decke zuckte.
»Meggie, hör doch zu. Deine Gouvernante ist hier. Ich hab sie letzte Nacht kommen hören.«
»Sie ist nicht ›meine‹ Gouvernante.«
»Doch. Sie ist.«
»Sie ist nicht. Sie ist genauso deine.«
»Na, aber nur für'n Jahr, und deine nachher noch und noch!«
Bis hierher hatte Meg die Augen nicht aufgemacht. Jetzt tat sie es. Sie waren sehr blau. »Hast du sie gesehen?« fragte sie.
»Nein. Aber Mrs. Nettleship hat sie raufgebracht. Ich hab sie reden hören. Du, ich erzähl dir, was sie gesagt haben.« Er zog die Füße auf den Bettrand und schlang die Arme um die Knie. Meg erhaschte einen Blick auf seine schwarzen Sohlen und zischte: »Gehst du wohl raus aus meinem Bett!«
»Warum denn?« Er war ganz erstaunt.
»Deine ekligen Füße! Sieh sie bloß an!«
Er drehte die Sohle herum und betrachtete sie völlig unbeeindruckt.
»Ach so – das meinst du.«
»Du darfst doch nicht ungewaschen zu Bett gehen! Und du darfst überhaupt nicht barfuß rumlaufen! Wenn Papi dich sähe –«
»Schon gut. Ich verschwinde. Ich werd dir nichts erzählen.«
Sie faßte ihn am Zipfel seines Nachthemds.
»Los doch! Erzähl mir, was sie gesagt haben.«
»Die alte Nettle hat gesagt, mit uns hätt man alle Hände voll zu tun, und sie hielt's nicht mehr aus, daß wir ewig in ihrer Küche rumliefen, und sie wär bloß froh, daß die Gouvernante gekommen ist.«
»Au Backe!« sagte Meg.
»Die Gouvernante klang so – na, soso lala«, meinte Renny. Er hatte diesen Ausdruck von seinem Vater gehört und brachte ihn jetzt sehr eindrucksvoll an.
»Wir werden ihr was – soso lala!« erklärte Meg.
»Ich sag dir was: wir ziehn uns schnell an, und dann feuern wir ihr was gegen die Tür, und dann rennen wir ganz schnell weg.«

Damals waren noch nicht die Zeiten von Shorts und Pullover, spärlicher Bekleidung, nackten Beinen und kurzen Spielanzügen. Renny mußte mehr anziehen: ein Unterhemd, ein Hemd, Hosen mit Hosenträgern, auf die er sehr stolz war, ein Jackett, braune Strümpfe und Schnürschuhe. Meg, noch halbverschlafen, trug ein Unterhemd, schwarze Strümpfe, festgehalten durch Strumpfbänder, die an einer sehr soliden sogenannten ›Untertaille‹ hingen, weiße Hosen mit Spitzenkrause an den Beinen, einen weißen gestärkten Unterrock, der hinten besonders faltenreich war, einen Faltenrock aus marineblauem Serge – er reichte bis unter die Knie – und eine weiße Matrosenbluse mit gestärktem Matrosenkragen. Das alles für einen heißen Junitag.
Als sie fertig angezogen war, standen ihr kleine Schweißtropfen auf der Nase. Sie tunkte eine Ecke ihres Handtuchs in die Waschschüssel, rieb sich damit über das Gesicht und trocknete es mit dem andern Ende des Handtuchs. Sie zögerte vor der scheußlichen Aufgabe des Zähneputzens und entschied sich dann dagegen. Schließlich war heute ein besonderer Tag. Da wollte sie den Zähnen Ruhe gönnen. Aber ihr Morgengebet – nein, das durfte sie nicht vernachlässigen:

»O Herr – hör mein Gebet am Morgen:
Schütz mich vor Sünden, Leid und Sorgen,
Laß froh mich deine Güte loben,
Halt meinen Sinn bei dir da droben!«

Nachdem sie das hinter sich gebracht hatte, stand sie auf, flocht ihre Zöpfe auf und verabfolgte ihrem Haar sechs scharfe Striche mit der Bürste. Es wurde lebendig, fing den Sonnenschein auf und legte sich als dichter hellbrauner Mantel um ihre Schultern. Nun war sie bereit, der Tag konnte anfangen.
Renny lag quer auf seinem Bett, seinen kleinen Foxterrier im Arm, der ihm mit systematischer Genauigkeit das Ohr ableckte.
»Sprich nicht«, sagte er. »Ich zähle seine Zungenschläge. Hundertacht – hundertneun – hundert –«
»Gut«, sagte Meg. »Bleib du nur hier – ich gehe. Ich will frühstücken, ehe sie kommt.«
Renny sprang auf. In einer Hand hielt er einen harten Gummiball. Als sie an Marys Tür vorbeikam, schleuderte er ihn mit aller Kraft gegen die Füllung, dann nahm er Meg bei der Hand und zog sie mit Volldampf die Treppe hinab. Die Stufen zum oberen Stockwerk waren steil und sehr schmal. Es war noch nicht lange her, daß die Kinder sie vorsichtig hinabgeklettert waren, Stufe um Stufe. Jetzt warfen sie sich förmlich hinunter, und dann blieben sie unten im Gang stehen und horchten. Überall herrschte noch Schweigen. Die Tür zum Zimmer ihres Vaters war noch zu. Die Türen der andern Schlafzimmer ebenfalls, aber die waren leer, mit geschlossenen Fensterläden und weißen Decken

über den Betten. Meg legte das Ohr an das Schlüsselloch zum Zimmer ihres Vaters. »Er atmet laut«, sagte sie. »Kein direktes Schnarchen.«
»Ich will's auch hören.« Jetzt war Renny dran.
Obwohl die Tür geschlossen war, schien ihnen ihr Vater so nahe, als wenn er vor ihnen stünde. Er war die ungeheure Wirklichkeit in ihrem Leben. Sein Hauch war eindrucksvoller als die Stentorstimmen anderer Männer. Wenn ihre Großmutter zu Hause lebte, war sie eine bedeutende Person, aber wenn das weite Meer oder Irland oder England sie aufschluckten, war sie wie eine imposante Landschaft, ein Berg oder eine Klippe, etwas, das man vergaß, wenn man fern davon war. Die Besuche ihrer Tante oder der beiden Onkel waren eine Mischung von Vergnügen – denn sie brachten immer Geschenke mit – und Demütigungen, denn sie waren kritisch und sagten einem immer: Steh nicht *so* da, oder halte deine Gabel nicht *so*, oder sie ließen einen wiederholen, was man gesagt hatte, und diesmal mit ordentlicher Aussprache. Solche Kritiken erntete Renny viel häufiger als Meg. Die Onkel sahen dann seinen Vater erstaunt an und sagten: ›Auf mein Wort, Philip, dieser Junge wird ein veritabler Rüpel!‹
»Na, und ob er schnarcht!« erklärte Renny nun.
»Tut er nicht! Wenn du das Schnarchen nennst, na, dann solltest du mal die alte Nettle hören.« (Das war ihre Bezeichnung für Mrs. Nettleship.)
»Wann hast du sie denn gehört?«
»Bei ihrem Mittagsschlaf. Hör mal – so!« Meg gab eine treffliche Probe ihres Nachahmungstalents. Das erschreckte den Foxterrier, der in wütendes Gebell ausbrach. Die Kinder, hinter ihnen laut kläffend das Hündchen, flogen die Haupttreppe hinunter, liefen die Diele entlang und sausten lärmend die teppichlose Treppe zum Souterrain hinab. Mrs. Nettleship und Eliza saßen an einem kleinen Tisch und frühstückten. Sie waren ebenso erschreckend sauber wie der Raum. Das morgendliche Sonnenlicht kroch in jede Ecke, legte sich über die gescheuerte lange Tischplatte, glänzte auf dem blankgeputzten Kohlenherd und den Reihen von Kochutensilien, konnte aber nirgends auch nur ein Stäubchen entdecken. In der Luft hing der angenehme Geruch von Toast und gebratenem Schinken. Der kleine Hund lief sofort zum Tisch zu den Frauen und machte Männchen.
Bei gewöhnlichen Gelegenheiten hätte Mrs. Nettleship die Kinder schleunigst hinausbefördert, aber an diesem Morgen empfand sie kummervolles Mitleid mit ihnen; dem lieh sie Ausdruck, indem sie jedesmal, wenn sie sie ansah, den Kopf schüttelte.
»Arme kleine Lämmer!« murmelte sie Eliza zu. »Keine Mutter – und wieder so eine Gouvernante.«
»Ach du mein lieber Gott!« seufzte Eliza und gab dem kleinen Hund verstohlen eine knusprige Schinkenschwarte.

Die Kinder standen zusammen am Fuß der Treppe.
»Wie ist sie denn?« fragte Renny.
»Warte nur, bis du sie siehst!« Mrs. Nettleship lächelte höhnisch. »Aufgedonnert wie keine Lehrerin, die ich im Leben gesehen habe.«
»Was ist aufgedonnert?«
»Schamlos aufgeputzt – das ist aufgedonnert.«
»Ach so. Und hat sie ihr Gesicht bemalt?«
»Sollte mich nicht wundern. Jedenfalls waren ihre Kleider viel zu schick.«
»Das find ich nett!« sagte Meg. »Viel besser als bei den beiden andern.«
»Laß dich nicht einwickeln. Sie ist 'ne int – intrigante Person. Ins Gesicht katzenfreundlich, und hinterm Rücken mit Krallen!«
»Ach meinst du, sie wird uns immer bei Papi verklatschen?« fragte Meg.
Renny ging zu Mrs. Nettleship. Er kannte ihre kleine Schwäche für ihn. Er lächelte einschmeichelnd. »Ich möcht *so gerne* heute Erdbeergelee auf meinen Toast, und gebratenen Speck und ein Spiegelei. Keinen Haferbrei.« Er legte die Arme um sie, sah aber rechtzeitig ihre bläulichen gedunsenen Lippen seinem Gesicht näherkommen und bog seinen drahtigen Körper zurück, um ihre Berührung zu vermeiden. Mit behutsamem Finger kitzelte er sie im Nacken. »Sag ja, Nettle! Erdbeergelee. Ein Spiegelei. *Zwei* Spiegeleier. Und keinen Brei.«
Nachgebend schloß sie die Augen. Meg sah gleichmütig zu. Dann fragte die Haushälterin: »Hast du dich gestern abend gewaschen? Du weißt doch, deine Füße und Beine waren ganz voll Sand.«
»Ja.« Damit meinte er, daß er es noch wußte.
»Guter Junge!« Sie sah hinüber zu Eliza, ihr Blick sagte: »Sieh nur, wie er an mir hängt!«
Dieser Blick war Eliza unbehaglich. Sie stand auf und fing an, den Tisch abzuräumen. Mrs. Nettleship war aus einer sechzig Meilen entfernten Stadt gekommen. Niemand wußte etwas von ihrer Vergangenheit und ob ihr Mann noch lebte oder tot war. Ehe sie nach Jalna kam, war sie acht Jahre Haushälterin bei einer gelähmten alten Dame gewesen, die schließlich gestorben war. Nun hatte sie seit sechs Jahren in Philip Whiteoaks Haus unermüdlich gegen Schmutz und Unordnung gekämpft und auch Eliza an ihre Methoden gewöhnt. Philip Whiteoak sagte oft, kein Mensch könne zwei bessere Dienstboten haben, aber er fügte achselzuckend hinzu: »Aber sympathisch oder gemütlich sind sie nicht.«
»Möchtest du gern in der Küche frühstücken?« fragte sie Renny, Meg völlig ignorierend. »Wahrscheinlich wird's für lange Zeit das letzte Mal sein!«
Er zog sich als Antwort einen Stuhl an den Tisch, der laut über den Steinboden klapperte. Meg stellte sich sofort einen Stuhl daneben. Mrs. Nettleship sagte zu Eliza: »Du kannst weiter die Betten machen. Ich passe schon auf die Kinder auf.«

Renny stemmte die Handflächen gegen den Tischrand, um das Gleichgewicht zu halten, wippte seinen Stuhl zurück und beobachtete wohlgefällig die Vorbereitungen für sein Frühstück. »Für dich wird's viel schlimmer sein, diese Engländerin hierzuhaben, als für deine Schwester!«
»Ich komm ja bald ins Internat.«
»Erst nach 'nem Jahr«, spottete sie. »In der Zeit kann sie dir die Hölle heißmachen.«
»Na . . . das soll sie erst mal versuchen!«
Dann herrschte Schweigen, während Mrs. Nettleship ihre Aufmerksamkeit auf die Bratpfanne richtete. Das Fett zischte noch, als sie den Teller vor Renny auf den Tisch stellte.
»Zuerst kommen immer die Damen«, sagte Meg.
Renny schob ihr sofort den Teller hin. »Komm, iß du zuerst«, sagte er.
Mrs. Nettleship faßte ärgerlich sein Handgelenk. »Kommt nicht in Frage«, sagte sie. »Ich mag's nicht, wenn jemandem was nicht paßt.«
»Wenn er sagt, ich soll zuerst essen, dann esse ich zuerst!«, sagte Meg eigensinnig.
»Aber nicht hier in der Küche! Wenn du nicht machst, was ich will, kannst du gefälligst oben frühstücken – mit *ihr*.«
Sie sah beifällig zu, wie Renny seinen Teller in Angriff nahm. Sie strich ihm mit der Hand übers Haar: »Wie lebendige Schlangen, dieses Haar! Aber ich wette, du hast heute morgen deine Bürste noch nicht mal *angesehen!*«
Nun stellte sie Meg ihren Teller hin, wie es schien, mit geradezu berechneter Gleichgültigkeit, und als sie das Glas mit dem Erdbeergelee brachte, setzte sie es so auf den Tisch, daß es genau vor Rennys Händen war.
»So«, sagte sie, als er gegessen hatte, »und jetzt werd ich 'ne Bürste holen und dir erst mal gründlich die Haare bürsten, junger Mann! Und benützt gefälligst eure Servietten – alle beide!«
Sie verschwand in dem Gang, der zum Schlafzimmer der Dienstmädchen führte.
Schnell wie der Blitz und leise wie Mäuschen liefen die Kinder die Treppe hinauf. In seinem Eifer zwickte der Foxterrier, während er nachsprang, bald den einen, bald den anderen ins Bein. Oben angekommen, warfen alle drei ihre Zurückhaltung ab und schossen mit viel Lärm, lachend und kläffend, durch die Halle. Die Haustür stand offen. Draußen sah alles so einladend aus, frisch und grün. Sie rannten über die Veranda.
»Wer zuerst am Tor ist!« rief Renny und stürmte davon.

3 Philip

Eine Stunde später öffnete Philip die Tür seines Schlafzimmers, kam heraus und machte sie behutsam wieder zu. Er warf einen argwöhnischen Blick auf die Treppe des zweiten Stockwerks, wo die neue Gouvernante schlief. Er war durchaus nicht schüchtern, aber er fürchtete die Schwierigkeiten, die sie höchstwahrscheinlich in sein Leben bringen würde. Er dachte an die Unliebsamkeiten, die ihm Miss Turnbull, die letzte Gouvernante, bereitet hatte. Sie war ein ewig beleidigter, affektierter Typ gewesen, unfreundlich zu den Dienstboten, unvernünftig mit den Kindern (in seinen Augen zumindest), und hatte sich ständig bei ihm beschwert. Was sie im Rahmen der Landwirtschaft sah und hörte, hatte sie immer schockiert. Er hoffte, die Neue würde wenigstens vom Lande kommen. Ernest hatte ihm in seinem Brief merkwürdig wenig von ihr erzählt – nur daß sie nett und recht vernünftig scheine und gute Empfehlungen habe. Philip seufzte bei dem Gedanken, daß er gezwungen war, drei fremde weibliche Wesen im Haus zu haben – aber was konnte er tun? Mrs. Nettleship war sicherlich nicht fähig, einem kleinen Mädchen die richtige Sorgfalt zukommen zu lassen. Nun ja, so erging es einem Mann eben, wenn er Witwer war. An die Tatsache, Witwer zu sein, hatte er sich gewöhnt, aber immer wieder vermißte er Margaret bei allen häuslichen Schwierigkeiten. Sie hatte eine sehr energische Art gehabt – immer überzeugt, daß sie recht hatte – und heftig war sie auch gewesen. Schon mit fünfundzwanzig war sie gestorben; vielleicht wäre sie mit der Zeit ruhiger geworden. Es war wunderbar gewesen, wie sie sich den Launen seiner Mutter widersetzte – aber auch ziemlich fürchterlich. Immerhin hatte seine Mutter Margaret ihr ganzes Leben lang gekannt, sie auf dem Schoß gehabt, als sie ein Baby war. Er fand eigentlich, wenn man einen Menschen von erster Kindheit auf kannte, mußte man ihn verstehen. Nun ja, Frauen waren wohl anders.

Er zog die goldene Uhr aus seiner Westentasche. Er pustete seine vollen Lippen verdutzt auf – keine Zeit mehr, vor dem Frühstück in die Ställe zu gehen, wie er es vorgehabt hatte. Nun ja, er konnte geradesogut das Theater jetzt erledigen, mit den Kindern und dieser Miss Wakefield frühstücken – dann hatte er's hinter sich. Mit der Miene eines verzogenen Jungen stieg er die Treppe hinunter und schaute ins Eßzimmer. Der Tisch war für zwei Personen gedeckt!

Seine gekränkte Miene wurde ärgerlich – wo waren die Kinder? Auf keinen Fall konnte ihn ein Mensch zwingen, mit dieser Frau an ihrem ersten Morgen hier allein zu frühstücken! Er wollte es nicht. Nein, er wollte es nicht. Mit großen Schritten ging er zum Klingelzug und läutete. Gleich darauf erschien Eliza. »Frühstück, Sir?« fragte sie.

»Eliza – wo sind die Kinder?«

»Sie haben zeitig gefrühstückt und sind hinausgelaufen, Sir.«
»Geh und suche sie, bitte. Nein – ich werde sie selbst rufen.« Er sah Eliza kläglich an. »Eliza – wo ist die Gouvernante?«
»In der Bibliothek, Sir. Ich glaube, sie wartet auf Sie, Sir.« Eliza konnte ein Lächeln nicht unterdrücken, als sie sah, was für entsetzte Augen er machte, als er das hörte. »Sie hat Bücher und Bleistifte und Papier mit heruntergebracht.«
»Dort drin«, wiederholte er und starrte die Doppeltür an, die die beiden Zimmer trennte. Die Bibliothek – richtiger ein Wohnzimmer – war sein Privateigentum, und der Gedanke, daß eine fremde Person davon Besitz ergriff, war mehr als er ertragen konnte. Man mußte ihr sagen, daß sie nicht hinein durfte!
Er ging zu einer Seitentür, die von der Halle hereinführte und die jetzt offenstand, trat hinaus in die Morgenluft und atmete tief auf, ehe er die Hundepfeife aus der Tasche nahm, die er immer bei sich trug, und auf die seine Kinder genauso hörten wie seine Spaniels. Sie war aus Elfenbein geschnitzt und hatte eine silberne Kette. Er stieß einen schrillen, ohrenzerreißenden Pfiff aus, dann wartete er. Er pfiff noch einmal. Noch keine Antwort. Stirnrunzelnd holte er Luft und pfiff zum drittenmal, noch gellender. Aus dem Obstgarten hinter dem Haus, wo die Blütenblätter der Apfelbäume noch weiß auf dem Boden lagen, erschienen zwei kleine Gestalten.
»Renny!« rief Philip laut. »Meggie!«
Renny versteckte seine Angelrute im langen Gras.
»Ich sehe euch!« rief Philip. »Bring sie nur mit.«
Die beiden kamen auf ihn zugetrottet. Renny trug die Angelrute, die Schnur baumelte frei, und der Haken kam bei jedem Schritt dem Gesicht seiner Schwester näher.
»Paß auf, du Idiot! Der Haken!« Philips Geduldsfaden riß. Dann standen seine Kinder vor ihm und schauten auf in sein Gesicht. Er nahm die Angelrute und wickelte die Leine herum. Als er das Gerät in der Hand fühlte, dachte er ans Fischen – vielleicht sollte er für ein paar Tage an den Fluß gehen, bis die neue Gouvernante sich eingelebt hatte. »So«, sagte er und stellte die Angel an die Wand. »Und jetzt wollen wir Miss Wakefield kennenlernen.«
Megs blaue Augen waren groß und traurig. Rennys Augen wurden vor Elend ganz schmal. Jedes Kind ließ eine Hand in die Hand des Vaters schlüpfen. Mit dieser Verstärkung fühlte er sich der Prüfung eher gewachsen. Er beugte sich herunter und küßte beide. Dabei bemerkte er ihr unordentliches Haar. »Wartet einen Augenblick«, sagte er.
Er zog ein Lederetui mit einem kleinen Kamm aus der Tasche und fuhr durch Rennys dichtes, dunkelrotes Haar. »Herrjeh, hast du eine verwilderte Mähne! Ich muß sie dir schneiden lassen. Und jetzt du, Meg.« Mit ihrem Haar konnte er nichts weiter anfangen, als es um die Stirn ein wenig zu glätten. Sie blickte vertrauensvoll zu ihm auf wie sein langhaariger Spaniel, wenn er ihn kämmte.

Sie und der Junge waren hübsche Kinder, und auch leidlich intelligent, das konnte niemand leugnen. »Nun kommt. Ich glaube, so geht's schon.« Er führte sie zur Tür der Bibliothek und sie traten zusammen ein.

Mary stand beim Fenster. Sie drehte sich um und stand ihnen erschrocken gegenüber. Sie fühlte, wie sie vor Aufregung blaß wurde. Der Augenblick überwältigte sie – der Augenblick der Begegnung mit ihrem neuen Herrn und ihren künftigen Schülern. Blitzschnell begriff sie ihre Unzulänglichkeit, begriff, daß sie der Lage nicht gewachsen war. Sie hatte noch nie unterrichtet, sie wußte überhaupt nichts von Kindern. Sie wußte noch nicht einmal, wie sie mit andern Menschen zu leben hatte. Sie mußte sich wappnen gegen ihre aufsteigende Panik und – nach dem ersten Blick – gegen ihre Verwirrung. Sie hatte einen Mann in mittleren Jahren erwartet, vielleicht etwas jünger als Mr. Ernest Whiteoak. Ein Witwer war für sie gleichbedeutend mit nicht mehr jung, und ›Kinder‹ stellte sie sich immer als liebe kleine Schätze vor. Und nun stand sie vor einem jungen Mann – mit den schönsten blauen Augen, die sie je gesehen hatte, und er lächelte ihr zu, und vor zwei Kindern, die keineswegs wie ›liebe kleine Schätze‹ aussahen.

Philip sagte: »Entschuldigen Sie, daß wir Sie warten ließen, Miss Wakefield. Ich bin Philip Whiteoak und das sind Meg und Renny.« Er streckte ihr die Hand hin, nahm die ihre, sie spürte den warmen Druck seiner Finger und ihre Panik ließ nach.

Sie schüttelte den Kindern die Hand. Megs rundes Gesicht war ausdruckslos wie ein Ei Mary zugekehrt, aber gerade in diesem Mangel an Ausdruck lag die verborgene Feindseligkeit. Rennys glänzende braune Augen musterten sie scharf und mißtrauisch. Er lächelte matt und korrekt, als habe er steife Lippen, dann schloß er sie fest. Philip erkundigte sich nach ihrer Reise, und dann gingen alle ins Eßzimmer und nahmen ihre Plätze am Tisch ein, Mary zwischen den beiden Kindern, Philip am Kopfende der Tafel.

»Wir haben schon gefrühstückt«, sagte Meg. »Ich hatte es vergessen.«

»Ach ja, wir haben schon gefrühstückt, Daddy. Wir möchten nicht zweimal frühstücken.« Renny explodierte plötzlich mit einem schrillen Kleinjungenlachen. Er sprang vom Stuhl, lief zu seinem Vater und warf die Arme um seinen Hals.

»Ich könnte noch eine Kleinigkeit essen«, sagte Meg. »Nettle hat mir so gut wie nichts gegeben.«

Philip sah Mary mit lachenden Augen an. »Ich nehme an, die englischen Kinder, die Sie unterrichtet haben, hatten vollkommene Manieren«, sagte er.

»O nein.« Mein Gott, und wenn er sie jetzt fragte, wieviele sie unterrichtet hatte? Ihr wurde am ganzen Körper heiß. Eliza bot ihr Porridge an und einen Becher der herrlichsten Milch, die sie je gesehen hatte. »Danke«, sagte sie, und fing tapfer an zu essen.

Es war Meg, die die gefürchtete Frage stellte. »Bei wieviel Kindern waren Sie schon als Gouvernante?«
»Nicht bei vielen. Genau gesagt, nur bei einem – längere Zeit.«
»War's ein Mädchen?«
»Ja.«
»Und wie lange waren Sie bei ihr?«
Mary war überzeugt, die Kinder wußten, daß sie auswich. Sie wurde noch röter, aber sie wandte sich mit aller Würde, die sie aufbringen konnte, an Philip. »Ich hoffe, Mr. Ernest Whiteoak hat Ihnen nicht gesagt, daß ich viel Erfahrung besitze. Ich habe nicht die Absicht gehabt, diesen Eindruck zu erwekken – denn er wäre unrichtig.«
Philip lächelte gutmütig. »Viel Erfahrung können Sie freilich nicht haben. Nicht in Ihrem Alter.«
»Tatsächlich« – es mußte heraus! – »habe ich nur ein einziges Zeugnis.«
»Nur eins!« rief Meg, obwohl ihre Miene sich nicht veränderte.
»Still«, befahl Philip. »Iß deinen Porridge.«
»Ich mag nicht. Ich hab' gesagt, 'ne Kleinigkeit – aber doch keinen Porridge!«
»Ich glaube«, sagte Mary, »Ihr Bruder war in großer Verlegenheit, als er mich engagierte. Sehen Sie, die andere hatte sich nämlich die Beine gebrochen.«
Philip nickte voll Mitleid mit der abwesenden Gouvernante, aber die Kinder brachen in höhnisches Gelächter aus. »Die Beine gebrochen!« rief Renny. »Alle beide Beine gebrochen? Dann war sie nicht mehr zu brauchen. Hat man sie erschossen?«
»Ha ha ha!« Meg schüttelte sich vor Lachen. »Hat man so was je gehört? *Hat* man sie erschossen, Miss Wakefield?«
Was für junge Barbaren, dachte Mary und bekam fast Angst vor ihnen. Sie sahen so in sich abgeschlossen aus, so fest in ihren Grundlagen – alle drei. Was lag hinter dem gutmütigen Lächeln des jungen Vaters? Sie sah seine hübschen Hände, als er Renny mit einem Stups zu seinem eigenen Stuhl hinschickte, sah seinen hübschen Kopf mit dem dichten, ziemlich unordentlichen blonden Haar – aber das Faszinierende waren seine Augen – nicht mit dem geheimnisvollen, züngelnden Feuer schöner dunkler Augen, die sie bisher immer am stärksten beeindruckt hatten und die sie sich immer für ihren Mann gewünscht hatte, sondern mit einer milden, tiefen, liebreichen Bläue hinter den schöngeschnittenen Lidern; Mary hörte auf, ihr weiches Ei zu essen und schloß eine Sekunde die Augen um bessere und richtigere Worte für Philips Augen zu finden.
»Diese Kinder sind des Teufels«, sagte er. »Und den werden Sie ihnen austreiben müssen!«
»Warum haben Sie die Augen zugemacht, Miss Wakefield?« fragte Meg.
»Um etwas weniger von dir zu sehen«, antwortete der Vater an ihrer Stelle.

»Und jetzt keine Fragen mehr! Jetzt sprecht ihr nur, wenn ihr gefragt werdet!«
In Marys Furcht vor der Aufgabe, die vor ihr lag, mischte sich eine merkwürdige Heiterkeit. War es die Wärme, das Unbeschwerte von Philips Gegenwart, die solch einen scharfen Gegensatz bildete zu der nervösen Reizbarkeit ihres Vaters? Sie hatte ein seltsam zurückgezogenes Leben mitten im Herzen von London geführt, er hatte immer von ihr erwartet, daß sie zur Hand war, wenn er heimkam, und sie hatte nie gewußt, wann sie ihn erwarten durfte. Sie neigte dazu, die Sklavin eines Mannes zu sein, obwohl sie das immer abgestritten hätte. Machte das Zusammensein mit diesem prachtvollen Mann sie so heiter? Denn prachtvoll war er, das konnte niemand bestreiten, wie er da am Haupt seines Tisches saß, die breiten Schultern ein wenig vorgeneigt, und Honig auf die dicke Scheibe schneeweißen, hausgebackenen Brotes strich.
»Unser eigener Honig«, sagte er, wie um sie zu beruhigen.
»Wirklich? Wie nett.«
»Haben Sie Angst vor Bienen? Vor den Stichen, meine ich.«
Sie bemerkte erst jetzt, daß er einen ganz kleinen Sprachfehler hatte. Das S klang undeutlich – immer ein wenig zu breit und stumpf. In Wirklichkeit war Philip als Kind zu träge gewesen, gegen diesen Fehler anzugehen, obwohl ihn seine Mutter oft genug dazu ermahnt hatte, und jetzt als Mann hatte er ihn ganz vergessen.
»Ich fürchte ja. Das heißt, ich glaube, ich würde Angst haben. Ich kann mich nicht erinnern, daß mir jemals eine Biene zu nahe gekommen ist.«
Wieder zerschnitt Rennys schrilles Auflachen die Luft.
»Benimm dich!« sagte der Vater.
Meg, die nicht sprechen durfte, deutete auf den Honig, der in der Wabe glänzte, und dann auf ihren Mund. Philip blinzelte Mary zu, als wolle er sagen: Sieh nur, wie ich sie erzogen habe! Dieses Blinzeln zerbrach mehr Schranken als ein Monat gewöhnlicher Freundlichkeit es gekonnt hätten. Das obere und das untere Lid berührten sich eine Sekunde über dem schönen Blau des Augapfels, verbargen ihn, dann öffneten sie sich wieder und das Auge blickte sie lächelnd an.
Er reichte Meg den Honig, dann wies er auf zwei Ölgemälde hinter Mary und sagte: »Das sind meine Eltern. Mein Vater ist tot. Aber meine Mutter werden Sie dieser Tage kennenlernen. Sie ist ein Charakter. Ein Original. Sie ist jetzt über die Mitte der Sechzig, aber das sieht ihr kein Mensch an.«
Mary drehte sich um auf ihrem Stuhl, um die Porträts anzusehen, und Philip nahm die Gelegenheit wahr, um sie gründlich zu betrachten. Ihm gefiel ihre Frisur, sie hatte das Haar in einer Art französischer Rolle auf dem Hinterkopf aufgesteckt. Ihm gefiel auch die lange, anmutige Linie ihres Halses und ihrer Schultern – zu schade, daß sich die Frauen diese breiten Seidenbänder zweimal um den Hals schlangen und sie dann im Nacken mit einer großen Schleife

zusammenbanden. Das Band, das Mary trug, war hellblau mit weißen Tupfen, ihre Bluse weiß und ihr marineblauer Sergerock ging genau bis zum Spann. Sie sah frisch aus an diesem Morgen; er fand sie sehr jung. Sie war eine angenehme Überraschung, und seine Freude daran spiegelte sich in seinem hübschen Gesicht.
»Was für gute Bilder!« sagte sie, »und wieviel Freude müssen Sie daran haben! Meine Mutter war sehr hübsch, aber ich habe nur ein ziemlich verblaßtes Foto von ihr.«
»Ich vermute, Sie sind ihr ähnlich.« Sie fühlte seinen plötzlich etwas kühnen Blick, der sie musterte und wurde rot. Sie nickte. »Man sagt es allgemein. Und Sie gleichen Ihrem Vater.«
Er schob die Lippen vor und verzog die Stirn. »Es soll ein zu bescheidenes Bild von ihm sein, sagte meine Mutter. Er trägt darauf die Husaren-Uniform, obwohl seine Familie – sie waren alle Militärs – gewöhnlich bei den Buffs war. Die beiden Bilder wurden in London gemalt, ehe meine Eltern nach Kanada kamen. Sie brachten sie auf dem Segelschiff mit herüber. Sie haben dieses Haus gebaut. Ich bin hier geboren, ebenso mein Bruder, den Sie in London kennenlernten. Hübsches Haus – finden Sie nicht?«
»O ja«, stimmte sie begeistert zu.
»Ich züchte Pferde«, fuhr er fort, wie um ihre Bekanntschaft zu fördern.
»Wie interessant!« Sie beugte sich ein wenig zu ihm vor, und Meg starrte forschend in ihr Gesicht.
»*Und* Kühe.«
»Wie nett!«
»Und ein paar Schafe, Southdownschafe.«
»Schafe mag ich furchtbar gern.«
»Leider auch Kinder. Fürchterliche Kinder«, fuhr er fort. »Eine absolute Landplage. Ich glaube, ich muß sie irgendwie losschlagen – es sei denn, Sie können etwas Vernünftiges aus ihnen machen.«
Wieder kam Rennys schrilles Lachen, und diesmal klang es Mary, als läge eine Portion Spott darin.
»Ich werde mir – werde mir die größte Mühe geben.« Sie straffte die Schultern und versuchte, sehr tüchtig auszusehen. »Im Ernst: es ist eine schwierige Aufgabe für einen Mann, wenn keine Mutter da ist.« Wenn er auf Mitleid aus war, so fand er in Marys Augen, was er suchte. »Nun ja, der Mensch muß eben sein Bestes tun.«
»Und ich glaube, Sie haben es prachtvoll gemacht.«
»Hörst du das, Renny? Miss Wakefield findet, ich bin ein äußerst erfolgreicher Vater. Mit andern Worten, sie findet, ihr seid prächtige Kinder!« Er legte den Arm um den kleinen Jungen und wandte sich dann voll Vaterstolz an Mary: »Ich wette, Sie können in England keinen besseren Teint erzielen.« »Sie sehen

blühend gesund aus.« Sie bekam immer mehr Angst davor, mit den Kindern alleinzubleiben. Sie hatten so etwas Einschüchterndes. Sie waren alles andere als kleine Becher, die darauf warteten, mit Schulweisheit gefüllt zu werden . . .
»Ich habe ein paar Bücher mitgebracht.«
»Gut. Und sie haben auch welche. Wenn Sie irgend etwas brauchen, lassen Sie mich's wissen; und nun muß ich an meine Arbeit gehen – und ihr, Kinder an die eure. Renny!«
»Ja, Daddy?«
»Keine Fisimatenten! Meg!«
»Ja, Daddy?«
»Sei ein braves Mädchen. Hilf Miss Wakefield.«
Einen Augenblick später war Mary allein mit den beiden, die dastanden und sie abschätzend betrachteten. Sie lächelte so zuversichtlich wie möglich und fragte: »Halten wir den Unterricht im Wohnzimmer ab?«
»Um Gotteswillen!« antwortete Meg. »Das ist doch Daddys Rauchzimmer.« Sie musterte Mary weiter mit kühlem Blick. Der Junge sprach nicht, er legte die Hand auf den Türknopf und wiegte den Körper leise hin und her.
»Dann zeigt mir das Schulzimmer.« Mary legte den Arm um Megs Schultern. Meine Güte, die waren fest und gut gepolstert! Und durch das Kleid hindurch spürte Mary den Widerstand. Meg entzog sich Marys Arm, und Mary dachte: Das ist das letzte Mal, daß ich meinen Arm um jemand lege, der mich nicht dazu auffordert.
Meg ging voran in die Halle. Eine Tür – der des Eßzimmers gegenüber – stand offen. Mary sah hinein, nur ganz flüchtig, aber beide Kinder bemerkten es. Sie warfen einander einen Blick zu und lächelten geheimnisvoll.
»Das ist Grannys Zimmer«, sagte Renny mit seiner hohen Stimme. »Sie wird bald kommen. Jeder hat Angst vor ihr.« Er starrte Mary an, um die Wirkung seiner Worte zu registrieren. »Sie war's auch, die Miss Turnbull weggeschickt hat«, fügte Meg hinzu.
»Warum?« fragte Mary unwillkürlich.
»O . . . sie hat ihr nicht gefallen.«
»Wollen Sie das Zimmer ansehen?« fragte Renny. Er machte die Tür weit auf und stelzte mit Besitzermiene hinein. »Ich darf hier drin tun, was ich will. Kommen Sie nur.«
Meg nahm Mary bei der Hand und zog sie hinein. »Sehn Sie sich's lieber gleich an«, sagte sie. »Denn wenn Granny da ist, dürfen Sie's nicht.«
»Ich darf immer«, sagte Renny. »Sehen Sie, das ist ihr Bett.«
Mary sah ein reichverziertes Lederbett, mit üppigen Blumen und Früchten bemalt; zwischen den leuchtenden Blumenblättern erschienen grinsende Affengesichter, und an den Blütenblättern hingen Schmetterlinge mit schweren Flügeln wie in sinnlichem Taumel. Über der Matratze lag eine Decke aus indischer

Seide, mit goldenen und bläulichen Fäden gestickt. Auf dem Kamin stand die Figur einer chinesischen Göttin und zwischen den englischen Nußbaummöbeln waren mehrere Stücke mit Elfenbeinintarsien verstreut. Das Zimmer hatte etwas Halborientalisches, das Mary zuwider war, aber draußen vor dem offenen Fenster breitete ein weißer Fliederstrauch seine Blütendolden aus und erfüllte die Luft mit Wohlgeruch. Mary stellte sich die junge Frau auf dem Bild in diesem Zimmer vor, mit den schöngeschwungenen roten Lippen und den braunen Augen, und versuchte dann, sich eine Vorstellung derselben Frau mit fast siebzig zu machen. Vielleicht war sie gebeugt und jammerte über ihren Rheumatismus. Sie sagte: »Du hättest mich nicht hier hereinziehen sollen, Meg. Kommt, wir müssen an unsere Arbeit!« Sie nahm Rennys Hand und war überrascht durch das feste Zugreifen der kleinen harten Finger. Er zupfte an ihrer Hand. »Gefällt's Ihnen?« fragte er beharrlich. »Würden Sie gern hier schlafen?«
»Nein!« sagte sie energisch. »Und nun zeigt mir das Schulzimmer.«
»Es *gefällt* Ihnen nicht?«, rief er, und sein kleines Gesicht war bekümmert und sogar ärgerlich. – »Aber – es ist doch so'n schönes Zimmer!«
Mary beeilte sich zu sagen: »Ich meine doch nicht, daß ich's nicht schön finde. Ich meinte nur, für mich ist's zu großartig. Ich mag lieber in einem einfachen Zimmer schlafen.«
»Mögen Sie das Zimmer, das Sie haben?« Jetzt schwenkte er sich an ihrer Hand hin und her wie vorhin an der Türklinke.
»Ja, sehr gut. Und nun zeigt mir bitte das Zimmer, in dem wir arbeiten werden.«
Sie schossen, einem gemeinsamen Impuls folgend, in die Halle und die beiden Treppen hinauf. Mary hörte eine Tür zuschlagen. Würdevoll folgte sie ihnen nach oben. »Kinder!« rief sie. Renny riß die Tür des Kinderschlafzimmers auf und blieb ihr gegenüber stehen. Hinter ihm sah sie einen mit Büchern bedeckten Tisch. »Meines Erachtens«, sagte er, »bin ich zu alt, um mich von 'ner Frau unterrichten zu lassen.«
»Nun, zu diesem Zweck hat mich dein Vater engagiert, also müssen wir das Beste draus machen – meinst du nicht auch?« Mary versuchte, ein heiteres Lächeln beizubehalten, aber sie fand den kleinen Burschen ziemlich beängstigend.
»Meines Erachtens«, antwortete er, »wissen Sie nicht genug.« Meg warf sich in einen abgenutzten Ledersessel und barst beinahe vor Lachen.
»Ich weiß mehr als du denkst. Also komm, sei ein guter Junge.«
»Meines Erachtens, meines Erachtens, meines Erachtens«, plapperte er weiter. Er sprach mit gezierter Stimme und zog die Augenbrauen anmaßend hoch.
Mary fing an, die Nerven zu verlieren. Was, wenn sie nicht mit ihnen fertig werden konnte? Und wenn sie das Philip Whiteoak eingestehen mußte?

Plötzlich änderte Renny seine Taktik. Er lief zu einem Schrank, machte ihn auf und fing an, in einem Fach zu wühlen. Dann kam er zu ihr mit einem Glas in der Hand.
»Möchten Sie sie sehen?« fragte er.
Meg sprang auf und trat an seine Seite.
»Was denn?« fragte Mary erleichtert, aber mißtrauisch.
Er hielt ihr das Glas dicht vors Gesicht. Sie erkannte nur zwei abstoßende rötlichbraune Gebilde darin.
»Meggies Mandeln!« schrie er triumphierend.
»Wie schrecklich!« Sie wich angeekelt zurück.
»Meines Erachtens sind sie mein größter Schatz!« Er betrachtete die scheußlichen Dinger mit verzückter Aufmerksamkeit.
»Warum sagst du ständig, ›meines Erachtens‹?« fragte Mary, um das Thema zu wechseln.
Rennys Schwester antwortete für ihn. »Weil Miss Turnbull das immer sagte. Gefällt's Ihnen nicht?«
»Nein. Mir klingt es sehr blasiert.«
Renny wollte sie nicht merken lassen, daß er das Fremdwort nicht verstand. »Gerade deshalb gefällt's mir«, sagte er.
Sie hörten einen Schritt auf der Treppe. Die Kinder kannten ihn gut, und Mary ahnte, wer es war. Philip kam ins Zimmer. Sein ruhiger Blick musterte eine Sekunde die kleine Gruppe, ehe er sprach, dann sagte er: »Nun höre mal – du hast ja eine merkwürdige Art, Miss Wakefield zu unterhalten. Bist du überzeugt, daß sie solche Dinge mag?«
Die Kinder standen regungslos, nur daß Renny die Mandeln ein wenig schaukelte.
»O ... es macht mir nichts aus«, sagte Mary.
»Stell sie weg, Renny. Nein, gib sie mir. Ich werde sie eine Zeitlang aufheben.« Das Glas wanderte von Rennys Hand in die seine. »Aber ich komme herauf, um euch zu sagen, daß ich heute nachmittag auf eine Farm fahren muß – zehn Meilen am See entlang, Miss Wakefield – und wenn die Kinder brav sind – ich meine *sehr* brav – dann könnt ihr alle drei mitkommen – das heißt, wenn Sie gerne fahren, Miss Wakefield.« Er sah sie fragend an.
»O – ich würde sehr gern mitfahren.« Dankbarkeit erfüllte ihr Herz. Wenn sie nur diese ersten paar Tage durchhalten konnte, dann würde alles gut werden.
»Wenn Sie Schwierigkeiten mit ihnen haben, Miss Wakefield, irgendwelche Schwierigkeiten, meine ich« – sein Blick ruhte jetzt auf den Kindern –, »dann lassen Sie mich's bitte wissen.« Er ging, war aber noch nicht auf der Treppe, als sich Renny schon vor Mary aufpflanzte und schnarrte: »Meines Erachtens –«

»Was sagst du da?« rief Philip zurück.
»Nichts, Daddy ... wir fangen bloß an zu arbeiten.«
Philip lächelte vor sich hin, als er die Treppe hinabstieg. Er würde es nicht dulden, daß dieser freche kleine Bengel einem so reizenden Mädchen das Leben zur Hölle machte. Jedesmal, wenn er Mary ansah, staunte er mehr über ihre Erscheinung. Welcher Teufel hatte Ernest geritten, eine solche Schönheit zu engagieren? Er hätte gewettet, wenn sie sich bei seiner Mutter oder Schwester vorgestellt hätte, dann wäre sie nie engagiert worden. Sie hatten sich sichtlich Mühe gegeben, recht reizlose weibliche Wesen als Gouvernanten für die Kinder auszusuchen. Nun, sie brauchten sich keine Sorgen zu machen. Er hatte nicht die Absicht, sich wieder zu verheiraten. Er war recht zufrieden mit allem, wie es war. Er besaß ein schönes Gut, und keine andere Beschäftigung hätte ihm mehr zugesagt. Er konnte von morgens bis abends alles tun, was er gern tat. Immer empfand er tiefe Dankbarkeit für seinen Vater, daß er Jalna gerade ihm hinterlassen hatte. Weder Nicholas noch Ernest hätten es auch nur halbwegs so geschätzt. Das hatte der Vater wohl gesehen. Die Alte Welt war mehr nach ihrem Geschmack – London und Paris, und gelegentlich ein kleiner Abstecher nach der Riviera. Nun, er, Philip, war ganz und gar für die Neue Welt. Er war für Kanada – und Kanada war ihm gleichbedeutend mit Jalna. Seine beiden Brüder hatten ihren Anteil am Vermögen des Vaters bekommen. Nicholas hatte einen Teil davon für sein verschwenderisches Leben verbraucht. Schöne Pferde, eine elegante Equipage und eine Frau, die ganz und gar Gesellschaftsmensch war, das alles war in London nicht billig. Gott sei Dank war Nicholas sie jetzt los. Freilich war so eine Scheidung immer ein scheußlicher Skandal, aber schließlich war sie ja weggelaufen und hatte Nicholas im Stich gelassen, und nicht umgekehrt; der eine Besuch, mit dem sie Jalna beehrt hatte, war eine Prüfung gewesen. Sie hatte sich so verdammt überlegen und hochmütig benommen, und es endete mit einem Krach zwischen ihr und Mama ... Nun, da war Ernest ein ganz anderer Mensch. Er war gescheit. Geldanlagen, für Philip sozusagen böhmische Dörfer, waren für Ernest ein Kinderspiel. Wahrscheinlich würde er ein sehr reicher Mann werden. Philip dachte voll Hochachtung an ihn.
Draußen auf der kiesbestreuten Einfahrt sah er einen Dogcart, und so eben stieg sein Schwiegervater heraus, Dr. Ramsay. Er war von Geburt Schotte, ein Mann von fast siebzig, aber er ging noch immer seiner ziemlich großen und sehr weit verstreuten Landpraxis nach. Er war hager, knochig, aber gut gebaut, von Natur aus sehr kritisch und überaus stark überzeugt von der Richtigkeit seiner eigenen Meinung. Er betrachtete seinen Schwiegersohn mit einer Mischung aus Zuneigung und Mißbilligung. Er war zutiefst befriedigt gewesen, als Philip seine Tochter Margaret heiratete. In seinen Augen gab es im Land keine bessere Partie für sie als Philip. Aber Philips träge Art, seine nachlässige

Haltung und sein wenn auch sehr geringfügiger Sprachfehler waren Quellen der Erbitterung für Dr. Ramsay. Philip war nicht der Mann, der sein Vater, Captain Whiteoak von den Leibhusaren der Königin, gewesen war.
Der Tod seiner Tochter war ein schwerer Schlag für Dr. Ramsay. Er hatte sie in ihrer Krankheit selbst behandelt, und das Ende war schrecklich unerwartet gewesen. Er hatte nichts unversucht gelassen, um sie zu retten. Seit ihrem Tod hatte er im innersten Herzen das Gefühl, er müsse, da sein ganzes ärztliches Können ihr nicht geholfen hatte, wenigstens sein Äußerstes tun, um ihren Platz in Philips Herzen freizuhalten. Auf irgendwelche geheimnisvolle Art erleichterte das seine Seele von der Last ihres frühen Hinscheidens. Sie war ein eifersüchtiges Mädchen gewesen und hatte nie geduldet, daß Philip einer andern auch nur einen bewundernden Blick schenkte, obwohl Dr. Ramsay das nicht begriffen hatte, denn sie war so klug und so hübsch wie nur irgendein Mädchen in der ganzen Gegend. Er war tief verletzt, daß keins ihrer Kinder ihr glich. Er faßte es beinahe als persönliche Beleidigung auf. Meg schlug nach den Whiteoaks, und der Junge zeigte immer mehr alle körperlichen Merkmale seiner irischen Großmutter. So sehr der Doktor Adeline Whiteoak bewunderte – sie war eine gutaussehende Frau – aber wenn der Junge schon nach einem seiner Großeltern ausfallen sollte, warum dann nicht nach ihm?
»Guten Morgen!« rief Philip mit seiner vollen, herzlichen Stimme hinaus.
»Guten Morgen.« Doktor Ramsay sprach, obwohl er seit fünfundvierzig Jahren in Kanada lebte, einen sehr merklich schottischen Akzent.
»Ein schöner Tag heute!«
Philip sah, daß Dr. Ramsay in seinem Gedächtnis nachgrub, um ein geeignetes Zitat von Robert Burns zu finden – wie etwa ein Mann seine Tasche nach einem passenden Geldstück durchsucht. Jetzt hatte er es, und lächelnd fing er an zu deklamieren:

»Laut ruft die Stimme der Natur,
Laut jauchzen Himmel, Wald und Flur:
Das Leben ist in *uns* geweiht,
In *uns* ist die Unsterblichkeit.«

»Sehr wahr«, bestätigte Philip, »sehr wahr. Herrliches Wetter – da wächst alles. Wird eine gute Ernte.«
Der Doktor nahm ihn beim Rockaufschlag. »Dieses Land«, sagte er, »wird in Schwierigkeiten kommen, wenn die Preise weiter so steigen. Ich habe heute früh eingekauft – und was meinst du, was man für Schinken zahlen mußte? Dreizehn Cents das Pfund! Es ist lächerlich. Eier fünfzehn Cents das Dutzend statt einem Cent pro Stück! Butter zwanzig Cents das Pfund! Der Ruin steht uns bevor, wenn wir nicht –«
Philip unterbrach ihn: »Aber mein Lieber, warum willst du diese Dinge durch-

aus kaufen, wenn du doch genau weißt, daß wir sie hier auf der Farm produzieren und du dir bloß zu holen brauchst, was du willst!«
»Aber ich kaufe sie doch nicht«, sagte der Doktor. »Ich habe nur die Preise festgestellt.«
Er war durchaus willens, diese kleinen Gaben anzunehmen, zumal er das Gefühl hatte, daß die ärztliche Aufsicht über die Kinder sie durchaus rechtfertigten. Den Erwachsenen in Jalna schickte er seine Rechnungen, die immer sehr bescheiden waren. »Heute früh brauche ich nichts, schönen Dank. Ich bin nur hergekommen, weil ich fragen wollte, ob die Kleinen Lust hätten, mich auf meiner Runde zu begleiten. Es wäre eine Abwechslung für sie.«
Die Kinder waren aber über das Alter hinaus, in dem sie an den ›Runden‹ ihres Großvaters Freude hatten. Jetzt besaßen sie eigene Ponys, und außerdem erwartete er ein zu gelassenes Betragen von ihnen – und er neigte zur Lehrhaftigkeit. Philip dankte Dr. Ramsay. »Sie sind gerade bei ihren Schulaufgaben, Dad. Die neue Gouvernante ist nämlich gestern abend angekommen.«
»Ach, wirklich? Nun, und wie ist sie?«
»Sehr nett.«
»Sehr nett!« wiederholte der Doktor gereizt. »Darunter kann ich mir nichts vorstellen. Ich meine, ist sie eine durch und durch energische Persönlichkeit und einigermaßen gelehrt?«
Philip streichelte den Hals des Pferdes. »Ich fand noch kaum Zeit, mir ein Urteil zu bilden. Ich nehme an, mein Bruder hatte das Terrain sondiert.«
»Hm. Wie alt ist sie?«
»Schwer zu sagen. Ziemlich jung.«
»Unter vierzig?«
»Ja.«
»Ich bin da nicht einer Meinung mit dir, daß du dir durchaus immer Engländerinnen kommen läßt, um die Kinder zu erziehen. Ja, wenn es wenigstens Schottinnen wären – das wäre etwas anderes.«
»Ach, das liegt hauptsächlich an meiner Mutter und Ernest. Nebenbei, er hat kürzlich wieder ein paar erstaunlich gute Investitionen getätigt.«
»Das ist fein. Gewöhnlich sind diese Spekulationen das ganze Gegenteil.«
Philip sah seinem Schwiegervater nach, der, kerzengerade sitzend, in seinem alten Dogcart forttrabte – was würde er wohl sagen, wenn er Miss Wakefield erblickte? Ja, ›erblickte‹ war das richtige Wort für so ein verblüffend hübsches Mädchen. Denn sie war verblüffend hübsch. Man vergaß, was man zu ihr sagen wollte, weil man sie anstarrte. Vielmehr sich bemühte, sie nicht anzustarren. Vielleicht war es nicht direkte Schönheit – aber diese biegsame gertenschlanke Gestalt und das Lächeln, das so etwas Melancholisches hatte . . . und ihr Mund zog sich, wenn sie lächelte, an den Winkeln eher ein wenig herab als hinauf . . . er war nicht sicher. Er mußte das nächste Mal aufpassen.

Die drei Spaniels, Sport und Spot und ihr halbwüchsiges Junges, Jake, kamen und sprangen ihm um die Beine, er beugte sich hinunter und verteilte seine Liebkosungen so gleichmäßig wie möglich, da Jake sich immer vordrängte und mehr haben wollte als die Eltern. Philip mußte ihn sanft wegknuffen, damit Sport und Spot zu ihrem Recht kamen.
»Schon gut, schon gut – kommt, wir gehen ein paar Schritte.« Er wandte sich dem Obstgarten zu, wo die Apfelbäume gerade gespritzt wurden. Sie versprachen eine gute Ernte. Das ganze Land, der Wald, die Felder glänzten an diesem Morgen wie vor lauter Wohlwollen. Das Haus trug seinen Mantel aus wildem Wein mit lächelnder Miene, als wisse es, wie kleidsam er war. Die Myriaden kleiner Blätter der Silberbirke zitterten vor Leben. Philip selbst hatte ein Gefühl fast schöpferischer Vollendung, als sei er ein Teil des geheimen Sinns des Universums.

4 Das Haus am See

Mary hatte während des übrigen Vormittags keine Schwierigkeiten mit den Kindern. Sie widmete ihn dem Versuch, sich mit ihnen anzufreunden, festzustellen, was sie bisher gelernt hatten und ließ sich dann ihre Lehrbücher zeigen. Einige hatten sie von ihrem Vater und ihren Onkeln übernommen, einige waren vierzig Jahre alt, mit Eselsohren und entsetzlich altmodisch – aber gerade diese liebten die Kinder am meisten. Es gab sogar ein zerfetztes Geschichtsbuch von Irland mit dem Mädchennamen ihrer Großmutter, *Adeline Court, Alter: 14 Jahre.* Die Bücher, die Ernest gehört hatten, waren in bedeutend besserer Verfassung als die von Nicholas, und am schlimmsten sahen die aus, in die Philips Name hineingekritzelt war.
Als Mary bei irgendeiner Gelegenheit Meg berührte, zog sich das Mädchen zurück, aber Renny lehnte sich mehrmals ganz absichtlich an ihre Schulter. Einmal sah er ihr aus allernächster Nähe in die Augen, und sie fragte sich, was wohl hinter dem geheimnisvollen Dunkel seiner Augen liegen mochte. Er konnte für einen Siebenjährigen recht gut lesen und schreiben. Sie bekam neuen Mut zu ihrer Arbeit. Der Vormittag ging rasch vorüber.
Um eins wurde gegessen, und die Kinder schwatzten während der ganzen Mahlzeit; ihr Vater ermutigte sie dazu. Er fühlte sich befangen vor der neuen Gouvernante. Sie war so ganz anders, als er erwartet hatte – er war sich ihrer Gegenwart in jeder Sekunde bewußt. Immer wieder stellte er sich das Gesicht vor, das seine Mutter machen würde, wenn sie Miss Wakefield sah, und immer kicherte er verstohlen bei diesem Gedanken.
Als er sah, wie hübsch sie sich zu der Ausfahrt angezogen hatte, hatte er das Gefühl, er hätte auch etwas zu seiner Verschönerung tun sollen – aber das

hätte ihm zuviel Mühe gemacht. Deshalb beschloß er, zu bleiben, wie er war, in einem ziemlich vertragenen alten Tweedanzug und einem abgegriffenen alten Strohhut. Aber nichts auf der Welt konnte so blitzblank sein wie sein Phaëton und die beiden davorgespannten Füchse. Dieser Glanz hatte viel Ellbogenschmalz gekostet. Sie rollten ihre schönen Augen vor Ungeduld, sich in Trab zu setzen. Marys Herz wurde beklommen, als sie sah, wie die polierten Hufe den Boden stampften. Würden sie sich von zwei Armen lenken lassen? Ihr langes Kleid hinderte sie beim Einsteigen. Sie stellte einen Fuß aufs Trittbrett und Philip faßte sie beim Arm, dann nahm er auch den zweiten und hob sie halb hinauf. Nun saß sie im Fond, und Meg kletterte nach ihr herauf.
Philip nahm dem Stallburschen die Zügel aus der Hand und gab mit einem leisen Schnalzen das Signal, auf das die Pferde gewartet hatten. Nun trappelten ihre Hufe auf dem Kies der Einfahrt und Steinchen spritzten auf den gutgepflegten Rasen. Als sie auf die Straße bogen und Mary merkte, wie meisterhaft Philip die Zügel führte und die beiden feurigen Tiere lenkte, verflogen ihre Ängste, und eine Art übermütiger Heiterkeit überkam sie. Es war berauschend, unter den ausgebreiteten Zweigen der großen Eichen die weiße Straße entlangzurollen, für den Augenblick ihrer Verantwortung enthoben und nur ihrer Freude hingegeben. Wieviele solcher Equipagen waren ihr in London begegnet, und wie hatte sie immer mit Neid auf ihre Insassen geblickt! Und jetzt war sie hier, in dem weiträumigen neuen Land, im Fond eines eleganten Wagens, hinter einem Paar herrlicher Pferde – und ihre Zöglinge waren artig und ihr Chef – aber nein, sie durfte nicht immer an ihn als an ihren Chef denken – wie gut saß sein Jackett auf seinen breiten Schultern, wie schön war der Haaransatz an seinem gebräunten Nacken. Und sogar während sie sich verbot, soviel an ihn zu denken, sang ihr Herz: Er ist wie kein anderer! Er ist bezaubernd!
Und doch hatte er mit ihr nur ein wenig über ganz alltägliche Dinge geplaudert, war dann auf den Fahrersitz hinter den Pferden gestiegen, und zeigte ihr jetzt seinen breiten Rücken. Der Zauber lag sicherlich nur darin, daß er so völlig anders war als die Männer, die sie bisher kennengelernt hatte. Es waren größtenteils Journalisten gewesen, Freunde ihres Vaters, hart arbeitend und oft in Geldnöten, oft bitter und enttäuscht. Philip Whiteoak sah aus, als habe er sich nie etwas gewünscht, was er nicht bekommen konnte, als habe er nie im Leben einen Kummer gekannt. Und doch hatte er Schweres erlebt. Er hatte die Mutter seiner Kinder begraben. Wahrscheinlich hatte er sie sehr geliebt, und dann hatte er sie verloren ... Aber seine blonde männliche Schönheit war davon unberührt geblieben.
Nun führte die Straße zum See. Der Strand kam näher an die Straße. Die Pferde krümmten ihre blanken Hälse und schielten auf das tanzende Wasser. Wenn sie jetzt scheuten und durchgingen ... oh! Sie warfen die eisernen Hufe hoch, ein Zittern lief durch die rotbraunen Haare ihrer Schwänze. Beim Pfeifen

eines Zuges, der in der Ferne vorbeifuhr, spitzten sie die Ohren. Eine Welle mit weißer Schaumkrone spritzte am Ufer auf. Die Pferde fielen in ein erschreckendes Tempo. Rechts flogen die Bäume und Felder vorbei, links wiegte sich die weite Wasserfläche. Mary streckte die Hand aus und ergriff die Lehne des Vordersitzes – sie konnte diese ängstliche Geste nicht unterdrücken.
Philip sah sie über die Schulter an und lächelte. »Die Tiere werden übermütig«, sagte er, »sie brauchen mehr Bewegung.«
»Daddy, bitte laß mich fahren!« Renny legte die Hände an die Zügel.
»O nein – bitte nicht!« Mary konnte nicht anders, sie mußte es sagen.
Meg warf ihr einen Blick voll gleichgültiger Verachtung zu. Um eine Kurve bog ein Farmwagen mit einer Ladung Ferkel für den Markt. Die Straße war schmal, und das Quietschen der durcheinandergeschüttelten Tiere hatte nur gefehlt, um die Pferde zum Galopp anzuspornen.
»Ruhig, ruhig, ruhig...« Philip legte seine Kraft auf die Zügel. »Ihr seid mir ein nettes Paar, ihr Füchse – euch vor Miss Wakefield so aufzuführen! Haben Sie keine Angst, es besteht keine Gefahr.«
Jetzt merkte Mary erst, daß sie aufgeschrien hatte.
Die Pferde beruhigten sich und fielen in einen munteren Trab. Philip schaute über die Schulter auf Mary. »Sie sind nervös, nicht wahr? Aber das wird sich bald geben.«
Meg sah sie wieder verächtlich an.
»Ich bin nicht an Pferde gewöhnt.« Mary errötete schmerzhaft. »Ich schäme mich sehr.«
»Daddy, laß mich fahren! Bitte!« Renny zupfte an Philips Ärmel. Philip gab dem Jungen die Zügel in die Hand, gleichzeitig warf er Mary einen beruhigenden Blick zu. »Ängstigen Sie sich nicht, Miss Wakefield. Renny versteht verdammt gut mit den Zügeln umzugehen. Und im übrigen sitze ich ja neben ihm. Die Pferde sind wirklich brav und tugendhaft.«
Marys Furcht war vorbei. Sie gab sich der Freude an der Geschwindigkeit dieser muskulösen Geschöpfe in der Hand des kleinen Jungen hin, der mit vor Stolz steifem Rücken und ausgestreckten Armen dasaß, die Zügel in den dünnen Kinderhänden. Philip hatte den Arm auf die Rückenlehne gelegt, und Mary sah an seiner Hand den Ring mit dem eingelassenen Karneol – an der Hand, die sie in den Wagen gehoben hatte. Myriaden Blätter, zahlreich wie die Wellen im See, spreizten sich im Sonnenschein, Schmetterlinge spürten Kraft in den neuausgebreiteten Flügeln, die Vögel verstummten, um den Hufschlag anzuhören. Der Wagen rollte aus dem kühlen Schatten in die blendende Sonne. Meg lehnte in trägem Wohlbehagen in ihrem Sitz. Es ist herrlich, dachte Mary. Hier werde ich glücklich sein. Lieber Gott, ich danke dir, daß ich ihn bekommen habe. Das kleine Dankgebet kam ihr aus tiefstem Herzen. Auf irgendwelche geheimnisvolle Weise war sie glücklicher als je zuvor.

Dann hatten sie die zehn Meilen geschafft – zehn ganze Meilen, und den Pferden war keine Spur von Anstrengung anzumerken! An kleinen Farmen waren sie so schnell vorbeigefahren, daß Mary gar nicht Zeit hatte, die Bauweise zu betrachten, so bald waren sie außer Sicht. Sie kamen durch ein stilles Dorf, wo sie nur einem einzigen Fuhrwerk begegneten, wo aber die Ladeninhaber in der Hauptstraße vor die Tür kamen, um sie vorbeifahren zu sehen. Philip Whiteoak schien jeden Menschen hier zu kennen.
Als er die Pferde durch ein imposantes steinernes Tor lenkte, bemerkte er: »Hier wohnen die Craigs.«
»Kennen wir sie?« fragte Renny mit seiner klaren Stimme.
»Ich kenne sie. Mr. Craig ist krank gewesen. Er will seine Pferde verkaufen. Ich werde sie kaufen.«
»Ei – fein!« rief Meg.
Sie hielten vor einem etwas anspruchsvollem Steinhaus, das nahe am Ufer gebaut war – das erste einer ganzen Reihe ähnlicher Häuser, von einigen Stadtleuten errichtet, die sich hier zur Ruhe gesetzt hatten. Offenbar wurden sie schon erwartet, denn ein Mann kam heraus und hielt die Pferde, und im selben Augenblick erschien eine große, gutgewachsene Frau von etwa dreißig auf der Veranda, auf der eine Menge Blumenständer mit Schwertfarnen und Palmen standen. Im Schutz dieser üppigen Pflanzen hing eine rot und gelbe Hängematte mit langen Fransen – wahrscheinlich war die junge Frau soeben herausgestiegen. Marys erster Gedanke war: wie konnte sie in einer Hängematte liegen und dabei so gepflegt aussehen? Es war etwas eisern Adrettes an ihrem Gürtel und dem ›Steh-Umlegekragen‹ ihrer Bluse mit dem steif gestärkten Vorderteil. Sie trug einen modischen Kamm in ihrem hellbraunen Haar, und ihre weitoffenen hellen Augen waren intelligent. Die Nase mit den breiten Flügeln war kurz und etwas stumpf.
»Ich bin Miss Craig«, sagte sie, »und ich werde Sie zu unserer Sonnenseite führen, wo mein Vater Sie in seinem Rollstuhl erwartet.«
Sie reichte Philip die Hand und fuhr dann fort: »Vielleicht möchten die Kinder und Ihre . . .« Sie zögerte.
»Das ist Miss Wakefield. Sie ist gerade aus England gekommen und will versuchen, diesen beiden kleinen Wilden etwas Bücherweisheit einzutrichtern. Wäre es Ihnen recht, wenn sie sich ein bißchen umsehen, während ich mit Ihrem Vater spreche? Das heißt, wenn er sich wohl genug fühlt, mich zu empfangen.«
»Er wird sich sehr freuen.« Miss Craig nickte kühl – wenigstens schien es Mary so, als sie die runden hellen Augen auf sich ruhen fühlte, den Kindern aber lächelte sie freundlich zu. Ihre Stimme war tief und angenehm. »Vater vermißt die Gesellschaft anderer Männer, obwohl seine Pflegerin und ich unser Bestes tun, um ihn zu unterhalten.«

Philip half Mary aussteigen. Die Kinder kletterten herunter. Sie versuchten, bei ihrem Vater zu bleiben, aber er schickte sie zurück zu Mary. Miss Craig ging voran und Philip folgte ihr ums Haus, wo sie in einer schattigen Nische Mr. Craig mit der Krankenschwester fanden, die ihm etwas vorlas. Er hatte einen Schlaganfall gehabt, und die eine Gesichtshälfte schien ein wenig herabgesunken, aber er hatte frische Farben und sah durchaus nicht krank aus. Die Pflegerin war stämmig, mit kleinen blanken schwarzen Augen und einem festgeklebten Lächeln. Sie stand auf, und als sie einander vorgestellt waren, ging sie fort und gesellte sich zu Mary, die ein großes Beet voll Geranien und Koleen bewunderte. Die Kinder waren verschwunden. Die Pflegerin begann sogleich mit plumper Vertraulichkeit mit Mary zu plaudern. Mary stand zurückhaltend da und wäre gern weggegangen.
»Ich glaube, ich muß mich nach den Kindern umsehen«, sagte sie.
»Ach, die finden Sie nicht! Sie sind ihrem Vater nachgelaufen – hinüber zum Stall. Ein nettes Haus – meinen Sie nicht?«
»Ja, sehr hübsch.«
»Es ist schrecklich schwer für Mr. Craig, so krank zu sein – und nachdem er doch gerade erst das Haus gebaut hat – nicht wahr?«
»Ja, freilich.«
»Miss Craig ist eine reizende Person.«
»Ja? Wie nett!«
»Und eine sehr liebevolle Tochter.«
»So?«
»Es ist für sie natürlich auch hart.«
»O ja.«
»Kommen Sie aus London?«
»Ja.«
»Miss Craig ist dortgewesen. Und in Paris; und in Rom; gar nicht zu reden von New York und Washington.«
»Wirklich?«
»Finden Sie nicht auch, Miss Craig hat eine entzückende Figur? Ich sage immer, sie ist das vollendete Gibson-Girl.«
»Ach, wirklich?«
Man hörte einen Schrei von Renny, und das war ein Vorwand für Mary zu entfliehen. Sie wanderte umher, möglichst so, daß sie durch ein Gebüsch abgedeckt war, bis sie Philips Stimme hörte. Er sprach mit dem Mann, der die Pferde hielt. Mary kam hinter einem großen Syringenstrauch hervor, ihr Rocksaum streifte das Gras. Er sah sie und kam zu ihr.
»Es tut mir leid, daß Sie so lange warten mußten«, sagte er. Er bemühte sich gar nicht, die Bewunderung in seinem Blick zu verbergen, als er sie entdeckte, wie sie vor den schweren Fliederdolden stand. »Aber der alte Herr wollte gern

ein wenig sprechen. Ich habe eine wunderschöne Stute von ihm gekauft. Ich begreife nicht, woher er die fixe Idee hatte, sich Turnierpferde anzuschaffen. Er versteht überhaupt nichts von Pferden!« Er sprach mit sympathischer Vertraulichkeit zu Mary – wie anders klang das als die plumpe Zudringlichkeit der Pflegerin! Ein kleiner Glücksschauer überlief sie. Sie hatte sich sehr einsam gefühlt.

»Ich freue mich, daß Sie das Pferd gekauft haben«, sagte sie auf gut Glück.

Er sah sie freundlich an. »Sie werden Ihre Angst vor Pferden überwinden«, sagte er, »und die Fahrten hier werden Ihnen gefallen. Wir müssen Ihnen unser Land zeigen.«

Er zog die Pfeife aus der Tasche und pfiff seinen Kindern. Bald fuhren sie wieder heimwärts, Mary diesmal weniger ängstlich, die Pferde unermüdlich in ihrem Eifer, zu ihrem Abendfutter zu kommen. Jetzt lagen die Schatten der Bäume auf dem weißen Straßenstaub. Frische Kühle stieg von der Erde auf. Kleine Vögel verließen ihre Brut und schossen mit bunten Flügeln hinter vielfarbigen Insekten her. Mary war sich des lebendigen Lebens ringsum bewußt. Von den rasch trabenden Pferden bis zu den um ihr Leben fliehenden Insekten – überall spürte sie den Lebensdrang, der alles beseelte.

Sie verlor ihre Angst vor Philips Fahren, das ihr leichtsinnig vorgekommen war. Sie, die keine Erfahrung hatte, was es hieß, eine Gouvernante zu sein, vergaß, daß sie jetzt eine solche war, und als die Pferde anhielten und Philip unter ihr stand, um ihr aussteigen zu helfen, streckte sie ihm die Arme entgegen, ganz als sei sie eine junge Besucherin von Jalna, und sah ihm lächelnd in die Augen.

»Müde?« fragte er.

»O nein. Überhaupt nicht müde.«

Er lachte ein wenig, als er sie auf die Füße stellte. Mary hätte gern gewußt, warum. Sie hätte Gott weiß was darum gegeben, es zu wissen. Sie sah in seine Augen, um den Grund zu entdecken, aber sie fand nichts darin als ihr tiefes Blau.

»Sie sind groß, Miss Wakefield«, bemerkte er. »Größer als ich gedacht hatte.«

»Ich weiß – ich bin zu groß.«

»Oh, da sollten Sie meine Mutter und meine Schwester sehen. Die sind ein gut Stück größer als Sie.«

»Also eine große Familie«, sagte sie, seinen Wuchs bewundernd. »Meine Brüder sind größer als ich. Mein Vater war's auch. Obwohl ich ihm sonst sehr gleiche, seine Größe habe ich nicht. Das wirft mir meine Mutter immer vor.«

Der Gedanke, jemand könne an Philip etwas bemängeln, schien Mary unfaßbar. Sie fing an, seine Mutter zu mißbilligen.

»Und vor allem fehlt mir seine Vornehmheit – nun ja, das können Sie ja an dem Porträt sehen.«

»Nun, schließlich macht das die schöne Uniform, die er trägt.«
»Richtig. Denken Sie nur, wir haben diese Uniform noch – und jedes Frühjahr nimmt meine Mutter sie heraus und hängt sie ins Freie. Wegen der Motten. Gewöhnlich helfe ich ihr dabei. Es ist eine melancholische Beschäftigung. Aber sie ist tapfer. Es ist hart für eine Frau, ihren Mann zu verlieren.«
Er zog die Brauen zusammen und Mary war überzeugt, daß er jetzt an seine tote Frau dachte. Renny kam an seine Seite, und er legte den Arm um ihn.
»Dieser Bursche«, sagte er, »sieht mir keine Spur ähnlich, nicht wahr?«
»Nein ... ich sehe keine Ähnlichkeit.« Und das ist ein Jammer, dachte sie, denn es war etwas Gefährliches in den Zügen des Kleinen – die feingemeißelten Nasenflügel, der hart aussehende Kopf ... alles war von fast skulpturel-ler Strenge.
»Er ist meiner Mutter wie aus dem Gesicht geschnitten. Komisch, nicht wahr?«
Renny stieß wieder ein hohes Gewieher aus. »Ich bin froh, daß ich so ausseh wie Granny«, sagte er.
»Warum?« fragte Mary kühl.
Er grinste und zeigte alle seine weißen Zähne. »Weil alle Leute vor ihr Angst haben.«
»Aber du möchtest doch sicher nicht, daß jemand vor dir Angst hat?«
»Na, und ob ich's möchte!«
»Na, ich zum Beispiel hab keine!« rief Meg, griff ihm ins Haar, zauste es tüchtig und lief davon, Renny hinter ihr her.
»Eine rebellische kleine Bande«, lachte Philip.
Die beiden sprachen noch, als sich die Haustür öffnete und Mrs. Nettleship heraussah. Sie heftete einen steinern anklagenden Blick auf Mary.
»Ich bitte um Verzeihung, Sir«, sagte sie, Philip aus dem Mundwinkel ansprechend, ohne den Blick von Mary zu lösen. »Ich wollte nur nach den Kindern sehen. Ich weiß nicht, ob das meine Sache ist, aber sie müssen ein wenig ordentlich gemacht werden, ehe sie ihren Tee bekommen, und da ist es höchste Zeit.«
»Oh!« Mary wurde dunkelrot. »Ich werde sie sofort suchen. Ich glaube nicht, daß sie weit weg sind.« Sie eilte ihnen nach, und Mrs. Nettleships Augen folgten ihr.
Die Pferde scharrten ungeduldig den Boden. Philip kletterte nachlässig in den Wagen und nahm die Zügel.
»Keine künstliche Aufregung, Mrs. Nettleship! Miss Wakefield wird sich hinlänglich um die Kinder kümmern.« Er fuhr weg und verschwand hinter einer Reihe von Schierlingstannen, die das Haus von den Ställen trennte. Aber man hörte noch den Hufschlag.
»Keine künstliche Aufregung!« rief Mrs. Nettleship, zu den Tannen sprechend. »Künstliche Aufregung! Nun, ich werde mich nicht künstlich aufregen, Mr.

Whiteoak. Und Ihrer Mutter werd ich schon ein paar Lichter aufstecken, wenn sie zurückkommt! Diesem jungen Frauenzimmer schöne Augen machen, ehe sie noch vierundzwanzig Stunden im Hause ist! Ja, ich werde mich nicht künstlich aufregen und werde meine Stellung hier behalten, was mehr ist, als was *sie* erwarten kann!«
Mrs. Nettleship kehrte zum Souterrain zurück, wo Eliza damit beschäftigt war, Renny einen Splitter aus dem Daumen zu ziehen. Sie litt erheblich mehr als er, der sich in übertriebenen Schmerzen krümmte und wand.
»Steh doch still!« bat sie, »sonst kriege ich ihn nie raus!«
»Was ist es denn?« fragte Mrs. Nettleship.
»Ein Splitter. So'nem Jungen passiert immer etwas!«
Mrs. Nettleship schob Eliza beiseite und nahm selbst die Nadel. »Hier. Laß mich.« Sie empfand ein sinnliches Vergnügen, als sie nach dem Splitter bohrte und dabei den kleinen männlichen Körper fest in ihrem Griff hatte. Meg sah zu und war sich irgendwie unklar bewußt, wie anders sich die beiden Frauen verhalten hätten, wenn der Splitter in ihrem Daumen gewesen wäre.
»Wir haben heute Kirschen gekriegt – massenweise«, sagte sie. »Ich mag keinen Tee.«
Die Haushälterin kniff die Lippen zusammen und hob triumphierend die Nadel mit dem Splitter hoch. Renny schob den Daumen in den Mund. Er schmiegte seinen roten Kopf an ihre Schulter.
»Ich möchte meinen Tee«, sagte er.
Sie fuhr ihm mit der Hand liebkosend durchs Haar. »Erzähl mal«, sagte sie, »wo wart ihr denn?«
»Bei Mr. Craig. Wir haben ein Pferd gekauft.«
»Erbarmung! Als ob wir nicht schon genug im Stall hätten!« Sie nahm Renny bei den Schultern und pflanzte ihn vor sich auf. »Sag mal, war Miss Wakefield nett zu Daddy?«
»Das weiß ich doch nicht.«
»Natürlich weißt du's; hat sie ihn süß angelächelt? Hat sie zu allem gelacht, was er gesagt hat, und die Augen verdreht?«
»Ja«, sagte Renny, »das hat sie!«
»Zuckersüß war sie zu ihm«, fügte Meg hinzu.
Wütend wandte sich Mrs. Nettleship zu Eliza. »Na, was hab ich gesagt? Im ersten Augenblick, als ich sie sah, wußte ich, was für 'ne Marke sie ist! Berechnend. Wenn man sich vorstellt, daß sie so verrückt waren, sie in *ein* Haus mit einem hübschen jungen Mann wie Mr. Philip zu stecken! Konntest du hören, was Daddy und Miss Wakefield gesagt haben?«
»Er hat ihr gesagt, sie soll keine Angst haben.«
»Angst! Angst – wovor?«
»Vor ihm«, sagte Renny.

Meg quietschte vor Vergnügen. »Stimmt genau! Er hat gesagt: ›Haben Sie keine Angst vor mir, Miss Wakefield. Ich würde Ihnen kein Haar auf Ihrem goldenen Kopf krümmen!‹«
Eliza wandte Mrs. Nettleship ein schockiertes rotes Gesicht zu. »O nein, sicher nicht. Wenigstens nicht so bald.«
»Hört, Kinder: merkt euch *alles*, was sie sagen, dann mach ich euch auch einen feinen Mandelkrem.«
Die Kinder sahen sich an.
»Er hat gesagt, er wird sie noch oft zu 'ner Fahrt mitnehmen.«
Megs Lippen kräuselten sich in einem glücklichen Lächeln. »Und sie hat gesagt ›wie herrlich‹, und er hat gesagt, ›es macht mir gar keine Umstände‹, und sie hat gesagt, ›es wär 'ne harte Arbeit, uns was beizubringen‹, und er sagte, ›sie sollte sich bloß nicht zu sehr anstrengen.‹«
Mrs. Nettleship ächzte. »Oh, ihr armen kleinen Würmer! Und was noch? Erinnert ihr euch nicht an noch was?«
Von draußen klang Marys Stimme: »Kinder! Wo seid ihr?«
»Antwortet nicht«, sagte Mrs. Nettleship. »Versteckt euch!« Sie liefen auf Zehenspitzen in die Anrichte.
Mary kniete draußen auf dem Rasen und schaute herunter. »Haben Sie sie gesehen, Mrs. Nettleship?«
»Sie waren hier – aber jetzt sind sie weg.«
»Ach, lieber Gott – ich glaube, es ist höchste Zeit für ihren Tee.«
»Jemand hat ihnen erlaubt, sich mit Kirschen vollzustopfen. Sie sagten, sie möchten keinen Tee mehr. Ich meine, so kann man keine Kinder erziehen!« Sie ertränkte jede Antwort von Mary mit heftigem Geklapper ihrer Pfannen. »Ich würde nicht in diesem Haus bleiben, wenn sie hier die Frau wäre. Ich kann mich jederzeit zur Ruhe setzen, wenn ich Lust habe. Ich habe Geld gespart. Und ich hab ja schon oft erzählt, daß die alte Dame, die ich gepflegt habe, mir fünftausend Dollar vermacht hat.«
Die Kinder hockten im kühlen grauen Licht der Anrichte, starrten einander in die Augen und suchten ihr Spiegelbild. Jetzt hatte das alte Spiel wieder begonnen: die Nettle gegen die Gouvernante. Aber so interessant wie jetzt war es noch nie gewesen. Es war etwas Neues in Nettles Gereiztheit gegen die Außenseiterin. Sie empfanden kein Mitleid mit Mary. Sie fragten sich nur ungerührt, wie lange sie es aushalten würde. Miss Cox und Miss Turnbull hatten es ziemlich lange geschafft. Den Kindern schienen die Jahre ihrer Zügelführung wie unendliche Ewigkeiten. Für Renny war Miss Cox nur eine unklare Erinnerung, aber an Miss Turnbull erinnerte er sich ganz genau. Obwohl er es nie zugegeben hätte – sie hatte etwas an sich gehabt, das ihm gefiel – eine kalte gelassene Selbstsicherheit, ein ruhiges unerschütterliches Gefühl ihrer eigenen Rechtschaffenheit. Es hatte ihn irgendwie fasziniert.

Jetzt, als er an sie dachte, stand er auf, sah in die Luft und bemerkte: »Meines Erachtens ...«
Meg paßte es nicht, daß er in dieser aufregenden Gegenwart eine Person aus der Vergangenheit beschwor. Sie nahm ihn bei der Hand und zog ihn zur Tür. »Komm, wir sehen nach, wohin sie gegangen ist.«
Er ließ sich mitziehen, bewahrte aber eine gewisse melancholische Würde. Sein Ton wurde elegisch.
»Meines Erachtens«, wiederholte er, »meines Erachtens ...« Er ging durch die Küche, ohne nach rechts oder links zu sehen.

5 Im Hause Lacey

Mrs. Lacey, deren Schwiegervater einer der ersten aus der Gruppe englischer Marine- und Armee-Offiziere gewesen war, die sich in der Gegend von Jalna ansiedelte, und deren Gatte es sogar bis zum Admiral der Königlichen Marine gebracht hatte, saß am Teetisch in einem Zimmer, das kaum groß genug für die massiven viktorianischen Möbel zu sein schien. Das Sofa und die Sessel waren mit bestem Roßhaar bezogen, das Holz aus üppig geschnitztem Walnuß. Im Gegensatz zu den Whiteoaks, die ihre Möbel aus England mitbrachten, hatten die Laceys die ihrigen von der reellen kanadischen Möbelfirma Messrs. Jacques und Hayes gekauft. Sie waren so bewundernswert gut gemacht, daß sie bestimmt für die Ewigkeit hielten – aber sie waren geradezu geschaffen, einem Zimmer ein düsteres Aussehen zu leihen, selbst wenn – wie jetzt – die helle Sonne hereinschien. Mrs. Lacey und ihre Töchter hatten eine Menge buntfarbige Schutzdeckchen für die Stuhllehnen und die Sofaarme genäht, und auf dem Klavier lag eine hellblaue Seidendecke. Eine andere – diese in Rosa – hing vom Kaminsims herab, und eine dritte in Nelkenrot schmückte das Bild eines mit Rahen getakelten Schiffes in einem Sturm auf See. Eine der Töchter des Hauses bemalte Porzellan, und viele Beweise ihrer Kunst zierten das Zimmer und das ganze Haus. Auf dem Boden lag ein grüner Teppich mit rosa Blumen, auf den die Sonnenstrahlen durch die kleinen Fenster fielen. Vielleicht waren etwas zuviele Möbel in dem Raum, aber er sprach von langem Bewohntsein und Wohlbehagen. Die Töchter gehörten zur dritten Generation der Laceys, die in diesem Hause lebten, und das war für ein so junges Land eine bemerkenswert lange Zeit.
Die Gestalt Mrs. Laceys paßte gut in die Atmosphäre des Zimmers. Sie war klein und kräftig und besaß einen erfreulich frischen Teint. Ihr ergrauendes Haar war ordentlich in der Mitte gescheitelt und von der glatten Stirn zurückgekämmt. Sie trug ein schwarzes Kleid mit ungezählten schwarzen Knöpfen vorn an der Taille und eine lange goldene Kette, an deren Ende eine goldene

Uhr war, die sie in den Gürtel gesteckt hatte. Eine zarte weiße Rüsche machte den Kragen freundlicher und brachte ihre rosigen Wangen zur Geltung. Ihre Miene war fast fröhlich. Sie saß sehr aufrecht in ihrem Sessel, und selten sah man sie ohne eine Handarbeit. Sie war mit dem Leben im allgemeinen sehr zufrieden. Admiral Lacey war genau der Ehemann, den sie sich gewünscht hatte, und von derselben Art waren ihre Töchter. Natürlich hätte sie sich gefreut, wenn eine von ihnen geheiratet hätte. Sie hatten ihre Chancen gehabt, und wenn sie sie nicht genutzt hatten, war es bedauerlich, aber auf diese Weise blieben sie zu Hause und leisteten ihrem Vater Gesellschaft, der sie sehr liebte und sie schrecklich vermißt haben würde. Und schließlich waren sie beide erst Anfang dreißig.

Jetzt kamen Violet und Ethel ins Zimmer, die Hände voll weißer Waldlilien, die sie im nahen Gehölz gepflückt hatten. »Sieh nur, Mama«, rief Violet, »sind sie nicht zu himmlisch?«

»So große, schöne habe ich noch nie gesehen!«

Mrs. Lacey sah die Blumen wohlgefällig an, sagte aber: »Stellt sie ins Wasser und geht euch kämmen! Philip Whiteoak kommt her – sicher habt ihr's nicht vergessen.«

»Ich fürchte doch«, sagte Violet lachend. »Es ist nicht sehr aufregend, wenn unser nächster Nachbar zum Tee kommt.« Freilich wäre es aufregend gewesen, wenn Nicholas gekommen wäre statt des erwarteten Philip. Vor Jahren hätte sie den ältesten Whiteoak gern geheiratet. Er war der einzige Mann, den sie sich gewünscht hatte. Aber Nicholas hatte sie von frühester Kindheit an gekannt. Es wäre ihm zu zahm vorgekommen, sie zu heiraten. Und so war er nach England gegangen und hatte sich dort verheiratet. Nach einigen Jahren war ihm seine Frau mit einem jungen Iren durchgegangen, und Nicholas hatte sich scheiden lassen. Seither hatte Violet ihn nicht gesehen, aber gelegentlich dachte sie in einsamer Träumerei, wie seltsam es wäre, wenn Nicholas in sein altes Heim zurückkehrte oder auf Besuch käme, und sie würden doch noch zusammenkommen.

Ethel hielt bewundernd die Waldlilien empor.

»Ich hätte größte Lust, sie zu malen«, sagte sie. »Würden sie nicht zu entzückend aussehen, weiß auf einem pastellblauen Hintergrund?«

»Ethel, ich wünschte, du würdest nicht soviele Superlative gebrauchen. Alles ist bei dir immer *zu* himmlisch und *zu* entzückend.«

»Nein, nur die Blumen! Und da gibt es kaum Adjektive genug, um sie zu beschreiben.«

»Gut, gut«, sagte die Mutter duldsam, »nenne sie wie du magst, aber stelle sie endlich ins Wasser und komm zum Tee.«

»Wo ist denn Vater?«

»Hier ist er – wie gewöhnlich wartend«, knurrte Admiral Lacey. Er war

hereingekommen und sah viel besser gelaunt aus, als sein Knurren vermuten ließ. »Immer warte ich hier auf eines von euch drei Frauenzimmern! Was sind das für Dinger, die du da gerupft hast, Ethel?«
»Waldlilien – sind sie nicht hinreißend? Es ist, als trügen sie den ganzen Frühling in ihren Kelchen.«
»Lieber Gott«, seufzte Mrs. Lacey, »ich kann mit diesem Mädchen nichts anfangen!«
»Was ich dagegen habe«, sagte der Admiral, »das sind die langen Röcke, mit denen sie totes Laub und Reisig auffegen. In dieser Aufmachung in den Wald zu gehen!«
»Was meinst du denn, daß wir tragen sollten?« fragte Ethel.
»Kürzere Röcke – Pumphosen! Wir Männer wissen doch, daß ihr Beine habt – warum versteckt ihr sie?«
»Du bist ein unmoralischer alter Schwerenöter«, sagte Ethel und küßte ihn.
»Da kommt Philip.« Der Admiral stand auf, um ihn einzulassen.
»Jetzt ist es zu spät, jetzt könnt ihr euch nicht mehr herrichten«, sagte Mrs. Lacey hoffnungslos. Sie betrachtete ihre Töchter, wie man zwei hübsche feurige Füllen betrachtet, stolz auf ihr Feuer, aber bekümmert über ihre Unlenkbarkeit.
Dieses Begebnis war ein genaues Beispiel, wie schwer sie es mit ihnen hatte!
Philip kam im lockeren Tweedanzug und sehr braungebrannt herein. Die Mutter und die Töchter begrüßten ihn mit gelassener Vertraulichkeit. Als sie am Tisch saßen und Tee in ihren Tassen und gebutterten Toast auf ihren Tellern hatten, fragte Mrs. Lacey nach der neuen Gouvernante.
»Miss Wakefield«, antwortete Philip strahlend. »Sie ist ein Prachtexemplar!«
Das Wort schlug wie eine Bombe in die Atmosphäre dieses Raums. Dann lachte eine Frau. Und diese Frau war Ethel.
Mrs. Lacey drehte sich in ihrem Sessel herum, um Philip genau aufs Korn zu nehmen. »Ein Prachtexemplar?« wiederholte sie.
»Nun, damit meine ich, sie ist einfach prima. Sie mochten sie doch gern, nicht wahr?«
»Nun – der Admiral und ich, wir fanden sie recht nett.«
»Es war schrecklich freundlich von Ihnen, sich ihrer auf der Reise anzunehmen.«
»Es war uns ein Vergnügen.« Der Admiral sagte es ein wenig zu herzlich. Seine Frau wandte den Kopf und sah ihn an.
Er warf ein Extrastück Zucker in seinen Tee und rührte mit eigensinniger Miene heftig um. »Ich bin derselben Meinung wie Philip«, sagte er. »Das Mädchen ist –«
Ehe er noch den frivolen Ausdruck ›prima‹ gebrauchen konnte, ertränkte ihn Mrs. Lacey mit einem kleinen Redefluß.

»Guy, wenn du sterben würdest – fändest du den Gedanken nett, daß deine Tochter wenige Monate nach deinem Tod sich mit solchen Farben ausstaffieren würde, wie sie Miss Wakefield trug?«
Der Admiral unterstrich seine Worte mit dem Zeigefinger. »Ihr Vater hat sie hoch und heilig versprechen lassen, daß sie keine Trauer um ihn trägt. Ich finde das sehr vernünftig. Wem gefällt eine hübsche junge Frau in schwarzen Gewändern?«
»Nun, ich würde sie tragen, wenn es sich so schickt, und ich bin überzeugt, Ethel und Violet täten es auch. Tätet ihr's nicht, ihr Mädchen?« Aber ihre Töchter stimmten ganz der Ansicht ihres Vaters zu, was Mrs. Lacey ein wenig aus der Fassung brachte.
»Wollt ihr wirklich sagen« – Mrs. Lacey war ernstlich gekränkt – »daß ihr einen Strauß von *gelben* Mohnblumen auf dem Hut tragen würdet, wenn euer Vater noch kaum kalt in seinem Grab geworden ist?«
»Beim Himmel, eine lustige Unterhaltung!« rief der Admiral.
»Wenn Vater es wünschte, würde ich *gern* gelbe Mohnblumen tragen.«
»Du bist ein gutes Kind, Ethel – also abgemacht, du sollst gelbe Mohnblumen tragen und Violet rote«, sagte der Admiral.
»Ich mag solch närrisches Geschwätz nicht.« Mrs. Lacey war ärgerlich. »Ich werde Schwarz tragen, und die Mädchen werden Schwarz tragen!«
»Für wen?« fragte der Admiral.
»Für dich.«
»Nettes Gespräch!« Der Admiral bekam einen roten Kopf. »Wieso weißt du sicher, daß ich zuerst sterben werde?«
»Weil die Männer immer zuerst sterben«, erklärte Mrs. Lacey. Was sollte man darauf antworten? Der Admiral machte ein entmutigtes Gesicht.
»Meine Mutter«, sagte Philip, »hat ihre Witwentracht nach meines Vaters Tod angelegt und nie etwas anderes getragen.«
»Und das mit Recht«, sagte Mrs. Lacey und nickte mehrmals, wie um anzudeuten, daß sie dasselbe tun würde, aber die Gefühle ihres Gatten nicht durch weitere Worte verletzen wolle.
»Aber schließlich«, sagte Philip nachdenklich, »überleben die Männer doch manchmal ihre Ehefrauen. Ich bin zum Beispiel ein Witwer.«
»Gut!« sagte Admiral Lacey herzhaft, aber er begriff sofort, daß er das besser nicht ausgesprochen hätte.
Violet unterbrach das Thema taktvoll. »Philip, Sie müssen uns erzählen, ob die Kinder Miss Wakefield mögen.«
»Oh, sie mögen sie sehr! Gestern fuhren wir alle zu einem Mr. Craig, der am See wohnt – ich habe eine wundervolle Stute von ihm gekauft. Wir haben uns herrlich verstanden. Mit Drohungen und Versprechungen habe ich die kleinen Ungeheuer dazu bekommen, sich anständig zu benehmen.«

»Erzählen Sie uns etwas über diese Craigs«, bat Ethel. »Ich hörte, daß sie furchtbar reich sind.«
»Ja, das mag schon sein. Und nebenbei bemerkt, Admiral – da hätten wir noch einen Witwer.«
»Prächtig«, lachte der Admiral, »und bei Jingo: hier kommt der dritte!«
Man sah Dr. Ramsays hagere Gestalt am Fenster vorbeigehen. Violet lief hinaus, um ihm die Tür aufzumachen. Er trat ein und warf einen diagnostizierenden Blick durchs Zimmer, als könnte, obwohl keiner der Anwesenden krank war, doch jeden Augenblick jemand krank werden. Den drei jüngeren von ihnen hatte er auf die Welt geholfen. Er hatte Mrs. Lacey in drei Kindbetten beigestanden. Er hatte bei schweren Ischiasanfällen am Bett des Admirals gesessen. Er hatte sie alle in sehr kläglichem Zustand auf ihrem Lager liegen sehen.
Er lehnte das angebotene ›Häppchen‹ ab, ließ sich aber gern Tee eingießen. Philip nahm noch zwei dünne Scheiben Brot, schmierte sie herzhaft mit Butter, legte sie zusammen und aß sie mit sichtlichem Wohlbehagen.
»Sicherlich sind Sie sehr glücklich«, sagte Dr. Ramsay zu Ethel und Violet, »Ihre Eltern wieder zu Hause zu haben.« Er sagte es mit einem Augenzwinkern, wie um anzudeuten, daß sie allerlei Streiche verübt hätten, während die elterliche Zuchtrute fehlte.
»O ja«, antworteten beide.
»Es war das erste Mal«, bemerkte Mrs. Lacey, »daß wir sie allein gelassen haben, und wir haben uns ein wenig geängstigt.«
»Ich nicht«, widersprach der Admiral, »ich habe herzlich wenig an sie gedacht.«
»Wirklich, Guy, du solltest dich schämen«, schalt Mrs. Lacey, mußte aber selber lachen.
»Ich wüßte nicht, weshalb ich mich schämen sollte!«
»Aber, aber!«, sagte Dr. Ramsay. »Erzählen Sie mir nicht, daß Sie sich noch nie geschämt hätten.«
»Niemals! Sie etwa?«
»Ja – oft.«
Die Anwesenden sahen ihn ungläubig an. Er beachtete ihre Verwunderung gar nicht, sondern zitierte:

»Gott weiß, ich bin nicht das, was ich sein sollte,
Nicht einmal, was ich sein könnte, wenn ich nur wollte!«

Er rührte ernsthaft, sogar melancholisch in seinem Tee. Nun ja, er durfte solch ein Gefühl freilich aussprechen – aber seine Freunde durften ihm nicht beistimmen. Also beeilten sich alle, ihm zu widersprechen.
»Ehrlich«, sagte Philip, »ich habe einen guten Teil meines Lebens damit verbracht, mich meiner selbst zu schämen – oder es wenigstens zu versuchen.

Mit strengen Eltern und drei älteren Geschwistern habe ich eigentlich immer jemanden sagen hören: ›Philip, du solltest dich schämen!‹«
»Dabei hat Ihr Vater Sie vergöttert«, sagte Mrs. Lacey.
»Und Ihre Mutter tut's noch«, fügte der Admiral hinzu.
»Hmmm ... davon bin ich nicht so überzeugt«, antwortete er. »Ich bin allzuoft eine Enttäuschung für sie. Ich sehe meinem Vater so ähnlich, aber ich könnte ihm nicht die Kerze halten!«
»Ach ja«, seufzte der Doktor, »zweifellos hatte der Mensch der letzten zwei oder drei Generationen in moralischer, intellektueller und sittlicher Hinsicht einen Höhepunkt erreicht. Von jetzt ab beginnt die Entartung. Wenn jemand von euch nach fünfzig Jahren noch lebt, wird er wahrscheinlich eine recht elende Welt zu sehen bekommen.«
Die beiden Mädchen kicherten.
Dr. Ramsay drehte sich plötzlich zu Philip um. »Ich war in deinem Haus, um mir die neue Gouvernante anzusehen, aber sie war ausgegangen – Gott weiß wohin. Hoffentlich gehört sie nicht zu der Sorte, die sich immer herumtreibt.«
»Schwer zu sagen«, erwiderte Philip, »sie ist ja erst seit drei Tagen bei uns.«
»Ist es möglich«, rief Mrs. Lacey, »daß Sie als Großvater der Kinder sie noch nicht gesehen haben?«
»Man hat mich nicht dazu aufgefordert.«
»Dann komm mit mir zurück«, sagte Philip, »ich werde sie dir in allen Gangarten der Hohen Schule vorführen.«
»Philip, Sie sind frivol!« erklärte Mrs. Lacey. »Aber auf eins muß ich Sie vorbereiten, Dr. Ramsay: Sie werden Sie in ihren buntesten Kleidern sehen, obwohl ihr Vater erst vor einigen Monaten gestorben ist.«
Philip schob die Lippen vor. »Nicht alle ihre Kleider sind bunt«, erklärte er, »heute morgen war sie sehr einfach angezogen.«
»Nun, das wäre nur zu hoffen!« Mrs. Laceys Stimme klang streng. »Zwei Kindern das Einmaleins beizubringen ist kaum eine Aufgabe, zu der man elegante Kleider braucht.«
»Aber, Mrs. Lacey! Seien Sie nicht so hart zu dem Mädchen. Das sieht Ihnen so gar nicht ähnlich.« Philip klopfte ihr freundlich aufs Knie, und sie nahm mit einem verschämten Blick seine Hand und hielt sie einen Augenblick fest. Sie war entschieden koketter als ihre beiden Töchter zusammen.
»Also, wie ist sie denn?« fragte der Doktor.
»Nun, sagen Sie's ihm nur, wie Sie's vorhin gesagt haben«, rief Ethel. »Trauen Sie sich's?«
»Was hat er denn gesagt?« fragte Dr. Ramsay scharf.
»Komm und sieh selbst, mein Lieber.«
»Warum haben Sie eine englische Gouvernante?« fragte Ethel.

»Eine schottische wäre viel besser«, brummte der Doktor, »das habe ich ihm immer empfohlen.«
»Und warum keine Kanadierin?« wollte Ethel wissen.
»Die scheinen keine Lust zu haben, Gouvernanten zu werden«, antwortete Philip. »Aber eigentlich wäre es eine gute Idee. Ich glaube, wir kleben hier in unserer Gegend zu sehr an den Sitten und Formen der Alten Welt.«
Jetzt ergriff der Admiral das Wort. »Die Whiteoaks, die Vaughans, die Laceys und die andern, die sich zuerst hier ansiedelten, haben einander gelobt, die britischen Grundsätze, die britische Kultur und die britischen –«
»Vorurteile«, vollendete Philip, »beizubehalten!«
»Gut. Ja. Vorurteile. Das Vorurteil dagegen, den materiellen Fortschritt zum Fetisch zu machen. Das Vorurteil gegen die Jagd nach dem Geld, die die amerikanischen Großstädte beherrscht. Unsere ›Siedler‹, wenn wir sie so nennen wollen, wünschten sich ein zufriedenes friedliches Leben, wünschten ihre Kinder zu lehren, Gott zu fürchten, die Königin zu ehren, für sie, wenn nötig, auch zu kämpfen. Kurzum, so zu leben, wie es sich schickt.«
»Ich möchte Ihre Worte nicht kritisieren, Sir, ich meine nur: dieses Land wächst und wird auf neue Art weiter wachsen. Wir haben eine Bevölkerung von mehreren Millionen. Wir können nicht fortfahren, nach den Methoden des Alten Landes zu leben. Sehen Sie, als Sie als junger Mann zur Marine gingen –«
»Da gab es keine kanadische Marine, und die See lag mir im Blut.«
»Ich weiß. Aber die Folge davon ist, daß Sie genau so englisch sind wie es Ihr Vater war; und Sie haben eine Engländerin geheiratet.«
»Oh, Philip – wollen Sie mir das etwa vorwerfen?« Mrs. Lacey schenkte Philip ein liebevolles Lächeln.
»Nicht um die Welt!« Er erwiderte das Lächeln. »Aber dies ist ein englischer Haushalt mit zwei englischen Töchtern.«
»Wir sind hier geboren«, sagte Ethel.
»Ich liebe Kanada«, sagte Violet.
Philip beachtete sie nicht. »Sehen Sie meine Mutter an. Sie ist so irisch wie eh und je. Gott weiß, sie kann nicht anders! Und meine Schwester und meine beiden Brüder leben in England. Wenn sie nach Jalna kommen, erwarten sie, daß meine Kinder genauso erzogen sind, wie die Kinder in England. Und das geht nicht. Ich glaube, im Lauf der Zeit werden die Menschen in diesem Land wahrscheinlich ziemlich amerikanisiert sein.«
»Gott behüte!« sagte der Admiral mit tiefem Gefühl.
Mrs. Lacey wendete sich an den Doktor, der mit untergeschlagenen Armen zur Decke emporsah.
»Und was denken Sie über das alles, Doktor Ramsay?« fragte sie.
Ohne die Augen von der Decke zu lösen, deklamierte er mit tönender Stimme:

»Mein Herz ist im Hochland, mein Herz ist nicht hier,
Mein Herz ist im Hochland, im Hochwildrevier . . .«

6 Man lernt sich näher kennen

Philip ließ Dr. Ramsay im Wohnzimmer und lief die Treppe hinauf, um Mary und die Kinder zu suchen. Am Fuß der zweiten Treppe blieb er stehen und horchte. Dann rief er leise: »Meggie!«
Oben blieb alles still. Er ging hinauf und schaute ins Zimmer der Kinder. Es war leer. Er ging zur Tür von Marys Zimmer und klopfte.
»Miss Wakefield!« rief er leise.
»Ja?« Sie antwortete sofort, machte aber die Tür nicht auf. »Hören Sie – mein Schwiegervater ist unten und brennt darauf, Sie kennenzulernen. Er nimmt's sehr genau mit allem Konventionellen – in Trauer gehen und dergleichen. Haben Sie wohl ein dunkles Kleid, das Sie anziehen könnten? Es ist mir scheußlich, Sie mit so etwas zu behelligen, aber Sie wissen ja, wie die Schotten sind. Ich meine, es ist besser, wir machen ihm einen guten Eindruck – meinen Sie nicht auch?«
In seiner Stimme lag etwas Verschwörerhaftes, das Mary mit entzücktem Eifer erfüllte, zu tun, was Philip wünschte.
»Oh, vielen Dank, daß Sie mir's sagten. Wenn Sie eine Sekunde warten könnten, zeige ich Ihnen, was ich habe.«
Mary hatte in London mit ihrem Vater in einer ganz unkonventionellen Atmosphäre gelebt. Jetzt schlüpfte sie nur in einen Morgenrock, öffnete die Tür ein wenig und hielt Philip in der einen Hand einen dunkelblauen Rock und in der andern eine weiße Bluse entgegen. Er sah beides kaum. Sein Blick fing sich an dem perlweißen Arm und Nacken und dem kleinen Ausschnitt des Morgenrocks.
»Wunderbar«, sagte er. »Würden Sie's bitte anziehen und dann herunterkommen?«
Philip wußte nicht und konnte nicht lernen, wie man sich einer Gouvernante gegenüber benimmt, und Mary wußte erst recht nicht, wie sich eine Gouvernante zu benehmen hatte. Sie lachte heiter.
»Ich bin unten, ehe Sie ›Piep‹ sagen können!«
Er drehte sich um und rannte auf ein Haar in Mrs. Nettleship, die mit einem Arm voll frischgebügelten Kinderkleidern heraufkam. Ihre Miene war eine Mischung von Entrüstung und Befriedigung darüber, wie berechtigt ihre Verdächte gewesen waren. Sie trat überbeflissen beiseite, um Philip vorbeizulassen, obwohl der Gang breit genug war.
»Bitte sehr um Entschuldigung«, sagte sie.

»Wofür?« fragte Philip.
»Nun, ich habe meine Filzschuhe an, die gar kein Geräusch machen. Ich hatte gefürchtet, ich könnte die Dame erschrecken.« In dem Wort ›Dame‹ klang ein leiser Hohn.
»Miss Wakefield hat keine Ursache, vor etwas zu erschrecken.« Sein Gesicht war noch gereizt, als er ins Wohnzimmer trat.
»Sie ist also nicht zu finden«, sagte Dr. Ramsay.
»O doch – sie wird gleich unten sein.«
»So. Sagtest du nicht, deine Mutter hat sie engagiert?«
»Neben den andern auch meine Mutter.«
»Du hättest eine Schottin nehmen sollen.«
»Warum hast du das nicht damals gesagt?«
»Ich habe es immer gesagt.«
»Nun, meine Mutter liebt die Schotten nicht. Sie kommt nicht zurecht mit ihnen.«
»So? Nun, mit mir kommt sie recht gut zurecht.«
»Das mußte sie, wohl oder übel – du warst ihr Arzt.«
»Wann wird deine Mutter nach Hause kommen?«
»Nächsten Monat.«
»Sie fehlt dir sicherlich sehr.«
»Freilich, freilich«, sagte Philip unbekümmert.
Sie hörten einen leichten Schritt in der Halle, und Mary stand in der Tür. Sie trug nicht nur den strengen dunklen Rock, sondern hatte auch ein schwarzes Samtband um den Hals geschlungen, das mit einer Schleife im Nacken endete. Aber damit endete auch alles Strenge. Ihr goldenes Haar ringelte sich in üppiger Fülle um das feine Gesicht. Auf den Lippen lag ihr altes Lächeln, das die Mundwinkel eine Spur hinabzog, als warte irgendwo ein geheimer Schmerz.
Philip stellte ihr seinen Schwiegervater vor. Sie reichten sich die Hände und setzten sich. Dr. Ramsay sagte: »Sie haben eine große Verantwortung übernommen, Miss Wakefield.«
»Ja. Wirklich.« Sie straffte ihre schlanken Schultern, wie um ihren guten Willen zu zeigen.
»Es ist keine leichte Aufgabe, zwei hochintelligente Kinder zu unterrichten.«
»Nein, gewiß nicht.« Mary zog die Brauen zusammen, um zu zeigen, wie sehr sie sich des Gewichts dieser Angelegenheit bewußt war.
»Haben Sie ein Universitätsdiplom?«
»Leider nein, aber –«
»Aber gewiß beträchtliche Erfahrung?«
»Nein.« Eine feine Röte stieg in ihre Stirn. »Sehen Sie, ich wurde in letzter Minute engagiert. Es war schon eine Dame für diesen Posten vorgesehen. Sie brach sich beide Beine. So mußte sehr rasch jemand gefunden werden, der ihre

Stelle einnahm, und von der man, soviel ich verstand, mehr Charakter verlangte als Gelehrsamkeit. Daher – unter diesen Umständen – Mr. Ernest Whiteoak meinte – und ich meinte –« Sie warf Philip einen hilfeflehenden Blick zu.
»Und genau das meinte ich ebenfalls«, ergänzte er energisch. Doktor Ramsay winkte leicht und deklamierte:

»Ein Funken nur vom Feuer der Natur
Beglückt mich mehr als alles Bücherwissen –«

Ohne Zögern sagte Mary: »Von Robert Burns.«
Dr. Ramsay hätte Marys Kenntnissen kaum pessimistischer gegenüberstehen können als in dem Augenblick, ehe ein entzücktes Lächeln seine strengen Züge erhellte.
»Erstaunlich!« rief er aus. »Ich hätte nie gedacht, daß eine lebende Engländerin dies Zitat richtig unterbringen könnte!« »Einer der besten Freunde meines Vaters war Schotte«, sagte Mary freundlich.
Doktor Ramsay lachte laut und glücklich.
»Ein Schotte, so. Ich hätte weniger von Ihnen gehalten, wenn Sie gesagt hätten: ein Schottländer.«
»Aber nein, ›Schotte‹ klingt doch viel schöner«, sagte Mary. »Dieser Freund meines Vaters – dieser Schotte – kam oft in unsere Londoner Wohnung und zitierte für sein Leben gern Burns.«
»Wie schön! Und Sie mögen seine Gedichte?«
»Ich liebe sie.«
»Ich werde sie Ihnen leihen – alle seine Gedichte. Ich besitze sie natürlich, sehr hübsch gebunden. Ja, ich werde sie Ihnen alle leihen.« Dr. Ramsay fiel eine Weile in träumerisches Schweigen. Er sah vor seinem geistigen Auge ein Zimmer in London, wo sich Marys Vater und seine Freunde versammelten – in ihrer Mitte saß ein Schotte, der ihm, Dr. Ramsay, bemerkenswert ähnlich sah, und rezitierte Burns, während die andern ehrerbietig an seinem Munde hingen ...
Mary dankte ihm für sein Anerbieten, ihr die Gedichte zu leihen, und nach einer weiteren angenehmen Unterhaltung ging er, nachdem er ihr versprochen hatte, ab und zu während der Unterrichtsstunden hereinzuschauen und ihr ein wenig zu helfen. Philip und Mary blieben allein und blieben noch an der Tür stehen, zu der sie ihn begleitet hatten.
Philip wandte den Kopf, um sie anzusehen. Seine Augen lachten spitzbübisch.
»Sie haben Ihre Sache gut gemacht, Miss Wakefield. Geradezu erstaunlich gut. Und daß Sie auch noch dieses Zitat kannten!«
»Ich kam mir vor wie eine Schwindlerin!«
»Unsinn. Wir müssen uns den Leuten anpassen. Sie haben ja selbst gesehen, daß der alte Herr recht schwierig sein kann. Sie waren sehr geschickt!«

Sie sah ihn an, und ihr Blick bat inständig um Aufrichtigkeit. »Mr. Whiteoak – finden *Sie* meine Kleidung unpassend für eine Gouvernante?«
»Nein. Nicht im mindesten. Ich finde sie reizend.«
Die Wärme seines Tons, sein Lob für ihre Kleidung entzückten sie und sie verspürte eine neue Art von Selbstvertrauen, von Freude an sich selbst.
»Da bin ich froh – denn das, was ich anhabe, ist mein einziges ›gediegenes‹ Stück. Ich fürchte, ich habe einen Hang zu Volants und hübschen Rüschen.«
»Ich auch. Ich liebe sie.«
Sie sahen sich lächelnd in die Augen.
Philips halberwachsener Spaniel Jake kam unter dem Tisch hervor. Die dunkelrote Tischdecke war groß und hing fast bis auf den Boden. Jetzt legte sich die Kante um die Schultern des Hündchens, das seine Augen bittend zu Philip erhob.
Irgendwie mußte Mary ein Ventil für ihre Gefühle finden. Sie bückte sich, nahm den schönen Kopf des Hundes zwischen die Hände und gab ihm einen Kuß.
»Du lieber kleiner Hund!« murmelte sie.
»Mögen Sie Hunde?«
»O ja. Ich habe mir immer einen eigenen Hund gewünscht.«
»Und haben nie einen bekommen? Was für eine Schande!« Er ging im Zimmer umher, nahm seine Pfeife zur Hand und legte sie wieder hin. Dann sagte er: »Ich glaube, Sie werden sich hier glücklich fühlen.«
»Davon bin ich überzeugt.« In diesem Augenblick zweifelte sie nicht daran.
»Ich hatte direkt Angst davor, wie Sie sein würden. Vielleicht pedantisch und kleinlich und übermäßig förmlich. Wie Miss Turnbull.«
»Ich bin leider nicht förmlich genug.«
»Nun, ich auch nicht. Da passen wir ja gut zueinander.«
Gleich darauf war er gegangen und sie stand allein am Fuß der Treppe. Das Haus war sehr still. Sie legte die Hände auf den Pfosten des Geländers und strich liebkosend über die geschnitzten Traubenbündel. Die Türen des Wohnzimmers und des Schlafzimmers der alten Dame waren geschlossen. Mary hatte das Empfinden, hinter diesen Türen schwebten Geister, die es verlangte, sie zu öffnen und sich um sie, Mary, zu drängen und sie zu beobachten. Es waren die schattenhaften Gestalten von Philips Mutter, seinen Brüdern, seiner Schwester, noch geisterhaft durch die Entfernung, aber jeden Tag festere Formen annehmend. Sie hörte förmlich in der Ferne ihre Schritte. Und der Tag würde kommen, da sich die Türen wirklich öffnen würden ... Mary fühlte sich unaussprechlich erleichtert, daß sie den kommenden Monat hindurch noch Zeit hatte, sich an ihre Stellung zu gewöhnen, die Kinder besser in die Hand zu bekommen und sich – nun ja, ganz ehrlich: sich des Alleinseins mit Philip Whiteoak zu freuen. Sie mochte nicht weggehen von dem Fleck, auf dem sie

stand, ohne noch einmal im Geist die beglückenden Augenblicke zu durchleben, in denen sie sich nach Dr. Ramsays Fortgehen so vertraulich unterhalten hatten. Wenn sie die Augen zumachte, sah sie jede Linie seines Gesichts. Sie erinnerte sich eines jeden Wortes, das er gesagt hatte. Konnte sie sich nicht von seinem Bild losreißen, weil er so hübsch war, fragte sie sich selbst. Nein, tausendmal nein. Sie hatte auch vorher sehr gutaussehende Männer gekannt, sie waren in London keine Seltenheit. Vielleicht lag es daran, daß dieses Gesicht soviel Freude am Leben und seiner Umwelt ausdrückte. Sie erinnerte sich des Gesichts ihres Vaters, in dem sich bittere Gedanken an die Vergangenheit und düstere Ahnungen für die Zukunft gespiegelt hatten. Welch ein Gegensatz dazu war dieser Mann, der offenbar keine Fragen an das Leben stellte, sondern es einfach in seiner ganzen Fülle in sich aufnahm.

Mrs. Nettleship kam durch die Halle, als Mary die Treppe hinaufging. Sie blieb an dem Treppenpfosten stehen, als untersuche sie ihn nach den Fingerabdrükken eines Verbrechers. Dann nahm sie den Zipfel ihrer gestärkten Schürze und fing an, ihn zu polieren.

»Das ist hübsch, nicht wahr?« sagte Mary freundlich über die Schulter.

»Allerdings. Diese Traubenbüschel hat ein Holzschnitzer in Quebec gemacht.«

Das machte auf Mary keinen großen Eindruck, sie war an die seltsam schönen und verschlungenen Schnitzereien der mittelalterlichen Architektur Londons gewöhnt. »Ach, wirklich?« sagte sie. Irgend etwas in ihrem Ton reizte Mrs. Nettleship. Nicht, daß sie selbst die Trauben so sehr bewundert hätte, aber sie verspürte ein wachsendes Mißfallen und Mißtrauen gegen Mary. Sie richtete sich auf und warf Mary einen wütenden Blick zu. »Paßt Ihnen etwas daran nicht?« fragte sie. Mary war zu erstaunt, um zu antworten.

In diesem Augenblick lief Renny oben durch den Gang, warf sich auf das Geländer und kam mit erschreckender Geschwindigkeit heruntergesaust. Die beiden Frauen wichen instinktiv vor soviel ungefesselter Männlichkeit zurück. Aber als er an dem Pfosten ankam, packte ihn Mrs. Nettleship ärgerlich an der Schulter.

»Das darfst du nicht! Das ist dir verboten!« sagte sie heftig. »Wenn ich das deinem Vater sage –«

»Ich darf's!« rief er. »Großmammy hat's mir verordnet!« Er entzog sich ihrem Griff und lief rasch zur Tür und warf ihr im Vorbeikommen einen frechen Blick zu.

»Wirst du wohl gleich zurückkommen!«

»Rutsch mir den Buckel runter!«

Mary mußte hell auflachen. Das hatte gerade noch gefehlt, um Mrs. Nettleships Haß noch zu steigern.

In den folgenden Wochen tat sie alles, was sie konnte, um Mary bei ihrem Versuch, Einfluß auf die Kinder zu gewinnen, zu hindern. Sie machte Mary hinter ihrem Rücken bei ihnen lächerlich, ermutigte sie, zu spät zu ihren Stunden zu kommen und sich zu verstecken, wenn sie sie rief. Ein paarmal dachte Mary schon daran, Philip von Megs und Rennys schlechtem Benehmen zu erzählen und von der Ermutigung, die ihnen die Haushälterin zukommen ließ, aber sie brachte es nicht übers Herz, auch nur einen Augenblick der wenigen Minuten zu verderben, die sie allein zusammen verbrachten. Sie sehnte sich immer mehr nach ihnen. Ihr Tag war in drei deutliche Abschnitte eingeteilt – die Zeit, in der sie die Kinder unterrichtete und ihre Kleider in Ordnung brachte; die Stunden der Mahlzeiten, bei denen Philip oft zugegen war und sie launig neckte oder mit erstaunlicher Sofortwirkung ernstlich ermahnte. Nie brachte er Mary in Verlegenheit, indem er Proben ihrer Fortschritte von ihnen forderte, sondern war entzückt, wenn Renny die Namen aller englischen Herrscher in Reimen herunterleierte oder Meggie jedes Kap des Empires aufzählte, ohne Atem zu holen, da sie wußte, wenn sie innehielt, konnte sie nicht weiter, ohne noch einmal von vorn anzufangen.

Und dann kamen die Stunden, in denen sie allein waren. Manchmal besprachen sie die Lektionen der Kinder, aber meist hörte sie zu, wenn er Wunderdinge von seinen Pferden berichtete oder von einem vorteilhaften Pferdeverkauf sprach. Sie bekam nicht heraus, ob er Pferde zum Vergnügen oder des Profits wegen züchtete. Jedenfalls schien in Jalna für alles reichlich Geld vorhanden zu sein. Eine ganze Reihe von Männern arbeitete auf der Farm und in den Ställen, alle gut bezahlt und sichtlich zufrieden. Wirklich, Philip Whiteoak nahm das Leben von der erfreulichen Seite und verbreitete auf Schritt und Tritt eine Atmosphäre der Zufriedenheit und des Behagens.

Der dritte Abschnitt in Marys Tageslauf waren die Stunden, in denen sie allein durch die Wälder streifte. In England kannte sie nur London und die Küste. Hier stand sie zum erstenmal in ihrem Leben und schaute hinauf zu den dunklen Wipfeln der Tannen, die noch Überreste des jungfräulichen Waldes waren; der Boden unter ihren Füßen war mit einem dicken Teppich von rostbraunen Nadeln bedeckt. Hier herrschte ein Schweigen, das Mary nie gekannt hatte, eine tiefe, harzduftende Stille, nicht einmal von einem Vogellied unterbrochen. In dem Laubwald, wo Ahorn, Eiche und Birke wuchsen, wimmelte es von Vögeln, die sich in ihrer Freude am Frühsommer mit Singen und Zwitschern überboten – jeder trillerte so laut, als wolle er alle andern verstummen machen. Aber wenn sie in den Tannenwald kamen, schwiegen sie und ruhten sich in der Kühle der dunklen Äste aus. Hier bauten sie sich auch keine Nester.

Mary warf sich gern auf den Boden, im tiefsten Schatten, und schaute hinauf in die spitzen Wipfel; dann verlor sie sich in halbbewußte Gedanken, in den Rausch, sich von allen andern Lebewesen zu lösen – von allen bis auf den einen. Es war ihr, als sei er mit ihr im Walde. Manchmal versuchte sie, ihn zu vergessen, konnte es aber nicht. Fast immer ließ sie ihre Phantasie bei seinen

Zügen verweilen, bei jedem einzelnen – bei seinem Haar, das an den Schläfen so hell war wie ihres, seinen ruhigen Augen, die übermütig blicken konnten wie die eines Schuljungen, bei seinem festen Kinn, seinem schönen Mund, seinem kräftigen Körper. Wie schrecklich wäre es gewesen, dachte sie, wenn sie nie hergekommen wäre, nie dieses Land gesehen – und niemals Philips Bild in ihren Gedanken getragen hätte als Gefährten in ihrer Einsamkeit.

Und eines Nachmittags kam er selbst in diesen Wald. Sie lag langausgestreckt und hatte das Gesicht in die Tannennadeln gedrückt. Sie hörte einen Schritt, und dann sah sie ihn ganz in ihrer Nähe den Weg entlanggehen. Diese Szene hatte sie sich oft ausgemalt – sie selbst in der Waldeinsamkeit, sein Erscheinen, ihrer beider leichtes Erschrecken. Weiter hatte sie ihre Phantasie nicht schweifen lassen, sondern ihr am Rand einer Liebesszene Einhalt geboten. Dieser dunkle Wald durfte, das fühlte sie, nur der Hintergrund sehr ernster Gefühle sein. Aber wenn sie herkam, wollte sie gar nicht fühlen, sondern nur träumen, nur halbe Gedanken denken. Sie verhielt sich ganz still, und er ging vorbei, ohne sie zu sehen.

Es wurde heiß, heißer als Mary es je erlebt hatte. Die Luft war stumm vor Hitze. Die Blumen fingen an zu blühen, wurden matt und welkten vor ihrer Zeit. Kühe und Pferde standen im Schatten der Bäume und wehrten mit dem Schwanz die Fliegen ab. Philip erklärte, es sei zu heiß für Schulstunden, und die Kinder durften tun, was sie wollten. Als Mary Philip einmal in der Halle traf, sagte sie beinahe heftig: »Ich faulenze – ich tue nichts, um mein Gehalt zu verdienen. Das ist nicht fair Ihnen gegenüber.«

»Sie werden später noch genug zu tun finden.« Er sah neugierig auf das Buch, das sie in der Hand hatte. »Was lesen Sie?«

»Tennyson. Ich liebe seine Gedichte. Sie auch?«

»Ich bekenne, daß ich nicht viel von ihnen weiß. Mein Schwiegervater rezitiert ständig Robert Burns. Meine Mutter Thomas Moore. Mein Bruder Ernest meint, nur Shakespeares Dichtungen sind seiner Beachtung wert. Der arme Tennyson ist also zu kurz gekommen.« Er lächelte Mary freundlich zu. »Lesen Sie mir etwas von ihm vor – mögen Sie?«

Sie war verwirrt durch diese Bitte, fast ein wenig erschrocken.

»Oh . . . ich weiß nicht, ob ich etwas finde, was Sie interessiert.«

»Ach, Sie finden schon etwas.«

»Und ich lese so schlecht vor.«

»Aber warum denn?« Nun mußte er über sie lachen.

»Ich würde . . . ich würde nervös sein.«

»Aber, aber! Doch nicht meinetwegen. Ich bin der letzte, der kritisch ist. Sie sagten ja gerade, Sie arbeiteten Ihr Gehalt nicht ab. Nun, da haben Sie schon eine Arbeit. Ein geistig minderbemittelter kanadischer Pferdezüchter, der zu Ihren Füßen sitzt und Tennyson von Ihnen hören will.«

»Wo wollen wir sitzen?« fragte Mary, plötzlich entschlossen, ihm vorzulesen.
»Kommen Sie mit – ich zeige Ihnen das kühlste Plätzchen in der ganzen Gegend.«
Er führte sie über den Rasen, der in greller Sonne lag, und dann einen Weg in eine Schlucht hinunter, die in tiefem Schatten lag; das Plätschern des Baches, der in den See mündete, gab der Schlucht etwas Geheimnisvolles, fand Mary. Sie war auf den ersten Blick entzückt. Tatsächlich war es hier viel kühler. Philip nahm ihre Hand, als sie die Stufen hinabstiegen.
»Raffen Sie Ihren Rock zusammen, hier gibt's Brombeerranken«, sagte er. Er hielt sie fest bei der Hand, und sie spürte diesen Händedruck bis ins Herz.
An einer moosbedeckten Stelle blieb er stehen. Der Bach, grün in seinem Schatten, spiegelte die Binsen, die Tannenzweige. Eine primitive Brücke führte hier über den Bach, und unter der Brücke war der Schatten am tiefsten. Philip ließ sich mit einem Seufzer zu Marys Füßen auf den Moosboden fallen.
»Nun, wüßten Sie etwas Besseres?« fragte er, zu ihr aufblickend.
»Nein – hier ist es himmlisch.« Sie setzte sich neben ihn. »Und so still. Bloß das Murmeln des Baches.«
»Es ist nur ein Bächlein«, sagte er. »Aber ich liebe es.«
»Jalna ist herrlich.«
»Ja, es ist schön«, stimmte er zu. »Aber davon haben wir schon öfters gesprochen – jetzt sollen Sie mir vorlesen.« Er setzte sich erwartungsvoll auf und sah ihr ins Gesicht – sein eigenes war gesprenkelt von einem Sonnenstrahl, der sich durch die Blätter geschlichen hatte.
Sie schlug das Buch auf. Sie merkte, wie ihre Hand zitterte und hatte Angst, ihre Stimme würde ebenfalls zittern. Um Zeit zu gewinnen, zeigte sie ihm das Bild Tennysons, das vorn im Buch war – so hätte sie es Renny auch vor die Augen gehalten.
»Ein edles Gesicht, finde ich«, sagte sie.
Er stimmte zu, aber er sah bewundernd auf ihre schmale weiße Hand.
Sie nahm sich zusammen und fing an zu lesen. Es war leichter, als sie gedacht hatte. Er lag still, auf einen Ellbogen gestützt. Seine Gegenwart war beruhigend; vielleicht ermutigte ihre Stimme die Vögel in der dämmrigen Kühle, denn sie begannen ringsum leise zu singen.
Philip hörte zu, achtete aber nur halb auf den Sinn, bis er die Worte vernahm:

»Es gibt keinen weiseren Meister unter der Sonne
Als die reine Liebe des Mannes zu einer Maid;
Sie bändigt und unterdrückt seine niedrigen Triebe,
Lehrt hohe Gedanken ihn und freundliche Worte,
Weckt ihm Sehnsucht nach Ruhm und lehrt ihn Ritterlichkeit
Und Liebe zur Wahrheit – kurzum: sie macht ihn zum Mann.«

Er legte die Hand auf die Seite. »Halt«, sagte er. »Lesen Sie es noch einmal.«
Sie war verwirrt. »Das . . . welche Stelle?« stammelte sie.
»Sie wissen es.« Er nahm seine Hand vom Buch und wiederholte die erste Zeile.
»Habe ich zu schnell gelesen?«
»Nein. Ich will es nur gern noch einmal hören.«
»Gefällt es Ihnen? Soll ich –«
»Ja. Bitte, lesen Sie.«
Sie las die Verse noch einmal vor, dann las sie weiter, aber nicht mehr so gut. Ihre Fassung war erschüttert. Philip hatte einen kleinen Zweig aufgenommen und klopfte damit leise auf den Boden, wie zum Takt der Dichtung.
Keiner von ihnen sah Dr. Ramsay den gegenüberliegenden Hang herabkommen, und er sah sie nicht, bis er auf der kleinen Holzbrücke stand. Wenn Marys Fassung schon erschüttert war, so erlitt die seine jetzt einen Schlag wie von einem Erdbeben. Er konnte seinen Augen kaum trauen. Philip, auf dem Boden liegend, zu Miss Wakefields Füßen! Sie nicht so gekleidet, wie er sie bisher gesehen hatte, sondern in einem hauchdünnen, modischen Fähnchen mit halblangen Ärmeln! In sehnsüchtiger Haltung zu Philip hingeneigt!
»Mein Gott!« stieß er zwischen den Zähnen hervor, »ist es schon so weit gekommen?«
Er schritt über die Brücke und stieg den Weg zu ihnen hinan. Die kleinen dürren Zweige knisterten scharf unter seinen Füßen. Ein Stein kam ins Rollen und hüpfte den Hang hinunter und klatschte ins Wasser. Jetzt erst bemerkten Mary und Philip sein Kommen.
Er war außer Atem, als er sagte: »Ich hätte mir nicht träumen lassen, hier zu stören! Besonders bei einer so angenehmen Beschäftigung – aber ich hatte den Band Robert Burns mitgebracht, den ich Ihnen versprach, Miss Wakefield. Ich hatte ihn schon zweimal mit, habe Sie aber beide Male nicht angetroffen. Ah, ich sehe, Sie haben andere Gedichte, die Ihre Aufmerksamkeit in Anspruch nehmen. Entschuldigen Sie. Ich werde mein Buch wieder mitnehmen.«
»O bitte nein!« rief Mary. »Ich möchte es so gern lesen!«
Er warf das Buch förmlich in ihren Schoß.
Philip stand auf. »Heiß, nicht wahr?«
»Ja. Ungemein heiß, um auf der staubigen Landstraße meine Runde zu machen. Du bist glücklich dran, du und auch Miss Wakefield – nun ja, wenn man keine Pflichten zu erfüllen hat . . .«
Er ließ sie stehen und ging weiter den Weg hinauf.
»Man möchte wirklich nicht meinen, daß er schon siebzig ist, nicht wahr?«, bemerkte Philip, ihm nachsehend.

7 Die Familie ist vollzählig

Vier Sonntage nacheinander war Mary morgens mit Philip Whiteoak und seinen Kindern in die kleine Dorfkirche gegangen. Wenn sie in dem Kirchstuhl der Familie saß, Renny rechts und Meggie links von ihr, und die Leute aus der Nachbarschaft eintreten und ihre altgewohnten Plätze einnehmen sah, überkam sie ein Gefühl von etwas Vollkommenem, das sie vorher noch nicht gekannt hatte. In London hatte sie sich sonntags oft morgens hinausgestohlen, um ihren Vater nicht zu stören, und war in die Kirche gegangen. Aber es war eine große Kirche in einer großen Stadt gewesen, wo lauter fremde Menschen ringsum saßen. Nun, in der Heimeligkeit des kleinen, aber gutgebauten Raums, unter Gesichtern, die sie allmählich kennenlernte, empfand sie eine tiefe Befriedigung, nicht nur in der Religion, sondern in einer ihr ganz neuen inneren Freude an sich selbst.

Philip saß nicht bei Mary und den Kindern, sondern ging mit Mr. Pink, dessen Vater schon vor ihm hier Pfarrer gewesen war, in die Sakristei und legte ein Chorhemd an. Er assistierte dem Pfarrer beim Verlesen des Evangeliums. Jetzt hatte Mary Gelegenheit, ihn unbemerkt zu beobachten, ihn mit dem Porträt seines Vaters zu vergleichen, durchaus zum Nachteil Kapitän Whiteoaks, und mit allen anziehenden Männern, die sie kannte – auch zu deren Nachteil. Selbst die kleine Sprechbehinderung steigerte noch ihr Gefallen an seinem Vortrag, denn sie weckte in ihr für den Augenblick eine Art schützenden Muttergefühls.

Am fünften Sonntag wurde der Choral »Ewiger Vater, Retter in Not« gesungen, und nach der Wärme, die Mr. Pink, der einen tiefen Baß hatte, und der Chor und die Gemeinde hineinlegten, mußte man annehmen, alle wünschten ernstlich, die Aufmerksamkeit auf die Tatsache zu lenken, daß fünf Mitglieder der Familie Whiteoak, einschließlich von Sir Edwin Buckley, auf See unterwegs nach Jalna waren. Zu beiden Seiten Marys erhoben die Kinder ihre hellen hohen Stimmen. Meg kannte den ganzen Text auswendig, Renny aber nur den ersten Vers. Nach diesem schwieg er bis zum Refrain einer jeden Strophe, wenn er mit schriller Stimme einfiel: »Für alle auf dem wilden Meer.« Mary war froh, daß der Choral nur fünf Verse hatte. Wäre noch einer gekommen, sie hätte sich das Lachen nicht mehr verbeißen können. Aus irgendwelchen Gründen lagen ihre Empfindungen, traurige oder heitere, in diesen Tagen unter einer sehr dünnen Oberschicht. Sie verstand sich selbst nicht, denn manchmal mußte sie mit den Kindern ganz unbezähmbar lachen über alberne Kleinigkeiten, obwohl sie wußte, daß das Gift für jede Autorität war. Und manchmal, gewöhnlich des Nachts, entdeckte sie, daß ohne jeden Grund ihre Augen voll Tränen standen.

Als die Zeit der Ankunft näher kam, waren die beiden Frauen, Mrs. Nettleship und Eliza, ganz und gar in ihrem Element. Von frühmorgens bis spät in die Nacht kämpften sie im Vorbereitungsfieber gegen Schmutz und Unordnung. Mary merkte, daß sie nie zuvor gewußt hatte, was ›peinliche Sauberkeit‹ war. Die Teppiche wurden hinausgetragen und geklopft, alle Läufer ausgeschüttelt, die Wände abgewaschen, die Fenster solange poliert, bis sie so gut wie nicht mehr da waren vor Durchsichtigkeit, Silber und Messing glänzten, daß es den Augen weh tat. Der Salon, in dem die Möbel zugedeckt gewesen waren, weil Philip nur die Bibliothek benützte, enthüllte sich jetzt als ein sehr hübsches Zimmer. Mary stand allein darin und sog die unbekannte Atmosphäre ein, den matten Geruch eines indischen Teppichs, der Polstermöbel, der Sofakissen, auf denen unbekannte Köpfe geruht – und was für Gedanken gedacht hatten? Da waren die Porzellanfiguren auf dem Kamin, der Jade-Affe und die Elfenbeinelefanten in der Vitrine – alle sahen sie mit unfreundlichen Blicken an, als lehnten sie jede mögliche Beziehung zu ihr unbedingt ab. Noten standen auf dem Flügel. Die Luft war voll von einer entfernten Vibration. Bald würde der Flügel wieder lebendig werden, aber nicht für sie, obwohl sie später einmal Meg Klavierunterricht geben sollte. Die Stutzuhr aus Goldbronze war wieder aufgezogen und ihr eifriges Ticken schien die verlorene Zeit nachholen zu wollen. Ein Rosenstrauß, zu eng in eine Vase gepreßt, welkte schon ein wenig, als könne er das unabwendbare Nahen der heimkehrenden Menschen nicht ertragen.

Die Kinder waren schon den ganzen Tag außer sich vor Aufregung. Sie sprachen von nichts anderem, dachten an nichts anderes als an die Geschenke, die man ihnen mitbringen würde. Es hatte keinen Sinn, sie zügeln zu wollen. Mary wanderte umher, sie hätte sich am liebsten irgendwo im Wald versteckt, aber es regnete unaufhörlich – ein duftiger, sanfter Regen, der auf eine Nacht voll elektrischer Stürme gefolgt war. Sie bekam Philip den ganzen Tag nicht zu sehen. Sie fühlte sich verloren. Sie schaute in die vier Schlafzimmer, die für die Ankommenden vorbereitet waren: das für Mrs. Whiteoak mit der buntgestickten Bettdecke, die drei für die andern mit schneeweißen Decken und Plumeaus mit großen, steifgestärkten Bezügen. Sogar die Spaniels waren aufgeregt. Der junge Jake lief schnuppernd in jedes der frisch zurechtgemachten Zimmer, und an dem Pfosten des Himmelbetts, das auf Sir Edwin und Lady Buckley wartete, hob er das Bein.

Der Wagen sollte zur Bahnstation des Dorfes fahren, wo der Lokalzug ankam, der – wenn auch nicht sehr bequem – Anschluß an den Zug aus Montreal hatte. Beide Züge verspäteten sich, und es wurde schon Abend, als das nahende Geklapper der Pferdehufe die Ankunft ankündigte. Rennys Wangen waren dunkelrot vor Aufregung. Meggy hüpfte unablässig von einem Fuß auf den andern. Beide trugen ihre Sonntagskleider. Auch Mary hatte eins ihrer besten Kleider angezogen, ein mattrosa Chambrey mit einem Volant am Rock und Rü-

schen an den halblangen Ärmeln. Sie hatte sich große Mühe mit ihrem Haar gegeben, das sich durch entzückende Puffen und kleine Locken dankbar erwies. Als Philip ihr gerade noch begegnete, ehe er zur Station fuhr, war er bestürzt zurückgeschreckt. Er hätte sie warnen müssen, sich nicht so elegant anzuziehen! Beim Jupiter, was würden seine Mutter und die Buckleys denken?! Aber schließlich – Mary war in England engagiert worden. Er hatte nichts damit zu tun gehabt. Mary rief aufgeregt, ganz gefaßt darauf, etwas Schreckliches zu hören: »Ist etwas verkehrt, Mr. Whiteoak?«
»Nein, nein.« Er lächelte beruhigend. »Ich dachte, ich hätte eine Spinne gesehen. Aber ich habe mich geirrt.«
»Eine Spinne? An mir?«
»Ja, aber es war ein Irrtum. Ich hab's schrecklich eilig – ich muß schnell zum Bahnhof.« Aber er zauderte. Plötzlich betrübte ihn das Kommen aller dieser Verwandten, sogar seiner Mutter. Es war so reizend gewesen, er und Miss Wakefield allein mit den Kindern. Es war hübsch gewesen, wenn er nach Hause kam und sie da war. Und noch nie hatte sie so reizend ausgesehen wie in diesem Augenblick – kurz ehe er sie verlieren sollte, dachte er beinahe. Sicherlich würde es nie wieder so werden. Wenn er an den vergangenen Monat zurückdachte, bedauerte er jede Gelegenheit zum Alleinsein mit ihr, die er versäumt hatte. Seit jenem Tag, als Dr. Ramsay sie in der Schlucht überraschte, hatte sie ihm keine Gedichte mehr vorgelesen. Das war eine Woche her. Aber, wenn er es gern wollte, konnte er sich jederzeit etwas von ihr vorlesen lassen. Wer wollte ihn hindern, sich etwas von ihr vorlesen zu lassen? Der sollte nur kommen! Er sah Mary drohend an.
»Ja?« Ihre ganze Gestalt schien ein verkörpertes Fragezeichen. »Ich – ich habe nur nachgedacht.«
»Aber es waren düstere Gedanken!« riet sie. Sie fand es hart, daß sie nicht vertrauter mit ihm war.
Jetzt lächelte er. »Sie galten Ihnen, Miss Wakefield.«
»Ich habe Ihnen hoffentlich keinen Anlaß gegeben, so ein finsteres Gesicht zu machen.«
»Eines Tages werd' ich's Ihnen sagen«, antwortete er. »Aber jetzt muß ich fort. Man stelle sich vor: meine Familie steht auf dem Bahnhof und stampft ungeduldig das Pflaster ... beim Zeus, das würde sie mir nie vergessen!«
Mary sah ihm nach und dachte: Wenn er ›meine Familie‹ sagt, dann meint er seine Mutter. Sie muß eine widerliche alte Dame sein ... ich fange schon an, sie nicht leiden zu können.
Sie seufzte vor nervöser Spannung. Jetzt waren alle Zimmer des Hauses lebendig, wußten um sie, standen ihr feindlich gegenüber. Sie gehörte nirgends hin, nicht einmal in ihr eigenes Schlafzimmer. Die Kinder rannten an ihr vorbei, als sähen sie sie nicht.

»Seid ihr ordentlich?« rief sie ihnen nach. »Sind eure Hände sauber?«
Sie lachten nur spöttisch und liefen weiter.
Jake kam schnuppernd und hechelnd in den Gang. Er lief in das Zimmer, das für die Buckleys vorbereitet war, und hob nochmals sein Bein an dem einen Bettpfosten. Wieder sah ihn keiner.
Mary stieg die Treppe hinab und fand Eliza beim Anzünden der großen prunkvollen Messinglampe im Wohnzimmer. Eliza war immer nett, wenn Mrs. Nettleship nicht dabei war. Jetzt bemerkte sie: »Sie denken sicher, es ist zu früh, die Lampe anzuzünden, aber Mrs. Whiteoak hat's gern, daß alles hell und freundlich aussieht, wenn sie von einer Reise kommt.«
»Nun, heller und blanker kann kein Zimmer aussehen!« sagte Mary. Sie sah hinauf zu dem Kristallkandelaber: »Jedes Prisma glänzt.«
Das hörte Eliza gern. »Ich hab jedes einzelne abgenommen und einzeln gereinigt. Mrs. Whiteoak wirft immer einen prüfenden Blick darauf, wenn sie zurückkommt. Und wenn sie eine Gesellschaft gibt, zünden wir alle Kerzen darin an. Und natürlich an ihrem Geburtstag.«
Jake lief ungeschickt die Treppe hinab und schaute ins Wohnzimmer. Er sprang an Mary empor. Mrs. Nettleship kam aus dem Souterrain. Sie sah Mary und Jake mißbilligend an.
»Ich will den Hund nicht in meinen frischgeputzten Zimmern haben«, erklärte sie und schlug drohend vor seiner Nase die Hände zusammen.
Er kläffte entsetzt auf, rannte Mary fast um und sauste, noch immer kläffend, zur offenen Tür hinaus. Draußen erspähte er seine ehrwürdigen Eltern und suchte bei ihnen Schutz. Zuerst versuchte er, sich an den Körper seines Erzeugers zu drängen, und als ihm das nicht gelang, kuschelte er sich an seine Mutter. Mrs. Nettleship warf die Tür hinter ihm zu.
Fast eine Stunde verging. Immer wieder zog Mary ihre Uhr aus dem Gürtel und sah auf das säumige Zifferblatt. Ihr Gesicht brannte. Jetzt waren die Lampen nötig, denn es war fast dunkel.
Und dann klapperten die Hufe vor der Tür.
Mary floh hinauf in ihr Zimmer.
Lauschend stand sie in der offenen Tür. Die Halle unten schien voller Menschen. Sicherlich konnten die paar Leute nicht soviel Lärm machen. Durch das Sprechen kam hin und wieder ein Lachen, fast männlich in seiner Lebhaftigkeit, und dennoch fraulich heiter. Später hörte sie, wie das Gepäck die Treppe heraufgebracht wurde. Und dann kamen Stimmen aus den unter ihr liegenden Schlafzimmern. Sie hörte eine tiefe Männerstimme rufen: »Komm einen Augenblick her, Ernest.« Und dann die Stimme des Mr. Whiteoak, den sie in London gesprochen hatte: »Gleich, Nicholas – ich binde mir nur einen frischen Kragen um.«
Mary machte energisch ihre Tür zu. Sie beschloß zu bleiben, wo sie war, bis sie

gerufen wurde. Sie wollte lesen, und . . . ja, eine Zigarette rauchen! Ihr eigener Vater hatte ihr diese dekadente Gewohnheit beigebracht, und sie war so stark geworden, daß sie in Zeiten besonderer Nervenanspannung nicht selten zu diesem Beruhigungsmittel griff. Sie hatte sich mehrere Päckchen mitgebracht.
Nun setzte sie sich nieder, machte aber beide Fenster auf, damit die Zugluft den Rauch gleich hinaustrug. Sie nahm eine Zigarette zwischen die Lippen, zündete sie an und warf das Streichholz sorgsam möglichst weit hinaus. Sie sog den Rauch tief ein und griff zu einem Buch – es war *Lady Audleys Geheimnis*, das sie gestern bis in die späte Nacht hinein wachgehalten hatte, und fing an zu lesen. Entweder war es jetzt im Haus stiller geworden, oder es war ihr gelungen, sich zu isolieren. Als es gebieterisch an die Tür klopfte, fuhr sie zusammen. Die Zigarette war längst ausgeraucht, aber sie tupfte vorsichtshalber ein wenig Parfüm auf ihr Haar und ihren Kragen, um jeden etwaigen Rest von Rauchgeruch zu vertreiben.
»Miss Wakefield!« rief Renny von draußen.
Sie öffnete die Tür.
»Sie werden unten gewünscht. Meine Großmutter will Sie sehen. Und was meinen Sie, was sie mir mitgebracht hat? Eine Eisenbahn, die man aufziehen kann und die dann von allein durchs Zimmer läuft! Und für Meggie eine Spieldose. Kommen Sie – sehen Sie sich's an!«
Er nahm sie mit einer bisher nie gezeigten Herzlichkeit bei der Hand und zog sie durch die Tür.
»Sie riechen aber fein!« rief er.
»Wonach?« fragte sie erschrocken.
»Fein!« antwortete er und zog sie weiter.
Er hielt sie noch an der Hand, als sie ins Wohnzimmer traten. Der feste Druck seiner Hand gab ihr Kraft. Ängstlich blickte sie um sich – sie suchte die Gestalt von Mrs. Whiteoak.
Aber da war nicht viel zu suchen. Ihre ausdrucksvolle Gegenwart fing den Blick und fesselte ihn, obwohl alle Anwesenden bis auf einen stark individuell waren – und selbst dieser eine, Sir Edwin, war alles andere als unbedeutend, schon durch seinen Gegensatz zu den andern. Mary hatte erwartet, eine alte Dame zu sehen, aber Adeline Whiteoak wirkte mit ihren achtundsechzig wie eine Frau von fünfzig Jahren, bis auf ihre sehr strenge Kleidung und die Spitzenhaube mit Bändern auf ihrem Kopf. Die Haube war auf Draht gezogen, um ihr Facon zu geben – und sie tat ein übriges zu Adeline Whiteoaks majestätischer Erscheinung. Ihr Haar war noch rötlichbraun, nur mit ein paar grauen Fäden. Ihr schöngeschnittenes Gesicht mit der Adlernase, den ausdrucksvollen braunen Augen, den schönen Zähnen brachte einen Schimmer von Bewunderung in Marys eigene Augen. Vor allem: Mrs. Whiteoak lächelte, und Mary lächelte zurück.

»Guten Tag, Miss Wakefield.« Sie streckte die Hand aus und umschloß Marys Hand damit. Renny hielt noch die Finger der andern fest.
»Kommen Sie doch«, drängte er, »und sehen Sie sich meine Eisenbahn an!«
Es kam Mary vor, als wenn ihm mindestens ein Dutzend Stimmen Schweigen gebieten würden.
»Ich hoffe, Sie kommen gut voran«, sagte Mrs. Whiteoak. »Ich hoffe, es wird Ihnen gelingen, den Kindern ein wenig Weisheit beizubringen!«
»Ich gebe mir große Mühe«, antwortete Mary mit kaum hörbarer Stimme.
»Ich fürchte, ich werde taub«, sagte Mrs. Whiteoak und legte die Hand hinter das Ohr. »Ich kann Sie nicht hören.«
»Wir kommen recht gut vorwärts, vielen Dank.« Jetzt war ihre Stimme klar und, wie sie fürchtete, ein wenig zu laut.
Meg sprach dazwischen. »Wir haben letzthin gar keine Schulstunden. Es ist nämlich zu heiß.«
Der scharfe Blick ihrer Großmutter traf sie: »Es gibt auch andere Dinge als Schulstunden.«
»Was für andere Dinge?« fragte Renny.
»Gutes Benehmen! Lehrt euch Miss Wakefield, euch gut zu benehmen?« Renny brach in schallendes Gelächter aus.
»Ist heute eine Gesellschaft? Oder sonst etwas?« fragte Mrs. Whiteoak und musterte Mary.
Ihr Kleid! Sie hätte nicht dieses festliche Kleid anziehen sollen! Nun wäre sie am liebsten in die Erde gesunken.
Ernest Whiteoak trat zu ihr. In seinem Gesicht stand etwas wie eine kleine Entschuldigung – aber Mary konnte nicht erraten, ob sie seiner Mutter oder ihr galt. Jedenfalls schüttelte er ihr freundlich die Hand.
»Mir scheint eine Ewigkeit vergangen zu sein, seit ich Sie im Auftrag meiner Mutter bat, sich vorzustellen«, sagte er.
»Und daß du Miss Wakefield durch die Augen deiner Mutter sahst, wette ich!« fügte Mrs. Whiteoak hinzu. Sie wandte sich an Mary. »Wie alt sind Sie, meine Liebe?«
»Vierundzwanzig.«
»Hmmm ... das paßt genau zu der Beschreibung, die mein Sohn mir gab – er sagte, sie seien ›noch ziemlich jugendlich‹ – so daß ich annahm, Ihr Haar sei noch nicht grau und Sie hätten noch Ihre eigenen Zähne. Nun ja – ich habe meine auch noch – und ich bin achtundsechzig.«
Mary war zu verwirrt, um zu erraten, ob Mrs. Whiteoak sich über sie lustig machte. Sie stand wie gebannt vor der älteren Frau.
»Aber nun muß ich Sie allen vorstellen«, sagte Mrs. Whiteoak. Meg und Renny waren weggelaufen. »Nicholas, Augusta, Edwin – das ist Miss Wakefield. Miss Wakefield – das sind Mr. Whiteoak, Sir Edwin und Lady Buckley.«

Der große dunkelhaarige Herr mit dem Bart, der am Fenster stand und mit Philip sprach, lächelte höflich und verneigte sich. Sir Edwin und Lady Buckley neigten die Köpfe ohne zu lächeln.
»Wo sind die Kinder?« fragte Mrs. Whiteoak.
»Sie sind mit ihren Spielsachen in die Bibliothek gegangen«, antwortete Philip.
Mrs. Whiteoak gab Mary einen gebieterischen Wink mit der Hand. »Es ist besser, Sie gehen zu ihnen«, sagte sie, »sonst stellen sie lauter Unfug an.« Mary bemerkte, wie lang und geschmeidig diese Hand war und sah die Diamanten und Rubinen daran aufblitzen.
Mit einer kleinen Verbeugung zog sie sich zurück. Kaum war sie in der Halle, hörte sie Mrs. Whiteoaks Stimme: »Bitte – jemand soll die Tür zumachen!«
Sie wurde zugemacht, und die sechs Personen blieben im Wohnzimmer. Sie tauschten Blicke absoluter Vertraulichkeit. Nicholas sprach als erster.
»Ein bildhübsches Geschöpf«, sagte er. »Wirklich, ein bildhübsches Geschöpf!« Er wandte sich an seinen Bruder Ernest. »Auf mein Wort, Ernie – dein Geschmack in bezug auf Frauen ist erstklassig!«
»In London sah sie ganz anders aus«, erwiderte Ernest hastig.
»Zweifellos hat das Klima hier sie verjüngt«, sagte Sir Edwin, der klein und adrett und irgendwie mausgrau war.
»Sollen wir diese Bemerkung ernst nehmen?« fragte seine Frau, die sehr groß war, eine dichte Ponyfranse über der Stirn trug und ein pflaumenblaues Kleid anhatte. Sie sprach mit einer tiefen Altstimme.
»Ich schlug es als die einzige Erklärung vor«, antwortete Sir Edwin. »Ernest sagte doch selbst, sie habe in London anders ausgesehen.«
»Nun, wenn sie in London so ausgesehen hat wie jetzt, muß Ernest schwachsinnig gewesen sein«, erklärte Lady Buckley.
»Was habt ihr denn mit ihrem Aussehen?« fragte Philip.
»Es ist unmöglich«, antwortete seine Schwester. »Sie kleidet sich und benimmt sich wie eine Schauspielerin!«
Da es Adeline Whiteoak gegen den Strich ging, einer Meinung mit ihrer Tochter zu sein, überhörte sie diese Bemerkung und fragte:
»Inwiefern war sie in London anders, Ernest?«
»Ach, Mama – das ist schwer zu sagen. Jedenfalls war da ein ungreifbarer, aber bedeutender Unterschied.«
»Nun, aus ungreifbaren Gründen engagiert man keine Gouvernanten.«
»Wir hätten uns nie auf Ernest verlassen dürfen!«, sagte Lady Buckley. »Er läßt sich von ein wenig Charme allzuleicht einwickeln.«
Ernest erwiderte scharf: »Ich bin der einzige von uns, der sich nicht in den Ehestand hineinlavieren ließ!«
Sir Edwin kicherte: »Mein Charme war eben überwältigend für Augusta – nicht wahr, Augusta?«

Seine Frau betrachtete ihn, als suche sie vergeblich einen Überrest jenes Charmes in ihm zu entdecken. Sie sagte: »Nun, ein solches Mädchen ist keine Gesellschaft für die Kinder.«
»Was verlangt ihr eigentlich von mir?« fragte Philip hitzig. »Soll ich sie rauswerfen, weil sie hübsch ist und nette Kleider trägt? Nun, das fällt mir nicht ein! Ihr habt sie hergeschickt. Sie ist verdammt viel netter als die andern beiden waren.« Ruhiger fuhr er fort: »Wartet nur, bis ihr sie näher kennenlernt, ehe ihr sie verurteilt. Ich bin überzeugt, sie wird euch auch gefallen.«
»Philip hat recht«, stimmte Ernest zu. »Wir müssen ein wenig Geduld haben und ruhig urteilen.«
Diese Bemerkung beruhigte nun seine Mutter keineswegs. Sie sprang auf und fegte durchs Zimmer. »Bei Gott, Ernest«, rief sie, »du hast eine Art, jeden Menschen in Rage zu bringen!«
»Mich nicht«, sagte Augusta, »denn ich weiß, daß Ernests Absichten immer gut sind.«
Mrs. Whiteoak kam zurück. Sie lächelte. »Tatsächlich, wir müssen der jungen Person eine Chance geben, wie Philip sagt. Ich für mein Teil beabsichtige, sehr verbindlich zu ihr zu sein.«
»Nie ist mir der Gedanke in den Kopf gekommen«, sagte Augusta mit ihrem Kontraalt, »zu einem Menschen unverbindlich zu sein!«
»Also: seien wir nett zu ihr und warten wir ab«, schloß Sir Edwin heiter.
»Nun, dafür wird sie außerordentlich dankbar sein.« Philip lächelte ihm zu. Schon wollte er hinzufügen: »Und ich ebenfalls«, aber er besann sich eines besseren.
Nicholas gähnte. »Ich gehe in mein Zimmer – auspacken. Komm mit, Philip.« Er schob den Arm liebevoll in den des Bruders, und sie gingen gemeinsam zur Tür.
Die Buckleys erhoben sich und folgten ihnen. Augusta fragte: »Kann ich dir irgendwie behilflich sein, Mama?«
»Nein, danke. Mrs. Nettleship kann mir helfen.«
Ernest hatte keine Lust, mit seiner Mutter allein zu bleiben. »Kann ich etwas tun?« fragte er munter, als die andern fort waren.
Sie schüttelte den Kopf.
»Es ist hübsch, wieder zu Hause zu sein«, sagte er.
»Mag schon sein – für dich. Gut, wenn man ohne Verantwortung ist.«
»Aber – es ist doch nichts passiert, Mama!«
»Es *wird* etwas passieren. Hast du Philips Gesicht gesehen, als er von dem Mädchen sprach?«
»Nein.«
»Dann bist du sehr unaufmerksam. Er findet sie sehr anziehend. Er hat sich sogar vielleicht an sie attachiert.«

Ernest nagte an seinem Daumen, er wußte nicht, was er sagen sollte. Da klopfte es an die Tür. Ehe er sie öffnete, wandte er sich zu seiner Mutter und sagte: »In Jalna scheint alles in bester Ordnung zu sein!«
»Nun ja. Nun ja«, murmelte sie. Dann sagte sie mit einem wirklich verzweiflungsvollen Blick: »O Ernest, was warst du für ein Narr, dieses leichtsinnige hübsche Ding zu engagieren!«
Ernest konnte es nicht leugnen. Er war dankbar, als es ein zweites Mal leise an der Tür klopfte. Er öffnete sie.
Mrs. Nettleship stand draußen, die kleinen spitzen Hände auf dem Magen gefaltet. Ernest schlüpfte an ihr vorbei und ging die Treppe hinauf. Sie sagte: »Verzeihen Sie, Madam, aber kann ich Ihnen behilflich sein?« Sie trat ein und schloß die Tür hinter sich.
»Ja. Sie können für mich auspacken – aber erst morgen früh. Jetzt nur meinen kleinen Handkoffer.«
»Den habe ich bereits ausgepackt.«
»Dann ist nichts weiter. Warten Sie – Sie können mir noch ein Glas Sherry eingießen.« Adeline hatte sich aufs Sofa gesetzt und lehnte nun halb in den Kissen, was ihre lange, geschmeidige Gestalt trotz der schwerfälligen Kleidung vorteilhaft zur Geltung brachte.
Mrs. Nettleship durchquerte mit kurzen unhörbaren Schritten das Zimmer und nahm die Karaffe von dem silbernen Tablett. »Ich dachte mir schon, Sie würden müde sein und gern ein Glas Sherry trinken, Madam«, sagte sie.
»Ein guter Gedanke. Aber diesmal nur ein halbes Glas.«
Mrs. Nettleship brachte ihr den Sherry. Adeline Whiteoak setzte das Glas an die Lippen und sah über den Rand hinweg die Haushälterin scharf an.
»Ist hier alles gutgegangen – letzthin?« fragte sie.
»Meinen Sie: in den letzten fünf Wochen, Mrs. Whiteoak?«
»Ja, Genau das.«
Mrs. Nettleship hatte O-Beine. Sogar durch den Rock und zwei Unterröcke sah man es. Nun pflanzte sie ihre Füße fest auf den Teppich.
»Diese letzten fünf Wochen waren sehr schwer zu ertragen. Wenn es nicht Ihretwegen gewesen wäre, Mrs. Whiteoak – ich hätte es nicht ausgehalten. Es ist mir schon auf die Gesundheit geschlagen.«
»Bitte – was meinen Sie?« Adeline Whiteoak sprach mit angehaltenem Atem.
»Nun, diese Gouvernante! Es bricht mir das Herz, wenn ich diese beiden armen kleinen Kinder ansehe und mir denke, auf was sie aus ist!«
»Auf was ist sie aus?«
»O Mrs. Whiteoak, befehlen Sie mir nicht, es laut auszusprechen! Ich könnte es einfach nicht. Aber ich liege in der Nacht wach und denke, was aus diesem Haus werden würde, wenn sie ihm vorstünde! Natürlich würde ich nicht bleiben, aber ich denke eben immer an die armen Kinder.« Sie seufzte tief.

Adeline sagte ruhig: »Sagen Sie mir – was hat Miss Wakefield getan, das Sie auf diesen Gedanken kommen läßt?«
Mrs. Nettleship kam einen Schritt näher heran, und die Pupillen ihrer blassen Augen verschoben sich zum Schielen, und nun strömten ihr die Worte vom Munde.
»O Mrs. Whiteoak, es fing an, als sie unter dieses Dach kam. Ich sah gleich, daß sie durchtrieben war. Sie war nicht angezogen, wie sich's schickt, sondern so, als wenn sie ausgehen wollte. Und parfümiert war sie auch noch! Und was noch viel schlimmer war, Madam – sie hatte sich angemalt!«
»Angemalt? Was? Ihre Backen?«
»*Und* ihre Lippen. Ich habe es wohl bemerkt, sie waren manchmal röter als sonst. Und dann habe ich etwas *gesehen.*«
»So! Ha! Und was noch?«
Mrs. Nettleship kam ganz nahe und senkte ihre Stimme bis auf ein Flüstern.
»Am dritten Tage –« sagte sie, dann hielt sie inne.
»Ja? Weiter!«
»Am dritten Tag habe ich die Kinderwäsche hinauf ins Zimmer getragen. Ich hatte Hausschuhe an, die keinen Lärm machen. Im obersten Stock vor Miss Wakefields Tür stand Mr. Philip. Die Tür war offen, und sie stand darin – mit einem *lockeren* Morgenkleid!« Die besondere Betonung, die Mrs. Nettleship auf das Wort ›locker‹ legte, deutete die denkbar unmoralischsten Absichten seitens des Morgenkleides an. Sie beobachtete scharf Mrs. Whiteoaks Gesicht und durfte mit der Wirkung ihrer Enthüllungen zufrieden sein.
»Was haben sie getan, als Sie auftauchten?«
»Miss Wakefield war platt vor Verlegenheit. Sie wußte nicht, wohin sie sehen sollte. Aber Mr. Whiteoak sprach sehr scharf zu mir.«
»Was sagte er denn?«
»Nun, ich entschuldigte mich – ich hoffte, ich hätte die junge Dame nicht erschreckt, und er sagte, *sie* hätte nichts, wovor sie zu erschrecken brauchte!«
»Hm. Und was dann?«
»Dr. Ramsay kam herein – er war schon zweimal dagewesen, um sie zu sehen, und hatte sie nicht finden können – und nach einer Weile zog sie sich an und kam herunter. Nachdem er gegangen war, blieb sie noch mit Mr. Whiteoak in der Bibliothek. Jake war auch noch drin, und ich dachte, es wäre besser, ihn mal rauszulassen. Wir haben noch nie 'n jungen Hund gehabt, der soviel Mühe gemacht hat! Nun, ich bin nicht ins Zimmer gegangen, Mrs. Whiteoak. Ich bin nicht hineingegangen. Ich weiß, was ich mir erlauben darf. Besonders nach dem Ton, in dem Mr. Whiteoak zu mir gesprochen hatte, vor ihrer Schlafzimmertür. Ich lief hinunter ins Souterrain – so schnell mich meine armen Beine tragen wollten!«
»Wovor um Himmelswillen sind Sie weggelaufen?«

»Nun, um Mr. Whiteoak nicht im Wege zu sein.«
»Menschenskind – können Sie nicht deutlich sprechen?«
Mrs. Nettleships Stimme wurde plötzlich schrill. »Ich hörte einen *Kuß*. Einen leisen kleinen Kuß. Und dann hörte ich Mr. Whiteoak vergnügt lachen.«
»Vielleicht hat sie Jake geküßt!« sagte Mrs. Whiteoak grimmig.
»Ha ja, das ist ein guter Witz, Mrs. Whiteoak. Aber ich hab noch nie gesehen, daß eine junge Dame einen *Hund* küßt. Nicht, wenn ein hübscher junger Mann daneben steht.«
Adeline stellte das leere Sherryglas hin. »Ist sonst etwas zu berichten?« fragte sie fast nebenbei.
»Nur noch das.« Die Haushälterin steckte die Hand in die Schürzentasche und holte ein kleines Päckchen in Seidenpapier heraus. Sie wickelte es auf und enthüllte mehrere Zigarettenenden. »Sie *raucht*, Mrs. Whiteoak!« Adeline blies den angehaltenen Atem heraus. »Gut, gut«, sagte sie. »Ein recht fortschrittliches junges Mädchen!«
»*Fortschrittlich?* Fortschrittlich ist kein Wort für ihr Benehmen! Zweimal in dieser Woche ist sie *singend* durchs Haus gegangen! Gerade als ob sie hier die Herrin wäre!«
Adeline erhob sich. Wenn Mrs. Nettleship einen Temperamentsausbruch von ihr erwartet hatte, sah sie sich enttäuscht. Sie schien ruhiger als beim ersten Teil des Berichtes. Aber als sie in ihrem Schlafzimmer war und die Tür hinter sich geschlossen hatte, war sie förmlich in Weißglut vor Ärger und Bestürzung. Sie stand mit dem Rücken gegen die Tür gelehnt und preßte die Handflächen gegen die Paneele – sie konnte sich nur mit größter Anstrengung zurückhalten, nicht geradenwegs zu Philip zu gehen und eine Erklärung von ihm zu fordern. Aber Klugheit, Lebenserfahrung und Instinkt sagten ihr, daß es viel, viel besser wäre, zu warten und erst einmal selbst festzustellen, wie weit diese Affäre schon gediehen war.
Freilich hätte sie am liebsten Ernest bei den Schultern genommen und geschüttelt. Man denke sich, daß er seinem Bruder wissentlich eine solche Versuchung in den Weg schickte! »Wenn ich den Einfaltspinsel hier hätte!« sagte sie laut und schlug die geballte Faust in die andere Handfläche. Sie beendete den Satz nicht, denn in diesem Augenblick ertönte in der Halle der indische Gong, der die Familie zu den Mahlzeiten zusammenrief.

8 Das Gewitter

Mary ging durch die Halle zur Tür des Salons, die offenstand. Sie war verwirrt durch die Begegnung mit den neuen und so überaus individuellen Mitgliedern der Familie. Ihr war, als errichteten sie eine Mauer zwischen ihr und

Philip. Sie sah ihn im Geist, aber wie aus weiter Ferne. Beim Klang dieser Stimmen um sie her war sie abgetrennt, allein. Die Luft war drückend. Wieder braute sich ein Unwetter zusammen.

Im Wohnzimmer spielten die Kinder mit dem neuen Spielzeug. Renny kniete auf dem Boden und zog seine Lokomotive auf. Meg stand am Tisch, neben sich die Spieldose, die mit zarten Tönen ein Wiener Lied spielte.

»Hören Sie nur!« rief Meg, »ist die Melodie nicht reizend?« »Entzückend«, bestätigte Mary. »Was für schöne Geschenke!« »Wir haben auch ein Federballspiel bekommen«, rief Renny, »und 'ne Menge Bleisoldaten und Meggie 'n Arbeitskörbchen mit einem Fingerhut, und jeder von uns zwei Bücher!« Er sprang auf, um seine Schätze zu zeigen. Der ganze kleine Mensch bebte vor Vitalität und Begeisterung. Meg war nicht imstande, sich so unbändig zu freuen wie er, aber sie spornte sich selbst an, ähnlichen Überschwang zu zeigen, damit er sie nicht in den Augen der Erwachsenen aussteche.

Mary sah alle Geschenke an, war aber innerlich nicht dabei. Sie dachte: Was geht hinter der geschlossenen Tür des Salons vor? Was sagen sie über mich? Aus irgendwelchem Grund gefalle ich ihnen nicht. Sie sehnte sich nach einem Wort, nach einem Blick von Philip, der ihr Sicherheit geben würde.

Es gelang ihr nur mit Mühe, die Kinder dazu zu bewegen, daß sie die Spielsachen hinauf in ihr Zimmer trugen. Aber endlich war auch das geschehen. Aber vom Schlafengehen wollten sie nichts hören. Zuerst mußten sie hinuntergehen und den Erwachsenen Gutenacht sagen. Sie fragten erst gar nicht, ob sie gehen dürften, sie sausten an ihr vorüber und die Treppe hinunter.

Mary stand am Fenster und sah hinaus. Die Luft war feucht und bedrohlich schwer. Es wetterleuchtete fortwährend hinter den Bäumen, die sich jenseits der Schlucht erhoben . . . der Schlucht, in der sie gesessen und Philip Whiteoak Tennyson vorgelesen hatte. Jetzt fühlte sie sich von solchem angenehmen Gedankenaustausch mit ihm abgeschnitten. Von nun an würden alle diese Leute da unten zwischen ihnen stehen. Sie war allein in diesem Haus voller Menschen. Ihre Schläfen pochten, sie drückte die Hände dagegen. Das Wort *allein!* Die so fest verknüpfte Familie hatte keinen Raum für sie. Und warum sollten sie auch? Eines Tages würde sie verschwinden, ohne einen Eindruck, eine Wirkung zu hinterlassen – nicht mehr als Miss Cox und Miss Turnbull. Keinen Eindruck auf Philip Whiteoak? Oh, ganz, ganz bestimmt würde in seiner Brust eine schwache Erinnerung an sie fortleben. Sie konnte den Gedanken ertragen, von ihm vergessen zu werden, weil sie nicht wirklich daran glaubte, aber die Vorstellung, daß er sich ihrer erinnern würde, trieb ihr die Tränen in die Augen. Sie hörte die Kinder die Treppe heraufkommen, sie traten so hart auf wie sie konnten, damit alle im Haus hören sollten, was sie taten.

Sie kamen aus dem Eßzimmer, wo man noch bei Tisch saß. Jeder hatte einen Happen von dem bekommen, was er am liebsten mochte. Sie waren übermütig.

Es dauerte lange, bis Mary ihre eigene Tür hinter sich zumachte. Um diese Zeit war das Gewitter schon ganz nahe. Die Elektrizität dieser Unwetter war für Mary ein Quell der Furcht. Niemals hatte sie so wilde, wütende Gewitterstürme erlebt. Wenn sie des Nachts kamen, waren sie noch viel schlimmer, mit der Dunkelheit als Hintergrund für ihr grelles Licht. Sie wünschte, die Kinder hätten sie gebeten, bei ihnen zu bleiben und ihnen Gesellschaft zu leisten, aber sie wußte recht gut, sie wollten sie nicht haben. Dennoch fürchtete sich Meg vor dem Poltern des Donners. Warum wollte Meg sie nicht um sich haben? Daran war Mrs. Nettleship schuld, das spürte Mary. Wenn sie bloß die Kinder in Ruhe lassen wollte! Aber es war unvermeidlich, ihren Einfluß auf sie überall zu spüren. Endlich verschwand das Gewitter über den See. Man hörte nicht einmal mehr fernen Donner. Es war völlig vorbei, und ließ eine große Stille zurück. Wie der Traum von einer Schlacht war es vorübergezogen. Todmüde schlief Mary ein. Sie schlief traumlos eine oder zwei Stunden. Die Nacht war heiß. Dann kam das Gewitter zurück. Es zog majestätisch über den See herauf, nahm denselben Weg, auf dem es verschwunden war, zog sich zusammen, als wolle es einen besonders furchterregenden Pomp entfalten. Jedoch noch fiel kein Regen, obwohl man das Rascheln des Laubes leicht für das Geräusch des Regens hätte halten können. Die Blätter rieben sich zitternd aneinander. Beim ersten Donnerschlag sprang Mary auf. Sie war ganz benommen und konnte im ersten Augenblick gar nicht recht zu sich kommen. Sie duckte sich mit klopfendem Herzen und erwartete den zweiten Schlag. Gleichzeitig wurde das Zimmer plötzlich lebendig, in rötlich grelles Licht getaucht, das jede kleine Einzelheit beleuchtete und den Wachsfrüchten unter dem Glassturz eine durchsichtige echte Schönheit lieh. Das Gewitter stand direkt über dem Dach. Mary schrie erschrocken auf, aber ihr Schrei war nicht lauter als das Piepen eines Maulwurfs in seinem Bau.
Sie mußte gehen und nachschauen, was die Kinder machten. Die Luft im Zimmer war erstickend. Die Haare klebten ihr an den Schläfen. Sie zog den Morgenrock über und eilte in das andere Zimmer. Im Türrahmen erfaßte sie ein starker Zugwind. Sie hörte Meg weinen und eilte zu ihrem Bett.
»Ich bin bei dir, Herzchen«, sagte sie und legte den Arm um sie. Meg klammerte sich an sie. »Machen Sie das Fenster zu«, schluchzte sie.
»Oh, wie dumm von mir!« rief Mary und lief zum Fenster, um es zu schließen. Dabei kam ein zweiter Blitz, der sie förmlich blendete, und ein Donnerschlag, der das ganze Universum zu erschüttern schien.
Meg schrie auf, und Mary stolperte fast zu ihr hinüber, setzte sich auf ihren Bettrand und nahm sie fest in die Arme.
»Machen Sie Licht«, sagte Meg weinend.
Mit zitternden Händen strich Mary ein Zündholz an und steckte die Petroleumlampe an. Sie hatte einen weißen Porzellanschirm mit gemalten Rosen darauf,

und Meg hatte einmal in einem Anfall von Ungezogenheit eine der Rosen mit ihrem Nagel abgekratzt.
Jetzt beruhigte sie das Licht. Sie sah Mary aus tränenverschwollenen Augen an. »Gehen Sie nicht weg!« sagte sie, und als schon wieder ein neuer Donnerschlag kam, schrie sie: »Daddy soll kommen!«
»Genügt's nicht, daß ich da bin?«
»Nein, Daddy soll kommen. Ich hab so schreckliche Angst!«
»Daddy ist schon da«, sagte eine Stimme von der Tür her. Philip kam in Hemd und Hose ins Zimmer.
»Ist das ein Krach!« sagte er freundlich, fast als bewundere er die Kraft des Unwetters.
»Komm her! Komm her!« rief Meg. »Setz dich auf mein Bett!«
Er setzte sich, und sie kletterte auf seine Knie und faßte ihn fest um den Hals.
»Ist das Fenster bei Renny zu?« fragte er Mary. Dann rief er: »Lieber Gott – Sie haben ja auch Angst! Nun, ihr seid mir ein tapferes Paar!«
Seine beruhigende Gegenwart im Zimmer hatte Marys Angst schon verscheucht. Ihr Herz schlug leichter. Aber sie war beschämt, daß sie Rennys Fenster vergessen hatte. Mit einem erschrockenen Ausruf lief sie schnell in den Alkoven, in dem er schlief. Es war taghell erleuchtet vom Blitz. Das Fenster stand offen. Im Zugwind blähte sich Marys Morgenrock wie ein Segel. Mit ihrem goldenen Haar, das ihr um die Schultern flog, sah sie aus wie ein Engel auf einem alten Gemälde.
Renny stand nackt vor dem Fenster und sah hinaus in das Gewitter. Das Donnergrollen, das jetzt zwischen den Wolken vibrierte, erschreckte ihn keinen Augenblick. Er stand regungslos, der Regen, der jetzt herunterprasselte, strich über seinen weißen nackten Körper. Dann war es wieder dunkel, und Mary sagte:
»Renny! Du bist wirklich ungezogen! Weißt du nicht, wie gefährlich es ist, bei Gewitter im Zugwind zu stehen?«
Sie tastete sich zu ihm hin, der Teppich unter ihren Füßen war naß. Sie zog das Fenster herunter. Aber Rennys kleine nassen Hände griffen nach den ihren und versuchten sie zurückzuhalten.
»Ich will's offen haben!« sagte er. »Ich mag das grade gern!« Gleichzeitig kam ein feuriger Blitzstrahl und ein schwerer Donner. Mary unterdrückte einen Angstschrei.
»Sie fürchten sich ja!« lachte Renny. »Aber ich – ich mag's gern! Ich liebe es! Ich wünschte, ich könnte die ganze Nacht aufbleiben.« Er begann hin und her zu tänzeln, das ständig flackernde Licht fiel auf den kleinen schlanken Körper.
Die Furcht gab Mary Mut. Sie raffte sein Nachthemd vom Boden auf, fing

ihn ein und zog es ihm über. Dann nahm sie ihn bei der Hand und zog ihn ins Zimmer. Aber als er seinen Vater sah, riß er sich los und warf sich in Philips Arme, ergriff seine Hand und rieb seine Wange daran.

»Daddy!« rief er, »fein, daß du gekommen bist! Ich möchte immer, daß du zu uns kommst!«

Zwischen Renny und Meg sah Philip lachend zu Mary auf. Er drückte die Kinder an sich. Unten im Zimmer wurde es lebendig. Leute sprachen. Mary zögerte – sollte sie in ihr Zimmer zurückgehen?

»Das Gewitter läßt nach«, sagte Philip. »Bald ist es vorbei.« Die Kinder schwatzten. Sie wollten Wasser trinken.

Eine seltsam vertraute Atmosphäre war entstanden. Bemerkte es Philip? Unmöglich, seine Gedanken zu lesen. Vielleicht machte sie ihm keinen stärkeren Eindruck als seinerzeit Miss Cox und Miss Turnbull? Plötzlich sagte er: »Ja . . . nun ist meine Familie zurückgekommen.«

Es war so deutlich vielsagend, daß sich ein Kommentar erübrigte.

»Ja . . . und recht zahlreich«, fügte er hinzu.

»Ja. Das Haus ist ziemlich voll.«

»So sind sie eben. Alle.«

»Nun, sie sehen alle . . . sehr vornehm aus.«

»Besonders meine Mutter. Sie dürfen keine Angst vor ihr haben. Sie ist heftig und temperamentvoll, aber sie ist wirklich gutherzig.«

»Ich fürchte, ich bin nicht ein so starker Charakter.«

»Nicht stark? O doch, das weiß ich. Es gehörte ein starker Charakter dazu, hier herüber zu kommen – so fern von der Heimat.«

»Ich hatte kein Heim.«

»Miss Wakefield«, sagte er sehr ernst, »ich möchte Sie etwas fragen.«

Sie unterbrach ihn mit einem Blick auf die Kinder. Sie konnte nicht von sich und ihren Gefühlen sprechen, wenn Megs neugierige Augen auf ihr ruhten, mit der Wahrscheinlichkeit, daß jedes Wort, das hier fiel, in der Küche wiederholt werden würde.

Philip sah sie erstaunt an, dann begriff er.

Von unten kam Lady Buckleys Stimme: »Philip! Bist du bei den Kindern?«

Er ging zur Tür und rief zurück: »Ja. Ich bin hier oben.«

»Alles in Ordnung bei ihnen?«

»Keine Sorge, ich komme gleich hinunter. Das Gewitter ist vorbei.«

Er brachte Renny wieder in sein Bett. Mary deckte Meg gut zu, das Kind blieb ganz still liegen und sah sie mit kalten, abwägenden Augen an. Mary sah, daß Meg keinen Gutenachtkuß haben wollte.

»Bitte, Miss Wakefield, lassen Sie die Lampe brennen«, sagte Meg nur.

»Aber es wird bald heller Tag sein.«

»Ich möchte Licht haben – bitte.«

»Aber du darfst die Lampe nicht anfassen.«
»Nein. Ich versprech's Ihnen.«
Mary schraubte die Lampe tief und ging hinaus.
Alles war still. Myriaden Regentropfen fielen von den Blättern wie ein langsamer, süßer Regenschauer.
Philip kam in den Gang und schloß die Tür des Kinderzimmers. Mary sagte rasch: »Entschuldigen Sie ... ich wollte nicht so kurz sein. Aber ... die Kinder – Nun, das ist nicht so wichtig. Sie wollten mich etwas fragen?«
»Ja. Sind Sie glücklich in Jalna? Und ...« er sah ihr gerade in die Augen. »Und mögen Sie uns gern? Ich meine die Kinder und mich?«
Sie konnte nicht antworten. Die Stimme und die Worte versagten ihr.
Er blieb beharrlich. »Sie haben die Kinder doch gern – oder –?«
Ihre Stimme zitterte noch, aber sie antwortete: »Ja. O ja. Ich habe die Kinder sehr gern.«
»Sie sind zu empfindsam. Beim Zeus, wenn etwas schiefginge, so würden Sie's schrecklich schwer nehmen. Es ist mir ein hassenswerter Gedanke, wie schwer Sie es nehmen würden!« Jetzt rief sie fast schroff: »Sie haben mich gefragt, ob ich die Kinder gern habe, und ich sagte ja, ich habe sie gern. Und Sie fragten mich, ob ich Sie gern habe – und – ja. Das tue ich. Ich kann nichts dafür. Sie sind so –«
»Das ist herrlich«, unterbrach er sie. »Und jetzt gehen Sie geradenwegs ins Bett! Das Gewitter hat Sie übermäßig aufgeregt. Wenn Sie nicht schnell ein bißchen schlafen, werden Sie sich morgen wie gerädert fühlen!« Er berührte mit einer beruhigenden Geste ihren Arm und ging die Treppe hinunter. Mary konnte die Stimmen unten hören. Er war so plötzlich weggegangen, daß sie sich fragte, ob er vermutet hatte, seine Schwester erwarte ihn unten an der Treppe. Sie ging in ihr Zimmer und schloß die Tür hinter sich.
Es war nicht ganz dunkel. Ein feuchtes graues Zwielicht schimmerte hinter den Bäumen. Es tropfte unaufhörlich von den Blättern. Mary legte die Hände auf das Fußende ihres Bettes, um sich zu stützen. Sie sagte so laut, als spräche sie mit einem Menschen im Zimmer: »Aber ich, ›habe ihn nicht gern‹ – ich *liebe* ihn ... ich *liebe* ihn.« Sie wiederholte die Worte ein übers andere Mal und wurde ruhiger. Sie wiederholte seinen Namen.
Dann erinnerte sie sich, daß er ihr das Wort abgeschnitten hatte. Hatte er bemerkt, daß sie im Begriff gewesen war, sich zu verraten? Etwas sehr – Törichtes zu sagen? Einen Augenblick verspürte sie den wilden Wunsch, die Treppe hinunterzulaufen und an seine Tür zu klopfen und alles abzuleugnen. Sie dachte an all die andern Leute, die erstaunt und ärgerlich dazukommen würden. Am deutlichsten stellte sie sich Philips Mutter vor, die sich von ihrem prächtig bunten Lager erheben würde wie eine Tigerin, um ihr Junges zu verteidigen – ihren Sohn zu beschützen.

Und ihm liegt nichts an mir, dachte Mary – nicht mehr als seinerzeit an Miss Cox und Miss Turnbull
Sie zitterte. Sie kroch ins Bett und zog die Decke über den Kopf, konnte aber nicht einschlafen.
Am Morgen zog sie den dunkelblauen Rock und die weiße Bluse an. Sie sah hager und müde aus. Nach dem Frühstück holte sie die Kinder in das Kinderzimmer und machte die Tür zu. Meg war ebenfalls müde und trödelte über ihrem Schreibheft. Renny bestand darauf, den Arm um Marys Hals zu legen, während sie ihm seine Multiplikationsaufgaben erklärte. Das war die einzige Art, wie sie ihn bewegen konnte, wenigstens ruhig zu sein.

9 Am nächsten Morgen

Adeline Whiteoak hatte gut geschlafen und fühlte sich wunderbar erfrischt. Das Gewitter hatte die Luft gereinigt, die Landschaft war rein gewaschen, alle Umrisse scharf wie geätzt. Sie konnte in ihrem Schlafzimmer hören, was ein Mann auf einem entfernten Feld seinem Gespann zurief.
Als sie sich anzog, fuhr ihr der Gedanke durch den Sinn, wie schade es war, daß die Kleidung der Frau so umständlich war. Wie großartig wäre es, dachte sie, wenn man einfach Hemd und Hose zu tragen brauchte, wie der Bursche da draußen auf dem Feld. Sie lachte, als sie sich ihr Bild in solcher Kleidung vorstellte. Immerhin würde sie damit noch besser aussehen als die meisten Frauen. Dem Himmel sei Dank – sie hatte nie breite Hüften bekommen und eine allzu üppige Brust. Mit gemächlichem Vergnügen zog sie ihr langes Korsett mit den Fischbeinstützen an; jede Metallöse schnappte scharf ein. Sie warf sich in ein schwarzes Kaschmirkleid und legte eine schwere goldene Kette um, mit einem Medaillon daran. Als sie das Medaillon in der Hand hatte, hob sie es an die Lippen und küßte es. Das tat sie jeden Morgen – wegen der Haarlocke, die es enthielt.
Das Eßzimmer war leer, denn sie hatte lange geschlafen, und das war ihr eigentlich sehr recht. Sie liebte es, die erste Mahlzeit am Tag allein einzunehmen, nur mit den vertrauten, angenehmen Geräuschen ihres Heims um sich. Nach einer so langen Abwesenheit fand sie an diesem Morgen alles besonders traulich. Zwischen den Ranken vor dem Fenster zwitscherten die jungen Vögel, während die Alten sie fütterten. Ein Truthahn kollerte laut und prahlerisch. Vor dem Fenster harkte ein Mann den Kiesweg. Adeline lächelte, als sie die große leinene Serviette aus dem silbernen Ring zog und eine Ecke davon unter dem Kinn in ihren Kragen steckte. Sie wollte es nicht riskieren, sich einen Milchklecks vorn auf ihre Taille zu machen.
Der Porridge war köstlich – geschroteter Weizen und gekocht, bis er beinahe

durchsichtig war. Und die Milch! Sie hatte, während sie fort war, nichts annähernd so Schmackhaftes getrunken. Nach dem Porridge aß sie eine Schale reife Erdbeeren in dicker Sahne, zwei Scheiben Toast mit viel Butter darauf, und trank drei Tassen starken Tee. Beim Essen wanderten ihre Augen durchs Zimmer. Sie erfaßte einen Gegenstand nach dem andern und genoß ihre Vertrautheit und die Gewißheit, wie gut alle gepflegt waren. Einmal ruhte ihr Blick auf den beiden Porträts, aber nicht lange. Sie waren zu lebensnah – sie und ihr Philip in der Blüte ihrer Jugend. Ihr eigenes Bild konnte sie mit einem leichten anerkennenden Lächeln betrachten und dabei denken: Ja, so war ich damals! Ein hübsches Mädchen! Aber die beiden Bilder zusammen, er in seiner schmucken Uniform, weckten allzu schmerzhafte Erinnerungen in ihr. Wie hatten sie sich geliebt! Die armselige Liebe der meisten Leute war ihrer Meinung nach nicht der Rede wert. Zum Beispiel die Liebe zwischen Nicholas und seiner geschiedenen, und zwischen Philip und seiner verstorbenen Frau! Nicht, daß sie selbst niemals einen andern Mann angesehen hätte. Sie gehörte nicht zu den Frauen, die ihren weiblichen Egoismus auf ein einziges Objekt richteten, den Geliebten durch unablässige Konzentration auf ihn förmlich erstickten. Dazu war Adelines Natur zu üppig. Aber sie hatte nur die eine große Liebe gehabt.

Eliza kam ins Zimmer, um zu fragen, ob sie noch irgendwelche Wünsche habe. »Noch ein Kännchen Tee, Madam, oder ein Scheibchen Toast?«

»Keinen Schluck und keinen Bissen mehr, Eliza. Wenn ihr mich derartig füttert, werdet ihr mich mästen! Wo sind alle?«

»Die Herren sind zu den Ställen hinübergegangen, Madam. Lady Buckley ist in ihrem Zimmer. Und die Kinder sind bei Miss Wakefield.«

»Hmmm ... Ich vermisse Boney. Meinst du, Miss Pink weiß, daß ich wieder zu Hause bin?«

»Sie ist benachrichtigt worden. Ich glaube, es geht Boney sehr gut.«

»Da bin ich froh. Er wird sich freuen, mich wiederzusehen.«

Eliza stimmte zu, obwohl sie keine wärmeren Gefühle für den Papagei hegte. Dann rief sie: »Ich höre einen Wagen kommen – vielleicht ist es schon Miss Pink.«

Sie eilte in die Halle und kam wieder, um zu sagen: »Ja, Madam, es ist Miss Pink, und sie hat den Vogel mit.«

»Führe sie in die Bibliothek und sage ihr, daß ich gleich komme.« Adeline wischte sich ernergisch die Lippen, stand auf, stellte fest, daß sie noch genau eine Erdbeere essen wollte, nahm eine aus der Schale und steckte sie in den Mund. Sie ging durch die Halle, wo die Tür offen stand. Sie konnte das fette Pferdchen der Pinks und den kleinen Wagen sehen. Ein Willkommenslächeln lag schon um ihren Mund, als sie in die Bibliothek trat.

Lily Pink stand in der Mitte des Zimmers, den Käfig mit dem Papagei in der Hand. Sie hatte es während Adelines Abwesenheit übernommen, das Tier zu versorgen. Sie war zwanzig, sah aber so unschuldig aus wie eine süße kleine Zwölfjährige. Ihr hellbraunes Haar war aus der Stirn gekämmt und im Nacken zu einem festen Knoten gesteckt. Sie trug ein rosa Kleid mit Keulenärmeln. Ihr Großvater war der erste Pastor der kleinen Kirche gewesen, die die Whiteoaks vor nunmehr vierzig Jahren gebaut hatten. Auch ihr Vater war Geistlicher geworden und war als Missionar nach China gegangen, wo seine Kinder geboren waren. Vor zehn Jahren war er zurückgekommen und hatte die Pfarre übernommen, die sein Vater innegehabt hatte.

»Lily, mein liebes Kind!« rief Adeline und gab ihr einen Kuß. »Ich freue mich so, dich wiederzusehen – *und* meinen lieben Boney! Ist er denn brav gewesen?«

»Musterhaft, Mrs. Whiteoak. Die ganze Zeit.«

»Nun, ich bin dir so dankbar! Ich hätte nicht ruhigen Herzens solange wegbleiben können, wenn niemand mehr Herz für ihn gehabt hätte als Mrs. Nettleship. Und dann wegen der Kinder. Ich hätte Angst gehabt, daß sie ihn hinauslassen. Dem kleinen Renny ist nicht zu trauen.«

Sie beugte den langen geschmeidigen Körper über den Käfig und Boney hüpfte mit einem Freudengekreisch zum Türchen des Käfigs, kletterte an der Seite hinauf und flog von der Spitze auf Adelines Schulter. Sie wandte ihm ihr Gesicht zu. Er drückte den Schnabel an ihre Nase, kreischte und gluckste, und sein buntes Gefieder zitterte vor lauter Liebe zu ihr.

»Hat er viel gesprochen?« fragte Adeline.

»Sehr wenig, Mrs. Whiteoak. Nur wenn er ärgerlich war. Sie haben ihm schrecklich gefehlt.«

»So? Wenn er ärgerlich war, hat er gesprochen? Was hat er gesagt?«

Lily errötete. »Oh ... ich weiß nicht, was er gesagt hat.« Sie mochte nicht erzählen, daß ihr Vater ihr befohlen hatte, den Käfig zuzudecken, wenn Boney schimpfte, weil seine Sprache allzu farbenfreudig war.

Boney war der Nachfolger des Papageis, den Adeline aus Indien mit nach Hause gebracht hatte. Als er vor fünfzehn Jahren gestorben war, trauerte Adeline so sehr, daß Kapitän Whiteoak nicht ruhte, bis er einen andern fand, der ähnlich befiedert war, um sie zu trösten. Sie beide hatten dem neuen Papagei den Sprachschatz des ersten Boney beigebracht, und er beherrschte ihn in kurzer Zeit so vollkommen, daß allmählich im geistigen Auge der Familie beide zu einem Vogel verschmolzen waren.

Adeline bewegte den Kopf langsam auf und ab, während Boney seinen Körper in genießerischem Entzücken wiegte. Er haßte alle bis auf sie.

Jetzt sprach er. »*Dilkhoosa ... Dilkhoosa*«, murmelte er zärtlich.

»*Nur mahal ... Mera lad ...*«

»Schimpft er?« fragte Lily.
»Ob er schimpft? Kein Gedanke! Er macht mir Liebeserklärungen. Oh, im Osten versteht man sich auf die Liebe, Lily. Perle des Harems – so hat mich Boney eben genannt, Lily.«
Lily Pink fühlte sich ein wenig schockiert, daß eine Frau von Adelines Alter, Mutter nicht mehr junger Söhne, sogar Großmutter, solch offenkundiges Vergnügen an diesen unpassenden Beteuerungen hatte. Ältere Leute sollten sich ihrer Meinung nach keine Liebesworte mehr anhören – nicht einmal von einem Papagei. Sie selbst hatte nie erwartet, Gegenstand männlicher Liebeserklärungen zu sein. Seit drei Jahren hegte sie eine hoffnungslose Liebe zu Philip Whiteoak, die sie dadurch ausdrückte, daß sie in seiner Gegenwart restlos verstummte und seinen Blick mied.
Jetzt trat er gerade durch die Seitentür ein.
»Hallo, Mama!« rief er, »bist du schon auf?«
»Schon? Der halbe Vormittag ist vorbei. Und du kommst erst jetzt zum erstenmal, dich nach deiner Mutter umzusehen.«
»Keineswegs – ich bin schon zweimal hier gewesen. Guten Morgen, Lily – ich sehe, Sie haben Boney zurückgebracht.«
Lily neigte schweigend den Kopf und bewegte die Lippen. Philip küßte seine Mutter und kraulte den Papagei am Hals. Boney schnappte nach seinem Finger, dann widmete er Adeline wieder seine ganze Aufmerksamkeit.
»Es ist herrliches Wetter«, sagte Philip, »und die Luft ist wunderbar gereinigt. Was wirst du tun, Mama?«
Unter einem gezwungenen Lächeln verbarg Adeline den besorgten Blick, den sie auf ihn heftete. Die Luft ist nicht gereinigt, mein lieber Junge, dachte sie, und das erste, was ich tun werde, ist das eine: herauszufinden, was du eigentlich im Sinn hast. Laut sagte sie: »Ich glaube, ich werde zu den Laceys gehen. Lily kann mich mitnehmen und bei ihnen absetzen. Würdest du so freundlich sein, meine Liebe?«
»Oh, mit dem größten Vergnügen, Mrs. Whiteoak.«
»Gut. Ich hole nur meinen Hut. Aber erst möchte ich dir das hier geben.« Sie zog eine kleine Schachtel aus ihrer Tasche und nahm einen hübschen ledernen Gürtel heraus, an dem eine seidene Börse hing. Sie schlang ihn um Lilys Taille.
Philip sah wohlgefällig zu. »Eine Taille zum Umspannen«, sagte er.
»Nun, das wird sie dir nicht erlauben – nicht wahr, Lily?«
Lily dankte Adeline für das Geschenk, wandte aber die Augen entschlossen von Philip ab. Die Aussicht, mit ihm allein zu bleiben, erschreckte sie tödlich. Sie folgte Adeline in den Salon und half ihr, den Käfig auf seinen Ständer zu stellen. Erst nach langem Schmeicheln und Zureden ließ sich Boney bewegen, wieder hineinzuklettern, und als ihn Adeline nach vielen Koseworten

verließ, schrie er ihr in seiner Enttäuschung hindostanische Verwünschungen nach.
»Ich bin bald wieder da, mein Liebling«, rief sie und eilte in ihr Zimmer, um ihren Hut zu holen.
Philip stand lächelnd vor Lily, die sich nun doch mit ihm allein sah.
»Gefällt Ihnen das Mitbringsel von meiner Mutter?« fragte er.
»Es ist reizend«, sagte sie kaum hörbar.
Er befingerte die Börse, öffnete sie und schaute hinein.
»Nichts drin«, sagte er. »Kein roter Penny!«
Sie nahm sich zusammen. »Und es wird auch nie etwas drin sein«, brachte sie heraus; »ich habe nämlich niemals Geld.«
»Macht nichts, Lily – eines Tages wird sich's ändern. Dann kommt ein Millionär des Wegs –«
Adeline erschien wieder mit einem breitrandigen Strohhut auf dem Kopf. Philip ging mit ihnen bis zu dem kleinen Wagen, half ihnen auf die Sitze, klopfte dem Pony den Hals und gab ihm eine Handvoll Gras. Sie fuhren im Zockeltrab die Einfahrt hinunter, das Pony kaute und der Schaum tropfte ihm aus dem Maul. Seine Hufe traten von einer Pfütze in die andere, seine kleinen harten Flanken glänzten im Sonnenschein. Adeline dachte, wie zufrieden sie sein würde, wenn nur Philip keine Dummheiten machte!
»Sie haben sicher schon die Gouvernante der Kinder kennengelernt?« bemerkte sie.
Wenn Philip nicht dabei war, konnte Lily sprechen. »Ja. Ich habe sie bei Mrs. Lacey getroffen, und Mutter hat sie mit den Kindern zum Tee eingeladen. Und zweimal bin ich ihr auf der Straße begegnet. Finden Sie sie hübsch, Mrs. Whiteoak? Unsere Herren sind alle ganz wild nach ihr.«
»Dein Vater auch?«
»O ja.«
»Und Admiral Lacey?«
»Der am meisten.«
»Und Dr. Ramsay?«
»Nein. Davon hab ich noch nichts gehört.«
Die Lage schien schlimmer zu sein, als sich's Adeline vorgestellt hatte.
»Setz das Pony in Trab, Lily«, sagte sie. »Gib ihm einen Schmitz mit der Peitsche.«
Lily nahm wenn auch zögernd die Peitsche aus dem Halter und tippte das Pferdchen damit auf die rechte Flanke. Es sah sich über die Schulter nach ihr um.
»Noch einmal!« sagte Adeline.
Lily nahm diesmal die rechte Flanke aufs Korn. Es blieb stehen.

»Komm, komm!« sagte Adeline aufmunternd. »Setz dich in Trab!«
Nun musterte das Pferdchen *sie* über die Schulter.
»Bitte – gib mir die Peitsche!« wandte sich Adeline an ihre Begleiterin.
Lily reichte sie ihr, und sie versetzte dem Pony einen scharfen Hieb.
Das Pferdchen spazierte geradenwegs in den Straßengraben – es war ein Wunder, daß sie nicht aus dem Wagen geworfen wurden.
»Das tut er immer, wenn man ihn mit der Peitsche anrührt«, erklärte Lily.
»Warum hast du mir das nicht gesagt? Geht er zurück auf die Straße, wenn wir ihn am Zaum führen?«
»Nein. Nun müssen wir warten, bis ein Mann kommt.«
»Ich könnte es auch selbst«, meinte Adeline, »aber ich würde Kletten in meine Röcke bekommen. Oh, du Untier!« Sie schlug nochmals auf die Flanke des Pferdchens. Es sah sie mit großen, befremdeten Augen an und machte Miene, sich im Graben hinzulegen. Die beiden Frauen stiegen rasch aus dem Wagen, und fast im selben Augenblick erschien Dr. Ramsay mit seiner großen Stute auf der Straße. Er grüßte Adeline voll Wärme. Als er sah, in welcher Verlegenheit sie waren, stieg er aus seinem leichten Wagen und führte mit herrischer Gebärde das Pferdchen auf die Straße zurück – es folgte ihm willig, als habe es nur auf ihn gewartet.
»Was mag ihm eingefallen sein, was meinen Sie?« fragte Adeline, »daß es einfach in den Graben ging?«
»Es ist in solchen Fällen in den Graben gegangen, seit ich es kenne – und ich kenne es jetzt fünfundzwanzig Jahre«, antwortete Dr. Ramsay.
»Welchen Weg fahren Sie, Doktor?« fragte Adeline. »Wenn Sie in Richtung von Moorings fahren, könnten Sie mich mitnehmen.«
»Genau dorthin will ich – ich habe eine Flasche Tinktur mit, die ich dem Admiral zum Einreiben seines Rückens bringen will.«
»Oh – ist es schlimm?«
»Nur eine kleine Ischiasattacke. Kommen Sie mit mir, Mrs. Whiteoak. Ich würde gern ein wenig mit Ihnen plaudern.«
Adeline sagte Lily Adieu und stieg auf den Kutschsitz neben den Doktor. Er schnalzte mit der Zunge und seine Stute setzte sich in schlanken Trab, während das Pony auf seinen kurzen Beinen sein Möglichstes tat, um sie zu überholen.
»Nun«, sagte der Doktor und sah mit gelassener Bewunderung in Adelines lebhaftes Gesicht, »Ihre Reise ist Ihnen nicht schlecht bekommen.«
»Ich habe mich richtig erholt dabei. Es gibt nichts Besseres, als eine Abwechslung nach den Sorgen und Verantwortungen des eigenen Heims.«
»Wahr. Sehr wahr! Und Lady Buckley – ist sie ganz gesund?«
Adeline konnte den Titel ihrer Tochter nicht leiden, denn es ärgerte sie, gesellschaftlich eine geringere Position einzunehmen als Augusta, aber Dr.

Ramsay ließ keine Gelegenheit vorübergehen, ihn zu gebrauchen, obwohl er sie bis zum Tag ihrer Hochzeit geduzt hatte.
»Oh, Augusta ist kerngesund.«
»Und Sir Edwin?«
»Wenn er leidend wäre, so würde er's nicht sagen.«
»Und Ernest? Und Nicholas?«
»Kreuzfidel. Ernest ist auf dem besten Weg, ein reicher Mann zu werden. Er hat ein erstaunliches Investitionstalent.«
»Ha. Nun, da soll er lieber vorsichtig sein. Wenn ich Geld anzulegen hätte, so bliebe ich beim Grundstücksmarkt . . . Und wie haben Sie alles in Jalna vorgefunden?«
Adeline sah pfeilgeradeaus, zwischen die Ohren der Stute.
»Ich habe da eine nette Situation vorgefunden!«
»Ach, wirklich?«
»Tun Sie nicht so, mein Lieber, als hätten Sie nichts davon gehört!«
»Ich höre nur Lobreden auf die junge Dame. Außer von Mrs. Lacey. Miss Wakefield scheint eine kleine Zauberin zu sein.«
»Nun, meine Haushälterin kann etwas über sie erzählen! Sie hat sie im Déshabillé in ihrer Schlafzimmertür ertappt, wo sie mit Philip sprach, ehe sie noch eine Woche im Hause war! Und sie hat gehört, wie sie sich in der Bibliothek geküßt haben.«
Dr. Ramsay hielt am Tor von »The Moorings« und schnippte der Stute mit der Peitsche vorsichtig ein paar Fliegen von der Flanke. Lily Pink und das Pony kamen vorbei, das Pony hatte es eilig, zur Krippe zu kommen, und Lily lächelte und winkte.
Jetzt wandte sich der Doktor mit finsterem Gesicht zu Adeline und sagte sehr bedächtig, wobei sein schottischer Akzent sehr zur Geltung kam: »Ich sagte vorhin, daß ich nichts *gehört* habe. Nun, jetzt sollen Sie hören, was ich *gesehen* habe.«
Adeline drückte sich fest auf ihren Sitz und legte die Hände auf die Knie.
»Zuerst kostete es mich Mühe, die junge Person anzutreffen. Zweimal war ich in Jalna, aber sie war nicht da. Beim zweiten Male sagte mir Eliza, sie hätte sie weggehen sehen, offenbar nach dem Wald. Ich folgte ihr, denn als Großvater der Kinder war ich mir meiner Verantwortung bewußt. Ich hatte ziemlich weit zu gehen – und dann kam ich zu einer Lichtung mitten im Wald. Dort ist hübscher weicher Rasen – und was meinen Sie, was ich dort fand?«
»Das weiß der Himmel.«
»Ich fand Miss Wakefield, die barfuß, ohne Schuhe und Strümpfe, im Gras herumlief. Den Rock hatte sie bis über die Knie hochgezogen. Es war ein albernes – und äußerst leichtfertiges Bild. Ich machte, daß ich weiterkam.«

»Woran Sie entschieden gut taten.« Adeline grinste.
»Dann traf ich sie eines Tages und hatte ein kurzes Gespräch mit ihr. Ich muß sagen, daß mein Mißtrauen sich legte, denn sie bewies eine Intelligenz, die ich nicht erwartet hatte. Während unserer Unterhaltung erwähnte ich zufällig ein Gedicht von Burns, und sie äußerte den dringenden Wunsch, etwas von seinen Gedichten zu lesen. Ich versprach ihr, daß ich ihr einen Band leihen würde. Vor etwa einer Woche brachte ich ihn mit. Ich hatte einen Krankenbesuch bei den Vaughans zu machen, und ich ließ den Wagen dort und ging durch die Schlucht nach Jalna hinüber. Der Tag war unerträglich heiß, und dort war es schattig. Als ich über die Brücke kam, erspähte ich die beiden.« Adeline wandte den Kopf und sah ihm in die Augen. »Ja?« fragte sie atemlos.
»Nun, sie lagerten dort, Mrs. Whiteoak, ich kann nur sagen – recht zwanglos. Sie las ihm etwas vor. Ein Liebesgedicht von Lord Tennyson. Ich hörte gerade noch einige Worte. Ich ging zu ihnen hin, gab ihr das Buch mit soviel Mißbilligung, wie ich in meine Haltung legen konnte, und ging weg. Seither habe ich sie nicht mehr gesehen.«
»Nun ja.« Adeline atmete tief auf. »Es ist schlimm genug, aber ich habe schon Schlimmeres gehört.«
»Zweifellos hat niemand das Schlimmste gesehen, Mrs. Whiteoak. Wenn ich mir dieses Mädchen als Nachfolgerin meiner Tochter vorstelle, dann widerstrebt jeder Nerv in mir!«
»Männer heiraten nicht immer die Mädchen, mit denen sie eine Liebelei haben«, sagte Adeline gereizt. »Kommen Sie – jetzt wollen wir hören, was Mrs. Lacey dazu meint.«
Mrs. Lacey saß mit ihren Töchtern unter einem alten Apfelbaum. Sie nähte, und Ethel und Violet schälten Erbsen. Sie sprangen alle drei auf, umarmten Adeline und fragten sie nach ihrer Reise. Sie hatten auf einfachen Gartenstühlen gesessen, nun lief Ethel auf die Veranda, um für Adeline einen Schaukelstuhl zu bringen. Dr. Ramsay holte sie ein und nahm ihn ihr gewaltsam ab.
»Was für ein unbändiges Mädchen sie ist!« seufzte Mrs. Lacey.
Ethel strich sich die lockigen Ponys aus der Stirn, setzte sich wieder und schob den Inhalt einer Erbsenschote in den Mund. Ihre Mutter warf Adeline einen vielsagenden Blick zu.
»Ich wette«, sagte der Doktor, »daß sie während Ihrer ganzen Reise nicht ein einziges Mal in so einem netten Möbel gesessen haben.«
»Stimmt. Und dabei sind sie so bequem!« Sie setzte sich und schaukelte so stark wie möglich, das heißt wie es die Unebenheit des Rasens erlaubte.
»Der Boden ist noch hart«, bemerkte Dr. Ramsay. »Die Dürre hat ihn so ausgetrocknet, daß das Regenwasser gar nicht einsickern kann.« Er blieb zö-

gernd einen Augenblick stehen, dann ging er ins Haus, um nach seinem Patienten zu sehen.
Ein kurzes Schweigen entstand.
Dann fragte Mrs. Lacey: »Nun, gefällt Ihnen der neue Import?«
»Sie meinen Miss Wakefield?«
»Natürlich. Sie ist das Aufregendste, was sich hier seit Jahr und Tag ereignet hat.«
»Nun, sie sieht reizend aus. Ein bißchen zu schick angezogen vielleicht.«
Mrs. Lacey nickte feierlich. »Wenn das alles wäre! Aber, Mrs. Whiteoak... *das Mädchen malt sich die Lippen an!* Zuerst hat's Mrs. Pink entdeckt. Ethel und Violet können es nicht leugnen, obwohl sie auf ihrer Seite sind. Genauer: sie sind ganz fasziniert von ihr!«
»O nein, Mutter«, protestierte Ethel. »Es ist nur – sie ist eben ein Original. Etwas ganz anderes. Und furchtbar nett, wenn man sie allein hat – ich meine ohne Mrs. Pink und Mutter.« Sie lachte keck.
»Wirklich, Ethel, du bist unverbesserlich. Und wenn ihr beide jetzt mit den Erbsen fertig seid, bringt sie der Köchin hinein. Mrs. Whiteoak und ich möchten uns ein wenig unter vier Augen unterhalten.«
»Schon gut, Mutter«, sagte Ethel lachend, »aber geht nicht zu hart mit Miss Wakefield ins Gericht!«
Als die Töchter gegangen waren, seufzte Mrs. Lacey: »Wirklich, diese Mädchen sind unverbesserlich!«
»Sie sind reizende Geschöpfe.«
Mrs. Lacey versuchte, ihren Mutterstolz zu verbergen. »Ich bin froh, daß Sie das finden. Aber sie lassen sich so leicht mitreißen.«
Adeline hörte auf, sich zu schaukeln und streckte ihre langen Beine auf eine Weise, die Mrs. Lacey sehr wenig damenhaft fand. Adeline bemerkte: »Ich bin eine Frau von Welt. Ich sage: wenn ein Mädchen in London es richtig findet, sich zu schminken, zu rauchen, flott zu sein – mag sie! Aber ich will sie nicht in Jalna haben als ständige Versuchung für meinen jüngsten Sohn. Ich will keine neue Herrin von Jalna. Sie wissen, wie schwer ich es mit Philips verstorbener Frau hatte. Sie erinnern sich sicher – wir konnten nicht miteinander auskommen.«
Nun, Mrs. Lacey erinnerte sich allzudeutlich.
»Wollten Sie etwa sagen«, fragte sie ablenkend, »daß dieses Mädchen *raucht?*«
»Ja. Mrs. Nettleship fand die Zigarettenenden auf dem Boden unter ihrem Fenster.«
»Das ist ja unglaublich!«
»Es ist wahr. Ich habe sie mit eigenen Augen gesehen.«
»Hatte Mrs. Nettleship sie aufgehoben, um sie Ihnen zu zeigen?«

»Jawohl. Nun, wenn Philip durchaus heiraten muß, soll er eine Frau mit Vermögen heiraten. Eine, die ein Aktivposten für Jalna ist. Ich werde nie dulden, daß er dieses Flittchen heiratet.«
»Haben Sie schon mit ihm darüber gesprochen?«
»O nein – noch nicht. Tatsächlich hat er vielleicht gar nicht die Absicht, sie zu heiraten. Aber ein Blinder kann sehen, daß sie ihn einfangen will. Gedichte! Sie liest ihm Tennysons Gedichte vor! Bitte!«
Nun glänzten Mrs. Laceys Augen. »Wenn's nur Lord Tennyson wäre! Was meinen Sie, was das junge Ding liest! Meine Töchter gingen einmal, als sie hier war, mit ihr in den Obstgarten – sie setzten sich unter einen Baum. Sie sind *verwandelt* wieder ins Haus gekommen. Sie sind seitdem einfach nicht mehr dieselben wie bisher. Aber es ist mein Prinzip, mir ihr Vertrauen zu bewahren, und deshalb habe ich sie ermutigt, mir alles zu erzählen. Nun, sie sagten mir, daß Miss Wakefield *alle* Bücher von Rhoda Broughton gelesen hat, und nicht nur das, sie kennt alle von Ouida! Haben Sie je diesen schrecklichen Roman *Freundschaft* von ihr gelesen? Ich muß zu meiner Schande gestehen, ich habe es getan, und er ist einfach die *Höhe* von Verderbtheit! Sie hat auch mehrere Hefte des *Gelbbuchs*, mit ganz verrückten Illustrationen von Aubrey Beardsley, und eins mit einem Artikel von Oscar Wilde *»Über den Verfall des Lügens«*. Ich meine, das ist bezeichnend genug – finden Sie nicht auch, Mrs. Whiteoak? Und sie schwärmt von den kleinen Restaurants in Soho, sie sagt, sie hätten *Atmosphäre!* Wirklich, mein Mann ist beinahe in die Luft gegangen, als ich ihm diese Bezeichnung wiederholte. Diese Männer, die für Zeitungen schreiben, haben sie dorthin mitgenommen. Und mehr als einmal hat sie Schauspieler und Schauspielerinnen kennengelernt. Sie sagt, sie möchte zu gern das Leben in Paris und Wien mit eigenen Augen sehen. Nun, wir wissen doch alle, welche Unmoral in diesen Städten herrscht. Die drei Mädchen haben den ganzen Nachmittag im Obstgarten gesessen und sich von derartigen Dingen unterhalten!«
Adeline grinste. »Kein Wunder, daß Ethel und Violet seither wie verwandelt sind!« sagte sie.

10 Begegnung mit Miss Craig

Mary überlegte, ob man von ihr verlange, daß sie in die Kirche ging, nachdem jetzt Großmutter und Tante der Kinder zu Hause waren, um deren Benehmen zu überwachen. Sie hatte Philip nicht allein gesehen, seit die Familie vor zwei Tagen angekommen war. Jetzt wollte sie ihn suchen und ihn danach fragen. Wenn sie nicht zur Kirche gehen müßte, wollte sie den Vormittag lieber allein im Wald verbringen.

Sie sah ihn draußen auf dem Rasen vor der Tür stehen, die aus der Halle direkt zur Treppe nach dem Souterrain führte. Er hatte seine Pfeife im Mund, und sein Gesicht drückte so viel gelassene Gemütlichkeit aus, daß sie sich fragte, ob er sich überhaupt jemals aufregen könne. Sie mochte ihn nicht gern stören. Aus irgendwelchen Gründen war sie ihm gegenüber jetzt sehr befangen.

Jedoch als sie, schon in der Tür, zögerte, sah er sie und nahm die Pfeife aus dem Mund.

»Guten Morgen, Miss Wakefield. Ich hoffe, Sie haben sich von den Strapazen des Unwetters erholt. Sie hatten sich doch gefürchtet, nicht wahr?«

»Ein bißchen. Nicht der Rede wert. Sie müssen verstehen, ich bin nicht an solche Gewitter gewöhnt.«

»Nun, das kommt noch. Man gewöhnt sich an alles.«

»Ach, ich habe mich schon gewöhnt – ziemlich an alles. Aber ich kam her, um Sie zu fragen, ob Sie wünschen, daß ich mit den Kindern in die Kirche gehe, wie gewöhnlich – oder –?«

»Gehen Sie nicht gern?«

Sie sah ihm offen in die Augen. »Mr. Whiteoak, das steht nicht zur Debatte. Ich muß wissen, was genau von mir erwartet wird.«

Er lächelte freundlich. »Genau das, was Ihnen Freude macht«, sagte er.

»Dann«, sagte sie energisch, »würde es mir niemand übelnehmen, wenn ich meine ältesten Kleider anziehe, mir die Hunde hole und mit ihnen in den Wald ginge.«

»Das würden Sie also vorziehen?«

»Ja.«

Er schüttelte den Kopf. »Nun, das wäre nicht das Richtige. Es würde meiner Mutter mißfallen. Ich fürchte, Sie müssen zur Kirche gehen.«

»Danke sehr. Das war alles, was ich wissen wollte.«

Sofort spürte sie, daß sie zu kurz angebunden gewesen war. Aber wie sollte sie mit ihm sprechen? Ach, anscheinend würde sie es nie wissen!

»Heut ist ein herrlich kühler Wind«, sagte Philip.

Sie hatte den Wind nur daran bemerkt, daß er ihm die dichte blonde Locke aus der Stirn wehte. Die Spaniels erhoben sich von der sonnigen Stelle, wo sie sich ausgestreckt hatten, kamen zu ihm und beschnupperten seine Beine.

»Sie wissen, daß Sonntag ist«, sagte er.

»Ja. Hier scheint der Sonntag sonntäglicher zu sein als irgendwo, wo ich gewesen bin. So erholsam. Das gefällt mir.«

»Und es ist Ihnen kein zu großes Opfer, in die Kirche zu gehen?«

»Durchaus nicht. Ich liebe Ihre kleine Kirche. So, und jetzt muß ich die Kinder suchen und sie fertig anziehen.«

Sie ging, und das Herz war ihr plötzlich leicht geworden. Was ist nur mit

mir? dachte sie. Nicht zwei Minuten lang bin ich in derselben Stimmung. Dann fiel ihr alles ein, was sie in den letzten Monaten durchgemacht hatte – kein Wunder also, daß sie ein bißchen sonderbar geworden war.
Sie steckte Renny in seinen weißen Matrosenanzug und half Meggie die Haarschleifen zu binden. Die Kinder schwatzten die ganze Zeit.
»Granny hat zwölf Paar seidene Strümpfe!«
»Onkel Nick hat 'ne Stop-Uhr.«
»Du sollst doch nicht Onkel Nick sagen, das ist unfein.«
»Das ist mir piepe. Und ich sag auch Onkel Ern*ie*, nicht Ernest.«
»Aber es *ist* unfein, Miss Wakefield, nicht wahr?«
»Na, das ist doch Miss Wakefield auch piepe!« erklärte Renny. »Tante Augusta sagt, unsere Manieren werden immer schlechter, und das ist Ihre Schuld, Miss Wakefield. Es stimmt doch, nicht wahr?«
»Miss Wakefield, kriegen Sie dafür bezahlt, daß Sie uns unterrichten?«
Sie bürstete kräftig Rennys Haar und antwortete: »Selbstverständlich.«
Renny riß die dunklen Augen vor Schreck weit auf.
»*Bezahlt?!*« wiederholte er. »Mit richtigem Geld?«
»Freilich. Dachtest du, ich wäre den weiten Weg über das Meer hergekommen, um euch zu unterrichten – bloß aus Liebe zu euch?«
»Ja. Das dachte ich.« Er musterte sie, als sehe er sie in einem neuen Licht. »Und haben Miss Cox und Miss Turnbull auch Geld dafür gekriegt?«
»Natürlich.«
Er hob das Gesicht zu ihr auf, um sich den Schlips binden zu lassen, und sah sie dabei verstohlen an. Es war eine schreckliche Entdeckung für ihn, daß Menschen für etwas bezahlt, richtig bezahlt würden, dafür daß sie etwas taten, was ihnen doch nur ein Vergnügen sein sollte!
Aus einer alten, aber auf Hochglanz polierten Kutsche und einem geräumigen Phaeton stiegen sehr wirkungsvoll neun Personen – teils kletterten sie behende heraus, teils wurden sie gestützt oder herausgehoben, je nach Geschlecht und Alter, und blieben vor der Kirche stehen. Eine stattliche Reihe, und alle aus ein und demselben Haushalt. Mary blickte verwundert auf Philip, der Gehrock und Zylinder trug. Als einzigen kleinen Protest hatte er den Zylinder etwas schief gesetzt. Unter dem Vorwand, zu Renny zu sprechen, flüsterte er Mary rasch zu: »Ist es nicht lächerlich, daß man sich so anziehen muß, um auf dem Land in die Kirche zu gehen? Aber meine Mutter will es so haben.«
Mary hatte ihn nie vorher sorgfältig angezogen gesehen. Jetzt erweckte er in seiner Eleganz Marys unverhohlene Bewunderung. Sie konnte nur sagen: »Nun, sie hat nicht Unrecht.«
»Sagen Sie das, weil Sie es schicklich finden, oder weil ich so schön aussehe?«

»Sie sehen alle schön aus.« Ihr Blick wanderte zu Nicholas, Ernest und Sir Edwin, die ebenso angezogen waren.
Als sie die Stufen hinaufgingen, machte der kräftige Klang der Kirchenglocke jedes weitere Gespräch unmöglich. Adeline trug ihre Witwenhaube, der lange Schleier fiel über ihre Schultern – sie war allen Kirchengängern die vertrauteste Erscheinung. Wenn sie verreist war, vermißten sie sie. Nun war es gut, sie wieder hier zu sehen! Sie selbst atmete tief und blieb mitten auf der Treppe zögernd stehen – aber nicht weil die steilen Stufen sie anstrengten, sondern weil sie, wie immer, wenn sie nach längerer Abwesenheit zurückkehrte, die Nähe ihres Gatten besonders spürte, an dessen Seite sie gesehen hatte, wie die Kirche erbaut wurde, Stein um Stein, und dessen Gebeine nun hier auf dem Friedhof ruhten. Die Glocke hörte auf zu läuten.
»Mein Philip«, murmelte sie und seufzte so tief, daß Sir Edwin, der an ihrer Seite ging, fragte: »Sagtest du etwas?«
»Nein, nein – ich habe nur geseufzt.«
»Hübsch steil bei dem warmen Wetter.«
»Mir ist's nicht zu warm – mir tut die Hitze gut – nach England.«
Nun waren sie im Vestibül. Philip hatte sich von ihnen getrennt und war in die Sakristei gegangen. Renny sah das Glockenseil baumeln, und ehe ihn jemand halten konnte, sprang er hoch und fing an daran zu schwingen. Als er so hing, verpaßte ihm Nicholas einen kräftigen Hieb auf die Kehrseite, hob ihn herunter, legte ihm eine Hand über den Mund, um ein mögliches Geschrei im vornherein zu ersticken, nahm ihn dann bei der Hand und führte ihn den Mittelgang hinauf.
»Dieser Junge«, flüsterte Augusta ihrem Gatten zu, »wird bestimmt ein schlimmes Ende nehmen.«
»Das tun die meisten Jungen«, erwiderte er liebenswürdig.
Mit beleidigter Miene rauschte sie majestätisch in ihren Kirchenstuhl.
Mary saß mit den beiden Kindern vor den Plätzen, die Adeline mit ihren beiden Söhnen, ihrer Tochter und ihrem Schwiegersohn einnahm. Sie spürte, daß fünf Paar Augen jede ihrer Bewegungen zur Kenntnis nahmen. Sie war sich dieses Beobachtetwerdens so peinlich bewußt, daß sie zitterte, während sie den Kindern die entsprechenden Stellen in ihren Gebetbüchern aufschlug.
Die Lautstärke, die der Gesang durch die Stimmen der Heimgekehrten annahm, war imponierend. Es waren gute Stimmen. Sie kannten die Choräle auswendig. Sie legten sich keine Zurückhaltung auf. Schon an ihrem ersten Sonntag in der Kirche war Mary die Schwäche des Chors aufgefallen. Nun ertrank er ganz, war völlig hilflos. Die Mitglieder sangen zwar, öffneten und schlossen ihre Münder, aber man hörte sie nicht. Der Gottesdienst schien übertrieben lang. Mary wandte ihr Gesicht von dem Platz weg, auf dem Philip saß und darauf wartete, das Evangelium zu verlesen. Als

er endlich auf das Lesepult stieg, erlaubte sie sich, ihn anzusehen. Für sie war sein Kopf, die Form seiner Schultern unter den Falten des Chorhemds bewegender als die Worte, die er sprach.
Seine Brüder tauschten einen Blick. Sie hatten vergessen, wie schlecht Philip las.
Renny ließ das Zehncentstück fallen, das er allsonntäglich spendete, und es rollte weit in den Mittelgang. Mary wußte nicht, ob sie ihm erlauben sollte, es zu holen. Aber er war so unruhig, daß sie es ihm schließlich gestattete. Dann holte er es mit einem wahren Heuschreckensatz und warf seiner Großmutter hinter ihm einen triumphierenden Blick zu. Sie beugte sich zu ihm vor, der Geruch ihres schweren Kreppschleiers hüllte ihn ein. »Sei ein guter Junge«, flüsterte sie, »sonst sehe ich schwarz für dich!«
Er hielt seine Münze krampfhaft fest und starrte seinen Onkel Nicholas an, der bei der Kollekte half. Als er ihm den Almosenteller hinhielt, legte er das Geldstück mit großartiger Geste genau in die Mitte.
»Er ist völlig außer Rand und Band«, bemerkte Augusta zu Ernest, der zustimmend nickte.
Nicholas und Chalk, der Hufschmied, ein stattlicher junger Mann, standen Schulter an Schulter an den Stufen der Kanzel und übergaben den Almosenteller Mr. Pink. Er sah noch blühender aus als gewöhnlich, und das beste, was man seinen Predigten nachsagen konnte, war ihre Kürze, das schlimmste, daß sie stets am Thema vorbeigingen. Ständig meinte man, er würde gleich eine tiefsinnige Beobachtung mitteilen, aber immer schien sie ihm wieder zu entgleiten – oder, wie Nicholas behauptete, gar nicht vorhanden gewesen zu sein.
Als die Gemeinde endlich den Mittelgang entlang hinausging, gelang es Renny, zu dem kleinen Maurice Vaughan zu kommen, der zwei Jahre älter als er, in einem Internat und jetzt zu den Ferien zu Hause war. Er besuchte das College von Upper Canada. In der Vorhalle wurde Adeline von ihren Freunden umringt, die sie bewillkommneten. Sie stand da wie eine von ihren Höflingen umgebene Königin, ein wohlgefälliges Lächeln auf den vollen Lippen. Mr. Vaughan brachte ein neues Gemeindemitglied zu ihr.
»Das ist Miss Craig«, sagte er, »die recht weit entfernt wohnt, aber sich nicht scheut, zehn Meilen weit zu fahren, um in unsere kleine Kirche zu kommen.«
»Nun, das ist wirklich ein Kompliment«, sagte Adeline lächelnd. Sie blickte Miss Craig beifällig an. »Sie müssen mir erzählen, warum Sie von so weit her in unsere unbedeutende kleine Kirche kommen.«
»Ihr Sohn hat mir von der Kirche erzählt, und daß sie Captain Whiteoak und Sie hier noch in der Wildnis gebaut haben. Zuerst bin ich aus Neugierde hergekommen, aber seither noch mehrmals, weil sie mir so sehr gut gefällt.«
»Sie sind also erst kürzlich in unsere Gegend gekommen?«

»Ja. Mein Vater hat einen Schlaganfall gehabt und geht nicht aus.«
»Oh, das ist aber traurig.«
Sie wandte sich um, ein Farmer und seine Frau kamen auf sie zu.
»Heute ist unser Hochzeitstag, Mrs. Whiteoak«, sagte der Mann.
»Vierzig Jahre verheiratet.«
»Sechs Kinder und achtzehn Enkel«, fügte die Frau hinzu.
»Wie schön für euch. Nun, Sie haben's gut, daß Sie Ihren Mann noch haben!«
»Ach, Mrs. Whiteoak, ich weiß noch, wie der Captain und Sie auf unserer Hochzeit tanzten! Was war er doch für ein schöner Mann.«
»Ja. Das war er. Und nun muß ich gehen und sein Grab besuchen.«
Sie ging den andern voran auf den Kirchhof. Philip hatte sich wieder zu ihnen gesellt. Auch Mary folgte ihr, aber ein wenig entfernter. Sie sah, wie sich die Familie um eine Grabstelle versammelte, die durch eine schwere Granitsäule gekennzeichnet und von einem schmiedeeisernen Gitter umgeben war. Zwei Gräber waren in der Einfriedigung, das von Captain Philip Whiteoak und das von Margaret, der Frau des jungen Philip. Ein kleines Marmorkreuz trug ihren Namen.
Adelines hohe, schwarzgekleidete Gestalt blieb bei dem Grab ihres Gatten stehen. Der Sommerwind spielte in ihrem Schleier. Augusta beugte den Kopf, die vier Männer nahmen die Hüte ab. Vor Augustas geistigem Auge war das Bild ihres Vaters, wie er sie als kleines Mädchen in Pantaletten auf der Schulter getragen hatte – und sie lächelte zärtlich in Erinnerung an dieses kleine Mädchen. »Lieber Papa«, murmelte sie mit ihrer tiefen Stimme.
Sir Edwin dachte daran, wie besonders unbedeutend er sich immer gefühlt hatte, wenn er neben dieser stattlichen soldatischen Gestalt gestanden hatte, und wie Captain Whiteoak ihn oft mit seinen etwas vorstehenden blauen Augen gemustert hatte, als wundere er sich, daß Sir Edwin überhaupt da war. ›Ja‹, dachte Sir Edwin, ›er konnte sehr sympathisch sein, sehr sympathisch – wenn er wollte!‹ Nicholas mußte gerade unwillkürlich an eine besonders schmerzhafte Tracht Prügel denken, die ihm sein Vater verabfolgt hatte. Er hatte viele von der Art bekommen, aber gerade diese eine hatte er bis auf den heutigen Tag nicht vergessen, obwohl er gar nicht mehr wußte, wofür er bestraft worden war. Aber wie großzügig hatte diese selbe Hand, die ihn so häufig strafte, ihm Geld gegeben! Und jetzt war diese Hand ... Nicholas' Herz zog sich schmerzhaft zusammen, denn er mußte sich einen Augenblick lang vorstellen, wie diese Hand jetzt aussah. Wieviele Knochen hatte eine Hand? Sagte man nicht achtundzwanzig? Achtundzwanzig Knöchlein – vertrocknet – vielleicht auseinandergefallen – in dieser Kiste unter dem Sommergras. Statt der schönen, großen Hand, an die er sich so gut erinnerte.

Ein Offizier und Edelmann, wenn es je einen gab, dachte Ernest, während er auf den Rasen blickte. Und wie gut er eine Geschichte erzählen konnte! Besonders die Geschichten aus seinem Leben in Indien. Nun, intellektuell waren sie nicht gewesen. Manchmal fragte sich Ernest erstaunt, woher er eigentlich seinen Intellekt geerbt hatte. Von seiner Mutter nicht. Denn obwohl sie hochintelligent war, so war sie es doch auf ihre ganz intuitive, sehr weibliche Art... Das Gesicht, mit dem sie auf das Grab sah, schmerzte ihn. Er wünschte, sie würden weggehen.

Mein lieber guter alter Herr! dachte Philip und verschloß sich energisch allen trüben Reflexionen. Er wandte den Blick zu Mary, deren Gesicht von einem breitrandigen Sommerhut beschattet wurde.

Adelines Herz schrie: Mein Geliebter – oh, mein Geliebter! Einen blinden Augenblick lang hätte sie sich am liebsten über das Grab geworfen, die Hände an die Brust gepreßt, wie sie ihn ans Herz gedrückt hatte, als er im Sterben lag – ihr Mann, der eine Stunde zuvor das Haus gesund und blühend verlassen hatte. Aber sie nahm sich zusammen. Sie hob die Hand und legte den Witwenschleier auf ihren Schultern zurecht. Dann schritt sie als erste den andern voran mit festen Schritten vom Grabe weg.

Renny blieb allein bei dem Grabstein zurück. Lange hatte er schon Lust verspürt, einmal die Säule zu erklettern. Jetzt plötzlich fühlte er sich stark genug dazu. Er sprang über das eiserne Gitter, legte die Arme um die Säule, setzte den Fuß auf den untersten Vorsprung des Sockels und hing da wie eine Schnecke, obgleich der Halt für seinen Fuß unsicher war. Mit äußerster Anstrengung kletterte er weiter bis zur höchsten Kante und hielt sich dort fest. Dann nahm er seine Matrosenmütze und hängte sie auf die Spitze der Säule. Er lachte vor Freude, daß er es geschafft hatte, und rief: »Hurra!« Er hätte es um die Welt nicht unterdrücken können. Die Familie sah sich um und blieb wie angewurzelt bei diesem Anblick stehen.

Philip ging mit großen Schritten auf seinen Sohn zu. »Das soll er bereuen!« Aber Adeline rief ihn zurück. »Nein, nein«, sagte sie. »Laß den Jungen! Er meint nichts Schlimmes. Übrigens ist es ein reizendes Bild – mir gefällt's.«

Beim Dinner um eins war sie in bester Laune. Was für Fehler Mrs. Nettleship auch haben mochte – sie war eine großartige Köchin. Manchen Leuten wäre die Mahlzeit für einen so heißen Tag etwas zu nahrhaft vorgekommen – Adeline aber nicht. Sie genoß jeden Bissen. Ihre Nachbarn, die Vaughans, waren mitgekommen, und sie freute sich über ihre Gesellschaft, besonders weil Robert Vaughan in seiner Jugend sehr verliebt in sie gewesen war, obwohl sie schon verheiratet war. Ganz hatte er sein Gefühl nie verwunden.

Nach Tisch suchten sie die schattige Kühle des Salons auf, und hier fragte Adeline Mrs. Vaughan: »Was für Leute sind das, diese Craigs? Die junge Person ist recht hübsch. Und sie hat eine gute Figur.«

Mrs. Vaughan hielt die Figur eines weiblichen Wesens für kein geeignetes Thema, um es in gemischter Gesellschaft zu besprechen. Deshalb wiederholte sie: »O ja, sie ist recht hübsch. Und sie ist auch sehr nett. Sie tut mir leid, weil sie von allen Vergnügungen abgeschnitten ist, die ihrem Alter gebühren. Da wohnen sie nun in ihrem großen Haus, völlig außerstande, ihre Freunde einzuladen, und ihre einzige Gesellschaft ist eine gelernte Krankenschwester.«

»Miss Craig ist eine nennenswerte Erbin«, fügte ihr Mann hinzu. »Einer von euch drei ledigen Männern sollte sich dafür interessieren.«

Adelines Augen funkelten. »Was für eine prächtige Idee! Nicholas ist der richtige Mann dazu. Seine Frau war verschwenderisch, solange er sie hatte, und es kostete einen Batzen, sie loszuwerden. Er wäre genau der richtige Mann für Miss Craig.«

Es war den Vaughans peinlich, daß Nicholas' Scheidung erwähnt wurde. Und die Andeutung, daß er wieder heiraten könne, war noch mehr als peinlich. Wie oft hatte Adeline im Lauf ihrer langen Freundschaft sie in Verlegenheit gebracht durch ihre Bemerkungen! Sie wurden beide rot, aber Nicholas schien völlig ungerührt. »Ein gebranntes Kind scheut das Feuer«, sagte er. »Ich heirate niemals wieder.«

»Aber wie wär's mit Philip?« fragte Sir Edwin.

»Philip hat alle Hände voll zu tun«, sagte Adeline kurz.

»Also ist Ernest an der Reihe«, meinte Nicholas. »Er hat einen neuen Anzug, in dem er unwiderstehlich aussieht.«

Ernest versuchte, kein geschmeicheltes Gesicht zu machen. »Was für Unsinn redest du, Nick! Und wenn ich jemals heirate, dann nur aus Liebe, denn Gott sei Dank kann ich sagen, daß das Geld für mich keine Rolle bei solchen Fragen spielt.«

»Ja«, sagte Adeline gemächlich, »mein Sohn Ernest ist ein Finanzgenie geworden. Es gibt nichts auf dem Kapitalmarkt, womit er nicht Bescheid wüßte. Du tätest gut daran, Robert, dich von ihm beraten zu lassen, um dein Kapital zu verdoppeln.«

Adeline selbst, die ein ansehnliches Vermögen von hunderttausend Dollar besaß, das sehr konservativ angelegt war, begnügte sich gern mit den niedrigen Zinsen, die sie bekam. Sie lebte vollkommen kostenfrei in Jalna und hatte nur ihre persönlichen Ausgaben zu bestreiten. Sie hätte nie erwähnt, daß sie selbst vermögend war, im Gegenteil, ab und zu nannte sie sich eine ›arme Witwe‹, die von ihrem Sohn Philip abhängig sei. Philip, der Lieblingssohn seines Vaters, hatte das Haus und Land von Jalna geerbt und dazu genügend Geld, um angemessen davon zu leben. Ein beträchtlicher Teil seines Einkommens ergab sich aus dem fruchtbaren Farmboden Jalnas. In Gelddingen war er großzügig und konnte sogar verschwenderisch sein. Geldgeschäfte verwirrten ihn nur. Er nannte sich selbst einen Farmer und Pferdezüchter.

Seine beiden älteren Brüder hatten zusätzlich zu dem, was ihr Vater ihnen gegeben hatte, beträchtliche Beträge von der Schwester ihres Vaters in England geerbt. Nicholas, der keinen andern Finanzmann als Ernest kannte, hatte im vorigen Jahr viel Geld verloren, in mexikanischen, griechischen und portugiesischen Anleihen. Er, der von seiner Mutter einen Hang zum Exotischen geerbt hatte, war von diesen Papieren fasziniert gewesen. Nun war er froh, daß er nur Ernest von seinen Verlusten unterrichtet hatte, denn er konnte sich Adelines kaustische Bemerkungen vorstellen, wenn sie darum gewußt hätte. Auch Ernest hatte Verluste gehabt. Verschiedene Eisenbahnaktien waren gefallen, auch britische. Aber diese Verluste waren nichts im Vergleich zu seinen Gewinnen. Nun stand er da, eine Hand vorn in den Gehrock geschoben, und sprach fließend über seine Investitionen, und wie er sein Kapital verdoppelt hatte. Es war eine herrliche Sensation für ihn, ein bißchen prahlen zu können.
Mr. Vaughan war tief beeindruckt. Er war vorsichtig von Natur, hatte aber einen unbändigen Ehrgeiz für seinen jungen Sohn, der ihm spät im Leben geschenkt worden war. Er wünschte, daß Maurice ein großer Herr würde, der Einfluß auf das Wohl und Wehe des Landes hatte. Sicherlich würde ihm Reichtum zu einer großen Zukunft verhelfen – und eine große Zukunft stand ihm unbezweifelbar bevor. Er war ein so ernstes und so durchaus bemerkenswertes Kind – das ganze Gegenteil von diesem Flederwisch, diesem Renny . . .
Robert Vaughan sagte entschlossen: »Ich wäre froh über deinen Rat, Ernest. Nun ist der Sonntag freilich nicht geeignet, um Geldfragen zu besprechen, aber wenn du morgen vormittag Zeit hättest, käme ich gern herüber, um mit dir zu sprechen.«
»Ernest wird Ihnen den richtigen Weg zeigen«, ermutigte Sir Edwin.
»Er ist ein Hexenmeister«, sagte Augusta bewundernd.
Ernest hätte am liebsten geschnurrt. Es war wunderbar, sich als erfolgreicher Finanzmann zu fühlen.
»Ich werde gern tun, was ich kann«, sagte er bescheiden. Philip zog Kletten aus dem Schwanz seines Hundes und versteckte sie unter dem Sitz des Stuhls, auf dem er saß.
»Für mich langt die Farm«, sagte er. »Ich lege mein Kapital lieber in Weizen, Hafer und Äpfeln an.«
Ernest blickte duldsam zu ihm herunter. »Ich glaube, Philip, du tust sehr klug daran, bei dem zu bleiben, wovon du etwas verstehst.«
»Ja, ich bin ganz durcheinander, wenn ich mir über Geldfragen den Kopf zerbreche.«
Seine Mutter reckte den Hals, um ihn anzusehen. »Was tust du da eigentlich?« fragte sie.

»Nichts. Ich sitze bloß so da. Ich drehe Daumen.« Er blinzelte Augusta zu, die ein erwiderndes Lächeln nicht unterdrücken konnte, obwohl sie die Kletten unter dem Sitz seines Stuhls sah.

11 Die Gesellschaft

»Ich möchte eine Gesellschaft geben«, sagte Adeline. »Ein Diner, mit anschließendem Tanz. Ich mag's gern, wenn meine Freunde wissen, daß ich wieder zu Hause bin.«
»Jeder Mensch weiß, daß du wieder zu Hause bist, alter Schatz!« erwiderte Philip, »und möchtest du nicht lieber warten, bis das Wetter sich ein bißchen abgekühlt hat? Die Leute würden ja schmelzen, wenn sie bei der Hitze tanzen müßten.«
»Ich hab bei noch heißerem Wetter getanzt, in einem regulären Fischbeingestell und mit einer großen Tournüre. Ich weiß nicht, woher du deine Faulheit hast, Philip – weder dein Vater noch ich hatten einen trägen Knochen im Leib!«
Philip zündete seine Pfeife an und versteckte das abgebrannte Streichholz unter dem Stuhl, auf dem er saß. Er sagte: »Weder du noch mein Vater haben jemals das geleistet, was ich eine ehrliche Tagesarbeit nenne. Ich hab's wenigstens nicht gesehen!«
Seine Mutter fiel wütend ein: »Keine Arbeit? Dein Vater und ich hätten nicht gearbeitet? Du hättest ihn sehen sollen, als dieses Haus gebaut wurde! Er hob einen Baumstamm hoch, den am andern Ende zwei Männer tragen mußten. Er hatte Kraft für zwei!«
»Ja, ja. Das hab ich schon gehört. Aber das dauerte ein paar Minuten. Nicht den ganzen Tag.«
»Er mußte seine Kräfte schonen. In jenen Tagen mußte ein Mann seine Kräfte erhalten, nicht verausgaben.«
»Na, was mich betrifft, ich muß meinen Hafer in die Erde bringen, ehe das Wetter umschlägt. Ich springe ein und helfe meinen Arbeitern, wenn's not tut, das weißt du ja.«
»Und dabei bist du rot wie eine Mohrrübe geworden!«
»Damit habe ich mich in Sicherheit gebracht. Kein Mädchen würde sich die Hacken ablaufen nach einem mohrrübenfarbenen Witwer!«
Adeline lachte verächtlich. »Sieh nur in den Spiegel, und du wirst sehen, wie dein Aussehen gelitten hat. Dieses sonnenverbrannte Gesicht macht dein Haar heller, deine Augen blauer und deine Zähne weißer.«
»Wie entsetzlich!« sagte Philip. »Das klingt nach einem Bild auf einer Zigarrenkiste!«

»Du bist ein hübscher Mann, und deinem Vater sehr ähnlich.«
Adeline gab nicht oft Philips Ähnlichkeit mit seinem Vater zu, und Philip fühlte sich entsprechend geschmeichelt. Er knurrte beifällig.
»Du warst sein liebstes Kind.«
»Hmmm.«
»Er hatte große Hoffnungen auf dich gesetzt. Und ich auch.«
»Was für Hoffnungen denn, Mama?«
Sie hatte große Lust, ihm zu sagen, was für Hoffnungen es waren. Philip war dreißig vorbei und hatte noch nie eine Spur von Ehrgeiz an den Tag gelegt.
Er fragte beharrlich: »Was für Hoffnungen waren das, Mama?«
Sie nahm seine braune, kräftige Hand in ihre schlanke, geschmeidige und drückte sie. »Nun, daß du dich niemals zum Narren machen würdest – in keiner Weise! Das ist schon eine ›große Hoffnung‹ für einen Mann, nicht wahr?«
»Eine zu große.«
»Ach, Philip, du bist mein blonder Junge. Es würde mir das Herz brechen, wenn du dich wegwerfen und eine törichte Heirat mit einem albernen Mädchen eingehen würdest.«
»Dein Herz ist aus soliderem Stoff gemacht, Mama – so schnell bricht es nicht.«
»Du sagst, ich hätte nie gearbeitet. Denke doch einmal nach. Ich habe in der Wildnis von Kanada drei Söhne geboren und meine vier Kinder aufgezogen, mit der ersten besten Hilfe, die ich bekommen konnte.«
Er lächelte entwaffnend. »Wie ergreifend du sprichst, Mama. Wenn du so weitermachst, breche ich in Tränen aus!«
Die Pfeife war ihm ausgegangen. Er zündete sie wieder an.
Adeline rief: »Ich habe wohl gesehen, was du mit dem abgebrannten Streichholz gemacht hast! Ich sehe zwei Stück unter deinem Stuhl! Hebe sie augenblicklich auf, Philip, und lege sie dorthin, wo sie hingehören!«
Renny kam ins Zimmer gelaufen. Philip zog den Kleinen an sich und steckte ihm die abgebrannten Streichhölzer in die Tasche seiner Bluse. »Da hast du was Nettes«, sagte er, »begrabe sie, und du wirst einen Streichholzbaum wachsen sehen.«
»Das ist doch nicht wahr, Granny – oder?« Er kletterte auf ihren Schoß und nahm sie um den Hals. »Sing mir was vor«, bettelte er. »Wie du früher immer gesungen hast.«
Sie drückte ihn fest an sich. »Ich kann nicht singen.«
»Du kannst – sogar fein!«
Sie hatte tatsächlich eine ganz gute Stimme, aber herzlich wenig Gehör. Nun sang sie:

»Drei Söhne hatte die alte Frau,
Jerry und James und John.
Jerry ward gehenkt,
James ertränkt,
John war verschwunden,
Ward nie mehr gefunden.
So blieb der Frau kein einziger Sohn
Kein Jerry, kein James und kein John.«

Renny lag in ihren Schoß gekuschelt und genoß ihren Gesang. Seine nackten braunen Beine lagen entspannt auf den ihren, seine Hacken trommelten ganz sacht auf ihren Schienbeinen den Takt. Sie sah über seinen Kopf hinweg Philip an.
»Dieser Junge ist mein Augapfel«, sagte sie.
»Jedenfalls sieht er dir unglaublich ähnlich, Mama.«
»So? Nun, dann hat er seinen Verstand schon bewiesen!« Sie küßte ihn mit überschwenglicher Zärtlichkeit auf den Mund. Boney schrie in seinem Käfig laut auf vor Eifersucht.
»Ich wünschte, ich hätte einen kleinen Bruder«, sagte Renny.
»Und was würdest du mit ihm anfangen?«
»Ich würde ihn reiten lehren. Und ich würde auf ihn aufpassen.«
»Nein, nein. *Ein* kleiner Junge im Haus ist genug.«
Sir Edwin Buckley schaute zur Tür herein. Sobald Renny ihn sah, sprang er von Adelines Schoß. »Onkel Edwin«, rief er, »du hast mir versprochen, mir mit meiner Eisenbahn zu helfen. Sie will nicht laufen.«
Sir Edwin sah ihn mißbilligend an. »Ein bißchen Zurückhaltung bitte. Nicht so stürmisch, wenn ich dir helfen soll.«
Der Kleine galoppierte aus dem Zimmer und war im Handumdrehen mit seiner Eisenbahn zurück. Sir Edwin zog seine Hosenbeine hoch, kniete sich vorsichtig hin und neigte sein Gesicht mit den Bartkoteletten über das Spielzeug. Philip und Adeline sahen höchst interessiert zu.
Augusta kam herein. »Edwins Vorliebe für mechanische Dinge setzt mich immer wieder in Erstaunen.«
»Du vergißt, meine Liebe«, sagte Sir Edwin, »daß mein Großvater Wissenschaftler war.«
»Und sein Baronat dafür bekam, daß er etwas über Wanzen entdeckte!« lachte Adeline. »Ich hab das immer schrecklich komisch gefunden.«
»Es war eine eminent wichtige Entdeckung«, sagte Sir Edwin würdevoll, »die Tausende von Menschenleben gerettet hat.«
»Nun, wenn wir in dem Tempo fortfahren, Leben zu retten«, entgegnete sie, »wird die Welt in fünfzig Jahren übervölkert sein.«

Sir Edwin hörte sie nicht. Sein Blick hing an der kleinen Lokomotive.
»Mama will eine Gesellschaft geben«, sagte Philip zu Augusta.
»Das würde ich durchaus angemessen finden«, erklärte sie.
»Meinst du nicht, es ist viel zu heiß für so etwas?«
»In Kanada ist das Wetter immer zu heiß oder zu kalt«, sagte sie gleichmütig.
»Den Leuten wird es beim Tanzen zu heiß werden.«
»Wenn es etwas Gutes, Kühles zu trinken gibt, machen sie sich nichts daraus. Eisgekühlter Rotweinpunsch ist das Beste.«
Mit einem Seitenblick zu Philip bemerkte Adeline: »Nun, in Augustas Haus habe ich nie etwas Besseres als Sherrypunsch bekommen.«
Inzwischen war die kleine Lokomotive repariert und zuckelte über den Fußboden. Renny klatschte vor Entzücken in die Hände.
Nicholas und Ernest stimmten ihrer Mutter zu – eine Gesellschaft wäre reizend. Also wurden sechzehn Einladungen zum Diner verschickt, und dreimal soviel zu dem darauffolgenden Tanz. Überall im Haus wurden geschäftig Vorbereitungen gemacht.
Mary war sich nicht sicher – würde man ihre Anwesenheit wünschen oder nicht? Aber zu ihrer Erleichterung sagte Adeline lächelnd zu ihr: »Sie müssen Freitag abend in großer Gala erscheinen, Miss Wakefield.«
Sie hat ein schönes, heiteres Lächeln, dachte Mary, warum fürchte ich mich immer vor ihr? Sie antwortete: »Oh, danke – das ist sehr freundlich von Ihnen.«
»Sie tanzen doch sicher?«
»O ja.«
»Nun, ich auch. Überrascht Sie das?«
Mary fand, daß Mrs. Whiteoak ziemlich alt fürs Tanzen sei, aber andererseits hätte nichts, was Adeline tat, sie überraschen können.
»Ich bin überzeugt, Sie tanzen sehr gut«, antwortete sie.
Adeline lachte: »Nun ja, ich kann meine Beine recht gut zur Musik schwingen.«
Von nun an konnte Mary an nichts anderes denken als an die Gesellschaft. Es war Irrsinn, sich für Philip so schön wie möglich zu machen, das wußte sie. Sie sah ihn jetzt kaum, außer bei den Mahlzeiten, wenn sie isoliert zwischen den beiden Kindern saß, die bei Tisch nicht sprechen durften. Sie saßen also stumm da, tranken aber gierig jedes Wort der Gespräche, die die Erwachsenen führten und die Meggie weit interessanter fand als das Essen. Welch ein Gegensatz waren diese Mahlzeiten zu der ersten, die sie in Jalna eingenommen hatte, dachte Mary.
Sie holte ihr einziges Abendkleid hervor. Es war türkisblau, hauchdünn und tief ausgeschnitten. Es sah betrüblich zerknittert aus, aber Mary schrak davor zurück, es mit ins Souterrain zu nehmen und dort auszubügeln. Sie wartete

also, bis Mrs. Nettleship ihren freien Tag hatte, dann trug sie es nach unten und hoffte nur, unterwegs niemandem zu begegnen. Eliza war nett. Sie bewunderte das Kleid. Weder Miss Cox noch Miss Turnbull hatten etwas Ähnliches besessen. Sie waren bei Gesellschaften oben in ihrem Zimmer geblieben. Als Mary mit dem Bügeln fertig war, befriedigte es sogar ihre kritischen Ansprüche. Sie wußte, daß sie darin mehr als gut aussehen würde.
Sie hatte nicht bemerkt, daß sie bei dem vielen Im-Freien-Sein und der guten Luft von Jalna viel hübscher geworden war. Ihr Hals war runder, die liebliche Blässe ihrer Wangen hatte einen rosigen Schimmer bekommen. Sie wußte nur, daß sie sich kräftiger fühlte und ohne müde zu werden auf schlechtem Gelände weit gehen konnte.
Am Abend der Gesellschaft war es kühl geworden. Das Wetter war umgeschlagen, ein frischer Wind kam aus dem Westen auf. Adeline sah ihre Wahl dieses Tages gerechtfertigt und erinnerte immer wieder daran, wie scharfsichtig sie gewesen war. Sie war bereits eine Stunde vor der Zeit fertig für das Diner angezogen, aber das machte ihr nichts aus. Bald war sie draußen auf der Veranda, bald im Salon, um den Fußboden zu inspizieren, bald in der Küche, um die letzten Anweisungen zu geben. Mrs. Nettleship war förmlich vereist und ihre Stimme klang hohl vor Mißbilligung. Sie verabscheute Gastlichkeit in jeder Form. Obwohl sie ständig bestrebt war, sich bei Adeline einzuschmeicheln, konnte sie sie nicht leiden, wie sie alle Frauen nicht leiden konnte. Männer hatte sie gern, ja, sie liebte sie sogar, fand aber ein sadistisches Vergnügen daran, ihnen das Leben unbehaglich zu machen.
Die Läufer und Teppiche waren fortgenommen und die Fußböden gewachst worden. Türen und Fenster standen offen, um die kühle Abendluft hereinzulassen, die schwer war vom Geruch der Tabakpflanzen, deren Sternblüten in der Augustdämmerung weiß leuchteten. Schon wurden die Tage kürzer.
Mary konnte von ihrem Fenster aus die Gäste zum Diner ankommen sehen. Zu diesem Teil der Gesellschaft war sie nicht eingeladen. Die Gäste waren alte Freunde der Familie, und sie hätte sich, das sagte sie sich selbst, nur überflüssig gefühlt. Sie war es zufrieden, ruhig oben zu sitzen und auf den Ball zu warten. Es war entsetzlich schwierig gewesen, die Kinder zum Zubettgehen zu bewegen. Waren andere Kinder wohl ebenso ungezogen? Obgleich sie jetzt viel kräftiger war, fand sie die Kinder ungemein anstrengend.
Sie saß am Fenster, einen Ellbogen aufs Fensterbrett, das Kinn in die Hand gestützt, und stellte sich Philip vor, wie er am Kopfende seiner Tafel saß und scharmant zu seinen Gästen war. Ob er wohl während des ganzen Tages einmal an sie gedacht hatte? Oder an seine kurze Ehe? Bedauerte er die junge Frau, die heute abend an seine Seite gehört hätte? Einen Augenblick verspürte Mary ein schmerzhaftes Mitleid mit Margaret. Die Kinder hatten Mary das Bild ihrer Mutter gezeigt, es war in einem Album mit schwerer Silber-

schließe. Die kleinen hartherzigen Geschöpfe schienen keine Spur von Mitgefühl zu haben für die junge Frau mit dem ernsten Gesicht, die ein paar Lilienstengel in der Hand hielt.
Jetzt hörte Mary sie im Gang herumtappen; sie ging hinaus, die Stirn in strenge Falten gelegt. Wenn sie doch einmal vernünftig eingeschlafen wären! Aber ihr Stirnrunzeln wurde schnell ausgelöscht durch die Kinderblicke voll erstaunter Bewunderung. »Ooooh! Miss Wakefield! Wie schön Sie aussehen!« rief Meg.
»Sie ist 'ne Prinzessin!« Renny umarmte sie stürmisch.
»Renny, du zerdrückst mir mein Kleid!« Vergeblich versuchte sie, ihn zurückzuhalten.
Meg zog ihn weg und sagte energisch: »Drehen Sie sich um, damit wir Sie von allen Seiten sehen!«
Mary drehte sich mit Vergnügen, um ihr Kleid vorzuführen.
»Schneller«, befahl Meg. »Wir wollen wissen, wie Sie aussehen, wenn Sie tanzen.«
Mary wirbelte fröhlich durch den Gang, ihre weiten Röcke flogen bauschig wie Wellen um sie herum.
»Hört ihr? Jetzt kommt ein Wagen in die Einfahrt!« rief Renny.
»Jetzt kommen die Leute zum Ball.«
Die Kinder eilten zum Fenster, um hinauszuschauen. Meine Güte, wie sollte man sie wieder ins Bett befördern? Nun, ihretwegen mochten sie aufbleiben, das eine Mal würde ihnen nicht schaden!
Wieder in ihrem Zimmer, nahm sie eine dunkelrote Rose aus einem Glas, trocknete den Stengel sorgsam ab und steckte sie in ihr Haar, ziemlich im Nacken, wo der wellige Knoten war. Aber sie konnte sich nicht entschließen, hinunterzugehen. Zweimal stand sie, über das Geländer gelehnt, und horchte auf die süße Musik der zwei Geigen und der Harfe – floh aber beide Male wieder in ihr Zimmer. Oh, wenn sie nur einen Menschen hätte, mit dem sie hinuntergehen konnte. Aber sie war allein – immer allein.
Dann erschien Eliza. »Man hat mich heraufgeschickt – ich soll Sie fragen, ob Sie nicht Lust haben, zum Tanz zu kommen?«
Philip hatte nach ihr geschickt! Sie war überzeugt, daß es Philip gewesen war. »Wer hat Sie geschickt?« fragte sie.
»Mrs. Whiteoak.«
»Ich komme gleich.«
Warum nahm sich Mrs. Whiteoak die Mühe, sie holen zu lassen? Nun, Tatsache war, daß Adeline vermeiden wollte, daß Mary ihrem Sohn als arme, schlechtbehandelte Gouvernante erschien. Er konnte sie im Augenblick vergessen – aber seine Mutter durfte es nicht.
Adelines feingezeichnete Brauen flogen hoch, als sie Mary eintreten sah. Eine

Schönheit! Und alles andere als eine ungeschmückte Schönheit. Diese üppigen Volants! Diese milchweißen Schultern, dieser zarte Brustansatz, den das Kleid freigab! Im ganzen Saal war keine andere Dame so tief dekolletiert. Adelines Augen suchten ihre Tochter. Da war sie. Und sah Miss Wakefield mit großen Augen an. Adeline konnte ein entzücktes Kichern nicht unterdrücken, als sie die Veränderung sah, die in Augustas langem blassen Gesicht vor sich ging. Es verwandelte sich – aus der Miene ländlicher Gastfreundlichkeit wurde Wut und ungläubiges Staunen, als traue Augusta ihren eigenen Augen nicht. Dann kamen die tanzenden Paare dazwischen, und Adeline konnte ihre Tochter nicht mehr sehen. Adeline ging zu Mary hinüber.

»Nun, meine Liebe«, sagte sie, »Sie sehen sehr hübsch und sehr flott aus!«

»Oh, danke, Mrs. Whiteoak.« Mary errötete.

»Aber Sie dürfen nicht so unbeachtet hier stehenbleiben. Man formiert gerade eine Quadrille, das ist der einzige Tanz, den unser lieber Mr. Pink kann. Ich bin sicher, er wird entzückt sein, wenn er ihn mit Ihnen tanzen darf.«

Mr. Pink hatte gut gespeist. Er hatte sehr entschiedene Ideen über die gefällige Bescheidenheit weiblicher Kleidung. Seiner Tochter hätte er niemals ein solches Dekolleté erlaubt. Aber wenn Adeline gehofft hatte, er würde zu satt sein, um jetzt gern herumzuspringen, oder zu empört über Marys Ausschnitt, um sie als Partnerin haben zu wollen, sah sie sich enttäuscht. Mr. Pink verbeugte sich bereitwilligst und bot Mary seinen kräftigen Ellbogen. Er sah aus wie ein fröhlicher Cherub, mit geistlichem Kragen angetan.

Die Violinen und eine Harfe sangen. Der Raum war voll Menschen, denn wenn sich Adeline entschloß, einen Ball zu geben, fielen ihr immer mehr Leute ein, die sie unbedingt einladen mußte. Diese Gesellschaft bestand aus Menschen aller Altersgruppen, anders als die Partys heutzutage, die ausschließlich für Menschen derselben Generation stattfinden, da verschiedene Generationen einander tödlich langweilen. Lily Pink war nicht die Jüngste, und Adeline nicht die Älteste. Und alles tanzte fröhlich durcheinander alle Touren der Quadrille.

Wenn Mr. Pink aussah wie ein Cherub, so tanzte er wie ein normaler Engel. Er war leicht wie eine Feder. Wahrscheinlich hatte er in den langen Jahren seiner Ehe seiner Frau niemals so gründlich mißfallen wie während dieser Quadrille, als er so munter mit den anderen Herren marschierte, um am Ende des Marschs Miss Wakefield zu treffen und sie in einem wirbelnden Walzer zu entführen, oder als er mit den anderen Herren die Achse des Kreises bildete, während Mary mit den andern Damen am Außenrande herumflog. Es war der Ausdruck seines Gesichts, der Mrs. Pink am stärksten mißfiel. Tatsächlich, er sieht wie ein Höhlenmensch aus, dachte sie. Und ängstlich fragte sie sich, ob er nicht in den langen Jahren seiner Missionsarbeit mit allzu heidnischen Bräuchen bekanntgeworden war . . .

Als die Quadrille vorüber war, dankte er Mary und trocknete sich sein schwitzendes Gesicht.
»Ziemlich warm, nicht wahr?« bemerkte er. »Aber Sie sehen kühl aus wie eine frische grüne Gurke.«
»Mir wird beim Tanzen niemals warm«, antwortete sie, »und die Musik ist doch einfach himmlisch!«
»Man kann sich immer darauf verlassen, daß Mrs. Whiteoak gute Musikanten engagiert!«
»Und das macht beim Tanzen einen so unglaublichen Unterschied!«
»Jawohl! Gute Musik und eine Partnerin, die so tanzen kann wie Sie, Miss Wakefield!«
»Auch Sie tanzen sehr gut, Mr. Pink!«
»Ach – viel Übung habe ich leider nicht. Dies ist das einzige Haus, wo ich dazu Gelegenheit habe.«
»Welch ein Jammer!« Marys Ton war so aufrichtig, daß Mr. Pink einen Augenblick überlegte, ob es nicht doch ein Fehler gewesen war, daß er Theologie studiert hatte, zumal jedes Pastorat so mannigfache Beschränkungen verlangte.
»Oh, da kommt der Admiral!« sagte Mr. Pink. »Und jetzt spielen sie einen Schottischen! Der Glückliche!«
Admiral Lacey verbeugte sich, bat Miss Wakefield um die Ehre eines Tanzes und entführte sie. Nun war er dran, sich bei seiner Frau unbeliebt zu machen. Sie sah es gern, wenn er sich gut unterhielt. Niemand konnte sich mehr über die gute Laune ihres Gatten freuen. Aber seine Munterkeit bei dieser Gelegenheit, die Art, wie er dieses ›Eins, zwei, drei – hupf!‹ tanzte – das war einfach unglaublich. Kein Paar im ganzen Raum konnte sich mit ihnen vergleichen. Und wirklich, die andern Paare fielen eins nach dem andern aus und überließen ihnen die Tanzfläche. Mrs. Lacey sah sich nach ihren Töchtern um. Es war ihr schrecklich, daß sie ansehen mußten, auf welche Art sich ihr Vater ergötzte! Aber Ethel, der Tollkopf, war mit ihrem Partner in den Garten hinausgegangen, und Violet hatte anscheinend für nichts anderes Augen als für Nicholas. Wirklich, Mrs. Lacey hatte alle Ursache, sich zu kränken. Da tanzte nun ihr angejahrter Ehemann wie ein Matrose im Zwischendeck mit einem jungen, nur halb bekleideten Mädchen; ihre eine Tochter war mit Gott weiß wem draußen im Dunkeln; die andere flirtete unverschämt und offenkundig mit einem geschiedenen Mann! Mrs. Lacey bewunderte Nicholas und seine weltmännischen Allüren. Seinerzeit wäre sie überglücklich gewesen über eine Heirat zwischen ihm und Violet. Aber das war, ehe sein Name durch eine Scheidung entehrt war. Jetzt – nein, tausendmal nein!
Und Mary? Nun, jetzt war es ihr gleichgültig, wer ihr Partner war, vorausgesetzt, daß er gut tanzen konnte. Tanzen, ja, tanzen – das war ihr einziger

Wunsch. Sich frei wie die Luft, leicht wie die Musik zu fühlen, alles abzuwerfen, was sie drückte, sich an nichts zu erinnern!
Jetzt kam Mrs. Whiteoak mit einem sehr ansehnlichen jungen Mann auf sie zu. Mary wunderte sich, daß sich Mrs. Whiteoak so den Kopf zerbrach, Partner für sie zu finden.
»Miss Wakefield«, sagte sie, »das ist Mr. Clive Busby, und er brennt darauf, mit Ihnen zu tanzen.« Als der junge Mann sich verbeugte, fügte sie hinzu: »Mr. Busbys Familie war bereits hier angesiedelt, als wir nach Kanada kamen. Jetzt lebt er im Westen.«
Im Ungestüm der Polka konnte man sich nur in atemlosen kurzen Ausrufen unterhalten, aber der junge Mann bat gleich um den darauffolgenden Walzer, und während sie sich im Kreise drehten (denn er schien den Walzer links herum nicht zu schätzen), malte er ihr das wundervolle Leben auf seiner Ranch aus. Mary lauschte bezaubert; ihre Augen, in gleicher Höhe mit den seinen, weckten in ihm den Wunsch, ihr die ganze Geschichte seines jungen Lebens zu erzählen. Er bat sie, am nächsten Tag mit ihm eine Ausfahrt zu machen. Er konnte sich Pferd und Wagen von den Vaughans leihen, bei denen er zu Besuch war.
Adeline schaute zu, ein Lächeln auf den Lippen. Sie war befriedigt vom Erfolg ihres Manövers. Mary war genau der Typ, einen jungen Mann mit einer Ranch einzufangen, der eigentlich eine derbe, stämmige, recht erdgebundene Frau brauchte, die keine Flausen im Kopf hatte. Aber wenn sie Mary nur von Jalna wegbringen konnte, ohne Ärger mit Philip zu haben – wie glücklich würde sie sein! Der Gedanke, daß Philip eine zweite Frau nehmen könne, war ihr unerträglich.
Jetzt verschwanden Mary und der junge Busby durch die Balkontür in den Garten. Der Duft der Tabakpflanzen umhüllte sie. Er hatte ihr gerade erzählt, daß seines Erachtens Mary der schönste Name für ein Mädchen sei.
»Und ich nehme an, Sie sind nach General Clive getauft«, sagte sie.
»Freilich. Und mein Vater nach General Brock.«
»General Brock?« fragte sie verständnislos.
»General Isaak Brock, Sie wissen doch. Die Schlacht bei Queenston Heights, wo wir die Amerikaner geschlagen haben.«
Ihr verlegenes Gesicht zeigte ihm, daß sie nie etwas von Queenston Heights gehört hatte. Der junge Busby war entsetzt. Er stand stumm und atmete den Duft der Tabaksblüten.
»Natürlich«, sagte sie schnell, »habe ich von der Schlacht auf der Ebene von Abraham gehört.«
Das befriedigte ihn nicht.
»Ich dachte, jeder weiß von der Schlacht bei Queenston Heights.«
»Ich fürchte, ich bin schrecklich unwissend.«

»Und dabei sind Sie Lehrerin?!«
»Aber ich will selbst etwas in Kanada lernen.«
»Der richtige Ort, um etwas zu lernen, ist der Westen«, erklärte er. »Diese alten Provinzen sind zu verbraucht.«
»Erzählen Sie mir noch ein wenig von Ihrer Ranch.«
Er war wieder glücklich. Sie streiften über den tauigen Rasen und Mary bekam nasse Füße, ohne es zu bemerken. Clive Busby erzählte interessant. Sie fühlte sich so unbeschwert.
Aber nach einiger Zeit wurde sie unruhig. Sie vergaß zuzuhören, während der junge Mann das Leben auf den Prärien schilderte. Sie wäre gern hineingegangen, um herauszufinden, ob Philip Whiteoak sie zu einem Tanz holen würde. Bis jetzt hatten sie sich an diesem Abend nur bei der Kette der Quadrille die Hand gegeben, und nicht mehr als ein Lächeln und einen Blick getauscht.
Als ihr Partner sie endlich zögernd in den Salon zurückführte, war das erste Paar, das sie erblickten, Philip mit Muriel Craig. Sie tanzten die Gavotte, und Mary gab es einen eifersüchtigen Stich ins Herz, als Clive Busby ausrief: »Was für ein bewundernswürdiges Paar! Wissen Sie, wer die junge Dame ist? Beim Zeus – sie kann tanzen!«
Sie standen im Rahmen der Tür und beobachteten die Tanzenden. Aus der sommerlichen Dunkelheit draußen ertönte, über den Klängen der Musik schwebend, der sehnsüchtige Ruf der Nachtschwalbe. Mary stand, auf Clive Busbys Arm gelehnt, stumm durch den plötzlichen Schmerz – einen Schmerz, zu dem sie kein Recht hatte, da Philip sie an diesem Abend gar nicht beachtete. Sie war ihm nichts. All seine Gedanken waren jetzt bei Muriel Craig. Kein Wunder. Auch Mary mußte sich gestehen, daß sie gut angezogen war und sogar schön aussah. Sie war kleiner als Mary, ihr Hals und ihr Gesicht waren kürzer. Aber ihr Hals war weiß und rund und kräftig, die Schultern über dem cremefarbenen Taffet-Brokat ihres Kleides waren knochenlos. Sie trug das dichte braune Haar über der Stirn hochfrisiert und ein kleines Diadem aus Perlen und Brillanten schimmerte darin. Ihre Lippen waren leicht geöffnet, wie atemlos vor Bewunderung, dachte Mary in ihrer Eifersucht, einer Bewunderung, die unverhüllt aus ihren runden braunen Augen leuchtete.
»Wollen wir tanzen?« fragte Clive Busby.
»Nein, danke – ich bin ein bißchen müde.«
»Aber, aber! Das glauben Sie doch selbst nicht! Wirklich?«
»Doch. Natürlich nicht sehr. Übrigens ist dieser Tanz fast vorbei.«
»Freilich – es sind noch genug andere Leute da, mit denen Sie gern tanzen möchten. Ich darf Sie nicht einfach mit Beschlag belegen.«
»Es ist sehr liebenswürdig von Ihnen, mich aufzufordern.«
»Himmel, wie formell sind wir! Sind alle englischen Mädchen so formell?«

»Nun – ich bin's eigentlich gar nicht.«
»Ich wünschte, ich wüßte, was Sie jetzt denken.«
»Sie wären vielleicht überrascht.«
»Ich wette, nicht halb so überrascht wie Sie es wären, wenn Sie wüßten, was ich jetzt denke.«
»Was spielt die Musik denn jetzt?«
»Kennen Sie's nicht? Das ist ein Hochlandgalopp – ein ›Sir Roger‹. Ich glaube, daß Dr. Ramsay und Mrs. Whiteoak ihn tanzen werden.«
Und wirklich – Adeline und der Doktor betraten die Tanzfläche, er mit fast trauervollem Ernst, sie mit spöttisch-übermütigem Lächeln. »Dies ist ein Hochlandgalopp«, verkündete er, »und ich habe ihn Mrs. Whiteoak in ihrer Jugend gelehrt.«
»Unsinn«, erklärte sie, »es ist ein irischer Tanz, den ich Ihnen damals beigebracht habe.«
Nun, was es auch war, das sie tanzten – jedenfalls waren ihre Körper von gälischer Vitalität elektrisiert und ihre Füße flogen. Die Miene des Doktors blieb unverändert, man hätte meinen können, sein Leben hinge ab von der Genauigkeit, mit der er jeden Schritt ausführte. Nur noch einmal öffnete er seine Lippen, und zwar um den kurzen Schrei auszustoßen, der zu dem Tanz gehörte. Es war nur schade, daß er keinen Kilt trug.
Adeline hatte den Abend gemeinsam mit ihrem ältesten Sohn eröffnet. Sie waren ein verblüffend gutaussehendes Paar gewesen. Seitdem hatte sie mehrmals getanzt – aber jetzt in diesem Tanz war etwas Wildes und Herausforderndes, das am besten zu ihrer Natur paßte. Sie hielt den violetten Moireerock mit der schweren Goldstickerei hoch, und man sah ihre schlanken Füße und Fesseln in den schwarzen Seidenstrümpfen und flachen Seidenschuhen mit den Silberschnallen.
Augusta sah diesem Schauspiel mit einer Mischung von Staunen und Schmerz zu. Sie wunderte sich, daß ihre Mutter imstande war, so herumzuwirbeln. Sie hätte es nicht gekonnt. Sie fand den Tanz barbarisch und litt unter Adelines sichtlichem Entzücken darüber. Sie hatte das Gefühl, daß Dr. Ramsay Adeline immer geliebt hatte, und das war ihr unangenehm.
Nicholas und Ernest sahen amüsiert und mit Genuß zu. Sie waren stolz auf Adeline. Beim Höhepunkt des Tanzes umschloß Philip seine Nase mit der Hand und lieferte eine erstaunlich gute Imitation eines Dudelsacks.
Das flößte den Tänzern neues Feuer ein; sie hatten schon angefangen, ein wenig atemlos zu werden, aber Philips drei Spaniels, die vor der Tür der Terrasse auf ihn warteten, erkannten seine Stimme, obwohl sie so verzerrt klang, und dachten offenbar, daß er in höchster Not sei – sie stürzten herein, um ihn zu retten.
Die Musik brach ab.

Philip nahm Sport und Spot beim Kragen und zog sie hinaus, aber Jake lief in panischem Schrecken kläffend hin und her, bis Mary ihn einfing. Er schmiegte sich dankbar an ihre Schulter, und sie folgte, den Hund im Arm, Philip ins Freie.
Sein Gesicht leuchtete auf vor Überraschung, als er sie sah.
»Braves Mädchen!« rief er aus und nahm ihr den kleinen Hund zärtlich ab.
Mary stand und sah ihn an, und ihr Herz schrie: Braves Mädchen! Und du hast mich nicht ein einziges Mal zum Tanzen geholt – und wirst es auch nie tun!
Adeline erschien im Türrahmen, gefolgt von Clive Busby. Sie war sehr befriedigt über Philips Aufmerksamkeit für Miss Craig. Sogar mit Mary war sie fast zufrieden.
»Deine Hunde betragen sich unglaublich, Philip!« sagte sie. »Bitte sperre sie ein – und führe dann Miss Craig zum Souper. Unsere Gäste sind halbverhungert. Und hier ist Clive Busby – er brennt darauf, Miss Wakefield zu Tisch zu führen.« Sie hatte die Hand auf dem Türknopf und lächelte Mary zu, als diese vorbeiging. Dann sagte sie leise zu Philip: »Sieh dir das an! Der junge Busby ist bis über die Ohren verliebt! Das wäre ja eine unglaublich gute Partie für das Mädchen!« »Ja«, antwortete er geistesabwesend, und fragte sich dann, was Mary eigentlich an Clive Busby finden könne.
»So, Philip, laß Miss Craig nicht warten, während du mit deinen Hunden herumtrödelst!« Sie kommandierte ihn mit weiblichem Vergnügen wie einen großen Jungen, und er brummte ein wenig und gehorchte.
Muriel Craig schob ihre feste weiße Hand in seinen Arm. Mit der andern raffte sie ihren Rock zusammen. Sie sagte: »Das ist der glücklichste Abend, den ich seit langem gehabt habe. Sie können sich nicht vorstellen, wie eintönig das Leben für mich geworden ist seit der Krankheit meines Vaters.«
»Nun, ich freue mich, daß Ihnen das Tanzen Freude gemacht hat.«
»Ich glaube, wir halten ganz gut Schritt, nicht wahr?«
»Ja, sehr.« Seine Augen folgten den Musikanten, die ins Souterrain hinuntergingen, um etwas zu essen.
Muriel Craig fuhr fort: »Ich hoffe, Sie werden meinen Vater öfters einmal besuchen. Er hat direkt eine Schwäche für Sie. Es ist so langweilig für ihn – immer nur die Gesellschaft seiner Pflegerin – und auch ich langweile ihn ein wenig, fürchte ich.«
»Nun, ich werde ihn morgen besuchen«, sagte Philip.
»Vormittags?«
»Ja.«
»Würden Sie zum Lunch bleiben?«
»Ja, gern. Vielen Dank.«
Das Eßzimmer war voller Menschen, die sich um den Tisch scharten, wo

Wachskerzen in hohen Leuchtern ihr Licht auf die weißen und roten Rosen warfen und das glänzende Damasttuch vergoldeten. Es gab heiße Hühnerpasteten und gefüllte Eier, halbe Pfirsiche in dicker Sahne und Pfirsiche mit Brandy und Eiskrem, den Eliza mit viel Mühe bereitet hatte. Ferner Becher mit Kaffee und Claret und Kokosnußschichten und Mandelmakronen darin, und Brandy. Man merkte, Adeline hatte das Souper bestellt.

Sie genoß es, ihre Freunde um sich zu haben nach ihrer Abwesenheit – die alten und die jungen. Sie genoß die guten Speisen, aß mit Verständnis und Appetit, sie wußte, daß es ihr vorzüglich bekommen würde. Sie freute sich über ihre Söhne. Nicholas, glücklich, seine Frau los zu sein, sah heiter und sehr hübsch aus. Er ging aus sich heraus, um die Gäste zu unterhalten. Nun, und wer wäre nicht stolz auf einen Sohn wie Ernest? Er verdiente Geld, mühelos, ohne größere Anstrengung als die, den Maklern seine Absichten mitzuteilen. Und Philip schien die Gouvernante ganz vergessen zu haben und lauschte auf die anscheinend interessanten Worte von Muriel Craig.

Miss Craig hatte sich eine Ecke ausgesucht, wo Philip dem Zimmer den Rücken zuwendete – dem Zimmer und Mary Wakefield. Sie sprach ein wenig gehetzt, als wolle sie verhindern, daß seine Aufmerksamkeit eine Sekunde abschweifte. Sie war wirklich ein frisches, amüsantes Mädchen. Sie sprach nicht oberflächlich über ihre Reisen, sie war sehr viel herumgekommen und liebte es nicht, wenn von einem Ort, den sie nicht kannte, oder einem Buch, das sie nicht gelesen hatte, gesprochen wurde. Philip war ein idealer Unterhaltungspartner für sie, da er von Natur aus lieber zuhörte als sprach, und weder viel gereist war noch viel gelesen hatte. Sein sympathisches Lachen interpunktierte ihre Anekdoten. Sie erwähnte, daß sie gern Eiscreme esse, und er sorgte dafür, daß sie mehrere Portionen bekam.

Als sie in den Salon zurückkehrten, in dem die Musikanten schon wieder ihre Instrumente stimmten, sagte sie: »Ich glaube, Sie haben bei der Wahl einer Gouvernante für Ihre Kinder eine glückliche Hand gehabt. Ich halte Miss Wakefield für ein denkbar gutartiges Wesen.«

»Ja. Sie ist sehr nett«, erwiderte er etwas kühl.

»Es bedeutet soviel, einen guten Menschen bei Kindern zu haben.«

»Das ist wahr.« Er sah sich nach dem gutartigen Wesen um, es war aber nirgends zu sehen.

»Nach diesem Souper kann ich unmöglich tanzen«, sagte Muriel Craig.

»Können wir ein wenig hinausgehen? Es ist solch himmlisches Mondlicht.«

Adeline kam in die Halle. »Wie vernünftig Sie sind!« rief sie aus. »Genau das würde ich für mein Leben gern tun, aber ich bekomme von der Nachtluft immer Ohrensausen im linken Ohr. Ja, ja, allmählich erhaschen einen doch die Gebrechen des Alters.« Sie zeigte ihre schönen Zähne in einem Lächeln, das schnell erlosch, als sie Mary allein auf der Veranda stehen sah.

»Ach, da sind Sie ja, Miss Wakefield – ich hatte mich schon nach Ihnen umgesehen. Hier ist ein junger Mann, der nach einem Walzer mit Ihnen schmachtet! Mr. Robertson« – sie wandte sich an den jungen Mann, den sie offenbar erst in diesem Augenblick erspäht hatte. – »Dies ist Miss Wakefield, die wie ein Traum tanzen kann!«
Mr. Robertson war blaß, hatte das Haar in der Mitte gescheitelt und trug einen sehr hohen Kragen, der von der Hitze weich geworden war. Unsicher reichte er Mary seinen Arm, unsicher begann er sich mit ihr immer rundum zu drehen. Anscheinend hatte er nie etwas vom ›Walzer links‹ oder vom ›offenen Schritt‹ gehört.
Mary wurde ein wenig schwindlig. Die fast unerträgliche Enttäuschung, die in ihr aufquoll, machte ihre Glieder schwer. Sie wünschte, sie wäre oben in ihrem Zimmer. Sie dachte daran, sich zu entschuldigen – sie müsse hinaufgehen und nachsehen, ob die Kinder gut zugedeckt seien. Sie liebte die Kinder plötzlich. Bei ihnen fände sie vielleicht eine Erleichterung ihrer Qualen der Eifersucht. Aber Mr. Robertson war eisern, so unsicher er schien. Er hielt sie fest und drehte sie und drehte sie.
Und nach ihm kam Clive Busby wieder, um sich zu versichern, daß sie die für morgen geplante Spazierfahrt nicht vergessen hatte. Die Zeit schleppte sich. Es war Mitternacht vorbei. Es wurde zwei Uhr. Die Gäste gingen fort. Pferde scharrten ungeduldig auf dem Kies. Wagenlampen flammten auf. Kutscher riefen ihren Pferden ›Hüa‹ zu.
Lily Pink blieb zur Nacht in Jalna. Ihre Mutter war zart und konnte nicht so lange auf sein, deshalb war Lily allein zurückgeblieben. Ihr tat das Herz ebenso weh wie Mary. Zwar hatte sie gar nicht erwartet, daß Philip mit ihr tanzen würde – und hätte er's getan, so hätte sie bestimmt so schlecht getanzt wie noch nie – aber das war kein Trost; der Schmerz blieb. Sie stand lächelnd bei der Familie im Salon, der jetzt sehr groß und sehr kahl aussah, während sie einander zum Erfolg ihrer Gesellschaft gratulierten.
»Und hast du dich gut unterhalten, Kind?« fragte Augusta freundlich.
»O ja, Lady Buckley – es war reizend.«
»Du siehst hübsch aus beim Tanzen. Ich mochte diesen getupften Schweizer Musselin für junge Mädchen immer gern.«
»Wir haben uns die Kleider selbst gemacht, Mutter und ich.«
»Deine Mutter ist so geschickt, ich freue mich, daß du's von ihr geerbt hast. Ich habe auch immer gern genäht.«
»Und ich habe es immer gehaßt!« sagte Adeline.
Ernest bemerkte galant: »Mein schönster Tanz heute abend war der mit Lily.«
»Mich hat sie verschmäht«, sagte Philip. »Sie hat mich den ganzen Abend nicht einmal angesehen.«

»Nun, das haben andere Damen um so gründlicher besorgt«, sagte Sir Edwin. »Niemand konnte die schmachtenden Blicke übersehen, mit denen Miss Craig dich bedachte.«
Nicholas bemerkte: »Diese junge Dame ist eine merkwürdige Mischung von Strenge und ... Üppigkeit. Von der Taille abwärts tanzt sie wie ein Schulmädchen, von der Taille aufwärts wie eine Salome!«
»Diese Unterhaltung schickt sich wirklich nicht vor einem jungen Mädchen«, warf Augusta ein.
»Ach, mich geniert es nicht.« Lily errötete, was ihr reizend stand.
»Und schließlich ist Salome eine biblische Gestalt.«
Philip ging ins Eßzimmer, wo alle Spuren des Soupers verschwunden waren bis auf eine Platte mit Zunge, die noch auf dem Serviertisch stand. Er schnitt sich drei Scheiben ab und trug sie auf seinem Handteller nach hinten in die Halle, wo sich in einem kleinen Gelaß seine drei Spaniels auf ihre Matten zurückgezogen hatten. Nun bekam jeder eine Scheibe Zunge. Die Eltern nahmen sie vorsichtig und ein wenig vorwurfsvoll, als hielten sie sie für eine magere Entschädigung für ihren einsam verbrachten Abend, aber Jake schlang seine Scheibe wie ein Wolf hinunter und versuchte, Philips Hand gleich mitzuschlucken. Er streichelte alle drei.
»Gute Hunde! Und nun legt euch. Geht auf eure Plätzchen.« Jake versuchte, sich nacheinander der elterlichen Matten zu bemächtigen; sie vertrieben ihn, und nun rollte er sich auf seinem eigenen Lager zusammen und blinzelte nur spitzbübisch mit einem Auge, um zu zeigen, daß er noch lebte.
Als Philip durch die Halle zurückging, stellte er nochmals mit Befriedigung fest, daß die Gesellschaft nun vorbei war, daß seine Ernte, die immer besser war als die Durchschnittsernten, fast eingebracht war und daß seine Pferde die besten Erfolge versprachen. In ein paar Tagen würde er fischen gehen – er hatte sich schon lange darauf gefreut. Und bald kam die Entenjagd. Würde es ihm gelingen, aus Jake einen ordentlichen Apportierhund zu machen? Er bezweifelte es. Jake war zu verspielt. Das konnte sein bester Freund nicht leugnen.
Als er an der Tür seiner Mutter vorbeikam, rief sie ihn zu sich.
»Komm herein, Philip, und sag mir gute Nacht.«
Sie war noch angezogen, nur das Haar hing ihr offen um die Schultern. Der Papagei saß auf ihrem Handgelenk und sah mit Besitzerstolz in ihr Gesicht. Er gluckste vor Freude, daß sie wieder bei ihm war.
»Er erlaubt nicht, daß ich mich ausziehe«, sagte Adeline. »Er möchte mir am liebsten die ganze Nacht schöntun.«
»Kein Wunder. Er weiß es zu schätzen, wie verführerisch du aussiehst mit deinen offenen Haaren. Hoffentlich hat dich der Abend nicht zu sehr angestrengt.«

»Nun... müde bin ich freilich. Aber ich habe meine Gesellschaft gegeben und bin zufrieden.«
Adeline war heute abend sehr glücklich über ihren Jüngsten. Sie hielt Boney auf Armeslänge weg, damit er Philip nicht beißen konnte, mit dem andern Arm drückte sie Philip an sich und küßte ihn herzhaft auf den Mund.
»Mein alter Liebling«, sagte sie zärtlich.
»Liebe, beste alte Dame!«
»Keins von den andern bedeutet mir soviel wie du.«
»Und keins empfindet für dich dasselbe wie ich.«
Sie wiegten sich hin und her, bis Boney mit bösem Blick ihren Arm hinaufgewandert kam. Dann schob sie Philip liebevoll weg. »Der Vogel ist eifersüchtig. Du mußt jetzt lieber gehen.«
»Gute Nacht, Mama.«
»Gute Nacht, Liebling.«
Er schloß die Tür hinter sich.
Der Salon war leer, nur Lily war noch da. Als die andern hinaufgegangen waren, hatte sie gezögert, warum wußte sie selbst nicht. Mary war schon ziemlich lange die Treppe hinauf verschwunden. Sie hatte nicht gesagt, ob sie zurückkommen würde. Lily betrachtete ihr eigenes Bild im Spiegel über dem Kaminsims. Es war ein sehr alter Spiegel und gab das Bild in zitterigen Wellen wieder, wie etwas, das sich im Wasser spiegelt. Aber sie dachte, sie habe noch nie so hübsch ausgesehen. Sie wünschte, das Schweizer Musselinkleid wäre ein bißchen tiefer ausgeschnitten gewesen. Dann hätte Philip vielleicht mit ihr getanzt. Sie wußte, daß sie sehr schöne Arme und Schultern hatte, denn das hatte ihr sogar ihre Mutter gesagt.
Philip stand in der Tür und schaute ins Zimmer.
»Sind schon alle zu Bett gegangen, Lily?«
»Alle, bis auf Miss Wakefield. Ob sie schon zu Bett ist, weiß ich nicht.«
Sie standen voreinander und sahen sich schweigend an. Dann trat er ein und zündete sich eine Zigarette an. Eliza kam.
»Soll ich die Teppiche gleich auflegen, Sir?«
»Nein. Geh nur zu Bett. Du mußt müde sein.«
»Danke, Sir —aber sehr müde bin ich eigentlich nicht.«
Wieder waren sie allein. Lily konnte nicht sprechen, aber sie hörte ihr Herz klopfen. Fast unerträglich süß strömte der Duft der Tabakblüten herein. Chaotische Gedanken flogen durch Lilys Sinn. Oh, wenn sie doch sprechen könnte! Und wenn ihr Herz nicht so laut und so schnell klopfen würde! Sie hörte Mary die Treppe herunterkommen. Welche Erlösung! Und welche Enttäuschung!
Philip betrachtete Mary, als sie eintrat. »Ah, Miss Wakefield! Lily und ich hatten Sie schon aufgegeben. Wir dachten, wir seien die letzten der Gesellschaft.«

»Ich war nur hinaufgegangen, um nach den Kindern zu sehen.«
»Um diese Zeit? Was hätten sie da schon anfangen sollen?«
»Nun, es war heute schwer für sie, einzuschlafen.«
Sie fand sein Lächeln skeptisch – wußte er, daß sie hinaufgegangen war, um ihr Haar zu richten und sich das Gesicht noch einmal zu pudern? Oh, wenn sie doch nicht wieder herunter gekommen wäre!
»Hat Ihnen die Gesellschaft Freude gemacht?« fragte er mit ein wenig gezwungener Stimme.
Sie stand mit dem Rücken zu Lily. Sie formte die Lippen zu einem stummen Nein.
Lily fragte laut: »Was sagten Sie bitte, Miss Wakefield?«
»Ich sagte nichts.«
»Lily«, bat Philip, »spiele noch etwas.«
»Ich? Warum soll ich spielen?« Jetzt, da eine dritte Person zugegen war, konnte sie sprechen. »Nach diesen richtigen Musikanten würde mein Geklimper schrecklich klingen.«
»Unsinn. Ich fand, sie spielten ziemlich dünn. Fanden Sie's nicht auch, Miss Wakefield?«
»Mir hat ihr Spiel gefallen.«
Lily fragte: »Würde ich die andern nicht stören? Vor allem deine Mutter?«
»Es ist noch niemand im Bett. Komm, Lily, spiele!« Er machte die Tür zu.
Lily breitete ihren Rock aus und setzte sich auf den Klavierschemel. Sie beugte den Kopf über die Tasten und überlegte, was sie spielen sollte. Ihr Herz schrie danach, mit Philip zu tanzen, und nun sollte sie spielen, damit er mit einer andern tanzte! Ein Schluchzen stieg in ihrer Kehle auf, sie ertränkte es rasch in den ersten Akkorden eines Straußschen Walzers. Oh, sie wollte nicht nur spielen, sie wollte so gut spielen wie noch nie! Durch eins der großen Fenster schien der Mond herein.
Philip sagte: »Wir brauchen die Lichter nicht.« Er nahm einen Kerzenlöscher vom Kaminsims und fing an, die Kerzen des großen Kandelabers zu löschen. Die vielen Kerzenflammen erleuchteten sein Gesicht. Die Kristallprismen spiegelten sich in allen Farben des Regenbogens. Sie erloschen wie Sterne, und da der Kandelaber schwankte, machten die Prismen eine ganz leise klingelnde Musik. Philip legte den Arm um Marys Taille. Sie fielen in einen langsamen Walzer, das Mondlicht überflutete das Zimmer.
Lily konnte noch etwas ebenso gut wie das Nähen – sie konnte Tanzmusik spielen. Aber noch nie hatte sie so gespielt wie jetzt, da sie vor Tränen die Tasten kaum sehen konnte. Die Musik strömte ihr aus dem Herzen in die Finger. Die beiden Menschen auf der Tanzfläche bewegten sich wie ein einziger Körper. Kein anderes Paar hatte an diesem Abend so getanzt, dachte Lily. Ihre Anmut, ihr Entzücken an der rhythmischen Bewegung, ihre langen gleitenden

Schritte schienen sie aus dem engen Raum zu tragen, hinaus ins Mondlicht. Lilys Herz war voll bitterer Freude. Sie suchte nach einem Vergleich. Sie sind wie zwei Vögel, die gemeinsam fliegen – wie zwei Wellen, die zusammen tanzen – wie zwei Blüten, die an einem Stengel blühen, dachte sie. Sie fand keine süßeren Worte, um sich zu quälen.

»Gut«, sagte Philip, als der Tanz zu Ende war. »Großartig, Lily.«

Mary lehnte noch an seiner Schulter, ohne einen Gedanken im Kopf. Ihr Gemüt war glatt und weich wie der Sand am Strande, den ein Sommergewitter glattgefegt hatte.

»Mögen Sie noch?« fragte Philip nach einer kleinen Pause.

»Ja.«

»Noch einen Walzer. Spiel uns noch einen Walzer, Lily.«

Lily drehte sich das Messer in ihrem Herzen um, und sie spielte noch besser als zuvor. Sie legte ihre ganze Sehnsucht in den langsamen Walzertakt.

Sie tanzten bis zum dunklen Ende des Zimmers, und nun spürte Mary, wie Philips Lippen ihr Haar berührten, wie sein Arm sie fester an sich zog. Oh, wenn doch die ganze übrige Welt verschwunden wäre! Mary wollte nichts weiter haben als diesen, diesen einen Augenblick! Aber die Klänge des Klaviers waren durch das Haus gedrungen, denn Lily hatte zuletzt mit aller Kraft und Leidenschaft gespielt. Die Tür öffnete sich, und Adeline stand in ihrem Morgenrock auf der Schwelle.

Die Musik verstummte, die Tänzer standen still.

Sie schauten sie sprachlos an.

»Ich habe Sie gerade noch die letzten Takte tanzen sehen, ehe Sie aufhörten«, sagte Adeline. »Ich habe nie jemand hübscher tanzen sehen. Warum haben Sie nicht so getanzt, als all die Leute hier waren? Es hätte ihnen gefallen!«

Philip ging von Marys Seite hinüber zu seiner Mutter.

»Du brauchst nicht boshaft zu sein!« sagte er leise.

Aber sie antwortete laut: »Sei still – bis ich gesagt habe, was ich zu sagen wünsche!«

Er sah sie schweigend an und sein Gesicht wurde hart. Das Licht aus der Lampe in der Halle schien durch die breite Tür.

»Miss Wakefield«, sagte Adeline, »ich denke, Sie haben Ihren Beruf verfehlt. Sie hätten nicht Lehrerin werden sollen sondern berufsmäßige Tänzerin. Sie tanzen zu gut für einen privaten Salon, und ich bin froh, daß Sie sich soweit beherrschten, bis meine Gäste gegangen waren, denn sie sind konventionelle Durchschnittsmenschen, und ich fürchte, sie wären empört gewesen über soviel ... Ungezwungenheit. Nun, ich bin nicht konventionell – aber Ihr Tanzen hat mir die Augen darüber geöffnet, was eine junge Frau tun kann, wenn sie sich gehen läßt.«

»Du widersprichst dir selbst, Mutter«, sagte Philip. »Du sagst, du habest nie

jemanden so hübsch tanzen sehen, und warum wir nicht so getanzt hätten, als alle Leute hier waren, und daß es ihnen gefallen hätte. Im nächsten Augenblick behauptest du, du seist froh, daß wir uns zurückgehalten hätten, und daß sie empört gewesen wären!«
»Du verstehst mich recht gut!« rief Adeline heftig.
»Es . . . tut mir leid.« Mary ging hinaus. Sie floh.
Lily Pink weinte über den Tasten. Adeline sagte ruhiger zu ihr: »Geh zu Bett, Kind. Es ist beinahe Morgen.«
Lily stand auf, ihr Gesicht war verzogen vom Weinen wie das eines Kindes.
»Du hast keine Ursache zu weinen, Lily«, sagte Philip, als sie an ihm vorbeiging. Er streckte die Hand aus, um ihr kameradschaftlich tröstend auf die Schulter zu klopfen, aber sie schrak zurück, als habe er sie schlagen wollen und schrie auf: »Nein! Nein!«
»Nun – da soll mich doch der Kuckuck holen!«, sagte Philip, ihr nachblickend.
»Das wäre nur angemessen!« sagte Adeline düster.
»Was habe ich denn getan?«
»Du hast soviel getan, daß ich am liebsten einen Stock auf deinem Rücken tanzen lassen würde! Wenn dein Vater diese Szene erlebt hätte, so wäre er vor Zorn geradezu in die Luft gegangen!«
Jetzt erschienen Augusta, Nicholas und Ernest in der Tür. Augusta trug einen langen roten Schlafrock, aber ihre Brüder waren im Nachthemd, über das sie nur die Hosen gezogen hatten. Nicholas' dichte schwarze Locken standen nach allen Seiten, aber Ernests feines, seidiges Haar war glatt wie immer.
»Was ist denn los?« fragte Nicholas.
»Wir haben getanzt«, antwortete Philip.
»Wir?« wiederholte Augustas tiefe Stimme.
»Ja«, erwiderte er und sah sie herausfordernd an. »Mary Wakefield und ich!« Er sagte absichtlich ›Mary‹ und nicht ›Miss‹ Wakefield, was das, was er sagte, noch herausfordernder klingen ließ.
»Sag ihnen nur, *wie* ihr getanzt habt!« rief Adeline.
Er ließ sich durchaus nicht aus der Fassung bringen. »Nun, ich hatte den ganzen Abend nicht mit dem armen Mädchen getanzt. Jetzt hatten wir die Tanzfläche für uns allein.«
»Ja«, sagte Adeline, »und sie hatten den Salon für sich allein. Er hatte die Kerzen ausgemacht – sie tanzten bei Mondlicht! Es war hell genug für mich, um zu sehen, wie schamlos sie getanzt haben!«
»Wer hat denn Klavier gespielt?« fragte Nicholas.
»Wer sonst als Lily Pink?!«
»Ich hätte nie gedacht, daß sie das so gut könnte.«
»Edwin bemerkte zu mir – obwohl er die Decke über den Kopf gezogen hatte, denn er versuchte zu schlafen – daß die Musik geradezu *lasterhaft* klang!«

Ein Lächeln huschte über Adelines Gesicht, verschwand aber rasch.
»Ja, so klang sie auch«, sagte sie, »und ich wette, ihre armen Eltern wären vor Scham in die Erde gesunken, wenn sie sie gehört und dazu gesehen hätten, was ich sah! Die Gouvernante unserer Kinder, im Salon hin- und herfegend, in Philips Arm gegossen wie eine Kurtisane! Ach, sie ist auch nichts Besseres!«
»Ich will kein Wort gegen sie hören«, sagte Philip.
»Du wirst hören, was ich zu sagen wünsche«, erklärte Adeline mit blitzenden Augen.
Er stand ganz dicht neben ihr, aber in seinem Zorn schrie er, als sei sie taub: »Ich wiederhole dir: *ich will es nicht!*«
»Wagst du es auch noch, mich anzuschreien?«
»Dann sage nicht solche Dinge über Mary Wakefield!«
»Ich sage, sie ist eine Hure!«
»Dann lügst du!«
Adeline sprang auf Philip zu und faßte ihn bei den Schultern, um ihn zu schütteln, aber er nahm ihre Handgelenke in die Hände und hielt sie fest. Boney, der seine Freude über die Rückkehr seiner Herrin noch nicht vergessen hatte, kümmerte sich nicht um diese Störung, sondern schmiegte sich weiter unter ihr Kinn und rief zärtliche Worte in einer fremden Sprache. Mutter und Sohn, wie aneinandergeschmiedet, starrten sich in die Augen.
Nicholas brummte: »Das ist keine Art, mit Mama zu sprechen! Ich dulde es nicht!«
»Tut mir leid«, murmelte Philip, »aber sie treibt mich dazu.« Er hatte Adelines Handgelenke noch nicht losgelassen.
»Laß mich los, du!« forderte sie, das Gesicht nur zentimeterweit von dem seinen entfernt.
»Was wirst du tun, wenn ich dich loslasse?« fragte er halb lachend.
»Das wirst du sehen!« zischte sie wie eine Schmierenkomödiantin.
Ernest kam und zog ruhig Philips Hände zurück.
»Das ist schädlich für dich, Mama«, sagte er. »Du solltest im Bett sein!« Sie schüttelte ihn ab.
»Ich verlange dein Versprechen« – sie kreuzte die Arme und sah Philip an – »daß diese . . . diese . . .« sie zögerte, da sie nicht wußte, wie sie Mary bezeichnen sollte, dann fuhr sie fort: »daß diese leichtsinnige junge Person morgen das Haus verläßt.« »Das geht nicht«, erwiderte Philip ruhig. »Zunächst einmal hat sie keinerlei Unrecht getan. Und zweitens habe ich sie für ein Jahr engagiert.«
»Die Verpflichtung ist aufgehoben, wenn sie sich unpassend aufführt.«
»Das hat sie nicht getan.«
Nicholas fiel ein: »Ich würde das nicht wieder aufrollen, Mama, wenn ich du wäre. Laß uns die Angelegenheit morgen besprechen.«

»Über so etwas kann man nicht ruhig sprechen«, sagte Adeline. »Sie hat zu gehen – aus!«

»Nein, Mama.« Philip sprach mit betonter Gelassenheit. »Ich kann sie nicht entlassen, und ich werde sie nicht entlassen.«

Adeline fragte wütend: »Wie oft bist du oben in ihrem Schlafzimmer gewesen?«

Augusta ächzte in tiefem Alt, als sie sah, daß ein friedliches Zubettgehen in immer weitere Ferne rückte.

»Kein Mal«, antwortete Philip mit äußerster Bestimmtheit.

Adeline lachte. »Na, na, Söhnchen, sag die Wahrheit: Wie oft?« »Diese Art Zeitvertreib war vielleicht im Haus deines lieben Vaters Brauch – in meinem nicht!«

»Philip« – Adeline sprach leidenschaftlich – »warum mußt du immer so betonen, daß Jalna dir gehört? Wir wissen es schließlich alle!«

»Es ist wirklich aufreizend«, sagte Nicholas.

»Und schließlich ist Nicholas der älteste Sohn«, warf Augusta ein.

»Ich habe nichts gesagt, als daß so etwas in meinem Haus nicht Brauch ist!«

»Und du hast das Andenken meines armen Vaters beschimpft«, schrie Adeline, »meines armen Vaters, der jetzt im Grabe ruht!«

»Ich habe dich sehr oft viel schlimmere Dinge über ihn sagen hören.«

Das konnte sie nicht leugnen. Sie schlug mit einer geballten Hand in die Fläche der anderen. »Wenn *dein* Vater«, sagte sie, »der, wie wir wissen, ein Mann von edlem Charakter war, und wenn *mein* armer Vater – Friede seiner armen Seele – das nicht immer –«

Ernest unterbrach sie. »Mama, warum mußt du immer in diesem irischen Bauernpathos reden, wenn du aufgeregt bist? Es klingt so affektiert!«

»Weil es meine Worte eindringlicher macht«, gab sie zurück. »Und Gott ist mein Zeuge, daß sie eindringlich sein müssen, wenn mein jüngster Sohn das Andenken meines armen Vaters schwärzt; und er prunkt noch geradezu mit seiner –«

»Gebrauche das Wort nicht mehr, Mama«, sagte Philip. »Es macht mich nur entschlossener, mich in dieser Sache nicht von dir an die Wand drücken zu lassen!«

»Ich versuche nur zu sagen – aber ich kann ja nicht zu Worte kommen! Ich versuche nur zu sagen: wenn Philips Vater hier wäre, so würde er das Mädchen morgen früh wegschicken!«

»Ich wünschte«, warf Augusta ein, »ich hätte sie wenigstens tanzen sehen!«

»Ja«, stimmte Ernest zu. »Wären wir nur ein bißchen früher heruntergekommen!«

»Das wünschte ich auch«, sagte Philip, »denn ihr hättet nichts Unrechtes gesehen.«

Adeline grinste. »Nein. Du hattest ja vorgesorgt und die Kerzen ausgelöscht. Warum hast du das getan?«
»Weil ich die Idee nett fand, einmal im Mondlicht zu tanzen!«
»Es fällt mir schwer, zu sagen«, sprach Adeline weiter, »daß du, ein junger Vater – der Witwer der edelsten jungen Frau, die je auf Erden atmete –«
Philips Augen weiteten sich. »Das entdeckst du ein bißchen spät, Mama!«
»Mama« – Nicholas biß sich nachdenklich auf den Daumen – »was genau hast du gemeint, als du sagtest, daß Miss Wakefield wie hingegossen in Philips Armen lag? Ich denke, davon hängt allerhand ab.«
»Ich werde es euch zeigen«, antwortete Adeline mutwillig. »Tretet zurück – ich werde es euch zeigen. Leg deinen Arm um meine Taille, Philip ... und du kannst uns einen Walzer spielen, Nicholas.«
Unwillkürlich legte Philip den Arm um ihre Taille. Er hielt sie einen Augenblick, dann zog er sich energisch zurück. Er ging zur Tür und sagte von dort aus – und seine Stimme bebte vor Ärger: »Ich sage euch allen, daß ihr eure Zeit vergeudet und besser in euren Betten wäret, denn nichts, was ihr sagen mögt, wird mich dazu bringen, Miss Wakefield zu entlassen – und basta!« Sie hörten ihn die Treppe hinaufgehen.
Adeline machte ein enttäuschtes Gesicht. Dann hellte es sich wieder auf. »Ernest, du kannst genauso den Arm um mich legen, und dann wollen wir's ihnen zeigen.«
»Das kann ich nicht, Mama. Es wäre völlig anders.«
»Die Sache ist die« – Nicholas gähnte – »daß Philip mal wieder in seiner bockigsten Laune ist. Nichts, was wir sagen, würde seinen Entschluß ändern.«
»Er ist eisern«, sagte Augusta, »aber er kann nicht ewig eisern bleiben, wenn er das Mißfallen von allen Seiten fühlt – besonders wenn wir es mit absoluter Zurückhaltung und Höflichkeit zeigen.«
»Da hat Augusta recht«, sagte Ernest. »Auch ich bin der Ansicht, daß Philip nur eine vorübergehende Schwäche für dieses Mädchen hat. Er war einsam – und da ist sie ihm über den Weg gekommen.«
»Mit deiner Hilfe.« Adeline grinste.
Ernest wurde rot, fuhr aber fort: »Ich habe heute abend bemerkt, daß er am Schluß der Gesellschaft ein wenig – ein ganz klein wenig – zuviel getrunken hatte. Das und das Mondlicht und die Musik –«
»Großer Gott!« unterbrach ihn Adeline, »er ist dreißig! Er war verheiratet! Wenn er nicht widerstehen kann bei ein bißchen Mondlicht und Lily Pinks Walzerspiel –«
»Weiß Gott«, sagte Nicholas, »sie hatte ihre ganze Seele hineingelegt!«
»Dann«, erklärte seine Schwester, »ist es schlecht bestellt um Lily Pinks Seele!«
Nicholas lachte. »Ich gehe schlafen«, sagte er. »Mama, ich werde dich in dein Zimmer bringen.«

»Nein!« sagte sie mit tragischer Würde. »Ich werde allein gehen. Für mich ist die Stunde gekommen, da ich lernen muß, daß ich eine arme Witwe bin, der keines ihrer Kinder eine helfende Hand hinstreckt!«
Sie küßte sie der Reihe nach und verließ ganz leicht gebeugt das Zimmer. Der Papagei hatte seine Brust auf ihre Schulter gelegt, sich aufgeplustert und die Augen geschlossen.
Nicholas blinzelte den beiden andern zu. »Ein nobler Abgang!« sagte er.
Als sie in den oberen Gang kamen, herrschte Stille im Haus, bis auf das blubbernde gemütliche Schnarchen von Sir Edwin.

12 Begegnungen auf der Landstraße

Jalna stand unter dem Zeichen des Einbringens der Ernte. Tag für Tag hatten die schweren Wagen ihre reichen Ladungen in die Scheunen gebracht. Es hatte noch nie ein Jahr so gute Ernten gebracht – bis auf den Mais. Er war sehr rasch hochgewachsen, und dann hatte ihn ein schweres Unwetter niedergeschlagen. Immerhin hatte er sich zur Hälfte wieder aufgerichtet und war also gerettet. Die Zweige der Apfelbäume waren schwer von gesunden Früchten, die Duchessen, die Astrachans, die Baldwins, die Pippins, die Schnee-Äpfel – sie waren die besten von allen. Unten, wo der Bach an den Ställen vorbeifloß, wuchs ein wilder Apfelbaum, dessen kleine süße Äpfel genau wie Birnen schmeckten und Megs und Rennys Lieblinge waren. Die Kinder versteckten sich im Baum und aßen und aßen; sie hatten immer Äpfel in ihren Taschen; sie verstauten sie unter ihren Kopfkissen und verspeisten sie als abendliche Labe. Die Äpfel waren schuld an ihrer Appetitlosigkeit, und manchmal bekamen die Kinder auch einen Hautausschlag und Bauchschmerzen davon. Die Sonne hatte das Korn gereift und die Früchte bunt gefärbt; nun verwendete sie ihre schwindende Kraft dazu, große Flecken von Gold und Violett in die Gräben und den Waldrand zu malen, wo die Goldraute und die Herbstastern durch ihre harten Stengel den Rest von Nässe aufsogen, den sie noch finden konnten. Sogar die Pilze entgingen ihrem Farbenrausch nicht, denn hier und da schossen bald rote, bald malvenfarbene aus dem Boden. Für Adeline waren sie alle Hexenpilze und Gift, und das schärfte sie auch den Kindern ein. Sie entdeckten die blassen Röhrenpilze, die niemals die Sonne sahen, pflückten sie, trugen sie ein Stück, und warfen sie dann weg und zertraten sie.
Philips Schafe und Kühe und Schweine machten sich prächtig, aber sie zählten kaum im Vergleich zu seinen Pferden. Er hatte sich bereits einen Namen gemacht als Züchter der besten Clydesdales im Lande. Dennoch war er nicht glücklich, und kein Erfolg als Farmer konnte das Unbehagen seines häuslichen Lebens wettmachen. Es war unmöglich, mit Adeline auf gespanntem Fuß zu

leben, ohne es zu spüren. Ihre Atmosphäre lief ihr voran wie ein Herold und hing an ihren Röcken wie ein Lastzug. Wenn sie mißmutig war, so war ihr Mißmut nicht zu übersehen, weder von ihr selbst noch von den anderen, denen er galt. Jetzt war sie unzufrieden mit Philip, und ihr Verdruß war eine düstere Wolke. Sie stand vor einem Rätsel: obwohl Philip es so schroff abgelehnt hatte, Mary Wakefield zu entlassen, hatte er seit dem Tanzabend, soweit sie es beobachten konnte, nicht versucht, sie allein zu sehen. Und wie hatte sie ihn beobachtet! Wie hatte sie Mary bespitzelt! »Auf mein Wort«, sagte sie laut vor sich hin, »ich habe es satt, sie zu beobachten – aber es ist meine Pflicht und ich muß es tun!« Nun, Mary zu beobachten war leicht, denn seit kurzem verbrachte sie ihre freie Zeit meist auf ihrem Zimmer; aber Philip war bald hier, bald dort, bald Gott weiß wo. Sie schickte Ernest und Nicholas unter irgendwelchen Vorwänden aus, um ihn zu suchen. Sie wußten genau, was sie im Sinn hatte, aber sie taten ihr den Gefallen, Nicholas zynisch, weil er überzeugt war, daß Philip seine Affäre mit Mary auf seine eigene indolente, aber beharrliche Weise weiterführte, Ernest stets darauf bedacht, eine Parteinahme zu vermeiden, die nur Ärger innerhalb der Familie verursachen würde. Tatsächlich machte er sich über die ganze Geschichte wenig Kopfzerbrechen, denn er hatte seine eigenen Sorgen, über die er mit keinem sprach und die er für sich behielt.

Er, Nicholas und die Buckleys wollten in Bälde nach England zurückkehren, und dann würde Adeline mit Philip und den Kindern allein bleiben. Nun, sie hoffte zuversichtlich, Mary bis dahin auch zur Abreise bereit zu haben! Sie hatte sie seit jenem Abend fast völlig ignoriert, aber wenn sie überhaupt mit ihr sprach, geschah es mit einer Art wütender Freundlichkeit, als wolle sie ihr im nächsten Moment den Kopf abbeißen. Für Mary genügte der bloße Anblick Adelines, die auf sie zukam, um ihr Herzklopfen zu verursachen. Sie mied die ganze Familie bis auf die Kinder ... Die Tage gingen an ihr vorbei wie ein Traum. Es mußte etwas geschehen, das fühlte sie. Der bunte Prunk des Herbstes begann sich zu entfalten, wie der letzte Akt eines Schauspiels, in dem sie, die Heldin, ihre Rolle nicht kannte und nicht einmal wußte, ob es sich um ein Melodram oder eine Farce handelte. Sie war sich bewußt, daß sie nicht imstande war, sich unter den andern Schauspielern zu behaupten, denen ihre Rollen so auf den Leib geschrieben waren.

Wenn sie durch den Salon kam, sah sie kurz die älteren Brüder, Lady Buckley und Adeline beim Whist. Es war dann gewöhnlich nach dem Tee; der Abend wurde schon kühl, war aber noch nicht dunkel genug für das Lampenlicht. Die sehr tief stehende Sonne warf ihr flackerndes Licht durch die Zweige, die im Winde schwankten. Es war nicht immer einfach, eine Pik-Acht von einer Pik-Zehn zu unterscheiden. Augusta hielt ihre Karten hoch, etwa in Höhe ihrer Augen, um genügend Licht zu haben; Ernest versuchte, ihr nicht in die Karten zu sehen, tat es manchmal aber unwillkürlich; Nicholas trug die Augengläser, die er sich vor kurzem zum Lesen und Kartenspielen angeschafft hatte – sie hingen an einem schwarzen Ripsband. Adeline jedoch durchforschte mit einem humoristischen Zucken um den Mund die Gesichter der andern Spieler, als wolle sie sich von ihnen und nicht von den Karten in ihrer eigenen Hand beim Spiel leiten lassen.

Manchmal erhaschte Mary einen kurzen Blick auf Adeline und Sir Edwin, wenn sie zusammen Puff spielten. Sein ebenmäßiges Gesicht zwischen den gepflegten Bartkoteletten war ausdruckslos wie ein Ei. Wenn er sprach, klang es kurz und eintönig, Adelines Stimme aber war hart und klar.

»Zwei!« sagte Sir Buckley gleichmütig.

»Drei!« kam es scharf von Adelines kräftig geschnittenen Lippen.

»Dublette!«

»Vier!« Und Boney auf ihrer Schulter wiederholte: »Vier!«

Wenn sie überhaupt hörten, daß Mary vorbeiging, so zeigten sie es nicht.

Alle schienen die nächtliche Szene jener Ballnacht vergessen zu haben. Alle schienen Marys Existenz kaum zu bemerken. Ihr selbst schien ihr Tanz mit Philip allmählich wie ein Traum. Und doch – in ihrer Einsamkeit erlebte sie ihn wieder und wieder, erlebte ihn, als sei er das einzig Wirkliche in ihrem Leben – wie sie die Treppe herabgekommen war, das Haar geglättet, das Gesicht frisch gepudert – sie hatte kaum gewußt, warum... nun ja, man hoffte eben immer... Es war eine uneingestandene Hoffnung gewesen, die jeder Grundlage entbehrte, denn er hatte sie den ganzen Abend lang nicht beachtet. Und dann war diese Hoffnung auf einmal glänzend gerechtfertigt! Die Knospe war aufgeblüht, hatte sie fast erstickt. Noch ungläubig, hatte sie sich in Philips Armen gefunden, und sein kräftiger Körper hatte sich so leicht neben dem ihren bewegt, seine Arme hatten die ganze Welt ausgeschlossen. Nichts war mehr dagewesen als der Rhythmus ihrer verschlungenen Gestalten in dem großen Raum, in dem nur das Mondlicht leuchtete, das Schluchzen des Walzers, der Duft der Tabakblüten, der durch das Fenster hereinströmte. Nie, nie wieder würde es so werden. Es gab kein ›zweites Mal‹. Es hätte ewig, ewig so weitergehen müssen...

Und doch waren alle äußeren Dinge dieselben geblieben – schmerzhaft dieselben. Das Programm ihres Alltags, die langen schlaflosen Nächte, alles ging weiter, und niemand bemerkte ihr verändertes Aussehen, ihre schweren Augen. Sogar ihr Haar hatte sich verändert, es kräuselte sich nicht mehr, es hing in langen matten Locken herunter.

Sie war überzeugt, daß Philip sie mied – das heißt, wenn sie allein war. Waren die Kinder dabei, dann schien er der alte, er neckte Renny, streichelte Megs Haar, stellte Fragen nach ihren Fortschritten, auf die er offenbar gar keine Antwort erwartete. Manchmal erzwang es Mary mit einer fast wilden Entschlossenheit, seinem Blick zu begegnen, und wenn ihr das einen Augenblick gelang, dann waren sie wieder allein zusammen, und in ihren Ohren war der Klang des Walzers und nicht der Lärm der Kinder; dann bebte ihr Herz, und sie mußte stumm wegblicken. Wäre nur ihre Stellung nicht so unsicher gewesen – hätte sie sich nur auf wenigstens einem Gebiet sicher gefühlt. Aber immer war sie unsicher, sogar mit den Kindern, sogar mit Eliza und Mrs. Nettleship. Manchmal waren die Kinder freundlich, sogar zudringlich, aber manchmal flüsterten sie miteinander und sahen sie an wie ein fremdes Ding. Dann merkte sie, daß Mrs. Nettleship am Werk gewesen war.

Einmal küßte Renny sie direkt auf den Mund, dann rieb er sich mit dem Handrücken seine Lippen ab und betrachtete ihn prüfend.

Mary war verdutzt, dann wurde sie ärgerlich. Sie rief: »Wenn du so etwas tust, wenn du mich geküßt hast, dann verzichte ich auf deine Küsse!«

»Ich hab doch Ihren Kuß nicht wegwischen wollen«, sagte er, »ich hab bloß sehen wollen, ob die Farbe hält.«

Mary wurde dunkelrot, aber sie sagte ruhig: »Du bist ein sehr törichter kleiner Junge.«

»Aber Sie streichen sich doch die Lippen an, nicht wahr?« Megs klare Augen funkelten grausam.

»Und warum dann rot?« fragte Renny. »Wenn Sie sie schon anmalen, warum dann nicht mal blau oder grün oder sonst was?«

»Sie will sich hübscher machen, du Dummkopf«, belehrte Meg. »Das hat uns Nettle doch gesagt.«

Eines Tages entdeckte sie Renny mit einer alten Tonpfeife, die er gefunden hatte, zwischen den Zähnen, und nahm sie ihm weg.

Er sah sie hochmütig an. »Nun, wenn Sie rauchen, kann ich doch auch rauchen!« sagte er.

Mary war entgeistert. Gab es noch etwas, das diese Kinder nicht von ihr wußten? Sie bemerkte möglichst gelassen: »Wieder Mrs. Nettleship, vermute ich.«

Sie sahen einander an und kicherten.

»Nun, und wenn wir's Ihnen angerochen hätten?« sagte Meg.

Renny zog die feinen Brauen mißbilligend zusammen.

»Miss Turnbull«, sagte er, »hat weder geraucht noch sich bemalt.«

»Nun und – tun Sie's oder nicht?« fragte Meg geradezu.

»Das ist nicht eure Sache. Kommt, wir gehen weiter in der Geographie.«

»Meines Erachtens ist es meine Sache«, sagte Renny so salbungsvoll er konnte. »Meines Erachtens – meines Erachtens ...« bis Mary ihm drohte, seinen Vater zu rufen.

Merkwürdigerweise begann Mary allmählich, Nicholas fast als einen Verbündeten zu betrachten. Gelegentlich warf er ihr aus seinen tiefliegenden Augen einen halb spöttischen, halb mitleidigen Blick zu, als verstünde er die Schwierigkeiten ihrer Lage und sei wenigstens nicht gegen sie. Er duldete keine Ungezogenheiten von Renny, und als der Junge einmal schrie und strampelte, weil Mary ihn hinaufbringen wollte, erschien Nicholas, legte Renny kurzerhand übers Knie und verabfolgte ihm ein paar kräftige Klapse auf seine Kehrseite.

Seit der Gesellschaft war Mary nur ein einziges Mal mit Lily Pink zusammengetroffen. Sie waren beide allein gewesen, als sie sich auf dem Hauptweg, der zur Kirche führte, trafen. Lily hatte auf Mary den Eindruck gemacht, als würde sie am liebsten weglaufen. ›Ich glaube fast‹, dachte Mary, ›man könnte diese Nacht schicksalsschwer nennen.‹

Sie ging lächelnd auf Lily zu. Es war am späten Nachmittag, und ihre Schatten lagen lang über der Straße.

»Es ist schon mehr als zwei Wochen her, daß wir uns nicht gesehen haben«, sagte Mary, als sie sich begrüßt hatten.

»Ja, die Zeit fliegt«, bemerkte Lily wie eine Großmutter. Sie trug einen Strauß Gladiolen.

»Was für schöne Gladiolen!« rief Mary.

»Sie sind für die Kirche.«

»Gehen Sie jetzt hin?«

»Ja. Ich will auf der Orgel üben.«

»Sie spielen so gut. Ich werde nie vergessen, wie schön Sie an dem Tanzabend gespielt haben!«

Lilys Gesicht zitterte bei der Erwähnung jener Stunden, die, wie sie meinte, am besten auf ewig vergessen sein sollten.

»Sie haben so gespielt«, fuhr Mary fort, »als hätten Sie das Stück selbst komponiert, für diesen Augenblick, diesen Walzer. Es war wunderbar.«

»Ich freue mich, daß es Ihnen gefallen hat.« Lily sprach mit puritanischer Strenge, als sei die bloße Erinnerung an ein Vergnügen schon sündhaft.

»Und wir haben doch gut danach getanzt, nicht wahr?«

»Das habe ich nicht gesehen – ich achtete nicht darauf.«

Mary war zerknirscht. Sie traten ein wenig voneinander zurück. Ein Bauernwagen kam schwerbeladen den Weg entlang, die großen Hufe der Pferde traten im Staub weich auf. Die Mädchen trennten sich, um ihn vorbeizulassen. Mary atmete den Geruch des Heus tief ein, ein wenig Duft der Gladiolen mischte sich hinein.

»Nun – adieu«, sagte Lily, und dann sah sie Mary ganz erschrocken an. »Er kommt«, hauchte sie und die Gladiolen zitterten in ihrem Arm.

Philip wirkte erstaunlich unbekümmert, als er sich näherte, als bedeute ihm ihre Existenz, überhaupt die Existenz eines weiblichen Wesens überhaupt nichts. Er sah vollkommen aus, heiter und ungetrübt in seiner Männlichkeit.

»Ich muß mich beeilen – ich muß nach Hause«, sagte Lily, aber sie zögerte.

»Hallo!« rief Philip. »Worüber schwatzt ihr da, ihr beiden?«

Lily sah ihn in stummem Schrecken an. Mary lächelte und sagte: »Wir haben nur einen Gegenstand, den wir beschwatzen können!«
»Ich wette, ich weiß, was es ist«, lachte Philip. »Ich!«
Lily starrte ihn ungläubig an. Was würde er noch sagen?
»Wir sprachen über Miss Lilys Klavierspiel.« Mary sah ihm gerade in die Augen.
Er erwiderte munter: »Lily ist ein Wunder. Sie sieht so kühl und zurückhaltend aus. Aber wer kann sagen, was in ihr vorgeht? Ich glaube, es steckt ein ganz hübsches Stückchen Teufel in dir, Lily.«
Sie wandte sich um und ließ die andern stehen, sie rannte fast die Straße hinunter, und die Gladiolen hüpften in ihrem Arm.
»Jetzt hab ich sie geärgert. Ich hätte das nicht sagen sollen!«
Philip schaute der verschwindenden Gestalt nach.
»War sie immer so scheu?« fragte Mary.
»Jedenfalls seit ich sie kenne – und ich kenne sie von Anfang an. Aber es wird schlimmer. Ich glaube fast, sie kann mich nicht leiden!«
Einen Augenblick hatte Mary den Drang, ihm die Wahrheit zu sagen. Nicht leiden? Oh – sie liebt Sie leidenschaftlich! Aber sie antwortete: »Ich glaube, es täte ihr gut, wenn sie einmal herauskäme. Sie ist übermäßig empfindsam.«
»Ja. Und das hat keinen Sinn. Aber ich fürchte, Sie neigen auch dazu.«
»Aber auf andere Art.«
»Wissen Sie, Miss Wakefield« – er köpfte eine Distel mit der Gerte, die er in der Hand trug – »ich habe schon lange die Absicht, Ihnen zu sagen, wie leid es mir tut, daß meine Mutter Ihnen an jenem Tanzabend solche Worte sagte. Aber so ist sie nun einmal. Sie poltert los wie ein Unwetter, und gleich darauf hat sie es vergessen.«
Marys Lippen wurden steif, als sie antwortete: »Nein, sie hat es nicht vergessen. Ich bin überzeugt, sie mag mich nicht leiden. Lady Buckley ebensowenig. Es ist schrecklich, wenn einen die Leute nicht leiden können.«
»Aber nein, nein – von ›nicht leiden können‹ ist gar nicht die Rede!«
»Ich glaube, ich sollte fortgehen.«
»Aber die Kinder und ich – wir würden untröstlich sein!«
Es schnitt ihr ins Herz, als er sein Gefühl und das der Kinder in einem Atem nannte. Das bedeutete nur das eine: er hatte mit ihr getändelt. Kein wirkliches Gefühl für sie war in ihm. Und jetzt verschanzte er sich auch noch hinter die Kinder. Sie machte sich hart und sagte: »Natürlich, wenn Sie mit mir zufrieden sind –«
»Zufrieden?« wiederholte er warm. »Ihr Hiersein bedeutete mir viel mehr als das! Sie waren so ...« er zögerte, bis er ein Wort fand, das er sagen durfte – »so gleichgestimmt mit mir! Ich wünschte, Sie fühlten, daß Sie hier nötig sind!«

»Oh – danke«, sagte sie steif.
»Und Sie sprechen nicht mehr von Fortgehen?«
Eine Staubwolke verkündete das Nahen Doktor Ramsays in seinem kleinen Wagen. Er zog die Zügel an und grüßte die beiden am Straßenrand mit einem grimmigen Lächeln.
»Die Trockenheit hält an«, sagte er. »Ich bezweifle, daß wir nächstes Jahr wieder eine gute Ernte haben.«
»Nun, der Regen wird schon kommen«, sagte Philip leichthin.
»Draußen im Westen ist das Land halbverdorrt.«
»Ich muß sagen, mir gefällt das Wetter«, bemerkte Philip.
»Natürlich. Du hast das Temperament, die flüchtigen Freuden zu genießen, ohne sich um die Zukunft zu kümmern. Eine glückliche Veranlagung – nicht wahr, Miss Wakefield?« Ohne eine Antwort abzuwarten, fügte er schnell hinzu: »Kann ich einen von euch mitnehmen? Aber ich habe leider nur für einen Platz.«
»Danke – ich gehe in die andere Richtung. Und die Bewegung tut mir gut. Auf Wiedersehen.« Mary ging schnell die Straße hinab.
Philip sah ihr nachdenklich nach, dann stieg er in den Buggy neben seinen Schwiegervater.
»Nettes Mädchen«, bemerkte der Doktor. »Schade, daß sie so zart ist.«
»Ist sie zart? Das habe ich noch gar nicht bemerkt.«
»Nun, du findest doch nicht, daß sie kräftig aussieht?«
»Nun, vielleicht nicht gerade kräftig – aber ganz gesund, finde ich.«
»Ich wünschte, ich könnte dir recht geben«, antwortete der Doktor. »Aber sie hat ein schwaches Herz – das höre ich aus der Art, wie sie atmet. Sie sollte keine so langen Spaziergänge machen. Ich fürchte auch, ihre Lunge ist nicht sehr gut. Nettes Mädchen. Kann von Glück sagen, daß sie bei euch ein so schönes, ruhiges Heim gefunden hat.«
Sie begegneten einem andern Wagen. Der Fahrer war Clive Busby, der seinen Besuch bei den Vaughans verlängert hatte. Aus irgendeinem Grund, den er selbst nicht analysieren konnte, hegte Philip eine gewisse Abneigung gegen ihn. Jetzt beugte er sich über den Rand des Buggys, um ihm nachzusehen. Der junge Mann aus dem Westen hatte allzu vertraulich gelächelt. Sein Schlips hatte einen zu bunten Streifen. Wollte er sich etwa für den Herbst bei den Vaughans niederlassen? Sie hatten ihn doch sicherlich schon satt. Nun sah er Clives Wagen anhalten; Clive Busby stieg aus und hob Mary auf den Sitz. Dr. Ramsay plauderte liebenswürdig. Die Stute trottete friedlich einher.
»Welch ein Glück, daß ich Sie überholt habe«, sagte Clive Busby. »Ehrlich – ich wußte, daß Sie spazierengingen, denn ich war in Jalna – ich habe das Segelboot hingebracht, das ich für Renny gemacht hatte, und die Kinder sagten mir, daß Sie diesen Weg eingeschlagen haben.«

»Sie sind so nett zu den Kindern! Immer machen Sie etwas Hübsches für sie.«
Er wandte sich zu ihr und sah sie an. Sein Atem ging rasch. »Ich glaube, Sie wissen warum«, sagte er. »Es geschieht nicht um der Kinder willen.«
Er hatte eines der sympathischsten Gesichter, das sie kannte, dachte sie. Er war ein Mann, dem trotz seiner Jugend jeder Mensch vertraute, dem jeder sein Herz ausschüttete, seines Mitgefühls sicher. In der Zeit seit dem Ball hatte er es so eingerichtet, daß er oft mit ihr zusammenkam. Sie hatte wohl bemerkt, daß er ihr bei jedem Mal näher kam. Es war etwas Bedrohliches daran – wie etwa an dem zu schnellen Heranwachsen eines jungen Baums vor einem kleinen Haus – er schützt es, aber er schließt es ab von der äußeren Welt, von Licht und Freiheit. Sie mochte ihn immer lieber, sie faßte Vertrauen zu ihm, sie fand es leicht, ihn zu verstehen. Die Whiteoaks würde sie nie verstehen, dachte sie. Sie bildeten immer neue Gruppen, breiteten sich wirkungsvoll aus, erdrückten alles, was um sie war und zogen sich plötzlich wieder zu einem unlöslichen Knoten zusammen. Manchmal wünschte sie, sie wäre tausend Meilen von ihnen entfernt. Tausend Meilen entfernt von dem einen, den sie liebte. Nun ja... sie konnte ja tausend Meilen weit weggehen – zweitausend Meilen – wie weit war es bis zur Prärie?
Clive Busby sagte: »Wissen Sie, ich kann Sie mir so gut vorstellen draußen im Westen, wenn der Wind Ihnen durchs Haar weht – und um Sie das weite, weite Land. Ich sollte nicht wagen, Ihnen zu gestehen, wie oft ich mir das schon ausgemalt habe.«
Nun kam es. Sie streckte fast die Hände aus, um es abzuwehren. »Ich fürchte, ich gehöre nicht zu den Menschen, die zu Pionieren geschaffen sind.«
»O doch!« rief er eifrig. »Sie sind's! Sie haben keine Ahnung, wieviele Frauen Ihrer Art nach dem Westen gehen und ihn lieben lernen. Es ist ein großzügiges Leben dort. Sie würden um keinen Preis wieder in den Osten zurückgehen. Oh, Miss Wakefield... würden Sie mir's sehr übelnehmen, wenn ich Sie Mary nenne?«
»Nein – ich höre es gern.«
»Und Sie nennen mich Clive?«
»Wenn ich an Sie denke, denke ich immer ›Clive‹.«
Er wandte ihr seine bestürzend blauen Augen zu. Sie war nur froh, daß seine Hände durch die Zügel gebunden waren. »Wirklich? Nun, das sagt mir, daß Sie mich leiden mögen – stimmt's?«
»Aber freilich. Mir ist, als kenne ich Sie seit Jahren.«
»Und doch haben wir solange Mister und Miss zueinander gesagt! Ich – ›Miss‹ zu Ihnen! Sie sind das einzige Mädchen auf der Welt für mich! Ich hatte nicht die Absicht, Ihnen das heute zu sagen. Ich hatte mich darauf eingestellt, Ihnen beim Licht des neuen Mondes einen Heiratsantrag zu machen – und nun tue ich's hier auf der Landstraße in einem armseligen Wagen!«

Ihr war der Mund plötzlich wie ausgetrocknet. Mit steifen Lippen brachte sie heraus: »Nun, der Ort ist nicht schlechter als jeder andere, aber –«
Er nahm die Zügel in eine Hand und legte die andere auf ihre beiden zusammengefalteten Hände und drückte sie, als stellten diese drei Hände ihn und Mary dar, die er zur Ehe vereinigte.
»Mary –« nur zögernd sprach er ihren Namen aus – »sagen Sie nicht nein! Wir sind füreinander geschaffen. Ich sage Ihnen, und wenn sie die ganze Welt absuchen, werden Sie keinen andern Mann finden, der Sie so liebt wie ich!«
Sie sah herunter auf seine kräftige Hand, die von der Präriesonne gebräunt war. Sie fühlte den Trost, den Trost seiner Gegenwart. Sie sah sich tausend Meilen entfernt von diesem Ort, wo keiner sie liebte, geschützt und geborgen in Clives Liebe. Sie, die keinen Menschen in der Welt hatte, würde ihn haben. Sie würde nicht mehr allein sein, nicht mehr grübeln, was dieser und was jener dachte, nicht mehr zwischen lauter Unterströmungen stehen, erstickt von den sie umgebenden Menschen und doch allein. Sie würde ein Haus haben und einen Mann, dessen Gegenwart Trost und Sicherheit bot, und außer dem Haus das klare flache Land, das sich bis zum leuchtenden Horizont dehnte . . .
Mary begann: »Aber Clive . . .«
»Sagen Sie es noch einmal!« unterbrach er ihre Gedanken. »Es ist herrlich, wie Sie meinen Namen sagen. Sagen Sie ihn noch einmal . . . Mary!«
Ihre Abwehr gegen ihn hatte wenig Erfolg. Sie würde ›ja‹ gesagt haben, ehe sie es selbst wußte. Er sah sie so liebevoll an, daß es ihr zu Herzen ging. »Clive«, wiederholte sie, und dabei merkte sie, wie glücklich sie ihn machen konnte. Was konnte sie Besseres mit ihrem Leben anfangen, als ihn so glücklich zu machen?
»Ja«, rief er rasch, »Sie sagen ja – Sie sagen ja, nicht wahr, Mary?«
»Geben Sie mir Zeit. Ich kann Ihnen heute noch nicht antworten.«
»Wie lange? Bis morgen?«
»Nein. Eine Woche.«
Sein Gesicht wurde traurig. »Eine Woche . . . das ist eine lange Zeit – aber wenn Sie eine Woche Zeit brauchen, Mary, Liebste, dann warte ich eine Woche. Ich würde ein Jahr warten, wenn ich dächte, daß Sie am Ende dieses Jahres ja sagten . . . Mary, es ist doch kein anderer da – oder doch, Mary?«
»Niemand anderer will mich heiraten.«
»Dafür danke ich Gott. Ich fürchtete, ich würde mit irgendeinem reichen Burschen in Wettbewerb treten müssen. Mit jemand wie – wie Philip Whiteoak.«
»O nein!«
»Mary, ich glaube, Sie werden ja sagen – in einer Woche. Darf ich Sie in der Zwischenzeit jeden Tag sehen?«
»Nein, kein einziges Mal.«
»Kein einziges Mal?« Er sah ganz trostlos aus.

»Nein ... bitte, Clive!«
»Gut, ich werde versuchen, es zu ertragen – aber es wird mich fast umbringen!« Mit einem grimmigen Blick nahm er seine Hand von ihren Händen, ergriff wieder die Zügel und klatschte damit auf den Rücken des Pferdes. Das Tier fiel in einen leichten Paßgang, der ein schnelleres Tempo vortäuschen sollte. Die Sonne wurde heißer, die Goldrauten leuchteten am Straßengraben.

Lily ging durch das Kirchenschiff, die Gladiolen im Arm. Sonderbar – die Kirche sah viel kleiner aus, wenn sie leer war. Jetzt kam es ihr vor, als seien ihr die bunten Glasfenster sehr nahe. Die leuchtenden Farben fielen auf die Blumen, die sie trug. Sie schritt voll Anmut, als walle eine lange Schleppe von ihren Schultern. Sie schritt voll Würde, als ruhe jeder Blick in einer überfüllten Kirche auf ihr.
Als sie die Stufen der Kanzel erreichte, blieb sie stehen und schloß die Augen. Die Gestalt Philip Whiteoaks, festlich gekleidet, mit einer weißen Nelke im Knopfloch, hatte auf sie gewartet. Nun kamen sie aufeinander zu, bis sie Seite an Seite standen. Ihr Vater im vollen Ornat begann die Trauungszeremonie zu verlesen. So stand Lily allein, in ihr Traumbild verloren, und hörte den Gottesdienst Wort für Wort, gab unhörbar die nötigen Antworten und hörte in ihrer Einbildung Philip die vorgeschriebenen Worte wiederholen. Steckte er ihr jetzt den Ring an den Finger? Oh, was tat sie! Vielleicht war dieses Traumspiel eine Sünde?! Sie öffnete die Augen. Die Leere, die Stille der Kirche erschreckten sie. Was würde ihre Mutter sagen, wenn sie wüßte, was für ein Theater Lily im Geist hier spielte?! Sie war schlecht. Sicher hatte sie, wie Philip Whiteoak gesagt hatte, ein Stückchen Teufel in sich. Ein Stückchen Teufel ... Teufel ... Sie konnte nicht umhin zu lachen, als ihr das Wort in den Sinn kam. Wirklich, ein stilles Lachen schüttelte sie so, daß die Gladiolen in ihrem Arm zitterten.
Dann nahm sie sich zusammen. Sie ging in die Sakristei und holte zwei Messingvasen für die Blumen. An der Pumpe draußen füllte sie sie mit frischem Wasser. Sie hob ihr unschuldiges Gesicht zum Himmel und dachte, wie blau er doch war. Dann sah sie hinab zu dem Bach, der unter dem Kirchhof entlanglief, und sah, wie er den blauen Himmel widerspiegelte. Die Vasen in ihren Händen waren eiskalt.
Sie trug die Blumen zur Kanzel und stellte sie ehrfürchtig auf den Altar. Sie trat ein paar Schritte zurück und bewunderte sie. Dann setzte sie sich vor die Orgel. Ihre Hände waren kalt und naß von der Pumpe. Sie rieb sie an ihrem Rock trocken.
Eine Minute später hallte der Hochzeitsmarsch von Mendelssohn durch die kleine Kirche.

13 Rückschläge

In diesen Wochen war der Seelenfrieden von Ernest Whiteoak ernstlich getrübt, aber bis jetzt war es ihm gelungen, seine Sorgen für sich zu behalten. Er hatte an den Aktien des Kristallpalastes verloren. Er hatte Geld in Brauereiaktien verloren. Er hatte Geld in Baumwolle verloren. Er hatte sich durch einen Makler verleiten lassen, Aktien zu kaufen, die auf der Kippe standen. Immer mehr gutes Geld hatte er nachgeworfen, um den Kurs wieder hinaufzutreiben. Und tatsächlich operierte er mit Kapital, das nicht sein eigenes war. Er spekulierte auf Kurswechsel und hatte deshalb nur einen kleinen Teil der auf dem Spiel stehenden Summe aufzubringen. Das hatte seinem etwas leichtgläubigen Charakter ein falsches Machtgefühl gegeben und eine zuversichtliche Fröhlichkeit bei der Ausübung dieser Macht. Er war sogar noch weniger geeignet, an der Börse zu spielen, als Nicholas, aber seine früheren Erfolge hatten ihn kühn gemacht.

Jetzt bereute er es bitter, England verlassen zu haben. Die Verbindung mit seinem Makler hatte sich notgedrungen auf den Austausch von Kabeln beschränkt. Er war überzeugt: an Ort und Stelle hätte er seine Geschäfte glänzend und mit Vorteil tätigen können.

Die letzten Nachrichten, die er bekommen hatte, machten ihn unfähig, klar zu denken. Er war durch seine Verluste zu verwirrt, um etwas anderes zu tun, als nur zu jammern: »Wäre ich nur dortgewesen!«

Er war so überzeugt gewesen, daß er sein Vermögen nicht nur vergrößern könne – das hatte er tatsächlich eine Zeitlang getan – sondern daß er es verdoppeln würde. Nun suchte er tief niedergeschlagen seinen Bruder Nicholas auf.

Nicholas sonnte sich auf einer einfachen Gartenbank unter einer stattlichen Silberbirke, die in der Mitte des Rasenplatzes wuchs. Zwischen seinen Füßen saß Jake und blickte verzückt hinauf in sein Gesicht, während Nicholas ihm die Ohren kraulte und liebevoll mit dem Zeigefinger seinen Rücken kitzelte.

Ernest kam rasch über den Rasen und blieb vor seinem Bruder stehen.

Nicholas sah auf. Als er Ernests Miene bemerkte, fragte er gleich: »Ist etwas passiert?«

Ernest stöhnte zustimmend und setzte sich neben ihn auf die Bank.

»Etwas passiert?! Es ist eine *Katastrophe!* Die Aktien von New Gaston Mining sind von dreieinhalb auf ein halb gefallen.«

»Ha! Was kannst du dagegen tun?«

»Nichts. South Eastern Railways ist gefallen.«

Nicholas wandte seine großen Augen mitleidig zu seinem Bruder.

»Verdammtes Pech«, murmelte er.

»Wäre ich bloß in England gewesen! Ich hätte rechtzeitig aussteigen können!«

»Meinst du! Ich bin nicht rechtzeitig ausgestiegen, obwohl ich in England war.«
»Nun ja, Nick, du hast nicht die Ader für die Spekulation, die ich habe. Ach, wenn ich bloß dort gewesen wäre!« Er sprang auf und begann, auf und ab zu laufen.
»Hm ... da ist nur eines todsicher: wenn wir wieder in London sind, müssen wir gewaltig zurückstecken.«
»Nick, wenn ich den Becher dieser Katastrophe bis zur Neige geleert habe, werde ich, glaube ich, als armer Mann dastehen.«
»Na, na ..., so schlimm wird's schon nicht gleich sein.«
»Nick, wahrscheinlich werde ich länger als bisher in Jalna sein müssen.«
»Ja. Nur, ein Glück, daß Jalna da ist.«
»Ach, wenn ich jetzt nur in England wäre!«
»Hättest du auch nichts ändern können, mein Alter.«
»Der Teufel hole diesen Makler.«
»Vor ein paar Wochen warst du höchst zufrieden mit ihm ... und mit dir selbst!«
»Richtig. Da hoffte ich, mehr als meine früheren Verluste wettzumachen.«
»Ich habe dir öfter als einmal gesagt, du solltest dich nicht zu sehr auf ihn verlassen.«
»Nun, kein Mensch hätte sich mehr auf einen Makler verlassen können, als du seinerzeit auf deinen.«
»Ich behaupte auch nicht, daß ich etwas von der Börse verstehe.«
»Das tue ich ja auch nicht. Ich behaupte nicht, es zu sein, nein, ich *bin* tatsächlich sehr genau im Bilde, was am Aktienmarkt vor sich geht. Mein Makler sagte mir immer, es sei geradezu bemerkenswert – ich meine, meine Auffassungsgabe dafür. Oh, ich wünschte, ich wäre in London!«
»Nun, warum fährst du nicht hin?«
»Es ist zu spät, sage ich dir. Es sei denn, ich hätte mehr Kapital. Ich frage mich, ob Mama –«
»Niemals! Sie würde dir niemals einen Penny borgen.«
»Vielleicht doch – wenn ich ihr verspreche, ihn zu verdoppeln.«
»Nun, da bist du optimistischer als ich.«
»Ob Philip vielleicht –«
»Versuchen kannst du's ja, aber ich bezweifle es.«
»Da geht er gerade. Er war fischen. Ein günstiger Augenblick!«
Philip sah sie und kam auf sie zu. Er hatte eine schäbige alte Jacke an, ein Paar sackende weiße Hosen und bedurfte dringend eines Haarschnitts. Dieses eine Mal bemerkte der untadelig gekleidete Ernest diese Einzelheiten nicht.
»Hallo, Philip«, begrüßte er ihn herzlich. »Na – Glück gehabt?« Philip hielt den Fischkorb hoch, in dem acht glänzende Forellen lagen.

»Oh, wirklich nett«, sagte Ernest gönnerhaft. »Ganz was anderes als letztesmal, als keine einzige angebissen hatte.«
»Es hatte mir aber genausoviel Spaß gemacht«, sagte Philip lakonisch.
»Immerhin – es war doch ganz etwas anderes als dein hübscher Fang heute!«
»Sicher. Aber mir macht's Spaß, so oder so. War ein herrlicher Morgen heute.«
»Aber der Herbst kommt.«
»Ja. Sieh dir nur die Birke an. Ich hab die kleinen gelben Blätter gern. Sie sind die ersten, die sich färben.«
Nicholas beugte sich vor, um die Fische anzusehen. »Die sind gut«, sagte er. »Da möchte ich einen zum Lunch.«
»Setz dich, Philip«, bat Ernest. »Ich möchte dir etwas sagen.«
Sie machten ihm auf der Gartenbank Platz. Er setzte sich und zündete seine Pfeife an. Jake grinste verlegen zu Nicholas hinauf und wechselte zu Philip hinüber. Philip sah Ernest fragend und ein wenig abwehrend an.
Ernest machte keine Umschweife. »Ich habe schlechte Nachrichten bekommen. Ein paar Aktien, die ich halten wollte, sind gefallen. Ich fürchte, ich habe eine Menge Geld verloren.«
»Das ist aber überraschend!« sagte Philip. »Ich dachte, du würdest reich.«
»Ich war auf dem besten Wege. Und ich wäre es noch, wenn ich nur mehr Kapital hätte. Ich werde dir die ganze Sache erklären.«
Er ließ eine lange Erklärung über den Stand seiner Angelegenheiten los, und wenn er sich manchmal ein wenig verwirrte, so machte das keinen Unterschied.
»Das ist alles Griechisch für mich«, sagte Philip. »Was soll ich dabei tun? Was wolltest du von mir?«
Ernests Selbstvertrauen kehrte zurück. »Wenn du mir ein Darlehen geben könntest«, sagte er, »dann wäre das Ganze gerettet.«
»Auf welche Art?«
»Nun, diese Aktien werden sich erholen. Ich könnte sie behalten, bis sie entsprechend gestiegen sind.«
»Ich habe nie daran gedacht, mich an der Börse zu betätigen. Ich habe nichts dafür übrig.« Philip öffnete Jakes Schnäuzchen und betrachtete mit konzentriertem Interesse seine Zähne.
»Das kannst du nicht ›An der Börse betätigen‹ nennen, Philip. Diese Papiere sind kerngesund. Es ist kaum eine Gefahr dabei. Hab ich recht, Nicholas?«
»Ich kann es nicht beurteilen.«
»Nun, wie mein Makler oft gesagt hat, ich habe eine bemerkenswert gute Nase für –«
»Über was redet ihr?« fragte eine kräftige Stimme. Die drei erhoben sich – hinter ihnen stand Adeline. Sie legte ihre Hand auf die Lehne der Bank und sah fragend von einem Gesicht zum andern.

Wieviel hat sie gehört, fragte sich Ernest. Aber ob viel oder wenig – sie würde alles erfahren. Er konnte nichts vor ihr geheimhalten, und das wußte er.

»Komm und setz dich, alte Dame!« sagte Nicholas. Er ging zu ihr und legte den Arm um sie, führte sie zu dem Sitz und klopfte sie mit der flachen Hand liebevoll auf die Hüfte.

Eine harte Note kam in ihre Stimme, als sie sprach.

»Du hast Ernest schon vorher Geld geborgt, Philip«, sagte sie. »Tue es nicht wieder. Ich will es nicht.«

»Dann«, rief Ernest hitzig, »willst du, daß ich meine Aktien verliere, bloß weil mir ein bißchen Kapital fehlt.«

»Ich will lieber, daß du sie verlierst, als daß Jalna geschädigt wird. Wenn's jemand anderer wäre, würde ich sagen ›Nur zu!‹«

»Dann wärst du vielleicht selbst gewillt –« sagte Ernest begierig.

»Ich bin eine arme Witwe«, gab sie zurück und blickte düster auf ihre Schuhe. »Ich habe nur wenig und muß davon leben.«

»Arme alte Dame!« sagte Nicholas.

»Dann rätst du mir also, mich nicht darauf einzulassen?« Philip wollte ihre Weigerung gern noch einmal bekräftigt hören.

»Ich rate dir gar nichts. Ich habe einfach gesagt, ich will es nicht.«

Nicholas blinzelte Philip zu.

Adeline legte die Hand auf Ernests Knie. Er hatte sich neben sie gesetzt.»Komm, trage deinen Verlust wie ein Mann. Ich habe deine Erklärung mitangehört und halte die ganze Sache für faul. Sei froh, wenn du noch etwas übrig hast, und wirf kein gutes Geld dem schlechten nach! Ich hoffe nur, Robert Vaughan hat nichts in diesen Papieren angelegt!«

»Ich fürchte, er hat's getan«, antwortete Ernest. »Aber nicht soviel, daß es katastrophal wäre.«

Adeline stöhnte, rief aber plötzlich lebhaft: »Ich will euch etwas sagen – du, Ernest, heiratest einfach Muriel Craig. Sie wird ein beträchtliches Vermögen erben. Dann brauchst du dir keine Sorgen mehr zu machen.«

»Miss Craig interessiert sich nicht für mich«, erwiderte Ernest mürrisch. »Sie ist hinter Philip her.«

»Dann mußt du sie eben für dich interessieren«, sagte Adeline. »Was empfindest du denn für sie?«

Ernest legte zwei Fingerspitzen zusammen und sagte kritisch: »Nun – eine recht laue Bewunderung.«

»Das wäre bei deinem Temperament der denkbar beste Anfang. Du wirst dich erwärmen, wenn du sie näher kennst.«

»Ich sage dir doch – sie hat's auf Philip abgesehen!«

»Nun ... hier kommt sie wie Paris mit dem goldenen Apfel, und hier sitzt ihr drei und wartet! Laßt sie wählen.«

Tatsächlich tauchte hinter der dichten Tannenhecke der Einfahrt Muriel Craigs Dogcart auf, von einem hübschen rotbraunen Halbblut gezogen. Sie saß sehr gerade, hielt die Zügel hoch, in einer Hand die kleine elegante Peitsche. Sie sah eher ein wenig beklommen als selbstsicher aus. Die drei Brüder gingen rasch auf sie zu. Adeline sah ihnen nach und dachte: ›Nun, wenn's ihr um Vornehmheit zu tun ist, nimmt sie Nicholas – wenn's ihr um die Eleganz geht, natürlich Ernest, und wenn sie einen abgerissenen Vagabunden will, – und den will sie vermutlich – dann ist es Philip.‹

Sie begrüßte Muriel Craig herzlich und warf ihr gleichzeitig aus schmalen dunklen Augen einen bewundernden Blick zu.

»Wie frisch Sie aussehen, meine Liebe – und wie hübsch ist Ihre Bluse gestreift!«

»Oh – wie nett, daß sie Ihnen gefällt. Mein Vater findet den Streifen nämlich zu lebhaft.«

»Kein bißchen! Wenn jemand diesen Streifen tragen kann, sind Sie es. Was meinst du dazu, Ernest?«

»Ich finde, Miss Craig kann ihn tragen«, sagte er zögernd.

»Nun, das klingt nicht gerade begeistert«, sagte Muriel. »Ich fürchte, er findet ihn auch zu lebhaft.« Sie wandte sich an Philip. »Und was meinen Sie, Mr. Philip?«

»Ich mochte Streifen immer gern. Und lebhafte Streifen erst recht.«

Nicholas dachte: Das Mädchen ist tatsächlich verrückt nach Philip. Da hat Ernest überhaupt keine Chancen.

Die Kinder kamen lärmend aus dem Haus gelaufen, ihre Schulstunden waren zu Ende und sie hatten für den Rest des Tages frei. Sie fingen gleich an, Hände voll Gras für Miss Craigs Braunen zu rupfen.

»Ach, die süßen Kinder!« rief sie. »Ich muß ihnen guten Tag sagen.« Sie sprang auf und fegte über den Rasenplatz. Man hätte von ihrem Kinn bis zu ihrem Schritt eine gerade Linie ziehen können.

»Kinder!« rief sie, »ich habe euch Malzzucker mitgebracht!«

Sie nahm eine kleine Schachtel vom Sitz des Wagens. Die Kinder waren begeistert. Meg steckte einen großen Brocken in den Mund und konnte sich kaum bedanken. Sie kaute und lutschte.

»Du hättest es erst allen anbieten sollen, du gieriges Ding«, mahnte Renny.

Mit vollem Mund und zusammenbackenden Zähnen bot Meg, die Schachtel vor sich haltend, den Erwachsenen den Malzzucker an.

Philip schickte sich an, zu Miss Craig zu treten.

Adeline warf ihm den dunklen Blick zu, den sie ihm neuerdings zu schenken beliebte, und sagte: »Bleibe hier. Überlasse das Ernest.«

Ernest erhob sich, er lehnte den Malzzucker ab, aber Adeline langte mit Vergnügen zu. »Eine sehr kleine Schachtel«, bemerkte sie diskret zu Nicholas.

»Ich hoffe, das Mädchen ist nicht knickerig.« Philip beobachtete amüsiert, wie Ernest auf Muriel Craig zuging.
»Ein feuriger Freier, alles was recht ist«, bemerkte er.
»Dieser Bursche«, sagte Nicholas, »wird nie den Schneid haben, einem Mädchen einen Antrag zu machen.«
»Ernest hat viel Charakter«, sagte die Mutter. »Laß ihm Zeit.«
Nun stand Ernest neben Muriel Craig. Er lächelte liebenswürdig und fragte: »Wie geht es Ihrem Vater, Miss Craig?«
»Oh, er erholt sich von Tag zu Tag. Er fängt schon wieder an zu gehen. Er hat eine sehr tüchtige Pflegerin, die ihm kaum von der Seite weicht.«
»Das ist sehr beruhigend.«
»Ja. Aber im übrigen ist sie ein gräßliches Geschöpf.«
»Wie ärgerlich!«
»Aber wie ich höre, werden alle Pflegerinnen anmaßend.«
»Das wäre kein Wunder.« Nach kurzem Schweigen fragte er: »Hätten Sie Lust, sich unsere Dahlien anzusehen? Sie sind sehr schön.«
Sie zögerte. »Ich fürchte, ich muß bald fort. Mein Vater –«
»Aber die Dahlien sind wirklich besonders schön.«
Ihre Augen wanderten zu der Gruppe auf dem Rasenplatz.
Ernest dachte: Nein, für so etwas bin ich nicht geschaffen. Ein Glücksjäger! Das ist demütigend. Dann kam ihm die Erinnerung an Miss Craigs Reichtum und die mögliche Befreiung von seinen finanziellen Sorgen – nun, und sie war ein ansehnliches Mädchen – sogar recht anziehend. Er wunderte sich über seine eigene Kälte.
Mary kam von der Veranda, wo die Ranken des wilden Weins gerade anfingen, sich rot zu färben. Bald würde der Frost sie flammend rot machen und die Dahlien schwarz . . .
»Ernest will Miss Craig die Dahlien zeigen«, bemerkte Nicholas. »Das sieht ganz vielversprechend aus!«
»Das ist Miss Wakefield!« rief Renny. »Darf ich ihr ein Stück Malzzucker anbieten?«
»Nicht bloß ein Stück«, sagte Adeline. »Biete ihr die Schachtel an. Und dann frage sie, ob sie so freundlich wäre, zum Pfarrhaus zu gehen und Mrs. Pink um das versprochene Rezept zu bitten. Und ihr Kinder begleitet sie. Komm erst her und gib mir einen Kuß.«
Er kletterte auf ihre Knie und herzte und küßte sie.
Philip stand auf. Er zog mit Mühe ein Stück Malzzucker aus Jakes Zähnen, das diesem sichtlich großes Unbehagen bereitete. Er warf es ins Gebüsch. Jake schoß hinterher und machte sich auf eine gründliche Suche danach.
»Gehe noch nicht, Philip«, sagte Adeline freundlicher als sie seit dem Ball zu ihm gesprochen hatte. »Ich habe dich heute noch kaum gesehen.«

»Ich bin bald wieder zurück, Mama«, sagte er eigensinnig. »Nick ist ja bei dir.« Er ging auf die Veranda zu.

»Sieh dir nur seine Hosen an!« rief Adeline. »Und wie seine Jacke sitzt! Ich kann nicht begreifen, was ein Mädchen an ihm findet! Denke an den Rücken deines Vaters – die Haltung und Art, wie er seine Anzüge trug! Der Gegensatz ist fürchterlich. Ich frage mich wirklich, ob Philip seines Vaters Sohn sein kann!«

»Mach dir keine Sorgen um ihn, Mama. Alle Mädchen sind nach ihm verrückt!«

»Ach, wenn ich nur diese Gouvernante aus dem Haus bekäme! Und es wird mir gelingen, auf Biegen oder Brechen!«

Philip stand da und schaute zu Mary hinauf.

»Haben Sie die Bitte meiner Mutter gehört, Miss Wakefield?« fragte er freundlich. Zum erstenmal sah er, wie viel elender sie aussah.

»Ja. Ich werde gleich gehen.«

»Wir wollen auch gehen«, sagte Renny sofort.

»Ich finde, er sollte nicht mitgehen«, sagte Mary. »Er rennt unterwegs soviel hin und her und wird heiß und dann jucken ihn seine Nesseln.«

»Ich werde bei ihm bleiben«, erbot sich Meg.

»Gutes Mädchen!« sagte der Vater.

Sie hängte sich an Philips eine Hand, Renny an die andere. Immer errichteten sie eine Mauer zwischen Philip und ihr, dachte Mary – nun, wahrscheinlich wünschte er es so!

»Fühlen Sie sich ganz wohl?« fragte er – er dachte an das, was Dr. Ramsay über Marys Gesundheit gesagt hatte.

»Vollkommen, ich danke Ihnen.« Meinte er, daß sie ihre Pflichten vernachlässigte?

»Ich finde, Sie sehen ein bißchen blaß aus. Vielleicht verlieren Sie Ihre schönen englischen Farben?«

Meg fing an zu lachen. Sie legte den Arm um Rennys Hals und flüsterte ihm ins Ohr: »Sie hat ihre Schminke vergessen!«

»Nun, ich spüre die Hitze«, sagte Mary. »Aber das Wetter ist herrlich.«

Ernest und Muriel Craig kamen ums Haus.

»Was für himmlische Dahlien!« rief sie. »Noch nie habe ich so schöne gesehen! Mr. Whiteoak hat mir ein paar Knollen versprochen.« Sie grüßte Mary mit einer Herablassung, die Mary wünschen ließ, sie dürfe Miss Craigs Gegenwart entfliehen oder wenigstens grob zu ihr sein.

»Wie gut Ihre kleinen Schutzbefohlenen aussehen!« rief sie. »Wirklich, sie machen Ihnen Ehre.«

»Wir sehen so gut aus«, sagte Renny, und sein Grinsen enthüllte seine vordere Zahnlücke, »weil wir uns anmalen!«

»O du Schelm!« rief Miss Craig und umarmte ihn entzückt. »Was du für drollige Sachen sagst! Meine Güte, ich zittere, wenn ich mir vorstelle, was für ein Mann du einmal sein wirst!«
Sie sprach, als habe sie schon viel Unbill durch zu ungestüme Männer erlitten – allerdings nicht ganz ohne Genuß.
»Er wird ein Draufgänger werden, fürchte ich«, sagte Ernest. Miss Craig hielt das Kind noch an sich gedrückt; sie sagte zu Philip: »Ich soll Ihnen etwas von meinem Vater ausrichten. Er möchte Sie so gerne bald sehen – wegen irgend etwas, ich weiß nicht genau, weshalb. Aber Ihre bloße Gegenwart hilft ihm. Er fragte mich, ob Sie wohl mit mir zurückfahren könnten. Dann würde Sie heute abend einer unserer Leute, der in dieser Richtung fährt, wieder nach Hause bringen. Und ich meinerseits wäre Ihnen dankbar für eine Unterweisung, wie ich meinen Braunen fahren soll. Ich weiß, ich bin eine dumme kleine Person – aber ich habe tatsächlich Angst vor ihm.«
Renny hatte noch nie gehört, daß eine Frau sich selbst eine ›dumme kleine Person‹ nannte. Weder seine Großmutter noch seine Tante neigten dazu, sich so zu beschreiben. Mary posierte als Lexikon des Wissens und als Gibraltar der Festigkeit. Aber in Miss Craigs Worten war etwas, das nicht ganz ehrlich klang. Er tauschte einen Blick mit Mary, den man ein bißchen hämisch finden konnte.
Philip stimmte bereitwillig zu. Er hatte Miss Craigs unvollkommene Zügelführung bemerkt. »Aber ich muß mich erst etwas ordentlich machen«, sagte er.
»Bitte nicht! Wir wissen, daß Sie gerade vom Fischen kommen. Wenn Sie sich gezwungen fühlen, sich umzuziehen, nur um mich zu begleiten, so könnte ich mir's nie verzeihen. *Wir* finden, euer Pappi sieht sehr nett aus, wie er ist – meint ihr nicht, ihr Kinder?« Die Kinder stimmten unisono zu.
Jedoch Philip ging ins Haus, um sich umzuziehen. Mary begab sich sofort auf ihren Weg, denn sie wollte keinen Augenblick länger als notwendig in Miss Craigs Gesellschaft bleiben. Ernest und Muriel sahen ihre Gestalt in der Kurve der Einfahrt verschwinden. Ernest war ehrlich gekränkt über Muriels mangelndes Interesse für ihn und die Dahlien. Nun hatte er einmal im Leben versucht, sich einem Gast angenehm zu machen, und dafür stand er stumm und unbeachtet da. Auch Miss Craig schwieg. Ihre hellen runden Augen sogen jede Einzelheit von Marys Kleidung ein und schienen durch den Stoff bis auf den Körper zu dringen, der unter ihm pulsierte.
Als sie aber Philips Schritt wiederkehren hörte, wandte sie den Blick rasch auf die Kinder, die auf dem Rasen mit den Spaniels tobten und rief aus: »Nein, wie ich diese beiden Kinder liebe!«
Ernest gab keine Antwort, aber Philip schenkte ihr einen dankbaren Blick. »Das höre ich gern«, sagte er – »manchmal sind sie schrecklich ungezogen, müssen Sie wissen.«

Sie weigerte sich, diese Behauptung zu glauben. Ernest hielt den Braunen, während Philip ihr einsteigen half. Ein gutbeschuhter Fuß, eine hübsche Fessel, ein raschelnder Taftunterrock wurden für einen wohlberechneten Augenblick sichtbar. Ernest verabschiedete sich kühl, zündete sich eine Zigarette an und ging ein paarmal vor dem Haus auf und ab. Schließlich war er nicht ruiniert. Er hatte noch genug, um davon zu leben und sogar ganz gut zu leben, vorausgesetzt daß er einen Teil des Jahres in Jalna verbrachte. Er war immer gern hier. Philip war ein großzügiger und angenehmer Gastgeber. Eigentlich hatten Adeline und ihre drei älteren Kinder ihn kaum jemals als Gastgeber betrachtet, sondern mehr als den jüngsten Sohn, der auf gut Glück von seinem Vater dazu auserwählt worden war, den Besitz zu erben, und damit die Pflicht übernommen hatte, sie zu jeder Zeit willkommen zu heißen. Und wirklich hatte Philip nichts lieber, als sie alle hier um sich zu haben.
Nun ging Ernest zurück zu der Gartenbank unter der Silberbirke und setzte sich mit einem Seufzer nieder. Nicholas sah ihn mit geteilten Gefühlen an. Er hoffte nur, daß Ernest nicht wieder in Klagen über seine Verluste fallen würde.
Adeline bemerkte: »Habt ihr gesehen, wie gut der Braune die Einfahrt entlangtrabte? Er merkte, daß ein guter Mann seine Zügel hielt.«
»Diese junge Person«, sagte Nicholas, »handhabte sie, als wenn sie glühende Schürhaken wären.«
Adeline wandte sich an Ernest: »Nun, hast du irgendwelche Fortschritte bei ihr gemacht?«
»Nicht die Spur«, erwiderte er gereizt. »Und um ehrlich zu sein – ich mochte auch nicht! Sie ist kein bißchen mein Typ. Und ich habe auch keine Lust, mich zu verheiraten.«
»Es ist ein Jammer«, sagte Adeline, »daß niemand die Hand ausstreckt, um all das viele Geld einzukassieren. Deine Verluste zeigen, wie leicht man Geld verlieren kann. Und hier ist ein Vermögen, sozusagen auf unserer Türschwelle, und ich habe zwei sehr ansehnliche Söhne, und keiner –«
»Nun, und was ist mit Philip?« unterbrach Nicholas.
»Ich will keine andere Frau in Jalna haben.«
»Mama«, sagte Ernest, »es ist unvermeidlich, daß Philip wieder heiratet! Und es ist ebenso klar, daß Miss Craig ihn haben möchte. Laß dir einmal raten und unternimm nichts, um ihn zu entmutigen. Wenn du es tust, könntest du auf einmal eine Schwiegertochter haben, die dir viel weniger zusagt. Es könnte sogar Miss Wakefield sein, die nicht einen Schilling Vermögen hat.«
Adeline drehte sich heftig zu ihm herum. »Hast du seit jenem Tanz etwas Verdächtiges bemerkt?«
»N-nein. Aber Gelegenheit macht Diebe.«
»Ernest, du hast uns einen schlechten Dienst geleistet, als du diese berechnende Person engagiert hast. Ich hätte mehr Verstand haben sollen, als von dir

Menschenkenntnis zu erwarten, wenn es sich um ein weibliches Wesen handelte.«
»Das hättest du freilich wissen müssen«, gab Ernest ruhig zurück. »Ich kenne nicht einmal die Anfangsgründe über die moderne Frau. Du bist die einzige Frau, die ich einigermaßen zu verstehen glaube – aber das ist kein Kunststück, du machst dich überaus verständlich.«
»Allerdings«, warf Nicholas ein, »macht auch Miss Craig ihre Absichten sehr klar. Sie ist mit eiserner Energie hinter Philip her, und meines Erachtens würde er sich gern angeln lassen.«
»A propos angeln«, sagte Ernest, »hier sind seine Fische. Er ist weggegangen, ohne auch nur an sie zu denken. Ich glaube, es ist besser, wenn ich sie in die Küche bringe.« Er nahm den Korb vom Tisch, zögerte einen Augenblick und sagte dann: »Ich habe einen Aktienkauf im Sinn, der mir positiv alle meine Verluste reichlich wieder einbringen wird – nicht nur einbringen, sondern an dem ich noch recht viel verdiene. Die Sache ist die: ich müßte an Ort und Stelle sein, um die Schwankungen der Börse zu beobachten. Wäre ich diesen Sommer in London gewesen, so stünde es jetzt ganz anders um mich.« Den Fischkorb leise schwenkend, ging er ins Haus.
»Meinst du, er führt aus, was er sagt?« fragte Adeline. Ihre Augen folgten Ernest.
»Es sollte mich nicht überraschen. Er hat entschieden eine Nase für Spekulationen – aber laß dich nie überreden, Mama, irgend etwas auf seinen Rat anzulegen!«
»Ich halte fest, was ich habe, darauf kannst du dich verlassen!« rief sie. »Es ist wenig genug! Gott weiß es. Aber ich werde wenigstens nicht verhungern müssen.«
Sie sah zu, wie Nicholas sich eine neue Zigarette anzündete, dann streckte sie ihre wohlgeformte Hand ebenfalls nach einer Zigarette aus. Aber sie ließ sich nur verstohlen von ihm Feuer geben und blickte, als sie zu rauchen anfing, fast ängstlich zum Haus hinüber.
»Dieses Flittchen, Mary Wakefield, raucht nämlich«, sagte sie, »und ich möchte nicht um die Welt, daß mich die Nettle dabei ertappt!«

Der leichte Wagen fuhr flink die baumgesäumte Straße entlang, der Braune bewegte sich genau nach dem angenehmen Druck der Zügel. Philip und Muriel waren ein hübsches Paar; sie saß sehr gerade, hatte den Matrosenhut schräg in der Stirn; er trug jetzt ein kariertes Jackett und gelbe Handschuhe. Er drehte die Peitsche in der Hand und bewunderte die rote Schleife an ihrem Griff.
»Ich kann Ihnen gar nicht sagen, wie nett sich's hier neben Ihnen sitzt mit den Händen im Schoß, und jemand anderer fährt – besonders jemand, der die Zügel so zu führen weiß wie Sie.«

»Dieser Braune«, sagte Philip, »ist sanft genug – aber er braucht mehr Bewegung. Ich fürchte, Sie sind ein bißchen nervös, Miss Craig.«
»Das bin ich, das bin ich! Und ich schäme mich so! Ich glaube, im Sattel würde ich nicht halb so nervös sein. Es ist der Gedanke, daß dieser hohe Dogcart umkippen kann, der mich so nervös macht. Mein Vater hat mir ein Reitpferd versprochen, und dann werde ich reiten lernen. Aber wer wird mich unterrichten? Es gibt hier so wenig Leute, die reiten – außer in Ihrer Familie.«
»Oh, ich will Sie's gerne lehren.«
Sie klatschte in die Hände. »Ach, das wird herrlich sein! Sind Sie sicher, daß es Ihnen nicht zu langweilig ist?«
»Aber, aber, Miss Craig – wie können Sie denken, daß ich mich in Ihrer Gesellschaft langweilen würde!«
»Ich wünschte, ich dächte es nicht«, sagte sie demütig, »aber ich kann mir eben alles vorstellen. Ich habe zu viel Phantasie.«
Philip sah in ihre runden, nüchternen Augen und hegte seine Zweifel. Vor wenigen Generationen, dachte er, würde sie eine Ohnmacht gemimt haben ...
»Ach, da ist Miss Wakefield – vor uns! Meinen Sie, wir könnten Sie auf dem Sitz zwischen uns unterbringen? Sie geht so schleppend, als wenn sie schrecklich müde wäre.«
»Es würde sehr eng sein«, sagte er, die Augen prüfend auf Marys Rücken geheftet. »Übrigens geht sie nicht weit – bloß bis zu den Pinks. Meinen Sie wirklich, daß sie müde ist?«
»Vielleicht sind's bloß ihre Schuhe. Ich finde immer, man sollte seine Schuhe nach dem Zweck wählen, dem sie dienen sollen. Auf diesen rauhen Landstraßen trägt man besser derbe Straßenschuhe wie ich.«
Sie hatten Mary eingeholt. Philip zog die Zügel an. Sie blickte voll Abwehr zu ihnen auf. Miss Craig beugte sich mit besorgter Miene zu ihr herunter.
»Wir dachten, Sie sehen so müde aus, Miss Wakefield. Wir würden Sie so gerne mitnehmen, aber wir hätten zu dritt kaum Platz. Deshalb möchte ich vorschlagen, Mr. Whiteoak fährt Sie zu den Pinks, während ich in meinen festen Sportschuhen mannhaft weitergehe. Ihre Schuhe sind reizend, aber mehr für städtisches Pflaster geeignet, nicht wahr?«
»O, vielen Dank. Ich bin durchaus nicht müde.«
»O doch, Sie *sind* müde! Sie können uns nichts weismachen. Wir haben es an Ihrem Gang gesehen. Lassen Sie mich aussteigen, Mr. Whiteoak.«
»Nein, wenn jemand aussteigt, bin ich es.« Philip legte die Zügel in Miss Craigs Hände. Dabei berührten sich ihre Hände, und sie schenkte ihm ein kleines, vertrauliches Lächeln. Mary schloß ihn in den eisigen Blick ein, mit dem sie Miss Craig ansah. »Ich möchte zu Fuß gehen«, sagte sie. »Meine Schuhe mögen vielleicht völlig verkehrt sein, aber mir sind sie sehr bequem. Guten Morgen.« Sie wandte sich ab.

»Jetzt haben wir sie gekränkt!« rief Miss Craig. »Bitte, bitte, seien Sie nicht gekränkt, Miss Wakefield! Es bricht mir das Herz, wenn ich denke, daß ich jemand gekränkt habe. Sie dürfen mich nicht mißverstehen. Ich finde, Ihre Schuhe sind die hübschesten, die ich je gesehen habe. Ich meinte nur... ich würde schrecklich gern ein bißchen zu Fuß gehen, während Mr. Whiteoak Sie zu den Pinks fährt.«

Mary warf einen stummen zornigen Blick auf sie und ging wortlos auf der Straße weiter.

Miss Craig gab Philip die Zügel zurück. Sie sank fast an seine Schulter und er sah, daß ihre Augen in Tränen schwammen.

»Um Himmels willen«, rief er, »Sie weinen doch nicht?!«

»Ach, ich bin so furchtbar dumm!«

»Wirklich, Sie sind töricht.« Sein Blick war erstaunt und freundlich. »Ich weiß gar nicht, worum es sich handelt.«

»Sie haßt mich – und ich kann's nicht ertragen, gehaßt zu werden.«

»Aber das ist doch heller Unsinn.«

»Sie haben doch selbst gesehen, wie sie mich ansah!«

Das konnte er nicht leugnen.

»Aber deshalb dürfen Sie nicht weinen.« Er klopfte tröstend ihre Hand.

Sein Mitleid war mehr, als sie ertragen konnte. Jetzt legte sie den Kopf tatsächlich an seine Schulter, ihr Matrosenhut rutschte verwegen über ihr eines Ohr. Er klatschte mit den Zügeln auf den Rücken des Braunen, und in dieser Stellung überholten sie Mary.

Philip hatte sich nie unbehaglicher gefühlt. Miss Craigs Kopf, der so unerwartet an seiner Schulter ruhte... – als wäre ich ein Arbeiter, der mit seinem Mädchen eine Ausfahrt macht, dachte er – und Marys Augen, die ein Loch in seinen Rücken bohrten! Sehnsüchtig dachte er an die ruhigen Stunden, die er mit seiner Angelrute verbracht hatte.

Er zuckte ein wenig mit der Schulter, und sie richtete sich auf und setzte ihren Hut gerade. Jetzt war ihr Gesicht erhitzt, und sie lächelte. Er hatte sie nie so hübsch gesehen. Sie beugte sich vor und sah lächelnd auf eine Gestalt, die gerade aus dem Schatten eines Zederngebüschs auftauchte.

»Haben Sie gesehen?« Sie lachte. »Der junge Mr. Busby. Er wartet auf Miss Wakefield. Kein Wunder, daß sie ärgerlich war, als ich ihr anbot, sie zu fahren. Sie wollte ihn natürlich nicht verpassen.«

»Vielleicht wartet er gar nicht auf sie.«

»Oh, sicherlich! Ich habe so etwas in der Luft gespürt. Und nun bin ich froh, weil ich weiß, daß sie nicht wirklich böse auf mich war, sondern sich nur ärgerte, daß ich ihre Pläne störte. Ich bin froh, denn sie ist ein liebes Ding und sie sieht immer so unglücklich aus.« Ihre Stimme nahm eine neue Vertraulichkeit an. »Sehen Sie bloß über die Schulter zurück und beobachten Sie sie, wie

sie sich begegnen. Es ist lustig, jetzt zu beobachten, wie sie zusammentreffen, trotz unserer Bemühung, sie zu trennen.«
»Ich werde bestimmt nichts dergleichen tun!« Er gab dem Braunen einen leichten Schlag mit der Peitsche und starrte mürrisch geradeaus. Nach einem Augenblick fragte er: »Nun, haben sie sich getroffen?«
»Sie *wissen*, daß ich hingeschaut habe! Aber ich konnte einfach nicht anders. Es ist zu spannend, einen Blick auf eine so romantische Liebesangelegenheit zu werfen – aus allernächster Nähe! Der reiche junge Rancher und die blutarme Gouvernante! Nun ja – sie haben sich getroffen. Und wie sie sich begrüßt haben! Sagte ich wirklich, ihre Füße wären müde? Ich nehme alles zurück. Sie lief wie ein Wiesel auf ihn zu, und er faßte ihre beiden Hände. Oh, es ist göttlich! Warum fahren Sie so schnell, Mr. Whiteoak? Meinen Sie, es tut mir nicht gut, zwei so glückliche junge Menschen zu sehen?«

Mary hatte den vorbeifahrenden Dogcart und die Haltung seiner Insassen mit Staunen gesehen. Sie war so verwundert, Muriel Craigs Kopf mit schiefgerutschtem Hut an Philip Whiteoaks Schulter zu erblicken, daß sie im ersten Augenblick gar kein anderes Gefühl aufbrachte.
»Gott im Himmel!« sagte sie laut. »Steht es so mit den beiden? Jetzt wird er sie gleich küssen – und das auf offener Straße!« Nun zitterte ihre Stimme und die Eifersucht schnürte ihr die Kehle zu. Sie konnte nur noch sagen: »O Philip – Philip ... wie *konntest* du!« Der geliebte Name wurde zum Messer, das sich in ihrem Herzen umdrehte. Die Eifersucht machte ihre Füße unsicher. Sie konnte kaum gerade vorwärts gehen. Sie hätte sich am liebsten in den staubigen Straßengraben geworfen und mit bloßen Händen an Nesseln und Disteln gezerrt. Sie hatte nicht geahnt, daß Eifersucht so verheerend sein konnte. Ihre Gefühle an jenem Ballabend, als er sie übersehen hatte, waren nichts gegen den Gefühlssturm, der sie jetzt durchtobte. Was war zwischen ihnen vorgegangen, daß diese steifleinene Kreatur wie eine Blume in zu heißer Sonne gegen Philips Schulter sank? Und ihr Hut! Marys feine Lippen kräuselten sich bei dem Gedanken an diesen Hut. Diese Närrin, diese dumme Närrin – und er, dieser Casanova, dieser herzlose, der sie, die allein war in einem fremden Land, so schrecklich allein, mit so berechnender Grausamkeit gequält hatte!
Obwohl sie die Augen weit offen hatte, sah sie Clive Busby nicht, der ihr entgegenkam. Sie wäre an ihm vorbeigelaufen, ohne ihn zu sehen, aber er kam mit ausgestreckten Händen auf sie zu. Er nahm ihre Hände in die seinen und umspannte sie hart. Sie blickte in sein Gesicht und sah ihn kaum.
»Aber Mary!« rief er. »Ihre Hände sind eiskalt – und das hier in der Sonne, an einem so heißen Tag.«
Über seine Schulter sah sie den Dogcart hinter einer Biegung der Straße verschwinden.

»Ich habe den ganzen Morgen gesessen und die Kinder unterrichtet«, sagte sie. »Mein Kreislauf ist nicht sehr kräftig. Aber es fehlt mir gar nichts.« Sie entzog ihm sanft ihre Hände und ging weiter.
Er war neben ihr und fiel in ihren Schritt.
»Sie sind so blaß«, sagte er. »Ist Ihnen wirklich nicht schlecht?«
»Nein, ich fühle mich absolut wohl.«
»Mary – sind Sie blaß geworden, weil Sie mich kommen sahen?«
»Ich habe Sie nicht gesehen.«
»Wissen Sie gar nicht, welcher Tag heute ist?«
»Nein. Was für einer?«
»Mary . . . Sie quälen mich!«
Jetzt fiel es ihr ein.
»Die Woche ist um«, sagte sie. »Ja, ja, jetzt weiß ich's.«
Seine Stimme zitterte, so verletzt war er. »Bedeutet es Ihnen denn so wenig? O Mary . . .« Sie sah, wie ein dunkles Rot sein Gesicht überzog.
Nun sprach sie, abgerissen und atemlos. »Ich habe soviel nachgedacht – ich bin ganz verwirrt. Ich hatte tatsächlich den genauen Tag vergessen. Aber Sie dürfen mich nicht lieb haben, Clive – Sie dürfen nicht!«
»Als wenn ich dagegen ankönnte! Ebenso könnten Sie dem Niagara sagen: Beherrsche dich! Mary, ich habe in dieser letzten Woche *Jahre* durchlebt – und alle mit Ihnen . . . draußen auf der Prärie. Immer mit Ihnen!«
Sie wandte den Blick von ihm ab. »Haben Sie nicht an die . . . die umgekehrte Möglichkeit gedacht?«
»Nein. Das habe ich mir einfach verboten. Ich hatte mich entschlossen, diese eine Woche der *Hoffnung* zu haben, selbst wenn – aber soweit wollte ich nicht denken – ich konnte es nicht.« Er war nicht fähig, zusammenhängend zu sprechen, aber er versuchte, mit seinem bittenden Blick ihre Augen wieder auf sich zu lenken.
Ist das alles so wichtig? dachte sie. Ist es nicht ganz gleichgültig, ob ich ihn heirate oder nicht? Ist es wichtig, was aus mir wird? Aber es ist mir schrecklich, allein zu sein. Es ist so tröstlich, daß er auf der Straße neben mir geht – daß ich weiß, ich kann die Hand ausstrecken und ihn berühren. Als sie sprach, war ihr Mund wie ausgedörrt und ihre Lippen gehorchten ihr kaum. Das Gift der Eifersucht durchrann sie wie ein Feuer das Präriegras.
»Clive«, sagte sie, »Sie würden doch nicht gern eine Frau heiraten, die –«
»Jemand anderen liebt?« fiel er ein. Seine Stimme war plötzlich herb. »Denn das wollen Sie doch sagen. Ich weiß, daß Sie einen andern lieben, und ich kann mir auch denken, wen. Mary, ist es Philip Whiteoak? Wollten Sie mir eben sagen, daß Sie Philip Whiteoak lieben?«
Sie sah ihn entgeistert an, als habe ein Fremder sie auf der Straße angehalten und zu ihr von den Geheimnissen ihres Herzens gesprochen. Jede Spur von

Farbe wich aus ihrem Gesicht. Sie ging schneller, der frische Wind drückte den dünnen Stoff ihres Kleides eng an ihren Körper.
»Dazu haben Sie kein Recht«, sagte sie. »Und wenn ich ihn liebte, so wäre das *mein* Geheimnis, aber ich liebe ihn nicht. Ich hasse ihn!«
»So ist das also«, sagte er langsam. Seine Beine schienen ihm schwer zu werden und er blieb ein wenig hinter ihr zurück. »Das ist also die Schwierigkeit.«
Jetzt blieb sie stehen und wartete auf ihn. Er sah jung und sehr rührend aus. Sie empfand ein mütterliches Mitleid mit ihm.
»Clive«, sagte sie, und jetzt waren ihre Augen klar und aufrichtig. »Ich wünschte, Sie wären es gewesen ... Ich wäre glücklich gewesen, Sie zu lieben!«
»Es kommt darauf hinaus«, sagte er heftig, »daß es Sie mehr befriedigt, ihn zu hassen, als mich zu lieben.«
»Sie haben keine Ahnung, wie unglücklich ich bin.«
Seine Hände berührten einen Augenblick die ihren.
»Ich wünschte, ich könnte etwas daran ändern. Aber ich kann nichts tun, gar nichts – nicht wahr? Das ist, glaube ich, der sonderbarste Korb, den je ein Mann bekommen hat ... zu hören, daß das Mädchen das er liebt, glücklich wäre, ihn zu lieben ... lieber Gott, mir dreht sich alles im Kopf.«
»Es ist aber wahr.«
»Nun, jedenfalls ist mein Fall hoffnungslos ... oder ...?«
»Sie würden doch keine Frau heiraten, die Sie nicht liebt!«
»Das haben Sie schon einmal gesagt.«
»Clive, ich würde lieber *Sie* glücklich sehen als jeden andern Menschen, den ich kenne.«
»Lieber als *ihn?* Aber, aber, Mary!«
»*Er ist* glücklich«, erwiderte sie bitter. »So glücklich wie ein normaler Mann sein soll.«
»Nun, ich sehe die Lage so: Philip Whiteoak ist reich. Er ist großzügig und freundlich, heißt es allgemein. Aber ich sage, er denkt nur an sich selbst. Er wird sich niemals die Mühe nehmen, eine Frau zu verstehen. Er wird unbekümmert und sorglos weiterleben und gar nicht merken, ob seine Frau glücklich ist oder nicht. Und jetzt sage ich vielleicht etwas Häßliches – aber ich habe überall gehört, daß er seine erste Frau keineswegs glücklich gemacht hat.«
Sie wandte sich leidenschaftlich zu ihm um. »Warum wollen Sie mich über Mr. Whiteoak aufklären? Er bedeutet mir nichts. Nichts. Wenn ich gesagt habe, ich hasse ihn, so habe ich Unsinn geredet. Ich fasse gelegentlich so heftige Abneigungen. Die Wahrheit ist, daß mir die ganze Familie zuwider ist. So zuwider, daß ich weggehen und mir eine neue Stellung suchen muß. In dem Haus ist eine Luft, die ich nicht ertragen kann.«
»Mary, ist das alles wahr?«
»Ja.«

»Und Sie wollen wirklich fort von Jalna?«
»Ja.«
»Dann komm zu mir, Mary, mein Liebling. Ich liebe dich so sehr, daß du gar nicht anders kannst, als mich eines Tages wiederzulieben. Mary, du mußt ja sagen!«
Als sie in sein Gesicht sah, meinte sie, sie müßte ihn lieben lernen. Ihr Gefühl für ihn kam der Liebe sehr nahe. Sicherlich hegte sie für ihn eine tiefere Zärtlichkeit, als viele Frauen in ihre Ehe brachten. Er würde sie mitnehmen in ein neues freies Leben, fern von diesem Jalna, von diesen Menschen, die sie nie, nie wiedersehen wollte. Oh, sie war so einsam! Ihr Herz schrie vor Einsamkeit. Und hier war ein Mann, der sie echt und selbstlos liebte. Vielleicht würde sie durchs Leben gehen und nie wieder einen solchen Mann treffen. Seine Liebe, seine Nähe überwältigten sie. Sie konnte nicht sprechen, aber sie streckte ihm beide Hände entgegen.

14 Gratulationen

Sie schlief friedlicher als seit vielen Nächten. Sie gab sich dem Schlaf hin, wie ein von den Wellen umhergeworfenes Boot endlich in den weichen Sand des Strandes sinkt. Ihr Schlaf war tief, und sie träumte ihren liebsten Traum, einen jener Kinderträume, aus denen man nicht gern geweckt wird. Sie war wieder in der Schule und hatte die besten Preise gewonnen, und die andern Schüler und die Gäste sahen sie staunend und bewundernd an, denn sie hatte sonst niemals einen Preis gewonnen, weil die Prüfungsformulare sie zu sehr verwirrten. Noch ein anderer Traum kam – sie erhob sich aus der Menschenmenge auf der Straße in die Luft, schwebte über den Köpfen der Leute dahin, und sie blieben alle stehen und schauten hinauf zu ihr. Gelegentlich setzte sie sich auf einen Giebel und winkte hinab zu ihnen, gelegentlich versteckte sie sich hinter einer Schornsteinhaube. Manchmal endete sie auf der Kuppel der St.-Pauls-Kathedrale, während der Verkehr, die Busse, Wagen, Karren, Pferde aller Arten, Blumenverkäufer, Pförtner, Bettler und Herren in Cut und Zylinder wie gebannt unten standen und heraufschauten. Und doch gab es in diesen Träumen mißtrauische Leute, die über sie lachten.
Jedenfalls träumte sie in der ganzen Nacht nicht ein einziges Mal von Philip Whiteoak oder Clive Busby; sie war auch in keinem Traum erwachsen.
Das Gekoller des Truthahns auf dem Rasen unter ihrem Fenster weckte sie schon sehr zeitig. Niemals brachte er um diese Stunde seine Familie mit. Aber heute legte er all seine Kraft in seine Stimme, um alle Welt zu wecken und ihr im Namen seines gesamten Gefolges Trotz zu bieten.
Mary stand auf, wickelte sich eine Decke um und ging zum Fenster. Sie wollte

in den neuen Tag hinausschauen, mit dem neuen Gefühl in ihrem Herzen, und wollte ergründen, wie es war. Sie sah den Truthahn, der, den Kopf zur Seite gelegt, nach Osten blickte, wo das Licht über den Baumkronen am hellsten war. Aber alle Farben waren blaß gegen den Hals des Vogels, der brandrot angelaufen war. Er schüttelte den Kopf und plusterte die Federn auf und beäugte seine sieben Frauen und seine zahlreichen Söhne und Töchter. Die Luft war klar und frisch, fast kalt. Dann begann die Sonne über den schwarzen Bäumen aufzusteigen. Der weite Himmel füllte sich mit Licht. Lämmerwölkchen wie kleine leuchtende Fischschuppen bedeckten die große Fläche; das Rot der Geranienbeete wetteiferte mit der Röte des Vogelhalses.
Nun senkte er seine bräunlichen Flügel mit einem metallischen Geräusch und fing an, im Kreise herumzutänzeln. Die Spitzen seiner Flügel streiften das betaute Gras. Er musterte den Kreis um sich mit kraftvoller Wut. Sein ältester Sohn schüttelte sein Gefieder, ließ die Flügel halb sinken, zog sie aber wieder herauf. Die Hennen stießen kleine bebende Schreie aus.
Mary atmete die reine Luft tief ein – sie roch würzig nach Tannen. Sie zog die Decke fest um sich und fühlte sich darin geborgen wie ein Nußkern in seiner Schale. Nur die Oberfläche ihres Geistes lebte – was darunter lag, hielt sie fest abgeschlossen; es war die Gestalt von Philip Whiteoak. Die Wand um ihn würde sich immer mehr verengen, Tag um Tag, bis er endlich ganz ausgelöscht war...
Jetzt fiel die Sonne schon mit ein wenig Wärme voll auf ihr Gesicht und ihr Haar. Sie gab ihr Kraft – sie hatte immer aus der Sonne Kraft geschöpft. Sie begann Pläne für den Tag zu machen. Sie würde Mrs. Whiteoak aufsuchen und ihr sagen, daß sie wegzugehen wünschte. Sie wußte, wie freudig diese Nachricht aufgenommen werden würde. Ja, und sie mußte um Erlaubnis bitten, möglichst bald zu gehen. Dann würde Clive kommen und Philip sagen, wie dringend er eine baldige Heirat wünschte. Er konnte nicht mehr lange im Osten bleiben. Und er wollte Mary als seine Frau mit nach Hause nehmen.
Sie dachte an die weite Fläche der Prärien, an das Holzhaus mit den steifen neuen Möbeln, das Klavier, an die paar Büsche, die im Schutz des Hauses wuchsen, an die uneingezäunten Felder, die halbwilden Pferde, die im Freien lebenden Herden... alles war so jung und so hoffnungsvoll. Clive selbst, immer seine Schultern zwischen ihr und allen Härten des Lebens, seine guten Hände. Vielleicht würde sie ihm Kinder schenken. Aber vor diesem Gedanken schrak sie zurück. Es war ein zu großer Sprung in die Zukunft. Die Kluft, die diesen Tag von den darauffolgenden trennte, war genug. Sie lag fast lässig auf die Fensterbank gelehnt und bereitete sich vor... Wenn die Stunden der Kinder zu Ende sind, werde ich gleich zu Mrs. Whiteoak gehen und sagen, daß ich ihr hoffentlich keine Ungelegenheiten bereite, wenn ich weggehe. Ich werde sie bitten, mich möglichst bald zu entlassen. Ich werde ihr dabei gerade

in die Augen sehen und sehr kühl sprechen. Wenn sie fragt, warum ich gehe, werde ich antworten, weil ich verlobt bin und heiraten möchte. Das lasse ich einen Augenblick wirken, ehe ich weiterspreche ... erst dann werde ich ihr sagen, daß es Clive Busby ist. Sie wird hocherfreut sein, und weiß Gott, es tut mir leid, ihre geheimen Wünsche zu erfüllen. Und *er* – was wird er denken? Mag er denken, was er will! Es bedeutet mir nichts.

Der Truthahn hatte seine Familie hinunter in die Schlucht geführt. Man hörte ihn kollern, seine Stimme bebte von seiner eigenen Wichtigkeit. Was für Schätze waren da unten im kühlen Schatten, die darauf warteten, von den starken Schnäbeln zerstört zu werden? Man konnte das schwache Murmeln des Baches auf seinem Weg durch die Schlucht hören, die Dürre hatte ihm wenig Wasser gelassen. In seinem Murmeln klang ein Lebewohl. Sie hatte ihn geliebt. Sie hatte die kleine Brücke geliebt, die sich über ihn spannte, und die Bäume, die die Länge bis zum Rand des Wassers bedeckten.

Nun hieß es, dem allem Lebewohl sagen.

Sie stand auf, faltete die Decke zusammen und begann sich anzukleiden. Sie versuchte, schon jetzt ein gelassenes, kaltes Gesicht zu machen – wie eine marmorne Mauer, die sie gegen die Menschen in diesem Haus errichtete. Gegen alle – nur nicht gegen die Kinder. Sie hatte plötzlich Mitleid mit ihnen. Was für eine unsympathische Stiefmutter würde Muriel Craig sein! Und heute morgen waren die Kinder netter als sonst. Sie waren ruhiger, als spürten sie etwas Besonderes an Mary, und Meg betrachtete sie mit kritischer Miene, als trüge sie ein neues Kleid.

Mary machte ihnen die Aufgaben so leicht wie möglich, so daß sie guter Laune waren und sich sehr gescheit vorkamen. Sie saßen gerade und sahen strahlend in ihre Bücher und auf Mary.

»Wie nett Sie heute sind«, bemerkte Renny, die Augen so fest auf Marys Gesicht gerichtet, als wolle er die Nettigkeit herausholen und einer genauen Prüfung unterziehen.

»Ich dachte, ich bin immer nett.«

Er schlug seine schrille Lache an. »O nein – Sie sind oft so ... so unausstehlich wie ... wie ich!«

»Und das will etwas heißen!«

»Was bedeutet das?«

»Nun, daß du wirklich recht unausstehlich sein kannst.«

Er zog die Brauen hoch und sah an seiner Nase herunter, wie er es von Miss Turnbull gesehen hatte. »Meines Erachtens«, sagte er, »bin ich es nur zu Ihrem Besten!«

Einer plötzlichen Regung folgend, legte Mary den Arm um ihn und drückte ihn an sich. Wie liebebedürftig er war! Sein drahtiger kleiner Körper erwiderte wie elektrisiert die Umarmung. Meg machte ein mißbilligendes Gesicht. Sie

sagte: »Nettle meint, es ist dumm von einem Jungen, seine Gouvernante zu umarmen!«
Da ist es wieder, dachte Mary – Feindseligkeit von allen Seiten. Wie froh werde ich sein, wenn ich weg kann! Sie stand auf, ging ans Fenster und sah zum Himmel auf, als sei dort die Freiheit. Das Zimmer schien ihr unwirklich. Sie fühlte sich bereits unterwegs. Die Kinder quengelten – sie wollten zu ihren Ponys. Mary ließ sie gehen und begab sich langsam die Treppe hinunter.
Der Sonnenschein hatte sich in den letzten Tagen verändert. Jetzt vergoldete er alles, was er berührte, mit den rötlichen Tönen des Herbstes. Das Licht der bunten Glasfenster malte leuchtende Flecke in die Halle. Als Mary auf der letzten Stufe war, kam ihr Gesicht gerade in einen grünen Widerschein, und einen Augenblick sah sie aus wie eine Ertrunkene. Sie stand horchend, die Hand auf den geschnitzten Trauben des Treppenpfostens. Vor ihr war der Hutständer, und einer von Philips Hüten hing daran, ein weicher, abgegriffener Hut, der mehr als einmal in Jakes Pfoten geraten war. Mary wandte den Blick davon ab.
Aus dem Wohnzimmer hörte sie eine Feder über Papier kratzen. Sie ging zur Tür und sah Adeline Whiteoak an ihrem Schreibpult sitzen. Unbemerkt konnte Mary sie betrachten.
Sie war noch nie so beeindruckt gewesen von ihrer Vornehmheit. Sie hatte immer gedacht, die Spitzenhaube, auf der Stirn zu einer Schnebbe gebogen, habe dazu beigetragen, aber jetzt war die Haube nicht da, die Form des Kopfes trat hervor und der Haaransatz war zu sehen. Adelines Schultern waren schön, ebenso ihre Hände. Sie zog die Brauen zusammen, als sich die scharfe Feder auf dem weichen Papier sträubte. Sie blickte auf und sah Mary.
»Miss Wakefield«, sagte sie, »haben Sie vielleicht so etwas wie eine neue Feder? Wenn ich vergesse, meine jedesmal wegzustecken, wenn ich etwas geschrieben habe, kommt einer meiner Söhne, benutzt sie – und schon ist sie nicht mehr zu brauchen.«
»Ja, ich habe eine. Ich hole sie Ihnen sofort.«
»Nein, jetzt nicht. Mein Brief ist fertig – und er sieht schlimm genug aus! Aber heute nachmittag wäre ich Ihnen sehr verbunden für eine neue Feder.«
»Meine werden Ihnen zu breit sein, fürchte ich.«
»Ich kann mit jeder Sorte schreiben. Diese hier hatte mir Nettle gegeben – und ich kann nur sagen, sie spiegelt ihre Laune wider!«
Mary trat ins Zimmer. »Mrs. Whiteoak – kann ich Sie bitte privat sprechen?«
»Ja. Natürlich. Kommen Sie herein und machen Sie die Tür zu.« Ihre braunen Augen wurden schmal vor Neugierde, ihre Lippen schlossen sich fest, als erwarte sie etwas Unangenehmes.
»Ich möchte Ihnen mitteilen«, sagte Mary langsam, »daß ich gerne fortgehen würde.«

»Fortgehen? Warum?«
»Weil –« Mary wurde rot und sprach schnell weiter – »weil ich heiraten werde.«
»Heiraten? Ha –«
»Ich würde gern wissen, ob es Ihnen möglich ist, mich sehr bald zu entlassen. Natürlich will ich Ihnen und Mr. Whiteoak keine Ungelegenheiten machen, aber wenn es ginge –«
»Darf ich fragen, wen Sie heiraten werden, Miss Wakefield?«
»Mr. Busby.«
Adelines Gesicht wurde eitel Wohlgefallen. Das war fast zu schön, um wahr zu sein! Der Plan, den sie in jener Nacht so spontan angesponnen hatte – jetzt stand er vollendet und klar umrissen vor ihr! Sie hob die Augen, die vor Freundlichkeit glänzten, zu Marys errötetem Gesicht.
»Miss Wakefield«, sagte sie, »das freut mich wirklich, weil ich tatsächlich kein anderes junges Paar kenne, das so gut zueinander paßt. Clive Busby ist männlich, stark, ehrgeizig und dabei voll Wärme. Ich habe bereits seinen Vater und seinen Großvater gekannt. Alles prächtige Männer! Sie brauchen nichts zu fürchten. Und Sie Ihrerseits können ihm Anmut und Lebensart und Schönheitssinn zubringen – genau das, was sein Herz verlangt. Meine Liebe, Sie haben wirklich Vernunft bewiesen! Ich gratuliere Ihnen – und auch Clive gratuliere ich! Ich werde gleich meinem Freund Isaac Busby schreiben und werde ihm Glück wünschen zu seiner zukünftigen Schwiegertochter!«
Sie stand auf und nahm einen Augenblick Marys Hand. Sie sahen sich in die Augen. Dann sagte Mary: »Wie steht es mit meiner Kündigungszeit? Das Gebräuchliche ist, glaube ich, drei Monate, aber –«
Adeline schnippte mit den Fingern. »Das ›Gebräuchliche‹ zählt in unserm Hause nicht. Ich möchte Ihnen helfen, so gut ich kann. Und um ganz ehrlich zu sein: noch mehr dem Sohn meines alten Freundes als Ihnen. Ich weiß, wie gern er zurückmöchte auf seine Ranch, er ist dort unentbehrlich. Und ich werde dafür sorgen, daß er seine junge Frau gleich mitnehmen kann.«
»Ja?« Mary zitterte vor Eifer. Sie konnte gar nicht schnell genug fortkommen. Fort von diesem Haus, in ein neues eigenes Leben, fort, um sich den Gedanken an Philip Whiteoak aus dem Sinn zu reißen.
»Und – wie bald wäre das?«
»Sobald Sie es wünschen.« Sie setzte sich, klopfte mit der flachen Hand auf den Brief, den sie geschrieben hatte, und ein Lächeln ließ ihre noch immer schönen Zähne sehen. »Durch einen merkwürdigen Zufall ist dieser Brief gerade an eine Tante von Clive gerichtet. Sie bittet mich immer, mich doch zu einem kleinen Besuch bei ihr aufzuraffen. Ich habe ihr eben geschrieben, daß ich übermorgen fahren werde. Dann kann ich ihr gleich selbst die gute Nachricht überbringen. Und während ich fort bin – es wird eine knappe Woche sein –

können Sie Ihre Vorbereitungen treffen. Und wenn ich zurückkomme, richten wir die Hochzeit. Ist Ihnen das zu bald?«
»Ich . . ., ich glaube, ich kann es schaffen.«
»Sie werden keinen Trousseau brauchen, wenn Sie in die Prärie gehen – oder doch?«
»Nein, gewiß nicht.«
»Und eine große Hochzeit wünschen Sie sicherlich auch nicht.«
»Um Himmelswillen – nein!«
»Sie werden natürlich hier vom Haus aus heiraten. Mein Sohn, Mr. Nicholas Whiteoak, wird sich ein Vergnügen daraus machen, Ihr Brautführer zu sein. Wir müssen die Vaughans einladen, die Pinks und die nächsten Nachbarn – auch die Laceys, versteht sich. Und Sie müssen mir erlauben, Ihnen einen guten warmen Pelz zu kaufen – Bisamratte am besten. Das ist genau das Richtige für die Prärie. Nicht daß es so kalt dort wäre – aber die Luft ist scharf. Sehr erfrischend. Ich wäre selbst für mein Leben gern einmal dort gewesen. Als wir hierher kamen, mein Mann und ich, wären wir gern weiter nach dem Westen gegangen, aber mein lieber Vater war dagegen.«
Mary war ganz benommen. Sie konnte nichts anderes sagen als: »Vielen Dank – Sie sind wirklich sehr freundlich!«
»Aber ich bitte Sie! Es ist leider so wenig, was ich für Sie tun kann. Ich möchte Sie nur um einen Gefallen bitten: Behalten Sie das Geheimnis noch für sich, bis ich zurück bin. Wenn die Kinder davon Wind bekommen, werden Sie ihrer nicht mehr Herr. Und wenn meine Tochter, Lady Buckley, es erfährt, wird sie Ihnen alle Ihre Pläne durchkreuzen – sie wird auf die drei obligaten Monate Kündigungsfrist bestehen. Viel besser, wir behalten es für uns! Sagen Sie es auch Clive, wenn Sie einverstanden sind.«
Mary stimmte gern zu. Die Neugier der Kinder, Lady Buckleys Einmischung – das waren Übel, die man vermeiden konnte. Jalna ohne Formalitäten zu verlassen, wie sie gekommen war – das war genau das, was sie sich wünschte.
Als Adeline allein war, saß sie eine Weile ganz still, ein erfreutes Lächeln auf den Lippen. Sie nahm den Brief auf, den sie geschrieben hatte, und las ihn mit kritischer Miene noch einmal durch. Dann nahm sie nochmals die Feder, runzelte die Stirn über die Widerspenstigkeit dieses Objekts und setzte ein Postscriptum darunter: »Liebste Abigail, ich glaube, ich kann es wirklich einrichten, den geplanten Besuch bei dir zu machen – also werden Philip und ich morgen gegen Abend bei dir eintreffen.«
Sie brachte den Brief zu den Ställen, wo Philip gerade die leicht gezerrten Sehnen am Vorderbein eines seiner Lieblingspferde untersuchte. Er richtete sich auf und lächelte Adeline zu.
»Nun, was macht die Sehne?« fragte sie.
»Oh, sie ist schon viel besser.«

Das Pferd wandte den Kopf zu ihm herum und knabberte an seinem Ärmel.
»Herrlich.« Er wußte, er war wieder in Gnaden bei ihr aufgenommen, er sah es an ihrem Lächeln.
»Sie ist ein goldiges Geschöpf«, sagte Adeline.
»Das ist sie – und ich liebe sie.«
»Liebst du deine Mutter genügend, um sie zu einem kleinen Besuch zu begleiten? Ich habe Abigail Rutherford versprochen, sie zu besuchen – du weißt doch, Abigail Busby – ich hab's schon lange versprochen, und will es nun morgen endlich tun. Sie wohnt keine dreißig Meilen entfernt, aber es ist per Bahn schrecklich unbequem. Würdest du mich hinüberfahren, Philip?«
»Gern – aber ich kann nicht dortbleiben.«
Adeline seufzte schwer. »Ach ja . . . nun, dann lasse ich's eben. Ich hatte diesen kleinen Ausflug geplant, gerade für uns beide, weil ich so wenig von dir gehabt habe, seit ich in Irland war – du hattest soviel zu tun! Aber das bekümmert freilich nur mich allein. Gut, ich werde den Brief zerreißen und einen andern schreiben, und die Einladung dankend ablehnen.«
»Nein, nein! Das mußt du nicht tun, Mama! Ich werde dich hinfahren und dich auch wieder abholen, wenn dein Besuch beendet ist.«
»Was? Hundertzwanzig Meilen fahren – wegen eines kleinen Besuchs? Kein Wort mehr darüber! Ich fahre eben mit der Bahn – obwohl ich da zwei Stunden an diesem gottverlassenen Knotenpunkt warten muß. Aber das macht mir nichts aus. Ja, ja – ich fahre mit der Bahn, auch wenn ich davon ein bißchen Rückenschmerzen bekomme.«
»Aber ich dachte, die Rückenschmerzen wären ganz vorbei, Mama?«
»Nun ja . . . sie kommen und sie vergehen auch wieder.«
»Meinst du nicht, die lange Wagenfahrt würde sie verschlimmern?«
»Nein. Nur das Gerüttel und Geschüttel in der Eisenbahn ist so arg.«
»Gut, dann werde ich dich hinfahren und mit dir dortbleiben«, sagte er herzlich, aber nicht ohne einen kleinen Nebengedanken an sich selbst. Er hätte gar nichts dagegen, für eine Woche zu verschwinden. Er wurde unausweichbar dazu gezwungen, immer mehr Zeit mit Muriel Craig zu verbringen. Dazu sollten noch die Reitstunden kommen, die er ihr versprochen hatte! Und die immerwährenden dringenden Einladungen ihres Vaters. Wohin er auch ging, es schien unvermeidlich, daß er ihr begegnete. Als bestehe eine Verschwörung, sie immer zusammenzubringen. Er konnte sie gut leiden, er bewunderte sie in ihrer Art, aber seit dem Augenblick, als ihr Kopf so hingebungsvoll an seine Schulter gesunken war, gab es gewisse Einschränkungen in seiner Wertschätzung. Sie war zu entgegenkommend. Seine Frau war zurückhaltend gewesen. Sie hatte sich niemals gehenlassen, und wenn es auch nicht immer leicht gewesen war, mit ihr auszukommen, und wenn sie mit ihren Zärtlichkeiten gespart hatte, so wußte man, *wenn* sie sie spendete, warum man ge-

worben und gewartet hatte. Sonderbar, daß eine Frau mit so ausgesprochenem Charakter zwei Kinder hinterlassen hatte, die so gar keine Ähnlichkeit mit ihr aufwiesen, weder im Äußeren noch in ihrer Art. Dabei konnte er sich vorstellen, daß ein so zartes Mädchen wie Mary einen Sohn haben könnte, der geradezu ihr Abbild war... Warum war ihm jetzt der Gedanke an Mary in den Sinn gekommen? Er sah sie kaum, und wenn sie ihm einmal begegnete, so merkte er, daß sie sich verändert hatte. Was war es? Kälte? Zurückhaltung?
Jetzt küßte ihn seine Mutter. Er runzelte die Stirn – er versuchte, an zwei Dinge zu denken, und dachte tatsächlich an nichts. Adeline sagte: »Du wirst froh sein, wenn du mitkommst! Du hast seit Jahr und Tag dort keinen Besuch mit mir zusammen gemacht.«
Arm in Arm gingen sie durch den Obstgarten. Adeline aß einen roten Herbstapfel, während sie ihre Pläne machten, mit welchen Pferden sie fahren wollten, welchen Weg sie nehmen würden, was für Geschenke sie ihren Freunden mitbringen sollten. So mochte Adeline es gern – eine kleine Reise, die man mit Vergnügen unternahm und mit Muße und nach altem Brauch ausführte.
Zur festgesetzten Zeit brachen Philip und sie auf. Sie hatten ein paar gutgepflegte Braune eingespannt; die übrige Familie sah voll Bewunderung ihrer Abfahrt zu, denn Adeline hatte, um ein wenig anzugeben, selbst die Zügel ergriffen und handhabte sie geschickt, wenn auch mit etwas zuviel Grandezza. Die langen Enden ihres Witwenschleiers flatterten im Wind über ihre Schultern und gaben ihrer Erscheinung etwas zugleich Elegantes und Feierliches.
Als sie kurz den Blick hob – die Equipage bog gerade um die Kurve der Einfahrt – sah sie eine Sekunde Marys Gesicht an einem der oberen Fenster und lächelte wohlwollend.

15 *Enthüllungen*

In Jalna vergingen die Tage dieser Woche in herbstlicher Pracht. Ein früher Frost hatte den wilden Wein und die zarten Ahorne flammend rot gefärbt. Die gelben Blätter der Silberbuche begannen abzufallen. Der Himmel war so blau, daß die Leute behaupteten, in Italien könne er nicht blauer sein. Die Pferde tummelten sich auf den Wiesen, als sei ein so müßiges Leben genau das, wofür sie geschaffen waren, und ihre kräftigen Muskeln seien nur zur Zierde da. Noch waren die Vögel nicht gen Süden gezogen, aber hier und da hielten sie geheimnisvolle Zusammenkünfte ab, bei denen ein lautzwitschernder Anführer ihnen seine Besorgnisse darlegte. Jake fing plötzlich an zu wachsen und eine weise Miene aufzusetzen, aber es war bloße Angabe, denn er behielt seine unreifen Manieren bei. Er verbrachte seine meiste Zeit damit, auf Philips Rückkehr zu warten und beim Anblick von Mrs. Nettleship kläffend Reißaus zu

nehmen. Wenn sie kam, um ihr Staubtuch auszuschütteln, versteckte er sich im Gebüsch, aber sobald sie wieder im Haus war, nahm er erneut seinen Posten ein und wartete auf Philip.
Mary und Clive führten lange Gespräche. Niemand konnte übersehen, daß er täglich nach Jalna kam, und daß Mary immer weniger Anstalten machte, die Kinder zu bändigen. Mary lebte wie in einem Traum. Aber ihr Entschluß, Clive Busby zu heiraten und von Jalna fortzugehen, war echt. Er hielt sie jeden Abend wie ein Anker in ihrem Bett fest – sonst wäre sie aufgesprungen und unfähig zum Einschlafen im Zimmer auf und ab gelaufen. Sie war dankbar, daß Philip jetzt nicht mit ihr unter demselben Dach war. Sie wünschte nur, sie hätte fortgehen können, ohne ihn wiederzusehen. Nun, das war wohl kaum möglich – aber jedenfalls würden, wenn sie miteinander sprechen mußten, ihre Gespräche kühl und sachlich sein. Er würde das Gehalt auszahlen, das sie noch zu bekommen hatte, und sie würde sich entschuldigen, daß sie ohne die übliche Kündigungsfrist wegging. Er würde großzügig darüber hinweggehen und ihr zu ihrer künftigen Heirat gratulieren. Sie würde glücklich lächeln und sagen, wie sehr sie sich darauf freue, in den Prärien zu leben.
Und dann würde sie gehen.
Der Gedanke an eine Hochzeit in Jalna war unerträglich. Clive wollte sie zum Haus seines Bruders bringen, das hundert Meilen entfernt lag, und dort würden sie in aller Stille heiraten. Er hatte sich seinem Bruder und auch Mr. Pink anvertraut, der ihm behilflich war, eine Sonderlizenz zu bekommen. Es war alles ganz einfach. Sie mußte sich nur stählen für den bevorstehenden Bruch ... war der einmal erfolgt, dann würde sie wie über einen Abgrund, der dazwischenlag, auf das Leben, das sie jetzt führte, blicken. Tag für Tag würde es ihr unwirklicher erscheinen, Tag für Tag würde Philips Gesicht undeutlicher werden, seine Stimme ferner klingen. So beruhigte sie ihr gequältes Herz mit Lügen.
Sie hatte niemanden, mit dem sie ehrlich sprechen konnte.
Eines Tages fand sie Jake, der auf einem sonnigen Flecken Gras neben der Einfahrt saß. Mit unaussprechlich traurigem Blick waren seine Spanielaugen mit den hängenden unteren Lidern auf die Straße geheftet. Als er sie sah, wedelte er eine Sekunde freundlich mit dem Schwanz, dann versank er wieder in sein Warten.
Sie lief zu ihm und vergrub die Hand in seinem lockigen Nackenfell. »Lieber kleiner Jake«, sagte sie, »wie sehr du ihn liebst! Viel, viel mehr als Spot und Sport ihn lieben!«
Mit betrübter Würde ließ er sich ihre Liebkosungen gefallen, aber den Blick wendete er nicht von der Straße ab.
»Sei nicht traurig«, sagte sie, »morgen wird er zurückkommen.«
In ihrer Stimme war etwas, das Jakes Mitleid mit sich selbst noch vertiefte.

Er wimmerte und winselte, und bewegte dabei gleichzeitig den Schwanz, wie um sie zu trösten. »Ich fürchte, du wirst das Leben sehr schwer nehmen«, sagte sie, »und es ist auch hart für dich, Jake! Du mußt lernen, still zu sein, wie dein Vater und deine Mutter – und so gleichmütig wie dein Herrchen. Du kannst sicher sein, er denkt gar nicht an uns.«
In den Zweigen der Tannen gurrten die Tauben und flatterten umher. Sie spreizten ihr grünlichblaues Gefieder, als sei es Frühling und nicht Herbst, in dem die Zeit der Liebe längst vorbei war. Der Himmel zeigte ein jungfräulich klares Blau, das sich in den Pfützen auf dem Weg spiegelte, denn es hatte in der Nacht geregnet. Mary sah Clive die Straße herunterkommen, er machte Riesenschritte, als müsse er seiner Energie und seiner Freude Luft machen. Ich müßte ihm entgegengehen, dachte sie, und ich weiß nicht, wie ich das tun soll. »Jake«, rief sie, »du mußt mir helfen!« Sie nahm ihn beim Halsband und zog ihn auf die Füße. Zusammen gingen sie durchs Tor.
»Wir kommen dir entgegen«, rief sie und versuchte, ebenso frei und schwingend zu gehen wie Clive.
Er nahm ihre Hand und hielt sie, sah sich um, ob sie allein waren, und küßte sie auf die Wange. Er beugte sich herunter und streichelte den Spaniel.
»Ich muß dir einen Hund schenken«, sagte er, »der dir allein gehört. Ich habe zwei Schäferhunde, die mir den ganzen Tag auf Schritt und Tritt folgen. Welche Rasse hättest du am liebsten?«
»Einen Mops«, antwortete sie ohne Zögern.
»Einen Mops!« rief er. »Einen schnaufenden kleinen Mops mit einem Korkenzieherschwänzchen? Das ist doch nicht dein Ernst, Mary!«
»Doch, ich liebe sie.«
»Gut, dann sollst du einen Mops haben. Ich erinnere mich noch gut an den ersten Mops, den ich gesehen habe. Ich war mit meinen Eltern bei den Vaughans zu Besuch. Captain und Mrs. Whiteoak kamen zum Tee. Ich war ein kleiner Junge. Es war um die Zeit, als riesige Tournüren getragen wurden. Ich sah sie zum Tor hereinkommen und die Einfahrt heraufgehen. Himmel, sie waren ein sehenswertes Paar! Er war ein Mann, der immer aussah, als wenn er Uniform trüge, selbst wenn er im Sportanzug war. Was man so einen ›glänzenden Offizier‹ nennt. Aber sie war es, die den stärksten Eindruck machte. Sie trug eine Art Dolman und einen weiten Rock, dazu einen breitrandigen Strohhut, den sie mit bunten Stiefmütterchen frisch aus dem Garten garniert hatte, und unter der Hutkrempe waren ihre Augen besonders groß und dunkel und ihre Zähne besonders weiß. Nun, der Hut war sonderbar genug, aber was mich schrecklich aufregte, das war ein kleiner Mops, der weiß Gott auf ihrer Tournüre saß! Er thronte dort in Lebensgröße, unbeschreiblich malerisch! Sie sagte, wenn er vom Gehen müde würde, setzte sie ihn einfach auf ihre Tournüre, und da ritt er wie ein Fürst!«

»Also muß ich eine Tournüre tragen«, lachte Mary, »und meinem Mops beibringen, darauf zu sitzen!«
Sie sprachen von Hunden und Pferden und sie fragte Clive nach Einzelheiten der Ranch. Er wurde nie müde, ihr alles zu beschreiben und sich dabei die Zeit auszumalen, wenn sie Mann und Frau sein würden. Er sprach oft von Adelines Anteil daran, sie zusammengebracht zu haben. »Ich liebe sie dafür«, sagte er. »Aber es hätte nichts gegeben, das unser Zusammenkommen verhindert haben könnte.«
Am nächsten Tag hatte er in der Stadt zu tun, so daß er sie bis zum Abend nicht sehen würde.
»Morgen kommt Mrs. Whiteoak nach Hause«, sagte Mary. »Mit ihrem Sohn.«
»Das freut mich, denn dann brauchen wir unsere Verlobung nicht länger geheimzuhalten. Ich hab fast ein dutzendmal die Katze um ein Haar aus dem Sack gelassen. Jetzt kann ich's allen meinen Verwandten schreiben und erzählen; sie müssen mich nämlich alle schon für verrückt halten, daß ich solange von meiner Ranch wegbleibe.«
Mary fühlte sich an diesem Abend so müde, als lebe sie unter einem schweren Druck und nicht in der glücklichen Vorbereitung ihrer Heirat. Kein ruhiger und abgeklärter Gedanke an ihre Heirat mit Clive half ihr, einzuschlafen oder wenigstens ihre Nerven zu entspannen. Die ersten Stunden der Nacht gingen vorbei, indem ihr jede einzelne Minute schmerzhaft bewußt war. Sie warf ihr Kopfkissen aus dem Bett und wälzte sich auf dem flachen Laken. Nach und nach gelang es ihr, still zu liegen – aber es war die Stille eines Käfigs, den ein Vogel mit jedem Herzschlag spürt. Sie lag starr und gerade ausgestreckt, mit weit offenen Augen das Morgengrauen beobachtend. Als es endlich hell wurde, schlief sie ein und erwachte, ohne zu wissen, daß sie geschlafen hatte. Die Kinder liefen lärmend und lachend mit dem Foxterrier von einem Zimmer ins andere.
Erst am späten Nachmittag verkündeten ihr Hufschläge, daß Adeline und Philip zurückgekehrt waren.
Er reichte seiner Mutter die Hand und sie stieg leichtfüßig aus, war aber voll innerer Spannung, wie die Nachricht von der Verlobung wohl auf Philip wirken würde. Jedoch die Spannung war nicht stark genug, um ihr die Freude an der Heimkehr zu trüben. Eine Woche in dem schlecht geführten Haushalt ihrer Freundin war eine lange Zeit, obwohl Abigail alles, was sie sagte und tat, bewunderte, und Philip zwei gute Jerseykühe äußerst günstig gekauft hatte. Nun ja – und wenn ihm die baldige Abreise von Miss Wakefield nicht behagte – was konnte er dagegen tun? Nichts. Das Mädchen hatte sich mit dem jungen Busby verlobt. Mr. Pink hatte versprochen, ihnen zu helfen, damit sie eine Sonderlizenz bekämen. Morgen würde sie die Nachbarschaft zum Tee einladen und dabei die bevorstehende Heirat verkünden, fast als sei Mary

eine Tochter des Hauses. Sie selbst wollte ihr ein seidenes Kleid schenken, in dem sie heiratete – dunkelblau würde ihr gut stehen und wäre zu späteren Gelegenheiten in ihrem Heim in der Prärie sehr praktisch – ja, dunkelblau mit einem großen Spitzenkragen und einem dazu passenden blauen Taftunterrock. Und natürlich den Bisamrattenpelz, den sie ihr versprochen hatte, – und ein nettes Schmuckstück, vielleicht ein kleines Medaillon mit Kette – irgend etwas Entbehrliches aus ihrem Bestand. Und an die Wäsche mußte man denken. Ja, Mary sollte drei Tischtücher bekommen und zwölf Servietten, sechs Laken und ein paar schöne weiße Wolldecken. Mochte Familie Busby sich auch anstrengen und ihr das Silber schenken. Diese angenehmen Arrangements gaben ihr auf der langen Fahrt viel zu denken. Auch Philip schien sehr in Gedanken zu sein.
»Müde?« fragte er sie.
»Nicht die Spur! Es war ein netter Besuch, nicht wahr? Meinst du nicht auch?«
»Prima. Hallo, da ist ja Jake!«
Der junge Spaniel wandte sich plötzlich um, kroch, den Bauch auf dem Boden gesenkt, heran, um Philips Hand zu beschnuppern. Der geliebte Geruch dieser Hand erfüllte ihn mit unbändigem Entzücken. Er drehte sich im Kreise, seine Ohren flatterten, er stieß kleine Willkommenschreie aus. Er fiel über sich selbst, rollte, völlig durcheinandergebracht, auf der Erde, raffte sich endlich zusammen, setzte sich zu Philips Füßen und blickte schwärmerisch zu ihm auf.
»Das war eine großartige Begrüßung«, sagte Adeline, beugte sich herunter und streichelte ihn. »Und da kommt die Familie.«
Die Stimmen der Whiteoaks waren so kräftig, daß Sir Edwins mildere Töne unhörbar blieben, aber er lächelte freundlich und küßte seine Schwiegermutter auf die Wange. Boney, der Papagei, flog Adeline entgegen, und nun konnten sich sogar die Whiteoaks kaum mehr verständlich machen.
»Wo sind die Kinder?« rief Philip.
»Mit ihrer Gouvernante zu einem Picknick«, sagte Augusta mit ihrer tiefsten Stimme.
»Wir sind bei einem frühen Tee, Mama«, erklärte Ernest, »und du mußt ja verhungert sein!« Er legte den Arm um Adeline, zog sie dicht an sich und flüsterte ihr ins Ohr: »Ich habe gute Nachrichten aus England, Mama – einige meiner Aktien steigen wieder. Ich werde eine Menge Geld daran verdienen.«
»Wunderbar! Aber es wird gut sein, wenn du hinüberfährst, um nach dem Rechten zu sehen.«
»Das will ich unbedingt.«
»Ernest – ich bin so froh!«
»Ich wußte, wie du dich freuen wirst.«

Eliza, blitzsauber und mit geröteten Backen meldete, daß der Tee im Eßzimmer serviert sei. Er war üppiger als gewöhnlich und man setzte sich mit einem Gefühl freudiger Erwartung um den Tisch. Keine Einzelheit des Besuchs war zu geringfügig, um genau berichtet und mit größtem Interesse angehört zu werden. Die Familie war um so glücklicher, zusammen zu sein, als sie so bald wieder getrennt sein sollten, denn die Buckleys, Nicholas und Ernest kehrten nach England zurück. Die guten Nachrichten, die Ernest von seinem Makler hatte, munterten ihn sichtlich auf – er lachte bei jeder Gelegenheit, aß und trank mehr als sonst und machte jeden darauf aufmerksam, wie gut Adeline aussehe. Er bemerkte: »Du siehst irgendwie ganz besonders aus, Mama – als habest du eine gute Nachricht für uns in petto.«
Alle blickten Adeline aufmerksam an.
Diese Worte schienen Adeline geradezu zur Veröffentlichung der Verlobung zu drängen. Schließlich – welchen besseren Zeitpunkt konnte sie wählen? Mary und die Kinder waren außer Schußweite. Wenn Philip wütend werden würde – nun gut, dann sollte er eben wütend werden – und nachher war es ausgestanden. Sie führte die Tasse an den Mund, trank den Rest ihres Tees und faltete die Hände über der Brust.
»Nun ja, ich habe eine gute Neuigkeit«, sagte sie, »eine sehr gute.« Ringsum erwartungsvolle Gesichter.
»Ich halte die Neuigkeit für sehr gut und nehme an, ihr werdet derselben Meinung sein. Es ist immer gut, wenn man hört, daß ein Mädchen, das in der Welt alleinsteht, eine gute Partie macht.«
»Von wem um Himmelswillen redest du denn, Mama?« fragte Nicholas.
Adeline sah ihm gerade in die Augen, um Philips Blick zu vermeiden.
»Nun, ich spreche von Miss Wakefield. Sie ist ein nettes Mädchen, wenn sie auch ein wenig töricht ist, und ich habe von Anfang an das Gefühl gehabt, daß sie einen aufrechten, netten jungen Mann braucht, der gute Aussichten hat, um für sie zu sorgen.«
»Meinst du Clive Busby?« fragte Augusta.
»Ja.«
»Sie hätte es nicht gescheiter anfangen können«, sagte Nicholas.
»Ein netter, anständiger Bursche.«
»Er ist, seit ihr weggefahren wart, jeden Tag hiergewesen«, berichtete Augusta, »und ich gestehe, es wurde mir schon ungemütlich.«
»Keine Ursache! Es ist alles bestens geregelt. Sie werden in aller Kürze heiraten.«
»Damit erklärt sich vieles«, sagte Ernest. »Uns hat sie schon wochenlang gemieden.«
»Ich halte sie für eine sehr zielbewußte junge Person«, warf Sir Edwin ein.
Adeline lachte. »Nun, sie weiß ganz gut, was für sie nützlich ist. Ich habe

vom ersten Augenblick an gemerkt, daß sie es auf Clive Busby abgesehen hatte. Ich wußte, er hatte keine Chance, ihr zu entkommen. Aber ich bin froh. Sehr froh. Sie wird ihm eine wirklich gute Frau sein.«

Jetzt gestattete sich Adeline, Philip anzusehen. Er starrte sie an, seine blauen Augen traten ein wenig hervor, wie die seines Vaters, wenn ihn etwas erregt hatte. Sie erschrak, aber sie lächelte nach wie vor.

»Wie lange hast du das gewußt?« fragte er.

»Ich hörte es von Abigail, kurz ehe wir abfuhren.«

»Hatte Busby an sie geschrieben?«

»Ja.«

»Dann ist sie eine schreckliche Lügnerin, denn das letzte Wort, das sie mir sagte, war: ›Sag Clive, er soll mir schreiben. Ich hatte nur einen einzigen Brief von ihm, seit er aus dem Westen herkam‹.«

»Nun ja, wahrscheinlich war es dieser.«

»Aber sie sagte mir, er habe ihn geschrieben, kurz nachdem er hergekommen war.«

»Ach, Abigail macht immer Kuddel-Muddel!«

»Wann, sagst du, ist der Brief angekommen?«

»Das sagte sie nicht genau.«

»Und warum sprichst du erst jetzt davon?«

»Clive bat, es geheim zu halten, bis ich wieder in Jalna wäre.«

»Warum?«

»Nun, ich denke, weil Miss Wakefield fürchtete, die Kinder gerieten außer Rand und Band, wenn sie wüßten, daß sie bald weggeht.«

Philip heftete den Blick auf den silbernen Kuchenkorb und löste ihn nicht davon, während sich die Röte auf seiner Stirn ständig vertiefte. Er sagte nichts.

Augusta bemerkte: »Nun, ich für mein Teil werde froh sein, wenn sie geht. Ich meine, sie war ungewöhnlich ungeeignet, Gouvernante zu sein.«

Sir Edwin fügte hinzu: »Mich hat sie nie überzeugt, daß sie das geringste Talent zum Unterrichten hatte.«

»Der arme junge Clive«, ließ sich nun Nicholas vernehmen. »Welch eine Frau für die Prärie! Ich sehe sie schon in fünf Jahren, mit vier oder fünf überzarten Kindern an ihren Schürzenbändern –«

Ernest lächelte zu dem Bild. »Nun, eins steht fest: *Ich* wähle die nächste Gouvernante nicht für euch aus!«

Adeline sah über den Tisch auf ihren Jüngstgeborenen und lächelte ein wenig herausfordernd. »Hast du nichts dazu zu sagen, was für eine gute Partie Miss Wakefield macht?« fragte sie. Sie konnte ihren Mutwillen nicht unterdrücken.

»Nur dies«, antwortete er, nahm den Kuchenkorb und schleuderte ihn auf den Boden.

Augusta ließ beinahe die Teetasse fallen, die sie eben zu den Lippen führen wollte. Der Tee spritzte heraus. Sir Edwin blinzelte verstört.
Adeline schlug mit der flachen Hand auf den Tisch.
»Solch einen Unsinn dulde ich nicht. Philip, wie kannst du dich unterstehen –«
Er erhob sich und ging zur Tür. Dort wandte er sich um und sagte: »Es ist alles eine Verschwörung, um sie mir aus den Augen zu räumen. Ich sehe es jetzt. Und ihr seid alle daran beteiligt.«
Ohne auf ein weiteres Wort zu warten, ging er mit großen Schritten durch die Halle und verließ das Haus.
Eliza kam die Kellertreppe heraufgelaufen.
»Ist etwas heruntergefallen, Madam?« fragte sie Adeline atemlos. »Soll ich etwas aufheben?«
»Ja. Mr. Philip hat den Kuchenkorb fallenlassen. Komm, sammle alles auf.«
Eliza bückte sich und sammelte die Fragmente ein.
»Soll ich frischen Kuchen bringen?«
Alle lehnten ab. Sie mochten keinen Kuchen mehr.
Als sie wieder allein waren, bemerkte Ernest: »Höchst merkwürdig – aber Philip geht manchmal hoch, wenn man's am wenigsten erwartet.«
»Ich habe es erwartet«, sagte Adeline.
»Ich habe gesehen, wie seine Stirn immer röter wurde«, sagte Augusta. »Das ist bei ihm immer ein Zeichen, daß er wütend wird.«
»Mein Großvater –« Sir Edwin sprach in absichtlich gelassenem Ton – »nicht der, der das Baronat bekam, sondern der andere, der –«
»Der in Birmingham Strümpfe fabrizierte«, fiel Adeline eifrig ein. »Von ihm höre ich immer am liebsten. Erzähle uns etwas von ihm.«
Sir Edwin fuhr fort: »Er bekam immer Schlucken, wenn er zornig wurde. Wenn man seinen Schlucken hörte, wußte man, was die Stunde geschlagen hatte.«
»Und wenn es einmal Zufall war? Wenn er gar nicht wütend wurde?« fragte Adeline.
»Das passierte nie. Er war immer wütend, wenn er Schlucken hatte.«
»Woran man sieht«, bemerkte Ernest, »daß der Ärger auf die Verdauungsorgane schlägt.«
»Unmöglich.« Nun nahm sich Adeline noch ein großes Stück Kuchen. »Das habe ich im Leben noch nicht gehört.«
»Nun, der Witz ist der«, sagte Nicholas, »daß Philip sich über diese Neuigkeit gewaltig aufregt. Und das kann viel Unannehmlichkeiten nach sich ziehen.«
»Philip kann gar nichts tun«, antwortete Adeline. »Es ist alles abgemacht. Ich beabsichtige, dem Mädchen eine nette Hochzeit auszurichten und ihr einen Pelzmantel und Tisch- und Bettwäsche zu schenken.«

»Das richtige Mädchen zum Heiraten«, meinte Augusta, »wäre Miss Craig.«
»Die würde ich nicht um die Welt heiraten«, sagte Sir Edwin.
»Das ist eine Möglichkeit, die nicht in Frage steht«, erwiderte Augusta.
Adeline erhob sich. »Ich will keine zweite Frau von Philip hier in Jalna haben«, erklärte sie. »Aber wenn es durchaus sein müßte, dann soll es eine Frau von Charakter sein und nicht ein Flittchen wie diese Mary Wakefield.«
Sie ging den andern voran in den Salon, und Ernest schloß hinter ihnen die Tür. »Nun«, sagte er und ließ sich bequem in einen Sessel fallen, »erzähle uns alles, Mama, von Anfang an! Ich muß sagen, du bist sehr klug gewesen, daß du die Angelegenheit in die Hand genommen hast. Du hast Philip um eine ...«
Augusta beendete den Satz für ihn: »Eine sehr mißliche Falle herumgesteuert, Mama!«

Philip schlug den Weg zu den Ställen ein, er sah kaum, wohin er ging. Alle andern Empfindungen waren momentan in ihm ausgelöscht bis auf seine zornige Überraschung. Er war also der Mittelpunkt einer Verschwörung gewesen, herumgeschoben wie eine Figur im Schach, ohne zu wissen, was vorging. Ihn hatte man einfach kaltgestellt, während dieser Dummkopf, dieser Bauer, Busby, sich in Mary Wakefields Vertrauen eingeschlichen und sich mit ihr verlobt hatte! Die ganze Familie hatte sich gegen ihn verschworen. Das erkannte er jetzt. Sie hatten alle gefürchtet, er könne sich in Mary verlieben – seit jener Ballnacht. Aber sie hatten sich geirrt. Er war nicht verliebt in sie. Er wünschte einfach nicht, sie zu verlieren. Die Kinder brauchten sie. Ihm schwebte ein rührendes Bild von sich selbst vor – ein junger Witwer mit zwei mutterlosen Kindern ...
Er konnte nicht klar denken. Als er das Geklapper von Pferdehufen hinter sich hörte, trat er beiseite. Ein Stallbursche, der die Stute ritt, die er von Mr. Craig gekauft hatte, überholte ihn. Der Mann drehte sich im Sattel um und schaute zurück.
»Sie macht sich, Sir«, rief er stolz.
»Gut.« Er ließ den Blick über die seidigen Flanken des Pferdes schweifen, sie schimmerten im Sonnenlicht, aber irgendwie kam ihm alles sehr weit entfernt vor.
Er machte auf dem Absatz kehrt und schlug den Weg zum Obstgarten ein. Dort würde er allein sein und denken können. Er kam an dem alten Birnbaum vorüber, der allein außerhalb des Gartens stand. Die Birnen waren riesig. Aber die Wespen nagten an ihnen. Eine war heruntergefallen, und drei Wespen bohrten an demselben Loch im Fruchtfleisch, als hinge ihr Leben davon ab. Philip trat darauf, die saftige Birne zerspritzte nach allen Seiten, die Wespen flogen zischend zurück zu dem Baum.

Der Obstgarten war still, die schweren Früchte warteten auf die letzte Reife. Klumpen von Herbstastern wuchsen in dem kurzen Gras, weiße Schmetterlinge schwebten über ihnen. Philip blieb stehen, legte die Hand auf einen Ast und starrte zu Boden. Er zwang sich, ruhiger zu denken, er wollte ergründen, was für Gefühle er tatsächlich hatte. Er war es nicht gewöhnt, sie zu analysieren, er folgte meistens einfach dem Trieb des Augenblicks. Noch pochte in seinen Adern der Zorn, der ihn gepackt hatte, als er von Marys Verlobung hörte. Er war froh, daß er den Kuchenkorb vom Tisch geworfen hatte. Noch drängte alles in ihm nach Gewaltsamkeit. Auf mein Wort, dachte er, wenn wir fünfzig Jahre eher gelebt hätten, hätte ich mich mit Busby duelliert!

Aber nein – was hatte Busby getan? Er hatte sich lediglich mit einem hübschen Mädchen verlobt, das der Zufall ihm in den Weg geschickt hatte... Aber Busby hatte so heimlich gehandelt... der gerissene Hund! Nie hatte er Busby und Mary zusammen gesehen, außer an dem Tanzabend. Ja, doch – das eine Mal auf der Straße, als Muriel Craig gesehen hatte, wie sie ihm entgegenlief. Natürlich, und an dem Tag, als sie mit Lily Pink auf der Straße stand und ganz gewiß auf Busby wartete. O ja – eigentlich oft genug. Seine Mutter hatte recht, Mary hatte Busby einfangen wollen, von Anfang an! Und warum nicht? Sie hatte das Recht, zu heiraten, wenn sie... aber nein, er wollte eben nicht, daß sie heiratete. Er wollte sie in Jalna haben. Er brauchte sie. Er hatte es reichlich ungemütlich gehabt mit ihren beiden Vorgängerinnen. Immer waren sie ihm in den Weg gelaufen und hatten so selbstbewußt ausgesehen, oder sie waren beleidigt und hatten sich bei ihm beklagt. Mary war so süß. . nein, sie hatte sich schändlich benommen. Sie hatte ihn gekränkt. Sie hatte ihn tief gekränkt.

Nun ja, er dachte nicht an sie als an die Gouvernante seiner Kinder, eine bezahlte Angestellte. Er sah sie als eine Freundin. Er liebte sie! Das war die Wahrheit. Er liebte sie!

Und sie hatte ihm diesen sturen, nüchternen Clive Busby vorgezogen, hatte ihn, Philip Whiteoak, verschmäht. Sie hatte ihm nie eine Chance gegeben. Er nahm sich gern Zeit, er mochte nichts überstürzen. Besonders bei etwas so Wichtigem wie bei einer Heirat. Hatte er doch Margaret zwanzig Jahre gekannt, ehe er um sie angehalten hatte. Nun ja, freilich waren sie erst ein paar Monate alt gewesen, als sie sich kennenlernten, aber immerhin war es ein Beweis, daß er nicht gedrängt werden wollte . . . Und dieses verdammte Komplott gegen ihn! Seine Mutter überredete ihn, mit ihr eine kleine Reise zu machen, damit er außer Reichweite war. Er konnte wetten, daß sie und Clives Tante triumphierend gekichert hatten, wie fein sie die ganze Geschichte eingefädelt hatten – diesen ganzen Plan – dieses verdammte Komplott!

Wieder stieg ihm das Blut zu Kopf. Er drückte Daumen und Zeigefinger gegen seine pochenden Schläfen.

Ein Backenhörnchen lief durch den Baum, an dem er lehnte und blieb eine Spanne von seiner Hand entfernt wie versteinert sitzen. Jedes einzelne seiner roten Haare sträubte sich. Die blanken Augen waren starr vor Überraschung. Es umarmte mit seinen Pfötchen seine Brust, als könne es dadurch verhindern, daß sie in Stücke zerspränge. Philip machte mit den Lippen beruhigende Geräusche. Ein paar Augenblicke vergingen, dann schwenkte es mit großer Geste den Schwanz, sprang auf den nächsten Baum und verschwand.
»Ich muß das Mädchen suchen gehen«, sagte Philip halblaut, »und hören, was es zu seiner Verteidigung vorbringen kann.«
Er ging, ohne sich lange zu besinnen, durch den Obstgarten hinüber zum Wald. Wenn Mary die Kinder zu einem Picknick mitgenommen hatte, dann würde er sie dort finden.
Mary tauchte gerade mit Meg und Renny aus den Tannen auf und sah, wie er den Obstgarten verließ und über ein Stoppelfeld dorthin kam, wo sie war.
»Kinder«, sagte sie, »da kommt euer Vater. Wollt ihr nicht rasch hinlaufen und ihn begrüßen, während ich den Picknickkorb durch den Obstgarten ins Haus trage?«
Sie hörten das Ende des Satzes gar nicht. Renny stieß ihr den Griff des Korbes förmlich in die Hand, überholte Meg und flog über das Stoppelfeld. Es erfolgte eine laute Begrüßung.
Mary lief, so rasch sie konnte, auf den Obstgarten zu, und erst in seinem Schutz drehte sie sich um, um zu sehen, welche Richtung Philip mit den Kindern einschlug. Noch standen sie dicht beieinander, die Kinder schauten zu ihm auf. Sie wartete, klammerte sich an den Griff des Korbes, bewegte die Zehen in den dünnen Schuhen, um den weichen sandigen Lehm des Wegs zu spüren. Dann sah sie, wie sich die kleine Gruppe trennte und die Kinder auf das Haus zustrebten. Philip stand regungslos und sah ihnen nach, bis sie auf dem Rasenplatz waren. Dann schlug er direkt den Weg zum Obstgarten ein.
Aber sie wollte ihm hier nicht begegnen. Sie konnte es nicht ertragen, ihn ohne den Schutz der Kinder wiederzusehen. Sie wollte ihn, wenn sie es irgend vermeiden konnte, nicht noch einmal allein sprechen, ehe sie Jalna verließ. Dennoch mußte sie sich auf eine solche Begegnung vorbereiten, mußte imstande sein, ihm kühl in die Augen zu sehen. Sie würde seine Glückwünsche – oder was er ihr sonst zu sagen hatte – kühl und gelassen hinnehmen – nur nicht gerade jetzt. Jetzt war ihr der Gedanke an ein Alleinsein mit ihm unerträglich.
Jedoch er überquerte das Feld in einem Winkel, der es unvermeidlich machte, daß sie mit ihm zusammentraf, wenn sie aus dem Garten heraustrat. Blieb sie zwischen den Bäumen, so brauchte er nur dem Weg zu folgen, denn es war eindeutig seine Absicht, sie jetzt zu treffen – und allein zu treffen. Deshalb hatte er die Kinder ins Haus geschickt. Einen Augenblick stand sie in ihrer Ratlosigkeit wie angewurzelt still. Wäre es nicht besser, sie nähme sich jetzt zusammen

und hätte dann die Begegnung hinter sich? Sie sah ihn gerade in den Obstgarten treten, das letzte Sonnenlicht warf Goldtöne in sein blondes Haar.
Der kurze Anblick genügte. Auf keinen Fall durfte sie hier mit ihm zusammenkommen! Es war zu schön hier beim Sonnenuntergang, wo sich die Bäume unter ihrer Last goldener Früchte bogen und eine Goldamsel genau auf dem Ast an dem ihr leeres Nest hing, ihr Abschiedslied sang. Mary lief schnell fort vom Weg und suchte Schutz zwischen den Bäumen, bis sie auf der anderen Seite des Obstgartens zu dem Schuppen kam, wo Tonnen und Körbe aufbewahrt wurden, um zum Packen gleich bei der Hand zu sein. Sie trat hinein und blieb in einer dunklen, spinnwebverhangenen Ecke stehen. Ein zerbrochenes Spielzeug von Renny lag auf dem Boden. Hier fühlte sie sich sicher vor Philip. Sie drückte die Hand auf die Seite, um ihr lautklopfendes Herz zu beruhigen. Die Goldamsel warf ihre kleinen Töne hin, als fühle sie, wie das Schweigen des Herbstes sie einhüllte. Das Backenhörnchen rannte schnatternd über das Dach des Schuppens, dann guckte es durch eine Spalte im Holz und schaute Mary an. Nun hörte sie Philips Schritt auf den Schuppen zukommen. Das Backenhörnchen hatte sie verraten. Und während es auf dem Dach herumlief, schickte es eine Ladung Staub durch die Spalte herunter direkt auf sie. Mary wartete, ob der Schritt vorbeiginge. Nein. Und dann stand Philip in der Tür.
Zuerst konnte er sie nicht sehen, dann erkannte er ihre Gestalt in der dunklen Ecke. Er sah ihre weißen Hände und ihr Gesicht.
»Warum verstecken Sie sich vor mir?« fragte er.
»Verstecken? Oh ... ich war nur gerade hereingegangen ...«
»Sie haben sich vor mir versteckt, und ich werde Ihnen sagen, warum. Sie haben sich geschämt, weil Sie so schlecht an mir gehandelt haben.«
Mary machte große Augen. Sie war verängstigt durch die Greifbarkeit seiner anklagenden Gegenwart. Schweigend sammelte sie ihre Kraft, um sich zu verteidigen, dann sagte sie: »Ich glaube nicht, daß ich schlecht an Ihnen gehandelt habe – es sei denn, Sie meinen –«
»Nun? Was?«
»Daß ich nicht rechtzeitig gekündigt habe.«
»Sie wissen, daß ich das *nicht* meine.«
»Dann meinen Sie also meine – Verlobung?«
»Allerdings.«
»Nun, das kommt auf dasselbe hinaus, nicht wahr? Sie meinen, daß ich von den Kindern weggehe ohne eine –«
Er unterbrach sie. »Wollen Sie fortfahren, zu mir als zu Ihrem Arbeitgeber zu sprechen?«
Sie antwortete mit einem neuen Klang in ihrer Stimme: »Ich weiß nicht, wie Sie wünschen, daß ich zu Ihnen zu sprechen habe, Mr. Whiteoak. Ich habe es nie gewußt.«

»*Mr. Whiteoak!*« Er warf ihr seinen Namen geradezu verächtlich ins Gesicht. »Sie erwarten doch wohl kaum, daß ich Sie mit Ihrem Vornamen nenne?«

»Ich erwarte von Ihnen«, sagte er zornig, »daß Sie mich als einen Freund behandeln. Ich bin doch immer freundschaftlich Ihnen gegenüber gewesen – oder nicht?«

»Doch.«

»Nun, und das nennen Sie, mich als Freund behandeln – Sie lassen mich mit meiner Mutter wegfahren – völlig ahnungslos, daß sich Clive Busby um sie bewirbt – ja, daß Sie mit ihm verlobt sind – denn Sie waren doch bereits verlobt, als ich wegfuhr?«

»Ja.«

»Und Sie haben es geheim gehalten. Dann erzählt mir meine Mutter in dem Augenblick, da ich zurückkomme, was alle Welt außer mir schon vorher gewußt hat! Warum haben Sie sich vor mir versteckt?«

Jetzt kam Mary hinter den Fässern hervor, die süß nach neuem Holz rochen. In ihrem Blick war eine Herausforderung.

»Ich glaubte nicht, daß es für Sie von Interesse ist.«

»Nicht von Interesse? Nachdem wir ... *so* ... *so* miteinander getanzt haben? Vergessen Sie das ganz, Mary?«

Es war das erste Mal, daß er sie Mary nannte. Es war das erste Mal, daß er von dem Tanz sprach, der für sie den köstlichsten Augenblick ihres Lebens bedeutet hatte. Sie stützte beide Hände auf das Faß hinter ihr und lehnte sich haltsuchend dagegen.

»Ich werde es nie vergessen.« Er konnte die Worte kaum hören. »Und dennoch« – das Rot auf seinem Gesicht vertiefte sich – »dennoch haben Sie sich mit einem anderen Mann verlobt! Ich verstehe Sie nicht.«

»Und ich verstehe Sie nicht.« Jetzt war ihre Stimme wieder in ihrer Gewalt. »Sie haben mich bei jener Gesellschaft den ganzen Abend nicht bemerkt – nicht ehe alle Leute bis auf Lily gegangen waren. Dann fiel Ihnen ein, daß ich auch dagewesen war. Sie schauten sich um und sahen mich und dachten: ›Das arme Ding, einmal sollte ich ihr doch das Vergnügen machen, mit ihr zu tanzen.‹ Dann tanzten wir – und unsere Schritte paßten gut zusammen. Wir tanzten zu gut. Es gefiel Ihrer Mutter nicht. Ich denke, sie hatte recht. Ein Mann, der sich nichts aus einem Mädchen macht, sollte nicht so mit ihr tanzen!«

»Aber ich liebte Sie doch!« rief er.

»Ja, einen Walzer lang«, sagte sie, sich zur Kälte zwingend, »einen Walzer lang liebten Sie mich. Aber seither haben Sie mir kaum einen Gedanken geschenkt.«

»Ich habe tausendmal an Sie gedacht. Aber ich gehöre nicht zu den Männern, die sich einer Frau, die sie anzieht, aufdrängen. Ich dachte, Sie seien ... sehr zurückhaltend ... mir sehr fern ...«

Mit zitternder Stimme fragte sie: »Nach diesem Walzer? Ich dachte, ich hätte mich schamlos gehen lassen.«
»Mary – haben Sie mich an jenem Abend geliebt?«
»Nein ... denn ich konnte nicht denken ... ich hatte nicht einen einzigen Gedanken im Kopf ...«
»Sie haben sich also nur von dem momentanen Vergnügen hinreißen lassen. Gut. Ich auch. Sehen wir's einmal so an. Denken wir ruhig an unsere Einstellung zueinander. Sie war doch von Anbeginn freundlich, nicht wahr?«
»Ja.«
»Und es lag auch etwas ... Besonderes darin.«
»Ja.«
»Dann erschien Clive auf der Bildfläche.« Philip kam näher heran, er nahm behutsam eins ihrer Handgelenke in seine Hand. »Sagen Sie mir, ist Clive von Anfang an zwischen uns getreten? War es Liebe – wie man sagt: auf den ersten Blick? Das muß es doch gewesen sein, denn er ist noch nicht lange hier.«
Sie entzog ihm ihre Hand und ihr Handgelenk heftig. »Wie kann ich das sagen?« fragte sie, und dann brach es aus ihr heraus: »Clive konnte doch nicht zwischen uns kommen ... weil ... weil Sie ja gar nicht da waren!«
»Ich war nicht da – in Ihren Gefühlen, meinen Sie?«
»Ja. Clive liebte mich, er wollte mich heiraten.«
»Und Sie lieben ihn?«
»Ja.«
»Und Sie haben nie etwas wie ... wie Liebe für mich empfunden?«
»Wie können Sie so grausam sein, Mr. Whiteoak. Sie haben kein Recht –«
»Sie sind es, die grausam ist, Mary.« Er sprach bittend wie ein Kind. Er legte, wie sie meinte, absichtlich das Kindliche in seine Stimme und seine Augen. Sie machte sich hart und sagte: »Nun, wenn Sie mich liebten, dann hielten Sie Ihre Liebe gut verborgen! Es sind Wochen vergangen, ohne daß Sie mich auch nur einmal angesehen haben!«
»Ich war einfach glücklich, Sie unter meinem Dach, bei mir zu wissen. Ich dachte, Sie –«
»Sprechen Sie doch die Wahrheit«, sagte sie wild. »Sie haben mir kaum einen zweiten Gedanken geschenkt. Sie waren es zufrieden, zu fischen, das Leben zu führen, das Sie lebten – nun ja, kein Wunder. Ich glaube, ich habe nie einen Menschen gesehen, der so richtig an seinem Platze war. Sie haben alles gehabt.«
»Ich bin langsam. Ich lasse die Dinge gern ihren Weg nehmen.«
»Dann lassen Sie sie weiter ihren Weg nehmen. Sie kennen ja jetzt den Weg.«
»Herrgott im Himmel«, rief er, »soll ich Sie verlieren, ohne die Hand zu rühren, um es zu verhindern?«
»Es ist zu spät.«
Er sah ihr Herz in ihrer Kehle pochen.

»Das heißt«, sagte er ruhiger, »daß Sie mich geliebt haben – daß Sie mich vielleicht noch lieben.«
Sie sah in seine Augen, ohne zu sprechen.
»Können Sie denn zwei Männer lieben, Mary?«
»Ja«, hauchte sie atemlos.
»Das ist unmöglich. Es ist nämlich nicht die gleiche Art Liebe. Ich glaube Ihnen, daß Sie Zuneigung und Freundschaft für Clive empfinden. Mich aber lieben Sie, das glaube ich ... aber daß Sie Freundschaft für mich empfinden, glaube ich nicht.«
»Nun, und was für eine Art Liebe empfinden Sie für mich«, rief sie, »daß ein paar verächtliche Bemerkungen Ihrer Mutter Ihnen genügen, um mir wochenlang auszuweichen?«
»Ich glaube, Sie wichen mir auch aus. Ich glaube, wir waren beide ein wenig scheu. Wir empfanden auf einmal etwas, worauf wir nicht vorbereitet waren.«
»Vielleicht.« Sie zögerte, und dann kam sie mit dem heraus, was sie im tiefsten Herzen gekränkt hatte. »Ich frage mich, welche Gefühle Sie empfanden, als Sie Miss Craig nach Hause fuhren und ihr Kopf an Ihrer Schulter lehnte!«
Er war so fassungslos, daß er einen Moment fast komisch wirkte, dann verzog er das Gesicht.
»Unbehagen«, sagte er, »heftiges Unbehagen! Weiter nichts. Ich schwöre Ihnen, ich habe nichts zu ihr gesagt, was sie so hätte rühren können, und kaum waren wir um die Biegung der Straße, als sie sich auch sofort wieder anständig gerade setzte. Muriel übt auf mich nicht die geringste Anziehung aus – aber Sie tun es, seit dem Augenblick, in dem Sie Jalna betreten haben. Mary, meine Liebe zu Ihnen ist immer stärker geworden. Sie haben sicher gehört, daß man einen Engel beherbergen kann, ohne es zu wissen. Das habe ich getan – mit meiner Liebe zu Ihnen!«
»Oh, ich wünschte, Sie würden nicht solche Dinge sagen.« Sie wendete den Kopf wie Mitleid heischend hin und her. Und sie wiederholte: »Es ist zu spät.«
»Und nun weiß ich«, fuhr er fort, als habe sie gar nicht gesprochen, »aus meinem Herzen heraus, wie sehr ich Sie liebe.«
Sie ging schnell an ihm vorbei hinaus in den Obstgarten. Dann sah sie ihn an und sagte: »Ich kann Clive nicht so behandeln. Ich darf mir solche Worte von keinem anderen Mann anhören. Meinen Sie, ich habe keinen Funken Anständigkeit und Treue in mir?«
»Dann wollen Sie ihn also heiraten?«
»Ja.«
Er folgte ihr und legte den Arm um sie. »Ich lasse es nicht zu.«
»Nichts kann mich hindern. Ich habe es versprochen.«
»Sie lieben ihn nicht.«
»Ich liebe ihn aufrichtig.«

»Nicht so wie mich!« Jetzt hatte er beide Arme um sie geschlungen und hielt sie fest an sich gedrückt. Die Seligkeit, die sie bei jenem Tanz gefühlt hatte, überströmte sie wieder, bis zur Verzückung gesteigert. Philip beugte sein Gesicht über das ihre und flüsterte: »Meine liebste, süßeste Mary ... Mein einziger Liebling ... ich lasse dich nicht ... du kannst mich nicht zwingen ... Küsse mich, Mary!«
Sie erwiderte seine Küsse.
»Heute nacht ist wieder Mondschein, Mary«, sagte er. »Wir wollen zusammen hinausgehen in den Mondschein ...«
»Nein.« Sie stemmte die Hände gegen seine Brust und hätte ihn von sich gestoßen, wenn er sie nicht zu fest gehalten hätte. Einen verzauberten Augenblick standen sie still wie aus Stein gehauen. Dann schreckte Philip auf – er hörte schwere Schritte auf dem Weg des Obstgartens. Er ließ sie los, und sie sahen einen Farmarbeiter kommen, Noah Binns. Er kam näher, der kleine Eimer mit seinem Essen schlenkerte in seiner Hand, sein erfreutes Grinsen ließ seine Zähne sehen, die schwarz und abgebrochen waren, obwohl er noch jung war.
Seine Schweinsäuglein musterten die beiden neugierig, aber um zu zeigen, daß seine Gedanken mit ganz anderen Dingen beschäftigt waren, sagte er: »Die Wanzen brüten.«
»Was für Wanzen?« fragte Philip.
»Na, die Kartoffelkäfer. Wo einer war, sind jetzt zehn.« Er stampfte davon.
Mary und Philip sahen ihm nach. Ihr großer Augenblick war vorbei. Sie wußten nicht, was sie sagen sollten. Dann lachte Mary ein wenig. »Was für ein sonderbarer Bursche! Jedesmal, wenn ich ihn treffe, sagt er etwas über Wanzen oder Würmer oder Unrat und Verfall.« Sie lachte nervös auf.
»Er schwelgt in solchen Vorstellungen vom Leben ... Er hat uns gesehen, Mary.«
»Heißt das, daß er drüber sprechen wird?«
»Natürlich. Aber das ist ja gleichgültig.«
»Mir ist es gar nicht gleichgültig, da ich so bald heiraten werde. Die Leute werden schwatzen. Aber mich geht's nichts mehr an. Ich gehe weit weg.«
»Mary – bist du jetzt absichtlich grausam?«
»Ich versuche, mit diesem Nachmittag fertig zu werden.«
»Das kannst du nicht. Ebensowenig wie ich. Er würde immer da sein zwischen dir und Clive, wenn du ihn heiraten würdest ... Aber du *kannst* ihn doch nicht heiraten, Mary ... es wäre unredlich und ungerecht gegen ihn, Mary, da du mich liebst.«
Sie hatte das Gesicht von ihm abgewendet, jetzt aber sah sie ihm in die Augen. »Was jetzt eben geschehen ist«, sagte sie, »war nur ein kurzer Augenblick in unserem Leben.«

»Der aber alles verändert hat«, sagte er. »Ich wußte zwar, daß ich dich liebte – aber jetzt weiß ich, daß du mich liebst.«
»Du wußtest, daß du mich liebtest«, rief sie, »dann, um des Himmels Willen – warum hast du es mir dann nicht gesagt?«
»Weil ich ein Narr war ... ich wollte die Dinge sich entwickeln lassen ...«
»Jetzt ist es zu spät.«
»Mary.« Er nahm ihre Hand und zog sie zurück in den Schuppen, wo die Luft schwer war vom Geruch der Äpfel. »Laß uns das besprechen. Es ist nicht zu spät. Niemand kann uns trennen.«
Sie ließ sich von ihm führen. Ihre Augen waren groß und schimmerten vor Tränen. Es waren Tränen des Mitleids mit ihm und mit ihr selbst. Jeder war der Hafen, den der andere gesucht hatte. Was waren sie beide anders als zerbrechliche Geschöpfe, deren Leben jeden Augenblick ausgelöscht werden konnte? Sie hob ihr Gesicht zu dem seinen und legte die Arme um seinen Hals. Und obwohl in diesem Augenblick kein bißchen Kraft in ihr war, ging eine Macht von ihr aus, die wie eine Flamme durch seinen Körper fuhr. Er hätte sie am liebsten auf die Arme genommen und weggetragen von dieser Welt. Er küßte ihre Hände, die kleine Grube ihrer Kehle, ihre Lippen.
»Nun laß mich gehen«, sagte sie, und er hielt sie nicht zurück. Sie ging den Weg durch den Obstgarten, über das Feld, wo der alte Birnbaum stand, dessen Früchte golden schimmerten. Auch die Fenster des Hauses vergoldete der Sonnenuntergang. Aber als sie näher kam, versank die Sonne hinter den Tannenwald, und nun stand das Haus im frostigen Dämmerlicht. In der Halle traf sie niemanden. Aus dem Salon hörte sie Nicholas Klavier spielen. Mary ging geradewegs hinauf in ihr Zimmer.

16 Das Unwetter

Noah Binns stampfte weiter. Seine Stiefel waren so oft durch und durch naß und wieder im Ofen getrocknet worden, daß sie nicht mehr wie aus Leder gemacht zu sein schienen, sondern aus irgendeinem besonders derben und rauhen Holz. Die Zehen wiesen steil nach oben, die Senkel baumelten, als er über die Straße schritt. Hin und wieder pfiff er vor Entzücken durch die Zähne.
Er sah Lily Pink die stille Straße entlang auf sich zukommen. Sie trug eine kleine Flasche Schwarzbeer-Cordial, ein Geschenk ihrer Mutter für Adeline Whiteoak. Sie lächelte Noah Binns freundlich zu und fragte nach dem Rheumatismus seiner Mutter.
»Es ist nicht besser geworden, danke, und er wird immer schlimmer. Das sag ich ihr oft genug.«
»Aber das ist nicht nett, so mit ihr zu sprechen. Mein Vater sagt, kranke Menschen muß man immer trösten.«

»Das ist Ihrem Vater seine Sache, Miss, der muß die Kranken trösten und die Toten begraben. Dafür kriegt er sein Geld. Ich nicht.«
Lily sah ihn groß an, sie fand keine Antwort.
»Wollen Sie jetzt nach Jalna?« fragte er.
»Ja«, sagte sie kalt. Was ging es ihn an?
»Dann, Miss, halten Sie sich man weit weg vom Apfelschuppen.«
»Warum denn?«
Noah schüttelte seinen Eßnapf hin und her, horchte auf das Klappern des Blechbechers, den er darin hatte, als mache ihm das Geräusch Vergnügen. Dann antwortete er: »Na, da im Schuppen – da tut sich was, 'ne Liebessache.«
Lily trat erschrocken zurück. »Was ... warum ...« stammelte sie.
Er grinste über ihre Verlegenheit. »Keine Angst – keine Angst – 's dürfte derweil schon vorbei sein, glaub ich. Ich glaube, Sie können jetzt ruhig da lang gehen.«
Sie stand wie angewurzelt.
Noah fuhr fort. »Ich glaube, der Chef hat das Recht, sich mit der Kuhvernante oder wie sie sie nennen, rumzuknutschen, wenn er Lust hat – aber sie ist doch immer mit dem Mr. Busby da im Wald rumgestrichen, nich wah?«
»Das weiß ich nicht«, erwiderte Lily empört. Sie ließ ihn stehen und lief so schnell sie konnte nach Jalna, schlug aber den Weg ein, der um den Obstgarten herum führte.
Noah Binns sah ihr nachdenklich nach. »Hols der Kuckuck, ich weiß nicht, warum sie so'n Krampf macht? Ich hab doch ein Recht, zu sagen, was ich gesehen hab, oder? Ja, wenn sie die Wanzen gesehen hätt, die ich gesehen hab ... da hätt sie sich aufregen können. Zehn Stück – wo vorher eine war!«
Lily stand wartend auf der Veranda. Sie hatte sich nicht erlaubt, nachzudenken, als sie vor Noah Binns weggelaufen war, aus Angst, sie würde dann nicht den Mut haben, weiterzugehen. Jetzt stand sie da und hielt die Flasche umklammert. Die rotbäckige Eliza öffnete ihr die Tür.
»Mutter schickt das hier – bitte geben Sie es Mrs. Whiteoak.«
»Ist das Lily Pink?« rief Adelines Stimme von oben.
»Ja, Mrs. Whiteoak.« Eliza zog sich zurück und Lily trat in die Halle.
»Komm in mein Zimmer, Lily. Ich möchte dich sprechen.«
Lily ging geradeaus bis zu Adelines Zimmer. Die Tür war offen und Adeline saß vor ihrem Toilettentisch. Sie trug einen weiten Batistunterrock mit vielen Volants und Spitzeneinsätzen und eine enganliegende, tiefausgeschnittene Untertaille. So, ganz in Weiß, mit offenem Haar und nackten Schultern, sah sie irgendwie festlich aus. Boney hockte auf dem Fußende des Betts. Als er Lily sah, öffnete er den Schnabel und schrie in neckischem Ton: *»Shaitan! Shaintan ka batka! Shaitan ka butcha!«*

»Soll ich hineinkommen?« fragte Lily, »oder wird er böse?«
»Nein. Er wird nicht böse. Komm nur herein. Lieber Gott, was hast du für frische Farben! Ich mag's gern, wenn ein junges Mädchen so frische Farben hat. Das sieht man hierzulande nicht oft. Irland ist das Richtige dafür. Schau dir nur unsern kleinen Renny an. Er ist wie Pfirsich und Schlagsahne. Aber wie wird er in zwanzig Jahren aussehen? Verwittert! Was hast du da in der Flasche?«
»Schwarzbeer-Cordial. Mutter schickt ihn. Er ist gut, wenn der Winter kommt und alle anfangen zu husten.«
Adeline war entzückt. Sie nahm die weiße Serviette ab, in die die Flasche gehüllt war, hielt die Flasche gegen das Licht und bewunderte die Farbe des Cordial, entkorkte sie und nahm einen kleinen Schluck.
Sie leckte sich die Lippen. »Oh, das ist gut! Nichts Besseres für den Hals! Sag deiner Mutter tausend Dank . . . Und nun hab ich auch etwas für dich, Kind.«
Aus einer Schublade ihres Frisiertischs nahm sie ein kleines blausamtenes Etui, und daraus einen goldenen Fingerhut.
»Nun gib mir die Hand.« Sie nahm Lilys rechte Hand und steckte ihr den Fingerhut auf den Mittelfinger. »Ich habe ihn von meiner Großmutter bekommen, als ich so alt war, wie du jetzt bist.«
»Aber Mrs. Whiteoak – Sie sollten ihn nicht hergeben!«
»Ach, ich war nie eine große Näherin. Ich stickte ganz gern, als ich jung war. Aber jetzt genügt mir mein bißchen Stopfen, und dazu ist ein silberner Fingerhut lange gut genug.«
Lilys Gesicht glühte. Sie warf beide Arme um Adelines Schulter und drückte sie. Sie murmelte unzusammenhängende Dankesworte. Dann brach sie plötzlich zusammen und hing, von Schluchzen geschüttelt, an Adelines Hals.
»Aber, aber, aber, Kind . . . . was hast du denn?«
Sie hielt das weinende Mädchen fest in ihren nackten Armen; ihre Hand roch angenehm nach Windsorseife, ihr gestärkter Unterrock raschelte.
»Ich weiß nicht.« Aber Lily weinte herzzerbrechend weiter.
Adeline klopfte ihr den Rücken. »So, Kind, so . . . jetzt ist's genug. Du hast nichts Unangenehmes zu Hause erlebt, nicht wahr?«
»O nein!«
»Lily . . . ist es eine Liebesaffäre?«
»Nein!« rief Lily heftig.
»Dann . . . was ist es denn, in Gottes Namen?«
»Ach, es ist . . . es ist diese Gouvernante Mary Wakefield.«
Adeline hielt Lily fester. »Komm, sag mir's leise. Was hat sie denn getan?«
»Sie ist so schlecht! Jawohl das ist sie . . . sie ist schlecht!«
»Was weißt du denn, Lily? Komm, wir setzen uns ruhig auf mein Bett, und du erzählst mir alles.«

Lily stolperte zum Bett, setzte sich und lehnte sich schwer an Adeline. Aus ihrem verzerrten Mund kam es gequält: »Oh... ich wünschte, ich hätte nichts gesagt!«
»Nein, nein, es ist ganz richtig, daß du sprichst. Es wird dir gut tun und dein Herz erleichtern. Außerdem lebt Miss Wakefield in meinem Haus und unterrichtet meine beiden unschuldigen Enkelkinder. Ich habe ein Recht darauf, zu wissen, was sie treibt.«
Lily setzte sich auf und trocknete sich die Augen mit der Hand, an der noch der goldene Fingerhut glänzte.
»Es ist eine Schande«, sagte sie, »daß ich mich so benehme – noch dazu, nachdem Sie mir dies schöne Geschenk gemacht haben.« Durch ihre feuchten Lider blinzelte sie den Fingerhut an.
»Komm, komm!« Adeline wurde ungeduldig. »Was soll das alles bedeuten, Lily?«
»Mrs. Whiteoak, sie ist doch mit Clive Busby verlobt – oder nicht?«
Adelines Brauen schossen hoch. »Freilich – aber wer hat dir's erzählt?«
»Ach, ich weiß ja, daß es ein Geheimnis ist. Aber Clive hat's Violet Lacey erzählt, sie mußte ihm versprechen, kein Wort darüber zu sagen, aber er war so glücklich, daß er's nicht für sich behalten konnte.«
»Und sie hat dir's erzählt?«
»Ja, und ich hab versprochen, es nicht weiterzusagen, und ich hab's auch nicht getan – außer Ihnen jetzt, und ich glaube, Sie wußten es doch schon.«
»Allerdings. Nun, und was hat Miss Wakefield getan?«
»Ich weiß es nicht... wirklich, ich weiß es nicht... Aber grade als ich herkam, traf ich Noah Binns und er erzählte mir mit einem so *gemeinen* Lächeln, ich sollte nicht am Schuppen vorbeigehen, am unteren Ende des Obstgartens, wo die Kisten und Fässer drin sind... und natürlich hab ich ihn gefragt, warum, und da sagte er... o nein, nein, ich *kann's* nicht wiederholen!«
»Also Lily, sei nicht töricht. Sprich weiter.«
»Er sagte, man solle nicht so dicht an den Schuppen herangehen, weil... weil ›sich da was täte – eine Liebessache‹. Er sagte, es wären Mr. Whiteoak und Miss Wakefield. Ich weiß nicht, was er gemeint hat – wissen Sie's?« Lilys Augen glänzten gierig, als sie in Adelines Gesicht blickte.
Adeline lächelte. »Leute wie Noah Binns haben eine schmutzige Phantasie. Auf so etwas mußt du nicht hören. Lily. Und was meinen Sohn anbetrifft – er weiß von der Verlobung und freut sich darüber ebenso wie ich. Er hat wahrscheinlich wegen der Kinder mit ihr gesprochen. Sonst hat Noah nichts gesagt?«
»Er sagte, sie sei immer mit Clive im Walde... *rumgestrichen,* und nun wäre sie im Obstgarten und... *knutschte sich rum* mit Mr. Philip... Aber am schlimmsten war die Art, wie er es sagte. Er *grinste.*«

»Ach ja, er ist ein widerlicher Bursche – ich glaube, ich muß einmal ein Wort mit ihm reden. Und nun mußt du gehen, Herzchen ...«
Als sich die Tür hinter ihr schloß, stand Adeline ein Weilchen ganz still – eine völlig andere Person als die freundliche, mütterliche Frau, die dem jungen Mädchen einen so tröstlichen Abschiedskuß gegeben hatte. Ihre Stirn war in düstere Falten gelegt, ihre Lippen preßten sich hart zusammen.
So ... von dieser Sorte ist sie, dachte sie. Eine Person – ein Hürchen. Genau was ich dachte, als ich sie damals ertappte, wie sie wie ein Freudenmädchen mit meinem Philip tanzte. Sie hat also beide am Bändel – was sind beide für junge Narren! Und mich hat sie auch angeführt – nun ja, ich bin eben eine alte Närrin. Dann sagte sie laut, aber langsam: »Was ist da zu machen?«
Ihr Zorn, daß Mary sie betrogen hatte, brannte heißer in ihr als der Gedanke, daß dieses Mädchen mit zwei Männern spielte. Sie staunte, daß Mary ihr am Abendbrottisch so ruhig ins Gesicht gesehen hatte! Und doch ... vielleicht hatte die kleine, dumme Lily sich über nichts und wieder nichts aufgeregt. Aber warum hatte Noah Binns sie gewarnt, sie solle nicht durch den Obstgarten gehen? Warum hatte er so gegrinst? Adeline hatte noch nie mehr als den Ansatz zu einem halben Lächeln auf seinem Gesicht gesehen. Und er schien ein ganz anständiger Bursche zu sein. Mr. Pink hielt viel von ihm. Oh, wenn *sie* es nur gewesen wäre, die er dort getroffen hatte, und nicht Lily!
Mary erschien nicht zum Nachtessen. Sie habe über Kopfschmerzen geklagt, berichtete Eliza.
Aufregung machte Adeline immer hungrig. Niemals hatte ihr der kalte Lammbraten und die dicken Scheiben dunkelroter Tomaten mit viel Essig und Zukker besser geschmeckt. Dennoch kochte sie innerlich. Ihre Tochter und ihre älteren Söhne merkten es und erwarteten jeden Augenblick eine Explosion. Aber sie kam nicht. Adeline beendete ihre Mahlzeit, wie sie sie begonnen hatte, mit einer ausführlichen Beschreibung von Einzelheiten ihres Besuches bei Abigail Rutherford. Das gab ihr Gelegenheit, ihr Nachahmungstalent und ihren Witz zu zeigen.
Es war ein Wunder, daß sie so animiert sein konnte, während Philip am andern Ende der Tafel saß und sie in düsterem Schweigen anstarrte. Nach dem Essen spielte sie Puff mit Sir Edwin. Zur gewöhnlichen Zeit sagte sie ihrer Familie gute Nacht – Philip war nicht dabei, er war noch einmal mit den Hunden hinausgegangen – und zog sich in ihr Zimmer zurück. Philip hatte Mary durch Meg eine Nachricht geschickt, daß er sie gern sprechen wollte. Das Kind war mit der Antwort zurückgekommen, daß es Mary nicht gut sei – sie habe sich hingelegt und nehme an, daß es ihm recht sei, sie am nächsten Morgen zu sehen. »Und sie sieht wirklich krank aus, Daddy«, sagte Meg, die spürte, daß etwas in der Luft lag. Philip hatte gemurmelt: »Schon gut, Meggie. Sage Miss Wakefield, daß ich sie gleich morgen früh – als erstes – sprechen möchte.«

Er fühlte sich schlecht behandelt. Einen Augenblick hatte er Lust, einfach zu ihr hinaufzugehen – aber wie konnten sie privat miteinander sprechen, wenn die Kinder und die ganze Familie sie beobachteten? Er mußte also bis zum Morgen warten. Aber er hätte sie jetzt, gerade jetzt gern bei sich gehabt. Jetzt, draußen im Mondlicht, würde er sie vergessen lassen, daß es überhaupt einen Clive Busby gab.
Er ertrug es nicht, in der Nähe des Hauses oder sogar in seinem eigenen Wald zu sein. Er ging durchs Tor auf die Straße, die zum See führte. Der Mond stand gerade erst im zweiten Viertel, aber er warf bereits deutliche schwarze Schatten auf die stille Straße. Er traf auf den zwei Meilen, die er zurücklegte, kein Fahrzeug – aber auf einem Feld kamen zwei Pferde an den Zaun und schauten ihn an. Die drei Spaniels und der Foxterrier waren bald auf der Straße, bald in einem Graben, beschnüffelten die Eingänge der Kaninchenbauten, krochen auf dem Bauch unter den Zäunen der Felder hindurch, folgten dort, die Nase auf der Erde, irgendwelchen Spuren, waren aber sofort wieder bei ihm, ohne daß er ihnen zu pfeifen brauchte. Sie waren zu glücklich, daß er wieder da war. Er ging durch eine Gasse, folgte einem Pfad, der sich zwischen Zeder- und Erlengebüsch hindurchwand, und kam zum Strand. Der See breitete sich kalt und still vor ihm aus, den Mond widerspiegelnd, der grobe Kies knirschte unter seinen Füßen, und dann kam der Sand am Rand des Wassers. Kleine, silbergesäumte Wellen verströmten lautlos am Strand. Die Hunde kamen zum Wasser und tranken, als seien sie furchtbar durstig, sie ließen ihre Vorderpfoten naß werden. Der Foxel zitterte, wollte aber nicht eher als die Spaniels aufhören zu trinken.
Philip dachte an die ungezählten Male, die er hier zum Strand gekommen war – wie vertraut war ihm das Land hier – vertraut wie die Gesichter seiner Familie. Seine Brüder waren weggegangen, seine Schwester auch – aber er wollte hier bleiben, nur hier. Dies war sein Leben. Hier war er geboren, aufgewachsen, hatte geheiratet, seine Kinder gezeugt, sein kurzes Eheleben gelebt – und hier liebte er jetzt. Wenn Mary nur mit ihm am See wäre! Er wollte all seine neuentdeckte Liebe auf sie ausströmen lassen – nicht in Worten, aber sie würde sie fühlen, schon in der Berührung seiner Fingerspitzen, im Schlag seines Herzens, Brust an Brust mit ihm. Die Luft strich ihm kühl um die Stirn. Er hob ihr sein Gesicht entgegen und wanderte ein Stück am See entlang. Oh, wäre sie nur hier! Gleichviel wieviele Jahre zusammen ihnen geschenkt würden – er würde immer trauern um diese eine Nacht, die Nacht, in der sie zusammen am See sein sollten, den Mond betrachtend, wenn er ins silberglänzende Wasser sank; jetzt müßten sie mit verschlungenen Fingern den Strand entlang wandern. War sie wirklich krank? Ja, er glaubte es ihr – sonst hätte sie ihm diese Nacht nicht verweigern können. Nun ja, aber die Ruhe würde ihr gut tun, morgen würde sie gesund sein, und dann wollten sie alles in Ordnung bringen

– mit seiner Mutter – mit Clive. Seine Mutter. Er lächelte trocken, als er an sie dachte. Er war nicht mehr so zornig auf sie wie zuerst, aber er wollte ihr zeigen, wer Herr in Jalna war.

Adeline blieb lesend in ihrem Zimmer, bis sie hörte, wie Philip die Hunde auf ihr Lager brachte und die Treppe hinaufstieg. Dann ging sie in die Halle, blieb dort stehen, die Finger liebevoll um die geschnitzten Trauben des Treppenpfostens gelegt, und wartete, bis sie hörte, daß er zur Nacht sein Fenster aufmachte. Nun ging sie hinauf und wartete im oberen Gang wieder, bis der Lichtschein unter seiner Tür verschwand. Sie stand sehr still, dicht vor seiner Tür, und lauschte gespannt. Dann hörte sie seinen ruhigen, regelmäßigen Atem, und ging erst jetzt die Treppe hinauf in das Obergeschoß.

Sie klopfte sehr leise an Mary Wakefields Tür. Drinnen war Licht.

Marys Stimme klang dicht hinter der Türfüllung: »Ja? Wer ist da?«

Sie erwartet Philip, dachte Adeline. »Kann ich Sie einen Augenblick sprechen?«

Die Tür wurde sofort geöffnet und Mary stand vor ihr, mit weißem Gesicht, abwehrbereit, und schien kaum zu atmen.

»Danke sehr.« Adeline trat ins Zimmer und schloß die Tür hinter sich.

Beide hochgewachsen, standen sie Auge in Auge, in langen weißen Nachtkleidern, bis zum Hals und den Handgelenken geschlossen, Adelines sorgfältig plissiert. Um die Schultern hatte sie einen buntfarbenen orientalischen Schal gelegt; das Haar, das sie schon gebürstet hatte, hing ihr lose um Hals und Rücken herab. Sie war eine prächtige und ganz bewußt malerische Gestalt. Marys Haar war zusammengeflochten, ihre Füße waren bloß.

»Ja, Mrs. Whiteoak?« Schon eingeschüchtert, zitterte sie wie Espenlaub.

»Ich wünsche zu wissen«, sagte Adeline, »was Sie sich dabei denken, mit dem jungen Busby ein solches Spiel zu treiben.«

»Ich treibe kein Spiel mit ihm. Ich gedenke ihn zu heiraten.«

Adeline lachte. »Sie gedenken ihn zu heiraten – und heute nachmittag warfen Sie sich meinem Sohn in die Arme. Sie küßten ihn. Nun, ich habe das Recht, zu wissen, was das bedeutet.«

»Es war nicht . . . ich wollte nicht . . .«

»Seien Sie nicht töricht«, unterbrach Adeline sie scharf. »Sie sind von einem Farmarbeiter gesehen worden – jedermann weiß es bereits. Nun ja – binnen einer halben Stunde wurde mir die Geschichte schon zugetragen. Ich habe vom ersten Augenblick an den Verdacht gehabt, daß Sie nicht viel taugen. Aber – es mit zwei Männern gleichzeitig zu halten – von denen einer der Sohn meines alten Freundes, der andere mein eigener Sohn ist! Guter Gott, glauben Sie wirklich, Sie können Gott und der Welt etwas vormachen? Was haben Sie eigentlich vor? Das ist es nämlich, was ich wissen möchte.«

Mary wich immer weiter vor ihr zurück. Ihr Hirn arbeitete nicht. Ihre Gedanken wirbelten. Sie konnte keine Worte finden, um alles zu erklären.

»Meinen Sie etwa, Clive Busby wird Sie heiraten – nachdem das geschehen ist?«
»Ich weiß es nicht«, sagte Mary mit halberstickter Stimme.
»Vielleicht denken Sie, Philip wird Sie heiraten? O nein – er nicht! Er hat genug von einer Heirat. Sind Sie seine Mätresse?« Die Frage prallte auf sie wie ein Schlag.
»Sind Sie seine Mätresse?« wiederholte Adeline. »Sagen Sie's doch offen – wie oft ist er hier oben bei Ihnen gewesen?«
Mary legte die Hand an die Kehle. Sie hätte am liebsten geschrien. Sie war allein. Sie hatte keine Waffen. Die Gestalten von Philip und Clive schwebten wie riesige Schatten im Raum. Clive sah sie voll Haß an, Philip aber . . .
»Wie oft ist er nachts in Ihrem Zimmer gewesen?«
»Lassen Sie mich endlich in Ruhe!« rief Mary.
»Ich wünsche eine Antwort. *Sind Sie Philips Mätresse?*«
Jetzt schlugen Marys Angst und Hysterie in helle Wut um.
»Ja«, antwortete sie voll Zorn, »das bin ich!«
Adelines Kinn sank herab. Ein solches Geständnis hatte sie nicht erwartet. Einen Augenblick war sie zu verblüfft, um zu sprechen. Sie sah Mary an, als sehe sie sie zum erstenmal.
Marys Zittern hörte auf. Sie stand triumphierend da, wie eine Schauspielerin, die vor den Vorhang gerufen wird.
»Und erwarten Sie«, fragte Adeline ruhig, »Clive trotzdem zu heiraten?«
»Ich werde Ihnen kein Wort mehr antworten. Was ich zu tun gedenke, ist meine eigene Angelegenheit.« Sie sah Adeline heiter und überlegen an.
Dann schritt sie schnell mit fliegendem Nachtgewand an Adeline vorbei zur Tür und machte sie weit auf.
»Wollen Sie bitte gehen, Mrs. Whiteoak?« sagte sie.
»Ich werde nicht eher gehen, als bis wir diese Frage endgültig besprochen haben!« Adeline schlug melodramatisch die Arme übereinander.
»Gehen Sie! Ich befehle es Ihnen!« rief Mary. Es war aus mit ihrer Zurückhaltung. Sie würde ohne weiteres das ganze Haus wecken, dachte Adeline.
»Gut«, sagte sie, »ich werde gehen, aber lassen Sie sich eins sagen – dafür, daß Sie jetzt die Melodie angeben, werden Sie morgen den Musikanten bezahlen.« In der Tür drehte sie sich um. »Es war ein schlechter Tag für Jalna, als eine abgebrühte Abenteurerin wie Sie auf der Szene erschien, aber – morgen wird es eine Abrechnung geben!«
Mary warf die Tür hinter ihr so heftig zu, daß es laut durch das stille Haus schallte. Adeline erwartete, die Familie würde aufwachen, zumindest würde Ernest, der am nervösesten war, aus seinem Zimmer kommen. Aber Ernests Träume waren in London, bei allen möglichen Spekulationen, deren blendender Erfolg alles übertreffen würde, was er je zuvor erreicht hatte.

Adeline stieg langsam die Treppe hinab. Das Haus war sehr dunkel. Sie war froh, als sie ihr Zimmer erreichte, wo das Nachtlicht Boneys schlafenden Schatten an die Wand malte. Aber ihr Kommen weckte ihn. Er flog geradenwegs auf ihre Schulter, plusterte sich vor Vergnügen auf und nannte sie in fremder Sprache Perle des Harems. Sie setzte sich an den Tisch, auf dem eine Fotografie ihres Mannes im Samtrahmen stand, stützte einen Ellbogen auf den Tisch und das Kinn in die Hand und saß lange so da, in Gedanken verloren. Nie hatte sie sich in einem Menschen so geirrt wie in Mary Wakefield, Mary mit ihrem ersterbenden Blick, den großen bittenden Augen, Mary, die sich jetzt so benommen hatte! Sie mit einem Blick zu mustern, der – nun ja, der beinahe einschüchternd war .. ihr zu befehlen, das Zimmer zu verlassen! Ein Lächeln ironischer Bewunderung kräuselte Adelines Lippen.

»Ich habe heute nacht herzlich wenig geschlafen«, begrüßte sie am nächsten Morgen ihre Tochter Augusta.
»Das tut mir leid, Mama. Gewöhnlich schläfst du so gut.«
»Ich klage ja nie – aber ich habe so manche durchwachte Nacht wegen meiner Kinder gehabt! Du und Edwin, ihr habt gut getan – ob nun absichtlich oder unabsichtlich – keine Kinder zu haben.«
»Gibt es etwas Besonderes, Mama? Möchtest du es mir erzählen?«
»Nun, genug, um einen Skandal für die ganze Gegend zu bieten! Sind die Kinder bei Mary Wakefield?«
»Ja, ich glaube.«
»Sobald ich mich mit etwas Eßbarem gekräftigt habe, möchte ich Philip sehen.«
»Allein, Mama?«
»Nein. Ich möchte, daß ihr alle dabei seid. Sage Philip, er soll in der Bibliothek warten.«
Die Kinder waren nicht bei Mary. Sie waren um die gewohnte Zeit aufgewacht und waren die ersten beim Frühstück gewesen – eine Mahlzeit, die Mary gewöhnlich mit ihnen teilte. Daß sie heute einmal ohne Aufsicht waren, machte sie ausgelassen. Renny konnte schneller laufen, obwohl er der Kleinere war, er führte also an. Meg schnaufte hinterher, ihre hellbraune Mähne flog. Sie liefen zum Schweinestall, um eine neugeborene Ferkelschar zu bewundern, die sich sauber und rosa hinter der schützenden Masse ihrer Mutter wälzte.
Dort entdeckte sie Philip – lange nach der Zeit, in der ihre Schulstunden anfangen sollten – und schickte sie ins Haus zurück. Auf Zehenspitzen rannten sie die beiden Treppen hinauf und gleich in ihr Zimmer. Mary war nicht da.
»Ihr Kopfweh ist schlimmer geworden«, kicherte Meg. »Sie bleibt im Bett.«
»Hurra!«
»Dann haben wir den ganzen Tag frei!«
»Hurra!«

»Komm, wir schleichen uns aus dem Hause, gleich runter zur Schlucht – und dann über die Brücke in die Wälder, und tun so, als wären wir Indianer.«
»Hurra!«
»Und dann gehen wir zu den Vaughans. Mrs. Vaughan hat gestern sechs Körbe Pfirsiche gekauft. Ich hab gehört, wie sie's sagte.«
»Und sie wollen dem Bären einen Ring durch die Nase ziehen. Hodge hat's mir erzählt. Komm, wir rennen. Dann kommen wir vielleicht noch zur Zeit.«
Fort waren sie – und niemand hatte sie weggehen sehen.
Als Adeline ihre dritte Tasse Tee getrunken hatte, erhob sie sich und segelte majestätisch in den Salon. Sie setzte sich in einen hochlehnigen Sessel, das Licht vom Fenster fiel ihr voll ins Gesicht. Sie sah, daß die wilden Wolken der Tag- und Nachtgleiche sich schon sammelten, um die Sonne zu verdrängen. Eine Wolke schickte einen Schauer glitzernder Regentropfen herunter – und dann zog sie weiter.
Nicholas kam herein – er machte das blasierte Gesicht eines Mannes von Welt, das besagte, nichts, was auch geschehen mochte, könne ihn überraschen oder aufregen.
»Guten Morgen, Mama.« Er küßte ihren Scheitel. »Du hast heute lange geschlafen!«
»Allerdings – und es ist kein Wunder, denn ich habe die halbe Nacht wachgelegen und mich gegrämt über die Dinge, die in diesem Haus vor sich gehen!«
Nicholas blies die Backen auf. »Hmmm – Gussie hat mir erzählt, daß dich etwas bekümmert. Hoffen wir, daß es nichts Ernstes ist.«
»Würde ich des Nachts wach liegen, wenn's nichts Ernstes wäre?«
»Natürlich nicht. Willst du mir nicht sagen, um was es sich eigentlich handelt?«
»Warte, bis alle hier sind. Wo bleiben die andern? Warum kommen sie nicht?«
»Sie kommen ja schon!«
Augusta, Sir Edwin und Ernest kamen herein. Augusta ließ sich auf dem Sofa nieder. Ernest begrüßte seine Mutter und setzte sich neben sie. Sir Edwin blieb zögernd stehen.
»Vielleicht wäre es besser«, sagte er, »wenn ich . . . mich nicht einmenge.«
»Es ist keine Einmengung«, erwiderte seine Schwiegermutter. »Ich brauche dich, mein Lieber.«
»Ich bin überzeugt«, bemerkte Augusta, »wenn wir einen Rat in einer delikaten Angelegenheit brauchen, ist dein Rat immer der wertvollste.«
»Hat es etwas mit Philip zu tun?« fragte Ernest.
»Allerdings.«
»Und mit Miss Wakefield?«
»Ja, auch das.«

»Meine Güte . . .«
»Vielleicht ist es doch besser, wenn Edwin hinausgeht«, schlug Augusta vor.
Adeline antwortete mit ihrem plötzlich beißenden Lächeln. »Es ist auch für ihn nie zu spät, etwas zu lernen«, sagte sie.
»Wie wahr!« rief Ernest. »Noch vor ein paar Jahren wußte ich praktisch nichts von der Börse. Und jetzt habe ich, könnte man sagen, ihre schwierigsten Punkte in den Fingerspitzen!« Er legte die Spitzen seiner zartgeformten Finger aneinander und lächelte selbstgefällig.
Seine Familie betrachtete ihn mit Hochachtung.
»Wo ist Philip?« fragte Adeline. »Ernest, geh und hole ihn.«
»Ich hoffe, er ist in besserer Laune als gestern abend«, sagte Nicholas.
Aus der Halle kam Philips Stimme: »Hat mich jemand gerufen?«
»Ich glaube, man hat dir meine Wünsche ausgerichtet«, antwortete Adeline.
Er stand auf der Schwelle. »Was soll das alles?« fragte er. Er schien ganz der alte Philip zu sein, frisch und unbekümmert.
»Setze dich, mein Lieber, setze dich«, sagte Adeline. »Wir möchten, daß du uns verschiedenes erklärst.«
Sir Edwin wurde rot. »Ich nicht. Wirklich, ich nicht, Philip.«
Philip lachte kurz auf. Er setzte sich dicht neben die Tür.
Nun, schließlich, dachte Sir Edwin, ist es sein Haus, und er kann darin tun, was er will.
Jake kam und setzte sich zwischen Philips Füße.
Adeline umspannte ihr Kinn, wie sich manche Männer an ihren Bart halten. Sie betrachtete Philip schweigend eine ganze Weile, dann fragte sie: »Sage mir, Philip, hast du Miss Wakefield für eine Persönlichkeit gehalten, der du deine Kinder anvertrauen kannst?«
Der freundliche Gleichmut verschwand aus seinem Gesicht.
»Das habe ich, allerdings!«
»Schließe die Tür, Philip.«
Er streckte die Hand aus und machte die Tür zu.
»Dennoch hat dieses Mädchen«, fuhr sie fort, »das sich mit Clive Busby verlobt hat, der ein prächtiger junger Mann ist, dir gleichzeitig ein Liebesverhältnis gestattet!«
»Ich habe in diesen Wochen kaum mit ihr geredet. Und es ist nichts dergleichen zwischen uns gewesen!«
»Nein? Und eure Begegnung im Obstgarten gestern abend?«
»Hat dir Noah Binns das berichtet?«
»Nein. Er sagte es Lily Pink, und sie sagte es mir.«
»Die kleine Gans.«
»Kannst du leugnen, daß sich eine leidenschaftliche Liebesszene zwischen euch abgespielt hat?«

»Hat Noah Binns das Wort ›leidenschaftlich‹ gebraucht? Daß ich nicht lache. Ich dachte, sein Horizont geht nicht über Kartoffelkäfer und Meltau hinaus.«
Adeline griff das Wort auf. »Meltau! Jawohl, das ist sie gewesen! Ein Meltau für unser Heim! Sie soll nächste Woche Clive Busby heiraten, und doch wirft sie sich dir an den Hals und –«
»Halt, halt«, unterbrach er. »Du wirst mir doch nicht erzählen wollen, daß sich Noah Binns in Details ergangen hat? Oder war es vielleicht Lily?«
Adeline hob die Stimme, ihre Augen blitzten ihn an.
»Versuche nicht, über diese Angelegenheit zu witzeln, Philip! Das will ich nicht! Und ich brauche Noah Binns nicht zu fragen, wenn ich wissen will, was diese Frau dir ist.«
»Was ist sie mir? Was meinst du?«
»Ich meine, daß sie deine Mätresse ist!«
»Das ist eine Lüge!« schrie Philip.
Adeline sprang auf. »Wagst du mir zu sagen, daß ich lüge?«
Ruhiger antwortete er: »Es ist boshafter Klatsch – wer auch dafür verantwortlich ist. Mary ist so tugendhaft wie nur irgendein Mädchen.«
»Ich wiederhole«, betonte Adeline, »daß sie deine Mätresse ist!« Mit befehlender Geste hob sie die Hand. »Sie hat es mir selbst gesagt.«
Entsetztes Schweigen lief durch das Zimmer. Ernest erhob sich und machte einen Schritt vorwärts, als wolle er sich zwischen seine Mutter und Philip stellen, der erschreckend bleich geworden war. Nicholas zupfte an seinem Bart, um das sardonische Lächeln zu verbergen, das er nicht ganz unterdrücken konnte. Augustas blasses Gesicht war tief gerötet. Sir Edwin knabberte an irgendeinem unhörbaren Wort. Er zog die Uhr und sah nach der Zeit.
»Mutter«, sagte Philip, und seine Stimme bebte, »kannst du mir ins Gesicht sehen und das behaupten?«
»Das kann ich. Ich bin gestern abend zu ihr in ihr Zimmer gegangen –«
»Warum bist du nicht zu mir gekommen?«
»Ich wollte ihr die Chance geben, sich zu verteidigen.«
»Wann war das? Und wo war ich?«
»Du warst im Bett. Wie gesagt, ich ging hinauf in ihr Zimmer –«
»Das arme kleine Ding!« rief Philip.
»Mach dir keine Sorgen um sie. Sie kann recht gut für sich selbst einstehen. Sie ist eine Abenteurerin und hat eine Vergangenheit. Jetzt – nein, unterbrich mich nicht! Ich fragte sie ganz schlicht, was sie damit beabsichtige, ihre Heirat mit Clive Busby vorzubereiten und gleichzeitig ein Liebesverhältnis mit dir zu haben. Sie hatte nichts darauf zu antworten. Dann fragte ich sie offen und ehrlich, ob sie deine Mätresse sei. Sie wollte nicht antworten. Da sagte ich: ›Er ist doch nachts in Ihrem Zimmer gewesen – oder nicht?‹ Und da sagte sie ja!«

»Sie hat dich mißverstanden!« rief Philip.
Adelines bewegliche Lippen verzogen sich verächtlich. *»Mich mißverstanden!* Spreche ich nicht immer ziemlich unmißverständlich? Sie hat mich recht gut verstanden. Ich wiederholte: ›Sind Sie seine Mätresse?‹ Oh, sie hat mich verstanden. Du kannst ebensogut einen Mohren weiß waschen als sie als tugendhaftes Mädchen hinstellen.«
»Sie kann dich nicht verstanden haben«, wiederholte er hartnäckig.
»Bring sie herunter. Ich möchte selbst hören, ob sie es leugnet.«
»Das werde ich, bei Gott!«
Er riß die Tür auf und rannte die Treppen hinauf, zwei Stufen auf einmal. Jake hielt das für ein neues Spiel und lief glücklich bellend hinterher. Man hörte sie auf der zweiten Treppe. Dann wurde es still.
»Ich würde gern hören, was sie da oben reden«, bemerkte Sir Edwin.
»Besser, du hörst es nicht!« sagte seine Frau.
»Und ich war's, der diese Ungelegenheiten über euch gebracht hat«, sagte Ernest. »Oh, es tut mir wirklich leid. Nie im Leben habe ich mich so betrügen lassen! Nun, wenn die nächste Gouvernante engagiert wird, mag sie jemand anderer aussuchen.«
»Was mich wirklich Wunder nimmt«, sagte Nicholas, »das ist ihre eherne Stirn! Sag die Wahrheit, Mama – warst du nicht selbst überrascht?«
»Doch – sehr sogar!«
»Was meinst du wird sie jetzt tun?«
»Psst . . . Philip kommt.«
Alle Gesichter wandten sich erwartungsvoll zur Tür.
Philip war allein. Augusta und Edwin waren sichtlich erleichtert, Adeline, Ernest und Nicholas enttäuscht.
»Sie ist nicht oben«, sagte Philip. »Sie ist fort.«
»Sie wird mit den Kindern draußen sein«, meinte Ernest.
»Sie ist fort, sage ich euch. Ihr Koffer ist gepackt. Ihren Handkoffer hat sie mitgenommen. Das Bett ist unberührt.«
»Eliza hat schon die Betten gemacht«, sagte Augusta.
»Nein. Sie war oben, und ich habe sie gefragt. Sie sagte, das Zimmer war, als sie hineinging, genauso wie es jetzt ist.« Er wandte sich an Adeline. »Du hast Mary fortgetrieben. Gott weiß, zu welchem Ausweg du sie getrieben hast!« Seine Augen waren tragisch. Verzweifelt fuhr er sich mit der Hand durchs Haar, daß es aufrecht stand und ihn noch verstörter erscheinen ließ.
Adeline lachte höhnisch. »Ich – sie zu etwas getrieben! Oh, mein Sohn, sie erschrickt nicht so leicht. Sie kann sich selbst schützen! Aber – so frech sie ist, heute morgen wagte sie uns doch nicht ins Gesicht zu sehen, nach dem, was gestern geschehen ist!«
»Ich sage dir doch, sie hat nicht gewußt, was sie damit sagte!«

»Philip, nimm Vernunft an«, sagte Nicholas kurz und bündig. »Mary Wakefield ist kein unwissendes Schulmädchen.«

»In der Tat«, fügte Sir Edwin hinzu, »sie scheint einen recht starken Charakter zu haben.«

»Nun also« – Adeline sprach, als sei dies das entscheidende Schlußwort – »schlag dir diesen Unsinn aus dem Kopf! Ich bin sicher, du warst nicht der Erste bei Mary Wakefield. Und du wirst nicht der Letzte sein ...«

»Ich will kein Wort mehr gegen sie hören!« schrie Philip. »Und wenn ihr Mary nicht glauben wollt, so werdet ihr vielleicht mir glauben. Ich habe niemals mit ihr geschlafen. Ich schwöre es – obwohl ich mich dafür verachten muß, daß ich mir die Mühe nehme, etwas zu bestreiten, was ohnedies jeder weiß, der Mary kennt ...« Er konnte nicht weitersprechen, er stand mit geballten Händen und sah sie finster an.

»Aber sicherlich würde doch kein Mädchen wissentlich ihren Ruf so vernichten«, sagte Ernest.

»Sie wußte genau, was ich sagte«, erklärte Adeline. »Was ich sagte, und was sie selbst sagte!«

»Dann war sie momentan gestört«, sagte Philip.

»Vielleicht ist diese Störung nur Liebe zu dir«, warf Nicholas ein, »und Enttäuschung darüber, daß sie dich nicht bekommt.«

»Sie bekommt mich! Macht euch doch nichts mehr vor! Ich werde sie suchen gehen, und ich werde sie heiraten!«

»Du Narr!« schrie Adeline. »Ein Mädchen heiraten, an dem nach dieser Affäre kein Fetzen guter Ruf mehr ist!«

In der Halle fing Renny an zu singen, seine Stimme war hoch und durchdringend wie nur je; er hatte gerade vom Stallburschen ein neues Lied gelernt.

»Ta-ra-ra, bum-da-da –
Ta-ra-ra, bum-da-da ...«

Adeline rief ihn, und er erschien – rotwangig, rothaarig, braunäugig, braun gekleidet – lauter Herbstfarben. Er hatte vergessen, daß er am Morgen weggelaufen war, aber jetzt fiel es ihm ein, und er blieb stocksteif stehen.

»Hast du heute morgen eure Gouvernante gesehen?« fragte Adeline.

»Nein, Granny. Sie ist krank.«

»Woher weißt du das?«

»Sie ist noch gar nicht aus ihrem Zimmer rausgekommen.«

»Und hast du auch nichts von ihr gesehen und gehört?«

»Nein, Granny. Gar nichts.«

»Gut, mein Junge – nun lauf spielen!«

Rennys Gesicht wurde hell. Er entspannte sich und lief singend hinaus:

»Ta-ra-ra ... bum-da-da ...
Ta-ra-ra ... bum-da-da ...«

Mit dem Ohr an der Türfüllung konnte Mary hören, wie Adeline die Treppe hinabstieg. Sie horchte noch einen Augenblick, nachdem alles still war. Dann kam sie zurück und betrachtete ihr Gesicht im Spiegel. Ihr war, als sehe sie eine Fremde. Eine andere Mary schaute sie an, eine Mary mit geblähten Nasenflügeln und kühnen, trotzigen Augen. Eine Fremde. Sie lachte im Triumph ihrem Spiegelbild zu. Sie hatte über Mrs. Whiteoak gesiegt, dachte sie – einmal wenigstens war Adeline wie vor den Kopf geschlagen gewesen, hatte nichts mehr zu sagen gewußt. Ich war ihr überlegen, dachte Mary.

Sie begann im Zimmer auf und ab zu gehen, unfähig klar zu denken, nur mit dem einen Gefühl: ich war ihr überlegen! Sie war heraufgekommen, um mich zu demütigen, mich anzuklagen – und ich habe ihr den Wind aus den Segeln genommen. Sie dachte, sie würde mir Angst einjagen, aber ich war ihr gewachsen! Diese Augen, mit denen sie mich anblitzte – aber sie mußte erfahren, daß die meinen zurückblitzen konnten. Nie im Leben hatte ich einen solchen Anblick. Es war wie auf der Bühne, aber niemand würde wagen, eine solche Szene auf die Bühne zu bringen – ein Mädchen, das erklärte, unmoralisch zu sein – während das Gegenteil der Fall war. Das würde alle Begriffe von Moral auf den Kopf stellen. Es wäre beschämend. Die Leute würden sagen: Ein schreckliches Stück. Kein Wunder! Demnach bin ich eine unmoralische Person ... dennoch tut's mir nicht leid ... Ich mache mir nichts daraus ... Alles, worauf es mir ankommt, ist, daß ich sie gedemütigt habe. Ich habe mich nicht einschüchtern lassen. Sie hat ihre ganze Persönlichkeit eingesetzt, um mich einzuschüchtern – die Art, wie sie ihre Augen gebrauchte, ihre Hände bewegte. Sie hat etwas Erschreckendes für mich. Aber heute nacht wird sie verblüfft gewesen sein. Sie muß sich im Augenblick vergeblich gefragt haben, wie sie sich um alles in der Welt aus der Affäre ziehen sollte ... Sie muß sich gefragt haben, was ich nun tun würde. Dieses Mädchen, wird sie denken, kann jetzt Clive nun und nimmermehr heiraten! Und was, wenn sie gedenkt, meinen Philipp zu heiraten?

Philip. Der Name war wie eine kalte Hand, die sich auf ihr Herz legte. Die Vorstellungen ihres überhitzten Hirns waren erschöpft. Ihre zu straff gespannten Nerven ließen nach. Plötzlich wurden ihre Knie schwach und sie setzte sich aufs Bett. Leer starrte sie vor sich hin. Sie wußte nicht, wieviel Zeit vergangen war, aber sie fing an zu frieren. Ihr Mund war unerträglich trocken, aber sie konnte sich nicht aufraffen, sich ein Glas Wasser zu holen. Sie saß auf dem Bettrand wie eine Verurteilte, während Philips Name wie eine Glocke durch die leeren Räume ihres Geistes hallte.

Nach einer Weile stiegen ihr glühende Tränen in die Augen. Sie wischte sie mit der kleinen Krause am Rand ihres Ärmels weg. Aber sie befreiten sie von der Schwäche, der Lethargie, die sich ihrer bemächtigt hatte. Sie sah sich im Zimmer um und betrachtete die seltsamen Schatten, die das Nachtlämpchen an die Wände warf. Sie bemerkte die abgetretene Stelle im Teppich vor ihrem Frisiertisch. Sie schaute auf die Wachsblumen und Früchte unter dem Glassturz. Sie sah nach unten und sah ihre nackten Füße, Seite an Seite, dicht nebeneinander, auf dem Bettvorleger. Wie weiß sie waren – und irgendwie mitleiderregend. Sie werden mich, dachte sie, weit wegtragen von diesem Haus, wie sie mich hergetragen haben ...

Denn jetzt wußte sie klar, daß sie weggehen mußte. Am Morgen würde Mrs. Whiteoak ihrem Sohn erzählen, was sie gesagt hatte, und niemals mehr konnte sie ihm ins Gesicht sehen nach dieser unverschämten Lüge, die sie ausgesprochen hatte.

Nun ging sie zum Waschtisch und goß sich ein Glas Wasser ein. Die Kälte des Wassers bestätigte ihr, daß die Nacht kalt geworden war. Sie trank es durstig hinunter. Dann nahm sie die zusammengelegte Steppdecke vom Fußende ihres Bettes und wickelte sich hinein. Sie setzte sich wieder, und diesmal zog sie die Füße herauf. Sie umfaßte sie mit ihren Händen und wußte nicht, was kälter war, die Hände oder die Füße, aber es war tröstlich, daß sie sich zu wärmen versuchten.

Sie mußte nachdenken, was sie nun tun sollte.

Jetzt konnte sie denken. Der Triumph ihrer Begegnung mit Adeline war verflogen, aber auch die darauffolgende Erschöpfung war vorbei. Mit einem Teil ihres Intellekts konnte sie ganz klar denken, nur in den dunklen Untergründen wühlten noch die erregten Empfindungen.

Sollte sie zu Clive gehen und ihm alles erzählen? Würde sie imstande sein, ihn zu überzeugen, daß sie Adeline belogen hatte? Und selbst wenn sie es konnte – würde er ein Mädchen heiraten wollen, dem eine solche Lüge eingefallen war? Aber sie wollte ja Clive gar nicht heiraten! Sie wollte lieber sterben, als Clive erzählen, was sie getan hatte. Sie wollte lieber sterben, als ihn heiraten, während sie Philip so aus ganzer Seele liebte! Nun, da Philip die Fackel ihrer Liebe entzündet und zur vollen Flamme entfacht hatte, staunte sie selbst, daß sie je hatte daran denken können, Clive zu heiraten ... Dennoch, wenn Clive schon empört sein würde, wenn er wüßte, was sie in ihrem Zorn gesagt hatte – wie sehr mußte Philip sie erst dafür verachten! Philip, der ihr gesagt hatte, daß er sie liebte, der sie im Obstgarten geküßt, der sie so sehr gebeten hatte, mit ihm im Mondschein spazierenzugehen! Sie würden es nicht verstehen – und wie könnten sie's auch, nachdem sie selbst sich nicht verstand? Jedoch selbst jetzt, da sie auf ihrem Bett saß, in ihre Decke gewickelt, das Dämmergrau schon vor dem Fenster – selbst jetzt ließ der Gedanke an den Augenblick, da sie Adeline den Wind aus den Segeln genommen hatte, ihre Pulse in freudiger Erregung höher schlagen. Wie hatten diese dunklen

Augen, deren Feuer sie nur schwer ertragen konnte, sie in leerer Verblüffung angestarrt! Wie hatte der Mund mit den starken Linien vor Staunen offengestanden!

Bei der Erinnerung daran mußte Mary lachen, obwohl sie wußte, daß sie sich in jenem Augenblick ihr ganzes Leben verdorben hatte.

Sie dachte an die Worte, die die Leute gern gebrauchten, wenn sie von einem verführten Mädchen sprachen: »Er hat sie ruiniert.« Nun, von ihr konnte man sagen, daß sie sich selbst ruiniert hatte. Marys Lachen verwandelte sich in ein ironisches Lächeln, das ihr blasses Gesicht merkwürdig älter machte.

Eins war sicher – sie mußte Jalna verlassen. Der Gedanke, Philip zu sehen, der Familie gegenüberzutreten, war einfach unerträglich. Er gab ihr einen so heftigen Stich, daß sie aufsprang und anfing, sich anzukleiden. Sie wußte nicht, wohin sie gehen sollte. Nun, zum Plänemachen würde sie Zeit haben, wenn sie sicher aus dem Tor heraus war. Sie stand im Unterrock vor dem Waschtisch und goß Wasser in das Waschbecken. Sie hatte es immer gern gemocht, mit den großen roten Rosen, die durch das klare Wasser schimmerten. Das Wasser kam aus der Zisterne und war weich, als sei es eben aus den Wolken heruntergetropft. Sie tauchte ihr Gesicht hinein, kühlte sich die brennenden Augen. Das große Leinenhandtuch roch nach frischer Luft.

Sie packte ihren Koffer, schnallte den Riemen darum, legte die Dinge für den unmittelbaren Gebrauch in die Reisetasche, setzte den Hut auf und zog den Mantel an. Jetzt war sie atemlos vor Hast. Die Sonne berührte schon die Baumspitzen. Jeden Augenblick konnten die Dienstboten wach werden, die Hunde bellen, wenn sie sie hinausgehen sahen. Sie durfte nicht gesehen werden. Sie warf einen letzten Blick durch das Zimmer, um zu sehen, ob sie etwas vergessen hatte. Konnte dieser Raum, der so erfüllt war von ihren Gefühlen, jemals wieder derselbe werden? Sicherlich – in fernen, fernen Jahren würde jemand, der in diesem Bett lag, den Schatten von Mary Wakefield spüren!

Mit dem Koffer in der Hand schlich sie die Treppe hinunter. Vor Philips Tür zögerte sie, ihr Herz setzte aus, während sie eine letzte Botschaft durch das tote Holz der Tür schickte... Ich liebe dich, Philip, und ich werde nie einen anderen Mann lieben... nur dich. Lebe wohl, mein geliebter Liebster.

Sie stahl sich die Treppe hinunter.

Die Haustür stand weit offen, die unvergleichliche Süße des Septembermorgen strömte herein. Sie war also nicht die erste, die aufgestanden war! Schon hörte sie Mrs. Nettleships harte Stimme in der Küche unten einen Choral singen. »Bring uns ans Ufer, Schiffer, bring uns ans Ufer«, sang sie tremolierend. Jakes scharfes Ohr hörte Marys leisen Schritt in der Halle. Er kratzte an der Tür des Hundezimmers und winselte. Erschrocken eilte sie durch die Tür und die Stufen hinab. Sie sah nicht zurück, bis sie sicher hinter den schweren Zweigen der Tannen war, die die Einfahrt zu einem grünen Tunnel machten. Dann erst blickte sie zwischen den Ästen hindurch zurück zum Haus. Bläulichgrauer Rauch stieg aus zweien der fünf Schornsteine. Wo die Sonne am wärmsten aufs Dach schien, hatten sich die Tauben versammelt, sie verbeugten sich voreinander, machten gurrende Geräusche in ihren Kehlen, die irisierenden Brüste schimmerten. Nun waren schon viele Blätter des wilden Weins abgefallen und man konnte das helle Rot der Ziegel sehen. Das Haus, jetzt vierzig Jahre alt, war wie eine gesunde Matrone mit frischer Haut in den besten Jahren. Es sah heiter aus und so gelassen, als sehe es einer gesegneten Zukunft entgegen. Sie wandte sich ab und ging mit schwerem Schritt den Fahrweg entlang. Sonderbar – ihre Gedanken kreisten nicht um Philip, sondern um Adeline. Seit dem Gespräch der letzten Nacht hatte sich Adelines Bild so tief in ihr Bewußtsein eingeprägt, daß sie sich fragte, ob sie es wohl je wieder auslöschen könne. Wenn ich ein Bildhauer wäre, dachte sie, könnte ich ihre Büste aus dem Gedächtnis formen. Die Nasenflügel, die Augenlider, die Lippen sind mir bekannter als meine eigenen. Das Schlimmste an meinem Haß zu ihr ist, daß ich mich immer irgendwie von ihr angezogen gefühlt habe. Aber wozu daran denken – ich werde sie niemals wiedersehen. Und niemals wieder durch dieses Tor gehen ... und niemals wieder *sein* Gesicht sehen.

Die Reisetasche war schwerer als sie gedacht hatte. Sie schlug ihr beim Gehen ständig an die Beine. Sie nahm sie bald in die eine, bald in die andere Hand. Jedoch die Entfernung bis zur Bahnstation war weiter als eine Meile. Sie wußte, daß frühmorgens ein Zug nach Montreal fuhr. Den wollte sie nehmen und sich dann in Montreal eine Stellung suchen, gleichviel welcher Art, nur daß sie soviel sparen konnte, um heimzufahren nach England. Vielleicht bekam sie die Rückpassage frei, wenn sie für eine alte kranke Dame sorgte oder ein paar Kinder betreute. Ihr einziges klares Ziel war: fort von hier, so bald und so schnell wie möglich. Ich will lieber verhungern, dachte sie, als noch einmal einen von ihnen zu sehen ... Sie hörte das Getrappel von Pferdehufen auf der Straße und trat beiseite, um das Fuhrwerk vorbeizulassen. Als es näher kam, sah sie, daß der Mann in dem Break Dr. Ramsay war. Er hielt sein Pferd an und sah mit Überraschung auf sie herunter.

»Guten Morgen, Miss Wakefield«, sagte er. »Das ist ja erstaunlich, Sie so frühmorgens schon unterwegs zu sehen! Und mit Ihrer Reisetasche? Machen Sie eine Urlaubsreise?«

»Ja«, antwortete sie, »und ich möchte den Zug erreichen.«

»Was? Man läßt Sie zu Fuß gehen? Und mit dem schweren Gepäck? Kommen Sie, ich fahre Sie rasch zum Bahnhof.« Er fing an, die Zügel am Vorderbrett zu befestigen. »Ein Sekündchen, und Sie sind samt Gepäck hier im Wagen.«

»Nein – nein – ich danke Ihnen ... Es ist nur noch ein so kurzes Stück, und ich – ich möchte lieber gehen. Ich tu's gerne!«

Dr. Ramsay hatte schon von zu vielen Frauen zu viele Lügen gehört, um ihr diese abzunehmen.
»Was hat's denn gegeben, Miss Wakefield?« fragte er, und sein kluges, hübsches Gesicht verriet seine Neugierde. »Ich wette, es ist keine gewöhnliche Ferienreise, die Sie vorhaben.«
Was sie auch antwortete – er würde nach Jalna fahren und es wiederholen, das wußte sie. Sie sagte: »Wenn Sie es durchaus wissen möchten, Dr. Ramsay – ich gebe meine Stellung auf und gehe zurück nach England.«
»Nun ... das ist eine Überraschung. Ich kenne einen gewissen jungen Mann, dem das Herz brechen wird!«
»Niemandem wird das Herz brechen, Dr. Ramsay.« Einen Augenblick war sie in schrecklicher Versuchung, in Tränen auszubrechen und hinauszuschreien: Niemandem außer mir! Niemandem außer mir! Aber sie bezwang sich und sah ihm fest in die Augen. »Ich möchte wirklich lieber zu Fuß gehen – guten Morgen.« Sie streckte ihm zum Abschied die Hand entgegen.
Er faßte sie in einem kräftigen harten Griff, der ihr Vertrauen einflößen sollte. Mary fühlte es und wußte, sobald sie in seinem Wagen säße, würde er die Wahrheit aus ihr herausholen. Sie zwang ihre blassen Lippen zu einem Lächeln. »Leben Sie wohl, und bitte – grüßen Sie mir die Kinder!«
»Ich würde mich nicht abschütteln lassen«, sagte er, »aber ich bin dringend zu einer Entbindung gerufen. Leben Sie wohl, Miss Wakefield – und ich wünsche Ihnen viel Glück!«
Nur die Dringlichkeit seiner ärztlichen Hilfe zwang ihn, Mary gehen zu lassen und seinem Wunsch zu widerstehen, geradenwegs nach Jalna zu fahren und zu hören, was geschehen war. Mit zusammengepreßten Lippen folgte er dem Ruf der Pflicht. Er tippte sein Pferd mit der Peitsche an, und es setzte sich gemächlich in Trab.
Mary ging an den beiden Läden und den paar Häusern des Dorfes vorbei. Die Dorfstraße war mit zwei Reihen der edelsten Eichen und Tannen des Landes gesäumt. Mary blickte hinauf in die prächtigen Zweige und erinnerte sich, mit welchem Besitzerstolz Adeline Whiteoak sie immer gezeigt hatte. Man sollte meinen, die ganze Welt gehörte ihr, dachte sie, nach der Art, wie sie alles ansieht!
Sie mußte die Eisenbahnschienen überqueren, der grobe Kies knirschte unter ihren Füßen; zum Bahnsteig ging es steil bergan. Sie bekam Angst, daß sie den Zug versäumen könnte. Der Bahnhofsvorstand sah sie durch seine stahlgefaßte Brille herankommen. Mary verlangte ein Billett nach Montreal.
»Wollten Sie heute fahren?«
»Ja. Jetzt mit dem Frühzug. Ist es schon spät?«
»Spät? Oh, der Frühzug ist fort. Vor zehn Minuten. Haben Sie ihn nicht pfeifen hören?«

»Oh ... nein, ich habe das Pfeifen nicht gehört.«
Der Zug mußte weggefahren sein, während sie mit Dr. Ramsay gesprochen hatte. Sie war bestürzt und ärgerlich. Sie setzte sich in den Warteraum und stellte die Reisetasche vor ihre Füße. Sie konnte sich nicht gleich entscheiden, was sie tun sollte. Hätte sie sich nur vom Doktor zum Bahnhof fahren lassen, dann wäre sie jetzt bald über alle Berge!
Immer mache ich genau das Verkehrte, dachte sie. Wenn es neunzehn richtige Wege gäbe und einen falschen, dann würde ich sicher den falschen einschlagen. Hinter der Sperre hörte sie das gleichmäßige Ticken des Telegrafen.
Sie verließ den Warteraum, schloß leise die Tür, um nicht gehört zu werden, überquerte wieder die Schienen und ging auf die Straße am Seeufer zu. Sie erinnerte sich, daß es nur sieben Meilen waren bis nach Stead, der nächsten Stadt. Dorthin wollte sie – es war ein gutes Hotel da, in dem sie ein Zimmer nehmen und mit dem nächsten Zug nach Montreal fahren konnte. Sicher würde sie unterwegs ein Fuhrwerk treffen, das sie mitnahm. Aber die Straße war ungewöhnlich still. Ein großer Heuwagen kam an ihr vorbei, ein Viehwagen, aus dem zwei angstvolle Kälber schauten, ein leichter Wagen, dessen Sitz mit einem behäbigen Ehepaar reichlich ausgefüllt war, und endlich ein Mann mit einem Traberwagen, der für das Trabrennen auf der Herbstmesse trainierte. Die Geschwindigkeit dieses Vehikels benahm Mary fast den Atem und kam ihr hier auf offener Straße gefährlich vor.
Möwen flogen vom See über die Felder und zurück zum See. Das Wasser war graugrün und unruhig, da ein starker Wind aufkam. Er trieb die Wolken zu großen Bataillonen zusammen, die hell und bauschig vor dem blauen Himmel hersegelten, bis eine die Sonne zudeckte und alle bedrohlich rötlich färbte. Mary hatte noch keine Meile ihres Wegs zurückgelegt, als ein Regenschauer niederprasselte, wie wenn er sie absichtlich zum Ziel ausgewählt habe. Auch die dichten Zweige, unter denen sie Schutz suchte, konnten sie nicht vor der Nässe schützen. Trostlos schaute sie die Straße entlang, die sich weit vor ihr erstreckte. Schon jetzt war sie todmüde. An ihren Händen bildeten sich Blasen, ihre Haarflechte begann sich zu lösen, eine Haarnadel glitt ihr aus dem Haar den Rücken hinunter. Der dumpfe Geruch der Walderde vermischte sich mit dem des Wassers.
Der Schauer ging vorbei. Sie nahm ein Paar Handschuhe aus dem Gepäck – nun konnte sie es besser tragen. Aber es wurde bei jedem Schritt, den sie tat, schwerer. Ihr langer Tuchrock, naß vom Regen, zerrte an ihren Knien. Nun war die Sonne wieder draußen, die Möwen warfen sich in den Wind oder ließen sich aufs Wasser fallen, um unbeschwert auf den grünen Wellen zu reiten.
Sicherlich, sicherlich konnte es nicht mehr weit sein bis nach Stead! Mary fragte in einem Bauernhaus nach, und die Frau des Bauern sagte ihr, nur

noch eine Meile – und ob sie nicht hereinkommen und eine Tasse Tee trinken wolle? Ein Blech mit Semmeln kam gerade aus dem Ofen. Die Küche war heiß und die Luft schwer vom köstlichen Geruch des Backens. Mary war froh, daß sie sich hinsetzen und eine Tasse Tee trinken und ein frisches Brötchen essen konnte, das so heiß war, daß die Butter darauf schmolz. Sie merkte, daß sie ganz schwach vor Hunger war. Seit dem Picknick mit den Kindern hatte sie nichts gegessen. Die Frau freute sich offenbar über ihre Gesellschaft. Ihre Mutter war aus England hergekommen – sie sagte Mary ihren Namen und den des englischen Dorfes, aus dem sie stammte.

Mary hatte erwartet, sich nun wieder frisch zu fühlen und dem Rest ihres Weges besser gewachsen zu sein – aber Essen und Trinken hatten sie schläfrig gemacht. Ihr war, als habe ihre ganze Kraft sie verlassen. Sie strauchelte beim Gehen – ihr Kopf war vollkommen leer bis auf den Gedanken: Weiter, weiter! Mechanisch trat sie beiseite, um einen Wagen vorbeizulassen. Sie hatte nicht die Geistesgegenwart, dem Fahrer zu winken und ihn anzuhalten. Der Wagen rumpelte weiter, die blonden Mähnen der schweren Bauernpferde flatterten im Wind. Der Fahrer war ein alter Mann, der stumpf auf seinem Sitz hockte. Altes Scheusal, dachte Mary, er hätte doch sehen müssen, daß ich beinahe umfalle! Die Tränen stiegen ihr in die Augen und rannen ihre Wangen herab. Sie machte sich nicht die Mühe, sie wegzuwischen. Ihr Kopf war wieder leer.

Deshalb sah sie nicht den blitzenden kleinen Dogcart und das gutgepflegte Pferd, das aus einem Nebenweg auf sie zukam, bis es ganz nahe bei ihr war. Sie wischte sich rasch das Gesicht mit dem Taschentuch ab und machte sich bereit, den Fahrer anzurufen. Aber das war gar nicht nötig. Der Wagen hielt mit einem scharfen Ruck neben Mary. Sie schaute auf und sah in das runde Gesicht von Muriel Craig, die den kühlen Blick auf sie heftete.

»Aber Miss Wakefield!« rief sie, »daß ich ausgerechnet Sie hier treffe – hier auf der Straße, und so weit weg von zu Hause!«

Mary lächelte kalt. »Ich gehe nach Stead«, sagte sie.

»Dann werde ich Sie mitnehmen. Ich komme direkt an Stead vorbei.«

Mary hätte sich mit Freuden vom Teufel persönlich mitnehmen lassen. Sie wuchtete die schwere Reisetasche in den Wagen und kletterte hinterdrein. »Vielen Dank!« murmelte sie.

Einen Augenblick später flitzte der Wagen schnell die Straße entlang zur rhythmischen Kadenz der Hufe. Mary sank in den bequemen Sitz zurück und gab sich ganz der Entspannung hin.

»Ich bin froh«, sagte Miss Craig, die Zügel mit betonter Eleganz handhabend, »daß Sie wenigstens vernünftige Schuhe anhaben! Man kommt in diesem Land nicht drum herum.«

»Oh, ich habe meine aus England mitgebracht.«

»Wirklich? Nun ja, wenn ich genau hingesehen hätte, hätt' ich's selbst bemerkt. Die englischen Schuhe sind die besten.« Sie lächelte Mary zu wie noch niemals zuvor. Ihr Lächeln schien Mary vor lauter Freundlichkeit zu umarmen.

»Sie müssen mich bitte aussteigen lassen«, sagte Mary, »wenn wir nach Stead kommen. Den kurzen Weg zum Bahnhof kann ich laufen.«

»Welchen Zug wollen Sie nehmen?«

»Den nächsten nach Montreal.«

»Dann ... gehen Sie fort von Jalna?«

»Ja.«

»Auf Urlaub?«

»Nein, auf immer. Ich will zurück nach England.«

Muriel Craig ließ das Pferd in Schritt fallen. Sie schwieg. Mary sah von der Seite das Profil mit der kurzen Nase, die unter dem ins Gesicht gesetzten Matrosenhut zum Himmel strebte.

Dann sprach Muriel. »Ich nehme an, Sie hatten Streit mit jemandem in Jalna. Und ich vermute, mit Mrs. Whiteoak. Ich glaube, es ist nicht leicht, mit ihr auszukommen.«

Mary griff diese Lesart ihres Weggehens mit Freuden auf. »Ja, ja«, sagte sie, »sie ist schwierig.«

»Ich glaube, sie war zu den anderen Gouvernanten so hochfahrend, daß sie sich's nicht gefallen ließen.«

»Das mag wohl sein.«

»Haben Sie eine neue Stellung in Aussicht?«

»Nein ... noch nichts Bestimmtes. Ich glaube, Sie lassen mich lieber hier aussteigen. Ich möchte nicht, daß Sie meinetwegen einen Umweg machen.«

»Nein, hören Sie: ich habe einen Vorschlag für Sie. Ich hoffe, Sie haben Interesse daran.«

Mary fing an zu verstehen, was die Leute an Muriel Craig liebenswürdig fanden. Nun, da sie die gönnerhaften Gesten abgelegt hatte, schien sie aufrichtig, angenehm, voll verläßlichen gesunden Menschenverstandes.

»Mein Vorschlag ist der: ich habe eine Freundin in New York. Sehr wohlhabend – eher reich. Sie hat drei Kinder, und würde absolut entzückt sein, jemanden wie Sie als Erzieherin zu bekommen. Sie muß jemand Verläßlichen haben. Und Sie wären auch, wenn Sie nach England zurück möchten, gleich an einem Seehafen. Sie würden das doppelte Gehalt bekommen wie in Montreal. Also, meine Liebe, seien Sie nicht so töricht, meinen Vorschlag abzulehnen. Es wäre wirklich *zu* töricht! Es ist eine geradezu gottgesandte Gelegenheit. Und jetzt nehme ich Sie mit zu uns nach Hause, und Sie bleiben bei mir, während ich an meine Freundin schreibe.« Sie legte eine Hand auf Marys Hand und drückte sie tröstlich und herzlich. »Diese Freundin ist so

schrecklich gut zu mir gewesen, und ich brenne darauf, ihr auch einen Dienst zu leisten. Und was Sie betrifft – Sie werden meine Freundin und die wirklich süßen Kinder bald liebgewinnen.«
Mary war so erschöpft durch den Mangel an Schlaf und den weiten Weg mit dem schweren Gepäck, daß sie einer freundlichen Hand, die ihr geboten wurde, nicht widerstehen konnte. Jetzt bereute sie, Miss Craig so falsch beurteilt zu haben. Ihre Lippen zitterten, als sie antwortete: »Das wäre für mich natürlich eine herrliche Stellung, und es ist so freundlich von Ihnen, mich inzwischen aufnehmen zu wollen, aber ich glaube, ich werde lieber in einem Hotel wohnen.«
»Hotel! Was für eine Idee! Als ob ich so etwas dulden würde! Nein, Sie kommen jetzt sofort mit mir nach Hause – unser Haus ist so groß, und nur mein Vater und ich bewohnen es – und da reden Sie kleine törichte Person davon, in ein Hotel zu ziehen!« Sie gab dem Pferd einen harten Hieb mit der Peitsche, schnalzte mit der Zunge, und nun fuhren sie in einem fast beängstigenden Tempo die Straße entlang.
Es war beinahe, als wolle Muriel Craig Mary daran hindern, anderen Sinnes zu werden.
Mary war überrascht, Mr. Craig im Garten zu finden, wo er am Arm der Pflegerin auf dem Rasen spazierenging. Sie hatte noch nie einen so kräftig aussehenden Invaliden gesehen, und die Bräune eines Sommers trug noch das ihre zu seinem gesunden Äußeren bei. Er begrüßte Mary sehr gastfreundlich.
»Herzlich willkommen, Miss Wakefield! Machen Sie sich's recht bequem bei uns, fühlen Sie sich nur wie zu Hause ... Ich weiß zwar nicht, wieso Sie hier sind – sind Sie von den Whiteoaks weggegangen?«
Muriel nahm Mary die Antwort ab. »Miss Wakefield will nach England, Vater.«
Der Charakter seiner Krankheit ließ ihn nur langsam begreifen. Die Pflegerin sah ihn andauernd mit neckischen Blicken an, als wollte sie ihn unaufhörlich ermuntern.
»Gewiß, gewiß – wie es auch sei«, sagte er freundlich, »Sie sehen sehr müde aus, junge Dame! Sie sollten hinaufgehen und sich hinlegen. Lassen Sie sich von meiner Pflegerin einen Eierpunsch machen – darin ist sie eine Kapazität!«
Sobald es schicklicherweise möglich war, führte Muriel ihren Gast nach oben und in ein großes Schlafzimmer. Sie trug Marys Gepäck so mühelos hinauf, als wiege es gar nichts. Sie blieb noch eine Weile und schilderte Mary das Heim ihrer Freundin in verlockenden Farben, besonders ihre Kinder und ihr gutes Herz.
»Und jetzt schlafen Sie«, sagte sie endlich, »während ich gleich an meine Freundin schreibe. Wie dankbar bin ich, daß ich Sie getroffen habe, Sie armes

kleines Herzchen! Sie sahen so unglücklich aus, wie Sie da die Straße entlangschlichen und die schwere Tasche schleppten.«
Impulsiv trat sie zu Mary, legte die Arme um sie und küßte sie. Armes kleines Herzchen, dachte Mary; wahrhaftig! Ich bin viel größer als sie. Aber welche Vitalität! Sie ist wie eine Dampfwalze.
Sie sehnte sich nach nichts anderem, als sich auf das Bett fallen zu lassen und in Vergessen zu versinken. Aber was für ein Bett! Es war mit einer schweren weißen Steppdecke bedeckt, und die gewaltigen Kissen steckten in steifgestärkten Bezügen mit getollten Volants. Mary hob zögernd eins auf und wußte nicht, was sie damit tun sollte. Und wie sollte sie jemals das Bett wieder so herrichten, daß es aussah wie jetzt? Oh, der Eierpunsch, den ihr Mr. Craig empfohlen hatte! Der Magen hing ihr bis aufs Rückgrat. Einen idiotischen Augenblick lang sah sie sich, wie sie vor Hunger die getollten Kissenvolants in den Mund stopfte!
Sie zitterte vor Müdigkeit und Hunger. Sie legte das Paradekissen schnell zurück, nahm die zusammengefaltete Decke, die am Fußende lag, und breitete sie auf den Fußboden. Sie öffnete ein Fenster, denn der Raum war stickig, und warf sich auf den Boden, mit dem Kopf auf der Decke. Sie dachte, sie würde sofort einschlafen, aber all ihre Nerven pochten schmerzhaft. Sie riß die Augen weit auf, und eine nachtschwarze Zukunft lag wie eine Wüste vor ihr. Allein. Allein. Sie konnte nicht schlafen. Sie war viel zu müde zum Schlafen. Sie würde nie wieder schlafen können. Die Decke roch nach Kampfer. Sie schleuderte sie fort und lag auf dem bloßen Teppich. Große grüne Medaillons auf maronenfarbenem Grund umgaben sie. Wie schreckliche hungrige Ungetüme krochen sie auf sie zu. Sie preßte die Hand gegen die Augen, um sie auszusperren. So, das war besser. Ein frischer kühler Wind blähte die Gardinen, wehte über sie hin und trug den feuchten Erdgeruch des Herbstes herein. Jetzt lag Mary ganz still, und ohne es zu merken, fiel sie sogleich in einen tiefen traumlosen Schlaf.

18 *Mary wird gesucht*

Vom Oberstock schallte Rennys Stimme herunter, klar und hoch, als wenn jemand aus Leibeskräften auf der Flöte bliese. Nicholas bemerkte: »Was für ein verrücktes Lied!«
»Ich hab's Hodge singen hören«, sagte Ernest.
»Ich habe mich oft gefragt«, sagte Sir Edwin nachdenklich, »wieso die Wiederholung sinnloser Worte so faszinierend ist.«
»Ja«, stimmte Ernest zu. »In den Liedern der Shakespearezeit war es ebenso. Sinnlose Silben, weißt du.«

Diese Bemerkungen waren wie kleine Wellen, die um zwei dräuende Felsen plätscherten. Adeline und Philip saßen schweigend und sahen einander an.
Dann ging Nicholas hinüber zu Philip und legte ihm den Arm um die Schulter. »Nun, nun, alter Junge – nimm die Geschichte nicht so tragisch. Später wirst du froh darüber sein. Davon bin ich überzeugt.«
»Ich glaube, du meinst, daß ich stillsitzen und die Daumen umeinanderdrehen soll, während das Opfer eurer Verschwörung, das Mädchen, das ich liebe –«
»Ich weiß von keiner Verschwörung.«
»Es war eine Verschwörung. Mama weiß, daß es eine Verschwörung war.«
Adeline fragte: »War es ein Teil dieser Verschwörung, daß du dem Mädchen in den Obstgarten nachgelaufen bist – wenn du wußtest, daß sie nächste Woche einen andern Mann heiraten sollte – und dort eine Liebesszene mit ihr aufgeführt hast?«
»Das hat nichts mit der Verschwörung zu tun.«
»Nun, es hat die ganze Nachbarschaft mit Gesprächsstoff versorgt.«
»Was kümmern mich die Nachbarn. Meine einzige Sorge ist, wie ich Mary finde!«
»Philip, du hast dir keinerlei Sorgen um Mary gemacht, bis du hörtest, daß sie Clive heiraten wird.«
»Sie war hier im Haus – an meiner Seite. Ich liebte sie.«
Augusta warf ein: »Philip, ich bitte dich – denke einmal kühl über alles nach!«
Er wandte sich ab und sagte über die Schulter: »Euer ganzes Gerede ist zwecklos, das kann ich euch sagen.«
Von draußen kam das Geräusch von Rädern. Ernest, der dem Fenster am nächsten war, rief aus: »Es ist der junge Busby! Sieht grimmig aus!«
Philip ging auf die Veranda. Clive Busby stieg aus dem Einspänner und band das Pferd an den Ring in der Nase des eisernen Pferdekopfes neben den Stufen. Sein Gesicht sah ungewöhnlich blaß und entschlossen aus.
Die übrige Familie folgte Philip in die Halle, mit Ausnahme von Sir Edwin, der zwischen den Gardinen hinauslugte, während er nervös an seinem Bart herumfingerte.
Clive kam die Stufen herauf wie ein Überbringer schlechter Nachrichten.
»Guten Morgen«, sagte er mit beherrschter Stimme. »Kann ich Miss Wakefield sprechen?«
»Sie ist nicht hier«, erwiderte Adeline, ihn fest anblickend. »Ich hatte gestern abend eine Unterredung mit ihr, die ihr nicht paßte, und sie ist weggegangen. Ich glaube, Sie sollten ihr folgen, Clive. Das Mädchen ist impulsiv und ziemlich töricht, aber sie wird zur Vernunft kommen.«
»Nicht hier?« wiederholte er benommen. »Wo ist sie?«
»Wir wissen es nicht. Wir haben es eben erst entdeckt.«

»Mein Gott«, sagte er wild, »sie kann etwas Schreckliches getan haben!«
»Wohl kaum. Sie hat ihre Reisetasche mitgenommen.«
Nun hörte man einen zweiten Wagen kommen, und Dr. Ramsay, der die Entbindung hinter sich und sein altes Pferd zur Eile angetrieben hatte, erschien. Er begrüßte die Gruppe ohne Überraschung.
»Ein stürmischer Tag«, sagte er. »War ein tüchtiger Schauer heute morgen!«
»Hast du zufällig Miss Wakefield gesehen?« fragte Philip.
»Miss Wakefield? O ja. Wir hatten ein kurzes Gespräch, sie und ich, in aller Morgenfrühe. Sie war unterwegs zum Zug nach Montreal, wie ihr vermutlich wißt.«
»Montreal?!« wiederholte Philip. »Sie hat den Zug nach Montreal benützt? Hat sie dir auch gesagt, wo sie dort wohnen wird?«
»Nein. Sie war nicht sehr mitteilsam, aber sie hatte offenbar feste Pläne.«
Clive Busby wandte sich an Philip. »Kann ich Sie allein sprechen?«
»Ja. Kommen Sie.«
Adeline rief: »Ich glaube, es ist gut, wenn ich mitgehe.«
»Danke«, sagte Philip. »Wir möchten lieber allein sein.«
Er führte Clive in die Tannenallee, die vom Tor zum Haus führte. Das grünliche Licht lag auf ihren Gesichtern; Philips war dunkel gerötet, Clives grauweiß unter der Sonnenbräune. Sie maßen einander wie vor einem Duell. Dann sagte Philip: »Sie müssen Ihre Verlobung lösen, Clive. Mary liebt mich. Sie hat einen Fehler gemacht. Ich bedaure es sehr.«
»Ich werde sie nicht aufgeben, ehe sie mich selbst darum bittet. Sie ist vollkommen glücklich gewesen als meine Verlobte. Wir haben alles für die Zukunft geplant. Der Fehler liegt auf Ihrer Seite.«
»Sagen Sie . . . warum sind Sie herübergekommen?«
»Wegen eines Klatschs, den ich gehört habe.«
»Noah Binns?«
»Mein Gott – glauben Sie, ich würde auf ihn hören?«
»Lily Pink?«
»Nein. Mrs. Pink. Sie kam heute früh zu den Vaughans.«
Philip rief ärgerlich: »So!« aber seine Stirn entwölkte sich. »Es ist ganz gut, wenn die Sache jetzt zwischen uns ausgetragen wird . . .
Ich nehme an, Mrs. Pink hat gesagt, ich hätte Mary im Obstgarten geküßt.«
»Ja.«
»Nun, es ist wahr.«
»Sie können mir nicht einreden, daß Mary mich nicht liebt. Sobald ich sie finde, wird sie alles erklären.«
Philip brach einen Tannenzweig ab und betrachtete ihn. Ohne aufzusehen sagte er: »Ich möchte gern wissen, ob sie Ihnen das sagen wird, was sie meiner Mutter gesagt hat.«

»Was war das?«
»Sie hat meiner Mutter gesagt, sie sei meine Mätresse.«
Clives Lippen waren farblos gewesen, jetzt wurden sie grünlichweiß wie sein Gesicht. »Sie lügen!« schrie er.
»Nein. Sie hat es zu meiner Mutter gesagt. Aber es ist nicht wahr. Es hat nie eine größere Vertraulichkeit zwischen uns gegeben als die, von der Mrs. Pink Ihnen erzählt hat. Ich schwöre es, Clive.«
»Ich will keine Schwüre von Ihnen hören«, rief Clive. Es klang tiefunglücklich. »Es macht mich krank, daß wir hier stehen und in dieser Weise von ihr sprechen. Mary, gerade Mary! Sie würde vor Scham sterben, wenn sie uns hörte!«
»Die Tatsache bleibt«, sagte Philip, »daß sie gestern nacht meiner Mutter genau dieses Wort gesagt hat. Sie können nicht mehr vor den Kopf geschlagen sein dadurch, Clive, als ich es bin!«
»Ich will nicht glauben, daß sie etwas Derartiges gesagt hat. Ihre Mutter hat sich's eingebildet.«
»Meine Mutter neigt nicht dazu, sich derartige Dinge einzubilden.«
»Sie haben schlecht an mir gehandelt. Sie wußten, daß wir verlobt sind, Mary und ich.«
»Nicht, bevor ich gestern nach Hause kam.«
»Und da gingen Sie geradenwegs zu ihr und versuchten, mich auszustechen!«
»Ja. Weil *ich* Mary heiraten will.«
»Mary wird mich nicht fallenlassen. Dazu ist sie zu ehrenhaft.«
»Würden Sie denn ein Mädchen heiraten, das einen andern Mann liebt?«
»Ich will nicht soviel über sie reden«, unterbrach Clive. »Ich werde sie suchen – und sie wird mir die Wahrheit sagen.«
»Mehr will ich auch nicht. Ich werde mit Ihnen gehen.«
Sie kehrten um und gingen Seite an Seite zurück zum Haus.
Clive band sein Pferd los und stieg in seinen Wagen. Seine Augen begegneten Philips Blick mit einer Mischung von Schmerz und Haß. Er sagte: »Ich werde mit dem nächsten Zug nach Montreal fahren.«
»Ich auch. Aber vor morgen früh geht keiner.«
»Eine lange Zeit, wenn man warten muß ...«
Ohne weitere Worte fuhr Clive fort und die Straße hinunter. Niemals, niemals wieder, dachte er, werde ich dieses Haus betreten. Statt die Richtung nach Vaughansland einzuschlagen, fuhr er zur Bahnstation. Er wollte sich vergewissern, ob Mary tatsächlich mit dem Zug weggefahren war.
Der Stationsvorsteher ließ sich Zeit, ehe er am Schalter erschien. Clive zwang sich, kühl zu fragen: »Können Sie mir vielleicht sagen, ob Miss Wakefield den Frühzug nach Montreal genommen hat?«
»Hmm ..., die junge Dame, die in Jalna ist?«

»Ja.«
Der Mann grinste. »Sie hat den Zug verpaßt. Es ist komisch, in einem Nest wie hier verpassen Leute den Zug, die nichts weiter zu tun haben, als ihn zu erreichen. Aber sie hat ihn regelrecht verpaßt.«
»Haben Sie gesehen, welchen Weg sie dann eingeschlagen hat?«.
»Hmm; sie saß 'ne Weile hier, und dann ging sie ganz leise raus und nahm den Weg nach Stead. Ich taxiere, sie will in Stead im Hotel übernachten und dann den Morgenzug zur Stadt nehmen und dort nach Montreal umsteigen. Wir haben hier ja nur die Lokalbahn. Oder sie nimmt den Abendzug zur Stadt und bleibt über Nacht dort. Denn wie sie's auch macht, sie muß in der Stadt umsteigen nach Montreal.«
»So, das wußte ich nicht. Jedenfalls vielen Dank.«
Sie hatte den Zug verpaßt! Wenn er geradenwegs nach Stead fuhr, konnte er sie vielleicht noch im Hotel treffen. Er stieg in seinen Wagen und fuhr die Uferstraße entlang in Richtung Stead. Sein Gesicht hatte wieder Farbe, aber ihm war, als umspanne ein eiserner Ring seine Stirn. Das Gefühl entsetzlicher Dringlichkeit, drohender Gefahr ließ ihn das Pferd zum Galopp antreiben. Er würde keine Ruhe haben, bis er Auge in Auge vor Mary stand und aus ihrem Mund gehört hatte, was all dies Unbegreifliche bedeutete.
Im Hotel in Stead fragte er nach ihr. Dann suchte er ein kleines, gewöhnlicheres Gasthaus auf und fragte auch dort. Er ging zum Bahnhof. Sie war nirgends gesehen worden. Er kam zu dem Schluß, Mary habe vielleicht eine Freundin in Stead und sei zu ihr gegangen. Nun – dann konnte er eben nichts tun als auf den Abendzug warten.
Er fuhr zurück nach Vaughansland und brachte das Pferd in den Stall. Der Druck um seine Stirn hatte sich in rasende Kopfschmerzen verwandelt. Er legte sich auf einen Diwan, und die freundliche Mrs. Vaughan machte ihm Tee und rieb ihm die Stirn mit Kampfer ein. Sie versuchte, ihn zum Sprechen zu bringen, aber als sie seine unglücklichen Augen sah, sobald sie den Gegenstand berührte, schwieg sie und legte ihr Mitgefühl in ihre Fingerspitzen, mit denen sie ihm über die Stirn strich. Wenn sie alles wüßte, dachte er, was würde sie denken? Er selbst schreckte vor dem Gedanken an das zurück, was Philip ihm gesagt hatte.
Irgendwie ging der Tag vorüber, und wieder fuhr er zum Bahnhof von Stead. Sie war nicht da. Er hatte den Vaughans gesagt, daß er möglicherweise über Nacht fortbleiben würde. Er war dankbar, daß er allein sein konnte. Er trank ein paar Gläser Bourbon an der Hotelbar, dann ging er zu Bett. Er schlief besser, als er gehofft hatte, einen tiefen, fast traumlosen Schlaf.
Am nächsten Morgen ging er im strömenden Regen zum Bahnhof. Mary war nicht unter den schläfrigen Reisenden, die auf den Zug warteten. Sie erschien auch nicht, als der Zug wegfuhr. Clive ging zurück ins Hotel und zwang sich,

etwas zu frühstücken. Er versuchte nachzudenken, was er jetzt tun müßte. Er konnte nicht in jedes Haus von Stead gehen und fragen, ob Mary dort sei – und doch war er überzeugt, daß sie sich irgendwo hier aufhielte. Als der Regen nachließ, lief er hartnäckig durch die Straßen und schaute zu jedem Haus hinauf in der Hoffnung, sie an einem Fenster zu entdecken.

Endlich beschloß er, zurückzufahren nach Vaughansland. Vielleicht hatten sie dort eine Nachricht über Mary. Sie hatten nichts von ihr gehört, aber Robert Vaughan bemerkte beiläufig, daß Philip Whiteoak nach Montreal gefahren sei. Clive lächelte grimmig, wenn er sich dies fruchtlose Unternehmen vorstellte. Er ging hinaus und wanderte durch die dunklen Wälder, wo er mit Mary Hand in Hand gegangen war, wo sie Zukunftspläne gemacht hatten, die ihm jetzt so düster erschienen wie die tropfenden Bäume.

Am Spätnachmittag fuhr er nochmals nach Stead und suchte sie auf dem Bahnhof. Nochmals blieb er die Nacht im Hotel und wiederholte am Morgen seine eitlen Bemühungen. Jetzt ergriff ihn die Furcht. Hatte Mary sich ertränkt? Sie war vielleicht ganz von Sinnen gewesen und war in den See gegangen?! Als er heimwärts fuhr, blickte er in wachsender Angst auf die grünen rollenden Wellen. Für ihn, der aus dem Westen kam, war der See ein Weltmeer. Die Möwen umkreisten etwas Dunkles, das im Wasser schwamm. Clives Herz erstarrte. Dann sah er, daß es ein Holzklotz war. Er hielt bei mehreren Häusern und fragte, ob vielleicht jemand Mary gesehen habe. Er kam auch zu der Bäuerin, die Mary Tee und ein Brötchen gegeben hatte; sie sah Clive neugierig an und verweilte des Langen und Breiten auf Marys Mattigkeit und sagte, daß sie sich selbst schon Sorgen gemacht hätte.

Er brauchte das Pferd nicht anzutreiben, das es eilig hatte, in seinen Stall zu kommen.

Mrs. Vaughan kam Clive entgegen. Sie hielt einen Brief in der Hand.

»Der Kutscher von den Craigs hat diesen Brief gebracht, Clive«, sagte sie. Sie brannte so darauf, ihm wenigstens mit herzlichen Blicken und warmer Anteilnahme zu helfen, als sei er ihr eigener Sohn. Sie hätte ihn am liebsten in die Arme genommen und getröstet.

Clive riß den Brief auf und las:

Lieber Mr. Busby.

Mary Wakefield ist bei mir. Ich glaube, es wäre recht gut, wenn Sie selbst herüberkämen und mit ihr sprächen. Sie weiß nicht, daß ich diesen Brief schreibe, aber ich bin überzeugt, daß sie Ihnen noch immer sehr zugetan ist. Wenn Sie kommen wollen, dann kommen Sie am besten noch heute und fragen Sie bitte *nach mir*.

Mit besten Grüßen
Muriel Craig

19 Bei den Craigs

Mary hörte das leise, aber eindringliche Klopfen zweimal, ehe sie imstande war, sich aus dem Brunnen tiefen Schlafs zu ziehen, in den sie versunken war. Zuerst konnte sie sich nicht erinnern – wo war sie eigentlich? Warum lag sie am Boden? War sie ohnmächtig geworden und hingefallen? Das Klopfen wiederholte sich, dann kam eine Stimme: »Miss Wakefield! Mary! Darf ich hineinkommen?«

Mary stand mit unsicheren Füßen auf. Jeder Muskel schmerzte. »Einen Augenblick«, rief sie. Sie warf die Decke aufs Bett und öffnete die Tür. Ihre Augen, gläsern vor Erschöpfung und noch schwer vom Schlaf, konnten sich kaum auf die Gestalt konzentrieren, die da so adrett und lebendig im Türrahmen stand.

»Mein Gott – welch ein Zug!« rief Muriel Craig. »Ein Wunder, daß es Sie nicht aus dem Bett geweht hat! Aber – Sie hatten sich gar nicht hingelegt! Meine Güte – ich war überzeugt, sie hätten geschlafen!«

»Ich habe dort in dem großen Sessel gesessen«, sagte Mary, »ich hatte mich in die Decke gewickelt und habe geschlafen wie ein Bär!«

»Ach wirklich?« Das Wort drückte irgendwie Mißbilligung aus. »Sie sehen ganz erfroren und schrecklich blaß aus. Geben Sie mir einmal Ihre Hand – nun ja, sie ist eisig! Und Sie müssen doch halbverhungert sein! Ich habe den Lunch solange wie möglich aufgeschoben, damit Sie sich ein wenig ausschlafen könnten – aber jetzt schreit mein Vater schon förmlich danach! Ach, Sie können sich gar nicht denken, was für ein Leben ich habe! Zwischen den Anforderungen, die bald er selbst, bald diese Krankenschwester stellt, werde ich noch verrückt!«

Sie hatte sich hingesetzt, um auf Mary zu warten, die etwas darum gegeben hätte, sich ohne Zuschauer in Ordnung bringen zu können. Ihre Hände zitterten, als sie ihre Reisetasche öffnete und Kamm und Bürste herausholte.

»Was für hübsches Haar sie haben!«, sagte Muriel Craig, als Mary ihr seidiges Haar bürstete. »Und so fein – wenn auch nicht so fein wie meins. Meins ist eine Plage, weil es so fein ist. So feine Haare *sind* doch eine Plage, finden Sie nicht? Mit meinem Spann ist es genau dasselbe. Er ist so hoch, daß ich die größten Schwierigkeiten habe, passende Schuhe zu bekommen. Nun, in Zukunft werde ich sie nach Maß machen lassen.«

»Ja, das ist wirklich ärgerlich«, stimmte Mary zu.

»Natürlich gibt's Leute, die sie bewundern. Nun, ich selbst nicht.« Sie schob ihren vollendet gutbeschuhten Fuß vor und betrachtete ihn mit größter Aufmerksamkeit. »Und ebenso ärgerlich ist meine dünne Taille. Haben Sie sie bemerkt? Niemals passen mir die Gurtbänder! Die Schneiderinnen sind so dumm ... Ich hatte, ehe ich Sie traf, noch keine Ahnung, daß Mrs. Whiteoak von ihrer Reise zurück war. Hat sie eine angenehme Zeit verlebt?«

»Ich glaube ja.«
»Mir gefällt Ihre einfache Frisur! Sie paßt so gut zu Ihnen! Ich nehme an, ihr Sohn ist mit ihr nach Hause gekommen?«
»O ja.«
»Würden Sie gern ins Badezimmer gehen, sich die Hände waschen?« Sie führte Mary durch den Gang und wartete vor der Tür auf sie; Mary fühlte sich ein wenig frischer, nachdem sie ihr Gesicht in warmem Wasser gebadet hatte. Dann gingen sie zusammen die Treppe hinunter. Mr. Craig saß schon am Tisch, die Pflegerin neben ihm, und er entschuldigte sich, weil er nicht aufstand.
»Sie werden Nachsicht haben müssen mit meinen schlechten Manieren«, sagte er.
»Oh, Mr. Craig«, rief die Pflegerin. »Ihre Manieren sind wunderbar!
»Die Schwester sagt, meine Manieren sind wunderbar«, bemerkte Mr. Craig zu Mary. »Manche Leute sind leicht zufriedenzustellen, nicht wahr?« Er wünschte sichtlich, während der ganzen Mahlzeit von seiner Krankheit zu sprechen und von der herrlichen Pflege, die er hatte. Dabei sah er verwirrt auf Messer und Gabel und wußte nicht, was er in die rechte und was in die linke Hand nehmen sollte, bis ihm die Pflegerin mit neckischer Ermunterung half. Seine Schuhknopfaugen funkelten bei jedem seiner kleinen Witze, aber der kühle Blick seiner Tochter glitt über ihn hin, als sei er nicht da.
Mary fühlte sich unwirklicher als je im Leben. Ihr Hirn war stumpf, und sie war dankbar für Mr. Craigs Scherzchen, denn sie konnte sie wenigstens verstehen und belächeln. Er konnte sich nicht genug tun in seinem Lob Dr. Ramsays und seiner ärztlichen Hilfe.
»Er ist ein prächtiger Mann«, sagte er in seiner langsamen Art mit seiner etwas dicken Stimme. »Er ist großartig! Und er hat einen ebenso großartigen Schwiegersohn. Mr. Philip Whiteoak. Kennen Sie ihn?«
»Miss Wakefield war bis jetzt als Gouvernante bei Mr. Whiteoaks Kindern, Vater«, warf seine Tochter ungeduldig ein. »Natürlich kennt sie ihn.«
»Hatt' ich vergessen«, murmelte er.
»Böser Mann – alles zu vergessen!« gurrte die Pflegerin und klopfte ihm liebevoll die Hand.
»Ich könnte Ihnen jemand verraten, der ihn sehr bewundert«, sagte Mr. Craig. »Meine Tochter! Dieses Mädchen da! Aber sie wird ihn nicht kriegen. Er wird keine zweite Frau nehmen, hat Dr. Ramsay gesagt. Er lebt ganz der Erinnerung an seine erste Frau.«
Muriel Craigs Gesicht war rot vor Ärger, aber sie schwieg. »Und das ist ganz richtig, nicht wahr, Miss Wakefield? Ich bin überzeugt, Sie sind auch nicht für Wiederverheiratung! Ich bin's auch nicht. Ich hatte eine wundervolle Frau. Was man so einen wunderbaren Kameraden nennt. Aber ... sie war nicht

sympathetisch. Und ich hätte diese Krankheit nie überstanden ohne eine solche geheime seelische Ausstrahlung.«
»Es geht Ihnen jetzt doch viel besser, nicht wahr?« fragte Mary.
»Besser? Nun, ich komme gesundheitlich vorwärts wie die Feuerwehr!«
Er machte eine breite Geste, wobei er sein Milchglas umwarf. Die Pflegerin begann schnell die Milch mit ihrer Serviette aufzutupfen. »Unser böser Junge! Immer unbändig!« kicherte sie.
Er fing ihr Schürzenband ein und hielt es hoch. »Da sehen Sie's – an ihre Schürzenbänder gefesselt!« erklärte er dramatisch, die Augen zur Decke gewandt.
Die erste Kürbispastete des Jahres kam auf den Tisch und eine große Schale mit purpurnen Trauben. Muriel war zu ärgerlich, um etwas davon anzurühren. Sobald sie mit Mary entfliehen konnte, zog sie sie auf die Veranda. Sie setzten sich Seite an Seite in die Hängematte.
»Mein Vater redet wie ein alter Narr«, sagte Muriel heftig. »Er versucht immer, witzig zu sein, und es gelingt ihm, weiß Gott, immer daneben – außer bei dieser schafsdummen Pflegerin! Finden Sie sie auch so gräßlich?«
Mary konnte wahrheitsgemäß bestätigen, daß sie nicht viel Liebenswertes in ihr sah.
»Es ist zu nett, Sie hier zu haben«, sagte Muriel, legte den Arm um Mary und schaukelte leise. »Ich habe so wenige richtige Freundinnen!«
Nach einem Schweigen, in dem Mary verzweifelt nach einer Antwort suchte, fuhr Muriel fort: »Sie haben eine so hübsche Haut, daß ich's eigentlich schade finde, daß Sie sie pudern. Meine Mutter hat immer zu mir gesagt: ›Muriel, du hast einen makellosen Teint – verdirb ihn dir nie mit Puder!‹ Nun, ich hab's nie getan – würde ich Ihnen mit Puder besser gefallen?«
»Ich finde Sie bewundernswert, wie Sie sind.«
»Oh, wie nett, daß mich einmal jemand bewundert!«
»Nun, ich glaube, das tun alle, die Sie kennen.«
»Meinen Sie, Philip Whiteoak auch?« Ihre großen klaren Augen sahen direkt und forschend in Marys Augen.
Mary lachte. »Das würde er mir kaum anvertraut haben.«
»Nun, vielleicht doch . . . hat er nie vertraulich mit Ihnen gesprochen?«
»Ich war in Jalna, um seine Kinder zu unterrichten – nicht als seine Vertraute.«
»Aber Sie mochten ihn doch gern, nicht wahr?«
»O ja. Er ist sehr freundlich.«
»Sehr freundlich! Meine Güte!« Sie legte den Arm fester um Mary.
»Ich finde, *mir* könnten Sie sich anvertrauen. Sie könnten mir doch sagen, was es in Jalna gegeben hat, und warum Sie so plötzlich weggegangen sind.«
»Nun, Mrs. Whiteoak und ich – wir hatten Streit.«

»Lieber Himmel! Ich wette, da haben Sie den Kürzeren gezogen! Ich würde mich vor ihr fürchten! Erzählen Sie mir's doch genau!«
Mary wurde rot. »Ich kann wirklich nicht.«
»Waren Sie beide allein?«
»Ja.«
»Und *er* wußte nichts davon?«
»Nein.«
Muriel setzte den Fuß vor und versank wieder in Bewunderung für ihren hohen Spann, bis sie sehr nachdenklich sagte: »Ich weiß jemanden, der ganz weg von Ihnen ist! Aber das weiß natürlich jeder Mensch.«
Mary sah sie fragend an.
»Clive Busby. Jemand – ich habe vergessen, wer es war – hat mir erzählt, Sie wären verlobt. Aber Sie würden doch nie auf diese Weise weglaufen, wenn es so wäre. Nun, Sie könnten sich leicht mit ihm verloben, wenn Sie's möchten. Davon bin ich überzeugt. Ich habe ihn eines Tages bei einer Gartenparty getroffen – ein Offizier der Königsschützen hatte sie veranstaltet – und als ich ihm sagte, wie gut Sie mir gefielen, da *leuchteten* seine Augen! Oh, er ist furchtbar verliebt in Sie! Erzählen Sie mir nicht, er hätte Ihnen noch keinen Antrag gemacht!«
»Ich erzähle Ihnen gar nichts«, antwortete Mary kühl. »Ich bin nämlich leider gar nicht mitteilsam. Ich hoffe, Sie nehmen mir's nicht übel.«
»Doch! Das tue ich! Ich möchte daß wir uns hier schaukeln und daß Sie mir dabei Ihr Herz ausschütten! Ich habe den Brief an meine Freundin in New York schon geschrieben und zur Post geschickt.«
»Vielen, vielen Dank – es ist sehr freundlich von Ihnen.« Muriels Kopf verschwamm, enorm vergrößert, vor ihren Augen. Sie legte die Hand auf die Stirn. »Ich schäme mich, es zu gestehen – aber ich muß hinaufgehen und mich wieder hinlegen. Ich bin ganz schwindlig. Es ist furchtbar dumm von mir – aber es ist so.«
Muriel sprang auf. »Sie brauchen Ruhe – und Sie sollen Ruhe haben! Aber jetzt richtig im Bett!«
In ihrer überschüssigen Energie zog sie Mary fast die Treppe hinauf. Sie machte das Bett zurecht, während Mary in ihren Schlafrock schlüpfte, und plauderte dabei die ganze Zeit, jetzt aber von ihren Schwierigkeiten mit ihrem Vater und der Pflegerin. Sie deckte Mary mit der seidenen Decke zu, klopfte sie auf die Schulter und riet ihr zu schlafen, bis sie völlig ausgeruht wäre. Ob dieser Tag wohl jemals kommt? dachte sich Mary. Die Behaglichkeit und Einsamkeit des Bettes war ihr so erlösend wie dem Fisch auf dem Trockenen das Wasser. Sie deckte sich bis über die Ohren zu und versank in Schlaf. Aber auch dieser brachte ihr nicht die rechte Ruhe, denn wohin ihre Träume sie trugen, immer kam Adeline Whiteoak und trieb sie weg.

Zum Glück wachte sie auf, ehe sie gerufen wurde, konnte sich also in Ruhe anziehen. Im Spiegel sah sie, daß sie nicht mehr so blaß war und die blauen Ringe unter ihren Augen fast verschwunden waren. Das gab ihr etwas Selbstvertrauen.

Nach dem Abendessen schlug Mr. Craig eine Partie Whist vor. Er hatte seit seiner Erkrankung noch nicht wieder Karten gespielt. Miss Wakefields Besuch tat ihm gut. Also brachte man einen Kartentisch in den frostigen Salon und die vier setzten sich herum; Mr. Craig spielte mit der Krankenschwester als Partnerin. Das Licht der Gasglühlampe, die an der Decke hing, malte harte Schatten auf alle Gesichter. Muriel sah sehr unzufrieden aus, ihr Vater dagegen recht zufrieden mit sich selbst und seiner blinzelnden, fürsorglichen Pflegerin. Es fiel ihm schwer, sich zu erinnern, was Trumpf war und welche Karte er ausspielen mußte. Immer wieder sprang die Pflegerin auf und lief zu ihm, um ihm zu helfen. Mary bemerkte, daß, wenn sie sich über ihn beugte, ihre Wange anscheinend immer seinen Scheitel berührte. Muriel bemerkte nichts, sie saß verdrießlich über ihren Karten wie ein mürrisches Schulmädchen. Mary hatte plötzlich das Bild vor sich, wie die Whiteoaks Karten oder Puff spielten – ihre lebendigen, lachenden Gesichter, Adelines Ausgelassenheit, wenn sie gewann, und Boney, der auf ihrer Schulter ihren Triumph laut kreischend mitgenoß.

Mr. Craig war nicht zufrieden, ehe sie nicht drei Partien gespielt hatten. Dann stapfte er, schwer auf die Schulter der Pflegerin gestützt, davon, nachdem er Mary sehr freundlich Gutenacht gesagt und ihr gedankt hatte, daß sie so viel Geduld mit der Dummheit eines alten Mannes gehabt hatte. Muriel und er tauschten ein gleichgültiges Kopfnicken und ein paar gemurmelte Worte. Mit einem Stich im Herzen erinnerte sich Mary, wie liebevoll ihr Vater sie immer umarmt hatte, wenn sie sich Gutenacht gesagt hatten – sie roch seinen Tabak und spürte, wie sein Schnurrbart ihre Wange kitzelte. Sie dachte auch an die sehr vernehmlichen Gutenachtküsse der Whiteoaks.

Zu Muriels Enttäuschung sagte Mary, sie müsse in ihr Zimmer gehen und noch einen Brief schreiben. Zum Glück hatte sie ihre kleine Schreibmappe mit eingepackt. Alles, was sie zum Schreiben brauchte, sei in ihrem Zimmer, sagte sie. Dürfe sie wohl hinaufgehen, um ihren Brief zu schreiben?

»Oh, wie anders ist der Abend, als ich mir vorgestellt hatte!«, rief Muriel klagend. »Ich dachte, wir würden bis Mitternacht reden und reden!«

»Es tut mir so leid« – mehr konnte Mary nicht sagen – »aber ich muß diesen Brief unbedingt heute abend schreiben.«

Endlich konnte sie entkommen.

In ihrem Zimmer setzte sie sich an den Tisch mit der Marmorplatte. Sie war eiskalt unter ihrem Arm.

»Mein lieber Clive«, schrieb sie, und dann saß sie und starrte hinaus in die Dunkelheit. Dann machte sie zum zweitenmal den Versuch.

Mein lieber Clive,
es fällt mir furchtbar schwer, diesen Brief zu schreiben. Ich muß Dir sagen, daß ich Dich nicht heiraten kann; ich muß Dir sagen, (o könnte ich doch die zartesten Worte unserer Sprache finden!) daß ich Dich nicht innig genug liebe, um Dich zu heiraten. Ich mache mir die größten Vorwürfe, daß ich das nicht früher bemerkt habe. Lieber Clive, ich bin nicht gut genug für Dich. Ich werde mich immer Deiner Güte und Großherzigkeit erinnern. Ich bitte Dich nicht, mich zu vergessen, aber ich bitte Dich, mir zu verzeihen und mit der Zeit ohne Bitternis an mich zu denken Mary

Sie überlas den Brief. Er enthielt nicht alles, was sie Clive gern gesagt hätte, aber er mußte genügen; sie konnte keine andern Worte finden. Sie adressierte, siegelte und frankierte ihn. Sie mochte sich Clives Gesicht beim Lesen nicht vorstellen . . .
Und nun der andere Brief, der Brief an Philip. Sicher hatte sie das Recht, ihm ein paar Worte des Lebewohl zu schreiben . . . nur eine Zeile, die ihm sagte, daß sie ihn liebte und nie einen andern lieben würde. Hier in dem düsteren Raum mit der schwarzen, tropfenden Nacht draußen vor dem Fenster konnte sie ihr Herz erleichtern, auf das Papier ausgießen, was nie über ihre Lippen käme. Sie schrieb:

»Mein lieber, mein einzig Geliebter –«

Dann versagte ihr die Hand, sie bekam einen schrecklichen Schreibkrampf. Obwohl sie die Zähne zusammenbiß und sich zu zwingen versuchte, konnte sie die Hand nicht bewegen. Sie nahm das Handgelenk in ihre linke Hand, um es wieder in ihre Gewalt zu bekommen, aber sobald sie die Feder aufs Papier brachte, konnte sie kaum notdürftig ihren Namen kritzeln. An Schreiben war nicht zu denken.
Sie begrub das Gesicht in den Armen und brach in wildes Schluchzen aus, so hart, daß es ihren ganzen Körper schüttelte. Es war ihr gleichgültig, ob die Leute im Haus es hörten und gelaufen kämen. Ihr war es gerade recht, daß ihr Schluchzen sie fast zerriß. Aber niemand hörte sie – und endlich wurde sie ruhiger. Sie stand auf, zog sich aus, kniete sich in ihrem langen weißen Nachthemd neben ihr Bett und sprach ihr Gebet. Sie erwähnte darin nichts von ihrem Unglück und sandte keine Bitte zu Gott empor – aber die gewohnten Worte waren tröstlich.
Am nächsten Morgen fragte sie Muriel Craig, wo sie einen Brief aufgeben könne. Sie hielt ihn fertig in der Hand.
»Geben Sie ihn mir«, sagte Muriel. »Der Diener geht gerade die Post abholen – er kann ihn mitnehmen. Was für ein Morgen! Es gießt!« Sie ergriff den Brief und lief damit weg.

Im Gang blieb sie stehen und dachte nach, als sie die Adresse gelesen hatte. Dann ging sie leise in Marys Zimmer und sah sich um. Sie entdeckte gleich die kleine Schreibmappe und schlug sie auf. Nichts als Briefpapier und zwei englische Postkarten waren darin. Dann sah sie in den Papierkorb – ah! da waren ein paar Fetzen zerrissenes Papier. Sie glättete sie und schlich damit in ihr Zimmer. Das schlechte Gewissen stand auf ihrem Gesicht geschrieben – aber niemand sah sie.

Sie setzte die Stücke zusammen und las, was Mary geschrieben hatte: »Mein lieber, mein einzig Geliebter . . .« und seinen Namen – Philip. Das Papier war blasig und die Schrift von Tränen verwischt. Was bedeutete das?

Vielleicht, daß Mary alle Beziehungen zwischen sich und Clive abbrechen und sich nun an Philip heranmachen wollte? Was sonst? Aber Mary sollte Philip nicht einfangen – nicht solange sie, Muriel, es verhindern konnte!

Ihr Gesicht war gerötet vor Erregung, als sie ihren kurzen Brief an Clive Busby beendete. Sie flog damit förmlich die Treppe hinunter zu dem Diener, der in seinem Gummimantel darauf wartete, in den Regen hinauszugehen.

»Da – dies bringen Sie zu Mr. Vaughan und geben Sie es fort ab, für Mr. Busby. Wenn Sie die Post vom Postamt mitbringen, bringen Sie sie zuerst zu mir.«

Zum siebenten Mal fuhr Clive Busby jetzt auf der Suche nach Mary die Straße am See entlang. Für ihn war es die verhaßteste Straße der Welt geworden. Jede Biegung, jeder Baum, jeder Stein, jeder Distelstrauch schien ihm bekannt wie seine eigene Handfläche. Auch das Pferd kannte alles und mochte es nicht. Es zeigte seinen Unwillen, indem es mit dem Kopf schlug, ungeschickt durch die Pfützen stampfte, daß Schmutz und Wasser über das Spritzbrett flog.

Endlich werde ich die Wahrheit erfahren, dachte Clive. Endlich die Wahrheit – aus ihrem eigenen Munde! Sein müdes Hirn hatte den Punkt erreicht, wo er vor allem wissen wollte, wie die Dinge standen, wo er das Netz zerreißen konnte, das die Wahrheit umsponnen hatte.

Als er bei den Craigs ankam, band er sein Pferd an und ging zur Tür. Ein Mädchen ließ ihn in die Halle, wo er den Regenmantel auszog, ordentlich zusammengefaltet auf einen Stuhl legte und sich mit der Hand übers Haar strich. Aber der schwere Schlag seines Herzens redete eine weniger kühle Sprache. Er hörte im Nebenraum Stimmen. Dann öffnete sich die Tür und Muriel Craig kam in die Halle. Sie sagte lächelnd: »Mary ist dort drin. Sie weiß nicht, daß Sie es sind. Katie hat nur gesagt: ein Herr.«

Als Clive ins Zimmer ging, schloß sie die Tür hinter ihm, aber sie blieb in nächster Nähe.

Clive war mit Mary allein.

Im ersten Augenblick erschrak jeder beim Anblick des andern. Ihre Augen waren gerötet, sein Gesicht wie erloschen. Er sah zehn Jahre älter aus.

Dann packte sie ein Angstgefühl, daß sie mit ihm allein war. Sie rief: »Hast du meinen Brief nicht bekommen?«

»*Deinen* Brief? Nein.«

»Natürlich, das konntest du noch nicht. Ich vergaß es – ich habe ihn erst heute morgen zur Post geschickt.«

»Hast du mich in dem Brief gebeten herzukommen?«

»Nein. Ich habe dich gebeten, *nicht* zu kommen.«

»Mary!« Er hatte bisher bei der Tür gestanden, jetzt kam er näher. »Mary, sag mir um Gottes Willen, was geschehen ist!«

»Clive – ich bitte dich – erspar es mir, davon zu sprechen. Geh zurück und lies meinen Brief – und glaube mir, es bricht mir das Herz, so an dir zu handeln!« Sie preßte die Hände auf ihren zitternden Mund.

»Mir nutzt kein Brief etwas. Ich will es von deinen eigenen Lippen hören!«

»Dann ... wenn ich muß ... Ich liebe dich nicht genug, um dich zu heiraten. Ich meine, ich liebe dich nicht auf – auf diese Weise. Oh, sicherlich verstehst du mich.«

»Ich versuche es, aber es ist schwer. Erst vor ein paar Tagen waren wir zusammen glücklich, du und ich. Du hieltest meine Hand, und wir lachten, als wir durch den Wald gingen. Oh ... du hast dir sogar ausgesucht, was für einen kleinen Hund du von mir haben wolltest.« Seine Stimme brach.

»Ich weiß. Ich weiß. Ich muß dir so schrecklich schlecht vorkommen – und das ist kein Wunder.«

»Was ist geschehen? Denn geschehen *ist* etwas, nachdem Philip Whiteoak nach Hause gekommen ist.«

»Ja.«

»Im Obstgarten?«

»Ja.«

»Hat er dir gesagt, daß du mich nicht heiraten sollst? Und du tust, was er sagt?«

»Er brauchte es mir nicht zu sagen! Ich liebe ihn. Ich habe ihn immer geliebt. Ich glaube, du müßtest es erraten. Aber ich habe sie unterdrückt, meine Liebe zu ihm – ich habe sie hinuntergeschluckt. Ich habe mich dir zugewandt – habe geglaubt, ich könne dich glücklich machen – vielleicht selbst dabei glücklich sein – aber dann kam er zurück und sagte mir, daß er mich liebt –«

»Wirst du Philip heiraten?«

»Nein. Ich werde niemand heiraten!«

»Warum willst du mich nicht heiraten? Offenbar, weil du ihn ›auf diese Weise‹ liebst! Warum bist du dann von ihm fortgelaufen, Mary?«

Er kam näher, als wolle er ihre Hand ergreifen, aber sie legte rasch beide Hände auf den Rücken.

»Ich bin fortgelaufen«, antwortete sie, ihm fest in die Augen sehend, »weil

ich ihn nicht wiedersehen will – weil ich keinen Menschen wiedersehen will, den ich hier gekannt habe.«
Clive blickte düster zu Boden, dann fragte er, während ihm die Farbe ins Gesicht stieg, mit leiser Stimme: »Mary – hast du irgend etwas zu Mrs. Whiteoak gesagt, was du inzwischen bereut hast?«
»Hat *er* dir das gesagt?« fragte sie heiser.
»Ja. Aber er sagte, es sei nicht wahr.«
Sie starrte ihn sprachlos an.
»Mary – sag mir – um Gottes Willen, sag mir die Wahrheit!« Wie gefangene Vögel gegen die Gitterstäbe schlagen, marterte sie sich selbst bei diesen Fragen. Wenn sie sagte, sie habe die Wahrheit gesprochen, würde er sie verachten. Wenn sie sagte, sie habe gelogen – wie furchtbar zornig würde er sein!
»Laß mich in Ruhe! Laß mich in Ruhe! Ich bereue nichts, was ich gesagt oder getan habe! Alles, was ich verlange, ist, daß man mich in Ruhe läßt – und daß ich keinen von euch wiederzusehen brauche!« Clive wich zurück, als habe sie ihn geschlagen.
Er ging langsam rückwärts, die Augen voll Trauer an ihrem verzerrten Gesicht hängend. Mit der Hand auf dem Türknopf sagte er: »Lebe wohl, Mary!« Dann war er fort.
Spät am Nachmittag begab er sich nach Jalna, um Adeline Whiteoak Adieu zu sagen. Er wäre gern gegangen, ohne sie noch einmal zu sehen, er hatte ihr schreiben wollen, wenn er wieder zu Hause war, aber Mrs. Vaughan bestand darauf, daß er sich persönlich verabschiedete. Adeline Whiteoak war eine alte Freundin seiner Familie und war immer sehr gütig zu ihm gewesen. Er durfte sie nicht so formlos behandeln.
Der Regen hatte aufgehört. Die Wolken zerrissen und eine wilde Helligkeit brach zwischen ihnen durch. Die Truthühner stolzierten mit nassen, schleppenden Flügeln durch die Schlucht und blieben, jedes in der Stellung, die es gerade einnahm, stehen, um ihn über die Brücke zu lassen. Der Bach, vom Regen verjüngt, schlängelte sich schimmernd an der Wasserpest und Kresse vorbei, die ihn einfaßten.
Als Clive die Höhe der gegenüberliegenden Seite der Schlucht erreichte, stieg das Haus vor ihm auf, sein Mantel von wildem Wein frisch gewaschen vom Regen, seine Fenster, in denen sich die Sonne spiegelte. Er sah hinauf zu den Fenstern von Marys Zimmer, und ein frischer Schmerz und eine neue, schmerzhafte Neugier brannte in seinem Herzen. Welche Gedanken, welche Handlungen hatte dieses Zimmer beherbergt? Was für geheimnisvolle Impulse hatten Mary getrieben, eine so ganz andere Mary zu werden als die, die er kannte?
Adeline kam ihm an der Tür entgegen. Sie hatte ihn kommen sehen. Sie trat zu ihm auf die Veranda und schloß die Tür hinter sich.

»Nun, Clive?« fragte sie mit hochgezogenen Brauen und gab ihm die Hand. »Oh, Ihre Hand ist ja ganz kalt! Mein lieber Junge – die Hand eines jungen Menschen sollte nie kalt sein!«

»Ich glaube, das kommt daher, daß mein Herz kalt ist, Mrs. Whiteoak. Ich komme nicht, um über meine Angelegenheiten zu sprechen. Ich – ich kann nicht darüber sprechen. Es würde mich umbringen – das ist nüchterne Tatsache.« Er nahm ihre Hand so fest, daß es ihr wehtat. »Ich wollte Ihnen nur Adieu sagen – und Ihnen – Ihnen für all Ihre Güte danken.«

»Aber, Clive? Sie dürfen nicht verzweifeln! Kommen Sie, setzen Sie sich zu mir und erzählen Sie mir alles. Es wird Ihnen dann leichter ums Herz sein.«

Er entzog ihr seine Hand. »Es tut mir leid – aber – ich kann nicht. Leben Sie wohl!«

Adeline konnte nichts tun, sie mußte ihn gehen lassen.

In Vaughansland hörte er, daß Philip Whiteoak im Windsorhotel in Montreal war. Vom Bahnhof aus, wo er seine Fahrt nach dem Westen antrat, schickte Clive ein Telegramm an Philip:

»MARY WAKEFIELD IST BEI DEN CRAIGS C. B.«

20 Am See

Nur ein Passagier stieg aus dem Morgenzug – und das war Philip Whiteoak. Er ließ seine Reisetasche auf der Station, er würde sie abholen lassen, und ging zu Fuß zur Straße am See. Er ging rasch, als habe er keine Zeit zu verlieren – dennoch war er sich der klaren, spröden Schönheit des Herbstmorgens bewußt; er sah die tiefe Bläue des Himmels, die schimmernden kleinen Wolken, die sich vom Wind getrieben ganz wichtig aufbliesen, sah die bunten Blätter, die müde über die Pfützen auf der Straße trieben. Das alles paßte zu seiner Stimmung; er war erfüllt von einer angenehmen Ungeduld, in die sich einige Befürchtungen mischten.

Jake wartete am Tor auf ihn. Einen Augenblick hatte er Philip vergessen und tupfte mit der Pfote zaghaft auf eine schwarzbraun gestreifte Raupe. Als er den Schritt hörte, sah er sich um, die eine Pfote noch auf der Raupe. Einen Augenblick machten ihn Staunen und Freude stumm, dann durchfuhr ihn die Freude wie ein elektrischer Schlag und er stürzte mit einem Jaulen auf Philip zu, das eher schmerzlich als glücklich klang, und warf sich vor seine Füße.

»Hallo, Jake!« Philip hob das halbausgewachsene Hündchen hoch. »Du bist froh, daß ich da bin, ja? Aber schau nur, wie du mich zugerichtet hast, du Lump!«

Sie gingen die Einfahrt hinauf, Jake tat sein Bestes, Philip zwischen die Beine

zu laufen oder direkt vor ihm über sich selbst zu fallen. In der Halle trafen sie Ernest.
Ernest, bemüht, mit Philip wieder auf freundlichen Fuß zu kommen, fragte warm und besorgt: »Nun – hast du etwas über Miss Wakefield erfahren?«
»Sie ist nicht in Montreal«, antwortete Philip kurz.
»Oh – da hast du die lange Reise umsonst gemacht!«
»Ja.«
»Es ist rätselhaft, weiß Gott!«
»Ich weiß, wo sie ist.«
»Wirklich? Willst du mir nicht sagen, wo?«
»Bei den Craigs.«
»Ist es die Möglichkeit! Da staune ich. Ich dachte, die beiden Mädchen konnten sich nicht leiden.«
»Dachte ich auch. Aber – wer kennt sich aus mit Frauen. Wo ist Mama?«
»Bei den Vaughans.«
»Ha!« Philip lachte kurz auf; dann fragte er. »Wo steckt Busby?«
»Gestern nachmittag abgereist – nach dem Westen.«
»Hast du ihn gesehen?«
»Nein. Aber er war hier, um Mama Adieu zu sagen. Philip, du weißt, ich bin der Letzte, der dir in deine Angelegenheiten hineinreden möchte – aber ich fühle ernstlich – ernstlich –«
»Nun, dann fühle nur ernstlich«, lachte Philip. »Gut, mein Alter, geh nur und fühle Ernestlich. Ernest ist ein netter alter Bursche.« Er lief die Treppe hinauf und ließ seinen Bruder halb ärgerlich, halb amüsiert zurück – ein Zustand, in den Philip seine Familie des öfteren versetzte.
Bald erschien er wieder, er hatte sich zum Reiten umgezogen.
»Schon so früh unterwegs?« fragte Ernest.
»Ja.«
»Zu den Craigs, nehme ich an?«
»Gut geraten.«
»Weißt du, Philip, ich hasse es, mich einzumischen, aber ich denke doch *ernstlich* –«
»Gut«, sagte Philip; er ging mit Jake an seinen Fersen über die Veranda. »Bleib dabei! Bleib dabei, Ernestlich zu denken. Aber du wirst damit an mir nicht das Geringste ändern!«
Jake wurde sogleich mit seinen Eltern in den Stall gesperrt, und Philip trabte auf seinem Rotbraunen munter durch das Tor und die Seestraße entlang. Seine Erleichterung, daß Mary gefunden war, machte ihn fast glücklich. Seine Sorge und seine Bestürzung über ihr Verschwinden, die beiden Tage erbärmlichen Absuchens der Hotels und Dampfschiffgesellschaften in Montreal, die Stunden am Pier, wenn ein Schiff nach England ablegte, waren vergessen, sie lagen hin-

ter ihm, und seine sanguinische Natur strebte nur vorwärts, dem Wiedersehen mit Mary entgegen. Die Nachricht von Clive hatte seine Befürchtungen, daß sie geistig verwirrt sei, zerstreut. Clive hätte ihm nie telegrafiert und Mary würde sich nicht bei den Craigs aufhalten, wenn etwas nicht in Ordnung wäre. Es war ganz klar, daß Clive sie gefunden und Mary die Verlobung gelöst hatte. Philips Herz schwoll vor Dankbarkeit für Clive, der ihm Nachricht gegeben hatte.

Muriel öffnete ihm die Tür. Sie hatte sein Pferd die Straße entlang galoppieren sehen, hatte sich also vorbereiten können, Philip mit einem glücklichen Lächeln zu empfangen.

»Guten Morgen, Mr. Whiteoak!« Ihre Augen sagten, daß ein Morgen wirklich gut war, der ihn vor ihre Tür brachte.

»Guten Morgen.« Er zögerte, er wußte nicht recht, wie er seine Frage stellen sollte.

»Wollten Sie meinen Vater sprechen? Ich fürchte, er ist noch nicht aufgestanden. Aber er wird bald kommen. Bitte, treten Sie näher.«

»Vielen Dank.« Er kam in die Halle.

»Miss Craig«, sagte er, »tatsächlich bin ich hergekommen, um Mary Wakefield zu sprechen. Ich hörte, daß sie bei Ihnen ist.«

»Sie *war* bei uns. Aber sie ist schon fort. Sie ist nach New York gegangen, um dort eine Stellung anzunehmen.«

»Sind Sie sicher?«

Sie lachte. »Sie scherzen wohl, Mr. Whiteoak.«

»Ich glaube, Sie sind es, die sich einen Scherz mit mir macht.«

Sie wurde rot. »Ich weiß nicht, was Sie meinen.«

»Ich meine: als ich die Einfahrt heraufritt, habe ich Sie beide zusammen am Fenster gesehen. Sie schauten hinaus, die Köpfe dicht nebeneinander.«

»Sie haben sich geirrt.«

»O nein – durchaus nicht!«

Ihre Brust hob und senkte sich unter ihrem erregten Atem. Sie sagte beinahe im Flüsterton: »Mary will Sie nicht sehen. Sie bat mich, Ihnen zu sagen, sie sei nach New York gefahren.«

Einen Augenblick musterte er sie ungläubig, dann fiel ihm ein, daß Mary ja tatsächlich aus seinem Haus geflohen war.

»Sie muß mich sehen. Bitte, gehen Sie und sagen Sie ihr, daß sie mich sehen *muß*. Ich werde dieses Haus nicht eher verlassen, bis ich mit ihr gesprochen habe.«

»Ich bin Marys Freundin. Ich muß ihr helfen. Sie möchte nichts anders, als weit, weit weggehen und die unglückliche Zeit vergessen, die sie hier erlebt hat.«

»Wenn Sie Marys Freundin sind, werden Sie ihr zureden, daß sie mit mir

spricht, und wenn's nur für fünf Minuten wäre. Oder bringen Sie mich zu ihr. Würden Sie das für mich tun?« Seine Augen sahen sie bittend an.
»Ich werde sie fragen ... aber ich fürchte, sie wird nicht wollen.«
»Sagen Sie ihr meine Worte – daß ich nicht weggehe, ehe ich sie gesprochen habe!«
Mit erstickter Stimme fragte Muriel: »Sie lieben sie, nicht wahr?«
»Von ganzem Herzen!«
Sie wandte sich um und lief hinaus.
Auf der Treppe warf sie sich gegen das Geländer und fing an zu weinen. Nach einer kleinen Weile faßte sie sich und ging langsam hinauf zu Marys Zimmer. Mary stand am Fenster, um Philip wegreiten zu sehen.
»Ist er fort?« fragte sie.
»Nein, er weigert sich, wegzugehen, ehe er Sie gesprochen hat.«
»O Muriel – ich weiß nicht, wie ich ihm entgegentreten soll.« »Ach, ich wünschte, ich wäre es! Ich wünschte, ich wäre es, die er haben möchte! Es ist doch hart ... zumal ich ihn vom ersten Augenblick, als ich ihn sah, geliebt habe!« Sie lehnte sich weinend an die Tür.
»Es tut mir so leid, Muriel!«
»Warum wollen Sie ihn nicht sehen?«
»Das kann ich Ihnen nicht sagen.«
»Nun, aber das eine können Sie mir sagen: Wollen Sie nur mit ihm spielen – oder seine Leidenschaft entflammen?«
Mary lachte gequält. »Gott weiß: nein! Ich habe nur den einen Gedanken – wie ich ihm ausweichen kann.« Ihre Angst wurde panisch. Wie konnte sie Philips Blick ertragen, mit dem Brandmal jener schrecklichen Lüge auf ihrer Stirn? Er würde sie umbringen. Und wenn sie sich damit zu einem Leben der Einsamkeit verdammte – sie konnte ihm nicht gegenübertreten!
Es klopfte an der Tür, und die Pflegerin brachte Muriel ein Telegramm.
»Oh, Miss Craig – hoffentlich keine schlechte Nachricht«, sagte sie, neugierig ins Zimmer blinzelnd.
»Es ist nichts, was Sie zu bekümmern hätte«, sagte Muriel kalt. Sie wartete, bis die Pflegerin gegangen war, dann fragte sie: »Meinen Sie, sie konnte sehen, daß ich geweint habe?«
»Nein, sicher nicht! Ist das Telegramm aus New York?«
Muriel riß es auf und las »POSTEN ZUR ZEIT BEFRIEDIGEND BESETZT VIELEN DANK FÜR DEN FREUNDLICHEN VORSCHLAG«.
»Oh, welche Enttäuschung!« hauchte Muriel. »Jetzt wissen Sie gar nicht wohin! Was sollen Sie nur tun?«
»Nun, ich muß eine neue Stellung suchen.«
»Sie bleiben bei mir, bis Sie etwas gefunden haben!«
»Auf die Gefahr hin, Mr. Whiteoak zu begegnen?«

»Aber wo wollen Sie bleiben? Ein junges Mädchen wie Sie kann nicht einfach allein im Hotel wohnen.«
»Ich werde nach Montreal gehen, wie ich es zuerst vorhatte.«
»Haben Sie denn Geld genug für die Überfahrt?«
»Ich werde es mir erarbeiten.«
»Aber es ist nicht so leicht, Arbeit dieser Art zu finden. Gesetzt den Fall, Sie finden nichts?«
Mary ging im Zimmer auf und ab und rang die Hände.
Muriel fragte: »Haben Sie noch Geld von Mr. Whiteoak zu bekommen?«
»Ja. Aber ich werde es nie fordern.«
»Gut, das werde ich für Sie tun. Ich gehe sofort hinunter und bitte ihn darum.«
»Nein. Das könnte ich nicht ertragen.« Mary blieb stehen und sah Muriel mit melancholischer Zurückhaltung an. »Nein. Ich habe meinen Entschluß geändert. Ich werde mit ihm sprechen. Es bleibt mir nichts anderes übrig. Ich werde mit ihm sprechen . . . oh, aber wie kann ich das? Wie kann ich das?«
»Soll ich mit Ihnen gehen?«
»Nein, nein . . . ich muß es allein fertigbringen . . . aber nicht hier im Haus!«
»Im Salon sind Sie völlig privat, und ich kann ja draußen warten.«
Mary hegte ihre Zweifel über Muriels ›draußen warten‹. Sie war entschlossen, wenn sie Philip schon sprechen mußte, so sollte doch keine Menschenseele ein Wort davon hören.
Sie sagte: »Wir haben ihn so lange warten lassen, daß ich glaube, es ist am besten, Sie sagen ihm, ich sei hinaus in den Park gegangen . . . und Sie hätten mich gesucht . . . aber nein, ich darf Sie nicht bitten, meinetwegen zu lügen.«
»Oh, das macht mir nichts aus!« rief Muriel. »Und ich glaube, es ist ganz richtig, wenn Sie direkt zu ihm gehen und seinen Ängsten ein Ende machen.« Sie eilte zum Spiegel und ordnete ihre Frisur, während sie fragte: »Wohin soll ich ihn Ihnen schicken?«
»An den See. Lassen Sie mir nur ein paar Minuten Vorsprung.« Mary verließ das Zimmer und ging leise die Hintertreppe hinunter.
Muriel kehrte zu Philip zurück.
»Ich fürchte, Sie finden, daß ich sehr lange gebraucht habe!« sagte sie.
»Nun ja . . . es kam mir ziemlich lange vor.«
»Nun, Mary ist hinausgegangen.«
»Ich verstehe. Um mir auszuweichen.«
»Ich glaube ja. Sie ist sehr nervös. Meinen Sie nicht, ich könnte etwas von Ihnen ausrichten? Vielleicht wäre es besser . . .«
»Unmöglich. Bitte sagen Sie mir nur, welchen Weg sie gegangen ist.«
»Ehe ich's Ihnen sage, möchte ich Sie erinnern . . . ja, nur dies eine Mal an die wundervolle Fahrt erinnern, die wir zusammen machten – gerade an dem Tag, als wir Mary sahen, die so fröhlich Clive Busby entgegenlief!«

»Ich habe nichts dergleichen gesehen.«
»Ich fürchte, ich habe mich an jenem Tag furchtbar dumm benommen. Ein Mädchen sollte ihre Gefühle nie so zur Schau tragen, wie ich es damals getan habe.«
Philip fühlte sich über die Maßen unbehaglich. Er gab ein paar murmelnde Geräusche von sich, die ausdrücken sollten, er habe ihr Benehmen durchaus korrekt gefunden.
»Nein, nein«, widersprach sie. »Ich hätte mich beherrschen müssen. Aber sehen Sie, es fällt mir immer so schwer, meine Gefühle nicht zu zeigen. Sie werden es mir verzeihen, nicht wahr?« Sie kam und legte ihm die Hände auf den Arm. Einen beängstigenden Augenblick lang fürchtete er, ihr Kopf werde gleich wieder an seine Schulter sinken.
Er klopfte ihr mit soviel unterdrückter Kraft, wie er anzuwenden wagte, den Rücken und sagte: »Da ist doch nichts zu verzeihen, und ich danke Ihnen tausendmal für Ihre Güte zu Mary! Und jetzt muß ich fort und sie suchen.«
Er verließ das Haus und ging über den dahinterliegenden kurzgeschorenen Rasen. Beete mit silberblättrigen Geranien standen prunkend und trotzten der Nähe des ungestümen Sees, in dem der Sturm der Nacht die Wellen zu grünen Brechern aufgewühlt hatte. Jetzt aber war er nur noch eine leichte Brise, auf den großen Wellen lag der Sonnenschein, an ihrem Rande trugen sie trägen Schaum. Mary stand an der Buhne, der Wind legte das Kleid eng um ihren Körper, eine blonde Haarsträhne, hell wie blonder Seetang, wehte um ihre Stirn.
Philip stand eine Weile still und trank die Schönheit des Bildes ein, nicht anders als die scharfe, klare Herbstluft, ehe er sie beim Namen rief.
Sie hatte auf den See geblickt, nun wandte sie sich um und ihre Augen begegneten sich. Sie nahm allen Mut zusammen, um diese Prüfung zu bestehen, aber die Wirkung war ganz anders, fast wie eine Herausforderung. Er kam zu ihr an den Rand des Sees.
»Mary«, sagte er – er mußte die Stimme über den Lärm der Wellen erheben – »weshalb bist du hierhergegangen? Willst du dich ins Wasser stürzen, wenn ich versuche, dich festzuhalten?«
»Nein – oh, nein.«
»Dann komm mit mir zurück – wenn du nicht durchaus hier draußen mit mir sprechen willst. In diesem Fall –«
Ehe sie antworten konnte, war er an ihrer Seite.
Sie hatte gedacht, sie würde ihn nie wiedersehen. Nun war sie überwältigt durch seine Nähe. Diese Nähe und der Tumult des Wassers machten sie benommen. »Ich kann nicht mit dir sprechen«, sagte sie, »nicht hier!«
»Dann gehen wir hinüber zu der Bank dort und setzen uns, und du erzählst mir alles.«

Sie folgte ihm zu der schlichten Holzbank, wollte sich aber nicht setzen. Sie stützte sich nur auf die Rückenlehne. Ein Busch mit roten Beeren stand hinter dem Sitz.
»Wenigstens kann man uns hier nicht sehen«, sagte er. »Ich würde mich nicht wundern, wenn diese Person uns nachspioniert.«
Mary stand stumm da, die Augen auf ihrer weißen ringlosen Hand, die sich auf die Lehne stützte.
»Nun sag mir um Gottes willen, weshalb du weggelaufen bist!«
»Du weißt darum. Du mußt es wissen.«
»Ich nehme an, wegen meiner Mutter – weil sie zu dir hinaufgegangen ist. Was hat sie denn zu dir gesagt?«
»Spielt es eine Rolle, was sie zu mir gesagt hat?« rief Mary erregt. »Das einzig Wichtige ist doch, was ich zu ihr gesagt habe. Wenn dir etwas an mir liegt – wenn dir je etwas an mir gelegen hat, zwinge mich nicht, darüber zu sprechen! Es ist grausam!«
»Mary«, sagte er zärtlich, »ich bitte dich um eins; sei nicht töricht! Du kannst *über alles* mit mir sprechen! Wenn du mich liebst, wirst du nicht davor zurückschrecken, auch davon zu sprechen. Und du liebst mich doch – nicht wahr?«
»Ich – ich weiß nicht.«
»Du weißt nicht? Nun, das wundert mich. Hast du unsere Begegnung im Obstgarten vergessen?«
»Da habe ich dich geliebt.«
»Und nun . . . nun weißt du es nicht?«
»Mein Kopf ist völlig durcheinander. Mein Verstand funktioniert einfach nicht.«
Nun sah er ihr Gesicht scharf prüfend und besorgt an. »Du bist übermüdet«, sagte er dann. »Wenn du dich auf mich stützen würdest – mir alles sagen würdest, dann würde sich vieles entwirren. Du würdest wieder ganz klar sein. Jetzt sehe ich, daß es dir nicht gut geht.« Er legte seine Hand auf ihre Hände, die noch immer die Lehne umklammerten. »Komm, mein Liebling!«
Das Wort *Liebling* aus seinem Mund! Daß er sie Liebling nannte! Plötzlich fielen ihr die dicken Tränen aus den Augen und tropften auf seine Hand.
»Ich dachte, du würdest mich unsagbar verachten!« sagte sie.
»Wie könnte ich dich verachten? Ich versuche nur mit aller Kraft herauszubekommen, warum du meiner Mutter gesagt hast, du wärst meine Mätresse gewesen.« Er fühlte, es gab keinen andern Weg, als sie aus ihrer Deckung herauszuzwingen, obwohl er es selbst als brutal empfand.
Nun schlug die Röte in Marys Gesicht. Sie zog ihre Hände unter seiner Hand weg und preßte sie gegen ihre Augen. Sie schien die Tränen zurückzudrängen, denn als sie ihn wieder ansah, hatte sie aufgehört zu weinen.

»Mrs. Whiteoak fragte mich«, sagte sie beinahe gleichmütig, »ob es nicht so sei – und ich war sehr zornig und sagte ja, es sei so.«
»Hast du sie richtig verstanden? War es kein Irrtum?«
»Ich habe sie vollkommen verstanden. Sie beschuldigte mich ein zweites Mal, und ich sagte wieder: ja, so ist es!«
»Ich verstehe ... und wie nahm sie es auf?«
Der Triumph jenes Augenblicks spiegelte sich wieder auf Marys Gesicht. Sie lächelte ihr sonderbares Lächeln, in dem immer etwas Schmerzliches war, und sagte: »Nun, Mrs. Whiteoak war fast stumm vor Staunen. Denn während sie mich beschuldigte, hatte sie es selbst noch nicht geglaubt ... Ich sagte ihr diese abscheuliche Lüge, weil ich so zornig war ... nur weil ich zornig war ... Da kannst du sehen, was für eine seltsame Person ich bin.«
Philip ging um die Holzbank und schloß Mary in seine Arme. Er führte sie nach vorn, ließ sie sich setzen und setzte sich neben sie.
»Mary«, sagte er, »ich will mich nicht stellen, als wenn ich dich ganz verstünde – aber ich liebe dich mehr denn je, und jetzt kommst du mit mir nach Hause und wir werden sobald wie möglich heiraten.«
»Und du verabscheust mich nicht, weil ich das gesagt habe?«
»Ich liebe dich um so mehr dafür!«
Sie gab ihren müden Körper seiner Kraft hin. Ihre Seele verlor sich in der seinen, wie ein Fluß, der sein Meer gefunden hat. Sie fror, denn sie hatte sich nicht so angekleidet, daß sie gegen den Seewind geschützt war. Die Wärme seiner Arme, die sie umschlossen, war tröstlich wie ein Gottesgeschenk. Seine warmen Hände hielten ihre kalten. Sie schaute hinaus über die grünsilberne Fläche des Sees und verglich sich im Geist mit einem Segelschiff, das seine Fracht abgeworfen hat und nun frei und kühn dem Wind seine Segel bot. Oh, wenn sie dichten könnte. Dann könnte sie in diesem Augenblick – das wußte sie – ihr ganzes Herz in einem Gedicht ausströmen!

21 Die Kraftprobe

Philip drehte sich wieder um, er blickte zurück auf Mary, die ihm noch vom Tor aus nachwinkte. Es war ihm schwer, sich von ihr loszureißen. Er saß umgewendet im Sattel, um ihr Bild seinem Gedächtnis genau einzuprägen. Dennoch strebte ein Stück von ihm nach Jalna – zur Ankündigung seiner baldigen Heirat. Aber zuerst wollte er zum Pfarrhaus reiten und Mr. Pink mit Marys veränderten Zukunftsplänen bekannt machen.
Hunderte von Malen war er diese Straße entlang geritten, aber nie war sie ihm so heiter, so schön erschienen wie an diesem winddurchwehten späten Septembermorgen, und auch die Wellen, die dort, wo sie dicht an den Sand

des Ufers kamen, fast über die Straße hereinbrachen. Es mußte natürlich etwas geschehen mit dieser Straße – aber an diesem Morgen hätte er sie gar nicht anders haben wollen. Die Möwen kreisten über ihm, die weißen Flügel schimmerten in der Sonne, man sah die gelben eingezogenen Füße unter ihrer weißen Brust, wie sinnlose Anhängsel, die sie doch nie wieder verwenden würden. Eine von ihnen schwebte immer über dem munter trabenden Pferd, als gelte es eine Wette. Die Stute bog den Hals zurück und sah mit verspielter Herausforderung auf die Wellen. Philip redete ihr liebevoll zu und klopfte zärtlich ihren Hals. Sie war sein, sie war edel, sie war ein weibliches Wesen.
Hinter dem weißen Staketenzaun der Pfarre schnitt Lily Pink Blumen für den Altar. Sie stand wie angewurzelt, die Schere noch erhoben, als Philip an der Pforte erschien.
»Oh, guten Morgen, Lily«, sagte er. »Schneiden Sie die letzten Blumen, ehe der Frost kommt?«
»Morgen ist Sonntag«, antwortete sie, unfähig ihn anzusehen, denn sie dachte daran, daß sie die Geschichte seiner Untat seiner Mutter zugetragen hatte.
Philip hatte in diesem Augenblick alles vergessen. Er fragte heiter und freundlich: »Ist Ihr Vater zu Hause?«
»Ja«, sagte sie leise. »Er schreibt seine Predigt.«
»Oh . . .« Philip war schwer enttäuscht.
»Soll ich ihm etwas ausrichten?«
»Nein«, antwortete er seufzend. »Ich muß wiederkommen.«
Aber Mr. Pink hatte ihn durchs Fenster gesehen. Er eilte zur Tür und rief: »Kommen Sie nur herein. Meine Predigt ist fertig.« Er war wie ein Junge, den man aus der Schule ließ. Er bemerkte, was für ein hübsches Bild Lily, Philip und die Fuchsstute vor dem blühenden Garten boten. »Gott ist in seinem Himmel – Alles auf Erden ist gut.« Das mußte er morgen in seiner Predigt noch anbringen. Er wollte sagen, daß alles gut in der Welt wäre, wenn Gott in seinem Himmel die Menschen behütete – solange sie Christi Gebote in ihrem Wandel befolgten. Das konnte kein Mensch auf dieser Welt leugnen.
»Kommen Sie herein!« rief er Philip zu.
Er machte sich Sorgen um Philip. Ihm gefiel die Geschichte nicht, die da herumgetragen wurde – dieser Klatsch über ihn und Mary Wakefield. Er hoffte, Philip sei gekommen, um ihn darüber aufzuklären. Er führte ihn in sein Studierzimmer und schloß die Tür hinter ihm.
Eine Stunde später führte Philip die Stute in ihren Stall und trat in sein Haus.
Renny flog förmlich die Treppen herunter ihm entgegen. »Daddy! Daddy! Wie bin ich froh, daß du wieder da bist!«
Philip hob ihn auf und drückte ihn an sich. Eine Welle von gutem Willen gegen jedes Wesen in diesem Haus durchströmte ihn. Als sie jedoch Adeline

streifte, schwankte sie und wollte sie nicht ganz mitumschließen. Wenn Philip an seine Mutter dachte, glitt ein Lächeln, das nicht frei von Schadenfreude war, über sein Gesicht.
Renny sagte: »Ich kann beinahe radschlagen, Daddy – komm, ich mach es dir vor!«
»Es muß doch schon Zeit zum Essen sein«, antwortete Philip.
In Jalna nahm man die Hauptmahlzeit mitten am Tag.
»Zum Essen!« echote der Kleine. »Wir haben schon längst gegessen! Aber es steht noch etwas für dich im Ofen!«
»Da bin ich aber froh! Ich bin hungrig wie ein wilder Jäger!«
»Warst du auf der Jagd? Was hast du gejagt – Miss Wakefield? Nettle sagt, sie ist weggelaufen.«
»Das ist Unsinn. Sie war bei Miss Craig zu Besuch.«
»Es ist viel netter ohne sie.«
»Magst du sie nicht?« fragte Philip scharf.
»Mögen ... na, sie ist wie die andern. Immer wollen sie, daß man was lernt!«
»Und du tust gut dran, was zu lernen, sonst wirst du der letzte in der Klasse sein, wenn du mit Maurice auf die Schule kommst.«
»Granny sagt, sie wird mich unterrichten. Sie hält aber gerade Mittagsruhe.«
»Gut. Stör sie jetzt nicht.«
Philip verzehrte allein sein Mahl, aber zum erstenmal mit Appetit seit dem Morgen, da Mary verschwunden war. Nach Tisch hatte er keine Lust, jemandem zu begegnen, sondern floh durch die Seitentür, die Pfeife in der Hand, um seine Hunde zu suchen und mit ihnen einen Waldspaziergang zu machen. Er wollte allein sein, an Mary denken – und an all das Glück, das vor ihnen lag. Er wußte, sie schreckte zurück vor den Schwierigkeiten, nach Jalna zurückzukehren, aber er würde ihr alles aus dem Weg räumen. Ein Gegenstand jedenfalls mußte weggezaubert – ausgelöscht – vergessen werden: Mrs. Nettleship! Ihr sandiges Haar, ihre blassen, durchdringenden Augen, ihre Gewohnheit, zu lauschen und zu klatschen hatten allmählich auch ihn gereizt. Und wenn sie ein Muster an Reinlichkeit und Ordnung war, wie Augusta ihm immer wieder predigte? Gerade diese Eigenschaften waren, bei Licht besehen, ihre aufreizendsten. Sie mußte aus dem Haus, ehe Mary zurückkam.
Es war ihm höchst unangenehm gewesen, sie bei den Craigs zu lassen, bei dieser unmöglichen Muriel! Er hätte sie am liebsten hinter sich aufs Pferd gesetzt, wie man es in alten Zeiten getan hatte, und im Galopp durch das Tor von Jalna getragen, im ersten Rausch seines Glücks. Aber sein vernünftiger Plan war, Mrs. Lacey zu bitten, seine Braut bis zur Hochzeit in ihrem Haus aufzunehmen. Das konnte sie ihm nicht abschlagen.
Er entschloß sich, noch am Nachmittag Mrs. Lacey aufzusuchen. Aber erst

ging er wieder in den Stall und ließ die Hunde bei dem jungen Hodge mit der Nachricht für seine Mutter, daß er zum Tee nicht zu Hause sein würde. Er wußte, Mrs. Lacey würde ihn einladen, mit ihnen zu Abend zu essen. Er wollte seiner Familie bis Sonntag früh ausweichen – da würde er sie notwendigerweise alle in der Kirche sehen. Nach der Kirche würde er der Familie erzählen, was ihr bevorstand, und würde den Kampf mit seiner Mutter aufnehmen müssen und sie wegen der Szene in Marys Schlafzimmer zur Rede stellen. Die Atmosphäre mußte rein sein, ehe er Mary nach Jalna brachte.

Er blieb mit Mrs. Lacey eine lange Weile im verschlossenen Zimmer. Ihre romantische Seele drängte sie, seine Liebesgeschichte zu begünstigen. Gleichzeitig schreckte sie aber davor zurück, sich Adelines Mißfallen zuzuziehen. Seit sie sie vor vielen Jahren kennenlernte, hatte sie ihr Bestes getan, Adeline alles recht zu machen, und hatte damit große Erfolge erzielt. Sie wollte jetzt keinen Streit mit ihr haben. Sie äußerte ihre Bedenken und versprach Philip, die Angelegenheit mit ihrem Mann zu besprechen – Philip sollte dann am Montag das Resultat erfahren. Er mußte sich mit dieser halben Zusage zufriedengeben.

Am Sonntagmorgen fuhr er nicht zur Kirche, sondern ging den gewundenen Pfad über die Felder zu Fuß, und kam infolgedessen das erste Mal seit Monaten so rechtzeitig an, daß er ohne Hast sein Chorhemd anziehen konnte und Mr. Pink ihn nicht strafend ansah. Die Familie kam immer in geschlossener Formation, und ihr Gang durch das Mittelschiff bot der Gemeinde stets ein interessantes Bild, das nie seinen Reiz verlor. Zuerst kam Adeline, die Hand auf dem Arm ihres ältesten Sohnes. Ihnen folgten die Buckleys, Augustas Hand ruhte auf Sir Edwins elegant abgewinkeltem Arm. Als letzter kam Ernest, an jeder Hand eins der Kinder. Die Gruppe gehörte eher in die Alte als in die Neue Welt. Obwohl sie so eng verbunden waren mit dem Ort, in dem sie lebten, strömten sie erstaunlich deutlich die Atmosphäre des Landes aus, aus dem sie kamen.

Adeline setzte sich selten in ihren Kirchenstuhl, ohne sich einen Augenblick mit schmerzlichem Erschrecken bewußt zu werden, daß der Mann, den sie liebte, nicht mehr an ihrer Seite war. Die Jahre hatten ihr den Verlust weder verständlicher noch erträglicher gemacht. Wenn sie den Kopf in kurzem Gebet auf die Kante des Kirchenstuhls vor dem ihren legte, so war das der Augenblick, der ihm gehörte. Danach richtete sie sich auf und hob die Augen zu dem bunten Glasfenster, das sie zu seinem Gedächtnis gestiftet hatte. Mit einem tiefen Seufzer blickte sie dann nach der Nummer des Chorals, der gesungen werden sollte und schlug ihn in ihrem Gesangbuch auf. Sie schaute hinunter zu Renny und hielt das Buch so, daß er mit ihr den Worten folgen konnte. Nicht daß sie das gebraucht hätte – sie kannte jeden Choral, der in der Kirche gesungen wurde, auswendig, wenn Mr. Pink nicht (was allerdings selten vorkam), in einem Anfall von Abenteuerlust einen fremden wählte. Dann zog sie ungläubig die Brauen hoch, klappte das Buch energisch zu, als sei damit der Fall für sie erledigt, und beobachtete den singenden Chor, als vollführe er seltsame gymnastische Übungen, die sie weder verstand noch billigte.

Als an diesem Sonntagmorgen der Gottesdienst seinen gewohnten Verlauf nahm, betrachtete sie ihren Sohn Philip mit besonderem Interesse. Was hatte er wohl vor, fragte sie sich. Ernest hatte ihr erzählt, daß er bei den Craigs gewesen war, wo sich Mary aufhielt. Offenbar suchte er zu einer Verständigung mit diesem merkwürdigen Mädchen zu kommen – aber wenn er sie heiraten wollte, weshalb wich er dann seiner Familie aus? Und wo war er gestern abend gewesen? Adeline konnte nur vermuten, daß er Angst hatte, mit ihr zu sprechen, damit sie seine Pläne nicht verraten und durchkreuzen könne. Noch wahrscheinlicher, daß Mary es nicht über sich bringen konnte, ihn nach dem, was vorgefallen war, zu heiraten – nun, das war kein Wunder!

Aber Philip sah heute so hübsch aus mit seinen frischen Farben, seinen klaren blauen Augen und seinem weißen Chorhemd. Er las die Bibeltexte genau so, wie Adeline es liebte, obwohl seine Brüder seinen Stil höchst kritisch beurteilten. In seiner Stimme schwang eine gewisse Überzeugung – man hörte, daß er glaubte, was er las. Oh, im großen ganzen, dachte Adeline, würde er schon mit heiler Haut aus dieser Affäre herauskommen! Ernest hatte ihr nichts von Philips trotziger Haltung berichtet, denn er wußte, daß die beiden nur allzubald die Frage untereinander erledigen mußten. Er hatte fast Angst, wenn er daran dachte – dennoch verspürte er, wenn er an ihre beiden Temperamente dachte, eine gewisse Heiterkeit bei der Vorstellung des Zusammenpralls.

Aber der Zusammenprall sollte lautlos vor sich gehen. Als der Augenblick gekommen war, konnten weder Adeline noch Philip ein Wort dazu äußern. Eine fromme Stille beherrschte die Szene.

Philip hatte gerade den zweiten Bibeltext verlesen und kehrte zu seinem Platz an der einen Seite der Kanzel zurück. Sein Chorhemd hatte in den Augen seiner Mutter einen trotzigen Schwung. Ernest fand es elegant. Mr. Pink erhob sich und schritt würdevoll auf seinen Platz zu. Mr. Pink hatte eine volltragende Stimme, und die Worte, die nun aus seinem Munde kamen, hätten der Stimmstärke nach ebenso in einer Kathedrale gesprochen sein können wie in dieser kleinen Landkirche.

»Ich verkünde das Aufgebot zwischen Philip Piers Whiteoak von dieser Gemeinde und Mary Wakefield von ebenderselbigen. Wenn einer von euch gerechten Einspruch gegen die Eheschließung dieser beiden Personen vorzubringen hat, möge er sich melden. Dieses ist das erste Aufgebot.«

Philip saß unerschütterlich, die Hände über dem Chorhemd auf seinem Magen zusammengelegt; seine Augen wirkten ungewöhnlich groß und blau, sie waren

auf einen Punkt oberhalb der Köpfe der Gemeinde gerichtet. Ein Rascheln lief durch die Menge, ein Geflüster, wie von einem Windstoß über einem kleinen Kornfeld. Die Vaughans in ihrem Kirchenstuhl warfen Seitenblicke auf Adeline. Admiral Laceys Gesicht war dunkelrot geworden. Mrs. Lacey versuchte vergeblich, unschuldig auszusehen. Ethel faßte Violets Hand und drückte sie, und sie blieben mit verschlungenen Händen sitzen. Die übrigen Nachbarn, die Farmer vom umliegenden Land, die Leute aus dem Dorf, Chalk, der junge Hufschmied, reckten die Hälse, um einen Blick auf die Whiteoaks zu erhaschen oder schauten neugierig forschend in Philips Gesicht. Es gab nur wenige, die nicht Noah Binns' Geschichte aus dem Obstgarten gehört hatten – zu einer Zeit, da doch jeder Mensch wußte, daß die junge Dame mit Clive Busby verlobt war!
Nicholas' Hand hob sich zu seinem Bart. Er zupfte daran, als wolle er das Lächeln wegzupfen, das um seine Lippen geisterte. Ernest zog sein blütenweißes Taschentuch und schnaubte sich die Nase. Er empfand, daß dies ein Augenblick der Aktivität war, und etwas anderes fiel ihm beim besten Willen nicht ein. Die leichtbeleidigte Miene, die Augustas normaler Gesichtsausdruck war und die nichts mit ihrer wirklich freundlichen Natur zu tun hatte, vertiefte sich. Sir Edwin kaute an einer stummen Erklärung, die ein Gedankenleser mit Leichtigkeit deuten konnte: »Ich erhebe Einspruch.«
Aber die wirkliche Neugier der Gemeinde konzentrierte sich auf Adeline. Ihre schwarze Gestalt strömte geradezu geballten Widerspruch aus. Würde Mrs. Whiteoak Einspruch gegen das Aufgebot erheben? Sie erhob sich majestätisch zu ihrer vollen Größe.
Ein Zittern erwartungsvoller Erregung lief durch die kleine Kirche. Würde Mrs. Whiteoak Einspruch einlegen? Aller Augen hingen an ihr. Nur Noah Binns' Blick – er saß auf der letzten Bank – war hungrig und fragend auf Philip gerichtet. Noah stellte fest, daß Philip blaß wurde.
Lily Pink hätte in diesem Augenblick längst die ersten Akkorde des *Jubilate Deo* spielen müssen; die Gemeinde sollte aufstehen und singen. Aber Lily war wie gelähmt. Ihre Finger waren außerstande, die Tasten niederzudrücken. Sie saß seitlich auf dem Orgelsitz und blickte wie gebannt auf die vornehme Gestalt unten im Mittelgang. Denn vornehm sah Adeline aus, wenn auch dem Impuls, dem sie folgte, jede Vornehmheit fehlte; der Witwenschleier floß von ihrem feinen Kopf und ihre Züge verrieten jetzt nichts als tiefste Mißbilligung.
Ohne rechts und links zu blicken schritt sie langsam und fest zum Ausgang. Als sie ihn erreichte, sprang der junge Hodge, der sie zur Kirche gefahren hatte, auf und öffnete ihr die Tür. Im gleichen Augenblick bekam Lily ihre Finger wieder in ihre Gewalt, die Orgelklänge brausten, die Gemeinde erhob sich und Adeline entschwand unter den Tönen des *Jubilate*.

Als Ernest sah, daß seine Mutter den Kirchstuhl verließ, hatte er Miene gemacht, aufzustehen und sie zu begleiten, aber ein Blick Adelines ließ diese Absicht im Keim ersticken, und er hatte niedergeschlagen seinen Platz wieder eingenommen.

Nun lief der Gottesdienst weiter, mit einer gewissen zitternden Eindringlichkeit, als seien alle Anwesenden entschlossen, nicht den Kopf zu verlieren. Doch als die Predigt kam, hatte Mr. Pink Mühe, sie in dem beabsichtigten Geist einzuleiten – wie sollte er diese herrlichen Zeilen von Browning jetzt anbringen? Es war nicht so einfach, zu versichern, daß Gott in Seinem Himmel war und daß alles auf Erden bestens bestellt sei, wenn Mrs. Whiteoak ostentativ ihren Platz in der Kirche verließ!

Endlich wurde der Schlußchoral gesungen und die Gemeinde brach auf. Sie versammelten sich in Gruppen auf dem Kirchhof, um zu besprechen, was geschehen war. Die Vaughans und Laceys eilten fort, damit die Whiteoaks nicht in die Verlegenheit kämen, mit ihnen zu sprechen. Hodge hatte Adeline nach Hause gefahren und war nun mit dem Wagen wieder da, um die Buckleys und die Kinder nach Jalna zu bringen. Nicholas und Ernest hatten zusammen den kleinen Sportwagen benutzt.

Nicholas band das Pferd los, das im Kirchenschuppen gestanden hatte, und fragte seinen Bruder: »Sollen wir auf ihn warten?«

»Nein«, antwortete Ernest fast heftig. »Ich *könnte* einfach nicht mit ihm zusammen fahren. Aber wenn du auf ihn warten willst, kann ich zu Fuß gehen.«

»Soll er zurückgehen, wie er hergekommen ist!« sagte Nicholas kurz und stieg in den Wagen.

Unterwegs grüßte er die Bekannten, die er traf, indem er mit der Peitsche seinen Hutrand berührte, unbekümmert und herzlich, als sei nichts geschehen.

Aber als sie die Straße entlangrollten, auf der jedes Fahrzeug Leute aus der Kirche nach Hause brachte, rief Nicholas aus: »Philip gehörte verprügelt für das, was heute morgen geschehen ist! Es war eine Beleidigung für uns alle, und natürlich besonders für Mama!«

»Bist du sicher, daß Mr. Pink nicht wußte, daß wir alle von dem Aufgebot nichts ahnten?«

»Pink? Er wußte es nicht – nichts auf der Welt hätte ihn dazu bringen können, uns solchen Schimpf anzutun!«

»Mama hätte einen Schlaganfall bekommen können!«

»Herrschaften, ich möchte nicht an seiner Stelle sein, wenn sie sich heute begegnen.«

»Vielleicht bekommen wir ihn überhaupt bis nach Tisch nicht zu Gesicht. Vielleicht geht er zu den Laceys. Hoffentlich tut er's. Es ist höchst sonderbar – aber Störungen dieser Art bei Tisch machen mir Magenschmerzen.«

Nicholas brummte etwas, dann rief er: »Herrgott, du hättest mich mit dem kleinen Finger umwerfen können, als Pink dieses Aufgebot verlas.«
»Ich dachte, Mama stünde auf, um Einspruch einzulegen.«
»Kein Wunder, wenn sie's getan hätte.«
»Jetzt gibt's nichts mehr, was diese Heirat verhindern kann. Wir müssen uns einfach damit abfinden.«
»Nun, alles in allem – sie ist ein sehr attraktives Mädchen!«
»Nick – würdest du gern sehen, daß Philip ein Mädchen von diesem lockeren Charakter nach Jalna bringt, um die Mutter seiner Kinder zu sein?«
»Er schwört ja, daß sie nicht locker ist.«
»Und du glaubst ihm?«
»Philip ist nie ein Lügner gewesen.«
»Er könnte es werden, um den Ruf der Frau zu retten, die er liebt.«
»Möglich. Aber ich denke: Mary Wakefield hat es zwar eingestanden – aber verhielte es sich wirklich so, dann würde Philip es nicht geleugnet haben.«
»Was für ein Teufel hat sie dann geritten, um so etwas Unmögliches zu sagen?«
»Meiner Meinung nach hat sie gewünscht, es wäre wahr. Wunschtraum.«
»Nick, du bist ein eingefleischter Zyniker!«
Sie fuhren durch das Tor, der feine Kies spritzte unter den Rädern auf. Beim Stall übernahm Hodge das Pferd. Er sah niedergeschlagen, ja, gewissermaßen schuldbewußt aus, als sei er nicht unbeteiligt an der Katastrophe dieses Morgens. Er war ein taktvoller junger Mensch und Adeline sehr ergeben.
Die beiden Söhne fanden sie auf ihrem Lieblingssessel im Salon. Augusta und Sir Edwin waren auch da, offenbar als teilnahmsvolles Auditorium für die Beschreibung des Schocks, den sie in der Kirche erlitten hatte, und die Ergüsse ihrer Wut.
Nicholas beugte sich über sie und küßte sie.
»Nun, alte Dame«, sagte er, »dein Exit war tatsächlich dramatisch. Ich habe nie etwas Besseres gesehen – nicht einmal auf der Bühne!« Sie hörte das sicherlich gern, blieb aber düster. Ernest küßte sie von der anderen Seite. »Ich hätte dich gern hinausbegleitet, aber ich merkte, daß du lieber allein gehen wolltest.«
»Eine Begleitung hätte die Wirkung nur zerstört«, bemerkte Sir Edwin.
»Ich habe der Welt jedenfalls gezeigt, was ich von diesem Aufgebot denke!« sagte Adeline.
»Die Sache ist nur die«, lächelte Nicholas, »daß wir gar nichts dagegen tun können.«
»Oh, wenn ich daran denke«, rief Adeline, rechts und links eine Hand ihrer beiden Söhne haltend, »daß ich mein jüngstes Kind in die Welt gesetzt habe,

um von ihm derartig behandelt zu werden! Acht Jahre habe ich gewartet, nachdem Ernest geboren war, und dann, als ich wieder in der Hoffnung war –«

Sir Edwin unterbrach sie. »Philip ist an der Tür. Wenn du das wiederholen willst, kann er gerade zur Zeit kommen, um es mitanzuhören.«

Adeline warf ihm einen vernichtenden Blick zu. Dennoch sagte sie, und mit noch mehr Pathos als zuvor: »Oh, wenn ich denke, daß ich mein jüngstes Kind in die Welt gesetzt habe, um so von ihm behandelt zu werden! Acht Jahre habe ich gewartet, nachdem Ernest geboren war, und als ich dann wieder in der Hoffnung war, dachte ich, dieses Kind wird so sein wie sein Vater. Es wird goldenes Haar haben und blaue Augen und wird Stab und Stütze meines Alters werden.«

In der Mitte dieser Rede erschien Philip im Türrahmen. Er hatte sich von einem Farmer mitnehmen lassen und war bald nach Nicholas und Ernest am Tor abgestiegen. Er stand und hörte Adeline zu, ohne ins Zimmer zu kommen, die Augen fest auf ihr Gesicht gerichtet, die Arme gekreuzt. In der sonnigen Wärme seiner Erscheinung war etwas, das die ungute Atmosphäre, die im Salon herrschte, aufhellte. Dazu kam, daß Adelines falsches Pathos in diesem Augenblick allen, Augusta, Sir Edwin und Ernest, sehr schlecht gewählt schien. So sehr sie sich mühten, sie empfanden nicht mehr die anfängliche Sympathie. Nicholas dachte: Die alte Dame weiß, daß sie geschlagen ist, daher das irische Pathos. Er drückte ihre Hand, die er noch hielt und sagte streng zu Philip: »Nun, was hast du zu deinen Gunsten zu sagen?«

»Ich mußte es tun«, erwiderte Philip. »Ich mußte das Ganze mit *einem* Streich in Ordnung bringen.«

»Mit einem Streich! Jawohl. Genau das war es!« rief Adeline. »Ein Streich – ein Schlag ins Gesicht – vor aller Welt!«

»Es war nicht vor aller Welt«, sagte er fast besänftigend, »sondern vor einem sehr kleinen Winkel davon.«

»Der aber *meine* Welt ist«, erwiderte sie traurig.

Wenn man sie ansah, schien es ein Jammer, daß sie nur vor einem so kleinen Publikum paradierte.

Sir Edwin sagte: »Meine liebe Mrs. Whiteoak, wir haben alle mit Ihnen gefühlt. Ihr Kummer war auch der unsere!«

Augusta fügte hinzu: »Ich hätte gern die Kirche mit meiner Mutter zusammen verlassen, aber ich besann mich eines Besseren.«

»Nach einem entsprechenden Blick von ihr«, ergänzte Nicholas.

Philip trat nun herein. »Wenn ihr alle vernünftig gewesen wärt, hätte kein Mensch in der Kirche gedacht, daß es für euch eine Überraschung war.«

Adeline sprang auf. »Das hab ich gern!« rief sie. »Weiß Gott, das hab ich gern! Hast du erwartet, daß ich schmunzelnd in meinem Kirchenstuhl sitze,

während der Pastor für meinen Sohn das Aufgebot verliest, von dem ich nichts weiß!? Was hattest du denn erwartet, Philip! Also bitte – vielleicht erzählst du mir's!«
»Ich weiß nicht, was ich erwartet habe«, erwiderte er mürrisch.
Ihre Nasenflügel weiteten sich, als sie sagte: »Oder hast du erwartet, daß ich mein Taschentuch ziehe und mir mit dem Zipfel die feuchten Augen wische? Mir die Augen wische und meinen Kopf beuge und ein Amen seufze? War's das, was du erwartet hast ... nun, so gib wenigstens Antwort, du gottverlassener Taugenichts!«
Als diese Worte in der Luft vibrierten, legte Sir Edwin den Daumen seiner rechten Hand an eine Seite seines aschblonden Backenbarts und die vier Finger an die andere, um seinen Mund zu verbergen, um den ein höchst unziemliches Lächeln huschte.
Philip wurde rot. Er sah sie stumm an. Jetzt glich er aufs Haar der Miniatur seines Vaters in der Brosche an ihrer Kehle.
»Oder vielleicht«, fuhr sie fort, »hast du sogar erwartet, ich würde mich mit Recht gestraft fühlen, weil du mich beschimpft hattest? Vielleicht dachtest du, ich würde aufstehen und in meinem Kirchenstuhl auf den Knien rutschen?«
»Mama!« warf Augusta ein, »ich glaube, du weißt gar nicht, wie unangemessen das klingt!«
»Kümmere dich um deine Angelegenheiten, Augusta!«
Philip sagte langsam: »Beschimpfen wollte ich niemanden.«
»Nun, vielleicht war es nur halb so schlimm, als wenn du mich mit einem Stecken ins Auge gestochen hättest. Aber meinst du, es war nur eine Seele in der Kirche, die *nicht* bemerken mußte, daß du deine arme alte Mutter beschimpft hast?«
Philips Augen traten ein wenig hervor.
»Du bist nicht meine *arme alte Mutter*!« sagte er sehr laut. »Du bist meine sehr herrschsüchtige Mutter, die eine Szene macht, sogar in der Kirche, wenn sie einmal ihren Kopf nicht durchsetzen kann! Wenn heute vormittag jemand beleidigt wurde, dann war ich es. Ich mußte dasitzen, angesichts der ganzen Gemeinde, während du wie eine beleidigte Königin aus der Kirche rauschtest!«
Die ›beleidigte Königin‹ gefiel ihr. Sie kostete sie einen Augenblick aus, dann fragte sie in milderem Ton: »Was geschah eigentlich, nachdem ich hinausging? Wurde der Gottesdienst fortgesetzt?«
»Allerdings. So wichtig du dir auch vorkommst, Mama – aber man konnte nicht die ganze Vorstellung abblasen, weil du wütend hinausstolziertest. Und ich mußte sitzen bleiben, während alle Leute mich anstarrten.«
»In alten Zeiten«, sagte sie, »hätte man einen Mann mit Skorpionen gezüchtigt, der nichts Schlimmeres begangen hatte als du!«
»Das wären die richtigen Zeiten für dich gewesen!«

»Aber, aber, Philip!« ermahnte ihn Nicholas.
»Nun, eins steht jedenfalls fest: das Aufgebot ist verlesen, und es wird nächsten und übernächsten Sonntag wieder verlesen werden, und ein paar Tage später werden Mary und ich heiraten!«
Adeline überhörte diese Feststellung und fragte: »Hat Mr. Pink gewußt, daß mir von dem Aufgebot nichts bekannt war?«
»Nein, das wußte er nicht.«
»Sein Glück! Denn wenn ich dächte, er hätte es gewußt, würde ich ihn aus dem Amte jagen – dazu brauchte ich keine drei Wochen! Da reichten mir drei Minuten!«
»Mama«, sagte Philip, »du vergißt, daß du nicht der Erzbischof bist! Nicht einmal ein Bischof!«
»Dein Vater und ich haben die Kirche gebaut.«
»Und gehört sie dir jetzt?«
»Philip!« mischte sich Ernest ein, »hörst du endlich auf, so grob zu Mama zu sein?!«
»Hörst du endlich auf, mich zu verteidigen?« rief Adeline. »Ich brauche keine Verteidigung gegen einen undankbaren Tunichtgut wie diesen hier!«
»Wofür sollte ich dir eigentlich dankbar sein?« fragte Philip drohend.
Verzweifelt warf Adeline die Hände hoch. Dann sank sie zurück in ihren Sessel und streckte in einer Pose völliger Erschöpfung die langen Beine aus. Erst nach einer kurzen Pause sagte sie: »Ich habe dich beschützt vor den berechnenden Weibern, die immer hinter dir her waren! Und du warst sehr froh darüber – etwa nicht? Du hast es mir mit eigenem Munde gesagt.«
»Nun, mag sein. Aber ich hätte mich sehr gut selbst beschützen können!«
Sie lachte verächtlich. »Genauso, wie du dich gegen dieses Mädchen geschützt hast, die dich zu ihrem Geliebten gemacht hat, Wand an Wand mit dem Zimmer, in dem deine unschuldige kleine Tochter schlief! Keinen Widerspruch, mein Lieber! Sie hat es mir selbst gesagt.«
»Nun laß uns das einmal klarstellen – ein für allemal. Zwischen Mary und mir ist es geklärt. Mama hat Mary so empört durch ihre Beschuldigung, daß Mary ihr nicht widersprach. In ihrem Zorn ließ sie sich lieber *beleidigen,* als sich zu *verteidigen!* So hat sie es mir erklärt. Ich glaube, daß sie so eingeschüchtert war, daß sie zu allem Ja und Amen gesagt hätte.«
»Nun, so würdest du nicht denken, wenn du sie gesehen hättest!« sagte Adeline.
Plötzlich ließ sich Augusta mit ihrer tiefen Stimme vernehmen. »Was Philip da sagt, das erinnert mich an eine Begebenheit aus der Zeit, als er noch klein war. Ernest und Nicholas waren etwa dreizehn und fünfzehn. Sie hatten einen schönen Collie mit besonders hübschem Fell. Eines Tages bemerkten die Jungen, daß ihm ganze Flecke daraus offenbar mit einer Schere dicht über

der Haut abgeschoren waren. Philip war schon mehrmals bestraft worden, weil er Messer und Schere nicht liegen lassen konnte. Natürlich dachten die Jungen, er hätte es getan, es sei einer seiner Streiche. Sie beschuldigten ihn heftig, wie es Jungen eben tun. Ich war dabei – und ich fürchte, ich schalt ihn auch. Er sagte kein Wort, er sah uns nur an, als sei er auch noch froh darüber, daß er so etwas Schlimmes getan hatte. Wir schleppten ihn zu Papa, der ihn andonnerte: ›Hast du das getan, Bürschchen?‹ Und Philip sah ihm gerade in die Augen und sagte *Ja*. Papa strafte ihn ernstlich. Dann nach ein paar Tagen stellte sich heraus, daß der Hund eine besondere Art von Ekzem hatte, bei dem die Haare an großen Stellen ausfielen. Ich erinnere mich, ich weinte, daß Philip zu Unrecht bestraft worden war – es regte mich schrecklich auf. Aber als ich ihn fragte, warum er eine Tat eingestanden habe, die er nie begangen hatte, antwortete er: ›Ich weiß nicht.‹ Ich glaube, es war deswegen, weil er stolz war, daß man ihm eine solche Missetat überhaupt zutraute ... erinnerst du dich noch an diese Episode, Philip?«
»Das kann ich nicht behaupten. Ich bin zu oft verprügelt worden.«
»Eine Geschichte, die einem zu denken gibt«, bemerkte Nicholas.
Sir Edwin sah seine Frau bewundernd an. »Augusta hat eine ganz ungewöhnliche analytische Begabung«, sagte er.
Philip biß auf die Fingerknöchel, unschlüssig, ob die Analogie dieser Anekdote dazu diente, seine Liebste in besseres oder schlechteres Licht zu rücken.
Die dumpfen Töne des Gongs, den Eliza schlug, verkündeten, daß das Sonntagsessen angerichtet sei. Die Whiteoaks waren eine Familie mit ausgezeichnetem Appetit, und als sie sich nun um den Tisch setzten und die vier fetten jungen Enten auf der Platte vor Philip einen köstlichen Duft ausströmten, fühlte sich keiner von ihnen außerstande, seine Portion zu vertilgen. Philip konnte gut tranchieren, er hatte seit seines Vaters Tod dessen Platz oben am Tisch eingenommen. Er tranchierte langsam, aber mit genauer Kenntnis der Entenanatomie, und aller Augen hingen an ihm.
Nur die beiden Kinder achteten mehr auf die Gesichter der Erwachsenen als auf die Portionen, die sie zugeteilt bekamen. Nicholas, Ernest und Sir Edwin versuchten, die Unterhaltung in unpersönliche Kanäle zu leiten, aber als die Mahlzeit kaum halb beendet war, wendete sich Adeline plötzlich an Meg.
»Hast du das Aufgebot gehört, das heute in der Kirche verlesen wurde?«
Meggie hob ihr Gesicht, rund und ausdruckslos wie eine Eierschale, zu Adeline empor. »Ja, Granny.«
»Hast du verstanden, was es bedeutet?«
»Ja. Es bedeutet, daß Daddy Miss Wakefield heiraten wird.«
»Hast du es denn gleich in der Kirche verstanden?«
»Nein. Nettle hat mir's erklärt.«
»Und freust du dich darüber?«

»Nein. Ich mag's nicht, daß er's tun will!«
»Und du, Renny? Möchtest du, daß dein Vater Miss Wakefield heiratet?«
Die Stimme des Kleinen klang sehr entschieden. »Wenn sie uns dann nicht weiter Stunden gibt – dann ja.«
Meg fügte hinzu: »Nettle sagt, es ist entsetzlich, 'ne Stiefmutter zu haben.«
»Diese Frau«, knurrte Philip, »muß noch morgen weg!«
»Sie geht sowieso«, sagte Meg aalglatt. »Sie will auf keinen Fall bleiben – wenn Miss Wakefield sie rumkommandieren darf.«
»So, jetzt will ich kein Wort mehr von dir hören«, sagte Philip streng.
Renny piepste: »In den Märchen verwandeln die Stiefmütter die Kinder immer in Vögel und Tiere. Ich hoffe, Miss Wakefield wird mich in ein Pferd verwandeln.«
Ein Kichern lief um den Tisch. Philip zwang sich zu einem Lächeln und rief: »Und was täte ich dann? Dann hätte ich ja keinen kleinen Sohn mehr!«
»Du könntest doch auf mir reiten!« rief Renny freudig. »Und ich würde schneller laufen als jedes andere Pferd und du brauchtest mich nicht mal mit der Peitsche anzutippen.«
Philip bedeckte Rennys kleine Hand mit der seinen. »Wenn Miss Wakefield dich in ein Pferd verwandelt«, sagte er nüchtern, »dann werde ich dich besteigen, und dann reiten wir beide zusammen weg und kommen niemals zurück.«
Meg war den Tränen nahe, seit Philip sie zurechtgewiesen hatte. Jetzt fing sie geräuschvoll zu heulen an, ohne jede Zurückhaltung. Ihr Daddy hatte gezeigt, daß er Renny vorzog!
Normalerweise hätte man sie hinausgeschickt, aber jetzt rief Adeline sie zu sich, umarmte und küßte sie und sagte: »Armes Kind! Du armes Kind!«
»Sie ist nichts dergleichen«, sagte Philip, »und sie benimmt sich wie eine Vierjährige!«
»Da hast du recht«, stimmte Nicholas zu. »Dies Geheul wegen nichts und wieder nichts ist ein Unfug!«
»Nun, wenn sie keine Selbstbeherrschung aufbringt«, sagte Adeline, »dann ist sie nicht schlimmer als Philip.«
»Ich glaube, ich habe beträchtliche Selbstbeherrschung aufgebracht«, erwiderte er.
»Mich hat mein lieber Vater gelehrt«, fuhr Adeline fort, »daß es keine wichtigere Eigenschaft gibt als Selbstbeherrschung, wenn man durch die Welt kommen will.«
»Nun, das ist das erste gute Wort, das ich aus deinem Munde über ihn höre!« sagte Nicholas. Unverkennbar – er war zum Feind übergegangen!
»Hättest du meinem lieben Vater mehr geglichen«, gab Adeline zurück, »so wäre deine Frau dir nicht mit einem andern Mann weggelaufen.«

»Mama!« bat Augusta eindringlich, »bitte denke doch an die Kinder!«
»Ich denke an die Kinder, und ich wünschte nur, es wären mehr Kinder da, aber Nicholas hatte ja keine Kinder. Und du und Edwin – ihr habt ja auch keine zustande gebracht! Nun, mein Vater hatte elf Kinder, und er hat sie alle Selbstbeherrschung gelehrt. Mein Gott, was für ein Prachtmensch war er! Wenn ich je ein hartes Wort über ihn gesagt habe, so verdiene ich jede Strafe. Tatsächlich habe ich ihn nicht richtig zu schätzen gewußt, ehe er gestorben war.«
Sie seufzte schwer. »Das ist das Schicksal der Eltern, und ich nehme an, daß es mir nicht anders gehen wird. Schließlich bin ich nicht mehr die Jüngste!«
»Du hast nie besser ausgesehen als jetzt, Mama!« sagte Ernest eifrig.
»Nun ja ... ich klage ja auch nicht!«
Jetzt brachte Eliza einen Mürbeteigkuchen mit Pfirsichen herein, der von einem Berg aus Schlagsahne gekrönt war. Sie stellte ihn vor Adeline hin, und dabei zitterte ihre Hand, denn sie hatte sich maßlos aufgeregt über Hodges Bericht, was in der Kirche vorgefallen war.
Adeline wiederum war so beeindruckt von Elizas sichtlicher Erschütterung, daß auch ihre Hand wie Espenlaub zitterte, als sie das schwersilberne Kuchenbesteck ergriff, um den Kuchen zu zerteilen. »Eliza«, sagte sie, »bitte gib Lady Buckley die Kuchenplatte. Ich bin nicht imstande, den Kuchen aufzuschneiden.«
Eliza tat, was ihr geheißen war; ihre Miene drückte tiefstes Mitleid aus.
»Aber, Mama!« rief Ernest, »Mürbekuchen mit Pfirsich ist doch eins deiner Lieblingsgerichte. Willst du nichts davon essen?«
»Heute nicht ... heute nicht ...«, antwortete sie mit halbversagender Stimme. »Ich habe keinen Appetit auf diese Mahlzeit. Aber sorgt euch nicht um mich. Ich werde ganz still dabeisitzen und mich am Anblick eures Behagens erfreuen. Meggie, geh wieder auf deinen Platz, mein Lamm, und iß deinen Mürbekuchen. Renny, sitz gerade und halte deine Gabel ordentlich. Gott weiß, ich habe mein Bestes getan, um euch gute Manieren anzuerziehen, wie sie mir auch anerzogen wurden. Wenn eins von uns – ich oder meine Brüder – sich unmanierlich benommen hätten, dann hätte uns mein Vater eine Ohrfeige versetzt, daß wir zur Tür hinausgeflogen wären.«
Eine Weile sah sie mit trauervoller Miene der Vertilgung des Mürbekuchens zu, dann sagte sie: »Ich glaube, ich werde mich in mein Zimmer begeben und ein wenig hinlegen. Es geht mir gar nicht gut. Ernest – Nicholas – würde mich bitte einer von euch hinüberführen?«
Mit einem Satz sprangen die Brüder an ihre Seite. Auf ihre starken Arme gestützt, verließ sie den Salon.
Augusta, die immer vernünftig war, sprach munter mit den Kindern, gab ihnen eine zweite Portion und erlaubte ihnen, als sie aufgegessen hatten,

vom Tisch wegzugehen. Nicholas und Ernest kamen zurück aus Adelines Zimmer.
»Wie geht es ihr?« fragte Sir Edwin ängstlich.
»Ein wenig besser«, antwortete Ernest. »Philip, sie möchte, daß du zu ihr kommst.«
»Oh – sie ist doch sicherlich nicht fähig, die Diskussion fortzusetzen!« rief Augusta.
»Ich denke, es ist am besten für Philip, wenn er hingeht, entschieden.« Er setzte sich und bemerkte: »Davon werde ich Magenschmerzen bekommen!« Und mit resignierter Miene machte er eine neue Attacke auf den Mürbekuchen.
Philip sagte: »Entschuldige mich, Augusta«, und ging hinaus. Sein Schritt verriet mehr Trotz als Verhandlungsbereitschaft.
»Ich hoffe, eurer Mutter fehlt nichts Ernsthaftes«, sagte Sir Edwin.
Nicholas aß seinen letzten Bissen Kuchen auf, lehnte sich auf seinem Stuhl zurück und wischte sich seinen hängenden Schnurrbart.
»Es ist nichts Ernsthaftes«, sagte er, »bis auf die Tatsache, daß Mama klug genug ist, zu wissen, wann sie geschlagen ist.«
Und sie wußte es tatsächlich. Als sie auf ihrem Bett lag und auf Philip wartete, nahm sie die neue Situation ohne Bitterkeit hin.
Nun stand Philip in der Tür, sein Kopf hob sich hell von dem dunklen Vorhang ab – genau so hatte sein Vater in derselben Tür gestanden, als er ein junger Mann war.
»Komm näher«, sagte sie, »komm her zu meinem Bett.«
Er kam, kniete neben dem Bett nieder und legte die Arme um Adeline.
»Mama, bist du wirklich krank?« fragte er.
»Es geht mir schon besser.« Sie umschlang seinen Hals und zog ihn noch näher an sich. Er drückte sein Gesicht an ihre Brust.
»Du bist mein Lieblingssohn«, sagte sie. »Mein Jüngster! Ich kann dir nichts abschlagen. Wenn du dieses Mädchen absolut heiraten willst – gut, dann tu's.« Sie seufzte tief und gottergeben und fügte hinzu: »Bring sie her – ich werde nett zu ihr sein.«
Boney hatte auf Adelines Fuß gesessen. Jetzt kam er mit vorsichtigen Schritten ihren Körper hinauf bis zu ihrem Kopf, dann sank er auf seine Brust und breitete die Flügel aus, als wolle er sie beschützen. Er gab kleine glucksende Laute von sich.

Am nächsten Tag fuhr Philip wieder mit seiner Fuchsstute die Straße am See entlang. An seiner Seite saß Mary, und hinter ihnen lag ihre große Reisetasche. Es war ein heller, kalter Morgen, die bunten Blätter flatterten durch die Luft wie Vögel, und Scharen von kleinen Vögeln, die auf ihrer Reise nach Süden waren, wurden durch die Luft geweht wie Blätter. Vom Strand her kam der rhythmische Aufschlag der Wellen, und die Stute schien sich ein Vergnügen daraus zu machen, mit ihrem Hufschlag den Takt zu halten. Jedes einzelne Haar ihrer Mähne und ihres Schweifs zitterte förmlich vor Leben.

Mary hielt ihren Hut mit beiden Händen fest, damit er ihr nicht wegflog. Der Wind hatte ihre Wangen reizend gerötet, sie waren ein wenig dunkler als ihre Lippen. Die Wirkung war hübsch, fand Philip. »Deine Lippen sind nicht mehr so rot, wie sie waren«, bemerkte er.

Sie zog rasch die Unterlippe zwischen die Zähne und biß ein wenig zu. »Ich muß dir etwas gestehen, Philip«, sagte sie.

»Ja?« Er lächelte.

»Ich habe früher immer ein bißchen Rouge auf meine Lippen getan.« Sie sah ihn ängstlich forschend an, um die Wirkung ihrer Worte festzustellen: »Aber ich werde es nie wieder tun, wenn du mich ohne Rouge netter findest.«

»Ich finde dich bezaubernd, wie du bist.«

Sie waren unterwegs zu den Laceys, wo Mary, wie es freundschaftlich vereinbart war, bis zu ihrer Hochzeit bleiben sollte. Sie mußten auf ihrem Weg an Jalna vorbei. Am Tor zog Philip die Zügel an. Die Peitsche lag schräg in seiner Hand.

»Sieh nicht so erschrocken aus, Mary«, sagte er. »Ich will dich zu nichts zwingen, was du nicht möchtest. Aber ich glaube, es wäre gut für dich, jetzt mit hineinzukommen und meine Mutter zu begrüßen. Früher oder später muß es geschehen – und je eher du es hinter dir hast, um so besser für dich. Und ich denke, sie würde es gern sehen, wenn du direkt zu ihr kommst, ehe du zu den Laceys gehst.«

»Oh, nein – nicht jetzt! Ich glaube ... ich kann's noch nicht.«

»Natürlich kannst du's! Komm, sei mein vernünftiges Mädchen. Mama wird dich nur lieber haben, wenn du keine Umwege machst. Und vergiß nicht, daß ich an deiner Seite bin!«

Oh, sie konnte alles tun, wenn sie ihn zur Seite hatte. Sie konnte einem Dutzend Adeline Whiteoaks entgegentreten, wenn sie Philip hatte, der sie beschützte. Dennoch schlug ihr Herz schmerzhaft schnell, als sie sich aufraffte, zuzustimmen.

»Gut«, sagte sie, »ich glaube, du hast recht. Aber daß deine Mutter mich jemals gern haben wird ... das kann ich mir nicht vorstellen!«

Philip war selbst nicht wenig nervös, wenn er an diese Begegnung dachte. Es tat ihm unendlich leid um Mary, aber er empfand, daß der arme Schatz durch diese verdammte, leichtsinnige Lüge alles viel schlimmer gemacht hatte. Er legte seine Hand auf ihre beiden Hände, die sie fest auf ihrem Schoß gefaltet hielt, und drückte sie.

»Dir wird viel wohler sein nachher!« sagte er.
»Ich hoffe es«, erwiderte sie. »Denn jämmerlicher als jetzt kann mir unmöglich zumute sein.«
Oh, wäre doch die Einfahrt zehn Meilen lang gewesen! Sie hatte kaum Zeit, sich zu fassen, als das Wägelchen schon vor der Haustür hielt und Philip heraussprang, um sie herunterzuheben.
»Ich kann nicht!« rief sie in plötzlicher Panik.
»Du kannst nicht?«
»Nein!«
»Wann wirst du können?«
»Morgen.«
»Gut.« Er schickte sich an, wieder aufzusteigen. Die Enttäuschung umwölkte sein Gesicht. »Aber ich dachte, du hättest mehr Mut.«
»Nein – ich will, ich will!« Sie konnte es nicht ertragen, daß er von ihr enttäuscht war. Dann kam ihr blitzartig der Augenblick in den Sinn, als sie Adeline triumphierend gegenübergestanden hatte, als sie die Siegerin gewesen war, und das machte sie hart genug für die Prüfung. Sie warf sich fast in Philips Arme, aus Angst, ihre Entschlossenheit würde sie im Stich lassen. Er stellte sie auf die Füße.
»Komm, setz deinen Hut gerade«, sagte er und sah sie dabei bewundernd an. »Er hat für diesen Wind eine zu breite Krempe.«
Sie richtete den Hut, raffte sich zusammen und ging die Stufen hinauf und durch die Tür.
Drinnen küßte er sie. »Dein Haus, Mary. Willkommen darin, mein Liebling!«
Sie hätte sich am liebsten an ihn geklammert, hätte sich ausgelöscht, aber er führte sie in den Salon und ließ sie allein. Sie lauschte auf seine Schritte, als er die Halle entlangging, um seine Mutter zu suchen. Dann hörte sie Adeline Whiteoaks Stimme.
Ihre Schritte kamen aus ihrem Schlafzimmer. Philip blieb zurück. Fürchtete er sich vor einer Szene, oder hielt er es für das Beste, wenn sie sich zunächst allein begegneten, dachte Mary. Sie wußte es nicht. Jetzt war es ihr gleichgültig. Das einzig Wichtige war, daß sie diese furchtbare Begegnung hinter sich brachte! Aber wie konnte sie zu Adeline sprechen? Ihr Mund war trocken wie ein Knochen. Sie stand gerade, halb trotzig, halb zitternd, und sah auf die Tür.
Nun stand Adeline im Türrahmen, ihr gegenüber. Eine stattliche Erscheinung, ganz als habe sie sich für diese Zusammenkunft gekleidet. Sie trug ein purpurrotes, schwerseidenes Hausgewand mit einer kleinen Schleppe und mit Spitzen am Hals und an den Ärmeln. Den ganzen Tag hatte sie apathisch gesprochen, sich apathisch bewegt, appetitlos gegessen wie eine Halbkranke.

Aber jetzt ergriff ihre natürliche Vitalität Besitz von ihr. Mit drei langen, raschen Schritten war sie bei Mary. Dabei breitete sie weit die Arme aus, und ehe Mary sich's versah, hielt Adeline sie fest an ihre starke Brust gedrückt; sie atmete den östlichen Hauch ein, der Adeline immer umschwebte, da sie Kleider und Wäsche in Sandelholzbehältern aufhob.
»Mein Kind!« Unter dem leichten melodramatischen Beben klang echte Wärme in ihrer Stimme. »Mein Kind – nun laß uns alles andere vergessen!«

22 Ein kleiner Junge

Renny Whiteoak war an diesem Morgen um sechs Uhr aufgestanden; obwohl es Oktober war, schien es sommerlich warm zu sein, aber die Wärme war irgendwie feiner und süßer. Die Bläue des Himmels wiederholte sich im Jerseyanzug des kleinen Jungen. Innerhalb dieser Kleidung kam er sich ungewöhnlich sauber vor, und er war biegsam und behende wie ein Fisch im Wasser.
Auf seinem Weg zu den Ställen jubelte und sang und lachte er, ohne zu wissen warum. Hodge schloß gerade die schwere Stalltür auf, als Renny erschien. »Hallo, Hodge!« rief er so laut, als sei Hodge stocktaub. »Ich bin hergekommen, um dir bei der Arbeit zu helfen!«
»Großartig!« sagte Hodge und warf mit breiter Geste die Stalltür auf. »Ich brauche nötig einen Helfer; wieviel Lohn verlangst du?«
»'n Dollar pro Monat.«
»Uff! Soviel kann ich nicht aufbringen!«
»Na ja, für 'nen Quarter tu ich's auch«, sagte Renny schnell.
»Gut. Dafür stell ich dich an. Zuerst tränken wir die Pferde.« Hodge stampfte mit seinen schweren Stiefeln zu dem Raum, wo die Eimer standen, und Renny streckte die Beine, um mit ihm Schritt zu halten. Als Hodge einen Eimer aufhob, nahm Renny auch einen. Die Pferde drehten die Hälse auf ihren Ständen, um sie zu beobachten. Leises beifälliges Wiehern begleitete ihr Vordringen bis zur letzten Box hinter dem Brunnen. Hodge hob den schweren Deckel, und der kühle Geruch des Wassers stieg aus der Tiefe. Er ließ den Eimer hinunter und brachte ihn bis zum Rand gefüllt wieder herauf. Wassertropfen hingen an den krausen blonden Haaren auf seinem Arm. Er füllte Rennys Eimer, Renny hockte neben ihm, ihre Gesichter spiegelten sich dunkel unten im Brunnen.
»Daß du ja nicht mal allein hier Unfug treibst!« sagte Hodge warnend. »Du könntest reinfallen.«
»Würdest du mich retten, wenn ich reinfalle?«
»Wie, zum Kuckuck, kann ich das wissen? Ich könnte doch gerade woanders arbeiten.«

»Aber wenn ich recht laut schreie?«

»Nee, nee«, sagte Hodge. »Da hilft nur eins – davon wegbleiben! Und versuch nicht erst, den schweren Eimer zu heben. Du wirst dir noch mal Schaden tun, wenn du immer so schwere Sachen heben willst.«

Renny faßte am Griff von Hodges Eimer mit an, um ihm tragen zu helfen. Er tat sein Bestes, um sein Teil mit zu leisten, als Hodge ihn der alten Laura hinhielt. Sie hatte eine Box für sich, die größte im Stall – sie war dreißig Jahre alt und war Captain Whiteoaks Lieblingspferd gewesen. Als sie den schmalen, klugen Kopf zum Eimer herunterbeugte, warf sie Renny einen freundlichen Blick aus ihren glänzenden Augen zu.

»Sie hat mich gern«, sagte Renny. »Meinst du, sie macht's noch, bis ich groß genug bin, sie zu reiten?«

»Sollt' mich nicht wundern. Sie ist 'ne ganz Zähe. Und goldehrlich!« Er klopfte dem alten Pferd liebevoll den Hals. »Mein Vater sagte immer, daß dein Großvater sie mehr schätzte als jedes andere Pferd, das er jemals hatte. Und er hatte nicht wenige, hier in Kanada und erst schon in England und Indien.«

»Ich schätze sie auch!« sagte Renny stolz. »Ich schätze alles, was auf Jalna ist!«

Joe, der ältere Stallknecht, hatte inzwischen Hafer und Heu für die Pferde gebracht. Tom, der jüngere, reinigte den Stall, schaufelte den Mist in eine Karre und fuhr sie in den Hof. Hodge war Rennys Liebling, und er hielt sich an ihn. Zusammen gingen sie daran, die Pferde zu putzen. Rennys Hand war fast zu klein, um den Striegel zu halten, aber er arbeitete hart und zischte dabei durch die Zähne, wie es Hodge manchmal tat. Rennys kleines Pony war blank wie eine polierte Kastanie, als er es fertig geputzt hatte, und Hodge lobte ihn. Das Pony wandte den Kopf und beschnupperte Renny, wobei es liebevoll sein Ohr beschlabberte.

Renny fragte Hodge: »Kommst du heute nachmittag zu unserer Party?«

»O ja, jedenfalls bin ich zur Stelle, wenn ich gebraucht werde.«

Renny stand breitbeinig da und kaute an einem Strohhalm. »Weißt du auch für wen unsere Party ist?«

Hodge kratzte sich mit einem harten Halm den strohblonden Kopf.

»Hmmm . . .«, erwiderte er ausweichend, »genau kann ich's nicht sagen.«

»Für Miss Wakefield. Die wird nämlich meine Stiefmutter.«

»Oh . . . das ist ja fein . . . denk' ich mir.«

»Hodge, hättest du gern 'ne Stiefmutter?«

»Hmmm . . . ich glaube ja.«

Renny schnaubte verächtlich. »Was? Damit sie dich in 'ne Schlange oder 'ne Kröte verwandelt?«

»Du glaubst doch solche Lügen nicht – oder –?«

»Ich weiß nicht recht . . . Nettle hat's gesagt.«

»Na, Nettle ist weg ... und das ist ein Segen! Meiner Treu, höchste Zeit, daß ich mein Frühstück kriege. Und du mußt auch frühstücken gehen. Aber du hast dich schmutzig gemacht. Soll ich dir helfen? Du kannst dich gleich an der Pumpe waschen.«

»Hurra! Das ist fein!« Renny war entzückt von der Aussicht. Er hüpfte neben Hodge her zur Pumpe im Hof. Hodge zog ein Stück Karbolseife aus der Tasche.

»Aber das Wasser ist kalt«, warnte er.

»Das macht *mir* doch nichts aus!«

»Komm, zieh deinen Pulli aus und beug dich vor ...« Pulli und Unterhemd fielen. Der kleine weiße Körper unter dem lebensvollen Kopf war kerzengerade.

»Aber es sind doch bloß mein Gesicht und meine Hände dreckig!« sagte er. Hodge machte die Seife naß und seifte Rennys Hals und Hände ein. »Das Gesicht mußt du dir selbst waschen«, sagte er, »sonst reib ich dir Seife in die Augen.«

Gut eingeseift beugte sich Renny, die Hände auf den Knien, unter den kalten Strahl aus dem Pumpenrohr. Seine Backen wurden erst dunkelrot und dann lila. Hodge rubbelte ihn tüchtig mit einem derben Stallhandtuch. Dann zog er sich selbst bis zur Taille aus, und Renny warf sich auf den Pumpenschwengel und pumpte aus Leibeskräften – bei jeder Aufwärtsbewegung des Schwengels wurde er mit hochgezogen. Er lachte vor Freude, als er sah, wie das Wasser über Hodges kräftigen Torso strömte und seinen Kopf fast ertränkte.

Nun konnten sie die Kühe nach dem Melken majestätisch ins Freie schreiten sehen. Tom trug zwei Kübel Milch hinüber ins Haus. Sie war oben ganz schaumig und Renny roch ihre warme Süße, als sie an ihm vorbeigetragen wurde.

»Magst du was trinken?« fragte Tom.

»Hätt nichts dagegen«, sagte Hodge, nahm die Zinntasse, die an der Pumpe hing, und tauchte sie in den Eimer. Er gab sie Renny.

»Du zuerst«, sagte Renny höflich.

»Nein – du bist der Boss!« lachte Hodge.

Renny hob sie an den Mund und setzte nicht ab, bis sie geleert war. Er kam bei der Anstrengung ein bißchen außer Atem, aber die Augen der beiden jungen Männer, die auf ihm ruhten, verlangten diesen Beweis seiner männlichen Fähigkeiten.

»Noch eine?« fragte Hodge.

»Nein, danke.«

Nun leerte Hodge die Tasse zweimal, und Tom tat es ihm nach, dann trottete er hinüber zum Haus. Hodge ging zu dem Häuschen, wo er mit seiner Mutter wohnte – es war eines der paar Häuser, in dem die Tagelöhner lebten.

Renny rannte die Treppe hinauf, um Meg zu wecken. Er begriff nicht, warum sie morgens immer so schläfrig war. Er war fast nie unausgeschlafen, und Nettle hatte gesagt, das sei der Grund, warum er so dünn sei und Meggie so dick. Nettle war weggeschickt worden, weil sie nicht nett zu Miss Wakefield gewesen war. Wenn man nicht nett zu Miss Wakefield war, mußte man weg. Ob er wohl auch weg müßte, wenn er nicht nett zu ihr wäre?
Meg lag zu einem appetitlichen weißrosa Ball zusammengerollt in ihrem Bett, der goldbraune Zopf hing über das Kissen wie ein Handgriff, an dem man sie hochziehen konnte. Er faßte das Ende, an dem das abgenutzte Seidenband war, und hob und senkte es wie vorhin den Pumpenschwengel. Sie fuhr hoch, rollte sich auf und verzog das hübsche Gesicht zu einer Grimasse.
»Geh los!« sagte sie mürrisch. »Laß mich zufrieden, Renny!«
Er hatte mit seinen kalten Fingern ihren Hals gekitzelt.
»Wach auf!« sagte er, sein Gesicht über sie beugend.
Meg hatte einen ganz besonderen Geruchssinn. Sie liebte den Geruch von Farbe, Bodenwachs und dergleichen. Nun war es der scharfe Geruch der Karbolseife, mit der er sich gewaschen hatte, den ihre Nasenflügel entzückt einsogen.
»Oh, wie himmlisch riechst du!« sagte sie und zog seinen Kopf auf ihr Kissen.
Renny war begeistert, daß er ihr gefiel. Ein Weilchen lag er still und genoß das Vergnügen, von ihr umarmt zu werden, dann aber drängte ihn sein hungriger Magen zum Aufstehen. Er zog ihr die Decke weg.
»Komm doch, steh auf! Sie bringen schon bald das Zelt!« drängte er.
»Ist mir egal«, brummte sie. »Ich geh nicht zu der Party!«
Er war verblüfft. »Was, Meggie, wo's doch Eiscreme gibt und Fruchtpunsch und lauter feine Sachen!«
»Ich mach mir nichts draus.«
Aber sie machte sich etwas daraus und hätte zu gern gesehen, wie das Zelt auf dem Rasen aufgeschlagen wurde. Sie rollte sich herum und hielt nach ihren Strümpfen Umschau. Sie lagen unter dem Bett, und Renny holte sie hervor. Sie riß sie ihm aus der Hand und begann noch immer mürrisch sie anzuziehen.
»Ich geh jetzt«, rief er über die Schulter zurück und klapperte die Treppe hinunter.
Die Tür von Ernests Schlafzimmer öffnete sich. Er erschien und nahm Renny beim Arm.
»Du machst fürchterlichen Lärm«, sagte er streng, »die Treppe so hinauf- und herunterzutoben! Denkst du gar nicht daran, daß es sehr früh ist und einige Erwachsene noch schlafen möchten?!«
»Ich hab's vergessen.«

»Das Behagen der andern zu vergessen ist eine Beleidigung, die ich dir nicht durchgehen lassen darf. Du hast es doch gern, wenn wir daran denken, was du gern magst?«
»Ja.«
»Ja! Und was noch?«
»Ja, Onkel Ernest.«
»So, nun gib mir die Hand, und wir gehen zusammen leise nach unten. Deine Hand ist kalt – woher hast du so kalte Hände?«
»Das weiß ich nicht.«
»Warst du draußen?«
»Ja. Aber draußen ist's warm.«
»Gut! Wir brauchen schönes Wetter für unser Gartenfest!«
Sie setzten sich an den Tisch. Eliza brachte die Schüssel mit Porridge und stellte sie vor sie hin. Ernest dachte, wieviel netter Eliza aussah, seit Mrs. Nettleship fort war.
Er sagte zu seinem Neffen: »Heute ist ein wichtiger Tag für dich, Renny.«
Der kleine Junge sah ihn fragend an.
»Du hast einen Milchtropfen am Kinn. Wisch ihn ab. Nein, nicht mit der Hand! Mit deiner Serviette. So ist's besser. Nun, der Tag ist so wichtig für dich, weil dein Vater heute seinen Freunden die junge Dame vorstellt, die deine neue Mutter sein wird. Jeder hat heute die Möglichkeit, sie kennenzulernen und zu bewundern. Sie ist nämlich sehr hübsch, weißt du. Du solltest in ihrer Nähe stehen, wenn sie die Gäste empfängt, und du mußt sehr höflich sein! Wenn du dich traust, etwas anzubieten, paß gut auf, daß du die Platte oder Schüssel nicht schräg hältst. Und wenn eine Dame und ein Herr nebeneinander stehen, mußt du drauf achten, der Dame zuerst anzubieten.«
»Ja, Onkel Ernest. Ich dachte, es wäre Grannys Gartenfest.«
»Hm – sie gibt es für Miss Wakefield.«
»Ich dachte, sie gibt's für sich selbst.«
»Wirklich, Renny, manchmal überraschst du mich durch deine Dummheit! Du denkst soviel an deinen eigenen Kram, daß du gar nicht hinhörst, was um dich herum vorgeht.«
»Ich hab zugehört, wie Mr. Pink das Aufgebot gelesen hat.«
»Das hat nichts mit dem Gartenfest zu tun ... doch, ja, letzten Endes hat es allerlei damit zu tun. Willst du ein Ei haben?«
»Ja, bitte.«
Ernest schlug einem gekochten Ei den Kopf ab und gab es Renny mit einem Stück Buttertoast von einer großen, reichgefüllten Platte, auf der die Scheiben so geschickt geschichtet waren, daß die Butter durchtropfte und kleine goldene Tümpel auf der Platte bildete.
Plötzlich stutzte Ernest: »Du riechst ja abscheulich!«

»Das ist die Seife«, verteidigte sich Renny.
»Nichts dergleichen! Das ist *Stall!* Du darfst nicht ins Eßzimmer kommen, wenn du Pferde gestriegelt hast.«
Renny ließ den Kopf hängen. »Ich hab mich doch gewaschen.«
»Hast du dich umgezogen?«
»N . . . nein.«
»So. Dann beeil dich mit deinem Ei. Und dann schmiere dir etwas Marmelade auf ein Stück Toast und geh weg vom Tisch. Ich kann keinen Bissen mehr essen, solange du im Zimmer bist!«
Er wischte sich die Lippen und lehnte sich in seinem Stuhl zurück, seine vergißmeinnichtblauen Augen musterten den kleinen Renny mißbilligend.
Renny aß sein Ei mit zwei Bissen ganz auf, nahm ein Stück Toast und lief zur Tür.
»Komm zurück«, sagte Ernest, »und schiebe deinen Stuhl unter den Tisch. Nicht mit einem Ruck – sachte! Nun, und was hast du zu sagen?«
»Bitte entschuldige mich.«
»Mit Freuden.«
Renny lief über die Veranda zum Rasenplatz. Dort stellten ein paar Männer das Zelt auf, das sie aus der Stadt mitgebracht hatten, es war rot und weiß gestreift mit einem ausgebogten Rand. Auf Holzböcken waren lange Tische aufgeschlagen. Die Männer waren vergnügt, und manchmal fluchten sie ein bißchen bei der Arbeit. Die Spaniels und der Foxterrier liefen zwischen den Beinen der Männer hin und her. Aber als sie den Toast in Rennys Hand sahen, dachten sie an nichts anders mehr. Er streckte die weißen Bissen in eine weißbezahnte Hundeschnauze nach der andern. Dann sah Jake eine Gelegenheit, er schnappte mit einem Sprung den Rest und lief damit ins Gebüsch.
Zwischen den Tannen kam Dr. Ramsays Wagen heran. Er stieg aus und band sein Pferd fest. Renny lief auf ihn zu.
»Hallo, Granddaddy!« rief er. »Wir geben ein Gartenfest!«
»Das sehe ich«, sagte der Doktor und betrachtete das bunte Zelt ohne jede Begeisterung. »Und was ist der Sinn dieses Gartenfestes, wenn ich fragen darf?«
»Weißt du's nicht?« fragte Renny erstaunt.
»Hmmm – ich weiß es schon, aber ich weiß nicht, ob du's richtig verstehst.«
»Na, wir geben's doch, um allen unsern Freunden Miss Wakefield zu zeigen. Sie wird nämlich meine neue Mutter sein.«
»Hmmm . . . kannst du dich an deine verstorbene Mutter erinnern?«
»Oh, ja.«
»Weißt du . . . sie war mein einziges Kind.«
»Wirklich?«

»Aber das weißt du doch sicherlich.«
Renny spürte den traurigen Vorwurf in Dr. Ramsays Augen. »O ja, das weiß ich«, beeilte er sich zu sagen, und fügte rasch hinzu: »Wirst du Miss Wakefield auch ein paar Babys bringen?«
»Gott weiß es ... möchtest du, daß ich ihr Babys bringe?«
»Ja. Ich möchte einen kleinen Bruder. Ich würde auf ihn aufpassen. Und ich würde ihn reiten lehren!«
»So, so ... nun, wir werden sehen ...«
»Großpapa, bringst du sie wirklich in einer schwarzen Tasche?«
»Erwartest du, daß ich dir meine Berufsgeheimnisse verrate?«
»Kälber sind nämlich zu groß für deine Tasche«, erklärte Renny, »da muß die Kuh sie von alleine kriegen. Ich hab mal gesehen, wie es eine tat – draußen auf der Weide.«
»Ich hoffe, Meggy war nicht dabei«, sagte der Doktor scharf.
»Nein, ich war allein.«
»Und hast du's ihr erzählt?« Doktor Ramsays Stimme klang streng.
»Nein!« log Renny.
Adeline kam schwungvoll über den Rasen auf sie zu.
»Was für ein Tag!« rief sie aus. »Wir hätten ihn nicht besser aussuchen können! Ich sag ja immer, dies ist die schönste Zeit im Jahr.«
»Ich bin froh, daß Sie so zufrieden sind«, bemerkte Dr. Ramsay trocken.
Sie nahm seinen Arm und drückte ihn. »Kommen Sie!« sagte sie, »machen Sie ein freundliches Gesicht! Ich tu's auch. Um die Wahrheit zu sagen, ich fange an, Mary sehr gern zu haben. Wie sie sich in diesen zehn Tagen herausgemacht hat – das ist unglaublich! Sie hat einen sehr komplizierten Charakter, und es gehört schon eine Natur wie meine eigene dazu, sie zu verstehen. Ich habe sie direkt unter meine Fittiche genommen.« Adeline machte mit ihrem langen, gelenkigen Arm eine entsprechende Geste. »Ich gebe ihr ihre Ausstattung aus meiner eigenen Tasche. Als sie Clive Busby heiraten wollte, hatte ich vor, ihr einen Pelz aus Bisamratte zu schenken, der für die Prärie geeignet ist, aber nun bekommt sie einen Sealskinmantel.«
»Das paßt natürlich besser für die Herrin von Jalna«, sagte der Doktor.
Adeline trat einen Schritt zurück. »Die Herrin, sagen Sie? Die Herrin! Oh, nein, Doktor Ramsay – ich werde niemals aufhören, *mich* als die Herrin von Jalna zu betrachten, und wenn ich hundert Jahre werden sollte – was der Himmel verhüten möge.«
Dr. Ramsay sah sie voll Bewunderung an. »Ich kenne keine andere Frau«, sagte er, »die so geeignet ist, das Gewicht vieler Jahre zu tragen, wie Sie es sind, Adeline.«
»Und Sie werden hier sein, um mir nach dem Hochzeitsschmaus ein Abführmittel zu geben, nicht wahr?« fragte sie lachend.

Er schüttelte den Kopf. »Ich nicht.« Dann fragte er: »Haben sie etwas vom jungen Busby gehört?«
»Ja. Mrs. Vaughan hatte letzte Woche einen Brief von seiner Mutter. Er ist gesund und arbeitet hart. Da draußen ist in ihrer Nähe ein nettes Mädchen, der er den Hof gemacht hat, ehe er nach dem Osten kam. Nun hoffen sie, er wird zur Ruhe kommen und sie heiraten. Ich bin so froh, denn Mary ist nicht für ein Leben auf der Prärie geschaffen ... nein, nein, Jalna ist genau das Richtige für sie!«
Dr. Ramsay war Presbyterianer und hatte das erste Aufgebot nicht miterlebt, aber er hatte genug von der Szene in der Kirche gehört, und der Blick, mit dem er jetzt Adeline ansah, war weniger begeistert als sehr erstaunt.
Die anderen Familienmitglieder kamen zu ihnen und entwickelten eine emsige Tätigkeit – sie ordneten an, wo die Tische stehen sollten, deckten die Tafeltücher auf, arrangierten die Stühle für das kleine Orchester und für diejenigen Gäste, die ihre Speisen lieber sitzend einnahmen. Die Kinder und die Hunde waren allgegenwärtig.
Eliza, die erstaunlich aufgeblüht war seit Mrs. Nettleships Abreise, machte ihre Sache meisterhaft. Auf ihre Anweisung lief die Mutter des jungen Hodge hierhin und dorthin. Philip setzte sich an einen der langen Tische, über den gerade ein weißes Damasttuch gebreitet worden war, und zündete sich seine Pfeife an. Er paffte gemächlich vor sich hin, bis ein allgemeiner Aufschrei ihn erschrocken hochfahren ließ.
»Beim Jupiter – ich hatte das Tischtuch nicht gesehen!« rief er und fing an, es glattzustreichen, aber Eliza zog es ihm entschlossen weg und legte statt dessen ein frisches auf.
Jake entdeckte das verschmähte Tischtuch in einem Korb auf dem Rasen, zog es heraus und zerrte es ins Gebüsch, ohne daß seine Eltern es bemerkten, die ohnedies bereits jede Verwandtschaft mit ihm leugneten.
Mittags war alles für das Gartenfest bereit. Nach dem Lunch zogen sich alle bis auf Renny zu einer kleinen Ruhepause zurück. Der Tag war heiß, typisch für den indianischen Sommer. Renny begab sich auf ein Feld, durch das der Bach floß; hier war er flach und hatte einen kreidigen Boden. Er machte sich an die Arbeit an einem Damm, den er und sein Freund Maurice Vaughan in den Ferien gebaut hatten. Er stand im Bachbett und hievte die flachen Steine vom Ufer, fügte sie an der richtigen Stelle ein und verschmierte die Fugen mit Lehm. Er mußte seine kleinen dünnen Hände bis zum äußersten ausspannen, um die Steine tragen zu können. Er stellte sich den Damm als gewaltiges Bauwerk vor, und das gestaute Wasser bildete in seiner Phantasie einen See, der das ganze Feld überflutete. Drei Enten, die im Tümpel schwammen, beäugten ihn mit Interesse. Drei Pferde kamen heran und tranken.
Renny hatte jedes Zeitgefühl verloren. Er vergaß das Gartenfest; er vergaß

die Eiscreme. Er hätte an Ort und Stelle weitergearbeitet, bis es dunkel war, wenn Meggie nicht erschienen wäre. Sie trug ein weißes Kleid mit einer großen hellblauen Schärpe. Entsetzt sah sie auf ihn hinunter.
»Renny Whiteoak – du wirst vielleicht was abkriegen!« rief sie. »Oooh ... wenn man dich ansieht! Die Leute kommen doch schon! Granny hat dich überall gesucht. Mach bloß schnell! Ich bin schon stundenlang fertig angezogen.«
Er fand, daß sie hübsch aussah, wie sie so dastand.
»Nett siehst du aus!« sagte er.
»Und du siehst schrecklich aus! Vielleicht darfst du überhaupt nicht zu dem Gartenfest kommen!«
»Ist mir doch egal.« Aber es war ihm nicht egal. Er lief rasch mit Meg zum Haus und hinauf in sein Zimmer. Er verwandelte eine Schüssel mit Wasser in einen Lehmpfuhl, als Adeline erschien. Sie sah ihn angewidert an.
»Oh, du nichtsnutziger Schlingel«, sagte sie. »Ich habe nicht wenig Lust, dich ordentlich durchzuhauen und bis zum Abend in einen dunklen Wandschrank zu sperren! Wie denkst du darüber?«
Mit störrischer Miene hob er das schwere Waschbecken und leerte es in den großen Eimer. Mit störrischer Miene griff er zu der schweren Wasserkanne.
»Halt!« rief Adeline. »Du wirst alles vergießen! Laß mich's tun.«
Sie goß das Waschbecken voll, nahm den Schwamm und fing an, Renny zu waschen. Sie hielt ihn an einem Ohr, während sie seinen Hals wusch – zum Glück hatte sie nur halblange Ärmel und nackte Unterarme.
»Au! Mein Ohr!« jammerte er, aber sie ließ nicht locker, hielt ihn auf Armeslänge fest und wusch ihn.
»So. Und jetzt zieh dich aus!« befahl sie.
Er wand sich aus seinen Kleidern und sie setzte den Reinigungsprozeß fort, während sie einen laufenden Kommentar über den Zustand gab, in dem er hereingekommen war und was ihr lieber Vater gesagt hätte, wenn einer ihrer Brüder sich so etwas herausgenommen hätte. Als er schließlich weiß wie eine Kerze mit brandrotem Schopf vor ihr stand, wurde sie weich und lächelte. Das genügte. Er warf sich auf sie und drückte und küßte sie, bis sie rief: »Hör auf, hör auf – du zerknitterst mir mein Kleid ... So, und da ist dein hübscher weißer Matrosenanzug. Komm, ich zieh dich an – und dann sollst du sehen, wie nett du aussiehst!«
Er stand vor dem Spiegel und bewunderte sich. Der schwarze seidene Schlips, die Kordel mit der Pfeife, die aus der Brusttasche hing – alles sah prächtig aus!
Als Adeline ihm noch das Haar gebürstet hatte, trat sie zurück, um ihn ebenfalls zu bewundern. »Du siehst wie ein vollendeter irischer Edelmann aus!« sagte sie.

»Aber die Whiteoaks sind englisch, Granny!«
»Das weiß ich doch«, flüsterte sie mit schelmischen Lächeln, »aber wir sagen's keinem andern!«
Er hätte vor Freude schreien können, als er das kleine Orchester hörte, das da unten direkt auf ihrem eigenen Rasenplatz spielte. Wenn nur noch eine Trommel dabei gewesen wäre! Am besten gefiel ihm der Flötist. Er drückte sich dicht neben ihn und bestaunte die geschickten Bewegungen der Finger an der Flöte.
Mary stand mit Philip und Adeline und empfing die Gäste. Sie hatte sich ein türkisblaues Kleid aus Seidenmull gekauft und einen breitrandigen Florentinerhut mit rosa Rosen. Philip trug einen leichten weißen Flanellanzug. Jedermann war sich darüber einig, daß man lange zu suchen hätte, um ein halb so hübsches Paar zu finden. Und wenn Adeline durch die ganze Welt gereist wäre, um Mary zu entdecken, so hätte sie kaum zufriedener aussehen können!
Renny hatte noch nie so viele Leute zusammen gesehen, außer bei der Herbstmesse. Er fand Zeit, sich in den Wirtschaftshof zu schleichen und sich nach den Dutzenden von Pferden und Wagen umzusehen, die Hodge beaufsichtigte. Er hatte in der bloßen Hand ein großes Stück Kuchen für Hodge mitgebracht, und während er mit ihm über die Pferde diskutierte, schleckte er die Buttercreme ab, die noch an seinen Fingern klebte. Er und Hodge stimmten völlig überein, daß bei all den Pferden kein einziges war, das es mit den ihren aufnehmen konnte!
Er kehrte zum Gartenfest zurück, um noch mehr Eiscreme zu holen. Meg machte sich nützlich und bediente in ihrem besten Kleid. Er sah Onkel Ernest mit einer der hübschesten jungen Damen und Onkel Nicholas mit Violet Lacey. Er lief zu Philip und Mary und quetschte sich zwischen sie. Philip nahm ihn an der Hand.
Muriel Craig kam, sie trug einen schwerbeladenen Teller mit Hühnersalat und einem gutgeschmierten Brötchen. Ihr Kleid war aus einem sehr bunt gestreiften Stoff und hatte riesige Keulenärmel. Mary hatte sie bereits begrüßt, aber nun flüsterte Muriel ihr zu: »Können wir nicht irgendwo schnell ein Wort unter vier Augen sprechen? Ich muß – *ich muß* Ihnen etwas erzählen!«
Mary ging mit ihr in den Schatten der Veranda.
»Was meinen Sie, was jetzt geschehen ist?« fragte Muriel.
»Ehrlich – ich habe keine Ahnung.«
»Sie werden *entsetzt* sein, wenn ich's Ihnen erzähle. Vor zwei Tagen ist mein Vater mit dieser gräßlichen Pflegerin fortgefahren ... und hat sie geheiratet!!! Ist das nicht furchtbar?« Sie machte Augen wie Teetassen.
»Oh ... das tut mir leid für Sie, Muriel!« sagte Mary herzlich.
»Es ist *herzzerreißend!* Ich werde niemals darüber hinwegkommen!«
Sie nahm eine große Gabel voll Hühnersalat. »Die ganze Nacht habe ich ge-

weint. Ich gehe *bestimmt* von zu Hause weg! Ich kann *unmöglich* mit dieser Person zusammen leben!«
»Nun, eins ist tröstlich«, sagte Mary. »Sie wird Ihren Vater vortrefflich pflegen.«
»Er braucht keine Pflege! Es geht ihm von Tag zu Tag besser. Nun, ich muß mich eben fügen. Als erstes werde ich meine Freundin in New York besuchen ... Ich glaube, wenn ich Eiscreme und Punsch haben will, muß ich mir's gleich jetzt holen. Der reizende Mr. Biggs läßt sich eben welchen für mich geben ... Wie hübsch Sie aussehen, Mary! Wirklich, es ist erstaunlich, wie sehr die Kleider Leute machen!«
»Oh, danke«, sagte Mary.
»Ich für meine Person bin offenbar ganz unabhängig davon. Wie einer meiner Verehrer neulich bemerkte, ich sehe in einem ganz einfachen Baumwollfähnchen genau so hübsch aus wie in Seidenmull.«
Wie Pfirsiche und Ananas ihr schönstes Aroma erreichen, knapp ehe sie verderben, so zeigte dieser späte Herbsttag seine schönsten Farben; sein leichter Wind war verspielter denn je, und was trug er alles in sich – alle Düfte der Reife, den Geruch des fernen Holzrauchs und eine Süße, die nicht zu erfassen war. Im Westen waren bereits Anzeichen stürmischen Wetters zu sehen, das langsam aufkam, aber das Gartenfest spielte sich noch im allerschönsten Sommerwetter ab. Das buntgestreifte Zelt, die hübschen Sonnenschirme, das hartarbeitende kleine Orchester – man konnte sich keine fröhlichere, buntere Szene wünschen.
»Aber über was reden sie bloß alle?« fragte sich Renny. Er erhaschte Fetzen von Gesprächen, die für ihn keinen Sinn hatten. Wenn er sprach, dann hatte er etwas zu sagen!
»Ich hatte drei Portionen Eiscreme!« bemerkte er zu Meggie.
»Ich bloß zwei«, antwortete sie, »aber drei Stück Torte. Und ein Glas Punsch.«
»Au weh – wir dürfen doch keinen Punsch trinken!« Renny war ebenso entsetzt wie neidisch.
»Na, ich hab's getan.«
»Hat dich niemand gesehen? Wer hat dir's eingegossen?«
»Niemand. Da stand ein Glas, das eine Dame hingestellt hatte – und das hab ich mir einfach genommen.«
»Und wie war dir danach?«
»Ein bißchen komisch. Das Zelt hat sich gedreht!«
»Dreht sich's noch?«
»Nein – das ist längst vorbei. Ich könnte leicht noch ein Glas trinken.«
»Hoi!« Er sah sie bewundernd an.
Endlich kam die Zeit, da die Gäste weggingen. Es gab viel Händeschütteln, nochmalige Gratulationen, das ganze Durcheinander und den lustigen Wirbel allgemeinen Aufbruchs. Dann kam das Wagengerassel, das Geklapper vieler

Hufe. Als letzte von allen ging Mary, die Philip wieder zu den Laceys brachte.
Renny war ihrem Wagen bis zum Tor nachgelaufen. Sie hatten ihm noch zugewinkt, aber er kam sich ziemlich verlassen vor, als er in der Nachmittagssonne am Gitter stand.
Der Fahrweg war dunkel und die Bäume sahen sehr groß aus. Sie verschluckten das Licht, und Renny dachte an Geister und Zwerge und böse Feen, als er zurücktrabte. Auf dem Rasenplatz falteten die Männer das Zelt zusammen, die Musikanten waren verschwunden, er hatte sie nicht weggehen sehen. Die Hunde lagen müde und ausgepumpt auf der Veranda herum. Das Gras sah trocken und leblos aus. Hinter der Schlucht glühte durch die Bäume das rote Auge des Sonnenuntergangs. Er lief um das Haus dorthin, wo zwei Farmarbeiter einen Wagen mit Apfelfässern beladen hatten. Die Äpfel waren in dem backsteinernen Apfelhaus gelagert.
Renny kletterte in den Wagen. Er umfaßte den Rand einer Tonne, um sich festzuhalten, als der Kutscher mit dem Zügel auf den Rücken der Pferde klatschte. Der würzige Geruch der Northern Spies stieg aus den Fässern. Einer der Männer fragte ihn über die Schulter: »Na, war's schön beim Gartenfest?«
»Oh, ja. Wohin sollen die Äpfel?«
»Nach Montreal. Frühmorgens. Die Fässer müssen heute abend noch aufgeladen werden.«
»Warum arbeitet ihr so spät?«
»Wir haben nicht den ganzen Tag gearbeitet. Der Chef hatte uns heute frei gegeben. Aber wir dachten, besser, wir laden die Fässer noch heute auf.«
»Darf ich morgen früh mit euch zum Bahnhof fahren?«
»Wenn du zeitig genug auf bist, sicher.«
»'türlich bin ich auf!«
Er nahm einen Apfel aus dem Faß, an dem er sich festhielt. Er lag rund wie die Welt und kalt wie Eis in seiner Hand. Renny beschnupperte ihn. Er roch wunderbar. Dabei flogen Rennys Gedanken zu einem andern herrlichen Geruch – zum Geruch des Weihnachtsbaums. All seine Nerven kamen in Schwingung bei der Erinnerung an diesen Geruch. Er konnte sich nicht länger zurückerinnern als bis zum vorigen Weihnachten. Das war als Erinnerung lange genug. Die Vorfreude stieg ihm zu Kopf. Einen Augenblick vergaß er, wo er war. Dann blieb der Wagen mit einem Ruck stehen. Sie waren vor dem Stall, die Männer sprangen herunter. Einer streckte Renny die Arme entgegen. »Los!« sagte er.
Renny sprang hinunter in seine Arme. Der Mann stellte ihn auf den Boden.
»Was hast du da?« fragte er. »Einen Apfel? Weißt du nicht, daß man keinen mehr aus der Tonne nehmen darf? Du weißt doch, wo du welche kriegst, wenn du welche haben willst.«

Er nahm Renny den Apfel aus der Hand, langte hoch und legte ihn zurück in das Faß. Der andere Mann spannte die Pferde aus.
»Es ist zu dunkel, um die Fässer über Nacht hineinzubringen«, sagte er. Er führte die Pferde in den Stall. Die schweren Hufe klapperten.
Der erste Mann brachte Säcke und deckte die Äpfel zu. Renny lief in den Stall. Der Geruch des reinen Strohs schlug ihm aus dem warmen Dunkel entgegen. Überall hörte man tiefes Atmen und ruhige Bewegungen.
»Hallo, hierher!« riefen beide Männer. »Komm heraus – oder willst du etwa eingeschlossen werden?«
Renny trottete heraus. Es war fast dunkel. Das rote Auge im Westen war verschwunden. Die Männer waren bewegliche Schatten.
»'Tjüs!« rief er über die Schulter, als er weglief.
»'Tjüs!« antworteten sie.
Er schaute in das tintige Dunkel des Apfelhauses. Er wollte zu gern einen Apfel haben. Eine Gestalt kam von der Küche her auf ihn zugestapft. Es war Noah Binns, der sich an den Resten vom Gartenfest gütlich getan hatte.
»Hallo, Noah!« rief Renny.
»Was?« Noah kam näher.
»Sag mal – kannst du hier warten, während ich ins Apfelhaus gehe?«
»Haste Angst?« Renny hörte Noahs Stimme, wie er grinste.
»Nein. Aber ich dachte, vielleicht könnte mich jemand einschließen.«
»Geh nur. Aber mach nicht zu lange.«
Renny lief die feuchten Steinstufen hinab in die Dunkelheit. Die Äpfel lagen wie Schläfer in den Kojen, Spies, Greenings, Russets, Tolman Sweets, Snows, Pippins, und erfüllten die Luft mit ihrem Aroma. Er streckte die Hand dorthin, wo, wie er wußte, die Snows lagen. Er nahm einen und eilte rasch die Treppe hinauf.
»'ne gewaltige Ernte diesen Herbst«, sagte Noah. »Stopf dich man voll. Nächstes Jahr gibt's keine.«
»Warum nicht?«
»Die Würmer arbeiten unter der Borke und saugen alles Gute aus den Bäumen. Ich hab sie gesehn – und hab sie saugen hören.«
»Aber wir spritzen doch die Bäume.«
»Na, das wird schon helfen! Die Würmer dies Jahr sind 'ne neue Sorte, die *mögen* das Zeug, das ihr spritzt. Sie kommen aus den Staaten.«
Renny stand einen Augenblick und schaute Noah nach, ehe er ins Haus lief. Er war froh, hineinzukommen und die Tür hinter sich zuzumachen. Der rote Apfel lag kühl in seiner Hand.
Plötzlich hatte sich die ganze Atmosphäre verändert. Der Abend war kalt geworden. Im Salon brannte ein Feuer aus Birkenklötzen, und alle außer Philip saßen herum und sprachen über das Gartenfest.

»Nun, junger Mann«, sagte Ernest, »höchste Zeit, daß du heimkommst!«
»Bist du hungrig?« fragte Adeline.
»Nein – ich möchte bloß meinen Apfel.«
»Ich bin auch nicht hungrig«, sagte Meg. Sie saß auf einem Schemel zu Augustas Füßen und hielt eine Wollsträhne zum Aufwickeln in der Hand. Ihr hellbraunes Haar glänzte im Schein des Feuers.
Renny ging zu Nicholas. »Onkel Nick«, bat er, »willst du mir was aus dem Buch vorlesen?«
»Viel zu spät«, brummte Nicholas.
»Aber wenn du nicht vorliest, kriegen wir das Buch nicht zu Ende, bis du wieder nach England fährst.«
»Also gut. Ein paar Seiten.«
Renny brachte das abgenutzte ledergebundene Buch. Er kletterte auf Nicholas' Knie und ließ sich behaglich nieder, den Kopf an Nicholas' Schulter gelehnt.
Nicholas sagte: »Beim Himmel, du bist ein kleiner Rumtreiber! Und ganz kalt! Wo bist du gewesen?«
»Bloß im Apfelhaus. Ich hab mir 'n Apfel geholt. Da, willst du mal abbeißen?« Er hielt den Apfel an Nicholas' Mund. Der biß mit einem einzigen Zuschnappen seiner starken weißen Zähne einen viertel Apfel ab. Renny schaute auf das rotgeäderte Apfelfleisch, dann fing er an, rund um das Loch herum zu knabbern.
Nicholas schluckte und fing an zu lesen:

»Als der Abend herankam, stellte sie auf den steinernen Herd einen Topf mit zwei gepökelten Bärentatzen – das sollte das Abendessen werden. Wir setzten uns alle und warteten ängstlich und ungeduldig auf die Rückkehr unserer kleinen Jäger. Endlich hörten wir Hufgeklapper in scharfem Trab näherkommen und entfernte fröhliche Rufe. Ich ging hinaus, den Reitern entgegen.
Wie gedrillte Husaren ließen sie die Zügel los, als sie mich sahen, sprangen dabei von ihren Pferden und ließen sie frei, damit sie sich an dem süßen Gras und dem frischen Wasser nach Herzenslust erlaben konnten. Dann eilten sie ins Zelt zu ihrer Mutter, die sie freudig empfing. Jack und Frank trugen jeder ein junges Kitz über der Schulter, und die Bewegung in Fritz' Jackentasche ließ mich vermuten, daß er etwas Lebendiges drin hatte.
»Nichts geht über die Jagd, Vater!« rief Jack mit lauter Stimme.
»Nichts geht über die Jagd! Und was für prächtige Burschen sind Storm und Grumbler, besonders auf ebenem Boden. Sie haben das kleine Tier, das wir lange verfolgt hatten, so müde gemacht, daß wir es zuletzt mit den Händen greifen konnten.«
»Ja, Vater!« rief Frank. »Und Fritz hat zwei wunderhübsche Kaninchen in seiner Tasche. Und beinahe hätten wir dir noch Honig heimgebracht, Mutter, aber wir hielten an, um den Kuckuck zu hören.«

»Aber ihr vergeßt ja das Beste«, unterbrach ihn Fritz. »Wir haben ein Rudel Antilopen getroffen, und die waren so zahm, daß wir leicht eine hätten mit heimbringen können, wenn wir gewollt hätten!«
»Halt, halt, mein Junge«, sagte der Vater. »Du hast das Beste vergessen: Die Güte Gottes, der euch wohlbehalten heimgeführt hat in die Arme eurer Eltern und euch vor allen Gefahren eures Wegs bewahrt hat! Aber ihr müßt uns einen ordentlichen Bericht von eurer Jagd geben, wenn ihr euch ausgeruht habt, von Anfang an!«

Nicholas las und las. Stilles Wohlbehagen durchströmte das Zimmer. Die Erwachsenen hörten mit nicht weniger Interesse zu als der kleine Junge. Er aber war in ein fremdes Land versetzt, in die Gesellschaft phantastischer Tiere und Vögel, unter die Jägerknaben. Er war sowohl bei ihnen als in dem sicheren gemütlichen Zimmer, wo er sich auf Onkel Nick's Knien streckte und müßig zusah, wie Meg die Wollsträhne hin und her drehte.
Ein Schritt unterbrach die Vorlesung, und Philip kam herein.
Nicholas klappte das Buch zu. »Zeit für dich zum Schlafengehen, junger Mann!« Er ließ Renny zu Boden gleiten.
Adeline rief ihn zu sich. »Was hast du mit den Apfelkernen gemacht?« fragte sie.
»Die hab ich verschluckt. Ich mochte doch das Lesen nicht unterbrechen, Granny!«
»Verschluckt! Oh, das darfst du niemals wieder tun! Dein Großvater sagt, daß alle solche Kerne einem leicht in den Blinddarm kommen können, und dann muß man sterben! Es ist eine neue Krankheit, und du mußt dich hüten, daß du sie nicht bekommst. Hast du mich verstanden?«
»Ja, Granny!«
»Nun bedank dich bei deinem Onkel für's Vorlesen, und dann marsch mit dir ins Bett – nein, mit euch beiden natürlich.«
Meg widersprach. »Es ist nicht nett, daß ich immer gehen soll, wenn Renny geht. Ich bin zwei Jahre älter!«
»Nun gut – du darfst noch eine halbe Stunde aufbleiben.«
Die Wolle war zu einem großen Knäuel aufgewickelt. Sie war zum Stricken eines Spenzers bestimmt. Meg stand auf und ging zu Sir Edwin. Sie streichelte seine seidigen Bartkoteletten.
»Ich mag Bärte gern«, sagte sie.
»Das ist nett, mein Kind!« Er strahlte sie an.
»Ich hoffe, wenn du groß bist, wirst du das Glück haben, einen Herrn mit Bartkoteletten zu heiraten«, sagte Augusta beifällig.
»Meggie ist entschlossen, nur einen Herrn mit einem dunklen Schnurrbart – wie dem meinigen! – zu heiraten«, sagte Nicholas.

»Hast du eine Ahnung!« sagte Ernest lächelnd. »Für Meg kommt nichts in Frage als ein glattrasierter Mann wie ich. Stimmt's?«
»Nun, wozu entschließt du dich, Meg?« fragte Philip.
»Zu einem, der genau so ist wie du bist!« Sie umarmte ihren Vater.
Renny sagte: »Schönen Dank für's Vorlesen, Onkel Nick.« Er schlang einem Erwachsenen nach dem andern die Arme um den Hals und gab ihm einen Gutenachtkuß.
Adeline sagte zu Philip: »Hoffentlich war Mary nicht zu abgespannt nach dem Gartenfest?«
»Nun ja, ein bißchen müde war sie – aber es war eine angenehme Müdigkeit.«
»Sie sah bildhübsch aus«, bemerkte Ernest.
»Granny«, flüsterte Renny in Adelines Ohr, »kommst du rauf und wickelst mich ein?«
»Ich höre, was du flüsterst«, sagte Philip. »Deine Granny ist den ganzen Tag auf den Füßen gewesen. Sie mag nicht noch zwei Treppen hinaufklettern.«
»Aber dann kommst du, Tante Augusta?«
Adeline unterbrach ihn. »Ich werde die Kinder einwickeln. Renny, lauf vor – und vergiß deine Zähne und dein Nachtgebet nicht.«
Renny stieg die lange halbdunkle Treppe hinauf. Eliza hatte die kleine Petroleumlampe an dem Wandarm angezündet. Ein langer Tag lag hinter ihm, ein Durcheinander von Gestalten, Geräuschen und Gerüchen, die er nicht mehr auseinanderhalten konnte und mochte. Die Wirklichkeit war jetzt sein Bett, die Lampe an der Wand, der große volle Mond, der genau über den Baumkronen schwamm. Die Lampe war gemütlich, aber der Mond legte eine weite Entfernung zwischen ihn und den Salon und die Leute darin und machte ihn selbst sehr klein.
Er hing über dem Fußende des Betts und baumelte mit den Beinen. Er stellte sich vor, wie die Apfelkerne durch seinen Körper rutschten, darauf bedacht, Unheil zu stiften. Schon verspürte er leichte Schmerzen, dachte er. Rasch atmend stand er auf, um genau aufzupassen. Wenn es noch einmal wiederkam, wollte er hinunterlaufen . . . aber es kam nicht wieder.
Er sah hinüber zu Meggies Zimmerhälfte. Da waren die Kleider, die sie ausgezogen hatte, als sie für das Gartenfest angekleidet wurde. Sie lagen in einem kleinen Häuflein auf dem Stuhl, die kleinen breiten Schuhe standen mitten auf dem Fußboden, die Zehen nach einwärts. Er ging hinüber, sah sich Meggies Sachen an und inspizierte die Gegenstände auf ihrem Frisiertisch. Dann ging er in Miss Wakefields Zimmer, das im vollen Mondlicht lag. Ob sie wohl wieder hier schlafen würde, oder unten in einem der größeren, besseren Schlafzimmer? Er hoffte, sie bekam eines von diesen Zimmern. Er hatte keine Lust, ihr morgens als erstes zu begegnen und ›Guten Morgen, Mama!‹ zu sagen.

Aber jetzt sagte er es laut. »Guten Morgen, Mama.« Wie komisch das klang!
Er versuchte, sich seiner ersten Mutter zu erinnern, die gestorben war. So sehr er sich auch mühte – er erinnerte sich nur ihrer Arme, die ihn hochhoben. Ob es ihr dort oben gut gefiel? Granddaddy sagte ja. Er sah hinaus auf den Mond. Dann plötzlich machte er kehrt, lief schnell in sein Zimmer und fing an, sich auszuziehen.
Er war kaum im Bett, als er Meg die Treppe heraufkommen hörte; einen Augenblick später kam seine Großmutter. Er war froh und rief ihr entgegen: »Ich bin im Bett! Und schon zugedeckt!«
»Das wollte ich dir geraten haben!« sagte Adeline.
Sie nahm das Handtuch, das er auf den Boden geworfen hatte und betrachtete prüfend die Flecke darauf.
»Ich habe nicht übel Lust, dich noch einmal aufstehen zu lassen, und dich gründlich zu waschen. Hast du dir die Zähne geputzt?«
»Ja, ich habe sie ganz fest gebürstet. Da!« Er zeigte sie in einem breiten Grinsen. Einer der unteren Zähne fehlte.
»Hast du gebetet?«
»Ja!« schrie er, sprang aus dem Bett und warf seine Arme um ihren Hals.
Sie liebkoste ihn und sagte ein paar zärtliche Worte.
»Du hast Courage«, sagte sie. »Das ist gut für dieses Leben. Was dir das Leben wohl bringen wird? Ich hoffe, es wird gut zu dir sein.«
»Granny!«
»Ja?«
»Du hast mir versprochen, daß du mal morgens mit mir ausreitest! Willst du vielleicht morgen –?«
»Ach, meine Tage ›hoch zu Roß‹ sind vorüber. Ich werde alt.«
»Aber du hast's doch *versprochen!«*
»Hmmm . . . nun, wir werden sehen.«
»Morgen – bitte, Granny!«
»Nein. Nach der Hochzeit. Jetzt hab ich mehr zu tun als morgens auszureiten.«
»Aber einmal kommst du doch mit – sicher?!«
»Ja.« Sie legte ihn flach hin und stopfte die Decke rings um ihn ein. »So, und jetzt keinen Mucks mehr von dir!« Sie küßte ihn, drehte die Lampe klein und wandte sich zu Meggies Bett. Bald hörte Renny sie die Treppe hinuntergehen.
»Meggie!« rief er. »Komm, gib mir meinen Gutenachtkuß!«
»Nein. Es ist zu kalt. Und ich bin schläfrig.«
Er sprang aus dem Bett und trabte zu ihr hinüber. Er legte den Mund auf ihre kühle runde Wange. Er wußte, daß sie jetzt im Dunklen lächelte.
»Gutenacht«, murmelte sie. »Schlaf schön. Laß dich nicht von den Wanzen beißen!«

Er lief zurück zu seinem eigenen Bett und hüpfte hinein. Seine Füße waren eisig. Der Mond schien zu ihm herein, größer denn je. Viel zu groß! Renny zog sich die Decke über den Kopf, um den Mond auszusperren, und war gleich darauf eingeschlafen.

23 Hochzeit, Abreise und Morgenritt

Hell und kalt zog der Hochzeitstag herauf. Der Boden war fest geworden. Die ersten Fahrzeuge auf der Straße brachen das dünne Eis, das in den Fahrgleisen schimmerte. Der Wagen, in dem Mary mit Admiral Lacey zur Kirche fahren sollte, war gewaschen und poliert, bis er glänzte. Ebenso blitzblank sah der Admiral aus, der Marys Brautführer sein sollte. In ›The Moorings‹ herrschte große Aufregung, als sich Ethel und Violet zur Trauung ankleideten. Ethel in hellblau, mit rosa Rosen und Veilchen, sollte Brautjungfer sein. Mit ihrem lächelnden Gesicht und ihren guten Farben, die später allzu blühend sein würden, sah sie für ihr Alter sehr jung aus und bildete einen hübschen Kontrast zu Mary, die ungewöhnlich blaß und ernst aussah. Auf der Schwelle ihres neuen Lebens warf sie einen sehr nachdenklichen Blick zurück auf die Monate, die sie gerade durchlebt hatte. Sie würde froh sein, dachte sie, wenn der Tag vorbei war und sie wirklich Philip gehörte. Dann würde sie nie mehr zurückschauen.
»Mädchen, Mädchen!« rief Mrs. Lacey, »ihr müßt euch beeilen! Ihr dürft keine Minute verlieren, wenn wir rechtzeitig da sein wollen. Ethel, du Tollkopf, ziehst du tatsächlich erst deine Schuhe an? Violet, hilf ihr doch. Mary, haben Sie etwas Altes, etwas Neues, etwas Geborgtes und etwas Blaues?«
»Natürlich hat sie alles, Mutter!« antwortete Violet. »Sie hat das weiße pergamentgebundene Gebetbuch ihrer Mutter, das alt ist. Ihr Kleid und ihr Schleier sind neu. Ihre Strumpfbänder sind blau. Und sie hat sich mein bestes Spitzentaschentuch geborgt.«
»A propos, Taschentuch«, sagte Mrs. Lacey. »Ich muß unbedingt eines zur Hand haben, weil ich bei jeder Hochzeit unvermeidlich weine.«
»Um Himmelswillen«, rief der Admiral aus dem Nebenzimmer, »kann mir denn kein Mensch helfen, meinen Kragenknopf suchen?!«
Es sah aus, als würden sie niemals fertig werden, aber schließlich waren sie – sogar rechtzeitig – bereit, als Nicholas vorfuhr, um Mrs. Lacey und ihre Töchter zur Kirche zu bringen.
»Auf mein Wort«, sagte Admiral Lacey, »ich muß mindestens zwanzig Pfund zugenommen haben, seit ich diesen Rock zum letztenmal trug.«
»Aber Sie sehen gut aus darin!« sagte Nicholas.
»Zieht er keine Querfalten auf dem Rücken?«
»Keine einzige«, log Nicholas.

»Das ist gut. Sind Ihre Leute schon zur Kirche gefahren?«
»Meine Mutter und die Buckleys und Renny ja. Philip und Ernest und Meggie werden folgen. Meg ist irgendwie verloren gegangen. Ach, Kinder sind eine Pest!«
»Welch ein Segen, daß Ihre Mutter sich mit dieser Heirat versöhnt hat!«
»Ja, und sie ist ganz erpicht darauf, daß jedermann es weiß! Sie ist so früh zur Kirche gefahren, damit sie von allen gesehen wird, wie sie lächelnd ihren Segen dazu gibt.«
»Sie ist ein großartiger Charakter.«
»Nun ja, sie hat ihre guten Seiten.« Nicholas lächelte.
Eliza hatte ihr Bestes an, während sie verzweifelt Meggie suchte. Sie wußte recht gut, wie feindselig das Kind der Heirat gegenüberstand. Sie fürchtete schon, Meggie würde zur Trauung einfach nicht zu finden sein. Eine Schande, wenn sie alles mit ihrer Ungezogenheit verderben würde!
Philip rief: »Eliza, hör auf zu suchen! Hodge und seine Mutter warten schon auf dich. Und ich muß jetzt sofort weg.«
Er sprang zu Ernest in den leichten Wagen. Ernests helle Stirn war finster und bekümmert.
»Mein Gott«, rief er, »da läutet schon die Glocke!«
Der Glockenklang klang durch die herbe Luft herüber.
Philip berührte das Pferd mit der Peitsche. »Nun, eines kann uns trösten – sie können ohne uns nicht anfangen!«
»Verdammt unformell für einen Bräutigam, im letzten Augenblick angejagt zu kommen!«
»Besser als mit schleppendem Schritt. Ich nehme an, die Kirche wird hübsch voll sein.«
»Ja – deine Hochzeit mit der Mutter der Kinder war die letzte Hochzeit in Jalna.«
»Ja.«
Es war kein sehr glücklicher Hinweis in diesem Augenblick. Beide schwiegen und erinnerten sich an jenen Tag.
Wirklich, es waren sehr viele Leute in der Kirche und viele noch im Begriff, in die Kirche zu gehen. Der Wagenschuppen stand voller Fuhrwerke. Die Glocke läutete noch, als Philip und Ernest, der sein Brautführer war, zur Seitentür eilten, die in die Sakristei führte. Als sie eben eingetreten waren, verstummte die Glocke, und die Orgelklänge strömten durch den Raum.
Aber Philip besänftigte das nicht. Sein hübsches Gesicht war gerötet, er war aufgeregt und nervös. Er war sich mit der Hand durchs Haar gefahren, und es war unordentlich. Ernest war jetzt ruhig. Meg steckte den Kopf in die Tür.
»Hast du mich gesucht, Daddy?« fragte sie.

»Du darfst doch nicht hierherein kommen«, sagte Ernest. »Du solltest mit deiner Großmutter im Kirchenstuhl sitzen.«
Ihre Augen wurden groß und kummervoll. »Ich war traurig.«
»Sieh dir bloß ihr Haar an!« rief Ernest.
Sie hatte ihr neues Kleid angezogen, aber ihr Haar war noch eingeflochten, wie sie es zur Nacht trug. Philip zog hastig das abgegriffene Band heraus, das den Zopf am Ende zusammenhielt, und schüttelte die schimmernde Masse locker. Er tat es nicht eben zart.
»Du hast gar keine Ursache, traurig zu sein!«, sagte er.
»Au – du tust mir weh!« Ihre Augen füllten sich mit Tränen.
Er beugte sich herunter und gab ihr einen Kuß. »Du mußt herumgehen zur Haupttür«, sagte er, »und dann leise durch das Kirchenschiff bis zu unserem Platz. Wo ist dein Hut?«
»Hier.« Sie hielt ihn hoch.
Er setzte ihn ihr auf. Sie lächelte ihn an. »Dein eigenes Haar kann auch einen Kamm brauchen, Daddy«, sagte sie und lief hinaus.
Er fuhr mit der Hand darüber und strich es glatt. Mr. Pink erschien in seinem Talar. »Ich glaube, der Augenblick ist da – die Braut steigt eben aus dem Wagen.«
Philip stand an den Stufen der Kanzel. Mary kam auf ihn zu. Endlich war sie an seiner Seite. Er schaute sie rasch an und sah in ihr blasses, schönes Gesicht unter dem Schleier. Er sah auch, daß ihre Hand zitterte, die das Gebetbuch ihrer Mutter hielt. Mr. Pink begann: »Im Herrn Geliebte, wir sind hier versammelt im Angesicht Gottes . . .«
Die Zeremonie ging weiter. Beide hatten geantwortet: »Ich will«, Philip laut und zuversichtlich, mit ganzen Herzen bei seinem Gelöbnis; Mary mit leiserer Stimme, aber auch fest. Dann vereinte Mr. Pink ihrer beider Hände und sie gaben sich ihr Wort.
Sie ließen die Hände los, dann nahm Mary wieder Philips Rechte in die ihre und sagte – jetzt mit kräftiger Stimme – ihr Versprechen. Sie hörte sich selbst dabei, als wäre sie eine dritte Person, und es kam ihr vor, als wenn ihre Stimme durch die ganze Kirche hallte.
Dann lösten sich ihre Hände wieder. Philip legte den Ring auf die Bibel, Mr. Pink gab ihn zurück und Philip steckte ihn an Marys vierten Finger, hielt ihn dort fest und sagte mit der selben vollen, hoffnungsfrohen Stimme: »Mit diesem Ring eheliche ich dich; mit meinem Leib will ich dich in Ehren halten, all meine weltlichen Güter will ich mit dir teilen. Im Namen des Vaters, und des Sohnes, und des Heiligen Geistes. Amen.« Sie knieten zusammen nieder.
»Gut, gut«, dachte Adeline. »Nun ist es geschehen. Er hat seinen Willen durchgesetzt, und ich hoffe, es geht alles gut aus. Niemand kann sagen, daß ich bei der Hochzeit nicht lächelte! Und niemand soll jemals sagen dürfen, daß ich keine gute Schwiegermutter wäre.«

Als Philip und Mary ihre Namen ins Kirchenbuch eingetragen hatten, als sich Lily Pink den Hochzeitsmarsch aus dem Herzen riß, als die Familie und ihre Freunde sich versammelten, um dem neuvermählten Paar Glück zu wünschen, war Adeline die erste, die die Braut küßte. Sie tat es vielleicht ein wenig zu augenfällig – und wirklich, es hingen nicht weniger Blicke an ihr als an der Braut. Dessen war sie sich bewußt, als sie durchs Kirchenschiff schritt, und sie tat jeden Schritt, als sei sie voller Freude. Dann kamen die Freunde der Whiteoaks und die Farmer und ihre Frauen – sie hatten alle die Trauung sehen wollen –, alles Leute, die Adeline seit vielen Jahren kannte – und allmählich wurde ihr Lächeln fast eine Grimasse. Sie hätte für ihr Leben gern einen leichten irischen Akzent in ihre Worte gelegt, fand es aber weiser, es nicht zu tun.
Da das Haus der Laceys klein war, hatte man nur die Verwandten und die nächsten Freunde eingeladen. Mary war froh darüber. Sie sehnte sich nach dem Augenblick, wenn Philip und sie allein im Zug saßen, unterwegs zu ihren Flitterwochen in New York. Jetzt im Wagen ergriff er ihre Hand, hielt sie eine kleine Weile schweigend fest und sagte dann: »Ich bin der glücklichste Mann auf der Welt!«
»Oh«, sagte sie, »ich hoffe, wir werden beide lange leben und uns jeden und jeden Tag bewußt sein, wie glücklich wir sind!«
»Das werden wir . . . du hast genug Unglück gehabt, meine Süße. Ich will dafür sorgen, daß du nie mehr unglücklich bist.«
Als die letzten der Familie den Kirchhof verließen, mußte man Meg wieder suchen. Sie war zurück zur Sakristei gegangen, um ihr Haarband zu holen; es schien, so alt und verschlissen es war, plötzlich zu einem unentbehrlichen Schatz für sie geworden zu sein.
Das Hochzeitsfrühstück war köstlich. Nicholas brachte mit Champagner einen Toast auf das junge Paar aus. Der Hochzeitskuchen, ein prächtiges Gebilde mit Eisüberzug und kleinen Silberglöckchen an der Spitze, war Ernests Gabe. Adeline sprach ihre Zufriedenheit über alle Hochzeitsgeschenke aus – bis auf das, das die Buckleys gespendet hatten. Sie hielt mit ihrer Mißbilligung nicht zurück.
Sie sagte zu Nicholas: »Ich bewundere den Kandelaber, den du ihnen geschenkt hast. Und Ernests Gabe war ebenso nett. Aber dies da –« sie hielt auf ihrem kräftigen Handteller einen massiven silbernen Farntopf – »das finde ich einfach schäbig. Wozu brauchen sie einen Farntopf?«
»Nun, vielleicht entschließen sie sich eines Tages, ein Farnkraut im Zimmer zu haben«, sagte Nicholas.
»Was? Sollen sie vielleicht in den Wald laufen und ein Farnkraut ausgraben und ins Haus bringen?!«
»Warum nicht? Sie haben ja jetzt einen silbernen Übertopf dafür . . . Und da müssen sie auch etwas haben, was sie hineintun.«

»Nun – ich nenne das ein klägliches Geschenk. Was hatten sie Philip eigentlich zu seiner ersten Hochzeit geschenkt?«
»Das weiß ich nicht mehr.«
»Frag ihn doch.«
»Mama – das ist doch nicht der Augenblick für solche Reminiszenzen.«
»Ernest – komm her!«
Er kam, und sie fragte: »Was hatten Edwin und Augusta Philip und Margaret zur Hochzeit geschenkt?«
»Einen Farntopf«, antwortete er ohne zu zögern.
»Wo ist er jetzt?«
»In Nicks Zimmer. Er hat doch seine Pfeifen darin stehen.«
»So . . . das war ein Farntopf . . . ich hatte es vergessen.«
Sir Edwin sah, daß sie um den Farntopf herumstanden, und kam stolz zu ihnen herübergeschlendert.
»Edwin«, sagte Adeline, »Ernest sagt mir, daß du und Augusta schon zu Philips und Margarets Hochzeit einen Farntopf geschenkt habt. Das ist doch nicht möglich!«
Sir Edwin zögerte einen Augenblick, dann antwortete er: »Das haben wir, in der Tat! Wir wollten Philip jetzt damit zeigen, daß wir seinen beiden Heiraten mit demselben Wohlwollen gegenüberstehen.«
Violet Lacey kam angelaufen. »Sie sind bereit zur Abfahrt«, sagte sie. »Ach, wie reizend sieht Mary in ihrem Reisekleid aus!«
Sie sah wirklich reizend aus. Adeline nahm sie in die Arme und hielt sie fest an sich gedrückt. »Adieu, meine Liebe«, sagte sie, »ich hoffe, du wirst sehr, sehr glücklich sein!«
So standen sie, Brust an Brust, mit geheimnisvollen Augen. Und seltsam – in dieser Sekunde erinnerte sich Mary an die Szene in ihrem Schlafzimmer, an ihren Triumph über Adeline, den sie so teuer bezahlt hatte. »Ich war stärker als sie«, dachte sie, »aber ich will es nie wieder sein!«
»Vielen, vielen Dank, Mrs. Whiteoak«, murmelte sie.
Philip kam mit dem Hut in der Hand, auch er wurde umarmt.
Die Kinder drängten sich an seine Seite. Er beugte sich zu ihnen und küßte sie.
»Wirst du mir etwas aus New York mitbringen?« fragte Renny.
»Aber natürlich! Und sei ein braver Junge, wenn ich fort bin.«
Mary küßte die kühle Wange, die Meg ihr zögernd hinhielt, und dann Rennys kleinen gespitzten Mund.
»Adieu, Miss Wakefield«, sagte er mit seiner klaren Fistelstimme.
Alle lachten. »Mrs. Whiteoak«, verbesserte Augusta.
»Nicht Mrs. Whiteoak, sondern Mama!« rief Violet.
Renny ließ verlegen den Kopf hängen.

»Beeilt euch«, mahnte Nicholas, »sonst werdet ihr noch euren Zug versäumen.« Er gab Philip einen kleinen Rippenstoß. »Wie beim letztenmal. Erinnerst du dich?«
Nun, Philip hätte es ohnedies nicht vergessen ... Nun nahm er Mary beim Arm, und sie liefen rasch den kurzen Weg bis zum Tor in einem Schauer von Reiskörnern. Dann lehnten sie sich aus dem Wagen und winkten.
»Adieu! Adieu! Viel Glück!« riefen alle.
Renny rannte bis zur Straße nach, dort blieb er stehen und winkte; er horchte auf den Hufschlag der Pferde, der immer schwächer wurde, und wartete, bis der Wagen außer Sicht war. Plötzlich schien ihm die Welt größer, in der noch das Echo der Abreise hing, und er selbst kam sich sehr klein vor ...
Er ging zurück zum Haus, wohin auch die andern schon gegangen waren. Dr. Ramsay streckte den Arm aus und zog Renny an sich.
»Du armer kleiner Kerl!« sagte er.

Die Hochzeit war vorbei, und jetzt gab es Veränderungen anderer Art in Jalna. Nicholas und Ernest, Sir Edwin und Augusta bereiteten ihre Abreise nach England vor. Die Buckleys machten damit die geringste Unruhe, sie beschränkten ihre Tätigkeit soviel wie möglich auf ihr eigenes Zimmer. Aber Nicholas und Ernest waren allgegenwärtig. Ihr Gepäck war in den Korridoren verstreut. Ihre kräftigen Stimmen schallten von Zimmer zu Zimmer. Nicholas war glücklich, zu seinem angenehmen Leben in London zurückzukehren. Ernest lebte auf bei dem Gedanken an neue Börsengeschäfte. Edwins und Augustas Herz verlangte nach dem Frieden ihres Heims in Devon.
Aber Adeline war es zufrieden, zu bleiben, wo sie war. Kanada war ihr Land, und in Jalna hatte sie die glücklichste Zeit ihres Lebens verbracht. Sie sah mit Behagen dem kommenden Winter entgegen. Mary war ein fügsames Geschöpf, wenn sie ihr auch immer etwas unverständlich blieb. Und mit Philip würde sie schon fertig werden. Sie würde die Zügel in der Hand behalten. Und zum Glück gründeten gerade zwei sehr tüchtige Frauen eine Schule im Bezirk, wohin man die Kinder schicken konnte. Sie hatten zu lange zu viel Freiheit genossen.
Endlich, nach mehr Unruhe, als Gartenfest und Hochzeit zusammen gemacht hatten, waren die Reisenden nach England abgefahren. Adeline blieb mit den Kindern allein. Es hatte schon geschneit, dann hatte der indianische Sommer den Schnee rasch weggetaut und die Novemberluft gewärmt – der Himmel war fleckenlos blau, nur am Horizont zeigte sich ein zartes Rauchgrau. Der leichte Wind trug keine schwerere Fracht mehr als die silbernen Samen des Schwalbenkrauts. Der Bach, vom Regen geschwellt, floß breit und ruhig zwischen den Ufern dahin.

»Es fehlen nur noch die Schwäne«, hatte Mary auf dem Gartenfest gesagt. »Gut, du sollst Schwäne haben«, hatte Philip versprochen.
Sie brauchte nur einen Wunsch zu äußern – immer war er freudig bereit, ihn zu erfüllen.
Jetzt aber hatte Renny einen Wunsch, und nach langem Zureden hatte Adeline ihm die Erfüllung zugesagt. Nicht daß sie ihm nicht gern eine Freude gemacht oder sich selbst nicht auf das gefreut hätte, um was er bat – aber sie war ein wenig träge geworden. Bei Sonnenaufgang aufzustehen schien ihr doch etwas anstrengend, besonders wenn sie dann gleich ein Reitkleid anziehen, sich auf ein Pferd setzen und mit leerem Magen an den See reiten sollte – denn wer konnte zu solcher unchristlichen Zeit schon ordentlich frühstücken? Aber der Kleine hatte so sehr gebeten, und es war ein netter Gedanke, daß er sich so brennend wünschte, mit ihr zu reiten . . . da konnte sie nicht nein sagen.
Mit Trauer dachte sie daran, wie sie und ihr Philip einst mühelos und leichten Herzens bei Sonnenaufgang aufgestanden und durchs Gelände geritten waren. Auf den sandigen Landstraßen immer im Galopp. Oh, wie herrlich war das Land in den fünfziger und sechziger, ja auch noch in den siebziger Jahren gewesen! Wie mochte es wohl in wiederum fünfzig Jahren aussehen? Sie hatte gehört, daß es in den Städten schon chinesische Wäschereien gab, und sie hatte mit eigenen Augen einen Italiener gesehen, der auf einem Karren grüne und gelbe Bananen durch die Straßen fuhr! Nun, Philip – ihrem Philip – hätte das nicht gefallen. Er wollte, daß die Provinz britisch bliebe. Freilich, sie selbst hatte Mischungen ganz gern . . .
Als die Morgensonne das milde Ziegelrot des Hauses vergoldete und in den Fensterscheiben blitzte, brachte Hodge Captain Whiteoaks alte Stute Laura mit Sattel und Zaumzeug vor die Tür. Renny folgte auf seinem Pony. Adeline kam auf die Veranda. Sie trug ihr Reitkleid mit dem langen Rock, ein steifer Reithut saß keck auf ihrem Kopf. Die Sonnenstrahlen, die auf sie fielen, brachten das Rot zum Vorschein, das noch in ihrem Haar haftete. Sie sah stattlich und elegant aus. Hodges Augen waren voll Bewunderung, aber Renny sah nur, daß seine Granny nun endlich, endlich mit ihm ausreiten wollte.
Hodge half Adeline in den Sattel. Laura war mutwillig, der Kies spritzte unter ihren tänzelnden Hufen.
»Laura, du solltest dich schämen!« rief Adeline, »in deinem Alter!« Sie klopfte der Stute den blanken Hals. »Aber du benimmst dich ebenso unpassend wie ich, altes Mädchen. Wir verstehen's beide nicht recht, alt zu werden, was, Schätzchen?« Sie trabten unter den Tannen dahin, in denen Licht und Schatten spielten, die Stute und das Pony, die alte Dame und der kleine Junge. Sie kamen durch das Tor auf die einsame Straße.
Adeline blickte lächelnd zu Renny hinunter. »Also hast du mich doch in aller Morgenfrühe herausgetrieben!« sagte sie.

Er lachte. »Ja – und bist du nicht froh?«
»Doch. Das bin ich.« Sie atmete die Luft tief ein. »Nein, ich möchte es jetzt nicht missen, um nichts in der Welt. Es ist herrlich!«
»Dann tun wir's oft, ja Granny? Jeden Tag?!«
»Nun . . . vielleicht nicht gerade jeden Tag.«
»Aber jeden zweiten Tag?«
»Freu dich über das, was du jetzt hast, und denk nicht an morgen.«
Sie ritten in kurzem Galopp die Straße entlang. Sie sprachen nur, wenn sie einander auf etwas aufmerksam machten – auf ein kleines Waldtier oder eine neue Scheune oder eine besonders gutgebaute Strohmiete – bis sie zum See kamen. Hier schlugen sie die gewundene Uferstraße ein. Die Luft hatte sich verändert. Sie roch nach Wasser und war kühler und bewegter. Zwei Möwen schaukelten sich in ihrer Bläue und schossen dann pfeilschnell weiter, als wollten sie ihre Geschwindigkeit zeigen. Adeline und Renny verhielten die Zügel, um sich an dem Anblick zu freuen, der genau genommen aus nichts anderem bestand als aus der blauen Fläche des Sees und dem blauen Bogen des Himmels, ohne Segel, ohne Wolken. Nichts als Blau und ein verschwommener Horizont.
»Ein herrlicher Anblick!« sagte Adeline.
»Ja, herrlich!« stimmte der Kleine zu.
»Ich habe diese Welt immer bewundert«, fuhr Adeline fort. »Wir haben Glück, daß wir in einer so schönen Welt leben können. Als ich in Irland war, als junges Mädchen, sah ich gern hinaus auf die wilde See und die Buchten und die grauen Berge, und dachte, wie schön sie waren. Als ich deinen Großvater heiratete und mit ihm in Indien war, dachte ich, was für ein herrliches Land Kaschmir war, mit seinen vielen Blumen und seinen Tempeln. Und als ich in Devon deine Tante Augusta besuchte und über das Moor hinausschaute, auf die Heide und die brausenden Bäche und die Herden von Moorpferdchen, die dort wild leben, da dachte ich wieder, wie prächtig alles ist.«
»Aber dies hier ist das beste«, sagte Renny.
»Ja . . . es ist das beste! Und ich hoffe, daß hier ein glückliches Leben deiner wartet. Nun, dein Vater wird dir immer erzählen, daß du ein Whiteoak bist, und die Whiteoaks sind englisch . . . aber du mußt immer daran denken, daß du auch zum Teil irisch bist. Und das irische Blut in dir ist das beste. Mein Großvater war ein Graf.«
»Ich bin aber auch zum Teil schottisch«, sagte er kopfnickend. »Und mein schottischer Großvater ist ein Doktor, und er wird mir bestimmt einen kleinen Bruder bringen.«
»Ja . . . vielleicht . . .«, antwortete sie ein bißchen ablehnend. »Aber schottisch oder nicht, du bist der einzige, der nach mir und meiner Familie geraten ist.

Du hast mein Haar. Du hast meine Augen. Später wirst du auch meine Nase und meinen Mund haben.«
Bei dem Gedanken mußte er lachen. »Wollen wir weiterreiten, Granny? Komm, laß uns weiterreiten!«
»Nun gut – aber nicht zu weit. Ich habe nur eine Tasse Tee im Magen und werde langsam hungrig.«
»Ich hatte bloß 'n Apfel. Komm weiter, Granny. Und laß uns *schnell* reiten!«
Sie gab Rennys Schulter einen kleinen Schlag mit ihrer Gerte.
»Ja«, sagte sie, »wir reiten schnell. Und du reitest voran!«

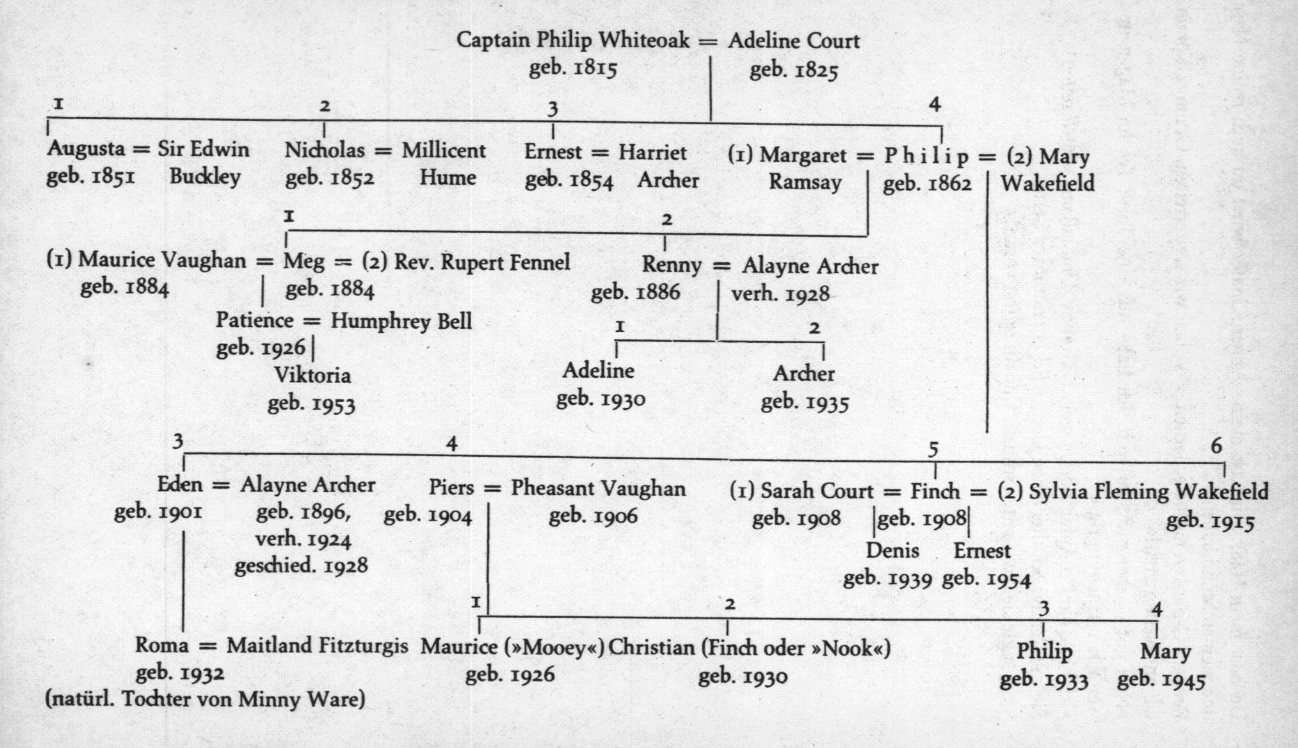
STAMMTAFEL DER FAMILIE WHITEOAK
Captain Philip Whiteoak = Adeline Court
geb. 1815
geb. 1825
1
2
3
4
Augusta = Sir Edwin Buckley
geb. 1851
Nicholas = Millicent Hume
geb. 1852
Ernest = Harriet Archer
geb. 1854
(1) Margaret Ramsay = Philip = (2) Mary Wakefield
geb. 1862
1
2
(1) Maurice Vaughan = Meg = (2) Rev. Rupert Fennel
geb. 1884
geb. 1884
Patience = Humphrey Bell
geb. 1926
Viktoria
geb. 1953
Renny = Alayne Archer
geb. 1886
verh. 1928
1
2
Adeline
geb. 1930
Archer
geb. 1935
3
4
5
6
Eden = Alayne Archer
geb. 1901
geb. 1896,
verh. 1924
geschied. 1928
Piers = Pheasant Vaughan
geb. 1904
geb. 1906
(1) Sarah Court = Finch = (2) Sylvia Fleming Wakefield
geb. 1908
geb. 1908
geb. 1915
Denis
geb. 1939
Ernest
geb. 1954
Roma = Maitland Fitzturgis
geb. 1932
(natürl. Tochter von Minny Ware)
1
2
3
4
Maurice (»Mooey«)
geb. 1926
Christian (Finch oder »Nook«)
geb. 1930
Philip
geb. 1933
Mary
geb. 1945